Lothar Englert

Friesische Freiheit

Historischer Roman

Das 1. Buch der Ostfriesland-Saga

LEDA

Für die Menschen Ostfrieslands, die ich in mein Herz geschlossen habe.

Ouvertüre

Kloster St. Erasmus, nahe Rom,
vier Tage nach dem Fest der Auferstehung des Herrn,
Anno Domini 799 (Donnerstag, 4. April)

Magnus spähte nach rechts. Sein Rücken brannte höllisch. Mit einer Instinktbewegung war es ihm gelungen, dem Schwerthieb seine tödliche Schärfe zu nehmen. Aber die Klinge hatte ihn dennoch getroffen, mehr mit dem Blatt als mit der Schneide, und die Wucht des Schlages hatte ausgereicht, eine großflächige, blutende Wunde zu hinterlassen. Aufgerissenes Fleisch, nicht sauber durchtrennt, sondern wie mit einer Schindraue zerfetzt.

Er war zu Boden gestürzt, benommen und dennoch hellwach, mit einem Gefühl von flüssigem Blei in den Adern, und hatte den nächsten, den unweigerlich tödlichen Streich erwartet. Aber der junge Enno, kaum erwachsen, war plötzlich aufgetaucht und hatte dem Angreifer mit einem sauberen Haken den Kopf von den Schultern geholt, ganz locker und kaltschnäuzig. Magnus sah den Kopf noch vor sich treideln, mit aufgerissenen Augen, den Mund in einem stummen Schrei verzerrt, die Lippen hoch über die Zähne gezogen, das gebleckte Gebiss eines Raubtieres. Der Kopf rollte auf ihn zu, machte dann eine Bewegung um die Nase herum und blieb, den Göttern sei Dank, mit abgewandtem Gesicht liegen, während die Beine des Geköpften unter dem Rumpf einknickten und der Torso stürzte wie ein gefällter Baum.

Enno hatte erstaunt geglotzt, gegrinst, die Schultern gezuckt und war davon gestürmt, weiter nach vorn, wo ein Nahgefecht der Friesen mit der Wachmannschaft des Klosters tobte, ein bunter, harter Haufen aus sardischen und maurischen Waffenknechten, die allesamt auf der Soldliste der Familie Hadrians I. standen, der als Papst Vorgänger Leos III. gewesen war. Magnus seufzte und richtete sich auf. Von voraus kam plötzlich rasendes Gebrüll, loderte aus dem brodelnden Gefechtslärm empor wie eine Stichflamme aus einem Lagerfeuer und er wusste, das waren seine Friesen im Sturmangriff. Er vergaß seinen Rücken und stürzte sich in das Getümmel.

Es gehörte zu den Unbegreiflichkeiten dieser Geschichte, dass der verwundete und vielleicht sogar geblendete Papst auf diese Weise erneut in die Hände seiner ärgsten Feinde geriet, denen er kurz zuvor mit knapper Not entronnen war, nämlich die des römischen Stadtadels, angeführt von der Familie Hadrians, der das Kloster gehörte und in dessen Mauern Leo sich nun befand.

Es war klar, er hatte viele Widersacher in der Ewigen Stadt, vor allem die führende Schicht, Leute, die ihn nicht mochten, ja hassten und von ganzem Herzen ablehnten. Nicht, weil er maßlos lebte und Konkubinen hielt, hohe Steuern forderte und Vetternwirtschaft betrieb. Welcher seiner Vorgänger hatte dies nicht getan? Vielleicht nicht so flagrant, so offen und bar jeden Schamgefühls. Nein; sie hassten ihn vor allem, weil er ein Emporkömmling war. Keiner von ihnen. Ein Plebejer, Kehricht aus den Gassen der Vorstadt, der es gewagt hatte, sich auf den Stuhl Petri zu setzen und zu residieren.

Vor allem die Hadrianer fühlten sich brüskiert und machte sich schnell zum Fürsprecher seiner Gegner. Sie steckten auch hinter dem Attentat sechs Tage nach dem Fest der Verkündigung Mariaes[1]. Wie üblich führte der Pontifex an diesem Tag im fünften Jahr seines Pontifikates die Reiterprozession an, von St. Peter auf dem vatikanischen Berg quer durch die Stadt, um in der Kirche St. Laurentius den Bittgottesdienst zu feiern. Er saß auf

1) 31. März, im Jahre 799 ein Sonntag.

seinem Zelter[2], in Purpur gehüllt, sein Kämmerer Albinos vorneweg, das Pferd führend, dahinter die Bischöfe und Würdenträger. Die Menge drängte heran, der Papst segnete unaufhörlich nach allen Seiten, keinen Blick für die geschüttelten Fäuste, kein Ohr für die ausgespienen Flüche. Und dann, kurz vor dem Ziel, in der Via Tiburtina, geschah das Unglaubliche. Plötzlich Geschreie und Tumult. Um die Prozession herum fliegen Steine. Aus den nahen Katakomben der frühchristlichen Zeit stürzen Bewaffnete auf die Straße, zerren den Papst vom Pferd, reißen ihm die Kleider vom Leib, stechen auf ihn ein, versuchen sogar, seine Augen zu treffen. Alles das vollzieht sich so schnell, dass jede Gegenwehr unmöglich ist. Die Bischöfe mit ihrem Gefolge flüchten Hals über Kopf, Gäule gehen durch, Albinos wird zu Boden gestoßen, ein Tritt des erschreckten Zelters verfehlt ihn nur knapp, bevor auch der in Panik davonfliegt.

Dann lassen die Angreifer von Leo ab, halten ihn wohl für tot, verschwinden ebenso schnell, wie sie aufgetaucht sind, von der nun menschenleeren Straße, auf der nur der Papst zurückbleibt, ein lebloses, blutendes Bündel. Der Zufall will es, dass zwei Wandermönche auf ihn stoßen und in das nahgelegene Kloster St. Erasmus bringen lassen, auf direktem Wege erneut in die Hände seiner Feinde. Als Albinos, den sein schlechtes Gewissen an den Tatort zurücktreibt, wenig später davon erfährt, weiß er sofort, dass nun jede Stunde zählt. Der Pontifex in der Gewalt der Hadrianer bedeutete, ihnen die Gelegenheit zu geben, ihre Pläne endgültig zu verwirklichen. Unverzüglich sendet er einen Boten nach Spoleto, in die Garnison der Franken.

Und Winniges, Herzog und Kommandeur des Stützpunktes, zögerte keinen Augenblick. In Eilmärschen

---

2) Auf Passgang geschultes Reitpferd, im MA oft von Frauen oder hohen Geistlichen genutzt.

führte er seine Truppen heran, war einen Tag und eine Nacht später vor Ort und sah sich einer Einheit römischer Stadtknechte gegenüber, die das Kloster nach außen abschirmte. Ob der Papst überhaupt noch lebte, wusste zu diesem Zeitpunkt niemand. Die Stadtknechte waren nicht mehr die Legionäre des Imperum Romanum, aber sie wurden gut geführt und wehrten sich tapfer. Es waren die Friesen unter Magnus, die mit dem entscheidenden Stoß den Weg zum Klostertor freikämpften. Drinnen warteten die Waffenknechte des Klosters auf sie und die waren von einem anderen Kaliber. Alle kampferprobt, in Feldzügen eingesetzt, harte Brocken. Sie zogen sich nach ersten schweren Gefechten mit den fränkischen Kriegern hinter die innere Klostermauer zurück und Winniges sammelte seine Unterführer. Magnus der Friese war darunter. Einer der Feldschere hatte seinen Rücken mit einer Fettsalbe versorgt. Die Blutung war gestillt, aber seine Schmerzen hatten zugenommen. Er verfluchte seine Unachtsamkeit und den kopflosen Waffenknecht, dessen Rumpf jetzt irgendwo bei den Leichen der gefallenen Feinde lag.

Eines ist klar: Das Kloster im Handstreich zu nehmen, den Papst zu befreien, bevor seine Bewacher sich besinnen können, ist misslungen. In diesem Augenblick ist der Bischof von Rom in höchster Gefahr. Seine Bewacher sind gewarnt. Es muss vor allem verhindert werden, dass sie einen Boten in die Stadt bringen, um sich Anweisungen zu holen. Sollten sie bereits Befehle haben für diesen Fall, dann hing das Leben Leos am seidenen Faden. Es war Eile geboten, so oder so! Und Winniges zögert nicht lange. Er fährt sich über den Bart und fixiert seine Soldaten.

»Wir müssen hinein. Schnell!« Sein Blick wandert über die innere Klostermauer. Sie ist mehr als zwei Männer hoch, ihre Krone ist mit spitzen Steinen und eingemörtelten Glasscherben gespickt. In seinem Kopf wirbeln die Gedanken. Er weiß, er hat keine Zeit, an taktischen Plänen zu tüfteln.

»Wir teilen uns in zwei Gruppen. Ich selbst nehme die erste. Magnus, du mit deinen Friesen die zweite. Nimm die Leichtverwundeten und lass sie auf der Westseite einen Scheinangriff machen. Zündet ein Feuer an, dass wird sie beschäftigen!« Er grinst, aber seine Augen bleiben kalt. Sie sind auf Magnus gerichtet und halten ihn fest. Seine Sätze kommen hart und schnell.

»Ich greife hier am Tor an. Du gehst über die Nordmauer. Leise annähern, hörst du, das ist wichtig! Sieh zu, dass ihr schnell und ohne Verluste hineinkommt. Ich vermute den Papst in der Priorei, gleich hier hinter dem Haupteingang. Sie werden ihn scharf bewachen. Ich brauche dich in ihrem Rücken, sonst gelingt es nicht!« Er schnäuzt sich und sieht hinüber zu den Gefallenen, die abseits der Mauer unter einer riesigen Linde gesammelt werden. Ein Heiler kümmert sich um die Verwundeten. Dann kehren seine Augen zurück, suchen Magnus, finden ihn.

»Es muss schnell gehen!«, wiederholt der Herzog eindringlich. Er hebt seinen Kopf. »Noch Fragen?«

Magnus fährt sich über seine strohblonde Haarbürste. Rechts und links davon stehen Schweißtropfen auf seinem Schädel. Er schüttelt den Kopf.

Winniges strafft sich. »Dann los! Und Gott befohlen!«

Der Herzog schlägt das Kreuz und viele der anderen tun es ihm nach. Magnus bekreuzigt sich eher flüchtig. Sorgfältig führt er sein Runenholz an Stirn und Brust, wie es seine Vorfahren schon in uralten Zeiten getan hatten. Es ist ein sehr schönes Runenholz, glänzend poliert und mit einem massiven Silberring in der Mitte. Dann holt Magnus seine Friesen zusammen. Es ist keiner unter ihnen, der ohne Blessuren davongekommen wäre. Der alte Dodo und sein Sohn Tjark sind gar unter den Toten.

Enno hat eine übel aussehende Fleischwunde am linken Oberschenkel, notdürftig mit einem schmierigen Leinenstreifen abgedeckt. Mit wenigen Worten weist Magnus seine Landsleute ein. Dann huschen sie zur Nordmauer. Enno bleibt mit den Leichtverwundeten an der Westseite zurück und bereitet das Feuer vor. Als Magnus ihr Geschrei hört und Rauch aufsteigen sieht, gibt er den Befehl zum Angriff. Sie steigen einem Kameraden auf die Schultern, gewinnen die Mauerkrone und ziehen den Untermann hoch. In wenigen Augenblicken sind sie im Inneren des Klosters. Von der Westseite her Rufen und hastige Schritte. Bei ihnen ist alles ruhig. Winniges müsste inzwischen mit seinen Leuten auch im Innenhof sein, bei der Priorei, dort, wo sie den Papst vermuten.

Die Friesen hasten im geschlossenen Trupp zum Hauptgebäude, Magnus an der Spitze, als ihnen aus einem flachen Schuppen ersticktes Rufen und Hilfegeschrei ans Ohr schlägt. Danach tumultartiges Rumoren. Dann Ruhe. Von der Priorei her kommt Gefechtslärm. Winniges ist also schon dort. Die Eingangstür des Schuppens ist mit einem daumendicken, bodenlangen Ledervorhang verschlossen. Die Häute bewegen sich leicht, gerade so, als sei kurz zuvor jemand hindurchgeschlüpft. Die Friesen zögern und beraten sich flüsternd. Ist der heilige Vater vielleicht doch hier, und eben nicht in der Priorei? Sie wollen sichergehen. Magnus winkt Eppo heran, weist ihn kurz ein und schickt ihn mit drei, vier anderen auf die Rückseite des Gebäudes. Lautlos huschen sie davon. Danach deutet Magnus mit der Klinge seines Sax[3] auf zwei seiner Leute und postiert sie neben den Vorhang.

Es ist klar, wenn der Papst in diesem Schuppen ist, stehen seine Bewacher nun links und rechts des Eingangs, mit gezückten Waffen, und warten darauf, dass jemand so unvorsichtig ist, seinen Kopf vorzustrecken. Aber es

3) Einschneidige Hiebwaffe

hilft nichts – sie müssen hinein! Dann geht alles rasend schnell. Eppo und seine Leute brüllen plötzlich los wie die Teufel, ein mächtiger Schlag erschüttert die Rückseite des Schuppens und zugleich stürmen sie vorne hinein. Bestialischer Gestank nach Fäulnis und Fäkalien schlägt ihnen entgegen. Im Dämmerlicht sehen sie ein Bündel in der Ecke liegen, verdreckt und blutig. Daneben steht einer der Waffenknechte mit erhobenem Schwert und starrt auf die Rückwand, hinter der es noch immer lärmt und poltert. Die beiden Posten neben dem Vorhang sind zu überrascht, um Gegenwehr zu leisten. Sie werden niedergeworfen und entwaffnet. Der dritte fährt herum und hat die Klinge von Magnus' Sax an der Kehle. Rollt die Augen und macht eine Bewegung mit dem Schwertarm und die Klinge zuckt vor und ritzt den Hals und sofort tritt Blut heraus. Der Mann erstarrt, glotzt, sein Blick wandert zwischen Magnus und dem Eisen hin und her. Schließlich hebt er die Schultern, öffnet die Faust und lässt sein Schwert fallen. Die drei werden gebunden und auf den Boden gesetzt, während sich Magnus über das stinkende Bündel beugt, dass noch immer in der Ecke liegt und jetzt ein leises Wimmern hören lässt. Es ist Leo. Er ist in eine alte Mönchskutte gehüllt. Über seinen Augen liegt eine schmutzige Wollbinde, dunkel von eingetrocknetem Blut. Am linken Fuß eine große, schwärende Wunde. Aber er lebt. Und sie haben ihn.

Dann plötzlich Schritte und Rufen vor der Hütte, der Vorhang wird zur Seite gerissen und Herzog Winniges stürmt herein. In seinen Augen ist Zorn, seine Stimme heiseres Gebell.

»Magnus, verdammt! Wo bleibst du mit deinen Friesen? Vorne war nichts. Wir hatten doch ...!«

Jetzt entdeckt er den Papst, taumelt leicht, verstummt mit fragenden Augen und sieht Magnus nicken und lächeln. Winniges tut einen tiefen Seufzer. In seinen Augen schimmert plötzlich Feuchte, aber sein Blick bleibt fest auf Magnus gerichtet. Und dann umarmt er ihn.

Erster Akt (*Protasis*)

Der Aufmarsch der Zornigen

März bis Mai 1345

Dies ist die erste Volksküre und das Privileg König Karls, dass ein jeder im Besitz seines Gutes bleibe, solange er es nicht verwirkt habe.

1. Gemeinfriesische Küre

1.

Eesensem[4], Hairlingerlant,
am Tag des hl. Thomas von Aquino, Anno Domini 1345
(Montag, 7. März)

Enno nahm die rasenden Schläge im Unterbewusstsein wahr. Er war noch nicht wach, aber da war dieses wahnsinnige Hämmern, dröhnte schmerzhaft in seinem Kopf und ließ sein Zwerchfell im Rhythmus der Wiederholungen vibrieren. Er wusste sofort, dass irgendetwas Furchtbares passiert sein musste, wusste das schon im Zustand zwischen Wachsein und Schlaf und plötzlich raste auch sein Herz, passte sich dem irren Gedröhn der Alarmschläge an und riss ihn auf die Füße.

Er stürzte in den Vorhof und sah Tjarko, den hageren Pferdeknecht, auf der Plattform des Torhauses stehen und wie besessen auf den schweren Holzbalken dreschen, der unter dem Dach hing. Der Knecht schrie etwas, aber Enno konnte ihn nicht verstehen. Das Licht war noch schwach, Neumond erst drei Tage vorbei, aber er sah das offene Tor und den fremden Reiter unter dem Torbogen stehen, sein Pferd völlig ausgeritten mit hängendem Kopf und schlagendem Schweif. Der Knecht schrie ununterbrochen und Enno wurde klar, dass der Reiter eine schreckliche Botschaft überbracht haben musste und der Knecht auf

4) Esens

dem Turm versuchte, die Mannschaft der Hofanlage zu alarmieren.

Sein Vater, Magnus tom Diek, war mit dem größten Teil des Gesindes bereits auf den Feldern. Die übrigen waren mit den Rindern in die südlichen Huden[5] aufgebrochen, um das noch frische Gras der Weideflächen zu schonen. Und dann wurde ihm klar, dass der Wind verdammt schlecht stand. Es wehte eine lebhafte Brise von Land her, nahm die Schläge auf den Alarmgong mit sich fort und trugen sie in Richtung auf das offene Meer hinaus. Unwahrscheinlich, dass die landeinwärts arbeitende Mannschaft überhaupt etwas hörte.

Plötzlich kam tumultartiges Gebrülle von den Stallungen her und dann tauchte der lange Holländer auf, Adriaan, der Teufel mochte wissen, wieso der noch auf dem Hof war, geduckt auf seinem Riesengaul, die Lederkappe tief in die Stirn gedrückt und mit wilden Versuchen, im Abreiten seinen Lanzenspieß unter Kontrolle zu bekommen, den er unglücklich viel zu weit am Ende gefasst hatte. Richtete sich im Sattel auf und zog die Lanze ein gutes Stück hinter sich her, bevor er sie endlich am Griff packen konnte, fegte in einem irren Tempo und mit waghalsiger Schräglage um die Kurve auf das offene Tor zu. Tjarko sah ihn jetzt und brüllte ihm irgend etwas zu, aber der lange Adriaan donnerte wie verrückt unter dem Tor hindurch, verfehlte mit seinem Kopf den Querbalken nur um Haaresbreite und verschwand in der Senke Richtung Süden.

Es war klar, der Lange wollte auf die Felder, den Schollenherren[6] und seine Leute warnen. Offensichtlich hatte er begriffen, was vorging, auch ohne das Gebrülle des Pferdeknechtes. Der fremde Reiter war inzwischen abge-

---

5) Gerodete Waldflächen, als Viehweide benutzt

6) auch: »Eigenerbe«: Bauer mit eigenem Land, das durch Vererbung in Familienbesitz verblieb.

stiegen und hatte sein Pferd abseits an die Tränke geführt. Enno registrierte im Vorbeihetzen die braune Bekleidung aus billigem Tuch und den plumpen eisernen Hauer an der Hüfte des Mannes. Ein Bauernreiter von der Küste. Der Pferdeknecht kam ihm von oben entgegen, hastete mit seinen schlaksigen Beinen die Treppe hinunter und schrie noch immer, und jetzt konnte Enno ihn verstehen.

»Tor zu! Das Tor zu, Mann! Macht das verdammte Tor zu!« Zerrte ihn mit nach unten, trieb ihn an wie von Sinnen und gemeinsam warfen sie die schweren Flügel des Hoftores zu und sicherten sie mit den massiven eichenen Balken. Inzwischen waren die Frauen und Kinder im Hof zusammengelaufen, der alte Tryggve kam herangehumpelt und Enno sah seine Mutter Almeth mit angstvollem Gesicht bei dem Bauerreiter stehen, die Augen vor Schreck geweitet. Und dann aus dem Stimmengewirr immer deutlicher die Rufe.

»Überfall! Seeräuber! Normannen! Die Normannen!!« Jetzt schrie es auch Tjarko aus vollem Hals. Der Bauernreiter hatte einen Überfall auf einen Küstenhof gemeldet, anscheinend mit einem flinken Schiff, vielleicht einem Knorr[7], ausgeführt. Der Hof brannte, das Vieh war gestohlen oder bestialisch geschlachtet, die Bewohner erschlagen oder verschleppt. Weitere Nachrichten gab es nicht. Niemand wusste, ob sich das Raubgesindel noch in der Gegend aufhielt, oder, was wahrscheinlicher war, blitzschnell zugeschlagen hatte und danach wieder verschwunden war. Tjarko in seiner Not hatte nicht gewusst, ob er zuerst das Tor zumachen oder Alarm schlagen sollte, deshalb seine Aufregung, er war nicht der Hellste.

Sie taten jetzt das Vernünftigste, was sie unter diesen Umständen tun konnten: Besetzten das Torhaus, ließen das Tor geschlossen und warteten darauf, dass der Bauer

---

7) auch Knarr: Hochseetüchtiges Schiff, wurde mit einer Besatzung von etwa 10 bis 15 Mann gefahren.

mit seinen Leuten zum Hof zurückkehrte. Almeth tom Diek schickte Frauen und Kinder in die Häuser und ließ die Läden verriegeln.

Inzwischen war es nahezu hell. Im Nordwesten zeigte sich eine dünne Rauchfahne und Tjarko wies aufgeregt mit dem Arm in die Richtung. Von den Angreifern war nichts zu sehen. Überfälle dieser Art, meist von Männern aus dem Norden, waren selten geworden. Sie hatten sich vor vielen hundert Jahren gehäuft, und die Alten erzählten noch heute an den Feuern Geschichten voller Härte und Grausamkeit, Geschichten von Brand, Tod, von Raub und sinnloser Zerstörung. Mit unvorstellbarer Brutalität fielen sie über wehrlose Höfe und Siedlungen her, erschlugen die Männer, vergewaltigten die Frauen und nagelten Säuglinge an Scheunentore. Was von Wert war, nahmen sie mit, Junge und Starke wurden auf den Märkten weiter im Süden als Sklaven verkauft.

Ganz allmählich hatten diese Heimsuchungen aufgehört. Aber es gab in den Ländern nördlich des großen Meeres immer noch nachgeborene Bauernsöhne, für die auf dem väterlichen Hof kein Platz war, oder die sich nicht mit einem Leben als Knecht des Erstgeborenen zufrieden gaben, sich lieber als Räuber durchs Leben schlugen. Und es fand sich genügend Gesindel, Abenteurer und gemeine Verbrecher, das als Mannschaft bei solchen Raubzügen mitmachte. Vielfach operierten diese Banden von See her. Es gab keine Verheerungen mehr wie in der alten Zeit, als die Normannen mit schnellen Langschiffen sogar Flüsse hinaufgefahren waren und ganze Städte in Schutt und Asche gelegt hatten. Aber die heutigen Angriffe waren nicht weniger grausam und brachten Leid, Elend und Not über die betroffenen Menschen.

Sie starrten angestrengt nach Norden und Tjarko, der Pferdeknecht, scharrte unruhig mit den Füßen. Der Bauernreiter stand immer noch an der Tränke bei seinem

Pferd, als in ihrem Rücken plötzlich ein dumpfes Grollen zu hören war. Es riss ihre Köpfe herum und sie sahen zu ihrer Erleichterung Magnus in einem Pulk von Reitern in gestrecktem Galopp heranstürmen, eingehüllt in eine Wolke von Dreck und Steinen, der lange Adriaan vorneweg und weiter hinten folgte im Laufschritt die restliche Mannschaft.

Tjarko scheuchte Enno vom Turm hinunter und schrie dem Bauernreiter mit überschlagender Stimme zu: »Bewegung, Mann! Das Tor auf! Der Schollenherr kommt!«

Wenig später war die Spitze des Trupps bereits heran, donnerte durch das Tor in den Hof und die Männer sprangen aus den Sätteln, noch bevor die Pferde richtig standen. Anscheinend hatte der lange Adriaan Zeit gehabt für eine hinreichende Meldung, denn sofort stürzten alle davon, um sich zu bewaffnen, während die Frauen unter Führung Almeths die Pferde versorgten. Enno sah seinem Vater bei dem Bauernreiter stehen. Der Mann hatte, vielleicht überwältigt von einem Gefühl der Erschöpfung und Erleichterung, niederknien wollen und nach der Hand des Großbauern gegriffen, aber diese Geste war unüblich und Magnus hielt ihn fest und zog ihn auf die Füße. Er hörte mit gesenktem Kopf zu, während der Mann hastig berichtete. Dabei wies er immer wieder mit dem Arm Richtung Küste und Enno sah, dass der Reiter jetzt weinte. Er sah, wie sein Vater den Mann beruhigte, ihm tröstend die Hand auf die Schulter legte und sah nun auch den langen Adriaan mit den anderen rennend aus den Häusern zurückkommen, alle mit Kopfhauben und Langwaffen. Der lange Holländer schleppte immer noch seinen Lanzenspieß und seine Panzerweste war noch offen. In der anderen Hand trug er die Ausrüstung seines Vaters, das Schwert, das Wams aus schwerem Leder mit Eisenplatten über der Brust und die Kampfhaube. Er schrie und tobte und fluchte in einem fort, alles ging ihm nicht schnell genug, bis Magnus ihn mit einem scharfen Befehl zum Schweigen brachte.

Magnus tom Diek war ruhig und besonnen und es war klar, unnötige Hast war nun eher schädlich. Anscheinend war der Trupp der Angreifer nicht allzu stark, kaum mehr als fünfzehn Leute, so viel hörte Enno jetzt und sein Vater verwarf den Plan, weitere Männer aus dem Kirchspiel zu alarmieren. Sie waren über dreißig, alle gut beritten und bewaffnet und sie trauten sich wohl zu, die Sache allein in Ordnung zu bringen. Magnus streifte sich das Wams über und griff nach Schwert und Haube. Gleichzeitig gab er seine Befehle. Die meisten der Männer waren schon wieder zu Pferde.

»Wir bleiben zusammen!« Er wies auf den Bauernreiter. »Dieser Mann, er heißt Addo, wird uns führen. Wir gehen zum Platz des Überfalls, um uns ein Bild zu machen.« Er wischte sich über die Stirn. »Danach suchen wir die Gegend ab. Dazu Befehle, wenn es so weit ist. Ich will die Schweine haben. Keine Eigenmächtigkeiten. Ihr tut nur, was ich euch sage!« Dann saß er auf und wandte sich zum Turm. »Tjarko, du bleibst mit Enno hier. Die Frauen, Kinder und Alten in die Häuser. Solltest du Hilfe brauchen, gibst du Feuersignal, hast du verstanden?« Er zeigte auf die Grube mit feuchtem Heu in der Hofmitte und der Pferdeknecht nickte. Der Redjeve[8] hob die Hand und sie donnerten davon Richtung Küste, Magnus und der Bauernreiter vornweg. Der lange Adriaan, am Ende, mühte sich schreiend und mit Hieben, seinen riesigen Zossen schnell zu machen.

*

Es war schon später Nachmittag, als sie zurückkehrten, alle unversehrt, aber verdreckt und müde, die Pferde am Ende ihrer Kräfte. Enno stand immer noch mit Tjarko auf dem Turm und sah sie kommen; der Pferdeknecht schlug

8) gewählter Richter

wieder an das Alarmholz, um den Hof auf die Beine zu bringen. Der Schollenherr stieg schweigend und steif vom Pferd und teilte sofort eine Mannschaft ein, um die am Morgen begonnene Arbeit fortzusetzen. Sie wechselten die Tiere, aßen – schon wieder im Sattel – hastig einen Kanten Brot, die Frauen reichten Krüge mit Bier. Und dann brachen sie wieder auf, kaum, dass der Schollenherr ein Wort gesprochen hatte. Enno wusste überhaupt nichts, er brannte vor Neugier und Ungeduld, aber er musste bis zum Abend warten.

Es war der lange Holländer, Adriaan, der ihm auf der Tenne ausführlich berichtete. Die Familie des Bauern und das gesamte Gesinde waren wie üblich zum gemeinsamen Nachtmahl versammelt. Magnus saß mit seiner Frau an der Kopfseite des Tisches und aß schweigend sein Brot mit Biersuppe, dazu kalten Braten und Emmergrütze. Enno hatte es nicht zwischen den Eltern ausgehalten. Sein Vater sprach nicht eine Silbe von dem Überfall, und so hatte Enno sich neben den Langen gezwängt und löcherte ihn.

Viel war aus Adriaan nicht herauszuholen gewesen. Jawohl, sie hatten den überfallenen Hof gefunden, auch ein paar Tote hatten sie begraben. Nachfragen des Jungen wies er brüsk zurück. Erst später erfuhr Enno von der nackten Frauenleiche, die man an einem Seil auf das Scheunendach gezogen hatte, bevor das Haus in Brand gesetzt wurde. Der Körper der Frau war fast verbrannt, aber das Geschlecht noch zu erkennen. Auch tote Kinder hatten sie gefunden, schrecklich zugerichtet, und das war wohl der Grund für die mürrische Schweigsamkeit des Schollenherrn bei seiner Rückkehr gewesen. Ebenso schrecklich wie sonderbar war die unnötige Grausamkeit, mit der die Angreifer vorgegangen waren. Es genügte ihnen nicht, Beute zu machen. Sie wollten, so wie früher die Normannen, ihre Mordlust ausleben.

Wie durch ein Wunder hatte ein erwachsener Sohn des Bauern überlebt, er war beim Fischen gewesen und zum Zeitpunkt des Überfalls nicht auf dem Hof. Er traute sich zu, mit einigen Leuten aus seiner Familie das Land weiter zu bewirtschaften und Magnus tom Diek hatte ihm Ersatz für das gestohlene oder in sinnlosen Verstümmelungen getötete Vieh versprochen. Zumindest einen Grundstock, zwei oder drei Kühe und einen jungen Stier, mit denen der junge Bauer eine neue Herde aufbauen konnte.

Von den Angreifern selbst war keine Spur zu finden, auch das Schiff blieb verschwunden. Es war ihnen offensichtlich ausreichend Zeit geblieben, sich mit ihrer Beute abzusetzen. Ennos Vater hatte trotzdem zur Warnung zwei Boten in die angrenzenden Kirchspiele geschickt. Dann sei man zum Rückweg aufgebrochen.

So war das gewesen. Eine unliebsame Überraschung hatten sie dann auf dem Heimweg erlebt. Auf halbe Strecke sei man in den Marschwiesen nördlich Eesensem einem fremden Reitertrupp begegnet.

Enno hob den Kopf. »Wer war das?«

Der lange Adriaan trank bedächtig einen mächtigen Schluck aus seinem Wasserkrug. Dann wischte er sich über den Bart und spuckte auf den Tennenboden. »Hylmerisna!« Es klang wie ein Fluch.

Enno erschrak. »Keno Hylmerisna? Der Brokmanne?«

»Genau der!«, bestätigte der lange Holländer. »Und zwar auf dem Grund und Boden deines Vaters. Unaufgefordert. In einer Landgemeinde, die ihn einen Dreck angeht. Mit mindestens zwanzig Leuten! Sogar sein Sohn Ocko war dabei. Alle bewaffnet und gerüstet. Viele davon, ihn selbst eingeschlossen, in Eisenwesten.«

Enno lehnte sich zurück. Er hörte sein Herz schlagen. Natürlich kannte er Hylmerisna. Er war ihm in Begleitung seines Vaters bei der Weihe der Kirche von Werdum begegnet. Er erinnerte sich an das rötliche, bereits dünne Haar, den kalten, forschenden Blick aus wasserhellen Augen und die unreine Gesichtshaut. Und auch an die übertriebene, aufgesetzte Freundlichkeit des Mannes und die reservierte Zurückhaltung seines Vaters. Keno war einer der Redjeven der Broeckmerlande[9] und stand in dem Ruf, ehrgeizig und rücksichtslos in der Verfolgung seiner Interessen zu sein. Es schien ihm auch schwerzufallen, sich nach dem Amtsjahr als Richter von der Macht zu trennen, wie es der Umgang erforderte. Er besaß ein Steinhaus bei Utengherbur[10], das auch Buta Ee oder Engerhoffe hieß, und setzte sich damit über ein altes Gesetz der Brokmannen hinweg, das einen solchen Besitz nicht erlaubte.

Das Haus stand auf einem Warfenhügel, um den er noch einen Graben gezogen hatte, natürlich zur Entwässerung, aber die Anlage machte ihn hinter den Mauern nahezu unangreifbar. Manchmal hielten sich wochenlang Bewaffnete auf seinem Anwesen auf, Leute, die niemand kannte und die nicht auf den Feldern arbeiteten. Sie lungerten herum, saßen in der Sonne und tranken Bier, fast alle in Eisenjacken und jeder ständig mit Schwert und Dolch gegürtet. Hylmerisna nannte sie Gäste, aber es hielten sich böse Gerüchte, dass diese Männer eher dazu da waren, die Nachbarn einzuschüchtern, die sich unwohl fühlten, wenn die Fremden auf dem Hof waren. Es gab auch einen Vorfall aus dem letzten Herbst, als Keno Hylmerisna einen benachbarten Besitz aufgesucht hatte, um eine alte Schuld einzutreiben.

Der Bauer hatte zwei katastrophale Jahre hinter sich gehabt. Schwere Unwetter hatten ihm große Teile seiner Äcker verwüstet und zu allem Überfluss war ihm Vieh in einem Schlot ersoffen. Kenos Forderung bestand grundsätzlich zu Recht. Sie war der Gegenwert zu einer Fuhre

9) Brookmerland, auch Brokmannia

10) Engerhafe, Kreis Aurich

Saatgut und ein paar Kühen, die er dem Mann überlassen hatte. Aber dann kamen weitere Missernten auf kargen Böden und der Bauer konnte die Summe von drei Mark Silber nicht aufbringen. Den Vorschlag des Brokmannen, ihn statt dessen mit einem Stück Land zu bezahlen, lehnte der Mann ab, weil er wusste, dass Hylmerisna ihn schließlich auf eigener Erde zum Abhängigen machen wollte.

Diesmal tauchte Keno mit den Bewaffneten auf. Sie donnerten auf den Hof, taten weiter nichts, verbreiteten nur durch ihre Anwesenheit Angst und Schrecken und der Bauer, bleich wie der Tod, willigte sofort in die Landübergabe ein. Keno ließ sich einen dürren Geestrücken überschreiben, sandig und zur Landwirtschaft nur bedingt nutzbar, aber er erweiterte damit seine Ländereien in Richtung Emesingerland und Noerderlant[11], Gebiete, in denen er seinen Einfluss zu vergrößern gedachte.

Man hörte so einiges von Keno Hylmerisna. Viel Gutes war nicht darunter, wusste Enno. Auch aus den gelegentlichen Bemerkungen seines Vaters konnte man schließen, dass der Brokmanne auf dem besten Wege war, seine Landgemeinde unter seine Herrschaft zu zwingen, und dem Vernehmen nach dachte er nicht daran, es dabei bewenden zu lassen. Ein Satz fiel Enno wieder ein, abends nach der Arbeit in der Männerrunde auf der Tenne hingeworfen, eher beiläufig, aber doch so inhaltsschwer, dass er augenblicklich für Ruhe sorgte. »Dieser Mann wird mit seiner verdammten Machtgier noch Unheil über uns bringen!«, hatte Magnus gesagt. Enno erinnerte sich, wie erschrocken er gewesen war, und auch die anderen, die mit großen Augen starrten und auf weitere Erklärungen warteten, aber es kamen keine. Sein Vater hatte nur noch geschwiegen.

Und nun also trieb sich Keno Hylmerisna in ihrer

11) Emsigerland, Landgemeinde an der oberen Ems und Landgemeinde Norderland.

Landgemeinde herum. Bewaffnet und mit seinen Leuten. Enno richtete sich auf. »Was wollte er dort?«

Adriaan sah ihn spöttisch an. »Was wird er schon gewollt haben. Seinen Schweinerüssel in fremde Angelegenheiten stecken. Einfluss nehmen. Mitmischen. Einfach da sein!« Adriaan lehnte sich zurück, senkte seinen langen Oberkörper gegen die Flechtwand der Tenne und streckte mit einem Stöhnen die staksigen Beine aus. Als er weitersprach, troff seine Stimme vor Sarkasmus. »Hat natürlich Hilfsbereitschaft geheuchelt. Hätte von dem Überfall gehört und wollte nachsehen, ob Verstärkung gebraucht wird. Jeder wusste, dass das eine dumme Ausrede war, ein vorgeschobener Grund. Na, der Schollenherr war sehr erfreut, wie du dir denken kannst!«

Enno sah zu seinem Vater hinüber. Magnus sprach ernst und düster mit seiner Frau. Seinen Teller hatte er halbleer von sich geschoben. »Was hat er gesagt?«

»Gesagt?« Der lange Holländer lachte freudlos. »Ich glaube, er hat es eher ausgespuckt!« Er schüttelte den Kopf und seine Augen waren plötzlich voller Bewunderung. »Aber sehr fein, verstehst du, er hat die nötige Form gewahrt, so, dass der Brokmanne sich nicht angeschissen fühlen konnte. Aber natürlich hat er ihn angeschissen!« Er griff sich ein Stück kaltes Fleisch von der Platte und biss hinein. »Sagte, er danke herzlich. Aber auf seinem Land könne er selbst für Ordnung sorgen«, fuhr er kauend fort und spülte mit Wasser nach. »Und wenn er auf seinem Land Hilfe brauche, dann werde er darum ersuchen. Und die Landgemeinde Hairlingerlant, in der er, wie Hylmerisna wohl wisse, einer der Redjeven sei, der amtierende noch dazu, käme schon alleine zurecht, so etwa!« Er grinste. »War schon eine Sache. Er hat dem Brokmannen öffentlich die Eier gequetscht, ohne ihm weh zu tun.«

Enno fuhr sich mit der Zunge über die trockenen

Lippen. Er hatte ein ungutes Gefühl, konnte aber nicht sagen, warum. »Und was hat der Brokmanne getan? Keno Hylmerisna. Was hat er gemacht?«

Der lange Adriaan grinste jetzt breit. »Gemacht? Nichts. Was sollte er denn tun? Hat deinen Vater ›Bruder‹ genannt, noch mal etwas von Nachbarn und Hilfe gesagt, seinen Kopf artig geneigt und ist davon, seine Truppe wie ein Rudel hungriger Wölfe hinterher.« Er wandte den Kopf und sah Enno an. »Freunde werden die beiden wohl nicht mehr, Gott weiß es!«

*

Eine Woche später verletzte sich der alte Tryggve bei der Arbeit an den Brennholzvorräten. Er war seit Urzeiten auf dem Hof, war irgendwann aus dem Norden gekommen, allein und völlig ausgehungert, und hatte in gebrochenen Worten nach Arbeit gefragt. Magnus' Vater hatte ihn aufgenommen, weil ihm kurz zuvor ein Knecht gestorben war. Tryggve war offensichtlich Däne, vermutlich Seeräuber, er hatte verräterische Kampfnarben an Brust und Armen, aber er konnte mit Pferden umgehen und war auch sonst anstellig.

An diesem Morgen war Tryggve nach dem Frühstück wie gewöhnlich auf den Abtritt geschlurft, um sich von seiner Biersuppengrütze zu erleichtern, und hatte sich dann an sein übliches Tagwerk gemacht. Er arbeitete mit einem Hebeleisen, um überlange starke Äste so zu kürzen, dass die Herrin sie für die Feuerstelle im Haus verwenden konnte. Dabei brach ein trockener Buchenast so unglücklich, dass ihm ein daumendicker, fast handlanger Splitter in den linken Unterarm fuhr und dort stecken blieb. Das stumpfe Ende saß oben zwischen Handwurzel und Ellenbogen, die Spitze sah unten heraus. Er ließ niemanden an die Wunde heran, auch die Herrin nicht, zog sich in seine Hütte zurück und wartete bis zum Abend auf die Rückkehr der Männer von den Feldern. Almeth tom Diek stellte ihm einen Krug Bier neben das Lager und bedeckte den Arm mit einen Tuch aus sauberem Linnen, mehr erlaubte der Alte nicht.

Als Magnus und Adriaan am Abend mit den anderen auf den Hof zurückkehrten, war Tryggve noch bei Bewusstsein, aber es ging ihm schon sehr schlecht. Mit seinem harten, nordischen Akzent berichtete er in heiseren und abgehackten Wortfetzen von seinem Missgeschick, stieß immer wieder ein raues, rasselndes Lachen aus und was er sagte, war kaum zu verstehen. Der Arm war inzwischen derart angeschwollen, dass der Splitter im Fleisch verschwand. Nur die Wundränder zeigten die Stellen, an denen er eingedrungen war. Die Wunde nässte stark, blutete noch immer leicht und sonderte einen strengen Geruch ab. Es war klar, sie mussten das Holz entfernen, aber weder Magnus noch Adriaan hatten je dergleichen getan.

Sie ließen sich von Almeth nochmals genau erklären, wie der Splitter saß. Danach hatten sie zwei Möglichkeiten; entweder das Holz vollends durch die Wunde zu treiben und so zu entfernen, was ohne Zweifel den Wundkanal vergrößerte. Oder den Splitter entgegen der ursprünglichen Bewegungsrichtung herauszuziehen. Diese Methode konnte ebenfalls zu weiteren Verletzungen führen, wenn das Holz unregelmäßig geformt war und Widerhaken aufwies. Sie entschlossen sich nach kurzer Überlegung, das Holz rückwärts herauszuziehen.

Während Adriaan von einigen Knechten die notwendigen Vorbereitungen treffen ließ, beugte sich Magnus zu dem Alten hinunter. »Wir müssen den Splitter herausziehen, Tryggve, verstehst du?«

Der alte Mann hatte ihre Beratung mit stumpfem Blick verfolgt. Sein Fieber war hoch und er hatte starke Schmerzen. Er nickte und öffnete den Mund zu einem flachen Röcheln.

»Wir müssen schneiden, Tryggve, damit wir an den Splitter herankommen, hast du verstanden?«

»Ja, Herr!« Der Knecht senkte gehorsam den Kopf und beobachtete, wie Adriaan die Hufzange zurechtlegte und das Messer aus dem Feuer zog.

Magnus hob den Bierkrug an Tryggves Lippen. Der Alte trank, aber seine Augen ließen das Messer nicht los, mit dem sich der lange Holländer jetzt näherte. Die Knechte traten hinzu und hielten den alten Mann fest, während Magnus ihn in die Arme nahm und die Hand auf seine Augen legte.

Beim ersten Schnitt stieß Tryggve einen heulenden Schrei aus und bäumte sich auf, bevor er das Bewusstsein verlor. Der zweite Schnitt legte den oberen Rand des Splitters frei, das geschwollene Fleisch stand so unter Spannung, dass es zur Seite wegplatzte und die Wunde sich öffnete. Während die Knechte den Arm fixierten, zerrte Adriaan mit der Hufzange leise fluchend an dem Splitter. Das Holz war, wie befürchtet, unregelmäßig gebrochen und hakte an den Wundrändern fest. Als Adriaan es endlich lösen konnte, schoss ein Schwall schwärzlichen Bluts hervor und für kurze Zeit war das blitzende Weiß der Elle zu sehen. Almeth wusch die Wunde mit Bier aus und versorgte sie anschließend mit erhitztem Emmeröl, denn etwas anderes wusste sie nicht. Dann verband sie den Arm mit sauberen Streifen aus gebleichtem Linnen. Einer der Knechte blieb bei Tryggve hocken, der immer noch ohnmächtig war.

Spät in der Nacht kam Magnus, um nach dem alten Tryggve zu sehen. Er brachte eine Schale mit Mus aus gekochten Pferdebohnen und einen frischen Krug Bier. Der Knecht berichtete, dass der alte Mann immer wieder kurz bei Bewusstsein sei. Er habe nichts gegessen oder getrunken, leide starke Schmerzen und auch das Fieber schiene höher als zuvor. Magnus musste den Verband lösen, denn der Arm war weiter angeschwollen und der Stoff schnitt in das Fleisch. Als er die Wundstelle freilegte, waren die Ränder stark gerötet und es hatten sich weiße Blasen gebildet. Tryggve atmete hechelnd zwischen den Zahnstummeln hindurch, sein Gesicht war angespannt und kantig vor Schmerzen. Als Magnus die Wunde berührte, fuhr der alte Mann mit einem tiefen Stöhnen in die Höhe und starrte blicklos ins Leere. Aber sofort danach rutschten die Augäpfel nach oben weg, so weit, dass nur noch das Weiße zu sehen war, und der Kopf sank ihm auf die Brust.

In den folgenden zwei Tagen verschlechterte sich Tryggves Zustand erheblich. Der Arm wurde dunkel und brandig, schwoll weiter auf und die Wunde sah aus wie ein aufgeplatzter Pferdeapfel. Sie sonderte jetzt einen starken Fäulnisgestank ab und es war klar, dass der alte Mann diese Verletzung nicht überleben würde. Tryggve redete irre unter hohem Fieber, stieß immer wieder furchtbare Schreie aus, die dann in ein flaches, gehetztes Flüstern abfielen, heisere Wortfetzen in einer Sprache, die niemand verstand. Er war dem Tod schon sehr nahe.

Am Abend befahl Magnus einem der Knechte, den Priester des Kirchspiels zu holen. Es war bereits weit nach Mitternacht, als Bruder Ludgerus erschien. Er war ein Benediktiner aus dem Kloster Marienkamp. Sein unruhiges, streitbares Wesen hatte innerhalb der Bruderschaft stets für Unfrieden gesorgt, und so war der Abt Hilderaad froh gewesen, ihn auf den Posten des Gemeindepfarrers loszuwerden, als der Amtsvorgänger im Winter 1341 von einer marodierenden Bande im Rausch erschlagen worden war. Unter der Führung des amtierenden Redjeven hatte man die Täter festgesetzt und zwei von ihnen hingerichtet, weil sie die für Totschlag festgesetzte Geldbuße nicht aufbringen konnten. Die übrigen, Söhne reicher Familien, hatten ihr Friedensgeld bezahlt und die Summe war dem Verfahren entsprechend an den Erzbischof von Brema[12] abgeflossen. So weit hatte alles seine Ordnung. Die Kirche stand auf Land der Familie tom Diek, aber Magnus verzichtete auf sein Patronatsrecht[13] und überließ die Benennung dem Abt des Klosters.

Als dieser Bruder Ludgerus als neuen Pfarrer des Kirchspiels einsetzen wollte, war es zu einem Eklat gekommen. Die Richter der Landgemeinde hatten sich nach vergeblichen Versuchen, Hilderaad umzustimmen, an den Erzbischof von Brema gewandt, um die Amtseinsetzung des Benediktiners zu verhindern. Sie wollten einen friedfertigen, auf Ausgleich bedachten Geistlichen und nicht diesen widerborstigen Querulanten. Besonders Magnus tom Diek als betroffener Schollenherr hatte sich dafür stark gemacht, nach einer anderen Lösung zu suchen.

Aber es war ein Fehler gewesen, den Kirchenfürsten einzuschalten. Burkhard Grelle hatte die Gelegenheit genutzt, seine schwache Position in diesem Teil seines Bistums zu stärken. Der Anlass war günstig, Einfluss und damit letztlich Macht der Kirche im Osten der Diözese mehr Geltung zu verschaffen. Zunächst hatte er die Abordnung ohne jede Erklärung in einem unbeheizten Vorzimmer warten lassen. Es war ein bewusster Affront, so viel war ihnen klar und sie waren schon entschlossen gewesen, die Sache zu beenden. Dann hatte er sie schließlich empfangen, blasiert und unhöflich auf seinem Erzbischofsstuhl, einen roten Mantel mit Pelzkragen um die schmalen Schultern gezogen. Er trank erhitzten, geharzten Wein, hielt es aber nicht für nötig, davon anzubieten. Den Kammerdiener hatte er mit einer herri-

12) Bremen

13) Vorschlagsrecht zur Ernennung von Geistlichen, hier: Dem Pfarrer einer Kirchengemeinde. Stand in der Regel dem Besitzer des jeweiligen Landes zu, auf dem dir Kirche stand. Das letzte Wort zur Ernennung und Investitur hatte allerdings der zuständige Kirchenfürst, also der Erzbischof der Diözese.

schen Handbewegung aus dem Raum gescheucht. Dann hatte er sie mit kalten Fischaugen gemustert und hatte, ohne sie auch nur anzuhören, klargemacht, dass die Besetzung der Pfarrersstelle eine Entscheidung der Kirche sei. Punktum. Nichts weiter. Als es schließlich Magnus war, der Einwände erhob, wandte sich der Kirchenfürst schroff an ihn.

»Du hast dein Patronatsrecht an Abt Hilderaad abgetreten, wie ich höre. Schön. Eines solltest du wissen: Ein Vorschlagsrecht birgt das Recht, einen Vorschlag zu machen. Mehr nicht!« Er lehnte sich in seinem Erzbischofsstuhl zurück und drehte sein Weinglas in den Händen. Auf seinen Lippen stand ein spöttisches Lächeln, aber seine Augen blieben kalt. »Ich wundere mich besonders über dich, Magnus tom Diek. Da du meines Wissens trotz Taufe keinen Trost in den heiligen Sakramenten unseres Herrn Jesus Christus suchst, leugne ich dein Recht auf Mitwirkung an dieser Entscheidung. Woher also nimmst du die Stirn, im Namen der Gemeinde zu sprechen?«

Magnus hatte ganz ruhig das hoffärtige Gesicht gemustert, diesen mitleidlosen, unbarmherzigen Blick, und war dann einen kurzen Schritt näher getreten. »Meine Familie lebt christlich, dafür sorgt schon meine Frau. Und ich fördere die Kirche in meinem Kirchspiel. Wie Ihr wisst, Herr. Ich werde die christlichen Riten vollziehen, wenn *ich* so weit bin!«, hatte er geantwortet und in dem Raum war es totenstill geworden. Und in diese Stille hinein war Magnus fortgefahren: »Da Ihr selbst, Herr, *meines Wissens* ein Weltlicher und ohne Priesterweihe auf diesen Stuhl gekommen seid und nun entscheidet, wird Euch bewusst sein, dass die Gemeinde ihre Wünsche nicht angemessen berücksichtigt sieht!«

Da war Grelle nach vorn geschossen. »Die Kirchengemeinde? Die Glieder der Kirche in deinem Kirchspiel?

Oder *ihr*? Oder *du*, Magnus tom Diek? Der Abt von Marienkamp übt, zumal du verzichtet hast, nach dem Kirchengesetz das Patronatsrecht aus. Er hat entschieden. Ich bestätige hiermit seine Entscheidung!«, hatte er mit eiskalter, scharfer Stimme geantwortet, viel lauter als nötig, und sich dann in seinen Stuhl zurückgeworfen, so heftig, dass die Lehne ächzte. Magnus hatte zu einer Entgegnung angesetzt, aber Burkhard Grelle hatte mit einer herrischen Armbewegung das Gespräch beendet.

Inzwischen war Bruder Ludgerus seit gut drei Jahren Pfarrer des Kirchspiels und die Befürchtungen der Gemeinde hatten sich bestätigt. Ludgerus war insgesamt das Gegenteil eines wohlmeinenden, Wärme und Geborgenheit vermittelnden Hirten seiner Herde. Selbstverständlich wusste er, dass unter den Redjeven vor allem Magnus tom Diek ihn abgelehnt und gegen ihn interveniert hatte, was ihr persönliches Verhältnis zusätzlich belastete. Auch jetzt war er in übelster Laune, man hörte ihn schon am Tor fluchen und schimpfen. Er hockte auf seinem Maultier und stieg auch nicht ab, als Magnus ihn vor der Hütte empfing.

»Was ist es, Herr, das dich veranlasst, mich mitten in der Nacht aus dem Bett zu holen?«, fragte er vorwurfsvoll und wischte sich mit dem Ärmel seiner Kutte schniefend über das schweißnasse Gesicht. »Begehrst du endlich, zu beichten oder den Leib des Herrn zu empfangen, oder willst du meiner erbärmlichen Kirche, die immer noch keine Glocke hat, endlich ein festes Dach …«

Mit einer Handbewegung brachte ihn Magnus zum Schweigen.

»Unser Herr Jesus Christus und seine Apostel haben ihres Gottes Wort unter freiem Himmel verbreitet und du hast eine Kirche!«, erwiderte er hart und wies mit dem Daumen auf das Haus. »Wir haben hier einen sterbenden Mann, der deinen Beistand braucht. Also bewege dich und tue deine Pflicht! Und erinnere dich gelegentlich daran, mit wem du sprichst, Priester! Ich bin der Schollenherr deiner Gemeinde. Deine Kirche steht auf meinem Acker, du reitest ein Maultier aus meinem Stall und ernährst dich von meinen Feldern!«

»Und der Gnade des Herrn«, entgegnete Ludgerus aufsässig, stieg mürrisch von seinem Reittier und folgte Magnus zögernd in die Hütte.

Das Licht war spärlich, es brannten nur einige Kienspäne in der Ecke und stechender Geruch stieg ihnen in die Nase. Viel Gesinde war um das Lager versammelt, und auch Almeth, die Herrin, Enno und Adriaan, der lange Holländer.

Als er näher trat und den alten Tryggve erkannte, prallte der Mönch zurück. »Nein! Nicht dieser Mann! Er ist Heide und kein Christ!«, keuchte er und wollte sich wegdrehen.

Er sah den Schlag nicht kommen, so schnell war er geführt, halb Griff an die Kutte, halb Hieb gegen den Hals, und der lange Holländer packte ihn und hielt ihn fest.

»Er ist ein Mensch« sagte Magnus ruhig. »Wenn du willst, dann taufe ihn, aber du wirst ihn segnen und ihm die Sakramente spenden.«

Mit einer zornigen Bewegung schüttelte Ludgerus die Faust des langen Adriaan ab, der ihn immer noch gepackt hielt, und wandte sich dem Lager zu. Sein Arm stieß wie ein Schwert auf den Sterbenden hinab, aber er sah ihn nicht an. »Weißt du denn nicht, wer das ist? Das ist doch auch einer von diesen Hunden, die Frauen Gewalt antun, Männer erschlagen, Kinder als Sklaven verkaufen und Höfe abbrennen. Er ist es nicht wert, hörst du, er ist es nicht wert, der Gnade Gottes teilhaftig zu werden!«, geiferte er mit sich überschlagender Stimme und Enno sah die Speichelfäden zwischen seinen Lippen. In der Hütte war es jetzt totenstill und plötzlich sah Enno auch, dass Tryggve bei Bewusstsein war und die Augen offen hatte.

Er war ganz ruhig, schien in diesem Augenblick keine Schmerzen zu spüren und sah den Priester unverwandt an.

»Es ist der alte Tryggve, mein treuer Knecht, der jetzt auf den Tod liegt und jeden Trost braucht, den er bekommen kann. Auch deinen!«, hörte Enno seinen Vater sagen, langsam, fast bedächtig und mit sanfter Stimme, aber seine Augen waren wie Dolche. Einen Moment lang standen sie sich schweigend gegenüber, fixierten sich, bis der Mönch den Blick senkte und sich neben Tryggve niederhockte.

»Verstehst du mich?«

Der alte Nordländer senkte und hob die Augenlider.

»Willst du getauft werden?«

»Ja«, sagte Tryggve jetzt sehr klar. Danach schüttelte ihn ein heftiger Schmerzkrampf, er ermattete zusehends und verfiel schließlich in einen tiefen Dämmerzustand.

Ludgerus taufte ihn auf den Namen Johannes. Er tat es hölzern und unbeteiligt. Mit einer herrischen Armbewegung hatte er zuvor die Umstehenden zum Knien aufgefordert, aber nur wenige waren ihm gefolgt. Almeth bereitwillig, Magnus mit Zögern und auch Enno und einige andere. Der lange Holländer war mit finsterem Gesicht stehen geblieben.

Danach hastete der Benediktiner durch ein Paternoster und wandte sich schließlich dem Glaubensbekenntnis zu. »Credo in unum deum patrem omnipotentum«, sagte er kalt und ohne Betonung, begleitet von Almeth und Teilen des Gesindes. Der Mönch blickte zur Seite und vermied jeden Augenkontakt mit dem Sterbenden. Die Kienspäne waren inzwischen heruntergebrannt und der Raum so dunkel, dass man nur noch Umrisse erkannte. »... descendit de coelis et incarnatus est de spiritu ex maria virgine ...«, murmelte Ludgerus und einer der Knechte zündete weitere Kienspäne an, die ein diffuses Dämmerlicht auf das Lager warfen. Tryggve lag jetzt wie tot, sein Gesicht war von einer wächsernen Blässe, die Lippen spröde und schuppig wie ausgedörrtes Leder. »... et expecto resurrectionem mortuorium et vitam venturi saeculi. Amen«, schloss der Benediktiner fast widerwillig, ignorierte die zornigen Blicke, langte in den von Almeth hingestellten Fettkrug, über den er vorher achtlos das Kreuz geschlagen hatte. Als er den heiligen Ritus der Sterbesakramente vollzog, war seine Stimme flach und ausdruckslos.

»Durch diese heilige Salbung und durch seine mildreiche Barmherzigkeit verzeihe dir der Herr, was du gesündigt hast durch Sehen, Hören, Reden, Riechen, Tasten und Tun«, sagte er mit halber Stimme. Er legte seine Rechte segnend auf Tryggves Augen, Ohren, Nase, Mund und wiederholte die Worte bei jeder Berührung. Dann stand er auf und warf dem Hausherrn einen auffordernden Blick zu, ganz so, als schiene er auf etwas zu warten.

Aber bevor Magnus reagieren konnte, trat Almeth hinzu und maß den Mönch mit Augen, die dunkel waren vor Zorn. »Du bekommst dein Geld, wenn er beerdigt ist. Deine heutigen Dienste waren jedenfalls keine Bezahlung wert!«

Ludgerus wischte sich fahrig über seine schwarze Kutte. In der zunehmenden Dunkelheit waren seine Augenhöhlen wie die Löcher in einem Totenschädel. »Bedenke, Herrin, dass es immer gottgefällig ist, der Kirche zu geben«, murmelte er dumpf, aber Almeth hatte sich schon zu Tryggve gehockt und reinigte ihm mit einem feuchten Linnen das Gesicht.

In dieser Nacht starb der alte Tryggve. Er wurde einen Tag später auf dem Kirchhof hinter der Kapelle begraben. Es war kalt, die Erde war noch fest gewesen und die Knechte hatten Mühe gehabt, die Grube auszuheben. Während des Begräbnisses fiel immer wieder von scharfem Westwind getriebener eisiger Schnee. Ludgerus begann mit der Zeremonie, noch bevor die Gemeinde vollständig versammelt war. Mit ungebührlicher Hast eilte er durch den Ritus und warf immer wieder giftige Blicke auf das Runenholz, das Magnus in seinen Gürtel gesteckt hatte. Es war uralt, glänzend poliert und mit einem massiven Silberring in der Mitte, schon seit Generationen in der Familie. Magnus tom Diek hielt es nicht für unpassend, das Holz bei der Beerdigung des alten Tryggve, der jetzt Johannes hieß, bei sich zu tragen.

Der Leichnam war in eine Schilfmatte eingeschlagen, die Enden hatte man mit Stricken verknotet. Das Bündel war nicht viel größer als bei einem Kind. Während die Knechte den alten Tryggve in die Grube senkten, führte Magnus das Runenholz an Brust und Stirn, wie es seine Vorfahren getan hatten, und in den Augen des Benediktiners stand blanke Wut. Eine stürmische Böe fuhr plötzlich auf und riss dem Mönch die Worte von den Lippen, legte sich, kehrte zurück und zerrte an den Kleidern. Niemand wusste später genau zu sagen, was sich zugetragen hatte, aber Enno schwor, Bruder Ludgerus habe über der offenen Grube das Kreuz geschlagen, und dabei habe sich der schwarze Habit drohend aufgebläht wie die Schwingen eines unheimlichen Riesenvogels und die segnenden Arme hätten gewirkt wie zupackende Klauen. Niemals in seinem Leben werde er diesen Anblick vergessen.

Am Ende umringte die Gemeinde das Grab, um von dem alten Tryggve Abschied zu nehmen und Ludgerus trat ungerührt zur Seite. Magnus bezahlte ihn mit einem halben Pfennig hamburgisches Silber, den der Mönch gierig und ohne Dank ergriff und in den Falten seiner Kutte verschwinden ließ. Dann wandte er sich wortlos ab und stapfte in seine Kirche.

Den folgenden Sonntag kniete Magnus tom Diek schon kurz nach Tagesanbruch in seiner Bank vor dem Altar. Bruder Ludgerus maß ihn mit einem erstaunten Blick und sah ihn den Beichtstuhl betreten. Der Mönch kam herüber, verhüllte wortlos sein Haupt mit der Kapuze und nahm Magnus das Sündenbekenntnis ab. Seine Stimme blieb unbeteiligt, aber Magnus spürte die Augen des Priesters durch das Sichtgitter kalt und forschend auf sich gerichtet. In der Messe empfing Magnus tom Diek zum ersten Mal in seinem Leben den Leib des Herrn.

*

Wenn man jemandem ein Haarbüschel abschlägt, so dass Haar und Kopfhaut und drittens Blut nachfolgen, so ist die Buße 24 Schillinge, oder man schwöre zwei Reinigungseide.

3. Rüstringer Bußtaxe

2.

Westerbensze[14], Hairlingerlant,
am Tag vor Ambrosius, Anno Domini 1345
(Sonntag, 3.April)

Der Winter mit seinen Stürmen hatte den Deichen arg zugesetzt und Magnus wurde eine schadhafte Stelle an der Südweststrecke gemeldet, nicht weit von der Grenze zu Noerderlant. Als er mit seinen Leuten eintraf, war Keno Hylmerisna schon dort. Er schien Stidolf Noerlant, den Redjeven von Noerderlant, zu begleiten, der mit einer Gruppe weiterer Richter seiner Landgemeinde ebenfalls vor Ort war. Sie begrüßten sich steif und förmlich. Gemeinsam gingen sie mit ihrem Gefolge die Deichkrone ab und begutachteten die Schäden. Das Meer hatte die Deichsohle großflächig ausgewaschen. In der Folge waren ganze Streckenteile eingebrochen, Armierungen und Befestigungsgeflecht waren fortgespült worden oder lagen ausgerissen am Strand. Mit finsterem Gesicht betrachtete der Brokmanne die Zerstörungen. Dann richtete er seinen Blick nach Westen, wo sich die Deichanlagen von Noerderlant anschlossen.

»Ein Deich mit einem Bruch ist wie ein Krug mit einem Loch im Boden«, sagte er grollend an Magnus gerichtet und sah ihn kalt an. »Die schöne Hülle bewirkt nichts mehr, ist nur noch Schein, und reißt bei nächster Gele-

14) Westbense, untergegangener Ort im Harlingerland.

genheit wie eine Kette mit morschen Gliedern.« Er wies die Küste hinauf und seine Stimme hob sich. »Wenn ihr hier nicht für Ordnung sorgt, werdet nicht nur ihr bei der nächsten Sturmflut bezahlen. Auch wir in Noerderlant saufen dann ab wie die Ratten!«

Magnus wusste, dass Hylmerisna recht hatte, aber er dachte nicht daran, ihm zuzustimmen. Schäden an den Deichen waren trotz ständiger Pflege der Wälle nicht zu vermeiden. Es kam darauf an, sie rasch zu beseitigen, ja, die schadhafte Stelle noch stärker zu befestigen, als dies vorher der Fall gewesen war. Er blickte hinab auf die Deichsohle. Der für diesen Abschnitt verantwortliche Bauer war mit einer Gruppe seines Gesindes und einigen Nachbarn bereits bei der Arbeit. Mit Tragen und einem Gespann wurden Baumaterialien herangeschafft, um die Einbrüche aufzufüllen. Andere Helfer bargen noch brauchbare Armierungsstämme vom Strand oder schleppten Bauholz von nahen Höfen heran.

Als der Bauer Magnus tom Diek erkannte, stieß er seinen Spaten in die Erde und stieg auf die Deichkrone. Sein Gesicht war gerötet vor Anstrengung und sein Lederwams durchnässt von Schweiß. Er lupfte kurz seine Kappe, setzte sie rasch wieder auf und würdigte den Brokmannen keines Blickes. »Der Bruch kam letzte Nacht.« Er schnäuzte sich zu Seite. »Wir hatte den Riss gestern am Abend bemerkt, aber es war schon zu dunkel, um noch etwas zu unternehmen«, sagte er in einem Ton, der klarmachte, dass er keine Vorwürfe hören wollte.

Magnus nickte, aber Keno Hylmerisna drängte sich nach vorn. »Du weißt hoffentlich, was du zu tun hast. Wenn du deine Deichpflicht nicht mehr erfüllen kannst, musst du deinen Hof aufgeben. Andere werden ihn übernehmen und vielleicht besser arbeiten!«, sagte er scharf.

Die Spielregeln waren klar. Wer an der Küste Land besaß, übernahm besondere Verantwortung für den

Zustand des Deichs auf seinem Boden. Ihm oblag die ständige Beobachtung seiner Festigkeit und bei Schäden die Alarmierung der in der Deichacht zusammengeschlossenen Familien des Hinterlandes. Diese Bauern hatten mit Hand- und Spanndiensten zu helfen, auch mit Baumaterial, aber die Hauptlasten hatte der Grundeigner am Deich zu tragen. Konnte er die damit verbundenen Leistungen an Geld und Arbeit nicht mehr erbringen, verlor er unweigerlich seinen Besitz. Aber diese Entscheidung lag allein bei der Landgemeinde. Hylmerisna hatte in Hairlingerlant keinerlei Rechte und diesmal konnte sich Magnus tom Diek nicht zurückhalten. »Es ist nicht dein Geschäft, darüber zu befinden, Keno Hylmerisna.«

Der Bauer nickte und wollte sich schon abwenden, hielt dann aber inne und trat einen Schritt auf den Brokmannen zu. »In meinem Abschnitt gibt es zwei Sieltore«, erwiderte er ruhig. »Beide haben mir die letzten Stürme stark beschädigt. Ich habe sie in mehreren Tagwerken mit meinen Leuten ohne weitere Hilfe instand gesetzt.« Jetzt stand ein grimmiges Lächeln auf seinen Lippen und er sah den Hylmerisna voll an. »Ich wusste nicht, dass du nun auch für Noerderlant sprichst, obwohl Stidolf und die anderen edlen Herren der Landgemeinde ebenfalls hier sind. Interessant!«

Er hatte lauter gesprochen, als nötig gewesen wäre, und die Gruppe um Stidolf Noerlant war aufmerksam geworden und sah herüber.

»Ich habe im letzten Spätsommer die Meerseite des Deichs, da, wo kein grüner Anwachs ist, bis zur halben Höhe mit Stroh gestickt, Gott ist mein Zeuge!«, fuhr der Mann bitter fort. »Ich habe in dieser Zeit meine Felder vernachlässigt und in zahllosen Fuhren Steine herangeschafft, um die Dielen und Pfähle der Sohlenarmierung zu verstärken.« Er wies mit dem Arm nach Nordosten.

»Die Herren mögen sich überzeugen, dass der Deich in gutem Zustand ist. Es gibt weiter keinen Mangel an ihm, auch die Neigung zur Seeseite ist, wie sie sein muss!«

Die Abordnung aus Noerderlant war inzwischen nähergetreten. Magnus sah Edo Onnisna und Willo ten Huus. Diese beiden waren gemeinsam mit Stidolf im März Anno 1340 auf dem Weg zu einer Pilgerreise nach Rom in der Stadt Cöln festgesetzt und in den Kerker geworfen worden, weil man ihnen einen Betrug anhängte, den tatsächlich Utrechter Kaufleute zu verantworten hatten. Es war eine mysteriöse Geschichte gewesen, damals. Hartnäckigen Gerüchten zufolge hatten sich die drei in einer Vorstadtschenke vergnügt, auch mit irgendwelchen Frauen, und waren dann, schon nicht mehr ganz nüchtern, von einem Mittelsmann des städtischen Weinkontors in eine Taverne hinter der Stadtmauer abgeschleppt worden. So weit schien die Sache zu stimmen.

Dort sollte es schließlich zu dem dubiosen Handel gekommen sein. Angeblich hatten Noerlant und seine Begleiter eine größere Menge Wein geordert, insgesamt drei Fuder, von der sie im nüchternen Zustand nichts mehr wissen wollten. Zudem warf man ihnen vor, ihre Schuld für Speisen und Wein mit Münzen bezahlt zu haben, deren Silbergehalt deutlich unterhalb des Normgewichtes gelegen haben sollte. Die Geschädigten, zwei Cölnische Weinhändler, machten geltend, übers Ohr gehauen worden zu sein, und ließen die drei brutal misshandeln. Sie nahmen ihnen ihr restliches Geld weg und sorgten dafür, dass der erzbischöfliche Kerker für eine Weile ihr Zuhause wurde.

Die Verwechslung mit den Westfriesen wurde irgendwann offenkundig, aber die Cölner betrachteten Stidolf und seine Gefährten wohl als eine Art Geiseln, um ihre Forderungen durchzusetzen. Und sie verlangten nicht irgendeine Münze, sondern silberne Tournosen[15]. Es bedurfte des massiven Einsatzes eines zufällig in der Stadt weilenden Dominikaners aus Noirden[16], sie aus dem Kerker zu befreien. Bruder Ricaldus schaffte es irgendwie, die geforderten 25 ½ Pfund Silbergroschen zusammenzukratzen, wohl nicht ohne die Hilfe des Cölner Klerus, und kaufte die Männer frei.

Als sie dem Kerker entstiegen, waren sie in einem jämmerlichen Zustand, verdreckt und ausgehungert, dem Tode näher als dem Leben. Nur durch die eindringliche Klage der Redjeven und der Landgemeinde von Noerderlant und Hairlingerlant und unter Androhung des Abbruchs der Handelsbeziehungen gelang es, die Cölner zu einer Entschädigung zu bewegen. Das gemeinsam durchlittene Elend hatte Stidolf, Edo und Willo zusammengeschweißt. Sie traten in der Regel zusammen auf, waren oft gleicher Meinung, weshalb man sie in ihrer Landgemeinde scherzhaft häufig als »Dreieinigkeit« bezeichnete, und stellten in Noerderlant einen Machtfaktor dar, der nicht unterschätzt werden durfte.

»Er spricht nicht für uns«, sagte Noerlant mit seiner hellen, kindlichen Stimme, in der Ärger mitschwang, und die anderen nickten.

Der Brokmanne hob den Kopf und sein Kinn straffte sich. »Keno Hylmerisna spricht für Keno Hylmerisna!« Er raffte seinen Mantel über der Brust zusammen und drehte die Schulter in den scharfen Seewind. »Der Deich ist nur so stark wie seine schwächste Stelle, das wissen wir alle. Und ich habe Besitz in Noerderlant, den ich geschützt sehen will!«

---

15) Schwerer Silbergroschen, erstmals 1266 durch den französischen König Louis IX als »Gros tournois« im französischen Tours geschlagen. Später auch in Westeuropa als »Turnosegroschen« verbreitetes Zahlungsmittel. Vorbild für die Groschenprägung insgesamt.

16) Norden

Stidolf Noerlant und seine Begleiter entfernten sich ein paar Schritte, steckten die Köpfe zusammen und berieten sich leise. Dann kam Edo Onnisna herübergestapft, seine gedrungene Gestalt war in einen Mantel aus blauem friesischem Tuch gehüllt. Er war Bauer, aber durch den Handel reich geworden und glaubte fest daran, dass sich Wohlstand auf Sparsamkeit gründet.

So hatte er trotz aller Beschwernisse nicht im Traum daran gedacht, sich und seine Gefährten aus ihrer Cölnischen Haft auszulösen, was er ohne weiteres gekonnt hätte. Überzeugt, sein Geld niemals wiederzusehen, saß er lieber im Gefängnis. Und als er bei einem Sturz vom Pferd seine obere Zahnreihe verlor, ließ ihn der Preis für Zahnersatz aus Ochsenknochen erbleichen. Der Medicus des Aldenborcher Grafen bot auch Elfenbein an, doch Edo schrie er vor Entsetzen über die genannte Summe. Er ließe sich eine Prothese aus geweißtem Holz fertigen.

Seine Holzzähne waren inzwischen vergilbt und saßen schlecht. Obwohl er sie mit Harz am Oberkiefer befestigte, lösten sie sich immer wieder und behinderten ihn beim Sprechen.

Er stellte sich vor den Brokmannen und sah ihm fest in die Augen. »Deine Güter in Noerderlant, Keno Hylmerisna, die eigentlich deiner Frau gehören, o ja, die kennen wir. Wir wissen auch, dass du sie zu mehren trachtest«, nuschelte Edo und entblößte lächelnd seine Schneidezähne. Sie hatten sich wieder gelockert und er drückte mit der Zunge dagegen, half schließlich umständlich mit dem Daumen nach und schob die Prothese in ihre richtige Position. Stidolf Noerlant und Willo ten Huus waren inzwischen hinzugetreten und auch Magnus näherte sich der Gruppe. Das Gesinde dagegen hielt Abstand.

Von See her fuhren plötzlich raue Böen über den Deich und die Arbeiter am Strand drehten ihre Rücken in den scharfen Wind. Der Bauer verabschiedete sich mit einem flüchtigen Kopfnicken, schnäuzte sich erneut und ging hinunter zu seinen Leuten. Bevor er seinen Spaten aufnahm, warf er einen langen Blick auf die Deichkrone, suchte Blickkontakt zu Keno Hylmerisna, spuckte kräftig aus, spie ein zweites Mal in die Hände und begann zu arbeiten.

Das Gesicht des Brokmannen war jetzt eine steinerne Maske. Er sprach ruhig und beherrscht, aber in seinen Augen glitzerte die Wut.

»Wer trachtet nicht danach, seine irdischen Güter zu mehren?«, fragte Hylmerisna ironisch und wandte sich direkt an Edo Onnisna. »Es ist gottgefällig und du tust es auch, gerade du, Edo!« Er schüttelte den Kopf. »Es ist ein Jammer, Brüder. Schließlich wollen wir doch alle dasselbe, ist es nicht so? Gut und sicher leben und für unsere Söhne ein wachsendes Erbe.« Er zupfte an seinen eleganten Handschuhen und warf dem Bauern an der Deichsohle einen verächtlichen Blick zu. Der Mann teilte jetzt seine Leute neu ein. Ein Pferdegespann brachte Eichenstämme heran, die abgeladen und verbaut werden mussten. Kenos Augen lösten sich, seine Stimme troff vor Geringschätzung. »Leider ist es aber auch so, dass unfähiges Gesindel uns dabei zu oft in die Suppe spuckt. Leute, die Freiheiten genießen, die ihnen nicht zukommen dürften. Die sich anmaßen, in Angelegenheiten mitzureden, die nur den führenden Familien vorbehalten sein sollten!«

Sein Hals hatte sich gerötet und er sprach nun laut. »Es liegt an uns selbst, ob wir das weiterhin dulden wollen. Ob wir unser Lebensglück und das Wohlergehen unserer Familien davon abhängig machen wollen, dass Bauerntrampel und Tagelöhner ihre Deichpflicht erfüllen!«

Stidolf und seine Begleiter wechselten rasche Blicke. In ihren Gesichtern stand Ablehnung und Misstrauen. Magnus lächelte. »Interessante Wortwahl. ›Bauerntrampel‹! Wir sind doch alle Bauern? Oder doch nicht? Welchen Standes bist du?«

Der Brokmanne schwieg mit zusammengekniffenen Lippen.

»Und wenn du sagst ›wir‹, dann meinst du doch vor allem dich selbst, Keno, oder nicht?«, ergänzte Noerlant mit heller Stimme. »*Du* willst nicht länger dulden, was nach unserem Landrecht Gesetz ist: Freiheit und Unabhängigkeit aller. Du willst Privilegien für die führenden Familien, sagst du. Aber bleibt es dabei? Wer schützt uns am Ende vor *dir* und den Machtansprüchen der Hylmerisna?«

Die anderen brummten und nickten zustimmend.

Jetzt schob sich Magnus tom Diek heran. Er hielt den Kopf gesenkt. Seine Augen waren kalt und die Stimme flach, fast tonlos. »Dieser Bauer heißt Dode Tammena. Du wirst ihn kennen. Ihm gehört ein Anwesen von etwas mehr als zwölf Grase[17]. Er hat über zwanzig Stück Vieh. Seine Familie lebt hier seit zwei Generationen. Und sie hat ihre Pflichten in Hairlingerlant immer erfüllt!« Magnus hob den Kopf und sah dem Brokmannen in die Augen. Seine Stimme war nun ätzend scharf. »So wie Dode heute. Er pflegt seinen Deichabschnitt wie alle anderen. Das hat zu genügen, auch dir, Keno Hylmerisna. Das übrige geht dich nichts an!«

Der Brokmanne starrte ihm ins Gesicht. Seine Wangenknochen arbeiteten. »Ich kenne Dode Tammena. Sein Großvater Itse war noch Brotesser[18] in Noirden und sein Vater hatte kaum genug, um die Mäuler der Seinen zu stopfen.« Er spuckte aus, sein Blick wanderte ziellos über die Arbeiter am Strand und blieb schließlich auf Magnus tom Diek hängen. »Von seinen zwölf Grase Feldmark ist kaum die Hälfte bewirtschaftet. Der Rest ist sandig oder

17) Mittelalterliches Flächenmaß für Äcker und Weiden. Ein Gras entsprach etwa einer Fläche von 0,5 Hektar.

18) Tagelöhner eines Bauern, der hauptsächlich mit Brot und Bier entlohnt wurde.

versumpft, weil er seine Siele nicht ausbaut!« Er drehte seine Schulter in den Wind und wies auf das arbeitende Gesinde. »Seht es euch an: Während er hier mit seinen Leuten schuftet, sollte er eigentlich auf seinen Feldern sein, oder dafür sorgen, dass die Schlote ziehen. Irgendwann wird er das auch tun *müssen*. Die Folgen haben wir alle zu tragen!«

»Ich weiß, was du willst, auch wenn du es nicht offen sagst, warum weiß der Teufel«, antwortete Magnus und sein Blick streifte Stidolf Noerlant und seine Begleiter, die den Brokmannen neugierig musterten. »Aber es gibt Regeln, an die auch du dich zu halten hast. Du kannst die Küren und Landrechte nicht außer Kraft setzen.«

Hylmerisna machte eine wegwerfende Geste. »Küren und Landrechte!« Er spuckte es förmlich aus. »Geschenkt, Magnus tom Diek. Was sind die schon noch wert. Kaum das Pergament, das sie trägt. Und wer setzt sie denn durch?«

»Sie bleiben Recht und Gesetz«, antwortete Magnus ruhig. »Und es liegt an uns und nur an uns, was sie wert sind.«

Keno Hylmerisna fuhr herum. Sein Kopf war rot vor Zorn. »Rede mir nicht von Recht, Magnus! Ich bin Gerichtsherr in den Kirchspielen von Uthum und Visquerd[19], du weißt es, und habe von dir keine Belehrungen nötig.« Und dann brach es aus ihm heraus. »Ihr *wollt* es wohl nicht begreifen: Wir können so nicht ewig weitermachen. Eure Küren und Landrechte sind heute in Wahrheit Fessel für alles, was Friesland nach außen stark und mächtig macht!« Er hob den Arm und stieß mit dem Zeigefinger auf sie, dann auf den Bauern und seine Leute am Strand.

»Ihr und der da, ihr werdet es erleben. Die führenden Familien der Friesen werden es nicht länger hinnehmen, dass unser Volk seine Kräfte zersplittert. Wir werden

19) Uttum und Visquard, Dörfer in der Krummhörn.

die Macht in einige wenige Hände legen. Wenn nicht mit euch, dann eben ohne euch. Und wenn nötig auch *gegen* euch!«

Plötzlich redeten die drei Noerderlanter empört durcheinander. »Wieso? Wer sind denn die ›führenden‹ Familien? Stark nach außen? Gegen die Sachsen? Wann wären wir denn heute von denen bedroht? Wann hätten die denn heute …? Das ist Verrat, Verrat an der friesischen Freiheit!« Sie gestikulierten und ruderten mit den Armen, Edo Onnisna mit hochrotem Kopf, Stidolf Noerlants Stimme war schrill vor Erregung.

Magnus tom Diek schwieg. Dann sagte er mit eisiger Stimme: »Du meinst *dich*! Du willst die Macht für *deine* Sippe. Auf Kosten freier friesischer Familien. Das *ist* Verrat und wird immer meinen erbitterten Widerstand finden, darauf baue!«

Hylmerisna lächelte. Er nahm seine pelzbesetzte Kappe vom Kopf, drehte sie in den Händen und betrachtete sie angelegentlich. »Ich rede nicht von Umsturz. Die Geschichte unseres Landes wird sich so entwickeln, ob es euch gefällt oder nicht. Und dann werde ich dabei sein. Für meine Familie, für meinen Sohn Ocko. Ihr solltet ähnlich denken. Verfahrt ebenso in Euren Ländern, ich rate euch gut. Schließt euch an oder werdet Untertanen. Ihr habt die Wahl!« Er warf ihnen einen letzten herausfordernden Blick zu. Dann wandte er sich ab und stapfte davon. Er stieg den Deich hinunter zu seinem Pferdeknecht, der mit zwei weiteren bewaffneten Männern auf ihn wartete. Hylmerisna ergriff die Zügel seines Braunen, stieg aber nicht auf, sondern drehte sich um und sah zu ihnen herüber. Die Noerderlanter waren noch immer aufgebracht.

»Was sind das eigentlich für Kerle, die da?«, fragte Willo ten Huus. »Wieder dieses Lumpengesindel, Waffenknechte, die sich auf seinem Hof herumtreiben? Man hört ja so einiges davon. Aber nicht gutes! Sachsen oder Nordländer!« Er spuckte verächtlich aus.

»Habt ihr das gehört? Wer glaubt er, dass er ist? Ein Mann, dem kaum dreißig Pferde folgen. Meine Familie hat mindestens die Rechte und den Rang wie seine. ›Schließt euch an oder steht ab‹!«, wütete Noerlant mit vor Zorn blitzenden Augen.

»Nein! ›Schließt euch an oder *werdet Untertanen*‹, hat er gesagt!«, korrigierte Edo Onnisna zischend durch die gelockerten Schneidezähne.

»Wirrkopf!«, stieß Willo ten Huus hervor.

Magnus schüttelte den Kopf. »Ein Wirrkopf ist er nicht. Aber anders als wir. Er denkt dynastisch, davon bin ich überzeugt. Machtbesessen. Keno Hylmerisna will für sein Geschlecht Sonderrechte. Privilegien. Er will keine gewählten Redjeven und er will keinen Umgang[20].« Magnus hob den Kopf und fasste die drei aus Noerderlant ins Auge. »Er wird es zunächst zu Hause versuchen, bei seinen Brokmannen. Da ist er ja schon ziemlich fest im Sattel. Ihr in Noerderlant müsst achtgeben. Bei euch hat er über seine Frau Fuß gefasst. Zudem ist er in Uthum und Visquerd Gerichtsherr. Aber das genügt ihm nicht. Wie man hört, hat er ja inzwischen auch ein Auge auf Auwreke[21] geworfen.«

Noerlant nickte bitter. »Ja, wir haben davon gehört. Die dortige Landgemeinde hat wohl gegen einen Brokmannen als Herrn nichts einzuwenden. Es sollte uns eigentlich nicht kümmern, was er dort tut. Aber nach allem, was du sagst, und nach seinem Auftritt vorhin, muss es das wohl doch. Und ich glaube, du hast recht: Er denkt dynastisch.«

Willo ten Huus zog ein leinenes Sacktuch hervor und

---

20) Durch Wahl oder festgesetzte Reihenfolge wechselnde, zumeist auf ein Jahr befristete Befugnis als Gerichtsherr und Führer des Wehraufgebots der Landgemeinde.

21) Aurich

wischte sich über das Gesicht. Er nahm seinen altmodischen Wollhut ab und fixierte den Brokmannen, der noch immer bei seinem Pferd stand. Dessen Begleitmannschaft war bereits in den Sätteln. »Wenn sich die Geschichte so entwickelt, wie er sagt; was bleibt uns da noch übrig? Und schließlich: Soll er doch in Brokmannia tun, was ihm beliebt, und von mir aus auch in Auwreke. Solange er uns in Noerderlant nicht behelligt, und auch dich nicht in Hairlingerlant. Zum Teufel mit ihm und seinem Ehrgeiz!«

Magnus seufzte. »Es ist nicht ganz so einfach, wie es aus deinem Mund klingt, Willo. Und es geht auch nicht um mich oder euch. Die Frage ist, ob die Friesen, und zwar *alle*, auch in Zukunft frei und selbstbestimmt leben können.«

Er ließ den Blick über die Deichanlage wandern. Vom Hof des Bauern näherte sich ein Ochsengespann mit Bauholz. Der Fuhrknecht hockte auf der Deichsel zwischen den beiden Zugtieren und schwang einen Ziemer, an dem ein starker Lederriemen befestigt war. Der Boden war tief, das Gewicht der Eichenbalken drückte die Wagenräder mehr als eine Handlänge in die Erde. Magnus hörte die Peitsche schnalzen und sah, wie die Ochsen sich in das Geschirr legten.

»Es geht nicht um das bisschen Huslotha[22], die wir ohnehin nicht zahlen, oder nur, wenn wir Lust dazu verspüren«, sagte er und sah die anderen grinsen. »Es geht überhaupt nicht um Geld, jedenfalls nicht an erster Stelle. Die Frage ist, ob uns einer wie Hylmerisna, oder sogar er selbst, demnächst nach seiner Pfeife tanzen lässt. Ob er uns befiehlt, von sich abhängig macht, oder ob wir unsere Entscheidungen auch in Zukunft allein treffen können. Wie freie Männer.«

Danach herrschte für eine Weile Schweigen. Schließlich hob Noerlant die Schultern und sah seine Begleiter an.

22) Alte Königssteuer, in der karolingischen Zeit wohl erstmals erhoben.

»Was uns in Noerderlant betrifft, wollen wir dafür sorgen. Die anderen ...« Er breitete die Arme aus. Onnisna und ten Huus nickten. »Und was könnten wir für die anderen schon tun?«, schloss der Redjeve von Noerderlant und seine Freunde brummten zustimmend.

»Bemühen wir uns darum, für unser eigenes Auskommen zu sorgen. Alles andere geht uns nichts an«, sagte Edo Onnisna selbstgefällig.

Vom Strand her kam plötzlich lautes Geschrei und sie fuhren herum. Das Ochsengespann mit den Eichenbohlen hatte sich in einer abschüssigen Kurve festgefahren und drohte umzustürzen. Der Fuhrknecht drosch wie wild auf die Zugtiere ein und versuchte, sie an den Nasenringen in die Gegenrichtung zu zerren. Die Ochsen brüllten vor Schmerz, ihre Schnauzen waren bereits blutig. Der Bauer, dem seine Ochsen wichtiger waren als eine Ladung Bauholz, fuhr wie ein Irrer auf den Fuhrknecht los, schlug und trat ihn und der Knecht ließ von den Tieren ab. In diesem Augenblick brach die Seitenwand des Fuhrwerks unter der Last der Eichenstämme. Der Wagen schlug um und die Ladung polterte dröhnend in die Tiefe. Die Deichsel drehte sich mit, drückte den Ochsen auf der Innenseite augenblicklich in die Knie und wuchtete den zweiten derart über die Zugstange, dass er sich aus dem Geschirr löste und Schritte entfernt auf den Strand schlug.

Es war pures Glück, dass beide Tiere und alle Umstehenden mit dem Schrecken davonkamen. Der Bauer war außer sich. Er riss sich wütend die Mütze vom Kopf, sie konnten ihn schimpfen und fluchen hören. Nun hatte er neben der Arbeit am Deich ein zerbrochenes Fuhrwerk und zwei nasenwunde Ochsen, die wohl für eine Weile nicht im Geschirr gehen konnten. Brüllend holte er seine Leute zusammen und sie begannen, die Stämme aufzunehmen und an die Baustelle zu wuchten. Der Fuhrknecht kümmerte sich um die völlig verstörten Ochsen.

Magnus tom Diek wandte den Blick ab und schüttelte den Kopf. »Ihr macht es euch zu leicht. Freunde. Verschont der Falke die Maus, die nur ihren Bau und die Aufzucht ihres Wurfs im Sinn hat?«

Sie starrten ihn an, dann suchten ihre Augen den Brokmannen, drüben an der Landseite des Deichs. Keno Hylmerisna war soeben aufgestiegen und ritt Richtung Süden ab, seine Begleiter folgten ihm wie ein Rudel Wölfe. Magnus sollte ihn an diesem Tag noch einmal treffen.

*

Die Menge teilte sich schweigend und der Karren polterte zum Richtplatz. Der Verurteilte schwankte, er konnte sich nicht festhalten. Seine Hände waren auf dem Rücken zusammengebunden. Die beiden Fronboten[23] stießen den Mann rüde von sich, wenn er gegen sie taumelte. Er trug eine grobe, ärmellose Kutte aus Sackleinen, das Haar war bis auf den blanken Schädel geschoren. An Kopf, Hals und Armen klebten noch Reste von Dreck und Abfällen, mit denen ihn johlende Halbwüchsige an diesem Morgen bei der öffentlichen Zurschaustellung beworfen hatten.

Der Mann war ein Tagelöhner aus dem Kirchspiel von Dunumi[24]. Er hatte im Rausch einer Schwangeren Gewalt angetan, so brutal, dass die Frau eine Fehlgeburt erlitt und an den Folgen starb. Nach dem Urteil des Redjeven war es kein Halsverbrechen im Sinne der sechzehnten Volksküre, aber trotzdem ein überaus schwerwiegender Verstoß gegen die Friedenspflicht in der Landgemeinde Hairlingerlant. Nach der fünfzehnten Volksküre hätte sich der Mann mit vierundzwanzig Mark Silber von der Schuld freikaufen können, aber weder besaß er das Geld

23) Hier: Vollstreckungsgehilfen. Freiwilliger Dienst von Männern zur Unterstützung des Redjeven bei exekutiven Amtshandlungen.

24) Dunum

noch hatte er Verwandte, die für ihn eintraten. Damit war die Leibstrafe zu vollstrecken.

Der Fuhrknecht hielt bei der Eiche an und die Fronboten zerrten den Verurteilten vom Karren. Magnus tom Diek trat einige Schritte auf den Mann zu. Er trug einen roten Wollmantel mit umlaufender Brokatborte. In seinem Gürtel steckte das Runenholz mit dem Silberring. Der lange Adriaan stand hinter ihm, die Augen wachsam auf den Delinquenten gerichtet. Er hielt den Hut des Redjeven als Symbol der Gerichtsgewalt und den Leinenbeutel mit Erde als Zeichen der Vergänglichkeit, wie es der Brauch war. Mit lauter Stimme verlas Magnus den Text der fünfzehnten Volksküre. Dann fragte er den Gefangenen, ob er die zur Vermeidung der Leibstrafe geforderte Summe bezahlen könnte. Er hatte diese Frage bereits gestern nach der Urteilsverkündung gestellt und stellte sie jetzt, wie es die Verfahren verlangten, erneut.

Die Antwort war die gleiche; der Mann schüttelte stumm den Kopf. Magnus nickte Bruder Ludgerus zu und der Mönch trat vor. Der Benediktiner hatte sich Anfangs gesträubt, an der Hinrichtung teilzunehmen. Aber er vertrat seit Wochen seinen erkrankten Amtsbruder im Kirchspiel Dunumi und musste wohl oder übel auch in diesem Fall seines Amtes walten. Seine Laune war entsprechend. Der Verurteilte hatte am Abend zuvor beharrlich die Beichte verweigert, vielleicht aus Angst vor einem Schuldeingeständnis, und damit den Geistlichen so in Wut versetzt, dass der jeden weiteren Beistand für überflüssig hielt.

»Dieser Schweinehund brauchte mich nicht, um sich zu erleichtern. Er kann also auch ohne mich krepieren«, hatte Ludgerus seinem Schollenherrn erklärt, aber Magnus hatte sich auf nichts eingelassen.

»Du kommst mit und tust deine Pflicht. Für den Herrn und für diese arme Seele!«

Als der Mönch nun an den Verurteilten herantrat, brach der Ärger wieder aus ihm hervor. »Hör zu, du Drecksack! Mir kannst du ans Bein pissen, aber unserem Herrgott nicht, verstehst du? Nicht mehr lange, und du stehst vor ihm und musst Rechenschaft ablegen. Deine Schuld vor den Menschen ist erwiesen. Verurteilt bist du auch. Was fehlt, ist deine Beichte und deine Reue. Willst du mit einer Lüge vor deinen Schöpfer treten oder dein Gewissen erleichtern. Entscheide dich *jetzt*!«

Der Mann stand da mit gesenktem Blick. Als er den Kopf hob, arbeiteten seine Kiefer. Ludgerus erkannte zu spät, dass dort keine Zähne mahlten, sondern sich Speichel sammelte. Der Mann spie dem Benediktiner ins Gesicht. Ludgerus stieß einen Wutschrei aus, prallte zurück und holte aus, doch schon hatte einer der Fronboten mit dem Stiel seiner Hellebarde zugestoßen und der Mann brach in die Knie. Er keuchte und pumpte, aber seine Augen waren voll bitterem Hass.

Der Benediktiner funkelte ihn an. »Auch dafür wird Gott dich strafen!« Er wischte den Speichel von Stirn und Wange. Dann wandte er sich dem Redjeven zu. »Du hast gesehen, Herr, dass dieser Hundesohn mit seinen Sünden aus dem Leben zu scheiden wünscht. Wie ich bereits sagte: Wir sollten keine Zeit mehr mit ihm verlieren, denn er ist es nicht wert.«

Magnus nickte und wies stumm auf den Verurteilten. Der Priester schlug widerwillig ein Kreuzzeichen über den immer noch knienden Mann und hastete tonlos durch ein Paternoster. Als er geendet hatte, legten die Fronboten dem Delinquenten das Seil um den Hals. Das andere Ende warfen sie über einen Ast der Eiche. Auf dem Platz herrschte nun nahezu völlige Stille. Von irgendwoher kam ein leises Schluchzen. Gemeinsam zogen sie den Mann hoch. Außer dem Schleifen des Seils über dem Ast und einem Ächzen des Delinquenten gab es keinen Laut. Dann packte einer der Fronboten die strampelnden Beine und zog, bis ein kurzes, trockenes Knacken zu hören war. Die weit aufgerissenen Augen des Verurteilten wurden glasig, dann trüb. Vereinzelt erschollen Beifallsrufe, ansonsten blieben die Menschen ruhig. Die Fronboten nahmen den Toten vom Baum und lösten ihn vom Seil.

Sie warfen die Leiche auf den Karren und die Menge setzte sich in Bewegung. Bis zum Moor waren es nur noch wenige Schritte. Die Knechte beschwerten den Körper mit den vorbereiteten Feldsteinen und warfen ihn in den Sumpf, wo er augenblicklich versank.

Magnus tom Diek zog das Bündel mit den Zweigen vom Karren und warf es auf die Stelle, an der soeben die Leiche versunken war. Damit war diese schändliche Tat symbolisch zugedeckt, wie es der Brauch verlangte. Es blieb nur noch, den von Ludgerus verfassten Eintrag über die Hinrichtung im Kirchenbuch von Dunumi zu beglaubigen.

Als Magnus den Kopf hob, sah er Keno Hylmerisna unter den Zuschauern stehen. Der Brokmanne schien ohne Begleitung zu sein. Die Menge begann sich aufzulösen und Hylmerisna schlenderte heran, zog seine pelzbesetzte Kappe vom Kopf und verneigte sich betont. Magnus tom Diek antwortete mit einem kühlen Nicken. Der lange Holländer, der nicht von des Redjeven Seite wich, fixierte den Brokmannen stumm und finster.

»Die Pflichten eines Gerichtsherrn können unangenehm sein. Ich kenne das«, sagte Keno Hylmerisna beiläufig. »Es bedarf einer gewissen persönlichen Stärke, sich ihnen gerade dann zu stellen.« Er blickte versonnen an Magnus vorbei auf den Richtbaum.

»So ist es«, antwortete Magnus und nun sah ihn Hylmerisna voll an.

»Die Stärke, die ich meine, ist von der Art, dass sie nicht jeder besitzt, Magnus. Erleben wir nicht immer wieder

Fälle, in denen der amtierende Gerichtsherr gerade dann versagt, wenn er stark sein muss? So wie hier? So wie du jetzt?«

Magnus machte eine Bewegung, als wollte er eine Fliege verscheuchen. »Was willst du, Keno Hylmerisna?«

Der Brokmanne ging nicht auf die Frage ein. »Es ist gut, dass du hier für Recht und Ordnung sorgst«, antwortete er fast fröhlich.

»Ich bin der gewählte Redjeve und setze lediglich das Gesetz durch, so, wie es geschrieben steht«, sagte Magnus steif.

»Ja, ja, das geschriebene Gesetz ...« Keno Hylmerisnas Blick wanderte über die Richtstätte. Von den Zuschauern waren nur noch ein paar Dutzend da, sie trieben sich herum oder standen in kleinen Gruppen beim Gespräch zusammen. Das Bündel mit den Zweigen über der Sinkstelle hatte sich aufgelöst und damit endgültig vollzogen, was Sitte und Gesetz der Friesen verlangte.

»Das Gesetz ist im Grunde gut und richtig. Seine Wirkung hängt jedoch von denen ab, in deren Hände es gelegt ist.« Der Brokmanne zog ein seidenes Tuch aus dem Hosensack und wischte sich geziert über Nase und Mund. »In Wangia[25] wird von einem Fall berichtet, Anno 1339, in dem ein Richter einen Totschläger nur mit der Hälfte des üblichen Friedensgeldes bestrafte. Jeder wusste, dass die beiden verschwägert waren.«

»Das Urteil wurde aufgehoben«, sagte Magnus schnell.

»Ja, von den Leuten selbst, indem sie den Richter absetzten, bestraften und einen neuen wählten, der für Ordnung sorgte«, konterte der Brokmanne bissig. »In einer Landgemeinde in Westergew[26] hat sich folgendes zugetragen: Der Redjeve maßte sich an, in einem Frie-

25) Wangerland

26) Westergo, heutiges Westfriesland westlich von Groningen

densbruch zu urteilen, den er selbst begangen hatte. Er konnte die Tat so darstellen, dass ein Unschuldiger in Verdacht geriet und verurteilte den Mann zum Tode. Es ging meines Wissens um Nachtbrand[27].«

»Er hat nicht als Redjeve gefehlt, sondern als Mensch. Und mit dem Leben bezahlt«, sagte Magnus kühl.

Der Brokmanne nickte. »Aber er hat nicht nur als Mensch gefehlt, sondern vor allem als Richter! Ein Gerechter an seinem Platz hätte einen Unschuldigen geschützt, statt ihn zu verurteilen.«

Der Schindkarren mit den beiden Fronboten und Bruder Ludgerus rumpelte vorbei und entfernte sich auf dem Weg nach Dunumi. Hinter der Richteiche löste sich eine größere Gruppe Schaulustiger auf und nun sah Magnus die Begleiter des Brokmannen. Einer der bewaffneten Fremden und sein Sohn Ocko standen mit den Pferden abseits auf einer kleinen Anhöhe und sahen herüber.

»Heute Morgen auf dem Deich hast du noch gesagt, Küren und Landrechte seien Fesseln für alles, was Friesland nach außen stark und mächtig macht. Jetzt bezeichnest du sie als gut, wenn sie in die richtigen Hände gelegt sind.«

Der Brokmanne wandte sich ihm mit einem milden Lächeln zu. »Heute! Ich sagte, sie sind *heute* eine Fessel. Ihr mangelnder Wert fußt nicht auf ihren Worten, sondern auf ihrer ständig wechselnden Ausübung durch Richter, die sie entweder nicht verstehen oder nach ihrer Auffassung auslegen. Nicht zu reden von denen, die der Versuchung des Missbrauchs gegenüber nicht ausreichend standhaft sind.«

Magnus nickte. Jetzt lächelte er auch. »Es geht dir also um Recht und Gesetz und um starke Hände. *Deine* Hände, zum Beispiel, nicht wahr, Keno?« Bevor der Brokmanne etwas erwidern konnte, fuhr er fort: »Was sind das eigentlich für Leute, diese Bewaffneten, die du immer

27) Nächtlich verübte Brandstiftung, eine Tat, die nach der 16. Volksküre mit dem Tode bestraft wurde. Ein Freikauf war nicht möglich.

wieder auf deinem Anwesen beherbergst? Niemand kennt sie. Friesen sind es also nicht. Und was tun sie bei dir? Welche Arbeit verrichten sie?«

Das Lächeln des Brokmannen wurde eisig. »Ich bin dir keine Rechenschaft schuldig, Magnus tom Diek. Aber ich habe auch nichts zu verbergen.« Er hob den Arm und winkte Ocko und dem Bewaffneten zu. Die beiden saßen auf und trabten heran.

»Ich habe gerne Gäste«, sagte Hylmerisna, »Gäste, die auch meine Freunde sind.« Er wandte sich dem Redjeven zu und funkelte ihn an. »Es ist kein Schaden für mich, wenn diese Freunde Respekt verbreiten.«

Der lange Adriaan hinter ihm ließ einen Grunzlaut hören und spuckte auf den Boden. Der Brokmanne fuhr herum. In seinen Augen glitzerte es, aber der Holländer blieb völlig ruhig. Er richtete sich ein Stückchen auf und verschränkte seine Arme vor der Brust. Es waren beeindruckende Arme.

»Du meinst *einschüchtern*, Keno. Das sollen sie doch«, antwortete Magnus kalt.

Hylmerisna schwieg, sein Lächeln kehrte zurück. Die Pferde verhielten wenige Schritte vor ihnen, aber die Reiter blieben in den Sätteln. Ocko Hylmerisna, Kenos Sohn, war inzwischen ein deutlich übergewichtiger Halbwüchsiger mit unfreundlichem Gesicht. Er schwitzte. Seine Augen standen zu eng beieinander und vermittelten den Eindruck, er sei ständig mürrisch. Ocko war wie sein Vater in teure friesische Wolle gekleidet.

Der Bewaffnete neben ihm war groß und kräftig. Sein Schwertgehenk hatte er lässig über den Sattel geschlungen. Der Fremde trug eine Eisenweste, die in einen gepanzerten Halsschutz überging. Darüber stand ein grobes, vierschrötiges Gesicht mit kalten, wasserhellen Augen, die Magnus und den langen Holländer neugierig musterten. Er öffnete den Mund, zeigte schlechte Zähne und sagte etwas in einer rauen Sprache, die der Redjeve nicht verstand. Sie erinnerte ihn an die Flüche seines alten Knechtes Tryggve. Keno lachte und schüttelte den Kopf. Auf den Zügen des Jungen stand plötzlich Verachtung. Der lange Adriaan schob sich wie zufällig einen Schritt vor und stellte sich zwischen seinen Schollenherrn und den Fremden auf dem Pferd. Magnus behielt den Bewaffneten im Auge.

»Du weißt, dass wir fremde Gerüstete hier nicht haben wollen, egal ob Sachse oder Däne«, sagte er und sah, wie das Grinsen aus dem Gesicht des Brokmannen verschwand.

Hylmerisna machte eine wegwerfende Handbewegung. »Hierzu ist alles gesagt. Der Mann und seine Freunde sind meine Gäste. Und dabei bleibt es.« Er machte dem Fremden ein Zeichen und sagte etwas und der Mann wendete sofort und ritt zurück auf die Anhöhe.

Magnus und Adriaan wechselten einen langen, vielsagenden Blick. Gästen befahl man nicht.

Inzwischen waren die letzten Schaulustigen abgezogen. Nur noch Magnus mit dem langen Holländer, der Brokmanne und sein mürrischer Sohn blieben auf dem Platz. Der Bewaffnete auf dem Hügel war abgesessen und hockte neben seinem Pferd im Gras. Magnus sah keinen Grund mehr zu bleiben und wollte sich abwenden, aber Hylmerisna hielt ihn zurück. Er warf dem langen Holländer einen kalten, abschätzigen Blick zu, doch seine Worte galten dem Redjeven. »Ich muss mit dir reden. Allein. Schick deinen Tagelöhner weg!«

Adriaan grinste ihn frech an und schüttelte den Kopf. Magnus warf seine rote Amtsrobe ab und legte sie sorgfältig zu einem Bündel zusammen. »Er ist kein Tagelöhner, sondern mein Handmann[28]. Und er bleibt, wie dein Sohn bleibt. Was willst du?«

28) Wichtigster Helfer auf dem Hof eines Bauern, vergleichbar einem Vormann oder Vorarbeiter.

»Mein Sohn ist mein Erbe. Er wird eine bedeutende Familie führen. Die Hylmerisna werden in Friesland noch Geschichte machen!«, sagte der Brokmanne heiser vor Zorn. Ocko hockte schwitzend auf seinem Gaul und glotzte. Sein gerötetes Gesicht, die schielenden Augen und die unförmige Figur waren kaum Attribute eines künftigen Sippenherrn. Er selbst schien es zu spüren, denn sein Ausdruck schwankte zwischen Arroganz und Unsicherheit. Man sah ihm an, dass er sich unwohl fühlte.

»Ocko ist noch sehr jung«, sagte Magnus. »Zwar etwas älter als mein Sohn Enno, ein Jahr, wenn ich mich nicht irre, also vierzehn. Aber beide sind noch halbe Kinder. Lassen wir sie in Ruhe erwachsen werden.« Er reichte Adriaan das Bündel mit dem Mantel und dem Hut und der lange Holländer packte es zu dem Leinenbeutel in die Satteltasche seines Pferdes. »Du solltest ihm keine Stiefel hinstellen, die für einen reifen Mann gemacht sind.«

Keno Hylmerisna richtete sich auf. Er hob das Kinn und streckte seine Schultern. »Sorge dich nicht um meinen Sohn, sorge dich eher um deinen. Ocko wird nicht nur reifen. Er wird ein großer Mann werden. Und er wird lernen zu herrschen!«

Magnus fuhr herum. »Zu *herrschen*? Über wen?«

Der Brokmanne warf seinem Sohn einen raschen Blick zu. Mit gezierten Bewegungen zupfte er sich die Handschuhe von den Fingern, betrachtete sie angelegentlich. An der rechten Hand trug er einen goldenen Siegelring. »Zunächst einmal über seine Familie. Sodann über Brokmannia, und, mit Gottes Hilfe, auch darüber hinaus«, sagte er lächelnd und Magnus begann so unvermittelt zu schreien, dass sogar der lange Holländer zusammenfuhr. Ockos Gaul machte einen Satz zur Seite und nur mit größter Mühe hielt sich der Junge im Sattel.

»Lass Gott aus dem Spiel, Keno. Er hat mit deinen Plänen nichts zu tun. Was du willst, kann nicht gottgefällig sein. Der Herr will seine Kinder nicht als Sklaven, sondern aufrecht und frei!«

Der Brokmanne lächelte noch immer und schüttelte langsam den Kopf. »Du irrst dich, Magnus. Und wer spricht von Sklaven? Aber Gott will Ordnung, auch in seiner Herde. Vor allem dort! Und Ordnung bedeutet auch *Unter*ordnung. Sieh dir seine Kirche an!«

Er hob den Arm und winkte dem Fremden. Magnus sah, dass der Bewaffnete auf den Füßen war, wahrscheinlich hatte ihn sein Schreien alarmiert, und sofort stieg der Mann auf und gab seinem Pferd die Sporen.

»Das Wesen der Ordnung beruht also auf Überordnung und Unterordnung, Magnus tom Diek«, fuhr der Brokmanne gestelzt fort. »Oben und Unten. Herrschen und Dienen. Befehlen und Gehorchen. Führen und Folgen. Es erschreckt mich, dass du das nicht weißt, und es tut not, sich darüber klar zu sein, denn anders geht unser Friesland vor die Hunde.«

»Unser Friesland oder *deins*?«, fauchte der Redjeve zurück.

Hylmerisna blieb beherrscht. Sein Lächeln vertiefte sich und seine Stimme hatte nun einen werbenden, versöhnlichen Tonfall. »Du und ich, Magnus, wir sind geboren, um zu führen. Begreife es doch endlich: Wir können unsere Heimat auf Dauer nur schützen, wenn wir stark sind. Stärke gewinnt man durch die Vereinigung von Kräften, durch ihre Bündelung in einer … in wenigen Händen, nicht jedoch durch ihre Verteilung auf viele!«

Der Bewaffnete war inzwischen heran. Er parierte sein Pferd durch, blieb aber im Sattel. Seine harten Augen huschten hin und her, er versuchte, die Situation zu erfassen. Der lange Adriaan schob sich demonstrativ nach vorn und trat neben seinen Schollenherrn. Ocko hockte auf seinem unruhig tänzelnden Pferd, noch immer wie vom Donner gerührt, den Blick erschreckt auf seinen

Vater gerichtet. Aber da war noch etwas anderes. Seine Haltung, die hochgezogenen Schultern über dem massigen, gedrungenen Rumpf drückten Widerstand und Aggression aus.

Magnus schüttelte den Kopf. Er schrie nicht mehr, sondern sprach ruhig und beherrscht. »Du sagst Kräfte, aber du meinst Macht. Du sprichst von wenigen Händen und meinst doch am Ende nur deine. Du herrschst in Noerderlant, und ich, solange es dir gefällt, im Hairlingerlant, so ist es doch, wenn ich dich richtig verstehe? Keine Redjeven, kein Umgang. Ich kann deinen Weg nicht mitgehen, Keno Hylmerisna. Auf diese Weise verlieren die Friesen ihre Freiheit!«

Der Brokmanne saß auf. Er nahm seine pelzverbrämte Mütze vom Kopf und wischte sich mit dem Seidentuch über die Stirn. Sein Blick wanderte über den Richtplatz, strich gleichgültig und ausdruckslos über das Moor und blieb schließlich an der Stelle hängen, wo die Leiche des Gehenkten versunken war. Als er sprach, kam seine Stimme kühl und unbeteiligt.

»Dein Schluss ist falsch. Und selbst, wenn es denn so sein sollte: Es ist besser, die Friesen verlieren ihre Freiheit oder das, was du dafür hältst, an friesische Herren als an fremde.«

Magnus machte einige rasche Schritte auf den Brokmannen zu und der Fremde griff nach seiner Langklinge. Plötzlich lag kalte, lauernde Spannung über dem Platz. Der Bewaffnete hatte sein Schwert am Griff gepackt, Magnus stand breitbeinig und mit kantigem Kinn vor Keno Hylmerisna, die Arme vor der Brust verschränkt. Der lange Adriaan deckte ihn mit geballten Fäusten gegen den Fremden ab. Er war ebenso unbewaffnet wie sein Schollenherr, aber es war klar, er würde kämpfen, wenn es notwendig werden sollte. Für eine Weile blieb es ruhig, sie maßen sich mit Blicken, niemand rührte sich.

Die Beklemmung löste sich ganz allmählich, als Pferd des Brokmannen schnaubte, mit dem Schweif schlug und zu grasen begann. Der Fremde löste seine Hand vom Schwert und irgendwer, es war wohl Ocko, ließ mit einem langen Seufzer in der Lunge gestaute Luft entweichen.

»In dieser Sache werden wir Gegner bleiben«, sagte Magnus fast heiter, aber mit fester Stimme. Er winkte den langen Holländer zu sich und sie entfernten sich ein paar Schritte, dann wandte der Redjeve sich um: »Und ich bin nicht allein. Es gibt noch andere, die so denken wie ich.«

Der Brokmanne starrte ihn finster an. »Ich weiß, wen du meinst. Stidolf Noerlant und seine Kumpane, zum Beispiel. Waschweiber, die sich im Suff übers Ohr hauen und in den Kerker werfen lassen!«

»Sie sind Richter in Noerderlant und Stidolf ist dein gewählter Redjeve, da du dort Besitzungen hast«, gab Magnus scharf zurück. »Ich werde, gemeinsam mit ihnen, zu einer Tagung am Upstallesbame[29] rufen. Bei diesem Thing[30] ...«

»Ihr habt kein Mandat!«, unterbrach ihn Hylmerisna schroff, »Thingstätte der Friesen ist Gruningenn[31]. Dort wird Recht gesprochen und dort werden Fragen des Gemeinwesens geklärt, nirgendwo sonst!«

Magnus lächelte. »Der Upstallesbame ist eine alte Richtstätte. Es gibt keinen Grund, die Friesen der sieben Seelande[32] nicht an diesem Platz zu versammeln. Die Friesen ostwärts der Lauwers laden dazu ein.«

Hylmerisna richtete sich im Sattel auf. »Es wird niemand kommen!«

---

29) Upstalsboom, alte Gerichts- und Versammlungsstätte der Friesen nahe Aurich.

30) germanische Bezeichnung für Versammlung.

31) Groningen, in den heutigen Niederlanden

32) Vereinigung der friesischen Landesgemeinden etwa ab dem 12. Jahrhundert.

»Das bleibt abzuwarten!«

»Die Zeit wird knapp«, sagte der Brokmanne.

Magnus lächelte noch immer. »Es sind bereits Boten unterwegs.«

Hylmerisna fuhr hoch und stellte sich in die Steigbügel. »Du hast Boten ausgesandt? Hinter meinem Rücken?«, schrie er.

»Nicht hinter deinem Rücken. Auch zu dir habe ich einen Boten geschickt. Er hat dich nicht angetroffen. Deine ›Gäste‹ haben ihn abgewiesen«, erwiderte Magnus kühl und warf einen langen Blick auf den bewaffneten Fremden, der dem Wortwechsel mit kalten Augen folgte. Es war nicht erkennbar, ob er ihn verstand.

Der Brokmanne beruhigte sich und sank in seinen Sattel zurück, aber an seiner Stirn pochte zornig eine Ader. Er warf dem Kerl in Waffen einen wütenden Blick zu und wischte sich über die Stirn. »Ihr habt kein Mandat!«, wiederholte er eigensinnig. »Was immer ihr dort tut oder entscheidet, es wird keinen Bestand haben. Die Gruningenner werden es nicht hinnehmen.«

Magnus schüttelte den Kopf. »Wir sind in unseren Landgemeinden immer noch Gerichtsherren. Und es gibt Recht zu sprechen. Wer will uns daran hindern, es am Upstallesbame zu tun? Die Westfriesen sind eingeladen und sie werden kommen.«

Er nickte dem langen Adriaan zu und der Holländer stiefelte los, um ihre Pferde zu holen.

»Im Übrigen werde ich die Tagung dazu zu nutzen, den Friesen ihre Lage klarzumachen. Es gibt Anlass, über gewisse Dinge gemeinsam nachzudenken. Wo wäre das besser möglich als an unserem ältesten Thingplatz?« Magnus tom Diek sah den Brokmannen freundlich an. »Auch du solltest kommen, Keno Hylmerisna, denn du bist betroffen, Du besonders!«

Hylmerisna musterte ihn stumm und feindselig. Adriaan kam mit ihren Pferden und sie saßen auf. Ihren Abschiedsgruß erwiderte niemand.

*

Wer sich schlägt, der soll dies auf seinen eigenen Hals und auf sein eigenes Vermögen tun.

3. Neue Rüstringer Küre

3.

Engerhoffe/Utengherbur/Buta Ee; Brokmannia,
vier Tage vor St. Georgius, Anno Domini 1345
(Dienstag, 19. April)

»Was soll das heißen, du kannst die Huras[33] nicht bezahlen?«, brüllte Keno Hylmerisna und starrte den Bauern wütend an. Er saß in seinem Lehnstuhl und zog den Pelzmantel vor der Brust zusammen. Sein Sohn Ocko hockte neben ihm auf einem niedrigen Schemel, dahinter stand einer der fremden Bewaffneten mit verschränkten Armen und finsterem Blick. Der Brokmanne schob die Hände in die Ärmelstulpen seines Mantels. Es war noch immer kalt und das kleine Buchenholzfeuer in der Grube neben seinen Füßen konnte die Tenne nicht erwärmen.

Der Lehnstuhl stand auf einem etwa ellenhohen Podest. Der Höhenunterschied zwang den Mann, nach oben zu schauen. Er trug einen dünnen Kittel aus billigem Tuch, an den Füßen hatte er Holzschuhe mit geölten Schäften aus festem Leinen, die bis über die Knie reichten. Seine knotigen, geröteten Hände drehten eine vielfach geflickte Ledermütze.

»Ich kann sie nicht *voll* bezahlen«, sagte der Bauer in einer Mischung aus Scham und Trotz. Er besaß einen Hof mit Äckern und Weiden bei Auwreke und hatte

33) Pachtzins

Land des Brokmannen südlich von Feterbueren[34] in Pacht genommen. »Der harte Winter hat meinen Buchweizen vernichtet, wir mussten einen Teil Grützenmehl kaufen. Meiner Ältesten habe ich eine Kuh als Mitgift in die Ehe gegeben. Es sind schlechte Zeiten, Herr!« Er richtete sich auf und hob seine Schultern. »Ich habe mich auf zwei Pfennige bremisches Silber verpflichtet, oder den Gegenwert in Saatgut oder Häuten, aber ich habe weder das eine noch das andere. Mehr als die Hälfte kann ich nicht geben.«

Keno Hylmerisna sank in seinen Lehnstuhl zurück und musterte den Bauern mit kalten Augen. Der Brokmanne spielte seine Rolle vorzüglich, aber der Ärger war vorgetäuscht. Die Sache war geschickt eingefädelt. Er hatte dem Mann die Pacht damals wie saures Bier angeboten, immer wieder, bis der endlich in den Handel einwilligte. Hatte ihm vorgegaukelt, es sei die perfekte Ergänzung zu dessen Hof und die Huras von zwei Pfennigen bremisches Silber zu erwirtschaften, sei ein Kinderspiel bei einem Anwesen von seiner Größe. Die Hoffnung, der Bauer werde eines Tages mit der Zahlung in Verzug geraten und schließlich gezwungen sein, seine Schuld anders als vereinbart zu begleichen, erfüllte sich nun.

Es war kein Zufall, dass Keno damit Fuß in der Landgemeinde Auwreke fasste. Der Zugriff auf deren südliches Kirchspiel erschien ihm besonders verlockend. Er war davon überzeugt, dass er die Kirche als Verbündete für seine politischen Pläne brauchte und auf seine Seite ziehen musste. Die Vermehrung von Macht und Einfluss in dieser Landgemeinde, in der niemand erkennbar einen Führungsanspruch erhob, rundete den Schachzug ab. Hylmerisna war sehr zufrieden. Aber als er nun sprach, kam seine Stimme wie ein grollendes Bellen.

»Ich bin enttäuscht von dir. Es war falsch, dir zu ver-

34) Victorbur, bei Aurich

trauen. Und die Schuld ist nur beglichen, wenn sie voll bezahlt ist. So haben wir es vereinbart. Du hast eingeschlagen. Wenn du in diesem Jahr nicht bezahlen kannst, nehme ich dir drei Grase Land von deinem Acker in Wyszede[35] weg!«

Der Bauer fuhr auf. »Dieses Land ist mein Eigentum. Es gehört zu den ertragreichsten Stücken, die ich habe. Ich gebe dir das gepachtete Land zurück!«

»Damit ist deine Schuld nicht getilgt!«, sagte Hylmerisna scharf. »Zahle deine Schuld oder du verlierst dein Land!«

»Ich gebe dir das gepachtete Land zurück«, wiederholte der Bauer störrisch. »Ich kann es nicht bewirtschaften und will nicht mehr dafür zahlen müssen. Meine Schuld tilge ich in zwei Teilen!«

Der Brokmanne beugte sich vor. In seinen Augen funkelte es. »Wir haben einen Vertrag. Zum Christfest wird die Pacht fällig, und zwar in voller Höhe, ob du auf dem Stück arbeitest oder nicht. Sonst nehme ich dein Land!«

Der Bauer machte einen raschen Schritt auf das Podest zu und der Lange in Waffen hinter Keno nahm ebenso schnell seine Arme auseinander. Sie hingen nun locker am Körper herab, entspannt, aber jederzeit bereit, zuzupacken.

»Das kannst du nicht tun!«, sagte der Bauer flach. »Es ist mein bestes Stück Land!«

Hylmerisna lehnte sich zurück und spielte mit den Verschlüssen seines Pelzkragens. Auf seinen Lippen stand ein spöttisches Lächeln. Auch der Lange hinter ihm grinste höhnisch. Anscheinend konnte er dem Wortwechsel wenigstens dem Sinn nach folgen. Was Ocko dachte, war nicht zu ergründen. Er saß da, regungslos und mit maskenhaftem Gesicht. Nur seinen Augen schienen zu leben.

»Das kann ich nicht tun?«, fragte der Brokmanne ge-

35) Wiesens, bei Aurich

dehnt. »Das kann ich sehr wohl tun. Du stehst in meiner Schuld und kennst die Gesetze«

»Damit nimmst du mir jede Möglichkeit, wieder auf die Füße zu kommen.«

»Das hättest du vorher bedenken müssen. Niemand hat dich gezwungen, die Pacht anzunehmen«, antwortete Keno kalt.

»Und du nimmst dir selbst die Möglichkeit, mit mir in Handel zu kommen«, ergänzte der Bauer bitter.

»Auf Handel mit dir verzichte ich«, sagte Hylmerisna schroff. »Und nun verschwinde!«

Der Bauer setzte sich mit einer entschiedenen Geste die Mütze auf den Kopf und sah dabei seinen Pachtherrn herausfordernd an. Dann trollte er sich mit finsterem Gesicht. Keno Hylmerisna wandte sich nicht um. Eine herrische Bewegung mit der Hand reichte aus, den langen Bewaffneten hinter seinem Stuhl von der Tenne zu scheuchen. Der Mann verließ augenblicklich das Gebäude.

Den Platz für die Auseinandersetzung mit dem Pächter hatte der Brokmanne mit Bedacht gewählt. Die Tenne, nicht das Steinhaus, der hohe Lehnstuhl auf dem Podest gegenüber einem Stehenden und nicht etwa ein Gespräch unter Gleichberechtigten am Tisch, der Erbe zur Seite und einer der fremden Waffenknecht hinter dem Stuhl. Wirkungsvoll arrangiert zur Betonung des Standesunterschiedes gegenüber dem Bittsteller, der ohne Begleitung zu erscheinen hatte. Der Bauer hatte am Vortag seinen Handmann nach Engerhoffe geschickt, um das Gespräch vorzubereiten. Hylmerisna hatte den Mann am Tor seines Anwesens abgefertigt wie einen Bettler. »Morgen. Nach dem Vesperläuten. Dein Herr kommt allein. Und sage ihm gleich, wenn es um Geld geht, kann er nicht mit Nachsicht rechnen!«

Es wäre dem Brokmannen ein Leichtes gewesen, die Bitte um Pachtverzicht mit Hinweis auf eigene

Schwierigkeiten abzuweisen. In einem angenehmen, partnerschaftlichen Gespräch, geführt unter Bauern, gewiss mit unterschiedlichen Voraussetzungen, aber doch verbunden durch den gemeinsamen, schweren Broterwerb. »Ich kann dir das Geld nicht erlassen. Denn siehst du, der Winter hat meine Felder ebenfalls nicht verschont, und die übrigen Geschäfte, na, schweigen wir davon!« Dann dem Mann den Arm über die Schulter gelegt und ein paar Schritte mit ihm auf- und abspaziert. »Du bist ja nicht mein einziger Pächter. Wenn die anderen davon erfahren, und sie *werden* es erfahren, dann kommen sie mit gleichen Forderungen. Und dann geht es nicht mehr nur um deinen Pfennig bremisches Silber, sondern um mehr. *Viel* mehr. Das kann ich mir nicht leisten, hörst du ...«

Es wäre eine Geste gewesen, ein Zeichen von versuchter Barmherzigkeit, wenn auch wenig überzeugend, da doch jeder wusste, dass Keno Hylmerisna seine Geschäfte zumindest in der Hauptsache nicht mit Äckern und Weiden machte. Und sie hätte ihn nichts gekostet. Aber der Brokmanne sah keinen Grund, den mitfühlenden Standesgenossen zu spielen. Und er war es ja auch nicht. Er betrachtete Land vor allem als Machtfaktor, den es zu stärken galt. Mehrung von Landbesitz bedeutete aber, dem eigenen fremden hinzuzufügen. Die Macht der Familie Hylmerisna musste wachsen, auch auf Kosten anderer. *Vor allem* auf Kosten anderer! Stärke entwickelt sich nur, wenn andere zugleich schwächer wurden, daran glaubte Keno Hylmerisna. Es hob den Kopf und stieß seinem Sohn rüde in die Seite.

»Ich hoffe, du hast gut aufgepasst. Merke dir, wie man mit solchen Burschen umspringt. Kein Nachgeben in diesen Dingen, hörst du? Wer seine Schuld nicht abtragen kann, geht seines Bodens verlustig!«

Ocko antwortete nicht. Er hockte auf seinem Schemel und blickte mürrisch vor sich hin. Erst als sein Vater zum zweiten Mal die Hand hob, fuhr er zornig herum. In seinen Augen funkelte es. »Einen kleinen Bauern abzukanzeln ist leicht«, sagte er grollend und stand auf. »Und deine Landgewinne sind bescheiden. Du gehst hier erste Schritte. Mehr nicht. Ich werde es sein, der die Hylmerisna wirklich groß macht. Ich! Aber anders als du, Vater, ganz anders!«

In einer Mischung aus Belustigung und Verärgerung starrte Keno Hylmerisna auf seinen Sohn. »Aha. Also du würdest es anders machen als ich. Wie denn würdest *du* es machen?« Er zog die Augenbrauen hoch. »Würdest du etwa die Schuld erlassen?«

Ocko schüttelte den Kopf. »Das nicht. Aber was willst du mit einem Flecken Land hier oder da? Was nützt dir ein verstreuter Besitz an Grase Weideland, den du doch nicht zusammenfügen kannst? Das ist nicht der Weg, in Brokmannia groß zu werden!« Ocko richtete sich auf. Er öffnete den Verschluss seines Überwurfes aus schwerer friesischer Wolle. An seinem fleischigen Hals glänzte der Schweiß.

Keno Hylmerisna war nicht in der Stimmung, sich Belehrungen seines Sohnes anzuhören. Er fuhr nach vorn und schlug sich klatschend auf den Oberschenkel. »Sieh an, das Küken will klüger sein als der Hahn«, sagte er voller Spott. »Aber nun heraus damit, Sohn. Welchen Weg gehst *du*, um in Brokmannia groß zu werden?«

Ocko Hylmerisna nahm sich Zeit. Er verließ das Podest und ging auf die Feuerstelle zu. Mit dem Fuß stieß er ein Scheit Holz in die Flammen. Auf seinen Lippen stand jetzt ein kleines Lächeln, aber seine Augen blieben kalt.

»Nimm diesen Bauern. Wenn er sein Land an dich verliert, machst du ihn dir zum Feind. Die paar Grase sind zu nichts nütze. Lass ihm seine Äcker, aber halte ihn in deiner Schuld. So hast du ihn in der Hand. Er ist von dir abhängig, dir verpflichtet und zugleich dankbar.« Das

Lächeln verschwand aus Ockos Gesicht, seine Stimme hob sich. »Tue dies in vielen Fällen, und du wirst bald Gefolgsleute haben, die dir noch nützlich sein werden. Das wiegt mehr als die Einlösung einer Schuld, auf die du verzichten kannst.«

Mit einem Ruck wandte er sich seinem Vater zu. Seine Stimme war nun von ätzender Schärfe. »*Diesen* Weg würde ich gehen, um in Brokmannia groß zu werden, nicht deinen!«

Keno starrte seinen Sohn mit offenem Mund an. Der stemmte beide Fäuste in die Hüfte und beugte sich vor.

»Und stoße mich nie wieder in den Rücken, Vater, hörst du. Nie wieder!«

*

Am Nachmittag dieses Tages befahl Keno Hylmerisna seinen Verwalter zur Berichterstattung zu sich. Der verwitwete Bruder seiner Frau Theda war auf deren Fürsprache Handmann des Anwesens, und der Hausherr hatte ihm zusätzlich die Buchführung über die Geschäfte der Familie übertragen. Uffo Remetsna hatte den gehetzten Blick eines überforderten Menschen. Er wusste, dass er auf dem Hof nur geduldet war, dass sein Schwager nichts von ihm hielt und sein Neffe Ocko ihn nicht mochte. Buchprüfungen wurden üblicherweise am Sonntag nach der Messe durchgeführt.

Uffo erschien schwitzend vor Aufregung. Er hatte sein Wams offenbar rasch übergeworfen und nicht zugebunden. In seinem Gesicht standen hektische Flecke und der Hals war stark gerötet. Unter dem Arm trug er einen in Leder gebundenen Folianten, an seinem Gürtel hing der Beutel mit Tintenflasche und Federkiel. Er nickte kurz und unfreundlich, legte das Buch auf den Tisch und schlug die Seite mit den Geschäftsvorgängen der laufenden Woche auf.

»Die Woche ist noch nicht abgeschlossen«, sagte er ungehalten und wischte sich über die Stirn.

Die Augen des Schollenherrn waren kalt und abschätzig. Ocko saß wie unbeteiligt neben seinem Vater, weiter entfernt, als es nötig gewesen wäre. Er hielt den Kopf gesenkt und betrachtete gelangweilt seine Stiefelspitzen.

»Also sind es meine Eintragungen auch noch nicht«, fuhr der Handmann fort. »Warum forderst du jetzt Bericht, Schwager?«

»Weil ich es so will.« Keno wies auf den Folianten. »Lies!«

Uffo beugte sich über das Buch und legte seinen Zeigefinger auf die geöffnete Seite. Eine der Mägde erschien, um nachzulegen. Das Feuer in der Herdstelle war heruntergebrannt, die restliche Glut drohte unter der Asche zu ersticken. Keno stieß ein wütendes Bellen aus und die Magd fuhr erschreckt hoch. Mit einer herrischen Handbewegung scheuchte er die Frau hinaus. Aber noch bevor der Handmann zu lesen begann, betrat Theda Hylmerisna den Raum. Sie reinigte schweigend die Feuerstelle und sorgte für frischen Brand. Dann setzte sie sich auf einen Hocker neben dem Rauchfang und sah ihren Mann ruhig an. Sie hatte dem Brokmannen sechs Kinder geboren, von denen der Sohn Ocko und die Töchter Elborg und Doda lebten und den Fortbestand der Sippe sicherten. Theda Hylmerisna war nicht ängstlich und selbstbewusst genug, dies auch zu zeigen.

»Worauf wartest du, Frau?«, fragte Keno schroff.

Theda hob den Kopf. »Das Vermögen der Familie geht auch mich an, Keno Hylmerisna. Wenn du dir an einem solchen Tag darüber berichten lässt, wird es dafür Anlass geben.«

Er fixierte sie mit finsterem Blick, dann hob er seine Schultern. »Es gibt keinen besonderen Anlass. Jedenfalls nicht, soweit es die Geschäfte betrifft. Es ist an der Zeit, unseren Sohn stärker in die Pflicht zu nehmen. Zunächst soll er bei Uffo lernen. Später wird er die Verwaltung unserer Güter übernehmen«, sagte Keno friedfertig und sah seine Frau lächeln.

Sein Schwager richtete sich auf. In seinem Gesicht stand Erleichterung, die ungeliebte Verantwortung endlich loszuwerden, überschattet von einer Spur Misstrauen über die möglichen Folgen für seine künftige Rolle auf dem Hof. Ocko rührte sich überhaupt nicht. Er saß schweigend da, aber seine Augen waren wach.

Uffo fuhr sich mit der Zunge über die Lippen, legte den Zeigefinger auf das Pergament und begann zu lesen. »Haus mit Hof und Umland bei Engerhoffe, Fläche insgesamt siebenundvierzig Grase im Gesamtwert vom eintausendzweihundert Bremischer Mark Silber.«

Keno fuhr sofort dazwischen. »Keine Wertangaben beim Grundbesitz. Diese Summen sind bekannt«, sagte er unwirsch und Uffo nickte. Ocko hatte bei der Nennung des Wertes den Kopf gehoben, sagte aber nichts. Er runzelte die Stirn, stand auf und sah seinem Onkel über die Schulter.

»Item[36] Zehn Grase Weideland im Kirchspiel Hagha[37], verpachtet an die Bauern des Kirchspiels. Erhebung der Huras und des Zehnten vom Ertrag«, fuhr der Verwalter fort und Keno nickte nachdrücklich. Das Land stammte zum größten Teil aus dem Erbe seiner Frau Theda. Er selbst hatte im Laufe der Jahre günstige Gelegenheiten genutzt, um weitere Teile hinzuzukaufen. Bauern der Gegend waren durch Krankheit oder Missernten in Not geraten und zur Veräußerung des Bodens gezwungen und er, Keno Hylmerisna hatte die Möglichkeit wahrgenommen, die Flächen günstig zu erwerben. *Sehr* günstig.

»Item Fünfzehn Grase Weideland im Kirchspiel Suderhusum[38], zur eigenen Nutzung mit beigestelltem Vieh«,

36) lat. für ebenso, ebenfalls, auch

37) Hage bei Norden

38) bei Emden, damals zum Brokmerland gehörend

sagte Uffo und Hylmerisna nickte erneut. Auch an diesem Land, außerhalb von Brokmannia, verdiente er, denn ein ansässiger Bauer weidete einen Teil seiner Schafe auf dieser Fläche und zahlte dafür zehn Kannen Milch, $^1/_3$ Fass Fett und fünf Felle im Jahr. Wichtiger als diese Erträge, die seine Frau im Haushalt verwirtschaftete, war ihm allerdings auch hier der Besitz von Land außerhalb von Brokmannia und er warf einen Blick zu Ocko, der noch immer hinter dem Verwalter stand und mitlas. Aber das Gesicht seines Sohnes blieb ausdruckslos. Nur seine Augen waren wach.

»Item acht Grase Ackerland im Kirchspiel Feterbueren, verpachtet an den Bauern Temmo Beninga von Auwreke.«

Kenos Züge wurden hart. Das war der Mann, der die Huras nicht bezahlen konnte und ihm die Vorwürfe seines Sohnes eingetragen hatte. Die Tatsache, im Auwerickerlant Grund und Boden zu besitzen, war für den Brokmannen als Machtfaktor wertvoll. Er zählte weit mehr als die Größe des Stücks oder sein Ertrag in Huras. Anders als sein Sohn trachtete er auch danach, in dieser Landgemeinde seinen Einfluss über den Erwerb von Scholle zu vermehren. Es gab dort bis heute keine Familie, die eine herausgehobene Stellung beanspruchte.

Deshalb erschien ihm naheliegend, das offenkundige Machtvakuum auszunutzen, zumal er aus dem Auwerickerlant Signale wahrzunehmen glaubte, dass man hier gegen eine führende Rolle des Brokmannen keine Einwände hätte. Er war entschlossen, aus dieser Sachlage Nutzen für seinen Familienverband zu ziehen. Mochte sein, dass die Vorstellungen seines Sohnes, Einfluss durch Abhängigkeit zu schaffen, ihre Berechtigung hatten. Vielleicht sogar, in gewissen Situationen, war dies der bessere Weg. Aber nicht etwa der alleinige, sondern allenfalls Ergänzung zu Landbesitz, zum Erwerb von Grund und Boden, der, anders als durch Schuld erzwungene Gefolgschaft, einen natürlichen Führungsanspruch in der Landgemeinde begründete.

Und dennoch, er musste vor sich selbst einräumen, dass ihm sein Sohn Respekt abnötigte. Der Junge wurde erwachsen, er dachte offensichtlich über diese Dinge nach und kam zu Ergebnissen, die zeigten, dass ihm eine gute Zukunft der Hylmerisna am Herzen lag. Wohlan denn. Sollte er. Schließlich würde er es sein, in dessen Händen eines Tages das Schicksal der Familie gelegt wäre.

Aber heute kam es darauf an, dem Sohn deutlich zu machen, dass immer noch er, Keno, den Hylmerisna vorstand und der Abkömmling und Erbe sich gefälligst unterzuordnen hatte. Er sah verstohlen zu Ocko hinüber. Jawohl, der junge Mann war immer noch übergewichtig, gleichwohl hatte er sich erkennbar gestreckt. Unter seinen eng beieinander stehenden, kühl blickenden Augen saß ein kräftiges, willenstarkes Kinn. Seine ganze Erscheinung strahlte Führerschaft aus. Er war geboren, um zu herrschen, ganz anders als sein Oheim neben ihm, der immer ein Handmann bleiben würde.

Der Verwalter blätterte zur nächsten Seite um. »Item Grundbesitz im Emesingerlant[39], und zwar je 4 ½ Grase Weide in den Kirchspielen Lerlite[40] und Manzlyad[41]. Beide sind den dortigen Pfarrern gegen Huras zur Nutzung überlassen und werden zum Teil durch Bauern der Kirchspiel bewirtschaftet«, sagte Uffo ohne Betonung. »Die ursprünglichen Ansprüche an Geld in Höhe von zweimal zwei Pfennigen wurden vor zwei Jahren einvernehmlich in Güter an Feldfrüchte und Erträgen aus der Viehhaltung umgewandelt.« Er sah auf und lächelte freudlos. »Die Umwandlung kam auf Wunsch der Pfarrer zustande, nach-

39) Emsingerland

40) Larrelt in der Krummhörn

41) Manslagt in der Krummhörn

dem Erzbischof Ludwig von Hessen[42] in einem Schreiben Geldzahlungen der Kirche für Boden, der schließlich dem Herrn gehört, für ungehörig erklärt hatte.«

Ockos Blick löste sich von dem Pergament, seine Augen flogen rasch zwischen seinem Vater und seinem Oheim hin und her.

»Ja, ja. Ich weiß!«, sagte Keno Hylmerisna mürrisch. Die Intervention des Erzbischofs hatte ihm damals missfallen, sehr sogar. Und dessen Auffassung war nichts weiter als ein Vorwand. Ein Machtspiel. Natürlich war es an der Tagesordnung, dass auch Kirchen Pachtzins mit Geld bezahlten. Aber es wäre unklug gewesen, sich den Kirchenfürsten wegen einer solchen Sache zum Gegner zu machen.

»Ceterum[43] Geldansprüche aus Pachtbesitz als Gerichtsherr in den Kirchspielen Uthum und Visquerd«, schloss Uffo und richtete sich auf.

Gleichzeitig hob Ocko seinen Kopf. Er lächelte, aber um seinen Mund stand ein Zug von Geringschätzigkeit. »Streubesitz!«, sagte er mit spröder Stimme.

Er hatte natürlich einen Überblick über die Besitzungen seines Vaters, ohne jedoch deren genaue Größe und Wert zu kennen. Aber die Aufzeichnungen bestätigten, dass die Hylmerisna außerhalb ihres Stammlandes im Kirchspiel Engerhoffe keine zusammenhängenden Landflächen besaßen.

»Ich versuche, unsere Ländereien durch neue Besitzungen zu vergrößern«, sagte Keno barsch. »Heute Morgen hast du das noch bemängelt, jetzt bemängelst du das Gegenteil. Was ist nun richtig?«

Ocko schüttelte den Kopf. »Ich stelle fest, dass unser

42) Gemeint ist hier Ludwig II, Landgraf von Hessen, von 1310-1357 auch Erzbischof von Münster, in
dessen Diözese die Kirchspiele Larrelt und Manslagt lagen.

43) llat. für im Übrigen, sonst

Land verstreut ist, Vater«, sagte er ruhig und warf seiner Mutter einen raschen Blick zu. »Weil das so bleiben wird, sollten die Hylmerisna allerdings einen anderen Weg gehen.« Er trat auf seine Mutter Theda zu, neigte sich zu ihr herunter und küsste ihren Scheitel. Sie blieb ruhig sitzen und schenkte ihrem Sohn ein warmes Lächeln.

Keno Hylmerisna hatte seinem Sohn mit wachsendem Zorn zugehört, saß vorgebeugt auf seinem Lehnstuhl und seine Augen waren wie Dolche. »Ich missbillige deine Ungebührlichkeit ausdrücklich, Sohn. Solange ich der Herr von Haus und Hof bin, werden die Geschäfte der Hylmerisna so geregelt, wie ich es will!« Er lehnte sich zurück und warf seinem Schwager einen unfreundlichen Blick zu. »In den Büchern ist zudem festgehalten, dass das Wohlbefinden der Hylmerisna nur zum Teil von Landbesitz abhängt, von den Erträgen der Äcker, Weiden und Wälder zum geringsten.« Er deutete auf seinen Sohn. »Setz dich her und höre, was dein Oheim hierzu zu sagen hat!«

Ocko verneigte sich. »Ich bitte Euch um Verzeihung, Vater«, sagte er förmlich und kam an den Tisch zurück, während Uffo in dem Folianten zu blättern begann. Der Verwalter schlug die Seite mit den Handelsbeteiligungen auf.

»Zehn Teile an dem Schiff des Frederic von Emende[44] mit allen seinen Erträgen, bis zum dritten Monat dieses Jahres zwölf Mark Rheinischen Gulden und dreiunddreißig Pfennige«, sagte Uffo und richtete sich mit vorwurfsvollem Blick auf. »Die Erträge des vierten Monats kenne ich noch nicht. Aufs Jahr gesehen erbringt die Beteiligung etwa einhundertachtundzwanzig Mark Rheinische Gulden.«

»Ja, ja!« Keno nickte ungeduldig und bedeutete ihm, fortzufahren.

44) Emden

»Item dreieinhalb Teile am Kontor des Handelsherren Jacobus Schermbeke zu Brema, zu zwei Fünfteln angerechnet auf die Erträge von Salz und friesischer Wolle«, las Uffo umständlich und hob den Zeigefinger. »Jacobus hat die Zahlen für den zweiten Monat noch immer nicht übermittelt. Ich habe ihm deshalb schon geschrieben. Im letzten Jahr lagen die Einkünfte aus dieser Beteiligung bei fünfundsechzig Mark Bremisches Silber und sechseinhalb Pfennige.«

Der Brokmanne nickte erneut. »Gib ihm noch einen Mond. Wenn er die Zahlen nicht bringt, erheben wir einen Aufschlag von einem weiteren Fünftel auf den Ertrag, mindestens aber zwanzig Bremischen Pfennigen. So ist es beurkundet.«

Uffo nickte beflissen und blätterte zur nächsten Seite um. Es folgten Beteiligungen an Handelshäusern in Appinggadamme[45] und Hamborch[46], die den Umschlag von Feldfrüchten, aber auch von Holz, Fleisch, Fetten, Fellen und Häuten betrafen. Schließlich war Keno Hylmerisna Teilhaber an drei Fischereien im Umkreis von Noirden. Summa summarum beliefen sich seine Einkünfte aus Anteilen am Handel auf fünfhundertsechsundzwanzig Mark und sieben Pfennige Bremisches Silber im Jahr.

Es folgten nun die Zinseinnahmen. Keno Hylmerisna hatte einer ansehnlichen Zahl von Bauern und Fischern aus dem Umland und in angrenzenden Landgemeinden Geld geliehen. Meistens handelte es sich um kleinere Beträge, die zur Überbrückung von akuten Notlagen gebraucht wurden. In einigen Fällen stand es den Schuldnern frei, den fälligen Zins in Feldfrüchten und anderen Erzeugnissen zu begleichen. Dies hatte allerdings nach den Vorgaben der Herrin von Engerhoffe zu erfolgen,

45) Appingedam in den heutigen Niederlanden

46) Hamburg

die im Einzelfall festlegte, ob sie etwa den Scheffel[47] Getreide, das Fass Heringe oder den Bund Lammfelle akzeptieren wollte.

Größter Schuldner der Hylmerisna war jedoch der Erzbischof von Brema, der zugleich Graf von Aldenborch[48] war[49]. Keno hatte ihm 200 Mark Bremische Pfennige geliehen. Der Erzbischof brauchte das Geld als Einlage einer Handelsbeteiligung bei der Hanse in Bruege[50]. Die Summe war mit 12 Mark Bremischen Pfennigen im Jahr zu verzinsen. Dieses Geld war an Sankt Michaelis[51] zu zahlen.

Der Erzbischof hatte Hilderaad, den Abt des Klosters Marienkamp[52], mit strengen Auflagen beauftragt, das Geschäft einzufädeln, bei dem er nicht selbst in Erscheinung treten wollte. Auch an Ermahnungen des Kirchenfürsten an den Abt, die nötige Diskretion zu beachten, hatte es nicht gefehlt. Hilderaad hatte einen seiner Mönche nach Engerhoffe geschickt. Am späten Abend, lange nach dem Vesperläuten, war der Mann aufgetaucht. Keno, schon im Nachtgewand, hatte ihn schließlich in der Stube empfangen, ungehalten über die Störung um diese Zeit, aber der Mönch hatte sich geweigert, sein Anliegen dem Verwalter vorzutragen. Es eine Weile gedauert, bis Keno begriff, dass der Erzbischof von Brema der eigentliche Bittsteller war. Die Summe hatte ihn ebenso erstaunt wie der Sachverhalt selbst. »Warum ich? Warum gibt ihm dein Herr das Geld nicht?«

47) Mittelalterliches Hohlmaß, konnte je nach Region zwischen 23 und 222 Litern Volumen liegen.

48) Oldenburg

49) Gemeint ist Otto I., Graf von Aldenborch, von 1344 -1348 zugleich Erzbischof von Bremen.

50) Brügge in Flandern

51) 29. September.

52) Marienkamp in Holtgast bei Esens, 119ß vom Benediktinerorden gegründet

Der Mönch hatte den Kopf geschüttelt. Dazu wollte er nichts sagen. Sein Auftrag sei, über das Darlehen zu verhandeln. Am Verwendungszweck wäre das Geschäft beinahe gescheitert.

»Wozu?«, hatte Keno gefragt aber wieder hatte der Mönch die Schultern gehoben. Er hatte kein Mandat gehabt, darüber zu sprechen.

»Ich gebe kein Geld, ohne zu wissen, welchem Zweck es dient!«, hatte der Brokmanne barsch geantwortet, aber der Mönch hatte in angesehen und geschwiegen. Es war ihm schärfstens verboten gewesen, über diesen Punkt Auskunft zu geben. Der Erzbischof hatte sogar angeordnet, dass er auf die Anleihe verzichte, sollte der Brokmanne die Nennung des Verwendungszwecks als »conditio sine qua non«[53] betrachten. Den Grund hierfür kannte nur der Erzbischof selbst.

Keno Hylmerisna wäre es nicht ernsthaft eingefallen, an dieser Sache das Geschäft scheitern zu lassen. Dazu war die Aussicht, den Erzbischof von Brema als Schuldner zu haben, zu verlockend. Vor allem aus machtpolitischen Gründen. Zudem hatte er das Geld und war entschlossen, einen günstigen Zinssatz herauszuschlagen. Erst viel später und eher zufällig hatte Keno erfahren, dass der Kirchenfürst in die Hanse investieren wollte.

Bei der Festlegung der Zinsbedingungen hatte sich der Mönch dann als zäher Verhandler erwiesen. Es war bereits weit nach Mitternacht, als man sich endlich auf 12 Mark Bremische Pfennige einigte. Das Geld war in der Diözese zu erwirtschaften und durch das Kloster Marienkamp an Sankt Michaelis zu zahlen. Der Benediktiner hatte schließlich noch einen eher zaghaften Versuch unternommen, an Stelle der Geldzahlung eine Gegenleistung in Sachwerten auszuhandeln. Offensichtlich hatte er auch hierzu entsprechende Anweisungen. Sein Angebot von vier Fässern

53) lat.: Unabdingbare Voraussetzung

schmiedbarem Eisen oder zweihundert Schaffellen hatte der Brokmanne jedoch brüsk zurückgewiesen. Dann hatte er Uffo von der Schlafpritsche holen lassen, um den Vertrag aufzusetzen. Das war jetzt reichlich über ein Jahr her. Von der zusätzlichen Vereinbarung, die geliehene Summe zurückzuzahlen und sich damit von der Schuld zu befreien, hatte der Kirchenfürst bisher keinen Gebrauch gemacht. Und wenn es nach Keno Hylmerisna ging, dann hatte das auch keine Eile. Es gefiel ihm, Gläubiger des Erzbischofs von Brema zu sein.

Er lehnte sich zufrieden zurück und wandte sich an seinen Sohn. »So also, siehst du, verhält es sich mit unserem Vermögen. Ich werde es, solange ich kann, nach meinen Kräften mehren. Wenn deine Zeit kommt, dann bewahre es nicht nur, sondern sieh zu, das es wächst!«

Der Verwalter schloss den Folianten und Ocko verneigte sich erneut. Er wusste längst, dass es ein zweites Buch gab, groß und mit schweren Beschlägen, verschlossen in einer Eisenkiste. Sein Vater bewahrte es in der Kleidertruhe seines Schlafgemachs auf. Und nur er selbst führte es. Wenn er dort Eintragungen machte, duldete er niemanden in seiner Nähe. In diesem Folianten notierte Keno Hylmerisna Geldbewegungen, von denen er glaubte, dass sie außer dem Herrn niemand etwas angingen. Ocko war sich ziemlich sicher, dass seine Mutter von diesem Dokument nichts wusste, ganz zu schweigen von Uffo. Sein Vater, das vermutete er, führte dort auch Buch über die fremden Bewaffneten, von denen Ocko annahm, dass sie auf irgendeine Art Gesetzlose waren, vielleicht Seeräuber, Freibeuter, denen sein Vater Unterschlupf gewährte, wenn in Herbst und Winter der Seehandel nahezu zum Erliegen kam und sich Seeräuberei »nicht lohnte«.

Es musste so sein. Sein Vater hatte sie bei ihrem ersten Auftauchen als »Freunde« vorgestellt und keine weiteren Erklärungen abgegeben, aber die Mehrzahl der Fremden, unter denen auch Friesen waren, sprachen mit einem kaum verständlichen, harten nordischen Akzent, keiner war wie ein Bauer gekleidet und alle trugen Waffen. Er hatte den missbilligenden Blick seiner Mutter gesehen, die jedoch keinen Widerspruch gewagt hatte. Sie blieben unter sich, holten sich ihr Essen in der Küche und aßen auf der Tenne, getrennt vom Gesinde, an einem abseits stehenden Tisch. Ocko wusste auch, dass die Männer für ihren Aufenthalt zahlten, zumindest für das Essen, denn sie arbeiteten nicht auf dem Hof, sondern begleiteten seinen Vater gelegentlich, wenn er den Hof verließ, und dann waren sie immer in Eisen. Er hatte gesehen, wie einer der Fremden seinem Vater einen Lederbeutel zusteckte, verstohlen, aber er hatte es gesehen und der Beutel war schwer. Als sein Vater ihn entgegennahm, hörte man das leise Klirren von Geldstücken.

Die Fremden erschienen stets im frühen Herbst, etwa um Sankt Michaelis[54], sie blieben den Winter über und verschwanden wenige Tage nach Sankt Georgius[55]. Sie trafen keine erkennbaren Vorbereitungen. Nichts deutete auf ihren Aufbruch hin. Aber dann, irgendwann eines Morgens, hatten sie den Hof verlassen. Ocko missbilligte nicht etwa, was sein Vater hier tat. Er wusste, dass man innerhalb und außerhalb der Landgemeinde ungünstig darüber sprach, auch deshalb, weil Keno Hylmerisna in dieser Sache niemanden in sein Vertrauen zog. Selbst die anderen Richter in Brokmannia nicht.

Aber Ocko registrierte mit Wohlwollen, welche Wirkung die Fremden in Brokmannia hatten, und ihm selbst begegneten sie mit dem zurückhaltenden Respekt, der gegenüber dem Erben der Hylmerisna wohl angebracht war. Erst neulich war er hinter dem Gesindehaus mit einem der Männer zusammengestoßen, es war schon dämmerig.

54) 29. September

55) 23. April

Der Kerl, ein grober, muskelbepackter Klotz, es musste ein Nordmann gewesen sein, hatte geflucht und die Hand zum Schlag erhoben. Dann aber hatte er erkannt, wen er vor sich hatte, war zwei oder drei Schritte zurückgetreten, hatte sich tief verbeugt und etwas gemurmelt, das wie eine Entschuldigung geklungen hatte, wieder in dieser rauen, harten Sprache, die kaum jemand sonst verstand. Ocko hatte die Unterwürfigkeit des Mannes gefallen, sie vermittelte ein Machtgefühl, das ihn durchströmte wie ein Schluck des erhitzten Weines seiner Mutter am Christtag.

Er hieß es wohl, dass diese Männer seines Vaters Waffenknechte waren und es schien, als gehorchten sie aufs Wort. Der kleinste Wink genügte, und sie taten, was verlangt war, selbst der Anführer machte da keine Ausnahme. Auch dafür musste es einen Grund geben. Ocko kannte ihn nicht und das war es, was ihn an der Sache störte: dass sein Vater auch ihn, seinen Erben, nicht einweihte. Ocko vermutete, dass die Fremden irgendein Geschäft betrieben, aus dem sein Vater Gewinn schöpfte. Vielleicht gab er ihnen auch Geld oder unterstützte sie auf andere Weise. Jedenfalls schien eine Art von wechselseitiger Abhängigkeit zu bestehen, in der Keno Hylmerisna ohne jeden Zweifel der Stärkere war.

Über einen anderen Posten in den Aufzeichnungen seines Vaters hatte ihn Keno selbst aufgeklärt, zumindest in groben Zügen und mit erkennbarem Widerwillen. Auslöser war die Unterhaltung einiger Richter aus dem Hairlingerlant bei einer Kirchenweihe gewesen. Die Männer hatten zusammengehockt und sich das Bier des Erzbischofs schmecken lassen. Keno hatte den Tisch bereits passiert, Ocko war einige Schritte hinter seinem Vater stehen geblieben, um die Satteldecke des bischöflichen Zelters zu bestaunen. So war er Zeuge des Gesprächs geworden, das gewiss nicht für seine Ohren bestimmt gewesen war. Sie hatten abgewartet, bis Keno sich außer

Hörweite entfernt hatte. Einer der Redjeven machte dann eine abfällige Bemerkung über den Mantel seines Vaters, der mit einem kostbaren Pelz besetzt war.

»Seht ihn euch an, den stolzen Brokmannen. Da trägt er das Gold spazieren, das sein Ahne den Sarazenen[56] geraubt hat.«

Die anderen lachten, aber einer schüttelte zweifelnd den Kopf.

»Hat er es den Sarazenen geraubt oder den Juden? Oder hat es ihm der Erzbischof von Cöln geschenkt, dem er während des Kreuzzuges in den Arsch gekrochen ist?«, sagte der Mann langsam und genüsslich und die übrigen brachen in brüllendes Gelächter aus. Dann sahen sie Ocko, brachen abrupt ab und drehten ihm ihre Rücken zu.

Er sprach seinen Vater später darauf an und sofort stand in Keno Hylmerisnas Augen ein drohendes Glitzern. Eingehend erkundigte er sich nach den Männern. »Und Magnus tom Diek war nicht darunter?«, fragte er lauernd.

Ocko schüttelte den Kopf. »Was ist mit dem Gold?«

Sein Vater machte keinen Hehl daraus, dass aus der Familie der Hylmerisna Männer am 5. Kreuzzug[57] teilgenommen hatten. »Auch Hisko Hylmerisna, der ein Vorfahr deines Vorvaters Addo gewesen ist.«

Ocko starrte seinen Vater neugierig an. »Ist er reich zurückgekommen?«

»Reich? Nein. Mit Ehren überhäuft, wegen seiner Tapferkeit wohl sogar dem Kaiser[58] selbst in Audienz vorgestellt. Und krank, ja, aber nicht reich.« Keno wandte sich ab, um klarzumachen, dass für ihn damit das Thema beendet war.

56) Im Mittelalter Bezeichnung für die Araber / Moslems des Mittelmeerraumes.

57) 1228/29

58) Gemeint ist der Staufer Friedrich II, der von 1212 bis 1250 regierte.

Ocko wusste nicht, ob er ihm glauben sollte. Gut möglich, dass dieser Hisko doch mit Beute zurückgekehrt war, vielleicht mit Gold, an dem Blut klebte und das deshalb als anrüchiger Teil des Vermögens der Hylmerisna irgendwie versteckt werden musste. Als Einlage in Handelsbeteiligungen, oder längst für Landkäufe ausgegeben. Oder für den Erwerb der Gerichtsherrschaft in den Kirchspielen Uthum und Visquerd gezahlt. Diese beiden Kirchspiele lagen nicht im Stammland der Hylmerisna. Ocko wusste, dass sogar Bischöfe große Summen bezahlten, um in den Besitz von Gerichtsrechten zu gelangen. Sie sicherten Einfluss und Einkünfte. Eines Tages würde er erfahren, ob es sich in seiner Familie ähnlich verhielt. Er sah seinen Weg vor sich, und seine Ziele waren klar abgesteckt.

»Sorge dich nicht, Vater. Wenn meine Zeit kommt, werde ich meine Pflicht tun. Wenn sie abgelaufen ist, werden die Hylmerisna reicher und mächtiger sein als je zuvor«, sagte er mit fester Stimme und sah Keno wie zur Bestätigung nicken. Dann stand er auf, küsste seiner Mutter die Hände und verließ ohne weitere Worte den Raum.

*

Der Ritt durch die Stadt bereitete Keno Hylmerisna kein Vergnügen. Brema ging ihm auf die Nerven mit seinem Dreck und dem Lärm Tausender Menschen. Es stank überall nach Fäkalien, verfaulten Abfällen und Schweiß. Ratten und anderes Ungeziefer huschten an Häuserwänden entlang oder verschwanden zwischen angehäuften Küchenresten, die vor den Türen lagen. In den schlammigen Straßen, die nach den kalten Niederschlägen der letzten Wochen noch lange nicht abgetrocknet waren, lag der Morast fußhoch und machte das Weiterkommen selbst für die Pferde schwer. Er bahnte sich fluchend seinen Weg, begleitet von einem kleinen Gefolge, und hatte seine Augen überall. Nur mit Mühe konnte er einmal dem Inhalt eines Nachttopfes ausweichen, den irgendwo über ihm jemand wie üblich aus dem Fenster entleerte. Es musste die Nachtproduktion einer ganzen Familie gewesen sein, der Guss pladderte neben ihm auf die Straße und sofort verbreitete sich ein scharfer, stechender Uringestank.

Auf den Gassen herrschte trotz der frühen Stunde bereits hektische Betriebsamkeit. Fuhrleute steuerten ihre Wagen brüllend durch das Gewühl, dazwischen das hohe Gekeife von Marktweibern und aufgeregten Bauern, die blökendes Vieh mit Schreien und Schlägen zu den Marktplätzen trieben. Lehrjungen von Handwerkern hasteten mit schwer beladenen Kiepen durch Menschenlücken hindurch, auf ihren besorgten Gesichtern spiegelte sich die Furcht vor der Prügel, die sie beziehen würden, wenn sie ihre Ware nicht rechtzeitig und, vor allem, unversehrt an ihr Ziel brachten. Die ganze Stadt war dem Brokmannen ein Graus. Schmalbrüstige Bretterbuden, teilweise sogar noch mit Grassoden gedeckt, klebten eng an kaum solider gebauten Holzhäusern, nur wenige Gebäude waren aus Stein. Doch selbst die waren oft in einem beklagenswerten Zustand, die Sockel bespritzt mit dem Schlamm der Straße, umgeben von Unrat und Müll.

Auch die Residenz des Erzbischofs von Brema machte da keine Ausnahme, trotz ihrer imponierenden Abmessungen, aber Keno war dennoch froh, als er sie endlich erreicht hatte. Ein Pferdeknecht nahm ihnen die Reittiere ab und ein rotgesichtiger, schwitzender Mönch, dessen Kutte ein strenger Ziegengeruch entstieg, führte Hylmerisna in den oberen Teil des Gebäudes.

Der Erzbischof von Brema saß in seinem hohen Lehnstuhl und aß eine Grütze aus Leinsamen, vielleicht sein zweites Frühstück oder ein vorgezogenes Mittagessen. Er trug einen einfachen Priesterrock, den lediglich das

Bischofskreuz zierte. Es hatte den Brokmannen überrascht, dass der Kirchenfürst seiner Bitte um ein Treffen innerhalb weniger Tage entsprochen hatte. Als ärgerlich empfand Keno dagegen die Ablehnung seines Sohnes Ocko als Teilnehmer an der Audienz. Er hatte dem Erzbischof mitteilen lassen, es gehe nicht um Geld. Dennoch erwartete der Oberhirte wohl einen unangenehmen Anlass, bei dem er keinen Halbwüchsigen an seinem Tisch dulden wollte. Vielleicht kam der Brokmanne letztlich ja doch als sein Gläubiger, oder die Sache wurde während der Unterredung zur Sprache gebracht und warf ein ungünstiges Licht auf ihn. Man wusste nie, wie dergleichen ausging. Und er hasste es, wenn er ein Gespräch nicht kontrollieren konnte.

»Du kommst ungünstig«, knurrte er und reichte dem Brokmannen mit einer trägen Bewegung seine Hand zum Kuss. Keno berührte den bischöflichen Siegelring mit spitzen Lippen.

»Nichts liegt mir ferner, als Euer Liebden beim Mahl zu stören«, sagte er, aber der Erzbischof winkte ab und deutete auf einen Stuhl zu seiner Linken.

»Mein Arzt hat mich auf fleischlose Kost gesetzt«, klagte er und rieb sich seinen mächtigen Leib. »Er macht mir Einläufe und kalte Wickel um den Bauch, damit die Krämpfe sich lösen.« Er schüttelte den Kopf und seine Miene verdüsterte sich. »Der Mann hat angeblich in Cordoba[59] studiert und ist doch ein Quacksalber wie all die anderen. Warum gibt es bei uns keine anständigen Ärzte, kannst du mir das sagen?« Erneut fuhr er sich seufzend über seinen gewaltigen Bauch. Dann deutete er auf den gut gefüllten Pokal neben seinem Teller. Jede seiner Bewegungen setzte eine Wolke säuerlicher Ausdünstungen frei. »Willst du Wein?«

Keno lehnte dankend ab und der Erzbischof sagte: »Mit

59) Stadt in Andalusien; bereits zur Zeit der Kalifen Universitätsstadt

deiner Erlaubnis«, und begann erneut, seine Grütze zu löffeln. Er aß geräuschvoll und ohne besondere Sorgfalt. Trotz seiner feisten Gestalt war er ein harter und kraftvoller Mann, der seinen Körper sehr wohl einzusetzen wusste. Er hatte in seiner Kathedrale einen Opferstockräuber auf frischer Tat ertappt und den Mann derart verprügelt, dass dessen Wunden anschließend von einem Bader behandelt werden mussten. Wie man sich erzählte, schreckte er auch nicht davor zurück, Bedienstete durch Ohrfeigen und Schläge zu züchtigen. Die Pfarrer und Mönche seines Bistums fürchteten ihn wegen seiner oft rüden Art der Rede und des Auftretens. In seinem ganzen Habitus war Otto I. eher ein Grundherr als ein Kirchenfürst und so benahm er sich auch. Mit einem leisen Rülpser schob er nun seinen Teller zur Seite und griff nach dem Weinglas.

»Was ist es, das dich zu mir führt?«, fragte er und fügte mit einem spitzbübischen Lächeln hinzu: »In einer Frage der Kirche hättest du dich gewiss an meinen Amtsbruder, den Erzbischof von Monasterium[60], gewandt, in dessen Händen deine Seele liegt«.

»Meine Seele liegt in den Händen des Herrn«, sagte Keno und mischte so seine gespielte Demut geschickt mit verstecktem Tadel. Er beugte sich vor. »Und der Erzbischof von Monasterium war zur Jagd und hatte keine Zeit für mich.«

Er hatte unmittelbar nach dem Streit mit Magnus tom Diek zwei Boten gleichzeitig ausgesandt und die Männer hatten Anweisung, vor Ort auf Antwort zu warten. Erzbischof Ludwig war nicht in seiner Residenz. Irgendein Prälat hatte den Boten drei Tage lang hingehalten und dann erklärt, der Diözesanherr erprobe in seinen Revieren einem neuen Beizvogel, ein Geschenk des Erzbischofs von Utrecht, und sei nicht vor Anfang des nächsten Monds

60) Münster

zurück. Erst vor zwei Tagen war der Bote heimgekehrt, völlig erschöpft, sein Pferd war gänzlich ausgeritten und lahmte an drei Hufen.

Aber bereits nach einer Woche hatte Keno Hylmerisna Nachricht, dass der Oberhirte von Brema bereit war, mit ihm zu sprechen.

Der Kirchenfürst lehnte sich zurück und grinste breit. Er schob sein Brustkreuz zur Seite und kratzte sich am Bauch. »Sieh an! Zur Jagd!« Dann glitt ein Schatten über sein breites, flächiges Gesicht und sein Kinn wurde unvermittelt hart. »Dieser Mann ist mir ein Dorn im Auge. Er erhebt unverschämte Besitzansprüche an meiner westlichen Diözesengrenze und beruft sich dabei auf uralte Dokumente, die natürlich gefälscht sind!«

Otto hob sein Gesäß leicht seitlich an und ließ einen knarrenden Furz fahren.

»Daraus leitet er dann Patronatsrechte ab, richtet Sendkirchen ein und nimmt den Zehnten von Klöstern, die eigentlich mir gehören. Kostet mich mindestens dreißig Pfund Tournosen im Jahr. Und der Pontifex lässt ihn gewähren!«, grollte er und griff nach seinem Weinglas.

Keno Hylmerisna kannte diesen Rechtsstreit. Er ging zurück auf komplizierte und unübersichtliche Grenzverläufe im Süden der beiden Bistümer. Sie wurden verursacht durch häufige Besitzwechsel, die zudem nur unzulänglich beurkundet waren. Aber der Papst, Benedikt XII, hatte in dieser Angelegenheit Anno 1337 noch zur Amtszeit von Burkhard Grelle, Ottos Vorgänger auf dem Bischofsstuhl, entschieden und damit den Streit formal beigelegt. Er hatte zudem beide Kirchenfürsten ermahnt, ihre Kraft stärker auf ihre Pflichten als Oberhirten ihrer Diözesen zu lenken, statt sie in Rechtsstreitigkeiten über irdische Besitztümer zu vergeuden. Man konnte sehen, dass damit für den Erzbischof von Brema diese Sache noch nicht beendet war.

»Ausgerechnet Benedikt!«, zischte Otto, wohl in Erinnerung an die Zurechtweisung durch den Bischof von Rom. Dieser Papst gerierte sich als frommer, sittenstrenger Reformer, drang auf harte Zucht in den Klöstern und geißelte als erklärter Feind des Nepotismus[61] Gewinnsucht und Bestechlichkeit in seiner Kirche, wobei er nicht nur die Kurie im Auge hatte. Dabei wusste doch jeder, dass Benedikt sein Amt dem König von Frankreich verdankte, für dessen Politik er sich regelmäßig missbrauchen ließ.

»Das ist verlogen. Und es schadet der Macht der Kirche«, schloss der Erzbischof von Brema und griff nach seiner Tischglocke. Ein bleicher Mönch in schwarzem Habit huschte herein, füllte den Kelch des Erzbischofs nach, goss ohne zu fragen auch für den Brokmannen ein und verschwand.

Keno schwieg. Er begriff, dass Otto diese Gelegenheit nutzen wollte, um seinen Ärger abzuladen, und sah keinen Anlass, ihn darin zu bestärken. Sein Anliegen war anders. Wieder gingen ihm die Worte seines Sohnes durch den Kopf. Ocko war auch zornig darüber gewesen, dass seine Teilnahme an dieser Audienz nicht erwünscht war. Aber er hatte sich gefügt. Und erneut eine erstaunliche Reife gezeigt, als sie über die taktische Gesprächsführung diskutiert hatten. »Sage ihm, dass die Zersplitterung der Macht niemandem nützt. Sage ihm auch, dass wir gemeinsame Interessen haben. Und sage ihm schließlich, dass die Kirche Stütze vor allem in den führenden Familien finden kann, wenn es darum geht, ihren Einfluss zu mehren!«

Keno Hylmerisna hatte seinen Sohn in einer Mischung aus Nachdenklichkeit und Bewunderung angestarrt. Es schien ihm, als sehe er ihn plötzlich mit anderen Augen. »Hast du berücksichtigt, dass Otto nicht unser Diözesanherr ist? Er kann alles ablehnen, sich als nicht

61) Vetternwirtschaft

zuständig erklären. Wir unterstehen dem Bischof von Monasterium!«

Aber Ocko hatte milde gelächelt und den Kopf geschüttelt. »Mein Vater. Es ist wahr, wir gehören zu Ludwig dem Hessen, der dich nicht empfängt. Aber Otto ist, ebenso wie Ludwig, ein Machtmensch. Er wird aus grundsätzlichen Überlegungen auf unserer Seite sein. Und Brema ist nun einmal näher als Monasterium!«

So war das gewesen und der Brokmanne war sich erneut bewusst geworden, dass sein Sohn in wenigen Monaten eine verblüffende Entwicklung genommen hatte. Er mochte noch immer im Körper eines Halbwüchsigen stecken. Aber er dachte bereits wie ein vollwertiger Mann, kühl und überlegt.

Wenige Stunden später hatte er dann jedoch wieder den anderen Ocko erlebt, der zu unkontrollierten Wutausbrüchen fähig war. Auf einem Ritt durch die Landgemeinde passierten sie ein Flurstück, an dessen Rand mehrere Kinder einen Entwässerungsgraben reinigten. Das älteste, ein Junge, mochte zehn oder elf Jahre alt sein. Mit einfachen Weidenrechen zogen sie Unrat, Äste und Steine aus dem Graben, um den Durchfluss des Wassers zu verbessern. Alle waren barfuß und in dünnen Leinenkitteln, die Füße rot angelaufen vor Kälte. Der Vater arbeitete auf einer Fläche daneben. Er grub Torferde mit einem Holzspaten ab und schichtete sie zum Trocknen auf. An einer anderen Stelle verbrannte er Torf zur Salzgewinnung für die häusliche Küche, wie es viele Familien taten, denen das Salz auf den Märkten zu teuer war.

Es begann schon zu dämmern und sie ritten im Galopp, denn der heimatliche Hof war weit und einen Pächter wollte Keno noch aufsuchen. Der Vertrag lief aus und der Bauer wollte ihn zu den alten Bedingungen verlängern, aber er hatte zwei gute Ernten gehabt und der Brokmanne sah damit eine günstige Gelegenheit, die Pachthöhe neu zu verhandeln.

Also gaben sie ihren Pferden die Sporen und donnerten auf dem schmalen Weg das Flurstück entlang. Sie waren schon fast an der Stelle, als plötzlich eines der Kinder, ein kleines Mädchen, mit einem Schreckensschrei seinen Rechen wegwarf, sich umwandte und losrannte, seinem Vater entgegen, der auf der anderen Seite stand. Es war reines Glück, dass die ersten Reiter das Kind verfehlten und trotzdem auf der Straße blieben, aber Ocko konnte nicht mehr ausweichen. Sein Pferd erwischte die Kleine mit dem Huf hart am Hinterkopf, kam ins Straucheln und fing sich nicht mehr. Es stürzte mit einem dumpfen Schlag in den Graben. Sein Reiter, inzwischen aus dem Sattel, schlug wenige Schritte daneben in den morastigen Grund. Mit einem wütenden Schrei war Ocko sofort wieder auf den Beinen, stürmte die Böschung hinauf und zog noch im Rennen sein Messer.

Der Bauer war jetzt bei seinem Kind und hob es völlig verdattert vom Boden auf. Die unnatürliche Pendelbewegung des Kopfes, der wie lose am Hals des Mädchens baumelte, machte klar, dass sein Genick gebrochen war. Der Mann glotzte fassungslos auf den Leichnam in seinen Armen, wusste nichts, verstand nichts, da war Ocko heran und riss seine Klinge nach oben. Er hätte in seinem Zorn gewiss zugestochen, nur ein scharfer Befehl seines Vaters und die Geistesgegenwart eines der Bewaffneten, der das Unheil kommen sah und ihm in den Arm fiel, hielten ihn davon ab.

»Is gudd! Is scho todd!«, radebrechte der Bewaffnete und drückte die Hand mit dem Dolch nach unten mit einer Leichtigkeit, als ob es überhaupt nichts wäre. Ocko war außer sich. Sein Sturz und seine verschmutzten Kleider brachten ihn so sehr in Rage, dass ihn der Tod des kleinen Mädchens ebenso wenig berührte wie das Weinen seiner Geschwister oder die völlige Fassungslosigkeit des Bauern, die sich jetzt allmählich in Tränen zu lösen begann. Keno Hylmerisna steckte dem Mann ein paar Pfennige zu, einer der Knechte aus der Begleitmannschaft hatte Ockos Pferd aus dem Graben geholt und sie saßen auf und ritten davon. Niemand blickte auch nur ein einziges Mal zurück.

Als sie wenig später bei dem Pächter eintrafen, hatte sich Ocko völlig beruhigt. Nüchtern und kühl folgte er den Verhandlungen, auf seinen Lippen stand ein geringschätziges Lächeln, als der Bauer wegen der von seinem Vater geforderten Pachthöhe zu lamentieren begann. Kein Bedauern, nicht einmal ein Anzeichen von Betroffenheit. Ocko Hylmerisna war kalt wie eine Hundeschnauze.

Daran dachte der Brokmanne jetzt. Sein Sohn war aus dem Holz geschnitzt, Keno Hylmerisnas Traum zur Begründung herrschaftlicher Strukturen zu verwirklichen, mehr noch: zur Bildung einer Dynastie in Brokmannia, vielleicht sogar darüber hinaus. Dazu bedurfte es ohne jeden Zweifel der Unterstützung durch die Kirche. Dieses Gespräch musste hierfür den Grundstein legen. »Die Macht der Kirche, Euer Liebden, das ist es, was mich heute zu Euch führt«, sagte Keno klar, fast scharf, und sah Ottos Kopf ruckartig nach oben fahren.

Der Erzbischof griff an sein Brustkreuz, in seinen Augen war plötzlich ein funkelndes Lauern. »Was schert dich die Macht der Kirche?« Otto wuchtete sich aus seinem Stuhl hoch, ging zum Fenster und sah hinaus. Die bleigefassten Scheiben ließen trotz ihrer zahlreichen Einschlüsse deutlich mehr Licht in den Raum als die mit inzwischen vergilbten Schweinsblasen bespannten Holzrahmen im Wirtschaftstrakt des unteren Stockwerks. Die massige Gestalt des Erzbischofs hob sich schwarz und drohend gegen den hellen Hintergrund ab.

Keno trank einen Schluck Wein, er brauchte einen Augenblick, um sich zu sammeln. Er hatte sich seine Argumente sorgfältig zurechtgelegt. Dann sprach er, sprach jetzt sehr schnell, ganz so als befürchte er, Otto lasse ihm nicht genügend Zeit, seinen Standpunkt vorzutragen. Er beschränkte sich auf wenige Sätze. Umriss die künftigen Strukturen friesischer Machtverhältnisse. Legte dem Kirchenfürsten dar, wo er den wechselseitigen Nutzen einer Zusammenarbeit mit den »führenden Familien« der Landgemeinden sah. Wies mit besonderem Nachdruck auf die Unsicherheiten hin, die das jetzige System der wechselnden Richter mit sich brachte. Dann schwieg er.

Auch Otto schwieg. Lange. Plötzlich fuhr er mit einem Ruck herum. »Was du da planst, riecht verdammt nach Untreue. Verrat. Ich hoffe du weißt, worauf du dich einlässt!«, polterte der Kirchenfürst.

Keno Hylmerisna beugte sich vor. Seine Stimme war jetzt beißend, mit einem Mal fehlte ihr jede Unterwürfigkeit. »Verrat woran? An Friesland, das ohne eine feste Führung seine Freiheit an fremde Herren verlieren wird? An einer Redjevenordnung, die ihre Unfähigkeit zur Lösung der Probleme längst bewiesen hat? Verrat an meinen Landsleuten, den Friesen, die Sicherheit und damit Wohlfahrt gewinnen?«

Er schüttelte den Kopf und lehnte sich zurück, versuchte, seiner Erregung Herr zu werden. Auf seiner Stirn sammelten sich kleine Schweißtropfen. Seine Hand drehte den Weinpokal. »Diese Entwicklung ist nicht aufzuhalten. Wer das nicht sieht, ist blind. Also nehmen wir lediglich vorweg, was ohnehin eintreten wird. Friesland wird künftig durch Herren regiert. Die Frage ist nur, ob es eigene oder fremde sind.«

Der Erzbischof warf ihm einen schrägen Blick zu. »Was kümmert mich die Freiheit der Friesen. Mein Amt ist die Sorge um ihr Seelenheil!« Er hob warnend seinen Zeigefinger. »Und vergiss nicht, Keno Hylmerisna: Ein fremder Herr bin ich auch.«

»So wie der Erzbischof von Monasterium«, antwortete

Keno trocken und auf seinem Gesicht stand ein freudloses Lächeln. Er sprach noch immer sehr selbstbewusst, vermied jeden Gestus der Unterordnung und was er sagte, ließ an Deutlichkeit nichts vermissen. »Damit das klar ist: Friesland braucht Euch nicht als Fürsten. Ich am allerwenigsten. Sondern als Verbündeten zu Eurem eigenen Nutzen!«

Otto beschlich plötzlich das Gefühl, dass hier auch ein Gläubiger seinem Schuldner entgegentrat.

Der Erzbischof kam mit kleinen Schritten an den Tisch zurück. Seine Hände hatte er fest hinter dem Rücken verschränkt. Es sah so aus, als wolle er sie davon abhalten, den Brokmannen zu schlagen. Er war zornig über das Gespräch, das seiner Kontrolle entglitten war. Er war deshalb zornig über sich selbst und er war zornig über Keno Hylmerisna, dessen inzwischen unbotmäßiger Ton ihn wurmte. Er ließ sich schwer in seinen Lehnstuhl fallen, schrie nach frischem Wein und wartete ungeduldig darauf, dass der Mönch den Raum verließ.

»Mein eigener Nutzen. Mein eigener Nutzen!«, maulte er und wandte sich dem Brokmannen heftig zu. »Was ist das denn, mein *eigener Nutzen*? Was hast du mir denn zu bieten?«

Keno lächelte. Es sah aus wie das Lächeln seines Sohnes bei den Einwänden des Bauern gegen die Pachterhöhung vor wenigen Tagen. So waren sie vielfach, die hohen Herren. Den Grafenstand im Rücken. Reich durch das Erbe ihrer Väter. Kirchenfürsten durch Protektion. Und ihre Augen nur auf dem eigenen Geldbeutel, den es zu füllen galt. Alle Kraft auf das naheliegende Ziel gerichtet. Darauf, was *jetzt* zu greifen war. Aber unfähig zu Planung darüber hinaus. Nicht in der Lage, hinter den nächsten Hügel zu denken. Und hinter den darauf folgenden. Und hinter den Berg, der dann kam. Sie waren nichts als degenerierte Kleingeister, die ihren Rangplatz eigentlich nicht verdienten.

Keno sah keinen Grund mehr für Zurückhaltung. Er betrachtete sich nun als gleichwertig, Vertreter einer aufstrebenden Familie, die ebenfalls, wer mochte wissen wann, dynastische Ansprüche durchsetzen würde.

»Ich biete dir Stabilität, Verhältnisse, in denen deine Klöster zuverlässig wachsen und Erträge abwerfen. In denen deine Kirchspiele Glieder gewinnen und an Bedeutung zunehmen. Ich bietet dir ein Stück Friesland, das dein Ansehen und deinen Reichtum mehrt«, sagte der Brokmanne. Er sagte es leichthin, wie nebenbei, ohne besondere Betonung.

Der Erzbischof zog ein nicht mehr ganz sauberes Leinentuch aus seiner Soutane und wischte sich über sein feistes Gesicht. In seinem Mienenspiel widerstritt ein säuerliches Lächeln mit offenkundigem Zorn. Er hatte die Wende im Ton ihres Gesprächs ja nicht nur bemerkt, sie war ihm um die Ohren geschlagen worden. Insubordination, Aufsässigkeit, ja Blasphemie wurde ihm hier zugemutet. Frechheiten, von einem kleinen Emporkömmling aus Brokmannia, der kaum eine Handvoll Grase sein eigen nannte. Ein Mann von geringem Stand. Mit unbedeutenden Vorfahren. Aber auch ein aufstrebender Geist. Offenkundig nicht ohne Vermögen, der Teufel mochte wissen, ob alles davon den Segen des Herrn fand. Und einer, der seinen Machthunger kaum bändigen konnte. Also ein ernstzunehmender Gegner. *Und* ein Gläubiger. Verdammte Sauzucht! Hatte er es nicht geahnt, als ihm die Bitte um Audienz vorgelegt wurde? Aber das Verrückteste war, dass aus der Verbindung mit diesem Kerl tatsächlich ein Nutzen für ihn heraussprang. Immerhin, was der Bursche zu sagen hatte, war nicht von der Hand zu weisen.

Aber es gab auch noch eine andere Seite. Er nahm einen Schluck Wein, rülpste leise und wischte sich mit dem Ärmel über den Mund.

»Na schön. Stabile Verhältnisse. Wachsende Klöster und

Kirchspiele, so war's doch?«, fragte er bissig und Keno neigte zustimmend den Kopf. »Ein Stück Friesland, das mein Ansehen und meinen Reichtum mehrt, nicht wahr, ich habe doch richtig gehört?«, wiederholte der Erzbischof mit saftiger Ironie und Keno Hylmerisna schwieg. Otto beugte sich dem Brokmannen zu. In seinen Augen funkelte es boshaft.

»Und was ist mit dir? Wo steckt der Nutzen für dich und die Deinen?«, fragte er flach. Keno hob die Schultern und noch bevor er antworten konnte, fuhr der Kirchenfürst fort: »*Auch* stabile Verhältnisse, nehme ich an. Wachsende Latifundien. Sich mehrendes Ansehen«, sagte er genüsslich und seine Mundwinkel umkräuselte plötzlich ein kaltes Lächeln. »Und am Ende? Eines Tages? Bauernfürst? Oder gar der Grafentitel?«

Kenos Gesicht wurde hart und sein Kinn straffte sich. Er schätzte es nicht, wenn man mit ihm spielte. Und er fühlte sich herabgesetzt. Das duldete er nicht. Von niemandem. Auch nicht von einem Erzbischof.

»Wer weiß?«, sagte er aufsässig und der Erzbischof warf sich in seinen Stuhl zurück und lachte dröhnend, aber das Lachen erreichte seine Augen nicht.

*

Wenn ein Mann derart angegriffen wird, dass er die Flucht ergreift, und er dann in ein Haus oder einen Hof flieht, und von dorther dem draußen Stehenden anbietet, alles zu büßen, was er verbrochen hat, so sind alle Wunden, die man ihm danach im Hause schlägt, zweifach zu büßen und friedensgeldfällig, und alles, was er auswärts kämpfend anrichtet, ist einfach zu büßen und friedensgeldfrei.

14. Rüstringer Landrecht

4.

Upstallesbame, Auwreke,
den vierten Tag nach St. Johannis, Anno Domini 1345
(Dienstag, 10. Mai)

Die Dämmerung war bereits weit fortgeschritten, als sie eintrafen. Sie hatten das Läuten zur Vesper schon vor Stunden gehört, als sie das Kirchspiel von Aaresdorppe[62] durchritten, und wie Magnus befürchtet hatte, waren die beiden Äbte schon beim Angelusgebet. Der einfache Holztisch war mit einer kostbaren Altardecke belegt, so reich verziert, dass sie aus dem Kloster Marienkamp stammen musste und tatsächlich hatte Abt Hilderaad sie anlässlich seiner Investitur als Geschenk des Erzbischofs von Brema erhalten.

Sie übergaben ihre Pferde einem Knecht an der Koppel und mischten sich unter die Leute. Erleichtert stellte Magnus tom Diek fest, dass die Versammlung noch nicht vollständig sein konnte. Zu wenige Köpfe hoben sich in zunehmender Dunkelheit gegen das spärliche

62) Ardorf, zwischen Aurich und Wittmund gelegen.

Licht der Fackeln ab. Aber dann schlug seine Stimmung in Besorgnis um. Gut möglich, dass gar nicht alle kommen würden. Immerhin lag die letzte Tagung am Upstallesbame mehr als achtzehn Jahre zurück, heute war Gruningenn Thingplatz der Friesen und er, Magnus tom Diek, war auch als gegenwärtig amtierender Redjeve des Hairlingerlantes nicht befugt gewesen, zu dieser Versammlung einzuladen. Er hatte es trotzdem getan und es waren bereits eine ansehnliche Zahl Richter zur Stelle. Das machte ihn zuversichtlich. Als er dann einige Schritte entfernt Keno Hylmerisna stehen sah, umringt von seiner Delegation, die Augen kalt und bohrend auf ihn gerichtet, fuhr eine heiße Welle durch seinen Körper und sein Herzschlag beschleunigte sich. Also war auch der Brokmanne gekommen, wie Magnus ihm geraten hatte. Ob aus Einsicht, aus Berechnung oder aus Machtkalkül, würde sich zeigen.

Er war zufrieden und der Zorn über ihre Verspätung begann sich zu legen. Ärgerlich war die Sache auf jeden Fall. Kurz vor Tagesanbruch war ein fremder Trupp Berittener gemeldet worden, angeblich alle in Eisen. Einem Bauern an der Küste hatte man offensichtlich einige Schafe von der Weide geholt, dabei die Umzäunung eingerissen und es ging das Gerücht, im benachbarten Astringe[63] sei eine junge Frau mitsamt ihrer Schar Gänse spurlos verschwunden. Magnus tom Diek hatte das Tor zu seinem Anwesen schließen und die angrenzenden Kirchspiele alarmieren lassen. Dann hatten sie gewartet. Er war ungehalten über diese Vorfälle, wenn sie denn stimmten, die seinen Aufbruch zur Tagung zunächst verhinderten. Sein Sohn Enno und der lange Adriaan, die ihn begleiten sollten, waren bereits festlich gekleidet gewesen, die Pferde hatten gesattelt vor dem Stall gestanden, Proviant und Decken für die Nacht waren gepackt und aufgelegt. Aber sie

63) Östringen, ostfriesische Landgemeinde

mussten abwarten, bis sich die Meldung bestätigte oder als falsch erwies.

Als sich bis gegen Mittag nichts rührte und sie die ganze Sache für erledigt hielten, waren sie aufgesessen und losgeritten. Erst sehr viel später, nach ihrer Rückkehr, wurde ihm berichtet, wie alles vermutlich zusammenhing. Da nahm der lange Holländer den alten Tjarko ins Gebet, stellte ihn zur Rede und erfuhr trotzdem nichts Genaues. Aber der Pferdeknecht war es gewesen, der die Meldung über den Reitertrupp gemacht und damit den ganzen Hof in Aufruhr gebracht hatte. Der lange Holländer hatte ihn sich auf dem Turm vorgenommen, es war Tjarkos Lieblingsplatz. Er hielt sich oft dort oben auf, auch wenn es eigentlich nicht notwendig war, über Tag oder weil ein anderer Mann bereits Wachdienst am Ausguck tat. Der Pferdeknecht hatte an einer Zwiebel gegessen, und an einem Kanten Brot, als der Lange auf den Turm gestiegen kam.

»Was war los? Warum hast du geschrien und das Alarmholz geschlagen? Warum machst du den ganzen Hof verrückt?«, hatte Adriaan den Alten scharf gefragt, und Tjarko hatte ihn aus wässerigen Augen angestarrt.

Seine Stimme war vorwurfsvoll gewesen, er hatte sich geärgert über die Zweifel an der Stichhaltigkeit seiner Meldung. »Na Mann, ich hab's doch schon gesagt. Da war dieser Kerl auf dem Pferd!«

»Dann sagst du es eben noch mal. Was für ein Kerl? Was für ein Pferd?« Der lange Holländer hatte den Pferdeknecht hart am Kittel gepackt und so heftig geschüttelt, dass dem Alten die Zwiebel aus der Hand geflogen war. Der Kopf des Knechts war bedenklich hin und her geschlagen, sein dürrer Hals hatte ihn kaum halten können. »Los, spuck's aus! Die Sache hat uns fast einen Tag gekostet, verdammt, wir waren um ein Haar zu spät am Thing!«

»Ein Reiter. Kannte ihn nicht. Sagte, er käme von Westen, weiß nicht genau, Brokmannia oder Noerderlant, da waren die Fremden auch!«, hatte der alte Pferdeknecht geschrien und da hatte der Handmann ihn losgelassen. Brokmannia! Für ihn stand nun fest, dass Keno Hylmerisna hinter der Geschichte steckte. Eine Finte. Eine Lüge, geschickt platziert, um den Redjeven von Hairlingerlant und wer wusste wen sonst noch daran zu hindern, an den Tagungsort zu kommen. Oder ihn zumindest aufzuhalten.

»Wohin ist der Kerl abgeritten?«, hatte Adriaan, nun versöhnlicher, gefragt.

Aber dem alten Tjarko hatte die Sache immer noch gewaltig gestunken. Er hatte seine Kittelbluse geordnet, sich nach seiner Zwiebel gebückt und eine unbestimmte Bewegung gemacht, nach Südwesten zu. »Da hin. Weiß nicht genau. War ja noch dunkel«, hatte er mürrisch gesagt und sich abgewendet, seine Brust immer noch reibend.

So war das gewesen. Als der lange Holländer dann seinem Schollenherrn berichtete hatte, hatte Magnus tom Diek mit verschlossenem Gesicht genickt, sich aber jedes Kommentars enthalten. Er hatte wohl auch einen Verdacht gehegt und ihn nun bestätigt gefunden.

*

Die Äbte standen hinter dem Altartisch und beteten sich durch die Angelusliturgie. Sie waren auf Weisung ihrer Erzbischöfe hier. Otto I. von Brema und Ludwig der Hesse, Erzbischof von Monasterium, hatten einen langen Arm, er reichte bis hierher, zum Upstallesbame, bis zum Thing der Friesen. Magnus tom Diek war hinterbracht worden, dass Keno Hylmerisna die Diözesanherren über seinen Tagungsplan informiert hatte, natürlich mit dem Ziel, dass Treffen zu hintertreiben. Die Oberhirten hatten sich, offenbar einvernehmlich, anders entschieden und ihre Äbte geschickt. Ihnen war die Kontrolle der Kirche durch die Anwesenheit von Prälaten wohl wichtiger als der vielleicht misslingende Versuch, die Tagung zu verhindern.

Die Entscheidung war trotzdem nicht ohne eine gewisse Würze, denn jeder wusste, dass Eghardus und Hilderaad sich von Herzen hassten. Als Benediktiner wurde Hilderaads natürliche Arroganz durch das Bewusstsein genährt, dem ältesten Orden der Kirche anzugehören, ja, Abt dieses Ordens zu sein. Daraus schöpfte er nicht nur ein besonderes Wertgefühl für sich und seine Brüder, er machte dem Zisterzienser Eghardus die Abspaltung dieser Ordensrichtung von seiner eigenen Bruderschaft leichten Herzens zum persönlichen Vorwurf. Im Übrigen konnte er den Abt von Ihlo einfach nicht riechen. Seine Einfachheit, seine Askese und die puristische Bescheidung seines Ordens waren ihm verdächtig, zuwider, sie rochen ihm zu sehr nach Selbstgerechtigkeit. Mit verächtlichem Blick streifte er den hageren Mann neben ihm, gekleidet in einer einfachen Wollkutte mit einem Überwurf aus hellem Leinen, gegen den er sich in seinem wohlgefüllten schwarzen Habit mit dem seidenen Cingulum[64] auch äußerlich deutlich abhob.

Die unterschiedlichen Auffassungen zur Liturgie traten ebenfalls klar zutage. Hilderaad betete mit wohltönender Stimme die Einleitungsverse, während Eghardus flach, nahezu tonlos die ersten Sätze des Ave Maria hinzufügte, bevor die Versammelten einfielen.

»Ecce ancilla Domini. Fiat mihi secundum verbum Tuum; siehe, ich bin die Magd des Herrn, mir geschehe nach deinem Wort«, sang Hilderaad klangvoll und Eghardus begann spröde ein »Ave Maria, gratia plena; gegrüßet seist du, Maria, voll der Gnade …«, das dann von der Gemeinde aufgenommen wurde und sich im allgemeinen Gemurmel verlor. Dabei hielt der Zisterzienser die Augen fest geschlossen. Er öffnete sie nur gelegentlich, schielte dann glitzernd und kalt über den gefalteten Händen und ohne den Kopf zu drehen auf seinen Amtsbruder und sein Gesichtsausdruck sprach Bände.

64) Gürtelschnur einer Mönchskutte

Der Teufel mochte wissen, ob diese persönliche Gegnerschaft nicht doch weitere Ursachen hatte. Man konnte zweifellos annehmen, dass es auch in den Beziehungen beider Klöster Spannungen gab. Da war der Kampf um Patronatsrechte, Einfluss auf die umliegenden Kirchspiele, Ländereien und Wirtschaftsgüter. Alles dies mündete letzten Endes in Fragen der religiösen Rangordnung und damit in die Machtstellung der Klosterführung selbst. Keine gute Grundlage für freundschaftliche Kooperation, besonders dann nicht, wenn sich die Äbte gegenseitig nicht ausstehen konnten.

Die Prälaten wurden aufmerksam beobachtet. Kaum jemand glaubte daran, dass es ihnen gelingen würde, das Thing gemeinsam harmonisch zu moderieren und erfolgreich zu beenden. Es lag jetzt schon Streit in der Luft, sogar zwischen den beiden Klosterführern. Und in diesem Augenblick schoss Magnus tom Diek durch den Kopf, dass die Erzbischöfe ihre Wahl mit genau diesem Ziel getroffen haben könnten. Anwesenheit der Kirche durch hochrangige Vertreter, jawohl. Aber auch Verhinderung von Beschlüssen durch Einfluss auf die Tagungsführung. Mit der Macht der Kirche im Rücken. Durch Moderation in Streitfällen, die einfach keine Einigung zuließen. Moderation im Sinne des Klerus, wohlverstanden! Und vielleicht sogar durch das genaue Gegenteil: das Schüren von Streit, das Betonen von Gegensätzen, das Schaffen von Unfrieden, Eingriffe, die im Eklat endeten und schließlich den Abbruch des Thing erzwangen. Vielleicht hatte sogar Keno Hylmerisna diesen Rat gegeben. Weil er seinen, Magnus tom Dieks Erfolg nicht wollte. Und weil er die Versammlung der Redjeven als Einrichtung ablehnte.

Magnus sah zu dem Brokmannen hinüber und glaubte nun seinen Augen nicht zu trauen, als er im dämmrigen Schein der Fackeln Bruder Ludgerus neben Hylmerisna stehen sah, der eifrig auf ihn einredete. Dieser verdammte

Hund! Er hatte sich über ihn geärgert, seit sie aufgebrochen waren. Über ihn, sein Verhalten während des Tages und in den vergangenen Wochen. Es schien Magnus tom Diek so, als fügten sich ganz allmählich Teile eines Mosaiks zu einem Bild zusammen und die Ereignisse gingen ihm erneut durch den Kopf.

Auf dem Weg nach Süden, Richtung Auwreke, waren nach und nach die übrigen Richter der Landgemeinde zu ihnen gestoßen und der Trupp aus Hairlingerlant hatte sich auf fünfzehn Mann vergrößert. Verschiedene Richter waren von Priestern aus ihren Kirchspielen begleitet worden, und auch Bruder Ludgerus hatte zum Gefolge des amtierenden Redjeven gehört. Der Mönch hatte, verdrießlich wie üblich, auf seinem Maultier gehockt und sich missmutig mit dem inzwischen wieder genesenen Pfarrer aus Dunumi unterhalten, der südlich von Stedestorppe[65] gemeinsam mit dem Aufgebot der dortigen Richter zu ihnen gestoßen war. Ludgerus hatte schon auf dem Ritt eine Stimmung ständiger Unzufriedenheit verbreitet, war einfach schlechter Laune gewesen, der Himmel mochte wissen warum, er hatte seinen Amtsbrüdern mit finsterer Miene zugehört und gelegentlich eine sauertöpfische Bemerkung in das Gespräch geworfen. Dabei hätte er doch allen Grund zur Freude gehabt, denn seine Kirche erhielt ein festes Dach.

Es war der lange Holländer gewesen, der nach einem Ausritt seinen Schollenherrn angesprochen hatte, mit einem ganz merkwürdigen Ausdruck in den Augen. »An deiner Kirche wird gebaut, Herr? Und wozu so plötzlich?«

Magnus war hochgefahren und hatte Adriaan angestarrt. Dann war er mit einem Ruck auf den Füßen gewesen. »Komm mit!«

Sie waren im gestreckten Galopp geritten und der Lange hatte seinen Schollenherrn unter dem Donner der Hufe schon einmal grob ins Bild gesetzt. »... Dach bereits ab-

65) Stedesdorf

gedeckt ... Ziegel schon da ... viele fremde Arbeiter ... Ludgerus dazwischen, ein Springteufel ...!«, hatte er stoßweise gerufen und gesehen, wie sich das Gesicht seines Herrn vor Zorn verhärtete. Selbstverständlich hatte er, Adriaan, versucht, den Priester zur Rede zu stellen, hatte ihn gefragt: »Was tust du hier, Mönch?« Aber der hatte ihn in seiner Hoffart, in seiner verdammten arroganten Art, nicht einmal zur Kenntnis genommen. Dieser verdammte, kuttentragende Pfaffe!

Schon von weitem hatte man das von Stroh befreite Dachgerüst der Kirche erkennen können. Arbeiter waren offenbar dabei gewesen, zusätzliche Balken einzuziehen, die das größere Gewicht des neuen Daches aufnehmen sollten. Hinter der letzten Wegbiegung hatte sich der Bauplatz vor ihnen geöffnet. Zimmerleute hatten Gebälk geglättet und auf Länge gesägt. Von einem Ochsenkarren waren soeben Körbe mit frisch gebrannten Ziegeln abgeladen worden. Es musste mindestens die zweite Fuhre gewesen sein, denn einige Dutzend weiterer Körbe hatten bereits auf dem Platz gestanden. Etwas abseits waren Arbeiter dabei gewesen, die alte Strohbedeckung zu bündeln und ihren Abtransport vorzubereiten. Dazwischen waren Kinder gewieselt und Lehrbuben und hatten mit Rechen Halme zusammengeholt oder das alte Moos der Abdichtung zu Haufen gefegt. Ludgerus war um die Arbeiter herumgehüpft, als wollte er überall zugleich sein. Seine Kutte hatte um seinen mageren Körper geflattert wie schlagendes Segeltuch um einen Schiffsmast. Magnus hatte noch im Sattel nach dem Mönch gerufen, und er war auch nicht abgestiegen, als sich der Benediktiner nun mit aufsässiger Miene vor ihn stellte.

»Was tust du hier?«

»Ich decke meine Kirche«, hatte der Priester frech geantwortet und dem Blick des Redjeven standgehalten.

»Es ist nicht deine Kirche!«, hatte Magnus laut erwidert

und sich im Sattel vorgebeugt. »Wie kommst du dazu, ohne mein Wissen und meine Genehmigung an der Kirche zu bauen?«

»Es geschieht nicht zu deinem Nachteil, Herr, sondern zur Ehre Gottes. Warum soll ich dich da um Erlaubnis fragen?«, hatte der Priester keck gekontert und Magnus hatte den langen Adriaan hinter sich zornig knurren und ungeduldig mit der Kandare seines Pferdes klingeln gehört.

»Über dein Verhalten reden wir noch«, hatte Magnus tom Diek gesagt, war abgestiegen und hatte mit dem Kopf auf die Kirche gewiesen. »Da hinein. Und lass das Dach räumen. Adriaan, du kommst mit!« Sie hatten die Kirchentüre noch nicht geschlossen, da war der Redjeve so hart herumgefahren, dass Bruder Ludgerus vor Schreck zurückgeprallt war. »Von wem ist das Material? Und wer bezahlt die Arbeiter?«

Ludgerus war bleich geworden. »Es ist eine Schenkung, Herr. Eine Schenkung an die heilige Mutter Kirche. Eine gottgefällige ...«, hatte der Mönch gestammelt, aber Magnus hatte ihm mit einer heftigen Handbewegung das Wort abgeschnitten.

»Von wem?!«

Ludgerus hatte sich gewunden wie ein Aal. Diese Fragen waren ihm zu früh gekommen. Er hatte vor dieser Auseinandersetzung, die wohl unvermeidlich gewesen war, alles fertig haben wollen. Oder doch zumindest sehr weit sein. Tatsachen schaffen. Fakten, die nicht mehr rückgängig zu machen waren. Aber dann musste dieser verfluchte Holländer auftauchen und natürlich gleich zu seinem Schollenherrn kriechen.

»Warum bist du nicht zufrieden damit, dass deine Kirche ein festes Dach bekommt? Ohne deine Pfennige?«, hatte Ludgerus störrisch gesagt und Magnus, der registriert hatte, dass es nun plötzlich wieder *seine* Kirche war, hatte die Stimme zu aller Lautstärke gehoben, deren er fähig war.

»Zum letzten Mal, Mönch: Von wem kommt das Geld?!«

Ludgerus war zusammengezuckt, hatte den Kopf gesenkt und auf seine rissigen Hände gestarrt. »Von Keno to Brokmannia«, hatte er dumpf gemurmelt und war mit einer leichten Bewegung in die Knie gegangen, hatte sich weggeduckt, als erwarte er, geschlagen zu werden.

Magnus hatte gestanden wie vom Donner gerührt, hatte den Priester angestarrt, dann den langen Holländer, hatte in dessen Blick ein kaltes Glitzern und ihn schließlich langsam nicken gesehen und noch immer geglaubt, nicht richtig gehört zu haben. »Von *wem*?«

»Keno to Brokmannia!«, hatte der Mönch wiederholt und Magnus tom Diek hatte diesen Worten nachgelauscht und sie nicht begriffen und allmählich, ganz langsam, war ihm klar geworden, was Ludgerus da gesagt hatte. »Du meinst Keno Hylmerisna?«

Der Priester hatte genickt und den Blick gehoben. In seinen Augen hatte nun eine Mischung aus Furcht und Trotz gestanden. Magnus hatte das Herz gespürt, es hatte hart gegen seine Rippen schlagen. Wie kam der Brokmanne zu solchen Machenschaften, hinter seinem Rücken in seiner Landgemeinde, dazu noch in seinem eigenen Kirchspiel? Woher nahm der Mann die Stirn? Und was bezweckte er damit? Denn eine Absicht stand gewiss dahinter. Ein Keno Hylmerisna tat nichts ohne guten Grund.

»*Wie* nennst du ihn?«, hatte er scharf gefragt. »*Keno to Brokmannia*?« Ludgerus hatte erneut genickt und von Adriaan war ein verächtliches Grunzen gekommen. Magnus hatte einen Blick mit dem langen Holländer gewechselt und sie hatten sich ohne Worte verstanden. Dynastischer Anspruch, hatte der Redjeve gedacht, da haben wir es wieder. Dahin wird es gehen. Er hatte sich aufgerichtet und den Benediktiner in offenem Zorn fixiert. »Das erlaube ich nicht. Nicht auf meinem Grund. Ich verlange die sofortige Einstellung aller Arbeiten. Das Baumaterial geht zurück, die Arbeiter schickst du weg. Das alte Dach wird wieder gedeckt!«

Der Mönch war mit einem gurgelnden Aufschrei weinend in die Knie gebrochen. In diesem Augenblick hatte Adriaan ihn für verrückt gehalten und tatsächlich hatte man um die geistige Gesundheit des Benediktiners fürchten müssen. Die Augen waren hervorgetreten, er hatte vor Aufregung geschielt und das ganze Gesicht war zu einer grotesken Fratze verzerrt gewesen. Er hatte sich sein hölzernes Brustkreuz so heftig vom Hals gerissen, dass der Lederriemen dabei in Stücke gegangen war, und hatte das Kruzifix seinem Schollenherrn drohend entgegengestreckt. Aus seiner Nase war der Rotz gelaufen und in den Mundwinkeln hatten Blasen von Speichel gehangen.

»Im Namen Gottes, des Allmächtigen. Amen. Wenn du das tust, gehst du deines Seelenheils verlustig. Du stirbst und fällst ewiger Verdammnis anheim! Amen! Amen! Amen!«, hatte er wie von Sinnen geheult, und wieder das Kreuz gehoben und geschrien und geschrien. Dann war er völlig zusammengebrochen, wie ein Käfer zu einer Betnische in der Seitenwand gekrabbelt und hatte sich dort in die Ecke gekauert, den gekrümmten Rücken nach draußen gewandt. »Du behinderst das Werk Gottes!«, hatte er geweint. »Gottgefälliges Werk ist es, das du hintertreibst. Das ist des Teufels, du wirst dafür büßen!«

Sie hatten ihn weinen lassen, und nach einer Weile hatte sich Ludgerus erstaunlich schnell erholt. Man hätte nicht sagen können, ob sein Gefühlsausbruch echt gewesen war oder er einfach nur großartig Theater gespielt hatte.

Magnus war inzwischen klar geworden, dass er keine Handhabe gegen den Bau besaß. Die ganze Geschichte war von dem Brokmannen äußerst raffiniert eingefädelt. Wenn

Magnus den Neubau des Daches verbot, setzte er sich öffentlich ins Unrecht. Und in den Gegensatz zur Kirche. Das wollte er nicht. Die Worte des Benediktiners hatten ihn nicht nachhaltig beeindruckt, aber das Argument war nicht ganz von der Hand zu weisen. Die Verschönerung einer Kirche *war* gottgefällig und diese Kirche *brauchte* ein neues Dach, darauf hatte auch seine Frau Almeth vorsichtig hingewiesen. Magnus tom Diek hatte sich nun zu einer Entscheidung gedrängt gesehen, die er aus Kostengründen gern aufgeschoben hätte. Er hatte den Priester zu sich gerufen. Ludgerus hatte noch immer Speichelfäden an den Lippen gehabt und ein rotzverschmiertes Gesicht, aber seine Augen waren klar gewesen.

»Es bleibt dabei: Du schickst das Material und die Arbeiter zurück. Auf der Stelle! Dein neues Dach bekommst du trotzdem. Es wird vom Geld der tom Diek bezahlt.«

Der Benediktiner hatte genickte wie zur Bestätigung einer längst erwarteten Botschaft. Er hatte sich mit dem Kuttenärmel über die Nase gewischt und sehr zufrieden ausgesehen. Da war der Oberkörper des Redjeven nach vorn geschossen.

»Was hast du dem Brokmannen dafür versprochen, Mönch?«

Ludgerus war beherrscht geblieben. Er war jetzt wieder der blasierte Kirchenmann gewesen, mit sich und seinem Tun im Reinen. »Für ihn zu beten, Herr. Für ihn, seine Sippe und die Zukunft seines Hauses.«

»Ich hoffe, du betest jetzt für mich«, hatte Magnus spitz gesagt und Bruder Ludgerus hatte den Kopf geneigt.

»Das tue ich immer Herr, denn du hast es nötig.« Es hatte demütig geklungen und war doch eine glatte Unverschämtheit gewesen. Und dann hatte er kryptisch hinzugefügt: »Aber das ist nicht dasselbe.«

An diesem Punkt hatte sich Magnus wortlos abgewandt und den Mönch einfach stehen lassen.

Und nun stand dieser Kerl, Mitglied seines Gefolges und der Delegation von Hairlingerlant, wenige Schritte entfernt und flüsterte mit dem Brokmannen. Der stieß ihn an und Ludgerus hob den Kopf und sah zu ihm herüber. In seinen Augen stand herablassender Hochmut. Dieser Mann war fähig zur Sünde, um seinen Willen und seine Interessen durchzusetzen. Er würde auch seine Glocke bekommen, früher oder später, bezahlt vom Silber des Brokmannen oder von seinem. Magnus fürchtete, er werde gezwungen sein, einige Grase Land zu verkaufen, wie er es schon getan hatte, um Geld für den Bau des neuen Kirchendaches zu erlösen. Es blieb ihm wahrscheinlich nichts anderes übrig, wenn er Keno Hylmerisna aus seinem Kirchspiel heraushalten wollte.

»... und das Wort ist Fleisch geworden und hat unter uns gewohnt«, sang Hilderaad mit Inbrunst und die Menge begleitete Eghardus bei seinem Ave Maria.

Plötzlich war im Westen Unruhe, Hufgetrappel und das Schnauben von Pferden so laut zu hören, dass sogar der Zisterzienser die Augen öffnete und Magnus wusste, dass die Abordnung aus den unteren Seelanden eingetroffen war. Er warf dem Brokmannen einen triumphierenden Blick zu. Die Brüder aus den westlichen Provinzen waren da. Dem Lärm nach eine ansehnliche Delegation mit Vertretern aus allen Landgemeinden jenseits von Ems und Lauwers. Damit war die Tagung keine lokale Angelegenheit mehr, sondern umfasste die friesischen Lande als Ganzes, und Magnus begriff, dass die Erzbischöfe mit einer solchen Entwicklung gerechnet haben mussten. Die Anwesenheit der Prälaten bewies es.

Hilderaad hob den Kopf und blickte unwillig zur Pferdekoppel, von wo aus sich die Neuankömmlinge nun näherten. Es war nicht erkennbar, ob er sich über die Störung ärgerte oder darüber, dass mit der Anwesenheit der westlauwerschen Friesen die Tagung weiteres Gewicht gewann. Mochte sein, dass beides zutraf. Die Westfriesen, es waren wohl mehr als fünfzig Mann, nickten, bekreuzigten sich und stellten sich in die Menge. Es war zu dunkel, um Einzelheiten zu erkennen, aber Magnus nahm an, dass alle Richter gekommen waren, wie üblich durch Geistlichkeit aus den Kirchspielen begleitet. Dann erkannte er zu seiner Freude im Schein einer Fackel die massige Gestalt von Ayderd Zeerijp, dem Redjeven der Landgemeinde Oosterambt[66]. Neben ihm stand, knochig und hochaufgeschossen, Prior Allardus von Appingadamme[67]. Magnus stieß den langen Adriaan neben sich an. Der grinste und nickte. Er hatte seine Landsleute auch schon entdeckt. Während Hilderaad sich wohltönend durch die Schlussformel betete, sah Magnus tom Diek zu den Westfriesen hinüber. Er kannte und schätzte Ayderd Zeerijp als charakterfesten Richter, der in seiner Landgemeinde nach Recht und Gesetz für Ordnung sorgte. Dabei schreckte er auch vor reichen Familien nicht zurück und verfuhr gerade dann streng nach den Küren, wenn wohlhabende Sippen Sonderrechte für sich forderten.

Magnus dachte an einen Fall, der sich erst unlängst zugetragen hatte. Zwei Söhne reicher Bauern hatten in einer Schenke Streit mit dem Handmann eines Nachbargehöftes angefangen. Anscheinend war noch eine alte Rechung zwischen den Männern offen, irgendein Vorfall, fast schon vergessen, der nun wieder ins Bewusstsein gekommen war. Oder über die Jahre sorgsam gehütet, schlummernd auf eine Gelegenheit zur Abrechnung gewartet hatte, die jetzt gekommen schien. Jedenfalls saß der Handmann ruhig an seinem Tisch und löffelte seine Grützesuppe, als einer der beiden von draußen, wo er sein Wasser abgeschlagen hatte, mit steifen Beinen hereinkam.

---

66) Osteramt, Landgemeinde in den heutigen Niederlanden, Provinz Groningen.

67) Appingedamm, in der heutigen Provinz Groningen/NL.

Und blieb plötzlich vor dem Tisch stehen, an dem der Handmann saß, und fegte ihm ohne Vorwarnung mit einem blitzschnellen Schlag die Mütze von den Haaren. »Was will der Tagelöhner hier? Raus! Verschwinde!« Holte aus und trat gegen den Schemel und stieß den Kerl mitsamt dem Tisch um, die Suppe flog durch den Raum und der Holzlöffel schmetterte so hart gegen die Wand, dass er in Stücke ging.

Der andere war inzwischen aufgestanden und herangekommen und hatte mit einem Mal ein vierkantig geschliffenes Eisen in der Faust. Der Schankwirt fing an zu schreien und wollte dazwischenfahren, aber der Kerl mit dem Eisen wischte ihm mit der offenen, freien Hand derart eine an den Hals, dass der Wirt gurgelnd zu Boden ging. Die übrigen Gäste spritzten von ihren Bänken auf und rückten an die Wände, die beiden waren als Raufbrüder gefürchtet und keiner hatte Lust, sich mit ihnen anzulegen.

Der Handmann war kein Schwächling. Aber er sah ein, dass er hoffnungslos unterlegen war, und stürzte durch die Tür ins Freie, ehe ihm der Schläger den Weg verstellen konnte. Bis dahin war der Vorfall nichts weiter als einer der üblichen Raufhändel gewesen, eine alltägliche Angelegenheit, nicht der Rede wert und kaum ein Fall für den Richter. Doch die beiden Bauernsöhne hetzten dem Mann hinterher, verfolgten ihn durch die Dunkelheit, trieben ihn über knietiefe Äcker und stellten ihn schließlich in einem Sielgraben. Der Handmann hatte vergeblich versucht, über den schlammigen Abhang nach oben zu entkommen. Der Kerl mit dem Vierkant erwischte ihn, bekam seine Wade zu fassen und zerrte ihn gegen die verzweifelten Tritte des freien Fußes nach unten auf den morastigen Grund, wo der andere schon wartete. Was dann geschah, blieb ohne Zeugen.

Der Schankwirt schickte nach Ayderd Zeerijp, der holte seine Leute zusammen und noch in der Nacht fand man die Leiche, der Brustkorb war von Messerstichen zerfetzt. In der anschließenden Verhandlung sprachen die beiden Väter von Totschlag. Ihre Söhne wären beleidigt worden, der Handmann hätte sie gereizt und die tödlichen Stiche wären aus der Erregung des Augenblicks erfolgt. Der Grundherr des Toten führte dagegen den Nachweis, dass von einer Provokation nicht die Rede sein konnte, es gab genug Zeugen dafür. Die Bauern wollten unbedingt das Leben ihrer Söhne retten, beide waren Hoferben. Sie boten ein auffallend hohes Friedensgeld an, viel mehr, als nach den Küren gefordert war und verdoppelten es sogar noch im Laufe der Verhandlung. Aber der Redjeve verwarf das Angebot und erkannte nach der 16. Volksküre auf Tod durch das Rad wegen Mordes.

Die Leibstrafe wurde trotz des zunächst wütenden, später auf Mitleid setzenden Protestes der Familien vollstreckt. Ayderd Zeerijp war ein Mann, auf den man sich auch dann verlassen konnte, wenn die Dinge unfreundlich wurden. Magnus tom Diek war froh darüber, dass der Redjeve gekommen war.

Hilderaad war inzwischen beim Schlussgebet. Er kniete nieder, schoss einen scharfen Blick auf die Umstehenden ab und die Versammlung folgte ihm. Eghardus kauerte sich in einigem Abstand neben seinen Amtsbruder und legte die Stirn auf das kostbare Altartuch, was der Benediktiner mit Zorn in den Augen registrierte.

»Lasset uns beten. Allmächtiger Gott, gieße deine Gnade in unsere Herzen ein. Durch die Botschaft des Engels ...!« Abt Hilderaad sprach die Worte mit Bedacht, langsam und mit theatralischer Betonung, so, als wollte er den Abschluss der Zeremonie hinauszögern. Als er schließlich zu Ende war, segneten die beiden Prälaten die Versammelten und zogen sich zunächst in ein von Stangen gehaltenes Haus aus gesteiftem Leinen zurück, das ihnen der Erzbischof von Brema zur Verfügung gestellt hatte.

Sie wohnten während der Tagung beide darin, jeder in einer Kammer, nur durch ein Leinentuch getrennt und der Himmel mochte wissen, ob das gut ging.

Mönche beider Klöster hasteten herbei und räumten den Altar ab. Zisterzienser fischten die noch glimmenden Kerzen aus den Haltern, die Benediktiner griffen hastig nach Bronzeständern und Altarkreuz und rafften das kostbare Tuch zusammen, mit dem der Tisch bedeckt war. Anscheinend war bis auf die Lichter alles Eigentum des Klosters Marienkamp. Die Klosterbrüder rempelten sich an, warfen sich giftige Blick zu und achteten eifersüchtig darauf, dass niemand etwas nahm, das in die andere Abtei gehörte. Der Tisch wurde beiseite geschafft und Knechte brannten ein Feuer an, das den Platz erhellte. Frische Fackeln wurden aufgesteckt. Magnus ging mit Enno und dem langen Holländer durch die Menge, begrüßte andere Abordnungen, umarmte alte Freunde.

Bruder Ludgerus war wieder zu ihnen gestoßen und hatte sich von Adriaan einen scharfen Rüffel eingefangen. »Was hattest du mit dem Brokmannen zu flüstern, Mönch?«

Der Benediktiner richtete sich auf, würdigte den Handmann keines Blickes, sondern sah nur seinen Schollenherrn an. »Meine Gespräche mit Keno to Brokmannia dienen dem Wohl unseres Herrn und meiner Pfarrkirche«, erwiderte er hochnäsig und Adriaan grunzte verächtlich und spuckte auf den Boden.

Magnus tom Diek sah den Priester prüfend an, aber er sagte nichts. Dann nahm der Mönch den langen Holländer frontal an, seine Augen sprühten Feuer und die Stimme war ein einziges Fauchen. »Du verdammter Heide! Du schuldest mir Respekt. Wirst in der Hölle schmoren. Der Herrgott wird am jüngsten Tag Gericht über dich halten!«

»Mit der Macht deines Gottes kann es nicht weit her sein, wenn er einen wie dich zum Priester hat«, konterte Adriaan trocken. Es wäre gewiss zu einem scharfen Wortwechsel gekommen, hätte nicht plötzlich die Abordnung aus dem westlichen Oosterambt nur wenige Schritte vor ihnen gestanden.

Ayderd Zeerijp riss freudestrahlend die Arme auseinander. »Magnus, mein Freund und Bruder!«

Sie umarmten sich herzlich. Dann schob Magnus den Prior von Appingadamme nach vorn. »Du kennst Allardus. Er ist der Kirchenfürst in meinem Kirchspiel, vergibt mir meine Sünden und achtet auch sonst auf mein Seelenheil!«, sagte er und brach in ein dröhnendes Gelächter aus.

Der Augustinerprior verzog die Lippen zu einem kleinen Lächeln und neigte seinen hageren Oberkörper zu einer steifen Verbeugung. In dem asketischen, fast ausgemergelten Gesicht standen die Augen wie zwei glühende Kohlen. »Die Vergebung der Sünden ist Sache des Herrn. Ich grüße dich, Magnus tom Diek«, sagte er sanft und warf einen kurzen Blick auf das Runenholz im Gürtel des Redjeven. Magnus nannte ihn »Vater« und ergriff die überraschend warmen Hände.

Die weiteren Mitglieder der Abordnungen wurden vorgestellt und der lange Adriaan wechselte ein paar Sätze mit Ayderd in einem rasend schnellen westlichen Dialekt, der die Augen des Richters zum Strahlen brachten. Der Westfriese wurde von seiner Tochter Wiska begleitet, einem fröhlichen blonden Mädchen in Ennos Alter, das den Jungen freundlich und unbefangen begrüßte, während er mit feuerrotem Gesicht kaum wagte, seine Augen zu heben. Die beiden Väter standen schmunzelnd daneben. Allardus und Ludgerus begrüßten sich ohne jede Berührung, der Mönch mit einer tiefen, nahezu unterwürfigen Verneigung, aus der er mit gesenktem Kopf zurücktrat, der Prior hoch aufgerichtet, mit einem kurzen Nicken, das Gesicht distanziert und kühl.

»Gebt mir Euren Segen, Vater«, sagte Ludgerus flach und schlug hastig das Kreuz über der Brust, als der Augustiner ihn im Namen der Dreifaltigkeit segnete. Auch die Umstehenden bekreuzigten sich, aber es flogen fragende Blick hin und her.

Erst sehr viel später am Abend, als sie schon in den Decken lagen, stellte Ayderd den Prior wegen des Vorfalls zur Rede. »Was hattest du mit dem Mönch? Kanntest du ihn?«

Der Augustiner schüttelte den Kopf. »Nein. Aber er gehört zu den Hirten, die unserer Kirche nicht guttun. Man sieht so etwas, nach vielen Jahren. Gott schütze seine Schafe vor ihm!«

Ayderd Zeerijp starrte ihn an, aber er wusste nichts darauf zu sagen.

Ayderd legte den Arm um Magnus' Schultern und führte ihn ein paar Schritte abseits. »Höre, Bruder. Es sind alle gekommen. Einige mit Widerwillen, aber es sind alle gekommen. Das hast du deinem guten Ruf zu verdanken. Verspiele ihn nicht!« Er unterbrach sich mit einem kurzen Räuspern und sah sich nach allen Seiten vorsichtig um. »Deine Botschaft hat westlich von Ems und Lauwers für ziemliche Unruhe gesorgt. Die Richter befürchten, dass du Gruningenn als Thingplatz der Friesen wieder in Frage stellen willst. Die schwerwiegenden Gründe, die du andeutest, halten sie für einen Vorwand.«

Magnus schüttelte den Kopf. Er wusste, dass es für Gruningenn als Tagungsort gute Gründe gab. Nach dem letzten Thing am Upstallesbame anno 1327 hatte man sich einvernehmlich darauf verständigt, die Friesen dort künftig zu versammeln. Der Ort lag nahezu mitten in Friesland und damit hatten alle Delegationen eine gleich beschwerliche Anreise. Schon in den Jahren vor dem Wechsel hatten die Abordnungen aus dem Westen beständig Klage über die gefährliche Reise geführt, die in unsicheren Zeiten oft nur in größeren Verbänden möglich war.

Zudem waren die Friesen in Gruningenn tüchtige Kaufleute. Das Thing zog allerlei Handel und Gewerbe an. Sogar in der Vorstadt gab es Gaukler und Märkte, an den Wirtshäusern standen plötzlich Dirnen, die Hüften umschlungen mit bunten Schärpen, Bratküchen und Schankbuden machten gute Geschäfte. Die Tagung der Friesen brachte Geld in die Kasse des Magistrats der Stadt, der Kaufleute und der Gewerbetreibenden und darauf wollte niemand verzichten.

Magnus tom Diek lächelte. »Sorge dich nicht. Gruningenn bleibt.«

Dann legte er dem Oosterambter auseinander, welche Gründe er hatte, sie dennoch nach Upstallesbame zu rufen. Während er sprach, verdüsterte sich das Gesicht von Ayderd Zeerijp zusehends. Seine Augen wanderten durch die Menge und blieben schließlich an der Stelle hängen, wo Keno Hylmerisna in einer Gruppe von Richtern aus Brokmannia und dem Noerderlant stand. Magnus sah Stidolf Noerlant, Edo Onnisna und Willo ten Huus, offensichtlich in einer erregten Diskussion mit dem Brokmannen verwickelt. Edo Onnisna hatte, soweit im Dämmerlicht erkennbar, seinen üblichen hochroten Kopf und sprach jetzt sehr heftig. Der Brokmanne hörte mit mokantem Lächeln zu, die Augenbrauen höhnisch in die Stirn gezogen.

Hylmerisna schien den Blick des Westfriesen zu spüren, denn er löste sich von Edo und sah herüber. Starrte Ayderd eine Weile an, es war ein Duell mit den Augen und das Lächeln in seinem Gesicht gefror. Dann wandte er sich ab.

Ayderd Zeerijp blieb weiterhin auf die Gruppe fixiert.

»Auch bei uns gibt es Richter aus reichen Familien, die den Umgang ablehnen und Theater machen, wenn sie das Amt abgeben sollen.« Er nahm seine Wollmütze ab, seufzte und wischte sich über den glänzenden Schädel. Außer einem tonsurartigen Kranz blonder Haare war er kahl. »Einige sind auch hier. Sie werden so sprechen, wie Keno Hylmerisna spricht. Gut möglich, dass er schon mit ihnen geredet hat!« Sein Blick wanderte über den Platz.

Beide Delegationen standen Schritte entfernt noch im Gespräch beisammen. Die Äbte, Hilderaad und Eghardus, hatten ihr Zelt verlassen und waren hinzugetreten. Sie trugen nun einfache Kutten. Hilderaad redete eifrig auf Prior Allardus ein. Der Augustiner lauschte hoch aufgerichtet und mit unbewegtem Gesicht. Bruder Ludgerus stand einen Schritt abseits, den Oberkörper leicht vorgebeugt, den Kopf demütig gesenkt und von der Kapuze gänzlich überschattet.

Ayderds Augen blieben auf dem Benediktiner hängen. Als er nun sprach, war seine Stimme voller Bitterkeit. »Verdammt, Magnus! Wir müssen uns diese Leute vom Halse halten. Gemeinsam. Unsere Väter haben das schon anno dreiundzwanzig versucht. In einer Friedensordnung, die für alle sieben Seelande gilt. Zur Abwehr von Ansprüchen, die sich gegen die Freiheit richten. Und sind gescheitert. Ich habe das Pergament[68] bei mir.« Er klopfte auf eine Ledertasche an seinem Gürtel. »Wenn du deine Brüder ostwärts der Ems dazu bringst, uns zu unterstützen, dann bin ich bereit, dem Thing den Entwurf nochmals vorzulegen!«

Magnus schüttelte lächelnd den Kopf. »Mein lieber Freund. Dein Vater war dabei und meiner. Sie sind gescheitert, weil ihr Pergament eigentlich ein Schutzbündnis

68) Gemeint ist die Leges Upstalsbomicae, die im Jahre 1323 durch Vertreter der westfriesischen Gemeinden als Entwurf für eine gesamtfriesische Landordnung vorgelegt wurde.

gegen den Grafen von Holland begründen sollte. Du weißt es. Was die Friesen aber damals wie heute brauchen, ist eine Kardinalregel zum Schutz der Freiheit gegen *innere* Bedrohung!«

In Ayderds Stirn gruben sich steile Falten.

Die Mönche hatten den Messtisch abgeräumt und die Tafel von den Böcken gehoben. Zwei Novizen stellten die Teile zusammen und deckten sie mit Tierhäuten ab. Knechte schafften geviertelte Baumstämme heran und bereiteten ein großes Feuer vor. Hinten bei den Abordnungen aus Brokmannia und Noerderlant drehten sich bereits die Spieße. Von einem Ochsenkarren mit mehreren Fudern Bier wurden erste Fässer entladen und angeschlagen. Unter einem Wetterdach sammelten sich Musikanten und stimmten ihre Instrumente. Enno stand jetzt mit Wiska in angeregtem Gespräch. Das Mädchen lachte und Ennos Schüchternheit schien mittlerweile verflogen zu sein.

Magnus' Augen kamen zurück, seine Hand ruhte auf dem Runenholz. »Wir haben die siebzehn Küren und die vierundzwanzig Landrechte. Für alle Friesen gültig. Zumindest grundsätzlich. Gut und schön. Regeln für das tägliche Leben. Du weißt, dass hier die Landgemeinden zum Teil auch ihre eigenen Wege gehen. Wie zum Beispiel die Friesen in Rustringe[69]. Aber auch die Brokmannen haben ihre Küren, so wie das Emesingerlant, Fiwelgonia und die Landgemeinde Hunsego[70]. Das ist wohlgetan, solange wir nicht hinter die Grundregeln zurückfallen und Friedensbrüche bestraft werden. Aber es geht um mehr!«

Der Westfriese nickte. »Ich weiß, und du hast recht mit dem, was du sagst. Aber wie willst du deine Regel denn formulieren? Und wie willst du ihr Geltung verschaffen?«

---

69) Rüstringen, Landgemeinde zwischen Jade und Weser

70) Emsigerland, Fivelgoerland und Hunsingoerland, friesische Landgemeinden, letztere in der heutigen Provinz Groningen/NL.

Magnus hatte Ayderd Zeerijp den Arm um die Schulter gelegt und ihn zurück zu den beiden Delegationen geführt, wo man ihnen erwartungsvoll entgegensah. Auch die drei Prälaten verstummten. Ludgerus schob die Kapuze seines Habits zurück, in seinen Augen stand Ablehnung.

»Wir brauchen eine Primküre. Einen Satz, der unveränderbar gelten muss wie das erste der Zehn Gebote unseres Herrn. Ich habe ihn aufgeschrieben und werde ihn morgen dem Thing vorlegen«, sagte Magnus so laut, dass ihn alle Umstehenden hören konnten.

Und sofort erkannte er, dass er einen schweren Fehler gemacht hatte. Er durfte vor allem vor den Prälaten nicht den Eindruck erwecken, als maße er sich religiöse Rechte an. Aber genau das hatte er mit der Erwähnung der Zehn Gebote getan und das musste unweigerlich schärfsten Widerspruch verursachen. Ohne jede Not, nur aus einer Laune des Augenblicks heraus, hatte er seinem berechtigten Anliegen einen schlechten Dienst erwiesen. Ein Hitzeschwall durchfuhr seinen Körper und mit einem Mal war sein Gesicht schweißnass. Er sah den dolchartigen Blick seines Kirchspielpfarrers Ludgerus und um sie herum wurde es schlagartig still. Köpfe hoben sich und auch von den Delegationen aus Brokmannia und Noerderlant sahen Richter neugierig zu ihnen herüber.

Abt Hilderaad beugte sich unvermittelt vor. In seiner Stimme regten sich Argwohn und Misstrauen. »Und was wird denn drinstehen in deiner Primküre, Magnus tom Diek?«

Magnus vermied es, sich über das Gesicht zu wischen und sah ihn fest an. Zu seiner Erleichterung hatte der Prälat die christlichen Gebote nicht erwähnt. Ihm ging es offenbar vor allem um die Machtfrage. Aber hatte der Benediktiner seinen Lapsus nicht bemerkt? »Den genauen Text trage ich morgen vor, Vater. Er ist auf die Unterbindung von Missbrauch gerichtet.«

Prior Allardus nickte langsam. Der Abt drehte sein Ohr nach vorn, als habe er nicht richtig gehört. In seinen Augen stand plötzlich ein kaltes Lauern. »Missbrauch?«, fragte er scharf. »Von welchem Missbrauch redest du, mein Sohn?«

Einige der Umstehenden rückten näher und von hinten kam Keno Hylmerisna mit kleinen Schritten heran, gefolgt von seinem Sohn und einigen Richtern der Landgemeinde.

»Ich meine den Missbrauch der Macht!«, gab Magnus ebenso scharf zurück. »Missbrauch von Macht durch Aufhebung der Prinzipien, auf denen unsere Freiheit beruht. Missbrauch von Macht durch Ablehnung des Umgangs.«

»Ich kann nicht erkennen, inwiefern die Ablehnung des Umgangs bereits einen Missbrauch von Macht birgt«, sagte Hilderaad mit belehrendem Ton und hob den Zeigefinger. Seine Augenbrauen waren hoch in die Stirn gezogen. »Ich warne davor, in unsere bewährten Rechtsstrukturen einzugreifen. Die siebzehn Küren und die vierundzwanzig Landrechte bilden die Grundlage der friesischen Ordnung. So, wie sie ist, ist sie gottgefällig. Rechtssicherheit besteht vor allem darin, dass gesetztes Recht verlässlich gilt!«

Keno Hylmerisna und sein Gefolge waren nun heran. Die Augen des Brokmannen huschten rattenhaft hin und her, in seinem Gesicht stand gespannte Aufmerksamkeit. Auch die Delegationen aus dem Oosterambt und dem Hairlingerlant traten jetzt hinzu. Um die drei Prälaten und die beiden Redjeven schloss sich ein Kreis.

»Ich glaube nicht an die Gottgefälligkeit einer Rechtsordnung, die das wichtigste Gut der Friesen nicht schützen kann: die Freiheit«, sagte Magnus klar in die Stille hinein. Er erwiderte gelassen den Blick des Abtes, der ihn böse anfunkelte und den Mund öffnete. Doch bevor er sprechen konnte, fuhr Magnus fort: »Unsere

Küren und Landrechte sagt uns, wie Totschlag zu sühnen ist. Sie legt auch fest, wie wir Diebstahl und Brandstiftung zu bestrafen haben. Aber was geschieht, wenn ein Großbauer glaubt, ihm stünde, weil er reich ist, mehr Einfluss und Macht zu als seinem kleinen Nachbarn? Wenn eine Sippe, die viele Köpfe zählt, aus dieser Tatsache Privilegien ableitet? Was tun wir, wenn ein Richter sich weigert, nach einem Jahr die Macht aus den Händen zu geben?«

Aus den Umstehenden erhob sich zustimmendes Gemurmel, jemand rief: »Wohl wahr!«, aber der Brokmanne sagte laut »Unsinn« und »Verrat« und es wurde auch ihm beigepflichtet. Darauf steigerte sich die Erregung zu erregten Wortwechseln und lautem Stimmengewirr, bis schließlich Abt Hilderaad mit hoch erhobenem Brustkreuz und einem scharfen Befehl in Latein die Menge zum Schweigen brachte.

»De hoc satis!«[71]Der Benediktiner warf einen eisigen Blick um sich, der schließlich an Magnus tom Diek hängen blieb. »Wir werden sehen, was du vorzuschlagen hast. Bruder Allardus hat sich einverstanden erklärt, gemeinsam mit Eghardus und mir den Thing zu einem glücklichen Ende zu führen.« Er nickte dem Augustiner zu. »Mit Gottes Hilfe wird es uns gelingen.« Dann hob er erneut mahnend den Zeigefinger und seine Augen wurden stechend. »Dir rate ich zur Mäßigung, Magnus tom Diek. Ich hoffe, du kennst die Folgen der Hoffart und der Unbotmäßigkeit. Tue nichts, was du hinterher zu bereuen hättest!«

Magnus verneigte sich. »Ich danke für den Rat. Die Tagung wird von den gewählten Jurati[72] der Landgemeinden

---

71) Genug davon!

72) Geschworene, die auf die Einhaltung der Bestimmungen während des Things achteten. Sie bildeten zugleich ein Beschlussgremium für Streitfälle (»Gericht«), dessen Entscheidungen durch einen gewählten Sprecher, den »Enunciator« verkündet wurden.

geführt, so will es der Brauch. Der Beistand der Kirche ist stets willkommen«, sagte er höflich, aber bestimmt und sah, wie sich die Züge des Abtes verdüsterten. Abrupt wandte Hilderaad sich ab. Die Menge öffnete sich und die drei Prälaten verließen den Kreis.

Niemand von ihnen hatte seinen Fehler mit den Zehn Geboten auch nur erwähnt, aber Magnus sah den nachdenklichen Blick von Bruder Ludgerus auf sich ruhen und wusste, dass diese Sache noch nicht vom Tisch war. Ludgerus würde sich an diesen Satz erinnern, so viel war klar. Schwer vorstellbar, dass er ihn nicht gegen seinen Schollenherrn zu verwenden wissen würde.

Keno Hylmerisna blieb mit seinem Gefolge stehen. Er hatte den Arm um seinen Sohn Ocko gelegt, der die Umstehenden mit ausdruckslosem Gesicht musterte. Auf den Zügen des Brokmannen lag ein unehrliches Lächeln. »Ich wünsche dir Glück, Magnus tom Diek. Du wirst es brauchen.« Dann sah er sich um und hob die Stimme. »Brüder! Fleisch und Bier warten auf uns. Die ersten Fässer sind angeschlagen. Ihr seid dazu eingeladen!«

Er nickte Magnus nochmals zu, lächelte immer noch, aber seine Augen straften ihn Lügen.

*

Wenn man in die Kirche einbricht und das Heiligenbild zerstört, so gebühren einem von Rechts wegen der nordwärts gerichtete Baum und das zehnspeichige Rad.

Fivelgoer Recht, 71. Küre

Kleines Zwischenspiel (*Rückschau*)

5.

Campus beate Marie (Kloster Marienkamp,)
am Tage der heiligen Apostel Philippus und Jakobus Anno Domini 1345 (Dienstag, 3. Mai)

Der Reiter verhielt kurz, richtete sich im Sattel auf und sah sich nach allen Seiten um. Die Abtei stand hinter einer flachen Erhebung im Nordosten, das Hauptgebäude neben der Kirche erhob sich dunkel und massig gegen den düsteren Abendhimmel. Die ungewöhnliche Kälte und Nässe dieses Frühjahrs hatte auch diesen Tag gepackt und umklammerte ihn zäh und unerbittlich. Von See her fegten immer wieder scharfe Böen heran, die unter die Kutte fuhren und ins Fleisch bissen. Es folgte ihm niemand, davon war er nun überzeugt, er drehte die Schulter in den Wind und trat seinem Maultier in die Flanken.

Die Nachricht hatte ihn erst heute früh, noch im Morgengrauen, erreicht. Ein Mönch hatte sie gebracht, er kannte das graue, mürrische Gesicht, ohne sich seines Namens zu erinnern. Der Befehl des Abtes war ebenso eindeutig wie strikt gewesen: Nach der Vesper hatte er sich einzufinden, man erwarte ihn und es sei nicht nur das Kapitel vertreten, sondern auch hohe Geistlichkeit, was immer das bedeuten mochte. Einen Grund oder Anlass hatte der Bruder nicht genannt, aber angedeutet, es handele sich keineswegs um Routine. Ton und Verhalten des Boten hatte ihn in eine tiefe, ängstliche Unruhe versetzt. Noch einmal erforschte er sein Gewissen, während er sich dem Vorwerk des Klosters näherte. Er fand nichts Belastendes, musste aber einräumen, dass der Mensch, und also auch er selbst, sündhaft und seine Seele vor Gott stets befleckt sei.

Das machte ihn nicht ruhiger. Der Bruder Pförtner maß ihn streng und abweisend und schickte nach einem Novizen, während ein Helfer des Stallmeisters ihm das Maultier abnahm. Der Novize kam, verneigte sich wortlos und führte ihn in aller Eile zur Klause des Abtes, die über dem Dormitorium[73] lag. Während sie durch die Flure und Gänge hasteten, begegnete ihnen niemand. Leer und kalt war auch die Wohnung des Abtes, zu der ihm der junge Mönch mit einer weiteren Verneigung die Tür geöffnet hatte. Er stand und wagte nicht, sich zu regen.

Der Raum war mit einigen Kerzen mäßig erleuchtet, die Feuerstelle war unbeheizt. Im Hintergrund stand die Kniebank Abt Hilderaads unter einem Marienbildnis, daneben weitere Kerzen, über das Armpolster der Bank war ein Rosenkranz gelegt.

Er hörte Schritte und sein Herz begann zu pochen. Neben dem Marienaltar öffnete sich eine ihm bis dahin verborgen gebliebene Tür und der Bruder Cellerar[74] trat ein, Gottfried von Diest, sein alter Feind. Und dahinter Abt Hilderaad und dann der Erzbischof von Brema. Er sank taumelnd in die Knie, aber ein barscher Befehl des Abtes holte ihn zurück auf die Füße. Die Herren nahmen Platz, zuerst der Kirchenfürst, dann Hilderaad und Gott-

73) Schlafsaal eines Klosters. Hier schliefen die Mönche, denen keine Einzelzelle zustand.

74) Kellermeister, zugleich Verwalter der Klostergüter.

fried, während er stand. Niemand forderte ihn zum Sitzen auf, obwohl es noch einen Schemel gab, er sah ihn neben dem Schreibtisch des Abtes, an dem Hilderaad auch aß. Die Atmosphäre war gespannt, und das eisige Schweigen machte ihm zu schaffen. Er wartete, den mönchischen Regeln entsprechend, mit gesenktem Kopf darauf, dass er angesprochen wurde.

Von der Klosterkirche kam das Läuten zum Completorium[75], ohne dass irgendetwas geschah. Er fragte sich nicht, warum weder der Erzbischof noch der Abt und sein Cellerar am Nachtgebet teilnahmen, sondern betete still und im Wechsel ein Vaterunser und danach ein Ave Maria, und dann sprach der Abt ihn an.

»Nun, Bruder Ludgerus?«

Er hob den Kopf und fing einen Blick des Erzbischofs auf, der in unter hängenden Lidern musterte. »Hier bin ich, Vater, wie du befohlen hast«, sagte er hastig und sah Hilderaad nicken. Die Augen des Bruder Cellerar waren flach und ausdruckslos, die Pupillen einer Eidechse, er hatte sie immer gehasst.

»Seine Eminenz, der Erzbischof, hat mit dir zu reden«, fuhr der Abt fort und Otto winkte den Mönch mit einer müden Bewegung zu sich.

Er trat eilfertig hinzu, sank in die Knie und küsste die dargebotene Hand mit dem goldenen Siegelring. »Ich grüße Euch, Vestra Sanctitatis[76]«, sagte er unterwürfig.

Die beiden Mönche wechselten einen raschen Blick und auf den Zügen des Abtes stand nun ein geringschätziges Lächeln. Der Erzbischof nahm die schmeichelnde Anrede ohne Regung entgegen. »Du bist der Pfarrer in Eesensem und dein Schollenherr ist Magnus tom Diek?«, fragte Otto gelangweilt und Bruder Ludgerus hob überrascht den Kopf, um ihn gleich danach demütig wieder zu senken.

75) Nachtgebet, siehe auch zeitlich Ordnung der Tagesabläufe, Kapitel 6.

76) lat.: Eure Heiligkeit

»Jawohl, Vestra Sanctitatis«, antwortete er und Hilderaads Lächeln verschwand.

»Ich strebe nicht nach dem Stuhl Petri«, sagte der Erzbischof träge, aber mit deutlichem Unwillen in der Stimme und Ludgerus sank ein Stückchen in die Knie.

»Jawohl, Eure Eminenz!«

»Was weißt du von ihm?«, fragte Otto und der Kirchspielpfarrer brauchte einen Moment, um sich klarzumachen, dass nun wieder sein Schollenherr gemeint war.

»Er ist getauft, Herr«, sagte er vorsichtig und äugte in Richtung auf den Abt. »Aber er trägt noch immer das Runenholz seiner Väter, auch in der Kirche.« Er sah, wie der Erzbischof die Stirn runzelte.

»Daran ist nichts verwerflich, solange er dem Herrn gehorsam ist«, sagte Otto und beugte sich vor. »Er ist doch gehorsam?«

»Ich weiß nichts anderes, Eure Eminenz«, erwiderte Bruder Ludgerus beflissen und wollte dann fortfahren, aber der Kirchenfürst hob die Hand und wechselte das Thema.

»Berichte mir von deinem Kirchspiel!«

Die verdeckte Tür öffnete sich erneut und ein Gehilfe des Bruders Cellerar brachte ein Tablett mit Brot, kaltem Braten und Bier herein. Vor Schreck vergaß der Mönch zu antworten und starrte entsetzt auf diesen Vorgang. Es war unerhört, dass in der Abtei um diese Zeit noch gegessen werden sollte. Das Completorium war vorüber und die Mönche, und zwar alle, hatten zu beten oder zu schlafen. Sonst nichts. Er wartete auf eine scharfe Zurechtweisung des Abtes, auf einen harten Befehl, der den Adlatus hinausscheuchen würde, denn natürlich übertrat der Kellermeister seine Befugnisse. Aber nichts dergleichen geschah und der Erzbischof von Brema sah mit Wohlgefallen auf das Tablett. Anscheinend hatte der Bruder Cellerar den Geschmack des Kirchenfürsten getroffen.

Der Abt und der Bruder Cellerar warteten, bis sich der Erzbischof bedient hatte und griffen dann ebenfalls zu. Ludgerus wurde nichts angeboten. Mit knurrendem Magen und pochendem Herzen stand er da, während die anderen aßen.

Der Erzbischof fing seinen Blick auf. Er kaute mit vollem Mund. »Nun?«

»Es zählt auf den Kopf einhundertfünfundachtzig Seelen, Herr«, beeilte sich Ludgerus zu sagen.

»Alle getauft?«

»Bis auf wenige, Herr«, antwortete Ludgerus. »Das ist nicht verwunderlich, wenn man weiß, dass selbst der Schollenherr noch vor wenigen Monden Heide war.«

Der Erzbischof griff nach seinem Bierhumpen. »Er ist nun Christ, der Herr freut sich über jede gewonnene Seele und über Magnus tom Diek sprechen wir noch«, wies er Ludgerus zurecht. »An deiner Kirche wird gebaut?«

»In diesen Tagen, Herr. Sie erhält ein neues Dach aus irdenen Schindeln, zum Wohle des Herrn und weil das alte, es war aus Stroh, Herr, seit längerem schon undicht war.«

»Fasele hier nicht über das Wohl des Herrn, da kenne ich mich besser aus«, sagte der Erzbischof ohne besondere Betonung, aber die Rüge kam mit einer derartigen Schärfe, dass Bruder Ludgerus erschreckt verstummte. Der Abt wechselte einen raschen Blick mit dem Kellermeister, die Echsenaugen des Cellerars glitzerten höhnisch. »Ist es wahr, dass dein Schollenherr den Umbau bezahlt?«

»Jawohl, Eure Eminenz«

»Aber zuerst wollte er nicht?«

»So ist es, Herr. Ich hatte ihn schon oft darum gebeten, aber Magnus tom Diek sagte immer, dass unser Herr Jesus und seine Jünger das Wort Gottes unter freiem Himmel verkündet hätten.«

»So. Sagte er das.« Über das Gesicht des Erzbischofs glitt ein freudloses Lächeln. »Dann hat dir der Brokmanne geholfen?«

»So ist es, Herr.«

»Mit Baumaterial und Arbeitern? Oder mit Geld?«

Warum stellt er Fragen, deren Antworten er bereits kennt, überlegte der Mönch fieberhaft. »Mit Baumaterial und Zimmerleuten, Eure Eminenz. Als mein Schollenherr von der Sache erfuhr, hat er mich zum Abbruch aller Maßnahmen gezwungen.«

»Wie hat er davon erfahren?«

Ludgerus runzelte die Stirn, in seinen Augen war plötzlich Ärger. »Über seinen Handmann«

»Du hast ihn nicht unterrichtet?«

»Das hielt ich nicht für nötig, Eminenz, da ich seine Hilfe nicht brauchte. Ich hatte alles, was zum Umbau erforderlich war.«

Der Erzbischof schwieg. Dann warf er dem Abt einen Blick zu, den Hilderaad mit einem kurzen Schulterzucken erwiderte. ›Wie ich Euch sagte‹, konnte das heißen.

»Du magst ihn nicht, nicht wahr?«

»Er ist mein Schollenherr«, antwortete Ludgerus steif. »Meine Kirche steht auf seinem Grund, ich reite einen Maulesel aus seinem Stall und ernähre mich von seinen Feldern.«

»Und der Gnade des Herrn!«, versetzte der Erzbischof spitz und da musste Ludgerus lächeln. »Warum lächelst du?«, fragte Otto ungehalten.

Der Mönch verneigte sich. »Ich habe einen solchen Dialog vor einiger Zeit mit Magnus tom Diek geführt, Eminenz. Er sagte damals, was ich Euch heute sagte, und Ihr, versteht Ihr, Ihr spracht eben genau die Worte, die ich ihm entgegenhielt. Daran musste ich denken«, sagte er mit leichtem Lächeln, dem sich niemand anschloss.

Danach herrschte langes, lastendes Schweigen, in dessen Verlauf der Erzbischof mit keiner Regung zu erkennen gab, was er dachte. Auch der Abt und sein Cellerar blieben ausdruckslos, man bediente sich vom Vespermahl, während Ludgerus stand und sich über Anlass und Ziel der Unterredung den Kopf zermarterte.

Der Oberhirte hatte nicht gelächelt, die Mundwinkel des Abtes waren gar nach unten gefallen und der Kellermeister behielt seinen flachen Reptilienblick. Ein Novize huschte herein, putzte die Kerzen und verschwand. Von irgendwoher wehte gedämpfter Gesang in das Zimmer, es klang, als ob sich im Vorraum zum Dormitorium die Vigilia[77] nicht in der gebührenden Ruhe vollziehe und Bruder Ludgerus dachte mit Verbitterung an den Verlust von Askese in seinem Orden, den Verfall von Zucht und Disziplin. Tugenden, auf deren Primat die Benediktiner immer stolz gewesen waren. Nicht zu reden von den Werten der Barmherzigkeit und der Gastfreundschaft, die hier, da man ihn mit knurrendem Magen stehen ließ, ebenfalls mit Füßen getreten wurden.

Es war der allenthalben zu beobachtende Niedergang dessen, was klösterliche Gemeinschaften gegenüber der säkularen Welt noch vor hundert Jahren ausgezeichnet, ja woraus sie ihren durch die größere Nähe zum Herrn begründeten Machtanspruch abgeleitet hatten. Davon war nichts mehr übrig.

Er musterte die Schmausenden vor sich und seine Verstimmung stieg. Aber zugleich war er sich seiner Rolle sehr bewusst. Er hatte sich in Demut und Gehorsam zu üben. Und eines durfte er nicht aufs Spiel setzen: Er wollte, aller Widrigkeiten zum Trotz, Gemeindepfarrer in Eesensem bleiben. Gewiss, das Leben in der Geborgenheit eines Kapitels hatte seine Annehmlichkeiten. Es

77) Nachtwache, in der eingeteilte Mönche über den Schlaf ihrer Brüder wachten.

gab geregeltes Essen, einen weichen Strohsack auf der Bettstatt, Ruhe hinter dicken Mauern und die Gemeinschaft mit den Brüdern. Als Pfarrer eines Kirchspiels wie Eesensem lag er oft hungrig unter einer dünnen Decke, seine Pritsche war hart und er wusste sich von vielen Schafen seiner Herde ungeliebt.

Und dennoch; er hatte die Süße einer Form von Macht geschmeckt, die für einen einfachen Bruder in einer Abtei unerreichbar war. Auf keinen Fall wollte er in das Kloster zurück.

»Du kennst beide, den Brokmannen und deinen Schollenherrn. Was unterscheidet sie?«, fragte der Erzbischof unvermittelt und mit vollem Mund.

Ludgerus dachte über die Frage nach. Sie war nicht ungefährlich, vor allem deshalb, weil er nicht wusste, was Otto hören wollte. Für ihn war klar, dass Keno Hylmerisna der Kirche näher stand als Magnus tom Diek. Das zeigte sich auch an dem Vorfall mit dem Dach. Der Brokmanne hatte nicht nur Geld zur Förderung des Glaubens, er war auch bereit, es aus freiem Willen auszugeben. Das hatte ihr Gespräch damals gezeigt, an jenem kalten Spätwinterabend, als der Brokmanne ihn völlig überraschend noch nach Einbruch der Dunkelheit aufgesucht hatte.

Er, Bruder Ludgerus, hatte sich schon in seinem Verschlag hinter dem Altar zu Ruhe begeben, das Nachtgebet gesprochen und sich auf der Pritsche eingerollt, als ihn ein hartes Pochen an der Türe hochgerissen hatte, dem sofort das Geräusch knirschender Angeln und dann schwere Schritte gefolgt waren. Der Brokmanne war nicht allein gewesen, ein Riesenklotz von Kerl war bei ihm, er hatte eine Sturmlaterne in der Hand getragen. Ludgerus hatte den Mann noch nie gesehen, es musste einer von den Fremden gewesen sein. Die Unterredung war kurz gewesen, der Brokmanne hatte vor seiner Pritsche gestanden und ihm gesagt, dass seine Kirche ein neues Dach brauche und er, Keno Hylmerisna, sei bereit, das nötige Silber dafür zu geben. »Dein Schollenherr tut es ja wohl nicht!«

Er hatte gelegen, steif wie ein Brett, die Decke bis an sein Kinn hochgezogen, und nicht gewusst, was er sagen sollte. Von dem Kerl hatte er in dem Dämmerlicht nur die riesige Faust gesehen, wie drohend vorgestreckt, in der die Laterne ausgesehen hatte wie ein Spielzeug.

»Was verlangst du dafür?«, hatte er gefragt.

»Deine Gewogenheit«, hatte der Brokmanne mit sardonischem Lächeln geantwortet. »Und dass du für mich betest. Für mich, meine Familie und ihre Zukunft zum Wohle unseres Herrn Jesus Christus.«

»Amen!«, hatte er geantwortet und die Hände unter der Decke vorziehen wollen, um den Brokmannen zu segnen, aber der hatte schon weitergeredet, hatte Material und Arbeiter für die nächsten Tage angekündigt, sich dann umgedreht und war gegangen, ohne auch nur eine Reaktion abzuwarten, der Klotz mit der Laterne hinterher. Und der Brokmanne hatte sein Versprechen gehalten.

»Keno Hylmerisna gibt zum Wohle der Kirche und Magnus tom Diek trägt noch immer die heidnischen Symbole seiner Väter«, sagte Ludgerus mit Bedacht.

Der Erzbischof ging nicht darauf ein. Er schien unberührt. Seine Augen waren stumpf wie blindes Glas. »Mir ist zu Ohren gekommen, dass Magnus tom Diek Gedanken nachhängt, die weiland der Kaiser Carolus Magnus den Friesen in ihre Köpfe gepflanzt haben soll, während Keno Hylmerisna ein der Vernunft zugänglicher Mann zu sein scheint. Was weißt du davon?«

Es klang träge und uninteressiert, aber das war es eindeutig nicht und Ludgerus hörte sein Herz klopfen. Er begriff plötzlich, warum er hier war. Welchen Zweck dieses Gespräch verfolgte. Dass es um den Machtkampf zwischen zwei widerstreitende Auffassungen über die

Zukunft der Friesen ging. Und dass sich die Ziele des Brokmannen eher mit denen der Kirche zu decken schienen als die Vorstellungen eines Magnus tom Diek. Er begriff auch, dass der Erzbischof von Brema in diesem Spiel seine eigenen Steine setzte. Was er nicht begriff war, welche Rolle ihm selbst, Bruder Ludgerus, zufiel, wenn er denn eine hatte.

»Mein Schollenherr hat Gedanken, die im Gegensatz zu den Vorstellungen des Brokmannen manchmal etwas verschroben anmuten«, sagte er mit falschem Lächeln.

Der Erzbischof hörte auf zu essen und lehnte sich zurück. Dann sprach er weiter, als hätte Ludgerus nichts gesagt. »Es ist Gott zum Gefallen, wenn er auf Erden starke Diener hat, zum Wohle der Verkündigung und zum Schutz des Glaubens. Es ist ebenso auch gottgefällig, solche Männer zu fördern und ihnen gehorsam zu sein. Ersteres tut die Kirche, letzteres erwartet die Kirche von ihren Schafen!«

Dann schoss sein massiger Oberkörper nach vorn. »Ich will, dass du deinen Schollenherrn im Auge behältst. Höre, was er sagt und berichte deinem Abt, der mir berichten wird!« Er hob mahnend den Zeigefinger. »Sprich aber auch mit ihm. Mache ihm deutlich, wo die Interessen der Kirche liegen. Nimm jeden Einfluss, der möglich ist, ihn von seinen schädlichen Gedanken abzubringen!«

Er sank in den Stuhl zurück, griff nach seinem Bierkrug und schlug mit der Linken ein nachlässiges Kreuzzeichen. »Du kannst gehen.«

Ludgerus widerstand der Versuchung, in die Knie zu sinken. Er verneigte sich tief vor dem Erzbischof und dem Abt und bekreuzigte sich. Er war schon fast an der Türe, als ihn Otto noch einmal ansprach. »Wie weit ist der Umbau deiner Kirche, Bruder Ludgerus?«

Es war das erste Mal, dass der Kirchenfürst ihn mit seinem Namen anredete, und ein warmes Gefühl der

Dankbarkeit durchfuhr seinen Körper. »Sie ist fast fertig, Vestra Sanctitatis«, sagte er und der Erzbischof lächelte.

»Damit sind aber noch nicht alle deine Wünsche befriedigt, wie ich höre?«

Bruder Ludgerus neigte demütig den Kopf. »Wenn ich heute meine Schafe zum Gottesdienst rufe, schlage ich gegen einen Holzklotz, der vor der Kirche hängt, Herr. Das hören nur wenige. Die anderen kommen, weil sie der Zuruf ereilt oder wenn sie glauben, es wäre an der Zeit.« Er richtete sich auf und in seinen Augen war nun ein Leuchten. »Mein größter Wunsch ist eine Glocke, Eure Eminenz. Dann wäre meine Kirche ein rechtes Haus Gottes!«

»Auf solche Dinge sieht der Herr nicht. Er predigte in der Wüste und sein Dach war der Himmel«, sagte der Erzbischof streng, aber er lächelte noch immer. »Dein Wunsch jedoch trifft auf mein Wohlwollen. Wir werden sehen. Und nun entferne dich!«

*

Wer durch Machtgier oder Eigensucht den Umgang unterbricht und damit die Freiheit der Friesen bedroht, geht aller Ämter verlustig, namentlich derer als Richter oder Gerichtsherr. Verstöße gegen die Friedenspflicht hieraus mit Folgen für Haut, Haar oder Blut ziehen die Leibstrafe nach sich und können mit Wergeld nicht gesühnt werden.

Primküre des Magnus tom Diek

6.

Upstallesbame, Auwreke,
den fünften Tag nach St. Johannis, Anno Domini 1345
(Mittwoch, 11. Mai), vor dem Angelusgebet am Mittag

Enno erwachte mitten in der Nacht. Das Feuer war heruntergebrannt, in der Grube gloste nur noch ein Rest Glut. Wer immer auch aus der Delegation zur Feuerwache eingeteilt war, er legte nicht nach und es würde am Morgen Ärger geben, wenn die Grütze zum Frühstück nicht warm gemacht werden konnte.

Es fiel ein leichter Nieselregen. Er sah seinen Vater ruhig atmend unter seiner ölgetränkten Pferdedecke liegen. Der lange Adriaan und die anderen lagen verstreut um die Feuerstelle herum und schnarchten. Der alte Richter Tammo Kenesna und sein Handmann Garrelt lagen da wie gefällte Bäume, so wie sie lange nach Mitternacht einfach umgefallen waren, volltrunken, neben ihren noch zusammengefalteten Decken, der eine mit rasselndem Atem, der andere wie tot. Es war die übliche Sauferei geworden, teils aus Wiedersehensfreude, teils aus Gewohnheit. Aber Enno wusste von seinem Vater, dass beim

Thing das Bier auch als Waffe eingesetzt wurde. Er hatte Magnus entgeistert angestarrt. »Als Waffe? Wie das?«

Und der Vater hatte gelächelt. »Mein Sohn, beim Thing geht es manchmal um wichtige Dinge. Da ist es gut, einen klaren Kopf zu haben. Und es ist noch besser, wenn andere eben *keinen* klaren Kopf haben, oder zumindest *noch* nicht, verstehst du? Achte einmal auf Keno Hylmerisna!«

Enno hatte begriffen. Und auf den Brokmannen geachtet. Es war schon augenfällig, wie großzügig der Richter aus Brokmannia mit dem Bier war, er, der sonst jeden halben Pfennig sechsmal umdrehte, bevor er ihn ausgab. Drei ganze Fuder hatte er spendiert, das Fuder zu zehn Kannen, und hatte alle zum Trinken ermuntert. Es war sofort nach dem Angelusgebet losgegangen mit dem Zechen.

Er hatte gesehen, wie sein Vater sich zurückgehalten hatte, wie die Äbte und ihre Mönche zwischendurch Wasser tranken, und auch der Brokmanne hatte noch spät am Abend klare Augen. Aber die meisten der anderen hatte es laufen lassen wie zu alten Zeiten. Und jetzt lagen sie da und röchelten die Sterne an. Doch das war es nicht, wovon Enno aufgewacht war. Vielleicht war es sein pochendes Herz, das ihm seltsam schwer in der Brust lag, seit Wiska, die Tochter des Oosterämbters, ihm erzählt hatte, dass sie versprochen war. Einem Kaufmannssohn aus Gruningenn. Aus reicher Familie. Hatte es mit heiterem Gesicht erzählt, wie es ihre Natur war, aber ihre Augen waren seltsam trübe gewesen in diesem Moment, sie strahlten nicht, es war, als läge ein Schatten auf ihnen. Er hatte einen kleinen Stich in der Brust verspürt, kurz und scharf, und plötzlich seinen Herzschlag gehört.

So wie jetzt. Aber da war noch ein anderes Geräusch, irgendwie fremd, kein Röcheln oder Grunzen, es passte nicht ins Bild und nach einer Weile wusste er, was er da hörte. Es waren Stimmen, erregte Stimmen, und sie kamen aus der Richtung, in der das Zelt der beiden Prälaten stand. Er schälte sich vorsichtig aus der Decke, legte Holz und Stroh nach, ging dann, um sein Wasser abzuschlagen, ein paar Schritte abseits, weg von den Schlafenden, und jetzt war es deutlich auszumachen. Eghardus' Stimme, scharf und aufgebracht, und dazwischen, leiser, kaum zu verstehen, eine zweite, das musste Hilderaad sein. Er schloss seinen Hosenlatz und spähte hinüber. Vor dem Eingang zum Zelt konnte er schwarze Schatten erkennen. Sie sahen aus wie von einem Pflug aufgeworfene Erdraupen, aber er wusste, es waren Mönche, die dort unter ihren Decken lagen und schliefen.

Er war nun vollends wach und Wiska ging ihm durch den Kopf und er wusste, er würde ohnehin keine Ruhe finden. In dieser Nacht nicht mehr. Plötzlich packte ihn eine unwiderstehliche, brennende Neugier. Er schlug einen kleinen Bogen und näherte sich dem Zelt von der Seite. Als er an den schlafenden Mönchen vorbeischlich, kam ihm säuerlicher Bierdunst entgegen: Also hatten auch die frommen Brüder der Versuchung nicht gänzlich entsagen können. Der Eingang des Zeltes war offen, dahinter ein zweiter Vorhang leicht zur Seite gerafft. Er huschte hinein und kauerte sich in eine dunkle Ecke. Die Trennwand zwischen beiden Schlaflagern war hochgezogen und er sah, dass sich die Äbte verbittert knapp über Armlänge gegenüberstanden. Sie hatten einen Tisch in die Mitte geschoben, auf dem ein brennender Kienspan schwaches, dämmeriges Licht verbreitete. Es musste einer von vielen Kienspänen sein, das Gefäß, in dem er steckte, war voller Asche.

»Was hat mein Kloster damit zu schaffen?«, fragte Eghardus mit scharfer Stimme und der Benediktiner hob beschwichtigend die Arme.

»Gar nichts! Gar nichts, Bruder! Jedenfalls nicht direkt. Ich wollte doch nur euer Bestes.«

»Was für uns das Beste ist, entscheiden wir immer noch selbst«, sagte Eghardus ungerührt und strich sich die Kutte über seiner hageren Brust glatt. Sein Brustkreuz war aus Holz, es hing an einem ledernen Riemen.

»Die Investitur des Pfarrers in Eesensem war ja schon beschlossene Sache«, sagte Hilderaad beschwichtigend. »Es war von vornherein klar, dass es ein Benediktiner werden sollte. Der Erzbischof hatte es ja schon so festgelegt. Strittig war nur noch, welches Kloster ihn stellt.«

Eghardus richtete sich auf. In seiner Stimme schwangen Zweifel und Empörung. »Und warum wurde dann nicht mit mir gesprochen? Warum habt ihr, du und dein Erzbischof, in dieser Sache über meinen Kopf entschieden?«

»Wir haben nicht über deinen Kopf entschieden. Du warst ja gar nicht betroffen. Ich sagte dir doch, Seine Eminenz wollte einen Benediktiner«, antwortete der Abt von Marienkamp mit fester Stimme. »Ich habe dem Erzbischof vorgeschlagen, Bruder Ludgerus zu nehmen, und er hat dazu seinen Segen gegeben.«

»Du lügst!«, sagte Eghardus schroff. »Die Entscheidung für diesen Mönch hast du getroffen. Gegen das Patronatsrecht des Schollenherrn. Du hast sie dir damals von Burghard Grelle nur absegnen lassen!«

»Bruder! Bruder im Herrn!« Hilderaad rang die Hände, seine Stimme zitterte vor Erregung, aber der Zisterzienser unterbrach ihn mit kalter Härte.

»Genug davon! Genug! Das alles ist Angelegenheit deines Klosters, deiner Kirche, deiner Priester und deiner Gemeinden. Du sagst es selbst: Meine Diözese war nicht betroffen. Was also habe ich damit zu schaffen? Was hat meine Herde in Ihlo damit zu tun? Und was weiß mein Erzbischof in Monasterium davon?«

»Die beiden Kirchenfürsten haben sich abgestimmt«, sagte Hilderaad vorsichtig. »Sie waren sich einig über die Ordensfrage. Und dass es kein Zisterzienser sein sollte.«

»Was geht mich das an? Was gehen mich eure Ordensgeschäfte an? Was habe ich damit zu schaffen?«, schrie Eghardus. Er schrie es so laut und unvermittelt, dass draußen einer der Mönche röchelnd aus dem Schlaf hochkam und Enno ein eisiger Schreck durch die Glieder fuhr. Besorgt sah er sich um, aber der Mönch sank auf sein Lager zurück, grunzte und schlief weiter.

Der Abt von Marienkamp hatte abwehrend die Hände gehoben. Auf seiner Stirn standen plötzlich winzige Schweißtropfen und an seinem Kinn zuckte nervös ein Muskel. »Die Marienthaler wollten keinen ihrer Brüder abstellen!« Er sprach jetzt sehr schnell. »Der Erzbischof von Brema hat aber verlangt, dass das Kloster sich beteiligt. Zu Gunsten der Kirche von Eesensem.«

Enno horchte auf. Um seine Kirche ging es also, das Kirchspiel seines Vaters Magnus tom Diek. Er sah, wie der hagere Körper des Zisterziensers ruckartig nach vorn fuhr. Mit einem Mal schien Eghardus klar, dass der Benediktiner ihn hinhielt. Dass das Gerede um die Investitur des Pfarrers von Eesensem nur ein Vorwand war. Dass es in Wahrheit um ganz andere Dinge ging als um den Streit zwischen Benediktinerklöstern. Das Gesicht von Abt Eghardus wurde kantig. In seinen Augen stand plötzlich ein kaltes Lauern.

»Was soll das? Was willst du von mir? Warum haben die beiden Erzbischöfe miteinander gesprochen, wenn meine Diözese, mein Kloster nicht betroffen war? Warum erzählst du mir das alles, mitten in der Nacht?«

»Ich sagte, du bist nicht *direkt* betroffen«, log der Benediktiner mit bebender Stimme. »Es geht eher um deinen Herrn, den Erzbischof von Monasterium. Es gibt zwischen ihm und meinem Herrn, dem Erzbischof von Brema, gewisse … nun … Verbindlichkeiten, die eingelöst werden müssen.«

Der Zisterzienser atmete scharf ein und drehte ein Ohr

nach vorn. Es war, als glaubte er nicht, was er soeben gehört hatte. »Verbindlichkeiten?«

Der Benediktiner nickte.

»Welche Verbindlichkeiten? Was für Verbindlichkeiten?«, fragte Eghardus mit erhobener Stimme.

»Nun ja. Gewisse Verpflichtungen. Offene …«

»Was für Verpflichtungen? Welche Verbindlichkeiten?«, schrie der Zisterzienser.

»Dein Herr steht bei meinem im Obligo!«, brüllte Hilderaad zurück. »Hat Schulden bei ihm. Schon seit langer Zeit. Und jetzt werden sie beglichen!«

Enno drückte sich noch tiefer in den Winkel des Eingangs. Er hatte panische Angst, nun entdeckt zu werden, bei diesem Geschrei *musste* irgendwer doch wach werden. Die Mönche mussten sich erheben oder einer der Sekretäre der beiden Äbte musste kommen und nachsehen. Er spähte vorsichtig nach einer Möglichkeit, das Vorzelt unbeobachtet zu verlassen, aber um ihn herum blieb alles ruhig. Und da Eghardus nun schwieg, sichtlich ebenso zornig wie konsterniert, schob der Benediktiner noch nach: »Es geht um die Glocke!«

»Welche Glocke? Welche Glocke?«

»Die Glocke der Kirche von Eesensem. Bruder Ludgerus' Kirche!«

»Was ist damit?«

»Es gibt noch keine. Sie soll gegossen werden! Von den Brüdern in Marienthal. Das ist der vom Erzbischof geforderte Beitrag.«

Der Zisterzienser schüttelte voller Unverständnis den Kopf »Und weiter?«

»Sie wird gegossen im Auftrag deines Erzbischofs, verstehst du? Er ist der Auftraggeber für den Guss. Die Arbeit wird nicht bezahlt. Aber das Material. Die Bronze. Die Schmelze aus Kupfer und Zinn. Das zahlt dein Herr. Damit begleicht er seine Schulden!«

Ein paar Atemzüge lang war nun Stille, lastende, drückende Stille. Das schwache Licht des Kienspans warf von unten her einen gespenstischen Schein auf die beiden Klosterführer. Ihre Augenhöhlen blieben beschattet, Kinn und Nase stachen hervor, als wären sie wie Waffen auf den jeweils anderen gerichtet. Enno hörte sein Herz in den Ohren pochen. Er wusste, es stand ihm nicht zu, einem Streitgespräch zwischen so hochgestellten Persönlichkeiten zu lauschen. Aber er wagte nicht, sich zu rühren.

Nach einer Weile wich Abt Eghardus mit erhobenem Kopf einen Schritt vom Tisch zurück. Die beiden Prälaten starrten sich an, als hätte jeder sich vorgenommen, nicht als Erster den Blick zu senken. Als könnte auf diese Weise der Sachverhalt noch geändert werden. Als sei noch nichts entschieden.

Doch dann bekreuzigte sich der Zisterzienser mit einem Seufzer, faltete die Hände und flüsterte: »Gut, Bruder. Aber ich verstehe noch immer nicht. Was gehen mich die Schulden meines Herrn an?«

Der Abt von Marienkamp langte in einen Ärmel seiner Kutte und zog ein zusammengerolltes Pergament hervor. Auf der Verschnürung klebte ein erzbischöfliches Siegel. Er reichte es dem Zisterzienser, der die Rolle widerstrebend entgegennahm.

»Du wirst sie begleichen«, sagte er ohne Triumph. »Es ist verfügt. Von deinem Erzbischof. Ich bin beauftragt, dich in Kenntnis zu setzen«

Eghardus starrte auf das Pergament. Das Siegel des Bistums schien rot und höhnisch zu leuchten. »Wie viel?«, fragte er flach.

»Fünfundsiebzig Pfennige Bremisches Silber«, antwortete der Benediktiner mit Bedauern in der Stimme. »Du kannst in Teilen zahlen. Es steht alles beurkundet.«

Der Zisterzienser breitete verzweifelt die Arme aus. »Woher soll ich die Pfennige nehmen?«

»Von den Erträgen deiner Abtei. Vom Verkauf eurer Feldfrüchte auf den Märkten. Sagt dein Herr.«

Eghardus hob die Rolle. »Du weißt also, was beurkundet ist?«

»Ich habe sie geschrieben. Ich war der Sekretär der beiden Herren bei der Verhandlung«, sagte der Benediktiner nicht ohne Stolz. »Du wirst alle wichtigen Einzelheiten in der Niederschrift finden. Das Geld geht direkt an den Abt.«

Vom Kienspan glomm nur noch ein kleiner Rest. Die beiden Prälaten standen einander gegenüber wie Schatten, ihre Konturen erhoben sich undeutlich gegen das dämmerige Grau des frühen Morgens. Plötzlich kam leichter Wind auf und die Zeltplanen des Eingangs bewegten sich in sanften Schwüngen.

Abt Eghardus legte die Pergamentrolle ungeöffnet auf den Tisch und ließ sich auf sein Lager sinken. Er war zornig und verletzt. Zornig darüber, dass ausgerechnet seine Abtei, der es gerade gegenwärtig nicht gut ging, durch den Erzbischof für diese Sache herangezogen wurde. Zornig auch darüber, dass der Diözesanherr sich über die ihm wohlbekannten Schwierigkeiten des Klosters hinwegsetzte. Oh, Eghardus kannte ihn, Ludwig den Hessen. Er war einer der Kirchenfürsten, die ihre Bistümer führten wie einen gräflichen Besitz. Mit egoistischer Sorglosigkeit. Mit Sturheit, Eigennutz und Gewinnsucht. Ohne Rücksichtnahme auf die Leistungsfähigkeit derer, die darin lebten und arbeiteten. Wie ein Feudalherr. Er zog heraus, was herauszuziehen war. Zu seiner persönlichen Wohlfahrt. Die klerikale Arbeit überließ er weitgehend seinen Äbten, Prioren und Priestern.

Aber das Schlimmste war die verletzende, demütigende Art, in der alles abgelaufen war. Dass er ihn nicht eingeweiht, nicht ins Vertrauen gezogen hatte. Dass ausgerechnet dieser blasierte Benediktiner alles wusste, ja, sogar am Verhandlungstisch gesessen hatte, und er, Abt Eghardus, nicht. Und dass ihn Hilderaad hier nachträglich in Kenntnis setzte, fast als Befehlsübermittler auftrat, ihm einen Sachverhalt mitteilte, der ihm durch seinen Kirchenfürsten hätte dargelegt werden müssen. Es war einfach alles unglaublich. Und dann dieser Abt von Marienthal, Nikolaus. Der war der Empfänger des Geldes. Genauso blasiert und arrogant wie Hilderaad. Ein Benediktiner eben. Eghardus seufzte, es klang fast wie ein Schluchzen.

»Es tut mir leid, Bruder«, sagte Hilderaad in die Stille hinein. »Ich wollte wirklich nur euer Bestes, aber ich konnte es nicht verhindern.«

Eghardus lag auf seinem Bett wie eine Leiche. Die Hände hatte er über dem mageren Bauch gefaltet, das Brustkreuz steckte darin wie bei einem Aufgebahrten. »Welche Rolle spielt dieser Mönch? Ludgerus. Wie kommt es, dass er solchen Einfluss hat?«, fragte er mit müder Stimme.

»Ich weiß es nicht. Vielleicht ist er nur ein Werkzeug in einem Machtspiel. Eine Figur auf dem Schachbrett«, sagte Hilderaad, aber man konnte hören, dass er selbst daran zweifelte. Oder dass er es besser wusste.

*

Als die Jurati feierlich in das offene Rund einzogen, war die Matutinae[78] lange vorbei. Mönche der beiden Klöster hatten sie zelebriert, um sie herum die Gemeinde in dunklen Haufen versammelt wie eine eng aneinandergedrängte Schafherde, die drei Prälaten knieten stumm in der ersten Reihe. Jetzt war die Morgendämmerung bereits weit fortgeschritten, aber der Himmel war noch grau. Es hatte aufgehört zu regnen. Die Äbte saßen an

78) Das »Morgenlob«, eine vor Anbruch der Morgendämmerung gehaltene Messe, später auch »Laudes« genannt.

einem abseits stehenden Tisch, Hilderaad und Eghardus mit grauen, müden Gesichtern und geröteten Augen, Allardus, der Augustinerprior, asketisch und hellwach.

Das Altarkreuz stand vor ihnen und schimmerte im Schein flackernder Kienspäne. Hilderaad umklammerte ein kleines, reich verziertes Holzkästchen. Es war der Reliquienschrein seines Klosters, in dem sich nach der Sage ein Stück Tuch von der Kutte des heiligen Bonifatius befand. Auf diese Reliquie waren die Reinigungseide zum Beweis von Unschuld zu schwören. Der Stoff steckte in der gläsernen Kapsel einer Monstranz. An der Kopfseite, zur Rechten des Benediktinerabtes, kauerte ein Mönch als Bruder Librarius[79] mit Feder und Tintennapf. Er hatte zusätzlich die Aufgabe, das vor ihm stehende Stundenglas zu bedienen und die zeitlichen Abläufe des Things festzuhalten[80].

Der Zug der Jurati nahm Aufstellung vor dem Altartisch. Es waren erwartungsgemäß die amtierenden Redjeven der Landgemeinden gewählt worden, in einem kurzen, akklamatorischen Vorgang, gleich nach dem Frühstück aus halbwarmer Grütze und Bier. Magnus tom Diek war ebenso unter den Richtern wie Keno Hylmerisna, Ayderd Zeerijp und Stidolf Noerlant. Die Abordnungen hatten einfach mit Zuruf ihre Juroren benannt und ein Mönch aus dem Kloster Ihlo hatte die Namen aufgeschrieben. Danach hatten die Prälaten die Liste den Bräuchen entsprechend gesegnet, so wie sie jetzt die kniende Reihe von Jurati segneten.

79) lat.: Schreiber

80) Die zeitliche Ordnung der Tagesabläufe war im weltlichen Leben dieser Zeit weitgehend unbekannt. Soweit erforderlich, fanden Verfahren der Geistlichkeit Anwendung. Im vorliegenden Fall dürfte dies die Einteilung der Benediktiner gewesen sein, die sich grundsätzlich an den liturgischen Handlungen des Arbeitstages orientierte, beginnend mit der Matutina (Mette; zwischen 2.30 und 3.00 Uhr) und endend mit dem Completorium (Komplet/Nachtgebet; gegen 18.00Uhr).

Es war Elso Fockana aus dem Emesingerlant zugefallen, das Richtschwert als Symbol der Wehrhaftigkeit der Landrechte zu tragen, er hob es stolz in die Höhe, als Hilderaad die Waffe mit Weihwasser besprengte. Keno Hylmerisna hatte widerstrebend den Beutel mit friesischer Erde angenommen und schielte ärgerlich auf den Schwertträger. Als der Weihwasserkessel zu Abt Eghardus wechselte und der Zisterzienser die Erde segnete, hielt ihm der Brokmanne den Leinenbeutel eher lustlos entgegen. Auf dem Platz herrschte Stille, nur die murmelnden Segenssprüche der Prälaten waren zu hören.

Die Abordnungen der Landgemeinden hatten sich auf den Hügeln niedergelassen, die den Tagungsort ringförmig umgaben und aus dessen Mitte sich der eigentliche Verhandlungsplatz wie eine kleine Wurt erhob. Nicht amtierende Richter und Vornehme saßen auf treppenartig in die Erde gegrabenen Stufen, die Sitzflächen mit Lederstücken oder Wollstreifen abgedeckt. Andere lagerten auf ihren Schlafdecken im Gras. Einige Schritte hinter den Bänken der Jurati brannte ein Grubenfeuer, dort hockten die Waffenknechte mit dem Henker und dem Bader. Ihre Aufgabe war es, Verurteilte festzusetzen und Leibstrafen durchzuführen.

Die Priester und Mönche waren, dem Brauch entsprechend, nicht bei ihren Delegationen, sondern bildeten eine eigene Gruppe. Sie hatten sich auf der Anhöhe hinter den Prälaten versammelt, auf niedrigen, unbequemen Schemeln, die sie zwangen, ihre Knie eng an den Körper zu ziehen, sodass die Schienbeine dem Vordermann als Rückenlehne dienen konnten. Immerhin saßen sie nicht auf der blanken Erde. Enno sah Bruder Ludgerus mit griesgrämiger Miene unter den Kuttenträgern hocken. Seine Augen waren gerötet, auch er schien in der letzten Nacht nicht viel geschlafen zu haben. Zu seiner Verwunderung sah Enno Ocko Hylmerisna, den Sohn des Brokmannen, neben dem Benediktiner sitzen. Der junge Mann gehörte eigentlich zur Gruppe seiner Landgemeinde. Keinesfalls sollte er zwischen den Mönchen sitzen. Vielleicht nahm er für sich in Anspruch, ebenfalls auf einem Schemel sitzen zu können. Ockos Züge waren, wie gewöhnlich, ausdruckslos. Die etwas zu weit auseinanderstehenden Augen blickten kühl und unbeteiligt.

Nach dem Segen hoben die Jurati ihre Schwurfinger und legten den Eid auf ihren bedingungslosen Kampf zum Schutz der Landrechte ab. Dabei stachen die Stimmen von Magnus tom Diek und Ayderd Zeerijp deutlich aus dem übrigen Gemurmel hervor. Der Brokmanne bewegte scheinbar lautlos die Lippen. Stidolf Noerlant, der neben ihm stand, würde später behaupten, Hylmerisna habe keinen einzigen Ton von sich gegeben.

Die Jurati nahmen auf roh gezimmerten Holzbänken etwa zehn Schritte gegenüber den Prälaten Platz. Das Richtschwert und der Leinenbeutel mit Erde lagen auf einem Tuch friesischer Wolle zu ihren Füßen. Der Enunciator wurde gewählt und sofort schlug Magnus tom Diek Keno Hylmerisna vor, was der Brokmanne mit einem ruckartigen Heben des Kopfes registrierte, aber sein Gesicht blieb ausdruckslos. Es war nicht erkennbar, ob er den Vorschlag guthieß oder nicht. Er konnte das Amt nicht ablehnen, so viel war klar.

Aber er schien zu fürchten, dass er Beschlüsse zu verkünden haben würde, die ihm nicht passten. Zu diesem Zeitpunkt war für Magnus noch offen, wie sich die grundsätzlichen Positionen innerhalb der Geschworenen verteilten. Er wusste Jurati wie Ayderd Zeerijp und Stidolf Noerlant auf seiner Seite, vielleicht auch noch den einen oder anderen Redjeven aus den östlichen Landgemeinden. Doch der Oosterämbter hatte von westlichen Richtern gesprochen, die so dachten wie der Brokmanne, und Magnus nahm an, dass Hylmerisna die Jurati aus dem

Emesingerlant und Fiwelgonia zu seinen Unterstützern zählen konnte.

Keno wurde einstimmig ernannt und warf Magnus einen stechenden Blick zu. Er hatte dessen Absicht wohl durchschaut. Wenn es gelang, grundsätzliche Entscheidungen zu Rechtsfragen durchzusetzen, wurde der Brokmanne durch seine verkündende Rolle in besonderer Weise zur Rechtstreue verpflichtet. Dann hätte es schwerwiegende Folgen für seinen Ruf als Richter, wenn er selbst später diese Beschlüsse wieder in Frage stellte. Hylmerisna hatte das Dilemma erkannt und war entsprechend verärgert. Gleich zu Beginn des Things hatten er und seine Fraktion eine Niederlage erlitten. Nur ein schneller Gegenvorschlag mit umgehend erkennbarer breiter Unterstützung des Gremiums hätte den überaus geschickten taktischen Schachzug dieses Sauhundes, Magnus tom Diek, noch abwenden können. Das hatte nicht funktioniert. Die Geistesgegenwart hatte gefehlt, zum Teufel! Bei denen, die ihm folgten und bei ihm selbst. Keno Hylmerisna kochte.

Wahrscheinlich kam es deswegen zu dem Eklat, der sich nun anschloss. Oder Keno Hylmerisna wollte schon hier ein Zeichen dafür setzen, dass er die Tagung für überflüssig hielt. Jedenfalls wäre es nun seine Aufgabe als Sprecher der Jurati gewesen, sich zu erheben und den Thing mit der traditionellen Begrüßungsformel an zu eröffnen.

»Eala Frya Fresena! Seid gegrüßt, freie Friesen. Gott halte seine Hand über diese Tagung. Er segne sie, damit sie Recht als Recht erkenne, zum Lobe des Herrn und zum Nutzen der Friesen als des Schöpfers freie Kinder!«

Aber er tat nichts dergleichen, hockte da und schwieg, alle Blicke auf sich gerichtet. Einige Atemzüge lang herrschte Totenstille, dann kam Unruhe auf und von den Rängen erhob sich Gemurmel. Mit einem Mal war eine Spannung in der Luft, die man mit Händen greifen konnte. Die Prälaten wechselten fragende Blicke und Magnus tom Diek war überzeugt, dass der Brokmanne die erste Kraftprobe des Tages anzettelte. Endlich, ganz langsam, fast so, als müsste er eine ungeheure Last stemmen, erhob sich Keno Hylmerisna. Stand auf und blickte in die Runde, bis auch die letzte Stimme, das leiseste Flüstern erstarb. Und sprach die Begrüßungsformel.

Und dann, als er am Ende war und schon ein Seufzer der Erleichterung durch die Reihen lief, fügte er mit klarer Stimme hinzu: »Es sei angemerkt, Brüder, dass nicht Auwreke, sondern Gruningenn der Thingplatz der Friesen ist. Es sei weiterhin angemerkt, Brüder, dass das Recht zur Einberufung des Thing nicht einem einzelnen Richter zukommt, sondern der Gesamtheit der Jurati der letzten Versammlung!«

Er trat einen Schritt nach vorne, stieg über die Decke mit dem Richtschwert und dem Erdbeutel hinweg und nahm Aufstellung gegenüber den Prälaten. Seine Hände lagen locker hinter seinem Rücken verschränkt, aber die Finger blieben unruhig. »Ich stelle fest, Brüder, dass dem Thing zu Auwreke anno 1345, Gott halte seine Hand über ihn, damit wesentliche Mängel anhaften.«

Von den Hängen kam erneut Unruhe, vereinzelt waren Stimmen zu hören, ob zustimmend oder ablehnend war nicht auszumachen, und Enno sah die Äbte mit dem Prior tuscheln.

Nun erhob sich auch Magnus tom Diek. »Soll das heißen, dass du die Beschlüsse dieser Tagung in Frage stellst, noch bevor sie getroffen sind?«

»Ich halte ihre grundsätzliche Entscheidungsbefugnis für fraglich.«

»Das ist Unsinn! Mag sein, dass wir am falschen Ort sind, wie du sagst, aber die Brüder westlich der Ems sind hier. Eingeräumt, dass ich nicht befugt war, die Tagung einzuberufen. Aber das Thing ist zusammengetreten und also aus sich selbst heraus beschlussfähig. Willst du von deinem Amt als Enunciator entbunden werden?«

Keno Hylmerisna steckte den Hieb ein, ohne mit der Wimper zu zucken. Es war der zweite an diesem Tag. Sein Gesicht war starr, die Augen wanderten seltsam blicklos über die dicht besetzten Hügel. Wieder einmal hatte er die Lage falsch beurteilt, sich diesmal zu weit vorgewagt und erneut einen Fehler gemacht. Der Verzicht auf das Amt des Enunciators wäre ohne Beispiel in der Geschichte des Upstallesbame, ein unerhörter Vorgang und hätte nach den Verfahren zudem seinen Ausschluss aus dem Kreis der Jurati zur Folge gehabt. Das konnte nicht in seinem Sinne sein.

»Nein«, sagte er nach einer Weile, schüttelte den Kopf, als sei er über sich selbst erstaunt, und setzte sich auf seinen Platz.

Magnus war stehen geblieben. Er versuchte, sich ein Bild über die Kräfteverteilung innerhalb des Gremiums zu machen, aber die Gesichter der anderen Jurati gaben wenig Aufschluss. Stidolf und Ayderd lächelten ihm zu, die Mienen der anderen waren verschlossen oder sie hielten die Köpfe gesenkt, so wie jetzt der Brokmanne. Er schien zu grübeln.

»Ich stelle also fest, Brüder, dass die Tagung den Gesetzen der Friesen entsprechend Beschlüsse fassen kann«, sagte Magnus mit ruhiger Stimme und sah Keno Hylmerisna unwillig mit den Schultern rucken. Auch diese Erklärung kam eigentlich niemand anderem zu als ihm, dem ernannten Enunciator des Things. Der Schreiber notierte eifrig, während Hilderaad mir düsterem Blick auf das Pergament starrte. Einen Augenblick lang war außer dem scharfen Kratzen des Gänsekiels nichts zu hören. Dieses Geräusch schien Keno Hylmerisna aus seiner Starre zu lösen. Er hob den Kopf, stand auf und trat in die Mitte des Platzes.

Nach einer Verneigung in Richtung der Prälaten forderte er die Vertreter der Landgemeinden auf, ihre Klagefälle und Anfragen zur Rechtsauslegung zu nennen. Die Abordnungen gaben ihre Auskünfte und der Schreiber legte sie nieder. Danach wurde der erste Streitfall aufgerufen. Zwei Bauern traten vor. Einer kam aus dem Emesingerlant und führte Klage darüber, dass ihm sein Nachbar aus dem Kirchspiel Uthum eine Kuh als trächtig verkauft hatte, die aber dann kein Kalb geboren hatte. Der Nachbar hatte behauptet, die Kuh habe das Kalb durch falsche Haltung verloren, wahrscheinlich in einem zu feuchten Stall, und dafür sei der Käufer verantwortlich. Der Geschädigte hatte den Fall vor den Redjeven seiner Landgemeinde gebracht, dort sei aber bisher keine Entscheidung gefallen.

»Warum nicht?«, fragte Ayderd Zeerijp.

Der Bauer hob die Schultern und ließ sie wieder fallen. Sein rechtes Auge stierte himmelwärts, während das linke unruhig flatterte. »Es war um die Erntezeit. Der Richter hatte ein paar Kranke in seinem Gesinde und wusste nicht recht, wie die Frucht einbringen. Er hatte keine Zeit.«

Die Jurati warfen sich Blicke zu. Aus dem Publikum hörte man vereinzeltes Lachen.

»Die letzte Ernte ist Monde her. Was war in der Zwischenzeit?«, fasste Ayderd nach.

Der Bauer schüttelte den Kopf. »Nichts weiter. Uthum liegt ja im Federgo[81]. Die beiden Richter, meiner und der andere, Enno Fockena, haben miteinander gesprochen, konnten sich aber nicht einigen.«

Stidolf Noerlant beugte sich vor und richtete seinen Blick auf Hylmerisna. »Uthum? Da bist du doch Gerichtsherr, Keno, oder nicht?«

Der Brokmanne stand auf. Er musterte die beiden Bauern finster. »Ich kenne den Fall. Er ist mir vorgetragen

81) , nördlich des Emsingerlandes/ Emsgaus.

worden und ich habe ihn an die beiden Richter zurückverwiesen. Sie sollten sich gefälligst verständigen. Jetzt ist aber der Emesingoer gestorben, letzte Woche. Hat sich bei der Feldarbeit unter sein Zuggespann gelegt und ist erschlagen worden. Der neue Redjeve ist noch nicht im Amt.«

Noerlant musterte ihn aufmerksam. »Du bist doch Gerichtsherr in Uthum«, wiederholte er. »Warum hast du in der Sache nicht selbst entschieden?«

»Als mir der Streitfall vorgetragen wurde, durch diesen Bauern hier, Eme Emesna, waren nach meinem Eindruck die beiden Richter schon dabei, die Sache zu Ende zu führen. Ich wollte ihnen nicht vorgreifen«, sagte der Brokmanne und fügte dann nüchtern hinzu: »Nun komm schon, Stidolf Noerlant. Du und deinesgleichen, ihr legt doch größten Wert auf die Unabhängigkeit der gewählten Redjeven. Was also passt dir daran nicht?«

Stidolf blieb darauf die Antwort schuldig. Er verschränkte die Arme vor der Brust und sah den Kläger prüfend an. »Warum kaufst du im Herbst eine Kuh? Wäre es nicht vernünftig, damit bis zum Frühjahr zu warten, damit du sie weiden kannst mit den anderen?«

Der Bauer nickte. »Schon. Aber mir ist den Tag nach Michaelis[82] eine Kuh in einem Schlot ersoffen, war ein gutes Tier, gab viel Milch und ich wollte schnell eine neue.« Er wischte sich über das Gesicht. Das rechte Auge stand noch immer nach oben. »Eine, die trächtig ist und im Frühjahr ein Kalb hat *und* Milch gibt!«, ergänzte er noch und warf mit dem linken Auge einen scharfen Blick auf seinen Widersacher, der mit düsterer Miene neben ihm stand.

»Und was war nun mit der Kuh, die du gekauft hast, Eme?«

Der Bauer breitete die Arme aus. »Ich weiß es nicht.

82) 25. September

Sie war dick und rund, als ich sie kaufte. Im Stall hat sie nur gefressen und gefurzt. Sie hat so gefurzt, dass sie das Feuer im Wohntrakt ausgeblasen hat. Sie war nicht trächtig, denn sonst hätte sie ja gekalbt. Ich glaube, sie hatte einfach nur Blähungen.«

Der andere Bauer hatte mit finsterem Gesicht zugehört. Auf den Rängen regte sich erneut Gelächter, einzelne Zurufe wurden laut wie; »Eme, was ist nun mit deinem Feuer?«, und »Eme, es wird wohl ein Esel, der trägt auch übers Jahr!«, die wiederum Lachsalven hervorriefen. Die Unruhe wuchs, bis sich die Prälaten unwillig umwandten und Stidolf Noerlant mit erhobener Stimme Ruhe befahl. Auf seinen Wink trat der Beklagte nun vor. Ehe er sprach, zog er seine Mütze vom Kopf und knüllte sie in der Faust zusammen. Er trug einen sauberen Kittel und hatte schlechte, durch den Genuss von Brot aus grob gesiebtem Mehl stark abgenutzte Zähne. Sein Blick wanderte die Reihe der Jurati entlang und blieb dann an Stidolf Noerlant hängen.

»Ich bin Tammo Sypzena aus dem Kirchspiel Uthum. Die Kuh war trächtig, das nehme ich auf meinen Eid. Eme hat sie falsch gehalten. Oder falsch gefüttert, wer weiß? Dann hat sie das Kalb verloren, vielleicht hat er es nicht gemerkt«, sagte der Mann mit Trotz in der Stimme.

»Nicht gemerkt? Bist du bei Trost? Hab sie ja nicht aus den Augen gelassen, all die Zeit. War mehr bei ihr als bei der Frau. Hatte Ärger, deswegen«, gab Eme entrüstet zurück und Stidolf erstickte das neuerlich aufbrandende Gelächter der Versammlung mit einem scharfen Befehl.

»Was hast du bezahlt für die Kuh, Eme?«

»Ein Fuder Brenntorf und einen und einen halben Pfennig Bremisches Silber«, sagte Eme mürrisch und Stidolf warf dem Uthumer einen schrägen Blick zu.

»Ein stolzer Preis für eine Kuh«, sagte er.

»Nicht für ein junges Tier, das viel Milch gibt und vor

der ersten Kalbung steht. Und nicht, wenn sie zudem noch trächtig ist«, antwortete der Bauer fest.

»Sie war nicht trächtig!«, brüllte Eme, jetzt mit beiden Augen nach oben blickend und da nahm der andere seine Mütze und schleuderte sie mit einem Wutschrei auf den Boden.

»Gott ist mein Zeuge. Sie war hitzig. Ich habe sie von meinem eigenen Bullen bespringen lassen und sie wurde befruchtet. Ihre Vulva war heiß, gerötet und angeschwollen. Das heißt, sie war trächtig!«, schrie er und Abt Hilderaad sprang auf und erstickte mit hoch erhobenem Brustkreuz jeden zotigen Zuruf von den Rängen. Er setzte sich erst wieder, als völlige Ruhe herrschte, die Versammelten sich schweigend duckten unter seinem zornigen Blick.

Die beiden Bauern entfernten sich auf Stidolfs Wink einige Schritte und standen abseits, während sich die Jurati nun mit heiteren Gesichtern und gedämpften Stimmen berieten.

Nicht lange, und Keno Hylmerisna, der Enunciator, stand auf und verkündete das Urteil der Richter. »Tammo Sypzena, Bauer aus dem Kirchspiel Uthum, zahlt dem Eme Emesna, Bauer im Kirchspiel Grotehusum[83], einen halben Pfennig Bremisches Silber zurück. Zusätzlich wird angeordnet, dass die Kuh erneut so oft zu bespringen ist, bis sie trächtig wird. In diesem Fall geht der halbe Pfennig Bremisches Silber wieder an Tammo Sypzena.«

Der Schreiber notierte mit kratzender Feder. Aus der Versammlung kamen zustimmende Rufe, aber vereinzelt auch ablehnendes Murren. Die Bauern, offensichtlich beide unzufrieden, verneigten sich knapp und finster vor den Jurati, setzten ihre Mützen auf und stapften davon.

Danach wurden weitere Fälle verhandelt. Ein Streit über das rechtmäßige Eigentum von Grund und Boden aus dem

83) Groothusen in der Krummhörn

Kirchspiel Hagha[84] im Noerderlant wurde vorgetragen. Der Tradition entsprechend übernahm jetzt mit Ayderd Zeerijp der Redjeve einer anderen Landgemeinde die Verhandlungsführung. Der Nachbar eines Bauern erhob Besitzansprüche an einem Acker in der Grenzgemarkung der beiden Anwesen. Das Feld hatte einem Bauern gehört, der mit seiner Familie in das Sagelterlant[85] gezogen und dort gestorben war. Der Besitzer behauptete, das Stück gekauft zu haben, was der Kläger bestritt. Vielmehr habe er selbst die Zusicherung des ehemaligen Eigentümers erhalten, den Grund in Besitz zu nehmen und bewirtschaften zu dürfen. Das wolle er nunmehr vollziehen.

Ayderd Zeerijp fackelte nicht lange. Nachdem die Standpunkte ausgetauscht waren, winkte er die beiden Kontrahenten heran. Seine blauen Augen funkelten angriffslustig.

»Hört her. So kommen wir nicht weiter. Der ursprüngliche Besitzer ist tot. Ihn können wir nicht mehr fragen.« Dann wandte er sich an den Beklagten. »Es muss also geschworen werden. So fordert es das fünfte friesische Landrecht. Bist du bereit, zur Bekräftigung deines Anspruchs den Eid auf die Reliquie zu leisten?«

Die drei Äbte beugten sich gespannt vor. Der Bauer sah den Richter in größter Ruhe an. »Ja!«

Ayderd fixierte den anderen. »Und du?«

Der Kläger wich einen Schritt zurück. Er drehte den Körper halb zur Seite und warf einen scheelen Blick auf den Tisch, an dem die Prälaten saßen. »Warum gleich schwören? Die Frau lebt noch. Wir können sie fragen«, sagte er flach.

Der Westfriese schüttelte den Kopf. »Das werden wir nicht. Der Fall wird jetzt entschieden. Wirst du schwören?«

84) Hage, Kreis Norden

85) Saterland, Kreis Cloppenburg

Und als der Mann immer noch zögerte, wandte sich der Beklagte um, ging an den Tisch und kniete nieder. Die Klosterführer erhoben sich von ihren Stühlen, alle Anwesenden standen auf und es wurde still auf dem Thingplatz. Hilderaad schob den Schrein nach vorn und der Bauer legte mit gesenktem Kopf seine Hände auf den Kasten.

»Ich schwöre bei der Reliquie des heiligen Bonifatius, dass der strittige Grund rechtmäßig in meinem Besitz ist«, sagte der Mann mit ruhiger und lauter Stimme und wiederholte seinen Eid, den Forderungen entsprechend, noch sechs Mal. Danach segnete ihn Hilderaad. Keno Hylmerisna verkündete die so gefallene Entscheidung und der Schreiber notierte.

Es kamen weitere Streitfälle, in denen es um Erbangelegenheiten, die Höhe von Pachtzinsen und Tauschgeschäfte ging, und in jedem Fall wechselte die Verhandlungsführung auf einen Richter, dessen Landgemeinde nicht betroffen war. Der Mittag näherte sich und es ging auf das Angelusgebet, als ein Fall aufgerufen wurde, in dem schnell erkennbar wurde, dass eine Leibstrafe zu vollstrecken war.

Zur Verhandlung kam ein Totschlag aus der Landgemeinde Rustringe und Magnus tom Diek übernahm die Rolle des Verhandlungsführers mit einigem Zögern. Er wusste, was auf ihn zukam, aber der amtierende Redjeve, Ede Lubben, bat ihn förmlich und die anderen, die in Frage kamen, lehnten sich sofort erleichtert zurück. Das Vollstrecken einer Leibstrafe war keine leichte Sache und dem Verhandlungsführer kam es zu, die Rechtsfindung nach der festgelegten Sanktion auszurichten, wobei er sich allerdings streng an die Vorgaben der Küren zu halten hatte.

Der Fall selbst, so kam bald heraus, war eindeutig. Eine Witwe aus Gudenzen[86] führte Klage gegen den Hand-

86) Gödens, Kreis Wittmund

mann eines Großbauern aus dem Kirchspiel. Der Mann war ein bekannter Raufbold, ein grobschlächtiger Klotz, der vor allem wegen seiner tückischen Brutalität im Trunk gefürchtet war. Nun hatte er den Mann der Klägerin mit einem Schwert erschlagen. Sie waren sich abends begegnet, der Handmann auf dem Heimweg von der Schenke, der Getötete nach der Feldarbeit. Beide waren in Begleitung, es gab also Zeugen für das, was vorgefallen war. Die beiden Gruppen trafen sich an einem engen Steg über einem Sieltor. Der Weg war so schmal, dass ihn die Männer im Gänsemarsch passieren mussten. Der Bauer und seine Leute hatten die Planken schon betreten, als der Handmann und seine Kumpane auf der anderen Seite auftauchten, alle stark bezecht.

Anstatt die Gruppe der Bauern passieren zu lassen, betraten die anderen den Steg und dann standen sie sich gegenüber, der Handmann und der Bauer ganz vorne, ihre Leute in Reihe dahinter. Es gab einen Wortwechsel, in dessen Verlauf der Handmann den anderen grob und unflätig beschimpfte und verlangte, dass der Weg freigegeben werde. Als der Bauer sich weigerte und sagte, er und seine Leute wären zuerst auf dem Steg gewesen, spie der Handmann ihm ins Gesicht und nannte ihn einen Brotesser und Tagelöhner. Was dann geschah, darüber gab es widersprüchliche Aussagen.

Die Leute des Bauern gaben an, ihr Schollenherr habe die Hand gehoben, um sich den Speichel abzuwischen. Die anderen behaupteten, er habe schlagen wollen. Jedenfalls hatte der Handmann, der seinen Sax marottenhaft immer über der Schulter trug, so, dass der Griff oben heraussah, plötzlich nach hinten gelangt und seine Waffe gezogen, ungeheuer schnell und beweglich für einen Mann in seinem Zustand. Und in einer einzigen, fließenden Bewegung habe er die Klinge wuchtig gegen den Bauern geführt und ihn so tief und unglücklich zwischen Hals und Schulter getroffen, dass der Kopf zur Seite wegkippte, der Getroffene augenblicklich in die Knie brach, auf den Steg stürzte und wenig später auf dem Platz starb.

Der Handmann war in Begleitung seines Schollenherrn vor der Tagung erschienen, stand groß und massig, als freier Friese noch ungebunden neben seinem Herrn, auf der anderen Seite die Witwe mit ihren Zeugen. Die Waffenknechte des Things hielten sich zwischen beiden Parteien in Bereitschaft. Magnus tom Diek forderte zunächst, den Tathergang nochmals zu schildern.

In der Versammlung wurde es totenstill und jeder lauschte den Berichten über die Vorfälle an jenem Abend. Es gab keine Unterschiede in der Darstellung der Abläufe, wohl aber über den Auslöser des Schwerthiebs. Der Handmann, unterstützt durch seinen Schollenherrn, gab an, er habe sich durch die Bewegung des Bauern bedroht gefühlt und folglich in Notwehr gehandelt. Die Zeugen der Witwe unterstrichen, dass hierzu jeder Anlass gefehlt habe, zumal der Bauer unbewaffnet gewesen sei und seine Feldhacke von seinem Hintermann getragen wurde. Alle fünf waren bereit, dies auf ihren Eid zu nehmen und auf der Reliquie zu beschwören.

In einer kurzen Beratung stimmten sich die Jurati über die Rechtslage ab. Die war denkbar einfach; die siebzehnte Rustringer Landesküre forderte zunächst, dass in der Landgemeinde keine Schwerter getragen werden sollten. Über diese Forderung setzten sich immer mehr Rustringer hinweg. Wie der Handmann des Großbauern. Der Verstoß wurde nicht geahndet, solange niemand zu Schaden kam. Für den Fall einer Verwundung oder gar Tötung mit dem Schwert sah die siebzehnte Küre jedoch Strafen vor. Und zwar erstens die Zahlung des doppelten Wergeldes. Zusätzlich bei Verwundung das Schlagen des Richtmessers auf die Schwerthand, was eine erhebliche

Schnittverletzung nach sich zog. Die Hand war für lange Zeit nicht zu gebrauchen und sollte den Bestraften an seine Missetat erinnern. Bei Tötung war das Abschlagen der Schwerthand auf dem Dingstapel[87] vorgeschrieben. So lagen also die Fakten.

Während der Abstimmung der Richter hatte im zunächst schweigend lauschenden Rund Raunen und Gemurmel eingesetzt. Magnus sorgte für Ruhe und rief die beiden Parteien zu sich. Mit klarer Stimme trug er den Wortlaut der siebzehnten Rustringer Küre vor und man sah, wie dem Handmann jede Farbe aus dem Gesicht wich. Dann forderte er die Zeugen des Getöteten auf, ihre Eide auf die Reliquie zu leisten. Nacheinander knieten sie nieder, legten ihre Hände auf den Schrein, schworen und ließen sich von Hilderaad segnen. Der Totschläger und sein Schollenherr standen bleich und finster daneben.

Jetzt erhob sich Keno Hylmerisna und verkündete das Urteil. Sein Gesicht war blass und kantig, aber seine Stimme war fest. Dann ließ Magnus den Handmann durch die Waffenknechte greifen. Sie warfen sich über ihn, da er sich wehrte, und zerrten ihn zu Boden, wo sie ihn banden. Es waren dazu fünf Männer nötig. Der Schollenherr stand schweratmend abseits, als die Waffenknechte den Mann auf die Füße stellten. Er unternahm einen letzten Versuch, seinem Handmann die Amputation zu ersparen, es ging ihm gewiss weniger um das abgehauene Glied als um die Verwendbarkeit seines Vormanns auf dem Hof. Er bot das Dreifache des Wergeldes an, dann das Vierfache und der Handmann heulte dazwischen, auch er sei bereit, jeden Eid auf die Kutte des Heiligen zu schwören. Von seiner grobklotzigen, tückischen Gefährlichkeit war jetzt nichts mehr übrig, er war nur noch ein Häufchen elender Angst. Mit einer schroffen Handbewegung brachte ihn Magnus zum Schweigen.

87) Richtblock

»Welches ist deine Schwerthand, Kerl?«, fragte er scharf. Der Mann wand sich in hilflosen Bewegungen, starrte auf seinen Schollenherrn, der ihm nicht helfen konnte, stierte hinüber zu den Prälaten, die mit gesenkten Köpfen an ihrem Tisch saßen und fügte sich schließlich in sein Schicksal. »Die rechte«, sagte er schluchzend. Zwischen seinen Lippen hingen Speichelfäden.

»Die linke«, verbesserte einer der Zeugen. Es war der Mann, der direkt hinter dem Bauern auf dem Steg gestanden hatte. Er hatte sich die Schwerthand genau gemerkt. Magnus nickte und die Waffenknechte packten den jetzt wieder heulenden Verurteilten und zerrten ihn auf den Dingstapel zu. Er sträubte sich so heftig, dass einer der Waffenknechte ihm schließlich den Schaft seines Kettenbrechers[88] über den Schädel zog und der Mann sich mit einem Seufzer entspannte. Sie lösten seine Hände, legten einen schmalen Riemen um die Linke und zogen den ausgestreckten Arm auf den Dingstapel. Auf dem Platz herrschte nun völlige Stille. In den hinteren Reihen erhoben sich Leute, um einen besseren Blick zu haben. Mit einem wuchtigen Hieb des Richtschwertes trennte der Vormann der Waffenknechte die Schwerthand ab.

Der Schlag war so schnell und sauber geführt, dass die Gefäße sich schlossen und aus dem Stumpf kaum Blut austrat. Der Bader tauchte den Arm in kochendes Harz und verband ihn mit einem sauberen Wolltuch. Der Mann war noch ohnmächtig. Die abgeschlagene Hand wurde in die Feuergrube geworfen und einer der Knechte legte einige Scheite Holz nach. Über der Versammlung lag unverändert tiefes Schweigen. Der Schollenherr winkte seine Leute heran und gemeinsam hoben sie den Handmann auf ein Pferd und führten es davon. Erst ganz allmählich löste sich die Starre auf dem Platz. Hier und dort regten

88) Mittelalterliche Lanzenart. Die Spitze war stark genug, das Kettenhemd eines Gerüsteten zu durchschlagen

sich leise Gespräche, als Abt Hilderaad sich erhob und zum mittäglichen Angelusgebet rief. In diesem Augenblick kam leichter Wind auf, und es begann zu regnen.

Zweiter Akt (*Epitasis*)

Die Schürzung des Knotens

April 1345 bis März 1347

Der Redjeve darf sein Urteil nicht abändern und nur einmal soll er den Tatbestand bestätigen und nur einmal soll er das Urteil verkünden; und wer ein unrichtiges Urteil findet, der zahlt dem Volke acht Mark, und sein Haus brenne man nieder, und er werde sofort seines Amtes enthoben.

Brokmer Recht, 24. Küre; Vom Fehlurteil der Redjeven.

Kleines Zwischenspiel (*Rückschau*)

1.

Wenegher[89], Reyderlant[90],
am Tage des heiligen St. Georgius Anno Domini 1345
(Samstag, 23. April)

Sie waren vor zwei Tagen aufgebrochen und Enno wusste, er würde diese Reise nie vergessen. Niemals in seinem Leben. Sie hatten nach langem Ritt in der Kirche von Straicholt[91] übernachtet, weil Adriaan sich aus irgendeinem Grunde geweigert hatte, im Kloster Ihlo Station zu machen, hatten dann bei Lhare[92] über die Ems gesetzt und die zweite Nacht bei einem Bauern in Bynningum[93] verbracht, den der lange Holländer kannte. Am nächsten Morgen waren sie nach einem reichhaltigen Frühstück die Ems entlang nach Süden geritten, auf Wenegher zu. Der Streit mit dem Fährmann steckte Enno noch in den Kno-

89) Weener, Kreis Leer/ Reiderland

90) Reiderland

91) Strackholt, Kreis Aurich

92) Leer

93) Bingum

chen. Es war klar, sie waren auf ihn angewiesen, weiter südlich war die Ems von dichten Wäldern bewachsen, die bis an das Ufer gingen, und es gab dort keine Furt. Aber der Mann stellte unverschämte Forderungen, wollte zwei Stücke gehacktes Silber für die Überfahrt, und als Adriaan dies zurückwies, schaltete der Kerl auf stur.

»Dann seht zu, wir ihr auf die andere Seite kommt. Ich lasse mir von euren Gäulen nicht für ein Almosen meinen Kahn vollscheißen!«

An der Anlegestelle herrschte dichtes Treiben, viele Bauern und Kaufleute waren unterwegs und sie konnten den Fährmann kaum zwingen, sie für einen geringeren Preis überzusetzen, es gab zu viele Zeugen. Enno sah, wie der lange Holländer kochte. Die Fähre war voll bis auf den Platz, den sie für sich und ihre Pferde gebraucht hätten und der Fährmann wollte eigentlich schon ablegen, die Ruderer hockten bereits an den Riemen. Aber das Geschäft noch mitnehmen wollte er auch.

Er glaubte sich in der stärkeren Position. Sein Helfer stand ein paar Schritte hinter ihm auf dem Dollbord[94], mit einem wuchtigen Bootshaken in den Händen und kalten, aufmerksamen Augen. Der Lange sah viele ärgerliche Blicke auf sich gerichtet und der Unwillen an Bord wegen der Verzögerung war deutlich zu spüren.

»Du hast dich schon mit viel weniger zufriedengegeben«, sagte Adriaan und schob sich an den Mann heran, es war jetzt nur noch die Spanne von vielleicht zwei Schritten zwischen ihnen.

Der Fährmann hob die Schultern. In seinen Augen stand unverhohlener Spott. »Es ist Markttag. Da nehme ich immer mehr. Und von Fremden schon gleich gar.«

»Heißt das, dass du deine Preise davon abhängig machst, ob einer zu deinem stinkenden Dunstkreis gehört oder nicht?«, fragte der Lange scharf.

94) Verstärkter oberer Rand eines Ruderbootes

Der Fährmann blieb gelassen. »Nenne es, wie du willst. Zwei Stücke gehacktes Silber und keinen Splitter weniger!«

Sie hatten sich vorher bei anderen Reisenden erkundigt, das Fährgeld lag bei einem knappen Viertel des geforderten Preises und der lange Holländer war jetzt in Rage. Der Fährmann hielt seine Arme vor der Brust verschränkt und auch das höhnische Grinsen war noch auf seinen Lippen, da hatte ihn Adriaan schon am Gemächt gepackt und drückte zu. Der Kerl verlor augenblicklich alle Fassung, klappte ruckartig nach vorn und schrie auf vor Schmerz. Er heulte wie ein getretener Hund und der lange Holländer hatte gleichzeitig sein Messer gezogen und setzte es dem Fährmann an die Kehle.

Der Helfer glotzte mit vorgestrecktem Bootshaken, an der Spitze saß eine bösartig geschliffene, scharf gebogene Klinge, eine fürchterliche Waffe, aber er konnte nichts tun. Adriaan lockerte seinen Griff, drückte wieder zu und der Mann jaulte erneut auf und willigte schnell in den Preis ein, den der Holländer nun nannte. Der Lange ließ ihn erst los, als Enno mit den Pferden an Bord war.

Während der Überfahrt behielten sie den Kerl mit dem Bootshaken im Auge. Er stand hinten an der Ruderpinne und warf ihnen finstere Blicke zu, verhielt sich aber ruhig. Der Fährmann betastete sich immer wieder mit verzerrtem Gesicht zwischen den Beinen und hatte offenbar genug mit sich selbst zu tun. Die Ruderer waren beschäftigt. Es schien auch niemand Lust zu verspüren, sich mit dem Langen anzulegen. Seine breite Brust und die mächtigen Arme luden nicht dazu ein. Am anderen Ufer verließen sie trotzdem die Fähre als erste und sahen zu, dass sie davonkamen. Die gellenden Schmährufe, Verwünschungen und Flüche des Fährmanns beantwortete Adriaan mit einer obszönen Geste.

Enno lernte den Langen von einer ganz neuen Seite

kennen. Nördlich von Wenegher passierten sie einen Weiler[95], in dem Adriaan einen alten Bauern um Wasser bat. Der Alte antwortete nicht, sondern starrte sie aus gelben Augen feindselig an und der lange Holländer wiederholte seine Bitte vielleicht etwas lauter, als notwendig gewesen wäre. Von allen Seiten näherten sich jetzt Männer des Dorfes, schlenderten heran, alle mit dicken Armen, einige hielten Hacken und Spaten in den Händen. Enno sah ihre drohenden Blicke und auch die Art, in der sie ihre Pferde musterten, gefiel ihm überhaupt nicht. Einer tastete sogar prüfend über die Hinterhand von Ennos Braunen. Der Lange hatte ebenfalls gesehen, was sich da anbahnte. Er schnalzte mit der Zunge, gab seinem Zossen die Sporen und sie sprengten den fast geschlossenen Ring und machten sich aus dem Staub.

Sie erreichten den Marktflecken gegen Mittag dieses Tages. Sie suchten sich einen Mietstall für die Pferde und fanden eine billige Unterkunft gleich nebenan, in der oberen Etage einer Schenke. Über dem Viertel lag ein süßlicher Geruch, den Enno nicht einordnen konnte und der Lange sagte ihm, der käme von den Gerbereien am Fluss.

Der Wirt verlangte den marktüblichen Preis und Adriaan bezahlte ohne zu murren für zwei Übernachtungen. Der Lange ließ seine Satteltaschen nicht aus den Augen und Enno wusste, dass der Handmann darin das Silber aufbewahrte, das sein Vater ihm mitgegeben hatte. Er hatte den Auftrag, einen Zuchthengst zu kaufen.

Der Ertrag seiner Felder war Magnus tom Diek in Jahren schlechter Witterung zu unsicher und ins Gewicht fallende weitere Einkünfte hatte er nicht. Schon seit längerem trug er sich deshalb mit dem Gedanken, Pferde zu züchten und zu verkaufen. Er hatte mit dem alten Tryggve oft darüber gesprochen, der hatte ihm

95) Kleine Siedlung

zugeraten und seine Hilfe angeboten, er verstand eine Menge von Pferden. Er hatte ihm auch erzählt, dass sich hin und wieder sarazenische Händler zu den Märkten an der Ems verliefen, Händler mit edlen Tieren, der Himmel mochte wissen, woher der Alte diese Information hatte. Ein solches Pferd sollte der lange Holländer, wenn möglich, kaufen. Zu einem Preis, der angemessen war, so hatte der Schollenherr ihn ermahnt. Es würde einiges an Silber kosten, so viel war klar.

Adriaan hatte den Wirt gleich nach den Sarazenen gefragt und zu seiner Freude hatte der hatte genickt. »Sind da. Ein paar.«

»Auch Pferdehändler?«, hatte der Lange hoffnungsvoll nachgehakt.

Das wusste der Wirt nicht. Aber er hatte noch eine Warnung hinterhergeschoben. »Seht euch vor, es sind sächsische Ritter[96] in der Stadt. Fremde Kerle in Eisen, die viel Zeit und Geld zum Saufen haben. Sie machen ständig Scherereien. Prügeleien und Raufhändel. Es ist schon Blut geflossen!«

Sie warfen also ihre Packtaschen auf die Strohsäcke und machten sich auf den Weg. Den Lederbeutel mir dem Silber hatte Adriaan in die Hemdbluse geschoben, er saß unter dem linken Oberarm, er konnte ihn spüren. Enno trug das Zaumzeug für das Pferd in einem Leinenbeutel über der Schulter. Auf den Straßen war lebhafter Betrieb. Mit der Nähe zum Markt wuchs der Lärm. Sie blieben dicht beisammen und der Handmann hatte seinen riesigen Hirschfänger vor den Bauch geschoben. In der Gasse der Lohgerber, die sie nicht umgehen konnten, stank es bestialisch und sie beschleunigten ihre Schritte. Zwischen zwei Gerberbottichen verdrosch ein Meister

96) Die Friesen bezeichneten damals alle Landesfremden des Ostens und Südostens als »Sachsen«. Dazu zählten, wie im vorliegenden Fall, auch die Oldenburger.

seinen Lehrburschen unter wüsten Beschimpfungen, nannte ihn einen verdammten Bastard und nichtsnutzigen Schundfeger[97]. Der Lehrbursche wand und duckte sich und versuchte den Schlägen auszuweichen, doch der Mann hielt ihn an den Haaren gepackt und schlug mit einem Stecken auf ihn ein. Der Junge blutete aus Mund und Nase und Enno wollte schon stehen bleiben, aber der Lange zog ihn weiter.

»Los doch! Will hier keinen Ärger!«

Die Straße stieg an und das Gedränge nahm zu. Vom Fluss her war jetzt das Geklingel von Schmiedehämmern zu hören. Ein beißender Geruch nach verbranntem Horn und Dung sättigte die Luft. An einer Ecke verhandelte eine Dirne mit einem angetrunkenen Mann. Die Frau hatte ihr Haar hochgesteckt und trug als Erkennungszeichen ihres Gewerbes dem Brauch entsprechend ein buntes Tuch über der Brust. Gesicht und Arme waren mit einer billigen Mehlpaste geweißt, Lippen und Handflächen leuchteten in kräftigem Rot. Sie hatte den Mann am Arm gefasst, die andere Hand steckte bereits in der offenen Hemdbluse des Freiers. Der Mann lachte plötzlich auf, und dann lachte auch die Frau und zeigte eine lückenhafte Reihe abgenutzter schwarzer Zähne, die kaum noch über das gelbe Zahnfleisch hinausragten. Sie konnte nicht mehr jung sein. Enno war fasziniert stehen geblieben, um die Szene in sich aufzunehmen, aber dann tauchte plötzlich der Lange auf und fauchte ihn an.

»Enno, verdammt! Wo bleibst du denn?« Er folgte dem Blick des Jungen und sah die Dirne mit dem Freier, dessen Hände nun an dem Brusttuch der Frau herumspielten. Und dann wurde der Handmann richtig zornig. »Was glotzt du da, Mensch? Ist wohl kaum was für dich. Los doch, wir haben zu tun!«

Sie brachten den Rest des Weges rasch hinter sich, vor-

97) Latrinenreiniger

bei an eine Gruppe Straßenmusikanten, von denen einer keine Beine mehr hatte. Er hockte auf einem niedrigen, mit kleinen Rädern versehenen Holzbrett, sein Rücken war durch eine Lehne abgestützt. Mit zurückgelegtem Kopf und geschlossenen Augen schlug er sanft die Trommel. Unter seinen Beinstümpfen lugten die angespitzten Stöcke hervor, mit denen er sich auf seinem Rollbrett fortbewegte.

Seine beiden Gefährten spielten Leier und Flöte. Der mit der Leier war ein bunter Vogel, sein vielfarbiger Umhang war mit allerlei exotischen Federn besetzt. Er trug sein langes, schwarzes Haar im Nacken zu einem merkwürdigen Kranz gebunden und sang mit tiefer, volltönender Stimme. Die Instrumente verflochten sich harmonisch zu der einfachen Melodie eines Minneliedes. Zu Ennos Verwunderung warf der lange Holländer im Vorbeigehen ein kleines, ungeprägtes Bronzestück in den Lederhut, es ging so schnell, er musste sich darauf vorbereitet haben. Der Flötenspieler dankte mit einem Kopfnicken.

Dann waren sie auf dem Markt. Ostwärts wurde der Platz durch die Ems abgeschlossen, nach Westen zu stand die Kirche, eingerahmt von den Steinhäusern der vornehmen Bürger. Im Gewirr der Stände und Bretterbuden verloren sich die übrigen Grenzen des Marktplatzes, er schien Enno endlos zu sein. Bauern und Mönche boten Feldfrüchte an, dazwischen arbeiteten Handwerker unter freiem Himmel, während ihre Frauen die Ware verkauften. Lederzeug und Tuche, Körbe und Kessel waren darunter, aber Enno sah auch Messer, Beilklingen und Küchengerät. Ein Händler aus dem Sagelterlant pries Feuerzeuge in kleinen Lederbeuteln an, die er auch vorführte. Das Spiel mit den Funken zog Enno in seinen Bann und diesmal blieb auch der Lange stehen.

»Heran, heran, ihr Herren!« Der Händler winkte ihnen zu. Neugierig traten sie näher und der Krämer sorgte dafür, dass Enno einen Platz ganz vorne am Warentisch bekam. »Macht mal Platz für den jungen Herrn hier!«

Mit großen Augen bestaunte Enno die Auslagen. Dort lag allerlei Krimskrams, Nützliches und Wertloses, bronzene Spangen und Fibeln, Schnitzereien aus Horn, hölzerne Spaten und Ketten aus roten, unregelmäßig geformten Perlen.

»Das ist Bernstein, man findet ihn am Mare Orientalis[98], aber das wisst Ihr sicher«, sagte der Krämer freundlich und griff nach einem der Beutel. »Euch interessieren gewiss meine Feuerzeuge viel mehr, nicht wahr?«, fuhr er lächelnd fort und schüttete den Inhalt des Beutels auf den Tisch. Dann hielt er die einzelnen Teile hoch und erklärte sie.

»Seht her, das ist der Feuerstein. Der ist besonders hart, versteht Ihr? Damit schlägt man auf den Schwefelstein, so lange, bis sich von dem ein Funken löst!« Er stieß ein gackerndes Lachen aus. »Also, wenn Ihr Glück habt, schon nach wenigen Tagen: Aber im Ernst, das geht schnell, seht her.« Er schlug mit dem Feuerstein auf die Maskaritknolle[99] und nach wenigen Schlägen löste sich ein glimmendes Funkenkorn.

»Ihr müsst es so einrichten, dass der Funke in die Zunderbüchse fällt.« Er wies auf die Hälfte einer Flussmuschel, in der weißliche Flocken lagen. »Das ist Zunderschwamm. Ihr kennt ihn gewiss, er stammt von einem Pilz, der an Buchen wächst. Der Funken entzündet den Zunderschwamm und dann hat man Feuer.«

Enno zeigte auf einen etwa fingerlanges Stück Bein. »Was macht man damit?«

Der Mann lachte. »Oh, das ist der Knochenpfriem. Seht, es kommt vor, dass man viele Male schlagen muss, bis ein Funkenkorn fällt. Dabei kann es geschehen, dass

98) Ostsee

99) Pyritgestein, stark schwefelhaltig

der Zunderschwamm staubig wird. Dann entzündet er sich nicht mehr so gut und muss gewendet werden. Dazu benutzt man den Pfriem, seht her, so!«

Er wendete den Zunderschwamm und schlug erneut einen Funken ab. Der Zunder begann zu glimmen, dann stieg eine winzige Rauchsäule auf. Der Händler hielt trockene Grashalme an den Schwamm und blies vorsichtig in die entstehende Glut, bis sich eine kleine Flamme löste. Strahlend richtete er sich auf.

»Seht Ihr wohl, und schon habt Ihr Feuer. Großartige Ware, nützlich verpackt in einem schmucken Lederbeutel, den man an den Gürtel hängen kann. Jeder Mann, jeder richtige Mann sollte ein solches Feuerzeug besitzen. Und auch ein vornehmer junger Herr wie Ihr!«

Enno hatte natürlich auf dem elterlichen Hof gesehen, wie man Feuer machte, er selbst hatte es unzählige Male getan, aber die Werkzeuge zu Hause waren plump und grob, kein Vergleich mit diesem kleinen Wunderwerk, das man zudem in die Tasche stecken konnte. Auch der Zündschwamm war anders. Auf dem Hof benutzten sie die zerstoßenen Grannen von Emmer[100] und Spelzgerste und es war viel schwieriger, damit ein Feuer zu entzünden. Seine Mutter und die Mägde achteten eben darauf, dass das Feuer gepflegt wurde und nicht erlosch.

»Was soll das Feuerzeug kosten?«, fragte Adriaan von hinten und über das Gesicht des Händlers glitt ein Lächeln.

»Aah, das ist eine gute Frage. Eine *sehr* gute Frage. Ich liebe diese Frage. Sie klingt nach einem Geschäft!« Er griff sich einen der Beutel und hob ihn dem Langen entgegen. »Beste Ware, mein Freund, allerbeste Ware. Hier, fühlt doch! Wunderbares Leder, weich gegerbt, zweifach vernäht, geschmeidig und dennoch fest. Kalb. Hält ein Leben lang. Und dann erst das Feuerzeug!«

100) alte Weizenart

Der Lange ließ sich nicht beeindrucken. »Wie viel?«, fragte er stur.

Der Händler lächelte noch immer. »Ich lasse es Euch für einen wirklich guten Preis« Er hob theatralisch die Stimme und warf sich in die Brust. »Nämlich für einen halben Pfennig das Stück.«

Adriaan schüttelte entschieden den Kopf. »Einen halben Pfennig Silber? Ich glaube, Ihr seid wirklich von Sinnen«, sagte er trocken und wandte sich ab, den Jungen hinter sich herziehend.

»Dann macht doch Ihr ein Angebot!«, schrie der Händler hinter ihnen her, aber sie kümmerten sich nicht darum und gingen weiter. Am Ende des Tages würde Adriaan heimlich eines der Feuerzeuge kaufen, zu einem deutlich niedrigeren Preis, und es sorgfältig bis zum Christtag verwahren, um es dann Enno zu schenken.

Sie näherten sich einem Stand, an dem Mönche Gemüse und im Kloster gebackenes Brot feilboten. Nach dem Habit waren es Benediktiner und der Lange setzte sofort eine feindselige Miene auf. Im Vorbeigehen wurden sie Zeugen eines hitzigen Wortgefechtes zwischen einem der Mönche und einem Kunden, der ebenfalls eine Kutte trug.

»Es ist mir gleich, Bruder, ob du für den Erzbischof von Monasterium einkaufst. Deshalb werde ich dir keinen Nachlass geben. Meine Brüder und ich haben hart gearbeitet, bis dieses Brot gebacken werden konnte. Es kostet, was es kostet!«, bellte der Mönch in sichtlicher Erregung. Sein Habit war an Brust und Bauch mit Erde beschmutzt.

»Einen halben rheinischen Gulden für den Korb? Ihr seid verrückt!«, schrie der andere. Und während der Lange noch überlegte, ob sie sich amüsieren oder weitergehen sollten, hörten man von weiter hinten plötzlich Rufen und Schreien und dazwischen das Donnern von Pferdehufen. Und dann fegte in einem irrwitzigen Tempo und mit waghalsiger Schräglage ein Reiter um die Ecke und bog in die Budengasse ein.

Der Platz war gepflastert und das Pferd hatte mit seinen Hufeisen größte Mühe, auf den Beinen zu bleiben. Der Reiter hockte weit vornübergebeugt im Sattel. Es war einer von den sächsischen Rittern, vor denen sie der Wirt gewarnt hatte, und man sah sofort, dass er schwer bezecht war. Das Pferd meisterte die Kurve irgendwie, aber es kam der nächsten Bude gefährlich nahe und alles schrie entsetzt auf und spritzte auseinander. Der Reiter zerrte nun wie irre an der Kandare und versuchte, dem Stand auszuweichen, aber er streifte einen der Haltepfosten mit dem linken Steigbügel. Der Pfosten gab nach, knickte ein und der ganze Stand mitsamt Überdachung und Warentisch brach krachend zusammen. Der Lärm brachte den Gaul vollends in Panik, er ging durch und zog eine Spur der Verwüstung über den Marktplatz. Buden stürzten ein, Holz splitterte, Töpfe und Krüge gingen zu Bruch, Ware rollte oder ergoss sich über das Pflaster. Und dazwischen das Rennen und Schreien von Menschen.

Der Lange packte Enno und riss ihn in eine Ecke, weg von der Budengasse. Dann sahen sie auch schon den Zossen an sich vorbeifliegen, der Reiter wie auf einem tollwütigen Esel obendrauf. Ihm folgten fluchende, empörte Händler, Geschädigte, die des Kerls auf dem Pferd habhaft werden wollten.

Es würde schwer werden, ihn zu packen und zur Rechenschaft zu ziehen. Der Kaufmann an der ersten Bude stand wie gelähmt vor den Trümmern seiner Auslage. Er handelte mit irdenen Gefäßen und hölzernem Hausrat. Davon war buchstäblich nichts mehr heil. Das Dach war auf den Warentisch gestürzt und hatte alles kurz und klein geschlagen. Den Rest besorgte das Pflaster. Der Händler hob beide Arme in hilfloser Verzweiflung. Seine Frau weinte. Am Ende der Gasse tauchte jetzt eine weitere

Gruppe der sächsischen Ritter auf. Sie saßen auf ihren Pferden und ritten gemächlich über den Marktplatz. Amüsiert wiesen sie sich gegenseitig auf die Verwüstungen hin, die ihr Kumpan angerichtet hatte. Sie lachten und hieben sich auf die Schenkel. Keiner war nüchtern. Aus der Händlerschaft kamen Rufe und Flüche, Fäuste wurden geschüttelt, aber niemand wagte es, ernsthaft gegen diese Männer vorzugehen. Sie waren bewaffnet und würden von ihren Schwertern auch Gebrauch machen, so viel war gewiss.

Das zeigte sich, als plötzlich von irgendwoher ein Apfel flog und einen der Ritter nur um Haaresbreite am Kopf verfehlte. Und dann kam noch einer, der traf einen der Bewaffneten an der Brust und sofort schlug ihre Stimmung um. Es erhob sich zorniges Gebrüll und alle zogen drohend blank, schlossen eng zusammen und setzten in scharfen Trab ihren Weg durch die Budengasse fort, die Klingen griffbereit über die Schenkel gelegt. Bei den Krämern wurde weitergeflucht, man hörte das Jammern von Frauen, aber sonst rührte sich nichts mehr. Als die Gruppe hinter der nächsten Kurve verschwunden war, löste sich die Spannung allmählich und das Aufräumen begann.

»Sachsen, verdammte!«, stieß der lange Holländer zwischen den Zähnen hervor. Er zog Enno auf die Gasse zurück. Es war, als hätte eine heftige Windhose eine Schneise über den Platz geschlagen. Der Gemüsestand der Mönche war zur Hälfte eingestürzt. Auf dem Boden lagen Brotlaibe verstreut, die nun aufgesammelt wurden. Einer der Mönche verjagte eine Horde Gassenjungen, die sich an den Broten vergreifen wollten. Er hatte sein Cingulum gelöst und schlug damit wild um sich.

»Verdammte Sauzucht!«, fluchte Adriaan und Enno wusste nicht, ob er die sächsischen Ritter oder diesmal die Gassenjungen meinte. An der nächsten Bude fragte der lange Holländer nach den Sarazenen und der Händler starrte ihn wütend an. Dann spuckte er aus und wies mit dem Kopf in Richtung auf die Kirche zu.

Sie passierten den Stand eines Baders, der auf einem Podest arbeitete, vor dem sich bereits einige Kranke versammelt hatten. Enno sah ihn vornübergebeugt mit einer Zange einen Zahn reißen. Sein Helfer hatte einen Lederriemen um die Stirn des Patienten gelegt und hielt ihn von hinten fest. Die Kiefer des Mannes waren mit einem Holzpflock weit geöffnet. Er jammerte und stöhnte und schlug mit den Händen, aber der Bader stemmte sein Knie gegen die Brust des Patienten und zerrte unbeirrt an dem Zahn. Als der Mann laut zu schreien begann, unterbrach der Bader seine Behandlung und schloss einen Vorhang vor dem Behandlungsstuhl. Er wollte wohl die Wartenden, unter denen es sehr still geworden war, nicht unnötig ängstigen. Im Weitergehen hörten sie hinter dem Vorhang einen gurgelnden Aufschrei, der dann abrupt verstummte. Enno war froh, dass seine Zähne keiner Behandlung bedurften. 102

Sie fanden die sarazenischen Händler weit hinter der Kirche auf einem abgetrennten, morastigen Platz. Sie hatten ihn notdürftig mit Strohmatten ausgelegt, aber der Modder quoll zwischen den Binsen hervor und vor allem bei den Tieren war der Boden tief und schwer. Die Sarazenen hockten unter einem steilen Zelt mit hochgerollten Seitenwänden auf dicken, samtenen Tüchern, die Adriaan als Teppiche bezeichnete. In der Mitte brannte ein Feuer, an mehreren Stellen unter dem Zeltdach stieg bläulicher, süßer Rauch aus kunstvoll verzierten Gefäßen. Enno hatte Derartiges noch nie gesehen. Auch die Männer faszinierten ihn. Sie waren allesamt von dunkler Hautfarbe, trugen dicke, braune Wollmäntel und froren trotzdem. Um die Köpfe hatten sie bunte Stoffstreifen gewickelt und alle trugen seltsam geformte Schwerter.

»Das sind Scimitare[101]«, erklärte der Lange und die Kopfbedeckungen nannte er ›Turban‹. Und noch bevor Enno den Holländer fragen konnte, woher er das alles wusste, sahen sie Ocko Hylmerisna bei den Tieren stehen. Uffo Remetsna, sein Oheim und zugleich Handmann seines Vaters, war bei ihm. Sie wussten, dass der Brokmanne und seine Leute die Märkte an der Ems immer wieder aufsuchten, aber die beiden jetzt zu treffen, behagte dem Langen überhaupt nicht. »Was wollen die denn hier? Nun wird's aber Zeit, Menschenskind. Nicht auszudenken, wenn uns gerade die das beste Tier vor der Nase wegschnappen!«

Sie staksten hinüber zu dem Pferch, umkurvten die größten Schlammlöcher und Enno konnte sich nicht satt sehen. Seltsame Tiere mit langen Hälsen, dürren, knochigen Beinen, die in plumpen Hufen endeten, und die einen oder zwei merkwürdige Buckel auf ihren Rücken trugen, erregten sein besonderes Augenmerk. Adriaan nannte sie Dromedare und Kamele.

»Und auf denen kann man reiten?«

Der lange Holländer lächelte. »Und ob! Die halten länger durch als Pferde. Und sind fast ebenso schnell.«

Bei den Tieren stand ein schlanker, hochgewachsener Sarazene mittleren Alters. Die beiden Brokmannen betrachteten einige Schritte entfernt unter Gelächter ein Trampeltier. Der lange Holländer und Enno traten an den Pferch und grüßten. Remetsna nickte zurück, Ocko sah gleichgültig herüber und wandte sich wieder dem Dromedar zu.

Der Sarazene kreuzte die Arme vor der Brust und verneigte sich höflich. Sein Gesicht, das über Stirn, Wangen und Kinn mit einem Tuch bedeckt war, wurde von scharfen, braunen Augen beherrscht. Adriaan sagte, was er suchte, und der Mann nickte. Dann führte er

101) maurische Krummsäbel

seine Hengste vor, prächtige Tiere, edel gewachsen, eines schöner als das andere, im Ganzen zeigte er mehr als ein Dutzend.

Und dann nannte er dem Langen seine Preise. Der Sarazene sprach ein raues, schwerzüngiges Latein. Die Summen überstiegen die Möglichkeiten des Holländers bei weitem. So viel Silber gab es auf dem ganzen Hof der tom Dieks nicht. Adriaan war enttäuscht. Es sah verdammt danach aus, als müsse er unverrichteter Dinge nach Eesensem zurückkehren, und er hasste es, seinem Schollenherrn mit diesem Ergebnis unter die Augen zu treten.

Während er noch überlegte, was nun zu tun sei, fiel Enno ein zierlicher Falbe[102] auf, der unter den übrigen Pferden stand. Es war ein noch junger Hengst, so viel war klar, aber er stand abseits bei den Stuten und wurde nicht vorgeführt. Enno stieß den Langen an und der fragte den Sarazenen.

Der Händler gab in seinem rauen Idiom eine wortreiche Erklärung, von der Adriaan nur die Hälfte verstand. Das Pferd sei noch jung, man wisse nicht, wie es sich entwickele. Zudem sei in der Zucht ein Fehler unterlaufen, welcher sagte er nicht, der die »unwürdige« Farbe verursacht habe. Dann ließ er den Hengst holen. Ein Knecht führte das Pferd auf und ab. Es war ein edles Tier, feingliedrig und elegant gebaut, mit großen, feurigen Augen. Die beiden Brokmannen waren aufmerksam geworden und stiefelten hinzu. In Adriaan war die Hoffnung auf einen Kauf wieder gestiegen, aber er hütete sich, zu interessiert zu erscheinen. Zuchtfehler und Farbe hin oder her, das Tier war ein Hengst und ganz ohne Zweifel ein Araber. Der Lange begutachtete das Pferd mit größter Sorgfalt, sah ins Maul und betastete Beine, Gelenke und Fesseln. Dann hob er die Hufe an und besah sie sich von unten. Er konnte kein Fehl entdecken.

102) Pferd von gelbgrauer Farbe

»Ist er zugeritten?«

Der Sarazene nickte lächelnd. »Er hat die Trense gekostet«, sagte er förmlich. Ocko und sein Oheim waren nun heran, aber niemand beachtete sie.

»Was soll er bringen?«, fragte Adriaan, vielleicht eine Spur zu früh, und über das Gesicht des Sarazenen glitt ein Schatten. Aber der Mann war erfahren genug um zu wissen, dass die Fremdlinge aus dem kalten Norden von arabischer Verhandlungskultur keine Ahnung hatten. Dass dieser baumlange Klotz mit dem Haar von der Farbe sonnengetrockneter Hirse nichts wusste von einem eleganten Gespräch, in dem der Händler die Vorzüge seines Angebots in höchsten Tönen pries, und der Käufer begeistert zustimmte, nicht ohne jedoch, fein dosiert und in tiefstem Bedauern, hier und dort seine kleinen Mängel lebhaft zu beklagen. Er nannte einen Preis von zwei rheinischen Goldgulden und Adriaan rechnete blitzschnell in Silber um und schüttelte den Kopf.

»Passt auf, der Maurenarsch will Euch bescheißen«, sagte da Uffo Remetsna geringschätzig und Enno sah in den Augen des Sarazenen ein zorniges Blitzen, gerade noch, bevor der Mann rasch den Blick senkte.

»Und wenn schon; was kümmert's Euch?«, gab der Lange scharf zurück und Uffo schwieg beleidigt.

Der Sarazene hatte seinen Kopf wieder gehoben, sein Gesicht war nun völlig ausdruckslos. Dann begann er mit dem Langen zu feilschen. Und er genoss es, das konnte man sehen. Adriaan war taktvoll genug, das Spiel nach den Regeln des anderen mitzuspielen. Sie einigten sich schließlich auf sieben Mark Bremisches Silber, und damit war der Lange deutlich unter der Grenze geblieben, die ihm sein Schollenherr gesetzt hatte. Als sie einschlugen, strahlte er mit dem Sarazenen um die Wette. Enno holte das Zaumzeug aus dem Beutel und der Hengst ließ es sich problemlos anlegen.

»Auf welchen Namen hört er?«, fragte Enno begeistert. Adriaan übersetzte die Frage. Der Sarazene lächelte und stieß ein Wort aus, das Enno nicht verstand, und dann noch weitere Worte zur Erklärung.

»Er heißt ›Asil‹. Das bedeutet in der Sprache der Sarazenen so viel wie ›edel‹«, sagte der Lange, dachte an die Sache mit dem Zuchtfehler und hob die Schultern.

Die beiden Brokmannen dachten wohl dasselbe, denn sie lachten und Ocko schob sich nun heran. In seinen auseinanderstehenden Augen stand blasierter Hochmut. »Nun, Todie, du glaubst wohl, mit diesem Klepper habt ihr auch endlich einen anständigen Gaul im Stall, wie?«

Enno funkelte ihn zornig an. »Ich habe einen Erstnamen!«, sagte er scharf.

Das Grinsen im Gesicht des Brokmannen wurde breiter. »Enno, Enno. So heißen bei uns die Hunde«, gackerte er und es kostete Enno alle Überwindung, nicht nach ihm zu schlagen. Seine Rechte war schon vorgezuckt, aber er beherrschte sich und in diesem Augenblick war der lange Holländer stolz auf ihn. Er wusste, dass der Sohn seines Schollenherrn von seinen engen Gefährten »Todie« gerufen wurde, es war sein Spitzname, die Abkürzung seines Hausnamens tom Diek. Aber dieser arrogante Pinsel von einem Brokmannen zählte gewiss nicht zu jenem Kreis.

Und dann hörte er Enno wie zur Bestätigung sagen: »Todie nennen mich nur meine Freunde. Und du bist keiner davon!«

Sie verabschiedeten sich von dem Sarazenen, der den Wortwechsel mit ausdruckloser Miene verfolgt hatte, ließen die Brokmannen stehen und machten sich mit Asil davon.

»Woher nimmst du eigentlich deine Arroganz, tom Diek?«, schrie Ocko hinter ihnen her. »Du wirst immer ein Bauer bleiben, wie dein Vater einer ist. Ich dagegen werde ein Edelmann!«

Sie drehten sich nicht einmal um. Der Hengst folgte ihnen wie ein Lamm über den Marktplatz, auf dem inzwischen der Bruch des betrunkenen Sachsen beseitigt war. Enno wunderte sich, dass der Lange ihn plötzlich an einen Stand mit Ackergeräten schickte. Es war nicht weit von der Bude des Händlers mit den Feuerzeugen. »Sieh dich da mal um. Wir treffen uns dann bei den Musikanten!«

Als sie an dem Platz zusammenkamen, den die Musiker übrigens bereits geräumt hatten, wirkte der Handmann seltsam aufgeräumt, aber Enno schob das auf den glücklichen Kauf. Später, beim Nachtmahl, Asil stand schon bei den anderen Pferden im Stall, sprachen sie nochmals über den Erwerb des Hengstes.

Irgendwann hob Enno den Kopf. »Woher kannst du so gut Latein?«

Der lange Holländer grinste verlegen. Und gestand nach einigem hin und her, Klosterschüler in der Abtei von Smalle Ee[103] gewesen zu sein.

Enno fuhr überrascht auf. »Du warst Novize?«

»In meiner Jugend. Ich denke nicht gern daran«, sagte der Lange mit abwehrenden Händen.

»Warum?«, wollte Enno wissen, aber Adriaan war plötzlich verschlossen wie eine Auster.

»Ich rede nicht gerne darüber.«

Enno nickte. »Welcher Orden?«

»Benediktiner!«, sagte Adriaan, es kam wie ausgespuckt.

Enno nickte erneut. »Dachte ich mir«, sagte er knapp und der Lange grinste. Dabei beließen sie es. In dieser Nacht schliefen sie im Stall, weil der Holländer wegen des Hengstes kein Risiko eingehen wollte.

Am nächsten Morgen versuchte er noch, einen Teil des Übernachtungsgeldes zurückzubekommen, aber der Wirt stellte sich stur. Sagte, er hätte die Kammer für sie

103) Smelna, Kloster bei Drachten in Westfriesland, damals zur Diözese Utrecht gehörend.

bereitgestellt und es wäre ihre Sache, ob sie sie dann auch nutzten oder nicht. Es war nichts zu machen gewesen und der Lange sah das schließlich auch ein. Nach dem Frühstück machten sie sich auf einen ereignislosen Heimweg. Der Fährmann in Lahre setzte sie anstandslos zum üblichen Preis über den Fluss, zuzüglich der Kosten für den Hengst. Er sagte nichts, aber seine Augen glitzerten.

*

Sind einer Frau ihre drei Kleider durchschnitten, so dass ihr nackter Körper sichtbar wird, so ist die Buße für das oberste Kleid einundzwanzig Pfennige, für das untere dreißig Unzen, für das Hemd zuunterst sieben Schillinge.

Emsiger Recht, 141. Küre

2.

Upstallesbame, Auwreke,
den fünften Tag nach St. Johannis, Anno Domini 1345
(Mittwoch, 11. Mai), nach dem Angelusgebet am Mittag

Der Regen hatte noch zugenommen, ebenso wie der Wind, der immer wieder böig aufbriste, und es war ganz plötzlich kalt geworden. Der Himmel war konturlos grau, er sah aus wie ein schmutziges Wolltuch, das man über den Platz gespannt hatte. Noch brannte das Feuer und der Holzvorrat war mit Strohbündeln abgedeckt, aber es war nur eine Frage der Zeit, dass die Nässe die Flammen erstickte.

Hilderaad und Eghardus waren unter den eisigen Blicken des Augustinerpriors Allardus mit flachen Stimmen und hastigen Bewegungen durch die Zeremonie des Angelusgebets gehetzt, als wollten sie sich einer lästigen Pflicht entledigen. Dieser Vorgang war nicht geeignet gewesen, der Gemeinde ihre Ruhe und Besonnenheit zurückzugeben. Das Mittagessen aus Grütze von Steckrüben und Buchweizen, hier oder dort auch ein Stück kalten Braten, hatten sie rasch im Stehen eingenommen, notdürftig unter ihren Decken gegen den Regen geschützt, und mit den Resten der Bierspende des Brokmannen hinuntergespült. Niemand saß mehr auf Tüchern oder Umhängen, jedes

Stückchen Stoff wurde genutzt, um den Niederschlag abzuwehren.

Später waren die Regentropfen einem sprühenden Wassernebel gewichen, der auch jetzt noch alles in eine schmierige Nässe tauchte. Leder weichte auf, Tuch wurde klamm und schwer und selbst eingefettetes Eisen lief an, wurde blind und zeigte erste Roststellen. Plötzliche Wetterwechsel während des Things galten allgemein als übles Vorzeichen und nicht wenigen in der Versammlung stand Sorge, ja Angst in den Augen. Aber es war nicht nur dieses Wetter, das alle Abläufe unter den Eindruck von ungebührlicher Hast setzte und das auf die Stimmung drückte. Es war vor allem dieser grauenhafte Zwischenfall, der sich am Ende des Vespermahls ereignet hatte. So schrecklich und schockierend, dass er die Herzen bis in ihr Innerstes erschütterte und sich wie Feldsteine auf die Brust legte.

Erst beim Essen war es Enno gelungen, seinem Vater und dem langen Adriaan über das nächtliche Ereignis im Zelt der beiden Äbte zu berichten. Es hatte nicht eben zur Verbesserung der Laune beigetragen. Magnus tom Diek hatte mit finsterer Miene zugehört und schließlich ein zorniges »Sei's drum!« hervorgestoßen, aber der lange Holländer hatte bedenklich mit dem Kopf gewackelt und dann sahen die beiden Männer sich unverwandt an. Schließlich sprach der Handmann aus, welcher Gedanke ihnen offenbar gleichzeitig gekommen war.

»Wo sie denn aufhängen? Eine Glocke braucht einen Turm. Oder zumindest einen verstärkten Dachstuhl, entweder am Chor[104] oder über dem Eingang. Die Kirche hat bis jetzt weder das eine noch das andere«, sagte Adriaan trocken und das Gesicht seines Schollenherrn wurde noch kantiger. Seine Wangenmuskeln waren wie fest wie Eisenstücke.

104) Teil einer Kirche, in der sich der Altar befindet.

»Wurde darüber auch gesprochen?«, fragte er seinen Sohn, aber der schüttelte den Kopf. An Magnus' Gesicht konnte man ablesen, dass diese Angelegenheit für ihn noch nicht beendet war.

Vom Lagerplatz der Rustringer, drüben zwischen den Hügeln am Ende des Flurstücks, kam plötzlich ein wüstes Gebrüll, das die Köpfe herumriss und wie ein eiskalter Guss aus heiterem Himmel durch die Glieder fuhr. Erst sehr viel später erfuhr man durch den Kirchspielpfarrer des Rustringers und den Hauskaplan des Großbauern, was sich dort abgespielt hatte. Der Schollenherr, in hilfloser Wut und Verbitterung über die Vollstreckung der Leibstrafe an seinem Handmann, hatte nach der Exekution in seinem Lager eine Kanne Bier in sich hineingesoffen, und gleich danach noch eine. Und darauf gewartet, dass der Mann aus der Ohnmacht erwachte und wieder zu sich kam. Der Handmann kam aber nicht mehr zu Bewusstsein, sondern starb, vielleicht an Wundschock, ohne die Augen auch nur noch einmal geöffnet zu haben. Das Herz blieb stehen, er hörte einfach auf zu atmen. Aus.

Was dann geschah, bezeugten der Pfarrer und der Kaplan bei einer späteren Ermittlung gegen den Schollenherrn. Mit einem wüsten, markerschütternden Schrei war der Großbauer aufgesprungen, hatte unter fortwährendem Brüllen den Sax gezogen und hatte dann vor den Augen der völlig fassungslosen Mönche und des Baders seinem am Boden liegenden, toten Handmann mit einem wie in Raserei geführten Hieb den Kopf vom Rumpf getrennt.

Auf das Gebrüll trat lastende Stille ein und dann, hinten, beim Lagerplatz der Rustringer, war plötzlich Bewegung und Schreckensrufe wurden laut. Menschen hasteten auseinander, drängten in Panik zur Seite und eine Gasse öffnete sich, in die nun der Großbauer trat, hinter ihm sein Gemeindepfarrer und der Kaplan, beide mit fliegenden Kutten, die Hände ringend in die Luft gestreckt. Und in starrem Entsetzen sahen die Leute den Schollenherrn durch die Gasse wanken, den blutigen Sax seines Handmanns in der rechten Faust, und den abgeschlagenen Kopf des Mannes an den Haaren gefasst in der linken. Trat auf den Platz in die Mitte zwischen die wie versteinert sitzenden Jurati und den Prälaten, blieb schwankend stehen, mit stierendem Blick aus rotunterlaufenen Augen, der Kopf in seiner Faust pendelte hin und her, drehte und kreiselte in schauderhaften Bewegungen. Und dann warf er ihnen den blutigen Schädel vor die Füße.

»Ihr wolltet doch seine Hand haben. Da habt ihr ihn ganz!«, schrie er, hob wie von Sinnen den Sax hoch über den Kopf, sodass die Waffenknechte nach vorn stürzten, trat dann in entfesselter Wut gegen den am Boden liegenden Schädel und beförderte ihn in das schwelende Feuer, noch bevor ihn die Knechte überwältigen konnten.

Das war nun schon eine Weile her, aber der Schreck steckte allen noch in den Knochen und jetzt liefen die Verhandlungen so, als ob kaum jemand noch auf Sorgfalt und abwägende Ruhe setzen wollte. Es wurden noch drei weitere Streitfälle aufgerufen, die denen des Vormittags in der Art des Gegenstandes ihrer Klagen glichen. Der Verhandlungsführer wechselte mit den Fällen, es wurde entschieden und Hilderaad zog zweimal die Wachsdecke vom Reliquienschrein, um schwören zu lassen.

Wegen der Nässe konnte nicht mehr geschrieben werden und der Benediktinerabt hatte zehn Mönche seines Klosters unter der Leitung eines alten Confratres[105] als Memoratori[106] bestimmt. Ihre Aufgabe war es, die Geschehnisse besonders aufmerksam zu verfolgen und nach dem Thing das Dokument über den Ablauf durch gemeinsame Erinnerung zu vervollständigen. Es ging

105) Mitbruder

106) lat.: Erzähler. Hier: Aus dem Gedächtnis Berichtende

auf die Nona[107], der Bruder Librarius hatte die Hand schon am Stundenglas, als Keno Hylmerisna sich erhob und verkündete, es lägen weitere Meldungen zu Streitfällen nicht vor, und man könne den Thing im Hinblick auf Rechtsfragen auch wegen des unwirtlichen Wetters nun abschließen. Der Brokmanne vermied jeden Augenkontakt mit Magnus tom Diek, sah vielmehr stur in Richtung auf den Prälatentisch, wo Abt Hilderaad den Reliquienschrein zum Schutz gegen die Nässe unter sein Skapulier[108] geschoben hatte.

Von den Rängen kam Zustimmung, in einigen Abordnungen war schon Bewegung zum Aufbruch und Enno sah die beiden Äbte nicken, während Allardus, der Augustinerprior, leise den Kopf schüttelte. Dann stand Magnus tom Diek auf und trat zu dem Brokmannen in die Mitte.

»Noch nicht, Keno.« Er sagte es nicht sehr laut, aber seine Stimme kam so klar und deutlich über den Platz, dass die Unruhe rasch erstarb, dazwischen waren vereinzelte Rufe, die bereits abrückende Gruppen zurückholten.

Unter den kalten Blicken des Brokmannen und des Benediktinerabtes entwickelte Magnus in knappen Sätzen seine Gedanken. Ihm war bewusst, dass er nicht sofort mit seiner Küre kommen konnte. Dieser Vorschlag musste vorbereitet werden. Es kam zunächst darauf an, seinen Zuhörern die Bedrohung der Freiheit der Friesen bewusst zu machen. Magnus tom Diek formulierte einfach und verständlich. Sehr bald wurde klar, wer seine Gegner waren. Magnus sah es am Gesicht des Brokmannen, des Abtes Hilderaad und einiger Richter, die mit finsteren Mienen hockten und lauschten, und er erkannte, dass

107) Die neunte Stunde im Tagesablauf des mönchischen Lebens, hier: der Benediktiner (zwischen 14.00 und 15.00 Uhr).

108) Überwurf über Brust und Schulter, Teil der benediktinischen Ordenstracht.

sein Vorhaben zumindest heute keine Mehrheit finden konnte. Und dass er auf sehr dünnem Eis stand.

Die Zuhörer umgaben den Thingplatz wie eine schweigende Wand. Der Wind briste auf, der Regen nahm wieder zu und die Delegationen der Landgemeinden suchten Schutz unter ihren Umhängen. Köpfe verschwanden unter Kapuzen, und auf den Hügeln herrschte vollkommene Ruhe. Magnus tom Diek verfluchte das Wetter und er verfluchte die offene Ablehnung unter den Juroren. Aber vielleicht konnte er die versammelten Friesen mehrheitlich hinter sich bringen. Jedenfalls war er fest entschlossen, diese Gelegenheit zu nutzen.

Die Friesen hatten seit Menschengedenken gute Gründe, ihre Freiheit gegen fremde Bedrohung zu verteidigen. Erst gegen die Raublust der Normannen. Dann gegen die Machtgier der Aldenborcher Grafen. Dann in Abwehr der politischen Ziele der Fürstbischöfe aus Brema und Monasterium, Kirchenherren, denen die Befriedigung ihrer weltlichen Gelüste wichtiger war als das Seelenheil ihrer Schafe. Schließlich aber auch gegen die Ansprüche des Adels und des Klerus westlich der Ems, dessen Gewinnstreben man bereits anno 1323 durch die *Leges Upstalsbomicae* abzuwehren versucht hatte. Man hatte sich behauptet, teilweise in blutigen Schlachten, aber es waren auch Ziele verfehlt worden, wie eben das einer gesamtfriesischen Landordnung durch die *Leges Upstalsbomicae*. Sie hatte damals keine Mehrheit gefunden, weil vor allem die Friesen der östlichen Landgemeinden in ihrer verfluchten, bornierten Engstirnigkeit das Dokument als zu einseitig gegen die Grafen von Holland gerichtet ablehnten. Und nicht erkennen wollten, welch einigende Kraft für ganz Friesland von ihm ausgegangen wäre. Auch mit Wirkung für die Abwehr von Forderungen ostwärts der Ems.

Immerhin: Die Friesen waren frei. Bis jetzt. Dabei war nicht zu leugnen, dass äußere Gefahren zum Teil heute noch bestanden. Es gab sie ja noch, die Fürstbischöfe, sie waren immer noch da, und der Adel auch. Aber die Gewichte hatten sich verschoben. Ein Graf von Aldenborch oder welcher Fremde auch immer würde sich bei einem Übergriff gegen friesischen Besitz und damit letztlich gegen friesischen Anspruch auf Selbstbestimmung eine blutige Nase holen, wie schon seit ehedem, es wäre nicht das erste Mal.

Derartige Versuche vereinten die Friesen, ließen sie zusammenrücken und Schulter an Schulter kämpfen. Ein Keno Hylmerisna ging geschickter vor, subtiler. Er äußerte seinen Machtanspruch auch, das ja, Beispiele gab es genug aus den letzten Wochen und Monden. Aber er verstand es offensichtlich, unter den Richtern für seine Sache zu werben, Gleichgesinnte hinter sich zu bringen. Große und reiche Bauern, die viel von seiner Sicht der Dinge hielten. Er war auch geschickt darin, andere von sich abhängig zu machen. Kleine Leute, und ihre Zahl wuchs, die in seiner Schuld standen und für die Selbstbehauptung gegen den Brokmannen gleichbedeutend war mit dem Verlust ihrer Existenz.

Wer von diesen gegen Hylmerisna aufmuckte, verlor seinen Hof und damit sein Brot. War er bereits Brotesser, verlor er seine Arbeit und kein Bauer in Brokmannia würde ihn je wieder in Lohn nehmen. Keno Hylmerisna sprach die vielen Friesen Brokmannias an, denen ihre bequeme Sicherheit wichtiger war als ihre Freiheit. Er machte ihnen am Ende klar, dass er schon für sie sorgen werde, wenn sie seine Angelegenheiten nur ihm überließen. Und er sprach als *Friese* zu Friesen! Es war wie bei einer schleichenden Vergiftung, einem vorsichtig gekosteten Rauschmittel, dessen süße, betörende Wirkung das Bewusstsein für die mit dem Genuss verbundenen Gefahren ausschaltete. Ein Spiel mit dem Feuer in einem Heuschober im Hochsommer. Ein Versuch, der Wasser in Wein wandeln sollte und schließlich doch beim Saueressig endete. Und der, einmal vollzogen, nicht mehr umzukehren war.

Und während er noch redete, dachte Magnus tom Diek an eine Weisheit, die ihm sein Vater einst vermittelt hatte: Auf eine Meile sieht der Vogel den Köder, aber das darüber gespannte Netz sieht er nicht. Er konnte nicht darauf hoffen, dass ihm Zeit blieb, all diese Besorgnisse vorzutragen. Aber er musste versuchen, den Blick der Friesen zu schärfen. Diesen verdammten Schleier aus schicksalsergebener Gleichgültigkeit, fehlgeleiteter, für gottgefällig gehaltene Unterwerfung und hinter dem Anspruch nützlicher Vernunft verborgenen, eiskalten Machtkalküls wegzureißen. Die Schlafenden aufzurütteln. Das Ende sichtbar zu machen. Und damit den notwendigen Widerstand zu wecken. Es galt, das Saatkorn in die Erde zu legen.

Als Magnus geendet hatte, sagte Keno Hylmerisna kein Wort. Er stand nur dort, wo er während der ganzen Zeit gestanden hatte, und lächelte. Sah sich um, tastete die schweigenden Reihen der Versammlung ab, ließ seinen Blick über den Tisch mit den Prälaten wandern, strich über die Bank der Jurati und lächelte. Es schien, als spräche das, was Magnus tom Diek gesagt hatte, für sich selbst. Als wäre kein Ergänzung, schon gar kein Widerspruch nötig. Die Äbte hockten unter ihren Habits und regten sich nicht, Prior Allardus saß hellwach und mit zurückgeschlagener Kutte, der Regen schien ihn nicht zu stören. Auf der Bank der Richter entstand jetzt Bewegung, Köpfe wurden zusammengesteckt und man besprach sich murmelnd. Einer der Westfriesen, Nonneko Hyddismahues aus Fiwelgonia, stand auf und lüftete die Kapuze seines Umhanges.

»Schöne Schilderung, Magnus. Etwas für den warmen Feuerplatz an langen Winterabenden. Aber was willst du uns hier und heute damit sagen?«, fragte er knurrend und das Lächeln im Gesicht des Brokmannen vertiefte sich.

Auch bei den Ostfriesen wurde erregt getuschelt, und dann sagte einer barsch: »Wir sind alle Bauern, zu Hause wartet die Feldarbeit, wir sollten unsere Zeit nicht mit unwichtigen Dingen vertun.«

Magnus hob beide Arme. »Wartet, Brüder! So weit zur Einleitung. Was ich euch sagen will, möchte ich mit einem Gleichnis erklären!« Unwilliges Murren antwortete ihm, während der Brokmanne grinsend den Kopf schüttelte. Wie werdet ihr erst jaulen, wenn ihr den Rest gehört habt, dachte Magnus und blickte forschend auf die Abordnung aus dem Emesingerlant. Er fand Eme Emesna ziemlich vorne, er hockte zwischen den Bauern seines Kirchspiels.

»Nun, Eme, wie ist es mit deiner Sache? Bist du mit der Entscheidung des Thing zufrieden?«, rief er dem Bauern zu und plötzlich lag eine gespannte Aufmerksamkeit über dem Platz. Die beiden Äbte blickten auf und Prior Allardus nickte Ayderd Zeerijp mit heiterer Miene zu. Beide schienen zu wissen, was jetzt kam. Eme setzte ein breites Grinsen auf. Sein rechtes Auge stierte in den grauen Regenhimmel, aber das linke blitzte pfiffig.

»Nun ja, wie man's nimmt. Die Kuh hat mehr davon als ich«, sagte er. »Ich kriege zwar einen halben Pfennig Silber zurück, den ich aber wieder abgeben muss. Und die Kuh wird so oft besprungen, bis es geschnackelt hat. Also hat das Vieh mehr Spaß.« Um ihn herum erhob sich brüllendes Gelächter, das sich durch die ganze Versammlung fortsetzte, immer heftiger, bis außer den Prälaten alles schrie vor Lachen. Edo Onnisna, der Noerderlanter, lachte so sehr, dass ihm seine geweißten Holzzähne in den Dreck flogen. Es dauerte eine ganze Weile, bis sich Magnus wieder Gehör verschaffen konnte.

»Das verstehe ich, Eme. Aber fühlst du dich gerecht behandelt durch den Beschluss der Richter?«

Der Bauer grinste unsicher und um ihn herum regte sich ärgerliches Gemurmel. »Es haben ja kluge Herren beraten. Wird schon richtig sein«, sagte Eme und fuhr sich mit dem Ärmel über seine feuchte Nase. »Am Ende bekomme ich, was ich wollte, und das ist eine trächtige Kuh.«

Magnus lächelte freundlich. »Was bedeutet es dir, dass sechzehn Jurati über deine Sache beraten haben, und dass diese Richter in jedem Thing wechseln?«

Das Gemurmel steigerte sich zu wüstem Protest. Einzelne Richter waren aufgesprungen, Keno Hylmerisna schrie mit hochrotem Kopf irgendetwas von Unsinn und dummem Geschwätz, bis schließlich Abt Hilderaad mit erhobenem Brustkreuz für Ruhe sorgte.

Magnus wiederholte seine Frage. Eme Emesna nestelte unruhig an seinem Kittelumhang und warf einen vorsichtigen Blick auf den Brokmannen. Er hatte wohl erkannt, wie die gegnerischen Fronten verliefen und wollte nicht zwischen sie geraten. »Schon besser, wenn mehrere dran sind, die sich beraten. Einer kann falsch liegen«, sagte Eme tapfer, aber mit Angst in den Augen. Er traf damit nur einen Teil der Frage, aber es war der wichtige Teil und Magnus nickte ihm aufmunternd zu.

»Wohl gesprochen, Eme. Diese Meinung teilst du mit mir und vielen anderen Friesen auf dem Thing, auch mit Richtern.«

Der Bauer lehnte sich locker zurück, aber die vielen scheelen Gesichter machten ihm zu schaffen. Magnus behielt den Mann im Auge. Er ging sogar ein paar Schritte auf ihn zu und wartete, bis ihn jeder gespannt ansah. »Weißt du, Eme, es geht ja nicht immer nur um eine Kuh, verstehst du? Beim nächsten Mal entscheidet dieser eine, den du nicht mehr loswirst, was du auf deinen Feldern anbaust. Oder dass du dich für ihn zu schlagen hast«, sagte er lächelnd und sah den Bauern langsam nicken.

Nun regte sich die Gegenpartei, und Hylmerisna verlor erneut die Beherrschung. Sein Hals war zornrot und die Augen traten aus den Höhlen. »Was soll das? Was soll dieser Unsinn? Zur Sache! Zur Sache!«

Ayderd Zeerijp stellte unter beifälligem Nicken mehrerer Jurati fest, der Upstallesbame sei kein Ort für Rüpeleien. »Schreien kannst du zu Hause mit deinem Gesinde«, sagte er trocken und fing sich dafür einen vernichtenden Blick ein.

Magnus wartete darauf, dass das Rumoren sich legte. Dann sagte er: »Was uns der Bauer Eme Emesna hier mit seinen Worten sagt, ist doch dieses: Es frommt den Friesen und ihrer Auskömmlichkeit, wenn die Rechtsherrschaft stets in vielen Händen liegt. In Händen, die wechseln!«

Die beiden Äbte starrten ihn unverwandt an und jetzt war sichtbar zwischen ihnen und dem Augustinerprior Allardus eine Lücke, als wollte man durch Abstand zueinander deutlich machen, dass man unterschiedlicher Meinung war. Und dann war mit einem Mal bei den Priestern Bewegung, Bruder Ludgerus stand auf und näherte sich Abt Hilderaad, blieb in demütiger Haltung neben ihm stehen und flüsterte auf ihn ein. Der Abt schob die Kapuze seines Habits vom Ohr und lauschte mit geneigtem Kopf. Dann verdüsterte sich seine Miene, er machte eine schroffe Armbewegung und der Mönch wich zurück, aber er entfernte sich nicht. Er stand zwei Schritte hinter dem Prälaten und sah Magnus herausfordernd an. Der Himmel mochte wissen, was der Kirchspielpfarrer im Schilde führte.

Keno Hylmerisna hatte sich wieder gefangen. In seinen Augen stand unverhohlener Spott. »Und weiter?«

»Wir sollten dafür sorgen, dass das so bleibt«, sagte Magnus nüchtern und der Brokmanne schob seinen Oberkörper nach vorn. Die Hände hatte er in die Hüften gestemmt.

»Und wie, deiner Meinung nach?«, fragte er spöttisch.

»Indem wir unsere siebzehn Küren durch eine weitere ergänzen, die das so festlegt«, sagte Magnus ruhig und der Brokmanne richtete sich auf.

Mit gespreizten Schritten stolzierte er einmal durch das Rund, die Augen strichen über die schweigende Versammlung. In seiner Stimme war Vorwurf und Anklage. »Was uns Magnus tom Diek hier weismachen will, ist dieses, Brüder: Die Küren der Friesen sind schlecht. Er will sie nicht länger. Er will etwas, das sich seit Generationen bewährt hat, ersetzen durch etwas, das wir nicht erprobt haben. Wir wissen nicht, wohin das führt. Ich sage: Lasst das Recht so, wie es ist. So wie es ist, ist es gut. Wir brauchen kein neues.«

Pfiffe kamen von den Hügeln, Zustimmung und Ablehnung hielten sich die Waage, auf der Bank der Jurati waren einzelne Richter aufgesprungen, aber Magnus schüttelte lächelnd den Kopf.

»Ich glaube, jeder hier hat erkannt, wie du den Sinn meiner Worte verdrehst, aber sei's drum. Mich wundert mehr, dass du das bestehende Recht so verteidigst, Keno. Mir scheint, du willst uns glauben machen, dass es dir viel bedeutet«, sagte er gelassen und der Brokmanne fuhr herum.

»So ist es! Willst du etwa behaupten, ich sei nicht rechtstreu?«, fragte er scharf.

Magnus schmunzelte, aber seine Augen blieben kühl. »Wenn es so ist, dann liegt dir gewiss vor allem dein eigenes Landrecht am Herzen. Die Küren der Brokmannen, ist es nicht so?«

Keno Hylmerisna zögerte. Es schien, als nähme das Gespräch eine Wendung, die ihm ungelegen kam. Die Frage war gefährlich, das dämmerte ihm, aber sofort war ihm auch klar, dass er sich nicht leisten konnte, sie unbeantwortet stehen zu lassen. Und in einer heißen

Wutwelle erkannte er, dass er sie nur auf eine Art beantworten konnte, die seine Position in Frage stellte. Sie zumindest unglaubwürdig machte. Magnus tom Diek, dieser verdammte Hund, hatte ihn zum dritten Mal in der Falle.

Fieberhaft überlegte er, wie er nun formulieren konnte, ohne sich zu sehr zu schaden, aber es gab keinen Ausweg. Verfluchte Tat! Er schüttelte den Kopf und wischte sich mit der Pelzstulpe seines Ärmels über das nasse Gesicht. Die Abordnung seiner Landgemeinde hockte rechts vom Prälatentisch zwischen den Bäumen und schwieg. Unter Kitteljacken und Umhängen waren Gesichter kaum zu erkennen. Keno warf einen Blick hinüber und breitete selbstgerecht die Arme aus.

»Was für eine Frage! Ich wäre ein schlechter Brokmanne, wenn es anders wäre«, sagte er und vereinzelt hörte man zustimmendes Gemurmel.

»Und dein Steinhaus? Deine Burg in Buta Ee?«, fragte Magnus sofort und auf dem Platz wurde es still.

Hylmerisna stellte sich dumm aber er wusste, dass es aussichtslos war. »Was ist damit?«

»Das weißt du doch ganz genau, Keno. Oder du solltest es wissen. Wenn nicht, dann sieh nach: Es widerspricht der einhundertfünfzigsten Küre deines eigenen Landrechts«, sagte Magnus tom Diek und der Brokmanne öffnete den Mund, und in diesem Augenblick stieß Ludgerus, der immer noch hinter den Prälaten stand, ein Wort zwischen den Lippen hervor, es klang fast wie ein Fluch. Eghardus fuhr mit einer heftigen Bewegung herum, es war, als hätte jemand mit einem Strick an seinem Kopf gerissen. Der Zisterzienserabt starrte den Mönch aus schreckgeweiteten Augen an. Hilderaad zog in einer abwehrenden Bewegung den Kopf zwischen die Schultern und stand auf.

»Friesische Brüder!«, sagte er mit erhobenen Armen. »Es

gebricht unserem Landrecht nicht etwa an der Kraft des Wortes. Sondern an der Macht zu seiner Durchsetzung!« Er kam rasch hinter dem Tisch hervor, ganz so, als könne er die Nähe zu Ludgerus nicht ertragen, und stellte sich neben den Brokmannen. »Aber bevor wir darüber reden, sollte Magnus tom Diek fortfahren, damit die Sache zu ihrem Ende kommt.« Er musterte den Hairlinger wie ein Raubvogel eine Maus. »Nun, Magnus, was ist es, das du uns zu sagen hast?«

Magnus sammelte seine Gedanken. Er hatte am Abend zuvor mit einigen der Richtern aus seiner Landgemeinde und dem Oosterambt zusammengesessen, am Feuer, Leuten, auf die er sich verlassen konnte, und sie auf seinen Vorstoß vorbereitet. Er hatte seine Küre im Wortlaut vorgetragen und die anderen hatten ihn danach schweigend angestarrt, man konnte ihnen ihre Vorbehalte von der Nasenspitze ablesen. Es war Ayderd Zeerijp gewesen, der schließlich gesprochen hatte.

»Die Sache mit den Rechten als Gerichtsherr schmeckt mir nicht, Magnus.«

»Warum?«, hatte Magnus gefragt, aber er kannte die Antwort. Das Amt des Gerichtsherrn war ein kritischer Punkt. Es brachte Vorteile in Geld und Gütern, und niemand verzichtete ohne weiteres auf Privilegien. Wer ließ sich schon gerne in die Tasche greifen?

Der Oosterämbter hatte sich zurechtgesetzt und war sich mit dem Handrücken über den Mund gefahren. »Deine Gegner sind auch so schon zahlreich, Magnus. Oder sollte ich sagen: deine Feinde? Wenn du ihnen auch noch an die Geldkatze gehst, vermehrst du sie unnötig!«

Magnus hatte den Kopf geschüttelt und gelächelt. »Es muss sein, Ayderd.«

»Warum?«, hatte diesmal der Westfriese gefragt und Magnus hatte sich vorgebeugt.

»Eine Strafandrohung muss erschrecken, sonst wirkt

sie nicht, Ayderd. Wenn du ihnen ihre Einkünfte lässt, änderst du nichts.«

Zeerijp hatte darauf geschwiegen, aber in seinen Augen waren die Zweifel geblieben. Nach einer Weile hatte er dann geantwortet: »Es reicht ja nicht, dass es auf Pergament steht, Magnus, irgendwo in den Küren. Es muss auch *durchgesetzt* werden!«

»Sehr wohl. Wie in allen anderen Fällen auch, Ayderd. Keine Ausnahmen! Wir vollstrecken die Leibstrafe auch an Söhnen reicher Bauern, wie es geschrieben steht. Du selbst hast es getan«, hatte Magnus darauf entgegnet, aber vor sich selbst hatte er einräumen müssen, dass der Westfriese damit einen wunde Stelle berührte.

Und nun war der Zeitpunkt gekommen, sich zu behaupten. Er wusste, dass Abt Hilderaad zu seinen Gegnern zählte, es war fast symbolhaft gewesen, wie er sich neben den Brokmannen gestellt hatte. Und welche Rolle sein Kirchspielpfarrer spielte, begann Magnus auch klarer zu werden. Aber wie war er, ein einfacher Priester, im Machtspiel der Kräfte einzuordnen? Welchen Einfluss nahm er? Warum hatte ihn Abt Hilderaad damals auf den Posten des Gemeindepfarrers in Eesensem gezwungen? War der Wunsch, einen Störenfried aus dem Kloster zu entfernen, vielleicht nur vorgeschoben? Gab es andere, gewichtigere Gründe, den Mann loszuwerden? Und falls ja, mit welchem Zweck und Ziel?

Erst das Kirchendach. Dann die Sache mit der Glocke. Das Flüstern mit Abt Hilderaad, der ihn nicht wegscheuchte, sondern zuhörte. Das wie ausgespuckte, einzelne Wort im Rücken der Prälaten und der fassungslose Blick des Ihloer Abtes, Eghardus, der herumgefahren war, als hätte ihn eine Hornisse gestochen. Fragen, viele Fragen schossen Magnus tom Diek durch den Kopf. Er fühlte die Augen von Ayderd Zeerijp und den anderen seines Sinnes auf sich gerichtet und dann suchte er seinen

Sohn. Enno saß bei den Oosterämbtern, der lange Adriaan und er hatten Wiska in die Mitte genommen und alle drei sahen ihn erwartungsvoll an.

Magnus holte tief Luft und begann zu reden. Er sprach zunächst vom sittlichen Fundament der friesischen Rechtsordnung und verknüpfte sie, während ihn Hilderaad scheel beäugte, mit den Kardinaltugenden Platons[109]. Daraus leitete er die auf freie Selbstbestimmung begründete Ausrichtung des Menschen als gottgewolltes Ziel des Schöpfungsplanes ab. Er unterstrich den Primat des Glaubens und der Kirche und betonte die sittliche Verpflichtung des Christenmenschen zur Freiheit. Das alles vollzog sich unter den ungeduldigen, ja wütenden Blicken der Äbte, die sichtlich verärgert darüber waren, dass ihnen hier einer in ihr Handwerk pfuschte.

Schließlich kam Magnus zu den Rechten der Friesen zurück und stellte dar, dass sie ohne eine gesicherte persönliche Freiheit wertlos wären. Es müsse also eine Rechtsnorm her, die innerhalb des Landrechtes die Freiheit des Einzelnen auf Dauer sicherstelle. An diesem Punkt hatte das Murmeln und Tuscheln auf den Hügeln so zugenommen, dass Magnus sich unterbrach. Auch am Tisch der Prälaten und auf der Bank der Jurati wurde inzwischen lebhaft diskutiert. Magnus wartete und schwieg, bis wieder Ruhe eingekehrt war. Dann lupfte er die Kapuze seines Umhangs und wischte sich die Nässe aus dem Gesicht.

»Noch einmal: Es geht darum, dass wir Friesen uns auch gegen Machtansprüche von unseresgleichen schützen müssen. Machtansprüche, die durch Küren und Landrechte nicht gedeckt sind. Ich schlage deshalb vor, unsere Küren durch folgende Primküre zu ergänzen:

›*Wer durch Machtgier oder Eigensucht den Umgang*

---

109) Klugheit (Prudentia), Gerechtigkeit (Justitia), Tapferkeit (Fortitudo) und Maß (Temperantia).

unterbricht und damit die Freiheit der Friesen bedroht, geht aller seiner Ämter verlustig, namentlich derer als Richter oder Gerichtsherr. Verstöße gegen die Friedenspflicht hieraus mit Folgen für Haut, Haar oder Blut ziehen die Leibstrafe nach sich und können mit Wergeld nicht gesühnt werden.‹ «

Auf Bitte des Abtes von Marienkamp wiederholte Magnus seine Küre und dann verlangte Keno Hylmerisna eine zweite Wiederholung. »Hört genau hin, Brüder, damit jeder versteht, was hier gefordert wird!«

Magnus wiederholte seine Küre zum dritten Mal, begleitet vom Gemurmel der Memoratori, die den Text mitsprachen, um ihn sich einzuprägen. Der dann eintretende Tumult legte sich auch nicht, als Abt Hilderaad für Ruhe sorgen wollte. Kaum noch jemand saß, Jurati und Versammlung hatten sich erhoben, waren aufgesprungen, Gegner und Befürworter standen sich mit geballten Fäusten und hochroten Köpfen gegenüber und brüllten sich an.

»Widerrede! Widerrede!« und »Recht so! Recht so!« und dazwischen Satzfetzen wie »völliger Unsinn!« und »längst überfällig!« und vereinzelt spitze Schreie »Veto! Veto!«[110]

Und mitten auf dem Platz Magnus und der Brokmanne, der eine lächelnd, der andere finster und mit vor der Brust verschränkten Armen. Schließlich scheuchte Hilderaad alle Priester und Mönche unter die Menge, um die ärgsten Streithähne zu trennen, aber auch das bewirkte nichts, die Geistlichen wurden einfach zur Seite gestoßen oder man hörte sie nicht an. Es bedurfte einer einfachen aber machtvollen Demonstration der drei Prälaten, die Ordnung in der Versammlung wiederherzustellen. Hilderaad, Eghardus und Allardus traten vor ihren Tisch, knieten nieder und beteten vor dem abgedeckten Reliquienschrein, so lange, bis auch der Letzte gemerkt hatte, was vorging und alle knieten und beteten.

110) lat.:»Ich verbiete!«

Als sie geendet hatten, stand Abt Hilderaad auf und ließ einen Blick über die Hügel wandern, der Köpfe sinken und Augen niederschlagen ließ. »Verflucht! Verflucht sei, wer der Kirche ungehorsam ist!«, rief er mit grollender Stimme und die Gemeinde duckte sich. Dann wandte sich der Benediktiner an Magnus tom Diek. Sein ganzer Gestus war Missbilligung und Vorwurf.

»Da siehst du, was du angerichtet hast. Wie ich schon sagte; es fehlt nicht an Gesetzen, sondern an der Kraft ihrer Wirksamkeit. Was willst du mit deiner Primküre daran ändern?«, fragte er scharf und Keno Hylmerisna trat mit kleinen Schritten an den Abt heran, wie um klarzumachen, dass der Prälat auch für ihn spräche.

»Bevor Recht gebrochen werden kann, muss es gesetzt sein«, sagte Magnus trocken und warf die Haube seines Umhangs zurück, damit er gut zu sehen und zu hören war. »Oder, um es anders auszudrücken: Bis heute, da es eine solche Küre nicht gibt, ist die Unterbrechung des Umgangs kein Verstoß gegen die friesische Rechtsordnung. Diesen Zustand müssen wir ändern!«

Hilderaad verstummte mit mürrischem Gesicht und jetzt trat der Brokmanne vor.

»Wir haben siebzehn Küren und vierundzwanzig Landrechte«, sagte er und sein Blick strich über die Menge. »Sie sind uns von unseren Vätern überliefert, also schon sehr alt. Die Landgemeinden haben sich inzwischen eigene Rechtsordnungen geschaffen, die Küren und Landrechte, ohne ihren Geist zu verändern, dem heutigen Leben angepasst und weitgehend überflüssig gemacht haben.«

Er trat an den Prälatentisch und streckte die Hand nach dem Reliquienschrein aus. Und dann, unter dem irritierten Blick der beiden Äbte und dem völligen Schweigen der Versammlung, legte er dreist die Rechte auf das verzierte Kästchen. Legte sie tatsächlich auf den Reliquienschrein und hielt sie dort, für ein paar Atemzüge, während

Hilderaad und Eghardus auf die Hand glotzen und vor Verblüffung kein Wort hervorbrachten. Es schien, als wollte der Brokmanne den Geist des heiligen Bonifatius beschwören zur Bestätigung dessen, was er sagte. Weiter entfernte Friesen erhoben sich, um alles zu sehen und Allardus, der Augustinerprior, zog mit einem scharfen Geräusch die Luft zwischen die Zähne ein.

»All dieses Recht hat es nicht verhindert, dass sich die Friesen bekämpft haben«, fuhr der Brokmanne ungerührt fort. »Zum rechten Gegenteil, sie haben blutige und verlustreiche Kriege geführt. Wohlgemerkt, untereinander! Gegen die eigenen Landsleute!«

Seine Stimme stieg und sah auf die westlichen Hügel, wo die Abordnung aus Ostringia[111] hockte. »So war es bei der Fehde der Landgemeinde Ostringia gegen die Brüder aus Wangia, die letztere durch einen Totschlag bei einem Begräbnis ausgelöst hatten!«

Er wurde noch lauter und hob die Arme, da sich bei den erwähnten Gemeinden Widerspruch regte. »Das alles ist lange vorbei, fast zweihundert Jahre, und es wurde gesühnt und Schaden wiedergutgemacht, ich weiß. Entscheidend ist aber etwas anderes.«

Er fuhr herum und warf Magnus tom Diek, der immer noch ruhig auf dem Platz stand, einen höhnischen Blick zu.

»Diesen Krieg haben unsere Küren und Landrechte nicht verhindert, aber es kommt noch schlimmer«, fuhr er hastig fort, da Magnus den Mund öffnete. »Man hielt es sogar nötig, zu seiner Beendigung die Sachsen ins Land zu holen, den Grafen von Aldenborch und sogar König Heinrich, den man den Löwen nennt. Es hat nichts genützt, unsere friesischen Brüder aus Ostringia haben sie mit blutigen Nasen dorthin geschickt, woher sie gekommen waren!«

111) Östringen, friesische Landgemeinde im heutigen Raum Jever.

Auf den westlichen Hügeln erhob sich Jubelgeschrei und Fäuste streckten sich in den grauen Himmel. Der Brokmanne winkte hinüber. »Wohl getan! Wir brauchen keine Fremden, um unsere Streitigkeiten zu schlichten. Das schaffen wir immer noch allein!« Sein Arm fuhr aus und wies auf den Tisch der Klosterführer. »Wenn es sein muss, mit Hilfe der heiligen Mutter Kirche[112]!«

Die beiden Äbte nickten, während Allardus wie versteinert dasaß. Magnus tom Diek stand ruhig und hörte zu. Er hatte erwartet, wie der Brokmanne argumentieren würde, und seine Sichtweise lag ja auf der Hand. Es war selbstverständlich, dass es nicht genügte, der bestehenden Rechtsordnung eine weitere Vorschrift hinzuzufügen. Vielmehr kam es darauf an, dem Recht insgesamt Geltung zu verschaffen. Und zwar nicht nur bei alltäglichen Streitigkeiten, sondern vor allem in den umfassenden, grundlegenden Fragen der Freiheit.

»Du hast die Fehde der Menalda mit ihren Nachbarn, den Tadegma, den Aldinga und Rodmar Einauge vergessen, anno eintausendzweihundertundfünfundneunzig«, warf er ein. »Und was willst, was *kannst* du uns damit beweisen? Doch lediglich, dass der friesische Friede weiter gefestigt werden muss. Und zwar durch die gerechte Verteilung von Macht und, vor allem, durch gesicherte Freiheitsrechte jedes einzelnen.«

Keno Hylmerisna schüttelte den Kopf. »Du redest und redest und redest, Magnus tom Diek. Aber du bringst uns nicht weiter. Was ich sage, beweist Folgendes: Die Friesen brauchen starke Hände, gerechte Hände. Hände zur Lösung innerer Konflikte, zur Sicherung des gerechten Ausgleichs untereinander und zur Abwehr äußerer Gefahren!«

---

112) Die »Östringer Fehde« wurde 1178 nach etwa 30 Jahren Dauer durch Friedensverhandlungen auf Veranlassung des Erzbischofs Balduin von Bremen und des Abtes des Klosters Rastede, Meinrich, beendet.

Magnus blieb ruhig. Der Anwurf des Brokmannen berührte ihn nicht. »Du meinst deine Hände, nicht wahr, Keno?«

»Es könnten auch deine sein, Magnus, unter anderen. Entscheidend ist, dass sie stark sind. Gegenwärtig erleben wir viele, *zu* viele Schwache, Versager, die ihre Ämter überkommenen Regeln verdanken. Also zum Beispiel unserer derzeitigen Richterordnung. Sie hat keine Zukunft.«

Es hatte aufgehört zu regnen, die Knechte hatten schon seit längerem ein neues Feuer entfacht und Fackeln angezündet, denn die Dämmerung schritt voran. Das Angelusgebet wäre längst zu vollziehen gewesen, aber anscheinend hatte Abt Hilderaad vor, es auf den Abschluss der Tagung zu verlegen. Das Rund um die Bank der Jurati und den Tisch der Prälaten war hinreichend ausgeleuchtet, für jeden gut sichtbar, doch die Hügel umher lagen überwiegend in verwaschenem Dunkel. Die wenigen Fackeln bei den Abordnungen reichten nur zu kleinen, verstreuten Lichtinseln.

Magnus sah Ayderd Zeerijp und die anderen Richter, die beiden Äbte mit vor Müdigkeit grauen Gesichtern und daneben Allardus, hoch aufgerichtet und aufmerksam, als sei er soeben von einem geruhsamen Schlaf erwacht. In der Wand aus schweigender Schwärze war niemand sichtbar, aber er fühlte viele Augenpaare auf sich gerichtet. Und er sah Keno Hylmerisna, den Brokmannen, der wenige Schritte vor ihm stand und ihn herausfordernd musterte.

Es war gesagt. Der Brokmanne hatte die Katze aus dem Sack gelassen, aber niemand rührte sich. Stidolf Noerlant und die anderen Richter aus dem Noerderlant, Männer, die ihm ihre Unterstützung zugesagt hatte, hockten mit gesenkten Köpfen. Aber dann, wie in Trance, erhob sich Ayderd Zeerijp, trat an den Tisch der Prälaten und flüsterte mit dem Augustinerprior. Allardus lauschte aufmerksam mit vorgestrecktem Ohr, nickte schließlich entschlossen, nickte noch einmal und hob den Blick, zuerst auf Magnus, dann auf den Brokmannen und der Oosterämbter trat in die Mitte. Er zog die *Leges Upstalsbomicae* aus der Tasche, öffnete das Dokument und hielt es hoch. Das Pergament war eng beschrieben, an den Siegelriemen der westlichen Seelande hingen die Spiegel der Landgemeinden, die Riemen der östlichen Seelande waren leer.

Zeerijp räusperte sich und drehte sich einmal um sich selbst. »Friesische Brüder, hört mich an!« Weiter kam er nicht, denn der Brokmanne fauchte barsch dazwischen.

»Was willst du, Ayderd? Mit diesem Pergament sind wir fertig, es richtet sich gegen den Grafen von Holland und hat schon anno dreiundzwanzig keine Mehrheit gefunden. Nicht umsonst sind die Siegelriemen der östlichen Landgemeinden leer geblieben. Mit unserem jetzigen Disput hat es nicht zu schaffen. Also pack es weg, und wenn du sonst nichts zu sagen hast, dann schweige und setz dich wieder hin!«

Das kam so grob ungehörig, derartig brüsk und ehrverletzend, dass Ayderd Zeerijp wie vor den Kopf gestoßen verstummte und sich tatsächlich wieder an seinen Platz begab. Magnus traute seinen Augen nicht. Und immer noch gab es keine Gegenwehr, keine Reaktion, weder zu diesem flagranten Angriff Hylmerisnas auf die Redjevenordnung noch auf sein rüpelhaftes Auftreten. Die Jurati schwiegen, der Oosterämbter nun mit gesenktem Kopf, Stidolf Noerlant und die anderen in erkennbarer Resignation. Besonders enttäuscht und verärgert war Magnus über die Richter seiner eigenen Landgemeinde, Leute wie Hayo Ernedigan, die ihm vorher großspurig ihre Unterstützung zugesagt hatten und die nun mit verkniffenem Mund dasaßen. Niemand von ihnen, nicht einer, hatte während des Disputs auch nur ein Wort gesagt. Vom Tisch der Prälaten kam kein Ton, auch von Allardus nicht, der offenbar die Richter der westlichen Abordnungen nicht desavouieren wollte, und auf den Hügeln war Stille. Am Ende werden wir uns nicht an die Worte unserer Feinde erinnern, sondern an das Schweigen unserer Freunde, dachte Magnus tom Diek bitter.

Er überschlug die Aussichten seines Vorstoßes. Sie waren dahin, zerstoben, hinweggeweht von bequemer Ignoranz, feiger Trägheit und mangelnder Selbstbehauptung vieler seiner Landsleute, die der stürmischen Herrschsucht derer, die nach vorn drängten und Veränderungen wollten, nichts entgegenzusetzen hatten. Es war vorbei. Er fühlte seine Ohnmacht und galliger Zorn stieg ihm in die Kehle. Jede Faser seines Körpers sträubte sich dagegen, diese Niederlage hinzunehmen. Wenigstens wollte er den Brokmannen bloßstellen, ihm die verlogene Maske der Rechtschaffenheit und der Fürsorglichkeit vom Gesicht reißen und ihn den Friesen zeigen, wie er wirklich war: machtgierig, bedenkenlos in der Verfolgung seines Nutzens, eine Gefahr für die Freiheit!

»Ich hoffe, ihr habt alle gut zugehört«, sagte Magnus, drehte sich einmal im Kreis und wiederholte seinen Satz noch zweimal. Er sah Ayderd Zeerijps Blick auf sich gerichtet, aus feuchten Augen, das Gesicht dunkel vor Scham. Der Hairlinger beendete seine Drehung und machte Front gegen den Brokmannen. Seine Stimme war von metallischer Härte. Mit einer kleinen, spöttischen Verneigung sprach er Keno an.

»Ich beglückwünsche Euch, Keno Hylmerisna. Oder sollte ich sagen: Keno to Brokmannia? Oder vielleicht sogar: Eure Gräfliche Herrlichkeit?« Er fing den Blick des Brokmannen noch auf, eine Mischung von bestätigtem Stolz und ärgerlichem Missfallen, bevor er sich abrupt abwendete. Seine Stimme hob sich.

»Ihr werdet noch an meine Worte denken, friesische

Brüder! Ihr selbst bereits werdet unfrei, Familien wie die Hylmerisna werden über euch Recht sprechen. Immer! Und *nur* sie! Ihr werdet ihnen den Zehnten zahlen und für sie arbeiten, vielleicht sogar kämpfen. Und eure Kinder werden schon nicht mehr wissen, wie es war, frei und eigenständig zu sein!«

Er schwieg und wartete, lauschte auf zornigen Widerspruch, Tumult, aber es blieb still. Niemand sprach auch nur ein Wort. Er sah Blicke auf sich gerichtet, Augen, die an seinen Lippen hingen, als erwarteten sie, dass er endlich die erlösenden Worte spräche, kleiner Scherz, Freunde, alles nicht so schlimm, aber das Schweigen hielt an. Das Schweigen unserer Freunde, dachte Magnus tom Diek. Das Schweigen unserer Freunde!

Allardus starrte auf seine Hände, die Benediktineräbte musterten ihn brütend. Auf der Bank der Richter blieb man stumm, er sah in schreckgeweitete und in wütende Augen über Mündern, die tonlos geöffnet oder zornig verkniffen waren und über die Wangen des Oosterämbters liefen dünne Tränenbahnen. Aber nicht eine Stimme erhob sich.

Keno Hylmerisna hatte mit wachsendem Unmut zugehört, mehrmals den Mund zu scharfem Widerspruch geöffnet, dann aber gezögert, abgewartet und begriffen, dass die Situation ihm nützte. Er hatte es nicht nötig zu widersprechen. Täte er es, dann läge darauf das Odium der ohnehin bekannten Gegnerschaft zu dem Hairlinger. So ließ er geschickt das Schweigen für sich wirken. Der Thing, die Friesen selbst, entzogen mit ihrem Verhalten dem Antrag des Magnus tom Diek den Boden. Der Brokmanne hatte gewonnen. Es kam jetzt nur noch darauf an, diesen Sieg förmlich festzustellen.

Mit kleinen, gezierten Schritten trat er vor. »Es scheint, dass du den Friesen keine Angst machen kannst, Magnus«, sagte er mit einem feinen Lächeln. »Sie erkennen, dass deine Menetekel falsch sind. Du willst ihnen das Licht einer guten Zukunft als warnendes Feuerzeichen verkaufen. Das verfängt aber nicht. Wie du siehst.«

»Gute Zukunft? Du redest falsch und du weißt es, Keno! Was unsere Ahnen in blutigem Kampf erstritten haben, als Privileg Karls des Ersten, das fällt nach deinen Plänen deinem Ehrgeiz und deinem Machtwillen zum Opfer!«, gab Magnus scharf zurück.

»Unsinn! Aber da wir schon von Kaiser Karl reden: Er konnte den Friesen nur deshalb das geben, was du Freiheit nennst, weil er die *Macht* dazu hatte! Und diese Macht hatte er, weil er sein Reich mit eiserner Hand zusammenhielt. Und sich nicht zu schade war, diese Macht etwa auch dadurch zu sichern, dass er in Verden viele tausend sächsische Köpfe nahm[113]. Die Aller war ein roter Fluss in diesen Tagen.«

Magnus hob die Schultern. »Auch der Große Karl hat schrecklich gesündigt, und er taugt nicht in allen Fällen als gutes Beispiel. Im Übrigen sollte es dir zu denken geben, dass diese 4500 Enthaupteten samt und sonders Adelige waren.« Er zwang sich zu einem ironischen Lächeln, aber der Brokmanne drehte ihm den Rücken zu.

»Es ist genug geredet. Die Zeit drängt«, sagte er und die beiden Äbte nickten. Als amtierender Enunciator ließ Hylmerisna über den Antrag zur Primküre abstimmen. Nur wenige Hände hoben sich, als er nach Zustimmung fragte, und einige davon recht zögerlich. Stidolf Noerlant war darunter, Hayo Ernedigan und ein weiterer Richter aus dem Hairlingerlant und auch Ayderd Zeerijp, der Oosterämbter mit entschlossenem Gesicht, als könnte er sein Versagen während der Verhandlung nun durch eine gestreckte Faust wettmachen. Magnus fing seinen Blick auf, der um Anerkennung bettelte, und er lächelte ihm zu, aber er empfand nur Mitleid und Enttäuschung. Die

113) Karl der Große ließ im Rahmen der Sachsenkriege im Jahre 782 bei Verden/Aller 4500 Sachsen enthaupten.

Gegner waren weit in der Überzahl und der höhnische Triumph auf den Zügen des Brokmannen bedrückte ihn nicht so sehr wie die Genugtuung, die man bei den Äbten ablesen konnte. Prior Allardus saß wie versteinert. Was er dachte, war nicht zu ergründen.

*

Wenn man am helllichten Tage und bei scheinender Sonne zwei Heerfahnen aufsteckt und zwei Heerhaufen miteinander zusammenstoßen lässt, wobei sich die Anführer für jeden Schaden verbürgen, so soll alles, was man da im Kampfe einander an Verletzungen und tödlichen Wunden zufügt, für unleugbar gehalten werden.

Erste Ausnahme von der 17. Küre

3.

Hamborch,
am Tage Mariae Lichtmeß Anno Domini 1347
(Freitag, 2. Februar)

»Wer sich rührt, den haue ich auf's Maul!«, sagte der Waffenknecht mit schwerer Zunge und es rührte sich keiner. Nicht nur der Waffenknecht, auch die frei herumlaufenden riesigen Wolfshunde, noch halb wild und mit furchterregenden Zähnen, ließen sie alle wie erstarrt dasitzen und warten. Die Tiere knurrten bei jeder Bewegung, es war fast ein Röhren, und niemand verspürte Lust, sie zu reizen. Die Pöbelei des Waffenknechtes war also völlig unnötig, im Übrigen auch ungehörig, denn immerhin waren sie eine offizielle Abordnung ihrer Landgemeinde.

»Mäßigt Eure Zunge! Ihr sprecht mit den Richtern des Hairlingerlantes, geführt durch den ehrenwerten Magnus tom Diek«, sagte Bruder Ludgerus zur allgemeinen Überraschung mit scharfer Stimme.

Der Waffenknecht musterte den Benediktiner mürrisch. Er trug auf seinem Kettenhemd das Wappen der Stadt und hielt einen übel aussehenden Stabdolch[114] in seinen groben Fäusten. Der Mann schien nachzudenken und kam schließlich auch zu einem Ergebnis.

»Halt's Maul, Kuttensack!«, sagte er.

Er sprach ein hartes, kehliges Idiom und Magnus hielt ihn für einen dänischen Söldner. Es hatte keinen Sinn, sich mit dem Mann anzulegen. Sie mussten sich gedulden, bis die Herren des Magistrats bereit waren, mit ihnen zu sprechen.

Schon der Empfang war mehr als frostig gewesen. Sie hatten nach einer beschwerlichen Reise den Fluss im Süden passiert. Es gab eine Floßfähre, die an armdicken Tauen über die Elbe gezogen wurde. Dazu drehten Arbeitspferde und Tagelöhner mächtige Spillräder an beiden Ufern. Die Überfahrt war sündhaft teuer, aber es gab für sie und die Pferde keine andere Möglichkeit. Der Ritt durch die Vorstadt war die übliche Veranstaltung; der übliche Dreck, der übliche Gestank nach Unrat und verfaultem Fisch, das übliche Gesindel. Dann das südliche Stadttor, eine Offenbarung, eine Meisterleistung der Baukunst. Ein Zangentor! Sie hatten schon davon gehört, aber es war so beeindruckend, dass sie stehen blieben und es betrachteten. Der Führer der Wachmannschaft erklärte ihnen stolz den Mechanismus aus Winden, Rollen und Seilen, der dafür sorgte, dass sich beide Flügel gleichzeitig öffneten und schlossen.

»Es geht federleicht, die Kraft eines Halbwüchsigen reicht aus, das Tor zu bewegen«, sagte der Mann, was gewiss übertrieben war, aber sie glaubten ihm, dass sich die Einrichtung schon oft bewährt hatte.

Die Außenbezirke der Stadt glichen denen von Brema. Es gab die Gassen der Handwerkszünfte, Händler mit ihrer Ware in Buden und auf den Straßen, hastende

---

114) Hiebwaffe mit Schaft und rechtwinklig abgehender, dolchartiger Klinge, Vorgänger der Hellebarde.

Lehrbuben zwischen rumpelnden Karren und blökendem Vieh, Dirnen vor Schenken und Garküchen. Viele der Häuser waren über gestampftem Lehmboden aus Holz gebaut und mit Stroh oder Binsen gedeckt, erst ganz allmählich, als sie sich dem Stadtkern näherten, nahmen die festen Gebäude zu. Die Steinsockel wurden höher und schließlich wuchsen sie bis zu den Dächern aus gebrannten Schindeln. Sie sahen die Anwesen reicher Bürger, der Kaufleute und des übrigen Stadtadels, das prächtige Holzwerk der Giebel war bunt bemalt und mit frommen Sprüchen verziert. Dann öffnete sich der große, zu ihrer Überraschung aber nur in der Mitte gepflasterte Marktplatz vor ihnen und sie ritten an den Trümmern von Sankt Petri vorbei.

Erst vor wenigen Wochen war in einem Wintersturm der Glockenturm eingestürzt, auf das Dach des Kirchenschiffs geschlagen und hatte es großflächig zerstört. Wie durch ein Wunder war niemand zu Schaden gekommen und auch die Glocke heil geblieben, was die Bürger der Stadt bei allem Unglück für ein gutes Omen hielten. Das Schiff war noch immer eingerüstet, Arbeiter mühten sich mit Flaschenzügen und Hebewerkzeugen, die Reste des Glockenturms zu bergen, um an das beschädigte Dach heranzukommen. Es war ein mühseliges, gefährliches Unterfangen und dem Vernehmen nach hatte es schon einige schwere Unfälle gegeben. Sie sahen eine Weile zu und setzten dann ihren Weg fort.

Der Richtplatz rechts neben dem Magistrat wurde offenbar für eine Hinrichtung vorbereitet. Eine Gruppe Stadtbüttel stellte den Galgenbaum auf und verkeilte ihn. Das Rad stand bereits. Ein Tischler besserte die Stufen zum Podest aus. Gassenjungen standen und gafften und machten ihre Späße. Die Vorfreude auf das Schauspiel war ihnen anzumerken.

Am Eingang des Magistratsgebäudes wurden sie

zunächst von einem Posten festgehalten. Ein Bewaffneter führte sie nach einigem Hin und Her über eine Außentreppe in das Obergeschoss, wo sie der Schreiber empfing. Er blätterte blasiert und wichtigtuerisch durch einen Stapel Pergamente, bestätigte den Eingang ihrer Anmeldung, wies sie mit eisiger Miene an zu warten und entfernte sich. Dann war der Waffenknecht mit den Hunden aufgetaucht.

Es war klar, man wollte ihre freie Bewegung unterbinden. Sie sollten genau dort bleiben, wo sie waren. Also blieben sie. Sie waren ihrer sieben, Edo Siboldi, Dehacz Eneken, Magnus tom Diek mit seinem Sohn, seinem Kirchspielpfarrer und zwei weitere Richter aus dem Hairlingerlant. Edo war der amtierende Redjeve, aber er war nicht so schnell im Kopf und mit dem Reden hatte er es auch nicht. Deshalb hatten sie sich geeinigt, dass Magnus tom Diek die Abordnung führen sollte.

Der Anlass war ernst und in gewisser Weise hatte Magnus Verständnis für den frostigen Empfang. Es stand nicht zum Besten mit den allgemeinen Beziehungen zwischen Hamborch und der Landgemeinde Hairlingerlant. Die Schuld lag aber auf beiden Seiten. Immer wieder kam es vor, dass Kaufleute der Stadt vor der friesischen Küste durch Bruch oder Strandung Schiffe verloren. Bei der Bergung der Güter und Waren kam es dann zu Unregelmäßigkeiten, wohl auch zu Diebstählen und Unterschlagungen. Jedenfalls beklagten die Händler, dass die Friesen mehr als die ihnen zustehende Bergungsprise[115] an Waren behielten, was nach Lage der Dinge ein Rechtsverstoß war.

Der Magistrat der Stadt sah sich im Gegenzug veranlasst, reisende Friesen in der Stadt festzusetzen und als Faustpfand für Verhandlungen zu behalten. Auf diese

115) auch: Bergungslohn. Stand demjenigen als Anteil zu, der die Ware eines gestrandeten Schiffes barg.

Weise litten Unbeteiligte an den Folgen objektiv begründeter oder unbewiesener Vorwürfe und das Verhältnis verschlechterte sich zusehends.

Im September anno 1346 war es dann zu einem besonders gravierenden Vorfall gekommen. Ein Knorr des reichen Kaufmanns und Ratsherrn Juries Hoppener des Älteren wurde vor der Küste zwischen Spikeroge[116] und Langeoge[117] von einem unerwartet frühen Herbststurm an Land geworfen. Er hatte angeblich 2 Maß Kupfer, 6 Tonnen Talg, 1 Tonne Flachs, 5 Lasten Ochsenhäute und 10 Ellen englisches Laken im Gesamtwert von 300 rheinischen Gulden geladen.

Lediglich knapp die Hälfte davon war wieder in den Besitz des Kaufmanns gelangt. Ein Überlebender der Mannschaft hatte ausgesagt, die bergenden Küstenbewohner hätten sich den fehlenden Teil wohl unter den Nagel gerissen. Auf Verlangen von Juries Hoppener verhaftete die Stadtwache deshalb am Sankt Johannistag[118] zwei Kaufleute aus Eesensem, die sich zu Geschäften in Hamborch aufhielten. Er beschuldigte sie, mit seinen Schädigern in Verbindung zu stehen, aber tatsächlich war das der übliche Vorwand, um im Austausch wenigstens an einen Teil seiner Ware zu kommen. Die Familien der beiden Gefangenen erhielten erst nach Wochen Nachricht über deren Schicksal und baten die Richter der Landgemeinde um Hilfe. Das war der Grund für ihre Reise gewesen.

Magnus tom Diek aber ging es um mehr als diesen Einzelfall. Er hatte die anderen Richter davon überzeugt, dass ein Abkommen mit der Stadt Hamborch notwendig wäre, um derlei Dinge auch für die Zukunft zu regeln. Ein Vertrag, der unter gegenseitiger Zusicherung eines

116) Spiekeroog

117) Langeoog

118) 27. Dezember

ungestörten Handelsverkehrs Statuten für dessen Abwicklung festlegte, die dann durch ein gemeinsames Gremium durchgesetzt werden sollten. Sie hatten sich abgestimmt und wollten dem Magistrat hierzu konkrete Vorschläge machen. Magnus hatte Enno mitgenommen, um ihn als zukünftiges Oberhaupt der Familie tom Diek mit diesen Zusammenhängen vertraut zu machen. Bruder Ludgerus sollte als Vertreter der Kirche der Delegation zusätzliches Gewicht geben.

Magnus musterte den Benediktiner verstohlen. Der Mönch hatte zugenommen, aber nicht wesentlich. Sein Gesicht und seine Augen hatten ihren kalten, wenig einnehmenden Ausdruck behalten. Und auch ihr Verhältnis hatte sich nicht gebessert. Es war deshalb überraschend, dass der Kirchspielpfarrer gegenüber dem Waffenknecht für ihn Partei ergriff und seine Honorabilität besonders betonte. Dergleichen war bisher nicht vorgekommen. Aber wahrscheinlich ging es Ludgerus weniger um die Ehre seines Schollenherrn als vielmehr um seine ganz persönliche, die er durch den Anwurf des Bewaffneten verletzt sah. Der Benediktiner hielt den Kopf gesenkt und betete, Magnus hörte ihn murmeln.

Der Waffenknecht hatte die Hunde jetzt an starken Lederleinen in der Faust, er stand neben der Türe und behielt sie auf ihrer Sitzbank im Auge. Sie warteten nun schon sehr lange. Das Stundenglas auf dem Tisch des Schreibers hatte sich längst in den unteren Glaskolben geleert und sie hatten weder Schritte noch Stimmen gehört, als sich der eichene Türflügel geräuschlos öffnete und die Herren des Magistrats den Raum betraten, Johann Stroten an ihrer Spitze. Als Letzter huschte der Schreiber herein. Sie erhoben sich von ihrer Bank und alle verneigten sich. Stroten antwortete mit einem knappen Kopfnicken, die übrigen Herren hielten nichts dergleichen für notwendig. Magnus stellte seine Abordnung vor, der Führer des Magistrats nannte die Namen der Mitglieder seines Collegiums und man nahm Platz. Der Schreiber schnipste mit den Fingern und zeigte dann auf die Türe und der Waffenknecht trollte sich mit seinen Wolfshunden.

»Verzeiht, dass wir Euch warten ließen«, begann Johann Stroten mit kühlen Augen und glatter Stirn, »aber der Magistrat von Hamborch besteht, wie Ihr wisst, zumeist aus Kaufleuten. Was verfügbar war, ist hier versammelt.« Er verzog die Mundwinkel zu einem angedeuteten Lächeln und nickte in Richtung auf den Schreiber hin. »Hinrik Hermens hier musste uns erst noch aus den Contors holen.«

Dann wies er mit dem Kinn auf den Pergamentenstapel und der Schreiber beeilte sich, ihm das Hairlinger Papier zu reichen, es war das oberste. Stroten überflog es, nickte wie jemand, der sich erinnert und reichte das Dokument an seinen Nachbarn weiter. Seine Augen kamen zurück, kühl und beherrscht.

»Bevor wir über die Auslösung Eurer Landsleute reden, sagt erst, wie Ihr Euch den Schadensersatz für Juries Hoppener vorstellt.«

Magnus trat vor. Er spürte den Lederbeutel mit dem Geld unter seiner linken Achsel und fühlte sich sicher. Aber er ärgerte sich auch über die Arroganz dieser Herren, die mit keinem Wort das von ihnen verursachte Unrecht auch nur erwähnten. Schließlich hatten sie zwei Unschuldige willkürlich ergriffen und in den Stadtkerker geworfen.

»Der Schaden ist hinsichtlich seiner genauen Höhe noch zu beurkunden«, sagte er trocken. »Bisher haben wir nichts weiter als die Forderung von Juries Hoppener.«

Die anderen Stadträte hoben die Köpfe. »Wollt Ihr sagen, die Forderung besteht zu Unrecht? Dann sagt Ihr zugleich, Juries Hoppener sei kein ehrenhafter Mann!«, erwiderte einer scharf, aber Stroten hob beschwichtigend die Hände.

»Langsam, Freunde. Ruhig Blut. Wir wollen das regeln wie Kaufleute. Nüchtern und sachlich!« Er nickte Magnus zu. »Sagt, was Ihr zu sagen habt.«

Magnus verneigte sich leicht. »Es ist unbestritten, dass Juries Hoppener vor unserer Küste Waren und Güter verloren hat. Die genaue Höhe ist noch festzustellen. Unbestreitbar ist aber auch, dass der Magistrat Eurer Stadt unschuldige Friesen festhält!«

Er ignorierte die zornigen Blicke und das scharfe Einatmen der Herren und auch, dass die Stirn von Johann Stroten nun nicht mehr glatt war. »Beide Seiten müssen zu ihrem Recht kommen. Handel und Warenverkehr zwischen Hamborch und dem Hairlingerlant sollten nach gerechten Verfahren ablaufen. Wir schlagen deshalb vor, diese Dinge für alle Zukunft zu regeln.«

Stroten nickte. »Klingt gut. Fahrt fort!«

»Am besten wäre ein Vertrag. Wir sichern wechselseitig jedwedem Handelsvolk freies Geleit auf dem fremden Boden zu. Zusätzlich bestimmen wir jeweils ein Gremium, das bei Streitigkeiten zwischen beiden Seiten zusammentritt und schlichtet. Einen Entwurf hierzu kann ich vorlegen.« Magnus zog eine Pergamentrolle aus einem Lederköcher an seinem Gürtel.

Die Herren sahen misstrauisch auf das Dokument. »Hat doch keinen Nutzen«, sagte einer mürrisch.

Magnus schüttelte den Kopf. »Es gibt Beispielfälle. Etwa den von anno 1346. Ein Vertrag zwischen dem Erzbischof von Monasterium und den Landgemeinden Brokmannia, Emesingerlant, Moerinerlant[119] und Overledinghe[120] mit genau diesem Ziel. Freies Geleit, Sicherheit im Handel und einem Schiedsgericht zur Beilegung von Streitigkeiten.«[121]

119 Moormerland, Kreis Leer

120) Overledingen, Kreis Leer

121) Dieser Vertrag trägt das Datum 19.Juni 1346.

»Wir kennen diesen Vertrag«, sagte derselbe Mann verächtlich. »Und er wird nicht etwa dadurch geadelt, dass er die Unterschrift des Brookmannen trägt. Das ist doch auch einer von diesen Kerlen, die Gesindel und Gelichter Unterschlupf gewähren. Leuten, die man nicht kennt und deren Broterwerb, um es vorsichtig auszudrücken, zumindest zweifelhaft ist.«

Magnus richtete sich auf. Er fühlte grimmige Genugtuung darüber, dass dieser Sachverhalt in Hamborch bekannt war und als höchst befremdlich empfunden wurde. Doch in diese Kerbe zu schlagen hieße, Ruf und Glaubwürdigkeit der friesischen Richterschaft insgesamt in Zweifel zu ziehen.

»Man kann über Keno Hylmerisna sagen, was man will. Aber nicht, dass er vertragsbrüchig ist. Und das gilt für alle Richter in Friesland«, sagt er fest. Dann breitete er die Arme aus. »Ihr seid Kaufleute. Die einzig vernünftige Grundlage für einen geregelten Handelsverkehr ist ein Vertrag. Und ein Vertrag, der vielleicht nicht ganz hinreichend eingehalten wird, ist besser als keiner. Zumal dann, wenn man ein Schiedsgericht hat, das Brüche regelt.«

»Ich stimme zu«, sagte Johann Stroten lebhaft und ließ sich die Rolle reichen. Er las den Text sehr sorgfältig, nickte und gab das Dokument weiter.

»Wir werden den Inhalt Eures Entwurfs noch prüfen. Auf den ersten Blick erscheint er schon recht umfassend. Wir werden wohl trotzdem einen Gegenvorschlag machen. Beide Entwürfe können dann bei einem weiteren Treffen beider Seiten abschließend verhandelt und zu einem gemeinsamen zusammengefügt werden.«

Schon seit einer ganzen Weile war es Enno so, als hörte er von irgendwoher Geräusche, ein zuerst zaghaftes, dann aber beständig stärker werdendes Summen, Rauschen und Brausen und plötzlich wusste er, das kam von draußen, vom Marktplatz vor dem Magistratsgebäude. Sein

Blick wanderte zu den teuren, bleigefassten Fenstern aus buntem Glas und nur mit Mühe widerstand er der Versuchung, aufzustehen und nachzusehen. Er beobachtete seinen Vater, der jetzt am Tisch der Stadträte stand und seinen Text mit ihnen diskutierte. Die Männer hatten sich über das Pergament gebeugt und besprachen eine Formulierung, die den Widerspruch der Magistratsmitglieder erregte. Vom Platz her schwoll der Lärm plötzlich an und Johann Stroten hob den Kopf.

»Ihr habt es gewiss schon bemerkt; heute findet eine Hinrichtung statt. Wir schicken zwei Mörder in die Hölle«, sagte er und Enno fand diese Formulierung für einen Mann wie Stroten eher unpassend.

»Hoffentlich nicht ohne den Beistand der Kirche«, sagte da Ludgerus von der Bank her mit eisiger Stimme.

Die Herren funkelten ihn an, aber niemand hielt eine Antwort für notwendig. Enno wunderte sich, dass der Magistrat der Hinrichtung offenbar fernblieb und als hätte Stroten seine Gedanken gelesen, fügte er noch hinzu: »Es ist alles getan. Den Rest besorgt der Scharfrichter mit seinen Gehilfen.« Es war eine spitze Zurechtweisung und klang trotzdem so, als hätte der Mönch sich überhaupt nicht geäußert.

Man fuhr in der Lektüre des Textes fort und einigte sich schließlich darauf, den Schreiber eine Abschrift von Magnus' Entwurf fertigen zu lassen. Dann lehnte sich Johann Stroten zurück. Seine Augen suchten den Hairlinger.

»Und wie nun wollt Ihr die Sache mit Juries Hoppener regeln?«

Die anderen hoben gespannt ihre Gesichter. Magnus wusste, dass der geplante Vertrag wohl kaum zustande kam, wenn der vorliegende Rechtsstreit nicht zur Zufriedenheit des Magistrats geregelt würde. Es kam nun darauf an, der Stadt ein angemessenes und zugleich glaubhaftes Angebot zu machen.

Auch hierzu hatten sie sich vorher abgestimmt. Sie hatten Nachforschungen angestellt, glaubten schon zu wissen, wer für die Unterschlagung verantwortlich war, nämlich eine Sippe, die im Raum Westerbensze[122] siedelte und für ihre gelegentlichen Räubereien bekannt war. Sie hatten sogar bereits einen Teil der Beute sichergestellt und würden den Rest noch auftreiben. Er zog den Beutel mit dem Silber, das sie vorab in der Landgemeinde zusammengetragen hatten – ein Teil stammte von den verdächtigen Familien –, aus seinem Wams hervor und legte ihn auf den Tisch.

»Hier ist eine Anzahlung von dreißig Mark Bremisches Silber. Ich bitte Euch darum, den Fehlbetrag durch einen Advocatus beurkunden zu lassen. Er sollte nicht aus Hamborch sein, sondern aus Brema«, sagte er und Enno sah, wie sich die Blicke der Männer verhärteten.

Johann Stroten ließ den Beutel nicht aus den Augen. »Darüber werden wir nachdenken«, sagte er kalt.

Magnus nickte. Er wusste, dass es durchaus üblich war, eine Beurkundung durch einen auswärtigen Rechtsgelehrten erstellen zu lassen. Insofern war seine Forderung also nicht unbillig. Die Versteifung in den Mienen der Herren hatte selbstverständlich auch er bemerkt. Er hielt sie für das, was sie tatsächlich auch war: normales kaufmännisches Gebaren. Man kam zum Geschäft.

»Die fehlende Summe werden wir dann in Jahresfrist zahlen. Wenn Ihr wollt, kann das auch im Vertrag ausdrücklich so festgelegt werden.«

Stroten schüttelte bedächtig den Kopf. Sein Blick war noch immer auf den Lederbeutel mit dem Silber gerichtet. »Davon rate ich ab. Wenn die causa erledigt ist, führt dieser Passus nur dazu, den Vertrag insgesamt in Frage zu stellen. Das kann weder in Eurem noch in unserem Sinne sein.«

Magnus gab ihm recht. Sie verständigten sich darauf,

122) Westbense, Harlingerland

beide Sachverhalte zu trennen. Auf dem Richtplatz brandete mit einem Mal Beifall auf, das Publikum war wohl mit dem Verlauf der Hinrichtung zufrieden. Stroten warf einen flüchtigen Blick zum Fenster.

»Dann sind wir uns ja einig!«

Der Schreiber legte das Protokoll der Verhandlung vor und alle zeichneten das Pergament ab. Eine Kopie für die Hairlinger wurde unmittelbar danach gefertigt und gegengezeichnet. Dann standen die Herren des Magistrats auf, verneigten sich kurz und schickten sich an, den Raum zu verlassen.

»Mit Verlaub, Ihr Herren!«, sagte da Magnus tom Diek.

Johann Stroten drehte sich ungehalten um. »Was ist denn *noch*?«

»Meine Landsleute. Was ist mit ihnen?«

»Was soll mit ihnen sein? Sie bleiben in Haft, bis die causa erledigt ist«

Der Hairlinger schüttelte entschieden den Kopf. Seine Stimme blieb ruhig, aber sie war hart wie mehrfach geläutertes Eisen. »Das ist nicht angemessen. Die Männer sind unschuldig. Mit der Anzahlung von dreißig Mark Silber müssen sie ausgelöst sein!«

Empörte Blicke trafen ihn, einige der Stadträte wandten sich brüsk ab und es schien fast so, als käme die ganze Sache nun doch noch zu Fall. Aber dann traten die Herren zusammen und berieten sich flüsternd. Es ging eine ganze Weile hin und her, man hörte Worte wie »Raubgesindel« und »besser festhalten«, doch Johann Stroten sprach dagegen und setzte sich schließlich durch.

Er trat bis auf einen Schritt an Magnus heran und sah ihn durchdringend an. »Habe ich Euer Wort, Magnus tom Diek, dass die Forderung des Juries Hoppener wie vereinbart beglichen wird?«

Magnus erwiderte den Blick in größter Ruhe. »Jawohl, das habt Ihr!«

Johann Stroten nickte. Die nötigen Weisungen waren rasch erteilt. Der Waffenknecht erschien, diesmal ohne die Wolfshunde, und führte sie in den Stadtkerker, der, wie Magnus vermutet hatte, im Keller des Magistratsgebäudes lag. Beim Abstieg durch das Treppengewölbe hörten sie von draußen gedämpftes Johlen und Pfeifen.

Die beiden Friesen waren in leidlich gutem Zustand. Sie hatten auf sauberem Stroh gelegen und waren regelmäßig verpflegt worden. Trotzdem brachen beide vor Erleichterung und Freude in Tränen aus. Sie nahmen die Männer mit und sahen zu, dass sie fortkamen, weg von der johlenden, ausgelassenen Menge auf dem Marktplatz, wo der Gehenkte noch immer mit Küchenabfällen und Straßenkehricht beworfen wurde. Der Geräderte war nicht mehr als ein blutiges Bündel, seine Reste lagen unbeachtet abseits auf den Holzsparren. In einer Schenke nahe der Stadtmauer kehrten sie ein. Zur Feier des Tages spendierte Magnus gebratenen Kapaun[123] mit Brot, Steckrüben und Bier. Alle fassten herzhaft zu, die beiden Befreiten schwelgten mit nassen Augen.

*

Keno Hylmerisna nahm der Magd die Kanne mit erhitztem Wein aus Hand und scheuchte die Frau mit einer unwirschen Kopfbewegung aus dem Raum. Er hatte sich von seinem Handmann die Folianten mit den Aufzeichnungen über die Geschäftsvorgänge des letzten Jahres geben lassen und wollte sie in Ruhe studieren. Jede Störung war ihm zuwider.

1346 war wirklich schrecklich gewesen und der Brokmanne war froh, dieses »annus horribile« hinter sich gelassen zu haben. Tatsächlich hatten sich Erfolge und Niederlagen jedoch ziemlich ausgeglichen. Vielleicht waren die Fortschritte sogar größer als die Rückschläge,

123) Kastrierter Masthahn, im MA übliches Gericht.

aber er empfand diese Zeit in ihren Wechselfällen insgesamt als sehr belastend und wahrscheinlich war es für eine abschließende Beurteilung noch zu früh. Trotzdem, die Schatten schienen ihm dunkler und drückender als noch anno 1345 und das zaghaft fingernde Licht erhellte die Finsternis nur spärlich, aber es vertrieb sie nicht. Es war dieses Dickicht der Ereignisse, dieses scheinbar unauflöslich verflochtene, ja verschlungene Gewirr an Geschehnissen gewesen, das ihn beschäftigte und ihn zögern ließ, unter jenes Jahr einen günstigen Schlussstrich zu ziehen. Wohl erst in ferneren Tagen würde man zweifelsfrei erkennen können, ob es den Hylmerisna auf ihrem Weg Nutzen oder Schaden gebracht hatte.

Der Besitz an Grund und Boden war noch immer wie ein Stück friesisches Tuch, an dem sich die Mäuse nagend gelabt hatten. Aber er wuchs an seinen Rändern und seine Löcher schlossen sich.

Auf seinem Anwesen lebten jetzt acht Familien, neben der eigenen die seines Handmannes und sechs weitere von abhängigen Knechten. Wenn im Winter die Bewaffneten auf dem Hof waren, befahl er über mehr als fünfzig Erwachsene. Dazu kamen die Hörigen[124], denen er erlaubt hatte, auf seinen Besitzungen zu siedeln. Sie lebten in Hütten, die teilweise in die Erde gegraben und deren Dächer mit Grassoden gedeckt waren. Sie unterstützten die Feldarbeit der Parzellen, auf denen sie hausten und ernährten sich von dem, war dabei übrig blieb. Diese Leute waren überaus nützlich, bedürfnislose Arbeitskräfte, die taten, was ihnen befohlen wurde und keine Fragen stellten. Der tägliche Kampf gegen den Hunger war hart genug. Es war Keno Hylmerisna nicht unrecht,

124) Niederes Gesinde wie Brotesser oder Tagelöhner. Obwohl der Stand der »Unfreien« bereits etwa im 11./12. Jh. verschwindet, sind diese Menschen keine »Freien« im Sinne dieses Wortes. Sie sind nicht »gerichtsfähig«. Der Großbauer spricht in ihrem Namen und kommt für ihre Schulden auf. Ansonsten verfügte er nach Gutdünken über sie.

dass solche Menschen von ihm abhängig waren. Der Tag würde kommen, an dem er fruchtbaren Nutzen aus ihnen zog, weit über den gegenwärtigen hinaus.

Er nahm einen Schluck von seinem mit Honig und Zimt gewürzten Wein und spürte die Wärme des Getränks in der Brust. Gedankenverloren blätterte er in dem Folianten. Was die Einkünfte aus Landwirtschaft und Handel betraf, so war das Jahr 1346 miserabel gewesen. Die Friesen hatten schon anno 1345 mit Viehseuchen zu kämpfen gehabt, die seltsamerweise unmittelbar nach dem Thing am Upstallesbame ausgebrochen waren. Ein Bote aus dem Hairlingerlant hatte die Nachricht gebracht und damit den vorzeitigen Abbruch der Versammlung eingeleitet, deren Ende ja ohnehin bereits erkennbar gewesen war.

Mit grimmiger Genugtuung erinnerte sich Keno an diese Szene. Der Mann kam nicht vom Hof des Magnus tom Diek, aber jedenfalls wohl aus dessen Nachbarschaft und insgeheim wünschte er, die Herde des Hairlingers möge besonders betroffen sein. Dann der überstürzte, fast panische Aufbruch der Delegationen. Sogar die Prälaten waren in hektische Betriebsamkeit geraten, sie verzichteten auf das abschließende Angelusgebet und sahen zu, dass sie auf den Weg zu ihren Abteien kamen.

Auf seinem Hof in Engerhoffe waren auch Symptome der Seuche aufgetreten, aber nur schwach bei den Schafen. Bei zwei Jungtieren stellten die Knechte Lahmgehen fest, sonderten sie ab, schlachteten sie sofort und verbrannten das Fleisch. Der gesamte Bestand an Vieh, besonders das in den Huden, wurde für eine Weile auf die Flächen am Herrenhaus gestellt, um den möglichen Kontakt mit fremden Tieren zu vermeiden. Damit war die Sache ausgestanden.

Auch im übrigen Friesland flackerten nur hier und dort ein paar Fälle auf, die schnell eingedämmt waren und man glaubte schon, davongekommen zu sein, als plötzlich anno

1346, an Epiphanias[125], die Seuche zurückkam. Diesmal wütete sie verbreitet und forderte schmerzliche Opfer unter den Viehbeständen. Wie durch ein Wunder blieb Brokmannia weitgehend verschont. Ein paar von den Hylmerisna abhängige Bauern verloren Rinder und Schafe und in der Folge Teile ihres Landes, da sie ihre Pacht nicht bezahlen konnten, aber Keno und seine Familie hatten von der Seuche keine Nachteile, sondern Nutzen.

Gleichwohl kam der Viehhandel für lange Zeit zum Erliegen und die Einnahmen gingen zurück. Dass die Hylmerisna nur zum geringeren Teil von der Landwirtschaft abhingen, erwies sich jetzt nachgerade als Segen. Was aber nun den Handel anno 1346 betraf, so konnte man getrost von einer Katastrophe sprechen. Entsetzliche Verluste. Der Brokmanne verspürte einen stechenden Schmerz in der Magengegend, wenn er daran dachte, dass er noch wenige Tage vor dem Christfest anno 1345 seine Einlage im Handelskontor des Jacobus Schermbeke zu Brema um weitere fünf Teile aufgestockt hatte. Dazu waren neunzig Mark Bremisches Silber nötig gewesen. Er hatte gewusst, dass es ein Risiko war, der Handelsherr war manchmal zu sorglos und nachlässig mit seiner Berichtspflicht an die Teilhaber war er auch, aber er machte gewinnbringende Geschäfte und Keno war im Groben und Ganzen gut mit ihm gefahren.

Doch dann hatte Jacobus Schermbeke trotz aller Warnungen während der einsetzenden Winterstürme seinen Seehandel fortgesetzt und in kurzer Zeit drei Schiffe verloren. Das Handelshaus selbst hatte an diesen Verlusten schwer zu tragen. Einkünfte aus dem Geschäft des Jacobus Schermbeke konnte Keno Hylmerisna im Jahre 1346 nicht erwarten. Er konnte froh sein, wenn seine Beteiligung in ihrer Substanz nicht bedroht war. Die zweite Katastrophe war der Totalverlust eines Han-

125) 6. Januar; Erscheinungsfest, Heilige Drei Könige

delszuges gewesen, an dem er mit Holz, Häuten und Wolltuch im Gesamtwert von mehr als fünfundsiebzig Mark beteiligt gewesen war. Dazu kam der Anteil an den Kosten für die Bedeckung des Zuges, bestehend aus zehn flandrischen Bewaffneten. Ein Kurier der Handelsniederlassung aus Appinggadamme hatte ihm die Nachricht eines Morgens gebracht. Er hatte noch mit seiner Frau, Ocko und den beiden Töchtern beim Frühstück gesessen, als der Mann hereingekommen war, begleitet von seinem Schwager und Handmann Uffo Remetsna.

Der Kurier war körperlich am Ende, sein Lederzeug war durchgeschwitzt und verdreckt, er musste Tag und Nacht geritten sein und Keno hatte sofort ein ungutes Gefühl, als er das Pergament in der Hand des Mannes sah. Der Handelszug war auf dem Weg nach Süden, auf dem Gebiet des Grafen von Geldern, in einen Hinterhalt geraten und aufgebracht worden. Von der Ware war nichts mehr übrig.

Der Hals des Brokmannen rötete sich vor Zorn, das Dokument in seiner Hand zitterte. Er musterte den Kurier aus schmalen Augen. »Was ist mit der Wachmannschaft? Zehn Berittene in Eisen. Für die ich auch bezahlt habe!«

Der Mann hob die Schultern. Er sprach mit einem weichen Akzent. »Nicht nur Ihr. Mein Herr befürchtet, dass sie mit den Wegelagerern unter einer Decke stecken. Wir haben außer den Fuhrknechten, die allesamt erschlagen sind, jedenfalls keine Leichen gefunden. Einer unserer Leute ist vor Ort. Er ermittelt noch.«

Der Kurier warf einen Blick auf die Frau und den Sohn, dann kamen seine Augen zurück.

»Wir ermitteln auch in Flandern. Der Verbindungsmann, der die Wachmannschaft in Dienst genommen hat, ist ein alter Freund der Niederlassung. Wir arbeiten schon seit langem mit ihm zusammen. Er hat die Leute allesamt im Raum um Gruningenn angeworben, so wie sonst auch. Er hat keine Erklärung!« Auf seinen Lippen stand plötzlich ein schales, spöttisches Lächeln. »Der Graf von Geldern hat zur Aufklärung seine Hilfe angeboten. Über seine Rolle können wir noch nichts sagen.«

Der Brokmanne warf seinem Sohn das Pergament hin und lehnte sich zurück. In einer jähen, heftigen Bewegung stieß er seinen Teller mit kaltem Braten von sich. »Und wie stellt sich dein Herr die Erstattung meines Schadens vor?«

Der Kurier schwieg zwei Atemzüge lang. In seinen müden Augen stand kühle Ablehnung. »Ich bin hier, Euch in Kenntnis zu setzen. Weitere Aufträge habe ich nicht«, sagte er mit einer gewissen Herablassung, die den Brokmannen so ärgerte, dass er das Gespräch an dieser Stelle brüsk abbrach. Er warf den Mann hinaus mit der Ankündigung, in dieser Sache noch vorstellig zu werden.

Aber bei seinen anschließenden Bemühungen, wenigstens einen Teil seines Geldes zu retten, hatte er bei den Westfriesen, die gewiefte Kaufleute waren, auf Granit gebissen. Verluste hätten schließlich alle gehabt, das Kontor selbst auch, sogar einen vielfach höheren als alle anderen, und der Zug sei üblicherweise nun einmal auf das Risiko seiner Teilhaber gereist. Sollte sich noch ein Rest der Ware finden, werde anteilig Geld ausgezahlt. Dabei war es geblieben. Summa summarum beliefen sich seine Verluste aus dem Handel auf mehr als einhundertachtzig Mark Bremisches Silber, und das war auch für Keno Hylmerisna ein harter Brocken.

Bei den Zinseinnahmen waren sie gezwungen gewesen, vermehrt Feldfrüchte und andere Güter zu akzeptieren, weil die Bauern wegen geringerer Erträge ihre Schuld nicht anders bezahlen konnten. Diese Einkünfte waren weniger willkommen als Geld, sie sperrten Lagerraum und fügten den ohnehin vorhandenen Beständen an lediglich mittelbar nützlichen Wirtschaftsgütern weitere Teile hinzu. Keno Hylmerisna seufzte. Er dachte an seinen Vater, der, obwohl noch zu deutlicheren Teilen Bauer als sein Sohn, die Vorzüge des Handels früh erkannt und stets darauf hingewiesen hatte, wie wichtig ein ausgewogenes Verhältnis zwischen Geld und Güterbestand war.

»Sieh zu, dass du außer dem Winterfutter für das Vieh deine Scheunen nicht zu voll hast. Das Geld im Kasten wiegt mehr als die Tonne mit Hering oder der Sack mit Steckrüben auf dem Balken, die du schließlich doch an die Armen verschenken musst!«

Er seufzte erneut und griff nach der Kanne. Sein Plan, die restlichen Fenster seines Hauses mit Schweinsblasen auf Holzrahmen durch verglaste zu ersetzen, musste nun warten. Vom Hof her hörte er seinen Handmann einen der Pferdeknechte anbrüllen, dazwischen das Gekeife einer Magd.

Keno stand auf, ging an seine Kleidertruhe und holte das Buch mit den schweren Beschlägen aus der Eisenkiste. Er hatte sich den Behälter für teures Geld von einem flämischen Schmied fertigen lassen, der nach eigenem Bekunden die Kunst der Schlossmacherei in einem baierischen Kloster gelernt hatte. Das Schließwerk bestand aus einem verschachtelten Mechanismus von Riegeln und Federn, der wirklich nur mit dem Schlüssel geöffnet werden konnte, den der Brokmanne unter seiner Wollbluse um den Hals trug. Keno verschloss die Kiste sorgfältig, kam an den Tisch zurück, legte seine Füße auf die Schragen[126] und streckte sich.

Er schlug das Buch auf und blätterte darin. Seine Aufzeichnungen über den Thing anno 1345 überflog er mit einem grimmigen Lächeln. Dann kam die Stelle mit dem Eklat, der sich während der Heimreise ereignet hatte,

---

126) Böcke mit schrägen Beinen, auf denen die Tafel, hier der Arbeitstisch, ruhte.

und seine Züge verdüsterten sich. Ocko! Auch sein Sohn hatte ihm im vergangenen Jahr wenig Freude gemacht.

Es schien, als hätte mit dem Vorfall am Upstallesbame alles seinen Anfang genommen. Er erinnerte sich an den Reiter aus der Oosterambter Delegation des Ayderd Zeerijp, der Kerl musste ihnen nicht lange nach ihrem Aufbruch hinterhergehetzt worden sein. Jedenfalls war der plötzlich von Südwesten herangeschossen und hatte sein Pferd pariert, dem der Schaum vom Maul troff, so knapp vor Kenos, dass die beiden Gäule fast zusammengestoßen wären. Dann hatte er ihm in barschem Ton einen Papierfetzen vor die Brust gehalten, eine Nachricht von Ayderd, die offensichtlich in höchster Eile auf das Pergament geworfen worden war. Das Schriftstück verzichtete auf jede Anrede und war lediglich unterzeichnet. Seinem Sohn, Ocko Hylmerisna, wurde dort in rüden Worten vorgeworfen, Wiska, der Tochter des Ayderd Zeerijp, Richter und Schollenherr der Landgemeinde Oosterambt, während des Thing in ungehöriger, ja unschicklicher Weise Avancen gemacht zu haben. Man halte ihm seine Jugend zugute, erwarte jedoch eine schriftliche Entschuldigung und eine förmliche Erklärung, derlei künftig zu unterlassen. Wie jeder wisse, sei die junge Frau versprochen und werde demnächst ihren Erwählten ehelichen.

Keno Hylmerisna war so aufgebracht gewesen, dass er seinen Sohn umgehend zur Rede gestellt hatte. Der Brokmanne hatte gekocht, es war nicht das erste Mal gewesen, dass Ocko als Schürzenjäger in Erscheinung trat, und wenn er mit ihm allein gewesen wäre, hätte er ihn wohl gezüchtigt. Die blasierte Art seines Sprösslings war nicht geeignet, seinen Zorn zu mildern. »Du hast als künftiger Herr deines Hauses auf deinen Ruf zu achten. Außerdem richtest du politischen Schaden an. Wann wirst du das endlich begreifen?«

Sein Sohn hatte ihn aus verschwiemelten Augen angesehen, der Schiefstand seiner Pupillen war in diesem Moment sogar dem Vater abstoßend erschienen. »Was willst du? Warum regst du dich so auf? Sie ist nur ein Weib.«

Keno war im Sattel vorgeschossen, hatte die Hand zum Schlag gehoben und sich nur mit größter Mühe beherrscht. »Ja. Sie ist nur ein Weib. Aber ein versprochenes!«

»Und wenn schon. Versprochen ist nicht verheiratet.«

Da war nicht der geringste Selbstzweifel, und Keno Hylmerisna war trotz aller Wut einen Augenblick ratlos, wie er damit umgehen sollte, jetzt, da die gesamte Delegation seiner Landgemeinde um sie versammelt und Zeuge ihres Disputes war.

»Du wirst gefälligst deine Finger von ihr lassen, verstanden?«, hatte er mit scharfer Stimme gesagt, aber Ocko hatte nur gegrunzt und sein Pferd gewendet.

Die Sache hatte noch ein Nachspiel auf dem heimatlichen Hof gehabt. Keno Hylmerisna hatte seinem Sohn erneut harte Vorwürfe gemacht. »Auch du bist versprochen. Wie du weißt. Nämlich der Jungfer Fokeldis aus Straicholt und Hynt[127]. Was würdest du sagen, wenn ihr ein Fremder nachstellt?«

»Ich habe sie mir nicht ausgesucht, sondern du, weil du mit dem alten Hisko einen Vertrag machen wolltest. Aus dynastischen Gründen. Aber wenn sie mein Eigentum ist und jemand anders daran nascht, fließt Blut.«

Ocko zeigte sich stur und Keno hatte in einer Aufwallung heißer Wut mit ernsthaften Konsequenzen gedroht. »Ich will nicht wissen, was du im Einzelnen gemacht hast. Aber wenn du noch einmal im Beisein meines Gesindes so mit mir umspringst, werde ich dich enterben. Schließlich hast du auch noch Schwestern!« Seine Stimme hatte vor

127) Hinte, Kreis Norden

Zorn gebebt, aber Ocko schien auch diese Drohung nicht ernst zu nehmen.

Die von dem Oosterambter geforderte Entschuldigung war unterblieben, und Ocko ließ nicht von seiner Neigung, Weiberröcken nachzujagen. Zudem stieg sein Gewicht, er wurde feist. In Verhalten und Auftreten näherte er sich mehr und mehr dem Habitus eines Grundherren, der sich deutlich von seiner bäuerlichen Herkunft abheben wollte. Keno sah das mit einer Mischung aus Sympathie und Hoffnung und dem besorgten Bewusstsein, dass sein Sohn kaum jemals um seiner selbst willen geliebt werden würde. Er würde in seinem Leben immer stark, vielleicht sogar gewalttätig sein müssen, um seine Ziele zu erreichen. Vielleicht war ja gerade seine augenblickliche Entwicklung auch die Voraussetzung dafür, auf diesem Weg Erfolg zu haben.

Der Brokmanne lehnte sich zurück und klopfte mit einem kleinen, hölzernen Hammer auf die Tafel. Wenig später huschte eine Magd herein, stellte wortlos einen Teller mit Brot und kaltem Braten auf den Tisch und verschwand. Keno langte zu.

Die Familie machte ihm insgesamt Sorgen. Seine Frau Theda hatte ihm sechs Kinder geboren, drei davon waren gestorben und von der Geburt des Sohnes Ocko hatte sie sich nie wieder völlig erholt. Seit Jahren plagte sie sich mit einem rätselhaften Fieber herum, das kam und ging und dessen Ursache kein Medicus finden konnte. Die beiden Töchter, Elborg und Doda, waren längst im heiratsfähigen Alter, aber selbstverständlich kam nur eine standesgemäße Vermählung in Frage. Und das bedeutete eine erheblich Summe Geldes an Mitgift, eine Ausgabe, die der Brokmanne gegenwärtig scheute. Selbst eine Überstellung einer der beiden jungen Frauen an ein Kloster wäre mit einer nicht unbeträchtlichen Schenkung an die

Abtei verbunden. Hylmerisna hatte diese Möglichkeit nach einem Gespräch mit Abt Hilderaad verworfen. Das Kloster Marienkamp unterhielt einen Frauentrakt unter der Leitung einer Oberin. Der Benediktiner hatte den Brokmannen überaus freundlich angelächelt, aber seine Augen waren hart geblieben.

»Ich nehme deine Tochter – sagtest du Doda? – gerne auf. Sehr gerne. Sie hätte auf längere Sicht sogar Möglichkeiten, Oberin der Frauenabteilung zu werden, warum nicht? Allerdings erwarte ich von einem Schollenherrn und Redjeven wie dir eine angemessene Donation an das Kloster. Die Zeiten sind schlecht und wir müssen sehen, dass wir unsere Grundlage an Gütern und Besitz weiter ausbauen.«

Keno hatte den Abt kühl gemustert. »Was nennst du angemessen?«

Der Benediktiner hatte sich zurückgelehnt, man sah, wie es hinter seiner Stirn arbeitete, nicht lange, denn Hilderaad war ein schneller Denker. »Zehn Grase gutes Weideland erscheinen mir angemessen, dazu einen Beitrag an Tuch für die Bekleidung der Nonnen, sagen wir … fünfzig Ellen?«

Keno Hylmerisna hatte entschieden abgelehnt. »Du hast den Kopf in den Wolken, Vater. Für diese Summe kann ich sie jederzeit gut verheiraten. Und mehre damit meinen Einfluss in der Landgemeinde. Vielleicht sogar darüber hinaus.«

Das Lächeln des Abtes gefror. »Denke daran, mein Sohn, dass es wichtigere Dinge im Leben gibt als Macht und Einfluss. Unser Herr Jesus Christus sieht gerade jetzt auf dich. Gerade jetzt!«, hatte Hilderaad hart und mit mahnend erhobenem Zeigefinger geantwortet. Keno hatte schon die scharfe Erwiderung auf der Zunge gehabt, eine solche Bemerkung aus dem Mund des Benediktiners klinge wie der Vorwurf eines Sünders, der seinerseits der Absolution bedürfe, dann aber doch geschwiegen.

Also, dieses Problem war noch zu lösen. Keno langte sich eine weitere Scheibe Braten vom Teller und goß Wein in seinen Lederbecher. Er nahm einen tiefen Schluck, lehnte sich kauend zurück und dachte nun über seine politische Situation nach. Auch hier hatte es Höhen und Tiefen gegeben. Sein größter Erfolg war zweifellos, dass der Umgang in Brokmannia unterbrochen war. Er war anno 1345 amtierender Redjeve gewesen, und er war es nun, anno 1347 immer noch! Sein gewählter Nachfolger, Imel Taddinga der Ältere, war vor Amtsantritt an einer unbekannten Krankheit gestorben, kurz darauf dessen ältester Sohn, und der nachgeborene war erst siebzehn Jahre alt und sah sich außerstande, die Pflichten eines Richters zu übernehmen. Vielmehr hatte er alle Hände voll zu tun, um mit den Knechten und den Frauen den elterlichen Hof zu bewirtschaften. Eine andere Familie wollte nicht einspringen. Schließlich wurden die Pflichten eines Richters nicht nur als Ehre, sondern durchaus auch als Last empfunden.

Keno Hylmerisna hatte sich also bereit erklärt, bis auf weiteres im Amt zu bleiben. Der Wechsel von anno 46 auf 47 war schließlich unterblieben, weil der neu gewählte Richter unvermittelt in eine mysteriöse Erbstreitigkeit verwickelt gewesen war, eine Sache, in der offenbar jemand von außen die Fäden zog. Es ging um ein Stück Land von etwa sieben Grase in der Nähe von Widelburen[128]. Der Bauer erhob über die Familie seiner Frau Ansprüche auf diese Fläche, die er wohl auch belegen konnte. Plötzlich war ein Dokument aufgetaucht, das dem widersprach. Auch setzte es den Forderer in ein ungünstiges Licht und nährte Gerüchte, er sei schon früher auf ähnliche Weise zu Unrecht in den Besitz fremden Landes gekommen.

Nahezu zeitgleich war es dem Brokmannen gelungen,

128) Wiegboldsbur, Kreis Aurich, damals zu Brokmannia gehörig.

durch großzügige Fürsorglichkeit auf sich aufmerksam zu machen. Er unterstützte Familien in Notlagen durch Bereitstellung von Pferd und Wagen und hatte in einem Fall einen beräderten Schollenpflug verschenkt, den er eigens in der Schmiede des Klosters Marienthal anfertigen ließ. Daneben stattete er weniger wohlhabende Bauern seines Kirchspiels mit neuen Spaten aus, die an Stelle des bloßen Holzes über ein Blatt verfügten, das mit einem Eisenband verstärkt war. Mit einem solchen Spaten konnte ein Knecht gut das Doppelte seines Tagwerkes an Grabarbeiten schaffen.

In dieser Situation war es der Landgemeinde naheliegend erschienen, Hylmerisna das Amt des Redjeven für anno 1347 erneut anzutragen. Das hieß, man wählte ihn nicht förmlich, sondern bat ihn um Fortführung der Geschäfte. Und so war es bis heute.

Er lächelte grimmig. Unerfreulich war dagegen der Widerstand, der ihm in einer anderen Sache entgegenschlug. Er hatte sofort überlegt, wie er seine inzwischen deutlich gefestigtere Position in der Landgemeinde weiter ausbauen könnte. Zwei Tage vor dem Fest der Bekehrung des heiligen Paulus[129] war es ihm günstig erschienen, das anhaltend milde Wetter für eine Vertiefung des Grabens um sein Anwesen zu nutzen. Er ließ umfangreiche Arbeiten beginnen, an denen sogar die bewaffneten Fremden teilnahmen. Der Erdaushub wurde auf die Wallkrone geworfen und dort verdichtet. Es stand bereits ein Teil der Bewehrung, als eine Abordnung von Richtern auf seinem Hof erschien, geführt von dem alten Wiard Bouwe, und ihn zu sprechen verlangten. Sein Sohn Ocko hatte oben auf der Wallkrone gestanden und die Männer brüsk nach ihrem Begehr gefragt, dann wortlos auf das Tor gewiesen, wo einer der Fremden sie in Empfang nahm und zum Herrn des Hauses führte.

129) 25. Januar

Das anschließende Gespräch mitten auf dem Hof war für Keno Hylmerisna auch eine Probe gewesen. Er wollte feststellen, ob seine Macht bereits so gestärkt war, dass zumindest eine Abordnung von Richtern der Landgemeinde sie nicht mehr ernsthaft erschüttern konnte. Er verzichtete bewusst darauf, die Herren förmlich zu empfangen und zu bewirten, wie es eigentlich dem Brauch entsprochen hätte, bei einem Glas Wein in einem der großen Zimmer, sondern stand breitbeinig, die Fäuste in die Hüften gestemmt, auf seinem Platz zwischen den Häusern und blaffte sie an wie ein Herr seine Untersassen[130]. Und während er sprach, schlenderte der Fremde hinter ihn und nahm in seinem Rücken Aufstellung, die Arme lässig vor der Brust verschränkt.

»Was verschafft mir die Freude eures zweifellos unerwarteten Besuches?«

Wiard Bouwes Lider flatterten. Der rüde, regelverletzende Ton des Brokmannen, seine demonstrativ zur Schau gestellte Selbstsicherheit, erschütterte ihn nachhaltig. Er fasste sich ein Herz, aber seine Stimme zitterte.

»Was tust du mit deiner Umwallung, Keno? Wir sind der Meinung, dass das mit unserem Landrecht nicht vereinbar ist.«

Der Oberkörper des Brokmannen schoss nach vorn. »Wir? Oder du, Wiard?«, fragte er mit ätzender Schärfe und sah den Alten wanken. Die anderen wichen einen Schritt zurück. Er fand mit einem Mal Gefallen an diesem Spiel, es gab eine süßlich kostende Vorahnung von dem, was er für die zukünftige Rolle seiner Sippe hielt. In dieser Situation war er Herr, Herrscher!

»Jetzt hört mal zu, Freunde! Jeder von euch hat einen Entwässerungsgraben um sein Haus. Und das aus überaus nützlichen Gründen. Wir werden doch wohl nicht

130) Abhängige Bauern, die vom Schollenherrn gepachtetes Land bewirtschafteten.

darüber streiten wollen, welcher tiefer oder flacher ist als der andere, oder?«

»Du bist der Einzige von uns, der ein volles Steinhaus besitzt«, sagte Wiard Bouwes, der alle Mannhaftigkeit zusammenraffte. »Unseren Erdaushub schaffen wir auf die Felder. Und keiner von uns hat eine solche Bewehrung auf der Wallkrone!« Er wies auf die knapp mannshohen, geschälten Eichenstämme, die an einigen Stellen bereits errichtet waren.

Auf den Lippen des Brokmannen stand jetzt ein bösartiges Lächeln. Er richtete sich auf und schob das Kinn nach vorn. »Du benimmst dich wie ein altes Weib, Wiard! Als freier Friese lasse ich mir von niemandem vorschreiben, was zum Schutz meiner Familie nötig ist. Und jetzt ersuche ich euch, mich zu entschuldigen. Ich habe zu arbeiten!«

Danach hatte er sich einfach abgewandt und war davongegangen, der Fremde hinter ihm dichtauf, hatte auf einen empörten Widerspruch, ein letztes Aufbäumen gewartet, aber das war ausgeblieben. Er hörte keinen Laut, und als er sich auf halbem Weg umdrehte, war der Hof schon leer. Er hatte gewonnen! Und er glaubte nicht daran, dass ihm irgendjemand in der Landgemeinde das Amt des Redjeven jetzt noch ernsthaft streitig machen würde.

Dieser überaus erfreulichen Entwicklung hatte sich eine weitere angeschlossen, die Keno Hylmerisna mit gehässiger Befriedigung erfüllte. Es war ihm gelungen, das Verhältnis zwischen Magnus tom Diek und der Kirche, namentlich dem Erzbischof seiner Diözese, weiter zu verschlechtern. Die Bespitzelung des Hairlingers durch seinen Kirchspielpfarrer trug Früchte. Bruder Ludgerus hatte ihm eine Abschrift des erzbischöflichen Schreibens gefertigt, die der Brokmanne nun aus seinem Folianten hervorzog. Mit einem harten Lächeln überflog Keno erneut den Text, den er doch Wort für Wort kannte. In scharfem Ton machte Otto I. Magnus Vorhaltungen über gewisse Ärgernisse und verlangte sofortige Abstellung.

»Es ist mir berichtet worden, dass du, Magnus tom Diek, noch immer an heidnischen Symbolen hängst. Ich erinnere dich an das Erste Gebot unseres Herrn, das da lautet: Ich bin der Herr, dein Gott. Du sollst keine fremden Götter neben mir haben! Ich fordere dich nicht nur auf, sondern du wirst hiermit ersucht und angewiesen, derlei künftig zu unterlassen, namentlich bei Verrichtungen aus der heiligen Liturgie wie Gottesdienste oder Begräbnisse.«

Die donnernde Stimme des Kirchenfürsten war förmlich aus den Zeilen herauszuhören. Es erschien dem Brokmannen als ein Glücksfall, dass der Hairlinger, dem das Schreiben durch den Abt von Marienkamp zugestellt worden war, am darauffolgenden Sonntag nach dem Gottesdienst mit diesem Pergament in der Hand auf die Kanzel seiner Pfarrkirche stieg und das Wort an die wie gebannt lauschende Gemeinde richtete. Bruder Ludgerus, der Mönch, hatte Hylmerisna bald darauf haarklein, mit fast gemeiner Detailversessenheit, berichtet, was in der Kirche vorgefallen war. Der Pfarrer hatte sich schon in sein Kabuff hinter dem Altar verziehen wollen, war dann zurückgekommen und hatte mit glitzernden Augen gehört, was sein Schollenherr zu sagen hatte. Und nun stand dem Brokmannen diese Szene wieder vor Augen. O, er kannte den Hairlinger, er kannte ihn so genau! Und wie sich die Dinge zugetragen hatten, konnte Keno sich ohne Schwierigkeiten denken, schließlich hatte er sie mit seiner Intrige auf den Weg gebracht. Er brauchte keine gehässigen Ausschmückungen, die kleinen, widerlichen Bösartigkeiten des Pfarrers ließ er beiseite, sie waren nicht nötig, er konnte sich sogar das Mienenspiel des Magnus tom Diek vorstellen, fast so, als hätte er, Keno, selbst in der Kirche gesessen.

Magnus hob die Hand und wedelte mit dem Pergament. »Unser Diözesanherr, der Erzbischof von Brema, Otto I. hat mich gerügt.« In einer knappen Bewegung wies er auf das Runenholz in seinem Gürtel. »Deswegen!« Er lächelte frostig. »Seine Eminenz hat mich angewiesen, es künftig in der Kirche nicht mehr zu tragen. Dazu habe ich folgendes zu sagen, und zwar kurz, denn ihr wollt auf eure Höfe: Dieses Runenholz gehörte meinem Vorfahren gleichen Namens. Er hat es getragen bei der Befreiung des Papstes, des III. Leo, durch den Herzog Winniges, an der unsere Ahnen einen erheblichen Anteil haben. Diesem Anteil verdanken wir nach der Überlieferung unsere Freiheit.«

Er unterbrach sich und ließ seinen Blick durch die Kirche wandern. Die Gesichter der Menschen hatten sich ihm entgegengehoben, weißlich im Dämmerlicht der kleinen Fenster, die meisten glatt vor Spannung. Er sah seine Frau in ängstlichem Stolz zu ihm heraufsehen, und seinen Sohn Enno, der ihn mit den Augen verschlang. Und er sah den Pfarrer, Bruder Ludgerus, auf dessen hoffärtigen Zügen er verweilte. Als er weitersprach, schien es, als rede er nur zu dem Benediktiner.

»Die Sage erzählt, Papst Leo hätte nach seiner Befreiung das Runenholz segnend berührt. Das mag so gewesen sein. Für mich ist es kein religiöses Symbol, sondern Ausdruck der Wurzeln des friesischen Volkes. Ich sehe keinen Anlass, es zu verstecken!«

So war das gewesen und Bruder Ludgerus hatte noch am gleichen Tag sein Maultier bestiegen und war zu dem Brokmannen nach Engerhoffe geritten, hatte dort atemlos und fast sabbernd vor Wut über diesen Vorfall berichtet. Keno hatte ihn erneut aufgefordert, den Erzbischof darüber in Kenntnis zu setzen. Das hatte der Mönch dann auch getan, und der zweite Brief des Erzbischofs an den Hairlinger, dessen Abschrift Keno nun in Händen hielt, hatte es in jeder Hinsicht in sich. Er trug das Datum des

Montags nach Sankt Vitus, des 19. Juni Anno Domini 1346 und lautete folgendermaßen:

»Es betrübt mich zu hören, dass du, Magnus tom Diek, dich der fortgesetzten Insubordination gegen unsere Mutter Kirche und ihre Hirten schuldig machst. Sei gemahnt und erinnert, dass Ungehorsam eine schwere Sünde ist. Bedenke auch, dass ich dein Bestes will, zum Wohle deiner Seele im Hinblick auf ihre dereinstige Vereinigung mit Gott, derer du Gefahr läufst, verlustig zu gehen!«

Es folgten noch weitere Vorhaltungen, die allesamt von tiefer Sorge um das Seelenheil eines Schafes der Herde des Herrn geprägt waren. Aber dann kam es knüppeldick:

»Ich verfüge in aller Demut über Möglichkeiten, dich zu züchtigen, solltest du dich meiner Weisung weiterhin widersetzen. Davon ist die Verhängung des Kirchenbanns[131] gegen dich und deine Familie noch eine der geringsten. Sei gewiss, dass ich mich nicht scheuen werde, davon Gebrauch zu machen, zum Wohle unserer heiligen Mutter Kirche und zum Lobe unseres Herrn Jesus Christus!«

Es war eine offene Drohung, brutal und rücksichtslos, nicht nur gegen den Hairlinger, sondern auch gegen seine Familie, die sogar die Exkommunikation explizit einschloss. In den darauf folgenden Monaten erschien die Familie tom Diek ohne den Hausherrn zum Gottesdienst, aber am Christtag anno 1346 hatte der Hairlinger an der Messe teilgenommen. Und zwar mit seinem Runenholz im Gürtel. Ludgerus hatte dem Erzbischof darüber Meldung gemacht, aber eine Reaktion des Kirchenfürsten stand noch aus. Keno war gespannt, wie sich dieser Konflikt weiter entwickelte.

Dazwischen aber lag die Weihung des Glockenturms der Kirche in Eesensem, ein Ereignis, dem Keno Hylmerisna förmlich entgegengefiebert hatte. Es hatte sich herausge-

131) Zeitweiliger oder dauernder Ausschluss von den Sakramenten und der Teilnahme an kirchlichen Zeremonien.

stellt, dass die Kosten für die Errichtung des Turms denen der Verstärkung des erst jüngst neu gedeckten Daches nahezu gleichkamen. Es musste nämlich ein besonderes Tragewerk her, um das Gewicht der Glocke von fast 200 Pfund zu halten. Der Rat der Zimmerleute ging schließlich dahin, sich wegen des geringeren Aufwandes an Arbeitsleistung für den Bau eines Turms zu entscheiden. Er war südlich neben der Kirche errichtet worden, weil der Boden dort eine festere Gründung für das Fundament erlaubte, und seine Einsegnung stand bevor.

Die Gefühle des Brokmannen waren in dieser Angelegenheit durchaus gespalten. Denn einerseits hatte er unbestreitbar den Hairlinger gezwungen, für den Bau ein schönes Stück Geld auszugeben, was ihn diebisch freute. Andererseits war die Errichtung des Glockenturmes ein gottgefälliges Werk, was wiederum die Position der tom Diek in der Kirchengemeinde festigte und unzweifelhaft auch auf das Wohlwollen der Geistlichkeit traf. Aber vor allem war da dieser Vorfall im Anschluss an die Weihe, als er aus der Unbedachtsamkeit einer Laune heraus, er hielt die Gelegenheit für günstig, den Kirchenfürsten von Brema um weitere Protektion gebeten hatte.

Er hatte diesen Gedanken wieder und wieder erwogen, und er schien ihm schlüssig. Eine förmliche, öffentlich gemachte Ehrung durch die Kirche konnte seinen politischen Zielen nur nützlich sein. Es war klar, eigentlich hätte er sich hierzu an seinen Diözesanherrn, den Erzbischof von Monasterium wenden müssen. Doch Ludwig der Hesse war weit, er war ihm zudem nie begegnet und hatte kein Verhältnis zu ihm. Nicht einmal ein schlechtes. Otto I. stand in seiner, des Brokmannen Schuld, aus mancherlei Gründen. Es war nicht mehr als gerecht, dass er sich gelegentlich auch erkenntlich zeigte. Dazu hatte Keno Hylmerisna klare Vorstellungen, die er dem Erzbischof vorgetragen und sich dabei eine Abfuhr geholt hatte, die ihn heute noch schmerzte. Seine Ohren glühten und die Röte stieg ihm in den Hals, wenn er daran dachte, wie Otto ihn abgefertigt hatte. Dieser verdammte Hund! Dieser Kuttensack in Purpur!

Aber er brauchte ihn, und bei passender Lage würde er ihn erneut angehen, nur reiflicher überlegt und besser vorbereitet, nicht dem Impuls eines Augenblicks folgend wie damals, bei dieser Demütigung. Ein Glück, dass sie vor der Kirche allein gewesen waren.

Die Weihe des Glockenturms hatte deshalb eine besondere Würze, weil sie das erste Zusammentreffen des Hairlingers mit dem Erzbischof nach dem Eklat mit dem Runenholz herbeiführen würde. Jeder in der Gemeinde wusste das, ja, es war Tagesgespräch über das Hairlingerlant hinaus. Denn ebenso selbstverständlich wie die Einsegnung des Turms durch den Kirchenfürsten, ministriert durch die drei Prälaten der umliegenden Klöster, war dabei die Anwesenheit des betroffenen Schollenherrn. Das war die Ursache für die seltsam gedrückte Stimmung unter dem Kirchenvolk, die Angst vor diesem Zusammenstoß mit ungewissem Ausgang. Die frostige, eiskalte Unnahbarkeit, die Otto schon bei seinem Eintreffen ausstrahlte, war nicht geeignet gewesen, die Atmosphäre aufzuhellen.

Und dann dieser Skandal, dieser unerhörte Regelverstoß. Nicht der Hairlinger erschien zur Feier, sondern er schickte seinen Sohn, Enno, begleitet durch dessen Mutter, Almeth tom Diek. Keno standen die Bilder wieder deutlich vor Augen, diese Totenstille auf dem Platz, das tiefe Schweigen der Menschen, als sich die versammelte Menge teilte und entgegen aller Erwartungen nicht Magnus selbst, sondern der Sohn des Schollenherrn auf den Stuhl des Erzbischofs zutrat.

Es war hart an der Grenze zur Ungehörigkeit, zumindest eine offene Provokation, und der Brokmanne hatte mit heimlicher Freude gesehen, wie es im Gesicht des Kirchenfürsten arbeitete. Er sah auch wieder diese unendlich herablassende Bewegung, mit der Otto dem schon knienden jungen Mann den Siegelring zum Kuss reichte, um sie dann mit einer kleinen Gebärde wieder an sich zu ziehen, noch bevor Enno sie ergreifen konnte. Es war eine billige Geste der Rache, eine gezielte Erniedrigung, die jeder der Umstehenden bemerkt hatte, aber der junge tom Diek stand voller Würde auf und tat, als sei nichts geschehen. Auch die verstörten Blicke seiner Mutter brachten ihn nicht aus der Ruhe. Er hielt sich sehr gerade, der junge Herr, von feingliedriger Gestalt, hinter ihm dieser unsägliche Handmann, der verdammte Holländer, hoch aufgerichtet, ein Klotz von einem Kerl, neben dem der Jüngling noch zierlicher wirkte.

Und Keno Hylmerisna schoss wieder dieser Gedanke durch den Kopf, ob hier ein Widersacher heranwuchs, für ihn oder für seinen Sohn Ocko.

Dann der herrische Wink des Erzbischofs von Brema, mit dem er Ludgerus, den Benediktiner, heranholte und ihm in harten, wie ausgespuckten Sätzen befahl, die Weihe selbst vorzunehmen. »Du machst eine einfache Benediktion[132]. Mehr nicht!«

Auch bei der Weihezeremonie behielt Enno seine vorzügliche Haltung. Er begleitete Bruder Ludgerus während der dreimaligen Umrundung des Glockenturms, assistierte ihm bei der Liturgie, er sprach die Gebete klar und deutlich mit, all dies in stoischer Ruhe und mit einer natürlichen Anmut, die jedermann beeindruckte. Man spürte förmlich, wie ihm die Sympathien der Gemeinde zuflogen. Und dann, nach der Weihe, das Anläuten der Glocke, einer Arbeit der Gießerei des Klosters Marienthal, in deren reinen, silberhellen Klang

132) 132 Einsegnung einer Kirche, oder eines Teils hiervon , z.B. des Altars oder Kirchengeräts.

sich die bedrückte Spannung des Kirchenvolks mit einem Jubelsturm löste. Sogar Bruder Ludgerus jubelte.

Es war gleichsam eine Katharsis, ein erfrischender Gewitterregen nach langer, anhaltender Schwüle. Mit einem Mal schien alle Last von den Schultern genommen und auch er selbst, Keno Hylmerisna, fühlte sich leicht, wie auf Wolken, und er hatte den Eindruck, der Erzbischof empfand es ähnlich. Schließlich war, trotz aller Widrigkeiten, ein Glockenturm geweiht worden, ein schönes Ereignis zur Verherrlichung des Glaubens und zur weiteren Festigung der Kirche des Herrn. Und dann hatte er, einer plötzlichen Eingebung folgend, aus dieser Stimmung heraus jenen schrecklichen Fehler gemacht, und den Kirchenfürsten zu einem Gespräch unter vier Augen gebeten. Schon das sofortige Umschlagen der Stimmung Ottos, die scheelen Blick der drei Prälaten, die es wohl ungehörig fanden, dass ein Laie sie aus einem solchen Gespräch ausschloss, hätte ihn warnen sollen. Er hatte diese Signale nicht wahrgenommen oder nicht richtig verstanden, jedenfalls war ihm Otto in erkennbarem Unwillen ein paar Schritte abseits gefolgt und hatte ihn dann rüde angefahren: »Was willst du? Stiehl mir nicht meine Zeit!«

Keno Hylmerisna hatte ihn in kurzen Worten an ihr Gespräch in der erzbischöflichen Residenz anno 1345 erinnert und das Gesicht des Kirchenfürsten verdüsterte sich weiter.

»Ja, und?«

»Ich treibe Euch die Herzen der Kinder Gottes in Eurer Diözese zu, Eminenz«, hatte Keno geantwortet, »und ich trage dazu bei, dass die Kirche in Friesland ...«

An dieser Stelle hatte Otto ihn brüsk unterbrochen und aufgefordert, zur Sache zu kommen. Und dann war auch Keno wütend geworden und hatte alle Förmlichkeiten abgelegt. Mit einer heftigen Bewegung hatte er auf den Glockenturm gewiesen.

»Dieser Turm da, verstehst du, es gäbe ihn nicht, wenn ich nicht wäre!«, hatte er barsch gesagt und gesehen, wie die drei Prälaten die Ohren spitzten. Auch der Erzbischof hatte sich umgedreht, und als seine Augen zurückkamen, waren sie kalt und abschätzig.

»Ah, ich verstehe. Die Zeit der Rechnungen ist gekommen«, hatte der Kirchenfürst mit beißendem Spott gesagt, und dann war sein massiger Oberkörper so heftig nach vorn geschossen, dass der Brokmanne unwillkürlich zurückgewichen war. Das höhnische Lächeln war aus dem Gesicht Ottos verschwunden, er sah aus, als hätte er noch nie in seinem Leben gelächelt. »Was also willst du?«

»Es wäre meinem Ansehen und damit der Kirche förderlich, wenn meine Bemühungen durch den heiligen Stuhl gewürdigt würden«, hatte Keno tapfer gesagt und gesehen, wie dem Erzbischof das Kinn auf die Brust fiel.

Otto glotzte ihn ungläubig an, seine Stimme kam wie ein Keuchen. »Was sagst du da?«

»Du hast mich wohl verstanden. Meine Verdienste kannst du nicht ernsthaft bestreiten. Ich bitte dich darum, für mich bei Papst Clemens VI.[133] ihre formale Anerkennung zu erwirken. Ich denke an einen Plenarablass[134].«

Was danach geschah, konnte nur als unkontrollierter Wutausbruch beschrieben werden und es war ein Glück gewesen, dass die Gemeinde mit ihrem Freudentaumel beschäftigt war. Der Kirchenfürst lief rot an, seine Augen traten aus den Höhlen und man musste ernsthaft um seine Gesundheit fürchten. Er brüllte los wie ein Stier.

»Bist du von Sinnen? Einen Plenarablass willst du? Einen *Plenarablass*? Dann geh zu Ludwig, dem Hessen!!«

133) Clemens VI. ist der 198. Papst, im Amt von 1342 - 1352 (Nachfolger von Benedikt XII. : 1334-1342)

134) Vollständiger Sündenerlass, zumeist schriftlich beurkundet. Galt als Ausdruck besonderer Wertschätzung durch die Kirche. Der P. war ursprünglich auf Kreuzfahrer und Rompilger beschränkt, wurde später immer öfter auch durch Spenden erwirkt.

»Der Glockenturm steht in deiner Diözese. In deiner! Nicht in der von Ludwig!«, hatte Keno zurückgekeift. Die Prälaten konnten sich jetzt in ihrer Neugier nicht mehr zurückhalten und traten mit ungläubig aufgerissenen Augen hinzu. Sie hatten das Wort gehört, sie mussten es gehört haben, denn Otto hatte geschrien, als hinge er am Spieß. Der Erzbischof war so in Rage, dass er nur noch japsen konnte.

»Was glaubst du eigentlich wer du bist, Keno Hylmerisna? Ich sage dir, wer du bist. Du bist – vielleicht – auf dem Weg zu einem nützlichen Knecht. Mehr nicht. Ich warne dich, überspanne den Bogen nicht!«, hatte Otto gehechelt, sich dann abrupt abgewendet und ihn stehen gelassen, aber nach einigen Schritten hatte er sich nochmals umgewendet. Hatte dagestanden und den Brokmannen schwer atmend angefunkelt. »Ich glaube wirklich, du bist nicht recht bei Verstand, Keno Hylmerisna. Einen *Plenarablass*! Du hast jedes Maß verloren!«

Und dann hatte er drohend den Zeigefinger erhoben und hinzugefügt: »Hüte dich vor deinem Ehrgeiz – und vor mir!«, und war zu seinem wartenden Planwagen gegangen, nein; gerannt, abgeschirmt von den drei Prälaten, die ihm mit fliegenden Kutten folgten.

Der Brokmanne seufzte erinnerungsschwer und streckte sich. Er klopfte nach der Magd, forderte eine neue Kanne erhitzten Wein und ließ die Reste des kalten Bratens abtragen. Die Frau verschwand und er schlug eine neue Seite in seinem Folianten auf. Wenn er jetzt über diese Dinge nachdachte, erschienen sie ihm auf das Jahr bezogen alles in allem wenig erfreulich.

Zwar gab es Licht, aber es gab auch schwer lastenden Schatten und die politischen Rückschläge drückten mehr als im Handel verlorenes Silber. Es hatte seit anno 1345 keinen Thing mehr gegeben und es zeigten sich Tendenzen der Auflösung in der Gemeinschaft der sieben Seelande, deren Bindungskräfte nachzulassen schienen. Seine Machtstellung in der Landgemeinde Brokmannia festigte sich und gab zu Hoffnungen Anlass. Alles das war günstig, ja. Aber er brauchte den Rückhalt der Kirche und das Scheitern seines Vorstoßes schmerzte ihn.

Für das Jahr 1347 musste es darauf ankommen, diese Sache zu bereinigen. Er war wohl in der Folgezeit noch einmal mit dem Erzbischof von Brema zusammengetroffen, wenige Wochen später, zufällig, auf dem Gelände der Abtei von Ihlo. Er hatte mit seinem Handmann den Abt aufgesucht, um über den Kauf eines Stücks Land zu verhandeln. Eghardus brauchte Geld. Die Finanzierung der Glocke von Eesensem hatte ein tiefes Loch in die Klosterkasse gerissen und er war geneigt, Teile des im Nordwesten liegenden Klostergeländes an den Brokmannen abzutreten. Keno hielt seinerseits eine günstige Gelegenheit für gekommen, seinen Besitz in Nähe des Kirchspiels Feterbueren zu ergänzen. Er war entschlossen, sie zu nutzen, zumal sich der Prälat offenbar in einer Notlage befand, was einen guten Preis versprach.

Erzbischof Otto hielt sich im Kloster auf, um einen alten Mitbruder, Wegbegleiter aus Novizentagen, zu besuchen, der auf den Tod krank in der Spitalstube der Abtei lag. Sie begegneten sich auf dem Kreuzgang des Klosterhofes, der Kirchenfürst rauschte mit seinem Gefolge an ihnen vorbei. Er musste den Brokmannen bemerkt haben, würdigte ihn jedoch keines Blickes und an ein Gespräch war gar nicht zu denken gewesen. Wie erhofft hatte sich jedoch ein gutes Geschäft ergeben, er kaufte nach zähen Verhandlungen ein hübsches Stück Land für einen erfreulich mäßigen Betrag und festigte damit sein Standbein in der Landgemeinde Auwreke.

Für den Brokmannen war klar, dass anno 1347 verstärkt dem Ziel dienen musste, seinen Einfluss in Auwreke zu mehren. Wenn es ihm gelänge, hier entscheidend voranzukommen, neben Brokmannia auch in dieser Landgemeinde eine führende Rolle zu spielen, dann *konnte* ihn Otto schlechterdings nicht länger übersehen. Dann *musste* er auf Ausgleich mit den Hylmerisna bedacht sein, zum gegenseitigen Frommen und Nutzen. Keno griff nach seinem Becher und lehnte sich behaglich zurück. Was das betraf, hatte er seine Fäden gezogen. Seine Angelschnüre waren ausgelegt. Jetzt blieb ihm nur noch Geduld. Man konnte die Auwreker nicht zwingen. Sie mussten aus eigenem Entschluss kommen. Und er war sicher, sie *würden* kommen!

*

Wenn jemand in Notwehr sich selbst und sein Gut verteidigt und er dann einen Mann erschlägt, und die Redjeven, die im Landesviertel sind, es bezeugen, dass er sich in Notwehr verteidigt habe, so braucht er, weil er keinen Frieden gebrochen hat, kein Niederbrennen seines Hauses zu erdulden.

5. Rüstringer Küre

4.

Eesensem, Hairlingerlant,
zwei Tage vor dem Fest des Apostels Matthäus,
Anno Domini 1347 (Donnerstag, 22. Februar)

Magnus tom Diek sah den Handmann des Ayderd Zeerijp bestürzt an. Die Abordnung aus der Landgemeinde Oosterambt, insgesamt sieben Leute, war am frühen Morgen auf dem Anwesen des Hairlingers eingetroffen. Sie hatten eigentlich keine Eile gehabt, es gab keine zeitliche Vorgabe, aber eine beständige innere Unruhe hatte sie trotzdem vorangetrieben und ihre Pferde waren völlig entkräftet den Rest der Strecke im Schritt gegangen. Es gab schlechte Nachrichten aus den westlichen Seelanden, Neuigkeiten, die vielleicht für alle Friesen bedeutsam waren.

Magnus stellte die Frage noch einmal, denn er hatte die Antwort nicht verstanden, wohl gehört, aber nicht recht begriffen. Der Handmann sprach den nachlässigen Singsang seiner Region, schwer aufzunehmen, was wohl auch an seinen schlechten Zähnen lag.

»*Wie* geht es deinem Herrn?«

»Er spricht mit den Göttern«, nuschelte der Westfriese erneut und der ihn begleitende Mönch, ein Augustiner aus dem Kloster Appinggadamme, schob sich unwillig nach vorn.

»Er liegt auf den Tod, Herr«, sagte der Mönch, »er hat die Sakramente schon empfangen«, und in diesem Augenblick betrat der lange Adriaan den Raum. Er begrüßte den Augustiner reserviert und den Handmann mit einer stürmischen Umarmung, die beiden kannten sich. Sie stammten, so stellte sich später heraus, aus demselben Dorf.

Nach und nach wurde klar, was sich abgespielt hatte und worin die eigentliche Botschaft der Oosterambter bestand. Ayderd Zeerijp war im Frühjahr anno 1346 gemeinsam mit seinem künftigen Eidam[135] zu einer Pilgerreise nach Santiago de Compostela aufgebrochen und war bereits krank gewesen, als er zu Beginn des Advents von dort zurückkam. Einen Tag vor dem Fest der Unschuldigen Kinder[136] hätten sich plötzlich an Hals, Leisten und unter den Achseln kleine Geschwulste gezeigt, die rasch gewachsen wären, und dann wären auch die Schmerzen gekommen. An dieser Stelle hob der lange Holländer den Kopf und sah seinen Landsmann forschend an.

»De swarrte doodt?«, murmelte er, und mit einem Mal war es totenstill in dem Raum und ängstliche, fragende Blicke schossen umher.

Nein, nein, die Pest sei es nicht, versicherte der Handmann. Man habe einen Medicus aus Amesterdamme[137] hinzugezogen, der habe ihnen diese Furcht genommen. Die äußerlichen Symptome seien zwar ähnlich, aber Ayderd habe niemanden angesteckt und noch gelebt, als sie vor vier Tagen aufgebrochen waren und man wisse ja, dass der Schwarze Tod seine Opfer binnen zweier Wochen hole. Und dann zog der Handmann einen Brief seines Schollenherrn aus der ledernen Schultertasche.

135) Schwiegersohn

136) 28. Dezember

137) Amsterdam

Ayderd hatte ihn, als die Krankheit ihn schließlich aufs Bett warf, selbst begonnen und den Schluss, als er nicht mehr schreiben konnte, seinem Handmann diktiert.

Er war eher ein Bericht als ein Brief, obwohl er Magnus direkt ansprach. In tiefer Sorge setzte ihm der Oosterambter die politische Entwicklung auseinander, die nach dem Thing anno 1345 in den westlichen Landgemeinden verstärkt eingesetzt hatte. Anzeichen waren ja schon erkennbar gewesen, als man sich am Upstallesbame traf. Auch im Westen Frieslands drängten reiche Großbauern nach vorne und reklamierten Privilegien. Sie machten zudem deutlich, dass ihnen als alteingesessene Familien einen Sonderstellung hinsichtlich der Wahrnehmung des Richteramtes zukäme. In einigen Landgemeinden war jetzt der Umgang unterbrochen. Dem Vernehmen nach stünden die maßgeblichen Leute in engem Kontakt mit Keno Hylmerisna, dem Brokmannen. Es hielten sich sogar hartnäckige Gerüchte, wonach Redjeven mit viel Land die Absicht hegten, dieses dem Grafen von Holland als Lehen anzubieten.

Magnus stutzte, dann schüttelte er den Kopf. »Wozu? Was soll das bringen?«

Der Handmann sah ihn aus wasserhellen Augen an, auf seinen Lippen stand ein kleines, abschätziges Lächeln. »Ganz einfach: Sie bieten es dem Grafen von Holland an, und lassen sich anschließend mit ihrem eigenen Land wieder belehnen. In gesicherter, verbriefter Erbfolge!«

»Und dann?«

Das Lächeln des Westfriesen wurde breiter, aber es blieb freudlos. »Wohlverstanden; wir reden über Gerüchte. Aber dann wären sie Vasallen des Grafen von Holland. Und hätten ihn als Grundherrn im Rücken, wenn es irgendwo Schwierigkeiten geben sollte. Streit. Um Macht. Ihr versteht?«

Magnus nickte und schüttelte gleich danach wieder

den Kopf. »Abenteuerlich. Und gefährlich!« Er ließ das Papier in seiner Hand sinken und warf einen Blick auf den langen Adriaan, der mit gespannten Wangenmuskeln neben ihm stand. »Was geschieht, wenn der Grundherr plötzlich seinerseits Ansprüche auf das Land erhebt. Oder Abgaben fordert?«

Diesmal war das Lächeln des Oosterambters echt. »Oh, Abgaben wird es natürlich geben. Aber nur geringe, sozusagen der Form halber. Zugriff auf das Land jedoch keinesfalls. Seid versichert, dass die westfriesischen Bauern auch kluge Geschäftsleute sind. Sie machen gute Verträge.«

Magnus starrte ihn an. »Worin liegt dann der Nutzen des Grafen von Holland?«, fragte er, und das Gesicht des Mannes wurde wieder fest. Seine Heiterkeit war verschwunden.

»Er hat dann Gefolgsleute, versteht Ihr? Das hebt seine Reputation, auch wenn er keine besonderen Einnahmen daraus hat. Er festigt seine eigene Macht.«

Wie Ayderd weiter schrieb, verhalte sich die Kirche im Groben und Ganzen wohlwollend passiv. Angeblich wurde die neue Entwicklung von einigen Prälaten und Sprengelgeistlichen unterstützt und gutgeheißen. Es ging das Wort Jesu durch die Gemeinden und Sprengel, und man hörte es gelegentlich auch des Sonntags von der Kirchenkanzel. Magnus las die Stelle laut: »Gebt dem Kaiser, was des Kaisers ist, und Gott, was Gottes ist!«

Der Augustiner senkte bestätigend den Kopf. »Matthäus, 22, 21. Aber hier wird das Wort Jesu missbraucht.«

Magnus sah ihn prüfend an. Der Mann meinte wohl, was er sagte. Anscheinend lag er auf der Linie seines Priors, Allardus von Appinggadamme. Der lange Holländer warf ihm von der Seite einen scheelen Blick zu und brummelte etwas Unverständliches.

Gegen Ende des Briefs wurde die Schrift so unleserlich, dass Magnus sie kaum entziffern konnte. Dann kam die Stelle, die Ayderd seinem Handmann diktiert hatte, sorgsame, steil ausgeschriebene Buchstaben, die Fertigkeit und häufige Übung atmeten.

»Magnus, lieber Bruder, ich sorge mich um die Zukunft, auch der meiner Tochter Wiska, die nun, ehe sie ihres Erwählten Weib werden konnte, schwarze Kleider tragen muss. Denn der junge Herr, dem sie versprochen, mein innig gewünschter Eidam, der unglückliche Mant Clays, ließ, da wir unser Ziel schon vor Augen hatten, sein kaum erblühtes Leben am Fuße des Monte Pedroso. Er stürzte mit seinem Pferd, das in der Dämmerung fehltrat, in eine Felsspalte und brach wohl den Hals, zu allem Unglück riss er ein Maultier mit in die Tiefe, das nicht nur unseren vollständigen Proviant, sondern auch sein ganzes Geld trug, doch von den Kosten will ich nun nicht reden. Da wir nicht an ihn herankommen konnten, blieb uns nichts, als den Riss mit Steinen zu füllen, um wenigstens dafür zu sorgen, dass er zum Jüngsten Gericht, wenn der Herr ihn ruft, unversehrt vor seinen Schöpfer trete. Dazu waren viele Hände nötig, der ganze Pilgerzug hat sich beteiligt. Wir haben dennoch zwei Tage und eine Nacht daran gearbeitet und den Hügel auf dem Rückweg mit einem Kreuz versehen, das ich von einem Schmied in Santiago fertigen ließ. Möge der Herr seiner armen Seele gnädig sein.«

Magnus hob den Kopf, seine Augen lösten sich von dem Papier und suchten den langen Holländer. Er räusperte sich. »Hol Enno ins Haupthaus. Sag ihm, dass er sich bereithalten soll. Ich muss mit ihm reden.«

Der Lange verneigte sich leicht und verschwand. Magnus hob den Brief und sah forschend in das Gesicht des Handmanns, aber der blickte ausdruckslos zurück.

»Du weißt, was hier steht?«

»Ich habe es geschrieben, Mijnheer«, gab der Mann gelassen zurück.

Magnus nickte. »Wie befindet sich Jungfer Wiska?«

»Sie befand sich wohl, als wir den Hof meines Schollenherrn verließen«, erwiderte der Handmann ruhig und Magnus nickte erneut. Dann senkte sich sein Blick auf den Brief, aber er hatte schon vorher erfasst, was dort stand.

»Mir bleibt nicht mehr viel Zeit. Nun, da meine Tochter Wiska wieder frei ist, biete ich dir in aller Form einen Vertrag zur Ehelichung mit deinem Sohn Enno an, der meines Wissens noch unverbunden ist. Wir beide wissen, dass sie einander zugetan sind. Sie würden eine gute, gottgefällige Ehe führen. Solltest du zustimmen, lieber Bruder, so habe ich meinen Handmann, Jeroen van Oldenzaal, beauftragt und ermächtigt, mit dir über die Bedingungen zu reden und sie in den Vertrag einzufügen, den ich bereits unterzeichnet habe.«

Magnus sah auf. »Du hast auch den Ehevertrag?«

Der Westfriese nickte und klopfte auf seine Schultertasche.

»Ich bitte dich, ihn mir zu geben«

Magnus nahm das Pergament an sich, rief nach einer Magd und bat sie, für die Gäste den großen Tisch in der Tenne zu decken. Dann ging er hinüber zum Haupthaus, um mit seiner Frau Almeth zu sprechen. Er setzte sie kurz ins Bild, fragte sie, was sie von der Heirat hielte und Almeth umarmte ihn lächelnd.

»Ich glaube, die beiden passen sehr gut zusammen. Aber Enno muss entscheiden.«

Er schmunzelte, küsste sie auf die Nasenspitze und bat sie, ihn zu begleiten. Enno wartete bereits ungeduldig vor dem großen Feuerplatz. Der lange Holländer war bei ihm und wollte sich entfernen, aber Magnus schüttelte den Kopf. »Ich möchte, dass du bleibst.« Dann hielt er Enno den Ehevertrag hin. »Lies! Adriaan, du auch!« Der Lange beugte sich über Ennos Schulter, überflog das Papier rasch und setzte dann ein breites Grinsen auf.

Enno sah seinen Vater erstaunt an, las, hob den Kopf, las wieder, las und begriff überhaupt nichts. Dann schien es ihm zu dämmern, sein Kopf verfärbte sich, wurde feuerrot, und seine Hände zitterten. Schließlich sah er auf, sein Blick wechselte rasch zwischen den Eltern hin und her. »Wiska ist …?«

Magnus nickte. »… wieder frei und zu haben.« Dann deutete er auf den Ehevertrag. »Du hast verstanden, dass ihr Vater dir förmlich ihre Hand bietet? Was sagst du dazu?«

Enno schluckte trocken. »Aber – sie war doch versprochen. Du hast es selbst gesagt.«

Sein Vater runzelte die Stirn. »Ich habe einen Brief von Ayderd Zeerijp. Der Bräutigam ist zu Tode gekommen. Auf einer Pilgerfahrt nach Spanien. Damit ist das Verlöbnis gelöst.«

Enno senkte den Kopf und starrte vor sich hin. Man sah, es arbeitete in ihm und sie ließen ihm Zeit. Seine Mutter sah ihn lächelnd an. Sie kannte Wiska von einem Kirchweihfest in der Landgemeinde Oosterambt vom Sommer anno 1344. Das Mädchen hatte durch ihre überaus gefällige Erscheinung die Blicke auf sich gezogen und war von freundlichem Wesen. Der Gedanke an Wiska Zeerijp als Schwiegertochter wärmte ihr das Herz. Sie wollte Enno nicht beeinflussen, aber in diesem Augenblick übermannten sie ihre Gefühle. Plötzlich hatte sie Tränen in den Augen.

»Ich freue mich sehr, mein Sohn. Für dich – und für uns« sagte sie und Magnus, der sah, wie es um sie stand, legte den Arm um ihre Schulter und küsste ihren Scheitel.

»Lass ihn entscheiden, Frau«, sagte er sanft und Enno richtete sich auf. Er hatte sich immer von Wiska angezogen gefühlt. Aber dass er sie liebte, wusste er erst seit dem Thing von anno 1345, als er seinem Vater von ihr vorgeschwärmt hatte, ihrer Haut, so weiß wie Milch und so sanft und weich wie das Vlies eines neugeborenen Lamms, und von ihren Augen, die strahlten wie ein Feld voller Kornblumen in der Mittagssonne.

Und dann der heftige, schmerzhafte Stich, den er verspürt hatte, als sein Vater ihn beiseite nahm und den Arm um ihn legte. »Sie ist versprochen, Junge. Einem reichen Kaufmannssohn aus den Westlanden.«

Aber er, Enno, hatte eifrig genickt, ja, ja, und so getan, als wisse er das und er rede aus keinem besonderen Grund, aber in seinem Herzen war schwarze Nacht gewesen.

»Da gibt es nichts zu entscheiden, Vater. Ich kann mir keine Bessere vorstellen als Wiska«, sagte er, und dann stand er strahlend auf und seine Mutter fiel ihm in die Arme. Magnus tom Diek und sein Handmann nickten sich lächelnd zu.

»Ich gratuliere Euch, junger Herr«, sagte der Lange förmlich. Sie gingen gemeinsam auf die Tenne und gesellten sich zu den Westfriesen, bei denen Fleisch, Brot und Bier schon auf der Tafel stand. Es herrschte eine heitere Stimmung, der man aber anmerkte, dass den Männern die Lage auf dem heimatlichen Hof nicht aus dem Kopf ging. Magnus zog sich mit dem Handmann des Oosterambters in das Haupthaus zurück. Mit nüchternen Worten legte ihm der Westfriese dar, wie die Bedingungen mit dem unglücklichen Mant Clays gewesen waren. Magnus hielt sie für akzeptabel und ging sofort darauf ein. Es war klar, dass der Hof und das Land der Familie im Besitz des ältesten Bruders verbleiben würden.

Jeroen van Oldenzaal trug in seiner steilen Handschrift die Mitgift der Jungfer Wiska in den Vertrag ein, Magnus ergänzte, indem er seinen Sohn Enno förmlich als seinen Erben vorstellte, dem alles Gut und Geld der Familie tom Diek zufallen würde. Dann unterschrieb Magnus den Vertrag und der Handmann bestätigte die Authentizität des Signums mit seiner Unterschrift. Sie standen auf und der Hairlinger sah dem anderen gerade in die Augen.

»Ich danke Euch, Jeroen van Oldenzaal«, sagte er mit Bedacht.

Der Westfriese verneigte sich mit einem leichten Lächeln. »Ich danke Euch, Mijnheer.«

Magnus wurde ernst. »Warum habt Ihr mit Eurer Reise nicht gewartet, bis Ayderd heimgegangen war?«

Der Westfriese schüttelte sanft den Kopf. Das Lächeln war noch da, aber es war nun freudlos und voller Melancholie. »Er hat uns den Aufbruch befohlen. Er wollte wohl diese Sache noch selbst regeln. Eure Antwort noch hören. Deshalb haben wir uns geeilt. Und wir wollen rasch zurück!«

Magnus nickte. »Ihr könnt gleichwohl bleiben, bis Ihr Euch erholt habt«, sagte er, aber der Handmann lehnte dankend ab.

»Wir brechen morgen auf. Vielleicht lebt er ja noch, wenn wir wieder zurück sind.« Seine Stimme schwankte ein wenig und er drehte den Kopf zur Seite. »Er war ... ist ein guter Herr. Vielleicht wird er ja doch wieder gesund. Der Erbe ...!«

Magnus tom Diek breitete mit Bedauern die Arme aus. »Ich kann gerade jetzt meinen Hof nicht alleine lassen. Aber ich gebe Euch meinen Sohn mit. Er soll seiner Braut aufwarten. Und Adriaan van der Kerckhove, meinen treuen Handmann.«

Der Westfriese hatte sich wieder gefangen. Er lächelte und nickte. Sie ritten am nächsten Morgen, noch bevor die Hähne krähten.

*

»Ich kann es noch immer nicht glauben!« Hayo Ernedigan starrte Magnus an und ließ dann seinen Blick durch die Runde wandern. »Ist doch unsinnig! Wohin soll das führen?«

Die anderen senkten die Köpfe und zuckten mit den Schultern. Magnus tom Diek hatte die Richter der Landgemeinde zusammengetrommelt, unmittelbar, nachdem die Abordnung aus dem Oosterambt die Heimreise angetreten hatte. Es hatte doch noch zwei weitere Tage gedauert, bis sie sich beraten konnten und Poppo Elana war erst gestern von einer Reise aus Aldenborch auf seinem Hof eingetroffen, hatte das Pferd gewechselt und war ohne Verzug herübergeritten. Magnus hatte drei seiner Knechte losgeschickt, um die Redjeven des Hairlingerlantes möglichst schnell in Kenntnis zu setzen, und einer hatte ihm nach seiner Rückkehr berichtet, er sei auf seinem Weg Bruder Ludgerus begegnet, und der habe ihn angehalten und nach seinem Auftrag gefragt.

»Was hast du ihm gesagt?«

Der Knecht hatte die Schultern gehoben. »Die Wahrheit, Herr. Dass du befohlen hast, die Richter der Landgemeinde zu holen. Ich wusste nichts anderes und einen Priester zu belügen, ist eine Todsünde.« Der Mann hatte sich hastig bekreuzigt, zur Sicherheit drei Mal.

Magnus hatte genickt und dem Mann auf die Schulter geklopft. »Du hast recht getan. Sorge dich nicht.«

Der Mönch wusste also, dass sich die Redjeven der Landgemeinde auf seinem Hof trafen, und dann wusste es bald auch der Erzbischof von Brema, aber sie kannten den Grund nicht und im Übrigen war es Magnus auch gleichgültig. Es war das gute Recht freier Bauern, zu Beratungen zusammenzukommen, zumal dann, wenn sie Richter waren.

»Ich glaube fest daran, dass Keno Hylmerisna seine Hände im Spiel hat«, sagte Reynardus Ailbrendesna bitter. »Die Sache mit dem Lehen, das passt zu ihm.« Die meisten der anderen nickten.

Magnus tom Diek hob beschwichtigend beide Hände. »Ruhig Blut, Freunde. Bisher ist das nur ein Gerücht.«

»Trotzdem!« Reynardus griff nach seinem Bierkrug und lehnte sich zurück. »Je länger ich darüber nachdenke, desto zwingender ist ja auch die Logik. Wenn man so denkt wie Keno Hylmerisna.« Er beugte sich vor und knallte den Humpen so heftig auf den Tisch, dass Bier herausschwappte. »Und damit ist das auch ein Plan für ihn. Für Brokmannia. Der Kerl ist imstande und holt uns die verdammten Sachsen ins Land.«

Die anderen sahen sich betroffen an, Poppo Elana hatte noch nicht ganz begriffen, worum es ging und plötzlich schrien alle wie wild durcheinander.

»Was heißt denn das – ins Land holen, Mann?«

»Na, als Lehensherrn nehmen, du hast es doch gehört!«

»Das ist doch nicht dasselbe!«

»Ist es doch, begreife endlich!«

»Das nehmen wir nicht hin!«

»Dann fließt Blut!«

Es dauerte eine Weile, bis Magnus für Ruhe sorgen konnte. Er schüttelte den Kopf. »So einfach ist das nicht. Bedenkt, dass jede Münze zwei Seiten hat. Auf diese Weise gelangt ja der Wolf in den Schafspferch. Derartiges unternimmt niemand leichten Herzens. Auch der Brokmanne nicht!«

»Du hast gesagt, es fließen Abgaben nur der Form halber«, sagte ein anderer zweifelnd, und Magnus nickte.

»Ja. Das stimmt. Ayderds Handmann hat es bestätigt. Soweit man ein Gerücht in seinem Gehalt bestätigen kann. Aber es geht nicht um die Abgaben. Nicht nur!«

Er dachte an das Gespräch vor drei Tagen mit dem Westfriesen zurück, und sofort waren seine Zweifel wieder da. Er glaubte nicht an die Beschwichtigungen, die der Mann geäußert hatte. Gewiss, die Westfriesen waren gewiefte Kaufleute. Sie trafen keine Vereinbarungen zu ihrem Nachteil. Aber ein Lehen war und blieb ein Lehen! Ein Vertrag hierüber verbriefte dem Grundherrn Einfluss.

Der formelle Akt der Landübertragung an ihn schaffte eine Tatsache, die nicht mehr aus der Welt zu bringen war. Wenn man den gesamten Vorgang in einzelne Teile zerlegte, dann war der Empfänger von dem Augenblick an, da er den Lehensantrag förmlich annahm, Besitzer des Bodens mit allem, was darauf stand. Das war nicht zu leugnen. Und eigentlich blieb er es. Auch die anschließende, beurkundete Rückübertragung des Lehens mit Erbfolge änderte nichts an dieser Sachlage.

Ein weiteres kam hinzu: Spätestens dann, wenn man den »Lehnsherrn im Rücken« nutzte, sich der damit verbundenen Macht, wenn auch nur symbolisch, bediente, sei es nun im bewaffneten Streit oder in Fragen des Handels, würde der irgendwann seine Rechnung aufmachen. Und die war dann nicht mehr mit ein paar Körben schmiedbaren Eisens oder einigen Fuhren Holz zu begleichen.

Magnus hob den Kopf, er sah in erwartungsvolle Gesichter. »Versteht mich recht. Ich denke laut.« Er lächelte in die Runde. »Aber wenn man einen Lehnsherrn hat, dann stellt man mit Brief und Siegel seine Unabhängigkeit in Frage. Man öffnet eine Tür ins eigene Haus, die nur wieder geschlossen werden kann, wenn der andere aus freien Stücken seinen Fuß zurückzieht. Ich glaube nicht daran, dass man ohne Folgen und nur auf dem Pergament Vasall werden kann.«

Die anderen starrten ihn an. Hayo Ernedigan kaute auf seinem Wangenfleisch. »Also doch Zugriff auf Gut und Geld. Land. Alles das?«

Magnus hob die Schultern. »Am Ende? Wer weiß? Es gibt auch andere Möglichkeiten, seinem Grundherrn zu dienen.«

»Aha! Und welche?«

Magnus' Blick wurde fest, sein Lächeln war verschwunden. »Man kann sich für ihn schlagen.«

Hayo glotzte ihn an, die anderen hoben die Köpfe. »Du meinst ... Krieg? Heerfolge?«

»Aber doch nur, wenn es so verbrieft ist«, begehrte Poppo Elana auf, der nun ebenfalls zu erfassen schien, worum es ging.

Magnus sah ihn lächelnd an. »Du hast einen beurkundeten Lehnsherrn, Poppo. Begreifst du? Wenn du einen Riesen entfesselst, wie willst du dann verhindern, dass er sich bewegt?«

»Augenblick! Pacta sunt servanda![138]«, sagte Reynardus Ailbrendesna in entrüstetem Ton, »das muss doch wohl noch gelten!«

»Ja. Aber es gilt auch: Der geweckte Bär will fressen«, gab Magnus trocken zurück. »Also lässt man ihn besser schlafen. Auch wenn man Keno Hylmerisna heißt.« Er nahm seinen Humpen, trank und wischte sich mit dem Ärmel über den Mund. »Und deshalb glaube ich nicht, dass der Brokmanne sich auf so etwas einlässt. Nochmals, Freunde, wir reden über unbestätigte Gerüchte.«

Hayo Ernedigan nickte gedankenschwer. »Wie auch immer; es reicht schon, wenn unsere Brüder aus den Westlanden diesen Weg gehen. *Wenn* sie ihn gehen!«

Danach herrschte langes Schweigen, in dem jeder seinen Gedanken nachhing. Irgendetwas braute sich zusammen, das war ihnen klar. Es schien auch, dass das politische Bündnis zwischen den sieben Seelanden zerfiel. Zumindest aber erlahmten die Kräfte, die es bisher zusammengehalten hatten. Dabei war es gewiss nie ein Militärbündnis im eigentlichen Sinne gewesen und hatte auch blutige Bürgerkriege nicht verhindert, damit hatte der Brokmanne zweifellos recht.

Und trotzdem war eine starke, identitätsstiftende Wirkung von ihm ausgegangen. Denn es beschrieb die friesischen Stämme als Kulturgemeinschaft und legte dar,

138 lat.: Verträge sind einzuhalten

was die sieben Seelande in ihrem Inneren verband, nämlich eine weitgehend einheitliche Auffassung von Recht, Ordnung und Freiheit. Wenn man von Einzelfällen absah, dann war es auch gelungen, Streit zwischen den Landesgemeinden ohne fremde Hilfe zu regeln. Und gegen äußere Feinde hatten die Friesen stets fest zusammen gestanden. Also war es doch nötig, den Zusammenhalt der friesischen Stämme zu stärken. Nicht Auflösung des Bundes, sondern seine Festigung und Weiterentwicklung war die Alternative, damit er eines Tages auch in der Lage war, seine innenpolitische Funktion zu erfüllen. Aber jetzt sah es so aus, als schwinge das Pendel in die Gegenrichtung.

Magnus hielt sich die Anzeichen nochmals vor Augen. Es waren Menetekel. Kein Thing anno 46, weder in Gruningenn noch am Upstallesbame. Schon der anno 45 wie seine seltenen Vorgänger mehr erzwungen als aus Einsicht und Überzeugung zusammengetreten. Beginnende Entfremdung zwischen der westlichen und der östlichen Hemisphäre und spürbarer Verlust des Gefühls der Zusammengehörigkeit! Wachsende Wahrnehmung des jeweils anderen als auswärtige Existenz. Der Westen und der Osten drifteten auseinander.

Das konnte nicht ohne Folgen bleiben. Wenn die Gemeinschaft sich auflöste, waren ihre einzelnen Glieder verwundbarer. Nicht schutzlos ausgeliefert, aber doch offener für den Zugriff von Macht, die auch herrschen wollte. Dabei war unwesentlich, ob die Stimme, die diesen Anspruch erhob, Friesisch oder Sächsisch sprach. Ein Herr war ein Herr, ganz gleich, mit welcher Zunge er Gefolgschaft forderte.

Magnus nahm den Faden wieder auf. »So, wie die Dinge liegen, läuft alles auf gräfliche Herrlichkeiten hinaus, im Westen wie im Osten. Früher oder später.« Er runzelte die Stirn und fuhr sich dann mit der Hand über das Gesicht. »Keno Hylmerisna tut ja jetzt schon so, als sei er der Herr von Brokmannia. Hat ja, wie man hört, seinen Finger auch bereits in der Nase der Auwreker.«

Er hielt inne und in seiner Stimme war plötzlich schleppende Müdigkeit. »Die Frage ist, wie wir im Hairlingerlant damit umgehen. Wie wollen wir verhindern, dass unsere Kinder den Zehnten an einen wie Keno to Brokmannia zahlen müssen?«

Die anderen sahen ihn mit unsicheren Blicken an. Eine Antwort wusste niemand.

Es war Reynardus Ailbrendesna, der schließlich die Stille brach. Er stand auf und breitete die Arme aus. »Wir sind freie Friesen, nach innen und nach außen«, sagte er einfach. »Lasst uns dafür sorgen, dass es so bleibt, zumindest im Hairlingerlant!«

»Guter Vorschlag!«, sagte Magnus mit einem bitteren Lächeln. »Das Hairlingerlant als Insel der Glückseligen, so etwa? Ein Fels in der Brandung, das meinst du doch? Schön. Und wie? Mir scheint fast, als schlügst du vor, einen Deichbruch mit einer Karre schwarzen Sand abzuriegeln.«

Der andere verstummte mit weit geöffneten Augen, hob die Schultern und ließ sie wieder fallen. Die übrigen Richter schwiegen bedrückt. Ihre Ratlosigkeit war mit Händen zu greifen. Als sie gegangen waren, machte sich Magnus tom Diek Vorwürfe. Sie waren die Redjeven des Hairlingerlantes und trugen Verantwortung für ihre Landgemeinde. Und das hieß jetzt vor allem, die bestehenden Strukturen zu schützen, darin hatte Reynardus Ailbrendesna ganz recht.

Magnus war sich der Gefahr, in der sie alle standen, sehr bewusst. Der Keim schädlicher Veränderung schien in ganz Friesland Fuß zu fassen. Auch in den Westlanden, wo Keno Hylmerisna ihn wohl hingetragen hatte und wo er inzwischen womöglich sogar die Fäden zog. Mit besonderer Sorge beobachtete Magnus dessen Umtriebe in Brokmannia und auch in Auwreke. Wenn es dem Brokmannen tatsächlich gelang, sich zum Herrn dieser beiden Landgemeinden aufzuschwingen, dann drängte es vielleicht bald auch hier im Hairlingerlant den einen oder anderen der großen Schollenherren danach, die Süße der Macht auf der Zunge zu schmecken. Ihr Ziel musste also sein, auch künftig solche Ansprüche abzuwehren. Dazu bedurfte es eines Kampfes, der den Einsatz aller erforderte. Gerade er, Magnus tom Diek, der primus inter pares, durfte die anderen dabei nicht entmutigen.

*

Der erste Schlag war fehlgegangen, er hatte das Schwein nicht getötet. Der Knecht hatte es im letzten Augenblick losgelassen und das Tier hatte eine Bewegung nach links gemacht, weg von dem tödlichen Beil. So hatte die Klinge nicht seinen Kopf getroffen, sondern die Schulter, war dort tief ins Fleisch gefahren und hatte das rechte Vorderbein fast vom Rumpf getrennt. Es hing nur noch an einem kurzen Gewebefetzen. Aus der Wunde lief das Blut wie ein Sturzbach und schwärzte die Reste von Schnee, der in der Morgendämmerung aussah wie geschmolzenes Blei. Das Schwein schrie vor Schmerz und gebärdete sich wie von Sinnen und der Bauer in seinem Zorn brüllte den Knecht zusammen. Der nächste Hieb erwischte das Tier fast an derselben Stelle, trennte das Bein vollends vom Körper und steigerte das schrille, angstvolle Geschrei des Schweins zu einem hohen, unerträglichen Ziehen.

In dem Tumult bemerkten die beiden die Reiter nicht. Die waren am Tor aufgetaucht, hatten dort einen Moment verhalten und sich dann im Schritt in den Hof vorgetastet. Der Zeitpunkt des Angriffs schien günstig. Die beiden Hunde in ihrem Holzverschlag waren ihre ersten Ziele, sie brauchten dafür vier Pfeile. Das kurze Wimmern der Tiere ging im Gebrüll des Schweins unter. Sie waren fünf, jeder in Eisen und ihre Gesichter waren durch Stoffstreifen verhüllt. Alle Pferde hatten die gleiche Farbe, sie wiesen keinerlei Zeichnungen auf und im Näherkommen sah man, dass die Tiere mit Erde eingerieben waren.

Die Reiter waren alle auffällig groß und von kräftiger Statur. Sie hielten sich dicht aufgeschlossen hart am Rand der Stallungen und nutzen die Deckung der Gebäude aus. Es wäre ihnen zweifellos gelungen, unbemerkt an die beiden Männer heranzukommen, wenn nicht der Bauer mit seinem dritten Hieb das Schwein endlich zum Schweigen gebracht und die Magd, aus dem Gesindehaus kommend, den Hof betreten hätte. Die Frau stieß einen Ruf aus, sie wusste nicht recht, was sie tun sollte, spürte eigentlich kein Gefühl der Bedrohung, aber die Reiter kamen ihr trotzdem verdächtig vor und so rief sie nach dem Schollenherrn und dann sahen beide, der Bauer und sein Knecht, die Angreifer. Das war der Moment, in dem die Fremden anritten. Sie trieben ihre Tiere aus dem Schritt sofort in den Galopp, zogen gleichzeitig blank und es dauerte nicht einmal ein Vaterunser, da waren die Magd, der Bauer und sein Knecht erschlagen.

Alles vollzog sich in einer gespenstischen Stille, außer dem Getrappel der Hufe und dem schmatzenden Geräusch von Klingen, die in Fleisch und Knochen fuhren, war kaum ein Laut zu hören. Nur dem Schollenherrn entfuhr ein pfeifendes Geräusch, als ihm der erste Schwerthieb den Brustkorb öffnete. Jetzt lebte nur noch die Frau des Bauern und die Fremden saßen ab und schwärmten aus, um nach ihr zu suchen. Die Pferde blieben einfach stehen, der Blutgeruch, der Schweinekadaver und die Leichen der Menschen schienen sie nicht zu stören. Die Fremden durchsuchten das Gesindehaus, in dem der Knecht mit seiner Frau gelebt hatte, beide lagen jetzt draußen auf dem Hof mit eingeschlagenen Schädeln. Das Gesindehaus war leer, die Schlafkammer und der angrenzende Verschlag mit ihren Habseligkeiten waren ebenso schnell durchsucht wie die Tenne mit den

Stallungen. Die Euter der Kühe waren prall gefüllt, also war das Melken noch nicht erfolgt.

Sie konnten hier auf die Frau warten, bis sie durch das Muhen der Tiere in den Stall gerufen wurde, aber der Anführer entschloss sich anders. Er wollte keine Zeit verlieren, zudem lagen draußen die drei Leichen und das Risiko, dass die Frau sie sah und Alarm schlug, war ihm zu groß. Sie mussten die Frau ausschalten, um ihre Aufgabe vollständig zu erfüllen, es durfte keine Zeugen geben. Der Anführer stellte einen Mann zur Überwachung des Hofs ab. Mit den anderen huschte er zum Haupthaus hinüber. Sie hatten die Schwerter blankgezogen in den Fäusten, nur die Klinge des Anführers war noch sauber. Hinter der Eingangstür fanden sie einen zerbrochenen Mehltopf, es sah aus, als sei er in höchster Eile zu Boden geworfen worden, das Mehl lag verstreut auf dem festgestampften Lehm. Sie mussten jetzt damit rechnen, dass die Frau etwas gesehen hatte. Der Anführer schickte zwei Männer hinter das Haus, um die Bäuerin abzufangen, falls sie eine Flucht versuchen sollte. Mit dem verbleibenden Mann durchsuchte der Anführer das Haus. Sie gingen sehr methodisch zu Werke. Kammer für Kammer drangen sie vor, sahen in Kisten, Truhen und Verschläge. Sie fanden keine Spur von der Bäuerin. Schließlich stiegen sie durch das offene Gebälk bis unter das Dach, sahen hinter jeden Pfosten und forschten zwischen Brettern und Balken. Aber die Frau blieb verschwunden.

Es dauerte lange, bis der Anführer einsah, dass sie in diesem Punkt gescheitert waren. Er fragte sich, ob es nicht ratsam war, die gesamte Aktion abzubrechen, aber er kannte die Erwartungen seines Auftraggebers und schließlich verwarf er diese Möglichkeit, obwohl sie ihm vernünftig erschien. Er war sehr zornig, dennoch hielt er auch weiterhin auf Sorgfalt, um keine zusätzlichen Spuren zu hinterlassen. Die schwere Kleidertruhe in der

Schlafkammer hatten sie schon vorher entdeckt. Es war kein Problem, sie aufzubrechen. Das Öffnen der Eisenkiste war schon schwieriger. Sie war durch ein massives Schloss bewehrt und zudem mit einer Eisenklammer gesichert, die als Überwurf im Inneren der Truhe montiert war. Einen Moment lang dachte der Anführer daran, die ganze Kiste mitzunehmen, verwarf diese Lösung aber als zu auffällig und riskant.

Dann kam ihm ein Gedanke und er schickte seinen Begleiter zurück auf den Hof. Er hatte richtig vermutet; der Bauer hatte die Schlüssel für Schloss und Überwurf um den Hals getragen. Sie öffneten die Eisenkiste und nahmen heraus, weshalb sie gekommen waren. Sie waren auch kaltschnäuzig genug, dem toten Bauern anschließend die Schlüssel wieder unter die von Blut durchtränkte Kittelbluse zu schieben. Mit dem verbleibenden Mann machte der Anführer einen letzten, sorgfältigen Kontrollgang durch alle Gebäude des Anwesens. Danach ritten sie gemeinsam den engeren Umkreis der Äcker und Weiden ab. Die Frau blieb unauffindbar. Inzwischen war es völlig hell geworden und es hatte keinen Sinn mehr, sich weiter der Gefahr einer Entdeckung auszusetzen. Sie wendeten ihre Pferde und ritten nach Nordwesten ab. Der Anführer dachte mit Unbehagen an das Gespräch, das er mit seinem Auftraggeber zu führen haben würde. Der junge Herr konnte sehr unangenehm werden, wenn die Dinge nicht nach seinem Willen liefen. Mit einem grimmigen Lächeln sagte sich der Anführer, dass der alte in diesem Punkt nicht anders war.

*

Erzbischof Ludwig von Monasterium mochte seinen Amtsbruder aus Brema nicht. Er war ihm sogar von Herzen zuwider. Dieser Otto war ein Unflat, ein Bauer, der furzte und rülpste ohne Rücksicht auf Anwesende und seine in jüngster Zeit fast penetrante Art der Hinwendung zu kirchlichen Fragen war dem Hessen verdächtig. Es war ihm durchaus angenehm, dass zwischen ihren beiden Residenzen das große Bistum von Osenbrugge[139] lag. Auf diese Weise war man weit voneinander entfernt und sah sich nicht allzu oft. Gottlob waren mit der Angelegenheit der Glocke für die Kirche in Eesensem auch seine Schulden bei diesem Menschen aus der Welt.

Dass der Abt des Klosters Ihlo, dieser sauertöpfisch Eghardus, über seine Weisung, die Glocke zu bezahlen, noch immer verstimmt zu sein schien, hielt Ludwig leicht aus. *Ganz* leicht! Diesen staubtrockenen, verknöcherten, irgendwie lebensfernen Zisterzienser mochte er übrigens auch nicht. Zu eifrig, zu sendungsbewusst, zu arrogant in der Art, wie er sich mit seiner vermeintlichen Nähe zum Herrn schmückte. Der sollte gefälligst das Maul halten und gehorchen, weiter nichts!

Aber zurück zu Otto von Brema, diesem furzenden und rülpsenden Purpurträger. Er war ihm erstmals wenige Wochen nach Ottos Investitur begegnet, kurz vor Weihnachten anno 1344, und zwar anlässlich der Weihe eines Seitenschiffes des Langhauses der Domkirche zu Cöln. Wie auch Otto hatte er eine Einladung des Cölner Erzbischofs, Walram von Jülich, erhalten und war zur Weihefeier erschienen. Er hatte sogar eine Rotwildhatz dafür vorzeitig abgebrochen. Otto trug ihm nach, dass er aus gleichen Gründen zu seiner Investitur nicht gekommen war, sondern sich durch seinen Propst hatte vertreten lassen. Wenn er sich diesen Bauern heute ansah, dann hatte er wohl recht gehandelt. Walram von Jülich, der Bruder des Grafen, war ein kultivierter Mann, er hatte in Paris studiert und war dort promoviert worden, erlesen im Auftreten und von gediegenen Umgangsformen, ein Kirchenfürst nach seinem Geschmack.

139) Osnabrück

Und dann dieser Otto, mit seiner plumpen, lärmenden Leutseligkeit, den ungehobelten Tischsitten, ein Emporkömmling aus der Provinz. Er hatte beim Festmahl mit den Fingern zugegriffen und geglotzt, als er die feinen, silbernen Gabelspieße sah, mit denen Walram und auch er, Ludwig, das Fleisch von den Platten nahmen. Hatte die Messerklinge nach dem Schneiden abgeleckt, statt sie zwischen Daumen und Zeigefinger abzustreifen wie es Sitte war, und beim Trinken geschmatzt wie eine Sau. Die meisten Diözesanfürsten nördlich der Alpen waren um die Tafel versammelt und hatten sich irritierte Blicke zugeworfen, und erst der Vertreter des Papstes! Leichenblass hatte der Kurienkardinal dagesessen, in einer Mischung aus Faszination und Abscheu auf den Bremaer gestarrt, unfähig, sein Mahl fortzusetzen, und trocken mitgeschluckt.

Es war unsäglich gewesen, unglaubliches Verhalten von einem Mann, der immerhin dem Grafengeschlecht derer von Aldenborch entstammte. Und auch jetzt wieder, wie er dasaß, geräuschvoll kauend, fett und bräsig, mit einem Mahltuch um den Hals, so bekleckert, dass er aussah wie ein geblisterter[140] Schweinehintern. Von solchen Geschöpfen hielt Ludwig der Hesse am liebsten Abstand. Wenn da nicht diese verteufelte gemeinsame Diözesangrenze in Friesland wäre, die mit wiederkehrender Regelmäßigkeit für Streitigkeiten sorgte und die dieses unsägliche Gespräch erzwungen hatte, zu dem man sich auf einem kleinen Jagdsitz des Bischofs Johannes von Utrecht getroffen hatte, sozusagen auf neutralem Boden, in der Nähe von Lewarden[141], das die Westfriesen Ljouwert nannten. Johannes hatte sie taktvoll allein gelassen, gelegentlich huschte ein Novize in den Raum, legte nach oder brachte neue Speisen und Getränke.

Erzbischof Ludwig begnügte sich mit Wasser, er wollte

140) Blistern: Altdeutsch für salben

141) Leeuwarden in Westfriesland

einen klaren Kopf behalten. Er bediente sich sehr zurückhaltend von dem Rehrücken auf gedünstetem Lauch und knabberte gelegentlich an einer Brotscheibe. Otto trank unverdünnten Wein und aß mit Herzenslust, seine beiden Prälaten, die Äbte Hilderaad von Marienkamp und Nikolaus von Marienthal, hielten annähernd mit. Aus den Augenwinkeln musterte Erzbischof Ludwig den ihn begleitenden Prälaten, Abt Eghardus von Ihlow. Der Zisterzienser saß in sich zusammengesunken und brütete vor sich hin. Er hatte noch keinen Bissen angerührt und der Becher mit Wasser stand nutzlos vor ihm auf der Tafel. In seinem hageren, ausgemergelten Gesicht regte sich kein Muskel und einen Augenblick lang dachte Ludwig, der Abt schliefe mit offenen Augen.

Erzbischof Otto I. von Brema hob unvermittelt den Kopf, in seinen Augen stand ein tückisches Glitzern. Er wischte sich mit dem Mahltuch über den noch kauenden Mund, dann über die feuchte Stirn und griff nach seinem Becher. Er brachte es tatsächlich fertig, gleichzeitig zu kauen, zu grinsen und zu sprechen.

»Nun, Bruder, was ist, brauchst du wieder Geld?«

Ludwig hielt es für unter seiner Würde, auf diese Frage zu antworten. Zudem war es schlicht ungehörig, ihn in Gegenwart von Untergebenen derart anzugehen. Die Äbte hatten ihre Köpfe gesenkt und taten unbeteiligt, aber man sah ihre spitzen Ohren. Dieser Bauer! Er musterte seinen Amtsbruder mit kühlem Blick. Schweinsauge!, dachte er.

Niemals, niemals wieder würde er sich in eine solche Abhängigkeit zu dem Bremaer begeben. Er dachte an diese unselige Geschichte, damals, noch in Cöln, als er wegen eines fehlgegangenen Geschäftes mit dem Fürsten von Baiern vorübergehend in Schwierigkeiten geraten war und die Weihe des neuen Seitenschiffs dazu nutzen wollte, unter den anwesenden Erzbischöfen eine Anleihe zu machen.

Er hatte einen seiner Prälaten vorgeschickt, um diskret Kontakt mit den Brüdern der anderen Delegationen aufzunehmen, aber der hatte überall auf Granit gebissen. Diese Hunde! Nur der Bremaer, ausgerechnet Otto, hatte sich nach einigem Hin und Her bereit erklärt, ihm eine Summe vorzustrecken. Er hätte liebend gern darauf verzichtet, aber der Baier hatte auf sofortige Rückzahlung bestanden und setzte ihn unter Druck. Dabei ging es, was Otto nicht wusste, alles in allem um viel mehr als die paar Silberpfennige. Das Geschäft lief bis an den Hof von Venedig, es erstreckte sich über ein vielschichtiges Geflecht von Handelsbeziehungen und sein eigentliches Übel bestand in der Deckung von Verlusten, die anteilig zu leisten war. Der venezianische Hof stellte Forderungen an den Baiern, und der stellte seinerseits Forderungen an ihn, so einfach fügten sich die Dinge.

In dieser Lage musste Ludwig zusehen, wie er an Geld kam. Überall. Also auch bei seinen Amtsbrüdern. Er würde deren unbarmherzige Hartleibigkeit, die er im Grund für unchristlich hielt, nicht vergessen. Und nun dieser unsägliche Otto, um des barmherzigen Himmels willen.

»Du sprichst mit vollem Mund, Bruder. Und du bekleckerst dich.«

»Und wenn schon!« Otto schnaufte genüsslich und ließ seine Augen über die Fleischplatte wandern. »Ich gebe dir gerne wieder Geld. Du hast ja keine Last damit, deine Äbte stehen wohl auch künftig für dich ein?«

Durch Abt Eghardus' Körper ging ein Zucken, es sah aus, als hätte er einen Hieb mit der Geißel auf den nackten Rücken erhalten. Otto hatte es gesehen und grinste anzüglich. Erzbischof Ludwig warf seinem Prälaten einen eisigen Blick zu. Der Mann war ihm fremd, er hatte kein persönliches Verhältnis zu ihm und dabei würde es auch bleiben. Er hatte zudem kein Verständnis dafür, dass die drei Prälaten bei dem Gespräch anwesend sein sollten, aber Otto hatte darauf bestanden.

»Mir scheint, wir sollten uns dem Gegenstand unseres Treffens zuwenden, Bruder«, sagte Ludwig von Hessen leichthin und ergriff seine doppelzinkige Gabel, um sich eine kleine Scheibe Braten von der Platte zu langen. Otto warf einen giftigen Blick auf das Gerät.

»Du hast recht. Unsere gemeinsame Diözesegrenze in Friesland. Ein Quell unerschöpflicher Freude«, sagte er sarkastisch. »Aber darum geht es mir heute nicht. Jedenfalls nicht in erster Linie.« Er zog sich das Mahltuch von der Brust und warf einen scharfen Blick auf Abt Hilderaad, der sofort seinen Teller zur Seite schob und nach Papier und Pergament griff.

»Mir schon. Ich wüsste nicht, was wir sonst zu bereden hätten«, gab Ludwig kühl zurück.

Die Grenze der beiden Bistümer verlief zwischen den Gemarkungen der Landgemeinden der Auwreker und der Hairlinger und trennte im Norden die Brokmannen vom Noerderlant. Nach Westen zu reichte seine Diözese bis weit jenseits der Lauwer in das Bistum Utrechts hinein und im Süden stieß es an den Machtbereich des Erzbischofs von Osenbrugge. Aber nur mit dem Bremaer gab es Schwierigkeiten. Otto war diese Enklave ein Dorn im Auge, das wusste er. Der Graf von Aldenborch hielt sie für unnatürlich und verwies in ihren Streitgesprächen stets auf ihre große räumliche Trennung zur Kerndiözese.

»Wie kann es sein, dass ein Bistum aus zwei Teilen besteht, die so viele Meilen zwischen sich haben?«, pflegte er zu argumentieren.

»Es ist so, Bruder. Also nimm es hin. Im Übrigen halte ich es mit dem alten Sallust: Quieta non movere[142]. Und

---

142) Sallust: Röm. Historiker: Was in Ruhe ist, soll man nicht in Bewegung setzen.

das solltest du auch tun«, sagte Ludwig dann und dachte nicht daran, den bestehenden Status in Frage stellen zu lassen.

Gottlob gab es uralte Dokumente, die den Grenzverlauf belegten, Urkunden, die auch das päpstliche Siegel führten. Er wusste, dass Otto die Authentizität dieser Pergamente bezweifelte und als Machtmensch konnte er auch verstehen, dass sich der Bremaer liebend gern diese Enklave unter den Nagel gerissen hätte. Sozusagen brüderlich geteilt mit dem Bischof von Utrecht. Ludwig schwindelte, wenn er an die damit verbundenen Verluste dachte. Allein die Einnahmen aus den Klöstern, die er zur Finanzierung seines eines Kirchenfürsten durchaus angemessenen Lebensstils brauchte. Nicht zu reden von dem, was sonst noch abfiel. Und schließlich die Tatsache, dass die Bedeutung eines Bischofs nicht zuletzt von der Fläche seines Bistums abhing. Das alles ohne Not zur Disposition stellen? Völlig inakzeptabel!

»Ich bin es müde«, hörte er Otto sagen, »mit dir über den Grenzverlauf zwischen Straicholt und Wyszede zu disputieren. Es ist auch müßig, dir zu erklären, dass das Kloster Ihlo nach alten Urkunden zu meiner Diözese gehört.« Er beugte sich vor und seine Stimme stieg. An seiner Stirn pulsierte plötzlich eine Ader. »Das kostet mich viele Tournosen im Jahr! Gleichwohl ... sei' s drum!« Er machte eine wegwerfende Handbewegung

»Da du, im Gegensatz zu mir, in der Lage bist, Geld zu verleihen, befindest du dich offensichtlich wohl. Der Herr meint es gut mit dir«, sagte Ludwig ungerührt.

»Ich halte mein Silber zusammen!«, konterte Otto spitz.

»Der Grenzverlauf zwischen Straicholt und Wyszede ist beurkundet!«

»Ja. Falsch!«

»Und Ihlo hat dir nie gehört!«

»Ich rede von einer Zeit, da du noch davon träumtest,

dich eines fernen Tages vielleicht mit dem Habit eines Priors oder Abts zu schmücken!«

»Hüte dich, ich trage das gräfliche Siegel im Wappen!«

»Ich auch, falls du die Grafenkrone meinst!«

Der Disput der beiden Erzbischöfe hatte an Hitze und Lautstärke zugenommen und die anwesenden Äbte saßen und lauschten mit gesenkten Köpfen. Hilderaad spielte nervös mit seinem Schreibrohr. Nikolaus drehte seinen Becher. Eghardus von Ihlo schielte aus den Augenwinkeln nach der Platte und nahm dann tatsächlich Fleisch und Lauch. Die Tür öffnete sich und ein Novize wollte hereinschlüpfen.

»Jetzt nicht!«, schrie Otto und der junge Mönch erbleichte und schloss hastig die Tür.

»Bauer!«, dachte Ludwig und ärgerte sich. Wie kam dieser Mensch dazu, sich hier als Hausherr aufzuspielen? Aber er zog es vor, zu schweigen. Und er ärgerte sich über den vergangenen Wortwechsel.

Es war sinnlos, sich mit Otto anzulegen. Die Feinheiten eines kultivierten, gelehrten, mit Geistesschärfe und analytischer Brillanz ausgetragenen Meinungsstreits waren ihm nicht zugänglich. Plötzlich empfand Erzbischof Ludwig das ganze Treffen, diesen impertinenten Bremaer und die verbiesterten Prälaten, als unerträglich und wünschte, es so schnell wie möglich zu beenden. Er lehnte sich zurück und legte mit einer gezierten Bewegung seine Gabel auf den Essteller.

»Also, was willst du?«

Otto warf einen Blick auf die Fleischplatte. Anscheinend spielte er mit dem Gedanken, sich noch einmal zu bedienen. »Ich will dich über bestimmte Vorgänge in Friesland in Kenntnis setzen, Bruder. Vorgänge, die dir bislang verborgen geblieben sein sollten.« Er fuhr sich mit dem Mahltuch grob über den Mund, auf seinen Lippen stand plötzlich ein ironisches Lächeln. »Das alles ist ja recht weit von deiner Residenz entfernt. Vielleicht zu weit für dich, Bruder«, schob er süffisant nach.

Ludwig ließ sich nicht provozieren. »Zum Gegenstand«, forderte er kühl, und Otto nickte.

»Sofort!«

Und dann legte Otto dem Erzbischof von Monasterium die Vorgänge auseinander, die das Land der Friesen ergriffen hatten und die es gründlich verändern würden. Ludwig hörte gelangweilt zu. Irgendwann lehnte er sich in seinem Stuhl zurück und verschränkte die Hände hinter dem Kopf. Redjevendemokratie. Freie Bauernschaft. Unabhängige Richter versus – wie drückte dieser feiste Sack sich aus? – Abschaffung des Umgangs? Häuptlingswesen. Friesischer Schwachsinn, mit dem er nichts anfangen konnte. Und der ihn auch nicht interessierte. Was hatte er damit zu schaffen?

Als Otto geendet hatte, richtete sich Ludwig in seinem Stuhl auf. »Nun gut. Also diese Veränderungen. Wenn ich recht verstehe, dann willst du sie befördern, Bruder?«

Otto nickte mit Nachdruck. »Sie sind unabwendbar. Und tun not!«

Ludwig nickte ebenfalls. »Wenn du es sagst, Bruder …« Er nahm seine Essgabel, drehte sie versonnen mit der Hand und dachte nach. Dann hob er den Kopf. »Was kosten mich diese … Veränderungen?«

In Erzbischof Ottos Blick stand plötzlich offene, eisige Verachtung. Er lächelte, aber seine Augen straften ihn Lügen. »Sei unbesorgt, Bruder. Es ändert sich nichts an Steuern und Abgaben für deinen Haushalt.«

»Und warum erzählst du mir dann all diese unsäglich langweiligen Dinge?«

»Damit du sie weißt. Und dich heraushältst!« Plötzlich schoss des Bremaers massiger Oberkörper nach vorn und das Lächeln war wie weggewischt. »Ich habe ein lebhaftes Interesse an diesen Abläufen. Ich will, verstehst du, dass sie sich ungestört vollziehen. Also komme mir nicht in die Quere, verstanden?«

Dann zeigte er mit dem Finger auf ein Pergament, das vor Abt Hilderaad auf der Tafel lag. Der Prälat nahm das Papier und gab es dem Kirchenfürsten, doch Otto schob es gleich an Ludwig weiter. Er war nun wieder ganz freundlich.

»Ich bitte dich, Bruder, dieses Pergament zu unterzeichnen. Es sichert dir gewisse, wie ich meine, nicht unerhebliche Einnahmen unter den von mir soeben genannten Bedingungen zu.«

Ludwig von Hessen fischte nach der Urkunde. Er las sie mit größter Sorgfalt, dann nickte er.

*

Wenn ein unbefehdeter Mann da ist und er einen Kriegsknecht, der einem anderen Land angehört, bei sich hat, so zahle der Anführer anstelle des Kriegsknechtes Buße und Wergeld, wenn dieser eine Wunde schlägt und der Anführer ihn ins Gefecht führt und selbst mitkämpft

7. Küre des Oldamter Rechts

5.

Wijtwerd[143], Oosterambt,
zwei Tage vor dem Fest des heiligen Benedict
Anno Domini 1347 (Montag, 19. März)

Ayderd Zeerijp war schon beerdigt, als sie eintrafen. Er war am Sonntag nach Matthäus unter großen Schmerzen gestorben und seine letzten Stunden waren nicht nur für ihn eine schlimme Qual gewesen. Vor den Augen seiner entsetzten, hilflosen Familie hatten seine fürchterlichen Schreie nachgelassen und waren einem kraftlosen, schluchzenden Keuchen gewichen, das schließlich verstummte. Schon zwei Tage vorher war Prior Allardus aus dem nahen Kloster Appinggadamme an der Krankenstatt erschienen, hatte Ayderd Zeerijp mit gesegnetem Sterbeöl gesalbt und sich dann, ständig Gebete murmelnd, unter die Kapuze seines schwarzen Habits zurückgezogen. Er verließ die Kniebank neben dem Bett Ayderds erst, als der Schollenherr gestorben war.

Natürlich stand die Verlöbnisfeier stark unter dem Eindruck dieser traurigen Ereignisse. Das erste Zusammentreffen zwischen Wiska und Enno war eine seltsame Mischung aus Glück und Bedrückung gewesen, die junge

143) Osterwijtwerd, Provinz Groningen

Frau lächelte ihren Bräutigam an, aber ihre blauen Augen schwammen und es schien, als hätten sie ihr strahlendes Leuchten verloren. Enno konnte sich der allgemeinen Trauer nicht entziehen, er wirkte hölzern und gehemmt und ihre Umarmung fiel sehr knapp, fast hastig aus. Noch vor Beginn der Feierlichkeiten waren sie gemeinsam auf den Kirchhof gegangen und hatten Ayderds Grab besucht, und Wiskas hemmungsloses Weinen hatte Enno das Herz abgedrückt. Er hatte gewürgt und geschluckt, nicht gewusst, wie er sie trösten sollte und es hatte lange gedauert, bis sich auch bei ihm die Tränen lösten. Dann hatten sie in enger Umklammerung vor dem Grab gestanden und ihren Gefühlen freien Lauf gelassen. Der lange Adriaan, der sie unbedingt begleiten wollte, hatte ein paar Schritte abseits gestanden, mit einem Gesicht wie aus Stein gemeißelt.

Die Verlöbnisfeier fand auf der Tenne des Haupthauses statt, es hatte ein paar Tage gedauert, bis die Familie versammelt war. Es gab keine Musik und es wurde nicht getanzt. Enno hatte, wie es dem Brauch entsprach, seiner Braut den unterschriebenen Ehevertrag förmlich überreicht und ihr danach, wie es Sitte war, den Jungfernring seiner Mutter übergestreift. Prior Allardus hatte das Paar gesegnet und dann wurde das Essen eingenommen. Es gab eine Suppe mit gekochten Stücken vom Huhn, dann Lammbraten und Rindfleisch, dazu Brot und gebrühte Lauchstangen, gesalzenes Rübenmus, überstreut mit geröstetem Buchweizen und sogar Wein. Marijke Zeerijp, die Witwe, saß stumm an der Festtafel und die Gespräche unter den Gästen blieben einsilbig und gedämpft. Der Prior sprach leise mit Willem Zeerijp, dem Sohn und Erben des verstorbenen Schollenherrn.

Eine böse Überraschung hatte es für Jeroen van Oldenzaal gegeben, als ihm Willem Zeerijp unmittelbar nach der Rückkehr seinen Nachfolger präsentiert hatte. Er, Jeroen, habe seinem Vater treu gedient, aber nun sei der tot und er, Willem, wollte mit einem anderen Handmann einen neuen Anfang machen. Der Nachfolger stand daneben, ein noch junger, blasser Mann mit schütterem Haar und unstetem Blick aus grauen Augen, die er immer wieder senkte. Er war bisher auf dem Hof nur für die Pferde zuständig gewesen und fühlte sich offensichtlich nicht recht wohl in seiner Haut.

Willem stellte Jeroen frei zu bleiben, allerdings dann in untergeordneter Position, vielleicht als Pferdeknecht, und der alte Handmann erbat sich mit eisiger Miene Bedenkzeit. Es blieben ihm nicht viele Möglichkeiten. Er hatte Frau und Kinder und war nicht mehr der Jüngste. Natürlich war er unter diesen Umständen nicht als Gast an der Verlöbnistafel, der neue Mann saß links von seinem Schollenherrn und aß konzentriert und mit gesenktem Kopf, schielte dabei immer wieder aus den Augenwinkeln nach beiden Seiten und der lange Adriaan wusste, er mochte ihn nicht. Zudem fand er die Art empörend, in der Jeroen van Oldenzaal abserviert worden war. Er musterte den jungen Herrn, der sich soeben wieder Prior Allardus zuwandte. Willem war schon äußerlich seiner Schwester Wiska in vielem unähnlich. Er war von gedrungener Gestalt und seine Augen blickten stumpf und matt, und trotzdem war da ein Ausdruck in ihnen, der Unwohlsein verursachte, ein blasiertes, herablassendes Taxieren.

Adriaan stocherte missmutig in seinem Essen. Ihm war klar, er würde Ayderd Zeerijp vermissen. Er hatte einen Stinklaune und gab sich auch keine Mühe, das zu verbergen. Und er hatte Anlass dazu. Schon auf der Herreise. Sie hatten einen Tag nach ihrem Aufbruch mit plötzlich einsetzendem Schlechtwetter zu kämpfen gehabt, böigen Winden, Kälte und heftigen Niederschlägen, Regen und Schnee, und dieses Sauwetter hatte sie gepackt und nicht mehr losgelassen, bis sie an ihrem Ziel waren. Dann der

Vorfall beim Überqueren der Ems – es war wieder diese gottverdammte Fähre in Lhare gewesen –, als er einen Fremden dabei erwischte, wie der sich an den Satteltaschen des jungen Herrn zu schaffen machte. Enno stand zu diesem Zeitpunkt vorne im Bug und starrte ungeduldig auf die andere Seite, als könnte er damit ihre Reise beschleunigen. Es war Adriaan so, als sei bei den Pferden irgendetwas in Bewegung, er hatte ein ungutes Gefühl und deshalb ging er hinüber, um nachzusehen. Er schlug einen Bogen, um in den Rücken der Tiere zu kommen, und dann war da dieser Kerl, der an Ennos Pferd stand. Der Mann hielt die Augen auf den Bug gerichtet und fummelte gleichzeitig an den Schnallen der Satteltasche, als Adriaan sich von hinten heranschob.

»Was soll das denn werden, wenn es fertig ist?«, fragte der Lange spröde und den Kerl riss es herum, und in diese Drehbewegung hinein gab ihm der Holländer mit der flachen Hand eine derart heftige Ohrfeige, dass der Fremde fast über Bord gegangen wäre. Er hatte den Kopf schon im Wasser, als Adriaan ihn am Hosenboden zu fassen bekam und über das Dollbord zurück in die Fähre zog. Er war überzeugt, das Gesicht schon gesehen zu haben, im Gesinde des Keno Hylmerisna, aber sie konnten ihm nichts weiter nachweisen und so ließen sie ihn laufen, als die Fähre anlegte. Der Kerl sprang an Land, noch bevor das Schiff an den Fender des Stegs stieß und machte sich zu Fuß davon.

Sie waren dann dem Westufer der Ems gefolgt und das schlechte Wetter hatte sie gezwungen, sich wenigstens zur Nachtruhe ein Dach über dem Kopf zu suchen. Aber sie hatten immer wieder Schwierigkeiten damit gehabt und es war ein Glück gewesen, dass der Handmann des Oosterambters bei ihnen war, Jeroen van Oldenzaal. Er sorgte dafür, dass sie von den Wirten nicht über das Ohr gehauen wurden und einmal, als sie in der Kirche von tor

Munte[144] übernachten wollten, erwies sich die Gegenwart des Augustinermönchs aus dem Kloster Appinggadamme als nützlich.

Der Platz hinter dem Altar war wie üblich die Schlafstelle des Priesters der Gemeinde und der Geistliche wollte ihn nicht hergeben. Bruder Henricus war sehr erbost über dessen störrische Unfreundlichkeit und wusch dem Pfarrer derart den Kopf, dass der ihnen nicht nur die gesamte Apsis der Tuffsteinkirche überließ, sondern ihnen dort sogar eigenhändig frisches Stroh aufschüttete, das anschließend mit sauberem Leinen abgedeckt wurde. Dann zog sich der Priester mit einer dünnen Wolldecke mürrisch auf eine zugige Bank neben dem Eingang zurück und sie schliefen wie die Fürsten.

Der Rest des Weges hatte sich hingezogen, von See her fegte ständig ein scharfer Wind heran und sie waren froh, schließlich auf dem Hof des Oosterambters einzutreffen, aber dann dieser merkwürdige Empfang dort, der trotz aller Trauer dem Anlass nicht angemessen war. Zuerst der Schock, dass sie Ayderd Zeerijp nun doch nicht mehr lebend antrafen, dann der neue Schollenherr, der sie kühl, ja sogar abweisend begrüßt hatte und das seltsame Verhalten der Hausherrin, die, noch immer wie betäubt vor Schmerz, ihre Anwesenheit kaum zur Kenntnis nahm.

Adriaan fand das alles ungehörig und es passte ihm nicht. Die Arroganz des neuen Schollenherrn passte ihm nicht, die Art, wie er mit seinem Gesinde umging, passte ihm nicht und der Aufenthalt auf dem Hof des Oosterambters passte ihm auch nicht. Er war unruhig und wollte sobald wie möglich zurück nach Hairlingen. Einerseits freute er sich für den Sohn seines Schollenherrn. Er sah hinüber zu Enno und Wiska, die trotz aller Bedrücktheit glücklich nebeneinander saßen, aber sorgfältig jede Berührung vermieden, Enno mit roten Ohren

144) Termünten, Provinz Groningen

und Wiska mit Augen, die jetzt wieder an Veilchen in der Morgensonne erinnerten. Sie aßen mit Lust und warfen sich immer wieder verliebte Blicke zu.

Adriaan seufzte. Andererseits fühlte er sich an diesem Hof unwohl, Jeroen van Oldenzaal tat ihm leid und er dachte schon jetzt an die Rückreise, die sie vor sich hatten. Das Wetter hatte sich zwar gebessert, aber es war immer noch kalt und Reisen um diese Jahreszeit kein Vergnügen. Er griff nach seinem Zinnlöffel, um sich noch von dem Rübenmus zu nehmen, als die Tür aufgestoßen wurde und Jeroen van Oldenzaal die Tenne betrat. Man sah sofort, er war nicht mehr nüchtern. Sein Gesicht war stark gerötet, er trug sein Langschwert blank im Gürtel und mit einem Mal war es in dem Raum totenstill. Die Witwe hob den Kopf, stieß einen leisen Überraschungslaut aus und wandte sich mit fragenden Augen an ihren Sohn. Der neue Handmann schoss gehetzte Blicke nach allen Seiten ab, er wollte sich erheben, aber sein Schollenherr legte ihm die Hand auf die Schulter und drückte ihn auf den Schemel zurück.

Willem Zeerijp schob seinen plumpen Oberkörper langsam mit den Fäusten hoch, das flächige Gesicht war kalt und dünkelhaft. »Was willst du hier? Los, raus! Verschwinde!«

Jeroen van Oldenzaal war der einzige Bewaffnete in dem Raum. Es war nicht üblich, dass man auf dem Hof während eines Arbeitstages oder zu Feiern Klingen trug, schon gar keine Langwaffen. Zeitgleich mit dem neuen Schollenherrn hatte sich Adriaan erhoben, sein Mund fühlte sich plötzlich an wie mit Sägemehl gefüllt.

»Mach dich nicht unglücklich, Mann!«, sagte er, und dann schob er diesen verhängnisvollen Satz nach, den er niemals hätte sagen dürfen, denn er war Gast und begleitete den jungen Herrn zu einem Besuch bei seiner Braut, der Schwester des Mannes, unter dessen Dach er war. »Lass stecken, Jeroen. Er ist es nicht wert!«

Ennos Kopf ging ruckartig in die Höhe, Wiska erstarrte entgeistert und der neue Schollenherr wandte langsam den Blick auf Adriaan. Er maß den Langen, der stand wie ein Baum, zwei Atemzüge lang voller Verachtung und dann kamen seine Augen zurück und blieben auf Enno tom Diek hängen.

Doch bevor er etwas sagen konnte, machte Jeroen van Oldenzaal einen Schritt nach vorn und legte die Hände auf den Schwertgriff. »Keine Sorge. An dem mache ich mir nicht die Hände schmutzig. Aber ich will mein Recht!«

»Dein Recht?« Willem war auf seinen Stuhl zurückgesunken, seine Arme lagen ausgestreckt auf der Tafel. »Du hast kein Recht auf den Posten des Handmannes. Mein Vater hat ihn dir gegeben, und ich nehme ihn dir weg. So einfach!«

Jeroen van Oldenzaal nickte bitter, in seinen Mundwinkeln standen tiefe Kerben. Es war eine verfahrene Situation. Er hätte niemals mit blankem Schwert in diesen Raum kommen dürfen, unter keinen Umständen, aber nun war er da, und ein simpler Rückzug, vielleicht mit einem Ausdruck des Bedauerns, kam schon aus Gründen der Selbstachtung nicht in Frage. Zudem war klar, der lange Adriaan hatte mit seiner gewiss gut gemeinten Bemerkung die Lage unnötig verschärft. Jeroen sah die Augen des Schollenherrn auf sich gerichtet und auch sein Nachfolger, der sich offenbar wieder gefangen hatte, musterte ihn mit dem Blick eines Bauern, der sich ein von Unwetter verwüstetes Getreidefeld ansieht.

»Du glaubst doch wohl nicht, dass ich unter dir als Schollenherrn dienen würde, keinen Tag würde ich das. Nicht einmal als dein Handmann«, sagte Jeroen, und in diesem Augenblick überwältigten ihn seine Gefühle und er schluchzte auf. »Du kannst deinem Vater, Gott lasse ihn seiner Herrlichkeit teilhaftig werden, nicht das Wasser reichen!«

Marijke Zeerijp starrte ihn an und ihre Augen füllten sich mit Tränen. Auch Wiska weinte jetzt mit gesenktem Kopf und der Lange sah, wie Enno unter dem Tisch ihre Hand ergriff. Willem Zeerijp saß noch immer. Er schluckte den offenen Anwurf ohne einen Wimpernschlag. Seine stumpfen, grauen Augen gingen zwischen dem Schwert und Jeroen hin und her.

»Was willst du?«

Und dann sagte der alte Handmann, was er wollte. Ayderd Zeerijp hatte ihm Land versprochen, er hatte diesen Konflikt wohl vorausgesehem und wollte seinem treuen Helfer als Lohn für seine Dienste die Möglichkeit bieten, ein eigenständiges Leben zu führen. Jeroen van Oldenzaal forderte die Einlösung dieses Versprechens.

Willem lehnte sich zurück und verschränkte die Arme vor der Brust. Sein Gesichtsaudruck blieb wie er war, gleichgültig und herablassend. »Welches Land?«

»Zwanzig Grase Acker und Weide, dazu eine Fläche Wald nördlich des Kirchspiels von Leermens[145], du kennst die Gemarkung.«

Willem Zeerijp lächelte nicht; er zog lediglich die Oberlippe hoch und zeigte seine Zähne. »Ist das beurkundet? Wo ist dein Pergament?«

»Ich habe kein Pergament. Was ich habe, ist das Versprechen deines Vaters!«

»Davon weiß ich nichts!«

»Ich sage es dir!«, entgegnete Jeroen van Oldenzaal fest. Seine Hände ruhten noch immer auf dem Schwertgriff. Der lange Adriaan trat an ihn heran und sah ihm in die Augen. Und dann nahm van Oldenzaal die Hände auseinander und ließ sich widerstandslos die Klinge aus dem Gürtel ziehen. Der Lange nahm das Schwert und ging zu seinem Platz zurück. Von den Frauen hörte man erleichtertes Seufzen.

Willem Zeerijp ließ die Waffe nicht aus dem Blick. Seine

145) Ort in Westfriesland, nordwestlich von Appingedam

Oberlippe stand noch immer über den Zähnen. »Mit dem Schwert hast du deiner Sache nicht gedient. Ich wäre ein schlechter Herr, wenn ich mir von einem Knecht meines Gesindes mit blankem Eisen drohen ließe.«

»Ich bin kein Knecht deines Gesindes. Und das Schwert trage ich, weil ich ein freier Mann bin«, sagte Jeroen van Oldenzaal, der jetzt ganz ruhig war. Er trat noch einen Schritt vor. »Es geht auch nicht um geschliffenes Eisen, sondern darum, ob du das Ansehen deines verstorbenen Vaters in den Dreck ziehst.«

In diesem Moment beugte sich Marijke Zeerijp zu ihrem Sohn und redete flüsternd auf ihn ein. Willem lauschte, schüttelte entschlossen den Kopf und die Frau redete weiter eifrig auf ihn ein, bis der junge Schollenherr schließlich mit finsterer Miene nickte.

»Nun gut. Du bekommst das Land. Die Urkunde wird noch heute ausgestellt. Und dann will ich dich hier nie wieder sehen!«, sagte er flach.

Jeroen van Oldenzaal zeigte keine Regung, er ging hinüber zu dem langen Adriaan, nahm sein Schwert und verließ die Tenne. Der Lange folgte ihm. Willem Zeerijp wies mit dem Kinn auf die Tür und sein neuer Handmann stand sofort auf und ging mit gesenktem Kopf hinaus, Prior Allardus schloss sich ihm aus freien Stücken an. Als die Familie mit Enno tom Diek allein war, nahm sich Willem seine Mutter vor.

»*Ich* bin der neue Herr auf dem Hof. Ich! Wage es nie wieder, Mutter, mich in Gegenwart von Fremden derart zu bedrängen, hörst du? Nie wieder!«, schrie er und Marijke Zeerijp sank schluchzend in ihren Stuhl zurück. Er ließ von ihr ab und wandte sich an Enno. In seinen Augen stand kalte Wut.

»Es ist in den Westlanden nicht üblich, dass Gesinde ungebührlich auftritt. Bei euch vielleicht. Dein Knecht hat mich beleidigt. Was gedenkst du nun zu tun?«

Enno blieb ruhig. Er warf einen Blick auf Wiska, ergriff ihre Hand und lächelte freundlich. »Es ist auch bei uns nicht üblich, Bruder. Adriaan, er ist ein Landsmann von dir, wie du weißt, ist nicht mein Knecht, sondern der Handmann meines Vaters. Er ist manchmal etwas zu ungestüm, aber ein sehr guter Handmann. Ich bitte dich für sein Betragen um Verzeihung und werde dafür sorgen, dass es sich nicht wiederholt.«

Willem Zeerijp starrte ihn an, stand auf und verließ ohne ein weiteres Wort den Raum. Als Enno ihm nach einer Weile folgte, wartete Adriaan bereits bei den Pferden. Er hatte das rechte Knie auf dem Boden.

»Du hast mich in große Verlegenheit gebracht, Adriaan«, sagte Enno ohne Aufregung und der Handmann senkte den Kopf.

»Ich weiß, junger Herr. Es tut mir leid«, murmelte er.

»Ich musste ihn um Verzeihung bitten«, fuhr Enno fort und der Kopf Adriaans sank noch ein Stückchen tiefer, aber er antwortete nicht. Auch Enno schwieg jetzt, dachte eine Weile nach und wartete. Insgeheim verstand er den Langen, aber sein Verhalten konnte er unmöglich billigen. Er wandte sich zum Haupthaus um und sah, dass Wiska dort stand und gespannt zu ihnen herüberblickte.

»Ich werde meinem Vater berichten müssen. Es ist an ihm, über dich zu entscheiden«

»Ich weiß, junger Herr«, sagte Adriaan wieder und dann legte Enno ihm beide Hände auf den Scheitel. Der Lange seufzte erleichtert auf und Enno sah, dass Wiska lächelte.

*

Sie fanden die Frau ein paar Tage später als die Erschlagenen auf dem Hof. Einer der Knechte war auf dem Weg in die südlichen Hudewälder an dem Anwesen vorbeigeritten und hatte sofort ein ungutes Gefühl gehabt, das offene Tor passte nicht zu der ungewöhnlichen Stille zwischen den Gebäuden. Er ritt heran und rief, aber es rührte sich nichts und als er durch die Pforte kam, stieg ein Schwarm Krähen auf und ein scharfer, süßlicher Geruch schlug ihm entgegen.

Dann sah er die drei Leichen. Sie mussten schon ein paar Tage tot sein, denn das Fleisch löste sich bereits von den Knochen. Das Schwein lag neben dem Hackklotz, sein Bauch war aufgedunsen wie der Leib einer Kuh. Wie bei dem Tier fehlten den Menschen die Augen und an den unbekleideten Stellen hatten die Krähenschnäbel die Leichen schon übel zugerichtet. Er ritt, so schnell er konnte, nach Eesensem zurück und alarmierte Magnus tom Diek, der mit einigen Männern des Gesindes die Schlote reinigte. Bruder Ludgerus ölte die Toten posthum und dann schlugen sie die Körper in Laken ein und schafften sie zur Kirche.

Magnus hatte sich die Wunden genau angesehen. Sie rührten alle von Langklingen her, scharf geschliffenen Schwertern, keinen plumpen Hauern, wie sie das Landvolk gelegentlich benutzte und die das Fleisch mehr aufrissen, als es sauber zu trennen. In sein Entsetzen mischte sich tiefer, wühlender Zorn. Der Hof lag recht einsam nördlich der Gemarkung Ochterszem[146]. Sein Besitzer, Uko Vrede, war der Handmann von Magnus' Vater gewesen. Uko hatte schon immer eigenes Land besessen und war durch das Vermächtnis seines Herrn mit weiteren Stücken bedacht worden. Es war der übliche Lohn für treue Dienste gewesen und nun lag der Mann brutal erschlagen in einem Leichentuch.

Magnus zermarterte sich den Kopf und fragte nach den Gründen. Sie hatten das Gehöft durchsucht und auch die offene Eisenschatulle gefunden, aber es ging den Mördern wohl nicht um Geld, denn der Schmuck der Frau lag unberührt in der Kiste. Bei der Beerdigung war

146) Ochtersum, Kreis Wittmund

das gesamte Kirchspiel versammelt gewesen und Bruder Ludgerus hatte die Totenmesse ungewöhnlich feinfühlig und würdig zelebriert. Während der Grablegung der Leichen hatte er zu Magnus Verwunderung sogar Tränen in den Augen gehabt.

Dann hatte die Suche nach der Frau eingesetzt, an der sich große Teile der Landgemeinde beteiligten. Sie wurde schließlich in einem der kleineren Entwässerungsgräben gefunden, nicht weit vom Gehöft. Die Frau hatte sich in ihrer Angst tief in den Schlamm des Grabens hineingewühlt, und musste dann aus irgendeinem Grund gestorben sein, eine äußere Verletzung gab es nicht. Ihr Leichnam wurde neben den drei anderen beigesetzt.

In den daran anschließenden Tagen ging Magnus tom Diek diesem Verbrechen mit einer Besessenheit nach, die trotz aller Betroffenheit in seinem Gesinde Aufsehen erregte. Er selbst hielt sie für angemessen. Immerhin waren drei Menschen erschlagen worden, ein vierter in unmittelbarer Folge dieser Untat gestorben. Er sprach mit allen Richtern der Landgemeinde, schickte Leute in angrenzende Kirchspiele, stellte selbst Nachforschungen an. Am Ende musste er sich eingestehen, dass alles vergebens gewesen war. Es gab keine annähernd greifbare schlüssige Erklärung, keine Spur. Und es gab keine Zeugen. Niemand hatte auch nur den geringsten Hinweis geben können. Gewiss, sie hatten eine Vielzahl von Hufabdrücken gefunden. Aber durch das seit Tagen herrschende Tauwetter waren ihre Konturen verwaschen gewesen und Hufspuren waren schließlich auf einem unbefestigten Hofplatz nichts Ungewöhnliches. Die schrecklichen Verwundungen der Toten ließen den Schluss zu, dass die Schwerthiebe mit großer Kraft geführt worden sein mussten, doch was bewies das schon?

Eine vage Hoffnung verband er noch mit der Rückkehr seines Sohnes aus dem Oosterambt. Enno musste mit

Adriaan und den anderen etwa zur gleichen Zeit durch die Gemarkung geritten sein, als sich die Angreifer dort aufhielten. Vielleicht hatten sie ja doch etwas gesehen, eine Beobachtung gemacht, die ihnen zum damaligen Zeitpunkt unwesentlich erschienen war. Es quälte ihn, dass nicht festgestellt werden konnte, was die Mörder gesucht und vielleicht auch gefunden hatten. Doch es lebte niemand mehr, der in der Lage gewesen wäre, darüber Auskunft zu geben. Das Haus war durchwühlt worden, auch die Stallungen und die Gesindehütte, aber der Schmuck der Frau war noch da. Vielleicht, weil es ein auffälliger Schmuck war, eine dünne Silberkette, besetzt mit roten Bernsteinen, dazu ein Paar passende Ohrringe. Gut möglich, dass den Tätern das Risiko zu groß war, anhand des Silbers und der Steine überführt werden zu können, falls sie die Stücke zum Kauf anböten oder sie bei ihnen gesehen würden. Und trotzdem hielt sich der Gedanke hartnäckig in seinem Kopf, dass es in Wahrheit um etwas anderes gegangen sein musste. Um Dinge, an denen irgendwer ein vitales Interesse hatte und derer er um jeden Preis habhaft werden wollte. Aber was konnte ein Bauer wie Uko Vrede in seinem Besitz gehabt haben, das solche Begehrlichkeit weckte?

Er hatte sogar mit Keno Hylmerisna gesprochen, der Brokmanne kam eigens von Engerhoffe herübergeritten und erkundigte sich teilnahmsvoll nach den Einzelheiten des grausigen Vorfalls. Sehr genau hatte er nach der Erkenntnislage gefragt und bedauernd den Kopf geschüttelt, als Magnus ihm deren Dürftigkeit auseinanderlegte. Hatte dann die Mörder verflucht, gefragt, ob er irgendwie unterstützen könnte und versprochen, seinerseits Augen und Ohren offen zu halten. Dann war er abgeritten. Später hatte ihm seine Frau Almeth in ihrer ruhigen Art die Frage gestellt, ob es klug war, Keno Hylmerisna gegenüber so offen zu sein.

Magnus hatte sie prüfend angesehen. »Wozu die Tatsachen verschweigen? Es kann ja doch sein, dass sich das Raubgesindel auch in Brokmannia aufhält. Meinst du nicht, dass wir in dieser Lage als Friesen zusammenstehen müssen?«

Auf den Lippen seiner Frau hatte ein liebevolles, aber zugleich vorwurfsvolles Lächeln gestanden. »Der Herr erhalte dir deine Arglosigkeit, Magnus tom Diek«, hatte sie geantwortet und ihn daran erinnert, dass die Mörder sehr wohl auch Friesen gewesen sein könnten. »Oder die Fremden von Keno Hylmerisnas Hof.«

Magnus war aufgefahren, in seiner Stimme klangen Ärger und Ablehnung. »So dumm ist Keno nicht! Glaubst du denn, der lässt sich mit einer solchen Schweinerei in Verbindung bringen? Dann ist er in ganz Friesland erledigt. Und es kostet ihn seinen Hals!«

»Es sind nicht seine Gefolgsleute, also haftet er nicht für sie. Und sie könnten es ohne sein Wissen getan haben!«, hatte Almeth geantwortet.

Er hatte den Kopf geschüttelt und sie an den Schultern gepackt. »Der Grund, Frau! Sag mir den Grund. Man erschlägt doch nicht drei Menschen nur so. Was, in Gottes Namen, soll denn der Grund gewesen sein?«

Und dann hatte Almeth tom Diek ihren Mann lange schweigend angesehen. Seine Hände lagen noch immer auf ihrer Schulter und sie legte die ihren darauf. »Vielleicht war es die Übertragungsurkunde.«

Er stutzte. »Die Übertragungsurkunde? Welche Übertragungsurkunde?«

Ihre Augen ruhten unverwandt auf seinem Gesicht aber ihr Blick war starr, fast wie nach innen gekehrt. Sie sprach jetzt sehr konzentriert. »Das Pergament, mit dem dein Vater Uko Vrede damals das Land übertragen hat. Es wird wohl auch in der Kiste gewesen sein, denke ich.«

Magnus ließ ihre Schultern los und ging ein paar Schritte mit gesenktem Kopf auf und ab. Dann blieb er stehen. »Was soll denn in dem Pergament gestanden haben? Eine Übertragungsurkunde! Was war an diesem Stück Papier so wichtig, dass es drei, vier Menschen das Leben kostete? Das ist doch Unsinn, Almeth! Und dann: Was will der Brokmanne damit anfangen? Und wenn es die Fremden waren, aber nicht in seinem Auftrag, wer sonst hat sie geschickt, kannst du mir das sagen?«

Sie konnte es nicht. Er dachte über ihre Worte nach, sie kamen ihm in ständigen Wechseln widersinnig und glaubhaft vor. Es verging noch ein weiterer Tag und dann hielt er es nicht mehr aus. Er nahm sich ein paar Männer und ritt hinüber nach Ochterszem. Noch einmal durchsuchten sie gründlich alle Gebäude, in denen die Mägde unter Führung seiner Frau inzwischen Ordnung gemacht hatten. Sie sahen in jeden Winkel, krochen in das Gebälk des Dachstuhls und holten jeden Strohhalm aus den Bettsäcken. Mit besonderer Sorgfalt machte sich Magnus schließlich an die Kleidertruhe in der Schlafkammer. Er klopfte ihren Boden ab und suchte mit der Messerklinge vergeblich nach verdächtigen Ritzen, doppelten Wänden oder versteckten Fächern. Er fand nichts, nicht ein Stück Papier.

Uko Vrede und seine Frau hatten keine Erben, Geschwister gab es nicht und alle Kinder waren früh an Krankheiten gestorben. Magnus stellte einen Knecht seines Gesindes mit Frau und zwei Söhnen zur Bewirtschaftung des Hofes ab und wartete auf die Rückkehr seiner Abordnung nach Wijtwerd. Vielleicht konnten Enno oder Adriaan Licht in das Dunkel bringen. Es schien ihm nicht ausgeschlossen, aber er glaubte nicht daran.

*

Sie waren scharf geritten, sogar die ersten beiden Nächte hindurch. Willem Zeerijp hatte ihnen einen Führer mitgegeben, der sie bis zum Ostgrenze der Landgemeinde

Olde Ambt[147] begleiten sollte, keinesfalls weiter als bis zum Kirchspiel Bunda[148] im Reyderlant. Er hatte dem Mann vor ihrem Aufbruch eingeschärft, sich zu beeilen und der Mann tat, was ihm befohlen war. Sie aßen im Sattel, sie pinkelten aus dem Sattel, sie saßen nicht ab, wenn sie ihre Pferde tränkten und rasteten nur, wenn die Tiere eine Rast brauchten.

Adriaan war es recht, er wollte nach Hairlingen zurück und diese Art des Reisens erlaubte keine langen Gespräche mit dem jungen Herrn. Enno hatte sich schwer von Wiska getrennt, aber es war klar, sie konnten ihren Aufenthalt nicht ungebührlich ausdehnen und zwei Tage nach dem Verlöbnis waren sie aufgebrochen. Es ging schließlich auch darum, den Spannungen auszuweichen, die nach dem Zwischenfall mit dem alten Handmann, Jeroen van Oldenzaal, aufgetreten waren. Der hatte noch am Tage der Ereignisse seine Übertragungsurkunde erhalten und den Hof verlassen. Damit war das eigentliche Ärgernis aus der Welt, aber für Willem Zeerijp war es das nicht, und der neue Schollenherr blieb trotz der Entschuldigung von Enno tom Diek kühl bis zur Unfreundlichkeit.

Adriaan ging ihm aus dem Weg, er aß mit dem Gesinde. Eine Weile spielte er mit dem Gedanken, den jungen Herrn persönlich anzusprechen und um Verzeihung zu bitten. Aber er wusste, Enno hatte das bereits getan, zudem war er sicher, dass Willem Zeerijp ihn nicht auch nur anhören würde und so ließ er es.

Wiska litt unter der Situation, der Zerrissenheit ihrer Gefühle. Zunächst der Schmerz über den Tod des Vaters, dann das unverhoffte Glück der baldigen Ehe mit Enno tom Diek, nun getrübt durch den unsäglichen Eklat und das abweisende Verhalten ihres Bruders, alles das

147) Oldamt, Provinz Groningen

148) Bunde, Kreis Leer; Reiderland

lastete auf ihr wie ein Mahlstein. Als der Augenblick des Abschieds gekommen war, stand sie mit Enno auf dem Hofplatz, sie hielt ihn bei den Händen und ihre Augen schwammen. Der junge Mann spürte ein würgendes Brennen im Hals, das er trotz mehrmaligen Räusperns nicht loswerden konnte.

Sie hatten nicht viel Zeit, die Abordnung aus Hairlingen war schon im Sattel und ihr Führer, mit Ungeduld in den Augen, ebenfalls. Willem Zeerijp und die Witwe, Mutter Marijke, standen unter dem Türbalken des Wohnhauses, der neue Schollenherr steif wie ein Eiszapfen, die Frau teilnahmslos und mit leeren Augen. Sie hatten sich lange und schweigend angesehen, dann hatte Enno ihr die Hände geküsst und sie hastig umarmt, sich abrupt abgewendet und mit staksigen Schritten zu seinem Pferd begeben. Er war aufgesessen und dann waren sie im scharfen Trab losgeritten, der Führer nahm sofort die Spitze.

Es waren während des Ritts kaum Gespräche aufgekommen, auch ihr Begleiter hatte verschlossen, fast finster geschwiegen. Als die Kirche von Bunda in Sicht kam, hatte er sich nahezu grußlos verabschiedet, nur angedeutet genickt, sein Pferd gewendet und war davongeritten. Nach einer kurzen Rast hatten sie ihren Weg über Bunda bis in das Kirchspiel Bynningum fortgesetzt und dort wieder bei dem Bauern übernachtet, den der lange Adriaan kannte und bei dem sie schon damals bei ihrer Reise zum Viehmarkt nach Wenegher Station gemacht hatten.

Beim Ritt in den Ort passierten sie den Richtplatz des Kirchspiels, auf dem ein armer Teufel am Pranger stand. Gassenjungen und allerlei johlendes Volk bewarfen ihn mit Unrat, faulen Steckrüben und Pferdeäpfeln. Ungewöhnlich war, dass sich auch im Rücken des Unglücklichen viele Leute aufhielten, und als sie den Platz umrundeten, sahen sie den Grund. Der Richter schien einen seltsamen Humor zu haben.

Man hatte dem Verurteilten die Hose so angezogen, dass der Hosenlatz nach hinten stand, der Stoff war heruntergeklappt und das blanke Gesäß sah hervor. In seinem After saß eine Steckrübe. Eine Gruppe vor Vergnügen kreischende Halbwüchsige versuchten, mit Steinwürfen die Rübe zu treffen. Sie warfen hart und mit scharfkantigen Steinen und das Hinterteil des Mannes sah entsprechend aus. Der Delinquent wand und drehte sich ständig, um den Würfen auszuweichen, aber er hatte die Werfer im Rücken und war so nicht in der Lage, gezielt zu reagieren. Gleichzeitig wurde er von vorne mit Dreck eingedeckt. Angewidert umkreisten sie den Platz und sahen zu, dass sie ihn hinter sich ließen.

Der Lange sprach den Bauern später auf die Sache an, und der Mann nickte bitter. Es stellte sich heraus, dass sich der Verurteilte eines eher leichten Vergehens schuldig gemacht hatte. Er war der Geselle eines Fassbinders gewesen und lediglich des versuchten Diebstahls von Holzplanken überführt. Sein Meister hatte ihn, wie es in diesen Fällen üblich war, verstoßen und die Zunft hatte ihn angeklagt.

Adriaan starrte den Bauern scharf an. Man sah, er war geladen. »Was heißt denn *versuchter Diebstahl*, Mann?«

Der Bauer hob die Schultern. »Der Kerl hatte die Bretter wohl beiseite gelegt, um sie sich später zu greifen. Jedenfalls lag das Holz an einer Stelle, wo es nicht hingehörte.«

Adriaan hörte finster zu, auf seiner Stirn stand eine steile Unmutsfalte. »Also gestohlen hatte er es noch nicht, oder was? Warum werden dann solche Sauereien mit ihm angestellt? Das ist doch widerlich!«

Der Bauer sah ihm gerade in die Augen. »Adriaan, Freund. Höre zu. *Ich* habe ihn nicht verurteilt. Es kotzt mich auch an, was der Pöbel da macht. Aber sollen wir ihm lieber die Pfote auf dem Dingstapel abhauen?«

Der Lange fuhr auf, sein Gesicht loderte vor Zorn. »Der

Dingstapel? Für diese Lächerlichkeit? Ihr seid ja wohl nicht recht bei Trost! Das ist doch durch kein Landrecht gedeckt!«

»Bei euch vielleicht nicht. Bei uns schon.«

Später, beim Bier, hatten sie sich wieder versöhnt, aber die Sache mit dem armen Hund am Pranger hatte allen mächtig im Magen gelegen.

In dieser Nacht, in den warmen Strohsäcken des Gesindehauses, hatte dann Adriaan von sich aus den Vorfall auf dem Hof der Zeerijps zur Sprache gebracht. Es wäre vielleicht besser gewesen, er hätte darauf verzichtet, aber er glaubte, dem jungen Herrn noch eine Erklärung schuldig zu sein. Enno sah das anders, für ihn gab es keinen Grund mehr, über eine Sache zu reden, die nun vollständig Angelegenheit seines Vaters war. Der junge Mann war ganz ruhig geblieben, er hatte unter der Satteldecke auf seinem Bettsack gelegen und die Arme locker hinter dem Kopf verschränkt.

»Du hast mich in Gegenwart meiner künftigen Frau in eine unmögliche Situation gebracht. Damit wirfst du nicht nur ein schlechtes Licht auf dich selbst, sondern du schädigst den Ruf deines Schollenherrn.«

Der Lange hatte sich in einer Mischung aus Scham und Trotz aufgerichtet, seine Stimme war heiser gewesen vor Erregung. »Ja. Das stimmt. Aber dieser Willem Zeerijp ist ein hoffärtiger Drecksack, er behandelt seine Leute wie Vieh. Wenn man Magnus tom Diek zum Herrn hat, ist man derlei nicht gewohnt.«

An dieser Stelle hatte Enno leicht gelächelt. »Du hast recht, Adriaan. Willem Zeerijp ist ein kleiner, feister Drecksack.« Hatte sich wohlig gestreckt, geseufzt, und sich dann dem Langen zugewandt. »Aber er ist der Bruder meiner Braut und der neue Schollenherr in Wijtwerd. Du wirst ihm in Zukunft den schuldigen Respekt nicht versagen.«

Das war kein Befehl gewesen, nicht einmal eine Anweisung, sondern eine simple Feststellung. Die nüchterne, dürre Beschreibung einer Tatsache. Der lange Holländer hatte auf den jungen Herrn gestarrt, lange und mit weit geöffneten Augen, dann genickt und sich in den Strohsack plumpsen lassen.

»Du weißt, wie ich es meine. Das heißt nicht, dass du ihm in den Hintern kriechen musst«, hatte der junge Mann noch angefügt.

»Täte ich sowieso nicht!«, hatte Adriaan brüsk geantwortet.

»Ich weiß.« Enno hatte gelächelt, sich dann umgedreht und war eingeschlafen.

Als sie drei Tage später in Eesensem eintrafen, hatte Ennos Mutter Almeth tom Diek ein rätselhafter Fieberanfall auf die Bettstatt geworfen. Magnus war mit den Knechten auf den Feldern, die Vorbereitung für die Aussaat war in vollem Gang. Nur die Mägde mit den Kindern und Tjarko, der alte Pferdeknecht, waren noch auf dem Hof.

Der alte Tjarko hatte ihnen die Neuigkeiten vom Turm aus zugerufen. »Die Herrin ist krank. Der Kuttenträger ist bei ihr!«

Enno ritt sofort hinüber zum Haupthaus. Er fand seine Mutter zart und zerbrechlich in ihren Kissen. Bruder Ludgerus hockte wie eine riesige Krähe an ihrer Seite, seine Hände drehten einen Rosenkranz. Enno beugte sich zu ihr hinunter und spürte ihre spröden, trockenen Lippen auf seiner Wange. Der Mönch starrte ihn aus seinen kalten Augen an. Er war verärgert darüber, dass er nicht zu der Abordnung gehört hatte, die nach Wijtwerd geritten war, aber Magnus tom Diek hatte anders entschieden. Enno ignorierte ihn. Er ergriff die Hände seiner Mutter, die seltsam kalt und feucht waren, küsste sie und berichtete kurz über seine Reise. Sie hörte glücklich zu, aber während er sprach, ermüdete sie zusehends und es fiel ihr schwer, wach zu bleiben.

»Wie befindet sich Wiska?«, fragte sie flüsternd.

»Sie ist wohlauf, Mutter, und lässt Euch von Herzen grüßen«, sagte Enno förmlich und sie schloss ihre Augen und lächelte.

Vor dem Haus wartete der lange Holländer bereits ungeduldig mit frischen Pferden und sie saßen auf und ritten hinaus. Es blieb nicht viel Zeit zu reden, die Sonnenkurve war schon weit. Sie begrüßten Magnus tom Diek und der Lange übernahm die Führung der Pflügearbeiten. Erst am Abend konnte Enno seinem Vater Bericht erstatten. Er tat es nicht auf der Tenne, sondern am Krankenbett von Almeth, die sie nach der Arbeit gemeinsam aufsuchten. Sie saß, von Kissen gestützt, aufrecht im Bett, es ging ihr gottlob schon wieder etwas besser.

Magnus fütterte seine Frau mit einer Fleischsuppe, während er zuhörte. Als Enno den Vorfall mit Willem Zeerijp schilderte, richtete er sich überrascht auf. »... und Jeroen kam mit blankem Schwert auf die Tenne?«

Enno nickte. »Er hatte es in den Gürtel geschoben.«

Magnus schüttelte ungläubig den Kopf. »Das hätte ich ihm nicht zugetraut. Er muss außer sich gewesen sein!«

Enno nickte erneut. »Das war er. Ich muss leider sagen, dass sich mein künftiger Schwager benommen hat wie ein Flegel.«

»Er muss wohl recht schwierig sein. Jeroen hatte Derartiges angedeutet«, bemerkte Magnus leichthin und musterte seinen Sohn prüfend. »Du hast mit Adriaan gesprochen?«

»Ja, aber ich halte es für richtig, dass du ebenfalls mit ihm sprichst, Vater. Damit diese Sache aus der Welt ist«

Auf den Zügen des Schollenherrn stand ein feines Lächeln. »Du hast mit ihm gesprochen, also ist sie aus der Welt!«, sagte er einfach. Er beugte sich zu seiner Frau und küsste sie auf die Stirn. Das Essen hatte Almeth angestrengt. Sie kämpfte mit dem Schlaf. Mit fürsorglicher Zärtlichkeit nahm er sie in den Arm, ordnete ihre Kissen und legte sie zurück auf ihre Schlafstatt. »Hol ihn her. Auf die Tenne. Ich habe mit euch zu reden.«

Nachdem Magnus über die fürchterlichen Morde und den Tod der Bäuerin berichtet hatte, herrschte auf der Tenne bestürztes, lastendes Schweigen. Adriaan und Enno hockten mit gesenkten Köpfen vor ihren Lederbechern. Er gab ihnen Zeit, die Nachricht zu verdauen, und fragte schließlich nach möglichen Beobachtungen auf ihrem Weg nach Wijtwerd, aber sie hatten nichts gesehen oder gehört. Magnus hatte das erwartet und war trotzdem enttäuscht.

»Ihr seid ja nicht weit von dem Hof nach Süden. Die Kerle könnten noch in der Gegend gewesen sein«, sagte er mürrisch, aber Enno schüttelte den Kopf.

Adriaan knetete seine mächtigen Fäuste. »Und es ist nicht festzustellen, was die Schweine gewollt haben?«, fragte er flach.

Magnus sah ihn an. »Geld jedenfalls nicht. Der Schmuck war noch da.«

Er richtete sich auf und griff nach seinem Becher. Sie sprachen noch eine Weile darüber, auch über Almeths Vermutung, dass es in Wahrheit um Dokumente gegangen sein könnte. Magnus erwähnte, dass sie trotz sorgsamer Nachsuche auf dem ganzen Hof kein Stück Papier gefunden hätten, aber die beiden anderen zuckten mit den Schultern. Sie konnten sich keinen Reim auf die Sache machen. Nach einer Weile, als Adriaan dachte, das Thema sei nun erledigt, hob er den Kopf und sah seinem Schollenherrn gerade in die Augen.

»... die Sache mit Willem Zeerijp, Herr ...«, begann er, aber Magnus hob sofort die Hand.

»Enno hat mit dir gesprochen, Adriaan. Es gibt nichts hinzuzufügen. Außerdem habe ich andere Sorgen.« Er trank, wischte sich über den Mund und lehnte sich zurück. »Uko Vrede hat keine Erben. Der Hof in Ochterszem muss also neu besetzt werden.« Er sah konzentriert in seinen Becher, ganz so, als wolle er dessen Füllungsgrad überprüfen und sprach mit gesenktem Kopf weiter. »Ich habe einen der Knechte, Ellaard Wiersen, du kennst ihn, mit seiner Frau und den beiden Jungen hinübergeschickt, damit jemand da ist, aber das reicht nicht. Das Anwesen braucht einen Bauern. Nicht irgendeinen. Sondern einen Mann, auf den ich mich verlassen kann.«

Er hob den Kopf und sah, dass Adriaan ihn unverwandt anstarrte. Dann lächelte er. Und ließ die Katze aus dem Sack. »Ich habe an dich gedacht, Adriaan. Was hältst du davon?«

Der Lange saß wie vom Donner gerührt. Er schluckte mehrmals heftig und es dauerte eine Weile, bis er seine Stimme so weit wiedergefunden hatte, dass er einwilligen konnte. »Es ist mir eine große Ehre, Herr«, sagte er stockend.

Magnus nickte. »Ich gratuliere Euch, Adriaan van der Kerckhove.« Enno verneigte sich im Sitzen. Er freute sich ehrlich.

*

Wenn man einen Mann der Brandstiftung anklagt, so büße er die Brandstiftung nach dem Spruch der Richter mit doppeltem Wergelde, wenn er es gesteht. Wenn er es leugnet, so schwöre er sich, selbst voran, mit den nächsten drei Urteilfindern und mit dreiundzwanzig seiner Nächstverwandten von der Anklage frei.

Fivelgoer Recht, 14. Küre

Kleines Zwischenspiel (*Rückschau*)

6.

Brema,
vier Tage nach dem Fest der Bekehrung des Apostels Paulus
Anno Domini 1347 (Donnerstag, 1. März)

Die Vorstadtschenke war trotz der frühen Stunde bereits gut gefüllt, aber der Bote fand seinen Kontaktmann sofort. Er saß, wie es verabredet war, abseits in einer fensterlosen Nische. Das Talglicht vor ihm verbreitete nur spärlichen Schein. Er trug die Bekleidung eines Bauern, einen gewöhnlichen braunen Wollumhang mit Kapuze, aber der Bote wusste, dass der Mann ein Mönch war und die Haube trug, um seine Tonsur zu verdecken. Er ging wie suchend an den besetzten Tischen vorbei, steuerte schließlich die Nische an und setzte sich auf den freien Schemel. Der Kontaktmann hob den Kopf. Er hatte ein flächiges, nahezu konturloses Gesicht, es sah aus wie mit Wachs überzogen, ein Gesicht, an das man sich kaum erinnerte, auch wenn man es mehrfach gesehen hatte. Er war perfekt ausgesucht für diesen Auftrag.

Auch der Ort war gut gewählt, obwohl die andere Seite sich lange dagegen gesträubt hatte. Sie wollte ein Treffen in der Stadt, nahe am Marktplatz, und nicht vor ihren Toren. Natürlich hatte sich der junge Schollenherr nicht darauf eingelassen. Es war schon genug, dass man die Drecksarbeit gemacht hatte. Sollte der Kirchenfürst zusehen, wie er an seine Dokumente kam. Der Hof kam als Treffpunkt nicht in Frage, aber die Residenz eben auch nicht. Keine der beiden Seiten wollte direkt in Erscheinung treten, vor allem jetzt, nachdem die Sache so aus dem Ruder gelaufen war. Der Bote dachte über die Worte des jungen Herrn nach, er sah das gerötete Gesicht vor sich, die eng beieinander stehenden Augen. Das Pergament hatte er nur mit Fingerspitzen angefasst, kaum dass er einen Blick darauf geworfen hätte.

Seine Stimme war wie ein heiseres, gedämpftes Bellen. »Ihr verdammten Stümper! Und wenn ihr schon eine solche Sauerei veranstaltet, dann macht es ganz. Wo ist das Weib? Das Weib, Mann!«

Als Tage später die Leiche der Frau in dem Schlot gefunden wurde, war eine gewisse Erleichterung eingetreten, aber die Sache selbst saß dem jungen Herrn verdammt quer. Der Alte hatte sich überhaupt nicht darum gekümmert, keine Ahnung, ob der auch nur wusste, was los war. Den Auftrag hatten sie von dem jungen.

»Du hast gesagt, keine Zeugen«, hatte er dem jungen Herrn geantwortet, aber da war der völlig aus der Haut gefahren.

»Ja, verdammt. Keine Zeugen beim Greifen der Urkunde, Mann! Aber das heißt doch nicht, dass ihr alle umbringen sollt. Und wenn schon, dann macht es richtig!«, hatte der junge Herr in scharfem Zorn geantwortet, mühsam beherrscht, denn er durfte nicht laut werden. Wenn der Bote nun daran dachte, stieg ihm wieder Bitterkeit in die Kehle. Wie, zum Teufel, hätten sie denn ungesehen in das Gehöft kommen sollen? Und dann in das Haus? Es war Eile geboten gewesen, sie mussten ihren Auftrag ausführen, bevor es völlig hell geworden war. Sie hatten keine Zeit gehabt, an Plänen zu tüfteln.

Dass der Bauer mit dem Knecht noch auf dem Hof gewesen war, um das verdammte Schwein zu schlachten, war reines Pech. Aber wie sollten sie unter diesen Umständen unerkannt an die Kleidertruhe kommen? ›Schaff mir dieses Pergament, hörst du, komm nicht ohne es zurück‹, hatte der junge Herr ihm eingeschärft. Der Bote fand es in hohem Maße ungerecht, dass man Forderungen stellte, ohne sich darum zu kümmern, ob sie erfüllt werden konnten. Er musterte den Kontaktmann mit ausdruckslosen Augen. Der Mönch hatte kurz genickt, aber es war zwischen ihnen noch kein Wort gefallen. Sie warteten, bis der Wirt die beiden Becher Dünnbier gebracht hatte. Dann schob der Bote das flache Bündel über den Tisch. Es war in braunes Wachstuch eingeschlagen, mehrfach verschnürt und ungeprägt versiegelt. Der Kontaktmann nahm das Bündel, prüfte das Siegelwachs und öffnete die Verschnürung. Die Urkunde war klein, sie maß in Höhe und Breite nicht mehr als eine doppelte Handlänge.

Der Mönch überflog den Text. Er schien ihm nicht außergewöhnlich zu sein. Dann blickte er auf. »Ist das alles?«

Der Bote hob die Schultern. »Es ist die Urkunde, die wir greifen konnten. Mehr war nicht da.« Er sprach einen schweren, rauzüngigen Akzent.

Der Kontaktmann starrte ihn an. Nach einer Weile nickte er. »Warte hier!«

Er warf eine kleine Münze auf den Tisch und verließ die Schenke. Im benachbarten Mietstall bestieg er sein Pferd und ritt durch das Stadttor geradewegs zur erzbischöflichen Residenz. Er brauchte keinen Führer, er kannte sich aus und betrat das Speisezimmer des Kirchenfürsten durch eine Seitentür. Otto blickte von seinem Teller auf, winkte den Kontaktmann heran und nahm ihm mit ausgestrecktem Arm das Bündel aus der Hand. Er las sorgfältig. Dann las er noch einmal. Dann drehte er das Papier um. Die Rückseite war leer. Er warf das Pergament auf den Tisch und lehnte sich zurück.

»Ist das die Urkunde, die wir gesucht haben?«

Der Mönch verneigte sich leicht. »Es ist zumindest das Schriftstück, das der Brokmanne von seinen Leuten fassen ließ.« Er verzichtete auf den Zusatz ›Eure Eminenz‹; wenn sie allein waren, verbat sich der Kirchenfürst von seinem Privatsekretär überflüssige Floskeln.

Otto schielte ärgerlich auf das Pergament. »Völlig unzureichend. Nicht das, was wir erwartet haben!«

Der Sekretär schwieg. Er wusste nicht präzise, was der Erzbischof erwartet hatte, aber es musste wohl bedeutsam sein. Vielleicht kompromittierend, für wen auch immer. Er wusste auch nicht, welche Absichten Otto mit dieser Sache verfolgte. Bei seinem Gespräch in Brokmannia hatte er lediglich die Forderungen des Kirchenfürsten genannt, Sätze, die ihm Otto Wort für Wort vorgegeben und an die er sich buchstabengetreu zu halten gehabt hatte. Er hatte nur mit dem jungen Herrn sprechen können, Keno Hylmerisna selbst hielt sich angeblich in Auwreke auf. Er hatte einen Augenblick gezweifelt, ob es richtig war, nicht mit dem Alten zu reden, aber es gab für diesen Fall keine Vorgabe und so hatte er Ocko gesagt, was er zu sagen beauftragt gewesen war. Die Botschaft war ebenso kurz wie eindeutig. Und sie enthielt, geschickt eingefügt, Worte wie »erzbischöfliches Wohlwollen« und »Fürsprache beim heiligen Stuhl«.

Er sah das Gesicht des jungen Herrn noch vor sich, reglos und blasiert, die zu eng stehenden Augen verrieten nicht, was er dachte. Aber er hatte die Forderung wohl verstanden und ihn mit einer kleinen Handbewegung entlassen, auf eine ärgerliche, geringschätzige Art. »Es ist gut. Du kannst gehen.«

Der junge Herr hatte nicht einmal ein Grußwort an den Kirchenfürsten aufgetragen, kein Wort des Respekts, nichts, und so hatte auch er sich grußlos abgewandt.

Für eine Weile herrschte Schweigen in dem Speisezimmer, dann hob Otto den Kopf. »Der Bote wartet noch?«

Der Mönch neigte den Kopf. »Wie Ihr beauftragt habt!«

»Sag ihm, ich will seinen Herrn sehen. Sofort!«

Der Mönch verneigte sich erneut und entfernte sich. Er ritt zurück in die Vorstadt. Der Bote stand soeben vor der Schenke und schlug dort sein Wasser ab. Sein Pferd hatte er schon geholt. Der Mönch instruierte ihn und Fremde saß grußlos auf und verschwand.

*

Ocko Hylmerisna traf am Abend des folgenden Tages in der Residenz ein. Er kam allein. Seine Bedeckung hatte er in einem nahen Wirtshaus gelassen. Der Erzbischof empfing ihn in ihn seiner Schlafkammer. Das Feuer im Kamin brannte noch. Otto war bereits in seinen Schlafmantel gehüllt, er saß an einem kleinen Tisch neben dem Bett und trank ein Glas erhitzten Wein. Die Begrüßung fiel sehr kurz aus, Ocko küsste den Siegelring nicht, sondern deutete nur eine Verneigung über der Hand des Kirchenfürsten an. Mit einer Handbewegung forderte der den jungen Brokmannen zum Sitzen auf.

Otto kam gleich zur Sache. »Wo ist dein Vater?«

»Er hat mit dem Casus nichts zu tun. Ihr müsst mit mir vorliebnehmen«, sagte Ocko spröde und schielte auf den Weinkrug.

Der Erzbischof musterte ihn kühl. Dieser Schnösel war ein ähnlich abstoßender Mensch wie sein Vater. Vielleicht sogar noch abstoßender. Er dachte darüber nach, ob es ein Fehler gewesen war, die Hylmerisna einzubinden.

Aber es schien ihm noch immer der logischste Weg gewesen zu sein. Der entscheidende Hinweis war von diesem Benediktiner gekommen, Bruder Ludgerus, der Kirchspielpfarrer des Hairlingers war. Was hatte näher gelegen, als den Auftrag von den Fremden ausführen zu lassen, die sich noch auf dem Hof des Brokmannen aufhielten. Kein Mensch hatte vorhersehen können, wie die Geschichte schließlich ausgegangen war. Desaströs. Das Risiko, der ganze Einsatz hatte sich nicht gelohnt.

»Wie alt bist du?«

»Alt genug, Vater«, gab der junge Mann blasiert zurück und Otto stieg der Zorn in den Hals.

»Man spricht mich mit ›Eure Eminenz‹ an oder mit ›Euer Liebden‹, merk dir das!«, schrie er unvermittelt, aber Ocko hatte seine Nerven im Griff. Er verneigte sich im Sitzen. Mit Bedacht entschied er sich für den kirchlichen Titel.

»Eure Eminenz!«

Der Erzbischof suchte sich zu beruhigen, er trank und fixierte den anderen über des Rand seines Glases. »Wie konnte die Sache so aus dem Ruder laufen?«, fragte er anklagend.

Ocko Hylmerisna hob gleichgültig die Schultern. »Was ist denn schon geschehen? Es gibt keine Zeugen. Die Frau ist auch tot, wie Ihr wisst. Ersoffen in einem Schlot. Alles in allem: kein Beinbruch. Dass das gegriffene Pergament Eure Erwartungen nicht erfüllt, ist schließlich nicht unsere Schuld.«

Der Kirchenfürst saß wie vom Donner gerührt, er war eine Weile unfähig, etwas zu antworten. »Und an die vier toten Menschen denkst du nicht?«, fragte er schließlich mit flacher, tonloser Stimme.

Der Brokmanne senkte den Kopf. »Der Herr sei ihren Seelen gnädig«, sagte er kalt. Er setzte sich zurecht und sah auf das Weinglas. Dann hob er den Kopf. »Die Männer haben ihren Auftrag schlecht erledigt. Mir wäre ein anderer Verlauf auch lieber gewesen.«

Der Kirchenfürst schüttelte den Kopf. »Du machst es dir zu einfach!«

Ocko Hylmerisna betrachtete den Erzbischof aus stumpfen, trägen Augen. Natürlich war es richtig, Magnus tom Diek und seinesgleichen auszuschalten. Dieses Gesocks stand der neuen Ordnung in Ostfriesland im Wege. Aber die Kirche durfte dabei nicht zu mächtig werden. Denn dies ginge zu Lasten derer, die Friesland dann zu führen hatten. Und die Dreckarbeit für den Klerus machen, damit der schließlich die Früchte erntete, kam nicht in Frage.

»Macht *Ihr* es Euch nicht zu einfach«, sagte er abweisend. »Von Euch kam der Auftrag. Ihr könnt also jetzt nicht so tun, als wäret Ihr unbeteiligt!«

Otto wich zurück und griff an sein Herz. An seinem Hals pochte zornig eine Ader, die Augen quollen hervor und auf der Stirn sammelte sich der Schweiß. »Gelten unsere Ziele noch? Das Redjevenamt wegschaffen, seine Verfechter ausschalten, die Nobilität für Familien wie deine? Meine Absicht war, die Dinge voranzubringen. Auf gottgefällige Weise. Dein Vater sollte dabei helfen. Dazu habe ich ihm Belohnung in Aussicht gestellt!«, keuchte er.

Ocko beugte sich vor. In seiner Stimme war beißender Spott. »Gottgefällig? Nun ja. Die Ziele gelten. Zu den Bedingungen derer, die Friesland führen werden. Und Eurer Belohnung, bei allem Respekt, bedürfen wir nicht!«

»Bedenke, was du sagst und mit wem du sprichst, Jüngling! Dein Vater hat mich bedrängt, auf ungebührliche Weise zu nötigen versucht, für ihn beim Heiligen Stuhl einen Plenarablass zu erwirken!«, brüllte Otto aus vollem Hals.

»Er ist, wie alle Menschen, fehlerhaft«, sagte Ocko Hylmerisna unbeeindruckt.

Der Erzbischof starrte ihn mit offenem Mund an. Er spürte einen stechenden Schmerz in der Brust, einen Schmerz, der sich in letzter Zeit häufte und immer dann auftrat, wenn er sich zu sehr erregte. Er wusste, sein Herz war nicht gesund. Zu viel gutes Essen, zu viel Wein und zu viele Jahre, deren Last er gerade in diesem Augenblick spürte. Was wollte er denn noch? Gewiss, er war der Leidenschaft der Macht verfallen, der Lust an der richtungsweisenden Regelung der Dinge des Lebens, über die Angelegenheiten der Kirche hinaus. Aber war es angemessen, dieser Neigung die Gesundheit und seine restlichen Lebensjahre zu opfern? Er betrachtete den jungen Mann, der da vor ihm saß, kaltschnäuzig, beherrscht, unnahbar. Ihm gehörte die Zukunft, aber er war es nicht wert, dass sich ein respektierter Kirchenfürst, ein geachteter Diener Gottes und geschätzter Gefolgsmann des Bischofs von Rom, mit ihm in dieser Weise auseinandersetzte. Otto I., Erzbischof zu Brema, war plötzlich ganz ruhig. Sein Herzschlag verlangsamte sich und der Druck in der Brust ließ nach. Er maß den Brokmannen mit einem kalten Blick.

»Was Euch, Ocko Hylmerisna, offenbar nicht einfällt, ist die Frage nach Zweck und Ziel meines Zugriffs. Das spricht weder für Eure Reife noch für Euren politischen Verstand. Ob die Geschicke Ostfrieslands dereinst in Händen wie den Euren gut aufgehoben sein werden, steht dahin. Und jetzt hinaus!«

Ocko erhob sich sofort. Er wusste längst, dass Bruder Ludgerus den Hairlinger im Auftrag des Kirchenfürsten bespitzelte, und als das Ersuchen Ottos eingetroffen war, lag es auf der Hand, nach Eesensem zu reiten und den Mönch mit Nachdruck nach den Hintergründen zu befragen. Der verdammte Kuttensack hatte sich gewunden wie ein Aal, war widerborstig und sogar durch Drohungen nicht einzuschüchtern gewesen, aber schließlich war er doch mit der Wahrheit herausgerückt. Absurd, das alles! Wenn es tatsächlich vor vielen Jahren dieses widernatürliche Verhältnis zwischen dem Vater Magnus tom Dieks und dem Pächter, diesem Uko Vrede, gegeben haben sollte, welchen Aufschluss konnte die Urkunde darüber geben? Und dann die Sache mit dem unrechtmäßigen Land. Nie im Leben wäre der Hairlinger so dumm, sich hierüber in einem Pergament auszulassen.

Er hatte den Pfarrer in seiner Kirche befragt, Ludgerus hatte sich in den hölzernen Verschlag hinter dem Altar zurückgezogen, aber er schlief noch nicht. »Woher hast du das, Mönch?«

Ludgerus hatte ihn aus unsicheren Augen angesehen. »Die Leute reden. Es gibt gewisse … Hinweise!«

»Also Gerüchte. Einfältiges Geschwätz! Und so etwas steckst du deinem Diözesanherrn? Bist du von Sinnen?«

»Ich weiß, was mein Oberhirte von mir erwartet. Er kämpft im Auftrag Gottes für ein besseres Friesland und ich will ihm dabei nützlich sein!«, hatte der Benediktiner aufsässig geantwortet.

Ocko hatte ihn voller Abscheu gemustert wie ein Insekt auf einer Fleischplatte. »Träufle mir nicht solchen Unsinn ins Ohr, Pfaffensack. Du tust nichts ohne Hintergedanken!« Dann war er vorgeschossen, so hart und rasch, dass der Mönch zurückgefahren war. »Was ist dein Verdienst dafür, dass du deinem Bischof mit derlei in den Arsch kriechst? Eine größere Kirche? Ein Amt in der Residenz von Brema? Oder gar … das Priorat der Abtei von Marienkamp?«

Bruder Ludgerus hatte ihn mit aufgerissenen Augen verblüfft angestarrt, wie ein Ertappter oder wie jemand, dem soeben eine Erleuchtung gekommen ist. Eine Antwort war er schuldig geblieben.

Ocko Hylmerisna stand jetzt sehr gerade vor dem Erzbischof, dann deutete er eine Verneigung an. »Ihr unterschätzt mich, Eure Eminenz. Schon wieder«, sagte er lächelnd und ging hinaus.

*

Es dauerte eine Weile, bis Keno Hylmerisna klar wurde, dass die Auwreker nicht von sich aus kommen würden. Er musste zu ihnen gehen. Also ritt er hinüber in die benachbarte Landgemeinde, aber sehr bald musste er einsehen, dass der Zeitpunkt nicht gut gewählt war. Er verfluchte seine Ungeduld, er verfluchte die störrische Unbeweglichkeit der Auwreker und er verfluchte die unseligen Umstände, die wie ein Schatten über seinem Aufenthalt lagen.

Er war in Wyszede untergekommen, bei Tidard Tidesna, einem Bauern, der ihm aus vielerlei Gründen verpflichtet war. Über ihn hoffte er auch, an die Richter der Landgemeinde heranzukommen. Er hatte schon einen fertigen Plan im Kopf gehabt, und dann war diese unheilvolle Nachricht wie ein urzeitliches Unwetter über sie hereingebrochen und hatte sich schneller als ein Lauffeuer verbreitet. Die gesamte Landgemeinde war wie betäubt, unfähig, das Geschehnis zu verarbeiten und zugleich aber auch nicht in der Lage, sich einer anderen Sache zuzuwenden. Ein Bauer hatte seinen ältesten Sohn am frühen Morgen gefunden, der Tag graute erst, als er über den Hof zum Abort geschlurft war, um sich von der Grütze des Vorabends zu erleichtern. Der Tote hockte noch auf dem Abtritt. Die Knebellanze war vorne aus der Brust gefahren, ihre blutige Spitze stand über dem linken Ohr. Sie musste mit großer Wucht von unten gestoßen worden sein.

Als sie den Getöteten vom Balken hoben, sahen sie, dass ihm die Waffe durch den After in den Leib gerammt worden war, wahrscheinlich hatte sie das Herz getroffen und den Unglücklichen sofort getötet. Der Lanzenschaft war gekürzt und sie machten sich klar, dass der Mörder in der Fäkalgrube gehockt haben musste, um auf sein Opfer zu warten. Der Bauer hatte sofort seinen nachgeborenen Sohn in Verdacht. Erst wenige Tage zuvor hatte es Streit gegeben, als sein Vater ihm förmlich eröffnete hatte, was ohnehin außer Zweifel stand: dass der Älteste den Hof erben würde und es ihm, dem Nachgeborenen, freistehe, als Knecht zu bleiben oder zu gehen. Der junge Mann hielt sich für den besseren Erben und vielleicht war er es auch. Jedenfalls stellte er das überkommene Verfahren der Erbfolge in Frage und hatte seinen Zorn in einem Tobsuchtsanfall hinausgeschrien. Niemals werde er diese Entscheidung hinnehmen. Am Tag vor dem Mord hatte er den Hof verlassen und war seither nicht mehr gesehen worden.

Der Leichnam wurde, abweichend von üblichen Verfahren, in der Kirche zu Wyszede aufgebahrt, weil die Familie darauf bestand und der Pfarrer nicht in der Lage war, ihr das auszureden. Der Tote lag auf einem mit Schragen abgestützten Holzbrett. Sein Körper war mit Tannenzweigen umkränzt und von Kopf bis Fuß in Leinenstreifen eingewickelt, die nur das Gesicht freiließen. Während der Begräbnisfeier war plötzlich entsetztes Flüstern zu hören, dann angstvolles Rufen und dann sahen sie, dass der Leichnam durch die Leinenbinden zu bluten begonnen hatte. Voller Bestürzung starrten die Menschen auf dieses schreckliche Bild und viele der Frauen schluchzten. Und dann konnte alles nicht schnell genug gehen. Mit flackernden Augen hetzte der Priester durch die verbleibende Zeremonie und die Grablegung war eher ein hastiges Verscharren als ein würdiges, christliches Betten für das Jüngste Gericht.

Zwei Tage darauf ging der Bauer mit seinem Handmann, der jetzt vielleicht auch sein Erbe war, noch vor Sonnenaufgang auf den Acker, der dem Abort am nächsten lag. Die beiden Männer gruben an den vier Seiten des Feldes je einen Erdhaufen aus. Sie schlugen auf den Klumpen mit dem Rücken nach Osten ihr Wasser ab und bespieen die Erde. Dann umrundeten sie den Aushub drei Mal mit den Worten: »Hebe dich hinweg von mir, Satan!«

Sie mussten durch die Zähne sprechen, damit der Leibhaftige ihrer Entschlossenheit gewärtig werde. Die Erdklumpen wurden schließlich mit dem gevierteilten Kadaver eines Fuchses abgedeckt, und kurz vor Sonnenuntergang wieder in den Acker eingegraben. Der Pfarrer des Sprengels, der die Aufforderung des Bauern zur Mitwirkung abgelehnt hatte, geißelte den abergläubischen Ritus in der Kirche, zu dessen Zustandekommen er selbst durch sein Verhalten, seine ungebührliche Eile während der Totenfeier, beigetragen hatte. Er hatte in dem Augenblick versagt, da seine Gemeinde seiner Festigkeit und seines Trostes am dringendsten bedurft hatte.

So war die Stimmung in der Landgemeinde Auwreke. Kein Wunder, dass kaum jemand ein Ohr für den Brokmannen hatte. Nur einmal, im Anschluss an einen Gottesdienst am Sonntag nach dem Begräbnis des getöteten Bauernsohns, war es Tidard Tidesna gelungen, die Richter der Landgemeinde auf seinem Hof zusammenzuholen. Die Redjeven kamen unwillig, sie blieben mürrisch und einsilbig und wollten, das spürte man, so rasch wie möglich auf ihre Anwesen zurück. Die Sache kam zu Ende, noch bevor sie recht begonnen hatte. Keno Hylmerisna legte seinen Standpunkt dar und wies auf die Gemeinsamkeiten der beiden Landgemeinden hin. So gehöre man der gleichen Diözese an und es gelte, gegenüber dem Erzbischof von Monasterium, Ludwig dem Hessen, stark aufzutreten. Dessen Machtgelüste könne man wirksam nur Schulter an Schulter begegnen. Im Übrigen gebe es traditionelle Bindungen zwischen Auwreke und Brokmannia, die aus alter Zeit herrührten und deren Früchte bis in die

Gegenwart wirkten. Schließlich verführen die Auwreker bereits heute nach den Küren des Brokmer Rechts.

Keno schlug dann einen Bogen zu den unruhigen Zeiten und ihren Fährnissen, die den Schutz durch einen schlagkräftigen Bund erzwinge. Spätestens von diesem Punkt an gab es Gemurre und unruhiges Scharren mit den Füßen. Seine eigene Rolle in der Landgemeinde Brokmannia und seine Position als Gerichtsherr konnte der Brokmanne nur andeuten. Es hörte ihm kaum noch jemand zu, da seine Absichten ohnehin jedem klar waren.

Schließlich verlor einer der Großbauern die Geduld. Er begann, mit krächzender Stimme zu sprechen. »Du bietest uns deinen Schutz an, Keno, aber wir fühlen uns nicht bedroht. Du warnst uns vor Ludwig dem Hessen, aber der hat uns nichts Böses getan. Mag er seine Äbte bestehlen und seine Mönche darben lassen, was kümmert es uns?«

Er blickte in die Runde und Keno sah einige der Bauern nicken. Nicht alle.

»Und dann, Keno; deine Bedeckung kostet uns doch wohl unsere Selbständigkeit. So ist es doch! Dann bestimmst du, ein Brokmanne, die Geschicke in Auwreke. Das wollen wir nicht, dafür gibt es keinen vernünftigen Grund.«

Der Mann äußerte keine Einzelmeinung, denn es erhob sich zustimmendes Gemurmel und etwa die Hälfte der Richter senkte bekräftigend die Köpfe. Der Brokmanne hatte diesen Fall vorgesehen, er öffnete schon den Mund, um mit weiteren Argumenten zu überzeugen, aber dann fing er einen warnenden Blick von Tidard Tidesna auf und so schlossen sich seine Lippen zu einem schmalen, bitteren Strich.

Nicht lange danach brachen die Bauern auf, erhoben sich einfach und verließen, vielfach grußlos, den Hof. Erst als Keno Hylmerisna mit Tidard alleine war, kam ihm seine Niederlage voll zu Bewusstsein. Er dachte darüber nach, ob er vielleicht zu ungestüm, zu wenig behutsam an die Sache herangegangen wäre, denn er wusste um die Eigensinnigkeit der Auwreker und gewiss hätte es seinen Plänen eher genutzt, der Landgemeinde zumindest das Gefühl der Herrschaft über das Verfahren nicht zu nehmen. Aber es war zu spät. Für dieses Mal. Er fühlte Tidesnas Blick auf sich gerichtet und hob den Kopf.

»Du weißt, dass ich dich unterstütze, Keno. Aber die Zeit ist noch nicht reif!«

Der Brokmanne schwieg lange. Im Widerstreit der Gefühle mischten sich auf seinen Zügen die Bitternis von Selbstvorwürfen, Unwillen und vielleicht sogar ein Ansatz von Resignation.

»Wann *ist* sie reif?«

Der Auwreker hob die Schultern und ließ sie wieder fallen. »Das weiß Gott allein. Es wird dir nicht gefallen, aber vielleicht ist sie es erst dann, wenn dein Sohn deinen Platz eingenommen hat.«

Keno Hylmerisna starrte den anderen an. Sich darein zu fügen, behagte ihm in keiner Weise. Er würde dafür kämpfen, Ocko ein bereitetes Haus zu hinterlassen. Noch am gleichen Tag machte er sich auf den Heimweg.

*

Der Mönch lag vor dem Altartisch und flennte. Er hatte die Arme zur Seite gestreckt wie ein Gekreuzigter. Seine Füße waren unbekleidet und durch den Rücken der Kutte sickerte das Blut.

Trotz der Kälte hatte er sich mit nacktem Oberkörper gegeißelt, die Rute mit den Eisenscherben an den Lederriemen immer wieder über die Schulter geschlagen, solange, bis die Scherben aussahen wie in roten Honig getaucht. Er hatte da noch nicht geweint, seine Schläge begleitete ein dumpfes, fast verbissenes Ächzen, es war, als schlüge er einen anderen. Auch hatte er keine Schmerzen gespürt, und wenn, dann höchstens in Ansätzen und einem Gefühl tiefer Befriedigung, fast wie ein Flagellant[149]. Und erst danach, im Niedersinken vor den Altar, war er in Tränen ausgebrochen, heiße, bittere Zähren, die ihm über das Gesicht rannen und deren Lauf er nicht enden konnte, nicht enden wollte.

Die Kirche war dunkel bis auf ein Kerzenlicht aus Unschlitt[150], das in einem roten Glas auf dem Altar flackerte. Er fühlte nichts als seine Not, eine Verzweiflung, die in seinem Inneren riss wie ein Folterwerkzeug. Die Eiseskälte des gestampften Lehmbodens spürte er nicht, nahm den scharfen Luftzug nicht wahr, der von unter der Tür her in das Kirchenschiff fuhr und auch nicht die Bewegung des Mannes, der von hinten an ihn herantrat. Erst als er angesprochen wurde und sich ihm eine Hand auf die wunde Schulter legte, fuhr er auf.

»Warum weinst du, Mönch?«, fragte Magnus tom Diek.

Ludgerus starrte ihn aus tränenblinden Augen an. Sein Gesicht war nass, der Rotz lief ihm über das Kinn. Er machte eine taumelnde Bewegung zur Seite, als wollte er wegkrabbeln wie ein Käfer, der in letzter Not einem Vogel zu entwischen sucht, dann brachen die Arme unter ihm ein und ein neuer Weinkrampf schüttelte ihn. Magnus tom Diek setzte sich in eine Kirchenbank und ließ ihn weinen. Der Mönch roch noch immer sauer nach dem Wein, den er erbrochen hatte und zweifellos hätte er weniger davon trinken sollen. Er hatte missmutig zwischen den anderen Gästen an der Tafel gehockt, aber die Stimmung war gelöst und die Feier gelungen gewesen, bis zu dem Augenblick, als Bruder Ludgerus, wohl unter

149) Flagellanten: »Geißler«: religiöse, schwärmerische Laienbewegung des 13.-15. Jahrhunderts. Anhänger erwarteten das Ende der Welt und nahmen zur Buße rituelle Selbstgeißelungen vor.

150) Eigentlich: Unschlacht; Schlachtreste, die nicht verzehrt werden können. Aus diesem Material wurde Talg gewonnen, der im MA auch zu Kerzen verarbeitet wurde.

dem Eindruck des Weins, den Respekt gegenüber seinem Schollenherrn vergessen hatte, nachdem er schon vorher, im Trunke, den Eindruck machte, als wisse er nicht, was er sich selbst und seinem Amt schuldig sei.

Nach dem frühen Tauwetter war der Winter unvermittelt und mit Härte zurückgekehrt. Die schon begonnenen Arbeiten auf den Feldern waren zum Erliegen gekommen. Magnus tom Diek hatte die Gelegenheit für günstig gehalten, seinem ehemaligen Handmann, Adriaan van der Kerckhove, die Übertragungsurkunde für den Hof in Ochterszem im Rahmen eines Festes zu überreichen. Er ließ es sich nicht nehmen, dazu auf seine Tenne einzuladen, obwohl es dem Langen lieber gewesen wäre, er selbst hätte der Gastgeber sein können. Es behagte ihm nicht, dass sein Schollenherr zu aller Großzügigkeit nun auch noch diese Feier bezahlen sollte, aber Magnus hatte lächelnd den Kopf geschüttelt.

»Halte deine Pfennige zusammen. Du wirst sie noch nötig haben. Wird auch nur ein kleines Fest«, hatte er gesagt und der lange Holländer hatte sich nach einigem Zaudern halb widerwillig, halb erleichtert gefügt. Der Hof warf ja noch nichts ab, er machte im Gegenteil viel Arbeit und was Uko Vrede an Erträgen in der Scheune hinterlassen, hatte reichte gerade, um das Vieh durch den Winter zu bringen. Er würde noch eine Weile brauchen, um mit seinem Knecht und dessen Frau mehr zu erwirtschaften, als er zum Überleben nötig hatte.

Es war schließlich auch die förmliche Entlassung aus seinen Pflichten als Handmann, die Magnus tom Diek seinem Sohn Enno zugewiesen hatte. Die Zeremonie der Hofübertragung war kurz gewesen. Der Lange war vor seinen Herrn getreten, hatte den Kopf gesenkt und Magnus hatte ihm beide Hände auf die Schultern gelegt. So hatten sie sich gegenseitige Treue versprochen, wie es der Brauch war. Danach hatten beide die Urkunden unterfertigt und jeder hatte seine an sich genommen. Und dann hatte das Schmausen begonnen.

Ein kleines Fest sah anders aus. Das ganze Gesinde war versammelt und auch der Pfarrer des Kirchspiels, Bruder Ludgerus, war eingeladen. Es gab reichlich Fleisch von Geflügel, Schaf und Rind, auf Zwiebeln gebraten und gedünstet, dazu Lauchgemüse, Käse und Brot aus Weizenmehl. Almeth tom Diek, die immer noch ein wenig kränkelte, hatte sogar Kuchen gebacken, mit Honig gesüßt und einem wunderbaren Gewürz veredelt, das sich Zimmet nannte. Man trank Wasser, Molke, erhitzten Wein und Bier, und dazu wurde zerstoßene Quitte gereicht, die mit gehacktem Rainfarn überstreut war. Almeth hatte den Farn und die Früchte über den Winter gebracht, auf eine Weise, die ihr Geheimnis war. Mit Ohren rot vor Freude, aber wohl auch ein bisschen vor Verlegenheit, hatte der Lange alles über sich ergehen lassen. Und man sah ihm an; er genoss das Essen, er genoss den Anlass hierzu und er genoss das Leben schlechthin.

Den Höhepunkt des Abends aber bildete der Auftritt des Fahrenden Sängers, den Magnus zufällig vor der Kirche in Noirden aufgelesen und verdingt hatte. Er kam auf die Tenne, als das Essen schon vorbei war, verneigte sich wortlos vor der Herrschaft und zog sein Instrument aus einem Wachstuchbeutel hervor. Und verdammt, Enno und der lange Adriaan sahen sich an und wussten sofort, sie kannten den Mann. Es war der Sänger der Musikantengruppe, die sie auf dem Markt in Wenegher gesehen hatten. Der Mann trug noch immer seinen bunten, mit Federn besetzten Umhang und sein schwarzes Haar war im Nacken zu einem Kranz geflochten wie damals. Der Resonanzkörper seiner Leier war mit seltsamen bunten Tieren bemalt, die beiden Jocharme und das Querholz zierten dagegen christliche Symbole.

Er griff zunächst in die Saiten und spielte einige Läufe.

Dann sang er mit volltönender Stimme ein Minnelied, es war eben dieses, das er damals auf dem Markt gesungen hatte. Auf der Tenne herrschte atemlose Spannung, die Frauen saßen mit großen Augen und gelegentlich war ein Seufzen zu hören. Als er geendigt hatte, klatschten die Leute höflich Beifall und Magnus reichte ihm ein Glas Wein. Der Sänger dankte, hob das Glas gegen die Herrin und trank. Danach verneigte er sich erneut, griff ein paar Akkorde und setzte zu einem sentimentalen Lied an, das vielen das Wasser in die Augen trieb. Seine Stimme hatte plötzlich einen schwermütigen Klang, es war, als nehme er selbst in dramatischer Weise Abschied von seinem Leben:

Niemand kennt der Stunde Maß,
niemand weiß die Tage.
Ob es morgen schon geschieht,
oder übers Jahr sich zieht,
sich zur rechten Zeit platziert,
oder eben doch verfrüht,
ist des Menschen Frage.

Ungewiss und ungeklärt
ist der Lauf der Dinge.
Wer nach letzter Kenntnis strebt,
denkt, dass er den Schleier hebt,
irrt, dass es gelinge.

Also füge sich der Mensch,
sittsam und bescheiden.
Folge der Gezeiten Pfad,
ob geschlungen oder grad,
fern der Offenbarung Licht,
ferner noch der Kraft der Tat,
duldsam und mit Freuden.

Am Ende des Vortrags herrschte zunächst Totenstille, dann brach Jubel los und die Gesellschaft erhob sich in dankbarem Applaus. Magnus tom Diek warf dem Musikus eine kleine Silbermünze zu, die der Mann geschickt auffing. Er versenkte das Geldstück ohne Verzug in die Tiefe seiner Lederbörse, die er um den Hals trug, hockte sich auf einen Schemel und brachte eine Schankweise zu Gehör, die vor allem von den Männern durch rhythmisches Klatschen begleitet wurde.

Bruder Ludgerus hatte Essen und Wein in reichlichem Maß zugesprochen. Er nutzte die günstige Gelegenheit, wieder einmal richtig satt zu werden und dabei im Warmen zu sitzen. Die Wohligkeit des Mahles breitete sich in seinem Körper aus, aber sie erreichte sein Herz nicht. Sein Magen füllte sich, die Hitze des Weines löste Glieder und Muskeln, doch er kam nicht zur Ruhe. In seinem Inneren tobte ein eisiger Sturm, rüttelte und schüttelte ihn und hielt ihn gepackt mit bitterkalten Klauen. Es war so seit seiner Beichte bei Abt Hilderaad, die ihn keineswegs erleichtert hatte. Sie hatte vielmehr seine Schuldgefühle aus den untersten Tiefen seiner Seele erst hervorgeholt, sie herausbrechen lassen wie aus einem Verlies, in das sie doch so endgültig vergraben und verschlossen sein sollten, zugedeckt und vergessen bis zum Jüngsten Tag. Der Abt hatte sich sogar eine Zeitlang geweigert, ihm die Absolution zu erteilen.

»Was hast du getan, nichtswürdiger Sünder!«, hatte Hilderaad gedonnert und Ludgerus schmeckte jetzt noch die Bitterkeit der Verzweiflung in seinem Mund. Den galligen Geschmack eines verratenen Mannes, den sein Herr verlässt, weil er, der Knecht, getan hat, was von ihm gefordert war.

»Ich habe meinem Obligo entsprechend gehandelt. Beklagt wie ich, was andere daraus gemacht haben, aber lasst mich damit ohne Kerbe!«, hatte er seine Not herausgeschrien und der Prälat hatte ihn stumm angestarrt, mit Augen, die er niemals in seinem Leben würde vergessen können.

Das schließlich doch noch gesprochene »ego te absolvo« linderte seine Qualen nicht, es nahm die Last nicht von seiner Seele und in diesem Augenblick erfasste er die Gewissheit menschlicher Anmaßung vor Gott in ihrer ganzen Härte. Wer war er, dass er nach einer solchen Verfehlung einen anderen Sünder um Vergebung bat, und wer war Hilderaad, dass er die Stirn hatte, sie als Mittler zum Herrn endlich zu gewähren? Er fand keinen Frieden, wurde nicht fertig mit dieser Sache, sie ließ ihn nicht los, und seine völlige Zerrissenheit warf ihn durch die Extreme aller Empfindungen. Seine Gefühle wechselten ständig, pendelten zwischen dumpfer Niedergeschlagenheit und offener Aggressivität.

So war es auch jetzt. Er beäugte den Sänger mit kalten Augen. Sein Blick strich giftig über das Instrument, besonders scheel fixierte er die bunten Tiere auf dem Klangkörper der Leier. Und immer wieder fraß er sich mit scharfem Blick in dieses schmale, gut geschnittene Gesicht, das kraftvolle Gelassenheit ausstrahlte, ein Gleichmaß, dem man ansah, dass dieser Mann mit sich im reinen war. An dieser Ausgeglichenheit entzündete sich schließlich Ludgerus in einer Aufwallung heißer Wut, sie ließ seinen mörderischen Selbsthass hervorbrechen wie ein Raubtier aus einem Käfig. Mit schneidender Stimme forderte er von dem Sänger ein Kirchenlied. Der Mann hob fragend den Kopf und auf der Tenne war es mit einem Mal ruhig wie in einer Gruft.

»Das Benedicite, du Strolch, oder wenigstens ein Te Deum!«, sagte Ludgerus undeutlich, denn zu diesem Zeitpunkt war er nicht mehr in Gänze Herr seiner Zunge. Der Sänger blieb ruhig, aber er blickte hilfesuchend zu Magnus tom Diek hinüber, und in diesem Augenblick begann der Mönch mit heiserer, brüchiger Stimme zu singen.

»Te deum laudamus, te dominum confitemur ...«

Unter den Knechten und Mägden entstand Unruhe und einige fielen tatsächlich auf die Knie und falteten die Hände.

Ein scharfer Befehl des Schollenherrn holte sie auf ihre Füße zurück. »Dieser Mann ist ein ehrenhafter Sänger und kein Strolch. Und er singt für uns vermöge meiner Einladung, die auch dich in mein Haus geführt hat. Du hast weder Recht noch Anlass, ihm so zu begegnen.« Magnus sprach ohne jede Erregung, und vielleicht unterstrich dies die Härte seines Tadels noch. Als er fortfuhr, stand sogar ein kleines Lächeln auf seinen Lippen. »Der Herr bedarf keines Lobes aus trunkenem Mund. Wohl ist man unvermeidlich durch die Sünde befleckt, wenn man mit ihm spricht, aber der Geist sei klar und rein. Es wundert mich, dass ich dir so etwas sagen muss.«

Der Mönch starrte ihn aus geröteten Augen an. Hass und Wut lagen in diesem Blick, der sich schließlich auf das Runenholz in Magnus' Gürtel richtete und dort hängen blieb. Dann senkte Ludgerus den Kopf und verfiel in dumpfes Brüten. Der Sänger gab noch ein Minnelied zum Besten, doch die Stimmung war verdorben und Magnus ließ den Mann zur Einnahme eines Mahles in die Gesindeküche führen. Es liefen noch Gespräche um den Tisch herum, aber eher gedämpft und die unbeschwerte Fröhlichkeit des früheren Abends war dahin. Magnus, Enno und der lange Holländer berieten sich über die Frühjahrsbestellung und diskutierten den Neubeginn der Arbeiten auf den Feldern.

Es ging auf Mitternacht, als sich der Mönch, schwerfällig abgestützt mit beiden Händen, von der Tafel hochdrückte und in dieser Haltung so lange stehen blieb, bis jede Unterhaltung erstarb. Er musste weitergetrunken haben, sein Blick flackerte und seine Bewegungen waren unstet. Mit plumpen Schritten trat er vor den Schollenherrn. Sah ihn eine Weile schweigend an, und dann wanderte sein Arm nach vorn und er richtete eine zitternde Hand auf das Runenholz. Trat noch einen letzten Schritt hinzu und zeigte auf den silbernen Ring mit den Schriftzeichen.

»Sage mir, Herr, was ist es, das deine heidnischen Vorfahren in dieses Silber eingegraben haben? Welche verfluchten Botschaften verbergen sich hinter diesen teuflischen Symbolen?«, fragte er rau, er sprach so undeutlich, dass er kaum zu verstehen war. Der lange Adriaan machte unter dem Tisch eine heftige, unwillige Bewegung mit dem Fuß, als wollte er nach dem Benediktiner treten.

Magnus blieb sitzen. Seine Stimme war noch immer sachlich und beherrscht. »Es sind die ersten sechs Zeichen des germanischen Alphabets, das nach ihnen *Futhark* geheißen wird. Das dritte Zeichen steht für die Laute *t* und *h*. Daran ist weder Verfluchtes noch Teuflisches. Aber du bist trunken vom Wein und solltest dich jetzt entfernen.«

Der Mönch schwankte leicht. In seinen Mundwinkeln stand schaumiger Speichel. Er hob den Kopf und sein Blick war jetzt wie nach innen gekehrt oder auf etwas sehr Fernes gerichtet, es war nicht zu sagen. Dann entfuhr ihm ein Geräusch, das klang wie ein Schluchzen. Und plötzlich begann er, mit dünner, heiserer Stimme das Benedicite zu intonieren, mochte sein, dass er sich wieder in seinem Kloster dünkte, in Marienkamp, wo er dieses Gebet unzählige Male gesungen hatte. Er hatte viel zu hoch angesetzt, steigerte sich zu einem wimmernden Falsett und zwischen den Lippen troff der Sabber.

»Benedicite, omnia opera Domini, Domino laudate et superexaltata eum in saecula ...«, greinte Bruder Ludgerus, brach unvermittelt ab, noch bevor Magnus einschreiten konnte, wandte sich um und stakste hinaus zu seinem Maultier. Er brauchte zwei Anläufe, um auf den Rücken des Reittieres zu kommen und zwischendurch erbrach er sich. Und nun lag er da und flennte.

Magnus begriff, dass hinter dieser Sache mehr steckte als ein Fehltritt im zufälligen Rausch. Er kannte ihn ja als schwankend und wechselhaft, zu unkontrollierten Gefühlsausbrüchen neigend, und der Eklat in dieser Kirche kam ihm wieder in den Sinn, damals, als es um das neue Dach gegangen war. Ludgerus war in einer ähnlichen Szene zusammengebrochen, man hatte fast um seine Gesundheit fürchten müssen.

Magnus war bewusst, dass der Mönch Emotionen auch als taktisches Mittel einsetzte. Aber das hier war neu. Was sich jetzt Bahn brach, hatte tiefere Gründe. In Bruder Ludgerus' Verhalten offenbarte sich eine Seelennot, die in anderem Humus wurzeln musste als in Unausgeglichenheit und Charakterschwäche. Vielleicht war diese Gelegenheit günstig für das Lüften verschiedener Schleier. Zur Verdrängung einiger Wolkenbänke. Zur Auflösung lästiger Nebelschwaden. Zur Mehrung des Lichtes in verschatteten Winkeln, die bis heute Geheimnisse bargen, deren Verhöhnung von Wahrheit und Erkenntnis er nicht länger dulden wollte. Sie steckten Magnus wie brennende Dornen im Fleisch. Er ließ den Benediktiner nicht aus den Augen. Ludgerus lag noch immer auf dem Boden, aber sein Schluchzen hatte nachgelassen und nach einer Weile erstarb es ganz. Der Mönch behielt die Arme zur Seite gestreckt, die Stirn drückte er auf den Lehmboden, man hörte seine ruhigen, regelmäßigen Atemzüge. Als Magnus begriff, dass der Priester eingeschlafen war, stand er auf und stieß ihn mit dem Fuß in die Rippen. Ludgerus drehte sich auf den Rücken, seine Wunden schienen ihn nicht zu schmerzen.

»Warum bist du mir gefolgt?«, murmelte er mit geschlossenen Augen.

»Es gibt Fragen, und du hast Antworten darauf.«

Der Mönch schwieg. Magnus ließ ihm Zeit. Das Ewige Licht auf dem Altartisch flackerte in der zugigen Kirche und tauchte das Gesicht des Benediktiners in ein bleiches Rot, ganz so, als wäre sein Blut heiß vor Scham.

»Zuvörderst aber schuldest du mir eine Erklärung für dein unverzeihliches Verhalten«, ergänzte Magnus, gähnte und streckte so ausgiebig die Beine, dass die Kirchenbank knarrte und ächzte. Der Mönch schwieg weiter. Und als in dem Schollenherrn der Zorn zu steigen begann, bequemte sich Ludgerus endlich zu einer Antwort.

»Du hast recht. Verzeih meine Verfehlung«, sagte er ohne jede Andeutung von Bedauern, von Reue nicht zu reden.

Magnus tom Diek beugte sich vor. »Was war in dich gefahren?«

Ludgerus machte eine abwehrende Geste. Er richtete sich auf, blieb aber auf dem Boden sitzen. »Ich habe dich um Verzeihung gebeten, Herr. Wisse, dass selbst Gott den Sünder nicht nach Veranlassung seiner Untaten fragt.«

»Gott kann im Gegensatz zu mir in das Herz der Menschen sehen; er bedarf dieser Fragen nicht«, antwortete Magnus mit eisiger Stimme.

Ludgerus zog es vor, nichts zu erwidern und in der nun eintretenden Stille hörten sie das Maultier in seinem Verschlag hinter dem Altar furzen und mit den Hufen scharren. Der Mönch stand auf, wischte mit dem Kuttenärmel gründlich über das Gesicht und setzte sich auf die Kirchenbank.

»Der Keim der Sünde sitzt vielfach nicht im Herzen, sondern im Hirn«, sagte Ludgerus in belehrendem Ton, als wolle er damit sagen, dass sich dieser Körperteil göttlichem Einblick entzöge. Magnus sah ihn von der Seite an. Der Benediktiner hatte sich wieder gefangen. Der Schnodder aus seiner Nase klebte nun am Ärmel seines Habits, ebenso wie Reste von Erbrochenem, das sich auch auf seiner Brust verteilte. Er verströmte einen durchdringenden, säuerlichen Gestank. Ludgerus musste aber noch unter der Wirkung des Weines stehen, er konnte noch nicht wieder völlig Herr seiner Sinne sein und so beschloss Magnus, die Gunst der Stunde für einen Frontalangriff zu nutzen.

»Die Sünde, derer du dich schuldig gemacht hast, Mönch, ist allerdings eine des Kopfes *und* des Herzens. Denn dein Hirn durchdenkt deine Tat und dein Herz berauscht sich an ihrem Ertrag.«

Blasiert wandte ihm der Benediktiner das Gesicht zu. »Was beliebst du zu meinen, außer, dass jeder von uns sowohl mit dem Kopf als auch mit dem Herzen sündigt, verteilt durch die Art der jeweiligen Steuerung?«

In einer Aufwallung von Zorn drängte es Magnus tom Diek, diesem Priester die Maske aus Hoffart und Arroganz vom Gesicht zu reißen. Der soeben noch den Lehm gefressen und geflennt hatte wie ein neugeborenes Kind, und nun wieder von einer derart dünkelhaften Eiseskälte war, dass einem das Blut in den Hals stieg. Es gefiel ihm besser, das gestand er sich ein, wenn Ludgerus auf dem Boden lag und weinte. Jetzt stand der Mönch sogar auf und ging hinüber zum Altartisch, um die flackernde Unschlittkerze zu putzen, und dann, ohne weitere Vorwarnung, sprach Magnus die beiden Worte: »Uko Vrede!«

Bruder Ludgerus blieb stehen. Er verharrte im Schritt, setzte sogar den erhobenen Fuß wieder auf den Boden, aber er wandte sich nicht um. Dann sah Magnus ihn wanken, ob vor Erschütterung oder in Wirkung des Trunkes, war nicht zu sagen. Es dauerte zwei, drei Atemzüge, bis der Mönch seinen Weg fortsetzte. Er trat an den Altartisch und sank dort auf die Knie. Zunächst herrschte völlige Stille, aber nach einer Weile hörte Magnus ihn beten, es klang wie trunkenes Wispern, fieberheiße Stimme in krankhaftem Rausch. Einen betenden Priester stört man nicht, doch Magnus tom Diek sah jetzt keinen Grund mehr zur Schonung. Mit erhobener Stimme setzte er nach. Die Worte kamen scharf und beißend, sie klangen wie Peitschenhiebe: »Uko Vrede, Mönch. Uko Vrede!«

Das Flüstern steigerte sich zu einem hohen, ziehenden Wimmern. Brach ab. Und dann fuhr Ludgerus herum. Sein Gesicht war zur Fratze verzerrt, die Augen traten blutunterlaufen aus den Höhlen hervor. Er schrie so laut, dass der Maulesel in seinem Verschlag vor Schreck auskeilte und mit den Hufen gegen die Bretterwand donnerte.

»Ja, ich habe gesündigt. Aber nicht so, wie du es zu glauben scheinst. Und ich habe nach der Beichte Absolution erhalten!«

In diesem Augenblick erlosch die Talgkerze und mit einem Mal war es stockdunkel in der Kirche. Magnus blieb sitzen. Er hörte den Mönch am Altartisch rumoren und dann glomm ein rotes Licht auf und tauchte das Gesicht des Benediktiners in blutigen Schein. Das knochige Profil, in dem Kinn und Nase wie Fangzähne vorsprangen, die bis zur Maske verbissene Physiognomie wirkten so dämonisch, dass Magnus fast glaubte, die Larve des Luzifer vor sich zu haben. Er mochte ein Werkzeug gewesen sein. Bote oder Zuträger. Ein kleines Rad in einem großen Gefüge von Rollen und Walzen. Vielleicht hatte man ihn missbraucht. Aber er hatte gewiss nicht ohne eigenen Nutzen gehandelt. Nicht ohne Aussicht auf Belohnung. Und er war dabei schuldig geworden, dessen war Magnus tom Diek jetzt sicher.

»Was haben die Schweine gesucht?«. fragte er ruhig. »Was war so wichtig, dass drei, nein vier Menschen dafür krepieren mussten wie Tiere?«

Er stand auf und trat mit raschen Schritten an den Mönch heran, es sah aus, als wollte er ihn schlagen.

Ludgerus machte eine Geste der Abwehr. Er starrte den Schollenherrn mit pumpenden Lungen an, aber er schwieg.

»Wenigstens verzichtest du darauf, in deiner Kirche zu lügen«, sagte Magnus mit Verachtung in der Stimme. »Aber zu schweigen, wo die Wahrheit zu reden gebietet, kommt der Lüge sehr nahe. Ob dich das alles auch künftig als Kirchspielpfarrer erträglich macht, wird sich zeigen. Mein Vertrauen hast du endgültig verloren.« Er wollte sich schon abwenden, aber dann hielt er noch einmal inne. »Glaube nicht, dass der Casus Uko Vrede damit für mich erledigt ist.« Als er die Kirche verließ, spürte er den brennenden Blick des Benediktiners in seinem Rücken.

Dritter Akt (*Peripetie*)

Das Lösen der Schlingen

August 1347 bis Oktober 1348

Was immer der wäre, der einen Priester ums Leben brächte, der soll im Banne Gottes und aller Heiligen Gottes und in Papst Leos Bann und in dem des Patriarchen von Jerusalem und im Banne aller Bischöfe und aller Priester sein und danach der ewigen Verdammnis anheimfallen.

2. Rüstringer Priesterbuße

1.

Ochterszem, Hairlingerlant,
am Tage Assumptio[151] Mariae Anno Domini 1347
(Mittwoch, 15. August)

»Der Schollenherr erwartet dich. Heute noch!«, sagte der Knecht mit drängender Stimme. Adriaan sah ihn forschend an.

»Zu welchem Behufe?«

Der Knecht hob die Schultern und ließ sie wieder fallen. »Geht wohl um Tjarko.«

Was konnte im Zusammenhang mit dem alten Pferdeknecht so dringend sein? »Eilig?«, stieß Adriaan nach.

»Scheint so. Sehr eilig«, nickte der Mann.

Der Lange ließ alles stehen und liegen und lief, so wie er war, hinüber zum Stall, um seinen riesigen Zossen zu holen. Der Knecht machte sich gleich wieder auf den Weg nach Eesensem, aber Adriaan überholte ihn schon, als der Kirchturm von Holtgest[152] noch lange nicht in Sicht

151) Maria Himmelfahrt; die Aufnahme Marias in den Himmel, im Gegensatz zur Ascensio Christi. Der begriffliche Unterschied soll verdeutlichen, dass Maria als Mensch und Christus als Sohn Gottes zum Himmel fuhr.

152) Holtgast, Kr. Leer

war. Er fegte im gestreckten Galopp an ihm vorbei, tief geduckt hinter dem Hals seines Pferdes, und der Knecht schrie ihm noch »Haupthaus, nicht Tenne« hinterher, aber es war nicht zu sagen, ob ihn der Lange überhaupt hörte.

Als Adriaan den Hof erreichte, war er schweißnass und der Gaul am Ende seiner Kräfte. Der Lange traf Magnus tom Diek in der Stube des Haupthauses, Enno war bei ihm. Man hatte Tjarko, den alten Pferdeknecht, schon vor einer Weile gefunden. Es war aufgefallen, dass er am Sonntag vor dem Fronleichnamsfest beim Gottesdienst fehlte, und einer der Knechte sah nach und fand ihn tot an seinem Lieblingsplatz, oben im Torhaus. Er hockte in der Ecke auf dem Boden, noch eine angebissene Zwiebel in der Hand, der Kopf war tief auf die Brust gesunken. Tjarko ging jeden Abend nach der Vesper auf den Turm, bevor er unter seinen Strohsack kroch, jeder wusste das, er war schon starr, als sie ihn fanden.

Es gab keine äußeren Anzeichen einer Verletzung und nichts deutete auf einen Kampf hin, er musste einfach gestorben sein. Adriaan wusste das alles und es wäre kein Grund gewesen, ihn deshalb auf den Hof zu holen. Umso mehr wunderte er sich über das versteinerte Gesicht seines Pachtherrn und den Anflug von Verstörtheit in Ennos Augen. Und dann sah er dieses Buch auf dem Tisch liegen, ein kleiner aber bauchiger Foliant, in braunes Leder gebunden.

»Wusstest du, dass Tjarko ein Diarium[153] geführt hat?«, fragte Magnus.

»Ich wusste nicht einmal, dass er schreiben konnte«, gab der Lange zurück.

Es stellte sich heraus, dass sich nach Tjarkos Tod zunächst niemand um seine Hinterlassenschaft gekümmert hatte, die Kiste mit seinen Habseligkeiten stand noch immer im Gesindehaus neben seiner Bettstatt, die seither

153) Tagebuch

unbenutzt geblieben war. Erst vor wenigen Tagen hatte Magnus seine Frau gebeten, einen Blick in die Kiste zu werfen. Es war eine einfache Truhe aus Weichholz, sie hatte kein Schloss und enthielt lediglich ein Paar Wollhosen, drei billige Kittelblusen und ein Paar Holzschuhe, denn der alte Pferdeknecht hatte nicht viel mehr besessen, als er bei seinem Tod auf dem Leib trug. Und eben dieses Buch, das auf dem Boden der Kiste unter einer Wollhose gelegen hatte, kaum so, als hätte Tjarko es besonders verbergen wollen.

Almeth hatte kurz hineingesehen und es dann wortlos ihrem Mann in die Hand gedrückt. Tjarko hatte in einer krakeligen Schrift ein holperiges Deutsch geschrieben, grob und ungeschliffen, teilweise mit fehlerhaften lateinischen Brocken durchsetzt. Magnus tom Diek hatte zunächst nur widerstrebend in dem Diarium geblättert, er hatte das Gefühl, etwas Verbotenes zu tun. Schließlich hatte der alte Knecht dem Buch persönliche Dinge anvertraut, deren Kenntnisnahme durch Dritte ungehörig, vielleicht sogar eine Sünde war. Aber dann war er auf diese Einträge gestoßen, kurze Notizen, die seine Aufmerksamkeit erregten und die er mit zunehmender Beklemmung gelesen hatte.

Und je mehr er las, desto klarer standen plötzlich Dinge und Zusammenhänge wieder vor seinen Augen. Er dachte zurück an seinen Vater, der auch Enno hieß und in Hairlingen ein geachteter Mann gewesen war. Er erinnerte sich wieder daran, dass der Pferdeknecht damals, als er, Magnus, noch ein Junge gewesen war, mit Uko Vrede um den Posten des Handmannes bei seinem Vater konkurriert hatte. Sein Vater hatte sich dann gegen Tjarko entschieden, er war es nicht geworden, und er war es auch nicht geworden, als Uko Vrede aus dem Dienst geschieden war und den Hof in Ochterszem übernommen hatte.

Niemand hatte je den Eindruck gehabt, dass sich Tjarko

ungerecht behandelt oder zurückgesetzt gefühlt hatte, aber die Lektüre seines Diariums belehrte Magnus tom Diek eines besseren. Die ganze Enttäuschung, sein zutiefst verletzter Stolz, und ja: eifersüchtiger Neid, kamen in diesen Zeilen zum Ausdruck. Es war fast ein Wunder, dass er trotzdem auf dem Hof geblieben war. Einmal las Magnus die Worte:

»In nomine domini, amen. Alles vergehblich. Binn der beß're Mann aber dem Herrn ist es gleichgut. Werte wol als ahrmer Pferdeknecht vor den Schöpfer gehen!«

Danach kamen drei Kreuze, und dann:

»Uko, duh magst das härz deines Herrn haben, aber Godt sieht dick mit anderen Auhgen. Hühdte dick vor ihme, und vor mir!«

Und dann kamen die Notizen, die Magnus die Brust eng werden und sein Herz hart gegen die Rippen schlagen ließen. Der alte Pferdeknecht hatte spätestens ab Herbst anno 1346 Kontakt mit Bruder Ludgerus gehabt, die Einträge ließen keinen anderen Schluss zu. Er hatte über diese Kontakte Buch geführt, und es war wohl auch Geld geflossen.

Magnus las:

»An Lambertus[154] mit Bruder L. nach hl. Messe. Sprache mich an. Wahs will er?«

Auf der nächsten Seite stand:

»Bruder L. Omni Sankto[155], schon wider. Droht und giebt Stck. Hacksilber. Weis nich was thun.«

An St. Andreas[156] fand sich folgende Notiz:

»Nach der hl. messe Br. L. fragt nach den 5 grs. lant gemarkung Ochterszem von Eno an Uko. Wahr es ein akker Eno zu eigen?«

Einige Seiten später kam ein Eintrag, der aus dem Jahr

154) 17. September

155) Allerheiligen; 1. November

156) 30. November

1347 stammen musste:»*Br. L. an conversione Sancti Pauli*[157] *zwei marck brem. Silber for Uko-Enno t. D.*«

Und dann die Worte, auf die Magnus mit brennenden Augen gestarrt hatte und die er nun dem Langen vorlas.

»*Inversio sexualis, homophili. Uhrkunte.*«

Der lange Holländer stand wie vom Donner gerührt. Er hielt den Kopf gesenkt und wagte vor Verlegenheit nicht, irgendjemanden anzusehen. »Was soll das heißen?«, fragte er mit tonloser Stimme.

Magnus lächelte bitter. »Hier hast du den Grund für die Schweinerei auf deinem Hof. Almeth hatte recht. Die Hunde wollten die Urkunde, mit der mein Vater Uko Vrede das Anwesen übertragen hat.«

Der Lange richtete sich auf, in seinen Augen stand heillose Verwirrung. »Ich verstehe noch immer nicht.«

Magnus ließ sich auf einen Stuhl sinken. Das Lächeln war aus seinem Gesicht verschwunden, sein Kinn war jetzt fest, wie aus Fels gehauen. »Ich habe es zuerst auch nicht verstanden, Adriaan. Aber jetzt ist es mir klar geworden. Die Mörder, oder ihre Auftraggeber, hofften, in der Übertragungsurkunde Dinge zu finden, die meinen Vater, mich, die ganze Familie tom Diek in ein ungünstiges Licht rücken.«

Er nahm das Buch, schlug die Seite auf und zeigte auf die Textstelle. »Hier, da steht es doch: *Zweifel an der rechtmäßigen Übertragung von 5 Grase Land in der Gemarkung Ochterszem.* Und damit ...«, empört stieß sein Finger auf die besagte Zeile in dem Pergament, »damit wird meinem Vater unterstellt, er hätte mit seinem Handmann Uko Vrede ein widernatürliches Verhältnis unterhalten!«

Der Lange schluckte, sein Kopf war blutrot. Er warf einen raschen, scheuen Blick auf Enno, der noch immer fassungslos vor sich hinbrütete. »Aber das ist doch barer

157) Bekehrung Paulus, 25. Januar

Unsinn! Dreckige Lüge! Schmutzige Verleumdung!« Er sagte es nicht, er schrie es fast und das Lächeln kehrte auf Magnus' Lippen zurück.

»Wir drei wissen das. Die anderen haben versucht, das Gegenteil zu belegen. Mit dieser Urkunde.« Er schloss das Buch und schob es mit einer Geste der Abscheu von sich. »Es gibt natürlich eine zweite Urkunde. Sie ist bei den Dokumenten meines Vaters. Ich habe sie mir angesehen. Sie enthält nichts, was diese Vorwürfe erhärten könnte. Nicht das Geringste. Wie auch?«

Der Lange ließ sich schwer auf einen Schemel fallen. Er legte die Arme auf den Tisch, seine wuchtigen Hände schlossen und öffneten sich mechanisch. »Und warum? Wozu das alles?«

Magnus sah ihn spöttisch an. »Denk nach, Adriaan. Du weißt es doch. Ich stehe für ein Friesland der Freiheit von Bauer und Landvolk. Gegen fremde Grafenrechte. Und gegen friesische Familien, die sich selbst solche anmaßen wollen.«

»Also steckt der Brokmanne dahinter«, fuhr der lange Holländer auf und Enno hob den Kopf.

Magnus tom Diek zuckte mit den Schultern. »Es wird uns schwerfallen, dafür ein Zeugnis zu finden.«

Adriaan dachte nach, in seine Stirn gruben sich tiefe Falten. Dann beugte er sich vor und klopfte mit dem Finger auf die Tafelplatte. »Es erscheint mir der folgende Gedankengang erhellend: Keno will dir schaden. Die Gründe kennen wir. Er versucht, über diesen Kuttensack, etwas zu erfahren. Der sticht Tjarko an, weil er von dieser alten Geschichte weiß, der Handmannsache. Der Alte träufelt ihm den Unsinn mit der Urkunde ins Ohr. Keno will sie haben. Den Rest wissen wir.«

»Woher soll der Benediktiner von Tjarko und Uko als Widerstreiter gewusst haben?«, fragte Enno mit Zweifel in der Stimme.

Der Lange breitete die Arme aus. »Was weiß denn ich? Er *kann* es doch gewusst haben, oder nicht? Schließlich leben noch Leute von damals. Alte Leute. Alte Leute reden viel.«

Magnus fuhr sich mit beiden Händen über das Gesicht. Sein Blick verschleierte sich, er war wie nach innen gekehrt. »Es scheint in diesen Zeiten nichts unmöglich. Indessen, ich verstehe noch immer nicht recht, zu welchem Ende sich Bruder Ludgerus eingemengt hat. Was kann ein Priester für Antriebe haben, sich einer solchen Sache zu verdingen?« Er sprach voller Selbstzweifel, wie jemand, der etwas sieht, das er nicht glauben kann.

Da wurde der Lange heftig. Es gingen ihm fast die Gäule durch. Er stand auf und sah seinen Schollenherrn vorwurfsvoll an. »Du bist zu wohlgläubig, Herr. Es würde mich am letzten Ende nicht verwundern, wenn sogar Otto von Brema dahintersteckte. Und der Brokmanne wäre nur Werkzeug, Mittel zum Zweck. Ludgerus item. Der gleich gar! Eine Mistgabel, mit der man im Schweinekoben den Dreck aus der Scheißrinne fischt. Vergiss nicht, dass beide um Ottos Gunst buhlen. Und dann: Lehre mich die Kirche kennen! Sie ist auch ein Machtinstrument zur Knechtung der Schöpfung des Herrn!«

Adriaan hatte sich in Zorn geredet, er stand hoch aufgerichtet und bebte vor Rage, so hatte ihn Enno noch nicht oft gesehen.

»*Deo servire regnare est*[158]! Diese Losung spricht für sich«, schloss der Holländer mit fester Stimme.

Enno nickte langsam. Er begann, die Dinge klarer zu sehen. »Es kann ja auch sein, Vater, dass sie nur die Urkunde wollten. Und nicht den … Tod dieser Menschen.«

Adriaan nickte ihm bekräftigend zu. »Wohl möglich,

---

158) »Gott dienen heißt herrschen«. Geht wohl zurück auf den Dominikaner Nicolaus de Gorran; 13. Jahrhdrt. (□ unklar, † um 1295).

dass sich da irgendetwas anders fügte, als der Plan es wollte. Und wenn der Brokmanne seine fremden Schergen für den Zugriff abgestellt hat …!«

»… was zu bezeugen wäre«, unterbrach ihn Magnus.

»… was zu bezeugen wäre, dann wäre er sogar dem Scharfrichter fern. Denn sie gehören nicht zu seinem Gesinde«, ergänzte der Lange.

»Er wäre dem Scharfrichter fern. Es sei denn, dass sich sein Befehl zweifelsfrei offenbarte«, stellte Magnus tom Diek klar, und die beiden anderen senkten zustimmend die Köpfe. Vom Hof her hörten sie plötzlich rollende Karrenräder, Rufen und Gelächter, eine Gruppe Knechte machte sich mit einem Fuhrwerk auf den Weg in die Felder. Durch die Schweinsblasen vor den Fensterrahmen sah man sie nur schemenhaft.

Der lange Holländer sah unruhig hinaus. »Es ist zu gewärtigen, dass der Abt von Marienkamp ebenfalls von der Sache weiß, denn er ist der Beichtvater von Ludgerus.«

»Er hat von Hilderaad Absolution erhalten, ich weiß es von ihm selbst.« Magnus hatte sofort dieses schreckliche Gespräch vor Augen, damals, in der nächtlichen Kirche von Eesensem. Er sah wieder den heulenden Benediktiner, der sich in quälender Seelennot gewunden hatte wie ein zertretener Wurm. »Aber es wäre fehlgeleitet zu glauben, man könne von Hilderaad mehr erfahren. Er wird wegen des Beichtgeheimnisses kein Wort über seine Lippen lassen.«

»Sintemalen die Benediktiner zusammenkleben wie Strohhalm und Pferdeapfel«, sagte Adriaan mit einem gehässigen Unterton und Magnus sah ihn nachdenklich an.

»Du hast es heute mit Scheiße, mein Guter«, bemerkte er mit gequältem Lächeln.

»Liegt wohl am Gegenstand«, gab der Lange heraus und sie hörten Enno kichern.

Einen Augenblick lang lag das Gefühl von Entspannung über den Männern, aber es hielt nicht lange vor. Sie wurden sehr bald wieder ernst. Vieles sprach dafür, dass die Morde mit Kriegswaffen verübt worden waren. Magnus erinnerte sie an die scharfen Schnitte der Wunden an den Leichen. Natürlich ließ das auch den Schluss zu, dass die Fremden des Brokmannen die Täter gewesen sein könnten, aber wie das beweisen? Hinzu kam, dass diese Kerle wie üblich im vierten Monat des Jahres, kurz nach St. Georgius, Kenos Hof verlassen hatten und also nicht greifbar waren. Wenn sie überhaupt etwas tun konnten, dann jedenfalls nicht vor dem nächsten Herbst. Sie sahen ihre Pflicht, nicht zuletzt vor Gott, die Übeltäter ihrer verdienten Strafe zuzuführen, aber da war auch ein Gefühl der Ohnmacht, und es schmeckte bitter wie Galle auf ihren Zungen.

»Wir können uns doch nicht, da die Toten beerdigt und die Tränen getrocknet sind, einfach wieder unserem Tagwerk zuwenden. Wir müssen Gerechtigkeit schaffen. Das sind wir schon Uko und seinen Leuten schuldig«, sagte Magnus mit heiserer Stimme, in der nagender Zorn und Verzweiflung schwangen. Danach war langes Schweigen.

Irgendwann hob Enno den Kopf. »Was machen wir mit Ludgerus, Vater?«

Auf Magnus' Zügen stand beißender Abscheu. »Lieber heute als morgen wäre ich seiner ledig. Und ja, ich bin der Patronatsherr. Aber soll ich jetzt seine Demission fordern? Mit welcher Begründung?«

Enno nickte einsichtig und fuhr sich über das Kinn. Er warf einen raschen Blick auf den Langen, dann kamen seine Augen zurück. »Da ist noch ein weiteres, Vater. Das Diarium«, sagte er und sah, wie sich der lange Adriaan bedächtig den Kopf kratzte.

Magnus tom Diek funkelte seinen Sohn zornig an. »Ich weiß, was du im Sinn hast. Der Besitz dieses Buches kann Leben kosten. Seine Inhalt, in die richtige Ohren geträufelt, wird dazu verführen, seiner habhaft zu werden. Um nahezu jeden Preis!«

Er stand auf und stemmte die Fäuste in die Hüften. Mit großen Schritten ging er in der Stube auf und ab. Seine Stimme kam hart und scharf, es klang fast wie Bellen. »Aber ich denke nicht daran, vor dieser Gefahr zu weichen. Täte ich es, würde mir das Leben sauer. Tjarkos Diarium wird eines Tages dazu helfen, dass Schuld gesühnt wird. Es zu vernichten hieße, dem für alle Zeit zu entsagen. Niemals brächte ich das über mein Herz!«

Abrupt blieb der Schollenherr stehen. An seiner Stirn pochte eine Zornesader, aber er sprach nun wieder ruhig und beherrscht. »Es sind nur wir drei, die von dem Diarium wissen. Und Almeth. Bleibt es dabei und wird es wohl verwahrt, so besteht kein Anlass zur Sorge.«

Und plötzlich stand ein grimmiges Lächeln auf seinen Lippen. »Lassen wir es schlummern. Bis zu dem Tag, der die Wahrheit ans Licht und den Scharfrichter ans Werk bringt.«

*

Der Falke stieg hoch in den blauen Sommerhimmel, während der Fischreiher mit hektischen Schwingenschlägen zwischen den Bäumen zu entkommen suchte. Dieser Augenblick der Beizjagd war Otto von Brema der reizvollste, es war die Phase, die über Leben und Tod entschied. Im Gegensatz zu Ludwig dem Hessen, seinem Amtsbruder von Monasterium, hatte er die Sauhatz ebenso wie die Rotwildjagd schon vor längerer Zeit aufgegeben. Sie waren zu anstrengend, die Strapazen taten seinem müden Leib nicht gut und die Aufregung schadete dem Herzen.

Aber auch die Falkenjagd zu Pferd, von deren Kitzel er nicht lassen mochte, hatte ihre Belastungen. Man war viele Stunden im Sattel, man schlief zu wenig und zu schlecht unter feuchten Tüchern und man fieberte dem

Jagderfolg entgegen. In summa durchaus eine Fülle von Beschwernissen, die durch die Gegenwart eines Mannes wie Abt Hilderaad von Marienkamp nicht eben in ihr Gegenteil verkehrt wurde.

Der Abt war in seinen Augen ein Versager. Er hatte sein Kloster nicht im Griff, er hatte seine umliegenden Kirchspiele nicht im Griff und er hatte das Spiel der Kräfte zwischen Macht und Gottesfurcht nicht im Griff. Oder auch Macht *durch* Gottesfurcht. Item als Mensch sagte ihm der Prälat nicht zu. Zu lebensfern, zu humorlos, zu kalt. Überdies waren seine Fähigkeiten ebenso übersichtlich wie sein Ehrgeiz anmaßend.

Er musterte den Abt aus den Augenwinkeln, der mit griesgrämiger Miene auf dem Pferd hockte und nicht den Anschein machte, als verfolge er das Jagdgeschehen. Er tat es auch nicht, denn Hilderaad hasste die Jagd, und einen Moment lang genoss Otto dieses Bewusstsein, bevor es durch den zweifellos teuer erkauften Umstand der unwillkommenen Gesellschaft wieder eingetrübt wurde. Wohl bedacht, so hatte er den Abt nur deshalb zitiert, weil er mit ihm zu reden hatte. Ungestört. Im Übrigen wäre es keinesfalls ein Opfer, auf dergleichen Begleitung zu verzichten.

Der Falke hatte den höchsten Punkt seiner Flugbahn erreicht, drehte sich auf den Rücken und stürzte steil auf die Bäume zu, zwischen denen sich der Reiher befinden musste. In diesem Augenblick stieß der Falkenmeister kurz in sein Horn und in der Jagdgesellschaft kehrte Ruhe ein, sogar die Hunde schwiegen. O, es waren gute Hunde, feine Hunde, Otto liebte es, sie seine *kleinen Dominikaner*[159] zu nennen. Sie ritten auf eine nahe Anhöhe, um einen besseren Blick zu haben. Der Falke bremste plötzlich seinen Sturzflug ab und kreiste über den Bäumen, er schien, als hätte er seine Beute verloren. Otto schnalzte ärgerlich

---

159) Domini canes: »Hunde des Herrn«. Spottname der Dominikaner wegen ihrer führenden Rolle in der Inquisition ab ca. 1231.

mit der Zunge, er sah den Raubvogel erneut steigen und dann brach der Fischreiher zwischen den Bäumen hervor. In Höhe der Gräser und Sträucher schoss der Vogel in einem irren Zickzack auf ein dichtbewachsenes Flurstück zu, berührte immer wieder mit seinen langen Schwingen den Boden, kam dann in ein taumelndes Flattern, fing sich wieder und hetzte dem rettenden Unterholz entgegen.

Aber er war verloren, just da er ohne Not den schützenden Wald verlassen hatte. Augenblicklich stürzte der Falke der Erde entgegen und bekam den Reiher auf dem letzten Stück freien Geländes zu fassen. In einem Wirbel aus Federn, Grasfetzen, Erdbrocken und Blättern überschlugen sich die beiden Vögel mehrfach, ehe sie vor einem einzelnen Strauch endgültig liegen blieben. Noch ein letztes Mal hob der Reiher mit einem Klagelaut den Kopf, dann krallte sich der Falke in seinen Hals und erdrückte ihn mit seinen Fängen.

Otto war zufrieden. Er befahl dem Falkenmeister, den Vogel aufzunehmen und für einen letzten Anwurf vorzubereiten. Die Hunde schwärmten aus und durchkämmten das Gelände nach jagdbarem Wild. Otto wandte sich dem Prälaten zu. Es war nun Gelegenheit, ihr Gespräch fortzusetzen, recht eigentlich war es eher ein hitziges Wortgefecht, ein heftiges Aufeinandereinschlagen mit billigen Vorwürfen und wohlfeilen Argumenten.

»Es war ein Fehler, diesen Mann als Pfarrer in Eesensem einzusetzen. Ich hatte von Beginn an kein gutes Gefühl. Und dann diese Beichte. Herr im Himmel! Du hättest deine Wahl sorgfältiger treffen müssen«, sagte Otto vorwurfsvoll.

Seine tiefe Abneigung, das volle Maß seiner Vorbehalte gegen Hilderaad legte er in diese wenigen Sätze. Der Prälat blickte den Kirchenfürsten griesgrämig an. In diesem Moment hasste er ihn. Doch er hasste auch sich selbst, da er das Beichtgeheimnis gebrochen hatte. Und war es nicht bezeichnend, dass sich der Erzbischof nicht daran störte? Sondern stattdessen wie selbstverständlich hinnahm, über die Seelennot des Kirchspielpfarrers informiert zu werden? Eine Sündenpein, anvertraut in abgeschiedener Klausur mit dem Beichtvater und Gott, die nur jene drei betraf und etwas anging und sonst niemanden auf der Welt?

Hilderaad nahm ein Wolltuch aus seinem Habit und wischte sich über das schwitzige Gesicht. »Vielleicht darf ich Eure Eminenz daran erinnern, dass Eure Eminenz höchstselbst Dispensio zu dieser Entscheidung erteilt haben«, antwortete er unwirsch.

Da war es wieder, das Gefühl der Gegnerschaft, ja sogar der wechselseitigen Geringschätzung. Für ihn war der Erzbischof kein Kirchenfürst, sondern ein adeliger Machtmensch. Seine Pfründe war ihm wichtiger als das Seelenheil seiner Schafe. Er mochte Otto nicht, gelegentlich verabscheute er ihn sogar, und er wusste sich von jenem nicht geliebt.

»Ihr habt auf einem Benediktiner bestanden, Euer Eminenz, zum Lobe des Ordens, und Ludgerus ist Benediktiner!«

Der Erzbischof fuhr so heftig herum, dass sein Pferd erschreckt auswich. Das Tier begann zu tänzeln, machte ein paar ängstliche Schritte zur Seite und nur durch zorniges Reißen an der Kandare brachte Otto es wieder zur Ruhe. »Da habe ich noch nicht gewusst, dass seine Aufgabe sein Vermögen übersteigt. *Du* hättest es aber wissen sollen. Wissen *müssen*!«

Und da der Abt verbiestert schwieg, fügte der Erzbischof noch an: »Ich hätte nicht übel Lust, euch beide, dich und ihn, zum Teufel zu jagen. Oder zuerst dich, dann ihn. In der Zwischenzeit mache ich ihn zum Abt von Marienkamp. Das böte mir gute Gelegenheit, ihn auf den rechten Weg zu bringen.«

Der Abt richtete sich in den Steigbügeln auf. Zum einen aus Zorn, zum anderen, weil sein armes Hinterteil des andauernden Aufenthalts in einem Sattel seit langem entwöhnt war. »Ich rate, von diesem Vorhaben abzustehen, Eure Eminenz. Denn ad primum ist meine Abtei in personeller Hinsicht exemt. Sie untersteht Euch nicht. Wie Ihr wohl wisst. Ad secundum, in der causa Bruder Ludgerus gebricht es Eurem Gedanken an Logos. Wozu wollt Ihr einen Diener erhöhen, wenn dies nach Eurem eigenen Urteil nicht seinem meritum entspricht?«

Der Kirchenfürst starrte ihn wütend an. Auch er hatte sich im Sattel aufgerichtet und dem anderen das Kinn entgegengestreckt. Und dann, ganz plötzlich, fühlte er einen stechenden Schmerz unter dem Brustbein, heiß und wühlend, als führe ihm einer mit einem Messer unter die Rippen. Er sank zurück, horchte auf sein unregelmäßig pochendes Herz und spürte mit einem Mal ein taubes Gefühl im linken Arm. Er blickte hinunter auf den Beizhandschuh aus schwerem Leder und auf die dunklen Flecken, die seine Schweißtropfen dort hinterließen. Ihn schwindelte. Schweratmend ließ er sich gegen den Sattelrücken sinken, hob den Kopf und sah, dass der Abt ihn interessiert beobachtete.

»Ist Euch nicht wohl, Eminenz?«

Otto machte eine abwehrende Handbewegung. »Aus meinen Augen!«, keuchte er und wendete sein Pferd.

Das Horn des Falkenmeisters kam quäkend von einem Waldrücken herüber. Aus einem nahen Gesträuch stieg plötzlich ein Schwarm Rebhühner auf und dann sahen sie den Falken. Ganz tief schoss er heran, kurvte mit atemberaubender Wendigkeit um einen Erlenbusch herum, stieg in einer engen Kurve auf und stieß so heftig auf das erste Huhn herab, dass dieses noch in der Luft seinen Kopf verlor. Der Raubvogel packte sofort nach, schlug seine Krallen in den Rumpf und brachte die Beute zu Boden. Der Falkner kam heran, löste den Raubvogel von der Beute, nahm ihn auf die Faust und steckte ihm zur Belohnung den Kopf des Rebhuhnes zu.

Der Mann wusste, dass Otto nach dem letzten Anwurf seinen Falken selber ins Lager tragen wollte, so, wie er es immer tat, und er ließ den Vogel fressen und warf ihn dann vom Handschuh, in Richtung auf den Erzbischof zu. Er wunderte sich, dass sein Herr den Falken noch nicht gelockt hatte, aber er hatte es wohl doch schon getan und der Falkenmeister hatte es überhört. Der Vogel strich ab und hielt auf den Kirchenfürsten zu, aber dann sah der Falkner, dass Otto den Arm nicht hob. Er hob den Arm mit dem Beizhandschuh nicht und der Falke wusste nicht, wo er sich hinsetzen sollte und dann sahen sie den Erzbischof vom Pferd stürzen. Er war schon ohne Bewusstsein, bevor er den Boden berührte.

Zuerst herrschte entsetztes Schweigen, dann erhob sich Stimmengewirr und Rufen. Der Leibarzt preschte hinzu, sprang vom Pferd und griff an Ottos Hals. Das Herz schlug noch, aber es war sehr schwach und der Puls kaum noch spürbar. Der Medicus löste das schwere Jagdwams des Erzbischofs über der Brust und ließ den Kirchenfürsten in seinen Jagdwagen legen. Er ließ ihn aufrecht betten, damit das Herz entlastet werde. Danach brach man sofort nach Brema auf. Der Leibarzt trieb zur Eile. Er würde Otto in der Residenz zur Ader lassen, vorausgesetzt, der erreichte sie lebend.

*

Die Erinnerung quälte Wiska Zeerijp so sehr, dass sie sich schließlich ihrem Bruder Willem anvertraute, und zwar auf den dringenden Rat ihrer Mutter Marijke, die sich zu einer sonstigen Hilfe nicht in der Lage sah. Gewiss, nach dem Tode ihres Vaters Ayderd war Willem Zeerijp der Herr auf dem Hof in Wijtwerd, aber Wiskas Verhältnis zu ihrem Bruder hatte sich arg verschlechtert, seit Willem das Regiment führte. Er war ein anderer Mensch geworden. Übellaunig und unbeherrscht. Er schlug das Gesinde aus nichtigen Anlässen und nahm auch seinen Handmann nicht davon aus. Erst neulich hatte er den Nachfolger des Jeroen van Oldenzaal auf der Tenne geohrfeigt, coram publico, und das nur, weil der Mann nicht auf die Fuhre genau sagen konnte, wie viel Fuder Stroh die große Scheune barg.

»Du Hund! Ich werde dich lehren, deine Geschäfte nach meinem Willen zu besorgen!«, hatte Willem geschrien und dann waren schon seine Hände geflogen. Die anwesenden Knechte und Mägde waren sprachlos gewesen, erschreckt und geängstigt und hatten vor Scham auf den Boden gesehen. In der Familie war es nicht anders. Willem verbreitete eine Eiseskälte, die jede Unterhaltung erstarren ließ, das Essen wurde schweigend eingenommen und die Mutter hielt ihren Kopf gesenkt, sobald er den Raum betrat. Es war nur Wiska, die dann und wann aufbegehrte und Widerworte gab.

So bei der Frage nach der Ausstattung der Hochzeit mit Enno tom Diek, der die junge Frau mit Sehnsucht entgegensah. Willem hatte zunächst auf ihre Frage überhaupt nicht reagiert, sie dann aber aus kalten Fischaugen angesehen.

»Was kümmert mich das? Soll der Hairlinger zusehen«, hatte er spröde geantwortet, und da war Wiska aufgefahren.

»Wieso Enno? Es ist noch immer Sache der Brautfamilie, die Hochzeit auszurichten!«

»Er hat es angeboten. Bei eurer Verlöbnisfeier. Zum übrigen ist die Ausrichtung der Hochzeit Sache des Hausvaters, und deiner ist tot!«

Sie hatte ihn in maßlosem Zorn angestarrt, zunächst unfähig, auch nur eine Silbe zu äußern, und dann war es förmlich aus ihr herausgebrochen. »Du nichtswürdiger Geizhals! Wenn du der neue Herr auf Wijtwerd bist, dann trage auch die Last. Vater drehte sich im Grabe, wenn er dich nur hörte!«

Da hatte ihr Willem gar gedroht, mit erhobenem Finger und rotem Hals. »Hüte deine Zunge. Ich dulde nicht, dass du so mit mir sprichst. Es ist endlich zu der causa mehr nicht zu sagen!«, hatte er mit heiserer Stimme ausgespuckt, sich abgewandt und das Haus verlassen. Die Mutter hatte stumm dabeigestanden.

Und nun musste Wiska mit ihrem Bruder reden und hasste diesen Gedanken mit jeder Faser ihres Gemüts. Allein, es musste geschehen und duldete nun, da sie jenes unsägliche Ereignis bis an die Grenze des Erträglichen bedrängte, auch keinen Aufschub mehr. Und trotzdem schob sie das Treffen vor sich her, noch einen Tag und noch einen, doch dann, als sie es schier nicht mehr aushielt, fasste sie sich ein Herz.

Es musste während der Arbeit geschehen, des Abends saß er über den Stücklisten, prüfte Vorräte und Bestände und verbat sich auch nur die geringste Störung. Sie fand Willem bei den Pferden, die Gelegenheit schien günstig, hier fühlte er sich wirklich wohl und sie sah gar so etwas wie freudigen Stolz in seinen Augen. Der erlosch jedoch, sobald sie ihm den Gegenstand der Unterredung mitgeteilt hatte. Und nicht nur das, seine Laune schlug sofort in Missstimmung um und in den Augen stand nun ein unwilliges Glitzern.

»Ocko Hylmerisna? Am Upstallesbame? Was hattest du mit ihm?«

»Ich bin ihm während des Things begegnet. Er war bei den Brokmannen«, sagte Wiska mit klopfendem Herzen. Sie fürchtete diesen Wortwechsel, sie fürchtete die Erinnerung an jenen Vorfall und sie fürchtete die rüde, klotzige Rücksichtslosigkeit ihres Bruders, der nicht das geringste Gespür für weibliche Verletzlichkeit besaß.

»Was weiter?«, fragte Willem Zeerijp barsch und griff in

die Mähne seines Braunen. Er griff wohl zu hart, denn das Pferd hob abwehrend den Kopf und schnaubte. Spätestens jetzt bedauerte Wiska, ihren Bruder überhaupt angesprochen zu haben. Willem war ein Rüpel, ein ungehobelter Klotz und nun wollte sie es nur noch hinter sich bringen.

»Er ist mir mit Unflat begegnet und verweigert bis heute Genugtuung dafür«, sagte sie mit zitternder Stimme und sah Willem ärgerlich das Gesicht verziehen.

»Unflat. Genugtuung. Du sprichst in Rätseln, Schwester, und stiehlst meine Zeit. Zum Gegenstand, oder lass mich meine Arbeit tun!«

Wiska wünschte sich weit weg. In großer Entfernung zu all diesen Dingen, ihrem Bruder, diesem Ort, der Familie, die keine richtige mehr war, und auch in Abstand zu ihrem jetzigen Leben, das sie als so überaus freudlos, kalt und abstoßend empfand. Am liebsten nach Hairlingen, dorthin, wo die Liebe ihres Lebens war, Wärme, Verständnis und Erfüllung.

Sie wandte sich ab, schloss für einen Moment die Augen, und dann waren diese Bilder wieder da, dieser unsägliche Vorfall, damals, anno 1345 am Upstallesbame. Es war jener kalte Maiabend gewesen, der Disput des Things hatte sich bis in die Dunkelheit fortgesetzt, zäh hingezogen, da keine Seite nachgeben, von ihrem Standpunkt ablassen wollte, als sie zum Lagerplatz der Oosterämbter gegangen war, um ihren vom Regen durchnässten Umhang zu wechseln. Auf dem Rückweg hatte plötzlich der Brokmanne vor ihr gestanden, Ocko Hylmerisna. Wiska glaubte zunächst an eine zufällige Begegnung, aber dann wurde ihr klar, das war sie nicht. Er hatte sie an einer günstigen Stelle abgepasst, das Lager der Westfriesen lag hinter einem Hügel und war gegen den Thingplatz durch eine Buschgruppe abgedeckt. Auch Ocko musste sich umgezogen haben, er hatte nicht mehr seine friesische Wollhose getragen, sondern einen dieser neumodischen, engen Beinlinge, die man gelegentlich bei Mitgliedern des Adels sah und die das Gemächt durch eine Schamkapsel abdeckten.

Sie war überrascht stehen geblieben und er hatte die Gelegenheit genutzt und sich gedreht und gewendet wie ein Pfau. Er war schrecklich anzusehen gewesen, viel zu feist für diese Art von Kleid, aber er hatte sich für unwiderstehlich gehalten und ganz nüchtern war er wohl auch nicht mehr gewesen, denn er hatte, wie die meisten Männer, erhitzten Wein gegen die Kälte getrunken. Ocko hatte sie so aufdringlich angestarrt, dass sie ihren Umhang vor der Brust zusammengezogen hatte.

»Na, mein scheues Gänschen, wer wird gleich so furchtsam sein?«, hatte der Brokmanne mit leisem Schwanken gesagt und war einen Schritt nähergetreten. Hatte auch eine weinrote Schaube[160] getragen, aber sie war unverschlossen gewesen, er hatte sie vorne mit beiden Händen auseinandergehalten, damit man seiner ganzen Schönheit ansichtig werde.

»Gefällt dir, was du siehst, meine Schöne?«, hatte der Brokmanne lüstern gefragt, und seine Hand auf die Schamkapsel gelegt, und dann, zu Wiskas Entsetzen, hatte er sie beiseite geschoben und sein Gemächt hervorgeholt. In einer Mischung aus Faszination und Abscheu hatte sie daraufgestarrt, hatte den Blick nicht abwenden können und jetzt, da sie sich daran erinnerte, wusste sie, dass sie am meisten unter ihren Selbstvorwürfen litt. Darunter, sich nicht brüsk abgewendet oder zumindest die Augen geschlossen zu haben. Das Glied war klein und erbärmlich gewesen und das Skrotum rot und verschrumpelt vor Kälte.

»Na los, bedien dich!«, hatte Ocko noch gesagt und das hatte sie aus ihrer Erstarrung geholt. Sie hatte einen energischen Schritt nach vorne gemacht und ihn zur Seite

160) Weitärmeliger Überhang, oft mit Pelzkragen

gestoßen und im Vorbeidrängen seinen Griff an ihre Brust nur im Unterbewusstsein wahrgenommen.

Dann war sie gelaufen, sein zorniges Brüllen in ihrem Rücken hatte ihren Lauf beschleunigt, auch die Furcht, er könne sie verfolgen, sie wollte nur weg, den Platz und das Ereignis hinter sich lassen. Später am Abend, als der Thing schon zu Ende und sie bereits auf dem Heimweg gewesen waren, hatte sie sich ihrem Vater anvertraut, und Ayderd hatte wütend einen Boten hinter den Brokmannen hergehetzt, mit einer hastig niedergekritzelten Forderung nach Abbitte, die bis heute nicht erfüllt war. Nie wieder danach war ihr auch nur ein Sterbenswörtchen zu der Sache über die Lippen gekommen, nicht zu dem nun toten Mant Clays, dem Mann, dem sie damals versprochen war, und zu Willem Zeerijp noch viel weniger.

Bis vor wenigen Tagen, als sie sich ihrer Mutter geöffnet hatte, in einem Gespräch, das ihr keine Erleichterung verschafft, sondern lediglich offenbart hatte, wie von Schmerz betäubt Marijke Zeerijp nach dem schrecklichen Tod ihres Mannes immer noch war. Von ihr, die in jeder Weise der Hilfe bedurfte, war keine Stütze zu erwarten. Die Mutter hatte mit Tränen in den Augen und schwankender Stimme geraten, den neuen Herrn um Weisung anzugehen, wie nun weiter zu verfahren sein.

Und nun stand sie hier. Was konnte, was durfte sie Willem von all dem berichten? Was von ihm fordern oder erbitten? Wie oft hatte sie erwogen, jenen Vorfall, für den es ja keine Zeugen gab, zu vergessen, ihn in der dunkelsten Falte ihrer Seele zu verschließen, zu begraben für den Rest aller Zeit. Aber dann, am Ende quälender Zweifel, stand ihr die unerbittliche Aussichtslosigkeit dieses Weges vor Augen, der ihr wie eine vergebliche Flucht vorkam. Sie fühlte sich beschmutzt, und sie wollte rein sein, wenn sie in die Ehe mit Enno tom Diek ging. Deshalb musste diese Sache aus der Welt. Und es gab hierzu keinen anderen Entscheid. Sie konnte nur Ruhe finden, wenn der Brokmanne Abbitte tat. Sie hob den Kopf und sah, dass Willem sie ungeduldig musterte.

»Nun?«

Wiska seufzte und holte tief Luft. Und dann sagte sie, was zu sagen nötig war. Nicht mehr. Willem hörte mit glitzernden Augen zu. Als sie geendigt hatte und mit schamroten Wangen verstummte, drehte der Bruder sich um und ging in die Stallgasse hinein. Es war, als wollte er sie wortlos stehen lassen. Aber dann kam er zurück und baute sich vor ihr auf.

»So. Hat dich an die Titten gefasst, was? Der kleine, schielende Rotzlöffel. Und was sonst noch?«

Sie war so aufgebracht, dass sie in Tränen ausbrach, aber in ihren Augen war ein Ausdruck, der ihn unwillkürlich einen Schritt zurücktreten ließ. »Ich verlange, dass du mir mit der gleichen Achtung entgegentrittst, wie du sie für dich selbst forderst. Was gibt dir das Recht, so mit mir zu sprechen?«

»Du bist ein Weib, vergiss das nicht«, sagte Willem großspurig und dennoch hatte ihr Zorn ihn beeindruckt. Er wischte sich über die Stirn und strählte sich mit den Fingern durchs Haar. »Und was soll nun sein?«

»Du bist der Herr, jetzt. Schaffe mir Genugtuung!«, forderte Wiska mit scharfer Stimme.

Verunsichert sah er sie an. Ihm war mit einem Mal unbehaglich. »Wie stellst du dir das vor?«

»Fordere den Brokmannen auf, Abbitte zu leisten!«

»Und wenn er es nicht tut?«

»Werde ich Enno tom Diek nicht heiraten«, sagte Wiska mit einer Stimme, die klang wie dreifach geläutertes Eisen.

Willem Zeerijp fuhr auf. Die Heirat mit dem Hairlinger war nach dem Tode vom Mant Clays wohl Wiskas letzte Gelegenheit, in die versorgende Obhut eines Ehemannes zu gelangen. Kam sie nicht zustande, dann blieb ihr nur ein Leben auf dem Hof, als alte Jungfer, zu seinen Lasten. Übel. Oder sie nahm den Schleier und wurde Nonne, aber das war auch mit erheblichen Kosten verbunden, Schenkungen an die Abtei in Form von Land oder Geld. Ganz übel!

»Du bist versprochen«, sagte er flach.

»Du hast mich gehört. Ich gehe so nicht in die Ehe«, schloss Wiska. Dann ließ sie ihn stehen.

*

Schlägt sich der Kriegsknecht hinter dem Rücken des Anführers und führt der Anführer ihn nicht ins Gefecht, so büße der Kriegsknecht selbst oder seine Verwandten, in welchem der beiden Länder sie auch sind.

Fivelgoer Recht, 8. Küre

2.

Kleines Zwischenspiel (*Rückschau*)

Hamborch, im Rathaus,
am Tage vor Laurentius[161] *Anno Domini 1347*
(Donnerstag, 9. August)

Stidolf Noerlant und seine Noirderlanter Richter liefen in diesen Tagen mit stolzgeschwellter Brust durch ihre Landgemeinde. Am Tage vor Johannis[162], anno 1347, hatten sie nach zähen Verhandlungen ihren Friedensvertrag mit der Stadt Hamborch endlich unter Dach und Fach. Es war ihnen sogar gelungen, die Herren des Magistrats der Stadt nach Noirden zu locken, und das war schwer genug gewesen.

Einige der Vornehmen um Johann Stroten hatten beim Betreten des Noirder Rathauses erkennbar die Nase gerümpft. Der Boden des Eingangs war mit Stroh ausgeschüttet, das immerhin frisch war, aber dennoch achtete man sorgfältig auf das Setzen seiner Schritte, fürchtete um Schuhe und pelzbesetzte Umhänge.

161) 10. August

162) 24. Juni, Johannes der Täufer

Als sie der unter dem Stiegenaufgang zum Ratssaal gelagerten Körbe, Spaten und Hacken für die Arbeit im Rathausgarten ansichtig wurden, warfen sich die Herren des Magistrats irritierte Blicke zu. Allein Johann Stroten war beherrscht wie immer. Er sah dezent amüsiert in die geröteten Gesichter der Noirder Richter und streifte ihre biederen, altmodischen Kleider mit einem kurzen Blick.

Stidolf hatte sich trotz der sommerlichen Wärme seinen wollenen Gehmantel über eine neue weiße Leinenbluse geworfen, Poppo Elana und Reynardus Ailbrendesna waren gar von Kopf bis Fuß in friesischer Wolle erschienen, eine schiere Tollheit bei diesem Wetter. Beide Herren schwitzten so stark, dass sie bei der Unterfertigung der Urkunden nicht nur zur Feder, sondern auch zu einem Leinentuch zu greifen genötigt waren, damit das teure Pergament durch die von der heißen Stirn herabfallenden Tropfen nicht verdürbe.

Auch Johann Stroten schwitzte, denn in diesem einfachen Bau mit seinen höchstens zwei Schuh starken Wänden und dem nur mäßig geneigten Dach musste man schwitzen. Allein, er tat es auf die ihm eigene elegante, ja wohlriechende Art, in winzigen Tröpfchen, nicht in den säuerlich salzigen Sturzbächen, die Stidolf und sein Collegium absonderten.

Ehrfürchtig sahen die Noirder auf das weiße Tüchlein aus feinstem Vlies, das Stroten aus dem Hosensack zupfte, um sich damit über die Nase zu tupfen. Aber mit Stolz erblickten sie auch die rotleuchtenden Siegel ihrer Stadt auf den Verträgen, die sie um einiges schöner und beeindruckender deuchten als das der Hamborcher. Johann Stroten setzte schließlich als Letzter seinen Namen unter das Pergament, und es herrschte Totenstille im Rathaussaal, nur das Kratzen der Feder war zu vernehmen. Dann brach Jubel aus und in dem Beifall der Bürger von Noirden standen alle Räte auf und die Noirder verneigten sich, Poppo Elana sogar mehrmals, er verneigte sich noch, als die anderen schon wieder saßen.

Es herrschte allenthalben eine feierliche Stimmung, wie schon am Morgen in St. Andreas, während des Gottesdienstes anlässlich der Vertragsunterfertigung. Die Kirche war gesteckt voll gewesen, die Menschen hatten sich zu Hunderten gedrängt, sogar in Chor und Apsis hatten die Gläubigen gestanden, und in die Betbänke drückten die Messhelfer zehn hinein, wo sonst Platz für drei gewesen wäre.

Der Pfarrer, Bruder Folpertus, ein junger Augustiner des ortsansässigen Klosters, hatte eine feurige, zuweilen gar inbrünstige Predigt zum Gegenstand »*Treue als Christenpflicht*« gehalten. Er hatte dabei unter Stirnrunzeln seines anwesenden Priors einen weitgehend unbekannten Dominikaner namens Thomas von Aquin bemüht, hatte aus dessen *Summa theologica* zitiert, einem Werk, das noch keines Menschen Auge je als Buch gesehen hatte, und die Treue kurzerhand, ergänzend zu Glaube, Hoffnung und Liebe, als vierte theologische Tugend erklärt.

»Fides, Spes und Caritas, liebe Brüder und Schwestern in Christo, finden in der Fidelitas eine gottgefällige Ergänzung!«, hatte er gerufen, fortgetragen von der eigenen Begeisterung, und zwischen den Brauen seines Abtes hatte plötzlich eine steile Falte gestanden. Es war mucksmäuschenstill in der Kirche gewesen, und nach der Messe hatte man den Prior mit dem Augustiner abseits stehend ein erregtes Gespräch führen gesehen.

Immerhin, es tat der freie Geist dieses jungen Pfarrers der allgemeinen Freude keinen Abbruch und auch der Vorfall während der Messe konnte nichts daran ändern. Einer der beiden Messhelfer, ein Bauernsohn aus dem Kirchspiel, war zwischen Kyrie und Gloria zum Entsetzen der Versammelten mit dem Messbuch gestürzt. Er hatte es, dem Ritus der Liturgie folgend, auf die andere

Altarseite tragen wollen und dabei eine Stufe verfehlt. In einer Instinktbewegung drehte er sich noch im Fallen auf den Rücken, ließ das hölzerne Untergestell fahren und bekam das Buch zu fassen, bevor es den Boden berührte. Die Gemeinde seufzte vor Erleichterung, denn das heilige Buch war rein geblieben und damit ein böses Omen abgewendet.

Nach dem Schlussgebet und dem »Ite missa est«[163], wandte sich der Pfarrer noch einmal direkt an die versammelten Räte und ermahnte sie, den nun zu schließenden Vertrag auch einzuhalten.

»So neiget Euch denn, Ihr Herren, einander in treuem Beistand zu, wie auch unser Herr Jesus Christus seinen Jüngern bis in den Tod die Treue gehalten hat!«, rief er, an die Ratsherren gerichtet, und alle, sogar Johann Stroten, hatten Tränen in den Augen.

Das war nun nahezu zwei Monde her und diesmal weinte Johann Stroten nicht. Sondern war, zum genauen Gegenteil, ruhig und beherrscht.

Man saß sich im Rathaus der Stadt Hamborch gegenüber, der Magistrat war vollzählig versammelt und sogar Juries Hoppener der Ältere war zugegen. Er hatte seinen Platz am rechten Ende des Tisches eingenommen, die Abordnung der Hamborcher war so groß, dass Hoppener an der Kopfseite sitzen musste. Die Delegation der Hairlinger war zusammengesetzt wie vor einem halben Jahr, am Tage Mariae Lichtmeß anno 1347. Also waren sie wiederum ihrer sieben, mit Magnus und Enno tom Diek, dann Edo Siboldi und Dehacz Eneken, dazu Bruder Ludgerus und zwei weitere Richter der Landgemeinde.

Sie hatten sich darauf verständigt, dass Magnus wie damals die Führung der Delegation übernehmen sollte,

163) Entlassformel der römischen Liturgie, mit der die Christen zur Missionierung aufgefordert werden. Wörtlich: »Gehet hin, es ist die Aussendung«.

obwohl Edo Siboldi der amtierende Redjeve war. Dessen Kopf war noch immer derselbe und schneller geworden war er auch nicht. Als die Verhandlungen mit den Hamborchern, die im wesentlichen Magnus und Dehacz geführt hatten, vor dem Abschluss standen, hatte Edo das Anwesen der tom Dieks aufgesucht, mit Magnus auf der Tenne eine Kanne getrunken, dann noch eine Weile herumgedruckst und schließlich darum gebeten, von den Pflichten als Führer der Abordnung entbunden zu werden.

Magnus hatte ihn freundlich angelächelt. »Edo, mein Guter. Das steht nicht in meiner Macht. Du bist gewählt, wer wollte das ändern? Wenn du mich aber beauftragst, dann will ich gerne für unsere Landgemeinde das Wort führen.«

Edo hatte ihn angestarrt wie jemand, dem plötzlich eine Erleuchtung kommt, lange, und dann erleichtert genickt. »Gut. Ich beauftrage dich!«

Und so war es dann gekommen. Sie waren hergeritten, hatten, wie damals, über den Preis der Elbfähre geflucht und das Zangentor am Stadteingang bewundert, und nun saßen sie hier.

Der Rathaussaal war lichtdurchflutet, durch die bleigefassten Fensterscheiben fiel die Sonne in bunten Farben auf Fußboden und Wände. Der Magistratsschreiber, Hinrik Hermens, schaffte Wasser und Wein heran und hockte sich an einen kleinen Nebentisch, um für Hilfsdienste verfügbar zu sein. Der Vertrag war in zwei Ausfertigungen vorbereitet. Es ging, wie bei den Noirdern, um Sicherheit und freies Geleit für fahrendes Handelsvolk beider Seiten. Der Entwurf der Hairlinger vom zweiten Monat des Jahres war mehrfach überarbeitet worden, die Hamborcher hatten Gegenvorschläge gemacht, die Dokumente waren über Kuriere ständig hin und her gegangen und endlich hatte man sich auf einen gemeinsamen Text verständigt.

Die Territorien der Vertragspartner wurden sorgfältig beschrieben, damit zweifelsfrei feststand, auf welchem Boden Schutz und freie Reise beansprucht werden konnte. Dann wurden die Mechanismen dargelegt, Waffenschutz und Bedeckung, die ein jeweils Bedürftiger im Notfall einfordern konnte. Im Folgenden war geregelt, wie bei Schiffsstrandungen zur Sicherung des Handelsguts und der leiblichen Unversehrtheit der Seeleute zu verfahren sei. Die Vertragsparteien erklärten weiter förmlich ihren Verzicht auf das Nehmen von Geiseln zur Durchsetzung von Forderungen. Schließlich war ein Gremium bestimmt, das Streitfälle schlichten sollte. Hierzu würden beide Seiten im Ereignisfall je drei Räte nominieren. Die Schlichter sollten im Wechsel entweder im Rathaus der Stadt Hamborch oder in der Kirche von Stedesdorppe zusammentreten.

Es herrschte erwartungsvolle Stille im Rathaussaal, als Johann Stroten sich erhob. Er sagte Bekanntes in wohlgesetzten Worten. Im Gegensatz zum Vertrag mit Noirden, wo sich zur gelinden Beunruhigung der Herren des Magistrats sogar Straßenvolk im Rathaus gedrängt hatte, war man unter sich.

Es bedurfte zum Gegenstand keiner weiteren Ausführungen. Johann Stroten war zufrieden. Er lobte die gute Zusammenarbeit zwischen beiden Partnern und äußerte sich zuversichtlich über die gemeinsame Zukunft in allen Fragen des Handelsverkehrs. Dann ging er kurz auf die Regeln des Vertrages ein. Stroten brauchte kein Pergament, er hatte die Fakten im Kopf. Als er den Punkt der Geiselnahme ansprach, gab es einen Wortwechsel.

Magnus tom Diek hob die Hand. Er sprach so harsch, dass sogar Bruder Ludgerus aufhorchte. »Damit muss es nun wirklich ein Ende haben. Es sollte christlichem Denken fremd sein, arme Unschuldige für mögliche Sünden anderer in Haftung zu nehmen!«

Johann Stroten sah ihn kühl an. »Ich stimme Euch dem

Grundsatz nach zu. Bedenkt aber, dass auch Geschädigte unschuldig sind und vielfach durch erlittenen Verlust in Armut und Not geraten.«

An dieser Stelle schüttelte Magnus tom Diek heftig den Kopf. »Also weiterhin Unrecht mit Unrecht vergelten? Das ist ein Irrweg, Johann Stroten. Es ist genau dieses Denken, wisst Ihr, von dem wir uns lösen müssen. Lasst mich zum übrigen darauf hinweisen, dass die Landgemeinde Hairlingen noch den ersten Bürger der Stadt Hamborch als Geisel zu nehmen hätte!«

Danach war eine Weile Schweigen. Die Herren des Magistrats tuschelten und warfen sich teils verärgerte, teils verunsicherte Blicke zu. Es hatte sich nämlich ein neuer Fall ergeben. In die laufenden Verhandlungen war die Nachricht geplatzt, dass Hamborch erneut Hairlinger Händler gefangengesetzt hatte, um sie in einer ungeklärten Rechtsfrage als Faustpfand zu nutzen. Der Streitgegenstand war jenem des Juries Hoppener vor fast sechs Monden sehr ähnlich. An dieser Stelle waren die Gespräche kurz vor dem Scheitern gewesen, so erzürnt hatten die Hairlinger diese Neuigkeit aufgenommen. Auch wenn es noch keine Vereinbarung gab, so verstieß das Verhalten des Hamborcher Magistrats flagrant gegen den Geist dessen, was man künftig im gemeinsamen Verkehr gelten lassen wollte.

Es war Magnus tom Diek gewesen, der das große Ganze im Blick hielt und den greifbar nahen Vertrag nicht wegen eines einzelnen Ereignisses gefährden wollte. Die Hairlinger hatten schließlich in der Kirche von Stedesdorppe einen Brief aufgesetzt, der am Tage nach dem Fest der Apostel Petrus und Paulus[164] gesiegelt wurde und dem Magistrat inzwischen wohl vorlag. Darin wurde die Freilassung der Friesen kategorisch gefordert, ohne allerdings zu drohen.

164) 29. Juni; der Brief datiert vom Samstag, den 30. Juni 1347.

Johann Stroten erhob sich erneut. »Erspart es mir, Magnus tom Diek, zu untersuchen, warum Eure Landgemeinde bisher noch keinen unserer Bürger als Geisel genommen hat. Allein, es bedarf wohl keiner besonderen Gabe des Geistes, um zu vermuten, dass dies nicht zuletzt im Ethos der Kaufleute unserer Stadt wurzelt«, sagte er unter beifälligem Gemurmel der Magistratsherren. »Gleichwohl«, fuhr er rasch fort, da Magnus unwillig den Kopf hob, »wiederhole ich meine grundsätzliche Zustimmung. Die causa selbst stellt jedoch unsere künftige Genossenschaft hoffentlich nicht in Frage.«

Auch Magnus stand auf. Er stützte sich mit den Fäusten auf der Tischplatte ab und streckte sein Kinn vor. »Ihr habt unseren Brief?«

Stroten senkte zustimmend den Kopf. »Wir haben ihn!«

»Und unsere Leute sind frei?«

Stroten sah zum Magistratsschreiber hinüber. Hinrik Hermens nickte. Die Augen des Ratsherrn kamen zurück. Er lächelte. »Sie sind es in dieser Stunde. Wir betrachten ihre Freilassung ohne conditio als Zeugnis unseres festen Willens, das gemeinsame Friedenswerk mit Euch christlichen und tugendhaft zur Vollendung zu bringen.«

»Es ist immerhin ein guter Anfang«, pflichtete Magnus vorsichtig bei. Er sah keinen Grund zur Euphorie und der übertriebene Pathos Strotens störte ihn. Zudem war er nicht ganz ehrlich. Alle Beteiligten wussten, dass die Contors der Stadt einer Friedensregelung zum Handel eher bedurften als die Bauern Hairlingens, die *auch* Kaufleute waren.

Dann fügte er hinzu: »Und gebe Gott der Herr, dass wir derlei in Hinkunft nicht mehr nötig haben!«

Es waren keine freundlichen Blicke, die ihn danach trafen. Nun wohl. Die Herren des Hamborcher Magistrats waren nüchterne Kaufleute. Man fand schwerlich einen Anlass, die causa mehr als unumgänglich zu längen. Es gab keine Feier, man verzichtete auf einen gemeinsamen Gottesdienst und es spielte, bis auf das Kratzen der Federkiele, auch keine Musik. Nach der Siegelung der Verträge wurde ein Glas Wein getrunken. Im Stehen.

*

Der Lange erkannte sofort, dass der Zeitpunkt ungünstig gewählt war. Vielleicht sogar war es ein Fehler, hergekommen zu sein, aber nun stand er in der Klosterkirche und ihm schien es so, als sei ihm die Entscheidung bereits abgenommen. Es fügte sich, wie es war und sollte wohl so sein.

Er kannte Abt Nikolaus von Marienkamp aus gelegentlichen Begegnungen, mit dem Prälaten gesprochen hatte er noch nicht. Der Benediktiner war ein typischer Vertreter seines Ordens. Er betrachtete ihn, die Urwurzel aller klösterlichen Existenzen in der Kirche des Herrn, als Auszeichnung vor der Schöpfung und verhielt sich danach. Als Seelsorger streng und unnahbar, als Mensch kalt und voller Dünkel.

Und nun sogar in heller Wut. Er stand, den Kopf in den Nacken gelegt, mit hochrotem Gesicht in der Vierung[165] und starrte nach oben. Die Fläche unter der Apsis war eingerüstet, der Maler lag auf dem Rücken und restaurierte Deckengemälde. Kloster Marienkamp hatte Einkünfte, mehr als andere Abteien, unter anderem aus dem Glockenguss, und so konnte sich Nikolaus einen Kunstmaler wohl leisten. Dieser hier kam aus dem holländischen Westen, hieß Hubertus van Eyck und hielt sich für einen Großen seiner Zunft. Er hatte angeblich

165) Meist viereckiger Grundriss der Stelle einer Kirche, in der sich unterhalb des Chors Langhaus und Querhaus treffen.

in Florenz bei einem Schüler von Giotto di Bondone[166] studiert und verewigte sich nun auf den Kalkflächen über dem Altar. Eyck ließ sich Zeit und man konnte ihn nicht drängen, denn er hatte sich auf nichts eingelassen und der Bruder Cellerar hatte einfach, zum Teufel, einen schlechten Vertrag mit dem Kerl gemacht.

»Wann kommst du damit zu Ende?«, schrie Nikolaus mit rotem Kopf hinauf.

Von oben kam eine Weile überhaupt nichts, gerade, dass das Tupfen des Pinsels über der Schablone für einen Moment aussetzte. »Wenn ich damit fertig bin.«

Der Abt holte tief Luft und warf sich dann in die Brust. »Es ist nicht die *Stigmatisierung des heiligen Franziskus*[167], das kannst du dir merken!«, schrie Nikolaus aus vollem Hals, aber auf dem Gerüst blieb es, bis auf die Pinselgeräusche, ruhig. Anscheinend hielt van Eyck eine Antwort für überflüssig.

Jedenfalls, Nikolaus war geladen und er fuhr zornig herum, als der junge Novize ihn ansprach. Es war gewiss ungewöhnlich, das wusste auch der Mönch, dass der Fremde, den er flüchtig als vormaligen Handmann von Magnus dem Hairlinger kannte, in der Abtei um Gelegenheit zur Beichte nachsuchte. Und zudem darauf bestand, diese vor dem Abt persönlich abzulegen. Aber die Beichte war nach dem 4. Laterankonzil von Anno Domini 1215 kanonisch[168], die heiligen Apostel Johannes und Matthäus hatten sich im Neuen Testament eindeutig geäußert, auch zum Bußsakrament,

166) Ital. Maler und Baumeister, 1267-1337. Freskenspezialist. Löste die Zweidimensionalität der mittel alterlichen Malerei durch Hinwendung zu plastischen, naturalistischen Darstellungen ab. Schuf so einen Wendepunkt in der europäischen Kunstentwicklung.

167) Eines der berühmtesten Bilder von di Bondone, gemalt um 1325, hängt heute im Louvre zu Paris.

168) Religiöse Rechtsvorschrift. Wörtliche Bedeutung auch: Mustergültig, als Richtschnur dienend.

man konnte dergleichen nicht zurückweisen, und so war es selbstverständlich, dass er den Mann zu seinem Prälaten führte.

»Was willst du?«, herrschte der Abt den jungen Benediktiner an, und der Mönch zuckte erschreckt zusammen.

»Dieser Mann wünscht zu beichten, Vater«, sagte er hastig und mit gesenktem Kopf.

Nikolaus funkelte den Langen an. Seine Stimme kam wie das Fauchen eines gereizten Hundes. »Bei mir?«

Der Novize trat einen Schritt zurück. »Bei Euch, Vater. Er hat ausdrücklich darum ersucht.«

Der lange Holländer stand hoch aufgerichtet, seine Augen waren kalt und abweisend, er schien alles andere zu sein als ein zur Buße bereiter Sünder. Mag sein, dass der Prälat hier bereits Ungemach witterte, aber er sagte nichts mehr, sondern drehte sich brüsk um und rannte in Richtung auf den Beichtstuhl zu, Adriaan mit langen Schritten hinterdrein, und in diesem Augenblick verfluchte der Lange sich selbst. Er wollte es nur noch hinter sich bringen.

Es war seine eigene Idee gewesen, damals, in der Herrenstube in Eesensem, als sie über das Diarium von Tjarko, dem verstorbenen alten Pferdeknecht gesprochen hatten. Er hatte sie eine Weile mit sich herumgeschleppt, immer und immer wieder erwogen, und dann Magnus tom Diek bei einem gemeinsamen Ritt über die Felder vorgetragen. Ganz bewusst nicht im Haus, sondern unter freiem Himmel, der keine Ohren hatte.

Sein Pachtherr hatte unvermittelt das Pferd gezügelt, so hart, dass der Hengst vor Schmerz geschnaubt hatte, und ihn voller Zweifel angesehen. »Ich weiß nicht, ob das unsere Sache befördert, Adriaan.«

Aber der Lange hatte sich im Sattel aufgerichtet und das Kinn vorgeschoben. »Wir brauchen Verbündete, sonst kommen wir überhaupt nicht weiter. Auf diesem Weg mache ich Nikolaus zum Mitwisser. Und er ist kein

Freund von Hilderaad, das weiß ich!«, hatte der lange Holländer erregt gesagt, aber die Zweifel in Magnus' Augen waren geblieben.

»Du machst ihn zum Mitwisser, ja. Und was nützt dir das? Im Zweifel schließt ihm das Beichtgeheimnis die Lippen!«

Hier hatte Adriaan den Kopf geschüttelt. »Nicht *während* der Beichte! Danach. Ich muss es ihm stechen, verstehst du, Herr, wenn er die Absolution erteilt hat. Und zwar rasch, bevor er mich aus dem Beichtstuhl wirft.«

»Und wenn das fehlgeht? Wenn du es ihm sagen musst vor der Absolution?«

An diesem Punkt hatte auf den Zügen des Langen ein bitteres Lächeln gestanden, es war so, als käme ihm eine alte, eine uralte Begebenheit wieder in den Sinn. »Es sind schon Beichtgeheimnisse gebrochen worden. Auch von Prälaten. Wir müssen unsere Kenntnis weitergeben, oder wir nehmen sie mit ins Grab. Und dann die Frevler? Kommen ungerupft davon?«

»Sie erhalten ihre Strafe, spätestens am Jüngsten Tag«, hatte Magnus ihn zurechtgewiesen, und mit leichtem Lächeln hinzugefügt: »Nun gut. Aber sollte dann nicht ich es sein, der beichtet?«

»Du nicht, Herr. Lass mich das tun. Ich weiß, wie man mit Benediktinern redet!«, hatte der Holländer eine Spur zu scharf geantwortet, und natürlich hatte Magnus ihn aufmerksam angesehen. Er kannte die Vita seines ehemaligen Handmannes, hatte aber doch das Gefühl, dass da mehr gewesen sein musste als ein übliches Noviziat.

Dieses Gespräch kam Adriaan jetzt in den Sinn, da er Nikolaus folgte, der mit flatterndem Skapulier in den Beichtstuhl strebte. Er hatte in Wahrheit nicht das geringste Bedürfnis, dem Abt zu beichten. Das Sündenbekenntnis war nur vorgeschoben, Mittel zum Zweck. Und über die Morde konnte er ohnehin nur außerhalb der Beichte berichten.

Nikolaus sollte hören, ohne zum Schweigen verdammt zu sein. Er wollte ihn als Träger einer Botschaft. Der Benediktiner sollte eine Flamme bewahren, die eines Tages, wenn es denn Gottes Wille war, ein reinigendes Feuer entfachen würde. Ein Feuer, das nicht nur kleine Dorfpriester zu läutern bestimmt war. Er wollte ihn, wenn es möglich war, sogar als Verbündeten.

Adriaan kannte sich aus. Ein Mönch ersehnt das Amt des Klosterführers. Und hat er es, so erscheint ihm nichts erstrebenswerter als der Stab des Bischofs, bevor ihn der Purpur eines Kardinals verlockt. Hilderaad und Nikolaus waren Konkurrenten im Kampf um den Stuhl des Diözesanfürsten in Brema, auf dem der sieche Otto mehr lag als saß. Nikolaus würde nicht zögern, einen lästigen Mitbewerber loszuwerden, zumal dann, wenn dies gottgefällig war. Es kam jedoch darauf an, geschickt vorzugehen. Er musste sagen, was er zu sagen hatte, bevor der Abt das Gespräch vorzeitig abbrach und damit alles verdarb. Ihn so ködern, dass er zuhören *wollte*!

Als der Lange den Beichtstuhl betrat, hatte Nikolaus sein Haupt bereits mit der Kapuze seines Habits verhüllt, aber seine Augen funkelten zornig durch das Holzgitter des Gestühls.

»Warum beichtest du nicht bei deinem Kirchspielpfarrer?«, zischte er.

Adriaan sah ihn kalt an. Er wusste, dass der Abt ihn nicht abweisen konnte, solange er seine wahre Absicht nicht erriet. Und dann sollte es zu spät dafür sein.

»Er ist oft krank und nimmt keine Rücksicht auf das Tagwerk eines Bauern«, sagte der Lange leichthin und ließ sich auf die Kniebank nieder. Das Holz war rau und uneben und drückte, als sei dies schon Teil der Buße, schmerzhaft durch die Hose. »Es drängt zudem der Sünder nach Erlösung, Vater, und ihre Süße wächst mit der Nähe zum Herrn.«

Der Abt starrte eine Weile unschlüssig vor sich hin, dann hob er prüfend den Blick, nickte und seufzte. »Ich höre!«, sagte er mürrisch und zog die Kapuze vor das Gesicht.

Adriaan ging durch die Zehn Gebote[169] und beichtete seine Sünden. Er tat es mit fester, ja herausfordernder Stimme, ganz so, als schäme er sich ihrer kaum, von Reue nicht zu reden. Dem Abt missfiel das, er hob den Kopf schon bei der göttlichen Forderung nach Ehre für Vater und Mutter, und beim Keuschheitsgebot fiel er dem Langen schließlich ins Wort.

»Täusche ich mich, oder fehlt es dir tatsächlich an Demut?«, fragte er scharf.

»Ihr hört doch! Ich habe *nicht* gegen das 6. Gebot verstoßen«, gab Adriaan kühl zurück.

»Ja, aber du sagst es so, als täte es dir leid!«, sagte der Abt mit Groll in der Stimme.

Er hatte die Kapuze von den Augen geschoben und linste scheel durch das Gitter. Wer war denn dieser mit Mist zwischen den Zehen geborene Knecht, dem es so offenkundig an Bereitschaft zur Unterwerfung mangelte? Und dann wallte der ganze Ärger in ihm auf. Eyck mit seiner Malerei, die eine Menge schönes Silber verschlingen würde, die vielen, *zu* vielen Wochen, in denen der Altar nun schon zwischen Leitern stand, und jetzt dieser unsägliche Mensch hier. Er würde ihm Respekt beibringen!

»Willst du Absolution, dann zeige dich ihrer würdig!«, kam es drohend durch das Gitter.

Adriaan schwieg und sie fochten ein stummes Duell mit den Augen aus. Es dauerte eine ganze Weile, bis der Abt den Kopf neigte und den Habit über die Stirn schob. Als der Holländer fertig war, blieb es lange still im Gestühl. Adriaan hörte den Maler auf dem Gerüst rumoren und

---

169) Es ist üblich, die Gebote nacheinander zu nennen und dann jeweils seine Sünden vorzutragen. Ist bei einem Gebot kein Verstoß angefallen, so wird dies ebenfalls angezeigt.

wartete auf seine Lossprechung. Er *musste* warten und dann wäre der entscheidende Augenblick gekommen.

Nikolaus ließ sich Zeit. Er wollte diesem Burschen eine Lehre erteilen, ihn zappeln lassen, für seine Unbotmäßigkeit bestrafen. Das tat er zunächst mit einer saftigen Buße, je fünfzig Pater Noster und Ave Maria, und ärgerte sich über den Gleichmut, mit der sie hingenommen wurde. Eigentlich bedauerte er, dass die Beichte schon vorüber war. Zu glatt, zu wenig schmerzhaft für den, der da vor ihm kniete, hatte sie sich vollzogen. Wo sollte es hingehen mit der Kirche, wenn schon die Bauernlümmel gegenüber einem Prälaten der Benediktiner nicht mehr schlotterten?

Und dann, nach quälend langem Zögern, sprach er die erlösenden Worte.

»Ego te absolvo a peccatis tuis in nomine Patris et Filiis et Spiritus sancti, Amen«, und der Lange senkte den Kopf und bekreuzigte sich. Aber er blieb, wo er war. Einen Atemzug lang, und dann noch einen und einen weiteren.

»Was willst du noch? Die Beichte ist zu Ende!«, sagte der Prälat mit unwilligem Ton.

»Ich bin noch nicht fertig!«

»Die Beichte ist zu Ende. Du hast Absolution, also geh!«, grollte Nikolaus und kam auf die Füße.

»Vier Seelen!«, sagte Adriaan dumpf. »Seelen von Menschen, die ohne den Beistand der Kirche gestorben sind. Vielleicht sogar mit Wissen und Billigung der Kirche!«

Der Abt erstarrte. Dann fuhr er hoch. »Wovon faselst du, Mann?«

»Vier Seelen!«, wiederholte der Lange mit Grabesstimme. »Seelen, die sich nicht erleichtern konnten. Die unbenetzt durch das Gnadenöl ins Fegefeuer gefahren oder gar der ewigen Verdammnis verfallen sind, durch die Schuld von Mönchen, Prälaten, vielleicht sogar Eminenzen!«

»Du Sauhund!«, schrie der Abt, packte mit beiden Fäusten an das Holzgitter des Fensters und rüttelte so hart daran, dass es herausbrach. Er fuhr mit dem Kopf durch das Loch und stieß auf das Gesicht des Langen herab, sodass sich ihre Nasen fast berührten. Der Lange wich um kein Haar zurück.

»Wovon redest du?«, flüsterte Nikolaus mit heiserer Stimme. Seine Augen waren vor Schreck geweitet und auf der Stirn sammelten sich winzige Schweißtropfen.

»Du hast gehört, was ich gesagt habe«, antwortete Adriaan trocken.

»Bedenke, mein Sohn, dass du in einer Kirche bist. Wenn du hier lügst, trifft dich das Schwert des göttlichen Zorns!«, sagte der Abt mit bebender Stimme.

»Ich bedenke es, Vater!«

»Und du bleibst bei deinem Wort?«

»Ich bleibe dabei!«

Mit offenem Mund starrte der Benediktiner ihn an. Dann sank er in den Beichtstuhl zurück. Und Adriaan berichtete. Er sprach nüchtern und in dürren Worten, fast tonlos, kaum dass er die Stimme hob und vielleicht machte das alles, was er zu sagen hatte, noch schrecklicher. Als er geendet hatte, schlug der Abt die Hände vors Gesicht.

*

Der Brief war klar und eindeutig. Er ließ keine Zweifel. Nicht die geringsten. Zudem waren sein Ton und sein Duktus an vielen Stellen beleidigend. Er endete sogar mit einer offenen Drohung und Keno Hylmerisna war so erbost, dass er seinem Sohn das Pergament vor die Füße warf.

»Da hast du das Ende deiner Heldentaten. Und nun sieh zu, wie du aus der causa wieder herauskommst!«

Ocko hob das Schreiben vom Boden auf und überflog

es flüchtig. Willem Zeerijp forderte nicht weniger als eine förmliche Entschuldigung, und zwar öffentlich. Zudem beklagte er mit drastischen Worten, dass im Osten Frieslands noch nicht einmal mehr die führenden Familien wüssten, wie man sich einen Weib von gutem Stamm zu nähern hätte.

»Ich muss annehmen, Bruder, dass es bei euch Sitte ist, fremden Weibern an die Röcke zu gehen. Wahrscheinlich besteigt ihr sie auch auf euren Misthaufen. Wir, die holländischen Friesen, überlassen derlei unseren Hunden. Nun denn. Leistest du aus freien Stücken keine Genugtuung, werde ich sie mir holen!«

Er hob den Kopf und sah seinen Vater an. Man konnte an seinen Zügen ablesen, dass er die ganze Geschichte für mehr als lächerlich hielt. Auch die misslungene Formulierung, wonach die Westfriesen das Besteigen ihrer Weiber den Hunden überließen, kräuselte ihm spöttisch die Lippen. »Ich verstehe nicht, warum man um ein Weib so viel Aufhebens macht.«

»Was du in deinem Kopf verstehst oder nicht, ist hier wenig belangreich«, gab Keno voller Groll zurück. Er wies auf das Pergament in Ockos Händen. »Du hörst, was der Schlickrutscher sagt. Was gedenkst du nun zu tun?«

Ocko warf das Schreiben auf den Tisch. Er hielt es keines weiteren Blickes für würdig. Mit schweren Schritten stapfte er an das Fenster und sah hinaus auf den Hof. Er hatte in den letzten Monaten stark an Gewicht zugelegt, seine Beine waren stämmig wie die Säulen an einem Rathaustisch. Der junge Mann wirkte unförmig und gedrungen, er bewegte sich wie eine hochschwangere Frau, der die Leibesfülle jede Regung zur Qual macht. Träge wandte er sich um.

»Was soll ich schon tun? Diesen Bauern etwa durch eine Antwort zu adeln, kommt nicht in Betracht. Soll er meinetwegen darauf warten bis zum Jüngsten Tag!«

Keno Hylmerisna schrie so vermittelt, dass Ocko unwillkürlich zurückwich. Seines Vaters Kopf war blutrot und am Hals traten die Muskelstränge dick hervor. »Hast du es denn nicht gelesen? Er wird sich Genugtuung *holen*, wenn du sie ihm nicht aus freien Stücken gewährst. Holen heißt: mit dem Schwert! Begreifst du denn nicht? Ich kann und will mir jetzt keine Stechereien mit den Westfriesen leisten!«

Ocko wedelte gelangweilt mit der Hand. »Wer spricht denn von dir? Ich bin es, der gemeint ist. Und ich bin durchaus in der Lage, meine Dinge allein zu regeln. Zum übrigen ist dein Gebrüll entbehrlich, Vater, denn ich höre sehr gut.«

Dem Brokmannen fiel die Kinnlade auf die Brust. Mit offenem Mund starrte er schweratmend auf seinen Sohn. Es dauerte eine Weile, bis er sich gefangen hatte. Seine Stimme kam wie ein Keuchen. »Du Narr. Womit willst du ihm denn begegnen? Das Schiffsvolk ist nicht mehr da. Willst du allein gegen ihn reiten? Oder mit ein paar von den Knechten?«

»Soll ich vor ihm zu Kreuze kriechen? In Gegenwart seiner Leute? Ist es das, was du willst?«, fragte Ocko kalt zurück. »Und dann: warum nicht mit den Knechten? Seine haben genau so viel Angst wie meine.«

»Es sind immer noch meine, nicht deine!«, schrie der Vater und machte Angestalten, sich auf den Sohn zu stürzen, aber dann fasste er sich und sank auf einen Schemel. Hockte da mit hängendem Kopf und sah auf seine im Schoß gefalteten Hände.

»Es kann dem Namen der Hylmerisna nicht abträglich sein, diesem Bauernlümmel eine Levite zu lesen. Sorge dich nicht, Vater. Es wird sich alles zum Besten wenden«, bemerkte Ocko leichthin und wandte sich zur Tür.

»Du wirst dich noch zugrunde richten«, sagte Keno tonlos. »Ich denke auch an den Namen der Familie, aber du hast kein Maß. Irgendwann kostet es dich den Hals. Das Schwert wird dich eines Tages richten!«

Ocko hatte den Türriegel schon in der Hand. Er blieb stehen und drehte den Kopf über die Schulter. »Es ist kein Fortkommen ohne Wagnis, Vater«, sagte er in versöhnlichem Ton. »Ich will meinen Teil der Last wohl tragen. So, wie du den deinen getragen hast. Und noch immer trägst!«

Dann ging er hinaus. Der Brokmanne starrte mit großen Augen auf die nun wieder geschlossene Tür. In Gottes Namen, ja, stürmische, drängende Unbekümmertheit war das Vorrecht der Jugend, aber die Gewissheit der besseren Erkenntnis schmeckte ihm bitter in der Kehle.

Erst gestern war er vom Krankenbett des siechen Otto von Brema zurückgekehrt. Es war niederschmetternd gewesen. Der einst so kraftstrotzende Kirchenfürst, den Keno trotz aller Meinungsverschiedenheiten zu seinen Gönnern und Verbündeten zählen durfte, war ein Bild des Jammers. Ein Wrack. Er lag den größten Teil des Tages auf der Bettstatt, das kranke Herz machte jede Bewegung zur Qual und die Suppe, die sein Leibarzt ihm einflößen ließ, lief ihm zur Mehrheit aus dem nach links hängenden Mundwinkel. Seine Augen waren von einem trüben, schmutzigen Grau, er öffnete sie nur, um zu sprechen.

Sprechen? Es war eher ein Nuscheln, das flach und kaum verständlich über seine Lippen stolperte. Fleisch wurde in Stücke geschnitten und durch einen alten, zahnlosen Mönch vorgekaut, bevor er es dem Diözesanherrn zum Schlucken in den Mund schob. Der Medicus, offenkundig ein überforderter Versager, ließ ihn regelmäßig zur Ader und verordnete Einläufe. Auch als Keno anwesend war, machte sich der Arzt an Otto zu schaffen. Er hatte mit einem Federmesser ein Blutgefäß in der Leiste geöffnet und ging dabei so ungeschickt zu Werke, dass der Erzbischof vor Schmerz aufstöhnte.

»Was tust du da, du Fleischhauer?«, hatte Keno den

Leibarzt wütend angefahren, aber der Mann hatte etwas von der Unordnung kalter und warmer Säfte in seiner Eminenz gesalbtem Leib gemurmelt und weitergefummelt. Der Brokmanne hatte nicht gewusst, worüber er mehr entsetzt sein sollte; über die herzerbarmende Hinfälligkeit des Kirchenfürsten, auf dessen welkes, die Scham überlappende Fleisch sein scheuer Blick fiel, als der Arzt die Bettdecke wegschob, oder das stümperhafte Vorgehen dieses Mannes, der dann eine dünne Phiole an die Schnittstelle drückte, aus der schwärzliches Blut tropfte. Tropfte, nicht lief.

Das Krankenzimmer hatte streng nach Fäkalien gerochen, weil der Kirchenfürst die Kontrolle über den Schließmuskel verloren hatte. Der scharfe Dunst nach Wein und Zwiebeln, der den Kleidern des Arztes entstieg, das schwelende Holz in den Feuerpfannen, die man trotz der Schwüle dieses Sommertages angezündet hatte, und die Ausdünstungen des Kranken mischten sich zu einem stechenden Miasma, einer giftigen, krankmachenden Luft, die das Atmen zur Mühsal machte.

Gespräche waren schwierig gewesen, Otto brauchte lange Pausen und sein Genuschel war kaum zu verstehen. Der Erzbischof konnte seine Amtspflichten nicht mehr wahrnehmen, einer seiner Prälaten führte die geistlichen Geschäfte und so wie es stand, war der Bremaer nur noch ein alter Mann, der auf den Tod wartete. Macht interessierte ihn nicht mehr, er hatte und wollte keine. Er würde binnen kurzem die Augen schließen und den Hintern zukneifen und dann war er als Förderer verloren. Wer wusste denn, was danach kam? Vielleicht so ein staubtrockener, blutleerer Oberhirte, der sich nur um das Seelenheil seiner Schafe kümmerte und blind war für alles, was Gott der Herr den Menschen für das Leben sonst noch aufgetragen hatte. Grausame Vorstellung.

Mit Ocko war darüber nicht zu reden. Seine Ansichten

in diesen Fragen standen zu denen seines Vaters wie das Feuer zum Wasser. Sie waren unvereinbar. Ocko hielt, mit Blick auf einige besonders schöne Beispiele seiner unmittelbaren Umgebung, den niederen Klerus für lästig, Prälaten und Fürstbischöfe für gefährliche Konkurrenten und den Papst für unfähig, dieses Gesocks zu disziplinieren. Der feingeistige, kultivierte Herr im Exil in Avignon, Clemens VI, seit anno 1342 im Pontifikat, er mochte Kriege enden wie den hundertjährigen und Paläste bauen oder vollenden, so wie seinen, auf den er wohl schon als Erzbischof von Sens und Rouen ein Auge geworfen hatte, damals, als er noch Pierre Roger hieß. Er mochte seine Kurie Mores lehren oder die päpstliche Verwaltung zentralisieren, gut.

Aber mit dieser Maßnahme, alle Pfründe, jedes der Gewinn abwerfenden Kirchengüter der päpstlichen Gerichtsbarkeit zu unterstellen, und zwar selbstverständlich mit der Maßgabe ihrer restriktiven Belehnung, trieb er doch den höheren Klerus geradezu in die weltliche Macht. Und hatte dann nicht die Kraft, die Auswüchse dieser Entwicklung zu beschneiden. Ocko sah nur die Nachteile. Er verstand nicht, dass man daraus auch Nutzen ziehen konnte. Nur als Protegé eines machtbewussten und machtbesitzenden Kirchenfürsten kam man nach oben. Wenn man lange genug lebte und das Glück hatte, einen zu finden.

So wie Otto I. von Brema, der ihm nun vor Augen führte, wie desaströs man auch scheitern konnte. Die ganze Plackerei umsonst. Die schändlichen Erniedrigungen für nichts ertragen. Die unsäglichen Gespräche mit diesem maroden Scheusal da im Bett vergeblich durchlitten, das viele schöne Silber für die Kirche von Eesensem verschleudert. Wenn es sich günstig fügte, dann konnte er mit dem neuen Mann zu ähnlichem Verständnis kommen, aber nicht sofort. Es müsste alles von vorn beginnen, so wie mit dem Bremaer vor vielen Jahren. Dass es doch nur der Teufel hole, dieses ganze verfluchte Leben.

Er hatte den Kopf gehoben und scharf durch die Nase eingeatmet. »Woher kommt eigentlich dieser verdammte Scheißgestank?«, hatte der Brokmanne brüsk gefragt, als sich eine Seitentüre öffnete und zwei Mönche den Raum betraten.

»Geht hinaus!«, blaffte ihn da der Leibarzt an. »Ich muss seinen Sphincter anus[170] säubern!«

Er hatte den Ausdruck nicht gekannt, aber verstanden, was der Medicus wollte, und sich hastig erhoben. Die Mönche drehten den kranken Kirchenfürsten auf die Seite und der Medicus schob das Nachtgewand in die Höhe. Im Weggehen erhaschte Keno einen Blick des Erzbischofs. Ottos Augen waren in diesem Moment völlig klar, ganz so, als wisse er genau, was mit ihm geschah.

*

»Das Messer gehörte schon meinem Vorvater. Es war immer im Besitz meiner Familie«, sagte der Junge ängstlich, aber von hinten rief einer: »Der Drecksack lügt. Es ist gestohlen!«, und der Waffenknecht verstärkte seinen Griff.

Er hatte den jungen Burschen an der Kittelbluse gepackt, vorn an den Schnüren zur Halsöffnung, und seine Faust zog den Stoff derart zusammen, dass er tief in das Fleisch schnitt. Das Messer steckte im Gürtel des Jungen, es war eine einfache, kurze Klinge mit hölzernem Griff, wie man sie zum Öffnen von Muscheln benutzte. Um die Gruppe hatte sich eine Menschentraube gebildet und allmählich wurden immer mehr Besucher des Marktplatzes aufmerksam.

Und mit einem Mal roch es nach Blut und Gewalt. Es war die Stimmung, die Enno kannte und von Herzen

170) Schließmuskel am Ende des Rektums. Vollständiger Name: Musculus sphincter ani externus (äußerer Afterschließmuskel).

hasste, die Situation, in der sich das Tier im Menschen Bahn brach und dann mit kalter Härte schlug oder riss, aus bedenkenloser Beliebigkeit, dabei verwundete oder tötete, mit dumpfer Brutalität, in triebhafter Projektion überlegener Muskelkraft. Dieser verfluchte, rücksichtslose Griff nach fremdem Gut, durch Nutzung einer »günstigen Gelegenheit« oder um seiner eigenen verdammten Niedertracht einfach freien Lauf zu lassen. Verstümmelungen, abgetrennte Glieder oder verlorene Augen waren an der Tagesordnung, wenn kümmerte das schon? Einfache Leute, kleine Bauern oder Tagelöhner, die sich nicht auf die Protektion von Stand oder Reichtum stützen konnten, waren dergleichen nahezu schutzlos ausgeliefert.

Auch die Küren und Landrechte konnten nichts daran ändern. Enno sah sich um und suchte den Langen, der irgendwo hinter ihm in der Menge stand. Adriaan war eingeklemmt zwischen dicht gedrängten Gaffern, klotzigen, grobschlächtigen Bauern mit massigen Schultern. Er sah ihn mit den Armen rudern und stoßen, aber es rührte sich nichts, die Kerle standen um ihn herum wie eine Mauer.

Und plötzlich erhob sich einzelnes Geschrei aus der Meute: »Nimm's ihm ab!« und »Hängt die Sau auf!«

Der Waffenknecht wusste nicht was tun, er war unschlüssig, das sah man. Aber das Gebrüll der Leute regte ihn auf und plötzlich verlor er die Geduld, vielleicht gingen ihm auch die Nerven durch, jedenfalls holte er aus zum Schlag. Der Junge machte eine Abwehrbewegung mit beiden Händen und Enno sah den Waffenknecht erstarren und um ihn herum wurde es totenstill. Nur von weiter hinten kam noch Rufen, das schließlich erstarb und dann stieg ein markerschütternder Schrei in den grauen Himmel.

»Das Teufelszeichen! Das Teufelszeichen! Das Satanszeichen!«

Enno schlug das Herz bis zum Hals, er wusste überhaupt nicht, was los war und dann sah er den Waffenknecht auf die Hände des Jungen glotzen. An der rechten Hand war ein sechster Finger, klein und verkrümmt angewachsen, er sah aus wie eine Vogelkralle.

»Das Teufelszeichen!« Ein altes Weib kreischte mit Tränen in den Augen, aus ihrer Nase lief der Schnodder, sie streckte anklagend den Arm und wies auf den Jungen. »Das Satanszeichen!«

Der Junge versuchte, die Hand zu verstecken, er wollte sie in seinen Ärmel zurückziehen, aber der Waffenknecht packte sie und riss sie in die Höhe. Von rückwärts ruderte Adriaan heran, er hatte sich mit rüden Stößen befreit und kämpfte sich durch die Menge. Enno hörte ihn mit heller Stimme rufen: »Hört zu, ihr Leute, seid vernünftig!«, aber dann wurde er vielstimmig überschrien, der Pöbel hörte nicht auf ihn und wollte keine Vernunft.

Der Waffenknecht zerrte den jetzt weinenden Jungen, der sich wand und wehrte und sträubte, auf eine der Linden zu und von irgendwo kam plötzlich ein Strick geflogen, jemand aus der Menge musste ihn geworfen haben, am Ende war schon eine Schlinge. Und dann, als das Bürschchen schon mit tränennassem Gesicht auf sein Ende wartete, die Schlinge um den Hals und das Seil über dem Ast, da kam von der Kirche her eine Stimme durch die johlende Meute, so donnernd und scharf, dass nach zwei Atemzügen Ruhe herrschte.

»Apage! Apage![171]«

Die Köpfe waren herumgefahren, und jetzt sahen sie einen jungen, zierlichen Mann in einem schwarzen Habit, kaum größer als ein Halbwüchsiger. Es schien Enno unmöglich, dass sich diese Stimme einer derart schmächtigen Brust entrungen haben könnte. Aber da war

171) Fort (mit dir), pack dich! In der katholischen Kirche noch heute Exorzismusformel.

sonst niemand und der Mönch kam heran, trat durch die Menge, die sich schweigend vor ihm teilte.

»Vade retro, Satanas! Weiche von mir, Satan, du bist mir ein Ärgernis[172]! So spricht der Herr!«, sagte der junge Kuttenträger ohne Anstrengung, aber es klang, als bliesen die Posaunen zu Jericho. Und dann sah Enno seine Augen. Sie leuchteten nicht, sie brannten, in einem lodernden Blau, so verzehrend, dass jeder, den sie trafen, unwillkürlich den Blick senkte.

Der Waffenknecht stand wie festgewachsen, hielt den Jungen noch immer gepackt und starrte dem Mönch entgegen, in dessen Rücken plötzlich der Lange auftauchte. Noch zwei Schritte, und dann stand der Priester vor dem Waffenknecht, baute sich auf und seine Augen fraßen sich mit sengender Schärfe in das grobe, einfältige Gesicht.

»Was hast du da vor, Unglückseliger?« Er sprach mit einem merkwürdigen Tonfall, es klang irgendwie fremd, obwohl er seine Worte fehlerfrei setzte.

Der Waffenknecht schwankte leicht, seine Augenlider flatterten, aber der Griff am Hals des Jungen lockerte sich nicht. Er wollte diesem schrecklichen Blick ausweichen, der ihn bis ins Herz ängstigte und trotzdem nicht losließ. »Er hat gestohlen!«, war alles, was der Kerl hervorbrachte, stammelnd und unsicher.

Auf den Zügen des Kuttenträgers stand jetzt ein freudloses Lächeln. »So. Hat er das.« Er fuhr herum und die Menge duckte sich. »Und wer legt Zeugnis darüber ab? Zeugnis, das vor Gott Bestand hat?«

Seine Stimme war von einer Eiseskälte, die vielen den Nacken beugte. Auf dem Platz war Todesstille. Und dann sah Enno ein seltsames Glitzern in den Augen des Langen, Adriaan, der immer noch in der Nähe stand, einen Ausdruck, den er überhaupt nicht deuten konnte.

---

172) Nach Matthäus 16/22: Worte Jesu zu Satan während der Versuchung in der Wüste.

Der Mönch hielt es nicht für nötig, sich erneut dem Waffenknecht zuzuwenden. Er blieb stehen, wo er war und sprach kühl und nüchtern weiter, den Knecht und das Bürschchen in seinem Rücken. »Lass ihn los! Du wirst ihm kein Leid zufügen, oder der Zorn des Herrn trifft dich!«

Gehorsam, fast mechanisch, löste der Waffenknecht seinen Griff, und der Junge warf sich die Schlinge vom Hals und verschwand augenblicklich, tauchte einfach nach unten ab und verkrümelte sich zwischen den Leuten.

Der Büttel fingerte unschlüssig und mit finsterem Blick an dem nun losen Strick, dann rollte er ihn auf und warf ihn ziellos von sich. Sein Gesicht war kantig vor Wut über die Art, in der er öffentlich vorgeführt worden war. Vielleicht auch ein wenig über den entgangenen Spaß, den Kitzel der von ihm exekutierten Hinrichtung eines Diebes, der dieser Bursche in seinen Augen immer noch war.

»Geht weiter, Leute. Hier gibt es nichts mehr zu gaffen!«, schrie er und die Menge begann, sich zu zerstreuen. Zu Ennos Verwunderung blieb der Mönch, er stand mit wachen Augen, und schließlich war er mit Enno und dem Langen allein an der Stelle.

»Das habt Ihr gut gemacht, Vater«, sagte Enno freundlich und registrierte den bohrenden Blick des langen Holländers, der den Kuttenträger nicht aus den Augen ließ.

»Ich danke Euch, aber nennt mich nicht ›Vater‹. Ich bin Bruder William«, sagte der Mönch mit warmem Lächeln. Das Brennen war aus seinem Blick verschwunden, er erinnerte Enno jetzt an ein Kornblumenfeld im Sonnenlicht. Da war er wieder, dieser seltsame Zungenschlag, ein singender Akzent, der den Mann eindeutig als Fremden auswies.

»Ihr seid nicht von hier?«

Das Lächeln des jungen Priesters vertiefte sich. »Ah, nein. Ich bin Dominikaner und komme aus England.

Meine Abtei steht in London, zwischen der Thames[173] und Ludgate Hill.«

Enno hörte die Worte, ohne sie zu begreifen, alles Erfassen beschränkte sich auf die Erkenntnis, dass der Fremde von weit her kommen musste. Sie nannten ihre Namen, und dann sagte der Lange ein Wort, das Enno ebenfalls nicht verstand. Er musterte Adriaan fragend, das Gesicht des Kuttenträgers wurde deutlich kühler und der lange Holländer wiederholte das Wort.

»Blackfriars!«[174]

»Ah, aber so nennen uns vor allem unsere Feinde!«, äußerte Bruder William frostig.

Darauf gab Adriaan keine Antwort, aber sein Gesicht erinnerte Enno an eine geballte Faust. Es schloss sich ein kurzer Wortwechsel zwischen dem Langen und Bruder William in einer sonderbaren Sprache an, die Adriaan später als »Britannisch« bezeichnen sollte.

»Wieso kannst du diese Sprache?«, hatte Enno verwundert gefragt, aber der Lange hatte dermaßen unwirsch reagiert, dass Enno die Lust an weiteren Fragen vergangen war.

»Verschone mich mit deiner Neugier. Es ist so und Schluss!«, hatte Adriaan geantwortet und in seinen Augen hatte plötzlich ein Ausdruck gestanden, den Enno noch nie an ihm gesehen hatte.

»Schwarze Brüder«, sagte der lange Holländer, »und das hat in erster Linie mit der Farbe eurer Kutten zu tun. Über die Farbe eurer Seelen mögen andere urteilen!«

Aus dem Gesicht des Dominikaners war mit einem Schlag aller Ärger gewichen. Seine Züge entspannten sich und sein Lächeln kehrte zurück. »So, so! Also Adriaan heißt du. Holländer, wie? Na schön. In deiner Seele

---

173) Themse)

174 »Schwarze Brüder«: Name des genannten Dominikanerklosters (Gründung 1228) und seiner Insassen, die einen schwarzen Habit trugen.

steckt ein giftiger Stachel, mein Freund. Er verbittert dein Herz, das ist ganz offensichtlich. Achte aber darauf, dass er nicht auch deinen Geist trübt!«, sagte William fast fröhlich und darauf wusste der Lange überhaupt nichts mehr zu erwidern.

In diesem Moment lernte Enno an dem Britannier einen Wesenszug kennen, der auch später, vor allem in unerfreulichen Situationen, immer wieder zutage trat: eine tiefe, warmherzige Ironie, die es verstand, den Widrigkeiten des Lebens mit kühlem, humorigem Habitus ihre kantige Schärfe zu nehmen.

Es stellte sich heraus, dass der Dominikaner Teil einer Delegation war, die den Erzbischof von Monasterium besucht hatte und sich nun auf der Heimreise befand. In dem Marktflecken machte sie Rast, um ihren Pferden ein paar Tage Erholung zu geben.

»Der Bischof von Monasterium«, sagte Adriaan spöttisch, der seine Sprache wiedergefunden zu haben schien. Vielleicht glaubte er auch an eine günstige Gelegenheit zur kleinen Rache, da der Dominikaner sich vermeintlich eine Blöße gegeben hatte.

»Ihr werdet doch den Armen nicht mit kirchlichen Fragen gelangweilt haben. Wahrscheinlich habt Ihr, ohne es zu merken, mit einem seiner Prälaten gesprochen, weil Ludwig auf seinen Gütern zur Jagd war«, fuhr der Lange süffisant fort.

Bruder William hatte mit wachsendem Vergnügen zugehört und stieß nun ein schallendes Gelächter aus. »Da hast du recht. Wenigstens zum Teil. Der Erzbischof war da, das ja, aber in Fragen des Glaubens zeigte er eher oberflächliches Interesse. Es ging auch mehr um Zusammenarbeit im Handel. Immerhin haben wir vorzüglich geschmaust und getrunken, was ein Mönch aus Britannien gelegentlich durchaus zu schätzen weiß!«

Er ließ den Langen einfach ins Leere laufen. Verdammter Kuttensack! Adriaan musterte ihn mit zusammengekniffenen Augen. Er wusste wohl nicht, ob er sich ärgern oder amüsiert sein sollte. Schließlich lächelte auch er. Der Dominikaner gab sich wie jemand der, sich selbst nicht so wichtig nimmt und anscheinend gefiel das dem langen Holländer.

Auf dem Markt hatte sich die alte Geschäftigkeit wieder eingestellt, auch von dem Waffenknecht war nichts zu sehen, und zu Ennos Überraschung lud der Lange zu einer Suppe mit Lauch in einer der Garküchen ein, die hier oder dort auf dem Platz zu finden waren. Der Dominikaner nahm dankend an. Die Bude war nichts anderes als ein Strohdach auf vier Pfosten, die Rückwand notdürftig mit Brettern verkleidet. Davor standen ein paar roh behauene Tische und Bänke, an denen sich einige Gäste ein einfaches Essen schmecken ließen. Im Hintergrund der Bude kochte die Frau des Wirtes Suppe in einem riesigen Eisenkessel. Der Wirt zapfte dunkles Bier aus einem wuchtigen Eichenfass.

Sie hockten sich an einen der Tische und aßen Lauchsuppe mit Fleischstreifen, die Enno wohl für Geflügel hielt, obwohl das Fleisch einen ziemlich strengen Geschmack hatte. Dazu gab es ungesalzenes Brot und Bier.

William griff herzhaft zu, er schien Hunger zu haben. »Der …« Er suchte nach Worten. »Der *pheasant* ist gut«, sagte er kauend.

Der lange Adriaan übersetzte sofort »Fasan« und ergänzte: »Hat wohl ein bißchen zu lange gehangen!« und jetzt wusste Enno, welches Fleisch in der Suppe war. »Bei Ludwig dem Hessen habt Ihr gewiss anderes genossen«, fügte der Holländer hinzu, aber der Mönch schüttelte sofort den Kopf.

»Darauf kommt es nicht an. Auch ein frugales Mahl kann köstlich sein, wenn es der Segen des Herrn veredelt hat«, sagte er mit Nachdruck und forderte erneut den Widerspruch des Langen heraus, der übertriebenen Ausdruck ebenso wenig mochte wie Kutten.

»Mir scheint, dass hinter der Schmackhaftigkeit dieser Suppe eher die Kochkunst einer guten friesischen Bäuerin steckt«, gab er bissig heraus, aber Bruder William tat, als hätte er nichts gehört und löffelte fleißig weiter.

Am Nebentisch führte ein Gast ein erregtes Gespräch mit seiner Frau. Sie schwiegen, aßen und lauschten dem Wortwechsel und dann schlug der Mann mit der Faust auf den Tisch und die Frau hatte plötzlich ein Messer in der Hand.

»Sie ist nicht meine Metze!«, schrie der Mann, aber die Frau antwortete nichts, holte vielmehr mit dem Messer aus und stieß die Klinge mit aller Kraft in die Tischplatte. Es klang wie ein Hammerschlag auf trockenem Gebälk und mit einem Mal war es totenstill unter den Gästen. Der Kerl saß wie festgefroren und glotzte mit aufgerissenen Augen auf das Messer, als die Frau erneut nach der Waffe griff und daran zerrte. Diese Bewegung holte den Mann aus seiner Erstarrung, er sprang in Panik auf und rannte davon, kurz bevor die Frau die Klinge endlich freibekam und ihm hinterherhetzte.

Das kurzzeitig eingetretene Schweigen wich rasch lebhaften Diskussionen, die Leute steckten ihre Köpfe zusammen und Bruder William widmete sich wieder seinem Essen. »Interessant«, bemerkte er trocken.

»Der Wortwechsel oder sein Ende?«, fragte Enno lächelnd.

William hob die Schultern. In seiner Stimme klang leiser Spott. »Die unübersehbare Vielfältigkeit der Schöpfung Gottes«, sagte er. »Ihr schier unfasslicher, wunderbarer Artenreichtum!«

»Also doch eher die Verteilung der Rollen?«, stieß der Lange bissig nach.

Der Mönch sah ihn gelassen an. »Ich meine die an Köpfen unermessliche Zahl seiner Herde, in der es Lämmer und Schafe gibt. Und große und kleine Böcke«, sagte der Dominikaner und Adriaan öffnete den Mund zu einer harschen Erwiderung, aber William sprach schon weiter. »Und bei uns haben die Weiber keine Messer«, schloss er leichthin und tauchte seinen Löffel in die Suppe.

»Was weißt du von Weibern, Mönch?«, fragte der Lange mit ätzender Schärfe.

»Nicht viel, aber doch genug. Eins hat mich geboren, ein anderes gesäugt, da meine Mutter im Kindbett starb«, antwortete William schlicht und der Lange gab sich mit einem grimmigen Lächeln zufrieden.

Sie sahen Bruder William an diesem Tag noch ein zweites Mal. Er ging im Gefolge eines Prälaten über den Marktplatz in die Kirche. Sie erkannten ihn nur, weil er ihnen zuwinkte. Die Kapuze seines Habits überschattete das Gesicht, aber die Augen strahlten. Es waren Wiskas Augen.

*

Wer mit Kriegsknechten eine Kirche besetzen sollte, der verwirkt (...) hundert Mark. Tut er jemandem innerhalb oder außerhalb der Kirche irgendwelchen Schaden, so hat er dafür in jedem Falle die doppelte Buße und doppeltesFriedensgeld zu zahlen.

7. der alten Rüstringer Küren

3.

Kloster Longherna[175], Emesingerlant,
am fünften Tag nach Michaelis Anno Domini 1347
(Donnerstag, 4. Oktober)

Dies war einer der in letzter Zeit rar gewordenen Augenblicke, in denen Keno Hylmerisna mit sich und der Welt im reinen war. Zufrieden wanderte sein Blick durch den kargen Kapitelsaal. Früh, viel zu früh war der Winter gekommen, schon an Michaelis war der erste Schnee gefallen und so brannte in der mannshohen Esse ein prasselndes Feuer. Draußen orgelte der Sturm durch die Emsmündung, er drückte das Wasser gegen die Deiche und bewegte die groben Wollvorhänge an den immerhin bleigefassten Fenstern des Saales. Das Tuch erfüllte seinen Zweck, wenigstens einen Teil der Wärme im Raum und die Kälte draußen zu halten, nur sehr unvollkommen.

Es war weiß Gott kein Vergnügen gewesen, von Buta Ee herüberzureiten, zwei Tage hatte es ihn gekostet, und das bei diesem Wetter, aber die Mühe hatte sich gelohnt. Als der Bote des Propstes auf seinem Hof eingetroffen

175) Langen s/w Emden. Mit zahlreichen Dörfern der Gegend im Rahmen der Bildung des Dollart (14.und 15. Jahrhundert) untergegangen.

war, hatte der Brokmanne alles stehen und liegen gelassen und war ohne Verzug aufgebrochen.

Gewiss, die ganze Situation war eher lächerlich. Gut, es ging immerhin um den Betrag von 62 Mark Bremisches Silber, kein Pappenstiel, aber das Gebaren der Beteiligten erinnerte Keno an Gaukeleien auf einem Jahrmarkt. Selbst das des Propstes, Johannes von Emende, der in der Stadt ein Steinhaus besaß und sein Geld mit Fuhrgeschäften zu Land und zu Wasser verdiente. Weder war er Laienbruder der Prämonstratenser[176], noch hatte er als Regularkanoniker[177] ein Ordensgelübde abgelegt oder war zum Priester geweiht worden. Und trotzdem saß er nun im weißen Habit eines Chorherrn der Norbertiner am Kapiteltisch und präsidierte.

Sein Amt sicherte ihm Pfründe, Einkünfte, deren Großteil er an Ludwig den Hessen, Erzbischof zu Monasterium, abzuführen hatte, dem er sie schließlich verdankte. Es blieb noch genug übrig, nicht zuletzt die Macht der Position, die er vorzüglich für seine Geschäfte zu nutzen verstand. Der gesamte Warenverkehr mit den Ordensklöstern westlich der Ems lief über sein Kontor. Keno warf dem Probst einen schrägen Blick zu. Er mochte ihn nicht, aber das war die eine Sache. Die andere war, dass ihn Johannes als Schlichter in diesem seltsamen Rechtsstreit angerufen hatte. Nicht ihn allein, gewiss, da waren noch diese drei anderen, Idioten allesamt, aber das tat der Größe des Augenblicks keinen Abbruch. Er war dem Propst bei aller Abneigung dankbar.

Der Brokmanne hatte instinktiv begriffen, dass er diese Gelegenheit, die der Mann ihm da bot, nutzen musste. Er trat öffentlich in Erscheinung, als Vermittler in einem

176) Orden von Priestern und Laien, 1120 gegründet durch Norbert von Xanten (deshalb auch »Norbertiner«). Die P. lebten nach den Regeln des hl. Augustinus, waren u.a. pfarramtliche Seelsorger, Prediger und Missionare, aber keine Mönche im klassischen Sinn.

177) Mitglieder eines Seelsorgerordens, deren Hauptaugenmerk auf die Wiederherstellung der konfessionellen Ordnung (Regulation) gerichtet war.

Geldkonflikt, außerhalb seiner Landgemeinde. Das würde nicht nur seine Stellung in Brokmannia stützen, es musste auch die Auwreker aufhorchen lassen.

Die drei weiteren Schlichter, nun ja. Er schielte hinüber auf die andere Tischseite. Liard von Emende war ein alter Trottel, es saß nur hier, weil Johann sein Eidam war und es wohl nicht übers Herz brachte, dem Getue des Alten die Flügel zu stutzen. Ewo Harana aus Hynt und Haytatus von Gratahusen[178] waren Partner des Propstes, sie hielten Anteile an dessen Schiffen und Keno war klar, dass der Emender die beiden bei Laune halten musste. Es gab Gerüchte über Verluste und zumindest Ewo schien daran zu denken, seine Einlagen aus dem Fuhrgeschäft zurückzuziehen. Ewo und Haytatus trugen teure, pelzbesetzte Schauben und führten eine gedämpfte Unterhaltung. Sie langweilten sich und das machte ihre Anwesenheit nur noch unverständlicher.

Verstohlen musterte Hylmerisna nun die beiden Streithähne. Hayko Ukana und Tade Ulbadisna waren Wollhändler aus Emende. Sie kauften ihre Tuche sogar in Britannien und brachten sie bis hinunter nach Cöln und Franchenfurt[179], alles gegen gutes Geld und mit Schiffen und Fuhrwerken, wie Johannes sie besaß. Ihre Geschäfte liefen bestens und dass sie nun hier hockten, hatte eher mit ihrer Eitelkeit als mit Silber zu tun.

Die 62 Bremische Mark gehörten beiden zu gleichen Teilen, sie hatten die Summe an Circumcisio[180] Anno 1347 aus einer Laune heraus beim Propst hinterlegt mit der Maßgabe, dass derjenige mit den höchsten Gewinnen des Jahres als Preis alles bekommen sollte. Im Spätsommer hatte Hayko dann mit viel Glück eine gemischte Ladung nach Amesterdamme verkauft, es waren über hundert

178) Groothusen im Kreis Norden

179) Frankfurt a.M.

180) 1. Januar, Fest der Beschneidung Christi

Fass Schweinefett, Alaun[181], Unschlitt, Öle und mehrere Lagen Wachs darunter gewesen, alles in allem ein Warenumschlag von fast sechshundert Tournosen.

Hayko Ukana war der Meinung, dass diese Summe nicht zu überbieten wäre und forderte die 62 Mark als Preis. Dem widersprach sein Konkurrent mit der Begründung, die Art des Handels verletzte die Vereinbarung. Zudem sei das Jahr noch nicht vorbei. Auch jetzt standen sich beide unversöhnlich gegenüber.

»Wir haben nur über Wolle verhandelt!«, sagte Tade Ulbadisna mit anklagendem Ton.

»Steht wo?«, fragte Hayko kalt zurück. Dann beugte er sich vor. »Ihr seid nichts anderes ein schlechter Verlierer, Herr! Macht hier Verdruss wegen lumpiger 62 Mark Silber!«

»Es geht nicht um Geld, sondern um Anstand und Recht!«, keifte Ulbadisna mit rotem Hals.

Der Propst hob die Hand und richtete sich in seinem Lehnstuhl auf. In seiner Stimme klang offener Unwillen. »Dies führt zu keinem Ende. Ich bitte die Herren Mediatoren um Vorschläge!«

Keno Hylmerisna beschloss, die Gelegenheit beim Schopf zu fassen. Es genügte ihm nicht, Teil des Gremiums zu sein. Er wollte eine führende, eine herausragende Rolle spielen. Eine Rolle, die es lohnte, der Nachwelt berichtet zu werden. Auf gediegenem Pergament. Ruhig und gemessen erhob er sich von seinem Stuhl, die kalten Blicke der drei anderen Schlichter beantwortete er mit glatter Stirn.

»Die Abrede der beiden Honorables ist bisher nicht als Schriftstück gefasst. Es erscheint tunlich, diesem Mangel abzuhelfen!«

»Bisher hat der Handschlag noch immer gereicht«, brummte Hayko Ukana.

---

181) Schwefelsaures Gemisch mehrerer Salze, im MA für Heilbäder genutzt.

»Das menschliche Gedächtnis ist schlüpfrig, es kann fehlgehen und die Wege zur Wahrheit sind zuweilen schwankend«, versetzte der Brokmanne kühl.

»Ein Philosoph!«, spottete der andere.

Keno Hylmerisna schmeckte den Spott, bewegte ihn mit der Zunge und schluckte ihn als bedeutungslos hinunter. »Wir sind hier, Hayko Ukana, weil Euer Handschlag offenbar *nicht* gereicht hat. Und seid gewiss, es wird eine Zeit kommen, da alles niedergelegt werden wird, auch die Dinge des täglichen Lebens, für die uns heute eine Beurkundung unnötig erscheint.«

»Ihr sprecht von einer Zukunft, die mir ebenso fern wie abstoßend erscheint«, sagte Ukana mürrisch und wandte sich mit finsterem Gesicht an den Propst. »Was ist nun? Kommt der Casus zu Ende oder nicht? Und warum, zum Teufel, ruft Ihr fremde Mediatoren an? Tut es denn not, dem Kreis der Beteiligten weitere Nutznießer hinzuzufügen? Leute, die Geld kosten werden? Wessen Geld eigentlich?«

Mit einem Schlag war es still im Kapitelsaal. Alle Augen richteten sich zornig auf diesen unsäglichen Kerl. Tade Ulbadisna rückte seinen Stuhl ein Stück zur Seite, als wollte auch er seine Ablehnung klarmachen. Der Brokmanne blieb ruhig. Distanziert beobachtete er die Szene.

Zwischen den Brauen des Propstes stand jetzt eine steile Falte. Seine Stimme kam wie ein heiseres Fauchen. »Was redet Ihr da für einen Unfug? Nutznießer. Geld. Seid Ihr von Sinnen, Herr?«

Hayko Ukana lehnte sich zurück und verschränkte die Arme vor der Brust. »Mache mir so meine Gedanken!«

Propst Johannes schnappte vor, als wollte er zubeißen. »Eure Gedanken. Eure Gedanken. Es muss ja nicht so sein, dass Ihr jedem Eurer Gedanken Töne gebt. Ihn ausspuckt wie eine Fischgräte. Vielleicht behaltet Ihr den einen oder anderen im Gehege Eurer Zähne?«

»Was soll das heißen?«, keifte Ukana.

»Es heißt, was es heißt!«, schrie der Probst.

Die drei anderen Mediatoren blökten dazwischen. Die Situation drohte völlig außer Kontrolle zu geraten. Der Brokmanne wartete noch eine Weile ab, dann erhob er sich erneut und forderte mit scharfer Stimme Ruhe. Als alles schwieg, formulierte Keno Hylmerisna mit flüssigen Sätzen den Vergleich, über dessen Text er seit langem nachgedacht hatte. Für die anderen sah es so aus, als fielen ihm die Worte just in dem Augenblick zu, da er sie sprach. Sie starrten ihn mit großen Augen an.

*

Abt Nikolaus von Marienthal lag vor dem Altar seiner Klosterkirche und litt Seelenqualen. Immerhin, Hubertus van Eyck war mit seiner Malerei fertig und die Einrüstung des Chors hatte, der Herr sei gepriesen, ein Ende gehabt. Beim Dankgottesdienst unter der frisch bemalten Decke waren eine Inbrunst und eine Freude durch das Kapitel geweht, dass nicht nur die Mönche nasse Augen gehabt hatten. Auch der Abt hatte seinen Gefühlen freien Lauf gelassen und das Lob des Herrn unter Tränen gesungen.

Und nun weinte Nikolaus wieder. Solange van Eyck malte, hielten ihn dieser Umstand und die Geschäfte des Klosters in Atem. Es gab einen größeren Gießauftrag für eine Kirche in Clappenborch[182] und einige Pachtverträge abhängiger Bauern liefen aus und waren neu zu verhandeln, und der Bruder Cellerar war ein loser Vogel, dem man besser auf die Finger sah. Aber alles das war schließlich getan und er war zur Ruhe gekommen.

Doch was für eine Ruhe war das? Eine trügerische Ruhe. Eine verfluchte Ruhe. Eine Ruhe, die Gedanken nicht mehr überdeckte, sondern sie hervorbrechen ließ wie einen zornigen Bären aus dem Unterholz.

182) Cloppenburg

Da war der Tod dieser drei Menschen, der Erschlagenen von Ochterszem, den ihm der Handmann des Hairlingers, dieser unsägliche Klotz von Kerl, dieser Holländer, gestochen hatte. Nicht in der Beichte, der Sauhund, sondern hinterher, und das machte die Sache nur noch schlimmer. Als wenn es nicht genügt hätte, den Jammer über das traurige Schicksal dieser bedauernswerten Seelen als Christenmensch zu tragen. So, wie die Dinge nun lagen, hatte er Kenntnis von einem Verbrechen nicht als Beichtvater, sondern als gewöhnlicher Sterblicher.

Der Abt spürte, wie ihm die Kälte des Steinfußbodens in die ausgestreckten Arme kroch. Sie wuchs, breitete sich aus und verband sich mit einer inneren Kälte, die seinen Körper erfasst hatte und ihm in die Glieder sickerte. Zugleich stieg ihm der Schweiß in den Nacken und rann kalt in den Rücken seines Habits. Er schauerte und schluchzte. Was auf seiner Seele lag wie ein gut gefüllter Korb schmiedbaren Eisens, war, bei allem Mitleid für die Opfer, das, was ihm der Kerl über die Hintergründe gesagt hatte. Über die Verwicklung der Kirche. Die schuldhafte Verstrickung von Kirchspielpfarren und sogar Prälaten.

Er fühlte sein Herz schmerzhaft gegen die Rippen schlagen. Es durfte nicht sein! Und Otto von Brema … Der Herr helfe uns, wenn das wahr ist. Der Abt bewegte sich unruhig auf dem Steinfußboden hin und her, er fühlte die Kälte in die Brust steigen. Was sollte er tun? Wem sich anvertrauen? Der Weg, den dieser Sauhund, dieser Holländer gegangen war, der war ihm verschlossen. Sein Beichtvater war der sieche Otto I, Erzbischof zu Brema! Und sich einem von Ottos Prälaten anzuvertrauen, etwa demjenigen, der nun auch die Beichtvaterpflichten des kranken Kirchenfürsten wahrnahm, wäre ein ungeheures Wagnis. Sie waren doch allesamt Ottos Kreaturen. Von ihm abhängig, auf seine Protektion hoffend. Jeder auf eine Gelegenheit wartend, sich den Purpurträger entscheidend zu verpflichten.

Den Erzbischof zu beschuldigen, würde üble Folgen haben. Auch dass dies in einer Beichte geschah, konnte ihn nicht schützen. Nikolaus drehte sich auf den Rücken, die fest geschlossenen Augen zuckten in seinem schweißnassen Gesicht. Er hatte Angst, hündische Angst. Es konnte, es durfte ja dieses ungeheure Verbrechen schon auf Erden nicht ungesühnt bleiben. Er wusste, der Hairlinger würde kommen, eines nicht mehr fernen Tages, es war unausweichlich, und ihn auffordern, seine Pflicht zu tun. Und er wusste, dass es eigentlich seine verdammte Schuldigkeit war, nicht darauf zu warten. Sondern zu ihm zu gehen und seine Hilfe zur Regelung dieser zweifellos weltlichen Angelegenheit anzubieten. Aber er wusste auch, dass dies mit hoher Wahrscheinlichkeit das Ende seiner Amtszeit als Abt des Klosters Marienthal zur Folge haben würde. Das Ende liebgewordener Pfründe und Befugnisse, das Ende eines Lebens in gediegener Wohlfahrt, in welches er sich so behaglich eingerichtet hatte. Und das er eigentlich fortzuführen gedachte, bis zu dem Tag, an den ihm Gott der Herr ein anderes Amt gab, eines, das seinen Leistungen und seinen Verdiensten entsprach, warum nicht das des Bischofs von Brema?

Er hatte seine Verbindungen und wusste, dass es bei der Nachbesetzung des Hirtenstuhls, wenn Otto dahingegangen war, letztlich auf ihn oder Abt Hilderaad von Marienkamp hinauslief.

Nikolaus stöhnte und wälzte sich zurück auf den Bauch. Der Steinfußboden, den sein Rücken freigab, war dunkel vor Nässe. Er fror erbärmlich, aber er breitete erneut die Arme aus und drückte die heiße Stirn gegen den kalten Stein. O ja, er wusste, er war der bessere Mann und der Kirchenfürst, in den er seine ganze Hoffnung gesetzt hatte, wusste das auch. Es hatte sich gezeigt, bei den verschiedensten Gelegenheiten. Und dann stand ihm wieder dieser Vorfall vor Augen, Anno Domini 1346, als Otto die Prälaten seiner Diözese zu einem Konvent zusammengezogen hatte, um Belange des Bistums zu beraten. Ein wesentlicher Teil der Beratungen hatte der Verbesserung der Einkünfte des erzbischöflichen Schatzes gedient. Es war die übliche Schau der Eitelkeiten gewesen; jeder, besonders Hilderaad, war bemüht, dem Purpurträger zu gefallen und sich vor seinen Augen in ein möglichst günstiges Licht zu setzen.

Nur er, Nikolaus, hatte sich auf kurze, aber brillante Wortbeiträge beschränkt und versuchte mit Erfolg, durch Verstandesleistung zu glänzen. Der Erzbischof vermerkte es mehrfach mit lobendem Wohlwollen. Es war schon eine ganze Weile zu erkennen gewesen, dass Abt Hilderaad darüber in Verstimmung geriet, die sich beständig steigerte. Und es war klar, Nikolaus suchte nach einer Möglichkeit, Scharten auszuwetzen. Sie schien ihm gekommen, als es darum ging, die Deputate[183] der Holzbauern in Ottos Wäldern neu festzusetzen. Hilderaad plädierte für eine deutliche Reduzierung. Er glaubte, damit zwei Fliegen mit einem Streich zu schlagen; denn einmal würde dies den bischöflichen Haushalt entlasten, zum anderen wäre es günstig für sein Kloster, das aus seinem Wald ebenfalls Holz an Otto zu liefern hatte. Der Bischof wollte schon zustimmen, als Nikolaus die Hand hob und ums Wort bat.

»Kein guter Vorschlag, Eminenz. Ich rate dagegen, das Deputat maßvoll zu erhöhen.«

Das war die Gelegenheit, auf die Hilderaad gewartet hatte. Genussvoll lehnte er sich zurück, sein Gesicht troff vor Genugtuung. »Erhöhen? Den Bauern mehr geben auf Kosten des erzbischöflichen Haushalts? Wozu soll das gut sein? Hast du vergessen, Bruder, zu wessen Frommen wir hier zusammensitzen?«

Nikolaus lehnte sich ebenfalls zurück. »Ich habe es nicht vergessen, Bruder. Aber ich weiß, wovon ich rede.

183) Deputat: Naturlohn, Bezahlung in Feld- oder Waldfrüchten.

Ich selbst habe meinen Holzbauern vor zwei Jahren das Deputat erhöht. Maßvoll!«

Jetzt wandte er sich an den Erzbischof und sprach ihn direkt an. »Eure Eminenz, diese Erhöhung hat den Ertrag meiner Holzwirtschaft um zehn Teile von Hundert gesteigert. Der Grund ist einfach: Die Bauern arbeiten fleißiger, wenn sie wissen, dass für sie selbst mehr abfällt. Deshalb rate ich zu einer maßvollen Anhebung.«

In einer Mischung aus Verblüffung und Zorn hatte Hilderaad ihn angestarrt, aber der Erzbischof hatte ihm sehr wohlwollend zugenickt. Das Deputat wurde erhöht. Er hätte noch hinzufügen können, dass gleichzeitig die Holzdiebstähle in den klösterlichen Wäldern weiter zurückgegangen waren, aber der Sieg war auch so eingefahren.

Nikolaus seufzte und wischte sich mit dem Kuttenärmel die Tränen fort. O ja, er *war* der bessere Mann. Aber was nützte ihm das jetzt? Mit Verbitterung dachte er erneut über jene Beichte nach, quälte sich mit der Frage, ob das Zusammentreffen mit diesem Bauern vermeidbar gewesen wäre, verfluchte den Novizen, der den Kerl nicht abgewiesen, sondern zu ihm geführt hatte, und wusste, es gab keinen Ausweg. Keinen.

*

Willem Zeerijp blinzelte in das fahle Licht dieses frühen Morgens. Er warf einen Blick auf seine Männer, fünfzehn Köpfe, Knechte seines Hofes und abhängiger Bauern, die meisten in Leder, ein paar mit eisenverstärkten Jacken. Er selbst trug eine altmodische Sturmhaube und eine Panzerweste. Seine Knechte hatten Angst, er sah die Piken und Hauer in ihren Fäusten zittern, aber er, Willem Zeerijp, strahlte mit seiner klotzigen Massigkeit Ruhe und Zuversicht aus. Lässig stützte er sich auf den Sattelknopf ab, die Rechte lag über dem Schwertknauf wie angewachsen.

Es fiel ein kalter, alles durchdringender Nieselregen, die Nässe kroch unter das Lederzeug und machte die Finger klamm. Zeerijp war bemüht, seine Leute bei Laune zu halten, er machte gelegentlich einen Scherz und ließ ab und an eine Kanne heißes Bier kreisen, das über einem Feuer auf Temperatur gehalten wurde. Sie standen hier seit Sonnenaufgang und starrten auf den Hügelkamm im Osten, der ihre Sicht in einigen hundert Schritt Entfernung begrenzte. Dort oben hatte Willem einen Alarmposten aufgestellt, der ihnen die Annäherung des Gegners melden sollte. Aber sie warteten nun schon seit Stunden und es rührte sich nichts. Der Sauhund kniff!

Schon vor Wochen hatte der Westfriese seinen Handmann nach Brokmannia geschickt, nicht irgendeinen Knecht, er wollte ganz sichergehen, dass die Botschaft in die richtigen Hände kam. Und dem Ocko Hylmerisna unmissverständlich Tag und Stunde des Treffens mitgeteilt.

»Da du ja keinerlei Anstalten machst, meiner Forderung nach Genugtuung zu entsprechen, Bruder, werde ich sie mir nunmehr wie angekündigt holen. Denn entweder leistest du Abbitte oder es fließt dein Blut, tertium non dabitur[184], des sei gewiss!«

Der Handmann war schon nach zwei Tagen zurück, er musste geritten sein wie der Teufel. Willem hatte ihn sofort auf der Tenne in Empfang genommen. »Hast du die Botschaft übergeben?«, fragte er scharf.

Der Handmann neigte den Kopf. Seine Augen waren blutunterlaufen vor Müdigkeit. »Wie Ihr aufgetragen habt.«

»Was hat der Drecksack gesagt?«

Der Handmann hob die Schultern. »Nichts, Herr. Aber er schien beeindruckt.«

Willem entließ ihn mit einer knappen Handbewegung. »Es ist gut. An die Arbeit!«

184) Ein Drittes gibt es nicht.

So war das gewesen und nun standen sie hier und warteten. Der Regen hatte zugenommen und von See her fegte ein scharfer Wind heran, der unter die Kleider fuhr und ins Fleisch biss. Zeerijp blickte hinüber zu seinem Handmann, der frierend neben ihm auf seinem Gaul hockte. »Was denkst du?«

Es kam nicht oft vor, dass Willem in gemäßigtem Ton andere nach ihrer Meinung fragte, und der Mann hob überrascht den Kopf. Auf seinen Zügen stand ein eilfertiges, unterwürfiges Grinsen. »Ich denke, er kommt nicht. Wird die Hosen voll haben!«

Willem grunzte und schwieg. Gegen Mittag ließ er absitzen, die Männer scharten sich um das Feuer und verschlangen eine einfache Mahlzeit. Sie hatten sich gerade unter ihre Wachsdecken gekauert, als plötzlich vom Hügelkamm her ein Pfiff ertönte. Ihre Köpfe fuhren herum und dann sahen sie den Alarmposten aufgeregt mit beiden Armen rudern. Zeerijp ließ sofort aufsitzen. Der Posten kam im gestreckten Galopp den Hügel herunter und flog in einer Wolke aus Dreck und Steinen heran. »Sie kommen!«

Willem richtete sich im Sattel auf und spähte zum Kamm. »Wie weit noch ab? Wie viele?«

Der Posten fuhr sich über das schweißnasse Gesicht. Seine Augen flackerten. »Etwa eine Meile. Vielleicht zwanzig bis dreißig Mann.«

Willem Zeerijp beugte sich hinüber und schlug den Mann mit voller Wucht in das Gesicht. »Reiß dich zusammen Mann! Ich will genaue Zahlen. Hinauf auf den Hügel!«

Er blickte die Reihe seiner Knechte entlang und sah die Angst in ihren Gesichtern. Das heiße Bier hatte die Hälse gerötet, aber ihren Kampfesmut hatte es nicht anfeuern können. »Ruhig Blut, Leute! Die anderen fürchten sich genauso wie ihr. Mindestens!« Er lachte, aber es klang wie abgepresst und niemand fiel ein.

Willem Zeerijp versuchte, sich zu sammeln. Einen taktischen Plan hatte er nicht. Insgeheim hatte ihn die Hoffnung getragen, der Brokmanne möge doch noch einlenken und Abbitte leisten. Danach sah es nun nicht mehr aus. Mit dreißig Mann unter Waffen machte man keinen Kniefall.

Er sah sich um. Das Gelände war völlig offen und bot keinerlei Möglichkeiten für Finten oder Manöver. Der einzige taktische Vorteil, den er gewinnen konnte, war eine Position oben auf der Anhöhe, um dem Gegner den Vorzug eines abwärts vorgetragenen Angriffs zu nehmen. Er ritt los und seine Leute folgten ihm auf den Hügelkamm. Der gegnerische Trupp war soeben in einer Geländefalte verschwunden. Willem zog blank und befahl seinen Leuten, sich kampfbereit zu machen. Der Wind pfiff, zerrte an ihren Jacken und ließ die Augen tränen. Angestrengt starrten sie nach Osten, aber es rührte sich nichts, die Senke musste ziemlich langgestreckt und tief sein.

Und als Willem sich noch verfluchte, eine genauere Erkundung unterlassen zu haben, tauchten vor ihnen die Brokmannen auf, so nah, dass ihnen die Herzen stockten. Weniger als einen Bogenschuss entfernt waren plötzlich die Spitzen von Knebellanzen zu sehen, dann behelmte Köpfe und Pferde, und dann waren sie da. Die Westfriesen standen wie angefroren, jetzt lief ein Ruck durch die Reihe, fast wie ein Schauern, und nur ein scharfer Befehl ihres Schollenherrn hielt einige davon ab, ihr Pferd zu wenden und das Weite zu suchen.

»Werdet ihr wohl stehen, Kerle!« Und dann, mit einem Mal, war Willem Zeerijp klar, was er tun musste. »Auf Männer, wir reiten sie über den Haufen! Angriff!«, schrie er und donnerte aus dem Stand los, mit irrem Tempo den Hügel hinab, den scharfen Wind im Rücken, preschte wie wahnsinnig schreiend auf den völlig verdutzen Gegner zu, gefolgt von seinen Knechten.

Die Brokmannen verhielten kurz, aber dann zeigte sich, dass Ocko einen erfahrenen Kriegsknecht bei sich haben musste. Die Westfriesen waren auf kaum mehr als zehn Pferdelängen heran, als die Brokmannen mit einem raschen Manöver ihre Mitte öffneten. Zeerijp, immer noch schreiend wie von Sinnen, versuchte im Vorbeifliegen dem verhassten Hylmerisna einen Hieb mit dem Schwert zu versetzen, aber er ging fehl wie die meisten seiner Leute.

Nur einer, ein noch junges Bürschchen von Knecht auf dem rechten Flügel, galoppierte mit voller Wucht in einen der Brokmannen hinein und streckte ihn und sein Pferd nieder, während er selbst mit seinem Gaul in hohem Bogen durch die Luft flog, sich samt dem Zossen dabei überschlug und mit einem ungeheuren Getöse auf die Erde krachte, so unglücklich, dass beide, Reiter und Pferd, zu Tode kamen.

Es war wohl das hässliche, scharfe Geräusch der brechenden Knochen, das Willem Zeerijp zur Besinnung brachte. Er sammelte seine restlichen Leute am Ende der Senke, sah kurz nach dem Toten und ritt dann in Ruhe auf die Brokmannen zu. Noch niemand von diesen hatte auch nur ein Schwert in der Hand. Ocko Hylmerisna trug einen alten Kesselhelm. Sie standen sich auf eine Pferdelänge gegenüber, der Brokmanne kniff vor Zorn die Augen zusammen. Er richtete sich in den Steigbügeln auf.

»Bist du nun zufrieden, du Irrer?«, bellte er.

Der Westfriese musterte ihn brütend. Im Grunde hatte er seine Satisfaktion erhalten. Er hatte zur Wiederherstellung der Ehre seiner Schwester das Schwert ergriffen und es gegen den Frevler geführt. Dass dabei bis auf den offenen Nackenbruch seines Knechtes kein Blut geflossen war, änderte nichts. Aber Willem Zeerijp wollte mehr.

»Es ist noch nicht zu Ende, Bruder. Ich bleibe bei meiner Forderung: Abbitte oder Blut!«

»Du bist verrückt!«

»Und du feige!«

»Hüte dich! Wir sind an Köpfen doppelt so stark, verdammter Narr, ich hoffe, du hast gut gezählt!«, schrie Ocko aus vollem Hals.

Willem Zeerijp lehnte sich in seinem Sattel zurück. Es gefiel ihm, dass der Brokmanne dabei war, seine Nerven zu verlieren. Sein Gesicht troff vor Hohn. »Sich hinter den Klingen seiner Knechte zu verstecken, das passt zu dir, Bruder. Gegenüber einer jungen, hilfslosen Frau die Schamkapsel zu lüften, ist einfacher, als sich zu stellen!«

»Sich zu stellen? Wem zu stellen?«, keifte Hylmerisna.

»Einem Holmgang[185]!«, sagte der Westfriese ruhig und mit einem Mal erstarb jedes Geräusch auf dem Hügel. Sogar der Wind schien unvermittelt einzuschlafen, jedenfalls regte sich kein Lüftchen mehr. In beiden Haufen erstarrten die Gesichter, und Bestürzung machte sich breit. Gerade noch hatte es den Anschein gehabt, als könnte die Sache glimpflich abgehen, und nun schien es wieder auf Blut hinauszulaufen.

»Ich glaube wirklich, du bist von Sinnen!«, keuchte Ocko Hylmerisna. »Ich schlage mich nicht mit dir. Die causa, die du mir vorwirfst, und für die es keine Zeugen gibt, ist es nicht wert, dass Blut fließe!«

Der Westfriese richtete sich im Sattel auf und drehte ein Ohr nach vorn, ganz so, als glaubte er, nicht recht gehört zu haben. »Warum also bist du gekommen?«

»Nicht, um mich zu schlagen, sondern nur, um …«

»Dann tu Abbitte!«, brüllte Willem Zeerijp so unvermittelt, dass der Brokmanne zurückprallte. »Ich habe jetzt genug von deinem Geseich. Tu Abbitte, oder ich zwinge dich zum Kampf!« Zog sein Schwert und legte es blank auf seine Schenkel. Der andere wankte auf seinem Pferd. Seine Züge verzerrten sich im ohnmächtigen Widerstreit der Gefühle. Zorn mischte sich mit Ekel, Furcht und

185) Zweikampf

Hass. In diesem Augenblick fehlte nicht viel, und auch er hätte blankgezogen und blindlings auf seinen Gegner eingeschlagen.

»Ja, Mann, ja! In Gottes Namen: Ich leiste Abbitte!«, grölte Ocko Hylmerisna mit hochrotem Kopf, und der Westfriese wendete sofort sein Pferd und ritt davon. Es wird berichtet, er habe nicht einmal darauf geachtet, ob ihm seine Leute folgten.

*

Enno tom Diek war mit einigen Knechten zur Vorbereitung der Wintersaat auf den Feldern, als sich von Norden her ein Reiter im Galopp näherte. Er sah den Mann zunächst nicht, einer der Knechte machte ihn aufmerksam, und dann erkannten sie, dass es der Schollenherr selbst war, der sein Pferd mit Rufen und Fersen zu höchster Geschwindigkeit antrieb. Er ritt *Asil*, seinen arabischen Hengst, der über die Zeit kräftiger und auch größer geworden war, ohne seine elegante Feingliedrigkeit einzubüßen.

Schon von weitem riss Magnus tom Diek seine Lederkappe vom Kopf und schwenkte sie. Mit einem Schlag ruhte die Arbeit. Gute oder schlechte Nachrichten, das würde sich in den nächsten Augenblicken erweisen. Enno fühlte eine dumpfe Beklemmung in seiner Brust. Zu viel Übles hatten die letzten Monate gebracht: die Krankheit der inzwischen gottlob genesenen Mutter, der ständige Ärger mit dem Kirchspielpfarrer, Bruder Ludgerus, der sich in der Gemeinde isolierte, die Auseinandersetzungen mit den Brokmannen.

Und über allem lag der Ruch dieser noch immer ungesühnten Mordtaten von Ochterszem, der die Familie tom Diek ganz direkt betraf und belastete. Der Kirchspielpfarrer war nicht nur wegen seiner offenkundigen Verstrickung in die Vorgänge eine immer unerträglicher werdenden Bürde, auch sein tägliches Verhalten als Pfarrer und Seelsorger machte klar, dass sein weiteres Bleiben kaum von Dauer sein konnte. Und was die Hylmerisna betraf, so wurde der Griff nach Macht und Einfluss über Brokmannia hinaus immer penetranter. Nicht nur war er inzwischen mehr oder weniger stillschweigend zum Dauerrichter seiner Landgemeinde avanciert, er buhlte mit unverminderter Stärke Richtung Auwreke und war nun sogar in einem Rechtsstreit im Emesingerlant als Schlichter aufgetreten, zwar als einer von mehreren, aber offenbar in einer dominierenden Rolle. Dass Keno Hylmerisna diese Angelegenheit für sich und seine Reputation aufblies und ausschlachtete, lag auf den Hand. Dass er damit seine Stellung in Brokmannia weiter festigte, auch. In dieser Landgemeinde war der Umgang abgeschafft, es gab zumindest offen niemanden, der die Hylmerisna als ständige Richter und Führer in Frage stellte. Auch die Kirche nicht. Gerade sie nicht.

Beunruhigt sah Enno seinem Vater entgegen, und dann, als er ihn lächeln sah, entspannte er sich. Magnus war heran und parierte den Hengst kraftvoll durch. Und dann sah Enno das Pergament in seinem Gürtel, es steckte direkt neben dem Runenholz.

»Nachrichten aus dem Oosterambt!«, rief Magnus fröhlich.

Enno spürte, wie sich sein Pulsschlag beschleunigte. Er nahm das Papier und las, während sich sein Gesicht unter den amüsierten Blicken seines Vaters rötete. Willem Zeerijp kündigte das Eintreffen seiner Schwester Wiska für die nächsten Tage an, man wolle nun Hochzeit machen und er bäte, wie bei der Verlöbnisfeier von Enno vorgeschlagen, um die Ausrichtung auf dem Anwesen der tom Diek in Eesensem. Enno hob den Kopf und strahlte, sein Vater auch.

»Deine Mutter ist schon in heller Aufregung. Die Tenne gleicht einem Bienenstock. Alle Herde und Kochstellen brummen vor Betrieb«, sagte Magnus lächelnd und Enno spürte seine Ohren brennen.

Die Abordnung der Oosterämbter traf zwei Tage später ein. Allen voran der Schollenherr, Willem Zeerijp, begleitet von seiner Mutter Marijke, seinem Handmann und zwei weiteren Knechten.

Und Wiska. Die junge Braut war ganz in weißes Wolltuch gehüllt, trug einen Haarkranz aus immergrünen Buchszweigen und die Augen über den geröteten Wangen strahlten wie ein Kornblumenfeld in der Mittagssonne. Ihr Bruder gab sich aufgeräumt und gut gelaunt. Er scherzte sogar mit seinem Handmann und bemühte sich liebevoll um seine Mutter, was allgemein, nicht nur bei Marijke, Verblüffung und Unglauben hervorrief. Den langen Adriaan begrüßte er mit Handschlag und nannte ihn Bruder, irritierte damit den neuen Bauern von Ochterszem sichtlich.

Der Lange reagierte steif und zurückhaltend. Er hatte nicht vergessen, wie sein westfriesischer Landsmann während der Verlöbnisfeier in Wijtwerd mit ihm umgesprungen war, und seine eigene Entgleisung dort wohl auch nicht. Adriaan blieb während der ganzen Feierlichkeiten still und reserviert. Nach einem Begrüßungsmahl auf der Tenne wurde die Trauung für den nächsten Tag angesetzt. Bruder Ludgerus erbot sich in ungewohntem Eifer, die Kirche noch an diesem Abend zu schmücken, damit die Vermählung am folgenden Morgen ohne Verzug vollzogen werden könne. Man sah Enno deutlich an, dass er es vorgezogen hätte, von einem anderen Geistlichen getraut zu werden, am liebsten von Bruder William, aber der war nicht verfügbar und so gab es zu dem Kirchspielpfarrer keine Alternative. Also fügte er sich. Er wich Wiska nicht von der Seite und die beiden schwammen geradezu in Glückseligkeit.

Es hätte also gleichwohl ein ungetrübter Abend auf

der Tenne werden können, wäre da nicht jener unliebsame Zwischenfall gewesen, der mit einem Schlag die Stimmung brach und sich wie ein düsterer Schleier auf die Gemüter der ganzen Hochzeitsgesellschaft legte. Es wusste später niemand genau zu sagen, was sich eigentlich ereignet und wie sich alles zugetragen hatte. Man saß bei gedunkeltem Bier zusammen, das der Westfriese mitgebracht hatte, und der Schollenherr hatte zur Feier des Tages einen Krug Wein geöffnet, als plötzlich vor der Tenne Geschrei ertönte, so unvermittelt und laut, dass allen das Herz stockte und die Frauen erschreckt zusammenfuhren. Dann wurde die Tür aufgerissen und der Handmann des Oosterämbters stürmte herein, er war wohl draußen gewesen, um sein Wasser abzuschlagen. Er hatte geschrien, schrie noch immer irgendetwas, in ständigen Wiederholungen und nötigte seinen Schollenherrn und den Gastvater vor die Tennentür, und dann sahen sie einen der Hausknechte auf der Erde liegen, in seinem Erbrochenen und mit beschmutzten Hosen, von Schmerzkrämpfen und Fieber geschüttelt.

Und nun verstanden sie auch, was der Handmann geschrien hatte, er sagte die Worte unablässig vor sich hin, so lange, bis ihm Willem Zeerijp mit einem scharfen Befehl den Mund verschloss. »De swarrte dodt, de swarrte dodt!«

Nur mit Mühe konnte Magnus tom Diek sein Gesinde beruhigen. Es fehlte nicht viel, und viele wären in Panik davongerannt, irgendwohin, nur weg von diesem kranken Knecht, der ihnen mit seinen Schmerzschreien Angst und Schrecken einjagte. Schuld daran war in erster Linie der Handmann des Oosterämbters, der eindeutig die Nerven verloren hatte. Sein leichtfertiges Gerede über die Pest hatte die Situation weiß Gott unnötig verschärft.

Magnus enthielt sich hierzu jedes Kommentars, aber seine Augen waren Dolche. Auch der Lange war voller

Zorn, der Handmann steckte ihm sowieso quer, wegen der Sache mit Jeroen van Oldenzaal, und sein Gesicht sprach Bände. Almeth tom Diek rief ein paar Mägde zu sich, und gemeinsam schafften sie den Mann in seine Kammer, wuschen ihn und legten ihn auf seine Bettstatt. Sie trugen Tücher um ihre Hände und bemühten sich, ihn weder direkt zu berühren noch mit seinen Ausflüssen in Kontakt zu kommen. Aber sie sahen die Beulen in seiner Leiste und Magnus tom Diek befahl, den Knecht in vollkommener Isolierung vom restlichen Gesinde zu pflegen. Dann befragte er sein Leute, aber niemand sonst fühlte sich krank. Der betroffene Knecht hatte in den letzten Tagen allein an der Reparatur einer Scheune außerhalb des Anwesens gearbeitet, keiner hatte Besonderes an ihm bemerkt. Magnus tom Diek glaubte den Fall unter Kontrolle und er sagte es auch, aber die Stimmung blieb eingetrübt und die Fröhlichkeit war dahin.

Zur allgemeinen Überraschung war es Bruder Ludgerus, der am nächsten Morgen bei der Trauung durch besondere Freundlichkeit, ja sogar Wärme dem Ritus eine tiefe Feierlichkeit verlieh, die allen Anwesenden von Herzen wohl tat. Er predigte und sang mit einer Inbrunst, die Magnus tom Diek in Erstaunen versetzte. Sollte es doch angenehme Seiten an diesem Scheusal geben? Das Brautpaar war angerührt und kniete mit leuchtenden Wangen, die beiden Mütter weinten nahezu fortdauernd während der gesamten Zeremonie. Nur der lange Adriaan blieb reserviert, seine Augen verloren ihre Kälte nicht. Nach dem Eheversprechen küsste Wiska Enno die Hände und er ihre Stirn, wie es der Brauch war.

Die Hochzeitsfeier auf der Tenne blieb, bei allem Glück und aller Freude, eher gedämpft und besinnlich. Es wurde vorzüglich getafelt, aber es gab keine Musik und es wurde nicht getanzt. Auch den Brautleuten stand der Sinn nicht danach, denn wenige Schritte entfernt lag der Knecht und rang mit dem Tode. Es war erneut der Handmann des Oosterämbters, der für einen Missklang sorgte, als er, schon unter dem Eindruck des Weines, plötzlich aufstand und zu singen begann. Er hatte seinen Hirschfänger[186] gezogen, hielt ihn wie ein Kreuz mit der Klinge nach unten über den Kopf und gab mit schwankender Stimme ein Minnelied zum Besten:

Weh', dass ich dich lassen muss,
mein geliebtes Herz.
Schatten düstern mein Gemüt,
lasten auf der Seele Fried,
in der Brust wühlt Schmerz.

Schöne Stunden gabst du mir,
weiche Lagerstatt
Nächte voller Seeligkeit,
himmelhoch gejauchzter Freud.
Nimmer ward ich satt.

Jetzo, da das Kreuz ich nahm,
drängt es mich fernab.
Gegen Sarazenen ziehn,
Für die Christenheit erblühn,
soll des Herren Grab.
Bittre Jahre in der Fremde,
doch im Busen Glück.
Davon zehr ich alle Zeit,
gebe Gott es wird wie heut,
find zu dir zurück.

Danach war Totenstille auf der Tenne, keine Hand rührte sich zum Beifall, nur auf dem feisten Gesicht Willem Zeerijps stand ein selbstgefälliges Grinsen. Anscheinend hatte

186) Jagdmesser

der Handmann den Geschmack seines Schollenherrn getroffen. Diese Darbietung war ebenso deplaziert und unnötig wie die Reaktion des langen Adriaan. Er stieß geräuschvoll seinen Schemel zurück, so laut, dass alle Augen auf ihm lagen. Und dann verschränkte er seine Arme vor der Brust und setzte eine Miene auf, als sei ihm speiübel. Das Grinsen im Gesicht des Westfriesen gefror, er warf dem Langen einen hasserfüllten Blick zu, wandte sich abrupt an Magnus tom Diek, öffnete den Mund zu einer scharfen Bemerkung, sah das vor Zorn kantige Kinn des Hairlingers, fuhr zurück zu seinem Handmann und gab ihm in barschem Ton den Befehl, sich zu setzen.

Das hierauf herrschende lastende Schweigen löste sich nicht mehr völlig an diesem Abend. Die Gesellschaft ging bald zur Ruhe und die Oosterämbter brachen am nächsten Morgen auf. Der Abschied zwischen Willem Zeerijp und seiner Schwester war kühl und kurz, vor ihrer Mutter konnte Wiska ihre Tränen nicht zurückhalten. Beide Frauen lagen sich weinend in den Armen. Der Knecht starb am Abend dieses Tages. Sie beerdigten ihn sofort, das Grab wurde ungewöhnlich tief ausgehoben.

*

Wird ein Mann aus einem Land in einem anderen getötet, so soll man ihn mit sechzehn Mark büßen und den Richtern, die für das Richteramt vereidigt sind, eine Halslösungssumme als Brüche zahlen, und die Halslösungssumme beträgt sechsunddreißig Schillinge.

1. Oldamter Küre

4.

Engerhoffe/Utengherbur/Buta Ee; Brokmannia,
am Tage St. Martinus, Anno Domini 1347
(Freitag, 11. November)

Der Wolfshund hob seinen massigen Schädel und schnüffelte. Sein Interesse galt nicht den säuerlichen Ausdünstungen des Brokmannen, der hinter ihm auf der Pritsche lag und schnarchte. Als der Hund anschlug, fuhr Keno Hylmerisna hoch und griff nach seinem Schwert. Es war noch dunkel, das sah er durch das Schweinsblasenfenster seiner Schlafkammer. Vom Hof her hörte er Pferdegetrappel und Stimmen, und dann riss sein Verwalter und Handmann, Uffo Remetsna, die Tür auf und streckte seinen dürren Kopf in den Raum.

»Sie sind da!«

Ächzend stand der Brokmanne auf, schlurfte zum Abort und erleichterte sich. Dann warf er seinen Mantel über und trat auf den Hof. Im Osten stand ein dünnes Band zaghaften Tageslichts, das Anwesen der Hylmerisna lag noch immer im Dunkel einer stürmischen und regenreichen Nacht. Der Brokmanne schärfte die Augen und tastete sich durch die Gruppe von etwa zwanzig Reitern, die noch immer auf ihren Pferden saßen. Große, kräftige Männer auf hochbeinigen, massigen Tieren.

»Wo ist Dirik?«

»Hier!« Der Reiter vor ihm hob den Arm, dann stieg er ab und trat heran. »Wir sind es, Keno Hylmerisna. Ich hoffe, wir finden diesen Winter wieder Aufnahme, es soll wie üblich dein Schade nicht sein!«

Der musterte den Mann mit finsterem Blick. Der Fremde war ganz in Leder gekleidet, über seiner Schulter stand der Griff eines Langschwertes. Er war nass bis auf die Haut.

»Schick deine Leute in die Unterkünfte. Uffo sorgt für ein Frühstück. Du kommst mit mir!«, sagte Keno grollend, drehte sich um und ging ins Haus. Der Fremde stapfte hinterher. Auf der Tenne brannte bereits das Feuer. Mürrisch wies Hylmerisna auf einen Schemel, er selbst setzte sich in einen Lehnstuhl. Eine Magd huschte herein und stellte einen Krug erhitztes Bier und Scheiben kalten Braten auf den Tisch. Keno langte zu, ohne dem Fremden etwas anzubieten. Er biss in eine Fleischscheibe, der Saft lief ihm in den Bart.

»Seid ihr vollzählig? Die gleichen Männer wie im letzten Jahr?«, fragte er mit vollem Mund.

Der Fremde schielte auf die Fleischplatte. Seine Kaumuskeln waren angespannt, er musste sehr hungrig sein. »Ja, Herr, wie im letzten Jahr«, sagte er eilfertig.

Keno schob ihm die Platte zu und der Fremde griff hastig nach dem Fleisch. Der Brokmanne beobachtete ihn unter hängenden Lidern. Sah zu, wie der Mann schlang und dann nach der Bierkanne griff. Es musste ein Ende haben. Er war es leid. Die üblen Gerüchte, die scheelen Blicke, die fast körperlich spürbare Ablehnung, die ihm außerhalb und inzwischen teilweise sogar innerhalb der Landgemeinde entgegenschlug, ging ihm auf die Nerven. Es war dem Hairlinger anscheinend gelungen, gegen die Hylmerisna Stimmung zu machen, wohl unterstützt durch seinen ehemaligen Handmann, diesen unsäglichen Kerl von Holländer, auf eine subtile, hinterhältige Art.

Sie gingen in Ostfriesland umher und träufelten den Leuten mit Gerede und Andeutungen widerliche Dinge in die Ohren, Zerrbilder, die seine Familie in ein ungünstiges Licht rückten und nicht länger geduldet werden konnten. Es schadete vor allem ihm und seinen Zukunftsplänen. Er dachte nicht daran, seine Machtoptionen durch derlei aufs Spiel zu setzen. Er hatte ja keine Ahnung gehabt, und es hatte ihn getroffen wie ein Keulenschlag, als ihm sein Sohn Ocko in einem Gespräch so ganz nebenbei, fast wie zufällig, mitgeteilt hatte, wie die Sache über ihn und die Fremden ins Rollen gekommen war. Heftiger Schwindel hatte ihn ergriffen, er war getaumelt und musste sich rasch in den Lehnstuhl fallen lassen, sonst wäre er unweigerlich zu Boden gestürzt.

»Was hast du getan? Was hast du getan, Sohn, unglückseliger?«, hatte er geröchelt, aber Ocko war wie üblich von einer eiskalten, fischigen Ruhe gewesen.

»Ich habe den Boten des Erzbischofs empfangen und dann mit Dirik gesprochen. Er hat das Unternehmen vorbereitet und durchführen lassen. Es ging nur um die Urkunde. Es war alles zu unserem Nutzen. Keiner konnte ahnen, wie die Geschichte ausgeht!«

Keno Hylmerisna hatte ihn angestarrt wie eine schreckliche Erscheinung, dann hatte er die Hände über den Kopf zusammengeschlagen. »Um des Himmels willen! Um des Himmels willen! Wie konntest du? Wie konntest du?«, hatte er geschrien, getobt, aber Ocko hatte ungerührt gestanden und ihn toben lassen, bis er keine Kraft mehr hatte. Danach hatte langes Schweigen geherrscht, schließlich hatte sich Keno Hylmerisna in seinem Lehnstuhl aufgerichtet. »Wer war dabei?«

Sein Sohn hob die Schultern. »Es waren fünf. Ich weiß nicht, wen Dirik eingeteilt hat.«

»Er selbst?«

»Nein. Dirik war hier auf dem Hof!«

Danach war der Vater aufgestanden, schwerfällig, wie ein alter Mann, war auf seinen Sohn zugegangen und hatte ihn mit einem Blick angesehen, der sogar Ocko die Augenbrauen in die Stirn drückte.

»Dass ich in Auwreke war, ist keine Entschuldigung. Triffst du in meiner Abwesenheit noch einmal eine solche Entscheidung, werde ich dich ganz persönlich zur Rechenschaft ziehen. Und jetzt geh mir aus den Augen!«

So war das gewesen, und nun waren die Fremden wieder da und Keno Hylmerisna war fest entschlossen, diese unsägliche Geschichte aus der Welt zu schaffen. Sie sollte, sie durfte keinen Schaden mehr anrichten. Er hob den Kopf, sah den Fremden kauen und sagte: »Ochterszem!«

Dirik erstarrte augenblicklich. Er hockte da mit vollem Mund und wartete. Wartete auf den nächsten Satz des Brokmannen, aber der kam nicht, und der Fremde setzte seine Kauwerkzeuge wieder in Bewegung. »Was ist damit?«, fragte er scheinbar lässig.

Keno fuhr mit dem Oberkörper nach vorn, so heftig, dass sein Lehnstuhl ein scharfes Knacken von sich gab. »Du weißt, was damit ist!« Er stand auf und ging zur Feuerstelle, legte einige Scheite nach, kam zurück.

Der Fremde schwieg und kaute, spülte mit Bier nach, peilte auf die Fleischplatte, aber verzichtete darauf, sich erneut zu bedienen. »Ich weiß, was vorgefallen ist, aber die Sache ist für uns erledigt«, sagte er flach und sah den Brokmannen an. »Das war sie auch für deinen Sohn, der uns beauftragt hat!«

»Dazu war er nicht befugt! Ich bin der Herr der Hylmerisna, ich, verstehst du?«, zischte Keno und der Fremde musterte ihn lange und schweigend.

»Ich verstehe. Und was weiter?«

Der Brokmanne stand erneut auf. Mit langen Schritten

durchmaß er die Tenne, hin und her, marschierte zur Feuerstelle, kam zurück und blieb vor dem Schemel des Fremden stehen. »Erledigt ist nichts! Die Sache stinkt noch immer. Sie ist in den Köpfen der Leute. Ich habe Schwierigkeiten deswegen, hörst du, verdammte Schwierigkeiten. Es wird geredet, schlecht über uns, das will ich nicht länger dulden. Die causa muss aus der Welt!«

Der Fremde senkte den Kopf und schwieg. Er hatte von Anfang an kein gutes Gefühl gehabt. Es waren vier Menschen gestorben, drei davon hatten seine Leute erschlagen und er wusste, hier war noch eine Rechnung offen. Andererseits gab es keine Zeugen, und so hatte er sich trotz aller Zweifel hinreichend sicher gefühlt, auch diesen Winter herzukommen. Sie hatten ein gutes Jahr gehabt, ansehnliche Beute gemacht, aber Leute wie sie steckten kein Silber in irgendeine Behausung für die Zeit, in der sie nicht auf See sein konnten. Sie lebten auch nicht so, dass viel von ihren Rauben übrig blieb. Sie waren auf den Brokmannen und seine Herberge angewiesen, verdammte Tat! Er hob den Blick. Keno stand mit gespreizten Beinen vor ihm, die Fäuste hatte er in die Hüfte gestemmt.

»Du sagst, die Sache muss aus der Welt. Gut. Ich biete dir zusätzlich zu unserem üblichen Wohngeld dreißig rheinische Gulden. Oder, sagen wir; vierzig.«

Keno Hylmerisna begriff die zynische Rechnung sofort. Der Fremde bot ihm für jeden Toten zehn Gulden. Einen kurzen Augenblick erschien ihm das Angebot verlockend, er rechnete es in Silbermark um und die Summe erschien ihm nicht unbeträchtlich. Aber dann schüttelte er den Kopf.

»Du verstehst noch immer nicht, Dirik. Es geht mir nicht um Geld, sondern um den guten Ruf der Hylmerisna. Ich bin Gerichtsherr in Brokmannia. Zudem noch in Uthum und Visquerd. Meine Reputation, Dirik! Meine Reputation!«

Der Fremde starrte ihn an. Ihm war jetzt klar, worauf die Sache hinauslief. In seinem Kopf kreisten die Gedanken. Mit fiebriger Hast überdachte er seine Möglichkeiten. Er konnte dem Brokmannen mehr Geld bieten, aber er dachte nicht ernsthaft daran. Vierzig Gulden waren genug. Er konnte seine Leute alarmieren und dann, notfalls mit Waffengewalt, das Anwesen verlassen, aber wohin sollten sie gehen?

Und er konnte sich fügen. Das Unvermeidliche akzeptieren. Die Kröte schlucken. Er hatte sich schon damit abgefunden. Aber er wollte es Keno nicht ersparen, den entscheidenden Satz zu sagen. Und irgendwo in seiner Brust steckte wohl auch noch ein winziges Stückchen Hoffnung auf ein glimpfliches Ende. »Was also willst du?«

Hylmerisna setzte sich wieder in seinen Lehnstuhl. Er griff nach der Bierkanne und langte sich ein Bratenstück von der Fleischplatte. »Du gibst mir die fünf Männer. Ich werde sie bestrafen.«

Der Fremde fühlte eine kalte Hand nach seinem Herzen greifen. Das Fünkchen Hoffnung erlosch. »Wie?«, fragte er dumpf.

»Sie verlieren ihren Kopf«, sagte Keno Hylmerisna kauend.

*

Seit Tagen gingen Meldungen über fremdes Raubgesindel durch die Landgemeinde, kleinere bewaffnete Banden, die in Höfe einbrachen und Vieh von den Weiden stahlen, und so entschloss sich Magnus tom Diek, mit einem größeren Trupp aufzubrechen. Der lange Adriaan, Bauer zu Ochterszem, war dabei, dazu eine gute Handvoll ausgesuchter Knechte. Es war noch dunkel, als sie losritten, im Westen stand der Wald schwarz und drohend gegen den Nachthimmel.

Kurz vor dem Aufbruch, noch während des Frühstücks, hatte es Streit zwischen zwei Knechten gegeben. Der eine gehörte zum Hof der tom Diek, der andere war der Handmann eines Pachtbauern, der für dieses Unternehmen abgestellt war. Vor der Tenne stand ein Wasserfass, und es war üblich, dass jeder, der die Tenne betrat, einen Ledereimer Wasser mitbrachte, um das Fass für die Küche gefüllt zu halten.

Der Handmann, ein kurzgewachsener, bulliger Kerl, kannte die Regel wohl nicht und kam ohne Eimer zum Frühstück. Der Küchenknecht, ein kräftiger, stiernackiger Mann von der Insel Wangheroch[187], hatte es zum Glück nicht gesehen, er kramte hinter der Feuerstelle zwischen den Vorräten.

Aber der Hausknecht hatte den Vorfall bemerkt, er war aus irgendeinem Grund schlechter Laune und er fuhr den Handmann sofort hart an. »Los, raus, Wasser holen! Glaubst, wohl du bist was Besseres?«

Sofort war Ruhe auf der Tenne, der Küchenknecht tauchte hinter seinen Vorräten auf, seine Augen gingen zwischen den beiden Streithähnen hin und her. Er sagte nichts, aber seine Bizepse waren angespannt.

Der Handmann blieb steif und breitbeinig auf der Schwelle stehen, er zog den Kopf zwischen seine muskulösen Schultern. »Was willst du, Rotzlöffel?«, fauchte er eisig.

Der Küchenknecht machte einen Schritt nach vorn und öffnete den Mund, aber der Angesprochene sprang mit einem Wutschrei auf die Füße und fegte seinen Teller mit Emmergrütze von der Tischplatte. »Verdammter Hund! Du gehst raus und holst Wasser für die Tenne, wie es jeder tut, oder ich lehre dich die Sitten des Hauses!«, brüllte er mit hochrotem Kopf, und der Handmann drehte sich auf dem Absatz um und trat vor die Tenne. Griff sich den Eimer, fasste Wasser und kam zurück. Ging dann mit raschen Schritten auf den Hausknecht zu, holte aus und schmetterte ihm das kalte Wasser samt Eimer gegen die Brust.

187) Wangerooge

»Da! Zufrieden?«

Danach war Tumult auf der Tenne, der Küchenknecht langte nach einer schweren Eisenpfanne, der Angegriffene zog sein Messer und wollte sich auf den anderen stürzen, das übrige Gesinde brüllte und johlte und es hätte zweifellos eine ernsthafte Rauferei gegeben, wäre nicht in diesem Moment der Schollenherr mit dem langen Holländer aufgetaucht. Sein Erscheinen sorgte augenblicklich für Ruhe, aber es blieb eine gereizte Stimmung, die bis zum Aufbruch anhielt.

Sie ritten im Pulk durch den allmählich dämmernden Morgen, kaum jemand sprach, sie hielten ihre Augen offen. Es war noch nicht ganz hell, da griffen sie bei Tynnum[188] zwei Bürschchen, blutjunge Kerle, die sich an einem Schafspferch zu schaffen machten. Das Gattertor war schon aus einer Angel gelöst, es hing schief zwischen den Pfosten. Der Lange hatte sie zuerst gesehen, es war der reine Zufall gewesen, dass ihnen die beiden in die Arme liefen. Sie hatten versucht, zwischen die Auen zu entkommen, aber die Reiter schwärmten aus und schnitten ihnen den Weg ab.

Magnus tom Diek nahm sich die Burschen vor. Es war die übliche Geschichte. Während sie erzählten, brachen beide in Tränen aus. Sie stammten aus einem Dorf in Wangia[189], waren nachgeborene Söhne von Bauern und ihre Väter hatten sie, wie es üblich war, mit Gewalt vom Hof vertrieben. Die Erträge waren knapp und der Erstgeborene wollte keinen altersnahen Konkurrenten auf seinem Erbe. Sie hatten sich mit Diebstählen durchgeschlagen, gelegentlich auch mit einem kleinen Raub, aber jetzt stand der Winter vor der Türe und sie wussten nicht mehr weiter.

»Was hattet ihr mit den Schafen vor?«, fragte Magnus.

188) Thunum, Kreis Wittmund

189) Wangerland, Kreis Friesland

Sie wollten sie stehlen, nur zwei oder drei, mehr nicht, und dann versuchen, sie auf einem der südlichen Märkte zu verkaufen. Die beiden hockten da wie Häuflein Elend, sie trugen dünne Kittelblusen und abgewetzte Hosen, ihre Hände und Füße waren rot vor Kälte.

Magnus besprach sich mit dem Langen und sie wurden schnell einig. Adriaan würde einen der beiden auf seinen Hof nehmen, Magnus tom Diek den anderen. Sie mussten das Gattertor wieder einhängen, dann nahmen zwei Knechte die Bürschchen auf ihre Pferde und brachten sie heim. Die übrigen setzten ihren Weg fort. Sie ritten über sanfte Geestrücken und durchquerten Eichenwälder, die so dunkel waren, dass man glauben konnte, die Nacht sei zurückgekehrt. Es war später Vormittag, als das Kloster im Dunst auftauchte.

Für Abt Hilderaad hatte der Tag schlecht begonnen. Auf dem Weg zur Prim hatte einer der Mönche im Klosterhof eine tote Krähe gefunden, nichts anderes als diesen verdammten Vogel, und war darüber derart in Aufregung geraten, dass er schließlich mit seiner Angst die gesamte Bruderschaft in Unruhe versetzt hatte.

Der Abt hatte diesen Vorfall zum Anlass genommen, eine scharfe, flammende Predigt gegen den Wahn der bösen Vorzeichen zu halten. Hatte den Mönchen mit rüden Worten mangelnde Festigkeit im Glauben vorgeworfen, mit Hölle und Verdammnis gedroht und war dabei so in Rage geraten, dass das gesamte Kapitel schließlich in Tränen ausgebrochen war und auch er selbst den einen oder anderen Schluchzer nicht zurückhalten konnte.

»Einfältige Toren! Wie wollen wir den unchristlichen Aberglauben in unserer Herde enden, wenn ihm schon Männer der Kirche erliegen?«, hatte er gedonnert und aus der noch dunklen Tiefe des Chorgestühls war ihm Geschluchze und Wimmern entgegengeschlagen.

So war das gewesen. Noch lange danach hatte er seinen Zorn gefühlt. Es erschütterte ihn, dass sogar Mitglieder seines Konvents – allesamt geweihte Mönche, es war kein Laienbruder unter ihnen – gegen derlei nicht gefeit waren, mystischen Anfechtungen nicht widerstanden und beim Anblick eines toten Tieres sofort an die Reiter der Apokalypse dachten. Und es machte ihn zornig, auch deshalb, weil es, wenn es öffentlich würde – und Mönche waren redselige Schwätzer – dem guten Ruf des Klosters schadete. Und was dem Ruf des Klosters abträglich war, das würde auch ihm selbst, Abt Hilderaad, kaum frommen. Es mangele ihm an Führungskraft, er verstehe es nicht, seinen Mitbrüdern Halt und Orientierung bei der Verfolgung ihres Seelenheils zu geben, würde es heißen.

Gerade in diesen Tagen, in denen vielleicht die Weichen für die Nachfolge des siechen Bremaer Kirchenfürsten gestellt wurden, kam derlei mehr als ungelegen. Nein, es war kein guter Tagesbeginn für Abt Hilderaad. Als ihm dann durch den Bruder Pförtner die Ankunft des Hairlingers gemeldet wurde, da wusste er, dass auch der Fortgang dieses Tages nichts Gutes verhieß. In aller Eile ließ er ein Mahl vorbereiten. Magnus tom Diek betrat die Wohnung des Abtes nicht allein, er wurde begleitet von diesem verfluchten Holländer, seinem ehemaligen Handmann, der jetzt Bauer in Ochterszem war. Und in diesem Augenblick wusste Hilderaad, dass es um die Morde ging. Sein Herz begann unruhig zu schlagen und der Schweiß brach ihm aus.

Er begrüßte seine Gäste überaus höflich und freundlich, aber er sah das Gesicht des Hairlingers in unveränderter Starre verharren und bei dem Holländer glaubte er sogar eine aufsässige Ablehnung zu erkennen. Der Abt überlegte fieberhaft, in seinem Kopf wirbelten die Gedanken. Sollte er angreifen oder abwarten, was der Gegner tat? Sollte er dieses Gespräch überhaupt zulassen? Und wenn, was tat dieser Emporkömmling hier, dieser Kerl, der sich anmaßte, mit Prälaten auf Augenhöhe zu reden, nicht durch eigenes Verdienst, sondern hochgespült durch eine Laune des Schicksals?

Er bot dem Hairlinger einen Lehnstuhl an und nahm ihm gegenüber Platz. Den Holländer übersah er jetzt, aber Adriaan setzte sich ungerührt auf den Stuhl, der seinem Schollenherrn zur Linken stand.

»Ich freue mich über deinen Besuch«, sagte Hilderaad mit glattem Lächeln und ließ erneut den Langen unberücksichtigt.

Magnus tom Diek sah ihn an, seine Mundwinkel blieben fest. »*Wir* sind gekommen, weil es Anlass zum Reden gibt«, sagte er kühl, und in diesem Augenblick entschloss sich der Abt zum Angriff.

»Ich rede nicht mit Knechten!«, äußerte er brüsk.

»Adriaan van der Kerckhove ist kein Knecht, sondern Bauer in Ochterszem. Zusätzlich gehört er zum Kirchspiel Eesensem, da es in seinem Dorf noch keine Kirche gibt. Ich habe ihn um seine Begleitung gebeten und er hat das gleiche Recht wie ich, hier zu sein«, erwiderte der Hairlinger scharf. Der Lange schwieg, auf seinen Lippen stand ein spöttisches Lächeln, aber er schien eine Spur blasser geworden zu sein.

»Er ist kein Richter. Er gehört nicht zu den Vornehmen des Stammes der Hairlinger!«

»Er ist hier als Christ, als Mitglied seiner Gemeinde. Wollt Ihr ihn zurückweisen? War es nicht unser Herr Jesus selbst, der die Kindlein zu sich kommen ließ?«

Der Prälat griff hastig nach seinem Brustkreuz, seine Augen traten aus den Höhlen. »Wer bist du, dass du es wagst, solche Vergleiche zu ziehen? Wie kommst du dazu, einen armen Sünder wie mich mit Gottes Sohn auf eine Stufe zu stellen?«

Magnus blieb ruhig. Es hatte Vorteile für ihre Sache,

wenn Hilderaad seine Haltung verlor, und er war entschlossen, sie zu nutzen.

»Ein Sünder seid Ihr allerdings«, sagte er kalt und sah den Abt fassungslos glotzen. Lehnte sich zurück und betrachtete das aufgedeckte Mahl. Fügte dann hinzu: »Wie wir alle. Ihr seid keine Ausnahme. In einem konkreten Fall seid Ihr vielleicht sogar mit einer besonders schweren Sünde belastet. Mir ging es jedoch darum, Euch an Eure Pflichten als Seelsorger zu erinnern. Mit einem, ich gebe zu, verdeckten Syllogismus. Sonderbar, dass Ihr ihn nicht verstanden habt!«

Totenstille. Der Abt starrte ihn mit offenem Mund an, stand auf, ging zu seiner Betbank, ließ sich darauf nieder und faltete die Hände. Sie hörten ihn murmeln, zuerst das Pater Noster, dann das Ave Maria, danach erneut das Pater Noster. Dann kehrte eine lange Ruhe ein, der Prälat schwieg mit geschlossenen Augen, es sah fast so aus, als sei er eingeschlafen. Aus der Kirche wehte gedämpfter Gesang herüber, anscheinend hatte die Andacht vor der Sexta[190] begonnen. Es war, als holte das Singen der Mönche den Abt aus seiner Starre. Er hob den Kopf und stand auf, blieb aber mit gefalteten Händen vor seiner Betbank stehen.

»Ich denke, Euer Gebet hat Zeit, bis wir unsere Sache vorgetragen haben«, bemerkte Magnus kühl in die Stille hinein.

Der Abt fuhr herum, sein Gesicht verzerrte sich vor Zorn. An seiner Stirn pochte eine wurmdicke Ader. »Verrenne dich nicht, Magnus tom Diek! Und erinnere dich, mit wem du redest. Aus deinen Worten spricht Anmaßung. Ich bin der Abt dieses Klosters. Willst du mir vorschreiben, wann ich mich an meinen Herrn wende?«, schrie er aus vollem Hals.

190) Die sechste Stunde nach der Tageseinteilung im Kloster, etwa 12.00 Uhr mittags. Wenn nicht auf den Feldern gearbeitet wurde auch Zeitpunkt der Einnahme des Mittagmahls.

Der Hairlinger schwieg. Er war zufrieden. Es war ihm gelungen, den Prälaten aus dem Gleichgewicht zu bringen. Der Lange mit seinem blasierten Gehabe tat ein Übriges. Adriaan saß weit zurückgelehnt, fast lag er, und verfolgte den Dialog mit provozierendem Lächeln.

Nur langsam, zögernd löste sich die verkrampfte Spannung des Abtes. Er öffnete die geballten Fäuste und trat zurück an den Tisch, aber seine Augen loderten. Er nahm in offenem Widerwillen Platz und wies mit einer knappen Bewegung auf die Schüsseln und Näpfe. »Esst. Es ist gesegnet!«

Als hätte er nur auf dieses Stichwort gewartet, huschte ein junger Novize herein, fast ein Kind noch, und stellte Wasser und Wein auf den Tisch. Adriaan fragte sich, ob der Junge wohl an der Tür gelauscht haben könnte. Der Abt fragte sich das anscheinend auch. Er beobachtete den Novizen missbilligend und scheuchte ihn schließlich mit einer unwirschen Handbewegung hinaus. Magnus sah auf die Schüsseln, sein Magen knurrte, aber er griff nicht zu. Auch der Lange saß mit vor der Brust verschränkten Armen.

»Wir danken für dieses Mahl. Bevor wir uns daran erfreuen, wollen wir die causa klären, um derentwillen wir gekommen sind«, sagte der Hairlinger ohne besondere Betonung.

Hilderaad antwortete nicht. Er goss Wasser in seinen Becher und griff nach einer Lauchstange, legte die Stange auf einen Brotfladen und biss hinein. »Esst!«, sagte der Prälat mit vollem Mund, als wäre Magnus' Bemerkung nicht gefallen.

Er sah erst auf, als die beiden anderen schwiegen. Brütend musterte er seine Gäste. Und in diesem Augenblick hasste er sie. Hasste das, was sie ihn fragen würden, hasste Bruder Ludgerus in seiner blindeifrigen Unfähigkeit und hasste schließlich den Erzbischof von Brema, den sein brennender Ehrgeiz und seine Gier nach Macht sie alle erst in diese Lage gebracht hatte.

Mit Verbitterung dachte er an jenen Tag im Mai Anno Domini 1345. Sie hatten in diesem Raum gesessen, er selbst, sein Cellerar und der Erzbischof. Und dann Bruder Ludgerus, dieser Versager, den seine blinde Willfährigkeit und sein eigener Drang nach Einfluss wohl so sehr in Versuchung geführt hatten, dass er leichtsinnig geworden war. Gewiss, der Einfall, den alten Pferdeknecht Tjarko anzuzapfen, war blendend, vielleicht sogar brillant gewesen. Genial seine verdeckten Nachforschungen, die schließlich offenbart hatten, dass Tjarko seinerzeit um den Platz des Handmannes der tom Diek gebuhlt hatte und teuflisch gut – hier schauderte er und bekreuzigte sich innerlich – das Gerücht um die abartige Sündhaftigkeit des späteren Handmanns Uko Vrede, der sein Schollenherr angeblich erlegen war.

Und dann das unglückselige Ende, verschuldet durch brutales Volk, das in bedenkenloser Kaltschnäuzigkeit vor nichts zurückschreckte, nicht einmal vor der Tötung von Gotteskindern. Getauften Christen. Unsäglich, das alles. Und er wusste, nicht nur die Fremden, nicht nur diejenigen, die Klingen geführt hatten; sie alle, Ludgerus, Otto, der Brokmanne und sein Sohn, und auch er selbst hatten Blut an den Händen.

Aber nun ging es ums nackte Überleben. Um die Zukunft. Um *seine* Zukunft. Er dachte nicht daran, sie etwa kampflos aufzugeben. Er wusste, dass die Dinge in der Schwebe waren. Der sieche Otto hatte vor sieben Tagen seine Sendboten an den Hof des Papstes geschickt, um den Pontifex in der Frage seiner, Ottos, Sukzession, um eine Entschluss zu bitten. Clemens IV., der 198. Nachfolger Petri auf dem Heiligen Stuhl, stand politisch ganz unter dem Einfluss des Königs von Frankreich, aber in einer vergleichsweise nachrangigen Frage wie der Nachbesetzung des Kirchenfürsten der Diözese Brema würde er wohl frei entscheiden dürfen. Sieben Tage waren die Boten mit ihrer Bedeckung unterwegs, die Gesandten selbst keine schnellen Reiter, sondern von der Bürde des Alters gebeugte Diakone, die einem Pferd nur Last und keine Hilfe waren.

Sie würden ihre Zeit brauchen bis Avignon, gewiss an die dreißig Tage, wenn nicht mehr. Dann die Frage, wie lange der Pontifex sie warten lassen würde, bis sie in ihrer Sache vorsprechen konnten. Clemens war kein Freund schneller Entschlüsse, er würde sich Zeit nehmen. Vielleicht, wer wusste es denn, würde ihn auch der König, Philipp, der VI. seines Namens, unter Druck setzen, hineinreden, und so einen Entscheid weiter verzögern. Dann die Rückreise, mühselig und entbehrungsreich, gefahrvoll sowieso, eine Tortur für alte Knochen. Durch die noch immer wild bewachsenen, unwegsamen Auen des Rhônetals, aus dem das Mordgesindel wohl nicht zu vertreiben war. Dann kam das Bergland des Beaujolais, für betagte Mönche ein Hindernis nicht nur wegen seiner Höhen, sondern vor allem durch seine Weine. Über die Gefahren weiter nördlich mochte Hilderaad nicht nachdenken. Es würde Monate dauern, bis die erzbischöfliche Gesandtschaft das heimatliche Bistum wieder erreicht hatte. Mit welcher Nachricht auch immer.

Und sollte diese, was Gott der Herr gebe, seine Investitur zur Folge haben, dann wäre er auf sicherem Boden, unerreichbar für die Anwürfe dieser Plebejer, die da anmaßend und ohne jede Demut vor ihm saßen. Zeit. Zeit. Er brauchte Zeit! Und Ruhe. Stille, wie sie jetzt auch in der Kirche herrschte, da der Gesang der Mönche geendet hatte. Die Brüder hatten sich wohl zur Mittagsruhe begeben.

»Es ziemt sich nicht, ein angebotenes Mahl zurückzuweisen«, sagte der Abt mit tiefem Groll in der Stimme.

»Wir weisen es keineswegs zurück, sondern freuen uns darauf, wenn unsere Sache beendet sein wird«, antwortete Magnus tom Diek, und Hilderaad legte den angebissenen Fladen auf den Tisch. Er wollte, er musste es hinter sich bringen.

»Was also willst du?«

»Ich fordere die sofortige Ablösung von Bruder Ludgerus als Kirchspielpfarrer in Eesensem!«, gab Magnus ruhig zurück.

»Im Namen der ganzen Gemeinde!«, ergänzte der Lange frostig.

Der Abt lehnte sich zurück. Eine Welle der Erleichterung durchfuhr seinen Körper wie ein Schwall warmes Wasser. Es ging nicht um ihn. Er war nicht das Ziel des Angriffs. Sondern Ludgerus. Der Mönch und Kirchspielpfarrer von Eesensem. Nicht er selbst.

Und mit einem Schlag fielen seine Ängste von ihm ab, er fühlte sich leicht, fast unbeschwert, und sein Puls beruhigte sich. In diesem Augenblick war er wieder der Prälat, der durch Erwähltheit und Gottesnähe diesen Bauern weit überlegene Klosterführer auf dem Sprung zu erzbischöflichem Purpur. Er verstand die Forderung des Hairlingers als offene Auflehnung, als eine freche, ja unverschämte Attacke auf den Führungsanspruch der Kirche. Diese Leute wussten nichts mehr von der durch Gott selbst gesetzten Ordnung der Dinge. Von der Syntax des Schöpfungsplans. Von oben und unten. Von der durch den Willen des Herrn verfügten Unterwerfung der Laien unter den Klerus. Höchste Zeit, solch blinder Verfehlung die Flügel zu stutzen, ihr deutliche Grenzen zu setzen.

Da kam ihm die causa, einen Großbauern und Richter am Nasenring hinter sich herzuziehen, gerade recht. Wie gut, dass es ausgerechnet dieser Magnus tom Diek war. Der Hairlinger würde sich die Lektion merken, für die

Verbreitung der Nachricht selbst würde er, Abt Hilderaad, schon sorgen.

»Was reitet dich, dass du es wagst, eine solche Forderung zu stellen?«, fragte er mit eisiger Stimme.

»Ich bin der Patronatsherr von Eesensem«, gab Magnus ebenso kalt zurück.

Der Abt schoss nach vorn, das Gesicht rot vor Zorn, die Augen traten ihm aus den Höhlen. »Ich stelle dieses Recht in Frage, es steht auf zweifelhaften Grund! Zudem hast du auf seine Ausübung verzichtet. Die Kirche, das präge dir ein, und nur die Kirche hat qua der ihr durch Gott verliehenen Aufgaben die Befugnis, derlei zu entscheiden. Bruder Ludgerus ist nun seit vielen Jahren Pfarrer in Eesensem, er wurde es schließlich mit deinem Einverständnis, und er bleibt!«

Magnus tom Diek verzichtete jetzt auf jede Form von Höflichkeit. Anders als durch offene Brüskierung war dem Klosterführer nicht beizukommen. Er stand so abrupt auf, dass sein Lehnstuhl krachend hinter ihm zu Boden schlug, wuchtete donnernd beide Fäuste auf die Tischplatte, Näpfe und Becher stürzten um, Wasser und Wein verlief zwischen Lauch und Grütze. Sein Gesicht, kantig vor Zorn, fuhr in einer heftigen Bewegung auf den Prälaten hinab, es sah aus wie das Zuschnappen eines angreifenden Hundes.

»Was weißt du denn über seine Amtsführung? Wann hast du ihn, deiner Pflicht gemäß, zuletzt über sein Wirken für das Seelenheil seiner Herde befragt? Welcher Erfolge konnte er dir berichten? Was haben deine Gegenprüfungen ergeben?«, fauchte er.

Der Abt war unwillkürlich zurückgewichen. Es behagte ihm nicht, dass nun wieder von ihm die Rede war, er ahnte mit Beklemmung eine Wende in diesem Disput, die ihm nicht gelegen sein konnte. Er war nicht mehr ganz so selbstsicher, das sah man deutlich.

»Fragen der innerkirchlichen Revision sind Interna, das solltest du wissen. Sie werden selbst dann nicht preisgegeben, wenn zu ihrer Klärung die Mittel der heiligen Inquisition eingesetzt worden sind. So will es die kirchliche Tradition!«, antwortete er mürrisch.

»Mir scheint, unter Tradition versteht Ihr und Euresgleichen eher die Bewahrung der Asche als die Weitergabe des Feuers!«, sagte der Hairlinger giftig und nahm aus den Augenwinkeln den leuchtenden Blick des Langen wahr. »Ob sich das mit den Tugenden der Gemeinschaft Gottes zusammenfügt, steht dahin!«

Der Abt schwieg störrisch, er griff nach einer Eisenglocke und schlug sie lauter, als notwendig gewesen wäre. Ein anderer Novize schlüpfte herein, sah die verwüstete Tafel, stellte hastig die umgestürzten Näpfe und Becher auf, reinigte den Tisch, verschwand. Tauchte wieder auf, brachte neue Näpfe und Wein, huschte hinaus.

Der Hairlinger hatte wieder Platz genommen und der Abt schwieg noch immer. Es war der lange Holländer, der jetzt zum ersten Mal das Wort nahm, und damit die Sache ihrem Ende zuführte. Als er sprach, kam seine Stimme wie ein raues, knorriges Knarzen, es klang, als würde eine stumpfe Säge über einen Eisenbarren gezogen.

»Ludgerus ist ein schlechter Mensch. Er ist bei weitem sündhafter als das geringste seiner Gemeindeschafe. Ihr seid sein Beichtvater. Was hat er Euch anvertraut?«

Hilderaad versteinerte. Es war nicht erkennbar, ob der Inhalt der Frage ihn erstarren ließ, oder die Tatsache, dass der Lange es wagte, ihn derart anzugehen. Er saß wie festgefroren, mit gesenktem Kopf, nur seine Hände, die auf dem Tisch lagen, öffneten und schlossen sich mechanisch. Es schien, als mühten sie sich vergebens, etwas Unsichtbares zu ergreifen.

»Und vor allem: Habt Ihr ihm Absolution erteilt?« Der Lange fragte es mit einem gewissen Unterton, einem unbestimmten, aber deutlich süffisanten Klang in der Stimme. Und plötzlich war da auch ein unerhörter Akzent, ein Ausdruck, in dem eine klare Drohung mitschwang, die den Prälaten aus seiner Erstarrung holte.

Hilderaad musste jetzt angreifen, sonst war er verloren, das spürte er. Er ignorierte den Langen, ergriff sein Brustkreuz, hob es und wandte sich direkt an den Hairlinger, ganz so, als ob Adriaan nicht ein Wort gesprochen hätte. »Verflucht! Verflucht! Verflucht sei, wer das durch Gott unseren Herrn geschaffene Institut der heiligen Beichte zu entweihen sucht!«, schrie er mit hoher, fast überkippender Stimme. »Verflucht, wer das Beichtgeheimnis in Frage stellt! Verflucht, wer Worte hören will, die nur für Gott und den Beichtvater bestimmt sind!«

»Die Beichte ist keines der sieben heiligen Sakramente«, wandte Magnus ein.

»Aber die Buße! Und sie hat die Beichte zur Vorraussetzung!«, bellte der Abt zurück. Und wusste zwei Herzschläge später, dass er einen schweren Fehler gemacht hatte, denn der Lange fuhr hoch, als hätte er sich in einen Dorn gesetzt.

»Ah, ja. Die Buße. Ein trefflicher Gegenstand. Wie gut, dass Ihr ihn anschneidet. Er gemahnt uns alle daran, dass der Tod von vier unschuldigen Menschen noch immer ungebüßt ist.«

»Was hat das mit diesem Kloster zu tun? Was hat das mit mir zu tun?«, heulte der Prälat in höchstem Diskant. Es war das erste Mal, dass er den Holländer direkt ansprach. Er war in seinem Lehnstuhl zusammengesackt. Zwischen seinen Lippen hing ein Speichelfaden. Der Lange machte eine Handbewegung, als wollte er eine Fliege verscheuchen.

Aber bevor er sprechen konnte, ergriff Magnus tom Diek das Wort. »Warte, Adriaan!«

Von der Klosterkirche her kam das Läuten zur Nona[191], bis zur Vesper[192] war es nicht mehr weit und sie hatten noch einen langen Heimweg vor sich. Es war Zeit für den entscheidenden Vorstoß.

»Nichts liegt uns ferner als Ungehorsam gegen Gott. Es geht auch nicht ausschließlich um Bruder Ludgerus«, begann der Hairlinger. Brach ab, musterte den Klosterführer schweigend und sah, dass Hilderaad plötzlich einen lauernden Ausdruck in den Augen hatte. Sah eine Ader am Hals des Prälaten in unruhiger Angst pulsieren, aussetzen, schlagen, und schwieg, bis der Lange träge, fast genussvoll ergänzte: »Obwohl er lügt, seinen Schollenherrn bespitzelt und verrät und am Tod der vier Leute von Ochterszem mitschuldig ist: Ludgerus ist nur ein Teil. Der Schöpfeimer in einem vergifteten Brunnen, der in stinkendem, morastigem Grund nach Lüge und Sünde kratzt. Es bedarf jedoch anderer Kräfte, dieses Gift zutage zu fördern und zu verspritzen.«

»Kräfte von Prälaten und Eminenzen!«, fügte Magnus ungerührt hinzu. Er beugte sich vor und sah dem Abt in die Augen. »Um es deutlich zu sagen: deiner und deines Erzbischofs Kraft!«

Hilderaad taumelte. Seine Augäpfel rutschten plötzlich nach oben weg, bis nur noch das Weiße zu sehen war. Er kippte nach vorn und krachte in voller Wucht auf die Tischplatte, zerschlug mit der Stirn eine Schale aus gebranntem Ton, schnitt sich so tief an der Nase, dass augenblicklich Blut austrat, kam durch den Schmerz wieder zu sich, taumelte hoch und sackte röchelnd in seinen Lehnstuhl. Saß mit geschlossenen Augen und um Luft ringend da, das Blut lief in einer dünnen Bahn über Nase und Kinn, auf der Stirn stand ein roter Fleck, er sah aus wie ein Kainsmal. Sie ließen ihm Zeit, das Gehörte

191) Die neunte Stunde, zwischen 14.00 und 15.00 Uhr.

192) Abendgottesdienst, gegen 16.30 Uhr.

zu verdauen, aber ihre Geduld war nahezu aufgebraucht.

»Was hast du zu erwidern?« Magnus dachte nicht daran, den Abt jetzt noch zu schonen.

Hilderaad hob den Arm in einer abwehrenden Geste, hielt die Lider fest geschlossen, schüttelte den Kopf und schwieg. Es dauerte eine Weile, bis sie begriffen, dass der Prälat nicht mehr sprechen wollte. Sie standen auf und verließen den Raum. Von dem Mahl hatte keiner der beiden auch nur einen Bissen angerührt. Der Abt blieb wie betäubt sitzen, bis völlige Dunkelheit ihn umgab. Er fühlte sich beschmutzt und gedemütigt wie noch niemals zuvor in seinem Leben.

*

Als sie in den Eichenwald eintauchten, warf die untergehende Sonne drohende Feuerfahnen an den westlichen Himmel. Es hatte zu schneien aufgehört, aber nun blies ein scharfer Wind, ihre Kleidung war völlig durchnässt und die Kälte machte ihnen arg zu schaffen.

Sie waren nur noch neun, je drei Pferdeknechte von Höfen aus Ihlo, Auwreke und Brokmannia. Vor vier Tagen waren sie nach Süden aufgebrochen, mit Schafen und Pferden, die sie im Auftrag ihrer Schollenherren auf dem Wintermarkt in Wenegher verkaufen sollten, dem letzten öffentlichen Markt vor dem Christfest.

Es war alles glatt gegangen, bis zur Fähre von Lhare. Vielleicht auch zu glatt. Sie hatten einen guten Preis ausgehandelt, der Fährmann freute sich um diese Jahreszeit über jede Fuhre und feilschte nicht lange. Sie kamen unversehrt über den schon recht angeschwollenen Fluss und die Stimmung war gut gewesen. Ihr Anführer war ein alter Knecht aus Ihlo, ein erfahrener Pferdetreiber, der Handmann eines Hofes, der dem dortigen Kloster unterstellt war. Der Bruder Cellerar hatte ihm fünf Pferde und eine Herde von fünfundzwanzig Schafen anvertraut und ihm mit bohrendem Blick eingeschärft, für die Tiere einen ordentlichen Preis auszuhandeln, das Kloster brauche Geld.

»Sag den Leuten, dass unsere Pferde und Schafe auf Gottesgrund weiden. Sag, dass unsere Weiden fett und kräftig sind. Sag auch, dass wir jederzeit mehr liefern können. Wir sind auch bereit, darüber Verträge zu machen. Lieferung zu festen Preisen. Sag das den Leuten!«

Der Handmann hatte genickt, war niedergekniet und hatte sich segnen lassen. Er war fest entschlossen, ein gutes Stück Silber für die Tiere zu erzielen. Was dem Kloster nützte, nützte auch ihm und seinem Hof.

Sie waren vorsichtig gewesen, hatten die Augen offen gehalten, und im Moerinerlant[193] hatte der Handmann sogar eine Vorhut eingeteilt, es war eine Gegend mit viel Raubgesindel, er wollte keine unliebsamen Überraschungen erleben. Aber dann, nach dem Übersetzen in Lhare, war er zu arglos geworden, hatte bald die Vorhut eingezogen, weil er mehr Leute bei den Tieren haben wollte. Er hatte sich so kurz vor dem Ziel einfach zu sicher gefühlt. Es war ein schwerer Fehler gewesen.

In einem lichten Auwald westlich der Ems, einen Tagesritt von Wenegher entfernt, waren die Angreifer über sie hergefallen wie ein Schwarm tollwütiger Krähen, hatten die drei an den Leinen der Leittiere mit Schwerthieben aus dem Sattel geholt, schnell und brutal, waren dann wie Furien unter die übrigen gefahren, die sich nicht anders zu helfen wussten als durch kopflose Flucht. Aus sicherer Entfernung und mit brennenden Augen hatten sie zugesehen, wie der Trupp, es waren mindestens zwanzig Mann, sich dann die Tiere gegriffen hatte, mit atemberaubender Schnelligkeit Pferde und Schafe unter seine Kontrolle brachte und im Galopp mit ihnen zwischen den Bäumen verschwunden war, die Pferde der drei Erschlagenen an

193) Moormerland, Kreis Leer

Leinen hinterher. Alles war mit windschneller Geschwindigkeit gegangen, ganz so, als machten diese verfluchten Hunde das nicht zum ersten Mal.

Drei Leute waren tot, und das Vieh, was viel schlimmer war, verloren. Sie standen, noch wie betäubt vor Schreck, in stummer Erschütterung und bodenlos niedergeschlagen in einem dichten Pulk, rückten zusammen wie um Schutz zu suchen, als plötzlich ein eisiger Schneeschauer auf sie niederfuhr. Keiner sprach ein Wort. Es war klar, die Schuld lag bei der Sorglosigkeit des alten Pferdehirten, der sie führte, aber sie waren schließlich mit seinen Maßnahmen zur Marscherleichterung einverstanden gewesen. Es ritt sich bequemer ohne Vorhut. Sie hatten es genossen und dafür bezahlt.

Sie begruben die Toten nicht, sie hatten weder die Zeit noch die nötigen Schaufeln, sondern schoben ihnen Feldsteine unter die Jacken und versenkten sie im eiskalten Wasser der Ems. Danach berieten sie, was nun zu tun sei. Keiner, nicht einer von ihnen, traute sich mit leeren Händen nach Hause. Jedem war klar, was dann passieren würde. Schollenherren und der Bruder Cellerar würden toben, Wiedergutmachung verlangen, Prügel bis aufs Blut war noch das Geringste. Die brokmannischen Knechte schlugen vor, auf den Markt nach Wenegher zu reiten und dort zu versuchen, das geraubte Vieh wieder in die Hände zu bekommen.

Der Handmann aus Ihlo lehnte ab. »Sinnlos. Unnütze Schinderei. Die Kerle werden nicht so dumm sein, mit unseren Pferden und Schafen auf dem Markt aufzutauchen. Die haben ihre Abnehmer im Sächsischen und sind längst über alle Berge!«

Sie starrten ihn an, dann gaben sie ihm recht, und die Aussichtslosigkeit ihrer Lage machte sie stumm und senkte ihre Köpfe. Es dauerte lange, bis der Handmann wieder sprach. Er hieß Jahnn, an der linken Hand fehlte ihm der Daumen. Als er die dürren Fakten aussprach, klang seine Stimme wie reißendes Holz.

»Was ist? Ich kann so nicht nach Hause. Der Bruder Cellerar wird heulen wie ein Wolf, Abt Eghardus wird mich vielfach verfluchen und mein Schollenherr, dieser verdammte Bastard, reißt mir die Eier ab und scheucht mich ins Moor!« Er lächelte grimmig. »Euch wird es nicht viel anders gehen.« Er wartete ab, bis alle den Blick gehoben hatten. Griff sich dann mit der Rechten an die Nase und schneuzte sich.

»Was schlägst du vor?«, fragte einer der Brokmannen mit zitternder Stimme. In seinen Augen stand nackte Angst. In seinem Teil der Herde war Vieh der Hylmerisna gewesen, allein zehn Pferde, von den Schafen, alles Muttertiere, nicht zu reden.

Der Handmann nickte ihm zu. »Wir müssen uns auf dem Heimweg schadlos halten«, sagte er flach, fast tonlos.

»Heißt was?«, fragte ein anderer.

»Danegang[194]!«, sagte der Handmann.

Er sagte es leichthin, ohne jeden Nachdruck, aber seine Augen brannten. Dann war Stille, hier und da starre Blicke aus erschreckten Gesichtern, aber keiner widersprach. Es gab niemanden in der Truppe, der gesagt hätte: »Hör zu, Alter, das kannst du doch nicht machen!«

Die Angst vor den Folgen ihres Versagens machte sie zu gefügigen Werkzeugen.

»Dann sind wir uns einig!«, sagte der Handmann und fügte hinzu: »Passt auf, Freunde: Wir nehmen nur Geld. Silber. Und was auch geschieht, zu Hause wird das Maul gehalten, verstanden?« Alle nickten.

Auf dem Weg nach Norden leuchtete ihnen das Glück. Noch bevor es dämmerte, lief ihnen ein Kaufherr aus tor Munte[195] in die Arme. Der Westfriese reiste lediglich

194) Bewaffneter Raubzug

195) Termünten, Provinz Groningen

mit zwei Knechten als Bedeckung, auch er war auf dem Weg zum Wintermarkt, und seine Sparsamkeit in Sachen bewaffneter Schutz wurde ihm zum Verhängnis. Sie ließen ihm und seinen Knechten nur die Pferde und was sie auf dem Leib trugen. Die Satteltaschen warfen sie in die Ems, es war nichts darin, was sie gebrauchen konnten. Das Geld hatte der Westfriese in einem Lederschlauch zwischen den Beinen versteckt, aber der Handmann wusste, wo er zu suchen hatte, er schien überhaupt sehr erfahren zu sein. Der Kaufherr weinte und fluchte die ganze Zeit und schleuderte ihnen noch Flüche nach, als sie bereits abritten.

Die Leichtigkeit ihres Erfolges machte sie euphorisch, einer der Brokmannen schlug vor, sich entlang der Ems auf die Lauer zu legen, es mussten noch weitere Händler nach Süden unterwegs sein, aber der Handmann entschied sich dagegen.

»Zu gefährlich. Sollten zusehen, dass wir von hier verschwinden!«

Sie erreichten die Fähre in Lhare kurz vor Einbruch der Dunkelheit und schifften sich ein. Es war die letzte Fuhre. Der Fährmann erkannte sie wieder, er war misstrauisch, dass sie schon zurück waren, aber der Handmann blieb ruhig.

»Wo sind eure Viecher?«, fragte der Fährmann.

»Schon verkauft. Gutes Geschäft!«, log der aus Ihlo mit glattem Gesicht.

Der Fährmann blieb wachsam, man sah ihm an, dass er dem Handmann das gute Geschäft nicht abnahm. Er forderte seinen Preis, einen höheren als beim letzten Mal, und linste mit glitzernden Augen auf die Pfennige in seiner Hand. Er hatte bemerkt, dass der Ihloer ihn aus einer anderen Geldkatze bezahlt hatte. Es war nicht die Börse von der ersten Überfahrt. Und mit einem Mal hatte der Fährmann ein schlechtes, bedrohliches Gefühl.

Die Reiter stellten sich zu ihren Pferden, unterhielten sich leise, taten uninteressiert und wandten ihm den Rücken zu, aber er bemerkte ihre heimlichen Blicke und wusste, dass sie ihn nicht aus den Augen lassen würden. Er spürte seine Tageseinnahme im Brustbeutel unter dem Wams und legte die Rechte auf seinen Hauer. Er hatte nicht die geringsten Zweifel daran, dass die Fremden versuchen würden, an sein Geld zu kommen. Er wusste auch, dass ein offener Kampf nicht in Frage kam. Seine beiden Gehilfen waren nur mit kurzen Bootsmessern bewaffnet, er selbst mit diesem Hauer. Die anderen waren neun, alle mit Schwertern.

Fieberhaft überdachte er seine Möglichkeiten. Zurückkehren auf die Westseite? Und was dann? Einfach auf dem Fluss bleiben, das Überholen einstellen? Und was dann weiter? Ins Wasser springen und wie der Teufel ans Ufer? Es war aussichtslos. Leute, die so aussahen wie diese da, Pferdeknechte, konnten mit Eisen umgehen. In der Flussmitte entschloss er sich, den Beutel an einem kleinen Splint über das Dollbord ins Wasser zu hängen, fingerte schon an seiner Kittelbluse, aber dann stand, wie aus dem Boden gewachsen, der Kerl aus Ihlo vor ihm und hielt ihm seine Langklinge an die Kehle. Der Fährmann starrte ihn an, sagte keinen Ton und er wusste, seine Gehilfen würden nicht einmal bemerken, was sich abspielte. Die Pferde standen so, dass er weder vom Bug noch vom Heck aus zu sehen war. Der Ihloer zog mit der Linken einen kurzen, bösartig geschliffenen Hirschfänger, fuhr mit der Langklinge unter den Lederriemen und hob die Börse über den Kopf des Fährmanns, während der Dolch auf dessen Bauch zeigte. Der Bootsführer hielt seinen Blick starr auf den Hirschfänger gerichtet. Er sah, dass die Hand, die ihn hielt, keinen Daumen hatte, dachte sich, der Griff um das Heft kann ohne Daumen nicht allzu fest sein, und spürte die Spitze der Langklinge wieder am Hals. Der Lederriemen mit seinem Geld hing nun am Unterarm des Fremden. So blieben sie stehen bis kurz unter Land. Die Kerle waren in den Sätteln, noch bevor die Fähre den Flussboden berührte. Sie donnerten über die Planken, peitschten durch das seichte Wasser der Uferböschung und verschwanden hinter einem bewachsenen Hügel, ehe der Fährmann auch nur ein Wort zu sagen imstande war.

Sie ritten im gestreckten Galopp nach Norden, ein paar Knechte aus Auwreke stießen wildes Jubelgeheul aus, aber ein scharfer Befehl des Handmanns schloss ihre Münder.

»Maul halten! Ihr sollt das Maul halten, habe ich gesagt!«, brüllte er voller Zorn, zog sogar sein Schwert und schlug es einem der Auwreker im Vorbeireiten mit der flachen Klinge über das Kreuz. Erst als es völlig dunkel geworden war, hielten sie in einem Waldstück an. Der Handmann teilte Wachen ein, obwohl einige seiner Leute darüber maulten.

Noch vor dem Morgengrauen scheuchte er den Trupp auf, von Süden her war Hundegebell zu hören, es musste eine ganze Meute von Hunden sein. Der Handmann trieb sie zur Eile, er regte sich auf, alles ging ihm nicht schnell genug.

»Da sind sie schon! Verdammte Sauzucht! Los, auf, Beeilung, Beeilung!«, tobte er, schlug und trat nach jedem, der nicht augenblicklich gehorchte, und sie saßen auf und hetzten nach Norden zu, in Richtung auf die Wälder um Loghe[196]. Sie ritten wie die Teufel, mieden offenes Gelände so gut es ging und trafen keine Menschenseele, aber am späten Nachmittag machten sie Rast, es war nicht zu ändern, die Pferde brauchten Ruhe.

Der aus Ihlo rief seine Leute zusammen. »Hört her! Es reicht noch nicht. Wir haben schon ganz schön was zusammen, aber einen Griff müssen wir noch machen. Einen letzten.«

196) Loga bei Leer

Er kannte ein einsam gelegenes Gehöft, es lag mitten in einem Eichenwald. Der Bauer zog Schweine mit Eichelmast, es gingen Gerüchte, er müsste eine Menge Silber mit seinen Säuen machen. Es hieß weiter, sogar die erzbischöflichen Residenzen in Monasterium und Brema ließen sich von ihm beliefern. Der aus Ihlo schlug vor, dem Hof einen Besuch abzustatten. Er sagte, es sei fast ohne Risiko, nur der Bauer, seine Frau und ein oder zwei Knechte mit ihren Familien. Er sagte ihnen auch, je weiter sie nach Norden kämen, desto gefährlicher würde es für sie, den Danegang fortzusetzen.

»Wir müssen in jeden Fall weit außerhalb unserer Landgemeinden bleiben, verstanden? Also wenn noch einmal zuschlagen, dann jetzt und hier!«

Jeder begriff das, sogar der Dümmste, und so entschieden sie sich für den Plan des Handmanns. Sie ritten nicht schneller als im scharfen Trab, um die Pferde für die Flucht nach dem entscheidenden Zugriff zu schonen. Von der Ebene nach Luv zu fegte ein schneidender Wind heran, der immer wieder von eisigen Schneeschauern unterbrochen wurde. Die Sonne stand rot und drohend gegen den Westhimmel, als sie in den Eichenwald eintauchten. Der Schneefall hatte aufgehört, aber der Wind biss durch ihre nassen Kleider und sie waren froh, als der Wald so dicht wurde, dass er Windschutz bot. Sie saßen ab und führten ihre Pferde im Schritt immer tiefer zwischen die Eichen.

Der Handmann hatte ihnen seinen Plan genau auseinandergesetzt. Sie wollten in einem der Schuppen oder Ställe Feuer legen, um den Bauern und sein Gesinde aus den Bettkästen zu holen. In der allgemeinen Panik und Hektik der Brandbekämpfung wollte der aus Ihlo dann in das Haus einsteigen und sich das Silber greifen.

Als der Wald lichter wurde, ließen sie drei Männer bei den Pferden zurück und tasteten sich weiter gegen das Gehöft vor. Inzwischen war es Nacht geworden, der Wind war nahezu eingeschlafen und die Sichel des abnehmenden Mondes stand kalt und scharf hinter einer schmalen Wolkenbank. Sie huschten geduckt durch das Holz und stießen schließlich auf die Rodung. Sie war mit einem Palisadenzaun eingefasst, so hoch, dass nur der Giebel des Haupthauses zu sehen war.

Es dauerte nicht lange, bis ihnen klar wurde, dass im Plan des Handmanns ein Fehler steckte. Sie hörten, als sie in völliger Stille lauschten, das Geräusch schon von weitem. Es war das Hecheln und Jachtern von freilaufenden Hunden. Der Handmann befahl ihnen, sich ruhig zu verhalten, stieg auf einen Baum, und dann sah er sie. Riesige Wolfshunde, noch halb wild, vier oder fünf, er war sich nicht sicher, ob er alle sah, die Tiere streunten frei über den Hofplatz. Er wusste, dass solche Wachhunde sparsam gefüttert wurden, nach Tagesanbruch überhaupt nichts mehr zu fressen bekamen, damit sie nachts hungrig und scharf waren. Sie machten es mit ihren Hunden in Ihlo nicht anders.

Es war klar, sie mussten auch die Hunde ablenken. Wenn die Tiere anschlugen, bevor es brannte, war ihr Plan gescheitert. Der Handmann spähte durch das Dunkel und konnte hinter dem Haupthaus einen flachen Schuppen ausmachen, vielleicht war das der Schweinestall, dort konnten sie den Brand legen.

Er warf einen letzten Blick auf die Hunde, stieg vom Baum und setzte seine Leute ins Bild. »Wir müssen die Hunde beschäftigen. Geht nur mit Fressen!«

Er sah in ratlose Gesichter. Jeder wusste, dass sie dazu Fleisch brauchten, blutiges Fleisch, möglichst frisch gerissen. Und jeder wusste, dass Jagd in einem Nachtwald unmöglich war. Der aus Ihlo wies mit dem Kopf nach hinten und sie zogen sich in dichteren Wald zurück, weg von dem Hof und den Hunden. Der Handmann blieb so unvermittelt stehen, dass die anderen aufliefen.

»Was ist?«, fragte ein Auwreker von hinten mit flatternder Stimme, und der aus Ihlo forderte in scharfem Ton Ruhe.

»Maul halten!«

Sie starrten ihn an, ihre Beklemmung war mit Händen zu greifen. Sie hockten sich unter eine Eiche, und der Handmann begann, in die drückende Stille hinein zu reden.

»Was wollt ihr? Das Silber oder die Prügel zu Hause?«

Sie schwiegen ratlos und bestürzt und der aus Ihlo stieß nach. »Es bleibt ja nicht bei den Prügeln. Eure Bauern werden von euch Ersatz für das Vieh fordern. Keiner von euch kann das leisten. Ich auch nicht!«

Er stand auf, ging hinter den Baum und sie hörten, wie er sein Wasser abschlug. Er war ein eiskalter Hund, dieser Handmann, sie merkten erst jetzt, was für ein wirklich eiskalter Hund er war. Kam zurück und hockte sich hin. Zog seinen Hirschfänger und befühlte versonnen die Klinge, sie war scharf wie ein Schermesser.

»Was ist nun?«, fragte er lauernd. Eine ganze Weile regte sich nichts, aber dann sagte einer, dass sie das Silber wollten. Die anderen nickten. Der Handmann nickte auch.

»Das wollte ich hören!«, gab er trocken zurück. Er warf einen scharfen, prüfenden Blick in die Runde, wirkte dabei sehr ruhig, es schien, als hätte er seine Entscheidung schon getroffen. Die beiden Auwreker streifte er kurz und abschätzig, er schien ihnen nicht viel zuzutrauen. Er nahm nur drei Leute mit, zwei von seinem Hof, dazu einen Knecht aus Brokmannia, einen Mann, auf den er große Stücke zu halten schien. Sie verschwanden in der Tiefe des Waldes, dorthin, wo die Männer mit den Pferden warteten.

Als sie zurückkamen, trugen die drei ihre Mäntel wie Säcke über dem Rücken, es sah aus, als hätten sie Rüben oder Holzscheite zu schleppen. Niemand der Auwreker wagte, eine Frage zu stellen. Sie hasteten zurück zum

Gehöft. Der Handmann postierte die drei mit den Lasten an der Palisade und huschte weiter zum Schuppen. Nach einer Weile hörten sie das verabredete Zeichen, den Ruf eines Waldkauzes, sie erklommen den Zaun und leerten den Inhalt ihrer Mäntel über die Palisade. Sofort fegten die Hunde heran, schlugen kurz an und machten sich dann über die Köderstücke her. Man hörte nur ihr Schnaufen und das Brechen von Knochen, als plötzlich auf der anderen Seite, hinten beim Schuppen, ein Feuerschein aufstieg.

Der aus Ihlo hatte richtig vermutet, es war der Schweinestall, in dem sich augenblicklich wüstes Geschrei erhob, ein hohes, angstvolles Kreischen und Ziehen von Tieren in höchster Todesnot. Sie kletterten auf Eichen, duckten sich hinter den Stamm und sahen gebannt hinüber, rochen jetzt auch schon verbranntes Fleisch, sahen sehr bald im Haupthaus Laternen hinter Fenstern aus Schweinsblasen, sahen, wie Türen aufgerissen wurden und der Bauer mit seinem Gesinde in den Hof stürzte. Dann sahen sie, dass einer der Knechte die Stalltüre aufriss, sahen brennende, wie mit einem feurigen Vlies überzogene Schweine schreiend aus dem Schuppen rennen, sahen die Frau mit den Mägden, Schöpfeimer in den Händen, zum Brunnen hetzen. Dazwischen brüllte der Bauer wie von Sinnen, schrie Anweisungen.

Die Hunde waren mit ihren Ködern fertig und mussten jetzt davon abgehalten werden, die Schweine anzufallen. Einer hatte sich schon in eine Sau verbissen, das Tier war mit den Hinterläufen eingeknickt, sein Fell rauchte noch immer in dichten Schwaden, es schrie wie am Spieß. Der zweite Knecht bemühte sich mit einer schweren Lederpeitsche, Ordnung unter den Hunden zu schaffen. Er schlug auch auf den ein, der die schreiende Sau in den Fängen hatte, aber der Bluthund hielt sein Opfer gepackt, wollte trotz schwerster Hiebe nicht auslassen. Und in diesem schier unerträglichen Durcheinander sahen sie plötzlich einen fahlen Schatten an der hinteren Palisade, er huschte tief geduckt, fast auf allen vieren, aber rasend schnell in Richtung auf das Haupthaus zu. Verschwand hinter der Rückwand, sodass sie erleichtert aufseufzten, tauchte kurz darauf zu ihrem schieren Entsetzen wieder auf, kroch nach vorn, verhielt am vorderen Gebäudeeck.

Sie begriffen, dass es von der Rückseite keinen Zugang gab. Der Schuppen brannte jetzt lichterloh, es war so hell auf dem Platz, dass sie glaubten, die Schweißperlen auf der Stirn des Bauern zu sehen. Es war fast unmöglich, unbemerkt ins Haus zu kommen. Der aus Ihlo schaffte es trotzdem, er passte eiskalt eine günstige Gelegenheit ab und dann war er verschwunden. Viel Zeit hatte er nicht, das wussten sie, und sie warteten mit klopfenden Herzen. Der Bauer und seine Knechte hatten inzwischen die noch lebenden Schweine in Sicherheit gebracht, die Hunde waren in ihrem Zwinger und die Frauen kämpften mit den Ledereimern gegen das Feuer an. Es konnte schließlich nur noch darum gehen, dafür zu sorgen, dass der Brand nicht auf andere Gebäude übergriff. Der Bauer erkannte die neue Gefahr und eilte mit den Knechten zur Hilfe.

Das war das Glück für den Handmann, sie sahen ihn endlich nach quälend langer Zeit, sahen ihn wie ein Gespenst aus dem Haus gleiten, fast schwebend, mit einer Gewandtheit, die niemand dem Alten zugetraut hätte. Er überstieg die Palisade an einer gedeckten Stelle, und sie verließen wie verabredet die Bäume und machten sich auf zu den Pferden, um dort auf den aus Ihlo zu warten. Ihre Angst trieb sie vorwärts und sie erreichten den Platz nach kurzem Lauf. Vom Gehöft her klang das Krachen der brennenden Balken herüber, es klang gedämpft wie knickendes Rohr, aber der Feuerschein reichte aus, zu erkennen, dass es nur zwei Knechte waren, die warteten.

»Wo ist Hilmar?«, fragte einer der Auwreker.

»Halts Maul!«, gab der größere der Knechte kalt zurück, er war aus Brokmannia. Der andere wandte sich ab, aber sie sahen ihn einen schnellen Blick mit den übrigen wechseln, den drei Burschen, die beim Gehöft mitgemacht hatten. Die drei hatten auch ihre Mäntel wieder an, im Zwielicht sah man dunkle Flecken auf dem Tuch. Die beiden Auwreker standen wie gelähmt und starrten zwischen den anderen hin und her, als hinter ihnen sich das Gesträuch regte und der Handmann auftauchte.

»Wo ist Hilmar?«, fragte der aus Auwreke wieder.

»Halts Maul!«, sagte der Handmann flach, legte die Hand auf den Griff seines Schwertes und schob das Kinn nach vorn. Dann warf er einen Lederschlauch auf den Boden. Es klirrte leise, als der Schlauch auf die Erde aufschlug. »*Das* sollte dich interessieren. Nur das. Sonst nichts. Verstanden? Und frage nicht weiter. Ich sage es dir nur ein einziges Mal!«

Er sprach ohne besondere Betonung, aber in seiner Stimme schwang eine tödliche Drohung mit, so finster und ernsthaft, dass den Auwrekern das Blut in den Adern gefror. Und bevor sie noch zur Besinnung kamen, drängte der aus Ihlo zur Eile. Vom Gehöft her hörten sie brechendes Gebälk, dazwischen entferntes Stimmengewirr, helle Lautfetzen, die klangen wie verzweifeltes Schreien von Kindern. Sie saßen auf und schlugen sich durch das Gehölz, ritten ohne Pause bis zum nächsten Morgen. In einem dichtbewachsenen Strauchgelände machten sie Rast.

Es war einer der brokmannischen Knechte, der schließlich das Thema zur Sprache brachte, das die Brokmannen wohl schon länger beschäftigte. Sie hatten während der ganzen Nacht zusammengesteckt, ließen sich oft an das Ende des Trupps zurückfallen und sprachen häufig miteinander. Der Wortführer stand irgendwann auf, verschwand im Gesträuch, um sein Wasser abzuschlagen, kam zurück, blieb vor dem Handmann stehen. Er musterte ihn aus einem Auge, das andere war weiß unter hängendem Lid, eine Narbe lief über die Schläfe bis zum Ohr.

»Was ist, Alter? Sag an! Wie viel haben wir?«

Der aus Ihlo hatte sich ins Gras gelegt. Er richtet sich träge auf und warf dem anderen einen kühlen Blick zu. Seine Schwerthand lag locker auf dem Schenkel. »Es reicht, um unsere Schollenherren zufriedenzustellen«, sagte er kurz.

Der Brokmanne stand leicht vorgebeugt, seine Arme lagen auf dem Rücken. Er hatte nichts Bedrohliches an sich, aber in seiner Stimme schwang plötzlich ein scharfer Unterton. »Reicht es nicht auch, um damit abzuhauen? Warum sind wir so blöd und liefern das Silber ab? Warum, Alter? Warum sind wir so blöd?«

Mit einem Mal war Ruhe auf dem Platz. Die zwei anderen Brokmannen starrten den aus Ihlo finster an. Der Alte blieb ruhig liegen, aber die Knechte seines Hofes setzten sich auf, ihre Blicke schossen zwischen ihm und dem Brokmannen hin und her und Hände tasteten nach Schwertgriffen.

Der Handmann machte eine beruhigende Bewegung zu seinen Leuten hin. »Lass stecken!« Dann kamen seine Augen zurück, er stand gemächlich auf, dehnte und streckte sich wohlig wie nach langem Schlaf, er war einen Kopf größer als der andere. Machte einen Schritt auf den Brokmannen zu, so unerwartet, dass der zurückwich, und grinste ihn schräg an.

»Seltsam, wie im Alter die Ohren nachlassen. Hab kein Wort verstanden von dem, was du gesagt hast. Vielleicht besser so.« Schoss plötzlich mit dem Oberkörper vor und fauchte den anderen derart an, dass dessen Gesicht jede Farbe verlor. »Wir teilen das Silber wie besprochen auf. Macht mit eurem Anteil, was ihr wollt. Liefert ihn ab oder reißt ihn euch unter den Nagel, ist mir gleichgut!«

Dann stieß er den anderen mit dem Zeigefinger gegen die Brust. »Das eine sage ich dir; dein Herr, der Brokmanne, Keno Hylmerisna, der kriegt dich in jedem Fall. Und dann zieht er dir die Haut vom Leib und kocht dich in Scheiße, das glaube wohl!«

Der Knecht wandte sich ab, seine Wangenmuskeln waren angespannt, aber er sagte nichts mehr. Kurz vor den Ihloer Wäldern teilte der Handmann die Beute auf. Er tat es genau und gerecht. Jeder kam auf mehr als seine Kosten. Es gab niemanden, der auf seinem Hof etwas zu befürchten hatte. Wenn sie die Ruhe bewahrten und geschickt logen, blieben sogar ein paar Pfennige für den eigenen Beutel.

Die Auwreker mussten ihrem Schollenherrn den Verbleib des Knechtes Hilmar erklären. Das machte ihnen wenig Sorgen. Hilmar war keiner gewesen, der auf dem Hof Bäume ausgerissen hatte. Und schließlich mussten der Ihloer und die Brokmannen ihren Schollenherren ähnliche Fragen beantworten. Denn immerhin hatten sie an der Ems drei Männer verloren. Sie einigten sich darauf, dass Hilmar beim Überqueren des Flusses aus der Fähre ins Wasser gestürzt und ertrunken war. Es klang glaubhaft und sah Hilmar ähnlich, er war nicht der Geschickteste gewesen. Sein Pferd brachten sie heim. Das war mehr wert als ein alter Stallknecht. Davon gab es genug. Sie waren leichter zu ersetzen als der Nutzen und die Arbeitskraft eines Pferdes, das man reiten und das einen Wagen oder Pflug ziehen konnte.

*

Ist der Kiefer durchstochen, so beträgt die Buße zwei Schillinge gewogenen Goldes und zweimal neun geprägte Silberschillinge.

Rüstringer Bußtaxe

5.

Eesensem, Hairlingerlant,
am Tage des hl. Apostels Thomas Anno Domini 1347
(Freitag, 21. Dezember)

»Und du hast es ihm wirklich auf den Kopf zugesagt?« Abt Nikolaus saß in ungläubigem Staunen. Er war noch im Reisemantel. Nach quälenden Tagen voller Ängste, Seelennot und ständig wechselnder Gewissheiten darüber, was nun nottat, hatte er sich entschlossen, nicht länger auf den Hairlinger zu warten, sondern die Flucht nach vorn anzutreten. Nach Eesensem zu reiten und den tom Diek aufzusuchen. Diesen schrecklichen Schwebezustand, die schier unerträgliche Tortur einer in drohendes Dunkel gehüllten Zukunft, *seiner* Zukunft, zu beenden. Ein Entschluss, den er inzwischen schon wieder bereute. Er wusste nicht, ob es richtig gewesen war, herzukommen. Er wusste überhaupt nichts mehr.

»So ist es. Adriaan war dabei«, bestätigte Magnus und der Lange nickte.

»Und was hat Hilderaad getan? Wie hat er reagiert?«, fragte Nikolaus mit unsicherer Stimme. Er fragte halbherzig, denn recht eigentlich war er nicht begierig darauf, weiteres über dieses Gespräch zu erfahren. Noch lieber wäre ihm gewesen, er hätte gar nichts davon gewusst. Am sehnlichsten aber wünschte er, es hätte aus fehlendem Anlass nicht stattgefunden.

»Die Sinne sind ihm geschwunden. Er ist auf seiner eigenen Tafel zusammengebrochen«, sagte der lange Holländer mit süffisantem Grinsen.

Verdammter Hund! Wie kam der Kerl dazu, so über einen Prälaten zu sprechen? Der Abt funkelte ihn an. Dann richtete er die Augen auf den Schollenherrn. »Aber erklärt hat er sich nicht?«

Magnus tom Diek schüttelte den Kopf. »Er konnte oder wollte nicht mehr sprechen«, sagte er mit ausdruckslosem Gesicht. »Wenn Ihr mich fragt: Ich werte sein Verhalten als Eingeständnis von Schuld. Denn ein gegenteiliges Zeugnis hat Hilderaad nicht abgelegt.«

»Er hat viel gebetet«, fügte der Lange spöttisch hinzu.

Nikolaus maß ihn mit einem eisigen Blick. Er stand auf, legte den Reisemantel ab und wanderte auf der Tenne hin und her, wie jemand, der versucht, seine Gedanken zu ordnen. Er fühlte sich auf zwiespältige Weise zugleich erleichtert und bedrückt. Durch den unwidersprochenen Vorwurf räumte Hilderaad seine schuldhafte Verstrickung in die Morde von Ochterszem ein, zumindest tat er nichts, sie zu entkräften.

Mit diesem Stigma rückte für ihn der Stuhl des Erzbischofs von Brema in weite Ferne. Niemand, keine durch den Papst in Avignon autorisierte Findungskommission konnte Derartiges ignorieren. Und der Pontifex selbst würde sich hüten, seine moralischen Integrität, seinen ohnehin ständigen Angriffen ausgesetzten Führungsanspruch durch eine fragwürdige Entscheidung weiter zu gefährden. Eine Investitur Hilderaads als Kirchenfürst von Brema kam nun nicht mehr in Frage, so viel stand für ihn fest. Die erzbischöfliche Delegation war zwar noch immer nicht zurück, die alten Diakone und ihre Bedeckung hingen wahrscheinlich irgendwo zwischen den Bergrücken südlich von Cöln, würden aller Voraussicht nach das Christfest in irgendeinem Rheinkloster verbringen, aber wann immer sie auch eintrafen: Hilderaads Namen konnten sie nicht in ihrem Gepäck haben. Nie und nimmer!

Plötzlich durchfuhr ihn ein eisiger Schreck, so heftig und unvermittelt, dass er stehen blieb. Weder der Papst noch seine Kongregation wussten ja etwas von den Dingen. Hatten keine Ahnung von den Vorgängen um Ochterszem und von der Rolle, die Teile des friesischen Klerus dabei spielten. Es war also doch möglich, dass Hilderaad nominiert worden war. Aber dann beruhigte er sich. Eine solche Nominierung war hinfällig, wenn die Wahrheit ans Licht kam. Zwangsläufig. Unabdingbar.

Und mit einem Mal glomm wilde Hoffnung in ihm auf. Sollte da doch noch eine Möglichkeit bestehen? Winkte ihm am Ende trotz aller Widrigkeiten der Purpur? Beim Blute Christi, es könnte tatsächlich so sein, es könnte so sein, wäre da nicht dieser verfluchte Vorfall gewesen. Dieses verdammte Gespräch mit dem Kerl da. Seine hinterlistig eingefädelte, unfreiwillige Einweihung in Wissen, das ihn am Ende in eine offene Gegnerschaft zu seinem Diözesanherrn zwang. Eine Gegnerschaft, die schädlich war und die er nicht wollte. So oft, wie oft schon hatte er gewünscht, alles das könnte ungeschehen gemacht werden, so viele Male, aber kaum stärker als in diesem Moment. Nur wenn Otto stürbe, schon in nächster Zeit, bevor ihn dieser Hairlinger Bauer in die Auseinandersetzung mit dem Kirchenfürsten hineinzog, war er gerettet.

Aber konnte, durfte er als Christenmensch darauf hoffen? Nikolaus war plötzlich, als umklammere ihn eine Nuremberger[197] Jacke, jenes Eisenband, das unglücklichen Sündern in der hochnotpeinlichen Befragung während der heiligen Inquisition um die Brust gelegt und zusammengedreht wurde, bis die Rippen knackten oder die Wahrheit ans Licht kam.

197) Nürnberg

Er trat zurück an den Tisch, musterte die beiden anderen schweigend und fragte sich, ob es Gottes Wille war, dass Bauern groß wurden. So groß, dass sie daraus Ansprüche ableiteten, Rechte forderten, die der überkommenen, alten Ordnung der Dinge entgegenstanden. Sie vergessen ließen, dass sie zu gehorchen hatten, vor allem der Kirche, und sonst nichts. Er dachte mit grimmigem Herzen an den alten Spruch: ›Segne einen Bauern, und er wird dich schlagen, schlage einen Bauern, und er wird dich segnen‹, und fand ihn begründeter als je zuvor.

»Du hast allein mit Hilderaad gesprochen?«

Der Schollenherr nickte. »Er war allein.«

»Niemand war bei ihm? Keiner der Brüder? Auch nicht der Bruder Cellerar?«

»Nein. Niemand.«

Der Druck auf der Brust ließ nach, aber da war noch ein kalter Schmerz, der sich störrisch behauptete und gegen das Herz drückte. »War von mir die Rede? Meinem Gespräch mit deinem Handmann? Weiß Hilderaad, dass ich weiß?«, fragte er flach und mit schwankender Stimme.

»Adriaan ist nicht mein Handmann, sondern Bauer in Ochterszem!«, gab Magnus abweisend zurück. Dann beugte er sich vor. »Für einen Kirchenmann und Klosterführer plagen Euch merkwürdige Sorgen. Von Euch war nicht die Rede. Das heißt nicht, dass Eure Pflichten bereits erfüllt sind.«

Der Prälat saß mit geweiteten Augen. Er schien in sich hineinzuhorchen. Und plötzlich war die Eisenklammer wieder da, und er sah eine schwarze Wand auf sich zuwachsen. Das war sie, die Situation, die er gefürchtet hatte wie die Pest. Es schien ihm so, als packe ihn eine brennende Faust an der Gurgel.

»Was erwartest du von mir?«, flüsterte er tonlos.

Der Lange stieß seinen Schemel zurück und stand so abrupt auf, dass Nikolaus erschreckt zusammenfuhr.

Er warf dem Holländer einen Blick zu, als stünde der mit erhobenem Richtschwert vor ihm. Adriaan wandte sich brüsk ab. Der Schollenherr blieb ruhig sitzen. Seine Stimme war kühl, fast unbeteiligt.

»Dass du zu Otto gehst und ihn zwingst, zu bekennen.«

»Nein!«, sagte Nikolaus schrill. Die Antwort kam so schnell, als hätte er nur auf die Forderung gewartet, um sie abzulehnen.

»Warum nicht?«

»Der Mann ist krank, er kann nicht mehr reden«, sagte der Abt hastig. Er fühlte, wie ihm das Blut in den Kopf stieg und verfluchte sich wegen seiner Scham. Und wegen seiner Angst. Und wegen seiner Sündhaftigkeit.

»Hilderaad ist bei ihm, jetzt, in diesem Augenblick. Und du weißt es!«, erwiderte Magnus tom Diek scharf.

Natürlich wusste Nikolaus, dass sein Widersacher bei dem Kirchenfürsten war. Einer seiner Mönche, ein Bote, der den Amtsbruder um ein Gespräch bitten sollte, hatte diese Nachricht mitgebracht, die ihn seit Tagen ängstigte. Vielleicht auch, weil Hilderaads Cellerar wohl sehr abweisend gewesen war und über den Grund der Reise seines Abtes keine Auskunft geben wollte. Derlei Geheimnisse gab es üblicherweise nicht. Man hielt sich über Kontakte mit dem erzbischöflichen Stuhl auf dem Laufenden. Ungewöhnlich, das alles. Und beunruhigend. Irgendwo in seinem Kopf steckte doch noch die Furcht, Hilderaad könnte versuchen, in der Frage der Nachfolge Ottos für sich günstige Fakten zu schaffen.

»Daran ist nichts Besonderes. Der Erzbischof ist sein Beichtvater, wie er der meinige ist«.

»Habt Ihr nicht eben gesagt, Otto kann nicht mehr sprechen?«, fragte der lange Adriaan kalt von der Feuerstelle her.

Der Abt vermied es, den Langen anzusehen. Er tat so, als habe Magnus die Frage gestellt. »Der Beichtvater muss nicht sprechen. Es genügt, die Sünden vor dem Herrn zu hören und den Sünder zum Zeichen der Absolution zu segnen.«

»Und was ist mit der Höhe der Bußauflagen? Die Anzahl der Vater Unser und der Ave Maria? Wird die auch stumm übermittelt?«, fragte der Lange frech.

Jetzt wandte ihm Nikolaus den Kopf zu. Plötzlich schwammen seine Augen vor Selbstmitleid und seine Stimme zitterte. »Wer bist du, dass du so mit mir redest? Und wisse, ein Prälat bedarf in dieser Frage keiner Anleitung. Er weiß aus eigener Erfahrung, wie mit Sünde und Buße zu verfahren ist«, sagte er in vorwurfsvollem Ton, ohne die Doppeldeutigkeit seiner Worte zu bemerken, aber Adriaan war hellwach. Sein Blick reichte aus, um den Abt begreifen und für längere Zeit verstummen zu lassen. Auch der Schollenherr schwieg.

Das letzte Licht eines grauen, trüben Wintertages versickerte vor den Fenstern, die Schweinsblasen sahen aus wie geschwärzter Bernstein. Almeth tom Diek betrat die Tenne mit Bier, Brot und kaltem Braten, eine Magd stellte Kerzen aus Unschlitt auf den Tisch. Der Lange legte Holz auf die Feuerstelle. Sie aßen wortlos, verständigten sich nur durch Gesten und registrierten in völliger Stille, dass Nikolaus sich die Hände am Skapulier abwischte. Es schien, als habe der Abt diese Stärkung gebraucht, um zu sich selbst zu finden. Endlich klare Gedanken zu fassen. Die Dinge ihrer Bedeutung nach zu erkennen. Wer sagte denn, dass ein Erzbischof unangreifbar war? Wo stand geschrieben, dass die Aufdeckung eines Skandals nachteilig für den war, der ihn öffentlich machte? Es musste doch möglich sein, einen derart unsäglichen Makel von der Kirche zu nehmen, ganz gleich, wer durch ihn beschmutzt war, nicht zum eigenen Nutzen, sondern zur höheren Ehre Gottes. Die Folgen lagen allein in den Händen des Herrn.

Die Tenne war fast in Dunkel gehüllt, auf dem Tisch brannten nur noch wenige Lichter. Sie warfen von unten her ein fahles Licht auf das Gesicht des Prälaten und überzogen es mit maskenhafter Starre. Als er schließlich sprach, hatte auch seine Stimme einen seltsamen, verhärteten Klang, sie erinnerte Magnus tom Diek an grobe Steine, die über eine Felskante polterten.

»Es sei! Ich gehe nach Brema. Nicht, weil du es forderst, sondern weil ich es will. Ich gehe allein. Und jetzt eine Bettstatt für die Nacht!«

*

»Ich kenne deinesgleichen. Ich habe sie gesehen, oder vielmehr: ihre Köpfe. Sie hingen an Haken auf dem Stadttor von Hamborch«, sagte Bruder William.

Er sagte es wie nebenher, ohne besondere Betonung, aber der Mann erbleichte bis ans Haar und es wurde totenstill auf der Tenne. Draußen orgelte der Wintersturm. Er trieb eisigen Schnee durch die frostklirrende Dunkelheit. Es war bezeichnend für den Brokmannen, dass er den Fremden wegen einer derartigen Nichtigkeit bei diesem Wetter nach Eesensem geschickt hatte. William langte nach dem Brotlaib und schnitt sich einen gehörigen Kanten herunter.

»Besinne dich rechtzeitig. Noch ist Zeit zur Umkehr«, fuhr der Mönch gelassen fort und biss in sein Brot. »Aber nicht mehr lange. Gott wird bald eine Prüfung schicken, eine wahrhaft apokalyptische Prüfung. Sie wird viele Seelen kosten und Gesindel wie du steht ganz oben auf der Liste«, schloss William kauend und der Mann starrte ihn aus flackernden Augen an.

»Woher wollt Ihr das wissen?«, fragte er mit wankender Stimme.

»Ich weiß es. Das genügt!«, beschied der Dominikaner und es klang so beiläufig, als spräche er von der Ernte des vergangenen Sommers.

Seine Worte verfehlten ihre Wirkung nicht. Das Gesinde des Hairlingers sah verstört hinüber zu diesem zierlichen Mann, der da auf seinem Schemel hockte wie ein Sperling in der Morgensonne. Vom Schollenherrn und seinem Sohn kam nichts, keine Geste des Trostes oder der Beruhigung, und so entfernten sich die Leute verstohlen, machten sich anderswo zu schaffen, versickerten in der Tiefe der Tenne, weg von der Feuerstelle. Die dunklen, eisigen Winkel des riesigen Raumes schienen ihnen mehr Geborgenheit zu bieten als die Nähe zu diesem Dominikaner. Magnus tom Diek schob dem Boten einen Napf mit heißer Fleischbrühe zu. Der Fremde griff gierig danach und begann zu schlingen. Zwischendurch warf er immer wieder scheue Blicke auf den Mönch, der mit dem größten Gleichmut sein Vespermahl zu sich nahm.

»Keno Hylmerisna will also einen Gerichtstag abhalten?«

Der Bote nickte mit vollem Mund. Der Wind rüttelte zornig an den Läden, vom Dach rieselte immer wieder das Stroh, oftmals so dicht, als würfe es einer der Knechte mit vollen Händen von den Balken.

»Und sonst sollst du mir nichts sagen? Nur das?«, hakte der Hairlinger nach.

»Nur das«, sagte der Mann mit eifrigem Nicken.

»Es wird Blut fließen, so viel ist klar!«, bemerkte Bruder William mit einer Stimme, die den Fremden mitten in seiner Bewegung erstarren ließ. Er legte den gefüllten Löffel wieder in den Napf, erhob sich hastig und verließ die Tenne ohne ein weiteres Wort. Sie hörten ihn draußen nach seinem Pferd schreien, aber es klang gedämpft, der Sturm riss ihm die Worte von den Lippen. Er würde große Mühe haben, bei diesem Wetter den Hof des Brokmannen zu finden. Enno holte sich einen Becher mit heißem Wasser vom Schapp und hockte sich neben den Dominikaner.

»Was hat dich bewogen, den armen Kerl so zu erschrecken? Und sieh dir unsere Leute an; sie sind starr vor Entsetzen!«, sagte er mit leisem Vorwurf. Er durfte den Mönch so vertraulich ansprechen, da ihn William ausdrücklich darum ersucht hatte, auf jede Förmlichkeit zu verzichten. Man sei schließlich an Jahren nicht so schrecklich weit auseinander.

William blieb gelassen. Er fischte einen Strohhalm aus seinem Napf und saugte geräuschvoll daran. »Aahh, die Suppe ist gut! Es wäre ein Frevel, dass auch nur ein Tropfen verloren gehe!« Er warf den Halm achtlos auf den Boden und wandte Enno sein lächelndes Gesicht zu. »Erschrecken und Einfalt sind Brüder, mein guter Enno, wusstest du es nicht? Niemand ist leichter in die Fassungslosigkeit zu treiben als die Nichtswisser, die Toren, die Armen im Geiste«, erwiderte er fast fröhlich und wischte sich mit seinen Kinderhänden über die Kutte.

Aus der Tiefe der Tenne bummelten die Leute heran, sie schienen wieder Vertrauen zu fassen, nun, da der junge Herr mit dem Kuttenträger sprach. Enno betrachtete den Dominikaner aufmerksam. Es war am Christtag gewesen, sie waren soeben aus der Nachtmette gekommen, als der zierliche Mönch plötzlich am Hoftor aufgetaucht war, halb erfroren hing er auf einem Maultier, das vor Hunger und Kälte schwankte. Er bedachte seinen Prälaten mit Worten, die kein Christenmensch je aus dem Mund eines Ordensmannes gehört hatte, ja, es war so arg, dass der Schollenherr das Gesinde wegschickte und den Mönch um Mäßigung bat. Das hielt indes recht schwer, denn William war noch immer außer sich vor Zorn.

»Seine Eminenz beliebten zu bummeln. Bummelte hier und da. Bummelte über Brema bis nach Hamborch. Bummelte so lange, bis es kein Schiff mehr gab, das nach England fuhr. Es war einfach zu spät. Der letzte Knorr hatte zwei Tage zuvor abgelegt!«, giftete er.

Die meisten Brüder der Delegation waren in einem

Kloster vor den Toren der Stadt untergekommen. Der Prälat hatte es jedem der Mönche freigestellt, sich auf eigene Faust eine Bleibe zu suchen, und William hatte sich abgesetzt. Hatte einen Maulesel gemietet und war nach Hairlingen aufgebrochen, wo er den Winter zu verbringen gedachte. Bis zum Frühjahr war er frei »von Mauer und Kette«, wie er es ausdrückte. Bruder Ludgerus hatte es gehört und mit kalten Augen die Nase gerümpft. Er schien zu wittern, dass die Zeit mit dem Dominikaner kein Honigschlecken für ihn werden sollte.

Enno sah zu, wie der Mönch den Rest seines Mahles verzehrte. Als alles gegessen war, wischte er den Napf mit einem Brotstück aus.

»Nun gut, die heilige Einfalt. Aber den Armen im Geiste gehört das Himmelreich, so spricht der Herr. Und du von der Apokalypse. Und von Kenos Gerichtstag, an dem Blut fließen wird.«

»Ja, ja. Ich weiß, was ich gesagt habe!« William wischte sich die Krumen von der Kutte. Über seiner Nasenwurzel stand plötzlich eine Unmutsfalte.

Von der Feuerstelle her trat Magnus tom Diek heran. Er hatte bis jetzt geschwiegen. »Meine Knechte wissen nichts von der Apokalypse, aber Eure Rede ängstigt sie dennoch.«

»Weil sie einfältig sind!«, gab William heftig zurück.

Der Schollenherr blieb gelassen. Seine Stirn war glatt und die Augen ausdruckslos. »Also ist Angst vor dem Tod Einfalt?«

Bruder William stand auf, er begann einen erregten Marsch durch die Tenne und nun erlebte ihn Enno erneut als den charismatischen Mann, der durch klare Worte und messerscharfen Verstand zu überzeugen wusste. Es war wie damals, auf dem Markt im Emsland, als der Dominikaner den Waffenknecht daran gehindert hatte, einen kleinen Jungen aufzuknüpfen.

»Der Tod ist gottgewollter Teil des Lebens. Dabei ist der Wille Gottes nicht nur Ursache für die Existenz des Todes, sondern auch für seine Besiegbarkeit. Christus selbst hat es uns am Kreuz vorgemacht. Es wundert mich, dass ich dir das sagen muss.« Er blieb stehen und sah den Schollenherrn an. »Es ist nur so, verstehst du, Magnus, dass man den Tod an sich heranlassen muss, um ihn zu besiegen. Aus der Entfernung ängstigt er, das gebe ich zu!«

Er nahm Magnus bei der Hand und zog ihn zum Tisch, wo sich beide niederließen. »Denke dir einen tollwütigen Hund. Du hast zu seiner Abwehr nur einen Stein. Wirfst du den Stein nach dem Hund und fehlst, so bist du verloren. Lässt du den Hund aber in deine Nähe, vielleicht sogar in Beißnähe, dann kannst du ihn mit dem Stein erschlagen. Begreifst du? Der Abstand schützt ihn. Erst durch die Nähe wird der Tod verwundbar bis zum eigenen Exitus. Das müssen deine Leute begreifen.«

Magnus tom Diek schüttelte lächelnd den Kopf. »Sie werden es kaum, weil sie keine Philosophen sind. Und alle, die der Herr mit klarem Geist gesegnet hat, sollen sich also auf die Apokalypse freuen? Sagt an, was ist das für eine Prüfung, die uns bevorsteht?«

Der Mönch hob die Schultern. Es steckte eine Art resignatives Bedauern in dieser Geste, eine seltsame Mischung aus Auflehnung und Schicksalsergebenheit. Sie passte eigentlich nicht recht zu dem, was er zuvor über die Besiegbarkeit des Todes gesagt hatte. »Sieh dich doch um in Europa, ja selbst in dem Teil, den ihr das römische Reich nennt. Ein Reich, das ihr warum auch immer heilig heißt. In ihm wächst der Tod. Die Pest. Sie breitet sich aus. Wisst ihr es denn nicht?«

Es war das zweite Mal an diesem Abend, dass die Tenne in Grabesstille tauchte, eine Stille, in der man die Angst des zutiefst erschrockenen Gesindes mit Händen greifen konnte.

Der Schollenherr winkte ab, vielleicht zu hastig, um überzeugend zu sein. »Die Pest ist noch weit. Und wer weiß, ob sie je zu uns nach Friesland kommt.«

»Sie klopft bereits an die Tore von Frankenfort! Und sie kam von Süden, aus den Bergen Bavarias«, antwortete der Dominikaner dumpf.

»Das beweist nichts. Zwischen Frankenfort und Ostfriesland liegen Flüsse, die sie aufhalten werden!«, sagte Magnus laut und er sagte es in einem Ton, der auch Bruder William die Lust zum Widerspruch nahm, obwohl er ihn bereits auf der Zunge hatte. Der Schollenherr beugte sich vor und fixierte den Dominikaner mit strengem Blick. »Und jetzt, Bruder William, sagt mir, was wisst Ihr über den Gerichtstag des Brokmannen? Warum soll dort Blut fließen?«

Bruder William lehnte sich zurück, die Augenbrauen ungläubig in die Stirn gezogen. »Lausche dem Lied der Sperlinge, Schollenherr. Sie pfeifen es von den Dächern. Ist da nicht noch eine Rechnung offen? Hat der Hylmerisna etwa keinen Fleck auf dem Kittel, der ihn stört und den er beseitigt wissen will? Kenne ich eure Geschäfte besser als ihr selbst?«

Magnus starrte ihn an und Ennos Mund schien ihm plötzlich wie mit Spänen vollgestopft. Der Mönch hatte nicht eben leise gesprochen und das Gesinde näherte sich neugierig. Eine Magd wischte ausgiebig den Tisch, mehrere Knechte versorgten das Feuer und einer holte mit einem Reiserbesen mehr als sorgfältig die Strohhalme zwischen ihren Füßen zusammen. Ein harter Befehl des Schollenherrn trieb sie alle von der Tenne. Noch bevor die Tür ganz geschlossen war, fuhr Magnus herum. Sein Gesicht war weiß vor Zorn.

»Was pfeifen die Sperlinge von den Dächern? Und was weißt du über unsere Geschäfte?«

»Wenn man reist, hört man dies und das«, sagte der

Junge in der Kutte mit einem feinen Lächeln. »Eure Landsleute tragen ihre Herzen auf der Zunge!«

Sie waren jetzt unter sich, das Gesinde auf die Kammern verschwunden und der Hairlinger sah keinen Grund mehr für Zurückhaltung. Seine Stimme kam scharf wie splitterndes Glas. »Es gibt in dieser Sache keine Deckung, das wisse, William. Sie gleicht einem Deich, der zu bersten droht. Wenn er bricht, dann rettet nicht die Nähe zu ihm, wie bei deinem Tod, sondern nur die Entfernung, und der Teufel soll mich holen, wenn es anders ist!«

Bruder William strich sich vorsichtig über den Bauch. Er hatte die Hände und den Leib eines Halbwüchsigen. »Luzifer lass beiseite, Magnus tom Diek. Denn der passt in unser Gespräch wie der Mistkäfer auf die Fleischplatte!«

Der Dominikaner warf einen langen Blick in seinen leeren Essnapf und fuhr sich mit der Zunge über die Lippen. »Aaach, die Suppe war wirklich gut. Aber dein Bild ist schief, Magnus. Dieser Deich bricht ja nicht; du stichst ihn an. Wenn du es geschickt machst, setzt du den Stich so, dass der Richtige nass wird!«

»So spricht, wer sich auf trockenem Grund weiß. Und auch ein angestochener Deich kann brechen«, gab der Hairlinger tadelnd zurück und Bruder William lachte ein tiefes, aus der Kehle kommendes Lachen. Erstaunliche Töne für die Brust eines Kindes.

»Warum so wenig Vertrauen in eine Zukunft, die doch hell und strahlend vor dir liegt?«, fragte der Dominikaner schmunzelnd.

»Zukunft? Schöne Zukunft! Von Süden die Pest! Und im eigenen Land der Verlust der Freiheit!«, spottete Magnus mit bitterer Stimme.

William ging zum Kessel und schöpfte sich erneut Suppe in seinen Napf. Dann schnitt er sich Brot und hockte sich an den Tisch. »Die Pest muss nicht kommen. Und wenn, dann gibt es Möglichkeiten, ihr auszuweichen«, sagte er und wiederholte damit fast die Worte, die der Schollenherr kurz zuvor gesprochen hatte. Es schien ihn nicht anzufechten. Er löffelte genüsslich seine Suppe und stöhnte wohlig bei jedem Bissen in das frische Brot. »Und was die friesische Freiheit betrifft, da sehe ich weniger Fährnisse als du. Es gibt Gegenkräfte. Sammle und führe sie. Dann ist deine Sache nicht verloren.«

Er hielt mitten im Mahl inne, der Löffel verharrte gefüllt vor seinem Mund, seine Augen funkelten. »Und stich diesen Deich an! Begreifst du nicht, dass dies dein erster Schritt sein muss?«

Danach herrschte langes Schweigen. Sie hockten wie müde Krähen um den Tisch, starrten in langsam verglimmende Kienspäne und lauschten auf den Sturm, der wütend an den Läden tobte und das Stroh vom Dach rieseln ließ. Es war einer der Knechte, der schließlich auf die in spärliches Dämmerlicht getauchte Tenne gestolpert kam, donnernd durch die Tür hereinpolterte, die ihm der Wind fast aus der Hand riss, unter sie fuhr in einer Eiswolke aus Kälte und Schnee, und meldete, dass der Fremde zurückgekehrt sei. Er habe im schweren Wetter seinen Weg nicht gefunden. Magnus wies an, dem Mann eine Schlafstatt zu geben.

Sie nahmen das Gespräch am nächsten Tag wieder auf, es war der Morgen nach dem Jahreswechsel, das Fest der Beschneidung des Herrn. Der Sturm hatte sich gelegt, es war ein klarer, kalter Vormittag, der Schnee lag hart und glatt wie ein Leichentuch über dem Land. Die Familie war auf der Tenne versammelt, dazu William, der lange Holländer und Bruder Ludgerus.

Es war Tradition im Hause tom Diek, den ersten Tag des Jahres mit einem gemeinsamen Frühmahl zu beginnen, Magnus' Vater hatte es so gehalten und er selbst pflegte den Brauch aus Überzeugung. Die Stimmung war angespannt, wie immer, wenn der Benediktiner anwesend war. Das zunächst durch Abneigung gekennzeichnete Verhältnis zwischen ihm und den langen Adriaan war in offene Feindschaft umgeschlagen. Die beiden gerieten aneinander, wann immer sie sich begegneten. Der Holländer verübelte dem Geistlichen dessen offensichtliche Verstrickung in die Morde von Ochterszem so sehr, dass ihn bereits dessen Anblick zu Wutausbrüchen reizen konnte. Er verstand nicht recht, warum sein Schollenherr zögerte, den Mönch loszuwerden. Wenn es nach Adriaan, gegangen wäre, er hätte den Benediktiner längst zum Teufel gejagt, ob mit oder ohne Zustimmung der Kirche.

Bruder William behandelte den anderen mit distanzierter Ablehnung, denn er hielt ihn zu Recht für einen schlechten Seelsorger. Er sagte es ihm offen ins Gesicht, bereits anlässlich einer Mette zwei Tage nach dem Christfest. Der Benediktiner beklagte in seiner Predigt die mangelnde Ehrfurcht vor den Einrichtungen der Kirche, forderte Gehorsam gegenüber dem Klerus und er tat es in einer Weise, die den Mitgliedern der Gemeinde das Unbehagen in die Augen trieb. Anschließend nahm ihn der Dominikaner zur Seite.

»Bist du denn von Sinnen, in der Weihnachtszeit eine derartige Predigt zu halten?«

Bruder Ludgerus starrte ihn aus flackernden Augen an. »Wer bist du, dass du es wagst, mir solche Fragen zu stellen? Ein Klosterbruder, fern von der Welt und ihrer Fäulnis. Du lebst wohlverwahrt in der Gemeinschaft deines Ordens hinter dicken Mauern und weißt nichts von den Sünden der Menschheit. Willst du mich lehren, wie ich meine Schafe zu weiden habe?«

Der Dominikaner hatte einen raschen Schritt auf den anderen zu gemacht, so schnell, dass der zum Schutz die Hände gehoben hatte, ganz so, als erwarte er, geschlagen zu werden. Williams Stimme zitterte vor mühsam unterdrückter Wut. »Du bist ein miserabler Seelsorger, Ludgerus. Dein Herz ist versteinert und deine Sinne sind voller Hoffart. Es sind nicht deine Schafe, sondern die Schafe des Herrn! Sie sind dir lediglich anvertraut. Sonst nichts. Also bessere dich! Und denke daran, auch Priester sind Menschen, die fehlen können. Das solltest du nie vergessen. Gerade du nicht!«

Er hatte den Kirchspielpfarrer vor dem Altartisch stehen lassen. Auch jetzt würdigte er ihn kaum eines Blickes. Die Mägde trugen Emmergrütze und saftige Scheiben von gebratenem Kapaun auf. Dazu trank man erhitztes Wasser. Bruder William saß zwischen Enno und Wiska. Der Dominikaner und die junge Frau sahen aus wie Geschwister.

Es war Enno, der trotz der warnenden Blicke seines Vaters das Thema des Vorabends wieder aufnahm. Auch die Hand seiner Mutter auf dem Unterarm konnte ihn nicht davon abhalten. Es schien fast, als wollte der junge Herr einen Eklat bewusst herbeiführen.

»Du meinst also, auf Kenos Gerichtstag wird Blut fließen?«, fragte Enno lauter als nötig und um den Tisch erstarb augenblicklich jede Unterhaltung. Der Lange spitzte die Ohren, seine Augen funkelten und Bruder Ludgerus erstarrte mit einem Fleischstück im Mund, das ihm zwischen den Lippen hervorlugte.

Der Dominikaner tat so, als hätte er von alledem nichts bemerkt. Er sprach ebenso laut und unbekümmert. »Er wird sie über die Klinge springen lassen. Es ist der einzige Weg, die causa loszuwerden.«

»Wen meinst du?«, legte Enno nach.

William hob den Kopf, auf seinen Zügen lag ein kaltes, freudloses Lächeln. Er schien diese Frage seltsam zu finden. »Wen ich meine? Ich meine die Fremden, die im Auftrag des Brokmannen gemordet haben.«

Bruder Ludgerus hockte auf seiner Bank wie festgefroren, der Kapaun hing ihm aus dem Gesicht, es sah aus, als wisse er nicht, ob er schlingen oder ausspucken sollte. Almeth tom Diek machte den Mägden Zeichen und schickte sie hinaus. Es war der Augenblick, in dem Enno den Langen den Mund öffnen sah. Adriaan zog die Lippen über die Zähne wie ein Wolf, der zuschnappen will. Aber seine Stimme klang unnatürlich ruhig, fast beiläufig, ganz so, als spräche er über die lässlichen Sünden eines entfernten Verwandten.

»Versteht mich recht, ich frage nicht etwa aus Ehrfurcht. Alle Orden, zumindest aber die meisten, nehmen irgendwann eine schädliche Entwicklung, sie entfernen sich in Dekadenz von den Absichten ihrer Gründer, der heilige Franziskus hat es uns gezeigt[198]!« Adriaan stand auf und wechselte einen schnellen Blick mit dem Schollenherrn.

»Aber hier haben wir einen Ordensbruder, der womöglich von diesem Bazillus noch nicht ergriffen ist. Sehen wir ihm nach, dass seine Argumente im Logos nicht schlüssig sind, denn er ist noch jung!« Er wandte sein Gesicht dem Dominikaner zu, der ihn mit funkelnden Augen ansah. »Sagt mir doch, Bruder William, ist ein Frevel beseitigt, wenn man das Werkzeug, mit dem er begangen wurde, aus der Hand legt? Und ist nicht der, dessen Kopf die Lüge ersonnen hat, ebenso schuldig wie jener, der sie schließlich ausspricht?«

Das Gesicht des jungen Priesters entspannte sich. »Über die Orden reden wir noch! Aber das andere, du meinst ja wohl die Schuld des Hehlers, die schwerer wiegt als die Sünde des Diebes? Ei freilich! Seine Verfehlung ist größer, weil ihm im Sinne Platons die Geisteskraft – von der Tugend der Klugheit zu sprechen verbietet sich hier – zu Gebote steht, sein ungutes Tun zu erkennen, während

---

198) Franz von Assisi, Gründer des Ordens der Franziskaner. Gab 1220 n.Ch. die Leitung seines Ordensab, weil er sich in der für Lockerungen der Ordensregeln plädierenden Bruderschaft mit seiner strengen Linie nicht mehr durchsetzen konnte.

jener, der Dieb nämlich, in seiner Beschränktheit unter Umständen zum Missbrauchten wird.«

»Sind wir uns einig, dass auch der Dieb, sagen wir, schlau genug sein kann, seine Sünde zu sehen?«, fragte der Lange schnell.

»Da sind wir uns einig«, gab William gelassen zurück. »Er ist es sogar in der Regel. Aber das vermehrt lediglich seine Schuld, es stellt die größere Sünde des Urhebers nicht in Frage.«

Die Gesellschaft hatte den Wortwechsel aufmerksam verfolgt, Almeth tom Diek mit einem wissenden Lächeln, der Schollenherr schweigend, mit kühlen Augen und glatter Stirn. Bruder Ludgerus hatte brütend vor sich hingestarrt und setzte nun mit gesenktem Blick seine Kiefer in Bewegung. Der Kapaun wurde kürzer und verschwand schließlich zwischen seinen Lippen.

Der Lange war anscheinend zufrieden. Jeder wartete darauf, dass Adriaan wieder Platz nahm, aber er tat es nicht. Er trat auf die Schollenherrin zu, kniete formell nieder und küsste zu Almeths Überraschung ihre beiden Hände. Es sah aus wie eine Zeremonie, so, als wolle er Abbitte leisten für etwas, das noch nicht geschehen war. Stand auf und ging zu seinem Schemel zurück. Kein Augenpaar, das nun nicht auf ihn gerichtet gewesen wäre.

Auch Ludgerus starrte ihn an, hasserfüllt, mit mahlendem, leerlaufendem Gebiss. »Ein hochgelehrter Dialog, der niemandem hilft«, ätzte er spöttisch. Dann langte er zu und schob sich erneut ein Stück von dem Vogel in den Mund.

Adriaan ignorierte ihn. Der Lange trank einen Schluck Wasser und richtete sich zu seiner vollen Größe auf. »Übertragen wir nun diese Erkenntnisse auf die … Vorgänge von Ochterszem. Erhellt uns, Bruder William. Was sagen sie uns hier?«

Magnus tom Diek öffnete den Mund, aber Almeth legte ihre Hand auf seinen Arm.

Der Dominikaner lehnte sich seufzend zurück. Bekümmert hob er seine Brauen in die Stirn. Er spielte seine Rolle großartig. »In dem von dir gesetzten Sinn? Nun ja; alle sind schuldig. Der oder derjenige aus seiner Sippe, der den Befehl gab. Die Mörder ohnehin. Und alle, die durch Verbreitung von Lügen und Gerüchten auf übelste Weise zu der Untat beigetragen haben.«

»Schön! Dann ist also die causa mitnichten aus der Welt, wenn der Brokmanne die Fremden, wie Ihr sagt, über die Klinge springen lässt, oder wie?«

Ludgerus fuhr hoch, kam schwankend zum Stehen, das Fleisch noch immer zwischen den Zähnen. Die Tenne erstarrte in gebannter Stille, alle sahen den Benediktiner an, viele mit schreckgeweiteten Augen, William neugierig, der Lange mit sardonischem Lächeln. Der Kirchspielpfarrer stand vornübergebeugt, einen Hand griff nach dem Kapaun, die andere stützte sich schwer auf die Tafel. Aus seinem Mund kam ein dünner, klagender Laut, es klang wie Wimmern. Und durch das verlorene Greinen Ludgerus' kam plötzlich die ruhige, feste Stimme des Dominikaners, so klar und rein, dass sie klang wie die Posaunen von Jericho.

»Du hast recht, Adriaan. Es werden Schuldige übrigbleiben. Sünder, die der weltliche Arm nicht greifen kann. Aber die trifft der Zorn des Herrn am Jüngsten Tag.«

Bruder Ludgerus schaukelte wie ein Grashalm im Wind. Jeder sah, dass er jetzt weinte. Der Mönch stolperte zur Tür, riss sie auf, wandte sich ein letztes Mal um, Tränen nässten sein Gesicht, aus dem der Streifen Fleisch noch immer hervorlugte. Dann wankte er hinaus. Seine Kirche verließ er am nächsten Tag. Das Anwesen der tom Diek betrat er nicht mehr, solange er noch lebte.

*

Die Auwreker kamen am Tag nach Epiphanias[199]. Das Jahr des Herrn 1348 war noch keine zwei Wochen alt, da tauchten sie auf dem Hof auf wie ein Rudel verängstigter Hunde, müde, durchfroren und hungrig.

Nach dem überstandenen Wintersturm hatte sich tiefer, klirrender Frost über Ostfriesland gelegt. Die brutale Kälte brachte nahezu alles Leben zum Stillstand, Krähen und Raben fielen tot aus den Ästen, im Hairlingerlant waren einem Bauern drei Kühe im Stall erfroren.

Die Hunde hatten nicht angeschlagen und das Gesinde hatte sich sämtlich in seine Hütten und Verschlägen verkrochen, niemand hatte bemerkt, dass die Auwreker durch das Tor geritten kamen. Der junge Herr hatte es offen gelassen. Er wollte nach der Befestigung sehen, in der vorigen Nacht und den ganzen Tag über hatten die Palisaden geknackt, es klang, als wolle der Frost sie auseinanderreißen.

Der Brokmanne saß mit seiner Frau und den beiden Töchtern beim Nachtmahl auf der Tenne. Obwohl in der Esse ein helles Feuer brannte, formte sich der Atem vor ihren Mündern zu kleinen Eiswolken. Die Hylmerisna waren in dicke Mäntel gehüllt, über den Tisch war eine schwere, wollene Decke gelegt, unter der die Beine der Sitzenden verschwanden. Sie sollte die Hitze der glühenden Buchenscheite in den Eisenkästen zu ihren Füßen auffangen und festhalten. Keno Hylmerisna griff nach seinem Schwert und den Frauen entfuhren kleine Schreckensrufe, als es unvermittelt an der Tür pochte und gleich darauf der eine Flügel aufgerissen wurde und die Auwreker in den Raum stolperten, einer nach dem anderen. Der Brokmanne schrie nach seinem Verwalter Uffo Remetsna, aber es tat sich darauf nichts und die Ankömmlinge hoben beschwichtigend ihre Arme. Sie sahen zum Fürchten aus mit ihren froststarren Mänteln,

199) 6. Januar, Dreikönigsfest

vereisten Bärten in wachsbleichen Gesichtern, wie mit Reif bedeckte Leichen.

»Wir sind es, Keno!«, sagte der erste mit steifen Lippen und es dauerte eine Weile, bis der begriff, wen er vor sich hatte. Er erkannte den Mann an der Stimme.

»Tidard Tidesna! Was in aller Welt fällt euch ein?«

Und in diesem Augenblick stürmte Ocko mit gezogenem Schwert auf die Tenne und hinter ihm der Handmann und Verwalter, trotz der beißenden Kälte mit hochrotem Kopf.

»Wir sind es, Keno«, wiederholte der Auwreker sinnlos und von einem der Männer kam jetzt ein Schluchzen. Sie waren lange vor Morgengrauen aufgebrochen, den ganzen Tag geritten und bei Feterbueren hatten sie einen Mann verloren. Er war einfach tot vom Pferd gefallen, niemand wusste, warum. Sie hatten ihn quer über sein Tier gelegt und ihn dann zur Kirche geschafft. Als sie den Toten in die Obhut des Pfarrers gaben, war er schon völlig steif. Es war nicht mehr möglich, ihn zu strecken. Sie mussten ihn angewinkelt, wie er auf dem Pferd gelegen hatte, an eine Kirchenbank lehnen. Sie hatten dem Geistlichen versprochen, die Leiche auf dem Rückweg wieder abzuholen.

»Lasst euch Zeit. Hier hält er sich«, hatte der Pfarrer trocken gesagt.

Ocko schob sein Schwert in die Scheide und hockte sich zu seinem Vater an den Tisch. Der Verwalter holte Schemel heran und verließ die Tenne, um die Pferde zu versorgen. Mägde trugen heißes Bier, Fleisch und Brot auf und die Frauen zogen sich zurück. Die Auwreker standen jetzt an der Esse, aßen und tranken und eine Weile hörte man nichts außer ihrem Schnaufen und Schmatzen. Einer von ihnen ließ einen knarrenden Furz und der Brokmanne hob den Kopf.

»Na, endlich bricht einer sein Schweigen«, sagte Keno spöttisch.

Sie wandten sich um, ihre Bärte glänzten vor Nässe.

Tidard Tidesna trat an den Tisch, in einer Hand ein faustgroßes Fleischstück, in der anderen einen Becher Bier. Der Bratensaft hatte sein Kinn braun gefärbt. »Wir stören aus wichtigem Grund, das glaube, Keno. Bei diesem Wetter, das erwachsene Männer aus dem Sattel holt, geht man keinen Weg leichten Herzens!«

Der Brokmanne wartete. Er hatte die Zurückweisung im Frühling anno 47 nicht vergessen. Sie steckte ihm, zum Gegenteil, wie ein vergifteter Dorn im Herzen. Wenn die Auwreker jetzt kamen, aus freien Stücken kamen, dann bot sich vielleicht eine Gelegenheit, diese Scharte auszuwetzen. Er ließ den Tidesna erzählen, hörte sich dessen weitschweifigen Bericht an, hob bedauernd die Brauen bei der Stelle mit dem verlorenen Mann und lehnte sich zurück, als der Auwreker zu Ende gekommen war. Er sah Ocko den anderen mit kalten Augen mustern.

»Releff Tammen, sagst du? Tot vom Pferd? Tut mir leid«, log er mit glatter Stirn, denn dieser Tammen war derjenige gewesen, der ihm damals frech, fast unverschämt, nach den Kosten für seine Bedeckung gefragt hatte. Und dass sie mit dem Verlust an Freiheit ja wohl zu teuer bezahlt sei. Der Auwreker nickte zustimmend und öffnete den Mund, aber da fuhr Ocko mit scharfer Stimme dazwischen. Er gab sich nicht im Geringsten Mühe, freundlich zu klingen.

»Und was, nun, führt euch her?«

Tidard Tidesna erstarrte, seine Blicke schossen zwischen den beiden Hylmerisna hin und her, dergleichen hätte er unter seinem Dach nie geduldet. »Ich rede hier von Richter zu Richter. Fragt dein Sohn für dich?«, erkundigte er sich eisig.

Die anderen Auwreker spitzten die Ohren, kamen heran, hockten sich mit dampfenden Bechern an den Tisch. Der Brokmanne nickte stumm, aber seine Augen glitzerten, es war klar, dass ihm die Intervention Ockos nicht passte. Vielleicht gab es einen Weg, die Landgemeinde von Auwreke in die Hand zu bekommen, aber das Eis war noch brüchig und durfte nicht unnütz belastet werden.

»Es ist bedauerlich, dass die Jugend das Ziel über die Tugend der behutsamen Annäherung stellt!«, sagte der Auwreker grollend und Ocko, eine scharfe Erwiderung auf der Zunge, fühlte die Hand seines Vaters hart nach dem Unterarm greifen, es war fast wie ein Schlag.

»Ich gebe dir recht, Tidard«, hörten sie Keno sagen, verbindlich, mit einer Stimme, die klang wie das sanfte Spiel einer Rohrflöte an einem lauen Sommerabend.

Es folgte ein langes Schweigen, doch irgendwann hob Tidesna den Kopf und berichtete. Was er zu sagen hatte, schob den Brokmannen die Brauen in die Stirn. Der Vogt von Papenborch[200] hatte binnen weniger Monate drei große Höfe im Süden der Landgemeinde gekauft. Es waren Anwesen von Familien ohne Erben, die von den Alten nicht mehr bewirtschaftet werden konnten. Der Vogt hatte jeweils einen seiner Leute als Pächter eingesetzt, die Vorbesitzer erhielten als Teil des Vertrages ihr Gnadenbrot.

Es war wieder Ocko Hylmerisna, der sprach, ohne die Erlaubnis seines Vaters abzuwarten. »Wenn die Höfe zum Verkauf standen, warum habt ihr sie nicht selbst erworben? Oder meinen Vater benachrichtigt?«

Die Auwreker sahen sich betreten an. Auf Kenos Lippen stand ein säuerliches Lächeln.

»Ein Fehler war es gewiss, zu warten, bis ein Fremder sich einmischt«, sagte er kalt. »Aber was soll der Vogt von Papenborch dabei haben, in eurer Landgemeinde Höfe zu kaufen? Und dann gleich drei? Und woher hat der Kerl das Silber?«

Einer der Auwreker begann zu sprechen, aber Tidesna brachte ihn brüsk zum Schweigen. Er fixierte den Mann

200) Papenburg im Emsland

mit stechendem Blick, als er selber zu einer Erklärung ansetzte. »Der Vogt ist nur ein Strohmann, davon bin ich jedenfalls überzeugt. Hinter ihm steht Ludwig der Hesse. Die Diözese genügt ihm nicht mehr. Er will nun auch seinen weltlichen Arm nach unserer Landgemeinde ausstrecken.«

»Der Erzbischof von Monasterium hat Schulden bei seinem Amtsbruder in Brema. Das weiß ich aus zuverlässiger Quelle. Er dürfte kaum über die Mittel für solche Geschäfte verfügen«, sagte der Brokmanne abweisend.

Tidesna beugte sich vor. Der Ton Hylmerisnas gefiel ihm nicht. In seinen Augen funkelte der Zorn. »Und wenn er neue Quellen aufgetan hat? Wenn er selbst nur ein Strohmann ist?«

Keno starrte ihn an. Auf seiner Stirn stand eine steile Zornfalte. Ihr hättet es anders haben können, dachte er. Mit einem Grunzen ließ er sich in seinen Lehnstuhl zurücksinken. Das Holz knarrte. »Nun wohl. Wie auch immer. Was gedenkt ihr nun zu tun?«, fragte er träge.

In seinen Ärger, der sich Luft machen wollte, mischte sich jetzt auch Genugtuung. Es schien so, als hätte er die Auwreker endlich da, wo er sie haben wollte. Er beherrschte sich und warf seinem Sohn einen warnenden Blick zu. Ocko hockte breit und bräsig am Tisch, sein gedrungener Körper sah aus wie ein achtlos abgestellter Getreidesack. In seinen Zügen stand offene Verachtung.

Die Augen der Auwreker richteten sich nun auf Tidard Tidesna, die meisten hoffnungsvoll, einige finster und ablehnend. Die Knechte kamen von der Palisade zurück, vom Tor her hörte man Rufen und das Klirren von Ketten, in der Esse knackten armdicke Buchenscheite, ansonsten erstarb auf der Tenne jedes Geräusch. Der Richter nahm einen tiefen Schluck aus seinem Becher.

»Wir bieten dir das Patronatsrecht über unsere Landgemeinde an«, sagte Tidesna in die Stille hinein, und da der Brokmanne ihn anstarrte und nichts erwiderte, fügte er hinzu: »Und, für den Fall einer Fehde, die Führung unseres Aufgebots. Fünfzig Berittene und einhundertzehn Lanzenträger zu Fuß. Wenn Arbeiten in Wald und Flur kein Hindernis sind.«

Der Brokmanne schwieg noch immer, aber hinter seiner Stirn rasten die Gedanken. Das Patronatsrecht war nahezu bedeutungslos, nicht viel mehr als eine symbolische Macht. Eine Schar von einhundertsechzig Bewaffneten, davon fünfzig zu Pferd, war nie und nimmer das, was die Landgemeinde aufbieten konnte, sondern höchstens die Hälfte hiervon. Die Auwreker legten sich also nicht völlig vor ihm auf den Rücken. Sie behielten vielmehr ein Gutteil ihrer streitfähigen Mittel in der Hinterhand. Hinzu kam der Vorbehalt der Verfügbarkeit.

Dennoch stand er vor einem Erfolg, der ihm wenige Monate zuvor noch unerreichbar schien. Nicht die Umfänge, die Tatsache des Angebots der Auwreker war entscheidend. Es war der erste Stich in den Deich, die vorsichtige Lockerung einer Schlinge, die schließlich das ganze Seil in seine Hände brachte. Bringen *musste*! Er sah die Augen der Auwreker erwartungsvoll auf sich gerichtet und wusste, es war schädlich, zu schnell zu nicken. *Sie* kamen zu *ihm*! Und ihr Antrag entsprach noch nicht dem, was er als Ziel im Blick hatte. Vielleicht konnte man den Preis noch ein wenig in die Höhe treiben.

»Das wird den Vogt von Papenborch nicht abhalten, weitere Höfe in eurer Landgemeinde zu erwerben«, sagte er schließlich.

»Wir versprechen auch, dich zu benachrichtigen, wenn in Auwreke Bauern Land verkaufen«, erwiderte einer der Auwreker schnell, es war der Mann, dem Tidard zuvor ins Wort gefallen war.

»Was ist mit dem Richteramt? Dem ständigen Recht als Gerichtsherr?«, fragte Ocko kalt. Auch er hatte die Offerte rasch überschlagen, das Patronatsrecht als nachrangig erkannt und sehr wohl gesehen, dass sich die Auwreker in der Führung des Aufgebots eine Hintertür offen hielten. *Im Falle einer Fehde*, hieß es. Wer legte fest, ob und wann eine Fehde vorlag? Sehr gut möglich, dass auch dieser Teil der Abmachung kaum mit Inhalt zu füllen war.

»Das Richteramt bleibt bei uns. Der Umgang wird nicht angetastet!«, sagte Tidard Tidesna mit harter Stimme.

Ocko erhob sich. Er stemmte seinen massigen Körper mit beiden Fäusten auf der Tischplatte ab. In den engen Augen stand eisige Geringschätzung. »Völlig unzureichend. Lächerlich. Ein Angebot für alte Weiber!«, sagte er grollend, wandte sich ab und stapfte hinaus.

Der Brokmanne sah seinem Sohn stumm hinterher. Er war wütend auf ihn, aber er hütete sich, seinen Zorn zu zeigen. Es tat der Sache der Hylmerisna auf lange Sicht kaum Abbruch, den Auwrekern zu zeigen, dass Ocko keinen Konflikt scheute. Er rief nach der Magd und ließ Bier, Brot und Fleisch bringen. Dann begann das Feilschen.

Die Auwreker um Tidard Tidesna ließen sich auf keine weiteren Zugeständnisse ein. Es wurde vereinbart, über das Angebot eine Urkunde zu fertigen, die in einer feierlichen Zeremonie in der Kirche zu Auwreke unterzeichnet werden sollte. Der Brokmanne bestand darauf, bei dieser Gelegenheit zu der versammelten Gemeinde zu sprechen. Ihm war wichtig, neben der Unterschrift unter den Vertrag ein weiteres sichtbares Zeichen für seine führende Rolle in der Landgemeinde zu setzen. Als alle eingeschlagen hatten, ließ Hylmerisna erhitzten Wein auftragen.

Ocko blieb verschwunden und tauchte auch am nächsten Morgen zum Frühstück nicht auf. Es herrschte mürrisches Schweigen, während sie Emmergrütze und kalten Braten zu sich nahmen. Tidard Tidesna saß schon auf seinem Pferd, als er sich noch einmal an den Schollenherrn wandte. Eine Eiswolke umhüllte seinen Kopf, die Stimme bebte vor mühsam zurück gehaltenem Zorn

»Sage deinem Sohn, dass wir eine gedeihliche Zusammenarbeit mit den Hylmerisna suchen. Sage ihm aber auch, dass wir gräfliche Rüpeleien gleichwohl niemals dulden werden. Die Landgemeinde Auwreke wird kein Besitz, dessen sich ein Hylmerisna wie ein Fürst bedienen kann, sage das deinem Sohn!«

Der Brokmanne schwieg dazu mit finsterem Gesicht. Ocko nahm er sich anschließend vor. Er traf ihn bei den Stallungen.

»Warum begreifst du nicht, dass manchmal Freundlichkeit geboten ist, zum Ziel zu kommen? Und wann lernst du, die gebotenen Mittel nach ihrer jeweiligen Nützlichkeit zu beurteilen?«, schrie er ihn zornig an.

»Sollen sie deine Freunde werden oder willst du über sie herrschen?«, fragte der junge Mann mit ätzender Schärfe zurück. Dann bestieg er sein Pferd und ritt davon.

*

Da wählte Magnus als erste Küre, dass alle Friesen Vollfreie sein sollen, der Geborene und der Ungeborene, solange der Wind von den Wolken wehen und die Welt bestehen würde, und dass sie aus freier Wahl des König edle Heergenossen sein wollten

1. Magnusküre

6.

Brema, erzbischöfliche Residenz,
am Tage nach dem Fest des hl. Apostels Matthias
Anno Domini 1348 (Montag 25. Februar)

Erbittert saßen sich die beiden Äbte an der Krankenstatt gegenüber. Erzbischof Otto I. von Brema lag in seinem Bett, ein Auge war zugeschwollen, das andere glotzte starr vor sich hin. Es war nicht zu erkennen, ob er überhaupt etwas wahrnahm.

Mit Schrecken hatte Abt Nikolaus die lederne, fast mumifizierte Haut des einst so voller Lebenskraft steckenden Mannes zur Kenntnis genommen, sie gaben Otto das Aussehen einer verschrumpelten, der Fäulnis nahen Feldfrucht. Dazu passte auch der üble, stechende Geruch von Fäkalien, Schweiß und anderen Ausdünstungen, die den überhitzten Raum füllten und einen Brodem verbreiteten, der Nikolaus an verwesendes Fleisch erinnerte.

Er warf Abt Hilderaad aus Marienkamp einen scharfen Blick zu und schämte sich, dass er wie dieser die Kutte der Benediktiner trug. Es war eine Schande! Er wusste, dass Hilderaad nur auf den Tod des Kirchenfürsten wartete und beinahe wöchentlich die Residenz aufsuchte, um möglichst frühzeitig in den Besitz der Neuigkeit zu gelangen. Natürlich nur, um sie für seine Pläne zu nutzen. Seine

Intrigen, denn etwas anderes war kaum denkbar, nach Ottos letztem Atemzug ins Werk zu setzen. Der Erste zu sein, der in Kenntnis der Lage Tatsachen schaffte. Wartete hier wie ein Aasgeier darauf, dass der sieche Kirchenfürst sein Zepter nicht mehr halten konnte, um es ihm eilig aus der Hand zu nehmen, zumindest für eine Weile.

Denn Hilderaad hatte sich eindeutig positioniert; als ältestem Prälaten der Diözese stand ihm nach dem Heimgang des Bischofs in Abwesenheit einer Nachfolgeregelung die Wahrnehmung seiner Geschäfte zu. Wer wusste denn, welche Entscheidung der Papst in Avignon getroffen hatte? Wenn er überhaupt eine getroffen hatte. Und es gab genügend Beispiele, gerade in dieser Zeit, da die Kirche in ihren Grundfesten wankte, in denen der Pontifex einen Amtsverweser bestätigt hatte, wenn der nur seine Sache gut machte, und Hilderaad war entschlossen, seine Sache sehr gut zu machen.

Die erzbischöfliche Delegation war noch nicht zurück, sie steckte in Cöln, das wusste man. Einer der Diakone, Bruder Elias, hatte eine Botschaft geschickt. Es gab keine Benediktiner in der Stadt, sie waren in einem Dominikanerkloster in der Stolkgasse untergekommen. Das Kloster stand leer, nur ein Cellerar war noch da, das ganze Kapitel hatte anno 1347 Cöln verlassen müssen. Anlass war ein Streit mit dem Magistrat der Stadt gewesen, bei dem es um eine »manus mortua«[201] Sache gangen war. Der Abt hatte sich geweigert, einer Forderung der Stadt nach Zahlung eines Steuersatzes zu folgen, den der Magistrat auf der Grundlage des Klosterbesitzes an Land und Grundstücken errechnet hatte.

Auch der vielleicht nicht ganz ernst gemeinte Vorschlag,

201) Manus mortua. Vollständiger Begriff: »Besitz zur toten Hand«. Hier Bezeichnung für den Besitz unbeweglicher Kirchengüter, die nicht wieder veräußert werden dürfen und somit der öffentlichen Waren-zirkulation entzogen sind. Diesem Sinne nach also »toter« Besitz. Häufig Konfliktursache mit weltlichen Stellen im Hinblick auf die Frage seiner Besteuerung.

ersatzweise Mönche zum Wachdienst auf den Stadtmauern abzustellen, war mit Entrüstung zurückgewiesen worden. Über all das hatte sich Bruder Elias in seinem Schreiben lang und breit ausgelassen, wohl um ihren Aufenthalt in diesem Haus zu rechtfertigen, aber kein Wort über den Casus, auf dessen Klärung man doch so sehnlichst wartete. Natürlich nicht! Schließlich handelte es sich hierbei um eine Eminenzensukzession in der römischen Kirche. Dergleichen vertraute man keinem fremden Boten an.

Es war, wie gesagt, in keiner Weise klar, ob und wie der Papst entschieden hatte. Gut möglich, dass die Delegation überhaupt nicht empfangen worden war und unverrichteter Dinge wieder zurückkehrte. Das Rennen war offen, Hilderaad wusste es und Nikolaus wusste es auch. Der Abt von Marienkamp ließ den kranken Erzbischof nicht aus den Augen.

»Hörst du mich, Vater?«, fragte Hilderaad. Otto rührte sich nicht, aus seinen geschwollenen Lidern sickerte ein grünliches Sekret und Nikolaus scharrte ungeduldig mit den Füßen.

»Lass ihn in Frieden!«, sagte er scharf.

Hilderaad warf ihm einen giftigen Blick zu. »Der Erzbischof von Monasterium kauft Land in Auwreke«, fuhr er an Otto gerichtet fort. Die Nachricht hatte sich in Ostfriesland verbreitet wie ein Lauffeuer und für erhebliche Unruhe gesorgt.

»Käufer ist der Vogt von Papenborch«, warf Nikolaus ein.

»Als Strohmann Ludwigs des Hessen!«, gab Hilderaad schnell zurück, »aber das macht im Zweifel die Sache nicht besser, denn der Vogt ist kein Friese.«

Der Erzbischof stöhnte leise, seine nicht gelähmte Hand kroch zitternd über das Laken, es sah aus wie das Flattern eines müden Vogels.

»Hattest du nicht andere Vereinbarungen mit ihm getroffen, Vater?«, stieß Hilderaad nach.

Abt Nikolaus stieg Zornesröte in den Hals. Er hatte gehofft, den Erzbischof allein anzutreffen, und dann die Gelegenheit zu suchen, wenn nötig herbeizuführen, endlich die Wahrheit über die Morde von Ochterszem zu erfahren. Er war sich sicher, es würde ihm gelingen, den auf den Tod kranken Mann zu einer klärenden Äußerung zu bewegen. Ihm zur Not das Brustkreuz vor die Nase zu halten und ihn an das Jüngste Gericht zu erinnern. An die Strafe Gottes, der auch ein Erzbischof nicht entgehen kann. Doch jetzt, hier, in dieser Situation, in Anwesenheit des Marienkampers, war jede Hoffnung vergebens.

»Nun, er scheint sich nicht mehr daran zu halten. Vielleicht nutzt er jetzt, da du an dein Bett gefesselt bist, die Gelegenheit zur Schaffung neuer Fakten. Sollten wir ihm nicht Einhalt gebieten? Was befiehlst du mir in dieser Sache?«, hörte er Hilderaad sagen und fuhr wütend in die Höhe. Es widerte ihn an, dass dieser sogar jetzt die Gunst der Stunde nutzte, um sich als kluger Sachwalter der Interessen der Diözese zu gerieren.

»Was bildest du dir ein? Anstatt hier unsere kranke Eminenz mit derlei zu behelligen, solltest du lieber in deinem eigenen Stall für Ordnung sorgen. Zum Beispiel im Fall Bruder Ludgerus. Was gedenkst du, hier zu tun?«, bellte Nikolaus.

»Das geht dich nichts an!«, gab der andere grob zurück und Otto schloss sein Auge.

Abt Hilderaad starrte missmutig vor sich hin. Es hatte ein Donnerwetter gegeben, als der Mönch plötzlich wieder im Kloster aufgetaucht war. Er hatte sich dem Prälaten weinend zu Füßen geworfen, unter kaum verständlichem Stammeln berichtet, was vorgefallen war, hatte nur Bruchstücke hervorgebracht und den Rest hatte sich der Abt zusammengereimt. Es war zweifellos ein Verlust, dass

Ludgerus als Zuträger ausfiel, aber unter den gegebenen Umständen ließ sich das zunächst nicht ändern. Die Zeit würde zeigen, ob es wieder möglich war, einen Denunzianten in der Nähe des Hairlingers zu platzieren. Er hatte Ludgerus bis auf weiteres in Strafklausur geschickt, der Mönch durfte nicht reden, seine Brüder nicht treffen und musste seine Mahlzeiten allein in seiner Zelle einnehmen.

Dass dieser Dominikaner, dieser Engländer, Bruder William, nun das Amt des Kirchspielpfarrers in der Gemeinde ausübte, hatte Hilderaad ohnmächtig zur Kenntnis nehmen müssen. Magnus tom Diek machte von seinem Patronatsrecht Gebrauch, auf dessen Ausübung er im Falle Ludgerus verzichtet hatte. Zu verzichten gezwungen wurde, dachte der Abt mit grimmigem Lächeln. Auch hier war der Prälat fest entschlossen, die Dinge wieder in eine der Kirche genehmen Bahn zu lenken. Der Hairlinger hatte einen Moment der Schwäche geschickt genutzt. Dieses Verfahren würde, *durfte* keinen Bestand haben! Er hob den Kopf und sah den Blick Nikolaus' zornig auf sich gerichtet. Doch bevor er ihn ansprechen konnte, rührte sich der Erzbischof.

»Mein Sukzessor wird ein Benediktiner!«, sagte Otto von Brema mit einer Stimme, so klar, wie sein gelähmter Mundwinkel es ihm erlaubte. Die Köpfe der Äbte fuhren herum, der von Hilderaad so heftig, als erwarte er einen Angriff aus seinem Rücken. Otto von Brema hatte mit geschlossenem Auge gesprochen, sein Gesicht war ganz ruhig und entspannt, unter den Falten und Runzeln zeigte sich eine tiefe, friedliche Gelöstheit.

In einer dramatischen Bewegung warf sich Hilderaad auf das Krankenlager, er umfasste den Erzbischof mit beiden Armen, in seinen Augen irrlichterte es. Er weinte. »Wer? Wer wird es, Vater? Sag, wird es einer von uns? Werde ich es? Werde ich es?«

Er schüttelte den dürren Körper wie eine Puppe und

Nikolaus, in gelähmtem Entsetzen, saß daneben und war unfähig, sich zu rühren. Er sah den Kopf des Kirchenfürsten hin und her pendeln wie ein Glied, das nur noch an einem Fleischfetzen hängt und die Erschütterung trieb auch ihm die Tränen in die Augen. Aber es dauerte lange, bis Hilderaad begriff, dass er einen Toten in den Armen hielt.

*

Die schlechten Nachrichten häuften sich. Zwar hatte sich Bruder William mit seiner Prognose über die Verbreitung der Pest geirrt, aber die Anzeichen für ihr Näherrücken waren jetzt nicht mehr zu übersehen. Sie war anno 1347 über Italien nach Frankreich vorgedrungen und klopfte wohl bald an die Tore von Paris.

Man hörte schreckliche Dinge aus den betroffenen Gebieten. Von Heeren, die Pesttote mit Katapulten in belagerte Städte schossen und Pogromen gegen Juden, die man als angebliche Auslöser der Epidemie in ihren Häusern verbrannte. Aber noch erschreckender war die ungeheuerliche Entsolidarisierung unter den Menschen in den befallenen Städten und Dörfern. Eltern weigerten sich in Todesangst, ihre kranken Kinder zu pflegen, Ehegatten ließen infizierte Partner im Stich.

Der anhaltend harte Winter und der plötzliche, obgleich nicht gänzlich unerwartete Tod des Erzbischofs von Brema machte den Ostfriesen zusätzlich zu schaffen. Es herrschte eine Stimmung von Bedrückung und schlimmer Vorahnung, in die der Brokmanne mit einer Hinrichtung platzte. Nach der Ankündigung durch den fremden Boten, die kein Wort von der Vollstreckung einer Todesstrafe enthalten hatte, waren Wochen vergangen, in denen sich nichts tat. Die tom Diek dachten schon, in Brokmannia habe man seine Pläne geändert. Und dann, plötzlich, drei Tage nach dem Fest der Bekehrung des heiligen Apostels Paulus[202], hielt Keno Hylmerisna Gericht.

202) 25. Januar

Den Hairlingern schien es so, als wollte er sich in Eile einer Sache entledigen, die keine öffentliche Aufmerksamkeit vertrug. Dabei, so überlegte Magnus tom Diek, musste er doch ein Interesse daran haben, für jedermann sichtbar Rechtsfrieden zu schaffen. Für Keno musste es darauf ankommen, über vergangene Sünden den Schleier zu werfen, aber so, dass dieser mit Getöse aufschlug.

Tatsächlich hätte der Brokmanne die Exekution keinen Tag eher durchführen können. Nach seinem Gespräch mit Dirik, dem Anführer der Fremden, hatten sich auf dem Hof der Hylmerisna unerwartete Schwierigkeiten aufgetan. Zwar gelang es Dirik zunächst, die fünf Mörder von Ochterszem festzusetzen. Sie wurden in einen festen Verschlag gesperrt und von den eigenen Leuten ständig bewacht. Aber als bei den Männern durchsickerte, welches Schicksal die fünf erwartete, regte sich Widerstand. Eine Weile sah es sogar so aus, als stünde eine Meuterei bevor. Es bedurfte vieler Argumente und drastisch geschilderter Folgen für die gesamte Mannschaft, um die Männer auf Linie zu bringen.

»Ihr alle verliert eure Rübe, verdammt, begreift es endlich, wenn wir sie nicht verurteilen! Und dann, überlegt mal; schließlich waren sie es ja doch auch!«, sagte Dirik wohl mehrmals am Tag. Dass er selbst die Tat befohlen hatte, kam in seiner Gedankenkette nicht vor. Am Ende sahen sie ein, dass es wohl das Beste war, ihre Genossen büßen zu lassen.

Keno Hylmerisna zelebrierte die Hinrichtung wie ein friesischer Fürst. Er verzichtete auf den sonst üblichen roten Umhang mit Pelzkragen und trug einen Mantel aus blau irisierender heimischer Wolle, der seinen Körper umfloss wie Meereswellen. Auf dem Kopf trug er eine gleichfarbige Haube, deren Stirnband aus einer goldenen Borte bestand. Sein Sohn Ocko saß neben ihm, die klobige, massige Gestalt in einen braunen Fellumhang gehüllt, seine eng stehenden Augen stumpf vor Gleichgültigkeit.

Abt Hilderaad von Marienkamp hatte den Platz der Prälaten eingenommen. Bereits am Tage nach Ottos Tod hatte er sich als Amtsverweser auf den Stuhl des Erzbischofs gesetzt und war entschlossen, ihn so lange wie möglich zu behaupten, zumindest, bis die Delegation aus Cöln zurückgekehrt war. In der Zwischenzeit wollte er Kirchenpolitik machen, vielleicht gelang es ja sogar, seine eigenen Möglichkeiten im Hinblick auf die Nachfolge Ottos zu begünstigen.

Zwar gab es unerfreuliche Vorzeichen. Die Bremaer Domherren[203], allesamt Vertreter des Stadtadels, durch die Bank ungeweihte Schnösel, hatten die Unübersichtlichkeit der Situation genutzt und einen der Ihren, Moritz Graf von Aldenborch, zum Erzbischof gewählt. Hatten sich erdreistet, das Interregnum – sein, Hilderaads Interregnum! – durch einen Akt der Meuterei gegen die Kirche zu beseitigen. Hatten sich unterstanden, obwohl sie ganz genau wussten, dass eine Delegation mit der Entscheidung des Papstes nach Brema unterwegs war.

Zum Glück gab es widerstrebende Kräfte in Stadt und Diözese, gehorsame Christenmenschen, denen dieser unsägliche Vorstoß das war, als was man ihn in der Tat bezeichnen musste: eine freche Usurpation! Kräfte, die gottlob stark genug waren, die Investitur des Grafen von Aldenborch fürs Erste zu verhindern. Fast schien es ja so, als wollten die Aldenborcher den Stuhl des Erzbischofs von Brema zu einer ständigen Pfründe ihres Geschlechts machen. Das konnte, durfte nicht sein. Der Wille des Pontifex würde sich schließlich durchsetzen.

Hilderaad trug den Kopf hoch, er hatte seine Kutte um

---

203) Inhaber eines weltlichen Amts zur Unterstützung eines Domkapitels. Oft waren die D. Adelige ohne kirchliche Weihe, die für die Wahrnehmung ihrer Amtspflichten eine Domherren-Präbende/Pfründe bezogen.

die knochige Brust gezogen. Skapulier und Cingulum leuchteten weithin sichtbar durch den klaren Morgen. Er trug trotz des winterlichen Wetters keinen Mantel, seine Erscheinung als Prälat sollte durch kein Stück schlichtere Kleidung verwässert werden.

Es war ein kalter Tag, von See her kam ein scharfer Wind, der an Mänteln zerrte und in unbedecktes Fleisch biss. Er fegte in heftigen Böen über den Richtplatz wie ein zorniger Geist, der missbilligte, was sich hier abspielen sollte. Den Brokmannen schien das nicht anzufechten. Er hatte seine Gefolgschaft aus der Landgemeinde wie einen Hofstaat um sich versammelt. Absicht oder nicht, Abt Hilderaad saß mitten unter ihnen, er wurde durch einen Sekretär aus seinem Kloster begleitet. Aus den angrenzenden Landgemeinden waren nur wenige Vertreter gekommen.

Magnus tom Diek ließ seinen Blick über den Platz wandern. Der Lange hockte neben ihm wie ein Eiszapfen, starr vor Zorn, die Augen wie Dolche. Hinter den Brokmannen wurde es unruhig und Gemurmel erhob sich, als die Verurteilten auf den Richtplatz geführt wurden. Dirik zog sie an einem Lederriemen hinter sich her. Keno Hylmerisna hatte darauf bestanden, dass die Delinquenten von ihrem Anführer selbst dem Henker zugeführt wurden. Die Geste sollte klarmachen, dass die fünf Männer verirrte Sünder wären, deren Tat auch in den eigenen Reihen verurteilt würde, die zwar nicht friesisch, aber durchaus ehrenhaft wären. Die Fremden waren an den Hälsen zusammengebunden und ihre Hände steckten in Lederschnüren.

Der Henker und seine Knechte behielten die Männer im Auge. Ganz plötzlich, zwei Wochen nach Epiphanias, hatte der Brokmanne sie als die Mörder von Ochterszem präsentiert, dann binnen zwei Tagen eine Verhandlung angesetzt und die Fremden ohne viel Federlesen zum Tode verurteilt. In auffälliger, ja ungebührlicher Eile. Keine gründliche Darlegung der Umstände, keine Untersuchung von Einzelheiten, keine Beleuchtung der Hintergründe. Statt dessen eine fast hastige Benennung der bekannten Fakten, dann eine ungesammelte, ja überstürzte Verknüpfung dieser Fakten mit den fremden Männern, und unmittelbar darauf der Schuldspruch.

Die Beschuldigten schwiegen dazu, die Lippen waren aufgerissen, alle hatten von Schlägen verschwollene Gesichter, vielen fehlten ganze Zahnreihen. Bald wurde klar, sie konnten nicht sprechen. Gleichwohl hetzte der Brokmanne durch das Verfahren. Es schien, als wollte Keno Hylmerisna sich einer Last entledigen, eine Sache aus der Welt schaffen, zu der er keine weiteren Fragen wünschte. Er selbst pries diese Umstände öffentlich als Beweis seiner Tatkraft.

»Unter meiner Gerichtsbarkeit wird kein Lump glücklich. Wer unsere Küren bricht, den ereilt die Strafe auf dem Fuß«, sagte er bei der Urteilsverkündung und verschwieg dabei, dass sich die Tat von Ochterszem in wenigen Wochen zum ersten Mal jährte.

Als Henker hatte Keno den Emender Scharfrichter Hinrick Godgrotzem geworben. Godgrotzem war ein Meister seiner Zunft. Er führte ein elegantes, schlank geschmiedetes französisches Blatt als Richtschwert und verachtete den Dingstapel. Seine Delinquenten knieten leicht nach hinten geneigt aufrecht auf einem Erdhügel, der mit Stroh umgeben war. Auch die Verpflichtung Godgrotzems war ein Symbol des Brokmannen. Seht her, ich bin kein Bauernrichter, der seine Verurteilten mit dem plumpen Beil erschlagen lässt, sollte das heißen. Das Silber für Hinrick, eine Bremer Mark pro Hals, ließ Keno von den Fremden selbst bezahlen. Er überzeugte Dirik davon, dass seine Kumpane auf diese Weise am wenigsten zu leiden hätten.

»Hinrick Godgrotzem ist der Beste, den wir haben können. Deine Leute werden glauben, ihr Nacken würde von einer Schneeflocke geküsst«, sagte er dem Anführer. Dessen schlechtes Gewissen trieb ihn schließlich dazu, einzuwilligen.

Die Verurteilten stolperten mit unsicherem Tritt hinter ihrem Anführer her, die lederne Leine war um ihre Hälse geknotet, die Hände auf dem Rücken gefesselt. Ihre Augen blickten glasig und unstet aus geröteten Gesichtern. Es war die Folge des letzten Dienstes, den Hylmerisna noch zu leisten bereit war; reichliche Mengen erhitztes Bier, das man den Verurteilten auf nüchternen Magen vor der Hinrichtung eingeflößt hatte.

Es wurde trotzdem eine blutige und schreckliche Exekution. Keno Hylmerisna verlas noch einmal sein Urteil, er tat es mit flacher Stimme, die seltsam unbeteiligt klang. Bruder Almer, der Kirchspielpfarrer von Utengherbur, segnete die Delinquenten flüchtig, die Absolution hatte er vorher den dreien erteilt, die zu beichten bereit waren. Der erste Verurteilte wurde von der Lederleine gelöst, die Knechte packten ihn und zwangen ihn auf dem Erdhügel in die Knie. Der Scharfrichter umkurvte den Mann mit leichten Schritten, das Schwert lag locker in seiner Hand, aber sein Bizeps stand prall unter dem Ärmel der dünnen Lederbluse. Der Fremde folgte ihm mit angstvollem Blick, drehte seinen Kopf und schließlich den ganzen Körper. Es war einer der Knechte des Scharfrichters, der den Mann mit einer schnellen Bewegung zur anderen Seite ablenkte, und in diesem Augenblick holte ihm Godgrotzem mit einem kraftvollen Schlag den Kopf von den Schultern.

Dann waren Schreie und Schreckensrufe zu hören, einer der Männer begann zu weinen, und die nächsten drei verloren ihren Kopf, es dauerte kaum zwei Vaterunser. Godgrotzem und seine drei Knechte arbeiteten schnell und sauber zusammen, sie waren sehr gut aufeinander eingespielt. Als der letzte der Fremden auf dem Erdhügel kniete, ereignete sich plötzlich eine dramatische Zuspitzung. Irgendwie war es ihm gelungen, seine Hände aus der Lederfessel zu befreien. Sein Arm ging in die Höhe und richtete sich anklagend auf Dirik, der mit blassem Gesicht in der Nähe stand und jetzt bis ans Haar erbleichte. Doch bevor der Mann sprechen konnte, fiel sein Kopf in das Stroh. Den ausgestreckten Arm trennte Hinrick Godgrotzem in der Gegenbewegung mit einem eleganten Schwung vom Körper, noch ehe dieser auf den Hügel kippte. Keno Hylmerisna hatte recht behalten; der Mann war sein Geld wert.

Danach leerte sich der Richtplatz mit einer Geschwindigkeit, die noch beklemmender war als die angstvolle Stille, in der sich dies vollzog. Es schien so, als flüchteten die Menschen von einem verfluchten Ort. Hinrick Godgrotzems Knechte rafften noch das blutige Stroh zusammen, da war auch der Brokmanne mit seinen Leuten bereits verschwunden.

Magnus tom Diek hatte die Vorgänge mit steinernem Gesicht verfolgt. Der Hairlinger spürte das Diarium seines toten Pferdeknechtes unter dem Mantel, es steckte im Gürtel, drückte gegen das Herz und verstärkte dessen Schläge. Nicht nur hatte Keno Hylmersina mit der Exekution der Fremden seinen Kopf aus der Schlinge gezogen, er hatte eine Demonstration seiner künftigen Stellung in Ostfriesland gegeben. Er sah den langen Holländer an, sah dessen brennende Augen und wusste, dass Adriaan ähnlich dachte. Und er fühlte sich so mutlos wie lange nicht mehr.

*

Bruder Ludgerus wurde im Frühjahr in Brema gesehen. Einer der Knechte kam mit der Neuigkeit zurück, der Mönch sei ihm auf dem Markt begegnet. Er habe an einer der Buden gestanden, an denen billiges Fleisch gebraten und verkauft wurde. Seine Kutte sei auffällig schmutzig gewesen und seine Tonsur nicht ausrasiert. Er habe überhaupt insgesamt einen verhärmten und verwahrlosten Eindruck gemacht, berichtete der Knecht. Magnus tom Diek schloss daraus, dass Abt Hilderaad die Entwicklung der jüngsten Zeit offenbar so aus der Bahn geworfen hatte, dass er darüber die Führung seines Klosters vernachlässigte.

Endlich, nach vielen Wochen des ungeduldigen Wartens und bedrängender Ungewissheit, war die erzbischöfliche Delegation aus Frankreich zurück. Hatte sich nach nahezu unbotmäßigem Zögern und Verweilen aus ihrer klösterlichen Idylle in Cöln gelöst und gewiss deutlich später, als dies das Wetter erlaubt hatte, mit Muße den Weg nach Norden angetreten. War durch das Rheintal gebummelt und am Sonntag nach dem Fest der Verkündigung Mariae[204] noch während der Messe in Brema eingetroffen. Und hatten eine Nachricht im Gepäck, die den Abt bis ins Mark erschütterte. Ihn nach Berichten von Augenzeugen so schwer traf, dass er sich an einem Tisch festkrallen musste, um nicht zu Boden zu stürzen.

In der Diözese wirkte der Entschluss des Papstes wie ein verheerender Hagelschlag im Hochsommer. Clemens IV. hatte Graf Gottfried von Arnsberg, den Bischof von Osenbrugge, zum Erzbischof von Brema ernannt. Einen Sachsen!

Der Traum Hilderaads von erzbischöflichem Purpur endete jäh, ehe er wirklich begonnen hatte. Es schmerzte ihn über alle Maßen. Dass damit auch für seinen Widersacher, Abt Nikolaus von Marienthal, der Bischofsstuhl unerreichbar geworden war, galt ihm lediglich als schwacher Trost. Aber niemals, nicht auch nur einen Herzschlag lang, schalt er sich selbst der Hybris, der maßlosen Selbstüber-

204) 25. März

schätzung, der flagranten, ja obszönen Fehlbewertung seiner eigenen Möglichkeiten. Darin unterschied er sich übrigens deutlich von seinem Amtsbruder in Marienthal.

Nikolaus nahm die Nachricht mit tiefer Demut hin. Er fastete drei Tage, legte sich vor den Altar seiner Kirche zu Boden und weinte. Er war angewidert von sich selbst, der hoffärtigen Zuchtlosigkeit seiner Wünsche und bereute sie ehrlich. Danach ging er zur Tagesordnung über. Das Kapitel bedurfte seiner Führung. Und es waren Glocken zu gießen.

Anders Hilderaad. Er litt. Er litt so stark, dass er sich mit kaum etwas anderem als seinem Schmerz beschäftigte. Die Dinge des Klosters ließ er treiben, sie erreichten ihn nicht und vermochten ihn nicht aus seiner Lethargie zu reißen. Zwar nahm er an den Mahlzeiten der Brüder teil, las die Messen und zelebrierte die Andachten, aber er tat es seltsam abwesend, wie in sich gekehrt. Die Berufung dieses Engländers als neuer Kirchspielpfarrer in Eesensem berührte ihn nicht. Er nahm den Bericht über die Umstände der Dispenserteilung durch den Vorsteher der fremden Delegation wortlos zur Kenntnis. William war durch einen Bruder des Klosters Marienkamp nach Hamborch begleitet worden. Der junge Mönch kniete bei der Zeremonie vor seinem Prälaten, durch die bleiverglasten Fenster des Kapitelsaals schimmerten die nahen Türme von Sankt Petri herüber.

Nach einer kurzen, dem Bruder schien: kühlen, Begrüßung in der Landessprache, war das Gespräch auf Latein geführt worden. Der begleitende Mönch war geübter Protokollführer, ein Bruder Librarius, der den Dialog wortgetreu aus dem Gedächtnis wiedergeben konnte. Der Prälat fragte William, ob er seine Entscheidung nach reiflicher Überlegung getroffen habe. William senkte den Kopf. »Das habe ich, Vater!«

Der Prälat fixierte ihn lange unter buschigen Brauen.

»Und an deine Brüder in England denkst du nicht?«

»Sie bedürfen meiner weit weniger als diese Menschen«, erwiderte der junge Dominikaner mit fester Stimme. Er betrachtete es als ein gutes Omen, als Zeichen des Himmels, dass in diesem Augenblick die Glocken von Sankt Petri zu läuten begannen.

Der Prälat wartete, bis das Angelusgeläut endete. Dann hob er das Kinn. Es war kantig und fest. »Da du uns offenkundig leichten Sinnes den Rücken kehrst – erkläre mir doch, mein Sohn, warum ich den Eindruck habe, dass du dich im Gunde deines Herzens schon längst von unserer Abtei gelöst hast? Warum mich deine Entscheidung an eine Flucht erinnert?«

William hielt dem kalten Blick stand. Es war ja richtig, dass ihm ein Klosterleben nicht als die Erfüllung seines Daseins erschien. Er wollte Seelsorger sein. Die Schafe des Herrn dort hüten, wo sie weideten. Wo sie lebten, arbeiteten, litten und starben. Und nicht hinter dicken Mauern beten, studieren und gelehrte Gespräche führen. Dass das Kapitel von Blackfriars nicht eben ein Hort menschlicher Wärme war, hing mit seinem Orden und der Natur seiner Landsleute zusammen und focht ihn nicht wirklich an. Nein, das war für ihn kein Grund.

»Ich muss meinen Weg gehen, Vater. Es ist ein anderer als der, dem ich bis jetzt gefolgt bin«, sagte er ausweichend.

Der Prälat musterte ihn mit glitzernden Augen. Dann beugte er sich vor. »Manchmal scheint ein Weg zu beschwerlich. Und hat man ihn gewechselt, dünkt einem binnen Kurzem nichts verlockender als der Pfad, den man soeben verlassen hat«, sagte er frostig und William senkte mit gefalteten Händen den Kopf.

Erst als der Prälat erfasste, dass der junge Mönch nicht zu antworten gedachte, segnete er ihn und gab ihm Dispens. Danach entließ er ihn mit einer kurzen, trägen

Handbewegung. Der Heimweg der beiden Reisenden vollzog sich in mürrischer Schweigsamkeit, sie ritten steif nebeneinander her und vermieden jedes überflüssige Wort. Es war klar, der Bruder Librarius missbilligte Williams Verhalten, er missbilligte überhaupt alles an ihm und der alte Konflikt zwischen beiden Orden schwelte wie ein Glutnest im Moor, er hing über ihnen wie eine zum Bersten gefüllte Gewitterwolke. Er entlud sich in einem heftigen Wortwechsel vor den Toren der Abtei Marienkamp, William hatte sein Maultier bereits nach Westen gewendet, als der Benediktiner ihn ansprach. Seine Stimme kam als dumpfes Donnergrollen, wie der Vorbote eines fürchterlichen Unwetters.

»Wer der Pfründe dient, der dient dem Teufel!«

William reagierte so schnell, als hätte er diesen Angriff seit langem erwartet. Er riss sein Muli herum und stand bereits in den Steigbügeln, als das Tier noch schwenkte. »Was faselst du? Geh hinein und berichte deinem Abt, wie es dein Geschäft ist!«, erwiderte er kalt.

Der Bruder Librarius war ein älterer Mann, dem zwischen faulen Stummeln bereits viele seiner Zähne fehlten. Auch er war nun in den Steigbügeln, das Haar stand wirr vom Kopf, die Augen waren rot vor Zorn. »Vergiss nicht, warum du geweiht bist. Du sollst Gott dienen, und nicht deinem Großbauern!«, schrie er aus vollem Hals.

William ließ sich in den Sattel sinken. Jetzt lächelte er sogar, aber seine Worte kamen wie scharfkantige Eisbrocken. »Euer Fehler ist seit jeher die Hoffart! Ihr Benediktiner glaubt euch näher beim Herrn als jeder andere. Euer Stolz macht euch blind für die Nöte der Christenheit!«

Er ritt an den anderen heran und funkelte ihn an. »Ich achte dein Alter, Bruder, aber dein Rat ist der eines Toren. Was treibt dich, zu glauben, hinter dicken Steinen diente man dem Herrn besser als davor? Ich weide seine Herde. Und der Hairlinger ist ein guter Mensch, einer, der das Wort des Schöpfers tiefer in sich trägt als so mancher Prälat!«

»Er ist ein Widerborst, ein Unruhestifter wie alle anderen! Und deshalb eine Gefahr!«, brüllte der alte Mönch mit überschlagender Stimme. Hinter ihm öffnete sich knarrend das Tor, sein Brüllen hatte den Bruder Pförtner alarmiert. »Es steht geschrieben: Denn siehe, die Gottlosen spannen den Bogen und legen ihre Pfeile auf die Sehne!«, keifte der Benediktiner in höchstem Diskant, so schrill, dass sein Maultier einen erschreckten Schritt zur Seite machte.

William sah ihn schweigend an. Dann wendete er sein Reittier. Es dämmerte bereits und eigentlich wäre es angezeigt gewesen, in der Abtei die Nacht zu verbringen. Der Bruder Pförtner legte seinen dicken Eichenknüppel zur Seite und schob den anderen Türflügel auf, um die beiden Maultiere in den Innenhof zu lassen. Aus dem Küchenbau stiegen fette Dampfwolken, es roch verführerisch nach Suppe, Brot und Braten. Doch William hielt nichts in einem Kloster, das ihm als ein Ort der Bigotterie und der Verblendung erschien. Es war sein Temperament, das ihn dazu brachte, sich noch einmal umzuwenden. Der Pförtner stand wartend am Tor, der alte Librarius inzwischen abgestiegen daneben, die Zügel seines Maultieres in der Hand. Sie sahen William an, der eine neugierig, der andere mit hassgefüllten Augen.

»Es steht aber auch geschrieben: Auf deine Schafe habe acht und nimm dich deiner Herden an«, sagte der junge Dominikaner mit ruhiger Stimme.

Dann ritt er davon. Er erreichte seine Kirche erst kurz vor dem Morgengrauen. Nachdem er sein Maultier versorgt hatte, legte er sich in den Verschlag hinter dem Altar. Sein knurrender Magen ließ ihn lange Zeit nicht einschlafen, er lag da, lauschte auf die Geräusche und sein Hunger erfüllte ihn mit tiefem Frieden.

*

Die Freude über den neuen Pfarrer im Kirchspiel Eesensem währte nur kurz. Zwar war man froh, den kalten, ungeliebten Ludgerus endlich los zu sein. Und William eroberte die Herzen im Sturm, nicht zuletzt durch seine erste Predigt, bei der sogar gelacht wurde. Gelacht! In einer Kirche!

William hatte über die Caritas als dritte christliche Tugend gesprochen, ein Thema, auf das die Menschen bei Bruder Ludgerus vergeblich gewartet hatten. Und er hatte einen Ton getroffen, sanft und einfühlend, der das Herz wärmte und so manchem harten Kerl die Augen feucht werden ließ. Es war totenstill in der Kirche, als der junge Dominikaner dann etwas tat, was Ludgerus ebenfalls niemals in den Sinn gekommen wäre: Er richtete des Wort direkt an seine Gemeinde. Pickte sich einen im Kirchspiel als durchtriebenen Schlot bekannten Knecht heraus, der Herr mochte wissen, woher William seine Kenntnisse hatte, und sprach ihn am Ende seiner Predigt gezielt an.

»Na, Willem, hast du denn auch verstanden, worüber ich gesprochen habe?«

Man hätte einen Strohhalm zu Boden fallen hören können, als der Mann sich in seiner Bank aufrichtete. »Aber sicher, Herr. Ihr habt über die Liebe zwischen den Christenmenschen gepredigt«, sagte Willem keck, auf seinen Lippen stand ein dreistes Grinsen. »Ich habe nur die Stelle verpasst, an der Ihr über die Liebe von Mann und Frau gesprochen habt.«

Das war frech, ja unerhört und das Gesicht des Schollenherrn verdüsterte sich, aber der junge Mönch blieb gelassen. Man sah sogar seine Mundwinkel zucken. »Das mache ich nächsten Sonntag, wenn du auf dem Feld bist«, gab er trocken zurück, und in der Kirche brandete ein Gelächter auf, das man bis an den Dorfrand hören konnte.

Der lange Adriaan, der eigens von Ochterszem herübergeritten war, um den jungen Priester zu erleben, lachte am lautesten. Und mit einem Schlag verbreitete sich eine

Heiterkeit, deren Quell eindeutig der junge Dominikaner war. Die Gemeinde erlebte es regelmäßig, dass sich Williams fröhliche Gelassenheit durch seine bloße Gegenwart auf andere übertrug. Sie liebte ihn dafür und war froh, ihn gerade in diesen schlimmen Zeiten unter sich zu wissen.

Denn man hörte Furchtbares. Die Pest in Südeuropa griff nun immer schneller um sich. Es wurde berichtet, der Papst lebe in seiner Residenz in Avignon bei Tag und Nacht zwischen zwei Feuern. Sie wurden in allen Zimmern ständig unterhalten, in denen sich der Pontifex für längere Zeit aufhielt, und sollten ihn vor der Krankheit schützen. Es hieß weiter, er ließe niemanden näher als drei Schritte an sich heran. Er wusch sich selbst, kleidete sich ohne Hilfe an und aus, und seine Sekretäre mussten Schreiben vor ihn auf Tischen ablegen und dann zurücktreten, bevor er sich dem Pergament näherte. Er vermied mit Nachdruck den Bruderkuss, der das priesterliche Leben an seinem Hof in früheren Zeiten ausgezeichnet hatte.

Die so verbreitete schreckhafte Vorsicht verunsicherte sein Umfeld zutiefst, sie sprach sich herum, und doch es hätte ihrer nicht bedurft, die Angst vor der Seuche zu schüren. Aus dem Land der Franken schwappten Nachrichten nach Norden, die sich auf die Herzen der Menschen legten wie glühende Gebirge. Böse, dunkle Gerüchte, die lähmende Angst in die Köpfe pflanzten und schreckliche Wahrheiten, die Ängste zu heilloser Panik steigerten. Wie dieser fürchterliche Vorfall in der Grafschaft Toulouse, wo man ein pestilenzisches Weib der Hexerei überführt und zum Tode verurteilt hatte. Die Krankheit war erst nach der peinlichen Befragung der Frau ausgebrochen und man hatte sie zum Sterben in einen Kerker geworfen. Dort war sie aber überraschend schnell wieder gesundet, was selbstverständlich als weiteres Zeichen für ihre Hexerei zu werten war. Der

Magistrat ließ das Urteil in aller Eile vollstrecken. Bei der Vierteilung der Frau bespritzte das Blut die umstehenden Henkersknechte, besudelte sie derart, dass alle noch in der gleichen Woche unter ungeheueren Schmerzen starben.

Die Menschen in Ostfriesland sahen mit bangen Augen nach Süden. Es schien nur eine Frage der Zeit zu sein, bis die Epidemie an die Tore der Landgemeinden pochte. Entlang der Ems rumorte es bereits.

In Papenborch wurde ein Medicus gesehen, der ganz in einen schwarzen Umhang gehüllt war. Der Kopf des Mannes steckte unter einer spitzen Haube, die vor den Augen in eulenhaften Prismengläsern endete. Den Mund umschloss ein schnabelartiger, mit einem essiggetränkten Schwamm gefüllter Aufsatz. Der Medicus verließ sein Haus nur noch in diesem Aufzug, er sah aus wie ein riesiger, unheimlicher Vogel und verbreitete Angst und Schrecken unter den Leuten. Waffenknechten des Magistrats, die ihn aufgriffen und fragten, was der Unsinn solle, antwortete er, die Pest werde bald kommen und er gedenke, sich so vor ihr zu schützen.

Der Magistrat lud ihn vor und forderte ihn auf, zu Auslösern und möglichen Gegenmaßnahmen Stellung zu nehmen. Der Arzt gab bereitwillig Auskunft. Er erklärte, die Pest werde durch faulig riechende Winde, sogenannte Miasmen, ausgelöst, die aus dem Erdinneren entstiegen. Es gebe Quacksalber, die behaupteten, der Erreger verbreite sich durch die Luft und käme aus Asien, aber auf die solle man nicht hören. Als Gegenmittel empfahl er, Häuser nur zur windabgewandten Seite zu verlassen und keine Fenster zu öffnen, die nicht nach Norden gingen. Es gebe im übrigen Anzeichen dafür, dass die Pest auch durch die Schönheit junger Frauen angezogen werde, am wissenschaftlichen Beweis dieser Vermutung arbeite er aber noch.

In einem Akt heller Verzweiflung erschlug ein Bauer im Reyderlant seine Familie und das Gesinde, zusammen sieben Köpfe. Er hatte das plötzliche, für die Jahreszeit ungewöhnliche Auftreten von Nasenfluss und Schwellungen am Hals irrtümlich für Anzeichen der Pest gehalten. Der Mann selbst erhängte sich anschließend auf der Tenne. Nachbarn fanden ihn und die anderen Toten zwei Tage später. Sie wurden aufmerksam, weil sich auffällig viele Krähen über dem Anwesen sammelten. Als sie den Hof betraten, so erzählte man sich, da sprangen ihnen die Ratten in hellen Scharen von den Füßen. Solche Nachrichten blieben auch bei den Hairlingern nicht ohne Folgen. Die Bauern und Fischer gingen weiter ihrem Tagwerk nach, aber sie taten es mit einer seltsamen Abwesenheit, fast so, als brauchten sie Teile ihres Bewusstseins, um sich auf ein nahendes Ereignis vorzubereiten.

Almeth tom Diek legte einen beträchtlichen Vorrat an Leinentüchern, wollenen Binden und wildem Honig an. Der Schollenherr ermahnte sein Gesinde zu erhöhter Wachsamkeit. Ein jeder achte zunächst auf sich, dann auf Familie, Nachbarn und Freunde und melde jedes Anzeichen, alles, was ihm verdächtig erschien. Den Langen in Ochterszem bat er, seine Augen offen zu halten, und Adriaan versprach Nachricht über jeden Fall, der ihm nicht geheuer war. Er unternahm lange Ausritte nach Süden, suchte nach krankem oder verendetem Wild und sein Knecht, Ellaard Wiersen, inspizierte mit seinen Söhnen die Hudewälder Richtung Auwreke in regelmäßigen Abständen.

So war die Lage, als an einem lauen Abend im späten Frühling Bruder William mit Enno und Wiska tom Diek in Ochterszem eintrafen. Adriaan füllte gerade das Wasserfass am Hoftor nach, als die drei auf ihren Tieren zwischen den Bäumen auftauchten, das junge Paar auf Pferden, der Mönch mit seinem Maulesel. Das Angebot des Schollenherrn, den Esel gegen ein kleines Pferd einzutauschen, hatte der Mönch höflich abgelehnt. Es schien ihm für einen Ordensmann nicht angemessen. Jesus Christus, der Herr, war schließlich auf einem Eselsfüllen nach Jerusalem gekommen.

»Oha! Hoher Besuch. Was verschafft mir die Ehre?«, fragte der Lange hölzern, er hatte den Schöpfeimer noch in der Hand. Sein Verhältnis zu dem jungen Dominikaner war unverändert von einer steifen Förmlichkeit.

»Sei gegrüßt, mein Sohn«, sagte der Mönch fröhlich zu einem Mann, der fast sein Vater hätte sein können. Er rutschte von seinem Maultier herunter und wies auf das Paar. »Ich bin nur kirchlicher Beistand. Nenne es meinetwegen Bedeckung durch den Glauben. Es geht um diese jungen Hühner hier.«

Der Lange enthielt sich jedes Kommentars. Es blieb ihm auch keine Zeit, denn von hinten drängte jetzt Enno tom Diek heran. »Adriaan, mein Guter! Denk dir nur! Meine Wiska! Sie ist gesegnet!«, sagte der junge Mann voller Freude.

Der lange Holländer stand da mit hängenden Armen, er begriff rein gar nichts.

»Sie trägt die Frucht! Wir wollten es dir selber sagen! Gemeinsam!«, schob Enno noch nach, als er das ratlose, leere Gesicht des Langen sah.

Und ganz langsam und zögerlich verstand Adriaan, worum es ging, aber ganz sicher war er erst nach einem Blick in Wiskas Augen. Sie strahlten wie ein Kornblumenfeld in der Mittagssonne. Es wurde eine Nacht, in der die Männer noch lange auf der Tenne zusammensaßen, Wiska schlief schon seit Stunden, der Lange hatte den jungen Leuten seine eigene Kammer als Schlaflager angewiesen. Sie tranken Bier, redeten ziellos über die Dinge des Lebens und der Welt und endlich, endlich kamen der Lange und Bruder William sich näher.

Enno bemerkte es mit Vergnügen und lauschte den Dialogen der beiden, die so geschliffen waren wie feinster Damaszener Stahl. Irgendwann streckte der Mönch die Beine und seufzte wohlig.

»Aach! Das Beste, was unsereins vom Leben erwarten kann, ist doch noch immer ein gutes Gespräch«, sagte er mit einer Stimme, die vor Gemütlichkeit fast einschlief.

Der Lange hob den Kopf. »Und was ist mit dem Wirken im Herrn? Dem Kampf gegen die Sünde? Der Errettung der Seelen?«, fragte er spitz.

William warf ihm einen schrägen Blick zu. »Ich weiß, was du willst, hünenhafter Holländer«, gab er träge zurück und richtete sich auf, den Bierbecher in der Hand. In seinen Mundwinkeln hingen Schaumblasen. »Die Früchte dafür erntet man erst im Paradies. Und der Weg dorthin ist ebenso unsicher wie der Tritt aufs frühe Eis.«

Enno beugte sich vor. Das Bier hatte seine Wangen gerötet. »Heißt was?«

»Heißt, was es heißt, Enno. Du hörst es doch: Der Pfad zum Paradies ist nicht breit und einladend, sondern schmal, verschlungen und voller Gefahren. Und irrt man nicht und kommt schließlich ans Ziel, so ist dessen Wesen ungewiss.«

Überrascht riss Enno die Augen auf. »Du glaubst nicht an das Paradies?«

William griff gemächlich nach seinem Hornlöffel, füllte ihn mit Lauch und schob ihn in den Mund. »Ich lebe im Glauben an den Heiland. Ihm diene ich, solange ich atme. Über alles, was dann kommt, kann man nicht sicher sein«, sagte der Dominikaner einfach.

Enno dachte über diese Worte nach. Er war froh, dass sein Vater in Eesensem geblieben war. Der Lange hatte mit dem Rücken fast auf dem Tisch gelegen. Jetzt richtete er sich langsam auf, lächelte wissend und zog die Brauen hoch.

Aber Enno kam ihm zuvor. »Das sagst du? Ein Mönch?«

»Das sage ich. Ein Mönch!«

»Ach! Und warum bist du dann Ordensbruder geworden?«, fragte Adriaan.

William musterte ihn freundlich. Das blonde Haar stand ihm wirr auf dem Kopf. Die Schaumblasen im Mundwinkel waren verschwunden, jetzt klebte ein Streifen Lauchgemüse an seinem Kinn. Er wirkte wie ein Junge, der sich nächtens aus seinem Bettkasten gestohlen hat. »Du willst immer alles ganz genau wissen, wie, Adriaan, mein Guter?«, stellte er fest, lehnte sich mit dem Rücken gegen die Tischkante und verschränkte die Arme vor der Brust. »Also gut: Wenn es eine Hoffnung auf Erlösung gibt, dann ist man ihr so am nächsten.«

»*So* heißt vermutlich: in der Kutte«, bemerkte der Lange. William nickte mit glatter Stirn.

»Und was ist mit Purpur? Der Robe eines Kirchenfürsten? Da ist man der Hoffnung doch gewiss noch näher als in schwarzer Wolle, oder wie?«, stieß Adriaan listig nach.

Der junge Dominikaner sah gemächlich an sich herunter, seine kindlichen Hände ruhten auf dem schwarzen Habit. »Petrus trug auch keinen Purpur!«

»Aber er hat den Herrn dreimal verraten!«, sagte der Lange schnell.

»Das tun unsere Prälaten heute auch, tausendfach«, erwiderte William mit fester Stimme, und schloss: »Aber nicht aus Angst um die eigene Haut, so wie Petrus.«

Die Gründe für seinen Vorwurf ließ er offen. Der Lange schwieg dazu, aber in seinen Augen glitzerte es. Das Morgengrauen schimmerte schon durch die Schweinsblasen, als sie auf dieses Thema noch einmal zurückkamen. Es war jetzt allen die Zunge schwer, und der Tisch auf der Tenne sah aus wie nach einem wüsten Gelage.

»Hört her! Ich nicht. Aber man kann auch aus Feigheit Mönch werden«, sagte William da undeutlich. Er hockte neben dem Langen auf der Bank, der Holländer hatte ihm seinen Arm um die schmalen Schultern gelegt.

»Da wir es nun alle hören wollen: Sage uns doch, was Feigheit ist, o du Scharfsinnigster unter den Geweihten«, hörte Enno den Langen glucksend, aber schwerfällig sagen.

»Der Furcht nachzugeben!«, antwortete der Dominikaner plötzlich mit klarer Stimme.

»Und wer der Furcht nicht nachgibt?«, wollte Enno wissen.

»Der ist tapfer. Frag Platon!«, gab der Mönch zurück, und Adriaan van der Kerckhove lachte und küsste ihn auf die Stirn.

*

Die Fremden hatten den Hof der Hylmerisna dann doch im Streit verlassen. An einem frühen Morgen, es war noch finster und in der Kälte hatten letzte Schneereste geglitzert, waren sie aufgebrochen; wie es Keno schien, mit besonderem Aufruhr, herausfordernd und anmaßend. Er hatte auf seiner Bettstatt gelegen, die Hand am Schwert, und auf den tumultartigen Lärm gelauscht, gebrüllte Befehle und donnerndes Hufeschlagen, als die Kerle endlich abritten.

Dirik, ihr Anführer, hatte ihn am Abend nach der Hinrichtung aufgesucht, der Schrecken steckte ihm noch in den Knochen, die auf ihn gerichteten Finger des letzten Verurteilten gingen ihm nicht aus dem Kopf. Verdammt, verdammt! Und dann das Silber für Hinrick Godgrotzem, den Emder Henker. Fünf Bremische Mark! Es hatte ihm schon leid getan, noch bevor der erste Kopf gefallen war. Ein billiges friesisches Beil hätte es doch schließlich auch getan, und ob seine Leute das Gefühl hatten, von einer Schneeflocke im Nacken geküsst zu werden, war ihm inzwischen gleichgut. Er wäre kein Freibeuter gewesen, hätte er nicht versucht, dem Brokmannen das Geld wieder aus der Nase zu ziehen, aber da hatte er bei

Keno Hylmerisna auf Granit gebissen. In der Kammer des Schollenherrn war es gewesen, sie hatten sich mit geballten Fäusten und roten Hälsen in Hitze geredet, der Schollenherr in seinem Lehnstuhl, Dirik auf einem Schemel davor, zwischen ihnen ein flacher Tisch.

»Du hast eingeschlagen, Dirik. Es ist vorbei!«

»Und du hast meine Schwäche ausgenutzt. Das schickt sich nicht für Gefährten!«, hatte der Anführer geantwortet und seinen Holzbecher derart auf den Tisch gedonnert, dass das Bier herausspritzte. Der Brokmanne hatte ihn unter hängenden Lidern schweigend angestarrt, reglos, und dann war die Tür aufgeflogen und Ocko Hylmerisna war hereingestapft. Der junge Mann trug einen kurzen Dolch im Gürtel, war ansonsten aber unbewaffnete, doch von seiner wuchtigen Körperlichkeit ging eine spürbare Bedrohung aus. Er hockte sich schweigend neben seinen Vater und musterte den Fremden wie ein Fleischhauer ein Stück, das er schlachten soll.

Dirik ignorierte ihn. In seinem Zorn verfiel der Anführer in sein rauhes, kehliges Idiom, seine Stimme war so heiser, dass die Brokammen ihn kaum verstanden. »Es gibt an eurer Küste mehr als einen Jarl[205], die bereit sind, uns zu nehmen. Und sie fordern nicht den Zehnten unserer Einkünfte, so wie du!«

Keno Hylmerisna registrierte aus den Augenwinkeln den prüfenden Blick seines Sohnes. Er hatte Ocko nie gesagt, zu welchen Bedingungen er den Fremden Unterschlupf gewährte, und es ging ihn auch nichts an. Einerseits schmeichelte ihm der hohe Titel, mit dem ihn Dirik soeben bedacht hatte, wohl mehr aus Unkenntnis, als ihm zu gefallen. Auf der anderen Seite war nicht hinzunehmen, dass ihn der Kerl unter Druck setzte. Seine Zeit in Brokmannia war vorbei. Die Hylmerisna hatten es

205) Begriff aus der nordeuropäischen Frühzeit: Großbauer im Range eines Grafen, unmittelbar dem König nachgeordnet.

nicht mehr nötig, ihre wachsende Macht in Ostfriesland mit solchen Leuten zu stützen.

Dirik hatte also seine Fühler schon ausgestreckt. Schön! Zu gerne hätte Keno erfahren, mit wem der Mann demnächst kungeln würde. In rasender Eile überflog er die möglichen Optionen. Es gab eine Handvoll von Großbauern, die in Frage kämen. Wenn die Fremden im Land blieben, konnte ihre Wahl nicht verborgen bleiben. Ganz flüchtig erwog er die Frage, ob die Truppe als Machtfaktor eines anderen für ihn gefährlich werden könnte. Wohl kaum. Er wischte den Gedanken beiseite.

»Es steht dir frei, zu gehen!«

Dirik stand so rasch auf, dass sein Schemel hinter ihm polternd auf den Boden schlug. Er wandte sich ab und verließ den Raum ohne ein weiteres Wort. Am nächsten Morgen waren die Fremden dann aufgebrochen.

Nachdem Dirik die Kammer verlassen hatte, war Ocko Hylmerisna ebenfalls aufgestanden und zur Tür gegangen. War dort stehen geblieben, mit dem Rücken zum Raum, hatte sich dann in einer heftigen Bewegung zu seinem Vater umgedreht und plötzlich seinen Dolch in der Hand. Es war die Klinge einer Saufeder, ein Waffenschmied in Brema hatte sie ihm aus einem Jagdspieß gefertigt. Das Blatt war kurz und bösartig, an beiden Seiten geschliffen. Und dann sah Keno in wachsendem Entsetzen den jungen Mann mit erhobener Klinge auf sich zustapfen, sah ihn hart an den Tisch treten und den Dolch mit kraftvollem Schwung in das Holz treiben, es klang, als würde ein schwerer Pfeil in einen Lederschild geschossen. Dann ließ Ocko seinen massigen Oberkörper auf die Hände fallen. Seine Nase stieß nach vorn wie der Schnabel eines Adlers.

»Du machst Fehler, Vater!«

Keno Hylmerisna saß starr, unfähig, sich zu rühren. In diesem Augenblick hatte er Angst vor seinem eigenen Sohn.

*

Was immer der wäre, der einen Priester bei den Haaren griffe oder mit der Faust schlüge, der büße jede Weihe mit einem Pfund.

3. Rüstringer Priesterbuße

7.

Eesensem, Hairlingerlant,
sieben Tage nach dem Fest des hl. Laurentius
Anno Domini 1348 (Sonntag, 17. August)

Magnus tom Diek seufzte und lehnte sich zurück. Er sah auf das Pergament vor ihm auf dem Tisch, las es noch einmal, Wort für Wort. Doch während er las, irrten seine Gedanken ab und die Ereignisse des letzten Wochen und Monate trugen ihn davon. Es waren Tage voller Unruhe gewesen, angefüllt mit Menetekeln und schlimmen Feuerzeichen, und alles hatte mit den Begräbnisfeierlichkeiten für den Erzbischof von Brema seinen Anfang genommen.

Denn als man Otto I. zu Grabe trug, sollen mysteriöse Umstände über dem Geschehen gelegen haben. Der Kirchenfürst war in den besten Jahren seines Lebens fett und schwer gewesen, aber das lange Siechtum hatte aus ihm eine lederne, knochige Mumie gemacht. Dem Brauch entsprechend wurde sein Leichnam in feinstes Linnen gehüllt, das nur den Kopf freiließ. Der Sarg stand offen neben dem Grab, er war mit Purpur ausgeschlagen und sollte den Toten erst nach der abschließenden Segnung aufnehmen. Zwei Zimmerleute der Residenz standen bereit, den Deckel aus poliertem Buchenholz über Otto zu verschließen. Und dann geschah das Unfassbare.

Die vier Mönche, die den Erzbischof trugen, stöhnten

und ächzten schon nach wenigen Schritten. Der Weg zum Grabhügel war nicht lang, und trotzdem schwankten die vier kräftigen Männer derart unter ihrer Last, dass man fürchten musste, sie würden ihn nicht zu Ende gehen können. Ottos Leichnam lag auf der Bahre wie der Körper eines Halbwüchsigen, kurz und zart. Aufgeregte Mönche berichteten, auf seinem verwitterten Gesicht hätte ein hoffärtiger, fast höhnischer Zug gelegen. Ganz so, als gefiele es ihm, noch im Tode Mühsal und Beschwernis zu bereiten. Mit zitternden Knien und letzter Kraft brachten die Träger ihre Last bis an den Sarg und setzten ihn dort so ungeschickt ab, dass der Leichnam um ein Haar von der Bahre gerollt wäre. Der leitende Prälat fuhr die vier Mönche harsch an, ansonsten herrschte entsetztes Schweigen unter den Anwesenden, denn natürlich waren alles das üble Vorzeichen in einer noch übleren Zeit.

Die Nachrichten flogen in Windeseile durch die Landgemeinden und verdüsterten sich bei jeder Wiederholung, denn Mönche, das wusste man, waren schwatzhaft und leicht zu beeindrucken. Das einfache Volk in seiner Einfalt unterschied nicht nach Fakten und Phantasie. Es trug, neben der Bürde des Kampfes um das tägliche Überleben, solche Neuigkeiten als Teil einer gottgewollten Prüfung. Dazu gehörten auch die Wirren um die Nachfolge auf dem Bischofsstuhl.

Zwar hatte der Papst für Otto einen Nachfolger ernannt, nämlich Gottfried von Arnsberg, bis dahin der Bischof von Osenbrugge. Aber die Bremaer Domherren wählten einen aus ihrer Runde, Graf Moritz von Aldenborch, zum neuen Erzbischof. De facto herrschte jedoch eine Sedisvakanz[206], denn der Aldenborcher konnte kaum auf eine Investitur hoffen und den Arnsberger ließen die Bremaer Domherren nicht in die Stadt. Dass es sich

206) Sedisvakanz: Zeit, in der ein Bischofssitz oder auch der Stuhl des Papstes unbesetzt ist.

Moritz auf dem Bischofsstuhl bequem gemacht hatte, war nach dem Kirchenrecht nicht nur ohne Bedeutung, sondern sogar eine schwere Sünde.

Es rumorte in der Bürgerschaft, in der die Einigkeit des Stadtadels durchaus nicht geteilt wurde. Aber die Anhänger des Papstes unter den Bauern und Kaufleuten der Diözese konnten keine Wirkung entfalten, die Domherren verfügten über die Machtmittel, ihren Favoriten auch gegen den Willen großer Teile des Kirchenvolkes zu stützen. Sie standen allesamt großen Familien vor, die leicht fünfzig bis siebzig Bewaffnete auf die Beine stellen konnten, und sie ließen keinen Zweifel daran, davon im Notfall auch Gebrauch zu machen. Wer wollte sich dem ernsthaft entgegenstellen? Gleichwohl ging ein Riss durch das Bistum Brema, es bildeten sich Befürworter und Kritiker einer Investitur des Grafen von Aldenborch, und aus Meinungsverschiedenheiten entstand offene Gegnerschaft, die nicht selten sogar Familien teilte.

Für die Hairlinger war der Fall klar: Der Pontifex Maximus hatte gesprochen, hatte Gottfried von Arnsberg berufen und was der Aldenborcher tat, war blanke Blasphemie. Die Hylmerisna sahen die Sache ganz anders. Der Bischof von Osenbrugge war ein Sachse und den wollten sie nicht. Dabei spielte es für die Brokmannen keine Rolle, dass sie selbst dem Bistum von Monasterium angehörten und also recht eigentlich nicht betroffen waren. Die Diözese Brema lag zu ihren größten Teilen in Ostfriesland und da kam ein Fremder als Kirchenfürst nicht in Frage. Selbst einen Aldenborcher zu schlucken war für die Friesen nicht leicht, sondern führte sie nahe an die Grenze ihrer Kompromissfähigkeit. Die Tatsache, dass der Papst wohl wissentlich gegen dieses Prinzip verstoßen hatte, stand für Keno Hylmerisna, mehr noch für seinen Sohn Ocko, am Beginn einer Argumentationskette, deren Ende die Autorität Clemens VI. überhaupt in Frage stellte.

Der neue Konflikt mit den Hairlingern war da, er wartete nur darauf, entzündet zu werden und fing zum ersten Mal Feuer bei der Weihe des neuen Glockenturms der Kirche von Edelsum[207]. Der Pfarrer hatte geladen und alle Richter der benachbarten Landgemeinden waren erschienen. Schon beim Gottesdienst hielten Brokmannen und Hairlinger deutlich Abstand zueinander, es fiel auf, dass man sich auf eine Weise aus dem Wege ging, die trotz aller bekannter Gegensätze zwischen den beiden Familien nicht üblich war. Der Handschlag vor der Kirche, der übliche Schwatz nach der heiligen Messe, all das unterblieb und wich einer reservierten, den anderen übersehenden Kälte. Wenn man sich unvermeidlich näherte, etwa beim Verlassen der Kirchenbank, wechselte man frostig und wortlos steife Verbeugungen, sonst nichts.

Die beiden Söhne gerieten bei der anschließenden Vesper heftig aneinander. Sie begegneten sich an einem Bierausschank auf dem Kirchplatz. Enno sah den anderen schon von weitem, der Lange war bei dem jungen Hairlinger, sie wollten sich in der Hitze des Nachmittags einen Schluck genehmigen. Der Brokmanne war der Letzte, mit dem Enno zusammenzutreffen wünschte, er wollte sich schon abwenden, aber dann erstarrte er. Ocko, offensichtlich bereits angetrunken, hielt plötzlich einen seiner Knechte am Kittel gepackt und prügelte mit Backpfeifen und Faustschlägen auf ihn ein. Sein Gesicht war gerötet und troff vor Schweiß. Er begleitete die klatschenden Schläge mit zornigem Knurren, der Knecht suchte verzweifelt Schutz hinter seinen erhobenen Armen, es floss ihm bereits Blut aus der Nase. Und dann hörten beide, Enno und der Lange, was der Brokmanne da knurrte.

»Verfluchter Hund! Verdammter Sachsenfreund! Werde dich lehren, deinem Schollenherrn zu widersprechen!«

»Bitte, Herr, nicht mehr schlagen! Ich habe doch nur

207) Eilsum, Kreis Norden

gesagt, dass man dem Papst gehorchen muss. Was ist daran falsch?«, weinte der Knecht zwischen Schmerzschreien.

Es hatte sich um die beiden eine Menschentraube gesammelt. Die Leute wichen zur Seite, als Enno und der Lange hinzutraten. Ocko sah die Hairlinger kommen, holte noch einmal aus und versetzte dem Knecht einen Faustschlag, der den Mann zu Boden warf. Dann trat er ihn heftig in die Rippen. »Verschwinde, Rotzlöffel! Wir sprechen uns auf dem Hof!«

Der Knecht kroch hastig davon, drängte sich zwischen Beine und tauchte in der Menge unter.

Ocko hob den Kopf und schob angrifflustig das Kinn vor. »Nun, Todie, kümmerst du dich wieder um Dinge, die dich nichts angehen?«

Enno blieb gelassen, er richtete sich auf und verschränkte die Arme vor der Brust. »Nun, Ocko Hylmerisna, vergreifst du dich wieder an Schwächeren?«, konterte er kühl und einige der Umstehenden lachten.

»Ich prügele mein Gesinde, sooft es mir passt, und es geht dich einen Scheißdreck an, ob ich es tue!«, schrie der Brokmanne mit hochrotem Kopf.

Enno ließ ihn ins Leere laufen, er gab keine Antwort und sah den anderen ruhig an. Ocko war noch mehr in die Breite gegangen, seine Mütze aus friesischer Wolle war ihm in den feisten Nacken gerutscht, in dem flächigen Gesicht glitzerten die engen Augen voller Hass.

»Also, was stehst du hier und hältst Maulaffen feil? Sieh zu, dass du deiner Wege gehst!«, giftete der Brokmanne weiter und von hinten trat der lange Holländer näher. Mit steigendem Zorn hatte Adriaan den Wortwechsel verfolgt, er fühlte das Blut in den Schwertarm strömen und hätte er seine Klinge bei sich gehabt, so hätte es seiner ganzen Willenskraft bedurft, nicht blankzuziehen und blindlings loszuschlagen.

»Mäßige dich, Ocko, ich bin keiner deiner Knechte«,

hörte er Enno beherrscht, fast heiter sagen. »Noch verachtenswürdiger jedoch als der Casus selbst ist der Grund, aus dem du deinen Knecht prügelst.«

»Ich wiederhole: Es ist nicht dein Geschäft! Und die Friesen wollen keinen Fremden, keinen Sachsen als Bischof!«

»*Dein* Bischof ist kein Friese, sondern vom Stamm der Chatten[208]«, gab Enno spöttisch zurück. »Er heißt Ludwig und residiert in Monasterium. Man könnte also sagen, in diesem Fall ist es wohl so, dass *du* dich um Dinge kümmerst, die *dich* nichts angehen.«

Wieder gab es einige Lacher aus der Menge und Ocko Hylmerisna, jetzt bis aufs Blut gereizt, fuhr herum, schob seinen Umhang beiseite und hatte plötzlich die Hand am Griff seiner Ochsenzunge. Das war der Augenblick, als der Lange vortrat, um sich zwischen seinen jungen Freund und den Brokmannen zu schieben. Aber Enno, noch immer von furchtloser Gelassenheit, legte ihm die Hand auf den Arm. Als er weitersprach, hielt er den Blick fest auf den Dolch gerichtet, es war ein ungeschriebenes Gesetz, zum Kirchgang keine Waffen zu tragen.

»Dein Schermesser, wie ich vermute. Wolltest dir unter der Predigt den Bart schaben, wie? Nun ja. Was Gottfried von Arnsberg betrifft, so ist er der rechtmäßige Erzbischof von Brema. *Mein* Erzbischof! Und jetzt gehe ich Bier trinken.«

Er ging so hart an dem Brokmannen vorbei, dass der unwillkürlich zur Seite stolperte. Der Lange folgte ihm auf dem Fuße, rempelte Ocko an, stieß ihm ganz absichtvoll den Ellbogen in die Rippen, als er ihn passierte. Hylmerisna schrie irgendetwas hinter ihnen her, sie konnten es nicht verstehen, die Wut verzerrte seine Stimme, es klang wie eine Drohung. Sie achteten nicht darauf.

---

208) Auch: Katten. Germanischer Volksstamm, der an Fulda und Werra siedelte. Wahrscheinlich Vorgänger der heutigen Hessen.

Als Enno tom Diek seinem Vater später von dem Vorfall berichtete, hörte Magnus sich alles an, wortlos und mit düsterem Blick. Der Lange, der neben Enno stand und versuchte, den dicken, schwitzenden Brokmannen nachzuäffen, konnte ihn nicht aufmuntern. Magnus nahm seinen Sohn einige Zeit später nochmals ins Gebet, unter vier Augen, als der lange Adriaan schon wieder nach Ochterszem aufgebrochen war. Er fragte ihn ganz direkt nach seinem Verhältnis zu Ocko.

»Mir scheint fast, du betrachtest ihn als deinen Feind?«

Der junge Mann hatte sehr ernsthaft über diese Frage nachgedacht, er erwog sie mit einer Sorgfalt, die den Vater beunruhigte und zugleich sein Herz wärmte.

»Nein. Er ist nicht mein Feind, Vater. Heute nicht. Aber er kann es werden«, hatte Enno nach einer Weile mit fester Stimme geantwortet.

»Welche Art Feind? So wie ein fremder Mörder oder Räuber?«

Auch über diese Frage dachte Enno tom Diek lange nach, bevor er antwortete: »Nein. So nicht. Anders. Und ärger als so«, erwiderte der Sohn, und in diesem Augenblick kam Magnus ein Gespräch in den Sinn, das er am Ende des Thing vom Upstallesbame mit seinem Sprössling geführt hatte.

»Kennst du die gefährlichsten Feinde der Friesen, mein Sohn?«, hatte der Vater gefragt.

»Das sind die Normannen und die Sachsen, Vater«, hatte der Junge geantwortet und er, Magnus, hatte mit bitterem Lächeln den Kopf geschüttelt.

»Die Nordmänner nicht mehr. Oder zumindest derzeit nicht. Es ist wahr, sie haben uns viel Leid angetan. Nicht nur unsere Küstenorte haben sie heimgesucht, sondern ganze Städte überfallen und in Schutt und Asche gelegt, so wie Hamborch, das damals noch Hammaborch hieß. Aber wir haben sie besiegt und sie bedrohen uns nicht mehr.

Gewiss, es gibt sie noch, einzelne Übergriffe, die bitter genug sind. Du hast es selbst erlebt, Anno Domini 1345, als sie mordend und plündernd durch unsere eigenen Hairlinger Weiler zogen. Die Nordmänner sind unsere Feinde, das ja, nach wie vor, aber wirklich gefährlich sind sie für uns nicht mehr.«

»Dann also die Sachsen, Vater?«, hatte Enno nachgefragt und das Lächeln des Vaters war nun fast amüsiert gewesen.

»Die Sachsen, mein Sohn, ja, gewiss. Wir müssen sie im Auge behalten. Unser reiches und fruchtbares Land steckt ihnen in der Nase und sie haben ja verschiedentlich versucht, es zu gewinnen. Ich will die Schlachten, Orte und Gelegenheiten nicht aufzählen, du kennst sie. Die Friesen waren in ihrer Einigkeit stets stark genug, die Angreifer mit blutigen Nasen nach Hause zu schicken!«, hatte der Vater geantwortet und dann schallend gelacht, als er in das nunmehr völlig ratlose Gesicht seines Sprösslings gesehen hatte. Aber bald, sehr bald war er wieder ernst geworden, denn die causa gab keinen Anlass zu Scherzen. Seine Stimme hatte unwillkürlich einen tiefen, grollenden Ton angenommen, so dunkel war sie, dass Enno erstaunt den Kopf gehoben hatte.

»Die gefährlichsten Feinde der Friesen sind die Friesen selbst. Es sind die Familien, die alles daran setzen, die alte Ordnung zu beseitigen und sich selbst mit Befugnissen ausstatten wollen, die den freien Friesen zum Sklaven auf dem eigenen Boden machen. Es sind die Männer, die Steinhäuser bauen und Bewaffnete um sich versammeln, beides in der Absicht, andere zu ängstigen und sich selbst unangreifbar zu machen. Es sind die Hylmerisna, der Brokmanne und Seinesgleichen. Sie sind unsere gefährlichsten Feinde. Wenn wir ihnen nicht entgegentreten, mit all unserer Entschlossenheit, dann werden wir unfrei.«

Und nun, dachte Magnus seufzend, schließt sich

ein Kreis. Sein Sohn Enno, der als einziges von sieben Kindern, die seine Frau Almeth getragen hatte, die Krankheiten der Wiege hinter sich bringen und erwachsen werden konnte, würde diese besondere Feindschaft innerhalb der ostfriesischen Sippen nicht nur kennenlernen, sie würde große Teile seines Lebens prägen. Und, dessen war sich Magnus nun recht sicher, sie würde ihren direkten Zündpunkt im Kontakt mit dem Brokmannen haben, gleich aus welchem Anlass, unbeschadet der Frage, wer die erste Fackel würfe.

Die üblen Zeiten verbitterten ihn, lagen wie ein Stein auf seinem Herzen. Zu dem politischen Konflikt mit den Hylmerisna und der näherrückenden Pest kam nun wohl auch noch ein kirchenrechtlicher Streit, der sehr wohl geeignet war, Ostfriesland mit einem Flächenbrand zu überziehen. Es war ja nicht das erste Mal, dass sich friesisches Temperament an einem Einzelereignis auf fatale Weise entzündete. Die Fehde, die Anno Domini 1148 anlässlich eines Totschlages bei einem Begräbnis ihren Anfang genommen hatte und zunächst nur die Landgemeinden Wangia und Ostringia betraf, erfasste schließlich das ganze Land und kostete viele hundert Menschenleben[209]. Nicht zu reden von den Verlusten an Gut und Geld, Lasten, an denen vielerorts noch heute zu tragen war. Summa summarum eine rechte Katastrophe, ein Trauma, das vielen Friesen tief in den Knochen steckte.

Auch jetzt, da er über diese Dinge nachdachte, seufzte der Schollenherr und musste gegen eine resignative Melancholie ankämpfen, den Drang, einfach alles fahren, den Dingen ihren Lauf zu lassen. In solchen Momenten, zuletzt häufiger, fühlte er die Last seiner Jahre, zweifelte er an seiner Kraft, die Geschicke Hairlingens, ja sogar die seiner Familie, in zukunftsfähige Bahnen zu lenken. Und immer deutlicher, auch anlässlich des Streits

209) Die sogenannte »Östringer Fehde«.

zwischen seinem Sohn und dem Brokmannen auf dem Kirchfest in Edelsum, wurde ihm bewusst, dass es Sache der nachfolgenden Generation sein würde, das Schicksal Ostfrieslands in ihre Hände zu nehmen und ja, auch seine Konflikte, vielleicht seine Kriege, auszutragen. Was ihm, den Menschen seiner Jahre, noch blieb, war, zumindest Ecksteine für eine geordnete Entwicklung zu legen.

Soweit dies seine eigene Landgemeinde betraf, so war Magnus tom Diek hierzu fest entschlossen. Seit vielen Wochen schrieb und formulierte er sein politisches Vermächtnis. Gemeinsam mit den anderen Richtern in Hairlingen hatte er bei einem geheimen Treffen den Vorsatz gefasst, dem Machtstreben Keno Hylmerisnas und vielleicht weiterer Großbauern im Land ein helles Lichtzeichen in den Weg zu stellen. Ein Feuer, das ganz Ostfriesland überstrahlen sollte. Das jene hoffentlich blenden und anderen die Augen öffnen würde. Und jetzt legte er letzte Hand an dieses Dokument. Er hatte eine Vorlage aus dem Kloster Appinggadamme, aber er brauchte sie nicht. Die sieben Küren Magnus des Friesen hatte er Wort für Wort im Kopf, sie standen wie in Stein gemeißelt vor seinen Augen. Sein *Hairlinger Landbrief* nahm die sieben Küren als Leitlinie, fächerte sie auf und setzte in den ersten beiden Absätzen einen scharfen Akzent auf die Freiheit nach innen. Seine erste Küre lautete:

»*Die Friesen sollen Vollfreie sein, solange der Wind von den Wolken weht und die Welt besteht. Da aber der Mensch in sich schwach ist und allerlei Verlockung durch Ehrgeiz und weiteren Schlechtigkeiten unterliegt, sollen die Friesen vor allem frei vom Machtstreben einzelner ihres Stammes sein und es sei niemand über ihnen außer der rechtmäßige König.*«

Und die zweite:

»*Nun, da man den Friesen die Bänder von den Hälsen*

gelöst hat und sie aus freier Wahl des rechtmäßigen Königs edle Heergenossen sind, soll niemand mehr, was immer er auch sei, die Hälse der Friesen fesseln. Und täte er es doch, so schlage ihm Gott der Herr das Seil aus der Hand.«

In der sechsten Küre betonte Magnus tom Diek das Prinzip des Umgangs und stellte seine Unterbrechung als gottlos und traditionsvergessen dar. Die Macht des Richteramtes verführe dazu, es sich auf Dauer in ihm einzurichten. Die damit verursachte Beschränkung an Freiheit sei von gleicher Art wie von außen erzwungene Knechtschaft. In drei weiteren Beratungen brachte er die übrigen Richter der Landgemeinde auf Linie. Dann ließ er den langen Adriaan das Dokument in Form einer Synopse aufsetzen, den friesischen Text auf der einen Seite und einen lateinischen auf der anderen. Erst dann legte er seinen Landbrief Bruder William vor.

Der junge Mönch las ihn sehr aufmerksam, sah auf und lächelte den Schollenherrn an. »Schönes Dokument. Möchtest du, dass ich es in der Kirche verlese?«

Auch Magnus lächelte jetzt. Der scharfe Verstand und die unbefangene Offenheit des jungen Priesters beeindruckten ihn einmal mehr. »Darum wollte ich dich bitten, William. Wäre das Christfest eine gute Gelegenheit?«

»Warum so spät?«, fragte der Dominikaner.

Magnus hob die Schultern. Sie schmerzten heute besonders, obwohl er bisher noch nicht gearbeitet hatte. Gewiss, er wollte den Brief öffentlich machen, aber es hatte damit keine Eile. Ja, er musste, wenn er gehört werden sollte, mit leiser Stimme vorgetragen werden, ruhig und bedacht. Aber es war klar, der Landbrief würde weiteren Konfliktstoff in das Leben der Leute tragen, und er wollte den anderen Redjeven Zeit lassen, sich über diese Dinge klar zu werden. Jawohl, es musste sein, und doch war die causa nicht reif. Noch nicht.

»Ich möchte noch eine Weile darüber nachdenken. Und

mit den anderen reden. Vielleicht ist auch dieses oder jenes Wort neu zu setzen.«

Das Lächeln des Kirchspielpfarrers vertiefte sich. »Wie du willst, Schollenherr. Aber ändert nicht zu viel. Ich finde es übrigens perfekt!«

So war das gewesen und seine Züge entspannten sich bei den Gedanken an Bruder William. Dem Herrn war dafür zu danken, dass er diesen jungen Seelsorger in seine Gemeinde geführt hatte. Aber nun musste das Werk vollendet werden. In der heiligen Messe am Tage der Geburt Jesu Christi sollte es geschehen. Bruder William würde das Dokument wie einen Hirtenbrief von der Kirchenkanzel herab verlesen. Dann würden alle Richter Hairlingens in einer feierlichen Zeremonie den Landbrief unterzeichnen.

*

Ocko Hylmerisna ließ sich von drei bewaffneten Knechten begleiten und als er in den Hof der Burg einritt, sah er, dass er recht daran getan hatte. Die Knechte des Vogts verprügelten einen einzelnen Bauern, der, wie sich später herausstellte, nichts weiter verbrochen hatte, als zwei Pferde zurückzufordern, die ihm Leute des Burgvogts am helllichten Tag von der Weide geholt hatten. Die Pferde waren angeblich der Ersatz für seit Jahren nicht gezahlten Pachtzins, aber der Bauer schrie in seiner Not hinaus, das sei eine große Lüge. Zumindest deuteten die Brokmannen ihn so, der Mann war nicht gut zu verstehen. Aus seinem Mund strömte das Blut und das Ausschlagen der Schneidezähne verfälschte sein Schreien zu einem blasigen Gezische.

Der Vogt selber lehnte oben im Burgfried an einer Brüstung und sah zu, wie seine Knechte den Bauern malträtierten. Sie hörten nicht auf, als Ocko mit seinen Leuten in den Hof einritt, sondern fühlten sich offenbar durch fremde Zuschauer eher noch angespornt. Erst auf einen scharfen Befehl von oben ließen sie von dem Mann ab, einer der Knechte trat ihn noch in das Kreuz und schrie ihm zu, er solle sich schleichen.

»Verschwinde, Drecksack!« Und beim nächsten Mal käme er nicht so glimpflich davon.

Der Bauer hinkte schluchzend zum Hoftor und Ocko wurde vom Burgfried herunter angesprochen. »Seid Ihr Hylmerisna?«

»Ocko Hylmerisna tom Brooke«, gab Ocko eiskalt zurück.

»Hinauf zu mir! Allein!«, rief der Vogt nach unten und Ocko erhob sich in den Steigbügeln.

»Ich bin keiner von Euren Bauern, merkt Euch das. Und ich komme mit meinen Leuten oder Ihr kommt gefälligst herunter!«, schrie er so heftig, dass die Knechte im Burghof erschreckt zusammenfuhren.

Der Vogt starrte ihn an, dann legte er den Kopf in den Nacken und lachte aus vollem Hals, aber es klang falsch. »Träume ich, oder seid *Ihr* es, der etwas von *mir* will? Und warum tragen Eure Leute Waffen und Eisenwesten?«

»Das liegt an Eurer Gegend, sie ist voll von Gesindel«, versetzte Ocko knapp und der Vogt steckte die Beleidigung weg, ohne mit der Wimper zu zucken. War im nächsten Augenblick verschwunden und tauchte wenig später unten im Torhaus auf. Hinter ihm folgte sein Leibwächter, ein Klotz von einem Mann, behaart bis an die Augen, gut sechs Fuß hoch und mit dem Gewicht eines Stiers. Der Kerl trug einen Zweihänder am Gürtel, das Schwert sah aus wie ein Spielzeug. Und mit einem Mal war der Vogt ruhig und verbindlich.

»Ihr habt einen Arsch in der Hose. Das gefällt mir. Seid willkommen!«, sagte er und reichte dem Brokmannen, der immer noch auf dem Pferd hockte, die Hand. Er entließ seine Knechte bis auf den Leibwächter und hatte plötzlich gegen Ockos Mannschaft keine Einwände mehr. Nicht lange, und man saß sich in einem gemauerten Raum des Torhauses gegenüber, eine Magd trug auf und die Brokmannen fassten zu. Der Leibwächter hielt seine Arme über der Brust verschränkt, sie hatten die Stärke eines normalen Oberschenkels, und beglotzte sie unter hängenden Lidern.

Der Vogt war nun taktvoll genug, seine Gäste nicht mit schnellen Fragen zu behelligen, er ließ sie essen und nahm gelegentlich einen Schluck aus seinem Becher. Während Ocko kaute, dachte er noch einmal über das vor ihm liegende Gespräch nach. Es hatte natürlich Streit mit dem Vater gegeben. Keno war überzeugt, dass man den Burgvogt von Papenborch wegen der Landkäufe in der Landgemeinde Auwreke nicht unter Druck setzen könnte.

»Begreifst du denn nicht; der Mann hat den Erzbischof von Monasterium im Rücken!«

»Es ist bedauerlich, dass wir nach der Sache mit den Fremden deutlich weniger *im Rücken* haben, als wir haben könnten. Und schreie nicht, Vater, denn ich habe gute Ohren!«

Ocko hatte dann seinem Vater kalt auseinandergelegt, warum sie die Landkäufe nicht so ohne weiteres hinnehmen konnten.

»Wir können uns das nicht bieten lassen. Du bist soeben dabei, dir Auwreke als Rechtsgebiet zu sichern. Du bist jetzt der Patronatsherr, aber das ist nur der erste Schritt. Weitere können, nein *müssen* folgen. Und dann kommt wer auch immer und wildert in deinem Stall? Das kann und darf nicht sein!«

Keno gab ihm im stillen recht, sah aber keinen Ausweg. Wie wollte man den Mann denn zwingen? Oder gar seine Hintermänner? Gewiss, die Sache stank ihm ganz gewaltig. Er hatte selbstverständlich ein feines Gespür dafür, wenn ihm jemand in die Suppe spuckte. Aber was tun? Deswegen Krieg führen? Einen Feldzug gegen den Papenborcher beginnen? Die tiefe Genugtuung, die er damals auf der Kirchenkanzel von Auwreke empfunden hatte, lief ihm erneut wie ein Schwall heißen Blutes durch den Körper. Die heilige Messe hatte in der Kirche zum heiligen Lambertus stattgefunden. Der schmucklose, einschiffige Raum war trotz seiner wenigen Jahre bereits in einem schlechten Zustand gewesen, der Kalk blätterte von den Wänden und die Bänke knarrten laut, und einen kurzen Augenblick lang hatte er es als einen Anwurf empfunden, ausgerechnet in diesem Bau seine Einführung als Patronatsherr zu erleben.

Aber dann hatte ihn das Hochgefühl dieses seines Triumphes davongetragen. Die muffigen, verbiesterten Mienen einiger Richter der Landgemeinde wurden durch die vertrauensvollen Gesichter vieler Gläubiger mehr als wettgemacht. Und jawohl, er hatte eine gute Rede gehalten. Der Pfarrer hatte ihn anschließend gesegnet und die ganze Gemeinde betete für sein Seelenheil und seine Gesundheit. Es wurde eine Urkunde ausgefertigt, eine Abschrift hiervon kam in das Kirchenbuch, und es hatte alles seine schöne Ordnung. Und dann kam dieser Sack und mauste in seinem Käfig!

»Was willst du denn tun, Sohn?«, hatte er gefragt.

»Lass mich machen, Vater!«, hatte Ocko erwidert, und nun saß er dem Sack gegenüber. Der Vogt war nicht alt, er hatte noch mehr Zähne als Lücken und in dem straffen Gesicht standen die Augen eines Raubvogels. Ocko sah ihn mit dem Leibwächter tuscheln, lachen und legte seinen Hornlöffel hart zur Seite. Der Stimmungswandel passte ihm nicht. Er brauchte für das Gespräch eine andere Atmosphäre. Einen Grundton, der klarmachte, dass er nicht etwa als Bittsteller gekommen war.

»Es ist immer leicht, einen kleinen Bauern zu verprügeln. Was hat Euch dazu veranlasst?«

Der Leibwächter funkelte den Brokmannen zornig an, aber der Vogt lachte gutmütig. »Ach, Meene Habbena! Vergesst ihn! Er ist ein Stänkerer und Quertreiber und immer wieder etwas nachlässig mit seinen Pflichten gegenüber dem Schollenherrn. Es gibt eben Leute, die müssen über das Fühlen zum Gehorchen gebracht werden!«

»Was war so schlimm, dass Eure Knechte ihm die Zähne ausschlagen mussten?«, fragte Ocko scharf dagegen.

Der Vogt lachte jetzt nicht mehr. Er beugte sich ruckartig vor. »Er hat seinen Pachtzins nicht bezahlt. Seit langem nicht. Deshalb haben ihm meine Leute zwei Pferde von der Weide geholt. Übrigens ist es nicht Euer Geschäft. Und nun zur causa. Was führt Euch her?«

Der Brokmanne zog ein Pergament aus seiner Weste. Eine Abschrift des Dokumentes lag dem Burgvogt seit mindestens einer Woche vor. Es war kein Brief, sondern eine Erklärung über die Ansprüche der Hylmerisna in der Landgemeinde Auwreke. Der Vogt sah träge auf das Papier. Dann hob er die Augen. Sie waren kalt und ausdruckslos.

»Ihr habt dieses Dokument gelesen?«

»Es ist mir zugegangen. Ich weiß nicht, was ich damit soll«, sagte der Burgherr flach.

Ocko lehnte sich zurück. »Ihr meint, es betrifft Euch nicht?«

»In der Tat!« Auf den Lippen des Vogts lag plötzlich ein herausforderndes Grinsen. »Was geht mich Euer Interesse in Auwreke an?«

»Ihr besitzt dort Land!«

»Dem weiteres folgen wird!«

»Dazu werdet Ihr keine Gelegenheit mehr haben«, sagte Ocko Hylmerisna eisig und sah den Leibwächter nach seinem Zweihänder tasten. »Es wird keine Landverkäufe an Fremde mehr geben. Dafür sorgen wir. Und Euch rate ich, zieht rasch in Erwägung, Euch von Euren Besitzungen dort zu trennen«, fuhr Ocko ungerührt fort.

»Warum sollte ich?« Der Vogt lehnte sich behaglich

zurück und streckte die Beine. »Es sind feine Höfe, guter, ertragreicher Boden. Bringt mir gutes Geld an Silber!«

»Euch oder Ludwig dem Hessen?«

Der Vogt stutzte. Warf seinem Leibwächter einen raschen Blick zu. Schwieg.

Ockos massiger Oberkörper schoss nach vorn. »Hört; der Erzbischof von Monasterium steht bei der Diözese Brema in der Kreide. Und zwar erheblich. Otto ist tot. Er kann seine Außenstände nicht mehr eintreiben. Aber Moritz, sein Nachfolger. Wenn Ludwig in Auwreke Land erwirbt, vielleicht mit Eurem Geld, dann steht er in der Gefahr, es wieder zu verlieren. Und Ihr Euer Silber!«

Eine Magd betrat den Raum und räumte die Tafel ab. Während sie arbeitete, blieb die Tür zum Hof geöffnet. Aus der Remise war das helle Singen einer Säge zu hören. Der Vogt wartete, bis die Magd gegangen war, dann hob er den Kopf. Er war ein Mann des Schwertes und der Gewalt, aber er war nicht dumm.

»Dahingestellt es sei, wie Ihr sagt: Wollt Ihr mir etwa weismachen, Landbesitz eines Grafen von Aldenborch in Auwreke sei Euch lieber als Höfe dort in meiner Hand? Oder in der von Ludwig dem Hessen? Sind wir für Euch nicht alle Sachsen? Und hat nicht Papst Clemens in Avignon Gottfried von Arnsberg als Nachfolger Ottos berufen?«

Ocko Hylmerisna ließ sich nicht beirren. Er hatte mit dem Argument gerechnet, aber der Widerspruch in seinem Logos war nur vordergründig. Den Schlenker über die Kirche hatte er nur gemacht, um seine Folgerungen noch dramatischer präsentieren zu können. »Hört und versteht, was ich Euch sage. Für Euch ändert sich nichts. Wenn Ihr für Ludwig den Strohmann spielt, verliert Ihr, des seid gewiss!«

Der Brokmanne griff seelenruhig nach seinem Hornlöffel und fuhr erneut in die Schüssel mit dem eingelegten Lauch. Unter den glitzernden Blicken von Burgvogt und

Leibwächter aß er genüsslich weiter, lobte das Lauch, forderte seine Leute zum Zulangen auf und freute sich über das Schweigen des Burgherren. Es zeigte ihm, dass er ins Schwarze getroffen haben musste. Aber sicher war er erst, als ihm der Vogt von Papenborch schließlich sagte, er werde über seine Worte nachdenken.

Auf dem Heimweg hielten sie an einem Acker und fragten die Knechte nach dem Hof des Bauern Meene Habbena. Sie fanden den Mann auf der Tenne, er reparierte ein Zuggeschirr. Sein Gesicht war blutig verschwollen, der Mund ein unförmiger Fleischklumpen, die aufgerissenen Lippen über dem zahnlosen Kiefer machten seine Worte zu einem kaum verständlichen Gemurmel. Ocko kannte kein Mitleid. Er befragte den Bauern eindringlich und ließ auch nicht locker, als Meene vor Schmerzen und Empörung die Tränen kamen. Natürlich hatte er seine Pacht bezahlt, pünktlich, auch in schlechten Jahren wie dem letzten. Die Pferde hätten dem Vogt schon lange in der Nase gesteckt, er wollte sie haben, die Sache mit dem Zins war nur ein Vorwand.

»Hat er die Höfe in Auwreke mit eigenem Geld gekauft?«

Der Bauer schüttelte den Kopf und brabbelte irgendetwas. Es kam heraus, dass der Vogt im Auftrag des Erzbischofs von Monasterium gehandelt hatte, sein eigenes Silber war aber wohl auch geflossen.

»Woher weißt du das?«, hakte der Brokmanne nach.

Meene Habbena hob die Schultern. Er wusste es nicht sicher, aber die Leute redeten davon und der Burgvogt selber hatte angeblich damit geprahlt. Es schien weiter so, dass Ludwig der Hesse über die Landkäufe ein ziemlich undurchsichtiges Geschäft mit dem Grafen von Tekenenborch[210] abzuwickeln versuchte, bei dem er offenbar ebenfalls verschuldet war. Ocko Hylmerisna steckte dem

210) Tecklenburg in Westfalen

Mann ein kleines Geldstück zu. Er war sehr zufrieden. Er hatte erfahren, was er erfahren wollte.

*

Der Lange ritt einen weiten Bogen und kam dann über den Hügel zurück. Enno ließ ihn nicht aus den Augen. Er hielt ebenfalls auf die Anhöhe zu, um seinen Angriff bergab vortragen zu können, wie es ihm der lange Holländer beizubringen versuchte. Der junge Hairlinger trieb sein Pferd mit lauten Schreien, saß tief geduckt hinter dem Hals in Deckung und sah Adriaan auf sich zufliegen. Erst im letzten Moment, nicht weiter als zehn Pferdelängen entfernt, riss er das Holzschwert aus der Scheide, ließ die Zügel fahren und schlug im Vorbeidonnern unter dem Schild heraus nach dem Langen, traf ihn am gepolsterten Oberschenkel und hörte den Holländer lachen und fluchen.

»Nicht zu früh ziehen, verdammt! Und den Schild flach anschrägen, damit du Deckung und zugleich Bewegungsraum hast!«, schrie er, kam zurück, lachend und schwitzend.

Sie übten in einer Senke bei Ochterszem, der Platz war durch Bäume abgeschirmt und in seiner östlichen Spitze erhob sich eine kleine Rampe, von der aus der Lange jetzt herantrabte. Sie hatten sich nach einem Vespergottesdienst auf der Tenne der tom Diek zusammengesetzt, William hatte in der Kirche eine flammende Predigt über die Pflicht zum Gehorsam gegenüber den Papst gehalten und an dieser Predigt hatte sich schließlich eine erregte, teilweise sogar hitzige Diskussion um die Nachfolge des Erzbischofs von Brema entzündet. Es ging zuletzt um die Frage, ob man die von Clemens angeordnete Investitur Gottfrieds von Arnsberg gegenüber dem Usurpator Moritz von Aldenborch mit Gewalt durchsetzen dürfe.

»Mit Gewalt heißt ja wohl auch mit dem Schwert, oder

wie? Ist das angemessen für eine causa der Kirche?«, hatte Magnus tom Diek entrüstet gefragt und Bruder William, der sich bis dahin auffällig zurückgehalten hatte, meldete sich zu Wort.

»Brav, Schollenherr! Aber siehe, die Welt ist anders, als du sie willst.«

Da war Magnus herumgefahren. »Soll das heißen, du befürwortest einen Waffengang im Namen der Kirche?«

Der junge Pfarrer hatte sich gegen die Tafel gelehnt, die Hände hinter dem Kopf verschränkt, der Rücken lag fast auf dem Tisch. Es sah ziemlich so aus, als bette er sich zur Ruhe, das kannten sie schon an ihm.

»Nein. Jedenfalls nicht *so*. Allein es lohnt sich, dem Hirn noch einen oder zwei Gedanken für diese causa zu entlocken«, hatte der Dominikaner mit einem feinen Lächeln gesagt. Dem Langen schien das zu gefallen, er hatte genüsslich gegrinst, aber Magnus tom Diek hatte missbilligend den Kopf geschüttelt.

»Gib Acht, Mönch! Du begibst dich in die Gefahr, gegen dein Seelenheil zu reden!«, hatte er mit dunkler Stimme gegrollt. William hatte sich nicht beeindrucken lassen.

»Es steckt eben mehr darin als die reine Synthese von Vernunft, also Wissen, und Glauben, also dem, was wir als Offenbarung bezeichnen«, hatte der Dominikaner fast fröhlich gesagt und seinen knabenhaften Oberkörper nach vorn gekippt. Und dann hatte er mit ruhiger, fast teilnahmsloser Stimme einen furiosen Exkurs durch Patristik[211] und Scholastik[212] angefügt, so hochverdichtet und zugleich fließend, dass sich Enno der Kopf gedreht hatte. Er hatte den Langen zwischendurch nicken gesehen, er selbst so gut wie nichts verstanden, und sein Vater hatte angespannt gelauscht, gelegentlich mit geschlossenen

211) Kirchenväterkunde: Theologie der Spätantike.

212) Philosophie des Mittelalters, rationale Begründung der Glaubenslehre.

Augen. Zum Schluss hatte William sehr zufrieden ausgesehen, er wirkte wie jemand, der eine wichtige Arbeit erledigt hatte.

»Und nun, liebe Freunde, muss ich euch sagen, dass ich, wie ihr schon wisst, überzeugter Platoniker[213] bin. Nicht zuletzt deshalb, weil Platon so schön einfach und griffig ist.«

»Platon war kein Christ!«, hatte der Schollenherr missbilligend eingeworfen. »Er kann also nicht im Sinne Gottes argumentiert haben.«

Der junge Mönch hatte ihn freundlich gemustert, in seinen Augen hatte nichts als Zuneigung gestanden. »Ich stimme dir zu, Magnus, Platon war aus unserer Sicht ein Heide. Er wusste nichts von Jesus Christus und als er starb, mussten wir noch über dreihundertvierzig lange Jahre auf unseren Heiland warten.«

Hatte eine Pause gemacht und seinen Blick durch die Runde wandern lassen.

»Aber Platon war ein Ethiker aus bestem Holz. Man könnte seine Philosophie als Prinzip der christlichen Wertordnung bezeichnen. In diesem Sinne war der Grieche schon gottgläubig, bevor der Erlöser sein Werk getan hatte. Wenn es also so etwas wie eine Pränuntiation[214] der göttlichen Botschaft an die Menschheit gibt, dann hat sie Platon in seinen Kardinaltugenden unter die Leute gebracht.«

»Hach!«, hatte da der Lange gesagt, war dann aufgestanden und hatte dem Dominikaner auf die magere Schulter geklopft. »Kommt mir so vor, als hätte ich das schon einmal gehört. Darf ich fortfahren?«

William hatte die Arme vor der Brust verschränkt, genickt und gelächelt. »Immer zu, Bruder in Christo!«

Adriaan hatte sich gemächlich in Positur gesetzt. Hatte sich geräuspert und dann losgelegt. Während er sprach,

213) Anhänger der Lehren Platons.

214) Vorherverkündigung

ließ er den Mönch nicht aus den Augen. Es war so, als richtete er seine Worte nur an Bruder William.

»Kann also die Ausübung von Gewalt dem Wesen nach gottgefällige Vernunft sein? Das ist doch die Frage. Ein Christ kann sie nur im Sinne des Schutzes unschuldig Bedrohter behandeln. Die Antwort lautet dann Ja, wenn sich ihre Anwendung im Sinne Platons nach folgendem Kanon ausrichtet: Prüfe klug, entscheide gerecht, bleibe maßvoll und halte in der Not tapfer stand! So etwa?«

»Ziemlich genau so. Ich danke dir, langer holländischer Adriaan!«, hatte der junge Pfarrer mit breitem Lächeln geantwortet. Der Lange hatte zurückgefeixt, und dann hatte sich Enno, der allmählich begriff, zu Wort gemeldet.

»Schön und gut. Aber damit ist doch unser Gespräch noch nicht zu Ende. Was soll der arme Christenmensch mit eurer Lehre anfangen, wenn sie keinen Bezug zum Leben hat?«

Bruder William hatte vor Begeisterung in die Hände geklatscht. »Bravo, mein guter Enno! Jetzt nähern wir uns dem Kern der Sache. Und wie denkst du dir die Verknüpfung zum Gegenständlichen?«

»Recht einfach! Wenn Gottfried nach Brema kommt, um seinen Bischofsstuhl in Besitz zu nehmen, und die Aldenborcher halten ihn mit Gewalt davon ab, dann ist Gegengewalt im Sinne Platons erlaubt«, hatte Enno trocken erwidert, und dann war Ruhe und das Lächeln war aus allen Gesichtern verschwunden.

»Ja, Freunde. Das ist sie, die bittere Quintessenz«, hatte der Pfarrer düster bestätigt, und es hatte sich eine lange Diskussion über die militärischen Möglichkeiten angeschlossen. Wie viele Pferde folgen dem Grafen von Aldenborch? Wie groß ist das Kontingent des Arnsbergers, so er überhaupt eines hat? Wie kann sich Gottfried Zutritt zur Stadt verschaffen? Das Südtor sei am ehesten zu überwinden, aber dort werde Moritz seine Truppen massieren.

Und wie ginge es dann weiter? Ein Waffengang unter den Augen der Bürgerschaft? Und wie würde sich diese verhalten? Das Gefecht in der Stadt oder vor ihren Toren? Der Schollenherr hatte sich mit bekümmerter Miene längst zurückgezogen, als die drei noch immer redeten.

Dann war die Nachricht durchs Land gelaufen, dass sich der Brokmanne mit seiner Sippe hinter den Grafen von Aldenborch stellen wollte. Die Hairlinger hielten es für Christenpflicht, unter diesen Umständen dem vom Papst ernannten Erzbischof Gottfried von Arnsberg beizustehen.

Magnus tom Diek plädierte für eine Unterstützung durch öffentliche Parteinahme im Disput, aber es wurde bald deutlich, dass mehr erforderlich war. Denn Gottfried verfügte nicht über genügend eigene Kräfte und konnte seinen Anspruch nur mit Hilfe seiner Diözese durchsetzen. Der Papst war weit und schwach. Von Karl IV, Kaiser aus dem Hause Luxemburg, war ebenfalls nichts zu erwarten. Er kümmerte sich um den Ausbau seiner böhmischen Erblande, die Prager Neustadt und den Hradschin[215] und hatte weder die Truppen noch verspürte er Neigung, den Konflikt durch eigenes Eingreifen zu entschärfen.

Es war auch nicht klar, ob der Papst den Kaiser förmlich um Hilfe gebeten hatte. In dieser Lage hatte sich Gottfried von Arnsberg mit einem das Herz rührenden Hirtenbrief an seine Diözese gewandt. Moritz von Aldenborch versuchte offenbar mit rigorosen Mitteln, die Verlesung des Hirtenbriefes zu verhindern. Es gab sogar Gerüchte, dass einzelne Boten aus dem Süden abgefangen und ermordet worden waren, aber viele Kopien erreichten dennoch das Bistum. Pfarrer wie William ließen sich nicht einschüchtern, der junge Priester verlas den Hirtenbrief mit Verve und Nachdruck, und viele Bauern in Hairlingen waren jetzt bereit, ihrem neuen Oberhirten notfalls mit dem Schwert zu folgen.

215) Prager Burg

Bei den tom Diek hatte es weitere Diskussionen gegeben. Der Lange war eines Tages auf der Tenne erschienen, er hatte den Weg von Ochterszem in einem Gewaltritt hinter sich gebracht und trug zur allgemeinen Überraschung eine Eisenweste und sein Schwert.

»Ich dachte, du bist Bauer?«, hatte der Schollenherr halb spöttisch, halb ärgerlich gesagt.

»Das bin ich. Aber ich bin auch Christ. Und ich will meinen Beitrag dazu leisten, dass der Wille Gottes erfüllt werde!«

Magnus hatte diese Entwicklung befürchtet, er sah sie wie eine schwarze, drohende Wand auf sich zuwachsen. Aber noch weigerte er sich, einzusehen, dass dieser Konflikt bis in seine Familie hineinwirken sollte. »Seit wann bist du ein Anhänger des Papstes? Und wäre es nicht besser, du kümmertest dich um deinen Hof, statt wie ein Häscher des Magistrats durch das Land zu reiten?«

Es war dann sehr still geworden auf der Tenne, denn so scharf und rügend hatte der Schollenherr noch nie mit Adriaan gesprochen. Der Lange war ruhig geblieben, er hatte sich hoch aufgerichtet und dann eine leichte Verneigung ausgeführt. »Es ist wahr, ich sehe vieles in der Kirche mit Missbilligung!«

Und hatte dann seine Sicht der Dinge dargelegt. Adriaan machte einen Unterschied zwischen dem, was die Kirchenführung in Avignon befahl, und der Umsetzung in den Gemeinden. Es werde halt vieles, was gut und richtig sei, in Diözesen und Kirchspielen schlecht angewendet. Prälaten und Kirchspielpfarrer wären vielfach machtsüchtig und dachten mehr an Pfründe und eigene Geldkatze als an das Seelenheil ihrer Schafe. Und das sei zu verurteilen.

»Das ist das eine, Schollenherr. Das andere ist die Frage, ob wir so tun können, als ginge uns der Streit zwischen Gottfried und Moritz nichts an. Unser Erzbischof hat *uns alle* um Hilfe gebeten. Sollen wir nun warten, was andere tun? Es kommt im Leben immer auf jeden Einzelnen an!«

»Soll das heißen, du willst für Gottfried in den Krieg ziehen?«

»Ich will mich zumindest darauf vorbereiten. Und dein Sohn sollte das auch«, hatte Adriaan störrisch zurückgegeben, und Magnus tom Diek hatte ihn lange und finster gemustert, Enno stand mit rotem Gesicht und klopfendem Herzen daneben. Es war auch Magnus klar, dass der Holländer recht hatte, aber das machte die Sorge um den Sohn und die Furcht vor einer ungewissen Zukunft nicht leichter.

»Wir sind an erster Stelle Bauern. Ich erwarte, dass ihr beide auf euren Höfen eure Pflicht tut. Ich dulde hier keine Versäumnisse, damit das klar ist. Der Rest liegt in der Hand des Herrn«, hatte der Schollenherr abschließend gesagt und die Tenne verlassen.

So war das gewesen, und dann hatte der Lange Enno in Übungslektionen das Kämpfen beigebracht. Wie man zu Fuß focht und zu Pferd. Wie man den Gegner aus dem Sattel holte. Wie man sich einen Vorteil verschaffte und ihn nutzte, sich über eine Verwundung des anderen nicht freute, weil das nur ablenkte, sondern stur und verbissen nachsetzte, am Mann blieb. Dass man stets bergab angriff, sie Sonne möglichst im Rücken, und dass man in jedem Falle seine Kräfte einteilte, indem man nicht zu früh blankzog.

»Ein guter Kämpfer bleibt ruhig. Er schreit nicht, auch nicht beim Angriff. Das merke dir. Wenn einer kommt, der schon von weitem schreit und mit der Klinge fuchtelt, dann ist das ein tumber Knecht, sonst nichts«, hatte der Lange wieder und wieder gepredigt.

Und Enno lernte schnell. Er war wendig und flink, was ihm noch an Kraft fehlte, machte er durch Beweglichkeit wett. Er fragte den Langen nicht, woher der seine Kenntnisse und Fertigkeiten hatte. Adriaan focht und ritt wie ein Berufskämpfer, so, als hätte er noch nie in seinem Leben etwas anderes getan. War er nicht auch Mönch gewesen, oder zumindest Klosterschüler? Und dann Handmann und Bauer? Und jetzt auch noch Waffenmeister? Der junge Hairlinger nahm sich vor, all diesen Dingen auf den Grund zu gehen, irgendwann. Es würde sich die Gelegenheit ergeben, auch der Holländer mit seinen langen Stelzen konnte nicht vor der Wahrheit davonlaufen.

Jetzt war Adriaan heran, grinsend wischte er sich über die Stirn, den altmodischen Topfhelm hatte er lässig ins Genick geschoben, sein riesiger Gaul glänzte vor Schweiß, der Schaum troff ihm in dicken Flocken aus dem Maul.

»Du machst dich. Aber denke daran, den Schild nicht zu früh öffnen. Und immer von unten heraus schlagen, wenn du den Reiter nicht triffst, dann vielleicht sein Pferd. Auch das kann entscheidend für den Ausgang eines Gefechts sein«, sagte der Lange. Dann wies er auf eine nahe Baumgruppe. »Rast!« grinste er.

*

Vierter Akt *(Retardation)*

Das Abwerfen der Fesseln

November 1349 bis Oktober 1356

Beschuldigt der Kriegsknecht den Anführer, dass er ihn ins Gefecht geführt habe, so schwöre der Anführer (...) dass er ihn nicht in ein Gefecht geführt habe, dann braucht er nicht für ihn zu büßen.

Fivelgoer Recht, 9. Küre

1.

Brema, Vorstadt,
drei Tage vor dem Fest Omnium Sanctorum
(Allerheiligen) Anno Domini 1349 (Freitag, 27.November)

Der Wirt sah es kommen und war auf alles gefasst. Es war nicht das erste Mal, dass diese Burschen seinen Laden zu Klump schlugen. Die Vorstadtschenke war deshalb recht spärlich eingerichtet, es gab nur ein paar grob behauene Tische und Schemel, seine Leute sahen zu, dass das Bierfass nicht zu Bruch ging, wenn es zu den Schlägereien kam. Zudem war es ihm noch jedes Mal gelungen, den Rabauken die nötigen Münzen für die Flickarbeiten des Stellmachers abzuknöpfen.

Natürlich war auch Blut geflossen. Und nicht wenig. Aber bisher war es gottlob bei harmlosen Blessuren geblieben. Der Wirt und seine Leute ließen keine Klingen zu. Schwerter und Messer wurden gnadenlos eingezogen, der Vormann, ein riesiger Kerl mit einer losen Rechten, nahm Waffen zur Not mit einer Tracht Prügel ab. Jetzt war es wieder so weit. Der Wirt sah seinen Knecht scharf an und wies mit dem Kinn zur Tür. Der Knecht begriff und hangelte nach dem Eichenknüppel neben dem Bierstand.

Seit Wochen trieben sich die beiden Heerhaufen in der Bremaer Vorstadt herum und gingen sich noch aus dem Weg. Es war nicht mehr als ein dummer Zufall, dass man diese Schenke gemeinsam nutzte. Ein Trupp der Aldenborcher kam eines Abends hereingedonnert, als einige Arnsberger dort schon beim Dünnbier hockten. Und natürlich war es eine Frage der Ehre, dass die Aldenborcher die Bude dennoch betraten, schon um zu zeigen, dass sie vor den anderen nicht zurückzogen. Aus dem gleichen Grund dachten die Arnsberger nicht im Traum daran, die Schenke künftig zu meiden. Also waren beide Gästegruppen, allerdings im Schankraum sorgfältig getrennt. Der Wirt hatte sogar einen breiten Kohlestrich über die Bodenbretter gezogen, um klarzumachen, wo sich jeder aufzuhalten hätte.

Meistens ging das gut. Es blieb bei gelegentlichen Schmährufen oder rauen Scherzworten, die hin und her flogen. Ein ernsthafter Streit entzündete sich immer dann, wenn sich Vertreter der Parteien zu nahe kamen. Wie in diesem Moment. Einer der Anhänger des Grafen von Aldenborch wollte nach draußen, um vor der Schenke sein Wasser abzuschlagen, ein Arnsberger kam herein. Der Aldenborcher war ein grober, ungeschlachter Bursche, in dem Arnsberger erkannte der Wirt den Sohn des Magnus tom Diek, der Richter in Hairlingen war. Die beiden standen sich jetzt in der Türöffnung gegenüber und es war klar, einer musste ausweichen, um den anderen passieren zu lassen. Der junge tom Diek war dem anderen körperlich hoffnungslos unterlegen. Er stand dennoch ruhig und sicher und sah dem Klotz fest in die Augen.

»Verschwinde, Rotzlöffel. Aus dem Weg!«, sagte der Aldenborcher grollend und mit einem Mal war tiefe Stille in der Schenke.

Hinten bei den Arnsbergern stand jetzt ein baumlanger Mann auf und wuchs in die Höhe, sein Kopf reichte bis knapp unter den Deckenbalken. Und dann, noch ehe der Schankknecht eingreifen konnte, holte der Aldenborcher aus und schlug nach dem Jungen, und im selben Augenblick tauchte der Junge weg und trat ihn zwischen die Beine, so hart und so schnell, dass der Aldenborcher glaubte, eine Klinge sei ihm in das Gemächt gefahren. Und während sich der Aldenborcher ächzend und nach Luft schnappend auf dem Boden wälzte, brach Gebrüll los, die beiden Lager wollten sich aufeinander stürzen und der Wirt hielt plötzlich einen normannischen Langbogen ausgezogen in den Fäusten. Der Pfeil war ein schweres Kaliber, die Spitze huschte zwischen den Streitparteien hin und her.

»Gebt Ruhe, verdammt! Beim Blute Christi, gebt Ruhe, oder die Pfeile fliegen!«, schrie der Wirt aus vollem Hals und sie starrten ihn an, wütend und nur mit Mühe beherrscht.

»Hör auf mit der Fitsche, Jannes! Woher hast du die?«, brüllte jemand und dann lachte alles. Die Parteien zogen sich auf ihre Seiten zurück, der junge Hairlinger war längst wieder bei den Arnsbergern. Er ging zu dem Baumlangen und hockte sich neben ihn an den Tisch. Bei den Aldenborchern schrie man nach Bier, der Klotz hinkte stöhnend zu seinen Leuten, seine lederne Hose war im Schritt völlig durchnässt, er hatte unter den höllischen Schmerzen sein Wasser nicht halten können.

»Schöner Tritt, Enno!«, sagte der Lange mit anerkennendem Grinsen. »Bei mir hast du das aber nicht gelernt.« Er trank, sah hinüber zu den Aldenborchern und wischte sich über den Mund. »Merk dir die Visage von dem Arsch und geh ihm für eine Weile aus dem Weg.«

Seit sie in der Vorstadt lagen, verfiel der Lange gelegentlich in das rüde Idiom des gemeinen Kriegsvolks. Erst vor ein paar Tagen war er einem der Arnsberger Reiter harsch über das Maul gefahren, der Mann hatte über die Kälte gejammert, über die Nässe, den harten Boden und das schlechte Essen. Und als Löhnung zahle

Albert von Arnsberg nicht mehr als einen Bruchpfennig Silber pro Woche.

»Du dumme Sau, was klagst du viel? Wir müssen unseren Weg zu Ende gehen. Oder meinst du vielleicht, wir sollten ihn zugunsten eines falschen verlassen, nur weil der bequemer ist?«, hatte ihn Adriaan rüde angefaucht. Der Kerl hatte ihn angeglotzt, stocksteif auf dem Boden liegend, und nicht gewagt, auch nur zu schnaufen.

Der junge Hairlinger ließ seinen Blick durch die Schenke wandern. Ja, es waren ereignisreiche Wochen gewesen, die nun hinter ihnen lagen. Der Bruder des vom Papst ernannten Erzbischofs, Albert von Arnsberg, war mit einem Trupp Berittener nach Brema gekommen, um die Lage zu erkunden. Er wollte mit der Gegenpartei ins Gespräch kommen, wollte ausloten, ob es doch noch zu einer gütlichen Einigung kommen könnte. Und falls nicht, wollte er wissen, wie man in die Stadt käme, ob man zur Not gewaltsam eindringen könnte. Schon nach wenigen Tagen tauchte der Arnsberger mit seinem Stab an der Brücke zur Schlachte[216] auf, ein Fahnenjunker hielt stolz das gräfliche Banner. Albert trabte gemächlich auf die Stadtmauer zu, ritt sie nach Osten hin ab, inspizierte jedes der fünf Tore an der Nordseite der Wallanlagen, ignorierte die unflätigen Verwünschungen der Wachposten auf Türmen und Wehrgängen und verschwand mit seinem Gefolge in den Gassen der südlichen Vorstadt. Der Ritt wiederholte sich in den folgenden Tagen zu wechselnden Zeiten, er war nicht mehr als ein symbolischer Akt, die in bewusster Provokation der Gegner vollzogene Begutachtung der künftigen Residenzstadt. Erzbischof Gottfried wollte sich einfach nicht damit abfinden, vom

216) Anlegeplatz für Kauffahrtsschiffe, befestigt durch das Einschlagen von Holzstämmen in den Boden. Die Schlachte war bis in das 16. Jahrhundert der Haupthafen von Bremen. Die Brücke wurde Mitte des 13. Jahrhunderts erbaut, um eine Verbindung zur linken Uferseite der Weser zu schaffen. Der Wortstamm geht zurück auf das niederdeutsche Wort »slait« = schlagen.

Papst ernannt zu sein, aber durch den Bremaer Stadtadel nicht akzeptiert zu werden. Es kam ihm darauf an, diesen Widerstand auch zu zeigen. An eine bewaffnete Durchsetzung seiner Ansprüche dachte er nicht. *Noch* nicht.

Zu Alberts kleinem Heer hatten sich nach und nach Friesen gesellt, denn die Feldarbeit lag in herbstlicher Ruhe. Es kamen Leute wie Enno und der lange Holländer, sie waren ihrer jetzt fast siebzig und fühlten sich unüberwindlich. Sie schlugen ihr Lager am Rande der Vorstadt auf, für Albert und ein paar von seinen Offizieren gab es hüttenartige Unterkünfte, der Rest lag auf Pferdedecken unter freiem Himmel.

Es war eine vertrackte Sache, und Albert wusste es so gut wie seine Offiziere. Die Befestigungen an der Südseite mit ihren Pforten zur Schlachte waren wohl schwach verteidigt, im Grunde schlossen die Häuser dort bündig mit der Schutzmauer ab. Aber die Brücke war leicht zu sperren und schweres Gerät zum Durchbrechen hatten sie nicht. Der Nordwall war zwar durch Brücken über den Weserarm passierbar, doch die rückwärtige Mauer ruhte auf einem Fundament aus mächtigen Findlingen und war mit ihren vier Mannshöhen kaum zu nehmen.

Für die Stadt selbst waren die Vorgänge um die Nachfolge des Kirchenfürsten ein Ereignis, das von anderen dramatisch überschattet wurde. Seit vielen Jahren stritten die vornehmen Familien heftig über die städtische Ordnung in Brema. Der Streit hatte sich an Fragen der Machtverhältnisse entzündet, an der Verteilung von Gewalt im Strafrecht und im Polizeirecht, und zu bitteren Feindschaften geführt. Es kam sogar zu Morden. Die Täter mussten Hals über Kopf fliehen, ihre Sippen wurden geächtet und verbannt.

Mit der Unterstützung von Adelsfamilien aus dem Umland versuchten sie, sich wieder in den Besitz ihrer alten Rechte zu bringen. Es wurden Schlachten geschlagen, die

Angriffe richteten sich vor allem gegen das Stephanieviertel, um das der Stadtmauerring noch nicht geschlossen war. Der Stadtadel setzte sich schließlich gegen die Aufrührer durch, aber die Lage blieb unruhig. Und nun dieser dumme, ja eigentlich überflüssige Konflikt. Gewiss, die erzbischöfliche Domburg lag mitten in der Stadt, sie und die rasch wachsenden Wohnviertel waren sogar der erste Anlass zum Bau einer Schutzmauer gewesen, aber die führende Bürgerschaft hatte andere Sorgen. Sie überließ den Streit im Wesentlichen der Familie des Grafen von Aldenborch und ihren Anhängern.

So lagen die Dinge, als der Arnsberger mit seiner Truppe vor der Stadt auftauchte. Die Aldenborcher hatten ihrerseits Reiter und Fußvolk zusammengezogen, es waren an die hundert Mann, verstärkt durch ein Fähnlein von Stadtsoldaten. Noch ging man sich aus dem Wege, die Domherren um Moritz von Aldenborch straften den Arnsberger durch Missachtung, sein wiederholtes Ersuchen um ein Gespräch hatten sie als überflüssig abgelehnt, aber unter der Oberfläche brodelte es.

Die einfachen Leute in der Vorstadt und das Landvolk begriffen nicht, was vor sich ging. Der Kampf um das tägliche Essen war wichtiger, zudem wütete im Sagelterlant die Pest. Sie hatte sich entlang der Ems nach Norden vorgeschoben und griff nun nach den Geeströcken und Hochmooren der Amerlande[217]. Die Menschen horchten auf ihre knurrenden Mägen, sie sahen angstvoll nach Süden, und hier stritten ein paar Söhne reicher Bauern und Städter darum, wer künftig auf dem Bischofsstuhl von Brema sitzen sollte. Das war nicht die Sache des gemeinen Volkes.

Ja, es gab böse Zwischenfälle, wie vor wenigen Wochen in der Schenke *Zum Adler* an der Martinikirche. Zwei Bewaffnete waren sich in die Haare geraten, ein Arnsberger und ein Aldenborcher, beide besoffen und im

217 Ammerland

Streit um eine Dirne. Ein Wort hatte das andere gegeben, dann waren die Fäuste geflogen und zum Schluss hatte der Arnsberger eine Saufeder gezogen und dem anderen in den Bauch gerannt. Seitdem durften die Arnsberger nicht mehr hinter die Mauer, sie trieben sich vor den Toren herum. Trotzdem; ein Toter mehr oder weniger fiel in einer so riesigen Stadt mit über fünfzehntausend Einwohnern nicht auf. Es gab täglich Streitereien, die mit Verwundungen oder Tod endeten. Zu diesen Dingen hielt man Abstand, so gut man konnte, und lebte sein Leben.

In der Schenke herrschte jetzt der typische Betrieb einer Vorstadtspelunke. Die Rufe nach Bewirtung mischten sich mit dem Stimmengewirr lauter Gespräche, dazwischen das scharfe Kratzen von Schemelfüßen auf Bodendielen und das Gebrüll des Wirtes nach den Knechten. Adriaan behielt den Tisch der Aldenborcher im Auge. Der Getretene rieb sich noch immer zwischen den Beinen und warf wütende Blicke herüber. Er hatte, wie seine Kameraden, rote und gelbe Strohbänder um die Oberarme gebunden. Es waren die Farben des Hauses Aldenborch, die roten waren angeblich mit Tierblut eingefärbt. Die Partei der Arnsberger trug zur Kennzeichnung ebenfalls Bänder um die Oberarme, sie waren aus Wollfäden geflochten und leuchteten in Blau und Weiß für den Grafen von Arnsberg, der nun nach dem Willen des Pontifex neuer Erzbischof von Brema sein sollte.

»Für Moritz!«

Die Aldenborcher hoben ihre Becher und tranken, worauf die Arnsberger wie ein Mann aufstanden und ebenfalls ihre Becher ergriffen.

»Für Gottfried, den neuen Erzbischof!«

Die anderen antworteten mit wüstem Geschrei. Der Wirt und seine Knechte ließen ihre Blicke nicht von den Parteien. Es wurde ein neues Fass angeschlagen und Helfer brachten Schüsseln mit dampfendem Lauchgemüse, als von draußen Hufgetrappel zu hören war. Dann flog die Türe auf und Ocko Hylmerisna polterte herein. Er trug eine bunte Wollkappe mit einer dunkelroten Feder, die ihn als Offizier seiner Truppe auswies. Seine Armbänder bestanden aus rotem und gelbem Stoff.

Der Brokmanne streifte den Tisch der Arnsberger mit einem kalten Blick und fixierte dann seine Leute. Er deutete mit dem Daumen über die Schulter. »Raus!« Er warf einen kleinen Bruch Silber auf den Tisch, und die Aldenborcher stolperten hinaus auf die Gasse, der Brokmanne hinterher.

Der Lange und Enno wechselten einen raschen Blick, Adriaan erhob sich und die anderen folgten sofort. Sie konnten die Aldenborcher noch abreiten sehen, gegen Osten zu, und dann sahen sie, dass die Vorstadt brannte. Vom Ostertor her kam leuchtender Feuerschein, sie hörten Schreien, sahen rennende Menschen und die Luft war gesättigt von Rauch und dem scharfen Knacken glühenden Gebälks.

Sie saßen auf und donnerten über die Schlachtebrücke und dann, am Nordufer der Weser, sahen sie einen blutigen, völlig verdreckten Mann, der einen anderen mit gezogenem Schwert verfolgte. Der Fliehende hetzte auf das Ostertor zu, er zog einen Tuchstreifen hinter sich her und im Näherkommen erkannten sie, dass es sein Mantel war, der ihm mit einer Schlaufe an den Beinen hing. Hinter dem Brückengeländer tauchten jetzt Gruppen von Soldaten auf, überall waren Bewaffnete, die in Zweikämpfen fochten oder im wilden Getümmel größerer Trauben aufeinander einschlugen. Dazwischen lagen Tote, Verwundete krochen hastig zur Seite und versuchten in Panik, dem Wirrwarr aus Klingen, Geschrei, Schweiß und Blut zu entkommen.

Unwillkürlich spähte Enno nach farbigen Armbändern, aber er konnte keine entdecken. Und dann schoss es ihm wie ein Blitz durch den Kopf und er schrie es Adriaan zu und sah den Langen grimmig nicken. Das war kein fremdes Kriegsvolk. Hier schlugen sich Leute aus der Stadt!

An der Schlachte wurden sie von einem der Hauptleute abgefangen, Julius de Lüttich. Er stand mitten auf der Gasse und schrie und schwenkte seine Schaube, die er am Kragen gepackt hielt. »Arnsberg hierher! Hier herüber!«

Er wies sie nach Osten, in Richtung auf den Flussbogen, und dann sahen sie ihren Anführer, Albert von Arnsberg. Er stand mit seinem Stab auf einer kleinen Erhebung neben dem Ufer, alle waren sauber und offenbar unversehrt. Der Lange meldete sich bei dem Grafen.

»Fähnlein Hairlingen? Gut. Geht dort hinüber und schließt Euch an!« Albert wies auf eine Gruppe Reiter, die in Richtung auf das Ostertor aufbrach, aber Adriaan rührte sich nicht.

»Ich habe an der Schlachte nur Stadtleute kämpfen gesehen. Keine Arnsberger und keine Aldenborcher. Warum sind wir hier?« fragte er ruhig.

Aus dem Stab kamen ärgerliche Blicke. Der Graf machte einen Schritt auf ihn zu. Beugte sich dann vor und sah dem Langen gerade in die Augen. »Ich habe keine Zeit für taktische Erklärungen, versteht Ihr? Nur so viel: Wir machen uns dies Scharmützel zunutze. Es ist der einzige Weg, in die Stadt zu kommen. Ich will zur Residenz, begreift Ihr das? Und jetzt ab!«

Also donnerten sie los, hinter den anderen her. Der Rauch wurde immer dichter, er nahm schier den Atem. Das Gewirr von Schreien und Rufen wuchs ebenso wie der Gestank und erst am Ostertor sahen sie, dass schon die gesamte Truppe des Arnsbergers versammelt war. Und dann, zwischen Qualm und Lärm und Dreck, riss plötzlich der Rauchschleier und sie sahen einen Mann an einer offenen Schlupfpforte neben dem Stadttor stehen, er winkte mit einem blauweißen Tuch. Im geschlossenen

Pulk ritten sie an, auf die geöffnete Pforte zu, der Graf mit seinem Stab nahm die Spitze. Sie waren schon hart unter der Wehrmauer, als die ersten Pfeile und Armbrustbolzen flogen. Enno duckte sich hinter dem Hals seines Pferdes und aus den Augenwinkeln nahm er wahr, wie seinem Nebenmann ein Pfeil in den Oberschenkel fuhr, so tief, dass das Bein an den Sattel genagelt wurde. Er registrierte noch, wie der Mann verzweifelt versuchte, den Pfeil aus dem Bein zu zerren, dann waren sie unter der Mauer, die Pferde hatten plötzlich Pflaster unter den Hufen und ihre Eisen trommelten auf die Steine wie ein furioser Hagelschlag gegen ein Kirchenfenster.

Hinter dem Schlupftor öffnete sich eine Gasse, aber sie war viel zu eng für die Truppe. Der Graf gebärdete sich wie toll auf seinem Pferd, wandte sich hierhin und dorthin schrie ständig und mit hochrotem Kopf: »Zusammenbleiben! Bleibt zusammen!«, aber es war zwecklos. Sie rissen rasch auseinander, dehnten sich zu einem langen Zug und ihr erstes Ziel, im geschlossenen Verband in die innere Stadt zu kommen, hatten sie verfehlt, noch bevor sie die Mauer hinter sich ließen. Enno hielt sich dicht hinter dem Langen, der in den Steigbügeln seines riesigen Zossen stand, als wären sie ihm an die Stiefel gewachsen. Die Gasse stieg jetzt merklich an, sie hetzten nach Westen, auf den Domhügel zu, und im dämmerigen Dunst zeigten sich bald die Umrisse der erzbischöflichen Residenz.

*

Sie schafften es ohne weitere Ausfälle bis in den Innenhof, und als im Morgengrauen der Graf die Truppe versammelte, fehlten nicht mehr als fünf Mann. Erst viel später erfuhren sie, dass Albert die ganze Sache inszeniert hatte. Er hatte Leute in der Stadt, die dafür gesorgt hatten, dass die östliche Vorstadt brannte, und dann, in Folge dieses Brandes, Streitparteien aus der Bürgerschaft aufeinander losgingen, als hinge ihre Seligkeit davon ab. Es waren mehr als zwanzig Tote zu beklagen, von üblen Verwundungen nicht zu reden. Ganz zu schweigen davon, dass jede größere Verletzung die Gefahr barg, über Komplikationen wie etwa einer Sepsis das Leben zu verlieren.

Albert von Arnsberg war vorerst zufrieden. Es saß hinter den Mauern der Residenz wie eine Zecke im Hundefell. Der Bruder Cellerar hatte ihm widerwillig gemeldet, dass seine Keller wohlgefüllt wären. Verpflegungssorgen hatten sie also auch nicht.

Er besetzte die Zinnen und schickte den Rest der Truppe in Ruhe, aber bis zum frühen Morgen tat sich überhaupt nichts. Auch der Vormittag blieb ruhig. So ruhig, dass Albert sich fragte, ob seine Widersacher denn wussten, dass er die Residenz genommen hatte.

Der Lange stellte sich dieselbe Frage. Er hockte mit Enno im Südturm der Burg, von dort aus hatten sie einen sehr guten Überblick über den Vorplatz und die zulaufenden Gassen. Über der östlichen Vorstadt stand immer noch Rauch, und ein scharfer Brandgeruch wehte zu ihnen herüber. Ein junger Bauernsohn hatte ihnen einen Napf Suppe gebracht, denn der Cellerar weigerte sich standhaft, seine Novizen zur Versorgung der Truppe abzustellen. Er machte Albert von Arnsberg vielmehr klar, dass er als bewaffneter Eindringling unter Todsünde stand, dass er bei sofortiger Reue, Buße und unverzüglichem Abzug nichts Besseres erwarten könne als ein langes Fegefeuer, aber der Graf hatte ihn einfach lamentieren und dann stehen gelassen.

Sie bliesen über die Holzschüsseln und behielten die Gassen und den Vorplatz im Auge. Löffel hatten sie nicht, die Suppe musste getrunken werden, aber sie war noch zu heiß.

»Wie konnte er das wissen?«, fragte Enno zum zweiten Male und der Lange hob grinsend die Schultern.

»Er wird seine Nachrichten gehabt haben. Sei froh, dass uns das vom Hals geblieben ist!«

Natürlich hatten sie angenommen, dass die Residenz verteidigt war. Dass sich Graf Moritz von Aldenborch, der von den Domherren gewählte Erzbischof, unter erheblicher Bedeckung in der Domburg befinden würde. Aber nichts davon hatte zugetroffen. Zum Glück. Graf Moritz wohnte, wie schon viele seiner Vorgänger, in einem bequemen Stadthaus in der westlichen Neustadt, im Stephanieviertel.

Es ging alles viel zu schnell, sie hatten überhaupt keine Zeit gehabt, darüber nachzudenken, erst hinterher wurde ihnen klar, wie einfach, wie lächerlich unproblematisch sie die Residenz genommen hatten. Der Graf hatte sich in die Steigbügel gestellt und mit dem Schwertknauf an das Tor geschlagen. Und dann, nach einer langen, verschlafenen Weile, hatte der Bruder Pförtner, den Knast noch in den Augen, ohne zu fragen und mit trägen Bewegungen das Tor geöffnet und die ganze Truppe war in den Hof geritten. Nur zwei, drei Bogenschützen auf den Mauern, und es hätte böse enden können.

Der Lange bezweifelte, dass Albert für diesen Fall überhaupt irgendeinen Plan gehabt hatte. Jedenfalls war von einer solchen Möglichkeit nie die Rede gewesen, aber große Pläne schien der Graf ohnehin nicht zu machen. Und nun hockten sie hier und warteten. Es ging schon gegen Mittag, als Enno den Langen in die Rippen stieß.

»Da! Sie kommen!«

Der Lange schlug sofort gegen einen Holzbalken, und nach wenigen Augenblicken tauchte der Graf mit seinem Adjutanten bei ihnen auf. Albert roch nach Zwiebeln und Wein.

»Was liegt an?« fragte er.

Der Lange wies auf die südliche Gasse. Aus Richtung Ansgaripforte[218] näherte sich ein Zug Bewaffneter, über

218) Pforte zur Schlachte

der Spitze wehte die rotgelbe Fahne des Grafen von Aldenborch.

»Da! Euer Mitbewerber um den Bischofsstuhl«, sagte Adriaan sarkastisch. Dem Langen saß der Anraunzer vom Abend zuvor noch quer.

Der Graf warf ihm einen schrägen Blick zu. Sah nach unten in die Gasse, blickte prüfend auf den verhangenen Himmel, dann kamen seine Augen zurück, sie waren kalt und abweisend. »Warten!«, knurrte er, und verschwand.

Sie sahen ihn wenig später an einer der Luken im Torhaus auftauchen, und auf den Mauern standen plötzlich mehrere Armbrustschützen, es waren die Leute, die der Graf aus Arnsberg mitgebracht hatte.

Der Trupp der Aldenborcher hatte den Vorplatz erreicht und verhielt dort im Schutz der Gasse. Eine ganze Weile tat sich nichts, bis sich schließlich vier Reiter lösten und langsam auf die Residenz zuritten. Sie sahen einen Mann mit prächtigen Federn an der Haube, das musste der Graf selber sein, dann einen Fahnenjunker mit dem gräflichen Banner, einen weiteren Offizier und einen Kuttenträger. Und jetzt sahen sie auch das Bischofskreuz auf der Brust des Grafen, es schimmerte matt im fahlen Licht, glanzlos und schal wie ein schlecht begründeter Anspruch.

Die vier hielten auf der Platzmitte in Rufweite des Torhauses, und dann trat der Fahnenjunker einen Schritt vor und rief: »Moritz, Graf von Aldenborch und gewählter Erzbischof zu Brema!«

»Man beachte die Reihenfolge!«, grinste der Lange und Enno spähte gespannt zum Torhaus, aber der Arnsberger antwortete nicht. Er beugte sich aus der Luke, sah schweigend hinunter, nahm seine Mütze ab und strich sich über die Stirn. Sie konnten ihn ganz genau sehen, er tat so, als sei überhaupt nichts vorgefallen, er ließ den Aldenborcher zappeln, es war eine offene Brüskierung und sonst nichts. Alberts kalte Rache dafür, dass die andere Seite ihn abgewiesen hatte und seit Wochen schmoren ließ. Der Fahnenjunker wandte sich unsicher zu seinem Herrn um, und auf ein Zeichen des Grafen wiederholte er seinen Ruf. Aber der Arnsberger sagte noch immer nichts.

Der Graf von Aldenborch saß wie erstarrt auf seinem Pferd, sie sahen ihn am Zügel zupfen, um zu wenden, und dann, als sie schon dachten, da käme nichts mehr, hörten sie plötzlich die Stimme des Arnsbergers. Sie klang wie die Posaunen zu Jericho. »Erzbischof von Brema wird, wer durch den heiligen Vater ernannt ist, und sonst niemand!«, kam es hell und klar durch die Stille.

Jetzt war es der Aldenborcher, der schwieg, und Enno machte die Augen scharf, denn der Mönch hinter dem Grafen kam ihm seltsam bekannt vor. Und dann, als er sich sicher war, stieß er den Langen an. »Da! Sieh doch! Ludgerus!«

Adriaan fuhr hoch. »Bist du sicher?« Er beugte sich vor und seine Augen wurden zu Schlitzen. »Tatsächlich! Diese Ratte ist wieder da«, zischte er und Enno hörte seine Zähne knirschen.

Der Benediktiner saß auf einem braunen Pferd und war, soweit sie erkennen konnten, in bester Verfassung. Die beiden Grafen sprachen jetzt miteinander, der Aldenborcher immer über seinen Fahnenträger, es ging zwischen Torhaus und Platz hin und her und schließlich einigte man sich auf ein Treffen in der Residenz. Doch die Diskussion darüber zog sich hin, sie sahen den Offizier erregt auf den Grafen einreden, er war wohl gegen den Gesprächsort, aber Moritz schüttelte mehrmals entschieden den Kopf.

Dann stellte der Arnsberger seine Bedingungen. »Nur Ihr, Euer Adjutant und meinetwegen der Mönch.«

Die unten steckten die Köpfe zusammen, und dann rief der Fahnenjunker: »Wir kommen bewaffnet!«

»Das wird Euch zugestanden.«

Sie sahen den Aldenborcher mit seinem Offizier tuscheln,

dann sagte er etwas zu dem Fahnenjunker und der wiederholte die Worte seines Herrn. Der Aldenborcher verlangte jetzt Sicherheiten. Er wollte Geiseln gestellt haben, mindestens vier und eine davon hochgeboren. Sie sollten in der Gewalt seiner Abordnung bleiben, bis er selbst und seine Begleiter die Domburg wieder verlassen hätten.

Der Arnsberger schüttelte den Kopf. »Ich brauche hier jeden Mann. Und wenn dies Eure conditio sine qua non ist, dann lassen wir es. Mein Ehrenwort auf freies Geleit ist alles, was ich Euch anbieten kann.«

Bis jetzt hatte immer nur der Junker gesprochen, die Worte gerufen, die ihm Moritz von Aldenborch vorgesagt hatte, aber nun hörten sie den Grafen selbst. Er hatte ein schwaches, quäkendes Stimmchen, es kam dünn und verweht über den Platz. »Ihr seid nicht in der Position, Bedingungen zu stellen oder abzulehnen. Glaubt nicht, dass Euch diese Mauern schützen. Ich werde nicht zögern, Euch notfalls mit Pulver und Feuer aus ihnen zu vertreiben!«

Der Arnsberger beugte sich aus der Luke. Sein Gesicht troff vor Hohn. »Ihr droht mir damit, Eure eigene Residenz in Asche zu legen?«

»Da Ihr sie als meine anerkennt, was sucht Ihr dort?«, keifte der Aldenborcher zurück.

Es gab nun ein Wort das andere, Graf Moritz sprach entweder selbst oder durch den Junker. Er war erregt, sein Pferd tänzelte nervös und er riss zornig am Zaumzeug. Albert von Arnsberg blieb ruhig, sie sahen ihn lässig über die Brüstung der Luke hängen, er wirkte wie ein gelöster Zecher auf einer Kirchweih. Es machte ihm offenbar großes Vergnügen, den anderen bis aufs Blut zu reizen.

»Ihr seid ein Usurpator, Herr! Verzeiht, wenn ich diese Residenz als die Eure bezeichnete, niemals zuvor in meinem Leben habe ich weniger Zutreffendes von mir gegeben!«

Der Aldenborcher stellte sich in die Steigbügel, sein Pferd machte einen erschreckten Tritt zur Seite, als er losschrie: »Ihr sitzt in der Falle, Herr! Das Beste, was Ihr erhoffen könnt, ist Euer Leben zu behalten!«

Der Arnsberger antwortete mit schallendem Gelächter. Es sah eine ganze Weile so aus, als sollte das Treffen doch noch platzen, denn es konnte, nach allem was vorgefallen war, unter keinem guten Stern stehen, aber schließlich beruhigte sich der Aldenborcher.

Er war am Ende mit allem einverstanden und der Graf von Arnsberg ließ das Tor öffnen. Der Junker mit seiner Fahne wendete sein Pferd und die anderen trabten los, der Aldenborcher vorneweg. Sie passierten den Südturm, auf dem Enno und der Lange hockten, und sie sahen Moritz und seine Begleiter jetzt aus der Nähe. Ludgerus sah gut genährt aus, seine Tonsur war frisch ausrasiert und er trug einen sauberen Habit aus schwarzer Wolle, das Cingulum schimmerte silbrig im fahlen Mittagslicht. Der Adjutant war ein kräftiger Bursche, seine Mütze hatte einen krempenartigen Ansatz, wie es in den Städten Mode war, der Rand beschattete das Gesicht. Und plötzlich kam von irgendwoher ein Ruf und der Mann hob den Kopf und sie sahen, dass es Ocko Hylmerisna war, der Brokmanne.

Die beiden Freunde wechselten einen Blick und Enno lief es eiskalt über den Rücken. Der kleine Trupp verschwand im Torhaus, und kurz darauf erschien ein Läufer im Südturm. Der Arnsberger befahl die Fähnleinführer in den Residenzsaal, die Ablösung hatte der Läufer gleich mitgebracht. Der Lange besah sich eine ganze Weile seine Armbänder.

»Na ja«, sagte er dann träge und erhob sich. »Haltet die Augen offen, Freunde!«, schob er noch nach und verschwand hinter dem Läufer im Treppenhaus. Enno erfuhr später von ihm, wie die Sache weiter abgelaufen war. Als der Lange den Residenzsaal betrat, war die gegnerische Delegation schon da. Einer der Offiziere des Arnsbergers schilderte ihm den Augenblick, da Moritz mit seinen Leuten in den Saal kam. Der Graf von Aldenborch warf rasche, frettchenhafte Blicke um sich, eiskalt und mit schmalen Augen, und besonders giftig sah er auf das Bett, das sich der Arnsberger neben den Thronstuhl hatte stellen lassen. Die Begrüßung war kurz, man verbeugte sich steif und frostig und setzte sich wortlos an den langen Kabinettstisch, auf jeder Seite eine Partei.

Die Vorstellung der Abordnungen erfolgte im Sitzen. Ocko nannte sich Sohn und Erbe des Keno Hylmerisna tom Brokmannia und der Graf von Aldenborch bezeichnete Bruder Ludgerus als seinen Feldkaplan. Der Arnsberger registrierte letzteres schweigend, aber mit einem kalten Lächeln. Der Lange hob an dieser Stelle den Kopf. Einen Feldgeistlichen brauchte man, wenn man sich im Feld befand. Also im Krieg! Damit war klar, wie die Sache aus Sicht des Aldenborchers stand. Dann öffnete sich eine Flügeltür und Novizen wieselten herein, Schalen mit Brot und Platten mit dampfendem Fleisch in den Händen. Der Bruder Cellerar persönlich führte eine Gruppe an, die Becher und Bierkrüge brachte. Er bediente den Aldenborcher selbst, sprach ihn mit »Eure Eminenz« an und würdigte Albert keines einzigen Blickes.

Der Arnsberger ließ ihn gewähren, er verfolgte die Abläufe mit eisigen Augen, aber ohne äußere Regung. Als sie allein waren, beugte er sich vor. »Waren es Eure Leute, die uns am Ostertor beschossen? Habe fünf Männer verloren, waren alles gute Christenmenschen.«

Der Graf von Aldenborch lehnte sich zurück. Der Lange musterte ihn verstohlen. Moritz hatte ein straffes, glattes Gesicht, das ständig zu grinsen schien, aber so war es nicht, das sah er jetzt. Die Oberlippe war zu kurz, sie ließ die Zähne frei.

In seiner Stimme klang blanker und grenzenloser Hass.

»Um Euer Gesindel ist's nicht schade. Ihr habt Euch mit Waffengewalt Zutritt verschafft. Das kostet Euch nach Bremaer Stadtrecht den Kopf!«

»Zutritt verschafft haben wir uns, das ist wahr«, räumte der Arnsberger gut gelaunt ein. »Aber nicht mit Waffengewalt. Keiner meiner Männer hatte auch nur blankgezogen.« Dann schoss sein Oberkörper nach vorn. »Und was den Zutritt betrifft, so hat ihn ein Bürger Eurer Stadt erst möglich gemacht!«

»Wir werden den Verräter finden, er ist des Todes!«, gab der Aldenborcher schroff zurück.

Dem Arnsberger rutschten die Mundwinkel in die Höhe, aber sein Gesicht blieb hart und kantig. »Seltsame Worte für einen Gottesmann. Zum übrigen wäre das alles entbehrlich gewesen, wenn Ihr, Herr, meiner Bitte nach einer Unterredung nachgekommen wäret.«

»Warum sollte ich? Denn ich habe Euch nichts zu sagen.« Moritz griff nach einer Fleischplatte und holte sie zu sich heran. Er zog eine zweizinkige Gabel aus seiner Gürteltasche und stieß damit nach einer Scheibe. »Daran hat sich bis heute nichts geändert. Ich bin lediglich hier, Euch, Herr, den Befehl zum Verlassen meiner Residenz zu geben.«

Moritz biss in das Fleisch, der Saft lief ihm aus den Mundwinkeln, er aß geräuschvoll wie ein Bauer auf seiner Tenne. Sie sahen ihm zu und hörten sein Schmatzen. Der Lange ließ den Brokmannen und den Mönch nicht aus den Augen. Ocko Hylmerisna fühlte sich erkennbar unwohl, er hockte breit und massig auf seinem Stuhl, seinen Kopf hielt er starr nach vorn gerichtet, er hatte sich bisher weder gerührt noch gesprochen.

Anders Bruder Ludgerus. Der Benediktiner gab den Blick des langen Holländers hoffärtig und arrogant zurück, drehte sich hierhin und dorthin und benahm sich auch sonst wie jemand, der sich seiner Sache sicher ist. Albert von Arnsberg blieb gelassen. Er schwieg, sah dem Aldenborcher gerade in die Pupillen, dann auf das silberne Brustkreuz, dort ließ er seine Augen lange, sie fraßen sich an dem Silber fest, hielten es gepackt und zerrten daran, bis sich der Aldenborcher unruhig auf seinem Stuhl bewegte. Der Arnsberger fixierte ihn, in seinen Augen stand Verachtung.

»*Eure* Residenz, Herr? Ihr seid ein Aufrührer und Usurpator, Gott wird Euch strafen.«

»Die Domherren haben mich gewählt!«, bellte Moritz.

»Dazu hatten sie kein Recht! Mein Herr Bruder, der Bischof von Osenbrugge, ist vom Papst als rechtmäßiger Erzbischof ernannt. Ihm und *nur* ihm gebührt der Purpur. Ich, Herr, bin hier, ihn einzufordern«, sagte Albert von Arnsberg kalt.

Damit zog er ein Pergament aus dem Ärmel seiner Bluse und faltete es auf. Der Lange sah das Siegel der Grafen von Arnsberg. Albert schob die Urkunde über den Tisch. »Wir akzeptieren Eure Amtszeit als Interregnum. Unterschreibt dieses Papier, und der Casus ist aus der Welt.«

Der Aldenborcher schmetterte die Gabel auf den Tisch. Er warf sich so heftig in seinen Stuhl zurück, dass die Verbände knackten. Dann stand er auf, die Hand am Schwertgriff. »Was untersteht Ihr Euch? Ihr beruft Euch auf das Votum eines Mannes, der eine Marionette des Königs von Frankreich ist. Der, wie seine fünf Vorgänger, nicht, wie es seine Pflicht wäre, auf dem Hügel Petri residiert, sondern dem Franzosen in Avignon den Arsch leckt. Clemens ist nicht einmal in der Lage, in seinem eigenen Stall für Ordnung zu sorgen. Ich spreche ihm das Recht ab, in unserer Diözese das Patronatsrecht auszuüben. Zudem ist er weit. *Zu* weit! Und Ihr, Herr, seid in meiner Hand!«

»Da irrt Ihr Euch!« Albert von Arnsberg war ebenfalls aufgestanden. Seine Arme hingen locker am Körper herunter. Und dann, auf irgendein Zeichen, das der Lange nicht bemerkt hatte, flog die Türe auf und zehn, zwölf

Männer stürmten in den Saal, alles Armbrustschützen, mit aufgelegten Bolzen.

Moritz von Aldenborch erstarrte, Ocko und Ludgerus saßen wie festgefroren, der Brokmanne wirkte fast so, als wäre er auf diesen Zwischenfall vorbereitet, kaum, dass er den Kopf gehoben hätte. Und während die Armbrustschützen um den Tisch herum ausfächerten, kam der Aldenborcher zur Besinnung und setzte zu einem hohen, keifenden Zetern an. »Ihr habt Euer Ehrenwort gegeben, Herr! Ihr seid ein nichtswürdiger Lump! Ihr werdet dafür büßen! Euer Kopf liegt schon in der Grube!«

Er haderte und schrie und dann hob Ocko Hylmerisna den Kopf und warf dem Grafen einen Blick zu, als wollte er sagen, ich habe dich gewarnt. Der Arnsberger ließ Moritz toben. Es dauerte eine ganze Weile, bis der Aldenborcher erschöpft auf seinen Stuhl sank und Ruhe einkehrte. Die Armbrustschützen behielten ihn und sein Gefolge in Kimme und Korn. Es hätte nur eines Winks von Albert bedurft, und die Bolzen wären geflogen.

Der Graf von Arnsberg war noch immer die Ruhe selbst, er schien wie gelöst und in diesem Augenblick bewunderte der Lange ihn. Albert ging mit kleinen, lässigen Schlenderschritten um den Tisch herum, achtete aber sorgfältig darauf, seinen Leuten nicht ins Schussfeld zu laufen. Trat in größter Gelassenheit auf den Aldenborcher zu, baute sich vor ihm auf und sah ihm geradewegs in die Augen. Er war einen Kopf größer und deutlich kräftiger als der andere, seine Stimme kam wie aus dem Eiskeller.

»Nachdem Ihr es für richtig gehalten habt, Herr, mir vor meinen eigenen Männern mehrfach und in abfälliger Weise mit dem Tod zu drohen, fühle ich mich an mein Ehrenwort nicht mehr gebunden. So verhält sich kein Mann von Stand. Und was die Ehre betrifft, so seid Ihr selbst derer verlustig, denn Ihr habt Euch in Ungehorsam gegen den heiligen Vater erhoben und lebt in der Todsünde der Ketzerei. Ihr seid ein Fall für die Inquisition, Herr! Besinnt Euch, sonst ist Euch die ewige Verdammnis sicher. Einstweilen seid Ihr mein Gefangener. Und jetzt Euer Schwert, und das Eurer Leute!«

In diesem Augenblick war dem Langen klar, dass alles genau so hatte kommen müssen. Der Aldenborcher hatte keine Wahl gehabt, er musste zu ihnen in die Residenz, in die Höhle des Löwen, und der Arnsberger, das wusste Adriaan jetzt, hatte niemals die Absicht gehabt, seinen Gegner ohne die Unterschrift unter das Pergament von dort wieder wegzulassen. Der Graf von Aldenborch seinerseits konnte das Papier nicht unterfertigen, ohne damit seine Ansprüche aufzugeben, denn ohne Zweifel sollte das Dokument seinen Verzicht auf das Amt beurkunden.

Es war vertrackt und jetzt steckten sie in einer Lage, die nicht so ohne weiteres aufzulösen war. Albert konnte nicht ewig in der Domburg sitzen bleiben, und Moritz musste jeder Tag schmerzen, den er in der Hand des Arnsbergers war. Es herrschte tiefe Stille, als sich Ocko Hylmerisna und sein Herr widerstandslos entwaffnen ließen. Man suchte und fand neben den Schwertern noch vier Dolche bei ihnen, einen hatte der Aldenborcher in seinem Gürtel versteckt. Die Klinge war so biegsam, dass sie sich an die Rundung des Körpers anpasste. Bruder Ludgerus wurde nicht visitiert, was Adriaan für einen Fehler hielt.

Albert ließ den Grafen von Aldenborch und den Brokmannen in eine Ecke des Saales abführen, dann winkte er den Mönch heran. »Ihr geht zurück und berichtet dem Führer Eurer Abordnung. Sagt ihm, dass der Graf von Aldenborch in meiner Hand ist. Er wird ehrenhaft behandelt, obwohl er es nicht verdient.« Damit langte er unter seine Bluse und zog ein zweites Pergament hervor.»Das nehmt Ihr mit. Es ist die Abdankungsurkunde des Grafen von Aldenborch als Verweser des erzbischöflichen Stuhls. Da Graf Moritz nicht bereit ist zu unterschreiben, tut es vielleicht ein anderer an seiner Stelle.«

Er hielt inne und blickte versonnen hinüber, wo sich Moritz und Ocko in einem gedämpften aber heftigen Wortwechsel befanden. Sie hörten nur Zischen und Fetzen, Ocko mit blutrotem Kopf, der Graf stand mit geballten Fäusten.

»Ich akzeptiere jedes Signum aus dem gräflichen Hause, selbstverständlich aber auch eine Erklärung der Domherren, wenn sie in meinem Sinne und einstimmig erfolgt«, fuhr Albert fort. Dann kamen seine Augen zurück, sie waren frostig und seine Stimme wurde unvermittelt so scharf, dass Ludgerus vor Schreck zusammenzuckte. »Macht Eurer Seite vor allem klar, dass sie vor Gott dem Herrn im Unrecht ist. Jeder, der den Usurpator weiter unterstützt, verliert sein Seelenheil auf ewig. Sagt das mit aller Deutlichkeit, hört Ihr?«

Und trat jetzt hart an den Benediktiner heran, ganz plötzlich und nah, Adriaan sah den Mönch zurücktaumeln. »Zum übrigen finde ich empörend, dass Ihr als Ordensmann Euch derlei andient. Ich glaube nicht, dass Ihr das Paradies sehen werdet!«

Ludgerus fasste sich unglaublich schnell. Sein Gesicht war glatt, der Ausdruck selbstgefällig. Da war sie wieder, seine hoffärtige Arroganz und die flagrante Bedenkenlosigkeit, mit der er verraten und untreu werden konnte. Er verneigte sich mit übertriebener Unterwürfigkeit.

»Der Gnade des Herrn sind keine Grenzen gesetzt, Euer Liebden. Und denkt nicht etwa, dass meine Anwesenheit mit Einverständnis zu gewissen Dingen gleichzusetzen wäre. Aber die Obrigkeit ist von Gott, und wir schulden ihr Gehorsam, wie wir Ihm gehorsam sein müssen. Jesus sagt: Gebt dem Herrn das Seine wie dem Kaiser!«

Der Arnsberger starrte ihn an. Und dann holte er ein dumpfes Bellen tief aus seiner Brust, es klang wie das

Röhren eines zornigen Löwen. »Wir reden hier nicht über Steuern, Mönch, sondern über die Begünstigung gotteslästerlicher Ansprüche. Wagt es nicht, aus mir einen Narren zu machen. Ihr seid Eures Ornats unwürdig. Und jetzt packt Euch fort!«, herrschte er Bruder Ludgerus an, und der Benediktiner entfernte sich eilig, rückwärts und mit tiefen Bücklingen.

*

Wenn jemand einem anderen sein Gut in Verwahrung gibt, so ist es rechtens, dass dieser es ihm an demselben Tage, wo er es zurückhaben will, zurückgebe, es sei denn, dass eine von den drei Gewalttaten; gewaltsamer Raub, verheerender Brand oder nächtlicher Diebstahl ihn daran verhindere (...)

Rüstringer Landrecht, 17. Küre

2.

Wyszede, Auwrekerlant,
am Tage nach Epiphanias, Anno Domini 1350
(Donnerstag, 7. Januar)

Die ersten Pestopfer in Ostfriesland waren in Wyszede im Auwrekerlant zu beklagen. Dabei starben sie nicht etwa an der Krankheit, sondern verloren ihr Leben durch die unkontrollierte Angst ihrer Landsleute.

Als Keno Hylmerisna die Nachricht erhielt, hatten die Auwreker schon gehandelt. Der Knecht eines Bauern in einem nahen Weiler war auf der Winterweide des Kirchspiels plötzlich kollabiert. Brach einfach ohne jedes Warnzeichen zusammen und blieb auf dem Gesicht liegen. Als ihn die anderen aufheben wollten, löste sich sein Kittel und gab den Blick auf seinen Rücken frei. Und dann sahen sie dort großflächige Verknotungen, Beulen und Stellen, an denen das Blut durch die Haut trat, obwohl keine Wunde zu erkennen war. Der Hof war schon verbrannt, als der Brokmanne in dem Dorf eintraf. Die Leute waren in Panik geraten, sie hatten den Knecht, den sie übrigens für tot hielten, mit den Füßen an ein Pferd gebunden und auf das Gehöft geschleift, hatten dann dort das Tor verrammelt, das Anwesen umstellt und in Brand gesetzt. Wer zu fliehen versuchte, wurde mit Steinen und Pfeilen zurückgetrieben. Der Bauer, seine Familie, das ganze Gesinde und große Teile des Viehs starben in den Flammen.

Es hatte sie alle getroffen wie ein Keulenschlag aus dunkler Nacht. Gewiss, die Pest schob sich von Süden heran, aber im Sagelterlant, wo man ihren Ausbruch am ehesten erwartet hatte, tat sich nichts und nun schlug sie kalt und unerbittlich viel weiter nördlich zu, mitten im Herzen der ostfriesischen Landgemeinden. Der Brokmanne umritt das Anwesen auf einem seiner Paradepferde. Er hatte sich ein Wolltuch über das Gesicht geschlungen, aber es half nichts gegen den beißenden Gestank von verbranntem Fleisch, Holz, Horn und Haaren, der in der Luft stand wie ein waberndes Miasma. Aber schlimmer noch, viel schlimmer, war die Angst, die mit eisigen Klauen nach den Herzen griff. Auch sie konnte man riechen, sie war da, packte den Hals und legte sich lastend auf die Brust.

Es war eine Angst, die betäubte und hilflos machte. Auf Höhe der Stallungen hielt Keno an, sah hinüber zu den rauchenden Stützpfosten, die einmal das Dach getragen hatten. Auf dem Vorplatz lagen Tierkadaver, verbrannte Schafe und Kühe. Weiter hinten zwischen den Trümmern steckte der bis auf die Knochen versengte Kopf eines Bullen, er hatte sich in seiner Todesnot mit den Hörnern absurd verdreht im Gebälk verfangen, der verkohlte Rumpf hing mit den vorderen Beinen in der Luft. Über dem Hof herrschte Todesstille, nicht einmal die Raben versammelten sich um das restliche Fleisch.

»Wo sind die Leute?«, fragte der Brokmanne zwischen den Zähnen hindurch. Seine Stimme klang dumpf unter dem Tuch, es war, als wollte er die Antwort nicht hören.

Die Auwreker sahen sich an, hoben die Schultern, und dann löste Tidard Tidesna seine Maske. Vor Mund und

Nase saß ein Wollstreifen, der mit Essig getränkt war. »Müssen noch in den Häusern sein. Ist keiner herausgekommen«, murmelte er kurz und zog das Tuch zurück.

Keno warf ihm einen scharfen Blick zu. »Findet sie. Begrabt sie. Und das Vieh!«, befahl er herrisch, aber von den Auwrekern kam kein Widerspruch.

Hylmerisna maßte sich Befugnisse an, die er nicht hatte, er war Patronatsherr und kein Richter, doch seine Begleiter hatten andere Sorgen. Es verstand sich von selbst, dass sie Leichen und Kadaver unter die Erde brachten. Tief. Besser zehn Ellen als deren neun. Aber sie irrten sich über die Beweggründe eines Keno Hylmerisna. Was sie zumindest in Teilen für christliche Barmherzigkeit hielten, war in Wirklichkeit hartes Kalkül. Dabei hatte der Brokmanne durchaus zwiespältige Gedanken. Einerseits wollte er die Pest eindämmen, vor allem dort, wo sie ihn direkt bedrohte. Zum anderen aber sah er sie als Möglichkeit, seine Macht zu fördern.

Es war wie schon immer bei großen Seuchen. Wer überlebte, gewann. Wer überlebte und groß war, wurde größer als je zuvor. Man stieß in verwaiste Einflussräume vor, gewann Pfründe, deren Vorbesitzer das Zeitliche gesegnet hatten, und kam in den Besitz von erbfreien Höfen und Land. Keno Hylmerisna war sich klar über das Spiel, das er spielen und gewinnen wollte. Überleben, dachte er. Überleben, überleben, ÜBERLEBEN!

Er griff nach seinem Tuch und zog es enger über das Gesicht. »Wer übernimmt den Hof?«

»Ich. Er grenzt an meine Scholle!«, sagte einer der Auwreker sofort, aber Tidard Tidesna hob abwehrend die Hand.

»Gemach! Es gibt einen älteren Bruder. Wiardus. Lebt irgendwo an der Ems. Kann sein, dass er kommt, kann sein, dass nicht.«

Tidesna schob seine Mütze ins Genick und kratzte sich an der Stirn. Dann warf er dem, der gesprochen hatte, einen harten Blick zu. »Wir geben ihm zwei Monde. Wenn er dann nicht hier ist, um sein Erbe anzutreten, werden wir in der Landgemeinde entscheiden.«

Der Brokmanne verhielt sein Pferd, seine Augen waren auf etwas Unbestimmtes in weiter Ferne gerichtet. »Wenn ihr euch nicht einigen könnt, lasst es mich wissen. Es soll euer Schade nicht sein. Ich zahle einen guten Preis«, sagte er undeutlich, aber niemand antwortete ihm.

In den folgenden Tagen blieb es ruhig, es traten keine weiteren Fälle der Seuche auf, doch die Ruhe war trügerisch. Die Auwreker Richter berieten über die Folgen der Verbrennung, sie kannten die Leute, die sie verübt hatten, denn jeder wusste, wer auf der Weide gewesen war, um das Vieh zu hüten.

Es gab natürlich jene, die das Drama angeführt hatten, und es gab solche, die einfach mitgerissen, mitgetrieben worden waren. Aber eines galt für sie alle: Sie hatten nicht aus Niedertracht gehandelt, sondern aus tiefer, hündischer, kopfloser Angst. Was also sollten die Richter tun? Sie befahlen den Männern, die Spuren ihrer eigenen Panik zu beseitigen. Die Toten und Tierkadaver zu begraben, das Anwesen aufzuräumen und die Schäden auszubessern. Dabei beließen sie es. Sie wendeten sich ihrem Tagewerk zu. Und warteten.

*

Die beiden Streitparteien waren noch einmal direkt aneinandergeraten, zwei Tage nach dem Christfest Anno 1349, als die Truppe des Grafen Albert von Arnsberg die erzbischöfliche Residenz in Brema bei Nacht und Nebel verlassen musste. Die Lage hatte sich zugespitzt, nachdem der Arnsberger seinen Widersacher, den Erzbischof, mitsamt Adjutant in der Domburg festgesetzt hatte. Der Aldenborcher hatte getobt vor Wut, zum Schluss sogar Tränen in den Augen gehabt, während der Brokmanne den Arrest mit einer stoischen Ruhe hingenommen hatte, die fast an Resignation erinnerte. Die beiden wurden im Ostflügel der Residenz in getrennte Kammern gesperrt.

Es waren Räume mit vergitterten Fenstern, die hoch über dem Burggraben lagen. Der Graf von Arnsberg ließ Posten aufziehen, weil er dem Bruder Cellerar zu Recht nicht traute. Der Mönch blieb ein ständiger Quell der Unruhe. Er hofierte den gefangenen Erzbischof in nahezu obszöner Weise, nannte ihn »Eure Heiligkeit« und musste fast mit körperlicher Gewalt dazu gezwungen werden, den Schlüssel zur Kammertür des Aldenborchers herauszugeben. Nach jeder gebrachten Mahlzeit setzte er den Wachposten zu, verfluchte sie wegen der Haft des Kirchenfürsten, der doch auch der ihre sei und drohte ihnen mit Hölle und Verdammnis, bis Albert die Geduld verlor und dem Mann verbot, den Ostflügel zu betreten. Gut möglich, dass es noch besser gewesen wäre, ihn ebenfalls einzusperren.

Denn es gab Hinweise auf konspirative Kontakte zwischen dem Cellerar und Ludgerus. Der zum Feldkaplan des Aldenborchers avancierte Benediktiner kannte offenbar Wege, durch die besetzten Mauern und an den Wachposten vorbei mit dem Residenzkapitel in Verbindung zu treten.

In einem Streitgespräch mit dem Arnsberger verriet sich der Cellerar, indem er dem Grafen höhnisch vorrechnete, dass sich die Truppen seines Gegners inzwischen mehr als verdoppelt hätten. »Das Ende Eurer frevlerischen Auflehnung ist nahe!«

Albert hatte ihn angestarrt, in seinen Augen eine Mischung aus Ekel und Verachtung. »Woher habt Ihr Eure Weisheiten?«

Der Cellerar hatte den Blick zurückgegeben, blasiert und selbstgerecht, mit der dünkelhaften Arroganz dessen, der sich überlegen weiß. »Was Gott weiß, teilt er seinen

Treuesten mit. Danach denen, die letzteren dienen. Es wird erleuchtet, wer erwählt ist. Derlei muss Euch für immer verschlossen bleiben.«

Der Graf hatte eine Bewegung gemacht, als wollte er den Mönch schlagen, sich dann wohl besonnen und dem Cellerar lediglich rüde angefahren: »Es mag sein, dass *Euer* Gott Euch erleuchtet. Der Gott der Christenheit, *mein* Gott, hat kein Licht für Euresgleichen. Eure Schlechtigkeit, Eure Hoffart als Mensch, wird lediglich von Eurer Unfähigkeit als Priester übertroffen. Seid gewiss, dass Ihr am Jüngsten Tag keine Gnade finden werdet!«

Der Arnsberger und seine Leute warteten in den nächsten Tagen, ihre Ungeduld stieg, aber es tat sich nichts vor den Toren der Residenz. Auch Bruder Ludgerus blieb verschwunden, er kam weder mit der unterzeichneten Abdankungsurkunde zurück noch brachte er irgendeine andere Botschaft. Drei Tage nach dem Fest der heiligen Lucia[219] tauchte ein einzelner Reiter vor der Domburg auf. In der Nacht war viel Schnee gefallen, er lag knietief unter dichtem Nebel und dämpfte den Schritt des Pferdes derart, dass der Fremde erst bemerkt wurde, als er mit dem Schwertknauf gegen das Tor pochte. Der Mann überbrachte eine Note des Magistrats von Brema, die besagte, dass über die Forderungen des Arnsbergers nach Abdankung des Erzbischofs in der Stadt keine Einigung zu erzielen sei. Die Domherren seien darüber im Streit und der Magistrat selbst sehe sich nicht entscheidungsbefugt. Das Pergament schloss mit der Bitte, die Besetzung der Residenz rasch aufzugeben.

»*Nachdem wir durch das unglückliche Feuer in der östlichen Vorstadt und die Vorgänge um Euer Liebden Penetration in beklagenswerter Weise geschädigt sind, bitten wir Euer Liebden inständig, den* Casus *bald und ohne weitere Opfer zu endigen. Möget auch bedenken,*

219) 13. Dezember

dass Eures Herrn Bruders Ansprüchen, ohne sie hier zu wägen, durch fortgeführtes Blutvergießen kein guter Dienst zu erweisen ist!«

Der Arnsberger fluchte und wartete weiter. Wartete vergeblich. Am Weihnachtstag ließ er seine beiden Gefangenen aus ihren Kammern holen und nahm gemeinsam mit ihnen und seinem Stab das Festmahl ein. Das Essen vollzog sich in einer eisigen Atmosphäre, gesprochen wurde nur, um die Novizen zum Nachlegen oder Nachschenken aufzufordern. Der Lange ließ seinen Blick nicht von dem Brokmannen, der schnaufend und schmatzend die Bratenscheiben vertilgte, ohne ein einziges Mal aufzusehen. Am Ende sprach Albert von Arnsberg den Tischsegen, zu dem sein Stab aufstand, während der Erzbischof und sein Adjutant mit kalten Augen sitzen blieben.

In der Nacht nach dem Johannistag[220] holten sie die beiden aus ihren Kammern. Es war der lange Adriaan, der den Auftrag hatte, sich um den Brokmannen zu kümmern. Er fasste Ocko nicht eben gerade zart an und ehe Hylmerisna gebunden war, kam es zu einem Handgemenge, bei dem der Brokmanne einen Zahn verlor. Sie ritten durch den immer noch ellenhohen Schnee, überwanden ohne Mühe den Posten am Ostertor und querten die Weser über die Schlachtebrücke nach Süden. Erst in der Vorstadt galoppierten sie an, ließen die in nächtlichem Dunkel liegenden dörflichen Randbezirke hinter sich und erreichten ihr Lager noch vor dem Morgengrauen.

Der Arnsberger persönlich löste hier die Fesseln der beiden Gefangenen. Dann hielt er eine Rede. Er sagte nicht viel, aber seine Sätze kamen messerscharf. Sie stachen wie Eiskristalle in einem Wintersturm. Über die letzten Worte wandelte sich seine Stimme in ein drohendes Fauchen. »Dies hier endet die Ansprüche meines Bruders keinesfalls. Sie gründen auf seiner Erhöhung durch den heiligen

220) 27. Dezember

Vater. Ich werde nicht nachlassen, sie ins Werk zu setzen!«

Der Aldenborcher schwieg, aber in seinen Augen war blanker, kaltgeschmiedeter, grenzenloser Hass. Und auf seinem Gesicht stand ein höhnisches Grinsen, das den Arnsberger besonders schmerzen musste. Als Graf Moritz abritt, folgte ihm der Brokmanne wie ein Rudeltier dem Leitwolf.

So war das gewesen und nun, im Frühjahr Anno 1350, war alles wieder so wie im letzten Herbst. Der Aldenborcher und seine Leute waren in der Stadt, der Arnsberger und seine Truppe davor, letztere inzwischen um die Bauern dezimiert, die wieder zurück zu ihren Feldern mussten. Man ging sich wie immer aus dem Weg, nur solche Zwischenfälle wie dieser Zweikampf brachten die beiden Parteien zusammen. Er schien im Übrigen ein Omen für den weiteren Verlauf der Dinge zu sein, ein böses Vorzeichen. Unterlag der Friese, der ein Gefolgsmann des Arnsbergers war, und siegte der Falkner des Aldenborchers, dann sahen nicht wenige darin ein Menetekel, ein Feuerzeichen gegen die Pläne des Bischofs von Osenbrügge. Und einen Beweis für die Ohnmacht des Papstes.

Enno gab den Kampf für den Friesen verloren. Der Mann war gewiss kein Schwächling, aber jetzt deckte ihn sein Gegner mit prasselnden Schlägen ein. Tief geduckt, fast auf den Knien, mühte sich der Angegriffene verzweifelt, sein Schwert zwischen sich und die Hiebe des anderen zu bringen.

Beide Kämpfer hatten ihre Schilde längst aufgegeben. Die Reste lagen, in Stücke zerhauen, verstreut auf dem Platz. Sie mussten ihre Klingen mit beiden Händen führen, die Kraft für einen einhändigen Kampf hatte keiner mehr. Der Friese war ein älterer Mann, er blutete aus vielen Wunden und es war abzusehen, dass er in seiner

Erschöpfung die Angriffe des anderen sehr bald nicht mehr würde parieren können.

Sein Gegner, ein Falkner aus dem Gefolge des Grafen von Aldenborch, war deutlich jünger und schwerer als der Friese. Er begleitete jeden seiner Schläge mit einem wütenden Knurren. Sein hochroter Kopf deutete an, dass es auch bei ihm an die Reserven ging, aber es gab für niemanden auf dem Kampfplatz einen Zweifel: Er würde gewinnen. Der Aldenborcher wurde von seinen Leuten frenetisch angefeuert, jeder seiner Schläge rief wilden Jubel hervor. Die Friesen schwiegen finster, sie sahen ihren Mann um sein Leben kämpfen und es war keiner unter ihnen, der noch die kleinste Münze für ihn gegeben hätte.

Dem Zweikampf war zunächst ein Verbrechen, und, in dessen Folge, ein langer Rechtsstreit vorausgegangen. Sein Ausgangspunkt war ein Dorf in Rustringe, dem Heimatort des Friesen. Dem Falkner wurde vorgeworfen, während der herbstlichen Beizjagd[221] die Tochter des Friesen beim Pilzsammeln getroffen zu haben. Er habe das zu diesem Zeitpunkt zwölfjährige Mädchen dann in ein Gebüsch gezerrt und dort so brutal vergewaltigt, dass das Kind an den Folgen verstarb. Knechte eines Bauern aus der Nachbarschaft waren zwar nicht Zeugen des Verbrechens selbst gewesen, hatten jedoch den Falkner beim fluchtartigen Verlassen des Buschgeländes beobachtet und auf ihren Eid genommen, dass die Beinkleider das Mannes in Unordnung und die Verschnürung seines Hosenlatzes noch nicht wieder geschlossen gewesen sei. Der Falkner brachte seinerseits Zeugen, die das Gegenteil beschworen. Der Mann habe die Jagdgesellschaft zu keiner Zeit verlassen, noch weniger sei er im besagten Buschgelände gewesen.

Da nun Aussage gegen Aussage stand, verlangte der

221) Jagd mit Greifvögeln

Vater eine Bahrprobe[222], worin die Gegenseite nach einigem hin und her einwilligte. Das Mädchen wurde in der Dorfkirche aufgebahrt, seine Verletzungen, soweit schicklich, freigelegt. Als der Falkner an die Bahre herantrat, blieben die Wunden zwar blutleer, aber zum Entsetzen aller rollte plötzlich der Kopf der Leiche zur Seite und richtete sich auf den Mann. Umstehende schworen, dass die Augenlider des toten Mädchens geflattert haben sollen. Der Friese war so außer sich, dass er den anderen schon in der Kirche angriff. Nur mit Mühe konnte er davon abgehalten werden, dem Aldenborcher an die Gurgel zu gehen.

Noch auf dem Kirchplatz forderte er den Falkner zum Zweikampf. Er verlangte den Waffengang als Gottesurteil. Aber der Aldenborcher wollte nicht. Oder er durfte nicht wollen. Es gingen Gerüchte, sein Herr, der Graf, zugleich Erzbischof von Brema, strebe danach, in dieser Angelegenheit unnötiges Aufsehen zu vermeiden. Er hatte genug Schwierigkeiten, als Vertreter des Adels, mit seinem Amt, in Stadt und Land und überhaupt. Dem Vernehmen nach hatte der Graf den Falkner nach dem Vorfall sogar mit einem Stock verprügelt, so erbost war er über die Sache. Und er hatte ihm wohl aufgetragen, die Angelegenheit aus der Welt zu schaffen, irgendwie, vor allem ohne Öffentlichkeit. Er hatte dem Falkner ein ahnsehnliches Stück Bremisches Silber, zu diesem Zweck von dessen Löhnung einbehalten, zur Verfügung gestellt, um den Friesen mit einem Friedensgeld zu beruhigen.

Aber der blieb stur. Er warf dem anderen Feigheit vor. Schlimmer, er tat dies auf Plätzen und in Kirchen, zuletzt in einem Gottesdienst seiner Dorfgemeinde, und er

222) Vorgang, bei dem der Beschuldigte an die aufgebahrte Leiche herantrat. Er legte dann seine Hand auf die Wunde der Leiche und schwor mit einer festgelegten Formel seine Unschuld. Trat Blut aus, galt der Täter als überführt.

legte in klaren Worten dar, was er von Herren hielt, die »memmenhafte« Untergebene deckten. Noch schlimmer, er machte den Bestechungsversuch des Aldenborchers öffentlich und schuf damit viel Unruhe. Spätestens jetzt war der Casus nicht mehr nur die Angelegenheit der beiden Kontrahenten. Es schloss sich eine Diskussion an, in der die zuständigen Gerichtsherren hitzige Debatten über Ebenbürtigkeit, das Recht zur Forderung zum Zweikampf und das Verbot der Kirche zu Gottesurteilen führten. Am Ende setzte der Friese sich durch. Er bekam den Gerichtskampf, in dem er durch einen Sieg die Ehre seiner Familie wiederherstellen und Genugtuung für sein totes Kind erwirken wollte.

Danach sah es nicht aus. Im Gegenteil. Man hörte das wütende Knurren des Falkners und das verzweifelte, pfeifende Keuchen des Friesen, der mit letzter Kraft kämpfte.

Beide waren der Ordnung entsprechend nur in Leder und Wolle gekleidet und mit Schwert und Dolch bewaffnet. Kopf und Füße waren bloß und die Hände lediglich durch dünne Fingerlinge geschützt. Beide Kämpfer hatten auf den Sekundanten verzichtet, der, mit einer Holzstange bewaffnet, seinem Mann im Falle eines Sturzes, einer Verwundung oder der Aufgabe durch das symbolische Vorstrecken der Stange vor weiteren Angriffen bewahren sollte. Der Falkner, weil er sich überlegen fühlte, der Friese in dem festen Willen, den Tod seiner Tochter mit aller Konsequenz zu rächen. Das Gefecht sollte also bis zum bitteren Ende geführt werden.

Dieses Ende schien nun nahe. Die Lederjacke des Friesen war zerfetzt, seine Schutzstulpe für den Schwertarm hing in Streifen herunter, die unbedeckten Stellen des Arms waren blutig. Über seiner Stirn klaffte eine Wunde, die Folge eines Hiebes, den er nicht vollends hatte abwehren können. Eine breite Blutbahn lief ihm über das Gesicht, er wischte sich immer wieder die Augen und verteilte so das Blut, sein Kopf sah aus, als sei er in einen Bottich mit roter Farbe getaucht worden. Wenn dem Friesen nicht, und zwar sehr bald, noch ein glücklicher Hieb gelänge, dann gäbe es für ihn keine Rettung mehr.

Der Aldenborcher hatte sich für eine Weile zurückgenommen, um Kraft zu sammeln, er machte jetzt einen plötzlichen Ausfall und drang mit wilden Schreien auf den Friesen ein, trieb ihn vor sich her. Die Schläge kamen so rasch, dass der Angegriffene in seiner Verzweiflung zurücktaumelte und floh, wo er nicht parieren konnte. Der andere setzte nach. In einer Instinktbewegung wich der Friese einem fürchterlichen Hieb aus, drehte dem Falkner kurz den Rücken zu und wurde von der flachen Klinge erwischt, die ihm die Jacke aufriss.

Die Leute des Aldenborchers johlten vor Freude und schrien ihren Mann nach vorne. »Mach ihn fertig, Roleff! Hau ihn um!«

Der Friese stolperte gegen die Truppe des Grafen und wurde in den Ring zurückgestoßen. Er mühte sich vergebens, einen Sturz zu verhindern, brach in die Knie, fiel dann vornüber und lag jetzt so, dass der Falkner ihn wie auf dem Präsentierteller geliefert bekam.

»Es geht zu Ende«, sagte Enno heiser, aber der Lange knurrte nur.

Er sah hinüber zu Ocko Hylmerisna. Der Brokmanne stand mitten unter den Aldenborchern, das Gesicht im Schrei verzerrt, die Augen weit aufgerissen, der Kopf zum Platzen feist auf dem stiernackigen Hals. Erneut wunderte sich Adriaan über die flagrante Bedenkenlosigkeit, mit der sich Ocko auf die Seite der Sachsen gestellt hatte. Er war aus Machtkalkül Gefolgsmann des Erzbischofs von Brema geworden, obwohl er wusste, dass viele seiner friesischen Landleute ihn ablehnten. Und er würde mit der gleichen Unbekümmertheit erneut das Lager wechseln, wenn dies zu seinem Vorteil war.

Auch sein Dienst als Vasall des Grafen Moritz von Aldenborch hatte sich für den Brokmannen bezahlt gemacht. Er bezog ein Salär als dessen Adjutant und konnte zudem hoffen, dass ihm der Aldenborcher in Ostfriesland notfalls den Rücken stärkte. Vielleicht konnte Ocko dort mit einem solchen Verbündeten an der Seite seine Machtpläne zielstrebiger ins Werk setzen. Er hatte in kürzester Zeit wettgemacht, was die Hylmerisna, was sein Vater Keno durch den Tod des Erzbischofs Otto für sein Haus verloren geglaubt hatten. O ja, der Brokmanne war ein gefährlicher Mann, ein mehr als ernstzunehmender Gegner.

Das Johlen der Aldenborcher auf dem Kampfplatz steigerte sich zu rasendem Gebrüll. Ocko Hylmerisna schrie mit einem Kopf, der aussah wie eine zum Platzen gefüllte Schweinsblase. Der Falkner nahm sich Zeit. Er hatte den Friesen reglos vor sich auf dem Boden liegen, das Schwert wohl unter sich, denn es war nicht zu sehen, das Gesicht im Dreck, nur der Rücken hob und senkte sich über pumpenden Lungen.

Jeder auf dem Platz sah es: Der Mann war fertig. Erledigt. Der Falkner sah es ebenfalls. Er näherte sich trotzdem vorsichtig, mit kleinen Schritten, das Schwert zitterte leicht in seiner Faust. Es war klar, auch der Aldenborcher war am Ende seiner Kraft. Ihre letzten Reste sammelte er jetzt für den Schlag, der dieses Gefecht beenden sollte. Denn so war es vereinbart. Kampf bis zur letzten Konsequenz. Keine Schonung, keine Gnade. Auch der Friese, gerade er, hatte es so haben wollen. Nun sollte er die Folgen kosten.

Aber der Falkner machte in seiner Erschöpfung einen schweren Fehler. Er näherte sich nicht vom Kopf her, sondern trat seitlich an die Füße des Friesen heran. Zögernd, halb taub für die Anfeuerungsschreie seiner Leute, halb unfähig, sie in Kraft umzusetzen, hob er sein Schwert mit beiden Händen. Und dann, in einer furiosen Bewegung, drehte der Friese sich auf den Rücken, richtete sich auf, und mit gleichem Tempo fuhr sein Arm herum und führte das Schwert mit einem blitzschnellen Schlag gegen den Falkner, traf ihn am Bauch und riss ihm den Leib in einem fürchterlichen Schnitt auseinander. Graues Gedärm brach aus der Wunde, ergoss sich in einem blutigen Sturzbach auf den Boden, während der Aldenborcher immer noch glotzte, das Schwert mit beiden Händen hoch über dem Kopf.

Und im gleichen Augenblick kam der Friese auf die Füße, führte den zweiten Hieb, trennte beide Hände des anderen von den Armen und erst jetzt, mit Augen, die nichts begriffen, brach der Falkner in die Knie. Der nächste Schlag spaltete seinen Kopf und dann stürzten Friesen vor, darunter Enno und der Lange, und hielten ihren Mann zurück, der nicht aufhören wollte und den anderen wie im Blutrausch wohl zerhackt hätte, zerlegt in kleine, handliche Stücke wie ein aufgebrochenes Wild.

Auf dem Platz war Totenstille. Aldenborcher und Friesen standen wie erstarrt, die Hände an den Schwertgriffen, und es hätte wohl nur eines Funkens bedurft, eines Wortes oder einer Geste, um aus dem Zweikampf ein Massengefecht zu machen. Und dann, ganz allmählich, löste sich die Spannung und die Aldenborcher nahmen ihren Mann und schlugen ihn in eine Decke. Danach leerte sich der Platz in wenigen Augenblicken. Es war als flüchteten die Menschen von einem verfluchten Ort.

*

Die Pest fiel über Ostfriesland her wie in Zorn geratene Naturgewalten. Sie hatte sich von Süden herangeschoben, aus dem Sagelterlant, wo sie zunächst in dubiosen Einzelfällen aufflackerte, ohne wirklich auszubrechen.

Dann dieses unglückselige Ereignis in Wyszede, wo Bauern, kopflose vor Angst, eine ganze Familie samt Hof und Stallungen verbrannte, weil sie glaubten, die Pest habe sie befallen. Das alles hatte die Menschen beunruhigt, aber sie waren mit ihrem täglichen Lebenskampf zu beschäftigt, um sich wirklich zu sorgen.

Dazu hatten sie nun jeden Anlass. Im Sagelterlant waren innerhalb weniger Wochen ganze Dörfer ausgelöscht. Die Feldarbeit kam nahezu zum Erliegen. Das Vieh verreckte auf dem Weiden, weil niemand es mehr versorgte. Schlimmer waren die in Häusern und auf Wegen liegenden Leichen, die keiner mehr begrub. Es gab Akte unglaublicher Tapferkeit, Menschen, die in Todesangst ausharrten, um andere zu pflegen. Und es gab hündische Feigheit, Eltern, die sich weigerten, ihren kranken Kindern beizustehen und Pfarrer, die ihre Gemeinden schmählich im Stich ließen, sich bei Nacht und Nebel aus ihren Kirchen stahlen und spurlos verschwanden.

Fortschreitende Verwahrlosung griff um sich und bedrohte jegliche Form von Ordnung. Sehr rasch zeigte sich, dass die das allgemeine Leben schützenden Regeln an Bedeutung verloren. Die Menschen zogen sich auf ihre Anwesen zurück, Handel und Warenverkehr brachen weitgehend zusammen, Rechtspflege im kodifizierten Sinn fand nicht mehr statt. Es bildeten sich marodierende Banden, die leere Häuser und verwaiste Höfe plünderten. Sie machten auch vor Anwesen nicht Halt, deren Bewohner noch gegen die Seuche zu kämpfen hatten, sondern erschlugen die Menschen auf dem Krankenlager, bevor sie sich griffen, was ihnen wertvoll erschien.

Die Bauern bewaffneten sich und ihre Knechte, um sich gegen solche Übergriffe zu verteidigen. Gefasste Marodeure, Mörder und Plünderer wurden an Ort und Stelle hingerichtet. Nicht nur, um Untaten zu sanktionieren, sondern vor allem in dem verzweifelten Bemühen, ein Mindestmaß an öffentlicher Stabilität zu erhalten. Nach einem Überfall auf die Abtei von Fallerna[223], bei dem zwei

223) Faldern, westlich von Emden. Franziskanerkloster, im Rahmen der Bildung des Dollart untergegangen.

Mönche ermordet und mehrere Laibe Käse geraubt worden waren, mussten sich selbst die Klöster schützten. Sie bezahlten Trupps, die ihr Gelände bestreiften und jeden vertrieben, der sich ohne erkennbar friedlichen Anlass näherte. Hieraus entwickelte sich ein lohnendes Geschäft, das auch den Brokmannen interessierte.

Keno Hylmerisna holte nachgeborene Bauernsöhne seiner Landgemeinde zusammen und bot ihnen bei freier Kost ein kleines Stück Hacksilber pro Woche für diesen Waffendienst. Die Abteien in Marienthal und Marienkamp stellten sich unter seinen Schutz. Abt Eghardus dagegen, der Prior des Klosters in Ihlo, lehnte das Angebot des Brokmannen schroff ab.

»Es gab eine Zeit, da das Gebet gereicht hätte, derlei zu entlohnen. Das verdammte Geld hat die Welt verdorben, mit allem, was in ihr ist. Auch dich! Dich vor allem!«, hatte der Abt mit rotem Hals gedonnert.

»Ich muss die Leute auch bezahlen, verstehst du das, Abt? Und von Gebeten wird man nicht satt«, hatte Keno Hylmerisna ungerührt geantwortet.

»Dann scher dich zum Teufel!«, hatte Eghardus geschrien.

Magnus tom Diek sagte dem Kloster Ihlo seinen Schutz zu. Enno stellte einen Wachtrupp aus Knechten des Hairlinger Gesindes zusammen. Die Leute nahmen im Vorwerk der Abtei Quartier und begleiteten die Mönche bei allen Arbeiten, die außerhalb der Klostermauern verrichtet werden mussten. Magnus war froh, seinen Sohn und den langen Adriaan gerade jetzt wieder in seiner Nähe zu haben. Er hatte den noch immer ungelösten Streit um die Nachfolge des verstorbenen Erzbischofs von Brema aus tiefstem Herzen verurteilt. Dass sein Sohn und der lange Holländer aktiv für den Arnsberger Partei ergriffen hatten, verstand er, aber die möglichen Folgen hatten ihn geängstigt. Ein unglücklicher Schwerthieb, ein Pfeil oder Armbrustbolzen, gezielt oder verirrt, konnte alles zerstören, worauf er für die Zukunft hoffte.

Gottlob hatte sich die Sache Ausgang des Winters von selbst erledigt. Der Graf von Arnsberg hatte wohl eingesehen, dass er für diesmal nichts ausrichten konnte. Er hatte seine ostfriesischen Truppen nach Hause geschickt, und sich selbst mit seinen Leuten ebenfalls auf den Heimweg gemacht. Noch ein letztes Mal war er mit seinem ganzen Aufgebot über die Schlachtebrücke geritten, war dann am Ostertor nach Osten geschwenkt und hatte sich die verbrannte Vorstadt angesehen, wo nach Frostende der Wiederaufbau begonnen hatte. Die Maurer und Zimmerleute arbeiteten emsig, aber dahinter standen mit einem Mal die Posten des Aldenborchers, schweigend, mit finsteren Gesichtern. Und während der Arnsberger die Stadt umrundete, folgten sie ihm auf der Stadtmauer, ließen ihn nicht einen Wimpernschlag aus den Augen.

Und schließlich, als sie die Brücke wieder erreicht hatten, war Albert von Arnsberg in den Steigbügeln aufgestanden und hatte mit volltönender Stimme den Anspruch seines Bruders erneut bekundet. Von oben kamen einige Schmährufe, sonst blieb es still. Dann hatte der Arnsberger ein Zeichen gemacht, und sein Fahnenjunker hatte eine gesiegelte Pergamentrolle über die Mauer geworfen, wahrscheinlich war es eine Kopie von denen, die er zuvor dem Aldenborcher unter die Nase gehalten hatte. Von oben waren ein paar Pfiffe zu hören gewesen. Dann hatte es nicht lange gedauert und das Pergament kam zurückgeflogen, fiel auf den Boden und rollte dem Gaul des Arnsbergers zwischen die Vorderhufe, ganz so, als wollte sie sich wieder in die Obhut ihres Besitzers begeben.

Und dann, als jeder erwartet hatte, der Graf von Arnsberg werde dem Junker befehlen, die Rolle aufzuheben, wendete der sein Pferd und ließ das Pergament, wo es war. Er wollte wohl nicht den Eindruck erwecken, als nehme er mit der Rolle auch den Anspruch seines Bruders zurück. So war das gewesen und am nächsten Tag trafen Enno und der Lange wohlbehalten in Eesensem ein. Die Freude in der Familie war grenzenlos, die hochschwangere Wiska war vor Erleichterung in Tränen ausgebrochen, und die Tenne sah ein rauschendes Fest für das ganze Gesinde.

Und dann, wenige Wochen später, kam die Pest. Sie schlug erbarmungslos zu, auch bei den Hairlingern. Magnus tom Diek hatte alle Hände voll zu tun, die Dinge des täglichen Lebens zu regeln. Immer wieder erreichten ihn Schreckensmeldungen von umliegenden Höfen, wo die Seuche ausgebrochen war. So gut es irgend ging, trennte seine Frau Almeth die Kranken von den Gesunden und organisierte gemeinsam mit Bruder William die Pflege, während Magnus und Enno versuchten, die notwendigen Arbeiten auf den Feldern und die Versorgung des Viehs zu bewältigen. Es war schwer genug und vieles gelang nicht, weil es einfach ihre Kräfte überstieg.

Der Lange blieb in dieser Zeit auf seinem Hof in Ochterszem und kümmerte sich zusätzlich um den südlichen Teil der Landgemeinde. Seinen Knecht hatte er mit Familie auf ein Gehöft geschickt, dessen Gesinde innerhalb weniger Tage von der Pest hinweggerafft worden war. Als Adriaan nach einer Weile einsah, dass es er allein nicht schaffte, schickte ihm Magnus zwei Helfer auf den Hof. Mehr konnte er nicht entbehren. Es waren Monate voll Mühsal, und über allem schwebte die ständige Sorge, man selbst oder ein nahestehender Mensch werde erkranken.

Mitten hinein in dieses Jammertal gebar Wiska ihren Sohn. Die Geburt war leichter als erwartet, und der kleine Magnus Ayderd warf einen hellen Lichtstrahl in eine dunkle Zeit, in der Leben ward, während es an anderer Stelle mit größter Selbstverständlichkeit unter Qualen verging. Es war auch eine Zeit, in der man aus Angst vor Ansteckung Kontakte vermied, aber zur Tauffeier des kleinen Magnus Ayderd tom Diek war die Kirche in Eesensem gesteckt voll. Magnus hielt seinen Enkel voller Stolz auf den Armen, und Wiskas Augen strahlten mit denen des jungen Pfarrers um die Wette.

Sogar der Brokmanne schickte seinen Handmann und Schwager Uffo Remetsna in den Taufgottesdienst, er selbst ließ sich mit Hinweis auf die unruhigen Zeiten entschuldigen. Von seinem Sohn Ocko war keine Rede. In der Predigt sprach Bruder William sehr einfühlend über das Geschenk der christlichen Geburt und das Sakrament der Taufe, aber dann trugen ihn seine Gedanken davon. Es war totenstill in der Kirche, als er plötzlich über die Gottgefälligkeit der kindlichen Unschuld sprach, und dieser mit scharfer Stimme die Verderbtheit der Erwachsenen gegenüberstellte.

»Christus spricht: Lasset die Kindlein zu mir kommen, denn ihrer ist das Himmelreich«, sagte der Mönch spröde. Er traf einen Ton, den die Gemeinde nicht an ihm kannte, und der sie fatal an seinen Vorgänger, Bruder Ludgerus, erinnerte, an eine Art der Amtsführung, die sie der Vergangenheit zugehörig geglaubt hatte. Und jetzt sah sie diesen Jüngling von Kirchspielpfarrer, der scharfe Kerben um den Mund trug, und den das ganze Elend, die Last der letzten Wochen ebenso niedergedrückt hatte wie sie selbst. Seine tauige Frische, die jugendliche Unbekümmertheit war für den Moment einer kühlen Distanz gewichen, die ihn mit Bedacht Worte wählen ließ, von denen er wusste, vielleicht sogar wollte, dass sie ängstigten.

»Im Verlaufe seines Lebens steht der Mensch in der Gefahr zu verludern. Es ist eben diese Verrohung, die ihn etwa lehrt, mit glatter Stirn und rosigen Wangen zu lügen, eine Fähigkeit, die wir als Kinder nicht besaßen. Daraus könnte man schließen, dass unsere Entfernung von Gott mit dem Lebensalter wächst.«

Er unterbrach sich und sah in das Kirchenschiff, wo sich

ihm viele blasse Gesichter entgegenreckten. In manchen schwammen die Augen und vereinzelt war Schluchzen zu hören.

»So gesehen mag vieles dafür sprechen, als Kind zu sterben«, fuhr der Mönch nüchtern fort, und dann traf ihn der Blick aus Wiskas Augen, und sein Gesicht entspannte sich in einem Lächeln. Mit einem Schlag war seine Jungenhaftigkeit wieder da, die unbeschwerte Fröhlichkeit, mit der er die Herzen seiner Schafe wie im Sturm erobert hatte. »Dieser Sichtweise sich anzuschließen hieße jedoch, sich gegen den Auftrag des Herrn zu wenden, der von uns fordert, ein langes Leben in Zuwendung zu Ihm und seinen Geboten zu führen. Also: Gehet hin und werdet alt, gerade in dieser schlimmen Zeit. Werdet alt und bleibt Kinder, gehorcht dem Herrn und lobet ihn an jedem Tag!«

Dann wendete er sich mit einer raschen Bewegung an den Schlot des Kirchspiels, Willem Woniken, der irgendwo in der Reihe vor ihm hockte. »Und du, Willem, mach die Klüsen auf! Schlafen kannst du zu Hause!«

Da brandete Gelächter auf in der Kirche, es war wie ein befreiender Sommerregen nach langer Hitze, der für wenige Augenblicke die Last von jedermanns Schulter nahm.

*

In diesen Tagen verteilte der Herr seine Gunst auf eine Weise, die geeignet war, an ihm zu verzweifeln. So schienen gerade die Rechtschaffenen besonders von der Pest betroffen zu sein, während die Sünder sogar eher Vorteile von der Seuche hatten.

Denn es trat ein, was Magnus tom Diek seit langem befürchtet hatte. Seine Frau Almeth trug die Hauptlast der Krankenpflege, und zwei Tage vor dem Fest des heiligen Apostels Barnabas[224] erfasste sie plötzlich hohes Fieber. Danach setzte heftiger Schüttelfrost ein. Als Magnus

224) 11. Juni

sie entkleidete, sah er die Bubonen[225] in der Leiste und unter ihren Achseln. Er übertrug Enno alle Arbeiten und versorgte Almeth in ihrer gemeinsamen Schlafkammer. Magnus blieb an ihrer Bettstatt bis spät in die Nacht, schlief dann einige unruhige Stunden auf der Tenne. Am nächsten Morgen zeigten sich weitere Schwellungen an Almeths Hals. Sie klagte über Leibschmerzen und Durchfall, und dass ihr der Kopf zerspringe.

Zu seinem Entsetzen entdeckte Magnus ausgedehnte Hautblutungen auf ihrem Rücken. Unter der Brust und an den Beinen starb großflächig das Hautgewebe ab. Er wusch und pflegte sie, so gut er konnte, aber er rechnete mit dem Schlimmsten. Am vierten Tag begann die Krisis. Almeth schrie vor Schmerzen, fiel immer wieder in tiefe Bewusstlosigkeit, zwischendurch schüttelten sie wirre Fieberphantasien, in denen sie unverständlich sprach mit einer Stimme, die nicht die ihre war. Das war der Zeitpunkt, als Magnus nach Bruder William rief. Der junge Dominikaner kam sofort. Er ölte Almeth, sprach die Sterbegebete, bedeckte seinen Kopf mit der Kapuze und nahm dann still ihre Hände. Mehr tat er nicht, weil er mehr nicht tun konnte. Magnus hockte mit nassen Augen und bangem Herzen daneben.

Nach Sonnenuntergang, am Ende eines fürchterlichen Fieberanfalls, richtet Almeth sich im Bett auf und sagte klar und kraftvoll: »Der Herr weidet mich. Was soll ich fürchten?«

Dann sank sie in ihre Kissen zurück und fiel in todesähnlichen Schlaf. Die Nacht senkte sich über die Kammer und der Dominikaner rührte sich nicht, er verschmolz mit der Dunkelheit wie ein Schatten auf schwarzem Tuch. Seine Hände hielten immer noch die der Kranken. Sie schimmerten fahl, als durchströme sie eine geheimnisvolle Kraft.

Am Morgen war das Fieber gesunken, Almeth bei

225) Lymphknoten

klarem Verstand und hungrig. Magnus tom Diek weinte vor Erleichterung. Seine Frau war noch schwach, aber sie hatte die fürchterliche Krankheit besiegt. Tage später konnte sie ihre Bettstatt verlassen. Sie gönnte sich nur eine kurze Phase der Ruhe, bevor sie sich erneut der Krankenpflege in Kirchspiel und Landgemeinde widmete.

Ihr Einsatz war bitter nötig. Hairlingen verlor mehr als ein Drittel seiner Bevölkerung und es verging kaum eine Woche, in der nicht über die Neuordnung von Besitzverhältnissen entschieden werden musste, da nicht selten ganze Familien zugrunde gingen. Die Richter bemühten sich redlich um Gerechtigkeit, aber menschliche Schwächen, Zeitnot und fehlende Urkunden setzten ihnen immer wieder Grenzen und vieles blieb Stückwerk. Bruder William begrub Tote von Sonnenaufgang bis bei Fackelschein in tiefer Nacht. Er war schließlich gezwungen, die vorgeschriebene Liturgie zu verkürzen, sonst wäre er der Menge nicht Herr geworden. Am Ende blieb ihm zudem nichts übrig, als mehrere Leichen in ein Grab zu legen. Der Friedhof von Eesensem verdreifachte seine Fläche seit der Einsegnung Anno 1299.

Und während der Hairlinger kämpfte, um sich und die Seinen durch die Seuche zu bringen, glitt die Pest an dem Brokmannen ab wie Regen von einer Schweinsblase. Wie durch ein Wunder blieb die Familie der Hylmerisna völlig unversehrt.

Todesfälle in Gesinde und Landgemeinde verstand Keno zu seinem Vorteil zu nutzen. Im Verlaufe des Sommers Anno 1350 wuchsen seine Besitzungen durch Zugewinne um mehr als die Hälfte an. Ende August gehörten ihm nicht nur drei weitere Höfe mit insgesamt mehr als dreißig Grase Land in der Gemarkung Engerhoffe, sondern auch eine Mühle bei Upgant. Zusätzlich konnte er sich gegen den Willen der Auwreker ein Anwesen bei Venehusen[226]

226) Fehnhusen, Kreis Aurich

aneignen. Hierbei spielte ihm ein glücklicher Zufall in die Hände. Der Besitzer des Hofes fiel mit seiner gesamten Familie der Pest zum Opfer, aber einer der Knechte des Brokmannen wusste von einer Schwester des Bauern im Reyderlant.

Keno ließ sofort einen Vertrag ausfertigen und schickte seinen Handmann nach Süden.

»Mitten ins Pestgebiet?«, hatte Uffo Remetsna mit flacher Stimme gefragt.

»Pestgebiet ist überall«, hatte Keno Hylmerisna ungerührt geantwortet. Inzwischen glaubte er sogar daran, die Pest könnte ihm und seinen Leuten nichts anhaben, so offensichtlich, wie sie bisher verschont geblieben waren.

Remetsna führte aus, was ihm sein Schwager und Schollenherr aufgetragen hatte. Er erklärte der Frau, der Hof sei zu größten Teilen zerstört, das Vieh tot oder gestohlen. Von Wert sei eigentlich nur noch das Land, insgesamt etwa 12 ½ Grase, allerdings wegen fehlender Bewirtschaftung in einem sehr schlechten Zustand. Er bot 15 Mark Bremisches Silber und warnte die Schwester davor, lange zu zögern. Jeder weitere Tag werde den Besitz wertloser machen. Die Frau tat, was ihr zu tun übrig blieb. Sie ging auf den Handel ein. Als die Auwreker von der Sache erfuhren, waren die Fakten längst geschaffen. Die Verärgerung ließ nicht lange auf sich warten. Es gab viel Gemurmel in der Landgemeinde, man schickte ohne Verzug eine Abordnung nach Engerhoffe, aber Hylmerisna wies alle Vorhaltungen schroff zurück.

»Es hat euch freigestanden, Gleiches zu tun. Ihr habt es aber versäumt. Nun kommt nicht und werft mir vor, dass ich klug und schnell gehandelt habe. Zum übrigen wundert mich, dass ihr wegen einer solchen causa durch die Landgemeinden reist. Seid euch bewusst, dass ihr damit nicht nur euch selbst in Gefahr bringt, sondern auch zur weiteren Verbreitung der Pest beitragt. Was ist eigentlich bei euch los? Mir scheint wahrhaftig, dass Auwreke ohne rechte Führung ist!«

Keno Hylmerisna war nun der größte Schollenherr in Brokmannia mit ansehnlichen Besitzungen außerhalb seiner Landgemeinde. Seine Bedeutung als Großbauer, Teilhaber an Handelshäusern und ständiger Richter wuchs täglich. Es gab niemanden in Brokmannia, der sie noch ernsthaft in Frage stellte. Zeitgleich entwickelte sich die Beziehung seines Hauses zum neuen Erzbischof von Brema über die Maßen erfreulich. Zwar hatte er die Pläne Ockos zur bewaffneten Unterstützung der Ansprüche des Grafen Moritz von Aldenborch zunächst aus zwiespältigem Gefühl abgelehnt. Die Sache war anrüchig. Immerhin hatte der Papst doch Gottfried, den Arnsberger, zum Erzbischof ernannt, und eben nicht den Aldenborcher, und Keno Hylmerisna war aus grundsätzlichen Überlegungen gegen eine derartige Auflehnung. Sie schien ihm an Prinzipien zu rütteln, auf die er sich selber stützte.

Aber dann hatte ihm sein Sohn die Vorteile auseinandergelegt. Es war eine jener Unterredungen gewesen, die Keno zugleich abstießen und die er trotzdem genoss. Denn einerseits hasste er es, von seinem Sohn belehrt zu werden. Zum anderen aber zeigte sich ihm hier einmal mehr der eiskalt berechnende, sichere Machtinstinkt Ockos, der für die Zukunft seines Hauses so prächtige Perspektiven barg. Sie hatten sich auf der Tenne auseinandergesetzt, allein. Sogar den Handmann hatte Ocko, nicht etwa er, Keno, mit einer Handbewegung hinausgescheucht. Bereits diese dreiste Unbotmäßigkeit hatte Keno die Röte in den Hals steigen lassen.

»Noch bin ich der Herr hier, verstehst du das, Sohn?«, hatte er ihn angeherrscht.

Aber Ocko war kühl geblieben. In seinen eng beinender stehenden Augen hatte abschätzige Arroganz geglitzert. »Zum Gegenstand, Vater!«

Hatte ihm dann kalt die Vorzüge der Sache dargelegt. Der Papst war weit, machtlos in seiner Residenz in Avignon, lediglich eine Spielfigur auf dem Schachbrett des Franzosenkönigs. Wer wusste denn, ob er jemals wieder auf dem Lateranhügel herrschen würde, der immer noch verwaisten Herzkammer der Christenheit, die seine Vorgänger aus Schwäche aufgegeben hatten und die er, Clemens, aus den gleichen Gründen nicht zurückgewinnen konnte? Und dann, gab es denn einen Fürsten, der den Pontifex wirklich unterstützte? Nicht einen! Nirgends! Auch der Kaiser tat nichts!

»Vergiss den Arnsberger selbst nicht«, hatte Keno gewarnt.

»Ein kleiner Graf, der zufällig Bischof von Osenbrügge ist. Weiter nichts. Was hat der schon im Rücken? Einen Bruder, der ein paar Reiter aufstellen kann und sich ansonsten auf allerlei Pöbel abstützen muss!«, hatte der Sohn spöttisch geantwortet.

Und übrigens denke er schon wegen seines Erbes nicht daran, sich persönlich großer Gefahr auszusetzen. Es werde ihm wohl gelingen, dem Aldenborcher auch ohne physisches Risiko gute Dienste zu leisten. Und selbst im schlechtesten Fall, sollte es nicht möglich sein, den Aldenborcher dauerhaft auf den Bischofsstuhl von Brema zu setzen, so wäre doch für die Hylmerisna nichts verloren. Im Gegenteil.

»Begreife doch, Vater! Wir machen uns Moritz auch zum Schuldner. Geben und nehmen, verstehst du, geben und nehmen! Auf lange Sicht kann es unserer Sache nur nützen, ganz gleich, wie der Casus ausgeht.«

Keno Hylmerisna hatte über diese Sätze nachgedacht, und für eine Weile war es still auf der Tenne. Dann hatte der Alte den Kopf gehoben. »Wohl. Ich sehe, was du meinst. Aber bedenke auch, Sohn, dass in einem solchen Verhältnis am Ende der Schwächere den höchsten

Preis bezahlt. Bist du erst sein Vasall, dann wird er dir schließlich auch die restliche Freiheit nehmen. Einen Teil verlierst du schon, da du seinen Befehlen bei diesem Streit gehorchen musst. Vergiss nicht, er ist und bleibt ein Sachse!«

Da hatte sich Ocko aufgerichtet, die Brust vorgestreckt und die Fäuste geballt. In seinen Augen hatte eine Kälte gestanden, die sogar den Vater erschreckt hatte. »Es wird eine Zeit sein, in der friesische Fürsten und sächsische Grafen wie Gleiche reden. Sorge dich nicht, Vater. Man muss nur verstehen, dieses Spiel zu spielen.«

Nun, es kam, wie Ocko vorausgesagt hatte. Er war einer der Adjutanten des Aldenborchers, Günstling mit einem Salär von vier Mark Bremisches Silber im Monat. Und immerhin, der Angriff des Arnsbergers war fürs erste abgewehrt. Graf Moritz von Aldenborch saß noch auf dem erzbischöflichen Sessel, und, wie es schien, fester als zuvor.

*

Was immer der wäre, der es unternimmt, sich gegen diese Küren zu wenden, sei es durch Verletzung ihrer Vorgaben oder durch ihre Ablehnung schlechthin, der spüre das Schwert auf seinem Hals.

Hairlinger Landbrief des Magnus tom Diek, 1. Küre

3.

Südlich von Eesensem, Hairlingerlant,
drei Tage vor dem Fest der hl. Ursula, Anno Domini 1350
(Montag, 18. Oktober)

Sie hatten in einem Gesträuch außerhalb des Dorfes gelagert. Es gab an dem Platz eine schäbige Schenke, aber sie hatten Anweisung, Kontakt mit Menschen möglichst zu meiden. Es war Bruder Ludgerus gewesen, der schließlich die Rast erzwang, weil ihn eine heftige Diarrhöe plagte. Und er wollte sich nicht, wie in den letzten vier Tagen, irgendwo ins Gebüsch hocken, schon gar nicht unter den Blicken der anderen, keinesfalls aber dann, wenn ein Abort in der Nähe war. Der Anführer war ungehalten, denn sie waren in Eile, doch der Benediktiner hatte sich endlich durchgesetzt.

»Soll ich etwa in den Sattel scheißen?«, hatte er mit scharfer Stimme gefragt. Diese Vorstellung hatte die Männer belustigt, einige lachten laut heraus, aber dem Anführer war nicht nach Lachen. Er stand unter Druck und ließ es die anderen spüren, den Benediktiner sowieso. Niemand in der Truppe konnte ihn leiden, mochte er sein, was immer er wollte. Mönch, abgebrochener Kirchspielpfarrer und nun Feldkaplan des Grafen Moritz von Aldenborch. Das interessierte hier keine Menschenseele.

»Mach hin! Wir brechen in Kürze wieder auf!«

Ludgerus verschwand in Richtung Schenke.

Der Anführer rutschte vom Pferd. »Der Rest bleibt hier. Ich sehe zu, ob uns der Wirt was zu kauen überlässt.«

Die Männer legten sich in den Schatten. Sie waren acht, alle mit Langklingen, in Eisenjacken und mit gelben und roten Strohbändern an den Oberarmen. Der Oktober war in diesem Jahr ungewöhnlich warm, viele Felder waren wegen der Pest nicht bestellt worden, und jetzt verdarb die späte Hitze einiges von dem, was an Keimung noch übrig war. Vor allem für Wintersaat und Futterpflanzen sah es schlecht aus. Anno 1351 würde also ein Hungerjahr werden, so viel stand jetzt schon fest. Wohl dem, der vorsorgen konnte. Die Männer plagten sich nicht mit derlei Gedanken. Sie waren Soldaten des Erzbischofs von Brema, er brauchte sie und würde sie schon füttern. Darauf vertrauten sie. Einer, ein blutjunges Kerlchen noch, öffnete eine Lederflasche mit Bier, trank und ließ sie kreisen.

»Vielleicht hat der Mönch die Pest, weil er so viel koten muss?«, sagte er lässig. Es war die übliche Art der Zeit, mit dem Entsetzen zu spaßen, solange es einen nicht direkt betraf. Die anderen lachten.

»Drückst dich verdammt gewählt aus. Hat aber wohl zuviel gefressen und gesoffen. Ist doch üblich bei denen«, entgegnete ein zweiter und nahm einen tiefen Schluck. Sie warteten noch eine Weile, dann teilten sich die Zweige und der Anführer kam zurück.

Er erfasste mit einem Blick, dass Ludgerus noch fehlte. »Wo ist der Mönch?«

Einer der Älteren deutete mit dem Daumen über die Schulter auf die Schenke zu. »Auf'm Lokus!«

»Wo?«

»Kacken, Mann! Auf'm Scheißhaus!«

»Noch immer!?«

Sie waren schon aufgesessen, als der Mönch mit geraffter Kutte durch das Blattwerk trat. Es empfing ihn kühles Schweigen, der Anführer wendete sofort sein Pferd und Ludgerus sah zu, dass er in den Sattel kam.

Sie hielten sich hart am Rand des Buschwerks, denn sie waren auf dem Land des Hairlingers und sie wollten keinen Ärger. Ihr Auftrag lautete, ohne Verzug die Klöster abzureiten und den Prioren die Botschaft des Aldenborchers zu überbringen. Es waren ein paar Monate Ruhe eingekehrt, nachdem Graf Albert von Arnsberg eingesehen hatte, dass der Bischofsstuhl von Brema für seinen Bruder vorerst unerreichbar war. Die Pest tat ein Übriges. Es gab Wichtigeres, als sich um Purpur und Silberkreuze zu sorgen.

Aber jetzt spitzte sich die Sache zu. Denn der verdammte Hund war wieder da. War plötzlich aufgetaucht wie aus heiterem Himmel, mit einhundertfünfzig Mann Reiterei und ebenso viel Fußvolk, und stand erneut vor den Toren der Stadt.

Der Aldenborcher hatte vor Wut geschäumt. Es hatte keine Vorwarnung gegeben, keine Nachricht, nichts. Das gesamte System der Spitzel und Zuträger hatte versagt. Dabei hätte man alles so kommen sehen können. Der Arnsberger gab nicht auf, so viel stand fest. Das Ackerjahr war vorüber und die Bauern hatten Zeit. Die Reparatur von Werkzeug und Geräten überließen die großen ihren Gesindefamilien und die kleinen ihren Knechten. Nicht wenige erhofften sich durch Auszeichnung vor dem Feind ein besseres Leben, gerade in diesen Tagen. Sie glaubten an die Gelegenheit als Mutter großer Taten, die man nicht ungenutzt verstreichen lassen dürfe. Hier war so eine.

Wie schon beim letzten Mal hatte der Arnsberger keine Mühe, seine Fähnlein anzuwerben. Die Vorstadtschenke *De Roode Schild*[227] von Jannes, dem Holländer gab es noch, sie gingen hin und sogar der breite Kohlestrich auf

227) Niederländisch: »Das rote Bild«.

dem Fußboden, der die Parteien trennte, war wieder da. Und doch, obwohl alles aussah wie früher, waren dramatische Veränderungen eingetreten. Der Wind hatte sich gedreht. Moritz von Aldenborch verlor seinen Rückhalt in der Stadt. Vielleicht war fremdes Geld im Spiel, der Teufel mochte es wissen, jedenfalls: Unter den Domherren gärte es. Plötzlich gab es da einige, die Fragen stellten und Skrupel hatten. Es schien, als stünde ihre bisher ja durchaus nicht uneigennützig gewährte Unterstützung für den Grafen von Aldenborch mit einem Mal in Frage.

Die Bürgerschaft in Brema war ohnehin gespalten. Auf der Seite seiner Gegner hatte es immer starke Widerstände gegeben. Viele gaben ihm nun auch die Schuld für die Katastrophe in der östlichen Vorstadt. Schließlich hatten viele Menschen durch das Feuer nicht nur Hab und Gut, sondern auch ihr Leben verloren. Nicht zu reden von dem blutigen Gefecht, in dessen Verlauf die Streitparteien offen und mit aller Gewalt aufeinander eingeschlagen hatten. Es gingen zudem böse Gerüchte, der Erzbischof selbst habe den Brand legen lassen, um ihn dem Arnsberger in die Schuhe zu schieben.

Im Umland blieb es zunächst noch ruhig. Ja, es wurde gemurmelt, vor allem im Ostfriesischen, wo es zum Beispiel diese Rotznase von Kirchspielpfarrer in Eesensem gab, der sich erdreistete, den Erzbischof von der Kanzel herunter als den »Antichrist« zu bezeichnen. Mit diesen Leuten und jenen, die sie deckten, würde man noch abrechnen. Später. Vor allem kam es jetzt darauf an, sich Kompensation für die schwindende Treue in der Stadtfraktion zu holen.

In dieser Lage wandte sich Moritz an die Klöster. Seine Überlegung war einfach. Wenn es schon in der Stadt keine verlässliche Machtstütze für ihn gab, dann musste sie eben von außerhalb kommen. Er wollte die Äbte gewinnen, über sie die Kapitel und schließlich das Volk. Am Ende ging es dem Erzbischof um Zuspruch, der sich auch in Geld ausdrückte. Silber, das er nutzen konnte, die Verhältnisse in der Stadt zu seinen Gunsten zu verändern, entweder durch Zuwendungen an die schwankenden Domherren oder durch das Anwerben neuer Soldaten. Moritz von Aldenborch schrieb drei gleichlautende Briefe, ließ einen Trupp zur Bedeckung zusammenstellen und schickte seinen Feldkaplan auf die Reise.

Dem Anführer schärfte er persönlich ein, dass man sich gefälligst zu sputen hätte. Also waren sie losgeritten, zuerst nach Marienthal, wo Abt Nikolaus nicht einmal daran dachte, sie zu empfangen. Er ließ sie durch seinen Cellerar abwimmeln. Ließ ausrichten, er befinde sich nicht recht wohl und habe viel zu tun und bäte im Übrigen darum, man möge sich nicht allzu lange aufhalten. Man wisse ja, die Pest, und so weiter.

Es war ein glatter Hinauswurf gewesen. Eine Abfuhr. Bruder Ludgerus appellierte vergeblich an die Solidarität ihres gemeinsamen Ordens, der Benediktiner. Der Cellerar sah ihn aus verquasten Augen wortlos an, es machte den Eindruck, als fühle er sich vom Teufel selbst zur Seelenreinheit ermahnt. Immerhin nahm er den Brief entgegen und versprach seine Weiterleitung. Ludgerus hasste ihn und seinen Abt und er wusste, dass von hier keine Unterstützung zu erwarten war. Nikolaus dachte zuerst an seine Abtei, an die Mehrung ihres Wohlstandes, vor allem durch den Glockenguss, und es fiel ihm nicht ein, in dieser Sache gegen den Papst unsichere Partei zu ergreifen. Mehr als bestenfalls wohlwollendes Stillverhalten kam nicht in Frage. Ludgerus verfluchte ihn stumm, denn er hatte auf eine erfolgreiche Mission gehofft, Ergebnisse, die ihn seinem Herrn empfehlen würden. Danach sah es nicht mehr aus.

Was sie in Ihlo erlebt hatten, war noch war noch erschreckender gewesen. Zuerst das unvermeidliche

Zusammenstoßen mit dem Bedeckungstrupp des Hairlingers, der die Pforte bewachte. Es hatte eine kalte, feindselige Stimmung geherrscht, giftige Blicke wurden auf die farbigen Armbänder der jeweils anderen geworfen und Hände hatten auf Schwertgriffen gelegen. Nur die Gegenwart der heiligen Stätten der Abtei hatte wohl verhindert, dass es zu einem Gefecht gekommen war. Bei einer Begegnung auf freiem Feld wäre der Casus gewiss ganz anders verlaufen.

Das war das eine. Aber dann das Unternehmen selbst. Es war klar, die Sache mit Eghardus hatte einen gewaltigen Haken. Denn das Kloster Ihlo gehörte zur Diözese Monasterium, und nicht nach Brema. Mit Bedacht hatte der Erzbischof aufgetragen, die Abtei dennoch zu besuchen. Der Zisterzienserabt war eine moralische Autorität in Ostfriesland. Wenn es gelänge, ihn zu gewinnen, auf die eigene Seite zu ziehen, dann könnte sich schließlich die Waage zugunsten des Aldenborchers neigen.

Nun, es war eine Katastrophe. Zwar empfing sie Abt Eghardus, ihn und den Anführer, aber nur, um ihre Köpfe zu waschen. Nachdem er den Brief gelesen hatte, richtete er sich auf und sein Blick verhieß nichts Gutes.

»Was will dein Herr von mir?«, fragte er scharf.

»Wie es geschrieben steht, Vater«, sagte Ludgerus demütig. Er kniete, während der Anführer stand und seine Mütze in den Händen drehte. Eghardus nahm die Rolle und warf sie auf den Tisch. Das Pergament drehte sich so rasch zusammen, als läge ihm daran, seinen Inhalt zu verbergen.

»Er will Geld? Von mir?«, kam es donnernd zurück.

»Auch Gebete«, wagte Ludgerus zaghaft zu sagen.

»*Auch* Gebete?«

Und dann, als der Benediktiner betreten schwieg, fuhr Eghardus mit erhobener Stimme fort: »Reicht es denn nicht, dass mein eigener Diözesanherr mich rupft? Dass

Ludwig der Hesse mich heranzieht, um seine Schulden zu begleichen? Immer noch? Jeden Tag, jedes Jahr, das der Herr werden lässt? Dass das Kloster nicht auf die Füße kommt?«

Er trat ans Fenster des Kapitelsaals und sah durch die bleiverglasten Scheiben. Aus der Klosterkirche kam dünner Gesang. Es lief wohl eine zwischenzeitliche Andacht, denn für den Gottesdienst zur Vesper war es noch zu früh. Sie sahen ihn stehen, die Hände auf seinem Rücken in heftigen Knetbewegungen verschlungen. Dann fuhr der Abt herum. Seine Augen waren so zorngerötet, dass Ludgerus vor Schreck zusammenzuckte.

»Was habe ich mit eurem … Herrn … zu tun? Diesem … diesem …! Wagt es nicht! Wagt es nicht noch einmal, mich mit derlei zu behelligen! Was fällt euch ein? Was untersteht ihr euch? Hinaus! Hinaus! Hinaus!«

Riss die Rolle mit einer einzigen, katzenhaft schnellen Bewegung vom Tisch und feuerte sie ihnen vor die Füße. Und tobte. Und schrie. Sie hörten ihn noch schreien, als sie schon auf dem Klosterhof standen. Hals über Kopf verließen sie die Abtei, es sah aus wie eine Flucht und am meisten schmerzte sie, dass die Hairlinger hinter ihnen herlachten.

So war das gewesen, und sie hatten sich in die Büsche geschlagen, auf Osten zu, Richtung Marienkamp, dem letzten ihrer Ziele. Dem Anführer schien zu dämmern, dass auch für ihn diese Unternehmung kein glückliches Ende haben würde und seine Laune verdüsterte sich weiter. Er verteilte Tritte und Schläge, wenn es ihm nach einer Rast mit dem Aufbruch nicht schnell genug ging. Er wollte es hinter sich bringen.

Dann war dieser letzte Weiler von Marienkamp gekommen, wo der verdammte Mönch eine weitere Kackpause haben wollte. Nicht etwa im Gesträuch, wie jeder normale Mensch es gemacht hätte, sondern auf dem Abtritt der

Schenke. Diese gottverfluchten Zisterzienser aus dem Kloster Ihlo hatten sie ohne einen Kanten Brot auf die Straße gejagt, und so hatte der Anführer die Gelegenheit genutzt, dem Schankwirt gegen kleines Geld ein paar Steckrüben für die Truppe abzuschwatzen.

Als der Mönch endlich wieder aufgetauchte, waren sie ohne Verzug aufgebrochen, wo immer möglich gedeckt durch Gesträuch, denn sie befanden sich auf dem Land des Hairlingers und wollten ihm und seinem Gesocks aus dem Wege gehen.

Vor einem nahen Hügel tauchte plötzlich ein Leichenzug auf, vermummte Gestalten, die eine Karre zogen, bis zum Rand mit unförmigen Bündeln beladen. Sie hörten dumpfes Jammern und machten, dass sie weiterkamen.

Am Ausgang des Dorfes sahen sie die Gehenkten, es waren drei Männer, junge noch, sie hingen nackt an den Ästen und aus den Mündern ragten ihre schwarzen Zungen. Auf der Brust trugen die toten Marodeure die Schriftzeichen ›O t B‹, die Schnitte stammten wohl von einer Saufeder und sie wussten, dass es der Schutztrupp des Brokmannen gewesen war, der sie hingerichtet hatte. Ocko hatte sich diese seltsame Unart zu eigen gemacht, ganz so, als wollte er auch solcherlei Geschäft seinen persönlichen Stempel aufdrücken. Neben dem Weg lagen viele Felder unbestellt in frühherbstlicher Dürre, erst in Nähe des Vorwerks von Marienkamp kehrte so etwas wie Ordnung in die Scholle zurück. Im Westen warf die Sonne blutrotes Licht an den Himmel, als sie die Abtei erreichten.

*

Lieber Bruder!

Beklagenswerte Umstände zwingen mich, deine Hilfe zu erbitten. Durch das rechtmäßige Votum der Domherren allhier zum Erzbischof zu Brema erhoben, bedrohen mich heute verdammungswürdige Sünder nicht nur in meiner kirchenfürstlichen Würde, sondern gar an meiner leiblichen Unversehrtheit. Gebe Gott der Herr ihnen allen ihre gerechte Strafe am Jüngsten Tag.

Wiewohl mir die Kraft deines Gebetes frommt, weshalb ich dich von ganzem Herzen hierzu ersuche, so ist doch mehr nötig, den Dingen eine gottgefällige Wende zu geben. Wollest mir deshalb deine liebe Zuwendung nicht versagen, gleich, ob sie in Gewogenheit oder Silber bestehe, wobei letzteres hochwillkommen ist, ohne ersteres dafür geringer zu schätzen. Sei eingedenk, dass ich vom Herrn, unserem Gott, dein Seelenheil täglich zu erflehen mich verpflichtet weiß. Tue du Gleiches für mich, wann immer du dich an Ihn wendest.

Moritz

Abt Hilderaad ließ das Pergament sinken und starrte Ludgerus an. Seine Pupillen waren stumpf wie die eines Blinden. Der Mönch kniete mit gefalteten Händen vor ihm, aber er war hoch aufgerichtet und sein Blick fixierte den Prälaten.

Hilderaad war ein gebrochener Mann. Sein einst so kraftstrotzender Körper war hager und gebeugt, der Habit hing faltig um die knochige Brust und schlotterte wie leer unter dem schlaff geschnürten Cingulum. Das Zittern seiner Hände übertrug sich auf das Schreiben, es war, als lebte das Papier und bildete so einen schroffen Gegensatz zu dem Abt, in dem jedes Feuer erloschen zu sein schien.

Neben dem Prior stand der Bruder Cellerar, Gottfried

von Diest, Ludgerus' alter Feind aus vergangenen Klostertagen. Er stützte den Prälaten am Ellebogen. Seine Augen schienen von innen her zu leuchten, und zu rufen: Hier! Ich! *Ich* bin der Führer dieser Abtei! Nicht dieses Wrack neben mir!

Die Wohnung über dem Dormitorium war mäßig beleuchtet. An den Wänden flackerten ein paar Kienspäne, die Öllampe über der Betbank gab nur diffuses Licht. Der Anführer stand in der Ecke zur Flurtüre, er verschwand fast im Halbdunkel. Neben seinen Füßen, die in groben Filzstiefeln steckten, schimmerte matt eine Eisenkiste. Der Cellerar wollte den Mann nicht in der Klause haben, aber Ludgerus hatte auf seiner Anwesenheit bestanden. Es war ein erster kleiner Machtkampf zwischen den beiden, erbittert aber still, mit leisen, maßvollen Worten ausgefochten, in nur mühsam gebändigtem Hass.

»Was will der Knecht hier? Hinaus!«, hatte der Cellerar gedämpft gefaucht.

»Er ist auf Befehl meines Herrn hier, der auch dein Bischof ist. Und er bleibt!«, hatte Ludgerus mit verhaltener Stimme gezischt.

Der Abt schien diese Dinge nicht wahrzunehmen. Er ließ sich von dem Cellerar zu einem Polsterstuhl führen und sank ächzend auf den Sitz.

Nachdem all seine Hoffnung auf die Nachfolge Ottos als Erzbischof von Brema durch die päpstliche Entscheidung zerstört war, war auch er selbst zerstört. Er las Messen und aß mit den Mönchen, aber bei allem, was er tat, wirkte er seltsam in sich gekehrt und abwesend, als habe sich sein Geist bereits von dieser Welt verabschiedet. Sein innerer Kummer verzehrte ihn, er zog sich zurück, magerte ab und wurde gebrechlich. Die Geschäfte des Klosters, alles außerhalb der Liturgie und des religiösen Zeremoniells erledigte der Cellerar. Da er formell auch das Amt des Subpriors bekleidete, führte Gottfried von Diest de facto die Abtei.

Dabei hätte Hilderaad Kraft aus der Entwicklung der jüngsten Monate schöpfen können. Sein Kloster war bisher von der Pest verschont geblieben. Und nicht nur das, es profitierte von der Seuche. Viele Pachtbauern lieferten freiwillig mehr als den Zehnten ihres Ertrages, in der Hoffnung, über das Wohlwollen der Mönche den Schutz des Himmels zu erwirken. Das Aussterben ganzer Familien im Umland hatte Marienkamp nicht unerhebliche Landgewinne gebracht, fruchtbare Flächen, die man gegen Geld und Ernte, Fleisch und Felle verpachten konnte. Wenn erst diese unglückselige Epidemie vorbei wäre, dann ging das Kloster Marienkamp ganz unzweifelhaft einer vielversprechenden Zukunft entgegen.

Von all diesen Dingen hatte Hilderaad wohl Abschied genommen. Oder er erfasste sie nicht. Ludgerus musterte den Prior verstohlen. Er war seiner Bewegung zum Stuhl hin auf Knien gefolgt, die Hände noch immer gefaltet. Der Abt nahm die Rolle wieder auf und las erneut. Dann ließ er die Arme sinken, als könnten sie die Last nicht länger tragen.

»Wir bezahlen schon die üblichen Subsidien«, äußerte Hilderaad mit brüchiger Stimme.

»Dem Kloster geht es gut, Vater. Weit besser als noch vor Jahresfrist«, erwiderte der Cellerar ungefragt.

Er widersprach seinem Prior in Gegenwart von Fremden, sogar von Ungeweihten, und das war grob ungehörig, aber der Abt schwieg dazu und so zeigten sich die wahren Machtverhältnisse von Marienkamp in diesen beiden Sätzen.

Hilderaad winkte müde mit der Schriftrolle. »Steh auf, Ludgerus«, sagte er nicht unfreundlich und der Mönch kam auf die Füße. Für einen kurzen Moment versenkten sich ihre Augen ineinander, dann schlug Ludgerus den Blick zu Boden und der Abt lächelte freudlos. Sie wussten beide, was der andere dachte.

Es hatte ein wahres Donnerwetter gegeben, damals, Anfang Januar Anno Domini 1348, als Ludgerus mitten in der Nacht auf seinem Maultier aufgetaucht war, halb erfroren und verhungert. Der Abt hatte schon gelegen, natürlich, er war am Abend unpässlich zu Bett gegangen und alles andere als erfreut, dass ihn der Bruder Pförtner um diese Zeit wecken ließ. Und dann erst der Anlass! Er hatte Ludgerus sofort in die Kirche befohlen, auf Knien vor den Altar, und dann hatte es jenes unsägliche Gespräch gegeben, das als Strafpredigt für den Pfarrer begann und als Niederlage für den Prior endete.

»Ich sehe wohl nicht recht! Bist du von Sinnen? Was tust du hier?«, hatte er den Mönch hart angefahren. Der hatte zu weinen begonnen, der ganze Jammer seiner Lage war ihn angesprungen, angefallen wie ein blindwütiges Tier, und so hatte er seinen Gefühlen freien Lauf gelassen.

»Ich gehe nicht wieder dorthin, Vater! Sie hassen mich, alle. Es ist niemand unter diesen Menschen, der mich auch nur meines Amtes wegen schätzt. Um meiner selbst willen geliebt zu werden, davon darf ich nicht einmal träumen«, hatte Ludgerus geschluchzt.

»Liebe muss man sich notfalls verdienen. Man braucht sie aber nicht für das Amt. Es reicht, wenn deine Schafe dir gehorsam sind. Und das zumindest verlange ich von dir. Wenn du dazu unfähig bist, bist du auch unwürdig, den Habit zu tragen!«, hatte Hilderaad unbarmherzig gedonnert und Ludgerus hatte sich weinend auf die Altarstufen geworfen.

Dann war eine Weile vergangen, in der Ludgerus geflennt und der Abt finster geschwiegen hatte, und in der Kirche war es so kalt gewesen, dass man trotz des spärlichen Lichtes den Atemhauch sehen konnte. Und dann, mitten in die Stille hinein, hatte Hilderaad diesen verhängnisvollen Satz gesprochen, jene Worte, die Ludgerus zur Besinnung und zurück auf die Knie brachten.

»Denke auch daran, dass du dort eine Aufgabe übernommen hast!«

Der Mönch hatte sich erhoben wie in Trance, und sich über die Augen gewischt. Und dann dem Prälaten kalt auseinandergesetzt, wie er die Dinge sah.

»Jawohl, ich habe eine Aufgabe übernommen. Mein Bischof hat sie mir mit deiner Billigung gegeben. Ich bin darüber schuldig geworden, wie du schuldig geworden bist, von Otto wollen wir nicht reden, der ist bald tot, wie er es verdient. Gott wird ihn richten, wie er uns richten wird. Den Rest unseres Lebens sollten wir darauf verwenden, unsere Schuld abzutragen. Ich gehe nicht zurück, hörst du, Vater? Sie brauchen mich auch nicht. Denn sie haben diesen Dominikaner!«

Der Abt hatte gesessen wie vom Donner gerührt und nichts mehr zu sagen gewusst. Am nächsten Morgen hatte er das Maultier nach Eesensem zurückgeschickt. Und eine Woche später dem Hof des Grafen von Aldenborch Bruder Ludgerus als Pfarrer angetragen, weil dort eine Stelle neu zu besetzen war. Der Mönch wurde akzeptiert und Hilderaad war froh, ihn neuerlich losgeworden zu sein. Dass Ludgerus es zwischenzeitlich zum Feldkaplan des Grafen Moritz gebracht hatte, wunderte den Prior nicht.

Der Abt streifte den vor ihm stehenden Mönch, der ja ein Ordensbruder war, ein Benediktiner, mit gleichgültigem Blick. Dann wanderten seine Augen zu der Schriftrolle auf dem Tisch. Abgesehen von den in schmeichelnde Worte gehüllten Forderungen, die sie enthielt: Hilderaad lag nichts daran, dass Ludgerus seine Mission erfolgreich abschloss. Im Gegenteil, er hatte jedes Interesse, den amtierenden Erzbischof stürzen zu sehen. Für ihn war Moritz immer noch jemand, der ihn, Hilderaad, um einen Lebenswunsch betrogen hatte. Wie kam er dazu, diesen Mann zu unterstützen? Dass der Aldenborcher durch seinen Handstreich nicht etwa den Abt von

Marienkamp, sondern den Bischof von Osenbrügge um den erzbischöflichen Purpur geprellt hatte, spielte im Logos des Priors keine Rolle.

Hilderaad spürte den Cellerar in seinem Rücken und wandte sich halb zu ihm um. Wie war das gleich? Dem Kloster gehe es gut, hatte der gesagt, viel besser als noch vor einem Jahr. Und hatte ihm damit zwar nicht offen getrotzt, aber doch mit geschickter Relativierung das Urteil seines Priors angezweifelt. In Gegenwart eines Mönches und eines Waffenknechtes.

»Ich weiß, wie es meinem Kloster geht! Und ich weiß, was Vorsorge heißt. Versuche nicht, mich zu lehren, wie man eine Abtei führt«, sagte er in überraschender Schärfe, und Gottfried von Diest verneigte sich stumm, aber in seinen Augen glitzerte es.

Bei dem Bruder Cellerar war die Sache ungleich komplizierter. Auch er gönnte Ludgerus zunächst keinen Erfolg. Das war das eine.

Das andere aber war, dass er den Erzbischof von Brema auch künftig im Amt sehen wollte. Moritz saß nun einmal auf diesem Stuhl. Wie er dahin gekommen war, kümmerte den Cellerar nicht. Es kam nun darauf an, ihn möglichst lange dort zu halten. Zumindest aber so lange, bis nach dem Tode Hilderaads die Nachfolge des Priors von Marienkamp geregelt war. Denn hier spielte der Erzbischof von Brema als Diözesanherr eine wichtige, ja die entscheidende Rolle. Von Diest rechnete fest mit des Aldenborchers Unterstützung.

Aber ein weiteres kam hinzu: Alle Welt wusste, dass es eigentlich der Cellerar war, der das Kloster führte. Hilderaad wusste es, das Kapitel wusste es und Moritz von Aldenborch wusste es auch. Und auf den kam es an! Wenn nun das Kloster Marienkamp die Bitte des Aldenborchers abschlug, dann war das in zweierlei Hinsicht schlecht für den Bruder Cellerar. Denn entweder vertrat er diesen Entscheid, und wandte sich damit gegen den Erzbischof. Schlecht! Oder er vertrat ihn nicht, dann hatte er sich von seinem siechen Prior in einer wichtigen Frage die Führung der Abtei aus der Hand nehmen lassen. Gleichwohl schlecht! Gottfried von Diest hatte also den deutlichen Wunsch, Ludgerus mit einer ansehnlichen Summe Silber nach Brema zu entlassen.

Der Cellerar beugte sich vor. »Wir haben erst letzte Woche, zugegeben aus Notschlachtungen, mehrere Fuder Schaffelle eingenommen, Vater. Der Wollpreis liegt gegenwärtig bei drei Mark Bremisches Silber das Fuder. Wir könnten leicht …«

»Ja, ja!«, unterbrach ihn der Abt unwillig. Seine Stimme war plötzlich kraftvoll, das Spiel um die Macht schien ihm neues Leben einzuhauchen. Er hob die Hand und deutete auf die Rolle. »Was dein Herr da schreibt, dauert mich. Allein, ich sehe nicht, wie helfen. Damit meine ich Hilfe über die Subsidien hinaus. Die Zeiten sind schwer und die Zukunft ist uns verhüllt. Ich muss an meine Abtei denken.«

Der Cellerar nahm den Rücken nach hinten, seine Züge erstarrten. Bruder Ludgerus musterte beide. Auch bei ihm lagen die Gefühle im Widerstreit, aber er hatte sofort begriffen, dass sein alter Feind Gottfried von Diest, der Mann, den er mehr als alles andere in diesem Kloster gehasst hatte, nun sein Verbündeter war. Und dass er ihn stützen musste, wenn er zu seinem Ziel kommen wollte.

»*Unser* Herr, der Erzbischof dieser Diözese, ist in Not, Vater«, antwortete er sanft. Die subtile Zurechtweisung trieb Hilderaad die Augenbrauen in die Stirn, und dem Cellerar ein kaltes, kaum sichtbares Kräuseln auf die Lippen.

Der Feldkaplan beschloss, alles auf einen Wurf zu setzen. »Er wird sich gelegentlich daran erinnern, auf wen er in dieser Lage zählen konnte. Und vor allem, auf wen nicht!«, fuhr er ungerührt fort. Und als er sah, dass der Prior auffahren wollte, versetzte er ihm mit eisiger Stimme den letzten Hieb. »Aber jeder, der Moritz von Aldenborch jetzt etwa Fehler vorwirft, gleich welcher Art, verdeckt oder offen, sollte sich seiner eigenen Verfehlungen erinnern!«

Darauf war es in der Wohnung totenstill. Abt Hilderaad saß wie festgefroren. Die Augäpfel in seinem bleichen Gesicht zuckten hin und her, als verfolgten sie ein rasch wechselndes Spiel. Es dauerte mindestens ein Paternoster, bis er schließlich aufstand und schlurfend den Raum verließ. Der Cellerar hätte ihm eigentlich nachgemusst, denn das Gespräch war damit offiziell zu Ende, aber er blieb, mit einem wölfischen Lächeln auf den Zügen, hinter dem Stuhl stehen. Dann kratzte die Eisenkiste über den Holzboden. Der Anführer schob sie mit dem Fuß einen Schritt in das Licht. Man sah nur den Stiefel, der Mann verharrte im Dunkel.

*

Das Gelände südlich der Schlachte war inzwischen tief und sumpfig, kraftvoll vorgetragene Angriffe konnte man auf diesem Boden nicht reiten. Aber es war klar, die beiden Heere würden hier aufeinandertreffen.

Die Arnsberger waren auf ihrem Posten und warteten auf die Aldenborcher. In den letzten drei Tagen war immer der gleiche Vorgang zu beobachten gewesen, es war fast ein Ritual. Der Feldhauptmann des Grafen Moritz erschien mit einem Aufklärungstrupp an der Schlachtebrücke, ruhig und arrogant, mit einer hochfliegenden gelbroten Fahne über den Köpfen. Im gemächlichen Trab, wie bei einem Sonntagsausritt, ging es über die Brücke, dann schwenkte der Trupp nach Westen und hielt auf die Senke zu.

Die Arnsberger standen auf dem Gegenhügel hinter dem Seitenarm des Flusses und verfolgten das Schauspiel. Vereinzelt waren Pfiffe und Schmährufe zu hören, ansonsten blieb es still. Die Aufklärer ritten die Nordseite des Gefechtsfeldes ab, kamen bis an den Westrand und nahmen dort nach Osten zu Aufstellung. Der Feldhauptmann bewegte sich im Sattel hierhin und dorthin, saß ab und nahm die Ebene in Augenschein. Ging in die Knie, legte sich gar auf den Boden, um jede Welle, jede Erhebung zu erfassen.

»Leg dich nur hin, du Arsch! Nach Osten zu geht's hinauf!«, schrie einer von den Arnsbergern beim ersten Mal, die anderen johlten und klatschten höhnisch Beifall, aber der Hauptmann ließ sich nichts anmerken. Er hatte sogar einen Kartographen bei sich, soweit man sehen konnte, ein blasses Jüngelchen, das ein Brett mit Pergament vor der Brust trug, auf dem er herumschrieb und zeichnete. Auch heute war es wieder so, und man merkte den Arnsbergern an, dass ihr Spott den Respekt vor diesem Gegner überdecken sollte.

»Die nehmen es aber sehr genau«, bemerkte der Lange mit einer Mischung aus Belustigung und Achtung in der Stimme.

»Es spricht nicht für die Selbstgewissheit des Grafen von Aldenborch, dass er derlei nun schon zum vierten Male nötig hat. Man sollte doch meinen, zwei Rekognoszierungen[228] des Schlachtfeldes, wenn man es richtig macht, seien genug«, hielt Albert von Arnsberg dagegen. Er stand mitten unter seinen Leuten, die Arme vor der Brust verschränkt.

»Ich würde es nicht auf die leichte Schulter nehmen. Eine gründliche Vorbereitung hat noch niemandem geschadet«, konterte Adriaan trocken.

Der Lange ignorierte Ennos tadelnden Blick. Er konnte sich einiges gegenüber dem Grafen herausnehmen, denn er hatte ihm letzten Winter sehr gute Dienste geleistet und sie sprachen inzwischen recht vertraulich miteinan-

228) Erkundung, Aufklärung

der. Zudem brachte er als Fähnleinführer der Hairlinger fünfundzwanzig Berittene auf. Aber nun war er zu weit gegangen, die Züge des Grafen verfinsterten sich.

»Wer nicht mehr mag oder kann, der stehe ab. Ich halte keinen!«, sagte er kalt und richtete seine Augen wieder auf die Senke. Der Graf spielte den Überlegenen, dabei brauchte er jeden Mann. Gerade jetzt, nachdem es Moritz gelungen war, mit dem Geld aus dem Kloster Marienkamp fünfzig sächsische Bogenschützen anzuwerben. Wohl nur für dieses eine Gefecht, wie man hörte, aber diese Truppe hatte beträchtliches Gewicht.

»Sie werden sich im Osten aufstellen wollen, bergab und mit dem Rücken zur Sonne, aber dazu gehören zwei. Und die Sonne pflegt zu wandern!«, fuhr Albert im lockeren Ton fort, als wenn nichts gewesen wäre, und Enno sah den Langen nicken. Es lag auf der Hand, dass der Gegner diesen Plan hatte. In der Nacht über die Brücke auf das Schlachtfeld. Es war der kürzeste Weg mit dem geringsten Risiko. Dass man dann Aufstellung nahm und auf den Feind wartete, entsprach der Kriegskunst. So war es üblich. Warum die Aldenborcher dann seit Tagen dieses Schauspiel aufführten, war auch Enno inzwischen klar: Sie wollten wissen, wie es auf der Gegenseite des Schlachtfeldes aussah. Bei ihnen. Den Arnsbergern.

Der Erzbischof von Brema hatte die Herausforderung endlich angenommen, nicht etwa leichten Herzens, aber zwei Gründe brachten ihn schließlich dazu. Der eine war, dass er sich mit einer gewissen Berechtigung überlegen fühlte und alle Vorteile für diesen Kampf auf seiner Seite sah. Er hatte die besseren Leute und die Schlachte in seinem Rücken. Der zweite Grund war wichtiger: Er musste diese Sache hinter sich bringen, um sich dann mit ganzer Kraft den Problemen in der Stadt zuzuwenden. Er konnte und wollte auf Dauer nicht zwei Kriege zugleich führen.

Auch der Arnsberger mochte die Dinge nicht auf die

lange Bank schieben. Ihm lag an einer Entscheidung so rasch wie möglich. Zudem war das Wetter ungemütlich geworden, seit Tagen häuften sich kalte, alles durchdringende Regenfälle, und es wurde schwierig, die Truppe bei Laune zu halten.

Er ließ reichlich Wein und Bier ausschenken, aber jedes Fuder war irgendwann getrunken. Es war in diesen Zeiten auch nicht gut, ein Heer von rund zweihundertfünfzig Mann zu lange beieinander zu halten. Täglich mussten Kranke abgesondert werden, und die Desertionen nahmen zu. Auf diese Weise hatte der Arnsberger schon fast fünfzig Leute verloren, und er war ungeduldig, obwohl er wusste, dass Moritz ähnliche Probleme hatte. Auch in Brema saß die Pest, und es ging das Gerücht, dass zwei Fähnlein der Stadtwache vom Heer des Aldenborchers abgefallen waren.

Der Feldhauptmann war wieder aufgesessen und machte sich mit seinen Leuten auf den Rückweg. Träge und gemütlich gingen sie im Schritt auf die Schlachte zu, sogar die Pferde wirkten hochnäsig. Sie waren wohl einen Bogenschuss ab, aber für einen geübten Schützen wäre der Trupp durchaus erreichbar gewesen. Der lange Holländer folgte ihnen mit brennendem Blick. Es ging ihm mächtig gegen den Strich, wie dieser Kerl da sich aufführte, und mit einer heftigen Bewegung fuhr er zu dem Arnsberger herum.

»Mann, Albert! Warum pflücken wir diesen Narren nicht einfach weg?«

Der Graf lachte. »Ich weiß, was du willst, Adriaan. Aber es lohnt sich nicht. Sind doch nur acht Männeken!«

»Aber der Feldhauptmann ist dabei«, sagte der Lange aufgebracht.

»Ein Mann, der vier Anläufe braucht, um ein Schlachtfeld zu lesen. Gleichwohl, Moritz wird ihn noch bitter nötig haben«, entgegnete der Graf mit kaltem Spott, und Adriaan verstand die Welt nicht mehr. Albert von

Arnsberg wies auf die rotgelbe Fahne über den Köpfen des abziehenden Trupps.

»Sieh dir den Wimpel an. Wir kämpfen also nicht gegen den Erzbischof von Brema, sondern gegen den Grafen von Aldenborch! Gut, dass *das* auch geklärt ist!«, sagte er ohne Häme in der Stimme.

Der Graf dachte nicht im Traum daran, seinem Gegner die Wahl der Aufstellung zu überlassen. Er war fest entschlossen, zuerst auf dem Gefechtsfeld zu sein. Aber alles hing vom richtigen Zeitpunkt ab. Er hatte seine Spitzel in der Stadt, doch die Nachrichten blieben spärlich. Er wusste, dass der Aldenborcher zögerte, aber er kannte den Grund nicht. Seine Offiziere vermuteten, dass Moritz auf die Zeit als Vorteil setzte. Tatsächlich hätte der Aldenborcher die Schlacht jetzt nicht führen können, denn er lag seit Tagen mit Schmerzen zu Bett. Dieses Geheimnis wurde so gehütet, dass es die Mauern der Residenz nicht verließ. Es hatte um Martini mit heftigem Kopfdruck begonnen, er hatte sich übergeben müssen und sein Leibarzt, es war derselbe, der schon seinem Vorgänger gedient hatte, hatte ihn sofort zur Ader gelassen, aber geholfen hatte das nicht.

Dann war Taubheit in den Beinen hinzugekommen und ein brennendes Reißen im Bauchraum, alles Symptome, auf die sich der Leibarzt keinen Reim machen konnte. Er versuchte es mit Einläufen, warm und kalt, aber es nützte nichts. Am dritten Tag ließ Moritz ihn kommen und zwang ihn zu einer Erklärung. Der Arzt nahm ihm zunächst die Angst und versicherte, er sei nicht an Pest erkrankt. Dann murmelte etwas von Hippokrates und Galen und sprach langatmig über mögliche Ursachen. In einem gewagten Seitenschlenker dozierte er über eine Untersuchung der medizinischen Fakultät von Paris, die König Philipp VI. im Oktober Anno Domini 1348 bereits in Auftrag gegeben habe. Aber die betreffe nur die Pest und habe als deren Ursache zweifelsfrei eine ungünstige Dreierkonstellation von Mars, Saturn und Jupiter festgestellt.

An diesem Punkt war Moritz ungehalten geworden, seine Erleichterung wandelte sich in Ärger und er herrschte den Arzt zornig an: »Wenn es mich nicht betrifft, dann schweige mir davon! Was ist mit mir, Kerl? Mit *mir*?«

Der Medicus wand und drehte sich. Schließlich sagte er: »Ich vermute eine Fehlmischung in Eurer Eminenz Körpersäften, als da sind: Blut, Schleim sowie gelbe und schwarze Galle. Bei einem Gesunden sind diese Flüssigkeiten in Waage. Bei Euch, Eminenz, aber derzeit nicht.«

Moritz starrte ihn zornig an. »Und sonst hast du mir nichts zu sagen?«

Der Leibarzt hob schweigend die Schultern.

»Und was ist zu tun?«, fragte der Erzbischof erregt. Er erinnerte sich an die Entlohnung für den Medicus, der angeblich in Cordoba studiert hatte. Er hatte sie bei der Übernahme des Mannes in seinen Dienst zwar zusammengestrichen, aber sie war in seinen Augen immer noch fürstlich. »Was tust du damit?« Die Stimme des Kirchenfürsten zitterte vor Empörung und Schwäche.

Der Leibarzt breitete die Arme aus. »Magere Kost und Einläufe, Eure Eminenz. Und Gebete«, erwiderte er kühl und Moritz geriet so in Wut, dass er sich einen Kerzenleuchter griff und damit nach dem Medicus warf.

»Hinaus! Aus meinen Augen!«, keuchte er.

Nichts davon war in das Lager der Arnsberger gedrungen. Albert war unruhig, die Sorgen wuchsen. Er durfte den Vorteil des Ersten auf dem Gefechtsfeld nicht aus der Hand geben. In der Nacht zum Sonntag nach Martini[229] alarmierte er seine Truppe und ließ sie die östliche Senke besetzen. Die Soldaten verhielten sich ruhig, die Pferde

229) Im Jahr 1350 der 14. November.

gingen im leichten Trab, aber das Manöver konnte der Gegenseite nicht verborgen bleiben.

Es dauerte nicht lange, vom Ostertor kam plötzlich ein hektisches Hornsignal und weiter hinten auf der Mauer erklang ein rasend schnell geschlagener Alarmgong. Dann wurde Befehle geschrien und bald darauf hörten sie galoppierende Pferdehufe auf den Stadtgassen nahe der Schlachte. Die Arnsberger wussten Bescheid: Hier gingen Kuriere zur Residenz ab und sehr bald würde die Stadt einem Tollhaus gleichen.

Sie bezogen in guter Ordnung ihre Plätze, die Reiterei in der Mitte und auf dem Nordflügel und das Fußvolk dazwischen und im Süden, wie es der Arnsberger festgelegt hatte. Dann warteten sie ab. Und lauschten in die Dunkelheit. In der Stadt tat sich für eine ganze Weile nichts, sie sahen Fackelschein auf den Mauern und hier und da den Helm eines Wachpostens, aber es blieb still. Seltsam still.

Der Graf ritt die vorderste Linie ab, blieb stehen und sprach ruhig mit den Leuten, er gab den Lässigen. Aber die Art, in der er immer wieder den Kopf hob und zur Mauer hin lauschte, machte klar, dass er sich seiner Sache nun nicht mehr so sicher war. Mitternacht mochte vorübersein, als Albert die Fähnleinführer zu sich befahl. Enno sah den Langen mit einem Grunzen verschwinden, er hatte bei der Sache kein gutes Gefühl mehr, überhaupt kein gutes Gefühl. Gegen Morgen fuhr plötzlich ein eisiger Schauer auf sie nieder, der schnell in Schnee überging und dann abbrach, so plötzlich, als hätte jemand ein Sieltor zugeworfen. Und dann zog vom Fluss Nebel heran, feucht und schwer, und hüllte die Welt ein wie rheinisches Glas in friesische Wolle, binnen kurzem sah man kaum mehr seinen Nebenmann in der Reihe und der Lange war noch immer nicht zurück. Die Unruhe bei den Hairlingern stieg und Enno ritt nun selbst die

Linie seines Fähnleins ab, als Adriaan auf seinem riesigen Zossen auftauchte, weit vornüber gebeugt, der Nebel spie ihn aus wie einen Zentaur aus einem Milchsee.

»Warten! Keine Feuer!«, sagte der Lange knapp.

Dann erklärte er in dürren Worten, wie sich der Graf den weiteren Ablauf dachte. Wie üblich hatte Albert keinen ausgeklügelten Plan. Auf diese Lage war er offensichtlich in keiner Weise vorbereitet. Es war klar, sie mussten bis zum Tageslicht warten. Und dann weitersehen. Der Arnsberger hatte Horchposten ins westliche Vorfeld geschickt. Mehr konnte er nicht tun, und mehr hatte der Lange nicht zu berichten. Also warteten sie. Von der Martinikirche kam dünnes Geläut zur Matutinae[230], als wie aus dem Nichts ein Meldereiter erschien. Es gab Bewegungen auf der anderen Seite. Der Lange war so wütend, dass er sich beherrschen musste, um nicht nach dem Mann zu schlagen.

»Wie denn, Mensch? Sind sie geflogen wie die Vögel? Sie müssten ja wohl über die Brücke zur Schlachte kommen, oder wie?«

Plötzlich war der Graf da und redete auf den langen Holländer ein. »Ruhig, Adriaan! Sie sind da, so viel steht fest. Müssen wohl mit Kähnen übergesetzt sein. Wir warten ab. Weiter nach Plan!«

Der Lange schüttelte unwillig den Kopf. Dann zeigte er mit ausgestrecktem Arm nach irgendwo in Richtung Himmel. »Sonne!«, giftete er. Spuckte das Wort geradezu aus. »Was soll uns bei diesem Scheißwetter die Sonne nützen? Oder schaden?«

Albert von Arnsberg brachte sogar so etwas wie ein Lachen zustande. »Abwarten, mein Guter! Wer wird denn das Bier vor dem Trunke tadeln?«

Wendete sein Pferd und dann verschluckte ihn der

230) Auch Laudes: Morgengebet, Messe zwischen 5.00 und 6.00 Uhr morgens.

Nebel, er verschwand so rasch wie eine Erscheinung. Aber Enno hatte sein Gesicht im Abdrehen gesehen. In Albert brodelte es. Er wusste genau; jetzt! Gerade jetzt, wo der Aldenborcher sich noch gruppierte, wo er noch nicht gefechtsbereit war, mussten sie angreifen. Unbedingt! Jeder Augenblick, der ungenutzt verstrich, war zu ihrem Schaden.

Aber es war unmöglich. Die Sicht war einfach zu schlecht. Verflucht, verflucht! Enno sah den Langen auf den Lippen kauen. Plan. Was hieß denn Plan? Schöner Plan! Damit hatte Albert wohl nicht gerechnet. Sondern gedacht, der Aldenborcher kommt mit seinen Leuten über die Schlachtebrücke. Und läuft ihm damit sofort vor die Klinge, trifft mit seinem ungeordneten Haufen auf ein entwickeltes, gut aufgestelltes Arnsberger Heer. Nun, dieser Teil des Schlachtplans war gescheitert. Moritz war es wohl gelungen, seine ganze Truppe durch das Ansgaritor oder das Stephanitor im Westen aus der Stadt und dann mit Lastkähnen über den Fluss zu bringen. Bei Nacht und Nebel eine bemerkenswerte Leistung.

Als der Morgen dämmerte, kam Wind auf. Es wurde kälter, aber der Dunst hob sich nicht. Die Männer froren. Bei den Hairlingern kreisten die Bierschläuche. Der Graf tauchte auf und hatte seinen Fourier[231] und einen Feldwagen bei sich, auf dem ein eisernes Suppenfass stand. Er fuhr damit die Linien ab und ließ heiße Fleischbrühe austeilen.

Einer der Hairlinger sprach den Fourier an. »Mann, es ist noch nicht viel heller als in einem Bärenarsch. Dann der Nebel. Wir habt ihr uns gefunden?«

»Man hört euch. Und man riecht euch!«, sagte der Fourier und grinste. »Willst du futtern oder quatschen?« Eilig streckte ihm der andere seine Holzschüssel hin.

Der Graf aß eine Schale Suppe mit dem Fähnlein. Er

231) Verpflegungsmeister

saß lässig auf seinem Gaul und hatte ein Bein über das Sattelhorn geschlagen. Er war in einer aufgeräumten Stimmung, die niemand verstand. »Weißt du Adriaan, was mich am meisten freut?«, fragte er.

Enno fuhr hoch. Hatte er richtig gehört? Freude? Jetzt und hier? Der Lange hob kauend die Schultern.

»Na, das Wetter, Mann! Was macht der arme Moritz bei diesem Wetter mit seinen sächsischen Bogenschützen? Ich sag's dir: Er steckt sie sich in den Arsch!«, fuhr der Arnsberger fort und stieß ein wieherndes Lachen aus. Dann hörte man vom südlichen Flügel ein Signalhorn und der Graf warf dem Fourier die Schale zu und verschwand wortlos im Nebel. Der Lange grunzte hinter ihm her.

Nicht lange danach zeigte sich im Osten eine diffuse Aufhellung. Irgendwo hinter dem wabernden Grau musste die Sonne stehen. Vom Fluss aus blies nun ein leichter Wind und die Schwaden kamen in Bewegung, aber an ein Gefecht war noch immer nicht zu denken. Die Sicht reichte kaum einen Speerwurf weit. Der Morgen war schon vorgerückt, als sie von Westen her plötzlich ein dumpfes Wummern hörten. Die Hairlinger wechselten fragende Blicke und es dauerte eine Weile, bis sie das Geräusch deuten konnten. Es waren die Trommeln der Aldenborcher und spätestens jetzt war klar, dass Moritz mit seiner Truppe gefechtsbereit stand. Der Graf tauchte wieder auf, diesmal mit seinem ganzen Stab. Sie flogen im Galopp von Süden heran wie eine drohende Wolke, im dicht geschlossenen Pulk, umgeben von Dreckbrocken und wegspritzendem Gestein. Albert war voll gerüstet, er trug einen Helm mit Halsschutz, das Visier war noch hochgeklappt.

»Fertigmachen!«, rief lauter, als nötig gewesen wäre. Trabte heran und fasste den langen Holländer scharf ins Auge. »Angriffssignal wie besprochen, Adriaan! Du nimmst deinen Flügel leicht vor und packst sie von der

Nordseite. Falls dort Reiterei steht, trenne sie ab und jage sie in die Schlachte. Achte auf Bogenschützen!«

Der Lange nickte ungemütlich. Alles das war längst besprochen, wiederholt und durchgekaut. Denn so war der ganze Plan Alberts. Wenn es zu einem Gefecht in der Senke an der Schlachte kommen sollte, dann sollte der Nordflügel vorgeschoben angreifen und die Front des Feindes aufreißen. Und dann drauf und alles niedergehauen. Ganz einfach. Es sprach nicht für die Ruhe des Grafen, dass er das alles jetzt noch einmal sagte.

Gegen Mittag hatte sich der Nebel weiter gehoben, man konnte nun das erste Treffen[232] des Arnsberger Heeres zu jeder Seite etwa fünfzig Schritt weit sehen. Der Dunst hing wie ein nasses Tuch über ihnen, eine einzige, alles bedeckende Wolke, aus der es zu nieseln begann. Dann tauchten Priester in weißen Alben[233] auf. Sie verbrannten Weihrauch, gingen die Reihen ab, trugen Kreuze und Reliquienkästen auf lange Stangen und hielten sie jedem hin, der aus einer Berührung oder einem Kuss Kraft für das bevorstehende Gefecht schöpfen wollte.

Es trug nicht eben zur Beruhigung bei. Das Warten, die Ungewissheit und die Angst zerrten an den Nerven. Es ging auf die Vesper, als mit einem Mal Wind aufkam. Und dann preschten auch schon die Horchposten heran, während der Himmel aufriss und binnen eines Ave Maria die ganze Senke vor ihnen lag. Es war, als hätte jemand den Nebel mit einer Bewegung beiseite geschoben. Und dann sahen sie das Heer des Aldenborchers. Und die Sonne. Sie stand im Südwesten, flach über dem Horizont und schien ihnen seitlich ins Gesicht. Von allen Vorteilen, die Albert so schön für sie ausgerechnet hatte, blieb ihnen jetzt nur noch das abfallende Gelände. Sie sahen den Grafen ruhig vor der Linie stehen, er saß auf seinem

232) Staffel oder Reihe eines in Schlachtordnung aufgestellten Heeres.

233) Albe: Chorhemd für Priester

Pferd, die Zügel locker verhangen. Sein Fahnenjunker gab Signal mit der blauweißen Standarte und die Reihen der Arnsberger rückten zusammen und schlossen sich.

Der Lange richtete sich im Sattel auf. »Fähnlein Hairlingen, Achtung!«, rief er mit beherrschter Stimme.

Enno kniff die Augen zu und starrte nach vorn. Dann stieß er den Langen an. »Sieh mal. Die Fahnen!«

Adriaan spähte gegen die Sonne und nickte dann grimmig. Über der Mitte der Aldenborcher, dort, wo Moritz und sein Feldhauptmann sein mussten, flogen zwei Fahnentücher im Wind: das des Grafen von Aldenborch und das Wappen des Erzbischofs von Brema. Sie sahen den feindlichen Stab im Zentrum des ersten Treffens versammelt, viele bunte Federn über blitzenden Helmen, zu beiden Seiten von Reiterei gedeckt. Auf dem Südflügel stand eine weitere Reiterabteilung, daneben eine in einheitliches Grün gekleidete Truppe, das mussten die sächsischen Bogenschützen sein. Nach Norden zu und in den Lücken sahen sie viel buntes Kriegsvolk in unterschiedlichster Bewaffnung, dazwischen zwei braune Blöcke Bremaer Stadtwache mit ihren Piken[234].

Die Feinde waren nicht weiter als drei Bogenschüsse entfernt, man konnte die hellen Flecke ihrer Gesichter deutlich ausmachen. Die Linie stand still, nichts regte sich, es schien, als wartete Moritz auf den Gegner.

Und als die Arnsberger sich vorbeugten, um zu sehen, ob Graf Albert endlich den Arm höbe und der Hornbläser das Signal zum Angriff gäbe, kam auf einmal Bewegung in den Stab der Aldenborcher und es löste sich ein bulliger Kerl auf einem kräftigen Pferd und ritt vor die eigene Linie. Sie hörten entfernten Jubel aufbranden, der Reiter winkte mit der Lanze und dann sahen sie, dass es Ocko Hylmerisna war, der Brokmanne. Er war es, war es eindeutig, sie erkannten seine gedrungene Gestalt und die

234) Langspieß

leuchtenden Farben seiner Kleider. Ocko wendete das Pferd und stieg schwerfällig auf die Kruppe des Tieres. Er hielt sich dabei an der Lanze fest, die Waffe steckte nun in der Lederschlaufe am Sattel. Drehte sich um und nahm Front zu den Arnsbergern hin. Und dann öffnete der Brokmanne im anschwellenden Geschrei seiner Leute schwankend seinen Hosenlatz und pisste in hohen Bogen von seinem Pferd herunter. Die Sonne fing sich in dem Urin und ließ ihn weithin sichtbar silbrig aufleuchten. Ocko pisste lange. Seine Blase war offenbar gut gefüllt. Als er fertig war, drehte er sich um, bückte sich und zeigte sein nacktes Hinterteil. Die Aldenborcher schlugen auf ihre Schilde und man hörte ihr grölendes Gelächter.

Auf der Seite der Arnsberger war eisiges Schweigen. Mit einem Mal spürte man die Wut, es lief eine heiße Zorneswelle durch die Reihen. Enno nahm den Hylmerisna so intensiv wahr, als sei allem um ihn herum abgedunkelt. Er fasste nach dem Runenholz in seinem Gürtel, sein Vater hatte es ihm gegeben, abends auf der Tenne, als beide sich über diesen Zug auseinandergesetzt hatten. Sie hatten erneut heftig gestritten über das Für und Wider dieses Konfliktes und am Ende, ganz zum Schluss, hatte Magnus tom Diek seinen Sohn mit beiden Händen bei den Schultern gefasst und ihm geradewegs in die Augen gesehen.

»Und was ist mit deiner Familie? Du hast einen Sohn! Und Wiska, was ist mit ihr? An Wiska denkst du wohl gar nicht!«, hatte der Vater bitter gesagt.

Enno hatte seinen Blick erwidert, fest und selbstsicher. »Zum Gegenteil, Vater. Ich tue es *auch* wegen Wiska!« Und dann hatte er Magnus von der Begegnung zwischen Ocko Hylmerisna und Wiska erzählt, damals, Anno 1345, in Auwreke, auf dem Thing am Upstallesbame, als der sich vor Wiska entblößt, sie bedrängt und zum Verkehr aufgefordert hatte. Hatte berichtet, wie Wiska ihm weinend die Widerwärtigkeit dieser Situation dargelegt hatte und wie sehr sie sich beschmutzt gefühlt habe. Hatte auch nicht verschwiegen, dass Ocko gegenüber Willem Zeerijp, Wiskas Bruder und neuem Herrn in Wijtwerd, Abbitte getan habe, aber das genüge ihm nicht. Er verlange Abbitte direkt an seine Frau gerichtet, Auge in Auge.

Danach hatte Magnus bedrückt geschwiegen, lange, und schließlich gesagt: »Rache muss kalt sein, wenn sie wirklich munden soll, Sohn. Und mir scheint, bei dir glüht sie noch.«

»Ich rede nicht von Rache, Vater. Sondern von Genugtuung. Gewährt er sie, ist die Sache für mich aus der Welt.«

Magnus hatte genickt, und dann hatte er ihm das Runenholz gegeben. »Es hat schon unsere Vorfahren beschützt, es wird auch dich beschützen.«

An dieses Gespräch dachte Enno jetzt, und er fühlte den Zorn in sich aufsteigen, als er den Brokmannen auf seinem Gaul stehen sah, den nackten Hintern vorgestreckt, und er spürte die Männer um sich vor Wut zittern.

Und in diesem Augenblick zeigte sich, dass der Graf von Arnsberg trotz seiner Abneigung gegen ausgeklügelte Pläne ein guter Heerführer war. Albert ritt vor die Front, zog sein Schwert und schrie mit gellender Stimme: »Das ist der Arsch, in den wir treten werden! Seht ihn euch an, Männer. Er ist breit, ihr könnt ihn nicht verfehlen!«

Aber er gab das Zeichen zum Antraben noch immer nicht. Der Graf hatte noch während des Vormittags festgelegt, dass, um Kraft zu sparen, die ersten einhundertfünfzig Schritt auf den Feind im leichten Trab zurückgelegt werden sollten. Und erst dann, auf besonderes Signal, sollte zum Angriff angaloppiert werden. Der Brokmanne stand längst wieder bei seinen Leuten, bei den Aldenborchern wurde plötzlich eine Trompete geblasen, sie sahen Meldereiter die Front entlanghetzen, aber Albert von Arnsberg saß wie steifgefroren auf seinem

Pferd. Dann sahen sie, wie sich die feindliche Reiterei am südlichen Flügel neu ordnete und von der Linie zu einer Keilformation umgruppierte. Es schien so, als ginge dabei vieles durcheinander. Das erste Treffen hatte bereits geschwenkt, aber die hinteren Reihen folgten nicht wie befohlen nach. Und in kürzester Zeit war der Südflügel derart in Unordnung, dass dort niemand mehr wusste, wo vorne und hinten war.

In diesem Moment hob der Fahnenjunker die blauweiße Standarte und dann hörten sie das Hornsignal zum Angriff. Und mit einem einzigen gellenden Schrei setzte sich das Heer des Arnsbergers in Bewegung und stürmte vor. Die Hairlinger Reiterei nahm sofort die nördliche Spitze und galoppierte vorgeschoben auf den Feind, wie es Albert befohlen hatte. Und plötzlich schien eine Welle der Verwirrung durch das gegnerische Heer zu laufen. Sie hörten hektische Trompetensignale und Befehlsgeschrei, der ganze Stab war mit einem Mal in Aufruhr und die Mannschaft im ersten Treffen flatterte unruhig. Im Näherkommen wurde ihnen klar, dass sich die Reiterei noch immer nicht gefunden hatte, aber jetzt warteten sie auf die sächsischen Pfeile, doch die kamen nicht. Erst viel später erfuhren die Arnsberger, dass durch die nebelige Feuchte die Hornbögen der Sachsen unbrauchbar geworden waren. Die Leimstellen lösten sich. Sie mussten mit ihren Klingen kämpfen, als Schießtruppe fielen sie aus.

Jetzt kam die gegnerische Reiterei langsam in Trab, aber sehr schwerfällig, die Unruhe war noch groß und der tiefe Boden tat ein Übriges. Sie sahen den Feldhauptmann mit den Armen rudern, hierhin und dorthin zeigen und sahen, wie der Junker mit seinem Wimpel versuchte, die Befehle in Signale umzusetzen. Moritz war nirgends zu entdecken. Sie waren auf halbem Wege heran, als die ersten Soldaten der Stadtwache viel zu früh ihre Lanzen warfen. Enno sah die Fähnleinführer aufgeregt schreien und fuchteln, sah ihre aufgerissenen Münder, hören konnte man sie nicht, das Brüllen der Angreifer und das dumpfe Donnern der Pferdehufe auf dem schweren Boden überdeckte jedes andere Geräusch. Er hatte den Langen vor sich, tief geduckt hinter dem Hals seines Riesengauls, und ihm wurde klar, dass ihr Angriffsschwung erlahmte. Das tiefe Geläuf raubte den Pferden die Kraft. Die Fußtruppe am Südflügel war schon weit vorgeschoben, der Graf mit seinen Reitern hing in einem Bogen zurück.

Plötzlich zog der Lange mit seinem Zossen nach rechts, in Richtung auf die Schlachte. Hier war der Boden fester, sie kamen deutlich schneller voran, und dann sahen sie Moritz. Er trug einen einfachen Helm mit Nasenstange und auch seine übrige Kleidung war unauffällig. Aber auf seinem Schild prangte das Kreuz des Erzbischofs von Brema. Er hatte die Gefahr für seine Nordflanke wohl erkannt und hielt mit etwa dreißig Reitern auf den Fluss zu. Der Brokmanne war bei ihm, die kräftigen Farben von Hose und Wams waren gut auszumachen. Aber Ocko Hylmerisna hielt sich auf der westlichen Seite seiner Truppe, links außen, weit entfernt von der Stoßrichtung des Arnsberger Heeres. Es war so, als wollte er dem Gefecht möglichst lange aus dem Wege gehen.

Der lange Holländer hob jetzt seinen knochigen Hintern aus dem Sattel, stellte sich in die Steigbügel, riss sein Schwert aus der Scheide und stieß einen gellenden Schrei aus. »Schneller, Freunde! Wir müssen vor ihnen da sein!«

Sie beugten sich vor und holten das letzte aus ihren Pferden. Es war ein Wettlauf. Sie mussten mit dem Nordflügel fertig sein, bevor Moritz sie von der Seite fassen konnte. Und noch ehe der Erzbischof sich auf einen halben Pfeilschuss nähern konnte, rissen die Hairlinger die beiden Fähnlein der Stadtwache in einer einzigen Attacke auseinander. Rannten sie einfach über den Haufen, ritten und schlugen nieder, was sich in ihren Weg stellte und in einer Wolke von Dreck, Steinen und Erdbrocken löste sich das Fußvolk auf, noch bevor man einen Napf Suppe hätte trinken können.

Von Süden her brandete Geschrei auf und sie wussten, dass die Hauptmacht ihres Heeres jetzt am Feind war. In diesen Augenblicken wuchs der Lange über sich hinaus. Er war überall, holte seine Truppe wieder zusammen, formierte sie und setzte sie so rechtzeitig in Galopp, dass sie den Angriff der Aldenborcher in voller Geschwindigkeit parieren konnten. Enno sah den Langen auf Moritz zuhalten, dann sah er den Brokmannen heranfliegen. Er sah das Schwert Ockos durch die Luft wirbeln, duckte sich, streckte den Schild vor, schlug von unten her zu, wie es ihm der Lange beigebracht hatte, schlug zu und traf irgendwo. Er wusste nicht, ob er den Brokmannen oder sein Pferd getroffen hatte, spürte auch den Hieb des anderen auf seinem Schild, dann waren sie aneinander vorbei. Plötzlich stand vor ihm dieses Pferd quer, Enno sah den anderen hastig seinen Schild drehen, das Tier blutete aus dem Maul, er konnte es nicht mehr wenden, sah den Mund seines Gegners aufgerissen in einem lautlosen Schrei, dann stießen die Gäule zusammen. Der andere kam nicht mehr aus den Steigbügeln, sein Pferd schlug zur Seite um und Enno sah ihn unter dem Bauch verschwinden.

Nur mit Mühe hielt er sich selbst im Sattel, sein Brauner knickte mit den Vorderbeinen ein, es fehlte nicht viel und er wäre kopfüber gegangen, aber er hielt sich ohne Zügel, Schwert und Schild noch immer in den Händen. Enno wendete sein Tier, kam zurück und spähte nach Ocko Hylmerisna, der irgendwo im Getümmel sein musste. Und der vielleicht auch nach ihm suchte. Aber der Trupp des Erzbischofs war hinter der Senke in Richtung Schlachte abgetaucht, die Aldenborcher hatten wohl keinen Sinn darin gesehen, ihre Pferde für eine zweite Attacke auf den

Gegner zu richten. Enno ritt hinein in die Reste des zerfetzten gegnerischen Haufens, sah Tote und Verwundete, Pferdeleiber und Waffen verstreut auf dem Platz. Dann hörte er den Langen rufen und das Fähnlein Hairlingen formierte sich nach Süden zu, wo die beiden Heerhaufen aufeinander einschlugen. Er sah den Brokmannen während der Schlacht nicht mehr wieder.

Es dauerte kaum einen Rosenkranz, da waren die Aldenborcher geschlagen. Der Südflügel ihres Heeres war schon in Auflösung. Er konnte sich nicht mehr formieren, die Mitte konnte dem Druck der Angreifer nicht standhalten, dann der gescheiterte Rettungsversuch Moritz' an der Nordflanke, und dann brach der Rest in kürzester Zeit auseinander.

Dieses wahnwitzige Manöver des Grafen von Arnsberg, die volle Attacke über die gesamte Tiefe des Gefechtsfeldes, ohne jede Absprache und mit dem ernormen Risiko behaftet, dass der Angriff am Ende kraftlos in sich zusammenfallen würde, es hatte sich ausgezahlt. Albert hatte instinktiv erkannt, dass der Moment, in dem sich das gegnerische Heer vergeblich um Ordnung bemüht hatte, der beste für den Angriff war. Er legte das dem langen Holländer später noch einmal genüsslich auseinander.

»Hör auf zu maulen, Adriaan«, sagte der Arnsberger gemütlich. »Du hast ja ganz recht, es war anders vereinbart. Aber, verdammt und zugenäht, jeder hat doch gesehen, dass der Feldhauptmann seine Reiterei nicht zum Angriff aufstellen konnte. Du hast es doch auch gesehen, oder nicht? Sollte ich etwa warten, bis er mit seinem Geschäft zu Ende war? Das wäre uns sauer angekommen, glaube mir!«

Der Lange hatte schräg gegrinst und die Schultern gehoben, er wusste nichts darauf zu sagen, aber die ganze Sache saß ihm immer noch quer, das sah man.

Noch auf dem Schlachtfeld unterzeichnete Moritz von

Aldenborch eine Verzichtsurkunde auf den Stuhl des Erzbischofs von Brema. Er war nicht verwundet, doch sein Waffenrock war an der Seite aufgerissen und Adriaan besah sich die Stelle mit glitzernden Augen.

Der Erzbischof hatte vergeblich versucht, über die Schlachte zu entkommen. Die Kähne waren nicht mehr da. Seine Feinde in der Stadt hatten sie wohl nach Brema zurückgeholt und man sah Moritz an, dass ihn dieser Verrat ebenso schmerzte wie die verlorene Schlacht. Als er aufgegriffen wurde, war der Brokmanne nicht bei ihm. Der Aldenborcher unterschrieb nicht freiwillig, sondern weil ihm der Arnsberger das Schwert vor die Brust hielt. Er signierte auch nicht mit seinem vollen Namen, sondern lediglich mit einer Paraphe, die er später mit der Begründung, er habe der Gewalt nachgegeben, widerrufen sollte. Dann saß er auf und verschwand wortlos.

Sie ließen ihn ziehen. Zu diesem Zeitpunkt konnte Moritz keinen Überblick über seine Verluste haben. Sie interessierten ihn wohl auch nicht. Er überließ es seinem Feldhauptmann, die Reste seines Heeres zu sammeln und die Toten zu bergen. Am nächsten Tag verließ er die Residenz und ging auf seine Besitzungen nach Aldenborch zurück. Es war klar, Albert von Arnsberg hatte eine wichtige Schlacht gewonnen. Aber niemand wusste besser als er, dass damit der Casus noch nicht beendet war. Der Aldenborcher hatte nicht den Eindruck gemacht, als füge er sich nun in sein Schicksal.

Ocko Hylmerisna blieb verschwunden. Enno suchte weiter nach ihm, aber der Brokmanne tauchte nicht wieder auf. Unter den Toten war er auch nicht. Er musste das allgemeine Getümmel genutzt haben, um sich aus dem Staub zu machen. Enno redete mit dem langen Holländer darüber.

»Vielleicht ist er in der Schlachte ersoffen«, sagte Adriaan trocken.

»Vielleicht!« Enno sah den Langen an. Seine Stirn stand in Falten und die Wangenmuskeln arbeiteten.

»Spuck's aus. Was ist?«, fragte der Holländer ruhig.

Enno hob die Schultern. »Ich habe mit dem Brokmannen die Klinge gekreuzt!« Seine Stimme zitterte ein wenig.

»Und ich mit einem Erzbischof«, erwiderte der Lange trocken. Dann richtete er sich auf. Seine Lippen umkräuselte ein kaltes Lächeln. Er nickte. »Ja. Ich weiß, was du sagen willst. Von nun an ist nichts mehr so, wie es einmal war.«

*

Ist oben am Kopf eine eindringende Wunde, so büße man ebenso viele Schillinge (...), wie Wundmale da sind.

Aus der 1. Rüstringer Bußtaxe

4.

Aldenborch, Vorstadt,
erster Tag der Karwoche, Anno Domini 1351
(Montag, 11. April)

»Achte auf meine Wunde«, sagte der Brokmanne scharf und die Frau hielt inne und sah ihn unsicher an. Ihre wissenden, geschmeidigen Bewegungen verrieten sie als erfahrene Dirne. Sie war nicht die unschuldige Schankmagd, als die sie sich ausgegeben hatte, das war klar. Die Frau drehte sich ein Stück zur Seite, blieb aber auf Ockos Schoß sitzen und begann erneut, sich rhythmisch zu wiegen. Der Brokmanne schloss die Augen nicht, sie waren auf seine Hände gerichtet, mit denen er die Brüste der Frau hielt.

Der Winter war noch einmal mit ganzer Härte zurückgekehrt, er setzte den Menschen zu, als wollte er sie von der Pest ablenken. Drei Tage vor Palmsonntag war über eine Elle Schnee gefallen und seit der vorigen Nacht herrschte klirrender Frost, er legte sich wie ein eisiges Leichentuch über das geschundene Land.

Ocko starrte auf die Feuerstelle, dann wanderten seine Augen durch den Raum und blieben am Fenster hängen. Der nahezu gefüllte Mond warf ein kaltes, fahles Licht durch die bleigefassten Scheiben. Sein Oberschenkel schmerzte, und die Wut stieg in ihm hoch. Dieser verdammte Hund hatte ihn tatsächlich erwischt, von unten her, mit einem Hieb, den er in dieser Heimtücke nicht erwartet hatte, nicht erwarten konnte. Ein Bauer, ein Lümmel noch, hatte ihm, Ocko Hylmerisna, eine Schwertwunde beigebracht. Er fühlte wieder den glühenden Schmerz, mit dem sich die Klinge in sein Fleisch fraß und die Scham quälte ihn mehr als die Wunde, die nässte und sich nicht schließen wollte.

Dann diese Niederlage! Er hatte immer gewusst, dass der Feldhauptmann nichts taugte, aber Moritz hatte gegen seinen Rat an dem Mann festgehalten. Der Kerl hatte völlig die Nerven verloren, als der Arnsberger überraschend angriff. Dabei war zu sehen gewesen, dass die Attacke an Schwung verlor. Das Geläuf war zu tief, die Gäule hatten größte Mühe, ein ruhiges Frontmachen und Standhalten hätte vermutlich ausgereicht, das Blatt doch noch zu ihren Gunsten zu wenden. Aber der Feldhauptmann hatte herumgeschrien, kopflose, zum Teil widersprüchliche Befehle gegeben und seine sichtbare Fassungslosigkeit hatte sich schließlich auf das Heer übertragen, es gelähmt und die Schlacht war schon verloren gewesen, noch bevor sie begonnen hatte.

Und dann der schwere Fehler des Grafen selbst, in dieser Lage mit seinem gesamten Stab nach Norden zu reiten, weg von dem da schon kopflosen Kern der Truppe, nur weil ein paar Bauernlümmel das Fußvolk auf dem linken Flügel angriffen. Zum Teufel mit ihm! Er hörte die Dirne stöhnen und ihm selbst entfuhr ein raues Knurren. Das Gespräch mit Moritz von Aldenborch war hart und unerfreulich gewesen, aber es hatte für Klarheit gesorgt.

Er hatte den Grafen in dessen Stammburg an der Hunte[235] aufgesucht, ein eisiger Wind fegte über den Fluss und der Posten an der Zugbrücke hatte ihn ungebührlich lange aufgehalten, bevor er ihn vorließ. Ocko Hylmerisna war wie ein wütender Stier in die Wohnhalle gestapft und

235 Fluss in Oldenburg

der Graf hatte ihn angefaucht: »Vergesst nicht, wo Ihr seid und wer Ihr seid!«

»Oh, ich weiß zumindest, *wo* ich bin: im Hause eines Verlierers«, hatte Ocko herausgezahlt und der Graf war in seinem Stuhl hochgefahren. Die höfische Sprache war sofort in den Ton der Vorstadtgassen umgeschlagen.

»Wo bist du denn gewesen nach dem Zusammenstoß mit den Hairlingern? Hast dich davongemacht wie ein Hühnerdieb!«

Der Brokmanne war mit einem Schlag kalt und besonnen gewesen. »Ich war verwundet. Und mein Heerführer, weißt du, hatte es vorgezogen, sich zur Schlachte zu verziehen, statt einen neuen Angriff zu reiten«, hatte er trocken gesagt.

Moritz hatte ihn voller Zorn angestarrt. Eine ganze Weile war er unfähig gewesen zu antworten, aber dann war es förmlich aus ihm herausgebrochen. »Du willst mir Feigheit vorwerfen? Du? Glaubst du, ich hätte nicht bemerkt, wie du dich in Lee[236] hieltest auf unserem Ritt nach Norden, auf den linken Flügel zu? Wo warst du da? Hast den Schwanz eingezogen!«

»Ich hatte meine Gründe«, hatte Hylmerisna ungerührt geantwortet. Er war kalt geblieben bis ans Herz. »Man sollte Tapferkeit nicht mit Dummheit verwechseln. Wir waren auf der Mission, unseren Nordflügel zu schützen. Ich war Offizier deines Stabes. Ein verirrter Pfeil, ein blindlings geworfener Speer hätte gereicht, dem ein Ende zu machen. Sich solcher Gefahr zur Unzeit zu entziehen ist klug, das Gegenteil Bauernblödheit.«

»Du hast versucht, mich von diesem Ritt abzuhalten! Hast gesagt, er ist falsch!«, hatte Moritz geschrien.

»Er *war* falsch!«

Danach hatte langes Schweigen geherrscht, der

236 Die dem Wind abgewandte Seite. Hier: die dem anrückenden Feind abgewandte Seite.

Aldenborcher war schließlich von seinem Lehnstuhl aufgestanden und zur Esse geschlurft, um nachzulegen. Er hatte sich bewegt wie ein alter Mann. Aber es war noch Feuer in ihm gewesen, denn plötzlich war er herumgefahren, den Schürhaken drohend in der Faust.

»Merke wohl: Ich habe eine Schlacht verloren, das ist wahr. Aber nicht den Krieg. Und wisse, ich lasse nicht nach!«, hatte er drohend gefaucht, aber der Brokmanne hatte nichts erwidert. Seine Lippen hatte ein mokantes Lächeln umspielt.

Der Himmel mochte wissen, wie das alles weiterging. Jedenfalls war der Arnsberger, Gottfried, der vom Papst ernannte neue Erzbischof, noch Anno 1350 mit Pomp in die Stadt eingezogen, vor dem Christfest. War mit seinen Paladinen im feierlichen Zug über die Schlachtebrücke geritten, hatte die Residenz in Besitz genommen und mit inbrünstiger Freude bereits die Weihnachtsmette im Dom zu Sankt Petri gelesen. Hatte so getan, als sei er seit Menschengedenken der Kirchenfürst in Brema. Und da saß er nun, fest und satt, und wie sollte man ihn da wieder wegschaffen?

»Ihr seid ein Träumer, Euer Liebden!«

»Und du versteigst dich!«, hatte Moritz scharf geantwortet und ihn dann mit einer schroffen Handbewegung entlassen. »Und nun geh! Aber halte dich bereit. Ich rufe dich, wenn ich dich brauche.« Dann, als der Brokmanne sich nach einer knappen Verneigung entfernen wollte, hatte er ihm noch nachgerufen: »Und halte mir deine Bauern und Waffenknechte bei der Hand. Wir werden sie noch nötig haben!«

So war das gewesen und nun, da Ocko Hylmerisna daran dachte, schmeckte er sie wieder, die bittere Galle der Niederlage. Er hatte sich aus Kalkül auf die Seite dieses Usurpators geschlagen, war ein hohes, vielleicht zu hohes Risiko damit eingegangen. Und war gescheitert.

Zumindest vorerst. Unerträglich fand er die Blicke seines Vaters Keno, der zunächst klug genug war, auf Vorwürfe zu verzichten. Aber den zarten Hinweis, das alles werde die Hylmerisna auf ihrem Weg an die Spitze Ostfrieslands nicht eben befördern, konnte sich Keno nicht verkneifen. Vor allem jetzt, da er dabei sei, seinen Einfluss in der Landgemeinde Auwreke endlich zu festigen.

»Ach, Vater! Du und dein Lieblingsspielzeug. Auwreke. Begreife doch, das fällt uns in den Schoß! Wenn nicht bereits dir, dann eben mir«, hatte der Sohn erwidert.

»Fällt uns in den Schoß? Mag sein«, hatte der Alte unwirsch geantwortet. »Aber ich meine Ostfriesland als Ganzes. Wie stehen wir jetzt da, nachdem du Moritz unterstützt hast? Und, was noch viel schlimmer ist, mit ihm verloren!«

Ocko war zu einem Lehnstuhl gehumpelt, hatte sich ächzend niedergelassen und den verletzten Schenkel gerieben. Die Wut über die Wunde mischte sich mit dem Ärger über seinen Vater, dessen Vorhaltungen ihm auf die Nerven gingen. »Das ist für Ostfriesland ohne Belang. Die Leute hier haben andere Sorgen, zumal jetzt zu Pestzeiten«, hatte der Sohn kalt geantwortet.

»Das glaubst du! Und dann, vergiss nicht: Du hast mit dem Hairlinger die Klinge gekreuzt!«

Er hatte den Vater angesehen, lange und wortlos, und war dann aufgestanden und hinausgehumpelt.

»Ich meine den inneren Frieden. Hier bei uns. Die Brüderlichkeit in Ostfriesland!«, hatte der Vater in seinem Rücken gerufen, und dann war die Tür ins Schloss gefallen.

Die Eintracht mit den ostfriesischen Brüdern, das war eine Lüge. Und sein Vater war selbst der Beweis. Er schacherte und betrog, wo er konnte, um sich Auwreke unter den Nagel zu reißen. Nicht zu reden von seinen anderen Finten um Macht und Einfluss. Ostfriesische Brüder! Dieses dumme Gewäsch war nur schwer zu ertragen. Jeder dachte an sich und seinen Vorteil und weiter nichts. Bis auf ein paar Idioten wie dem Hairlinger, die noch immer nicht begriffen hatten, worauf es künftig ankam.

Ockos Blick fiel auf die Frau. Die Dirne hatte das Kreuz durchgedrückt und bewegte sich mit geschlossenen Lidern. Ihr Atem kam jetzt keuchend, ihre Stöße wurden heftiger und dann warf sie den Kopf nach hinten, taumelte zurück, streckte die Hand aus und fasste an den verwundeten Schenkel. Der Brokmanne schrie und bäumte sich auf. Mit einer heftigen Bewegung schüttelte er die Frau von seinem Schoß, sie fiel auf die Dielenbretter und stieß einen erschreckten Schrei aus.

»Du Bauerntrampel! Habe ich nicht gesagt, du sollst auf meine Wunde Acht geben!«, fauchte Ocko.

»Verzeiht, Herr!«, stammelte die Frau. Sie tastete nach ihrem Kittel und raffte ihn in plötzlicher Scham vor der Brust zusammen.

Ocko wies mit dem Kinn auf die Tür. »Hinaus!«

»Aber Ihr habt mir ein Stück Hacksilber versprochen«, protestierte die Magd und dann hatte der Brokmanne mit einem Mal einen Dolch in der Hand, mit einer breiten, kurzen, bösartigen Klinge.

»Verschwinde, Miststück!«, zischte er und die Frau stürzte in Panik zur Tür.

Ocko Hylmerisna tastete vorsichtig nach dem pochenden Schenkel. Er entfernte den Leinenstreifen und besah sich die blutende Wunde. Seine Zähne knirschten vor Zorn. Nun also, sie hatten aufeinander eingeschlagen. Die Klingen gekreuzt. Er wusste, er hatte den Hairlinger nicht erwischt, nur seinen Schild, und der Sauhund hatte sich wie ein Weib dahinter geduckt und von unten her zugeschlagen. Jawohl, sie hatten im Gefecht das Schwert gegeneinander gerichtet in der klaren Absicht, den anderen zu töten oder zumindest zu verwunden. Barg dies

Gefahr für den Frieden unter den friesischen Stämmen, wie sein Vater fürchtete? Ocko wusste es nicht und es war ihm auch gleichgültig. Er wusste nur eins: Er und Enno tom Diek waren Feinde fürs Leben.

*

Das Wetter war schön, als Magnus tom Diek starb. Der späte Frost war ebenso schnell verschwunden, wie er gekommen war und nach ein paar Tagen des Innehaltens durchbrach die Vegetation mit nahezu unbändiger Kraft die restliche Winterstarre in Bäumen und Sträuchern. Es war, als wollte die Natur in aller Eile wettmachen, was ihr bisher an Entwicklung versagt geblieben war.

Der Schnee war kaum geschmolzen, da wurde es Frühling und die Knospen sprossen. Die einsetzende Milde trieb die Bauern auf die Felder, aber zugleich lebte auch die Pest wieder auf. Sie war über den Winter zurückgegangen, es schien, als sei sie fast besiegt. Aber nun, mit der zunehmenden Wärme, erhob die Seuche erneut ihr Haupt und holte sich ihre Opfer. Und wieder starben ganze Familien, verwaisten Höfe und mussten Besitzungen neu geregelt werden. Wie durch ein Wunder blieb der Hof der tom Diek in dieser Zeit eine Insel der Ruhe. Niemand wurde krank. Almeths eisernes Regiment, mit dem sie für Ordnung und Sauberkeit sorgte, schien sich auszuzahlen. Sie achtete mit unnachgiebiger Strenge auch in der eigenen Familie darauf, dass ihre Vorgaben eingehalten wurden. Alle Nahrung wurde vor dem Verzehr gewaschen und gekocht oder gebraten. Man vermied allzu große Nähe zu Fremden und hielt Bekleidung und Körper sauber.

Selbst der Kontakt mit dem Vieh vollzog sich weniger arglos als früher, weil Almeth der Ansicht war, auch von dort könne die Pest übertragen werden. Magnus hatte Zweifel an der Stichhaltigkeit dieser Vermutung, aber er stellte sie nicht in Frage. Also wurden Schafe und Rinder ausschließlich mit Handschuhen und geschlossenem Kittel berührt und dies auch nur, wenn es unvermeidbar war. Anschließend wurden die Kittelblusen gründlich gebürstet und über einem Feuer ausgeräuchert. Der lange Adriaan hielt es auf seinem Hof in Ochterszem ebenso und auch bei ihm trat die Epidemie nicht mehr auf.

In der Folge waren die Hairlinger in der Lage, ihr Land wie früher zu bestellen. Dies bliebt nicht unbemerkt in der Landgemeinde und Magnus tom Diek ermunterte die Bauern, ihre Lebensweise und Verfahren nach Almeths Vorgaben umzustellen. Schließlich machte ihr Beispiel Schule. Schollenherren kamen oder schickten ihre Handmänner zur Unterrichtung nach Eesensem. Sie mussten, wie alle Besucher, vor dem Hof Kittel und Hosen ausziehen und in frische Kleider schlüpfen. Dafür hatte Almeth mit den Mägden Hosen und Kittel aus Leinen genäht, die ständig gewaschen und im Torhaus gelagert wurden. Der Posten hatte die Aufgabe, den Kleiderwechsel zu überwachen.

So war es auch an diesem Tag, als plötzlich am Tor Geschrei zu hören war und ein Knecht auf die Tenne hastete, um den Schollenherrn zu suchen. Magnus tom Diek saß in einem Lehnstuhl, er fühlte sich nicht recht wohl und hatte keine Lust, das Haus zu verlassen.

»Macht es wie immer. Hose und Kittel aus, neue Kleider an und die alten gründlich ausschlagen und ausräuchern, wie es die Herrin aufgetragen hat«, sagte er müde.

Der Knecht nickte und trat zögernd näher. »Jawohl, Herr. Aber das alleine ist es nicht.« Er senkte die Stimme und drehte verlegen die Mütze in der Hand. Am Tor war jetzt Ruhe, von den Stallungen her kam das Kratzen einer Säge.

»Was noch?«

»Es ist der Brokmanne, Herr. Und er ist sehr schmutzig. Und verwundet!«

»Keno Hylmerisna?« Der Knecht senkte den Kopf.

Magnus drückte sich ächzend in die Höhe. »Es ist gut. Ich komme. Schickt nach Adriaan. Und Enno! Und setz deine Mütze auf. Ich bin nicht dein Fürst!«

Der Lange und Enno waren im Stall. Adriaan war heute früh von Ochterszem hergeritten, um seine Bestände an Saatgut zu ergänzen. Die beiden nutzen die Gelegenheit, die Pferde neu zu beschlagen. Der Knecht huschte hinaus und Magnus betrat den Hof. Das Tor war noch geschlossen. Der Posten auf der Balustrade des Torhauses war nach draußen gebeugt und sprach mit jemandem. Das Rauchfeuer neben der Schlupfpforte war frisch beschickt. Es wurde auf Almeths Anweisung während des Tages ständig unterhalten. Magnus kletterte die Stiege des Torhauses hinauf. Er zog den rechten Fuß nach, das Gehen fiel ihm schwer. Der Wachposten empfing ihn an der Balustrade. Seit dem Ausbruch der Pest ließ Magnus das Tor Tag und Nacht besetzen. Auch in Hairlingen waren Plünderer und anderes Gesindel unterwegs. Es griff sich, was erreichbar war, notfalls mit der Klinge in der Faust.

»Es ist der Brokmanne, Herr.« Der Posten machte ein bedeutungsvolles Gesicht. »Er blutet an Kopf und Schulter.«

Magnus zog sich an der Balustrade hoch und betrat den Rundgang. Die Schlupfpforte und der anschließende Wall lagen im Qualm des Rauchfeuers. Er sah den Brokmannen erst, als er sich über das Geländer beugte. Keno Hylmerisna saß auf seinem Pferd, ein zweites hatte er am Sattel festgebunden, und starrte zornig hinauf. Er war allein. Sein Umhang war an der Schulter zerrissen und blutig. Um die Stirn trug er eine Leinenbinde, die am Ohr ebenfalls durchgeblutet war.

Magnus verzichtete auf eine förmliche Begrüßung. »Was ist dir zugestoßen?«

Der Brokmanne bewegte unwillig den Kopf. »Davon später. Willst du mich nicht hereinlassen?«

Magnus tom Diek hörte den Posten in seinem Rücken flüstern. »Ich habe es ihm schon gesagt, Herr. Er will die Kleider nicht wechseln!«

Der Schollenherr nickte und beugte sich vor. Von der Stiege her hörte man polternde Schritte und er wusste, dass Enno und der Lange im Anmarsch waren. »Höre, Keno: Wir wechseln deine Kleider. Du musst dich ausziehen, bis aufs Schamtuch. Du siehst das Schlupftor, dort lege alles ab. Dann komm in den Hof. Deine Pferde müssen auch draußen bleiben!«

Der Brokmanne starrte wütend nach oben, blieb wo er war und rührte sich nicht. Dann war plötzlich Bewegung am Kamm zur Senke vor dem Torhaus, ein Reiter auf einem Maulesel tauchte auf und sie sahen, dass es Bruder William war, der Kirchspielpfarrer. Der Mönch ritt heran, grüßte freundlich, warf Kutte und Unterhemd ab und ging nackt durch die Pforte. Der Brokmanne beobachtete ihn mit finsteren Blicken. Dann kamen seine Augen zurück.

»Das wirst du mir nicht zumuten, Magnus!«, sagte er scharf. »Ich bin kein Pfaffensack, sondern Schollenherr und Richter. Zudem bin ich verwundet!«

»Die Regeln gelten für jeden«, gab Magnus trocken zurück. »Du musst dich ihnen aber nicht unterwerfen. Es steht dir frei zu gehen.«

Enno und der lange Adriaan betraten die Balustrade und stellten sich neben den Schollenherrn. Hylmerisna hockte verdrießlich auf seinem Pferd, er war unschlüssig. Sein Ritt an die Küste hatte schlimme Folgen gehabt. Er hatte mit einem Pachtbauern einen neuen Vertrag aushandeln wollen, der Mann hatte durch die Pest Landgewinne gemacht und der Brokmanne glaubte, die Gelegenheit zugunsten seines Geldbeutels nutzen zu können. Keno war nur von einem seiner Leute begleitet worden, denn der Pachtbauer galt als friedlicher Mann, doch das hatte sich als schwerer Fehler erwiesen.

Bei dem Gespräch hatte sich der Pächter überraschend widerborstig gezeigt. Er hatte den Brokmannen auf der Tenne empfangen, hinter seinem Rücken hatte ein riesiger Knecht gestanden, ein Bursche, dem man ansah, dass er nicht groß nachdachte, bevor er zuschlug.

»Meine Landgewinne gehen dich nichts an. Sie haben mit deinen Äckern nichts zu schaffen. Warum sollte sich am Zins etwas ändern?«

»Das weißt du genau. Du hast das Land immer zu günstigen Bedingungen genutzt. Jetzt ist es an der Zeit, den Preis neu festzusetzen«, hatte Hylmerisna scharf geantwortet.

»Weil ich ein paar Grase von meinem toten Nachbarn gewonnen habe? Was hat das mit deinem Acker zu tun?«, hatte der Pachtbauer grob erwidert und der Knecht in seinem Rücken hatte dümmlich gegrinst. Das Gespräch steuerte auf einen offenen Streit zu und das schien dem Kerl zu gefallen.

Dem Brokmannen hatte der Ton des anderen nicht gepasst, ein Wort hatte das andere gegeben und schließlich hatte Keno einen Schritt nach vorne getan, der ihm schlecht bekommen war. Er hatte den Schlag überhaupt nicht kommen gesehen, so schnell war er geführt worden. Mochte der Teufel wissen, woher der Knecht plötzlich den Prügel mit den Hufnägeln in der Hand gehabt hatte, er musste ihn hinter seinem breiten Kreuz versteckt gehalten haben. Jedenfalls riss ihm der Hieb das Ohr halb ab und brach ihm das Schlüsselbein. Sein eigener Knecht verschwand von der Tenne wie eine Schneeflocke im Wind, er saß schon zu Pferd, als der Brokmanne noch taumelte. Ihm selbst war nichts übrig geblieben, als das Feld zu räumen, heiß vor Scham und Wut wilde Drohungen und Verwünschungen ausstoßend. »Wir sehen uns noch!«

Der Pachtbauer hatte finster geschwiegen, sein Handmann frech gegrinst.

Draußen hatte Keno seinem Begleiter das Pferd abgenommen und ihn dann davongejagt. »Verschwinde! Sehe ich dich noch einmal auf meinem Land, haue ich dir deine dämliche Rübe vom Hals!«

Schon beim Aufsitzen hatte er stechende Schmerzen in der Schulter gespürt und nach wenigen Schritten war klar, dass er mit dieser Verletzung nicht bis zu seinem Hof kommen würde. Es war ihm nichts anderes übrig geblieben, als nach Eesensem zu reiten.

An der Gabelung in Richtung auf das Kloster Marienkamp hatte er gezögert, aber nur kurz. Ihm war nicht nach Mönchen. Schon gar nicht war ihm nach diesem weinerlichen Abt, Hilderaad, dem Vernehmen nach eine wandelnde Leiche. Die Dinge hatten sich gedreht, jawohl, vorerst zum Schlechten, aber Hilderaad weigerte sich zu begreifen. Er begriff auch nicht, dass sich alles wieder wandeln würde, und dann zum Guten, es war nur eine Frage der Zeit.

Keno hatte also sein Pferd nach Eesensem gelenkt, auf den Hof der tom Diek zu, denn man erzählte sich Wunderdinge über das Weib des Hairlingers, über ihre Heilkunst und ihre Erfolge bei der Bekämpfung der Pest. Almeth würde auch seine Schulter verarzten, dessen war er sicher. Die tom Diek gehörten nicht zu denen, die in solchen Augenblicken alte Rechnungen präsentierten. Warum also das nicht ausnutzen? Er hatte keinerlei Gewissensbisse verspürt und nun stand er hier und man ließ ihn nicht vor. Jedenfalls nicht zu seinen Bedingungen. Er blickte nach oben und sah in das widerwärtige, hohntriefende Gesicht dieses Holländers.

»Ich brauche einen, der mir hilft. Meine Schulter ist gebrochen!«, rief er hinauf und sah, wie die Hairlinger sich berieten.

»Das geht nicht, Keno. Du bist noch nicht gereinigt. Keiner meiner Leute wird dich freiwillig anfassen, und ich werde es auch keinem befehlen«, gab Magnus zurück.

Der Brokmanne glaubte, den langen Holländer grinsen zu sehen, und spürte den Zorn in sich aufsteigen. »Die Pest verroht uns alle!«, giftete er mit rotem Hals, aber die oben blieben stumm. Dann sah er, wie der Schollenherr sich vorbeugte.

»Du irrst, Keno. Das alles geschieht nur zu deinem Besten. Und zu unserem Schutz.«

»Ich irre nicht! Wir verrohen. Alle. In Brema verkaufen sich Kinder als Huren. Ich habe Alte aus der Gosse fressen und saufen gesehen. Der Pöbel stiehlt Kleider aus Häusern, deren Bewohner gestorben sind. Die Ratten sind zahlreicher als die Menschen. Der Tag kommt, an dem sie die Stadt an sich reißen werden!«, brüllte der Brokmanne.

Und als vom Turm nichts mehr kam, rutschte er stöhnend vom Pferd und zerrte sich mit erkennbarer Wut die Kleider vom Leib. Das Schlüsselbein sah übel aus, der Knochen drückte scharf gegen das Gewebe. Über dem Bruch saß ein schwerer Bluterguss, faustgroß angeschwollen, im Muskel. Keno musste heftige Schmerzen haben. Er warf Umhang, Wams und Hose auf den Boden und wollte im Torhaus verschwinden. Von dort kam ein scharfer Befehl, dann wütendes Gebrüll, und dann flog die Mütze des Brokmannen auf den Kleiderhaufen.

In sauberes Leinen gekleidet betrat Keno Hylmerisna wenig später den Hofplatz. Eine Magd nahm ihn in Empfang und führte ihn auf die Tenne, wo Almeth bereits auf ihn wartete.

Als Magnus den Turm verließ, mussten der Lange und Enno ihn stützen. Der Hairlinger fühlte sich kraftlos und sehr müde. Er ließ sich in seine Kammer führen und legte sich auf seine Bettstatt. Enno blieb bei ihm, bis der Vater eingeschlafen war. Magnus tom Diek wachte noch einmal auf, heftige Schmerzen in der Brust rissen ihn aus einem matten, schläfrigen Dämmerzustand. Er hob den Kopf und lauschte auf sein Herz, das wild und unruhig schlug. Dann starb er. Sie fanden ihn abends, weil er nicht zum Vespermahl erschienen war.

*

Die Luft im Ratssaal war stickig und abgestanden. Sämtliche Fenster standen offen, doch der Zug brachte keinerlei Kühlung. Gottfried von Arnsberg, der neue Erzbischof zu Brema, ließ seine Augen über die müden Gesichter wandern. Was er sah, machte mit brutaler Klarheit deutlich, wie gnadenlos die Pest in der Stadt regierte. Der Sensenmann hatte dafür gesorgt, dass sich auch hier die Reihen lichteten.

Der ständige Rat der Stadt Brema bestand aus sechsunddreißig Männern. Jeweils zwölf von ihnen, also ein Drittel, waren für ein Jahr im Amt. Was Gottfried nun sah, waren sieben Gestalten, verhärmt und ausgemergelt, die sich im mächtigen Gestühl des Ratssaales verloren. Gewiss, man hatte aus der Reserve der übrigen beiden Drittel Herren nachgezogen, immer wieder, doch schließlich war auch dieser Quell nahezu erschöpft gewesen. Räte, die sonst voller Ungeduld auf den Beginn ihrer Amtszeit warteten, hatten plötzlich Vorbehalte, beriefen sich auf die Ruhe ihres Drittels und standen nicht zur Verfügung. Das übliche Verfahren, Verstorbene aus ihren jeweiligen Familien zu ersetzen, stieß ebenfalls an Grenzen. Nur wenige der Patriziergeschlechter der Stadt verspürten in diesen Zeiten Neigung, die Sorgen Bremas auf ihre Schultern zu laden. Sie hatten genug eigene.

Für Ergänzungen von außen hatten die Räte der Stadt selbst die Hürden hoch gehängt. Frei und ehelich von Geburt musste man sein und mindestens vierundzwanzig Jahre alt. Zudem musste man einen Stadtgrund im Wert von zweiunddreißig Mark Bremisches Silber besitzen. Sodann bestand die Pflicht, der Stadt ein Pferd im Preis von drei Mark zu stellen und zum Abtrag der städtischen Rentenschuld einen Beitrag von einer Mark im Jahr zu leisten. Solche Leute pflückte man nicht vom Baum. Wer die Voraussetzungen erfüllte, war zögerlich in der Übernahme zusätzlicher Pflichten.

Der Erzbischof lehnte sich in seinem Stuhl zurück, die Lehne knarrte leise. Von seinem Podest hatte er einen guten Überblick. Es entsprach schöner Bremaer Tradition, dass der Erzbischof an Ratsversammlungen teilnahm. Gottfried hatte hier keine Stimme, das war klar. Er nahm kümmerliche Reste des Vogtsrechtes wahr, im Kern bestätigte er lediglich, was die Herren beschlossen. Wie schon sein Vorgänger Otto oftmals mit knirschenden Zähnen. Die Zünfte und reichen Kaufleute hatten sich in vielen Jahrzehnten wachsenden Einflusses umfassende Rechte ertrotzt und schließlich gegen den Widerstand des umliegenden Adels behauptet und auf eigene Füße gestellt.

Von diesem Stolz war nichts mehr übrig. Die jämmerlichen Gestalten da vor ihm waren nur noch ein müder Abglanz alter Glorie. Das bürgerlich Aufrechte, der Behauptungsanspruch freier Patrizier, die vor Silber förmlich stanken, war agonistischer Erschöpfung gewichen. Diese Leute hatten nicht mehr die Kraft, Recht und Ordnung in Brema zu setzen oder ihre Respektierung einzufordern, notfalls mit Gewalt. Kein Wunder, dass in der Stadt Anarchie herrschte. Jede Form von öffentlicher Regel hatte faktisch zu existieren aufgehört. Raub und Totschlag, Diebstahl, öffentliche Unzucht und Vergewaltigungen waren an der Tagesordnung. Jeder schützte sich und seine Familie, so gut er konnte. Die Soldaten der Stadtwache wurden der Zustände ebenso wenig Herr wie die Gerichtsbarkeit.

Soeben las der Schreiber mit monotoner Stimme die jüngsten Ereignisse vor. »Im Stephaniviertel drei Morde, zwei schwere Raube und eine Notzucht an einer Zwölfjährigen. Im Kirchspiel Sankt Ansgari der Diebstahl eines Pferdes sowie zweier Fuder Holz. An der Schlachte Fund dreier Kinderleichen, denen Arme, Beine und Köpfe fehlten. In der Neustadt zwölf Totschläge mit anschließendem Raub.« Der Schreiber unterbrach sich, zog ein Schnupftuch aus dem Hosensack und schnaubte hinein. Es klang wie Schluchzen. »Hinrichtungen: siebenunddreißig«, fuhr er mit schwankender Stimme fort.

Schon längst war das Prinzip eines ordentlichen Verfahrens eingestellt. Die übliche Prozedur mit Anklage, Untersuchung und Vollstreckung des Urteils, wenn nötig durch den Strang, das Rad oder das Schwert, war einfach zu schwerfällig. An ihre Stelle hatte der Magistrat bewegliche Schnellgerichte gesetzt, bewaffnete Fähnlein unter der Führung eines Offiziers, die durch die Stadt streiften, Übeltäter aufgriffen und an Ort und Stelle bestraften. Dieben wurde die Hand abgeschlagen, in minderschweren Fällen die Klinge durch die Handfläche gezogen, bei schweren Verbrechen wurde enthauptet. Dabei zog ein Knecht der Stadtwache dem Verurteilten mit einem Lederriemen den Hals lang, und der Offizier schlug den Kopf ab. Die Leichen lud man auf einen Karren und warf sie vor der Stadt in ein Massengrab. Anfangs waren die Köpfe zur Abschreckung auf der Stadtmauer aufgespießt worden, aber davon war man längst abgekommen. Hierzu fehlte die Zeit. Was der Schreiber aufzählte, waren nur die Vorfälle innerhalb der Mauern. In der Vorstadt herrschte praktisch ein rechtloser Zustand. Wer dort nicht für sich selbst sorgen konnte, der war verloren.

»Andere Leibstrafen: vierzehn«, las der Schreiber.

Das waren die Verstümmelungen, die Schnitte durch die Hand, die Hiebe mit der Eisengeißel bei leichteren Diebstählen wie etwa Mundraub. Um die Blessuren kümmerte sich niemand, kein Feldscher oder Wundarzt, der Armstümpfe verband oder Fleischfetzen abdeckte. Der

Geschundene musste sehen, wie er zurechtkam. Mitleid hatte er als Straftäter ohnehin nicht zu erwarten.

»Pesttote: einhundertvierundzwanzig«, murmelte der Schreiber.

Er berührte damit einen Punkt, der ganz praktische Probleme für die Stadt mit sich brachte. Der Raum auf den Friedhöfen wurde eng. Neue Begräbnisfelder mussten gefunden und erschlossen werden. Zudem waren Massenbestattungen nötig geworden. Anders war die Zahl der Toten nicht mehr zu bewältigen. Priester lasen in stetem Wechsel von der Frühe bis zum Kerzenschein Sterbemessen in nahezu allen Gotteshäusern der Stadt. Auf diese Weise versuchte die Kirche, jede Seele, auch die ungenannte, der Gnade des Herrn zu empfehlen.

Und mitten in diesen apokalyptischen Wirren gab es Menschen, die versuchten, so gut es eben möglich war, ihrem Broterwerb nachzugehen, mit Waren zu handeln oder ihr Handwerk auszuüben. Auf Märkten und in Schenken wurden Geschäfte gemacht, mehr schlecht als recht, und immer wieder sah man Leute, die sich, sinnlos bezecht, mit letzter Lebensgier der Fleischeslust hingaben, oftmals in Hausecken oder dunklen Gassen, nicht selten aber auch in aller Öffentlichkeit. Der vermeintlich nahende Verlust des Lebens nahm den Menschen ihre Hemmungen und ihre Würde.

»Was ist in der Vorstadt?«, fragte einer.

»Dort ist die Hölle«, sagte ein anderer dumpf. »Dort hält Gott schon Gericht, er scheidet die Guten von den Bösen und die Feuer brennen schon.«

Gottfried reckte den Hals und sah hinüber. Es war Reemt von Tossen, der gesprochen hatte, ein Greis mit müden, wässerigen Augen. Er vertrat eine uralte Familie des Stadtadels, die durch den Handel mit Wolle, Holz und Wein reich geworden war.

»Alles Gesindel. Lasst sie sich nur gegenseitig abschlachten. Ist nicht schade drum«, sagte eine anderer geringschätzig und alle Blicke wandten sich auf den Erzbischof, aber Gottfried von Arnsberg schwieg.

»Wir schauen in einem Jahr nach und wer noch am Leben ist, den knüpfen wir auf«, fuhr der Sprecher genüsslich fort, sah beifallheischend in die Runde, doch niemand lachte.

»Hagel und Feuer, mit Blut gemengt, fiel auf die Erde und der dritte Teil der Erde verbrannte, der dritte Teil der Bäume und alles grüne Gras«, sagte von Tossen mit zitternder Stimme und im Ratssaal wurde es totenstill.

Der Kirchenfürst richtete sich auf. Draußen rumpelte ein Karren vorbei. Von Sankt Stephani hörte man dünn eine Glocke. Totengeläute.

»... ein großer Berg mit Feuer brennend fuhr in das Meer, und der dritte Teil des Meeres ward Blut, und der dritte Teil der Schiffe ging zugrunde«, murmelte Reemt von Tossen mit nassen Augen.

»Jetzt halt endlich die Schnauze, Reemt«, sagte einer der Ratsherren scharf, doch man hörte deutlich, wie unwohl er sich fühlte. Ein solcher Ton war früher im Ratssaal der Stadt Brema nicht üblich gewesen. Inzwischen waren alle Augen auf den Alten gerichtet, viele schreckgeweitet, nicht wenige tränengefüllt.

Reemt von Tossen hatte seine Arme vor der Brust verschränkt, sein Oberkörper krümmte sich wie vor Schmerzen. »... der dritte Teil der Sonne, des Mondes und der Sterne ward verfinstert, und ich sah einen Adler fliegen durch des Himmels Mitte und hörte: ›Wehe, wehe, wehe denen, die auf Erden wohnen, um der anderen Posaunen willen der drei Engel ...!‹«

Der Alte zitierte aus der Offenbarung des Johannes, dem achten Kapitel der Apokalypse, er sprach die Worte des siebten Siegels. Und dann, in die Stille hinein, kam plötzlich ein markerschütternder, angstvoller Schrei. »Nun schweigt! Nun schweigt doch, um des Herrn willen!«

Alle Köpfe fuhren herum. Gottfried von Arnsberg hatte sich halb aus seinem Stuhl erhoben, die Hände um sein Brustkreuz geklammert, es schien, als wollte er kopflos davonstürzen. »Schweigt, beim Blute Christi, ich bitte Euch«, flüsterte der Erzbischof mit heiserer Stimme. Er sank langsam auf seinen Stuhl zurück und von Tossen starrte blicklos vor sich hin, seine Lippen bewegten sich stumm.

»Das hat doch alles keinen Zweck«, sagte einer der jüngeren Räte, Meynert van Varle. Der Mann stand auf und trat vor. »Es hat ja doch keinen Sinn, uns hier gegenseitig in unseren Ängsten zu bestärken. Dass wir alle Angst haben, ist doch klar. Wir müssen unsere Kraft darauf richten, unseres Amtes zu walten. Unsere Pflicht zu tun«, fuhr er betont forsch fort.

»Was willst du denn noch regeln, Mann? Sieh dich doch um. Alle Ordnung bricht zusammen. Willst du Erlassen oder Gesetzen, die nicht befolgt werden, weitere hinzufügen, die man ebenso wenig achten wird? Jeder sorgt für sich. *Nur* für sich. Jetzt heißt es überleben, sonst nichts«, kam es von irgendwo her.

»Dann geben wir das Recht auf, hier zu tagen! Räte von Brema zu sein. Dann geben wir uns selbst auf«, sagte Meynert van Varle erregt.

Nun erhob sich Gemurmel, dann wild hin und her geworfene Rede und Gegenrede und schließlich setzte sich der durch, der zu Anfang gesprochen hatte. »Räte von Brema zu sein? Darauf kommt es in dieser Zeit gewiss nicht an«, sagte er kalt.

Von Varle fuhr auf. »Worauf denn? Worauf kommt es denn an? Sag mir das, du Klugscheißer!«, schrie er aufgebracht. Auch sein Widersacher war aufgesprungen. Mit geballten Fäusten standen sie sich gegenüber, starrten sich hasserfüllt in die Augen, und dann, in die eintretende Stille hinein, meldete sich der Erzbischof.

»Auf Gottgefälligkeit«, sagte Gottfried von Arnsberg mit fester Stimme. »Auf gottgefälliges Handeln kommt es an.«

Er hatte den Streit verfolgt und dabei seine Fassung wiedergewonnen. Sich endlich ermannt. Erkannt, dass er seine hündische Angst vor der Seuche überwinden musste. Dass ihn die tiefe Furcht nicht besiegen durfte, sein innig ersehntes Amt – durch den Papst selbst verliehen, gleichwohl mit Blut erkämpft – durch Krankheit und Tod wieder zu verlieren. Dass er, gerade in dieser schweren Zeit, Vorbild sein, führen musste. Dass nun die Kirche als die letzte Autorität den Gang der Dinge zu richten hatte. Und also der Klerus. Und also er, er vor allem, als der Kirchenfürst von Brema, verantwortlich für seine Diözese und die Menschen dort.

Gottfried von Arnsberg erhob sich aus seinem Gestühl, führte sein Brustkreuz an die Lippen und ging einen Schritt nach vorn. Nur einen. Er blieb bewusst auf seinem Podest, er wollte nicht unter die Räte treten, sie sollten unten sein und er oben. Sie sollten zu ihm aufschauen müssen. Dabei wusste er genau, wie dünn das Eis war, auf dem er sich bewegte. Auch die Autorität der Kirche hatte durch die Pest gelitten. Ein bitterer Syllogismus kam ihm wieder in den Sinn. Menschen sind schwach. Priester sind Menschen. Also sind auch sie schwach. Jawohl, es gab sie leider, Geistliche, die ihren Schafen in dieser Prüfung wenig Halt bieten konnten. Die ihre eigenen Bedürfnisse über die Seelsorge stellten. Die ihre Pflichten schändlich versäumten, indem sie sich weigerten, Todkranke zu versorgen und die Sakramente zu spenden.

Oh, es gab böse Gerüchte. Im Westergo sollte ein ganzen Kloster geflüchtet sein, das gesamte Kapitel, alle Mönche waren angeblich über Nacht spurlos verschwunden, hatten ihre Kirchspiele im Stich gelassen. Nicht die Brüder hier in Brema, die von Morgengrauen bis spät in die Nacht Messen lasen und Tote beerdigten, die Sterbende wuschen und labten, schufen das Bild, sondern diese nichtswürdigen Sünder, die ihr Gelübde brachen und Jesus Christus, den Herrn, verrieten. Dünnes Eis, dachte Gottfried. Dünnes Eis!

»Nun ja, Gottgefälligkeit, Euer Liebden!«, ließ sich Meynert van Varle mit kalter Stimme vernehmen. Er gehörte zur Partei der Gegner, den Aldenborchern, die sich nun »Moritzianer« nannten und die dessen erzwungene Abdankung nach dem verlorenen Gefecht an der Schlachte noch immer nicht verwunden hatten. Bewusst redete van Varle Gottfried nicht mit seinem kirchlichen, sondern mit dem weltlichen Titel an. »Ein großes Wort! Wie sollen wir es heute in gelebtes Christsein wandeln?«

»Indem wir gerade jetzt mit der Sünde keine Nachsicht üben«, sagte Gottfried sofort, er antwortete so schnell, als habe er auf diese Frage gewartet.

Van Varle lehnte sich zurück, seine Lippen umkräuselte ein spöttisches Lächeln. »Mit der Sünde von Huren, Tagelöhnern, Kaufleuten und Ratsherren oder der von Mönchen, Prioren oder gar Eminenzen?«

Das war ein Affront, eine offene Herausforderung, sogar ein persönlicher Vorwurf, aber der Arnsberger ging nicht darauf ein. »Mit *jeder* Sünde!«, sagte der Erzbischof von Brema, »und wisset, die Sünde wächst mit der Stellung des Sünders!«

»Wohl wahr!«, versetzte van Varle mit Hohn in der Stimme und wieder war Gottfried die Doppeldeutigkeit dieser Worte klar. Er selbst meinte, ohne es gesagt zu haben, die Usurpation des Bischofsamtes durch Moritz von Aldenborch und van Varle machte ihm, ohne es auszusprechen, ebenfalls Amtsanmaßung zum Vorwurf. Es war klar, man steuerte auf eine politische Auseinandersetzung zu, wie so oft in diesem Gremium, wenn der Erzbischof anwesend war.

Der Riss der Gegner und Befürworter der beiden

Lager, der Moritzianer und der Arnsberger, ging nicht nur mitten durch die Stadt, er trennte auch den Rat. Aber hier schwelte er im Verborgenen, wie Glutnester im Moor. Gewiss, er entzündete sich immer wieder in hitzigen Diskussionen, in scharfen Wortgefechten, wenn sachliche Meinungsverschiedenheiten die eigentliche Feindschaft zutage förderten. Aber man schlug nicht mit Klingen aufeinander ein, wie es die Bürger manchmal taten. *Noch* nicht.

»Ich bin der Auffassung Eurer Eminenz«, sagte jetzt Reemt von Tossen mit Nachdruck und der Mund van Varles schürzte sich verächtlich. Natürlich! Alter Narr!, schien er zu sagen. Von Tossen gehörte zur Fraktion, die den Arnsberger stützten, von ihren Gegnern verächtlich als »Papisten« bezeichnet. Der alte Mann stand auf und streckte sich. Er schien seine Fassung wiedergefunden zu haben. »Woran sonst sollen wir uns in diesen schlimmen Tagen denn Halt suchen, wenn nicht an unserer Gottesfurcht? Was kann uns anderes denn Heil bringen als ein Leben ohne Sünde?«

Bei den Moritzianern setzte Gemurmel ein, das sich rasch zu Getöse steigerte. »Ein Leben ohne Sünde? Wer kann denn das? Sind wir Heilige?«, kam es zurück und einer rief höhnisch: »Oh heiliger Reemt, errette uns!«, und dann wurde gelacht und applaudiert.

Der Erzbischof löste sein Brustkreuz und hob es in die Höhe. »Versündigt Euch nicht! Mäßigt Euch! Mäßigt Euch!«, schrie Gottfried gellend. Es kehrte Ruhe ein und dann schleuderte der Kirchenfürst seine Worte wie Brandsätze in den Saal. »Jawohl, es ist nicht leicht, ein sündenfreies Leben zu führen. Für viele von uns ist es sogar unmöglich. Nun also. Zu sündigen ist das eine. Vielleicht das Unvermeidliche. Die Sünde hinzunehmen, sie wie eine Wunde schwären zu lassen, aber ist das andere. Das Gottlose. An diesem Punkt unterscheidet sich das Christliche vom Heidnischen. Das Gute vom Bösen. Das Gottgefällige vom Gegenteil!«

In die lastende Grabesstille hinein hörte man Meynert van Varle, den Sprecher der Moritzianer. »Genug davon! Wir brauchen Eure Belehrungen nicht, Euer Liebden! Sagt, was Ihr wollt und gut! Und vergesst nicht, dass Ihr hier kein Stimmrecht habt!«

»Ich verlange die Ächtung des Grafen Moritz von Aldenborch durch den Rat der Stadt Brema. Daneben verlange ich ...«

Weiter kam Gottfried nicht. Es erhob sich tumultartiges Geschrei und Meynert van Varle sprang so heftig auf die Füße, dass sein Stuhl polternd zu Boden stürzte. Der Sprecher der Moritzianer breitete die Arme aus und brachte die Ratsherren zum Schweigen, er hatte seine Fraktion im Griff, kein Zweifel.

»Womit begründet Ihr Eure Forderung?«, fragte er kalt.

»Usurpation!«, antwortete Gottfried. »Usurpation und tätiger Ungehorsam gegen den Papst, bei dem sogar Blut geflossen ist!«

»Blut hätte nicht fließen müssen, hättet Ihr Euch in die Sachlage gefügt, Euer Liebden«, sagte Meynert scharf und wandte sich ab, seinen Leuten zu, ganz so, als gelten seine Worte ihnen und nicht dem Erzbischof. Doch dann fuhr er herum. »Und Usurpation? Wieso dieses? Moritz war vom Domkapitel gewählt!«

»Nicht vom Domkapitel, sondern von den Domherren! Ein weltliches Gremium ohne Mandat, die Sedisvakanz zu beenden!«

»Der Papst war weit und die Zeiten unruhig. Zudem konnte man nicht sicher sein, ob der Pontifex wirklich Herr seiner Entschlüsse war. Wer will den Domherren verdenken, dass sie in dieser Lage schnell für Klarheit gesorgt haben« sagte van Varle mit ironischem Unterton, und jeder wusste, was er meinte: nämlich den alten Vorwurf auch der

Moritzianer, der Große Brückenbauer sei nichts weiter als eine Marionette des Königs von Frankreich.

»Was untersteht Ihr Euch? Wagt es nicht, hört Ihr, die Autorität des Vertreters Gottes auf Erden in Frage zu stellen! Wagt es nicht!«, donnerte Gottfried mit erhobener Brust. Dann trat er einen weiteren Schritt vor, bis hart an den Rand seines Podestes. »Ich wiederhole meine Forderung auf Ächtung des Grafen von Aldenborch durch den Rat der Stadt Brema!«

»Abgelehnt«, sagte Meynert van Varle kalt. »Veto, Euer Liebden! Denn seht, wir sind sieben, meine Leute zählen mit mir ihrer vier und Ihr habt kein Stimmrecht.«

Gottfried von Arnsberg stand noch immer vorn auf dem Podest. Alle Augen ruhten nun auf ihm. Er schien nicht überrascht zu sein, sondern griff ruhig unter sein leichtes, rot gefärbtes Leinenhemd. Dabei berührte er den Dolch, den er für den Notfall zu seiner Verteidigung unter der linken Achsel trug. Nein, er fühlte sich in Gegenwart dieser Leute nicht sicher. Er fühlte sich in der Stadt nicht sicher.

Der Erzbischof zog ein Pergament hervor und entfaltete es. Und dann, in die gespannte Stille des Ratssaals hinein, sagte Gottfried von Arnsberg: »Hiermit tue ich, Gottfried von Arnsberg, durch Papst Clemens VI. ernannter Erzbischof zu Brema, Graf Moritz von Aldenborch und seine Helfer, namentlich alle Adjutanten und Offiziere seines Stabes, in den Kirchenbann. Der Besuch des Gottesdienstes ist ihnen versagt, die Segnung der Sakramente soll ihnen verweigert werden. Jeder Mann und jedes Weib, wer immer den Genannten gegen Duktus und Geist dieses Ediktes zur Labung durch die Kirche verhilft, verfällt seinen Vorgaben in gleicher Weise.«

Danach war Todesruhe, bei den Moritzianern schien völlige Starre zu herrschen und es dauerte eine ganze Weile, bis Meynert van Varle sich wieder erhob. »Niemals, nie wird diese Bulle zur Wirkung kommen, des seid gewiss! Ich ziehe Euer Recht, sie zu erlassen, in Zweifel. Zudem fehlen Euch die Mittel zu ihrer Durchsetzung!«, stieß er zwischen den Zähnen hervor.

»Mäßigt Euch, Meynert van Varle, sonst trifft sie auch Euch«, gab Gottfried ungerührt zurück.

Der andere zögerte, trat dann einen Schritt näher. Er schien nun doch beeindruckt. »Besinnt Euch, Eminenz. Euer Liebden! Lasst nach und besinnt Euch!«

»Dixi[237]!«, sagte der Erzbischof von Brema und verließ mit schnellen Schritten den Ratssaal. Es wirkte fast wie eine Flucht.

Vor dem Rathaus wartete seine Leibwache auf ihn, ein Trupp von fünfzig Berittenen, die ihm sein Bruder Albert aus seiner Grafschaft geschickt hatte. Auf das zu seinem Schutz abgestellte Fähnlein der Stadtwache wollte sich Gottfried nicht mehr verlassen. Nie mehr. Er traute den Leuten nicht. Zu frisch war noch dieser Vorfall, dieser eisige Schreck, der auf ihn niedergestürzt war wie ein plötzlicher Hagelschauer im Mai.

Wenige Wochen nach seiner Investitur, auf einem Heimritt zur Residenz, kurz vor dem Mauern der Burg, hatte einer der Männer plötzlich sein Schwert gezogen, es erhoben. Es war der Kerl direkt hinter ihm, Gottfried hatte das singende Geräusch gehört, als die Klinge aus der Scheide glitt, sich halb umgewandt und die Bewegung des Mannes aus den Augenwinkeln gesehen und war dann im rasenden Galopp auf das Tor zugeritten, das gottlob besetzt war und sich auch sogleich öffnete. Der Erzbischof von Brema fühlte sich nur noch in seiner Residenz sicher, und unter der Bedeckung seiner eigenen Leute. Aber sollte er deshalb fliehen? Sein Amt aufgeben? Also tun, was seine Feinde von ihm erhofften? Er dachte nicht daran.

*

237 lat.: Ich habe gesprochen.

… und hat er einen Diebstahl im Sinne der friesischen Küren verübt, so soll man ihn hängen, wenn er es nicht in Geld und Gut hat. Denn wenn einer am Wege hängt, so hat er (.....) gebüßt. Mord soll man mit Mord vergelten, damit man dem Bösen wehre.

Aus der 16. Volksküre

5.

Raum Reckenstede[238], Hairlingerlant,
zwei Tage nach dem Fest der Heimsuchung Mariae
Anno Domini 1351 (Montag, 4. Juli)

»Achte auf den mit dem fetten Arsch!«, sagte der Lange von hinter den Zähnen her und Enno behielt den Mönch im Auge. Der Mann drängte heran und von seiner verdreckten Kutte, die einmal schwarz gewesen sein musste, stiegen säuerlicher Schweißgeruch und der scharfe Gestank von Exkrementen auf. Das Gesicht war bis zur Unkenntlichkeit verschmiert, die Haare standen wirr um die Tonsur, die lange kein Schermesser gesehen hatte.

»Auch du musst büßen! Auch du musst büßen!«, schrie der Mönch mit fast überschnappender Stimme und Enno riss sein Pferd am Zügel zurück.

Der Tag schien so schlecht zu enden wie seine beiden Vorgänger verlaufen waren. Schon bei der Anreise hatte es große Schwierigkeiten gegeben. Die Pest war im Verlauf des Frühsommers erneut aufgeflammt, wütete nun mit noch größerer Härte als zuvor und bedrohte auch in Ostfriesland jede Form von Ordnung. Es herrschten Zustände, die man noch vor einem Jahr nicht für möglich

238 Roggenstede, südostwärts Dornum, heute Kreis Wittmund.

gehalten hätte. Auf ihrem Ritt nach Reckenstede waren sie immer wieder mit völlig verwahrlosten, enthemmten Menschen zusammengestoßen. Bei Holtgest hatten sie eine Bäuerin aus der Hand von Marodeuren befreit, die Kerle hatten den Bauern erschlagen und die Frau auf ihrer Tenne vergewaltigt, offenbar bereits mehrfach, die Hairlinger waren durch die Schreie aufmerksam geworden. Wie eine Furie war der Lange unter sie gefahren, hatte mit der flachen Klinge um sich geschlagen und trotzdem gleich zwei so erwischt, dass ihnen die Köpfe wegflogen. Die anderen beiden hätten sie nach dem Naturrecht an Ort und Stelle hinrichten können, ja müssen, so, wie es inzwischen auch in Ostfriesland üblich war. Aber sie brachten es nicht fertig.

Sie verprügelten die Kerle nach Strich und Faden, banden sie an ihre Pferde und warfen sie drei Meilen weiter in einen Schlot. Die beiden Burschen konnten kaum noch kriechen, es war ein Wunder, dass sie nicht ersoffen. Sie schworen, dass der Totschlag an dem Bauern von ihren toten Kumpanen verübt worden wäre. Sie selbst hätten mit der Frau nur ein bisschen Spaß haben wollen. Der Lange drohte ihnen mit wüsten Konsequenzen.

»Macht so was nicht noch mal. Tut ihr es doch, dann kriege ich euch, darauf könnt ihr setzen. Und dann gnade euch Gott!«

Es war insgesamt eine bittere Sache gewesen, auch dass Adriaan die beiden Totschläger in die Hölle geschickt hatte, trug nicht eben zu ihrem Seelenfrieden bei, und ihr weiterer Weg änderte daran kaum etwas.

Bei Ffolckum[239] passierten sie einen Weiler, in dem vor Tagen eine Bauernhochzeit stattgefunden haben musste. Die Pest hatte wohl schon in den Leuten gesteckt und war während der Feier ausgebrochen. Sie hatten es oft erlebt, es war beinahe täglich zu beobachten, was dann

239 Fulkum, Kreis Wittmund.

geschah. Die allgemeine Stimmung, die Atmosphäre von Entartung und Sinnlosigkeit stürzte alles in ein orgiastisches Chaos. Wozu noch sittsam leben? Warum Gesetze beachten? Der maßlose Genuss von Bier tat ein Übriges. Es gab kein Halten, keine Grenzen mehr. Die letzten Hemmungen fielen. Man machte sich ebenso bedenkenlos über fremde Frauen her, wie man ein Messer zog, um damit zuzustoßen.

Auf der Dorfstraße lagen Tote. Neben einer Scheune sahen sie zwei Kerle, die sich an einer kopflosen Leiche vergingen. Streunende Hunde liefen über die Hochzeitstafel und fraßen an Bratenresten. Dann sahen sie zwischen den Hütten Bewegung, es mussten noch Menschen leben.

Enno wollte hinzureiten, aber der Lange hatte die Nase voll. »Lass sein, Enno! Sehen wir zu, dass wir von hier verschwinden!«

Sie legten den restlichen Weg fast im Dauergalopp zurück. Die Weihefeier für den neuen Taufstein in der Kirche von Reckenstede hatte für eine Weile die Illusion von wohlgefügter Ordnung, von friedlicher Harmonie vermittelt. Es war mit einer Inbrunst gesungen und gebetet worden, die vielen Leuten die Tränen in die Augen getrieben hatte. Ihre innere Ruhe war zurückgekehrt, das Gefühl von Geborgenheit und Zuversicht. Aber dann war alles durch diesen hässlichen Streit wieder zerstört worden.

Der Erzbischof von Brema hatte seinen Domscholaster[240] geschickt, einen Mönch, der mehr Kaufmann als Geistlicher war. Der Mann verband die Weihefeier mit einem Besuch der Sendkirchen[241] der Diözese und sollte

240 Würdenträger des Domkapitels, zugleich Leiter der Domschule. Er nahm in dieser Funktion auch die Verwaltung der Gelder wahr, die dem Bistum aus den Sendkirchen zustanden.

241 lat.: Ecclesia Matrix, Mutterkirche. Trug Verantwortung und Aufsichtspflicht für die Vermittlung des Glaubens in den ländlichen Gebieten. Ihr stand aus den unterstellten Kirchspielen Zins zu, sie selbst war dem Domkapitel gegenüber zinspflichtig.

die Gelegenheit zur Anpassung der Zinszahlungen nutzen. Deren Höhe war Gegenstand ständiger Dispute, sie schwankten mit der Leistungsfähigkeit der Kirchspiele und im Falle von Reckenstede betrug sie fünf Bremaer Groschen im Jahr. Der Domscholaster wollte nun sechs. Er war so ungeschickt, die Forderung unmittelbar nach der Messe noch auf dem Kirchplatz zu stellen und der Pfarrer von Reckenstede reagierte wie ein waidwunder Bär. Sein Kopf war blutrot, die Augen traten förmlich aus ihren Höhlen.

»Sechs Groschen? Bist du toll? Weißt du nicht, in welcher Zeit wir leben? Dass ganze Schläge[242] brachliegen, weil keiner sie bestellen kann?«, schrie er und auf dem Platz erstarb jedes Gespräch.

»Der Erzbischof von Brema braucht Geld. Seine Kosten steigen, auch was die Versorgung der Armen betrifft«, sagte der Domscholaster mit harter Stimme.

»So mag er sehen, woher er es bekommt! Von mir nicht!«, brüllte der Pfarrer und wandte sich brüsk ab und rannte förmlich auf sein Haus zu, der Scholaster mit fliegender Kutte hinterher. Der fing jetzt auch das Brüllen an, schrie von hinten auf den Pfarrer ein.

»Woher kommt denn das Geld für den neuen Taufstein, sag mir das! Sag mir das!«, hörten sie ihn keifen, und dann verschwanden die beiden im Pfarrhaus. Es war ein Schock, wie ein eisiger Regenguss im Frühling, zu sehen, dass sich zwei Geistliche, Vertreter der Kirche, Menschen, die doch Halt geben sollten, in dieser Lage um Geld stritten, als hinge ihr Leben davon ab. Kein Wunder, dass die feierliche Stimmung der Taufsteinweihe mit einem Schlag bedrückter Einsilbigkeit wich und sich die Menschen rasch zerstreuten. So ging es auch den beiden Hairlingern, die aufgesessen waren und ihre Pferde angetrieben hatte.

Und nun, auf dem Ritt nach Hause, gerieten sie in

242 Schlag: Feldstück

diese Gruppe Flagellanten, die ihnen plötzlich den Weg verstellten. Viele waren halbnackt, es waren auch Frauen darunter, sie sahen blutige Rücken und kaum verheilte Geißelnarben, die gelbliche Flüssigkeit absonderten. Einer schlug dumpf eine Trommel, irgendwo jammerte eine Sackpfeife. Wie so oft folgte auch dieser Gruppe ein Rudel halbwilder Hunde, Tiere, die auf verwaisten Höfen nicht mehr versorgt wurden und sich bettelnden, vagabundierenden Menschen anschlossen.

Der Führer des Zuges folgte Ennos zurückweichendem Pferd, griff nach den Zügeln, er ließ sich nicht abschütteln, schrie und fuchtelte mit den Armen. »Buße! Buße! Tut Buße!«

»Warum stinkt diese Sau so nach Scheiße?«, fragte der Lange wütend und fingerte nach seiner Klinge. Der Kuttenträger kam näher und seine Jünger drängten nach. Irgendwie, auf eine seltsame Art, war Enno, als hätte er den Mönch schon einmal gesehen. Die Augen und die Bewegungen kamen ihm bekannt, ja vertraut vor, doch dieser Gedanke verband sich mit einem Gefühl des Unwohlseins und der Abscheu.

Und dann, mit einem markerschütternden Schrei, stand der Mönch wie angewurzelt und wies mit ausgestrecktem Arm auf Enno. »Was ist das? Was hast du da, du Gottloser?«

Enno sah verständnislos auf den Kerl, sah seine völlig verdreckte Hand, an der die Fingernägel wie Krallen wucherten, sah dann, was der Kerl meinte und wusste nun, wen er vor sich hatte. »Ludgerus!«

Der Lange zuckte hoch, als hätte ihn unvermittelt aus dunkler Nacht ein Pfeil getroffen, und dann hob der Kuttenträger ein hohes, kreischendes Greinen an. »Du trägst es auch, dieses heidnische Zeichen! Du trägst es auch! Wie schon dein Vater! Der Herr verfluche dich!«, weinte der Mönch und zeigte auf das Runenholz in Ennos Gürtel.

Jetzt drängte sich Adriaan mit seinem Gaul zwischen die Menge, trieb sein Pferd rücksichtslos nach vorn und starrte den Mönch aus zusammengekniffenen Augen an. Es war zweifellos Ludgerus, der ehemalige Kirchspielpfarrer von Eesensem. Der Mönch war fett und aufgedunsen, er hatte wohl fast das Doppelte seines früheren Gewichtes, sein Gestank nahm schier die Luft. Sogar sein Atem roch nach Fäulnis und Unrat.

»Was tust du hier, Kuttensack? Warst du nicht der Feldkaplan des Aldenborchers?«, fragte der Lange scharf.

»Er hat mich davongejagt wie einen räudigen Hund! Der Herr wird ihn richten! Auch er wird büßen! Auch er wird brennen!«, greinte Ludgerus mit schriller Stimme, in seinem Mundwinkel stand schaumiger Speichel. »So wir ihr! So wie ihr!«, schrie er und trat näher, griff erneut nach Ennos Zaumzeug und dann war der Lange da und trat den Benediktiner so hart gegen die Brust, dass der Mönch zurücktaumelte und zu Boden ging.

Die Menge heulte auf und suchte sie zu umringen, aber die beiden zogen blank und drehte ihre Pferde um die Hinterhand, einmal, zweimal, schufen sich Platz, dann eine Gasse und schließlich galoppierten sie davon.

Enno hatte das Geheul der Flagellanten noch in den Ohren, als sie sich zur Nacht in ein kleines Wäldchen verkrochen. Feuer machten sie nicht, es konnte im Schlaf unerbetene Gesellschaft anlocken. Sie lagen schon unter ihren Pferdedecken, die Köpfe auf den Sätteln, als der lange Adriaan zu reden begann. Die Nacht war bereits angebrochen, Enno sah den Langen nur als dunklen Umriss. Als er hörte, was Adriaan zu sagen hatte, war er dankbar für die Dunkelheit.

Es war so, wie Enno schon wusste, dass der Lange in seiner Kindheit Novize gewesen war. Er war der fünfte Sohn eines reichen Bauern im Westergo und es war klar, dass er nicht als Knecht seines ältesten Bruders auf dem

Hof bleiben würde. Sein Vater steckte ihn, ohne lange zu fragen, in das Benediktinerkloster von Miedum[243], nicht weit von der Küste. Das Kloster hatte eine Donation gefordert, eine Schenkung in Höhe von dreißig Silbertournosen, Land hatte es genug und der Vater hatte, ohne mit dem Wimper zu zucken, bezahlt. Der Novizenmeister war ein harter Mann, ein ehemaliger Dominikaner aus dem Kloster in London, der den jungen Brüdern auch die britannische Sprache beibrachte.

»Blackfriars?«, fragte Enno flach. Er hörte den Langen leise lachen.

»Du hast dir den Namen gemerkt? Ja, Blackfriars!«

Dann wurde Adriaan wieder ernst. Er hatte viel geweint in dieser Zeit, denn die Zucht war hart und wer nicht sofort gehorchte oder schlecht lernte, der wurde geschlagen. Oder nur mit Wasser in eine finstere Klause gesperrt.

»Aber das war nicht das Schlimmste«, sagte der Lange einfach, »ich habe viel gelernt, man ist ja in diesen Jahren wie ein Schwamm. Meine ganze Bildung, alles, was ich weiß, verdanke ich diesem Novizenmeister und den anderen Mönchen.«

Dann versagte ihm die Stimme. Enno ließ ihm Zeit. Er hörte Adriaan kauen und schniefen und schlucken. Er fragte nicht und ließ ihn reden.

»Als ich heranwuchs, war ich ein schöner Jüngling«, sagte der Lange mit einem Würgen in der Kehle. »Ich war größer und schlanker als meine Altergenossen. Das sahen alle, auch mein Novizenmeister.«

Er schwieg wieder und schließlich hörte Enno ihn leise schluchzen. Noch nie, niemals zuvor hatte der Lange in seiner, Ennos, Gegenwart geweint und es legte sich auf seine Brust wie ein Mühlstein.

»Er tat es drei Mal, dann bin ich weg. Ein fahrender

243 Ort im westlichen Friesland Nähe Leeuwarden, damals Sitz eines Benediktinerklosters.

Schwertfeger las mich auf. Bei ihm habe ich auch das Fechten gelernt«, sagte der lange Holländer.

Dann sagte er nichts mehr. Enno lag da mit brennenden Ohren. Er war froh, dass es dunkel war. Er hörte den Langen noch eine Weile schniefen. Und er wusste, dass damit noch nicht alle Fragen beantwortet waren.

*

Kleines Zwischenspiel (*Rückschau*)

Eesensem, Hairlingen,
im Mai Anno Domini 1351

Die Zeremonie hatte Enno nicht überrascht. Es war Edo Siboldi selbst gewesen, der alte Richter, der ihm das Amt angetragen hatte. Edo war schon am Tag nach Magnus' Tod von seinem Hof herübergeritten und hatte ächzend das schwarze Wolltuch mit dem zerbrochenen Eichenzweig vor Almeths Füßen abgelegt. Es war allen klar, hier wurde ein Ritual aus germanischer Vorzeit vollzogen, aber niemand hatte daran Anstoß genommen, auch Bruder William nicht, der mit einem leisen Lächeln auf der Tenne gestanden und zugesehen hatte. Es hatte absolute Stille geherrscht, als der junge Dominikaner dann vorgetreten war, den abgebrochenen Teil des Zweiges zu einem Kruzifix auf das andere Stück gelegt und anschließend gesegnet hatte. Es hatte niemanden auf der Tenne gegeben, der mit Williams Schritt nicht einverstanden gewesen wäre. Der Lange hatte ihn sogar genial gefunden, hatte mit verschränkten Armen dagestanden und trotz aller Trauer anerkennend gegrinst. Denn so kamen beide Kulturen, die heidnische und die christliche, zu ihrem Recht.

Edo Siboldi war alt geworden. Er ging krumm und seine Augen tränten. Es war schon fast ein Wunder, das er noch ritt. Der Richter hatte den jungen Schollenherrn am Ärmel gefasst und war mit ihm zur Seite geschlurft. Und hatte ihn flüsternd auf die Sache vorbereitet. »Du weißt, dass wir dich als Nachfolger deines Vaters wollen. Du erbst sein Amt ohnehin. Wir wollen dich aber förmlich bitten, es zu übernehmen.«

Enno hatte genickt und dann doch gefragt: »Warum?«

Der Alte hatte listig mit den Augengezwinkert und gegrinst. Und war dann unvermittelt ernst geworden. »Es kommen schwere Zeiten, mein Sohn. Vielleicht ist es gut, dass dein Vater sie nicht mehr erlebt, obwohl wir ihn nie dringender brauchten als gerade jetzt …« Er hatte einen scheuen Blick zur Seite geworfen, zu den anderen auf der Tenne, und war dann heiser fortgefahren: »Es sind nicht nur der Brokmanne und seinesgleichen, die uns in die Suppe spucken. Auch hier bei uns, in Hairlingen, regen sich nun Leute, die den Umgang ablehnen.«

Enno wollte fragen, aber der Alte hatte abgewinkt, auch deshalb, weil inzwischen alle Augen auf ihnen ruhten und sich wohl jeder fragte, was diese beiden da zu flüstern hätten. »Später!«, hatte Edo geraunt und sich abgewendet.

Die Grablegung des Großbauern und Richters Magnus tom Diek fand unter großer Anteilnahme statt. Natürlich waren alle noch lebenden Hairlinger Richter gekommen, dazu die Pfarrer der umliegenden Kirchspiele und viele Redjeven aus den benachbarten Landgemeinden.

Keno Hylmerisna, der Brokmanne, war noch auf dem Hof des Hairlingers. Er war ja nach Eesensem gekommen um seine Blessuren verarzten zu lassen, und Almeth tom Diek hatte den Brokmannen auch behandelt. Sie hatte ihm vor allem das gebrochene Schlüsselbein gerichtet, nicht eben zart. Sondern hatte hart zugefasst, mit glattem Gesicht und kalten Augen, aber sie hatte es getan und dem Brokmannen anschließend sogar eine Kammer zur Ruhe angeboten. An diesem Punkt waren Keno Hylmerisna tatsächlich die Tränen gekommen, niemand wusste, ob vor Rührung oder aus Schmerzen.

Also, der Brokmanne war noch vor Ort gewesen, als man Magnus beerdigte. Er hatte in der Kirche gesessen und mit einem Gesicht aus Stein die Predigt des jungen Pfarrers angehört, von dem er wusste, dass der ihn als »Antichrist« bezeichnet hatte. Und der jungenhafte Priester hatte mit einer einfühlenden Klugheit gesprochen, die allen Zuhörern einmal mehr in tiefes Erstaunen versetzte. Hatte auf der Kanzel gestanden und mit dem Gesicht eines Kindes Sätze von sich gegeben, die Weisheit und Erkenntnis eines Hundertjährigen entsprachen.

Seine Predigt hatte anfangs nicht wie eine Trauerrede geklungen, eher wie eine politische Abrechnung. William hatte die Lebensziele des Hairlingers benannt, ohne zunächst seinen Namen auszusprechen. Hatte der erhofften Zukunft Ostfrieslands in goldener Freiheit das düstere Bild einer durch Herrschaft dominierten Ordnung gegenübergestellt, ohne über mögliche Protagonisten auch nur eine Silbe zu verlieren. Hatte dann in einem gelehrten Wortspiel dargelegt, wie sich göttliche Zuneigung bei diesem Spiel verteilt und damit sogar leises Lachen geerntet.

»Freiheit ist strahlende Helle, Sklaverei erstickt durch niederdrückende Dunkelheit. In hellem Licht wächst die Tugend zu höchster Blüte. In den Schatten der Finsternis kümmern Flechte und Schwamm. Setzt ein Kind der Wärme göttlicher Selbstbestimmung aus, und es wird zu einem prächtigen Christenmenschen. Schließt es in eine Höhle, und es verdirbt zum Grottenolm, der an Moosen und Pilzen leckt!«

Selbst Almeths traurige Augen hatten sich für einen Moment entspannt. Anders der Brokmanne, der mit harten Zügen dasaß und sich nicht regte. Er hatte trotz des milden Wetters seinen roten Wollmantel über die Schultern gelegt, wohl zum Zeichen seines Standes, aber auch, um den Verband über seine Wunde abzudecken. Er hielt sichtbare Blessuren für ein Merkmal von Schwäche und wollte möglichst unversehrt erscheinen.

Der junge Kirchspielpfarrer legte anschließend ein Bekenntnis zu dem Hairlinger Landbrief ab, den Magnus tom Diek für seine Landgemeinde formuliert hatte.

»Verfahrt nach dieser Urkunde. Das ist nicht nur im

Sinne des Verstorbenen, sondern gefällt Jesus Christus, dem Herrn, und fördert die Wohlfahrt der Menschen«, rief er mit leuchtenden Augen. Dabei richtete er den Blick fest auf Keno Hylmerisna. Der starrte zurück, die beiden fochten ein stummes Duell aus und es dauerte eine Weile, bis der Brokmanne die Stirn senkte. Er tat es mit einem Ausdruck von Drohung und Kälte, die beinahe körperlich zu spüren war.

Vielleicht sah sich Bruder William deshalb herausgefordert, seine Predigt mit dem 139. Psalm[244] fortzusetzen. Es schien jedenfalls nicht so, als sei er darauf vorbereitet gewesen, denn er sprach erst nach einer längeren Pause. Seine Worte kamen scharf und vorwurfsvoll und es gab niemanden in der Kirche, der nicht aufhorchte. Er zitierte den Psalm gleichwohl in feierlichem Ernst, gelassen und mit tragender Stimme.

»Ich hasse, Herr, die dich hassen. Ich hasse sie im rechten Ernst, darum sind sie mir Feind!«, sagte William klar und deutlich und auf den Bänken wurde es still. Bei der Einsegnung der Leiche blieb William bei seinem Psalm.

»Denn siehe, es ist kein Wort auf meiner Zunge, das du, Herr, nicht schon wissest«, betete der junge Dominikaner. Er ging zu Almeth hinüber, ergriff ihre Hände, sah sie fest und trotzdem sanft an. »Nähme ich Flügel der Morgenröte und flöge ans äußerste Meer, so würde auch dort deine Hand mich führen und deine Rechte mich halten«, sagte er warm und Almeth lehnte weinend den Kopf an seine Schulter.

Die Gemeinde wurde davongetragen von Traurigkeit, es machte sich Schluchzen und Würgen breit, und schließlich traten auch William die Tränen in die Augen. Das trostlose Gefühl, verlassen worden und allein zu sein, ergriff alle mit unerbittlicher Härte und es brauchte Zeit, bis auch der Letzte merkte, dass Edo Siboldi sich erhoben hatte und an

244 Als Urheber gilt David, der 2. König Israels.

den Sarg getreten war. Und dann wuchs der alte Richter über sich hinaus. Er sprach, als hätte ihm jemand anderer, vielleicht sogar Magnus tom Diek selbst, die Worte in den Mund gelegt. Hier war nicht der Edo Siboldi, der sich scheute, als Sprecher der Hairlinger Richter das Wort zu ergreifen. Sondern einer, der selbstgewiss, ruhig und stark war. Aufrecht und fest stand der Alte da, jede Hinfälligkeit und Schwäche war von ihm abgefallen.

»Vielleicht denkt ihr, der Zeitpunkt sei nicht günstig. Ich aber sage euch, wir müssen handeln, bevor Magnus tom Diek mit der Erde seiner geliebten Heimat bedeckt ist. Wir müssen *jetzt* handeln!«

Er nickte den anderen Richtern zu und auf den Bänken entstand Bewegung. Die Männer traten hinzu, einer trug den Mantel des Verstorbenen, ein zweiter die Urschrift des Hairlinger Landbriefes, aber es waren nicht alle und Enno wurde plötzlich bewusst, dass die Richter der Landgemeinde nicht mehr geschlossen standen. Er wandte sich um und sah drei, die noch immer auf ihren Bänken hockten. Auch der Brokmanne hatte es bemerkt, aber er lächelte nicht, nur in seinen Mundwinkeln stand mit einem Mal eine höhnische Kerbe. Der lange Adriaan wollte aufstehen, William hielt ihn zurück und legte Edo die Hand auf den Arm.

»Glaubst du wirklich, Edo Siboldi, dies sei der Ort und die Stunde?«, fragte er sanft. Der Alte nickte mit Nachdruck.

»Lasst mich machen, Bruder William!«

Die Richter hatten sich um Magnus' Sarg versammelt und wieder ergriff Siboldi das Wort. »Hairlingen sei fest! Hairlingen sei gottgefällig! Hairlingen sei ein Leuchtzeichen für die Freiheit aller Friesen! Hairlingen sei auch fürderhin wohlgeordnet in dem Sinne, den Magnus tom Diek für uns ersonnen und mit unser *aller* Zustimmung ins Werk gesetzt hat!«

Bei seinen letzten Worten wanderte sein Blick in die Bankreihe mit den drei Abtrünnigen. Er ergriff die Urkunde und hielt sie in die Höhe. »Das sind die Regeln. Hier ist das Postulat! Das Vermächtnis unseres lieben Verstorbenen!« Er legte das Pergament auf den Sarg und William trat hinzu und segnete die Rolle. Es sah aus wie verabredet.

Dann ließ Edo Siboldi den Erben vortreten und sprach die uralten Worte. »Wollest gütig und in Demut die Bürde deines Vorgängers auf deinen Rücken nehmen und so Recht sprechen, wie es den Schriftzeichen und dem Geist der Küren entspricht!«, sagte der Alte feierlich und legte Enno den Richtermantel seines Vaters über die Schultern. Der junge Mann senkte den Kopf und küsste die Brokatbiese des Mantelsaumes, wie es der Brauch war. Dann kniete er nieder und William schlug das Kreuzzeichen über ihn.

Als die Gemeinde den Sarg zu Grabe trug, blieben drei in der Kirche zurück. Selbst der Brokmanne, der doch die Gastfreundschaft des Hauses genoss, näherte sich der Grabstelle nur zögerlich und blieb ihr um viele Schritte ferner, als es schicklich gewesen wäre.

*

»Der Kirchenbann, Sohn! Der Kirchenbann!«, schrie Keno aus vollem Hals.

»Es ist der kleine![245] Von einem Kirchenfürsten ohne Macht«, sagte Ocko kalt.

»Von einem Erzbischof, den der Papst eingesetzt hat!«

»Ein Papst mit weniger Einfluss als ein Burgvogt«, ant-

245 Der kleine Kirchenbann schloss die Gläubigen von den Sakramenten aus, ebenso von kirchlichen Ämtern. Er war jedoch in der Regel zeitlich begrenzt. Der große Kirchenbann (Exkommunikation) schloss ohne zeitliche Begrenzung aus der Gemeinde der Christen aus und hatte in der Zeit von 1220 bis zum Augsburger Religionsfrieden von 1555 automatisch auch die Reichsacht zur Folge.

wortete der Sohn abfällig und strich sich vorsichtig über den Oberschenkel. »Und dann, Vater, vergiss nicht: Wir gehören dem Bistum Monasterium an. Der Bischof von Brema hat keine Macht über uns.«

»Du träumst, Sohn. Nimm deinen Kopf aus den Wolken! Er ist ein Kirchenfürst. Sein Wort wiegt in der Christenheit, auch außerhalb seiner Diözese. Schließlich: Denke nach! Ludwig der Hesse ist immer klamm. Der nimmt Geld von jedem und für alles. Und Gottfried hat eine wohlhabende Grafschaft im Rücken. Was, wenn er dem Hessen Silber gibt, damit er dich ebenfalls in den Bann tut? Was ist dann, Sohn?«

»Darüber denke ich nach, wenn es so weit ist«, sagte Ocko kühl.

Keno Hylmerisna trat an das Wasserfass und schöpfte sich einen Becher. Auf der Tenne war es trotz der Hitze des Frühsommers angenehm kühl. Es hatte sich gelohnt, dem Gebäude eine zweite Flechtwand mit Lehmfüllung hinzuzufügen. Die Kosten von zwei Mark Bremer Silber hatte der Brokmanne aus dem Hosensack gezahlt. An Geld mangelte es nicht, die Pest hatte den Hylmerisna noch keine Vermögensschäden zugefügt. Im Gegenteil.

Keno hob den Becher an den Mund, trank aber nicht. Er fixierte seinen Sohn mit zweifelndem Blick. »Deine Sorglosigkeit wird dich eines Tages den Hals kosten, des sei gewiss! Sie ist zudem auch politisch nicht klug. Es macht sich schlecht, mein Sohn, ganz schlecht, wenn auf dem Haus Hylmerisna das Odium der Unchristlichkeit liegt, ganz gleich warum.«

Ocko machte eine Bewegung, als wollte er eine Mücke verscheuchen. Er stand auf und kam mit steifen Schritten an das Wasserfass. Noch immer zog er das wunde Bein beim Gehen nach. »Du entdeckst dein Herz für das Christliche, Vater, und das wundert mich«, sagte der Sohn mit leisem Spott. Er schöpfte sich einen Becher und trank. »Vergebliche Mühe, die zu nichts frommt. Für die Leute ist diese causa bedeutungslos, und die Macht der Kirche schwindet.«

»Du hast es noch immer nicht begriffen«, schrie Keno und schleuderte seinen Becher so hart auf die Dielen, dass er zersprang. »Es ist ohne Belang, was ich entdecke! Das Volk! Das Volk, Sohn! Es sieht den Erzbischof von Brema als deinen Feind und das schadet uns, verstehst du das?«

Ocko blieb ruhig. Seine Augen ruhten kalt auf der Wasserlache, die der zerbrochene Becher auf dem Tennenboden hinterlassen hatte. Er hatte das sanguinische Temperament seines Vaters geerbt, aber anders als der war er in der Lage, dessen cholerische Spitzen zu bändigen. »Zum friesischen Volk ist alles gesagt. Und dieser Feind macht am Ende gar Ehre, Vater, wer weiß es denn? Schließlich; *einen* Feind braucht jeder Mann«, sagte er leichthin und Keno fuhr auf. Sein Gesicht war nun feuerrot.

»Oh, du hast mehr als einen, Sohn. Du hast mehr als einen! Mit einem habe ich erst unlängst gesprochen. Er heißt Enno tom Diek und ist neuer Richter in Hairlingen.«

Ocko schwieg, sein Gesicht verschloss sich und unwillkürlich tastete er nach seinem Oberschenkel.

»Diesen Menschen werde ich mit meinem ganzen Hass verfolgen. Mit allem, was an Bitterkeit in mir ist. Bis an mein Lebensende!«, grollte er schließlich dumpf.

»Erwarte nicht, bei ihm auf anderes zu stoßen«, sagte der Vater und verließ die Tenne mit müden Schritten. Draußen traf ihn die Sommerhitze mit voller Wucht. Er blieb stehen und blinzelte in das gleißende Licht. Schloss die Augen und hatte wieder dieses Bild vor sich.

Es war am Tage nach der Beisetzung des Hairlingers gewesen. Der Brokmanne hatte sein Pferd aus dem Stall geholt, ein Knecht hatte es schon gesattelt, und wollte heim, zurück nach Engerhoffe, er hatte die Gastfreundschaft der tom Diek nach seiner Verwundung schon zu lange in Anspruch genommen. Die Herrin stand auf dem Hof, nüchtern, ohne erkennbare Regung. Er hatte ihr gebührend aber steif gedankt und sich bereits verabschiedet, als sich plötzlich die Tür des Haupthauses öffnete und die jungen Leute auf den Platz traten. Enno hielt seine Frau an der Schulter, und Wiska trug ihren Sohn auf dem Arm, den kleinen Magnus Ayderd. Die junge Frau erstarrte, als sie den Brokmannen sah, und einen Augenblick sah es so aus, als wollte sie in das Haus zurück, aber Enno stand und hielt sie fest.

Sie waren sich aus dem Weg gegangen in der Zeit, als Keno Hylmerisna gepflegt worden war, der Brokmanne hatte in seiner Kammer gegessen und die Tenne nicht betreten.

Aber jetzt standen sie sich gegenüber, die junge Frau versteifte sich und atmete plötzlich in hastigen Zügen. Keno sah, wie Wiska seinen Blick suchte, ihr Gesicht war offen wie ein aufgeschlagenes Buch, es verzerrte sich in Schmerz und Qual und er wusste, glaubte mit brutaler Klarheit zu wissen, was sie nun vor Augen hatte: nämlich seinen Sohn, dessen kaltes, verächtliches Gesicht, die unförmige, kaum einnehmende Gestalt und die abstoßende Obszönität, mit der Ocko sie damals, beim Thing am Upstallesbame, nach eigenen Worten unverblümt zum Verkehr aufgefordert hatte. In diesem Augenblick hasste der Brokmanne, was mit jenem unsäglichen Vorfall in Zusammenhang stand, die Erinnerung daran, seinen Sohn und diese Begegnung mit Wiska, die alles wieder aufrührte. Und er spürte, dass sie sich beschmutzt und verletzt fühlte, es war mit Händen zu greifen. Keno fühlte heißen Zorn in sich aufsteigen, hoffte, der werde seine Scham bändigen, aber das tat er nicht. Mit wachsender Verstimmung starrte er auf die junge Frau.

Er hörte, wie sie aufschluchzte, und sich dann mit zitternder Stimme an ihren Gatten wandte: »Bitte! Gehen wir wieder hinein. Ich will diesen Mann nicht sehen!«

Enno hielt sie sanft zurück, und drückte ihr einen zarten Kuss auf den Scheitel. »Wir sind hier zu Hause, Wiska. Es kann nicht sein, dass wir unsere Bewegung von der Anwesenheit eines Fremden abhängig machen. Schon gleich gar von *diesem* Fremden!«

Er hielt den Arm noch immer um ihre Schultern und zwang sie, näherzutreten. Der Brokmanne sah sie kommen und wollte sein Pferd wenden, als Enno ihn ansprach. »Auf ein Wort, Keno Hylmerisna!«

Der Brokmanne verhielt und blickte giftig um sich. Er wollte nach Hause und hatte keine Lust auf dieses Gespräch, von dem er nichts Gutes zu erwarten hatte. Er hatte Anlass zur Dankbarkeit, und das Menschen gegenüber, die er nicht mochte und von denen er wusste, dass sie ihn und seine Sippe ablehnten. Aber er hatte seinen Dank abgestattet, wie es sich geziemte, und nun war es gut, was wollte der Hairlinger denn noch? Er ließ den Blick über den Hofplatz zu den Ställen wandern. Aus der Schmiede erklangen helle Hammerschläge.

»Was gibt's?«, fragte er barsch.

»Ich hoffe, Ihr seid wieder bei Kräften?«, fragte Enno und sah den anderen nicken.

»Es reicht, um nach Hause zu reiten. Ich habe der Herrin bereits gedankt. Nehmt auch Ihr meinen Dank für Eure Gastfreundschaft entgegen«, sagte Keno widerwillig und zupfte am Zügel seines Pferdes.

Und dann schoss Enno den Pfeil ohne Vorwarnung ab. »Ich erwarte die Abbitte Eures Sohnes für sein Verhalten meiner Frau gegenüber. Er hat sich beim Thing anno 1345 wie ein Schwein benommen, nicht wie ein Herr!«

Wiska begann zu weinen, Almeth stand wie eine Säule und der Brokmanne auf seinem Pferd erstarrte. Sein Gesicht wurde rot und man sah seine Kiefer mahlen. Es war offensichtlich, dass er zwischen Zorn und Scham schwankte.

»Diese Abbitte ist getan. Mein Sohn hat sie gegenüber Willem Zeerijp geleistet, dem neuen Schollenherrn von Wijtwerd«, knurrte Keno Hylmerisna, und der junge Hairlinger nickte.

»Wohl. Das hat er. Aber nicht *mir* gegenüber. Vor allem aber nicht meiner Frau gegenüber. Und das verlange ich. Seid gewiss, dass ich davon nicht lassen werde!«

»Heißt was?«, bellte der Brokmanne so laut, dass die beiden Frauen erschraken.

»Ich rufe Euch zur Ordnung, Keno Hylmerisna! Noch seid Ihr Gast auf meinem Hof. Hier schreit niemand, nicht einmal Ihr«, gab Enno gelassen zurück. Dann hob er den Kopf. »Was Eure Frage betrifft, so sei Euch Folgendes gesagt: Ich fordere Abbitte von Eurem Sohn. Sie ist in meiner Gegenwart an mein Eheweib Wiska zu richten. Ich lasse davon nicht ab und bin bereit, diese Forderung auch mit dem Schwert durchzusetzen.«

In diesem Augenblick herrschte völlige Ruhe auf dem Hof, sogar das Klingeln des Hammers aus der Schmiede erstarb mit einem Schlag. Der Brokmanne starrte Enno an. Nachdenklich und lange. Es schien, als wollte er die Ernsthaftigkeit seiner Worte prüfen. Dann wendete er sein Pferd und ritt grußlos davon.

So war das gewesen. Erinnerungsschwer öffnete Keno Hylmerisna seine Augen und seufzte. Er öffnete sie nur einen Spalt. Das Sonnenlicht fuhr ihm wie ein Dolch unter die Lider. Er hörte Ocko durch die Tennentür nach draußen poltern und verschloss seine Augen wieder.

»Du hast mehr als einen Feind, Sohn! Mehr als einen«, sagte er dumpf, aber Ocko hinkte ohne Antwort an ihm vorbei.

*

Den nächsten Stoßangriff sollte Enno tom Diek reiten, aber auf seinem Flügel tat sich nichts und Adriaan starrte ärgerlich hinüber.

»Gib noch mal Angriffsbefehl«, knurrte der Lange und der Signalwinker ruderte wild mit dem Feldzeichen. Die Stange mit dem blauweiß eingefärbten Schaffell flatterte im Wind wie ein Schilfrohr, doch bei den Hairlingern ritt niemand an. Der Lange fluchte und trat seinem Gaul in die Flanken. Der Boden war schwer vom Herbstregen und das Pferd hatte alle Mühe, die Geschwindigkeit zu halten, die der Holländer sich dachte. Er hob seinen knochigen Hintern aus dem Sattel und schrie schon von weitem, noch in vollem Galopp.

»Wenn das Signal kommt, musst du stoßen, Enno! Stoßen! Verstehst du?!«, bellte Adriaan, aber der junge Schollenherr saß auf seinem Pferd und rührte sich nicht und die Verstimmung des Langen stieg.

Verdammt, sie hatten keine Zeit zu verlieren. Der Graf von Aldenborch, Moritz, saß zwar hinter dicken Mauern an der Hunte, aber seine Verbindungen nach Brema lebten. Es gab Nervenstränge, die noch immer zuckten, wenn der Aldenborcher einen Muskel bewegen wollte. Die Lage in der Stadt wurde täglich dramatischer. Die Pest wütete, sie fand in dieser Ballung von Leibern einfach mehr Nahrung als auf dem Lande, die Menschen verloren jeden Halt und es war kaum noch möglich, einfachste Formen öffentlicher Ordnung durchzusetzen. Leichen wurden in vielen Fällen auf Marktplätzen verbrannt, weil der Platz auf den Kirchhöfen eng wurde. Die Schnellgerichte durchstreiften die Gassen und exekutierten ihre Strafen vom Morgengrauen bis zum Fackelschein. Handel und Wandel kamen nahezu zum Erliegen. Wer konnte, floh, doch es gab zu viele arme Teufel, die nicht gewusst hätten, wohin sie sich wenden sollten.

Vielfach blieben die Menschen auch hinter den Mauern,

weil es lebensgefährlich geworden war, die Vorstadt auch nur zu betreten. Dort herrschten wahrhaft endzeitliche Verhältnisse. Die Stadttore blieben geschlossen, und wer aus den Randbezirken nach Brema wollte, der wurde von den Posten mit Pfeilschüssen vertrieben. Der Rat der Stadt tagte seit Wochen nicht, es gab eigentlich keine unbestritten anerkannte Autorität mehr in Brema und auch die Position des Erzbischofs wurde zusehends schwieriger.

Der Aldenborcher war wohl unterrichtet und sah gute Aussichten, demnächst wieder in Purpur zu wandeln. Er zog seine Fäden und schmiedete seine Koalitionen und sammelte seine Truppen hinter sich.

Doch auch der Arnsberger blieb nicht untätig. Er wusste natürlich, dass seine Feinde keine Ruhe geben würden. Vom Papst erwartete Gottfried nichts. Was sollte Clemens denn anderes tun, als Bullen zu schreiben, die niemanden interessierten? Der Erzbischof hatte sich stattdessen der Unterstützung des Grafen von Hoya versichert. Dieser mächtige Mann, ein Jugendfreund aus frühen Tagen, herrschte mit seinem Bruder über eine Grafschaft von fast zweitausend Quadratmeilen, die sich im Norden bis an Brema, im Süden an das Hochstift Minden, im Westen bis zur Grafschaft Aldenborch und im Osten bis an die Weser erstreckte. Auf ihn setzte Gottfried in diesem Krieg an erster Stelle, das wusste hier jeder, aber vorerst war es noch nicht so weit. Und trotzdem brodelte es, es schwärte und erhitzte sich, vielfach im Verborgenen, und es war nur eine Frage der Zeit, wann der Streit in einen weiteren Waffengang mündete.

Und deshalb waren sie wieder zusammen. Der Bruder des Grafen, Albert von Arnsberg, hatte einen Boten nach Ochterszem geschickt, er traf noch im Hochsommer ein, der Lange war auf dem Feld, mitten in der Ernte, als der Mann auf dem Hof auftauchte. Er ließ sich einen Becher mit Bier geben, trank, die Zügel noch in der Hand, und lehnte das angebotene Quartier mit dürren Worten ab. »Keine Zeit!«

Dann streckte er dem Langen ein Schriftstück hin, das sich als Schreiben ihres alten Feldherren entpuppte. Da stand:

Mein guter Adriaan, alter Waffenbruder!

Gottes Segen. Du hast gewiss Botschaften, es gärt in der Stadt und der Herr ist mein Zeuge, dass ich guter Hoffnung war, den Casus beendet zu haben. Allein, der Aldenborcher will sich nicht fügen, Gott strafe ihn dafür. Wie ich höre, hat Moritz keine Scheu, sich auch mit übelstem Dreckgesindel und Abschaum aus der Vorstadt gemeinzumachen, um an sein gotteslästerliches Ziel zu gelangen. Allein, er wird uns wohlgewappnet finden. Halte dich bereit, mein Alter, dich und deine Gefährten. Werde euch brauchen, bald, Gott weiß es.

Glück und Wohlergehen mit der Hilfe des Herrn.

Albert

So war das gewesen und der Lange hatte zuerst gelacht, dann geflucht und dann dauerte ihm die Ernte zu lang. Doch zuerst kam nun einmal Hairlingen, die Landgemeinde hatte wie durch ein Wunder weniger unter der Pest zu leiden, die Frucht war prächtig gediehen und diese Gelegenheit, vielleicht für schlechte Jahre vorzubeugen, musste unbedingt genutzt werden.

Aber spät abends und in langen Sommernächten hockte der Lange hinter brennenden Kienspänen und tüftelte an Angriffsformationen. Die vorgeschobene Keilform, diese völlig neue Taktik des Grafen von Arnsberg bei dem Gefecht an der Schlachte, hatte ihm keine Ruhe gelassen.

Noch immer stand ihm ihr durchschlagender Erfolg vor Augen. Die Unruhe der städtischen Fußtruppen auf der Bremaer Seite, als die Hairlinger, im Galopp anrückten, die Panik, in die man schließlich geraten war, und dann dieses Aufreißen der gegnerischen Linie, die der Wucht ihres Angriffs nichts entgegenzusetzen hatte, sondern binnen kurzem in völliger Auflösung und kopfloser Flucht davonstürzte. Es hatte den Langen gepackt, ließ ihn nicht mehr los und sein Ehrgeiz, dem Grafen im Herbst einen fertigen Plan auf den Tisch des Hauses zu legen, trieb ihn zu immer neuen Gedankenspielen. Irgendwann war ihm klar geworden, dass sein Angriffskeil, vorne und an den Seiten mit schweren Reitern in Eisenwesten, in der Mitte mit leichten Berittenen, je nach Größe der Formation sogar mit Reservepferden, die beste Taktik war gegen ein Heer, das sich altmodisch in Linie aufstellte. Nur üben, üben musste man alles, bis jede einzelne Phase der Attacke von jedem in der Truppe im Schlaf beherrscht wurde. Dazu musste man aufs Feld, verdammt, und exerzieren, bis einem die ganze Sache am Halse stand.

So wie heute. Und zum Exerzieren gehörte nun einmal, dass man auf Feldzeichen reagierte. In den tumultartigen Wirren, dem Gebrüll und Geheul einer Schlacht drang ein gerufener Befehl oft nicht durch und andere Mittel wie Hörner oder gar Posaunen hatten sie nicht. Ein Signal mit einem Sichtzeichen dagegen brauchte keine Stille, nur klare Luft und Blickkontakt.

Nun, sie hatten beides. Aber keine Zeit zu verlieren. Wer wusste denn, wann der Waffengang bevorstand? Schon morgen konnte Albert von Arnsberg anrücken und dann mussten sie bereit sein. Mochte der Teufel wissen, warum Enno trotz des Befehls nicht angeritten war.

Der Lange war jetzt in einer Stinkwut, er legte sich einige scharfe Sätze zurecht, er sah Enno noch immer wie teilnahmslos auf seinem Pferd sitzen, er ritt den Falben

Asil, den Araber seines Vaters. Und dann sah Adriaan den Mann, er kannte ihn, es war einer der Knechte aus Eesensem. Er stand neben dem Hengst, hielt den Steigbügel umfasst, eine Hand lag auf dem Stiefel seines Herrn. Und dann sah der Lange, dass der Mann weinte.

»Mutter ist tot, Adriaan«, sagte Enno mit leeren Augen. »Ich muss heim.«

*

Der Hilferuf erreichte sie aus Hynt. Eine Gruppe von Marodeuren hätte sich in der Kirche von Suderhusen verschanzt.

Es kam in diesen schlimmen Zeiten immer wieder vor, dass streunende Banden, immer häufiger auch Geißlergruppen, in Gotteshäuser eindrangen, sich dort verbarrikadierten und eine Weile hausten, bevor sie den Platz völlig verwüstet und verdreckt wieder verließen. Bis dahin hatten sie nicht nur den Opferstock geplündert, sondern alles gefressen und gesoffen, was in und um die Kirche zu finden war. Der Pfarrer, der in der Regel in seiner Kirche lebte und seinen Schlafplatz irgendwo hinter dem Altar hatte, wurde vertrieben, das Messgerät wurde geraubt. Nicht selten floss Blut, aber zumeist kam niemand ernsthaft zu Schaden.

Hier lag der Fall anders. Der Pfarrer, Thiarck Dodena, hatte sich gegen die Besetzung seiner Kirche so entschieden gewehrt, dass er in dem dann folgenden Handgemenge eine tödliche Wunde erlitt. Es schien so, als hätte einer der Vagabunden einen geschliffenen Pfriem[246] gezogen und damit zugestoßen. Und dann hatten sie in Folge ihrer Enthemmung und Verwahrlosung die Leiche auf den Kirchplatz geworfen und die Türe verriegelt. Als diese Nachricht in Engerhoffe eintraf, bewaffnete Ocko Hylmerisna zwanzig Knechte und brach in aller Eile auf. Der Vater bestärkte seinen

246 Ahle, Stecheisen

Sohn, feuerte ihn an, gab ihm mehr Bewaffnete mit, als der eigentlich wollte und riet ihm, sich zu sputen. Aber Ocko brauchte keine solche Aufforderung. Er hatte sofort erkannt, dass hier eine Gelegenheit war, öffentlich Gottes Werk zu tun.

Die Kunde über den verhängten Kirchenbann war wie ein Lauffeuer durch die Landgemeinde geeilt. Das Urteil des Brokmannen war ja richtig, grundsätzlich hatten die Leute andere Sorgen, als sich um das Seelenheil eines Großbauern zu kümmern, zumal der Bann von einem fremden Diözesanherrn ausgesprochen worden war. Und trotzdem hatte es scheele Blicke gegeben, Flüstern hinter vorgehaltener Hand und dummes, teils aufmüpfiges Gerede. Das wurmte ihn, wurmte ihn ganz gewaltig. Ocko Hylmerisna kam es darauf an zu zeigen, dass er anders war, als ihn der Erzbischof von Brema darstellen wollte.

Seine größte Sorge galt der Zeit. Zu dumm, ja fatal, wenn irgendjemand den Casus aus der Welt geschafft hätte, bevor er mit seinen Leuten vor Ort war. Nichts ging ihm schnell genug, er fluchte und schlug um sich und hetzte seine Knechte durch die Meeden. Seine Erleichterung war groß, als sie in Suderhusen eintrafen und die Marodeure noch in der Kirche waren, eine Abordnung des Dorfes erwartete sie, der Pfarrer von Hynt war auch da. Der Brokmanne ließ seine Leute in den Sätteln, er selbst ritt den Platz ab und umrundete die Kirche mehrere Male. Er lauschte, doch man hörte nichts, in der Kirche war völlige Stille.

»Wo sind die Scheißkerle?«, fragte Ocko flach.

»Sie sind im Turm, Herr, weil seine Mauern dicker sind«, sagte einer aus dem Dorf, er war wohl der Sprecher der Abordnung. »Wir haben den Herrn Pfarrer schon begraben«, sprudelte der Mann erleichtert, und dann kam ein ganzer Wortschwall. »Der Herr Pfarrer aus Hynt hat es getan, die Schweine haben aus den Fenstern mit Steinen nach uns geworfen, als wir versuchten, die Leiche zu bergen!«

Ocko nickte. Es gefiel ihm, dass alle Augen auf ihm ruhten. Inzwischen hatte sich herumgesprochen, dass die Brokmannen eingetroffen waren, und auf dem Vorplatz der Kirche sammelte sich das Volk. Ocko streckte sich auf seinem Pferd und für einen Augenblick vergaß er sogar die Schmerzen in seinem Oberschenkel. Er befand sich im Kirchspiel seiner Verlobten, der Jungfer Folckeldis, vielleicht stand sie ja sogar unter den Gaffern und bestaunte ihn.

»Sieh zu, dass uns deine Leute nicht zu nahe kommen, denn jetzt fließt Blut«, sagte er barsch zu dem Sprecher und der Mann wieselte beflissen davon. Ocko Hylmerisna winkte herrisch seine Knechte heran. »Sie sind im Glockenturm. Wir holen sie da heraus!« Er sah sich um und fixierte einen der Dörfler. »Schafft Pech, Werg[247], Stroh und Bruchholz heran«, befahl er knapp. »Brauche auch zwei dicke Eichenbalken, eine Leiter, ein langes Seil und eine Fackel. Sieh zu und spute dich!«

Der Brokmanne trieb zur Eile an, es schien, als hätte er Sorge, es könnte sich irgendetwas ereignen, dass ihm im letzten Augenblick das Schwert aus der Hand nahm. Er postierte seine Leute um die Kirche, zwei Mann an jedem Fenster, der Rest blieb vor der Haupttür am Glockenturm. In einem Fuhrwerk wurde das befohlene Material gebracht und Ocko verlor keine Zeit. Mit den Eichenbalken ließ er das Tor verkeilen. Von drinnen hörte man vereinzeltes Rufen, sonst blieb es still. Der Brokmanne scheuchte einen Mann auf die Leiter und ließ das Seil um die Fensteröffnungen des Glockenturms schlingen. Sie befestigten ein Bündel aus Bruchholz, Werg und Stroh am Seil und steckten die brennende Fackel oben hinein. Unten am Ballen baumelte ein Holzeimer voll Unschlitt.

Der Dorfsprecher verfolgte die Vorbereitungen mit

247 Flachsabfall, Hede

Blicken, die sein Unbehagen deutlich zeigten. »Aber wie wollt Ihr sie damit lebend herausholen, Herr?«, fragte der Mann mit zitternder Stimme.

»Wer spricht von lebend?«, gab der Brokmanne trocken zurück. Dann richtete er sich auf und sah in die Runde. Hier bot sich eine neue Gelegenheit, als Mann der Kirche aufzutreten. »Hört! Die Kerle haben einen Priester umgebracht. Sie haben ihr Recht zu leben verwirkt«, sagte Ocko mit lauter Stimme und niemand widersprach, auch der Pfarrer von Hynt nicht.

Der Brokmanne nickte zufrieden. Auf sein Zeichen wurde der Ballen aus Holz und Stroh nach oben gezogen. Der Mann auf der Leiter nahm die Fackel und steckte sie in eine Mauerlücke. Dann begann er, Werg, Stroh und Äste in den Glockenturm zu werfen. Aus dem Turm hörte man Lachen und Grölen, es klang, als machte die Bande sich lustig.

»Seht, es regnet Manna!«, rief einer.

Der Brokmanne nickte erneut und der Mann auf der Leiter griff den Eimer Unschlitt und goss ihn in den Turm. Das Lachen verstärkte sich und man hörte Prusten und Kichern. Und dann warf der Knecht die Fackel hinterher und im Turm wurde es mit einem Schlag still. Es stieg schon Rauch auf, als hinter den Mauern fürchterliches Schreien anhob, dann splitterte Holz und man hörte, wie die drinnen versuchten, in das Kirchenschiff zu kommen, an die Fenster, weg von dem fürchterlichen Brand. Aber wer sich zeigte, den traf eine Klinge oder ein Pfeil. Und dann, in diesen Tumult hinein, riss einer im Turm am Glockenseil. Die Kirchenglocke setzte sich in Bewegung und ihr gespenstisches Geläut spielte die Musik zu diesem schrecklichen Ereignis, während die Menschen auf dem Kirchplatz standen und fassungslos weinten. Viele warfen sich zu Boden, wälzten sich im Dreck und rieben sich Erde in Haare und Gesicht.

Es dauerte nicht lange, bis wieder Ruhe einkehrte. Der Brokmanne ließ die Eichenbalken wegschlagen und zog sein Schwert. Dann ging er hinein. Es lebte keiner mehr. Niemand war völlig verbrannt, viele erstickt und man konnte bei den meisten die Gesichter gut erkennen. Sofort fielen ihm die Kuttenreste an den Leibern ins Auge und der Brokmanne wunderte sich. Die Leiche am Glockenseil lag auf dem Bauch, das verkohlte Seil noch immer in der Hand. Mit den Stiefelspitzen drehte Ocko den Toten auf den Rücken. Er erkannte ihn sofort. Es war Ludgerus. Noch im Todeskampf hatte sich sein Gesicht zu einer mörderischen Wutfratze verzerrt.

Nur wenige Wochen danach begann der eigentlich kaum beschädigte Turm der Kirche von Suderhusen, sich nach vorne zu neigen. Er zog so sehr am Mittelbalken des Kirchenschiffs, dass die Gemeinde fürchtete, der Zug werde es zum Einsturz bringen. Man fasste den Entschluss, ihn abzureißen und neu zu errichten. Aber auch der neu errichtete Turm, der zuvor mit einer besonders festen Gründung versehen worden war, neigte sich nach wenigen Jahren. Er neigte sich sehr stark, aber er fiel nicht, sondern stand wie ein Menetekel, ein weit sichtbares Warnzeichen. Die Bauern bekreuzigten sich dreifach, wann immer sie den Turm betraten oder auch nur sahen. Sie flüsterten, dies sei ein Fluch, er ginge auf den schrecklichen Brandtod der Flagellanten Anno Domini 1351 zurück, aber das einfache Volk hat schon immer viel geschwätzt.

*

Der sehr starke Friese zog darauf ins Land der Sachsen ein. Dies vernahmen die sächsischen Herren und sie traten den Friesen im Felde entgegen.

Hunsingoer Recht, 5. Küre[248]

6.

Eesensem, Hairlingerlant,
am Tage des Festes des heiligen Fabianus und Sebastianus
Anno Domini 1352 (Freitag, 20. Januar)

Nach Almeths Tod hatte Wiska mit größter Selbstverständlichkeit die Hauswirtschaft auf dem Hof ihres Mannes übernommen. Zu Lebzeiten ihrer Schwiegermutter hatte sich die junge Frau um die Versorgung ihrer kleinen Familie gekümmert und im Übrigen der Führung der Schollenherrin untergeordnet, wie es von ihr erwartet worden war. Aber schon am Tages des Begräbnisses nahm sie die Zügel in die Hand, sanft und trotzdem fest, und sorgte für Halt und Ordnung auf dem Anwesen. Sie tat alles mit einer unerschütterlichen Ruhe und einer Wärme, die ihr die Herzen zufliegen ließ. Das Gesinde, Mägde und auch Knechte, tröstete sich an ihr und jeder schien den Blick aus diesen strahlend blauen Augen auf sich lenken zu wollen, um sich daran aufzurichten.

Wiska hielt die Pestvorgaben strikt aufrecht, obwohl die Seuche ihren tödlichen Griff zu lockern schien. Sie achtete auf Reinlichkeit ebenso genau, wie Almeth es getan hatte, ließ das Feuer am Torhaus brennen und Kleider bereithalten. Doch während das Gesinde Almeth aus

248 Dieser Teil berichtet über den Kampf der Friesen gegen die Sachsen zur Zeit Karls des Großen.

Gehorsam gefolgt war, schien ihm das jetzt nicht mehr zu genügen. Im Gegenteil, man beeilte sich, die Befehle der jungen Schollenherrin zu erahnen und auszuführen, bevor sie gesprochen waren, und als Lohn reichte jener eine Blick. Gerade die Knechte zerrissen sich förmlich für diesen kurzen Moment der Anerkennung. Früher war es häufig geschehen, dass ein Knecht auf die Anweisung des Handmannes gewartet hatte, bevor er etwas tat, das nicht zu seinen eigentlichen Aufgaben gehörte. Jetzt war es üblich, dass auch die Männer mit größter Bereitwilligkeit auf dem Hof arbeiteten.

Es traf sich, dass Enno einen der Stallknechte bei der Reparatur des Wasserfasses für die Tenne sah und der Mann sprudelte über, bevor er gefragt werden konnte. »Die Herrin hat es aufgetragen«, sagte der Knecht mit roten Ohren und stürzte sich voll Eifer in seine Arbeit.

Enno war stolz auf seine junge Frau, und der Lange betrachtete alles mit der lässigen Nachsichtigkeit eines Leitwolfes, der dem Nachwuchs bei seinen ersten Jagdversuchen zusieht. Aber in seinen Augen stand auch deutliche Achtung. Bruder William, der Kirchspielpfarrer mit der Erscheinung eines Halbwüchsigen, war noch öfter als früher auf dem Hof, selbst er suchte die Nähe der jungen Herrin und sonnte sich in ihrer offenen Zuneigung. Und dazwischen wieselte der kleine Magnus Ayderd, der Stammhalter, mit den Augen seiner Mutter und dem kräftigen, flachsblonden Schopf seines Vaters, der Liebling des ganzen Gesindes, von allen vergöttert und verwöhnt. Es gab keinen Knecht, der ihm nicht gerne über das Haar strich.

Die Grablegung Almeths hatte alle sehr viel Kraft gekostet, es war schwer gewesen, über diesem so sinnlosen Tod nicht zu verzweifeln. Die Bäuerin hatte am offenen Hoftor gestanden, um die Flagellanten zu beobachten, als der verirrte Pfeil sie getroffen hatte. Niemand wusste, woher das Geschoss gekommen war und wer es von der Sehne gelassen hatte.

Die Geißler waren keine Aufrührer gewesen, sondern bußfertige Mönche aus einem westlichen Kloster, sie zogen nach Marienkamp und wurden sogar von einer Bedeckung begleitet. Es war keine der üblichen entfesselten Veranstaltungen gewesen, sondern eher eine geordnete Prozession, es war inbrünstig gesungen worden, und die Brüder hatten lange härene Hemden getragen, man hatte keine blutigen Rücken gesehen.

Die Gruppe von Vagabunden, die den Mönchen gefolgt war wie ein Rudel hungriger Wölfe, war nicht erkennbar bewaffnet gewesen. Es waren die gewöhnlichen armen Teufel gewesen, die man heute so oft sah, sie suchten die Nähe von reisenden Priestern in der Hoffnung auf einen Trunk oder einen Kanten Brot. Und dann war dieser Pfeil geflogen und hatte die Schollenherrin tödlich am Hals verletzt, die Blutung war nicht zu stoppen gewesen und Almeth war unter den Händen ihrer Schwiegertochter gestorben.

Die Mönche waren mit ihrer Bedeckung singend weitergezogen, gut möglich, dass niemand von ihnen überhaupt bemerkt hatte, was vor sich gegangen war, und die Vagabunden waren plötzlich wie vom Erdboden verschwunden. In der allgemeinen Bestürzung und dem Schrecken hatte niemand auf dem Hof gewusst was tun, und der junge Schollenherr stand mit den Knechten irgendwo im Süden und übte Reiterangriffe unter der Anleitung des langen Herren von Ochterszem.

Enno tom Diek war viele Tage wie betäubt gewesen, er wusste, dass ihn diese Sache bis an sein Lebensende verfolgen würde. Der Lange sagte ihm wieder und wieder, es sei nicht seine Schuld, und seine Anwesenheit auf dem Hof hätte den Pfeil nicht verhindert, aber Enno litt wie ein Hund, es quälte ihn, dass er nicht zu Hause war, als seine Mutter starb.

Auch den jungen Pfarrer, William, bedrängten die Gefühle. Seine Predigt in der Kirche war nur kurz gewesen, er hatte zwischen den Sätzen oft und lange Pausen eingelegt und man sah ihn gegen die Tränen kämpfen. Als Almeths Leichnam ins Grab gelegt wurde, schien der junge Mönch zu schwanken. Er sprach lediglich ein Pater Noster, segnete den Sarg und sagte mit brüchiger Stimme: »Levis sit tibi terra; Sei dir die Erde leicht[249]!«

Später auf der Tenne hatte der Lange den Dominikaner zur Seite genommen und auf den Vorfall angesprochen. »Euripides? Warum?«

»Warum nicht?«, hatte William kurz angebunden geantwortet. »Schließlich haben die Griechen in Sachen Trauerlyrik mehr Erfahrung als wir Christen.« Und dann war der junge Pfarrer herumgefahren wie ein zorniger Bär, in seinen Augen standen noch immer die Tränen. »Und wenn es dich stört, dass Euripides ein Heide war – warum übrigens? –, kennst du einen, auch nur einen einzigen Spruch aus den beiden Testamenten, der tröstlicher wäre? Einen einzigen? Dann heraus damit! Heraus damit! Nenne ihn mir!«

Der Lange hatte die Schultern gehoben und nichts zu antworten gewusst. Er hatte gesehen, dass William sein Gleichgewicht noch nicht wiedergefunden hatte. Es wäre ja noch vieles zu hinterfragen gewesen, die auffällige Sprachlosigkeit des jungen Geistlichen, seine tiefe Emotionalität, die ihn offenbar daran hinderte, der Gemeinde ein Beispiel an Haltung und Tapferkeit zu geben. Und nicht zuletzt einmal mehr seine erkennbare Weigerung, in dieser Lage Zuflucht zur kirchlichen Symbolik zu nehmen. Aber es wäre zwecklos gewesen, jetzt mit ihm zu disputieren, und so ließ der Lange es.

Es war bedrückend still auf der Tenne, die Familie war

249 Übersetzung aus dem Griechischen. Zitat geht auf Euripides zurück, griechischer Trauerspieldichter, 480 -406 v.Chr.

mit dem Gesinde und dem jungen Pfarrer unter sich, es gab keine Gäste, man mied wegen der Pest unnötige fremde Gesellschaft. Sie hatten noch beim Leichenschmaus gesessen, bei Lamm und Lauch, als vor der Tenne plötzlich Tumult war, Rufen und Gepolter, sie hörten einen scharfen Wortwechsel und dann flog die Türe auf und ein Fremder kam herein, dahinter einer der Knechte mit blank gezogenem Hauer. Der Fremde trug einen der Kittel aus dem Torhaus, aber wohl noch seine eigene Hose und aus seiner Nase floss Blut.

»Er will die Kleider nicht wechseln, Herr!«, schrie der Knecht, es war einer der Posten vom Tor. Das Gesinde sprang von den Bänken auf und wich vor dem Mann zurück. Der Kerl war unbewaffnet. Er trug grobe Holzschuhe mit Schäften aus geöltem Segeltuch. Es stellte sich heraus, dass er einer der Knechte von Edo Siboldi war, dem alten Hairlinger Richter. Edo hatte in der Eile vielleicht nicht den Hellsten ausgesucht, der Mann brachte kaum einen vernünftigen Satz zustande.

»Sie jagen ihn! Gottfried! Sie sind ihm auf den Fersen!«, stammelte der Knecht, während ihm das Blut in den Mund lief. Er wischte sich mit dem Jackenärmel über das Gesicht, zog sich einen roten Streifen quer über die Nase, schniefte und blieb wo er war, trat nicht näher. Es dauerte eine ganze Weile, bis der Mann sich so gefangen hatte, dass er zusammenhängend berichten konnte. Und was er dann zu sagen hatte, ließ jeden auf der Tenne vor Schreck erstarren. Man mochte es nicht glauben, aber dieser Gottfried von Arnsberg, Erzbischof zu Brema, unternahm eine Reise durch seine Diözese. In solchen Zeiten!

»Jetzt? In dieser Zeit? Was soll das?«, fragte der Lange mit Zweifel in der Stimme, doch William fuhr auf. Der junge Dominikaner war noch immer wie aus den Fugen, in seinen Augen schimmerte die Feuchte.

»*Gerade* in dieser Zeit, Adriaan! Das nenne ich vorbildliche Seelsorge. Wann, bitte, brauchen die Christen ihren Oberhirten denn mehr als gerade jetzt?«, fauchte der Kirchspielpfarrer und alles schwieg betroffen.

Der lange Holländer ging zu dem Mönch, hockte sich neben ihn und legte ihm den Arm über die Schulter. »Du hast ja recht, William. Aber siehst du, es ist ja nicht nur die Pest. Du hörst doch. Sie sind hinter ihm her. Der Aldenborcher, nehme ich an?« Er sah auf und der Knecht nickte. Moritz von Aldenborch hatte sich mit einem Trupp Berittener aufgemacht, um seinen alten Feind abzufangen. Es war kein Wunder, dass ihn eine solche Nachricht aus seinen Mauern holte.

»Woher weiß er davon?«, fragte William und der Knecht sah ihn an, als hätte der Mönch gefragt, warum jeden Tag die Sonne untergeht.

Anscheinend war der Mann doch nicht so einfältig, wie er aussah. Moritz hatte seine Leute in der Stadt, das wusste jeder. Männer, die den Erzbischof überwachten und alles, was vor sich ging, dem Grafen von Aldenborch an die Hunte meldeten. Einen Boten über die Schlachte durch die Vorstadt zu schmuggeln; war immer noch möglich, wenn man die Wege kannte.

»Was ist mit seiner Bedeckung?«, wollte Enno wissen, aber der Knecht hob beruhigend die Hände. Gottfried hatte seine Arnsberger bei sich, die ganze Truppe, und noch ein paar Soldaten der Stadtwache, die der Rat ihm wohl nicht verweigern konnte.

»Und der Erzbischof selbst? Zu Pferd, nehme ich an?«, stieß der Lange harsch nach, man konnte es sehen und hören, er ärgerte sich darüber, dass man dem Kerl jedes Wort aus der Nase ziehen musste.

Und dann erfuhren sie die ganze Katastrophe. »Das ist es ja gerade!«, sagte der Knecht mit flacher Stimme. »Gottfried ist nicht zu Pferd, er wollte unbedingt mit seinem Wagen reisen!«

»Erzähle mir nicht, er ist mit seinem alten plaustrum[250] unterwegs«, gab der Lange scharf zurück, und der Knecht richtete sich auf. Seine Augen blitzten.

»Genau das sage ich, Mann! Er wollte es unbedingt, wollte seinem Amte entsprechend würdig reisen, es war ihm nicht auszureden«, grollte der Knecht und ein allgemeines Aufstöhnen antwortete ihm.

»Ich glaub es nicht!«, sagte Adriaan und schlug sich vor die Stirn.

Dieser uralte Kastenwagen, eine klobige Kiste auf zwei Achsen, mit Tierhäuten wasserdicht ausgeschlagen und oben durch eine Wetterplane aus rotgefärbtem Leder abgedeckt, war schwerfällig und unbeweglich. Nicht geeignet für ein schnelles Ausweichen, von einer Flucht ganz zu schweigen.

»Wenn sie ihn damit stellen, dann ist er geliefert!«, sagte der Lange grollend und die anderen nickten, nur William nicht.

»Sie werden es nicht wagen, einen so hochrangigen Diener der Kirche anzugreifen. Oder gar zu töten. Sie werden es nicht wagen!«, rief der Dominikaner aufgebracht.

»Du glaubst, sein Purpur schützt ihn?«, fragte der Lange sarkastisch. Der Mönch starrte ihn schweigend an und auch Adriaan ließ seine Frage unbeantwortet.

»Wer spricht von töten? Es reicht, wenn der Aldenborcher ihn zu fassen kriegt!«, warf Enno trocken ein. »Er wird ihm kein Haar krümmen. Moritz wird ihn hinter die Mauern seiner Burg an der Hunte schaffen. Im Zweifel nützt er ihm lebend mehr.«

Der Knecht drehte seine Mütze in den Händen. Er trat unruhig von einem Bein aufs andere. »Mein Schollenherr meint, man sollte etwas tun«, sagte der Mann mit drängender Stimme und dann erhob sich Stimmengewirr.

Alle redeten durcheinander, bis der junge Schollenherr

250 lat.: vierrädriger Wagen

die Arme hob. »Ruhig Blut, Freunde!« Enno lächelte und in diesem Augenblick hatte er viel von seinem Vater. Er fixierte den fremden Knecht, sein Gesicht war immer noch freundlich, aber in den Augen stand kühle Vernunft. »Seit wann weiß dein Herr von der Sache und woher weiß er davon?«

Er sah den Langen nicken, Adriaan schien seine Gedanken zu kennen. Es war klar, Edo Siboldi war nicht der Schnellste, er hatte noch nie etwas als Erster gewusst. Abgesehen davon, ob die Nachrichten stimmten, war ihr Alter entscheidend. Gottfried von Arnsberg konnte längst wieder sicher in seiner Residenz sitzen. Oder unerreichbar im Burgkeller des Aldenborchers. Es waren nie mehr und unglaubwürdigere Botschaften durch das Land gelaufen als in diesen Zeiten. Und die Menschen waren leichtgläubig und schnell zu ängstigen. Die angebliche Geburt einer Ziege mit drei Köpfen, ein plötzlich brennender Baum auf der Flur, das Gerücht einer blutenden Kirchentür in Westfriesland, all dies sorgte für Unruhe und es war schwierig, Wahres von einfältiger Sinnverwirrung oder gar Lüge zu trennen.

Der Knecht hob die Schultern. »Vor zwei Tagen kam der erste Bote. Dann gestern noch einer.«

»Welche Boten? Was sagen sie?«

»Einer aus der Stadt, einer aus Rustringe«, antwortete der Knecht sicher. »Und sie sagen alle dasselbe: Gottfried ist unterwegs nach Marienkamp und der Aldenborcher ist ihm nach. Hat ihn fast eingeholt. Bei Ripesholt[251] war es nur noch eine halbe Tagesreise!«

»Hhm«, sagte Enno und auf der Tenne wurde es still.

Bruder William starrte nachdenklich vor sich hin und der Lange kratzte sich anhaltend den Kopf. Man konnte sich darüber wundern, dass Edo Siboldi etwas vor den

251 Reepsholt, Kreis Wittmund, damals Kloster der Regulären Kanoniker St. Augustinus.

Eesensern erfuhr, das schon, aber schließlich war es immer so, dass irgendwer die erste Nachricht erhielt und sie hatten in den letzten Tagen weiß Gott andere Sorgen gehabt. Das Begräbnis war vorzubereiten gewesen, und die Arbeit auf dem Hof lief weiter. Und jetzt saßen sie beim Leichenschmaus. Andererseits lag bereits Ripesholt in Hairlingen und das Kloster Marienkamp lag mittendrin, und der Aldenborcher schickte sich an, den Bremaer Erzbischof Gottfried von Arnsberg, ihren Diözesanherrn, in den Grenzen ihrer Landgemeinde mit Waffengewalt zu bedrängen. Konnte man das hinnehmen?

»Wie viel Leute hat der Aldenborcher bei sich?«, fragte Enno und der lange Holländer blickte auf.

»Ein starkes Fähnlein, vielleicht sechzig Mann oder mehr«, erwiderte der Knecht so schnell, als hätte er auf diese Frage gewartet.

»Alles Aldenborcher? Keine Fremden dabei?«

»Fremde?«

»Fremde! Zum Beispiel Brokmannen!«, schob Enno trocken nach und jetzt hätte man auf der Tenne einen Strohhalm fallen hören können.

Der Knecht schüttelte den Kopf. »Keno sitzt noch immer in Monasterium auf Ludwigs Schoß«, sagte der Mann mit süffisantem Unterton.

Der Brokmanne, das wusste man, war schon seit Wochen im Süden, angeblich mit dem Ziel, den dortigen Erzbischof davon abzuhalten, sich dem Kirchenbann des Bremaers gegen seinen Sohn anzuschließen. Es hielten sich hartnäckige Gerüchte, Keno schien es mit Silbertournosen, aber auch versteckten Drohungen zu versuchen, niemand wusste, mit welchem Ergebnis. Sicher schien nur, dass Ludwig der Hesse entschlossen war, aus dieser Sache ein Maximum an Gewinn zu schlagen. Die Frage war, ob sich der Brokmanne gegen Gottfried durchsetzen konnte, denn das Grafenhaus der Arnsberger unterhielt in dieser Sache offenbar ebenfalls Kontakte zu dem Hessen. Ludwig befand sich in einer komfortablen Lage. Er konnte nur gewinnen.

»Ocko?«, fragte der junge Schollenherr scharf.

»Reibt sich den Schenkel in Engerhoffe!«, sagte der Knecht mit vertraulichem Grinsen. Es hatte sich natürlich wie ein Lauffeuer herumgesprochen, dass der junge Hairlinger den Brokmannen im Gefecht verwundet hatte, und Ennos Beliebtheit in der Landgemeinde war damit noch weiter gestiegen, wenn auch nicht bei allen.

Enno lächelte nicht, seine Erleichterung sah niemand. Und trotzdem fühlte er in diesem Augenblick eine Last, die er liebend gern von den Schultern geworfen hätte. Neben der Pest, der ständigen Angst um die Gesundheit von Familie und Gesinde, hielt ihn der Hof in Atem. Es war eine Herkulesaufgabe, den täglichen Kampf mit Wetter, Scholle und Vieh zu meistern. Enno war nicht mehr der Sohn, der junge Springinsfeld, der sich trotz väterlicher Missbilligung in Abenteuer stürzte. Er trug jetzt direkte Verantwortung für das Wohl von Menschen. Von Männern, Frauen und Kindern, die essen, trinken und in Sicherheit leben wollten. Die seinen Schutz brauchten. Und das in einer Zeit, in der auch in der eigenen Landgemeinde die Herrschaftsgier von Großbauern ihr Haupt erhob.

Selbst in Hairlingen stand der Umgang in Frage, gab es Leute, die ihn für unsinnig hielten und lieber heute als morgen seine Abschaffung sähen. Enno verspürte keine Neigung, sich in solcher Lage auf weitere Einsätze um fremde Macht einzulassen. Sollte Gottfried sich selbst helfen.

Auf der Tenne war inzwischen wieder völlige Ruhe eingekehrt, und der junge Schollenherr sah nun alle Augen auf sich gerichtet. Der lange Adriaan fixierte ihn mit brütendem Blick, William offen und neugierig, und Wiska in einer Mischung aus unendlicher Liebe und tiefer Sorge.

Enno tom Diek hob den Kopf, suchte den fremden Knecht, lächelte ihm freundlich zu. »Nun, du siehst, wir sitzen hier beim Leichenschmaus für meine verstorbene Mutter«, sagte er leicht und ohne besondere Betonung. »Mir scheint, Gottfried ist mit seinen Arnsbergern gut bedeckt. Diese Männer sind tüchtige Soldaten, was, Adriaan? Wir haben selbst erlebt, was sie leisten können.« Er lächelte noch immer und sah, wie sich das Gesicht des Langen in einem breiten Grinsen entspannte. Dann wurde Ennos Stimme plötzlich kühl und sein Lächeln erstarb. »Da es Gottfried für richtig gehalten hat, diese Reise zu unternehmen, so muss er nun sehen, wie er weiter unbeschadet bleibt. Möge der Herr ihn schützen!«

»Amen!«, sagte da der Mönch in festem Ton und dann: »Kyrie Eleison[252]!«, und jedermann auf der Tenne schlug ein Kreuzzeichen, auch der fremde Knecht.

*

Graf Moritz von Aldenborch hatte keine größere Mühe, in die Stadt zu gelangen. Zwar war die Brücke über die Schlachte von Gesindel aus der Vorstadt belagert, Leute in Lumpen und nackten Füßen, aber sie waren nur mit ein paar Hauern und Knüppeln bewaffnet und seine Panzerreiter rannten diesen Pöbel einfach über den Haufen. Es blieben Tote und Verwundete zurück, Männer mit gebrochenen Gliedern und zerquetschten Rippen, viele brachen durch das Geländer in den Fluss und ersoffen, doch wen kümmerte das schon?

Das Stadttor war offen wie verabredet, wenn auch nur für kurze Zeit. Das Fähnlein Bogenschützen wollte die Pforten rasch wieder schließen, der führende Wachtmeister glaubte wohl nicht daran, den Mob aus der Vorstadt lange mit Pfeilen abwehren zu können. Es reichte, um die

252 griechisch: Herr erbarme dich! Teil der katholischen Messliturgie.

gesamte Truppe mit Gottfried und seinem plaustrum hinter die Mauern zu bringen. Gewiss, es war Geld geflossen, viel Bremaer Silber, aber entscheidend war der Rückhalt seiner Leute in der Stadt gewesen. Denn sie war noch da, seine Fraktion in Rat und Bürgerschaft, Anhänger, die ihn stützten, aus Überzeugung, oder weil sie das für eine gute Anlage in die Zukunft hielten.

Der Zug durch die Gassen der Südstadt bis zur Residenzburg war ein Kinderspiel, die Leute blieben in Ruhe, wie es seine Mittelsleute versprochen hatten. Hier und dort standen Bürger und gafften. Vereinzelt hörte man Hochrufe, von denen niemand wusste, ob sie Moritz galten oder Gottfried hinter der Lederplane seines Wagens, nicht wenige bekreuzigten sich. Moritz erwartete Schwierigkeiten erst am Burgtor, und tatsächlich regte sich dort Widerstand, der aber schnell gebrochen war. Die beiden Armbrustschützen öffneten das Tor sofort, als Moritz die Lederplane des plaustrums wegziehen und auf Gottfried anlegen ließ. Der Erzbischof kauerte geduckt, wie ein Huhn bei großer Kälte, auf der Wagenbank und seine Blicke flogen zwischen den beiden Wachposten und den Pfeilspitzen der Aldenborcher hin und her.

»Macht auf, beim Blute Christi!«

»Wo ist die Bedeckung?«, wollte der Wachhabende wissen, aber niemand gab Antwort.

Sie ritten durch das Tor und es dauerte keine drei Ave Maria, da gehörte ihnen die Burg mit allem, was darin war. Die restliche Besatzung wurde entwaffnet und Moritz nahm auf dem Bischofsstuhl Platz. Gottfried ließ er unter Bewachung in seine Wohnung bringen. Die Mönche leisteten keinerlei Gegenwehr, auch der neue Bruder Cellerar nicht, den Moritz sofort zu sich befahl. Der Aldenborcher ließ sich zur Versorgungslage der Residenz vortragen, und der Cellerar gab bereitwillig Auskunft. Der Mönch vermied es, den neuen Burgherrn direkt anzureden und Moritz verzichtete darauf, ihn zu zwingen. Es genügte ihm, die Angst und die Unsicherheit in den Augen des Cellerars zu sehen. Verängstigte Menschen machten keine gefährlichen Pläne.

Die Vorräte waren ansehnlich, denn die Klöster hatten gut geliefert, in diesen Zeiten arbeitete keine Landwirtschaft besser als die der Abteien.

»Schafft Fleisch, Brot und Wein!«, befahl Moritz mit seiner Fistelstimme, »und auch dem Grafen von Arnsberg in seiner Klause lass es an nichts fehlen. Er soll leben, wie es seinem Stande zukommt.«

Der Mönch nickte beflissen, wollte sich entfernen, zögerte dann aber doch. »Welchen Standes, Herr? Des eines Erzbischofs von Brema?«

Moritz sah ihn aus kalten Augen an, seine zu kurz geratene Oberlippe legte scharfe, spitze Mauszähne frei, aber er lächelte nicht. »Du hörst doch: Er ist der Graf von Arnsberg. Ich bin nun wieder der Herr in Residenz und Bistum. Alles Weitere hat dich nicht zu kümmern«, sagte der Aldenborcher barsch, und dann schoss sein Oberkörper nach vorn. »Wage es nicht, ihn mit Eminenz anzureden. Nicht in meinem Beisein, hörst du? Tust du es doch, entziehe ich dir dein Amt. Und nun geh mir aus den Augen!«

Der Cellerar entfernte sich hastig. Moritz streckte behaglich seine Beine aus. Er freute sich auf ein reiches Mahl, denn die letzten Tage waren hart und die Verpflegung karg gewesen. Noch vor einer guten Woche hatte er fluchend in seiner Burg an der Hunte gesessen und geglaubt, das Glück habe ihn endgültig verlassen. In Brema bewegte sich nichts, sein Widersacher saß fest auf seinem Stuhl und er selbst hockte machtlos hinter dicken Steinen.

Dann die plötzliche Nachricht über Gottfrieds Reise durch die Diözese, ebenso unerwartet wie willkommen, ja geradezu so ersehnt, dass Moritz sich zunächst geweigert hatte, sie für wahr zu halten. So dumm konnte der Arnsberger doch nicht sein, dass er ohne Not seine sichere Residenz verließ. Und gar die Stadt! In dieser Zeit! Moritz sandte Kundschafter aus und zog an seinen Fäden. Es folgte die Bestätigung: Jawohl, der Arnsberger *war* so dumm. Oder so eitel. Oder beides. Und dann hatten sich die Ereignisse überstürzt. Vieles musste gleichzeitig bedacht und geregelt werden. Der Aldenborcher ließ noch Erkundigungen einziehen, als er bereits seine Truppe versammelt hatte und aufgebrochen war. Unterwegs trafen immer wieder Boten bei ihm ein und er hörte Dinge, die ihm wie Schalmeienklänge in den Ohren säuselten.

»Mit seinem Planwagen? Bist du sicher?«, fragte er verblüfft und der Kurier nickte.

Moritz schüttelte ungläubig den Kopf. Er fand plötzlich, dass ihm sein Glück wieder hold war. Nach einem Tagesmarsch kannte er nicht nur den Reiseweg seines Feindes, er wusste auch die Stärke seiner Bedeckung, hatte genaue Kenntnis von ihren Schwachstellen und war sich klar darüber, wo er Gottfried abfangen wollte. Es musste in Hairlingen sein, in der Landgemeinde der Feinde seines Waffenbruders Ocko Hylmerisna, und das war die einzige Unsicherheit in seinem Plan.

Er wusste nicht, was die Hairlinger tun würden. Doch zu seiner großen Erleichterung taten die Hairlinger nichts. Es hatte auch Stimmen in seinem Stab gegeben, allen voran die von seinem Feldhauptmann, die ihm dringend geraten hatten, sich irgendwo zwischen Aldenborch und Brema auf die Lauer zu legen und Gottfried auf dem Rückweg in die Falle laufen zu lassen, aber Graf Moritz entschied sich dagegen. Er hatte lange, zu lange auf eine solche Gelegenheit gewartet. Seine Angst, es könnte sich noch etwas ereignen, das ihm den Zugriff auf seinen Feind verwehrte, trieb ihn voran.

Sie folgten dem Zug des Erzbischofs in sicherem Abstand, aber nah genug für eine schnelle Attacke. Der Arnsberger hatte keine Nachhut einteilen lassen, und das war ein Fehler, man sah einmal mehr, dass Gottfried Priester und kein Soldat war. Moritz stellte den Kirchenfürsten zwischen den Klöstern Ripesholt und Marienkamp. Der Platz war gut ausgesucht, der Weg führte durch eine Senke, die von Pappeln und Birken gesäumt war. Es war kein Problem, ihn hinten abzuriegeln und vorn zu sperren. Mit dem schweren Wagen war kein Entkommen möglich, schon gar nicht über die Böschung durch die Bäume.

Moritz ließ einen Trupp am Eingang der Schneise und umritt die Bäume auf dem Weg nach vorn. Dort zog er sein Schwert und stellte sein Pferd quer auf den Weg. Die Klinge lag blank auf seinen Oberschenkeln. Sein Stab stand hinter ihm und wartete, wartete auch auf den Befehl an die Armbrustschützen, Bolzen auf ihre Waffen zu legen, aber der kam nicht. Der Feldhauptmann fing heftig zu reden an, er wollte die Truppe ausfächern und schussbereit machen, aber der Graf brachte ihn mit einer herrischen Geste zum Schweigen. Der Feldhauptmann verstummte mit aufgerissenen Augen, er warf seinen Kopf wild hierhin und dorthin, doch der Graf blieb stumm und sein Erster Adjutant hatte plötzlich ein höhnisches Lächeln auf den Lippen.

Sie hörten den Zug der Bremaer schon von weitem, der Wagen knirschte in den Achsen und aus der Senke kam sorgloses Lachen und Reden. Dann tauchte der Trupp aus der Schneise auf, vorn ritt der Anführer, hinter ihm in Zweierreihen die Bedeckung. Als er die Aldenborcher sah, verhielt der Anführer sein Pferd, aber er schien nicht überrascht. Hinter ihm entstand kurz Unruhe, der Führer hob den Arm und seine Soldaten behielten ihre Ordnung, der Mann hatte seine Truppe im Griff.

Die beiden Gruppen standen nun etwa auf halbe Wurfnähe voneinander entfernt. Bisher war zwischen ihnen noch kein Wort gefallen. Weiter hinten im Zug der Bremaer sah man Gottfrieds Planwagen, der inzwischen auch zum Halt gekommen war. Von dort hörte man plötzlich Stimmen, der Erzbischof schien zu fragen, was denn los sei, war wohl mit den Antworten nicht zufrieden und dann sahen sie den Arnsberger die Lederplane zur Seite schieben, sahen ihn hinausspähen und erstarren. Es legte sich tiefe Stille über den Platz, niemand schien zu wissen, wie weiter vorgehen, und dann setzte der Anführer der Bremaer sein Pferd in Bewegung und kam in gemächlichem Schritt auf sie zu. Er zog sein Schwert nicht und ritt auch nicht zur Attacke an, sondern saß auf seinem Braunen wie bei einem Sonntagsausflug.

Schon da hatte es den Anschein, als ahnte der Arnsberger etwas, jedenfalls richtete er sich in seinem Wagen auf und seiner Kehle entrang sich ein Fisteln, es klang fast wie das Jaulen eines Hundewelpen. Der Anführer näherte sich auf eine Pferdelänge und verhielt seinen Gaul. Jetzt trat Moritz' Pferd einen Schritt vor und dann standen sich die beiden auf Reichweite gegenüber und starrten sich in die Augen. Noch immer hatte keiner auch nur ein Wort gesprochen. Und dann sahen sie Moritz mit der Linken in seine Satteltasche langen und einen prall gefüllten Lederschlauch hervorziehen und dem anderen lässig zuwerfen, es klirrte leise, als der Anführer den Schlauch auffing. In diesem Augenblick stieß Gottfried einen unmenschlichen Schrei aus, die ganze Wut und Enttäuschung über den Verrat legte er in einen einzigen Schrei, aber der Anführer zuckte mit keiner Wimper. Er nahm den Schlauch, wendete sein Pferd, winkte seine Truppe heran und verschwand mit den Leuten zwischen den Bäumen. Die kleine Abordnung der Stadtwache, es waren ganze sieben Männeken, blieb zurück und streckte sofort die Waffen. Niemand verspürte wohl Lust, wegen Gottfried das Schwert zu ziehen und seine Haut zu Markte zu tragen. Das Fähnlein wurde von Moritz' Truppe aufgesaugt wie ein Tropfen Wasser von einem Ballen Zunderwolle. Es war, als hätten sie schon immer dazugehört.

In Erinnerung an diesen Vorgang seufzte Moritz jetzt erneut und streckte sich wohlig. Jawohl, es war nicht billig gewesen, den Anführer zu bestechen, aber nur so war es überhaupt gegangen, denn an ein offenes Gefecht hatte auch der Aldenborcher nicht zu denken gewagt. Er hatte einen der Kundschafter, seinen besten Mann, mit dieser heiklen Mission beauftragt, und es war tatsächlich gelungen, den Anführer bei einer Rast anzusprechen und ihn mit hundert Silbertournosen zu überzeugen. Der andere hatte sofort eingeschlagen. Ihm war klar, dass er sich nach dieser Sache nicht nur in seiner Grafschaft nicht mehr sehen lassen konnte, aber das schien ihn nicht zu stören. Er hatte wohl vor, einen Großteil des Geldes zu behalten, um irgendwo ein neues Leben anzufangen.

Moritz lächelte. Die Erkenntnis, dass die Arnsberger Truppe, die allgemein für treu und kaum besiegbar gehalten wurde, ebenfalls ihre Schwächen hatte, gefiel ihm ungemein. Die Türe zum Audienzsaal öffnete sich und ein Schwarm Novizen trug Speisen auf, scharf beobachtet von den mürrischen Blicken des Bruders Cellerar. Es gab gebratenes Huhn und frisches Brot, dazu feines Steckrübengemüse mit Zwiebeln und Lauch. Wohlgefällig musterte Moritz die Kanne aus getriebenem Silber, aus der nun der Kellermeister selbst den Wein einschenkte. Er langte sofort zu und aß schon, als die jungen Mönche noch mit Schüsseln und Tellern hantierten. Ein herrischer Wink scheuchte die Brüder hinaus.

Noch in dieser Nacht suchte der Graf von Aldenborch den Erzbischof in seiner Kammer auf. Gottfried sah sofort, dass der Aldenborcher Wein getrunken hatte, viel Wein, denn sein Atem roch und die Augen in dem geröteten

Gesicht funkelten böse und tückisch. Aber Moritz war Herr seiner Sinne, mit Bedacht hatte er gewartet, bis der Arnsberger in seinem ersten tiefen Schlaf sein musste und ihn dann rüde wecken lassen.

»Ihr seid ein Verräter, Herr!«, war das Erste, was Gottfried äußern konnte, doch der andere blieb kalt bis ans Herz.

»Ein feines Gefolge habt Ihr da, Herr, das Euch für Judaslohn verkauft!«, zischte Moritz gehässig zurück. Es war das erste Wort, das sie miteinander wechselten, denn auf dem Rückweg hatte sich der Kirchenfürst in seinen Wagen verzogen und nicht blicken lassen.

»Also fühlt Ihr Euch als Judas! Mit Recht!«, giftete Gottfried und wollte schon loslegen, als ihn der Aldenborcher wie von Sinnen brüllend zur Ruhe brachte.

In diesem Augenblick musste man um Moritz' Verstand fürchten. Er schrie so laut, dass sogar der Wachposten vor der Tür mit schreckgeweiteten Augen hereinschaute, aber sofort wieder verschwand. Und zum Entsetzen des Erzbischofs trat Moritz nach den Möbeln, warf Stühle um und schmetterte einen kleinen Nachttisch zu Boden, wo er splitternd zerbrach.

»Du redest jetzt nicht mehr, hörst du? Du hast noch immer nicht begriffen, in welcher Lage du steckst. Du gehörst mir! Ich habe dich in der Hand, mit Haut und Haaren!«, keuchte der Graf von Aldenborch mit zornrotem Hals. Fingerte nach seinem Dolch und machte Anstalten, ihn zu ziehen und der Arnsberger sank erschüttert auf seine Bettstatt zurück.

In dieser Nacht drehten sich die Machtverhältnisse im Erzbistum Brema erneut. Gottfried stemmte sich lange gegen die drohenden Konsequenzen, aber schließlich gab es für ihn keinen Ausweg. Er saß unerreichbar hinter den Mauern der Residenz, seiner persönlichen Bedeckung beraubt und in den Händen seines ärgsten Feindes. Nach langem und zermürbendem Streit stimmte der durch den Papst ernannte Erzbischof zu Brema einem Verfahren zu, das ihn formell in Amt und Würden hielt, aber die tatsächliche Macht im Bistum Moritz von Arnsberg überließ, der sich nun als seinen Koadjutor[253] bezeichnete. Gottfried glaubte, keine andere Wahl zu haben, und tatsächlich hatte er zu diesem Zeitpunkt auch keine.

Es war wohl der Ironie eines zwiespältigen Schicksals zuzuschreiben, dass auch für Moritz von Aldenborch eine höhere Würde nicht erreichbar schien. Der Purpur eines Kirchenfürsten blieb ihm weiter versagt. Die erzbischöfliche Robe würde ihn auch in überschaubarer Zukunft nicht schmücken. Aber wenn er es recht bedachte, so war doch seine Lage jetzt sehr viel besser als noch vor Wochenfrist. Er war wieder in Brema und damit im Zentrum der Macht. Er trug keine Mitra, aber er hatte die Fäden in der Hand. Er berauschte sich an der Süße der faktischen Herrschaft, und das genügte ihm. Vorerst.

*

Der Ratssaal von Brema war besser gefüllt als noch vor Monaten. Die Pest hatte ihren tödlichen Griff gelockert, es war gelungen, verstorbene Räte durch Familienmitglieder und andere Nachrücker zu ersetzen.

An den Machtverhältnissen hatte sich indes nichts geändert. Es blieb bei dem Riss mitten durch den Rat, der Teilung des Gremiums in Anhänger des Arnsbergers und des Aldenborchers, die im Übrigen die Situation in der Stadt spiegelte. Gefolgschaft für den einen bedeutete zwingend auch heftige Gegnerschaft zu dem anderen. Die daraus wachsenden Spannungen legten sich nun, da die Seuche nachzulassen schien, erneut wie Mehltau über Brema. Es blieb häufig nicht bei zornigen Wortwechseln zwischen den Bürgern, sondern hier und dort wurde auch

253 Gehilfe eines Bischofs, auch Weihbischof.

blank gezogen oder der Knüppel tanzte und nicht eben selten floss Blut.

Dergleichen taten die Herren Räte nicht, aber die Spannung im Saal war mit Händen zu greifen. Als Moritz im Schlepptau des Erzbischofs eintrat, herrschte zunächst Todesstille. Dann rührten sich einige Hände zum Beifall und dazwischen hörte man zornige Stimmen.

»Was tut *der* denn hier?«

»Ich denke, du bist in deinem Loch an der Hunte?«

»Vogelfrei! Exkommuniziert!«, schrien einige, darunter mischte sich der Applaus der Anhänger des Aldenborchers, der immer stärker wurde.

Sie alle wussten natürlich, dass Moritz seit gestern wieder in der Stadt war, die Nachricht hatte sich verbreitet wie ein Lauffeuer. Aber dass er nun im Rat auftauchte, offensichtlich frei und unbelastet, war für jeden eine Überraschung.

Gottfried stieg auf seine Empore und nahm in seinem Armstuhl Platz. Der Erzbischof trug seine Purpurrobe und sein Brustkreuz. Moritz war in einen schmucklosen schwarzen Talar gekleidet, seine Schultern zierte eine rote Stola. Und jetzt wusste jeder, was der zweite Stuhl auf der Empore sollte, denn der Graf von Aldenborch setzte sich mit größter Selbstverständlichkeit auf diesen Stuhl, es schien, als hätte er schon immer dort gesessen. Der Erzbischof starrte blicklos geradeaus, während die Augen seines Koadjutors wieselschnell durch den Raum huschten, er saugte die Kräfteverhältnisse mit ihren möglichen Konsequenzen förmlich in sich auf, nahm so Zuspruch und Widerstand im Ratssaal umfassend zur Kenntnis, schien mit den Augen zu denken.

Die Unruhe legte sich erst, als sich der Erzbischof von seinem Stuhl erhob, auf die Knie sank und laut zu beten begann. Sein Koadjutor beeilte sich, ihm zu folgen. Dem Pater Noster folgte ein Ave Maria und als das Gebet beendet war, stand der alte Reemt von Tossen auf und trat schwankend vor.

»Ich bitte Eure Eminenz um Erhellung: Warum ist Moritz hier, ein Mann, den Ihr selbst erst unlängst in den Kirchenbann getan habt?«, fragte der Alte vorwurfsvoll. In seinen Augen brannte ein Feuer der Empörung. Der Erzbischof schwieg, Moritz musterte den Sprecher kalt und drohend. »Warum, Eminenz?«, stieß Tossen nach und von den Stühlen kam Widerspruch und zorniges Rufen.

»Mach dir nicht in die Hose, Reemt!«

»Er ist da und damit gut!«

Tossen ließ sich nicht beeindrucken, er trat noch einen Schritt vor und hob seine Stimme. »Eminenz, ich bitte Euch!«

»Er ist mein Koadjutor«, sagte Gottfried mit brüchiger Stimme.

»Ein Koadjutor, der exkommuniziert ist?«, fragte der Alte scharf.

»Er ist nicht mehr exkommuniziert«, sagte der Erzbischof.

Auf den Lippen des Aldenborchers stand plötzlich ein kaltes Lächeln. Gottfried, der verdammte Hund, hatte sich gesträubt bis zum Schluss, gestern, in der ersten Nacht hinter den Mauern der Residenzburg, aber schließlich hatte er nachgeben müssen. Hatte die Aufhebungsurkunde für den Bann unterzeichnet, als Moritz ihm die Klinge an den Hals gedrückt hatte. Noch wichtiger als die Klinge war aber die Drohung gewesen, Moritz werde die »schmutzigen« Kontakte des erzbischöflichen Grafenhauses mit Ludwig dem Hessen öffentlich machen. Es war ein Glücksschuss gewesen, ein Streich ins Blaue, er war einer plötzlichen Eingebung gefolgt und hatte getroffen, so gründlich, dass Gottfried nun rasch, fast hastig unterschrieb. In einem letzten verzweifelten Akt der Selbstachtung hatte Gottfried sich geweigert, die

Absolution auf den Stab des Aldenborchers auszudehnen. Damit blieb auch Ocko Hylmerisna unter Kirchenbann. Graf Moritz hatte versucht, zu verhandeln, aber an Ende verzichtete er darauf, den Dispens zu erzwingen. Er glaubte, den Brokmannen nicht mehr zu brauchen.

»Er ist nicht mehr exkommuniziert!«, wiederholte der Erzbischof, tastete sich an den Hals und schloss seine Augen und die Anhänger des Aldenborchers applaudierten.

»Willkommen, Koadjutor. Heil und Segen für dich und für unsere Stadt!«, rief der Ratsherr Meynert van Varle voller Überschwang und Moritz zog seine Oberlippe ein Stück höher über die Schneidezähne. Er sah sehr zufrieden aus. Am Ende der Sitzung würde er zurückkehren in sein modernes Haus in der Neustadt, dort residieren, wie er es vorher getan hatte, und die Fäden ziehen. Und Gottfried vorn Arnsberg würde wieder in seine alte Burg reiten, bedeckt durch ein Fähnlein der Stadtwache. Nicht bedeckt. Bewacht. Er war ein Gefangener in seiner eigenen Residenz, und er wusste es.

*

Bei Enno tom Dieks erster Wahl zum Richter von Hairlingen trat der Konflikt offen zutage. Jetzt brach auf, was seit langem im Verborgenen geschwelt hatte wie eine Eiterblase unter oberflächlich gesundem Gewebe.

Die feierliche Zeremonie wurde dem Brauch entsprechend in der Pfarrkirche des Kandidaten vollzogen und die Kirche von Eesensem war besetzt bis zum letzten Platz. Es waren alle Richter gekommen, die meisten mit ihren Familien. Die Äbte von Marienkamp und Marienthal waren ebenso geladen wie der Erzbischof von Brema, aber niemand von ihnen war erschienen. Es gab Gerüchte, dass Gottfried wegen Krankheit verhindert sei, aber auch von seinen Prälaten vertrat ihn niemand.

Man hatte natürlich von den Umständen gehört, unter

denen der Erzbischof seine Reise beendet hatte und in die Stadt zurückgekehrt war. Er war ja gar nicht bis Marienkamp gekommen, sondern hatte bereits nach seinem Besuch des Klosters Ripesholt die Visite seiner Diözese abgebrochen. Es gab schlimme, teilweise widersprüchliche Nachrichten über den Vorfall. Man hörte von einem bösen Gemetzel, die Arnsberger hätten ihren Herrn bis zum letzten Mann verteidigt, aber es gab auch ernstzunehmende Quellen, die berichteten, es habe überhaupt kein Gefecht stattgefunden. Die Hairlinger dachten sich ihr Teil und wandten sich den Dingen des täglichen Lebens zu.

Bruder William war zornig über die Abwesenheit der beiden Äbte. Hilderaad war, wie man hörte, hinfällig bis zur Bettlägerigkeit, aber dass niemand sonst von Marienkamp für ihn gekommen war, empfand der junge Kirchspielpfarrer als ein Zeichen offener Missachtung. Nikolaus von Marienthal schob die Pest vor, aber jeder wusste, dass ihn sein Glockenguss mehr beschäftigte als alles andere.

»Sollen die beiden Säcke bleiben, wo der Pfeffer wächst! Der Pfeffer!«, hatte William wütend gezetert und der Lange hatte ihn süffisant angesehen.

»Das klingt ja ganz so, als hättest du jede Achtung vor ihnen verloren«, hatte Adriaan gesagt.

»Hier halte ich es leichten Herzens mit dem alten Sophokles[254]:*Achtung verdient, wer erfüllt, was er vermag*!«, hatte der Dominikaner fast gebellt und der Lange hatte aus vollem Hals gelacht.

»*Schon wieder* ein Grieche!«

»Was ist Pfeffer?«, hatte Enno gefragt und die anderen beiden hatten ihn angesehen wie einen der wissen will, ob man schmiedbares Eisen essen kann.

»Ein scharfes Gewürz. Die Römer kannten es schon«, hatte der Lange nach einer Pause geantwortet.

254 Grch. Tragödiendichter, ca. 496 – 406 v.Ch.

Also, William war unwillig über das Fehlen der beiden Prälaten. Abt Eghardus von Ihlo war gekommen, ein Prior aus einer fremden Landgemeinde. Der Klosterführer saß wie ein totes Gerippe in der ersten Bank, die Haut umspannte seinen Schädel wie glänzendes Leder, nur die lodernden Augen schienen zu leben. William hielt eine zündende Predigt über die Ethik der Verantwortung, schlug einen schönen Bogen zu den Konsequenzen eines Amtes und geißelte die Gesinnung als Vorwand für Tatenlosigkeit mit scharfen Worten.

»Wer es aus solchen Gründen unterlässt, seine Pflicht zu tun, der handelt nicht im Sinne des Herrn!«, sagte der junge Pfarrer, und man sah Eghardus unwillig seinen Totenschädel heben. Weiter hinten hörte man das Scharren von Füßen und es ist gut möglich, dass sich bereits hier erste Anzeichen für den Eklat rührten, der bald darauf geschah. Als William die Richter bat, sich dem Brauch entsprechend zum Zeichen der Zustimmung zu Ennos Wahl von ihren Plätzen zu erheben, blieben drei von ihnen sitzen. Es waren jene drei, die schon bei der Grablegung seines Vaters in der Kirche geblieben waren. Und plötzlich war es so still, dass Abt Eghardus den faltigen Hals reckte und über die Schulter nach hinten linste. Enno hatte seinen Platz vorn neben William schon eingenommen, er sah die drei, sah ihren Sprecher Foko Omeken, der ihn kalt anstarrte, und sah in das Gesicht von Edo Siboldi. Der alte Richter stand wie vom Donner gerührt, aber seine Augen schienen zu wissen. Langsam, sehr langsam löste sich Edos Erstarrung, er war der Älteste unter den Richtern, und ihm kam es zu, für Klarheit zu sorgen.

»Was soll das heißen, Foko!«, herrschte er den anderen an, und dann erhob sich Omeken von seiner Bank. Er warf einen raschen Blick auf seine beiden Leute, ganz so, als wollte er sich ihrer noch einmal vergewissern.

»Wir nehmen an dieser Wahl nicht teil!«, sagte er mit knarziger Stimme und die anderen zwei nickten.

»Was soll der Unfug?«, bellte Edo. »Ihr seid Richter in Hairlingen, oder nicht? Ihr habt den Hairlinger Landbrief des Magnus tom Diek feierlich mit unterzeichnet. In dieser Kirche. Damit seid ihr ein Teil des Rechtsbundes. Und nun nehmt ihr an dieser Wahl nicht teil?«

»Wir erklären hiermit förmlich unseren Austritt aus diesem Rechtsbund. Wir entsagen seinen Vorgaben und weisen seinen Schutz zurück«, erwiderte Foko kalt und die Stille in der Kirche vertiefte sich, ganz so, als greife Todesstarre nach den Menschen. Dann rührten sich die beiden anderen, standen auf und traten in den Mittelgang. Foko schloss sich an und die drei marschierten zum Ausgang.

»Wie wollt ihr dann in euren Ländereien und auf euren Höfen für Ordnung sorgen? Was ist, wenn ihr einen Richter braucht?«, fragte Edo mit brüchiger Stimme. Foko Omeken antwortete erst, als sie schon an der Kirchentüre waren. Die anderen beiden verließen das Gotteshaus, ohne sich noch einmal umzudrehen.

»Auf unseren Gehöften sprechen wir selber Recht. Wir sind die Herren dort, wir sorgen für Frieden und Ausgleich, notfalls mit dem Schwert!«, gab Foko lakonisch zurück, er hatte den Türdrücker schon in der Hand.

»Nach den Küren?«, fragte der Alte mit wässerigen Augen.

»Nach den Küren. Auch nach denen des Magnus tom Diek«, sagte Foko und warf einen kurzen Blick auf Enno, wandte ihn schnell ab, er konnte nicht standhalten. »Aber wir machen es selbst. Keiner mehr von euch!«, schloss er und verließ die Kirche.

Die Tür ließ er offen. Seine Schritte entfernten sich schnell. Danach herrschte noch lange Zeit lastendes Schweigen. Es schien, als habe jeder Scheu, durch Sprechen das Geschehnis zur Wahrheit werden zu lassen.

Wie zum Trotz ergriff William bald das Wort, um mit einigen launigen Sätzen die Spannung der Gesellschaft aufzulösen. Die wenigen, zaghaften Lacher zeigten, wie mäßiger Erfolg ihm dabei beschieden war. Der Vorfall hatte das Leben der Hairlinger verändert. Die inselhafte Ruhe in der Landgemeinde, die nahezu idyllische Windstille in einem bis auf den Grund empörten Meer war dahin, der Schleier von Wohlgefügtheit und Ordnung zerrissen. Jeder wusste, dass von nun an nichts mehr so sein würde wie früher. Man konnte die Unsicherheit, ja, die Angst über eine ungewisse Zukunft mit Händen greifen.

Und trotzdem wurde es noch einmal feierlich, als Edo Siboldi dem jungen Enno tom Diek den Richtermantel umlegte. Es war der Mantel seines Vaters. Er füllte ihn in Körperlänge und Schultern gut aus, nur die Ärmel hatte Wiska ein wenig kürzen müssen.

*

Auch sollen wir Friesen unser Land mit Schwert und mit Speer und mit dem braunen Schilde verteidigen gegen den hohen Helm und den roten Schild und gegen unrechtmäßige Herrschaft.

Aus den neuen Rüstringer Küren

7.

Raum Trevis[255]*,*
vier Tage vor dem Fest der Auferstehung des Herrn
Anno Domini 1353 (Donnerstag, 21. März)

Südlich von Trevis verlor sich die alte Römerstraße zwischen bewaldeten Hügeln, und Ocko Hylmerisna rief seine beiden Knechte zu erhöhter Wachsamkeit auf. Er wäre gerne mit größerer Bedeckung gereist, aber sein Vater hatte sich nicht darauf eingelassen. Mehr als zwei Leute könne er auf dem Hof nicht entbehren, hatte Keno vor Wut dampfend gesagt.

»Es reicht schon, dass mich dein Verhalten dazu zwingt, auf meinen Sohn und zwei Paar kräftige Fäuste zu verzichten! Von den sechs Pferden nicht zu reden!«

Der Sohn hatte den Alten auf der Tenne stehen gelassen und war, ebenfalls wütend, nach draußen gestapft. Immerhin hatte er sich die beiden Männer aussuchen dürfen und sich für Leute entschieden, von denen er wusste, dass sie mit Schwert und Bogen umgehen konnten. Denn es war tatsächlich geschehen. Das Unerwartete, schier Undenkbare war eingetreten. Und dann auch noch auf diese brüskierende, herausfordernde Weise. Einen Tag

255 Trier

nach Purificatio Mariae[256] war der Trupp Ludwigs des Hessen in Engerhoffe aufgetaucht, die Pferde ziemlich ausgeritten, sie mussten wohl ohne große Unterbrechung unterwegs gewesen sein. Die Soldaten des Erzbischofs trugen einfache Waffenröcke, ihre Blusen und Beinlinge waren von der Reise beschmutzt, aber ihre Ausrüstung war in tadellosem Zustand. Die Schwerter blitzten und auf Eisenjacken und Helmen fand sich nicht der kleinste Rostfleck.

Der Anführer, angeblich der nachgeborene Sohn eines Grafen irgendwo vom Rhein, trat arrogant vor den Hausherrn und legte ihm die Bulle ohne Förmlichkeit auf den Tisch. Eigentlich warf er Keno die Rolle auf die Fleischplatte, die der Brokmanne zum Nachtmahl vor sich hatte. »Da! Lest!«

Es war unerhört, ja unverschämt und Keno Hylmerisna fühlte den wütenden Schlag seines Herzens in den Ohren. Nach langen und zähen Verhandlungen hatte Gottfried von Arnsberg den Hessen endlich so weit: Auch der Erzbischof von Monasterium tat Ocko Hylmerisna in den kleinen Kirchenbann. Es musste Geld geflossen sein, viel Geld. Das Pergament war eindeutig. ›Keinen Besuch der Messe in meiner Gegenwart‹, hatte der Hesse geschrieben, ›keinen kirchlichen Trost durch Spende der heiligen Sakramente, keine kirchlichen Ämter.‹ Auf ersteres konnte man getrost verzichten, wann war denn Ludwig schon in Ostfriesland, aber der Rest schmerzte.

Keno war auch zornig wegen der Eingangsverfügung. Wenn Ludwig in Brokmannia weilte, dann zu einem besonderen Anlass. Bei solcher Gelegenheit waren alle führenden Familien zur heiligen Messe versammelt. Dabei zu fehlen, war in seinen Augen nicht unwesentlich. Und schließlich: Gewiss, ein kirchliches Amt war nicht in Reichweite, stand derzeit kaum zur Debatte, aber ein

256 Maria Lichtmess, 2. Februar; im Jahr 1353 ein Samstag.

a priori Ausschluss tat der Reputation nicht gut, es warf ein schlechtes Licht auf die Sippe.

»Er kann mir den Gottesdienst nicht verbieten, ganz gleich, ob er da ist oder nicht!«, hatte Ocko mürrisch geäußert, und der Hauptmann hatte mit einem hochmütigen Zug um den Mund geschwiegen.

Ocko Hylmerisna hatte recht; dieses Verbot kam einem Ausschluss aus der Gemeinschaft der Gläubigen gleich, und der war unmöglich, denn Ocko war ja getauft und die Taufe konnte Ludwig nicht rückgängig machen. Aber es war verfügt, stand auf diesem verfluchten Stück Pergament und was sollte nun sein?

Doch was dann geschah, war so ungehörig, so über die Maßen verderbt, dass es sogar Keno Hylmerisna den Atem verschlug. Der Anführer nestelte an seiner Bluse und zog ein zweites Pergament hervor. Diesmal warf er es dem Brokmannen nicht hin, er streckte es ihm entgegen wie eine Klinge, die man seinem Feind an den Hals setzt. »Ich bin darüber hinaus ermächtigt, Euch ein Angebot zu machen!«, sagte der Mann mit kalter Stimme.

Keno starrte ihn an. Nahm das Pergament und entrollte es. Der Sohn stand auf und trat näher. Auf den Zügen des Anführers stand nun ein abschätziges Lächeln. Der Erzbischof von Monasterium bot an, gegen Zahlung von zweihundert rheinischen Gulden[257] seine Bulle aufzuheben. Der Dispens sollte sofort in Kraft treten, sobald das Geld in seinen Händen war. Ludwig der Hesse wollte zweimal kassieren. Er war bereit, seinen ungeliebten Amtsbruder in Brema zu betrügen. Sein Silber zu nehmen und jetzt auch noch das Gold des Brokmannen.

»Ich habe Vollmacht, das Geld gleich mitzunehmen«, sagte der Hauptmann in höhnischem Ton, und diese Worte holten Keno aus seiner Erstarrung.

---

257 Goldene Leitwährungsmünze im Rheingebiet während des 14. und 15. Jahrhunderts.

»Seid Ihr von Sinnen, Herr? Oder Euer Fürstbischof? Ja, höre ich denn recht? Zweihundert Gulden! Zweihundert Gulden! Woher soll ich die nehmen? Und was ist mit der christlichen Ethik? Beugt sie sich derart fraglos dem Gold? Das schlägt dem Fass vollends den Boden aus!«

Keno brüllte noch, als der Mann längst von der Tenne verschwunden war. Am Abend dieses Tages hatten der Alte und sein Erbe sich beraten.

»Was nun, Sohn?«

»Was soll sein? Es ist ohne Bedeutung!«

Keno saß in einem Fellmantel gehüllt am Feuerplatz. Ihn fror und auch der erhitzte Wein vor ihm konnte ihn nicht wärmen. Die Kälte kam von innen; es war eine Kälte, die Angst machte, sie griff nach Herz und Eingeweiden.

»Dein leichter Sinn wird dir eines Tages zum Verhängnis werden!«, grollte der Vater und griff nach seinem Pokal. Trank, da Ocko verbissen schwieg. »Es ist zum Gegenteil mehr als belangreich. Vor allem aus dynastischen Gründen. Ich bin es müde, mit dir darüber zu disputieren!«, fuhr der Alte grimmig fort und zog seinen Mantel enger um die Schultern. »Dein Kriegsherr, Moritz von Aldenborch, sitzt wieder in Brema und hat dich nicht gerufen, also braucht er dich nicht. Noch schlimmer: Womöglich *schützt* er dich nicht mehr. In dieser Lage ist es geradezu tollkühn, sich mit zwei Erzbischöfen anzulegen.«

»Ich habe der Kirche nach bestem Vermögen gedient! Habe Kirchenschänder und Priestermörder bestraft, ohne nach dem eigenen Einsatz zu fragen!«

»Das ist vergessen! Wenn es je eine Rolle gespielt hat. Du hörst es doch: der Bann über dich. Der Bann! Von zwei Kirchenfürsten!«, schrie der Vater unbeherrscht und hob den Pokal, es schien so, als wollte er damit werfen. Danach herrschte langes Schweigen, bis Keno Hylmerisna sich aufrichtete. »Du musst weg. Für eine Weile. So lange, bis ich die causa aus der Welt geschaffen habe. Dann gebe ich dir Nachricht. Reite morgen!«

So war das gewesen und Ocko brach mit seinen Leuten noch vor Sonnenaufgang auf. Sie ritten nach Süden und gingen bei Lhare über die Ems. Dann hielten sie auf Meppe[258] zu. Das war ein Wagnis, Ocko wusste es, aber er hasste diese Reise ebenso wie ihren Anlass. Er wollte keine unnötige Mühe auf sich nehmen. In einem Gesträuch nördlich Meppe warteten sie die Nacht ab und schlugen sich dann im Schutz der Dunkelheit in einem Gewaltmarsch nach Emme[259] durch, sie wechselten die Pferde in stetigem Rhythmus und machten die erste Rast am folgenden Abend, als ihre Tiere vor Erschöpfung fast taumelten.

Der Brokmanne war sich der Gefahren bewusst. Zu Hause hatte er sich sicher gefühlt, aber hier schützte ihn nichts. Er hielt für möglich, dass Ludwig ihn greifen wollte, um ein Lösegeld zu erpressen. Zumindest doch wenigstens einen Teil der zweihundert Gulden, die ihm fürs Erste entgangen waren. Wer wusste denn, ob seine Bewaffneten sich nicht irgendwo auf die Lauer legten, sie mussten sich ja noch in der Gegend aufhalten. Vielleicht hatten sie Order, genau das zu tun. Noch weniger traute der Brokmanne den abhängigen Grafen und Vögten in der westlichen Diözese von Monasterium. Es gab genügend Gesindel unter diesen Leuten, Männer, die nicht zögern würden, ihn in Fesseln vor den Thron des Erzbischofs zu führen. Weil es Geld einbrachte oder die Gelegenheit bot, sich den hohen Herrn zu verpflichten. Es blieb ihnen also nichts übrig, als das Bistum westlich zu umgehen und ihre Spur verlor sich im südlichen Reyderlant.

Ohne weitere Zwischenfälle gelangten sie vor die Tore

258 Meppen an der Ems

259 Emmen, Westfriesland.

von Mogantia[260]. Die Stadt war voll von Pilgern und Reisenden, die den Dom bestaunten, und nur mit größten Schwierigkeiten machten sie schließlich Quartier in der Nähe des Eisenturms. Der Wirt beäugte sie misstrauisch und ließ sich Stallmiete und Herbergskosten im Voraus bezahlen. Ockos Versuch, einen Führer für den weiteren Weg nach Süden zu verdingen, schlug fehl. Es gab niemanden in der Stadt, der das Risiko auf sich nehmen wollte. Nach fünf Tagen Rast brachen sie auf und folgten einer alten Pflasterstraße nach Trevis, die wohl schon von den Römern angelegt worden war.

Schon in der südlichen Vorstadt von Mogantia nahm der Dreck sprunghaft zu, es trieb sich allerlei Gelichter herum. Ostwärts des Weges sahen sie Wachen vor einem aufgelassenen Steinbruch und hörten, dass der nun als Leprakolonie diente. Sie sahen zu, dass sie weiterkamen. Nach etwa zwanzig Meilen trafen sie auf eine Gruppe jüdischer Händler. Es waren verschlossene Männer mit harten Gesichtern, die ihre Lasttiere nicht aus den Augen ließen. Sie sprachen nicht über die Art ihrer Geschäfte und Ocko stellte keine Fragen. Alle waren vorzüglich bewaffnet, einer trug einen schweren Scimitar[261]. Man sah ihnen an, dass sie nicht zögern würden, ihre Ware mit blankem Eisen in der Faust zu verteidigen. Immerhin konnte man ein Stück unter gemeinsamer Bedeckung reisen und die Brokmannen bedauerten, dass die Juden bald Richtung Osten ins Böhmische abbogen.

Aber der alte Römerpfad war breit und belebt, immer wieder begegneten sie Bauern und Händlern und bis Trevis fiel nichts weiter vor. In der Stadt fanden sie zu ihrer Freude einen Führer. Der Mann wurde ihnen von einem schmierigen Schankwirt empfohlen und als er auftauchte, hatte Ocko sofort ein ungutes Gefühl. Angeblich

260 Mainz

261 Maurischer Krummsäbel

war er ein Schafhirte und dreckig genug dafür war er, aber einmal sah der Brokmanne ihn mit dem Wirt einen schnellen Blick wechseln, der etwas Verschlagenes hatte. Es war klar, die beiden kannten sich gut. Sie handelten den Preis aus und vereinbarten, dass der Hirte sie bis zu den Bergen bringen sollte.

Der Kerl ritt ein Maultier, mit dem er sich an die Spitze des kleinen Zuges setzte, sobald sie das Stadttor passiert hatten. Hinter der Vorstadt standen auf einem Hügel zehn Galgen, an denen Gehenkte baumelten. Der Führer erklärte ihnen, es handele sich um Diebe, die Häuser von Pesttoten ausgeräumt hätten.

»Und warum zehn Galgen?«, fragte Ocko.

»Früher hatten wir nur zwei. Aber das Gesindel stirbt nicht aus«, grinste der Mann vielsagend und zeigte eine lückenhafte Reihe schwarzer Zähne.

Nach einem halben Tagesmarsch verlor sich die alte Römerstraße in sandigem Gelände und den Weg säumte zu beiden Seiten ansteigendes, lichtes Gehölz, das stetig dichter wurde.

»Haltet mir die Augen offen!«, befahl Ocko mürrisch und die beiden Knechte ließen ihre Hände nicht von den Schwertgriffen. Einer ritt voran, der zweite folgte hinter Ocko und deckte seinen Rücken. Der Führer befand sich etwa fünfzig Schritte voraus, es war so festgelegt, er sollte zugleich die Aufgabe der Vorhut übernehmen, obwohl die Gegend angeblich sicher war. Als der Bewuchs zunahm und das Licht zwischen den Bäumen immer schlechter wurde, kamen Ocko erste Zweifel.

»Ist das der richtige Weg?«, bellte er dem Führer zu und der Mann wandte sich im Sattel um, nickte heftig und wedelte mit der Hand.

»Freilich, Herr. Keine Sorge. Vertraut mir!«, rief er zurück und Ocko entfuhr ein raues Knurren. Dann kam die Stelle, an der sie den Kerl aus den Augen verloren. Der Weg machte einen Bogen, hinter dem ihr Führer verschwand und auch nicht wieder auftauchte, als sie den Knick erreicht hatten. Sie ritten an und zogen blank, aber auch hinter der nächsten Kurve war der Weg leer, und dann, als sie sich umdrehten, hatten sie diesen Fremden vor sich, auf einem riesenhaften Gaul, den er quer über den Pfad gestellt hatte. Und plötzlich bewegte sich der Wald, es splitterte im Gesträuch und mit einem Mal sprengten zwei weitere Kerle auf den Weg und sperrten ihn zur anderen Seite.

»Zieht euch aus! Los! Die Kleider herunter!«, schrie der einzelne Reiter, er hatte einen Bolzen auf seine Armbrust gelegt und richtete die Waffe auf den ersten Knecht. Von hinten drängte der zweite heran.

»Tut das nicht, Herr! Es ist nur ein Vorwand. Wenn sie unsere Kleider erst haben, nehmen sie auch den Rest!«, raunte der Knecht und Ocko spähte nach vorn. Ihm war klar, was die Kerle wollten. Jetzt ging es um ihr Leben.

»Wir greifen an!«, knurrte er, und im nächsten Augenblick schrien sie ihre Pferde nach vorn und der Kerl ließ den Bolzen von der Armbrust. Der Pfeil traf den ersten Knecht und holte ihn aus dem Sattel und von hinten hörten sie die anderen beiden herangaloppieren. Sie erreichten den Mann, noch bevor er einen zweiten Bolzen auf die wieder gespannte Armbrust legen konnte und Ocko warf alle Kraft in diesen Schlag, trieb die Klinge tief zwischen Hals und Schulter ins Fleisch. Der Kerl stieß ein ersticktes Röcheln aus und sein Gaul machte einen Satz zur Seite, dann waren sie durch. Sie ritten im gestreckten Galopp, ohne sich umzusehen, bis sie in freiem Gelände waren.

Auf einer Anhöhe hielten sie, wendeten die Pferde aber es folgte ihnen niemand. Die Kerle waren offenbar mit ihrer Beute zufrieden. In dem Gehölz rührte sich nichts mehr. Auch ihr Führer blieb verschwunden. Die Brokmannen hatten den Knecht und seine beiden Pferde verloren, doch ihr Leben und den Rest ihres Besitzes hatten sie behalten.

Ocko prüfte den Stand der Sonne mit verkniffenen Augen, dann fauchte er seinen Knecht an: »Bewegung, Mann! Du führst. Es geht in die Berge!«

Und Ocko Hylmerisna zog mit dem letzten seiner Männer nach Süden. Von dort war zwar die Pest gekommen, aber die herrschte nun fast in ganz Europa. Der Brokmanne konnte annehmen, dass die Seuche schwächer würde, je näher er dem Gebirge kam. Und hinter den Alpen dürfte die Epidemie schon besiegt sein, wenn man in seiner Heimat noch dagegen kämpfte.

*

»Was gibt es Schöneres, Bruder, als ein Weib auf den Gipfel körperlicher Lust zu treiben und dabei selbst höchste Erfüllung zu finden?«, fragte der Kerl mit der Eisenjacke und fuhr sich genüsslich über das Gemächt.

»Den Trunk danach, Bruder!«, gab der andere lachend zurück und hob seinen Becher. Auf seinem Kopf zeigte sich eine kreisrunde Vertiefung wie bei einer nachwachsenden Tonsur, er musste einmal Mönch gewesen sein. Ocko Hylmerisna behielt die beiden im Auge. Das Licht in der Schenke war dämmerig, man sah kaum bis zur Tür und das schlecht brennende Holz in der Esse tat ein Übriges. Aber der Kapaun war gut, auch das dunkle Bier und das frische Brot schmeckten hervorragend. Der Knecht neben ihm kaute an einer Zwiebel und einem Kanten altes Backwerk und warf scheele Blicke auf den Holzteller seines Herrn. Ocko dachte nicht daran, seinem Knecht das Fleisch zu bezahlen. Der Mann erhielt seine Löhnung und musste eben zusehen, wie er damit zurechtkam.

Sie hatten zwei Wochen nach dem Überfall bei Trevis einen neuen Führer gefunden. Es war ein schweigsamer, aber zuverlässiger Mann und der Brokmanne musste für seine Dienste tief in die Geldkatze greifen. Der Führer ritt selbst ein gutes Pferd und hatte ein Saumtier[262] für seine Ausrüstung. Er war teuer und er sagte Ocko Hylmerisna auch warum.

»Ich bin kein Strauchdieb oder Gelegenheitsbegleiter, sondern ich betreibe die Führung von Fremden als Gewerbe.«

Er hieß Carl und wenn er sprach, dann in einem harten, rauzüngigen Akzent. Carl führte sie ohne Zwischenfälle in die Berge, dort über eine uralte Salzstraße[263] auf die bequeme Via Claudia Augusta[264] und verließ sie erst, als sie den Pass über den Mons Brennus[265] hinter sich hatten.

Am südlichen Passende fanden sie Quartier in einem Wirtshaus ausgangs eines verschlafenen Weilers. Es war eine der seltenen Herbergen auf dieser Passtraße, aus grob behauenen Eichenstämmen einfach doch solide gebaut, für Reisende, die bei einer kurzen Rast wenig Geld ausgeben wollten. Das Wetter war frühlingshaft, aber es lag noch Schnee.

Ocko war trotz des gefährlichen Zwischenfalls südlich Trevis mit dem bisherigen Verlauf seiner Reise zufrieden. Gewiss, der Verlust der beiden Pferde wog schwer, er war bedeutsamer als der Tod des Knechts, aber sie waren in den Alpen, weit weg vom Zugriff eines Fürstbischofs oder seiner Schergen, und er lebte noch. Denn darüber machte sich der Brokmanne keine Illusionen mehr, sein Vater hatte recht gehabt; Ludwig der Hesse würde nicht einen Wimpernschlag zögern, zu seinem Vorteil zu handeln. Der

262 Packtier, häufig ein Maulesel.

263 Schon aus vorrömischer Zeit bekannte Reiserouten, über die das Salz z.B. aus dem Rhônedelta in die oberitalienischen Metropolen befördert wurde.

264 Alte Römerstraße über die Alpen, über den Reschenpass und den Brenner führend.

265 Im MA üblicher Name für den Brennerpass.

Erzbischof würde über Helfershelfer und Mittelsmänner, also nicht selbst und nicht offen, einen Mann greifen und in einen Kerker werfen lassen, irgendwo in den unterirdischen Gewölben seiner Residenz, oder im Kellerloch der Burg eines abhängigen Adeligen. Und zwar so lange, bis Geld floss. Wie verderbt Ludwig war, hatte sich an der Bedenkenlosigkeit gezeigt, mit der er bereit gewesen war, für den gleichen Fall, aber aus unterschiedlichen Gründen, das Geld seines Amtsbruders in Brema und das der Brokmannen zu nehmen.

In den Händen solcher Leute konnte einem Häftling alles zustoßen. Kein Hahn würde danach krähen. So betrachtet befand er sich in guten Umständen, aber wohl fühlte er sich trotzdem nicht. Die Herberge behagte ihm nicht und die Gesellschaft behagte ihm nicht. Besser, wenn sie sich hier nicht länger aufhielten als unbedingt nötig.

Ocko rieb sich unwillkürlich über das Bein. Er hatte Schmerzen im Oberschenkel, obwohl die Wunde inzwischen verheilt war. Von der Türe her kam jetzt grölendes Gelächter, die beiden Zecher riefen nach Bier. »He, Wirtschaft! Nachgeschenkt!«

Der Wirt scheuchte die Schankmagd nach vorn, das Mädel, ein mageres Kind von vielleicht dreizehn Jahren, huschte mit dem Krug an den Tisch. Der mit der nachwachsenden Tonsur griff nach ihr und zog sie auf seinen Schoß. Die Schankmagd hielt den Krug mit beiden Händen vor der Brust, wohl aus Angst, er könnte zu Bruch gehen, sie hatte keine Möglichkeit, sich gegen die zudringlichen Hände des Kerls zu wehren. Das Mädel schrie und kreischte und das Bier aus dem Krug ergoss sich über ihren Kittel und dann war der Wirt heran, zerrte sie auf die Füße und ohrfeigte sie wegen des verlorenen Bieres.

»Dumme Gans, was wehrst du dich auch so! Den Trunk ziehe ich dir von der Löhnung ab!«

Der Brokmanne hatte den Vorfall mit glitzernden Augen verfolgt, hatte nicht bemerkt, wie der Knecht an seinem gebratenen Vogel zupfte und nun schob er seinen Teller von sich, und der Knecht machte sich über die Reste der Mahlzeit her.

Die Schankmagd wischte den Boden mit einem Lappen und verschwand mit verheulten Augen und roter Wange im Dämmerlicht hinter dem Bierfass. Ocko sah ihr nach. Der Vorfall hatte ihn erregt, die Magd war noch jung, aber, zum Teufel, er brauchte eine Frau und der Wirt brauchte Geld. So einfach regelten sich die Dinge des Lebens.

Der Knecht hatte den Kapaun verschlungen und fischte nach einer Brotscheibe, doch der Brokmanne schlug ihm auf die Hand. »Es ist genug! Sieh zu, dass du zu den Pferden kommst!«

Der Mann erhob sich hastig und verließ die Schenke. Er schlief im Stall bei ihren Tieren, Ocko wollte es so, er traute diesem Haus und seinem Besitzer nicht über den Weg. Als der Knecht verschwunden war, winkte der Brokmanne den Schankwirt heran.

Der Wirt beugte sich beflissen zu ihm hinunter, aus seinem Wams stieg scharfer Schweißgeruch auf. »Ja, Herr?«

»Ich brauche eine Kammer für mich allein, heute Nacht«, raunte der Brokmanne und warf einen vielsagenden Blick in Richtung Bierfass. Die Magd war wieder aufgetaucht und füllte einen Krug. »Eine Kammer für mich allein. Ihr versteht? Habt Ihr eine?« Der Wirt hatte Ocko einen Schlafraum zugewiesen, der im zweiten Stockwerk der Hütte lag, eine Kammer, die er mit den beiden Zechern an der Tür teilen musste. Der Brokmanne war damit einverstanden gewesen, aus Kostengründen, aber nicht heute, nicht heute Nacht.

Der Wirt war dem Blick des Brokmannen gefolgt, er leckte sich eifrig über die Lippen. »Ich verstehe, Herr.

Eine Kammer habe ich noch. Liegt unten, hinter dem Ausschank. Es ist die Kammer der Magd. Ihr könnt sie haben.« Er ließ offen, ob er die Kammer oder die Magd meinte, aber sein schmieriges Grinsen sprach deutlich. Er beugte sich noch weiter vor, und nannte seinen Preis. Ohne zu handeln, schlug der Brokmanne ein.

Am nächsten Morgen war Ocko Hylmerisna aufgeräumt und bester Laune. Der Knecht saß schon in der Schenke. Er betrachtete seinen Herrn mit erstaunten Blicken, aber er kannte den Grund, er war nicht dumm und verstand, was er sah. Das Schankmädchen wartete ihnen auf, es hielt seinen Kopf gesenkt und bewegte sich wie ein verängstigtes Reh.

Nach dem Frühmahl brachen sie auf. Die Sonne schien und ihre Strahlen wärmten schon. Der kleine Trupp folgte der Passtrasse nach Süden. Hylmerisna kannte den Weg nicht, aber er hatte ein Ziel. Er hatte mit Abt Hilderaad, dem Prior von Marienkamp, darüber gesprochen. Bei einer Glockenweihe im Astringischen war es, als er den Prälaten zu einem Gespräch an die Seite zog. Und irgendwann waren sie auf das Thema gekommen.

»Wenn Ihr frei wäret zu entscheiden, an welchem Ort Ihr leben möchtet; welchen würdet Ihr wählen?«, hatte er den Abt gefragt.

»Italien!«, hatte Hilderaad sofort geantwortet.

»Ah, Ihr meint Rom. Aber der Papst ist doch in Avignon!«

»Ich sage und meine Italien!«, hatte der Abt entschieden erwidert. Und dann in einem furiosen Exkurs seine Wahl begründet. Da war das Wetter, die schöne Landschaft, gutes Essen und guter Wein. »Und dann die Kultur. Die italienische Kultur! Die Städte! Ihr findet dergleichen nicht bei uns, dagegen sind wir noch immer Barbaren!«

Er hatte die Städte genannt und ihre Architektur gepriesen.

»Rom, nun ja. Da liegt Petrus begraben, angeblich ohne Kopf. Er hat den Herrn dreimal verraten und wurde trotzdem sein Nachfolger auf Erden, warum, begreife ich bis heute nicht. Ja, das Machtzentrum der Kirche ist Rom, aber nur dem Pergament nach. Die Musik spielt heute in Avignon, da habt Ihr recht, auf eine Weise, die jeden Christenmenschen nur mit Schmerz erfüllen kann!«, hatte der Prälat zur Verwunderung des Brokmannen gesagt, und dann war der Satz gefallen, der Ocko Hylmerisna aufhorchen ließ.

»Italien ist eine Hochburg der politischen Künste. Es gibt viele Königreiche, die miteinander im edlen Wettstreit um Macht und Einfluss stehen. Da kann sich ein junger Herr rasch seine Sporen verdienen!«

Jawohl, der Brokmanne kannte den Weg nicht, doch das machte ihm keine Sorgen. Die Via Claudia Augusta war gut ausgebaut, man konnte ihr in Ruhe folgen. Zu gegebener Zeit würde man sich anderen Reisegruppen anschließen oder einen Führer nehmen.

Aber Ocko Hylmerisna kannte sein Ziel. Er würde sich in einem dieser Königreiche seine Sporen verdienen, ganz gleich wie, ganz gleich wann. Und schließlich, Kirchenbann hin oder her, mit stolzer Brust nach Hause zurückkehren. Und dann würde man weitersehen. Der Brokmanne verhielt sein Pferd und wandte sich um. Von der Herberge war nur noch der wuchtige Mittelbalken des Daches zu sehen. Er dachte an die vergangene Nacht und ein heißes Gefühl durchströmte seine Lenden. Oh, es war gut gewesen mit dieser Kleinen, auch wenn sie geweint und sich gewehrt hatte. Er war trotzdem auf seine Kosten gekommen. Und im Süden, davon hatte er viel gehört, waren die Frauen feurig und willig. Der Brokmanne wendete sein Pferd und folgte dem Knecht, der schon hinter der nächsten Biegung verschwunden war.

*

Wiska tom Diek pflegte ihren Garten mit Inbrunst und Hingabe. Sie hatte sich von ihrem Gatten eine ansehnliche Parzelle hinter der Tenne zuweisen lassen, ein Stück Land, das bisher unbenutzt und hauptsächlich zur Ablage von Küchenabfällen verwendet worden war. Entsprechend fruchtbar war der Boden. Bereitwillig hatten ihr die Knechte einen Flechtzaun um das Stück gezogen und an Stellen mit viel Zugluft und empfindlichen Pflanzen war dieser Zaun besonders dicht.

Aber Wiska wollte mehr als den üblichen Bauerngarten. Sie wollte ihn so anlegen wie der Garten auf dem elterlichen Hof, zuhause in Wijtwerd. Sie wollte einen Garten mit Kräuterbeeten, mit Gemüseflächen und Obstgehölzen. Einen Garten, wie sie ihn mit ihrer Mutter erstmals in der Abtei von Appinggadamme gesehen hatte. Er war ihr wunderbar vorgekommen, damals, als Abt Allardus sie geführt und eingewiesen hatte.

»Die Gartenbaukunst ist eigentlich eine Domäne unserer Brüder von den Benediktinern und den Zisterziensern, aber wir Augustiner sind auch nicht schlecht«, hatte der Prior geschmunzelt und war stolz vorangeschritten. »Dies hier ist der Herbularius[266]. Auf dieser Fläche züchten wir Heilkräuter aller Art.«

Wiska würde den Duft von Anis, Fenchel, Lavendel, Veilchen und Eisenhut nie vergessen, auch nicht Allardus' Warnung, dass einige dieser Pflanzen sehr giftig wären. Man müsse bei ihrem Gebrauch höchste Sorgfalt walten lassen, wolle man niemand damit schaden, statt zu heilen. Sie waren durch die schnurgeraden Wege gewandert, die von sauber geschnittenen Buchshecken gesäumt waren, und Allardus hatte sie in den nächsten Teil geführt.

»Hier sind wir im Hortus[267]. Wir züchten viel Gemüse, denn es ist gesund, reinigt das Blut und kräftigt den Leib«,

266 Arzneigarten

267 Gemüsegarten

hatte der Prior erklärt und sie bestaunten die exakten Beete aus Zwiebeln, Lauch, Sellerie und Portulak[268]. Und dann, ganz zum Schluss, hatte der Abt sie in den Baumgarten geführt. Dieser Teil bestand aus Obsthölzern, die in geordneten Reihen standen oder auch in Gruppen angeordnet waren, die Schatten für Bänke und Terrassen boten.

»Weiter hinten liegt der Klosterfriedhof. Dort begraben wir unsere Toten. Der Bruder Botanicus meint, das täte dem Boden gut«, hatte Allardus ohne zu lächeln gesagt, und dann den Mönch herbeigerufen, der soeben die Bäume beschnitt. Der Gärtner war mit ihnen durch die Gänge geschritten und hatte die Obstgehölze erklärt.

»Hier ziehen wir Äpfel, Birnen, Kirschen und Pflaumen«, hatte der Mönch doziert und ihnen die Unterschiede in Holz und Blattwerk erläutert.

»Diese Pflanzen sind Euch gewiss bekannt, sie wurden von den Römern zu uns gebracht. Aber dieser Baum hier ist selten. Er heißt prunus persica, wir nennen ihn Pfirsich, er kam über Persien nach Europa, auch von den Römern. Wir sind stolz, ihn zu haben und vermehren ihn, so gut wir es vermögen.«

»Wie tut Ihr das, Vater?«, hatte Wiska erregt gefragt und der Mönch hatte gelächelt.

»Oh, durch Stecklinge. Wir pflanzen sie in den Boden, bis sie Wurzeln bilden. Danach werden sie in eigenen Beeten aufgezogen. Seht Ihr, so!« Er wies auf eine Fläche mit kniehohen Schösslingen. »Aber das hier ist etwas, worauf wir besonders stolz sind!«, war er fortgefahren und hatte sie an einen Baum mit Blättern geführt, die sie noch nie

268 Gemüsepflanze. Auch Burzelkraut. Das damalige Klima begünstigte den Anbau südlicher Pflanzen in Nordeuropa. So ist z.B. Weinanbau im Raum Bremen, Schleswig Holstein und Mecklenburg nachgewiesen und erstreckte sich sogar bis nach Ostpreußen und Kurland.

gesehen hatten. »Das ist prunus armeniaca[269]. Er stammt aus einem Land fern im Osten, das wir China nennen, und kam über die Länder Armenien und Griechenland nach Europa.«

Wiska hatte ihn fasziniert angestarrt, hatte jedes Wort förmlich aufgesogen. »Wie?«

Der Bruder Botanicus hatte die Schultern gehoben. »Genaues wissen wir nicht. Aber schon die Mönche Johannes de Plano Carpini und Wilhelm von Rubruk haben anno 1245 und anno 1251 im Auftrag des Papstes Innozenz IV. diesen Teil der Erde als Missionare bereist. Sie haben Schriften und Samen mitgebracht. Auch die Kaufleute Polo aus Italien sind nach anno 1260 und 1271 dort gewesen. Sie waren eigentlich Juwelenhändler, aber italienische Kaufleute sind wie alle anderen. Sie handeln, womit sich Gewinn erzielen lässt. Kommt im Sommer. Dann gebe ich Euch Früchte. Sie sind übrigens köstlich!«

Der Bruder Botanicus hatte ihnen nicht nur Früchte, sondern auch Setzlinge gegeben, und im heimatlichen Garten von Wijtwerd gediehen die Pflanzen prächtig.

Davon war Wiskas Fläche in Eesensem noch einiges entfernt, aber die junge Frau bemühte sich. Sie arbeitete dort, wie es ihre übrigen Pflichten erlaubten, die Knechte gingen ihr willig zur Hand und der kleine Magnus Ayderd grub und buddelte eifrig auf einem Stück, das Wiska ihm eigens zugeteilt hatte. Auch Wiska tom Diek hatte einen bescheidenen Arzneigarten mit den üblichen Pflanzen, dazu Petersilie, Liebstöckel und Koriander, züchtete einige Sorten Gemüse und Obst und sorgte dafür, dass sich Familie und Gesinde im Rahmen der Möglichkeiten gesund ernährte. Aber ihre besondere Liebe galt ihrem Blumengarten.

Auch die Mönche züchteten Blumen, sie brauchten sie für den Kirchenschmuck, doch Wiskas Ehrgeiz ging wei-

269 Aprikose

ter. Sie beließ es nicht bei Pfingstrose und Hortensie, bei Ringelblume, Narzisse und Raute. Wiska zog auf besonderen Flächen Lilien und Levkojen, und seit einiger Zeit experimentierte sie mit Rosen. Es waren zunächst noch Wildrosen, sie hatte die Samenkapseln von einem reichen Händler aus Noirden bekommen, der einige davon in seinem eigenen Garten hatte. Mönche züchteten keine Rosen, sie waren in Klostergärten des Nordens verpönt.

Wiska schnitt und pfropfte, sie dünnte aus und kreuzte mit einigem Erfolg und sie fand heraus, dass Rosen schlecht gediehen auf Stellen, wo zuvor eine andere gestanden hatte. Sie experimentierte mit Humus und stellte fest, dass Pferdemist als Dung die besten Ergebnisse brachte. Im Gegensatz zu sonst üblichen Verfahren verzichtete Wiska vollständig auf die Verwendung menschlicher Exkremente in ihrem Garten. Sie hielt sie für schädlich. Sie glaubte stattdessen an die Kompostierung von Pflanzenresten, wie ihr der Bruder Botanicus aus dem Kloster Appinggadamme geraten hatte.

Der Bruder Botanicus hatte ihr damals auch dieses kostbare Buch gezeigt, es hieß *Causae et Curae*[270] und stammte von der Benediktiner-Äbtissin Hildegard von Bingen[271]. Er hatte ihr daraus vorgelesen, obwohl Wiska genug Latein beherrschte, es selbst zu lesen, und hatte ihr erlaubt, Seiten daraus zu kopieren.

Sie war der Faszination des Heilens erlegen, einer Verzauberung, der sie nicht widerstehen konnte. Die Konsequenz, mit der ihre Schwiegermutter zur Abwehr der Pest für körperliche Reinheit auf dem Anwesen gesorgt hatte, schien ihr sinnvoll und Wiska setzte die Maßnahmen strikt fort. Aber das war ihr nicht genug. Es musste mehr Möglichkeiten geben, Krankheiten abzuwehren, und, wenn das nicht gelang, wenigstens ihre Beschwerden

270 lat. Ursachen und Behandlungen.

271 Hildegard von Bingen, 1098 - 17.09.1179.

zu lindern. Die junge Frau ging dort weiter, wo Almeth tom Diek in traditioneller Bescheidung des Denkens das Ende des Weges erreicht geglaubt hatte. Noch einmal hatte Wiska den Bruder Botanicus aufgesucht und in einem langen Gespräch über Galen[272], Celsus[273], ibn Sina[274] und ar-Razi[275] erfahren, und die Begeisterung des Mönchs hatte sie davongetragen.

»Der Beste von allen ist ohne Zweifel aber Abu al-Quasim Chalaf ibn al-Abbas az-Zahrawi[276], den wir Lateiner *Abulcasis* nennen!«, hatte der Bruder mit leuchtenden Augen gesagt.

»Warum?«, hatte Wiska mit klopfendem Herzen gefragt, und der Augustiner hatte lächelnd die Arme ausgebreitet.

»Az-Zahrawi hat eine medizinische Enzyklopädie aus dreißig Büchern geschrieben, er nennt sie *Kitab al-Tasrif*, Methoden der Medizin. Es ist ja nicht nur so, dass die Mauren Hospitäler haben, die ihresgleichen suchen, sie sind auch sehr viel gelehrter als wir. In diesem Werk hat az-Zahrawi alles zusammengefasst, was die maurische Medizin konnte und wusste. Von ihren Leistungen sind wir heute, fast dreihundertfünfzig Jahre später, weit entfernt!«

Und Wiska erfuhr, dass der Andalusier über das Schneiden, Augen und Zähne, Knochen und weibliche Anatomie, Heilmittel und Ernährung gearbeitet hatte.

»Vieles davon ist heute verloren. Es fehlt an guten Akademien, an Lehrern und an Schülern. Das ist der Grund, warum heute Scharlatane, die sich Ärzte nennen, noch immer glauben, sie könnten Hornissenstiche mit getrock-

---

272 Eigentlich: Clarissimus Galenus, röm. Arzt grch. Herkunft, 129-216.

273 Aulus Cornelius Celsus, röm. Enzyklopädist, 25 v. Ch. - 50 n. Ch.

274 Abu Ali al-Husayn ibn Abdullah ibn Sina (latinisiert: Avicenna) persischer Arzt. 980-1037.

275 Abu Bakr Muhammad ibn Zakariya ar - Razi, persischer Arzt, 864-925.

276 Andalusisch-arabischer Arzt, 936-1013.

netem Maulwurfsblut und dem zerstoßenen Schnabel einer weiblichen Ente behandeln!«, war der Mönch erregt fortgefahren, und sein Eifer hatte sich einmal mehr auf die junge Frau übertragen.

»Ist das Werk erhalten?«

»Wir besitzen eine Abschrift!«

»Aber es wird maurisch sein, ich kann es also nicht lesen«, hatte sich Wiska enttäuscht gezeigt und das Lächeln des Bruders Botanicus hatte sich verbreitert.

»Wir besitzen eine lateinische Übersetzung von Gerhard von Cremona[277].«

Er hatte ihr die Sammlung gezeigt und Wiskas Hände waren in ehrfürchtigem Staunen über Schriften und Illustrationen gefahren. Ihr war so, als hätte sie das Tor zu einer neuen, unbekannten Welt aufgestoßen, einer Welt voller Rätsel und Mysterien, von erschreckender Vielfalt, die einen Menschen in abgründige Tiefen reißen konnte. Aber sie war auch ein buntes Faszinosum aus immer neuen Bildern, an denen sie sich nicht satt sehen konnte. Es ließ sie nicht mehr los.

Und nun, an diesem Tag arbeitete Wiska in ihrem Kräutergarten. Sie begutachtete die Flächen mit Rosmarin, Salbei und Diptam[278], aus denen sie nach einer alten Klosterrezeptur Heilöle gewann. Es war ein schöner, warmer Morgen. Von einem Nachbarbeet wehte der Duft von Zitronenmelisse herüber. Einer der Knechte besserte den Zaun am Gemüsebeet aus und hatte dabei ein Auge auf den kleinen Magnus Ayderd.

Der Knecht war nicht bewaffnet, er hatte nur eine hölzerne Hacke griffbereit, als der Fremde zwischen den Bäumen auftauchte. Er hatte ihn zuerst auch nicht gesehen, der kleine Magnus sah ihn und stieß einen ver-

277 Gelehrter und bedeutender Übersetzer arabischer Schriften ins Lateinische, 1114 -1187. Hat auch Galen und ibn Sina übersetzt.

278 auch Diktam: Spechtwurzel.

wunderten Ruf aus. Der Kerl kam zögernd näher, er war verdreckt und blutig und dann sah Wiska seine Ohren, die beide geschlitzt waren[279]. Er trug einen fremdartigen Waffenrock über dem Kittel, an seinem Gürtel hing eine leere Schwertschlinge.

Der Knecht angelte nach der Hacke. Sein Arm hing locker herab, doch der Bizeps war gespannt. »Was willst du?«

Der Fremde stand ruhig und sagte nichts, seine Augen huschten umher, als wollte er die Lage erfassen.

»Magnus! Komm!«, rief Wiska und der Kleine lief seiner Mutter in die Arme. Vom Hofplatz vor der Tenne kamen Schlaggeräusche von Beilen und Äxten, einige Knechte bearbeiteten dort den Tragbalken für eine neue Scheune, rufen würde nichts nützen. Enno hielt sich mit den Richtern der Landgemeinde zur Deichschau an der Küste auf. Die Lage war klar: Der Fremde war, soweit erkennbar, unbewaffnet und der Knecht mit seiner Holzhacke einen Kopf größer. Und trotzdem ging von dem fremden Mann eine seltsame Wirkung aus, ein Gefühl, das bedrohlich war und ängstigte. Es lag an seinen rattenhaften Augen und den Schnitten in beiden Ohren, er hatte den Nachrichter[280] gespürt, war also Gesindel, mindestens ein Dieb im Waffenrock.

»Was willst du?«, fragte der Knecht noch einmal und näherte sich Wiska und dem Jungen, um sie im Notfall zu decken.

Der Fremde hob die Hände. »Brot. Brot und Wasser. Um der Barmherzigkeit des Herren willen!«

Er sprach ohne Akzent, seine Stimme hatte etwas Gehetztes, und dann war plötzlich Bewegung zwischen den Bäumen und sie sahen die beiden anderen. Sie trugen

279 In bestimmten Rechtsordnungen galt das Schlitzen der Ohren (s. »Schlitzohr«) als Strafe für Diebstahl. Nach friesischem Recht nicht üblich.

280 Henker: Der Mann, der nach dem Richter die Strafe vollzieht.

ebenfalls Waffenröcke, ob sie Klingen bei sich hatten, war nicht zu erkennen. Aber jetzt waren es drei.

»Geht, Herrin. Schnell!«, raunte der Knecht, der kleine Magnus begann zu weinen und Wiska nahm ihn und lief zur Tenne. Auf dem Vorplatz war Ruhe, anscheinend machten die Knechte eine Pause. Es reichte einer von Wiskas Schreien, sie ihre Äxte und Beile greifen zu lassen, und in den Garten zu stürzen.

Aber es war alles harmloser, als es zunächst aussah. Die Fremden waren völlig erschöpft und halb verhungert. Sie gehörten zu einem Heerhaufen, der in ein Scharmützel bei Noirden verwickelt gewesen war. Ja, es brodelte auch dort, die Machtkämpfe häuften sich, und nun war das Steinhaus des Hayo Aldersna in Lintelen[281] zerstört worden. Er hatte sich darin verschanzt und einige Wochen durchgehalten, aber dann war es der Gegenpartei gelungen, das Haus mit Rammböcken aufzubrechen und in Schutt und Asche zu legen. Es hatte viele Tote gegeben, Aldersna war mit ein paar Getreuen über einen Anbau die Flucht gelungen und die drei gehörten wohl zu seinem Haufen.

Wiska ließ ihnen vor der Tenne ein Frühstück auftragen, das die Männer hastig in sich hineinschlangen, von den Knechten keinen Herzschlag aus den Augen gelassen. Dann trollten sie sich. Zwei der Knechte begleitete sie zu Pferd und trugen Sorge, dass die Kerle das Anwesen der tom Diek auch ganz gewiss verließen. Es bestand keine Gefahr mehr, aber die junge Frau fühlte trotzdem ein ängstliches Unbehagen. Sie wünschte, ihr Mann Enno wäre zu Hause.

*

Keno Hylmerisnas Zorn wuchs und reifte, schwoll an und blähte sich und wurde schließlich zu einer gären-

281 Linteln bei Norden.

den Frucht, die darauf wartet, aufzuplatzen und ihren fauligen Geruch zu verströmen. Es bedurfte nur noch eines Anlasses, vielleicht einer Provokation, auf jeden Fall eines Ereignisses, das die Schale aufbrechen und die Gärgase entweichen ließ wie Luft aus einem zum Bersten gefüllten Blasebalg.

Der Fall trat ein, als er die Nachrichten aus der Landgemeinde Auwreke hörte. Schon seit längerem hatte es Gerüchte gegeben, die Truppe des Erzbischofs von Monasterium, jene frechen Kerle, die dem Brokmannen diese unsägliche Bulle mit der Forderung nach den Rheinischen Gulden überbracht, ja fast vor die Füße geworfen hatten, wären auf dem Rückweg noch lange in der Gegend geblieben, der Hauptmann habe mit Richtern gesprochen, sich das Land angesehen, nach Einkünften und Erträgen gefragt. Und dann hieß es plötzlich, Ludwig der Hesse strecke seine Hand nach der Landgemeinde aus. Es verdichteten sich Hinweise, er lasse in alten Kirchenbüchern nach Urkunden über Besitzansprüche der Diözese in der Landgemeinde suchen.

Fast zeitgleich schwirrte Gerede durch Friesland, wonach der Erzbischof in einem Streit mit dem Papst in Avignon liege, bei dem es um das Archidiakonat[282] für den Sprengel Friesland ging. Der Amtsinhaber war verstorben und musste ersetzt werden. Ludwig beanspruchte dieses Recht für sich, aber Avignon machte geltend, schon der Vorgänger Ludwigs habe sich diese Befugnis ohne Dispens des Papstes angeeignet, und alle Verfügungen des Hessen in dieser Frage seien dem Primat des Heiligen Vaters unterworfen.

Die Frucht zum Platzen aber brachte die Kunde seines Handmanns, der Erzbischof beabsichtige, in Auwreke selbst einen Vogt einzusetzen. Er sollte in einem Steinhaus

282 Archidiakon, Stellvertreter und bischöflicher Kommissar in einem Sprengel; Helfer bei der Priesterweihe.

wohnen und die Interessen des Bistums wahrnehmen. Keno hob den Kopf und starrte seinen Verwalter an. Auwreke war ein Nest, wohl an die dreihundert Jahre alt, aber nie aus dem Status eines verschlafenen Weilers hinausgekommen. Es gab dort nur ein Gebäude aus Stein, und das war die Kirche.

»Es gibt außer Sankt Lamberti[283] in ganz Auwreke kein Steinhaus!«

»Sie werden eines bauen«, sagte Uffo Remetsna trocken.

»Wie denn? Dazu hat Ludwig nicht das Geld!«, schrie Keno aus vollem Hals, aber der Handmann blieb gelassen. Jetzt, wo Ocko weg war, schien seine Position nicht mehr so gefährdet wie zuvor.

»Er wird es schon haben. Irgendwoher. Unter anderem wird er die fünfundsiebzig rheinischen Gulden nehmen, die du ihm zur Aufhebung des Kirchenbanns über Ocko gegeben hast. Und übrigens zum Überfluss!«

Das war der Satz, der die Frucht aufriss und ihren fauligen Inhalt zu Tage förderte. Der Brokmanne erlag einem Wutanfall, der ihn zum Berserker[284] machte. Er schlug auf der Tenne alles kurz und klein, was er zu fassen bekam, und seinem Handmann blieb nur, sich in kopfloser Flucht in die Stallungen zu retten.

Noch lange danach lag Keno schwer atmend in seinem Lehnstuhl, mit klopfendem Herzen und Schmerzen in der Brust. Es war ja richtig, er hatte dem Hessen Geld geschickt, nicht die geforderten zweihundert Gulden, aber fast die Hälfte, doch der Sack hatte sich nicht gerührt, nicht einmal den Erhalt bestätigt und von der Aufhebung des Banns gegen Ocko war keine Rede. Nicht einmal der Hauch davon. Das alles steckte ihm wie ein rostiger Nagel im Fleisch, peinigte und quälte ihn. Und jetzt, um

283 Geweiht etwa 1270.

284 Ursprünglich aus dem Germanischen kommend: »Bärenkrieger«, Kraftmensch, Tobsüchtiger, Rasender.

das Maß voll zu machen, versuchte der Kirchenfürst, sich Auwreke als Einnahmequelle unter den Nagel zu reißen. Vielleicht sogar, wer wusste es denn, am Ende als Lehnsherr. Die Landgemeinde, in der er, Keno Hylmerisna, endgültig Fuß zu fassen im Begriff war. Es durfte nicht sein, es *durfte* nicht sein!

Am nächsten Morgen ließ der Brokmanne die Pferde satteln. Drei bewaffnete Knechte begleiteten ihn. Seinem Handmann befahl er, in Engerhoffe zu bleiben. Er konnte nun, da sein Sohn irgendwo in Italien war, das Anwesen und seine Geschäfte nicht ohne Führung lassen. Keno schärfte Uffo Remetsna ein, sich auf eine längere Abwesenheit des Schollenherrn einzurichten. Zunächst galt es, die Auwreker daran zu erinnern, wer für sie gesorgt, sie beschützt und ihre Interessen wahrgenommen hatte. Und ihnen vor Augen zu führen, was sie von dem Hessen zu erwarten hätten. Der würde ihnen nur ihr Geld nehmen. Je länger Keno darüber nachdachte, desto leichter wurde ihm ums Herz. Wenn es gelang, Ludwig in düsteren Farben darzustellen, vielleicht gäbe das den Auwrekern den letzten Ruck, sich endgültig unter den Schutz der Hylmerisna zu stellen. In jeder Krise lag auch etwas Gutes. Das musste man nutzen. Warum nicht am Ende besser dastehen als vorher?

Danach weiter nach Monasterium. Und Ludwig, diesem Hund, die Gulden wieder abnehmen, oder eine Bestätigung für ihren Eingang zu erzwingen. Um zu heilen, was vor Monden bei dieser unsäglichen Unternehmung so schrecklich schief gelaufen war. Er hatte das Geld einem befreundeten Handelsmann anvertraut, einem Fischhändler aus Marienhove[285], der in Geschäften nach Süden aufbrach. Er hatte den schweren Fehler begangen, den Händler für das Geld nicht quittieren zu lassen, er vertraute ihm und hielt derlei nicht für nötig. Das Geld

285 Marienhafe, Kreis Norden.

ging von einem Freund an einen Kirchenfürsten, was sollte also daneben gehen?

Und dann diese Katastrophe. Der Händler hatte den Erzbischof überhaupt nicht zu Gesicht bekommen. Hatte das Geld einem Kämmerer ausgehändigt, ohne Beurkundung, und war dann ohne viel Federlesen, gar unter Androhung von Waffengewalt aus der Residenz geworfen worden. Es gab keine Zeugen für den Geldfluss, keinen Beleg, nichts. Keno war fast ohnmächtig geworden, als ihn die Nachricht erreichte.

»Ja bist du denn von Sinnen? Wie konntest du das Geld ohne Urkunde aushändigen?«, hatte der Brokmanne geschrien.

»Was hättest du getan, an meiner Stelle? Hättest du die Signatur mit dem Dolch erzwungen? In einer erzbischöflichen Residenz?«, hatte der Händler zurückgefaucht.

»Du bist doch Händler, Mann! Dann hättest du die Gulden nicht herausrücken dürfen. Weißt du nicht, wie man derlei abwickelt?«

»Höre Keno, vielleicht liegt es an den Menschen, mit denen du handelst? Die Leute, mit denen *ich* gewöhnlich Geschäfte mache, verhalten sich anders!«

Jeder Versuch, wenigstens einen Teil der Summe als Entschädigung zurückzubekommen, war gescheitert. Der Händler machte geltend, er habe Hylmerisna einen Dienst erwiesen, für den er Unannehmlichkeiten auf sich genommen habe und recht eigentlich sei er für seine Mühen zu bezahlen. Und sonst nichts!

Der Brokmanne musste also selbst an den Hof nach Monasterium, um die Sache in Ordnung zu bringen. Und dazu war er fest entschlossen. Keinesfalls war er bereit, die fünfundsiebzig Gulden in den Wind zu schreiben. Er glaubte auch, gute Aussichten zu haben. Es gab Dinge, die er über Ludwig wusste, ungünstige Dinge, die, öffentlich gemacht, einem Kirchenfürsten nicht eben zur Ehre gereichten. Er würde damit nicht hinter den Berg halten.

Keno Hylmerisna war nun guten Mutes. Er sah es nicht klar und in allen Verästelungen, aber er spürte, dass sich aus dem Casus etwas machen ließ. Er wünschte nur, er hätte seinen Sohn Ocko bei sich. Dessen kalter, skrupelloser Verstand fehlte ihm jetzt.

*

Da kämpften sie sehr grimmig, von den Sachsen erschlug man Arm und Reich. Aber zuletzt nahm man von den Sachsen die besten Herren und Ritter gefangen.

Hunsingoer Recht, 6. Küre[286]

8.

Eesensem, Hairlingerlant,
am Tag des heiligen Martinus, Anno Domini 1353
(Montag, 11. November)

»Es ist alles verderbt, es ist alles verloren!«, sagte Bruder William und in seiner hellen Stimme mischten sich Groll und tiefe Resignation. »Unser Diözesanherr in den Händen eines Usurpators. Der Papst nicht auf dem Petrushügel, wo er hingehört. Und nun der Umgang in Hairlingen …!«

»Wo bleibt dein jugendlicher Frohsinn?«, fragte der junge Schollenherr und wischte sich den Bierschaum von den Lippen.

Der Mönch machte eine wegwerfende Handbewegung. »Rede mir nicht davon! Wenn sich die Dinge zum Schlechten wandeln, wenn der Schatten das Licht verschlingt, endet der Frohsinn!«

»Dann müssen wir eben hingehen und das Böse enden«, gab der Lange mit sardonischem Lächeln zurück. »Denn es steht geschrieben: *Nun zieh hin und schlage Amalek*[287]*!*

---

286 Dieser Teil berichtet über den Kampf der Friesen gegen die Sachsen zur Zeit Karls des Großen.

287 Verkörperung des Bösen. Die Amalekiter waren ein Stamm im Land Kanaan, der die Israeliten nach dem Auszug aus Ägypten in der Negevwüste grundlos überfiel und zur Schlacht zwang.

Und vollstrecke den Bann an ihm und allem, was es hat, und verschone es nicht, sondern töte Mann und Frau, Kind und Säugling, Rind und Schaf, Kamel und Esel!«[288]

»Reize mich nicht, langer Holländer!«, fauchte William und ja, er ballte sogar die Fäuste. »Du redest vom Alten Buch der Juden und machst damit Scherze zur Unzeit.«

Der Lange lächelte immer noch, aber es war ein freudloses Lächeln, das seine Augen nicht wärmen konnte. Und in der Tat, es bestand kein Anlass zur Freude. Foko Omeken, der Führer der drei abtrünnigen Hairlinger Richter, hatte es tatsächlich gewagt, seine Drohung in die Tat umzusetzen. Er hatte eine Magd seines Gesindes zum Tode verurteilt und hinrichten lassen. Der Frau wurde vorgeworfen, ihr heimlich geborenes Kind, einen Bankert, getötet und in die Jauchegrube des Hofes geworfen zu haben.

Die Sache hatte nur einen Haken. Foko war nicht der amtierende Richter in Hairlingen. Sondern das war in diesem Jahr Enno tom Diek. Foko Omekens Verhalten war ein klarer Affront, die flagrante Verletzung der bestehenden Rechtsordnung. Und setzte ein Fanal für ihre Auflösung. Es war der Bruch eines heiligen Siegels, die Verletzung eines bis dahin respektierten Tabus, ein Feuerzeichen, dem weitere folgen würden. Darüber war sich jeder auf der Tenne im Klaren. Es gab keine Illusionen mehr. Auch in Hairlingen war der Umgang, das uralte Prinzip der Kontrolle richterlicher Macht, in höchster Gefahr.

Zwei Wochen nach diesem Vorfall hatte es auf der Tenne des Hairlingers ein hitziges, zeitweise tumultartiges Treffen der übrigen Richter gegeben. Vor allem Edo Siboldi, der älteste von ihnen, hatte vor Wut geschäumt.

»Was denkt sich dieser Drecksack? Dieser Strauchdieb! Wofür, frage ich, hält er sich? Er ist ein Bauer wie wir!«

288 Altes Testament, Buch Samuel Kapitel 15, Psalm 15,3.

»Er ist einer der größten in Hairlingen«, hatte Enno vorsichtig eingeworfen.

»Sei es so! Und was? Das gibt ihm nicht das Recht, unsere Gesetze zu brechen!«, hatte Edo mit rotem Hals geschrien. Der Einwand des Langen, Foko habe kein Gesetz gebrochen, er habe sich lediglich Amtsgewalt angemaßt, hatte alles nur noch schlimmer gemacht. »Darum geht es doch, Adriaan! Begreifst du denn nicht? Wenn wir ihm das durchgehen lassen, dann ist alles zu Ende!«

Es hatte sich eine Debatte über mögliche Sanktionen angeschlossen, bei der einige, Edo Siboldi allen voran, für harsches Eingreifen plädierten. Man müsse Ordnung schaffen. Die alten Verhältnisse wiederherstellen. Zur Not mit Gewalt. »Hin! Das Gesindel auf den rechten Pfad bringen. Wenn es sein muss, mit geschmiedetem Eisen!«

Das war der Augenblick gewesen, in dem Enno tom Diek zum ersten Mal den Kopf geschüttelt hatte. »Nicht mit Eisen! Und Foko Omeken ist kein Gesindel, Edo. Immerhin wurde er einmal für würdig befunden, Richter in Hairlingen zu sein. Aber es gibt noch einen wichtigeren Grund.« Er hatte Blickkontakt zu Bruder William aufgenommen und den jungen Pfarrer nicken sehen, es schien, als hätte der Mönch gewusst, was nun kam.

Und dann entwickelte Enno in wenigen Sätzen, wie er die Sache sah. Nüchtern, fast leidenschaftslos. Es gebe keine andere Lösung als die des Wortes. Die Alternative dazu sei die Klinge. Klinge heiße Krieg. Krieg heiße Verwundete und Tote. Vielleicht viele Tote, wegen einer Kindesmörderin, die auch er als amtierender Richter mit dem Tode hätte bestrafen müssen. Das sei ihm der Casus nicht wert. Nun käme es darauf an, den Konflikt, der auch ihn sorge, mit gütlichen Mitteln beizulegen. Man müsse alles vermeiden, was ihn unnötig verschärfe.

»Diese drei und wir, versteht ihr, wir ziehen an den Enden eines Seils, in dessen Mitte sich ein Knoten befindet.

Der Knoten ist unser Casus. Wenn wir zu stark ziehen, dann wird es schließlich vielleicht doch eines Schwertes bedürfen, ihn zu lösen!«

Danach hatte Ruhe auf der Tenne geherrscht, die anderen hatten ihn angestarrt, William mit einem stolzen Lächeln und der Lange in offener Bewunderung. Nach einer kurzen Vesper hatten sie ihre Beratungen fortgesetzt, Wege erwogen, gewichtet und verworfen. Der Klerus würde keine Hilfe sein. Wie auch? Die Äbte der Klöster Marienkamp und Marienthal, Hilderaad und Nikolaus, waren zu sehr mit sich und ihren jeweiligen Problemen beschäftigt. Und Eghardus, der Prior von Ihlo, der Zisterzienser mit dem Habitus eines wandelnden Leichnams, würde als Vermittler von den Abtrünnigen kaum akzeptiert. Er war weit weg, in einer anderen Landgemeinde, und seine Intervention würde ohne jeden Zweifel als ungebührliche Einmischung verstanden.

»Was ist mit dem Erzbischof? Gottfried. Oder seinem Koadjutor? Sie hätten auch die Macht, Einfluss zu nehmen«, hatte einer der jüngeren Richter vorgeschlagen, aber da war Edo aufgefahren wie der Deus ex machina in einem griechischen Drama.

»Bist du toll? Die Sachsen ins Land holen?« Nein, man müsse die causa in Ostfriesland regeln, dort sei sie entstanden, dort sei sie zu lösen, wenn nicht anders, dann eben auf die von Enno vorgeschlagene Weise.

An dieser Stelle hatte der Lange diesen missglückten Scherz gemacht, einen Vorschlag, über den der junge Dominikaner, wenn er nur daran dachte, noch Tage danach fuchsteufelswild geworden war.

»Es gibt noch einen dritten Weg. Einen politischen«, hatte Adriaan trocken gesagt und dann gewartet, bis alle Augen auf ihm lagen.

»Der wäre?«

Der lange Holländer hatte die Arme ausgebreitet, fast

so, als verkünde er eine Wahrheit, die eigentlich jeder kennen müsste. »Es ist, wie gesagt, ein politischer Weg. Er lautet wie folgt: Wenn du eine Bewegung nicht aufhalten kannst, dann stelle dich an ihre Spitze!«

Es war danach totenstill geworden auf der Tenne, die Blicke der Richter waren ratlos hin- und hergeflogen, einige waren aber auch nachdenklich geworden, man hatte förmlich gesehen, wie es hinter ihren Stirnen arbeitete. Enno tom Diek hatte geschwiegen auf eine Art, die wirksamer gewesen war als tausend Worte, und man hatte darüber nicht mehr gesprochen, aber später, als sie allein waren, hatte sich der Mönch den Langen vorgeknöpft.

»Was hat dich denn da geritten, wie? Welcher Teufel hat dich da gezwickt, Adriaan? Wie kannst du in dieser Lage solchen Toren einen derartigen Vorschlag machen?«

»Es sind keine Toren, sondern die Richter Hairlingens«, hatte der Lange kalt gekontert, aber da hatte ihn der Kirchspielpfarrer mit Augen angesehen, die den Langen zum Schweigen gebracht hatten.

»Es *sind* Toren! Sie sind einfältig und bedürfen der Anleitung. Keinesfalls aber sind sie so gefestigt, dass sie deinen Sarkasmus aushalten!«

»Es sollte ein Scherz sein!«, hatte der Lange lahm geantwortet, und William konnte schon wieder lächeln.

»Das war es auch. Aber ein schlechter!«

Und nun hockten sie wieder beisammen, die Stimmung war bedrückt und der lange Adriaan machte zu seinem missglückten Scherz von neulich einen ebenso unpassenden mit dem Alten Testament. Enno betrachtete den Langen mit Sorge. Für ihn war der ätzende Spott des Freundes ein deutliches Zeichen von Resignation. Er gab ihre Sache verloren und vielleicht war sie das auch. Und dann der Mönch. William schwankte zwischen hellem Zorn und melancholischem Fatalismus.

»Es ist ja nicht nur der Umgang, wisst ihr? Sie begreifen

nicht, dass sie sich am Ende gegenseitig auffressen werden. Gegenseitig auffressen *müssen*! Ostfriesland wird brennen, darauf läuft es doch hinaus«, sagte er jetzt mit Grabesstimme.

Der Lange hob den Kopf, die Augen waren dunkel vor Ärger. »Was soll das, William? Wer frisst wen? Wer brennt?«

Der junge Pfarrer verschränkte die Arme fest vor der Brust. Es schien so, als müsse er sie davon abhalten, blindlings loszuschlagen. »Na, Mann! Adriaan! Langer und geschätzter Freund! Was glaubst du denn? Dass sich Foko Omeken mit der Gerichtsbarkeit auf seinen Höfen zufriedengeben wird? Oder ein Keno Hylmerisna mit Brokmannia? Das ist doch erst der Anfang. Macht will Macht. *Mehr* Macht! Am Ende steht gräfliche Herrlichkeit. Und die ist nicht ohne Blutvergießen zu haben. Ich sage doch: Ostfriesland wird brennen!«

Der Lange starrte ihn schweigend an. Neben der Feuerstelle saß Wiska. Sie hielt *Causae et Curae* auf den Knien. Ein Freudentag war das gewesen, als der Mönch aus Appinggadamme auf dem Hof erschienen war. Sie hatte ja keine Ahnung gehabt, dass ihr Mann einen Knecht in die Abtei geschickt hatte, um das Buch in Auftrag zu geben. Die Mönche im Skriptorium hatten ganze drei Monde für die Kopie gebraucht, sie war wunderbar geschrieben und mit allen Illustrationen, in festes Leder gebunden, es war ein Kunstwerk geworden, und es hatte ihren Mann eine Menge Silber gekostet. Wiska behandelte das Buch mit vorsichtiger Ehrfurcht, es war ihr kostbarster Besitz, aber heute konnte sie das Werk nicht aufmuntern. Verzagt sah sie zu ihrem Mann auf.

»Was wird werden?«, fragte sie ängstlich. Enno ging zu ihr, nahm ihren Kopf liebevoll in seine Hände und küsste behutsam ihren gesenkten Scheitel. Konnte er diese Frage beantworten? Was wusste er denn? Ja, die alte Ordnung war in Gefahr. Doch was bedeutete das? Würde sie tatsächlich fallen? Und wenn sie fiele, dann sanft und leicht wie eine Feder oder laut und zerstörerisch wie ein verheerender Hagelschlag im Frühling?

*

»Was ist das?«, fragte der Brokmanne belustigt und die Sarazenin stieß ein glucksendes Lachen aus. Sie erinnerte ihn an die Schankmagd in der Herberge am Brennus, sie hatte die gleichen braunen Augen, aber diese war noch Jungfer gewesen, sie hatte ihr Häutchen noch gehabt, während jene hier nichts weiter war als ein kostspieliges Freudenmädchen, eine edle Dirne, eine teure Hure für die reichen Höflinge.

»Das ist ein praeventus[289]. Es besteht aus dem Darm einer Ziege oder eines Hundes. Man nutzt es zur Empfängnisverhütung«, erklärte die Courtisane. Ihre rosige Zungenspitze umspielte die weißen Zähne. Sie hatte eine Haut wie poliertes Olivenholz.

»Und wie wendet man es an?« Mit breitem Lächeln drehte Ocko den kleinen, gelblichen Schlauch in seinen Händen. An der Spitze war er fein zusammen genäht, das Ende zierte ein seidenes, durch Schlaufen geführtes Band. Ocko konnte sich die Sache denken, aber das Gespräch erregte ihn. Er wollte es von ihr hören.

»Ihr müsst es überziehen, Herr. Über Euren … den … Schaft. Und dann unten zubinden«, kicherte die Sarazenin und der Brokmanne stimmte in ihr Lachen ein.

»Und das ist alles?«

Die Frau schüttelte den Kopf. Ihr Haar fiel wie ein schwarzer Schleier über die Schultern. »Das praeventus ist an der Naht nicht ganz dicht. Ich trage einen Schwamm in mir. Er ist mit Essig getränkt. Das tötet Eure Säfte, sollten sie den Schlauch durchdringen.«

»Gut, gut! Das erleichtert mich«, sagte der Brokmanne

289 von lat praevenio: Zuvorkommen, vereiteln.

gedehnt. Er lachte genussvoll und griff nach ihren Brüsten.

Mit großer Leichtigkeit hatte Ocko Hylmerisna sich in die höfischen Sitten eingelebt. Das Königshaus von Neapel pflegte den leichten, süßlich trägen Stil der italienischen Frührenaissance. Man hatte die Antike wiederentdeckt, die Epoche von sittlicher Unbeschwertheit und Leistungsbereitschaft in Wissenschaft und Kunst. Öffentliche Blöße, sei es in Malerei, Plastik oder im täglichen Leben, war ebenso selbstverständlich wie höchste Vervollkommnung in Mathematik und Musik. Diese Mischung aus dem Streben nach puristischer Klarheit und morbider Dekadenz faszinierte den Brokmannen so sehr, dass er sie zu seiner Lebensart machte. Sie war wie für ihn geschaffen, ein Abbild seiner Wünsche und Empfindungen.

So wie diese Hofhure, die ihm jetzt unter Gekicher das praeventus über sein Glied streifte. Er genoss ihre Dienste, für die er nicht bezahlen musste, sie waren Teil seiner Entlohnung für die Tat in den kampanischen Hügeln, ebenso wie die Unterkunft bei Hofe und die Teilhabe an höfischen Leben.

Nur noch schemenhaft hatte er die Ereignisse seiner Reise im Kopf. Nach der Passage über den Mons Brennus waren sie der alten Römerstraße weiter nach Süden gefolgt und Ocko hatte geglaubt, nun das Gröbste hinter sich zu haben. Aber die Schwierigkeiten hatten sich gehäuft, die Dörfer in Norditalien waren arm und einfach, ihre Bewohner hart, misstrauisch und leicht gewalttätig. Man fand kaum Quartier und musste stets vor fremdem Zugriff auf sein Hab und Gut auf der Hut sein. Ihre Pferde und die Sättel waren immer wieder Ziel begehrlicher Blicke, und ihre geschmiedeten Waffen oft Anlass für unverhohlene Drohungen, wenn sie sich weigerten, die Klingen zum Tausch anzubieten.

Öfter als einmal hatten sie fliehen müssen und bei Kälte und Nässe im Freien kampiert, aus Angst davor, ausgeraubt oder gar getötet zu werden. In dieser Zeit war Ocko Hylmerisna seinem Knecht näher gekommen. Sie wärmten sich gegenseitig in kalten Nächten, lagen Rücken an Rücken unter ihren Pferdedecken und teilten ihr Brot. Der Brokmanne hatte begriffen, dass sie aufeinander angewiesen waren, sich gegenseitig schützen und helfen mussten. Das Verhältnis von Herr zu Diener relativierte sich, es wurde aufgebrochen von den Nöten des Tages. Sie nannten sich Ocko und Jan und wuchsen zu einer Gemeinschaft zusammen.

Auch ihr Speisezettel wurde bescheidener. Das Silber des Brokmannen ging allmählich zur Neige. Ocko kürzte Jan die Löhnung und verzichtete selbst immer öfter auf sein Fleisch. Schließlich aßen beide dieselbe Kost. Wenn sich die Gelegenheit bot, stahlen sie Obst und Feldfrüchte, um ihre Geldkatzen zu schonen, ständig wachsam und in Sorge vor dem Landvolk, das mit Dieben nicht lange fackelte. Immer deutlicher wurde Ocko Hylmerisna bewusst, dass es nicht so leicht war, wie er sich die Sache in seiner Sorglosigkeit gedacht hatte. Er hatte keinen konkreten Plan, aber sie mussten ja leben, essen, trinken und wohnen und jawohl, er wollte sich seine Sporen verdienen, nur wie und wo, das wusste er nicht. Klar war allerdings, dass er dazu an den Hof eines Grafen oder Fürsten musste, doch die warteten nicht auf einen Hylmerisna.

Nördlich von Mailand glaubte Ocko, seine Wünsche würden sich erfüllen. In der Ebene vor der Stadt sammelte sich ein Heerhaufen. Sie standen am Wegesrand und sahen mit brennenden Augen auf ein Meer von bunten Wimpeln, Zelten und Schabracken. Viele Männer waren in Eisen, oft auch in glänzendem Harnisch und nicht selten zierten gräfliche Kronen Schilde und Banner. Es war ein Kommen und Gehen; Händler umlagerten das

Heer, um ihre Waren feilzubieten und viele Bewaffnete lungerten herum, strichen unruhig umher auf der Suche nach Anstellung und Löhnung.

Sie ritten durch die Zeltgassen, lauschten dem Gewirr aus unbekannten Sprachen und rochen fremdartige Düfte und Aromen aus Hunderten von Kochfeuern. Hinter einer Pferdekoppel stieß der Knecht plötzlich einen erstaunten Ruf aus und wies auf ein Zelt in roter und gelber Farbe. »Sieh doch, Ocko! Die Farben des Grafen von Aldenborch!«

Der Brokmanne stutzte, dann fuhr er den Knecht grob an. »Dummes Geschwätz! Glaubst du, diese Farben gäbe es nur in Aldenborch? Wie soll der hier herkommen?«

Der Knecht schwieg. Sie ritten näher heran und dann sahen sie tatsächlich das vertraute Wappen, und sie hörten deutsche Laute. Ocko wunderte sich nachhaltig. Graf Moritz saß als Koadjutor in Brema, so viel war klar. Es musste sich also um einen anderen aus der Sippe handeln, vielleicht aus einem entfernteren Zweig der Familie.

Vor dem Zelteingang stand ein Posten in Eisenjacke mit Schild und Lanze, der dem Brokmannen misstrauisch entgegensah. »Was willst du?«

Ocko blieb zu Pferd, der Knecht war hinter ihm. »Ich will deinen Herrn sprechen!«

Der Posten grinste freudlos. Die Hand mit der Lanze zuckte ein Stück nach vorn. »Wer sagt das?«

»Ocko to Brokmannia!«, gab der Brokmanne mit erhobener Stimme zurück.

Der Posten durchbohrte ihn mit einem eisigen Blick, dann sah er gleichgültig auf den Knecht. »Sieh an. Ein Friese! Was willst du von ihm?«

»Ich suche Arbeit«, sagte Ocko.

Der Bewaffnete starrte ihn an und rührte sich nicht. Nach einer Weile drehte er träge den Kopf und rief: »Willem!«

Ein zweiter Posten kam aus der Ledertür und fragte: »Was ist?«

»Ruf den Seneschall[290]. Hier ist einer, der ihn sprechen will!«

Der Kerl verschwand und dann tauchte ein Mann auf, der einen gelbroten Waffenrock trug. Er war schon älter, aber noch kräftig und hielt sich aufrecht. An seinem Hals baumelte eine schwere silberne Kette. Ocko stieg von Pferd und stellte sich vor. Der Seneschall nickte kurz, nannte aber seinen Namen nicht.

»Ihr seid im Gefolge des Grafen von Aldenborch?«, fragte Ocko.

Der andere musterte ihn kalt. »Ich bin der Seneschall seines Vetters Wenzel. Was kann ich für Euch tun?«

»Ich suche Arbeit«, wiederholte Ocko Hylmerisna.

Der Seneschall sah flüchtig auf die Waffen des Brokmannen. In seinen Augen stand nur mäßiges Interesse. »Das tun hier viele. Was habt Ihr zu bieten?«

»Außer mir vier Pferde und einen Knappen«, antwortete Ocko und der Knecht hinter ihm richtete sich auf.

»Was noch?«, fragte der Seneschall gelangweilt und warf einen schrägen Blick auf die Sonne. Er schien wenig Zeit zu haben.

»Ich kann Deutsch und Latein. Und ich kann kämpfen!«

»Kämpfen können hier alle. Deutsch und Latein auch. Unser Herr König spricht mehr als fünf Sprachen«, sagte der Seneschall unbeeindruckt und Hylmerisna sah seine Felle schwimmen. Der Seneschall prüfte nochmals den Sonnenstand, dann kamen sein Augen zurück. Sie waren eisig und hart. »Wir sind dabei, uns zu sammeln. Einen Mann mit Burschen könnte ich noch brauchen. Ihr macht, was man Euch aufträgt. In der Hauptsache Wachdienste und Kurieraufgaben. Einen Silberpfennig pro Tag, einen halben für Euren Knecht und die Pferde.«

290 Truchseß, Vorsteher der Hofhaltung.

Der Brokmanne versuchte zu handeln, aber er biss auf Granit.

»Das sind die Bedingungen für jemanden wie Euch. Schlagt ein oder lasst es«, sagte der Seneschall mit leisem Spott in der Stimme.

Sie hatten keine Wahl und es wurde ihnen ein Zelt zugewiesen, in dem bereits zwei Söldner mit ihren Knechten hausten. Erst von diesen erfuhren sie in Gänze, in welcher Gesellschaft sie waren.

König Karl IV. sammelte ein Heer, um damit über Mailand nach Rom zu ziehen. Er wollte, wie es der Papst von ihm wünschte, die »italienischen Verhältnisse« in Ordnung bringen, vielleicht auch die Voraussetzungen für die Rückkehr des Pontifex aus dem Avignoner Exil nach Rom schaffen. Als Erstes sollte ihm die Eisenkrone der Langobarden auf das Haupt gesetzt werden, sie wartete in der Stadt schon auf ihn. Danach ginge es weiter nach Süden, man munkelte sogar von einer Kaiserkrönung in Rom. Es wurde viel geredet, sie hörten sich alles an und richteten sich ein. Das weiß-goldene Residenzzelt des Königs stand abseits hinter einer Postenkette, sie bekamen ihn während des ganzen Zuges nicht zu Gesicht, den Grafen Wenzel von Aldenborch erst nach einer Woche. Er war ein kleines, mickriges Männchen und Ocko sah sofort, dass der Graf hohe Stiefelabsätze und dicke Sohlen trug. Er wollte wohl größer erscheinen, als er war.

Seine Sporen jedoch verdiente sich der Brokmanne nicht. Denn es gab keine Kämpfe. Der König nahm die angetragene lombardische Krone in einer Zeremonie, an der nur seine engsten Vertrauten und italienische Abordnungen teilnahmen, der Graf von Aldenborch war auch mit dabei. Danach gab es Feste und Turniere, zu denen der Brokmanne nicht zugelassen war. Schließlich brach der Heerbann in einem gemächlichen Zug nach Süden auf. Sie lebten billig und sparten Geld und vor Rom entließ sie der Seneschall aus dem Gefolge des Aldenborchers. Ocko hatte zweimal versucht, mit Wenzel ins Gespräch zu kommen, wollte ihm berichten, dass er unter seinem Vetter Moritz bei Brema gekämpft hatte, aber der Seneschall ließ ihn nicht zum Grafen vor. Er schien eifersüchtig und missgünstig zu sein.

»Das interessiert unseren Herrn nicht. Zum übrigen, müsst Ihr wissen, ist sein Verhältnis zu dem Vetter an der Hunte nicht das beste.«

Es war klar, dass sie in der ewigen Stadt keinen Erfolg haben würden. Rom schien überfüllt von hochrangigen Herren, doch offenbar suchte niemand nach Gefolgsleuten.

»Das Geld ist knapp!«, sagte der Seneschall mit säuerlichem Lächeln. Er zahlte ihnen vor dem Aufbruch eine kleine Prämie und verabschiedete Ocko ohne Handschlag. »Versucht es am Hof von Venedig. Oder bei der Königin von Neapel«, riet der Hofmeister mit gleichgültiger Stimme und wandte sich ab, noch bevor der Brokmanne aufsitzen konnte.

Venedig behagte Ocko nicht, es zog ihn weiter nach Süden und so ritten sie durch die Albaner Berge nach Kampanien und wandten sich bei Aversa[291] der Küste zu. Und dann, kaum zwanzig Meilen hinter der Stadt, winkte ihnen das Glück, das der Brokmanne so inständig erhofft hatte. Es ging gegen Abend, die Sonne stand schon tief. Der Weg führte über einen bewaldeten Bergrücken, in der Höhe wurden die Bäume lichter und gaben den Blick auf eine Senke frei, in der an einem Bach ein kleiner Ort lag.

Sie hatten schon länger Brandgeruch in der Nase gehabt und dann sahen sie, dass in dem Dorf mehrere Häuser brannten. Irgendwo raste plötzlich ein Alarmgong, sie sahen Bauern über Felder rennen, eine Gänsemagd trieb

---

291 Italienische Stadt in der Provinz Caserta. Bereits 1030 normannische Grafschaft.

in hektischer Eile einen Schwarm ihrer Tiere vom Wasser weg, und dann sahen sie die Bewaffneten auf dem Gegenhügel. Ocko verhielt sein Pferd und spähte hinunter, aber sie konnten sich keinen Reim auf die Abläufe machen, bis ein zweiter Trupp Berittener zwischen den Hütten auftauchte. Sie sahen, dass die Männer Fackeln auf die Dächer warfen und dann löste sich ein Teil der Truppe und schwärmte gegen den Hügel aus. Sie machten die Augen scharf und verstanden noch immer nicht, was ablief, aber es wurde Ocko zu mulmig.

»Los, Jan, wollen zusehen, dass wir von hier verschwinden!«

Sie wendeten die Pferde und gaben ihnen die Sporen und dann, hinter der nächsten Biegung, lag ein Mann auf dem Weg. An dieser Stelle nahm der Bewuchs wieder zu und die Bäume wurden dichter. Der Fremde lag auf der Seite und rührte sich nicht, aber seine Augen waren offen. Es dauerte eine Weile, bis sie sein Pferd entdeckten, es stand abseits im Gesträuch und graste. Sie ritten vorsichtig heran, der Mann sah ihnen schweigend entgegen und hob die Hand. Er war einfach gekleidet, sie sahen eine leere Schwertscheide zwischen seinen Beinen, aber keine Waffen. Es ging wohl keine Gefahr von ihm aus, sie stiegen ab und sahen die Schwertwunde.

Der Hieb hatte ihn auf der linken Seite unterhalb des Rippenbogens erwischt, er zog sich bis in den Rücken und musste schon älter sein, denn es trat kaum noch Blut aus. Sie hoben ihn an, er stieß einen kurzen Schrei aus, dann ergoss sich ein Schwall italienischer und lateinischer Worte aus seinem Mund, hastig und in höchster Not hervorgestoßen, dazwischen immer wieder »Napoli, Napoli!«, und dann »Presto, presto, presto!« und »Assassini, Assassini!«

Dieser Mann, dieser fremde Verwundete war ihr Glück, aber das begriffen sie nicht. Sie verstanden nur, dass er schnell nach Neapel wollte und Angst vor seinen Verfolgern hatte. Und Angst hatten sie auch, die fremde Truppe war im Anritt auf den Hügel und der Brokmanne legte keinen Wert darauf, mit ihr zusammenzutreffen.

Der Gedanke, aus dieser Lage etwas zu machen, zu sehen, ob der fremde Verwundete Dinge von Wert bei sich hätte, kam ihnen nicht einen Augenblick. Sie legten ihn mit der gesunden Seite auf sein Pferd, er ächzte und keuchte, aber er hielt es aus, und dann jagten sie durch die Nacht nach Neapel. Erst später erfuhren sie, dass der Mann ein Kämmerer der Königin Johanna I. war und den Auftrag hatte, eine größere Summe Geld aus einem kampanischen Kloster an den Hof zu holen. Die Aktion sollte diskret durchgeführt werden, um keine schlafenden Hunde zu wecken, aber einer der Knechte aus seiner Wachmannschaft hatte wohl den Mund nicht halten können und so waren sie in dem Weiler am Bach in diesen Hinterhalt geraten. Der Kämmerer hatte schon vorher ein ungutes Gefühl gehabt, er wollte in dem Dorf übernachten, doch die Kerle wussten, dass er dort war und holten ihn aus seiner Unterkunft.

In einem Gefecht hatte er die Schwertwunde erlitten, und alle seine Begleiter waren dem Angriff zu Opfer gefallen, aber er konnte fliehen und das Geld war noch da. Er hatte es in einem daumendicken, genieteten Lederschlauch unter dem Wams getragen, gerade da, wo ihn der Schwerthieb getroffen hatte, was ihm vermutlich das Leben rettete. Die Königin war über die Maßen dankbar, sie empfing Ocko zu einer Audienz und fragte ihn, was er zu seiner Belohnung wünsche.

»Die Sporen Eures Hofes«, hatte der Brokmanne sofort geantwortet und die Königin hatte amüsiert die Brauen gehoben.

»Die müsst Ihr Euch verdienen. Nicht so. Sondern in einem Turnier oder in einem anderen Gefecht«, hatte Königin Johanna gesagt.

Sie sprach einen weichen lateinischen Akzent, es war eine Freude, ihre Stimme zu hören. Johanna hatte dem Brokmannen dann angeboten, bei Hofe zu bleiben, es werde bald Gelegenheit geben, sich auszuzeichnen, und nun war er schon fünf Monde hier.

Das Verhältnis zu seinem Knecht Jan hatte sich abgekühlt, Ocko ließ sich wieder mit »Herr« anreden. Jan traf er nur, wenn er die Stallungen aufsuchte, um nach den Pferden zu sehen. Der Brokmanne nahm regen Anteil am höfischen Leben, er sah die Königin bei Ausritten und Festen, aber seine Sporen hatte er noch immer nicht. Ocko hörte die Sarazenin seufzen, lehnte sich zurück und gab sich ganz dem Liebesspiel hin. Er würde in einem Turnier fechten oder für die Königin kämpfen, aus welchem Grund auch immer. Und dann den Ritterschlag erhalten. Sein Tag würde kommen, dessen war er ganz gewiss.

*

In Auwreke war schon seit längerem keine Leibstrafe mehr verhängt und vollstreckt worden, Richter und Fronboten waren ungeübt, und der Brokmanne sah sich das Drama schweigend an. Er war allein, seine drei Knechte warteten in der Taverne auf ihn.

Kenos Augen waren blicklos, wie nach innen gerichtet. Aber in ihm brodelte es. Zugleich freute er sich. Dieses Fiasko zeigte in flagranter Deutlichkeit, warum die Landgemeinde einer neuen Führung bedurfte. Alle nahmen es wahr, jeder konnte es sehen: Die herrschenden Verhältnisse trugen nicht mehr.

Schon der Gerichtstag in der Kirche St. Lamberti war eine einzige Schande gewesen. Der Richter hatte sich verhaspelt, er kannte die Strafküren nicht, stotterte sich durch die Urteilsfindung und es kam vor, dass die Zuhörer hörbar kicherten. In einer Kirche! Bei einer Gerichtsverhandlung! Empört hatte Keno um sich geblickt, die Augen der anderen Richter gesucht, aber keiner war aufgestanden und hatte für Ordnung gesorgt. In einem Fall von Diebstahl hatte sich der Redjeve bei der Befragung des Beklagten so ungeschickt verhalten, dass ihm der Kerl offen ins Gesicht lachte. Der Mann war zweifellos schuldig, so viel war klar, aber die Art des Verhörs bot ihm die Gelegenheit, seine Verfehlung derart zu verschleiern und zu relativieren, dass die Strafe milder ausfallen musste, als gerecht gewesen wäre. Der Kläger bedankte sich anschließend mit ironischen Worten, er setzte sie so, dass es nun wirklich jedem klar wurde: Dieses Gericht war nicht in der Lage, die Bürger der Landgemeinde wirksam vor Gesindel zu schützen. Unfähig, die Küren in Auwreke durchzusetzen. Das würde sich ändern. Alles. Und zwar gründlich!

Der abschließende Gang zur Richtstätte glich eher einem Umzug beim Erntedank. Es wurde gesungen und gejohlt, einige Rotznasen von Gassenjungen äfften unter dem Gelächter der Leute sogar den Watschelgang des Richters nach. Da war niemand, der ihnen an den Ohren gezogen oder die Backen gestrichen hätte.

Der Richtplatz lag einige Steinwürfe hinter der Kirche in der Nähe des Stadtgrabens. Es galt, einer alten Diebin die Hand auf dem Dingstapel abzuschlagen. Die Frau war schon mehrfach straffällig geworden, sie hatte an der rechten Hand nur noch den Daumen und den kleinen Finger. Sie konnte sich weder auslösen noch tat jemand anderes das für sie, und nun sollte dieser Torso von Hand eben daran glauben. Man hatte ihr vor der Vollstreckung so viel Bier eingeflößt, dass die Alte kaum noch stehen konnte. Der Brokmanne hatte den Eindruck, auch der Fronbote war bezecht, wohl um sich zu beruhigen, denn der Kerl hatte einen glasigen Blick und sein Gang war unsicher. Der Richter schien das nicht zu bemerken, vielleicht hielt er es auch für Beklemmung, jedenfalls schritt er nicht ein, und so nahm die Katastrophe ihren Lauf.

Ein Dorfbüttel packte die Frau und drehte ihr das Gesicht weg. Der erste Hieb des Fronboten durchtrennte nicht den Arm, sondern den Lederriemen, mit dem die Hand über dem Dingstapel fixiert war. Die Frau, in dem Glauben, ihre Hand bereits verloren zu haben, quiekte wie ein Schwein, entwand sich mit erstaunlicher Schnelligkeit den Armen des Büttels und glotzte voller Unverständnis auf ihren Stumpf mit den zwei Fingern. Es bedurfter zweier weiterer Stadtknechte, sie erneut zu greifen und zu bändigen und einer stülpte ihr schließlich einen Sack über den Kopf. Und dann, beim dritten Schlag, traf der Fronbote endlich den Arm und trennte ihn von der Hand, allerdings viel zu weit oben, fast auf halber Strecke zwischen Handwurzel und Ellebogen. Zu diesem Zeitpunkt war die alte Frau längst ohne Bewusstsein, und der Bader hatte keine Mühe, den Stumpf in kochendes Öl zu tauchen und zu verbinden.

Das anschließende Gespräch auf der Tenne von Tidard Tidesna war kalt und unfreundlich. Alle Richter waren da, auch der Unglücksrabe Siart Atten, der dieses Jahr das Amt wahrzunehmen hatte. Keno sah in die mürrischen Gesichter und erinnerte sich an den Tag anno 1348, auf Epiphanias war es gewesen, bei brutaler Kälte, als sie angekrochen waren wie geprügelte Hunde, auf dem Ritt nach Engerhoffe sogar einen Mann verloren hatten, Releff Tammen, er war bei Feterburen erfroren vom Pferd gefallen. Und dann waren sie auf seine Tenne gestolpert, fast verhungert, dem Tod näher als dem Leben, einer hatte sogar geweint. Sie hatten ihm damals das Amt des Patronatsherrn angetragen, zudem sollte er im Falle einer Fehde das Auwreker Aufgebot führen, fünfzig Berittene und hundertzehn Lanzenträger zu Fuß.

Nun, das Amt des Patronatsherrn hatte den Brokmannen nicht interessiert, er hatte es formal inne, übte es jedoch nicht aus. Die Besetzung der Pfarrstellen in

Auwreke und umzu überließ er den Sprengelfürsten und den Äbten.

Führer des bewaffneten Aufgebots zu sein, das war schon etwas anderes, obwohl die Landgemeinde wesentlich mehr wehrhafte Männer aufbieten konnte, als sie dem Brokmannen für den Fehdefall bot. Es war klar, die Auwreker wollten sich nicht entblößen, wollten Reserven zur eigenen Verfügung, und das konnte Keno ihnen nicht verdenken. Natürlich hatte es keine Fehden gegeben, die Auwreker schlugen sich nicht, aber das war kein wirklicher Schaden, er war bestellter Führer des Aufgebots und das war ein Pfund, mit dem man wuchern konnte. Wirklich ärgerlich, ja schmerzlich war für den Brokmannen aber die Weigerung gewesen, ihn auch als Gerichtsherr zu akzeptieren.

»Das Richteramt bleibt bei uns. Der Umgang wird nicht angetastet!«, hatte Tidard Tidesna ihm schroff erklärt. Nun, man hatte heute gesehen, wie es darum stand.

»Lob und Anerkennung zu diesem gelungenen Gerichtstag!«, sagte Keno Hylmerisna mit beißendem Spott. »Zielsicher in der Befragung, gerecht im Urteil, umsichtig in der Vollstreckung. In Summa ein Beispiel wohlgeübter Rechtspflege.«

»Es ist nicht deine Sache, darüber zu urteilen«, gab Siart Atten zornig zurück. Er hatte sich wohl wieder gefangen. Natürlich fühlte er sich angegriffen. Die anderen funkelten den Brokmannen an. Es gab Gemurmel und es wurde mit den Füßen gescharrt.

»Kümmere dich um die Rechtspflege in deiner Landgemeinde! Immerhin sind wir Auwreker nicht so schnell mit dem Richtschwert am Hals wie andere«, sagte einer scharf und Keno wusste, was gemeint war. Die Hinrichtung der Fremden, ebenfalls anno 1348, steckte den Leuten noch im Kopf, es gab immer wieder Gerede und Pack, dem daran lag, es wachzuhalten. Hylmerisna dachte nicht daran, auf diesen Anwurf einzugehen.

»Bei mir herrscht eben Ordnung. Und wer schuldig ist, den trifft das Schwert. Und zwar beim *ersten* Hieb. An *meinem* Gerichtstag lacht niemand!«, antwortete er kalt.

Tidard Tidesna hob beide Hände. »Ruhig Blut, Freunde. Was haben wir davon, wenn wir uns hier die Augen auskratzen?« Er wandte sich an Atten. »Und was du heute abgeliefert hast, Siart, war wirklich keine Glanzleistung.«

»Weiß ich selbst!«, bellte Atten mit rotem Hals. »Es ist halt, wie es ist. Ich bin Bauer wie ihr und das Richteramt alle paar Jahre ist für mich kein Grund, die Nase in die Küren zu stecken!«

»Und Jannes? Der Fronbote? War wieder besoffen. Wenigstens darauf hättest du achten können«, konterte Tidard, und dann gab ein Wort das andere und der Brokmanne lehnte sich zurück und genoss das Schauspiel.

Als der Zorn sich gelegt und die Streiter sich erschöpft hatten, nahm Keno Hylmerisna das Wort. Er sprach ruhig und versöhnlich. »Ich verstehe euch und eure Probleme. Du hast recht, Siart. Wenn sich jemand von früh bis zur Nacht um seine Scholle kümmern muss, dann gibt es Wichtigeres als die Küren. Genauso, seht ihr, ist es mit den Henkern. Diese Gewerbe erfordern ein starkes Herz und eine ruhige Hand. Es ist nicht jedermanns Sache, sich daran zu versuchen.«

Er sah in ihre Gesichter, forschte nach der Wirkung seiner Worte und war sich bewusst, sie mussten ihnen wie Sirenengesänge in den Ohren klingen. Die Mienen der Männer waren düster, einige starrten zu Boden, sie kauften dem Brokmannen seinen plötzlichen Schwenk von Hohn zu Mitgefühl nicht ab. Allein Tidard Tidesna fixierte ihn mit festem, ruhigem Blick. Er schien zu ahnen, was nun kam.

Keno Hylmerisna stand auf und ging ans Fenster. Tidard war ein reicher Bauer, er konnte sich bleigefasste Scheiben leisten. Aber diese hier waren von minderer Qualität, viele Lufteinschlüsse verzerrten den Blick auf den Hof. Der Brokmanne sah den vorbeilaufenden Knecht mit dem Pferd am Halfter nur in unklaren Konturen, die Gestalt war ebenso zerrissen wie die Gefühle der Männer wohl sein mussten, die da schweigend hinter ihm hockten. Keno wandte sich um. In seinem Gesicht war nun nichts als Wärme und Zuneigung.

»Ich kann eure Probleme lösen, Freunde. Wir haben darüber schon gesprochen. Übertragt mir das Richteramt für eure Landgemeinde, und ihr seid ihrer ledig!« Es hoben sich Köpfe und er sprach jetzt sehr schnell, ganz so, als befürchte er, sie würden ihn nicht ausreden lassen. »Seht, ich bin bereits euer Patronatsherr. Und der bestellte Führer eures Fehdeaufgebots. So ist es beurkundet. Diese Sorgen habt ihr mir bereits anvertraut. Warum nicht auch das Richteramt? Ich verspreche euch, es stets im Einvernehmen mit euch auszuüben!«

Tidard Tidesna öffnete den Mund und stand auf, aber der Brokmanne kam ihm zuvor. »Ihr müsst jetzt nicht entscheiden. Lasst uns morgen früh weiterreden«, sagte er rasch und verließ die Tenne. Draußen verhielt er kurz und lauschte, aber es hinter der Tür blieb es still.

Keno übernachtete in einer Taverne nahe bei St. Lamberti, er schlief gut und ließ sich am nächsten Morgen ein reiches Frühmahl servieren. Dann saß er auf und ritt hinüber zu Tidards Hof. Er ritt allein, seinen drei Knechten befahl er, in der Schenke auf ihn zu warten. Tidesna empfing ihn vor der Tenne und teilte ihm mit, dass nicht alle Richter anwesend wären.

»Ode und Ubbo sind auf ihren Feldern. Jan hat eine kranke Kuh. Aber die anderen sind hier«, sagte er und führte den Brokmannen auf den Tennenboden.

Die Männer blieben auf ihren Schemeln, keiner stand

auf, einige hatten Becher mit Bier in den Händen. Keno grüßte und wartete, aber lange sprach niemand. Auch Tidard nicht. Und dann, nach einer ganzen Weile, nahm der Hausherr das Wort.

»Es ist nicht leicht für uns, Keno. Wir haben lange darüber disputiert.« Er sah auf die anderen und lächelte. »Ja, auch gestritten. Heftig!«

Es war ausgerechnet Siart Atten, der amtierende Richter, der sich jetzt von seinem Schemel erhob. »Dein Ruf ist eben nicht der Beste, Keno, das solltest du wissen. Immerhin steht dein Sohn unter Kirchenbann.«

»Was hat das mit mir zu schaffen? Was habe ich damit zu tun?«, brüllte der Brokmanne. Ihm war nicht wohl in diesem Moment, er empfand Schuldgefühle gegenüber Ocko, es war, als verrate er seinen eigenen Sohn. Aber dieser Anwurf, ausgerechnet von Atten, trieb ihm das Blut in den Kopf.

»Er ist dein Sohn. Wo ist er übrigens jetzt? Man munkelt, in Italien? Jedenfalls, an ihm haftet das Odium der Unbotmäßigkeit. Es wirft nun einmal ein schlechtes Licht auf deine Sippe«, wehrte sich Siart. Er war plötzlich so selbstbewusst und fest, wie er gestern schwankend und unsicher gewesen war.

Der Brokmanne machte einen tiefen Schnaufer. Es hatte keinen Sinn zu streiten. Wenn etwas zu erreichen war, dann nur im Guten. Geduld, Geduld, mahnte er sich. »Ihr wisst, wie das ist, Freunde, mit den Kirchenfürsten.« Keno Hylmerisna brachte es fertig, verbindlich zu lächeln. »Da gerät vieles daneben, auch sie sind schließlich nur Menschen, fehlende Kreaturen des Herrn!«

»Erzähle uns keinen Mist, Keno, wir sind nicht dumm! Dein Sohn hat einen Usurpator unterstützt! Gegen einen durch den Papst selbst ernannten Erzbischof!«, bellte Tamme Hankena, und dann war mit einem Mal Tumult auf der Tenne und alles brüllte durcheinander. Das war es wohl für heute, dachte der Brokmanne und wollte schon zur Türe, als ihn Tidesna zurückhielt.

»Warte, Keno! Wir haben uns doch gestern schon geeinigt? Das haben wir doch! Oder etwa nicht?« Er warf einen Blick auf seine Leute, sah einem nach dem anderen in die Augen, aber niemand widersprach. »Na also! Wir machen dir folgenden Vorschlag: Du wirst Richter in Auwreke, aber nicht allein, sondern einer von uns. Wir haben auch schon festgelegt, dass der Umgang im nächsten Jahr auf dich fällt. Das ist unser Angebot. Wie steht es damit?«

Keno Hylmerisna stand wie vom Donner gerührt. Sein Kopf war zur Seite geneigt, er streckte das Ohr vor, ganz so, als könne er nicht glauben, was er da hörte. Es dauerte zwei oder drei Atemzüge, bis er völlig begriff und einwilligte. Es war nicht alles, was er wollte, aber es war ein guter Anfang. Er unterschrieb die Urkunde mit leicht zitternder Hand, doch bei der Signatur seiner Ausfertigung war die Schrift wieder fest und klar. Mit leuchtenden Augen richtete er sich auf.

»Ihr werdet es nicht bereuen, Freunde. Und die Sache mit Ocko bringe ich in Ordnung. Bin just auf dem Weg nach Monasterium, um mit Ludwig darüber zu reden!« Er breitete die Arme aus. »Jeder weiß doch, dass der Hesse stets klamm ist. Er hat Ocko in den Bann getan, weil ihn der Arnsberger bestochen hat. Dieser Casus ist nicht von Dauer, das verspreche ich euch!«

Dann verließ er winkend die Tenne. Über den Kirchenbann des Arnsbergers sprach er nicht. Auch nicht über die Gulden, die er dem Erzbischof von Monasterium bereits gezahlt hatte.

»Du machst einen Riesenfehler, Tidard«, sagte Siart Atten. »Du siehst doch, es ist kein Auskommen mit ihm. Wenn er hier ist, streiten wir!« Er nahm seinen Becher, sah, dass er leer war und stellte ihn missmutig zurück.

»Aber entscheidend ist, dass er keine Ruhe geben wird. Nicht, bevor er am Ziel seiner Pläne ist. Du hast ihm jetzt die Tür geöffnet. Doch das reicht ihm nicht. Am Ende heißt es: er oder wir, darauf läuft es hinaus. Und dann werden wir uns noch verfluchen!«

Alles das hörte der Brokmanne nicht mehr. Er saß längst auf seinem Pferd. An der Schenke sammelte er seine Knechte und brach sofort auf. Bis nach Monasterium war es noch viele Meilen. Und der Weg war unsicher. Es gab noch immer Pestnester und vor allem Raubgesindel. Keno Hylmerisna war wild entschlossen, sich durchzuschlagen und Ludwig dem Hessen auf den Leib zu rücken. Er würde sich nicht, niemals von einem Kämmerer abweisen lassen. Es gab nur zwei Möglichkeiten: Entweder hob der Erzbischof den Kirchenbann gegen seinen Sohn auf, oder er wollte sein Geld zurück. Ein Drittes gab es nicht.

*

Wird ein Richter (...) in einer Gerichtssitzung erschlagen, so soll man ihn mit dreifachem Wergelde büßen....

Fivelgoer Recht, 4. Küre

9.

Neapel, Königshof,
am Tage Assumptio Mariae Anno Domini 1356
(Donnerstag, 15. August)

Das Nachrichtennetz zwischen Neapel und Ostfriesland war relativ dicht. Es stützte sich auf ein Geflecht aus Verbindungen ab, die Klöster und Händlergemeinschaften zueinander unterhielten.

Die Residenzen der Erzbischöfe waren als Nervenzentren und Umschlagsplätze für Botschaften in dieses System eingebettet. Sie wurden von pilgernden Mönchen gefüttert, aber auch von reisenden Kaufleuten, die für gutes Silber Neuigkeiten und Pergamente lieferten und zur Weiterleitung entgegennahmen. Vom neapolitanischen Hof liefen die Wege über die Bistümer und Residenzen in Italien bis an den Hof des Erzbischofs von Cöln, der zugleich Kanzler für Reichsitalien war. Über Cöln gingen die Botschaften weiter bis an die Sitze der Erzbischöfe im Norden. Auf dem gleichen Wege kamen sie zurück. Ocko Hylmerisna hatte so ein recht gutes Bild über die Lage in Ostfriesland.

Er wusste, dass es seinem Vater gelungen war, mit dem Koadjutor des Erzbischofs von Brema, dem Grafen Moritz von Aldenborch, in Verbindung zu treten. Er wusste nichts von der Qualität dieses Kontaktes, aber es war klar, dass Keno Hylmersina auf diesem Wege an der Aufhebung des Kirchenbanns über ihn, Ocko, arbeiten würde. Der Brokmanne wusste auch, dass sein Vater bei Ludwig dem Hessen Erfolg gehabt hatte. Gegen die Zahlung von weiteren fünfundzwanzig Gulden hatte der Erzbischof von Monasterium den Kirchenbann gegen Ocko aufgehoben. Keno dürfte geschäumt haben, hundert rheinische Goldstücke waren schließlich keine Kleinigkeit, aber der Bann war beseitigt!

So weit die guten Nachrichten. Aber es gab auch andere. Anno 1354, also vor zwei Jahren, war in der Landgemeinde Rustringe der Großbauer Edo Wiemken zum ständigen Gerichtsherrn gewählt worden. Er ließ sich offenbar »Capitanus« nennen, war wohl auch Führer des Aufgebots der Rustringer und fungierte als Patronatsherr mit Banngewalt in Kirchspiel und Landgemeinde. Doch entscheidend war, dass der Rustringer diese Rechte dem Vernehmen nach zum erblichen Eigentum seiner Familie gemacht hatte!

Damit war Edo Wiemken wesentlich weiter als die Brokmannen in ihrer Landgemeinde, von Auwreke ganz zu schweigen. Rustringe war nicht weit, es lag nur Astringe zwischen Brokmannia und Auwreke und Ocko fragte sich ernsthaft, ob diese Entwicklung für die Hylmerisna gefährlich werden konnte. Es machte ihn unruhig, dass er hierzu von seinem Vater keine Nachrichten hatte. Vielleicht konnte Keno in seiner üblichen Kurzsichtigkeit keine Gefahr erkennen. Vielleicht gab es auch keine. Ganz gewiss jedoch wuchs hier ein Konkurrent heran, den man im Auge behalten musste.

Die Unruhe des Brokmannen hatte aber noch andere Gründe. Das *dolce far niente* des höfischen Lebens war abrupt unterbrochen worden durch ein Ereignis, das zugleich die schädliche Seite des Nachrichtennetzes offenkundig machte. Die Kunde über den Bann gegen ihn war bis nach Neapel gedrungen. Der Kanzler der Königin lud ihn vor und stellte bohrende Fragen. Es schien so, als verstünden die Neapolitaner in solchen Angelegenheiten keinen Spaß. Der Kanzler machte deutlich, dass der Casus auch die Königin selbst interessierte.

»Es liegt uns daran, Klarheit zu schaffen. Euer Verdienst um die Schatzkammer ist unbestritten, Euer zwischenzeitlicher Einsatz bei Hofe auch. Doch wisset, Ihre Gnaden legt Wert darauf, dass sich alle ihre Untertanen in gutem Einvernehmen mit unserer Mutter Kirche befinden.«

Ocko tat seit etwa einem Jahr Dienst in der Palastwache. Er hatte keine Ahnung, wie viel Gold in dem Lederschlauch des Kuriers gewesen war, den er damals auf den kampanischen Hügeln aufgelesen hatte, es musste eine ungeheure Summe gewesen sein, aber nun rückten diese Dinge in den Hintergrund. Vor allem war er noch immer nicht zum Ritter geschlagen worden und jetzt glaubte er auch, den Grund hierfür zu kennen. Er verfluchte die Art, in der ihn seine Vergangenheit einzuholen schien, aber er ließ es sich nicht anmerken.

Sein Italienisch war inzwischen gut genug, dem Kanzler eine geschliffene Antwort zu geben. »Mein eigentlicher Diözesanherr, Erbischof Ludwig von Monasterium, hat den Bann längst aufgehoben. Er hat wohl erkannt, wie ungerechtfertigt er war«, sagte Ocko Hylmerisna ruhig und sah dem anderen fest in die Augen.

Von den gezahlten einhundert rheinischen Gulden sprach er nicht, auch nicht davon, dass der Hesse solche Geldgeschäfte machte, wann immer er konnte. Ein schlechter Leumund für den Erzbischof würfe unnötige Schatten auf die Löschung des Bannspruchs. Ocko wollte Ludwig als Zeugen für seine Rechtschaffenheit und nicht als finsteren Verbündeten in dunklen Geschäften. Er beugte sich vor.

»Es handelt sich um einen bis heute ungeklärten Konflikt zwischen den verbrieften Rechten der Domherren zu Brema und dem Nachfolger des Erzbischofs Otto. Ich habe unter Führung des Adels meines Landes die Position der Ortskirche gestützt. Es wäre nach meinem Urteil ungerechtfertigt, hieraus einseitige Schlüsse zu ziehen«, fuhr der Brokmanne mit glatter Stirn fort. Er setzte darauf, dass der Kanzler die Einzelheiten nicht kannte.

Der musterte ihn wie widerwärtiges Getier. Er hieß Giovanni di Medici und stammte aus Florenz. »Euer Urteil ist hier ohne weiteren Belang«, wies er Ocko kalt zurecht. »Das Interdikt gegen Euch stammt von einem Kirchenfürsten, der durch Papst Clemens ernannt worden ist …«

»… der aber immerhin einen Koadjutor an seiner Seite akzeptiert hat. Und zwar den Mann, der von den Domherren berufen war!«, unterbrach ihn der Brokmanne mit rascher Zunge.

Der Kanzler erstarrte. So rüde war ihm noch niemand ins Wort gefallen. Er hob die Augenbrauen fast bis zum Haaransatz. Seine Kaumuskeln arbeiteten. Es dauerte eine ganze Weile, bis er antwortete. »Das Edikt besteht unverändert. Nach unserer Kenntnis ist es weder durch den Erzbischof noch durch den Nachfolger des Papstes aufgehoben worden.«

Nach dem Tode Clemens IV. im Jahr 1352 saß Innozenz VI. auf dem Stuhl Petri, aber nicht auf dem Petershügel, sondern immer noch in Avignon und Ocko Hylmerisna wusste sehr genau, dass dies der Schwachpunkt seines Gegners war. Und den Papst auch nur zu erwähnen, deshalb zugleich ein grober Fehler. Der Hinweis auf den Pontifex war kaum geeignet, die Position des Kanzlers zu stützen.

»Es handelt sich um das Edikt eines Mannes, den ein Papst stützt, der vielleicht dem König von Frankreich mehr gehorcht als Gott! Es war bei Clemens so, den Philipp nährte und kleidete. Bei Innozenz, der nicht auf dem römischen Hügel sitzt, sondern auf dem Schoß von König

Johannes, den man den Guten nennt, ist es kaum anders. Überlegt selbst, ob es Euch recht sein kann, dass ein Franke so viel Macht über die Kirche besitzt«, sagte Hylmerisna mit ätzender Stimme. Und erneut gelang es ihm, den Kanzler vom eigentlichen Gegenstand abzulenken.

»Ihr versündigt Euch! Der heilige Vater speist weder am Tisch des Königs von Frankreich noch trägt er dessen Kleider!«, gab der Kanzler eisig zurück, aber der Brokmanne sah, dass er getroffen hatte.

Ocko hörte eine ganze Weile nichts mehr von der Sache. Er wusste, dass Giovanni di Medici nicht sein Freund war, aber die Königin schien den Casus nicht weiter zu verfolgen. Der Brokmanne machte seinen Wachdienst als Führer eines Fähnleins, nahm an höfischen Leben teil und horchte sich um, doch es tat sich nichts. Er beauftragte seinen Knecht Jan, der seit einer Weile auf rätselhafte Art kränkelte, die Ohren offen zu halten. Der Tratsch unter den Höflingen war beträchtlich, doch in Dienerschaft und Gesinde wurde noch viel mehr geredet, und was ihm Jan berichtete, machte Hylmerisna keine Freude.

»Ihr müsst ein Turnier reiten, Herr, aber man lässt Euch nicht zu. Man sagt, Euer Stand sei zu gering.«

»Was soll das heißen? Uns gehört Brokmannia und Auwreke. Dazu sind wir Gerichtsherren in Visquerd und Uthum. Wir sind damit höheren Standes als so mancher neapolitanische Junker, der sich hier aufplustert wie eine Ente. Verbreite das!«

Der Knecht verschwand und Ocko nahm weiter seinen Waffenunterricht beim Fechtmeister des Hofes. Und hörte sich um.

Am Hofe rumorte es und allmählich fragte er sich, ob es eine gute Entscheidung gewesen war, ausgerechnet nach Neapel zu gehen. Tatsächlich befand sich die Königin insgesamt in einer schwierigen Lage. Sie war durch Heirat auf fatale Weise mit dem Königreich Ungarn verbunden, stammte selbst aus dem Adelsgeschlecht der Anjou[292] aus der fränkischen Provence. Auch ihr Verhältnis zu Kirche und Papst war nicht ohne Spannungen. Das Beziehungsgeflecht war sehr komplex, es gab ein verwirrendes Gemenge von Abhängigkeiten, Verpflichtung und Schuld. Der Papst war Lehnsherr des Königreichs von Neapel und hatte ein scharfes Auge auf alle dortigen Vorgänge. Anno 1343 hatte Johanna das Erbe ihres Großvaters angetreten, König Robert der Weise hatte es in seinem Testament so verfügt, denn sein Sohn, Johannas Vater, war frühzeitig verstorben.

Aber Roberts letzter Wille hatte einen Haken: Er war nicht mit dem heiligen Vater abgestimmt, und Clemens VI. nahm seine Rechte als Lehnsherr wahr. Er ordnete Anno 1345 an, dass Johannas Ehemann, Prinz Andreas, zum König von Neapel zu krönen sei. Doch dazu kam es nicht, denn in der Nacht nach dem Fest des heiligen Lambertus[293] wurde Andreas unter ungeklärten Umständen ermordet. Die Tat geschah in Aversa, sie war offenbar gut vorbereitet, es blieben keine verwertbaren Spuren zurück. Der Vorfall war anrüchig, weil Johanna ihren Mann weder geliebt noch aus aus freien Stücken geheiratet hatte.

Sie war aus begreiflichen Gründen auch gegen seine Krönung gewesen, denn sie verstand sich durch die testamentarische Verfügung ihres Großvaters als rechtmäßige Königin von Neapel. Zudem fühlte sich Johanna zu ihrem Vetter Ludwig von Tarent hingezogen und es hielten sich hartnäckige Gerüchte über eine außereheliche Beziehung der beiden. Wie zur Bestätigung heirateten sie Anno 1347.

Natürlich lag der Verdacht nahe, Johanna stehe in Verbindung mit dem Tod ihres Mannes. Das Verhältnis zwischen den Heiligen Stuhl und dem Hof verfiel in Eisesstarre, und erst Anno 1348 konnte sich Johanna von

292 Feudalgeschlecht in Westfrankreich, Besitz fällt 1481 durch Aussterben an die franz. Krone.

293 17. September

dem Odium des Gattenmordes befreien. Sie tat es, indem sie dem Papst drei Tage vor dem Fest des heiligen Vitus[294] die Stadt Avignon verkaufte. Clemens VI. war dieser Handel recht: Er residierte in der Stadt und trachtete nach ihrem Besitz und Johanna ließ für gutes Geld die Hand von ihrem Eigentum in der fränkischen Provinz, das sie doch nicht recht führen und kontrollieren konnte.

Das Verhältnis blieb gleichwohl schwierig, es war unverändert voller Widersprüche und Verwerfungen. Anno 1354 führte Johanna mit Unterstützung von Papst Innozenz VI. Krieg zur Eroberung von Sizilien, das ihre Familie, die Anjou, vor über siebzig Jahren verloren hatte. Sie führte den Krieg mit Erfolg, aber ihre Macht nahm ab. Der Feldzug hatte Unsummen verschlungen. Sie konnte sich nicht gegen die marodierenden Söldnerbanden wehren, die Neapel verheerende Schäden zufügten. Belastende und kostspielige Schwierigkeiten mit einem verfeindeten Zweig der Familie taten ein Übriges. Johanna geriet in finanzielle Not. Ihr Geld wurde so knapp, dass sie ihre jährliche Kontribution an den Lehnsherrn nicht mehr leisten konnte. Innozenz VI. geriet darüber so in Wut, dass er die Königin Anno 1355 exkommunizierte.

Das war die Lage, die der Brokmanne am Hof von Neapel angetroffen hatte. Die Königin war immer noch unter Bann. Wir sind also Leidensgenossen, warum stehen wir nicht gegen die Kirche zusammen, sagte Ocko sich mit grimmigem Humor. Aber natürlich verstand er, dass sich der Hof von Neapel einen Konflikt mit dem Heiligen Stuhl auf Dauer nicht leisten konnte. Dazu war der Pontifex als Machtfigur zu wichtig, dazu waren auch die innenpolitischen Probleme zu groß.

Der Brokmanne begriff die Situation nicht in allen Falten und Verästelungen, aber er hatte genügend politischen Instinkt, die Spannungsbögen zu erfassen. Einerseits hatte

294 15. Juni

er dem Hof mit dem in den kampanischen Hügeln geretten Gold einen ungeheuer wichtigen Dienst erwiesen. Andererseits belastete er die ohne Zweifel bestehenden Bemühungen Johannas um Aussöhnung mit dem heiligen Vater in Avignon.

Dieses Bewusstsein vergiftete Ockos Gemüt zusehends. Sein Zorn, ja, sein Wut auf den Erzbischof von Brema wuchs, zugleich beklagte er die Untreue des Koadjutors, Moritz von Aldenborch, für den er sich doch geschlagen, durch diesen Schweinehund, Enno tom Diek, im Gefecht an der Schlachte sogar verwundet worden war. Mit Bitterkeit erkannte er, dass Neapel und Ostfriesland nicht weit genug voneinander entfernt waren, um hier ein von dort unbeeinflusstes Leben zu führen. Voller Ungeduld wartete er auf die Nachricht, dass auch Gottfried von Arnsberg den Kirchenbann gegen ihn aufgehoben hätte. Aber die Botschaft blieb aus und der Brokmanne sah, dass seine Sache nicht zum Besten stand.

Das änderte sich erst, als er zu seiner Überraschung plötzlich eine Audienz bei Königin Johanna erhielt, in der sich die Fürstin eingehend nach seiner Heimat erkundigte. Sie fragte nach der Größe von Brokmannia und Auwreke und ließ sich ausführlich über die Wehraufgebote berichten. Ocko Hylmerisna trug schwungvoll vor, er ließ keinen Vorteil unerwähnt und betonte Gerichtsherrlichkeiten und Patronatsrechte seines Vaters. Er schönte Zahlen und schmückte Bedingungen aus. Er wusste, er stand auf dünnem Eis, aber er sah seine günstige Stunde gekommen und war wild entschlossen, sie zu nutzen.

Die Königin lauschte mit geneigtem Kopf, der Kanzler, Giovanni di Medici, stand mit gefrorenem Gesicht daneben. »Ihr seid Gerichtsherr und führt ein bewaffnetes Aufgebot? Wie stark ist es?«, fragte Johanna mit wohlklingender Stimme. Sie sprach ein sehr melodisches Latein, die Konsonaten weich, fast stimmlos.

»Dreihundert Berittene und fünfhundert Fußknechte«, log der Brokmanne eilfertig. »Aber das ist erst der Anfang, Euer Gnaden. Weitere Truppen werden folgen.«

Die Königin nickte wohlwollend, während der Kanzler einen gelangweilten Blick auf seine Fingernägel warf.

Drei Tage danach erhielt Ocko die Nachricht, auf die er so sehnlichst gewartet hatte. Die Königin hatte ihre Machtinteressen gegen die Ansprüche der Kirche gewichtet. Ihr schien wohl angezeigt, einen nordischen Noblen durch ein Zeichen der Wertschätzung zu fördern. Es sollte ein Turnier veranstaltet werde, und er sollte fechten und reiten! Die Spiele sollten zu Ehren Karls VI. stattfinden, der Anno 1355 elf Tage nach Annuncio Mariae[295] in Rom zum Kaiser gekrönt worden war. Nicht durch den Papst, der in Avignon saß, sondern durch einen von ihm beauftragten Kardinal.

Kaiser Karl hatte ein umfangreiches Gesetzeswerk verfasst, es war anders als bisher nicht auf Pergament geschrieben, sondern füllte einen gebundenen Text aus zwei Bänden. Der Kaiser hatte für die Siegelung zudem große Kapseln aus massivem Goldblech anfertigen lassen[296].

Der erste Band mit seinen dreiundzwanzig Kapiteln war neun Tage nach Circumsio Christi [297]in Nuremberg feierlich in Kraft gesetzt worden, doch dieses Datum bedeutete den Neapolitanern wenig. Nuremberg, eine Stadt hinter den Alpen, weit oben im kalten Norden, war ihnen ferner als die Völker Asias. Es würde einen zweiten Band geben, er sollte die restlichen acht Kapitel bergen, und

295 Maria Verkündigung ist am 25. März, die Krönung fand am 5. April 1355 statt.

296 Der dadurch abgeleitete Begriff der »Goldenen Bulle« kam erst im 15. Jahrhundert auf.

297 Fest der Beschneidung des Herrn, 1. Januar. Die feierliche Inkraftsetzung des ersten Bandes des »kaiserlichen Rechtsbuches« ist auf den 10. Januar 1356 datiert.

seine förmliche Verkündung war Ende des Jahres 1356 auf einem Reichstag in Metz geplant. Die fränkische Stadt lag der Königin um einiges näher. Metz, der Reichstag und die Proklamation des zweiten Gesetzbuches sollten den Anlass für die Ritterspiele bilden. Der Brokmanne fieberte dem Ereignis entgegen. Er wusste, er würde den Kampfplatz nur auf zwei Arten verlassen: entweder als Leiche oder mit den Sporen.

*

Es war kein Problem gewesen, den Wachposten mit einem einzigen Pfeilschuss von der Mauerbrüstung zu fegen, aber das hatte ihnen das Tor nicht geöffnet. Im Gegenteil! Der Kerl hatte geschrien und sein Schrei hatte die gesamte Besatzung der Tütelburg von den Strohsäcken gerissen. Und jetzt war die Lage schlechter als vorher. Zum Teufel auch!

Folkmar Allena hatte ausdrücklich befohlen, dass erst auf sein Zeichen angegriffen würde, aber der Armbrustschütze war ein junger Bursche, er hatte einfach seine Nerven nicht im Griff gehabt. Der Mann war schon bestraft, Folkmar hatte ihm mit der Faust ein paar Zähne gelockert, aber abstechen, wie es sein erster Impuls gewesen war, konnte er ihn nicht. Er brauchte ihn, wie jeden anderen seiner Gefolgsleute. Jetzt drängte die Zeit. Es konnte nicht mehr lange dauern, bis in Suderhusum die Bauern auf ihre Abtritte schlurften, um ihr Morgengeschäft zu verrichten. Bis dahin wollte und musste er Tatsachen schaffen. Die Überraschung war hin, so viel stand fest, aber er hatte seinen Plan im Kopf und der war immer noch richtig. Der Schwachpunkt der Tütelburg war, wie bei allen Burgen, das Tor. Aber es gab hier noch einen weiteren, und das war der hölzerne Anbau im Rücken der Nordmauer. Angeblich war er nur von außen begehbar, aber Folkmar Allena wusste es besser. Es war gelungen, einen Mann der Wache zu bestechen, der Kerl hatte für zwei kleine Stücke Hacksilber beteuert, zwischen der Mauer und dem Verschlag gebe es eine Pforte aus dickem Eichenholz. Das Schloss sei zwar schwer gearbeitet, doch einfach zu öffnen, eine schlanke Klinge reiche, es aufzusperren. Dort also mussten sie hinein, während vorne die Wachmannschaft beschäftigt wurde.

Sie hatten über den Plan diskutiert. Sein Handmann war der Meinung, das Ablenkungsmanöver sei überflüssig, aber Allena hatte schließlich befohlen, das Feuer am Tor zu legen. Er wollte für den Zugang kein unnötiges Risiko. Folkmar warf einen prüfenden Blick auf den Burgwall. Oben auf den Mauern sah er die Köpfe der Wachen. Nicht mehr als zwölf Mann, so viel hatte der Kerl noch ausgepackt, also jetzt noch elf, sie verhielten sich ruhig und warteten ab. Ein Fehler, dachte der Herr von Asterhusum[298], sie waren so schlecht geführt, wie er gehofft hatte. Mit Lärm und Krach, Tumult auf den Zinnen, würden sie jeden Bauern in Suderhusum aus dem Bettkasten holen. Und an die Burg locken. Dann wäre sein schöner Plan reif für die Fäkalgrube. Gottlob war es nicht so, aber Eile dennoch geboten. Im Osten kroch ein graues Band über den Horizont. Sie konnten nicht länger warten.

Wie aus dem Boden gewachsen stand plötzlich sein Handmann vor ihm. »Es ist alles bereit, Capitanus!«

Der Herr von Asterhusum nickte. »Dann los. Eilt euch! Alles wie besprochen! Und dass mir nun keiner mehr die Nerven verliert. Ich verlasse mich auf dich!«, knurrte Allena, er klang wie ein gereizter Löwe.

Der Handmann verschwand wortlos und Folkmar sah die Schatten seiner Truppe ohne Laut ausschwärmen. Der Reisighaufen vor dem Tor war längst aufgehäuft, er hatte schon dort gelegen, als dem jungen Armbrustschützen vor Aufregung der Bolzen losgegangen war. Man hatte dazu

298 Osterhusen im Kreis Norden, Nähe Hinte.

die Nachtmitte genutzt, die Zeit der Hundswache, in der auch dem besten Posten die Augenlider schwer wurden. Der Kübel Unschlitt im Gehölz würde dafür sorgen, dass die Flammen schnell in die Höhe schossen.

Aber alles würde davon abhängen, ob die Informationen des Postens zuverlässig waren. Allena hörte das Pfeifen einer Amsel, zu früh für diese Zeit, dann sah er den brennenden Bolzen in Richtung Tor schießen und auf der Mauer hörte man Alarmrufe. Es war sein Einfall gewesen, am Geäst des Reisighaufens einen Wollfaden zu befestigen und über den Vorplatz bis zum Schützen zu spannen. Der Mann musste die Waffe nur nach dem Faden ausrichten, um so den Haufen nicht zu verfehlen. Der Bolzen traf, und die Flammen schlugen fauchend empor. Oben wurde jetzt nach Schöpfeimern geschrien, dann hasteten Schritte über die Mauerkrone und die Wachmannschaft versuchte, das Feuer zu löschen, während die unten sie mit Pfeilen und Bolzen eindeckte.

Der Handmann war mit seinem Stoßtrupp jetzt an der Nordmauer. Die Tür zum Schuppen schloss nur ein hölzerner Riegel. Drinnen war es stockfinster, es brauchte eine Weile, bis sie die Eichenpforte fanden, und nach einem halben Pater Noster stand der Handmann wieder vor seinem Capitanus.

»Die Pforte ist von innen durch einen Überwurf gesichert. Wir können ihn nicht heben!«, stieß er mit pumpenden Lungen hervor, und Folkmar Allena entfuhr ein derber Fluch. Die Sache stand auf Messers Schneide. Von Suderhusum her kam jetzt heiseres Gebell, erst von einem Hund, dann fielen weitere ein, das Dorf regte sich und der graue Streifen am östlichen Himmel war deutlich breiter geworden.

»Du bleibst hier. Sieh zu, dass die Kerle oben beschäftigt bleiben!«, fauchte Allena, und dann verschluckte ihn das Dunkel. Er hetzte die Mauer entlang und war nach wenigen Augenblicken an der Nordwand. Einer der Männer erwartete ihn vor der Schuppentür.

»Wir haben es, Herr! Die Pforte ist offen!«, flüsterte er stolz. Allena stieß ihn wortlos zur Seite. Sie hatten den Riegel durch eine Mauerritze geöffnet, der Stein saß an dieser Stelle nicht ganz präzise und ein Sägeblatt, das sie im Verschlag gefunden hatten, war schmal genug, durch die Lücke zu fahren und den Überwurf zu heben. Drinnen wartete der Stoßtrupp mit blanken Klingen. Sie tasteten sich durch das Gewölbe nach oben.

Zu ebener Erde gab es zwei große Räume mit mannhohen Essen. Der Boden aus festgestampfter Erde war mit einigen Tierhäuten bedeckt, in den Ecken standen Kleidertruhen aus billigem Weichholz. Sie sahen auch das Tor, der Schein des Feuers leuchtete durch die Stellen, an denen die Bohlen undicht verfugt waren. Weiter hinten standen Schlafpritschen mit Ledergeflecht, die Decken aus Schaffellen waren in aller Eile zurückgeschlagen oder zu Boden geworfen.

Eine einfache Holzstiege führte auf die Mauerkrone, die mit Eichendielen bedeckt war. Wasser tropfte durch die Dielen und fiel in dünnen Rinnsalen nach unten. Sie hörten die Flammen knistern und von oben kam das Gepolter panischer Schritte. Sie schlichen die Stiege hinauf und sammelten sich vor dem Durchgang. Folkmar Allena presste die Lippen zusammen und legte den Zeigefinger darüber. Dann zog er blank.

Wie graue Schatten huschten sie auf den Wehrgang. Als der Anführer sie sah, war sein erster Mann schon tot. Er selbst stieß einen Schrei aus und stürzte nach vorn, bevor ihm das Schwert des Osterhuseners in das Gekröse fuhr. Von den anderen starben weitere zwei, ehe der Rest sich ergab. Es blieben also noch sieben, die Allena kurzerhand in seine Truppe nahm. Er ließ ihnen die Wahl, die Alternative war, sich hungernd und frierend durch die

Lande zu schlagen und sie überlegten nicht lange. Er ließ sie niederknien und den Treueschwur leisten, sie taten es ohne Verzug, es war nicht das erste Mal. Dann beugte sich der Capitanus über die Mauerbrüstung.

»Es ist getan, Frero. Feuer aus!«

Im Osten war es jetzt nahezu hell. Aus dem nächsten Gehöft trat ein Bauer vor die Stallung, er hatte eine Laterne in der Hand. Mit müden, schwankenden Schritten näherte er sich der Miste, sie hörten seine Holzschuhe über den Boden klappern. Der Bauer öffnete den Hosenlatz und schlug gähnend sein Wasser ab. Der Strahl schimmerte im Schein der Laterne wie flüssiges Gold. Mit grimmigem Lächeln starrte Folkmar Allena auf die Szene. Er war sehr zufrieden. Diese Eroberung war ein wichtiger Schritt. Sein Feldlager in Loppersem[299], die erst zur Hälfte fertige Wallanlage hier in Suderhusen, in der sie ihren heutigen Angriff vorbereitet hatten, das Lager in Canninghusen[300] und sein Stützpunkt in Cirquerum[301] waren nun Fluchtburgen, taktische Räume, in die er sich bei Bedarf zurückziehen konnte. Mehr aber nicht. Jetzt hatte er endlich ein steinernes Wehrhaus. Die Tütelburg, die Feste von Suderhusen, gehörte ihm mit allem, was in ihren Mauern war.

*

»Dieser Sauhund!«, sagte Keno Hylmerisna, und fast schwang so etwas wie Respekt in seiner Stimme. Seit Stunden hockte er mit dem Koadjutor zusammen, nicht in der Burgresidenz in Brema, sondern in Moritz' Feste an der Hunte.

»Es ist wahr. Er ist stur wie ein Ochse, er lässt nicht nach«, bestätigte der Graf von Aldenborch und griff nach

299 Loppersum bei Norden.

300 Canhusen bei Norden.

301 Cirkwerum bei Norden.

der Fleischgabel. Ohne hinzusehen stach er nach einem Stück auf der Platte und biss hinein, der Saft lief ihm aus den Mundwinkeln. »Fast scheint es so, als läge es an mir«, sagte er undeutlich. »Es könnte sein, dass tatsächlich *ich* es bin, dem er nicht nachgeben will. Warum, wisst Ihr. Womöglich bin ich als Mediator in dieser causa nicht der richtige Mann.«

Mit finsterem Blick lehnte sich der Brokmanne zurück und drehte seinen Weinbecher in den Händen. Er verstand die Botschaft sehr wohl. Der Aldenborcher wollte keine Machtproben mit dem Erzbischof von Brema, die er für unnötig hielt. Und diese hier, geführt zugunsten eines heute nutzlosen Vasallen, war durchaus entbehrlich. Es war über die Zeit zu einer fast gedeihlichen Form der Kooperation gekommen. Gottfried von Arnsberg trug die Monstranz und er, der Koadjutor, zog die Fäden. Das Kleinod in den Händen des Kirchenfürsten und die Macht in seinen. So hatte man sich vorerst eingerichtet und so wollte es Moritz nicht ohne Not belasten. Auch nicht für einen Ocko Hylmerisna.

»Was habt Ihr denn unternommen, ihn zu überzeugen?«, fragte Keno säuerlich.

Der Graf warf ihm einen blasierten Blick zu. »Unternommen?« Moritz legte die Fleischgabel auf den Tisch und langte nach seinem Weinpokal aus rheinischem Glas. Er betrachtete den Brokmannen in der Art, wie man eine Spinne oder Schabe in der Vorratskammer ansieht. »Ihr glaubt wohl, Gottfried wäre mit ein paar lumpigen Gulden zu kaufen? Er ist nicht Ludwig, das merkt Euch!«, sagte der Graf von Aldenborch schroff. Als er fortfuhr, war in seiner Stimme offener Spott. »Versucht es selbst, da Ihr doch bei seinem Amtsbruder in Monasterium so überaus erfolgreich verhandelt habt.«

Der Brokmanne hatte eine scharfe Erwiderung auf der Zunge, aber er nahm sich zurück. Trotzdem schmerzte ihn die Erinnerung. Jawohl, er hatte sich nicht abweisen lassen, hatte kategorisch darauf bestanden, dass ihn der Hesse empfing, aber das Gespräch war doch ganz anders verlaufen, als Keno gehofft hatte. Zu seiner völligen Fassungslosigkeit hatte der Kirchenfürst zunächst so getan, als wisse er nichts über die Zahlung von fünfundsiebzig rheinischen Gulden.

»Ist das beurkundet? Hast du ein Pergament?«, hatte er trocken, fast höhnisch gefragt, und der Brokmanne hatte förmlich nach Luft gerungen.

»Das Geld ist Euer Eminenz Kämmerer ausgehändigt worden!«, hatte Keno entrüstet gekeucht. »Ich will doch hoffen, dass die erzbischöfliche Residenz keine Räuberhöhle ist, in der eine solche Summe ohne Spur verloren geht?«

Der Hesse hatte den Hieb ohne Wimpernschlag eingesteckt. Er schien solche Gespräche zu kennen. Auf seinen Schultern hatte eine kostbare Brokatschaube gelegen, deren Kragen ein bläulich schimmernder Pelz zierte. Er hatte den Kopf zur Seite geneigt und der Kämmerer, der neben ihm stand, hatte ihm beflissen das Ohr zugestreckt. Hatten miteinander geflüstert, der Kämmerer mehrmals eifrig genickt und dann waren die Augen des Erzbischofs zurückgekommen. Ludwigs Gesicht war völlig ausdrucklos gewesen, es schien, als sei er erst vor kurzem aus tiefem, gesundem Schlaf erwacht. »Es waren doch zweihundert Gulden gefordert. Was soll ich da mit deinen fünfundsiebzig?«

Der Brokmanne hatte nicht gewusst, worüber er sich mehr empören sollte; die Höhe der Summe oder die flagrante Unverschämtheit, mit der sie verlangt wurde. »Zweihundert Gulden, Vater, für eine Urkunde? Das kann nicht Euer Ernst sein!«, hatte Keno gebellt, und die Stirn des Kirchenfürsten hatte plötzlich tiefe Falten gehabt.

»Mäßige dich! Zweihundert Gulden für die Aufhebung des Kirchenbanns gegen deinen Sohn, der das Schwert gegen meinen armen Amtsbruder in Brema erhoben hat. Was zum übrigen eine Todsünde ist!«, hatte der Hesse scharf geantwortet. So scharf, dass der Brokmanne stumm geworden war.

Mit einem Schlag war ihm klar gewesen, dass er gegen Ludwig nicht gewinnen konnte. Er hatte nichts in der Hand. Zu glauben, man könne den Erzbischof von Monasterium erpressen, war nichts als eine Schimäre. Das Zerrbild eines Traums. All die Vorwürfe, die er ihm entgegenschleudern wollte mit der Drohung, sie öffentlich zu machen, seine bedenkenlose Gier nach Geld, seinen Nepotismus und seine schlechte Amtsführung als Hirte, konnten nicht treffen. Denn in diesen Dingen unterschied sich der Kirchenfürst kaum von vielen seiner Amtsbrüder. Was sollte ihn da beschämen? Oder gar in Bedrängnis bringen?

Und dann hatte sich eine elende Feilscherei angeschlossen, sie hatte eingesetzt, sobald der Brokmanne erkannt hatte, dass es nicht etwa darum ging, von seinen Gulden etwas zurückzugewinnen. Oder etwa eine Beurkundung über ihren Abfluss. Sondern nur darum, seinen Schaden zu begrenzen. Ihn nicht weiter ausufern zu lassen. Zu sorgen, dass er unter der Summe von zweihundert Gulden blieb. Irgendwie.

Am Ende, nach langem Hin und Her, hatten sie sich auf hundert Geldstücke geeinigt, der Erzbischof in dem Glauben, zu nachgiebig gewesen zu sein, Keno Hylmerisna mit der zähneknirschenden Ohnmacht eines Unterlegenen, der sich in einem notwendigen Geschäft gerupft sieht. Immerhin hatte er jetzt ein Pergament über den Handel, und nun ging es nur noch um Gottfried. Der Casus musste aus der Welt. *Musste*!

»Gottfried ist aus anderem Holz«, sagte der Aldenborcher jetzt und holte Keno zurück in die Gegenwart. Der Graf fixierte ihn mit seinen flachen grauen Augen. »Ich habe mit ihm geredet. Immer wieder. Er will von dem Bann nicht lassen.«

»Warum seid Ihr dann nicht unter Bann?«

»Ich bin sein Koadjutor!«, sagte Moritz kurz und tat so, als sei damit alles erklärt. Der Brokmanne wartete, aber es kam nichts mehr.

»Setzt ihn unter Druck!«

Moritz starrte ihn an. »Womit?«

Der Aldenborcher stand auf und verließ den Raum und eine Weile dachte der Brokmanne, er sei ohne Abschied entlassen, doch dann öffnete sich die Tür und der Graf kam zurück. Er hatte sich lediglich auf dem Abort erleichtert. Keno war jetzt richtig zornig. So ging man mit einem Hylmerisna nicht um! War er nicht Richter in Brokmannia, ein Richter in Auwreke und der Gerichtsherr von Uthum und Visquerd? Als Keno wieder sprach, kam seine Stimme wie ein fernes Donnern. Er sah keinen Anlass, seinen Groll zu verbergen. »Ich rate Euer Liebden, in Euren Bemühungen nicht nachzulassen. Es kommt eine Zeit, in der Ihr Eure Vasallen noch brauchen werdet. Auch die aus Brokmannia!« Er richtete sich auf und mit einem Mal lag blanker Hohn auf seinen Zügen. »Ihr seid doch auch mit Gottfried noch nicht im Reinen, oder irre ich mich? Koadjutor? Ist es das, wofür Ihr gekämpft habt? Seid Ihr damit am Ziel Eurer Wünsche?«

Der Graf blieb gelassen. Seine Stirn war glatt, nur die Augen funkelten. »Vasallen habe ich genug, wenn ich sie brauche«, wies er den Brokmannen zurecht. »Zum Übrigen habe ich keinen Grund zur Klage. Jawohl, Gottfried trägt den Purpur, aber ich trage das Schwert!«

»Ich kenne Euch: Ihr wollt nicht nur das Schwert führen. Ihr braucht auch den kühlen Lorbeer auf Eurer Stirn. Ihr habt ihn schon gespürt, und dieses Bedürfnis ist anders nicht mehr zu befriedigen. Koadjutor statt Erzbischof, das ist so, als wollte man den Hunger mit Gesang stillen!«

»Ihr redet wie der Blinde von der Farbe! Was wisst Ihr schon davon?«, erwiderte Moritz barsch und dünkelhaft, und das brachte Keno Hylmerisna völlig außer Fassung.

»Euer Hochmut ist unbegründet. Mein Sohn, der sich für Euch geschlagen hat und verwundet worden ist, wird Ostfriesland zu neuen Ehren führen. Der Tag ist nicht mehr fern, an dem auch in unserem Land gräfliche Herrlichkeit leuchten wird!«

»Vergesst nie, Hylmerisna, in welcher Erde Ihr wurzelt! Ein Graf von Ostfriesland muss sich gegen viele Feinde durchsetzen, bevor der Reif[302] sein Haupt ziert. Ihr werdet Euch schlagen müssen, wisst Ihr? Das Blut Eurer Sippe einsetzen. Und endlich: Ein Schranze am Hof von Neapel macht noch keinen Fürsten!«, brüllte der Aldenborcher zurück.

»Ein Schranze? Ein Schranze, sagt Ihr? Ein Ritter, ein Ritter wird er sein!«, keifte der Brokmanne mit hochrotem Kopf. Moritz starrte ihn schweigend an. Sie hatten sich nicht mehr viel zu sagen. Keno verließ ihn im Zorn und mit der Furcht, seiner Sache keinen guten Dienst erwiesen zu haben. Immerhin war es ihm noch gelungen, den Aldenborcher als Fürsprecher einer Audienz bei Erzbischof Gottfried zu gewinnen. Er hielt das für einen gangbaren Weg. Wenn jemand den Arnsberger umstimmen konnte, dann der Koadjutor, der ihm doch nahe war wie sonst niemand. Der Brokmanne begriff nicht, dass diese Männer noch immer Todfeinde waren.

Zu Hause erwartete ihn eine neue Hiobsbotschaft. Sein Schwager und Handmann Uffo Remetsna legte ihm die Eroberung der Burg von Suderhusum durch Folkmar Allena genüsslich auseinander. Fast schien es, als machte

302 Cirkwerum bei Norden.

302 Kopfzier in Form eines goldenen Rings, wahrscheinlich aus maurischer Tradition übernommen. Später Weiterentwicklung zur Krone, die sich von höhergestelltem Adel durch Anzahl von Zackenund Schmuckfülle unterschied.

ihm Freude, was seinem Schollenherrn Ärger und Verdruss bereitete.

»Die Tütelburg?«

»Mit allem, was drinnen ist. Fünf Mann der Besatzung sind über die Klinge gegangen«, sagte der Verwalter schmunzelnd.

Die Tütelburg war ein festes Steinhaus mit umlaufender Wehrmauer. Es hatte einmal zwei Ecktürme gegeben, die aber der Erhöhung der Außenmauern zum Opfer gefallen waren. Ihre Besitzer hatten über die letzten zwei Jahrhunderte häufig gewechselt, Kirchenfürsten und Grafen hatten dazugehört. Gegenwärtig war das Haus formal im Besitz Ludwigs des Hessen, aber der konnte es nicht mehr bewirtschaften und wollte es versilbern. Doch er wurde es nicht los und hatte es schließlich sich selbst überlassen. Immer wieder nisteten sich dort Bewaffnete ein und machten die Gegend unsicher. Es war nur logisch, dass ein Mann wie Folkmar Allena diesem Spuk ein Ende setzte. So betrachtet war die Sache in rechter Ordnung. Aber sie hatte einen Haken.

»Was gibt es da zu grinsen, Mann? Begreifst du denn nicht, Uffo; es kann uns nicht gleichgültig sein, was Allena da treibt. Er rückt uns auf den Pelz!«

Der Handmann schüttelte den Kopf. »Du bist Gerichtsherr in Visquerd und Uthum. Beides liegt nicht in Brokmannia. Was stört dich daran, wenn Folkmar in Suderhusum sitzt?«

»Du verstehst wieder überhaupt nichts«, fauchte der Brokmanne giftig. »Die Frage ist doch, was macht er damit? Was tut er mit dem Besitz eines festen Steinhauses? Er hat es doch nicht genommen, weil er alte Mauern liebt, oder wie? Es macht ihn sicherer, als er in seinen Drecklöchern in Nordensis gewesen ist. Fast unangreifbar! Und dann vergisst du, dass mein Sohn in Hynt Interessen hat. Denn er ist der Jungfer Folckeldis versprochen. Die Jungfer Folckeldis besitzt in Hynt Land und Gut. Wir werden uns mit Folkmar Allena in die Haare geraten! Das ist ganz gewiss. Und nun lass mich allein!«

Der Handmann trollte sich und Keno Hylmerisna versank in tiefes Brüten. Die Dinge spitzten sich zu. Es gärte und rumorte in Ostfriesland. Erste Anzeichen für Machtkämpfe waren nun nicht mehr zu übersehen. Dabei ging es nicht mehr um den Vorrang in den Landgemeinden. Auch nicht um die Machtverteilung zwischen den Ländern. Sondern darum, das sah er jetzt ganz deutlich, welche der ostfriesischen Familien sich im Kampf um die Vorherrschaft gegen die anderen durchsetzen würde. Wer wäre einflussreich, stark und ja, auch skrupellos genug, beim Aufbau einer Dynastie die Konkurrenten aus dem Feld zu schlagen? Die tom Diek sicher nicht, sie waren von der Art, aus der man schließlich Untertanen machte.

Aber Leute wie den Rustringer Edo Wiemken oder diesen Folkmar Allena, diesen kleinen Drecksack, diesen Möchtegern aus Asterhusum, der nicht mehr besaß als ein paar Grase Land, eine unbedeutende Handelsbeteiligung und im übrigen die nötige Brutalität zur Durchsetzung seiner Ziele, solche Kerle musste man im Auge behalten. Die Worte des Grafen von Aldenborch gingen ihm wieder durch den Kopf. *Ein Graf von Ostfriesland muss sich gegen viele Feinde durchsetzen, bevor der Reif sein Haupt ziert. Ihr werdet Euch schlagen müssen. Das Blut Eurer Sippe einsetzen.*

Jawohl, so würde es sein. Vielleicht schon bald. Und dann brauchte er Ocko. Er wünschte wieder, sein Sohn wäre bei ihm.

*

Von der Amalfiküste wehte ein starker Wind herüber, als Ocko den ersten Angriff ritt, und er wusste, er würde die Lanze ein Stück seewärts halten müssen, um den Andruck der Luft auszugleichen. Sein Gegner war der Sohn eines

Junkers aus Apulien, er stammte aus der kleinen Domäne Foggia und war angeblich erst sechzehn Jahre alt.

Ocko hatte die Lanze nicht gewählt, sie lag ihm nicht, aber das Los war zu Beginn des Gefechts auf diese Waffe gefallen. Er kannte den anderen, der war ein arroganter Schnösel, trug die Nase hoch, der typische Spross einer uralten Familie aus der apulischen Ebene, zugleich mädchenhaft zartgliedrig. Er sollte trotzdem über große Körperkräfte verfügen, man sagte ihm nach, er sei in diesem Punkt wie der große Makedone, wie Alexander. Auch er, der Schnösel, wollte sich die Sporen verdienen.

Der Brokmanne konzentrierte sich, er sah nicht auf den Reiter, sondern auf dessen Pferd, wie es der Waffenmeister ihm beigebracht hatte. Der war ein sonnenbrauner, sehniger Mann mit einem strohblonden Bürstenhaarschnitt, der im Nacken hoch ausrasiert war. Es hieß, die Königin habe ihn aus dem Normannischen an den Hof geholt. Es hieß auch, die Normannen seien verschlagen und grausam, man sei wohlberaten, sich gut mit ihnen zu stellen. Der Brokmanne stand sich gut mit dem Waffenmeister.

»Seht zuerst auf das feindliche Pferd. Wenn es Euch unruhig erscheint, oder gar ängstlich, stoßt kurz vor dem Treffen einen Schrei aus. Dann wird das Pferd eine Bewegung machen, weg von Euch, und Ihr seid mit der Lanze im Vorteil. Sagt, es sei Euer Kampfschrei, Ihr machtet es immer so, um dem Vorwurf zu entgegnen, Ihr verhieltet Euch unritterlich«, hatte ihm der Waffenmeister geraten und Ocko ließ das Tier nicht aus den Augen. Und während er anritt, fragte er sich, ober der Normanne dem Apulier womöglich den gleichen Rat gegeben hatte. Sein eigenes Pferd war schon zu Anfang nervös gewesen, es hatte einen Satz zur Seite gemacht, als plötzlich das Gedröhne der Kesselpauken einsetzte. Die Schläge waren auch ihm in die Glieder gefahren, ein hartes, tockenes Wummern, das sein

Zwerchfell erzittern ließ wie Espen[303] in einer Sturmbö. Aber er hatte seinen Gaul zu bändigen gewusst, zur Ruhe gebracht, bis die Bläser das Signal zum Angriff gaben.

Der Brokmanne duckte sich hinter seinem Schild und sah den anderen heranfliegen. Er sah den silberbeschlagenen Wappenschild des Apuliers, hellblau ausgemalt, und die Federn auf seinem Helm, eine weiß, die andere hellblau. Er preschte die Schranke entlang auf ihn zu, die Lanze noch halbhoch, dann gesenkt, und das Pferd ging sicher und fest unter ihm. Ocko trieb sein Tier auf äußerste Geschwindigkeit, er hörte den Zossen japsen und schnaufen, es half nichts, er musste den anderen heben, was es auch koste. Und dann schrie er, und der andere schrie kurz darauf auch und beide Lanzen trafen, splitterten, zerfetzten die Schilde und sie waren aneinander vorbei.

Er hörte den Aufschrei der Menge, die er nur als farbige Schemen wahrnahm, ansonsten war ein Tosen in seinen Ohren, das Rauschen des Windes, der sich in seinem Helm fing. Noch im Durchparieren, als er in sich hineinhorchte, nach Schmerzen oder Wunden forschte, verspürte der Brokmanne zuerst Bedauern über den geborstenen Schild, er hatte ihn eigens für das Turnier machen lassen, bemalt mit dem Adler unter drei Kronen, dem Wappen, das er als seins angenommen hatte. Jetzt musste es ohne ihn gehen.

Der Apulier verließ die Schranke und kam in einem weiten Bogen zurück. Auch er hatte die gebrochene Lanze fahren lassen, die Reste seines Wappenschildes vom Arm geschüttelt und schon blankgezogen, sein Schwert blitzte in der Sonne wie ein riesiger, bösartiger Stachel. Ocko schob das Visier seines Kübelhelms nach oben, jetzt war Sicht wichtiger als Deckung. Er warf einen kurzen Blick auf die königliche Loge, Johanna saß im Schatten ihres

303 Zitterpappel

Baldachins neben Ludwig von Tarent, ihrem Ehemann, hinter ihnen Kanzler und Hofstaat mit Junkern und Geistlichkeit.

Der Kampfplatz war gesäumt von Bannern und Schilden, etwas zurück lagen die steilen Zelte der Abordnungen, die nicht bei Hofe oder in Gasthäusern untergekommen waren. Hinter der Einfriedung sammelte sich buntes Volk, Ritter und Knappen, dazwischen Händler und Dirnen, Bauern und Leuten aus der Stadt. Sie alle wollten den blonden Mann aus dem hohen Norden kämpfen sehen, den Abkömmling dieses fremden Stammes, den sie nicht kannten und dessen Name sie nicht aussprechen konnten. Vielleicht wollten sie ihn auch verlieren, untergehen sehen. Denn immerhin war der andere einer von ihnen. Zwar eine blasierte Rotznase, aber blasiert waren sie schließlich alle, und der Brokmanne besaß wohl die Gunst der Königin, aber das machte ihn bei Hofe nicht zwingend beliebt. Oftmals eher im Gegenteil. Man hielt auf Abstand zu ihm, der Kanzler allen voran, und es gab schmerzliche Niederlagen, Augenblicke, in denen sie ihn sein Fremdsein spüren ließen, so wie erst vor zwei Tagen.

Ocko sah die Kleine unter den Hofdamen, sie hatte ihm wochenlang schöne Augen gemacht, ihn ermuntert, und dann war der Punkt gekommen, da er sich entschlossen hatte, das Vögelchen zu rupfen. Er hatte nachts unter ihrem Kammerfenster gestanden und sein Liedchen gesungen und es hatte eine ganze Weile gedauert, bis ihm klar geworden war, dass sie ihn zum Narren hielt. Dass alle Avancen nur Schein waren, Lüge, um sich über ihn lustig zu machen. Er hatte sie oben kichern gehört, ihm war sogar, als wären da noch mehr Stimmen, vielleicht zwei oder drei junge Gänse, die ihn beobachteten und sich über ihn amüsierten, über den komischen Namen, die plumpe Gestalt und die engen, kalten Augen.

Jetzt lachte die Kleine wieder und Ocko fühlte, wie die

Wut in ihm hochstieg. Sollten sie lachen, alle, das Lachen würde ihnen vergehen, im Halse stecken bleiben. Er sah den Apulier im gesammelten Trab schräg heranreiten und jetzt sah er, dass das Waffenhemd seines Gegners an der Schulter aufgerissen war, er musste ihn wohl doch mit dem Krönlein[304] erwischt haben. Unter Zorngebrüll trieb der Brokmanne sein Pferd in den gestreckten Galopp, trommelte ihm seine Sporen brutal in die Weichen und nahm den anderen frontal an, so überraschend, dass der Apulier stutzte und sein Brauner eine Schreckbewegung zur Seite machte. Er konnte sein Pferd nicht mehr in Angriffsrichtung drehen, der Gaul wich sogar noch ein weiteres Stück zurück und der Brokmanne war da, noch bevor der andere sich stellen konnte.

Der Aufschrei der Zuschauer tat Ocko wohl, denn es war sein Schwert, das traf, er hätte nur gerne jetzt das Vögelchen gesehen, in seine Augen geblickt, in die schönen braunen entsetzten Augen. Er traf den Apulier seitlich am Helm, fegte ihn vom Pferd und noch im Abreiten sah er ihn wie tot im Sand liegen.

Er parierte durch und wendete, auf das Schlimmste gefasst, aber der schöne, arrogante Jüngling lebte noch. Der Apulier regte sich jetzt, bewegte seine Hände und ein erleichtertes Aufseufzen lief durch die Menge. Die Klinge hatte ihn mehr mit dem Blatt getroffen als mit der Schneide und ein Schmied war nötig, den Helm von seinem blutigen Schädel zu schneiden. Es war Ocko Hylmerisna, der dem Jüngling dabei die Hände hielt. Das war die Geste, die ihm die Herzen der Neapolitaner gewann. Sie jubelten ihm zu, auch das Vögelchen jubelte, sie jubelten noch, als man den Jüngling vorsichtig auf einen Karren lud, um ihn zum Zelt des Feldschers zu schaffen.

304 Krönlein: Spitze einer Turnierlanze, stumpfes Ende mit drei Zacken, einer Krone ähnlich.

Wie im Rausch nahm der Brokmanne den Ritterschlag wahr. Er kniete vor Johanna, die feierlich eine Formel sprach, die er nicht verstand, und ihn mit ihrem Schwert auf beiden Schultern berührte.

»Erhebt Euch, Cavaliere Oggo di Broggmannia«, sagte Königin mit leichtem Lächeln.

Die Sporen waren aus schwerem Silber, sie lagen auf einem Kissen aus blauem Samt. Zu seiner Überraschung war es nicht der Kanzler, der sie ihm überreichte, sondern der Hofkaplan der Königin. Er segnete sie umständlich und wandte sich dann dem Brokmannen zu. Ocko erkannte ihn nur am schwarzen Habit aus feinster Wolle mit den dünnen Purpurbiesen an den Schultern, er hatte ihn nie ohne Kapuze gesehen.

Es wurde bei Hofe viel und scheu über das Aussehen des Kaplans geredet. Ocko kannte das höfische Gerede, er kannte seine Übertreibungen, aber hier waren es keine, das sah er, als der Kaplan den Kopf hob. Der Mönch hatte große, wie im Schreck geweitete Augen und dann sah Ocko Hylmerisna den Grund. Die Lider fehlten. Sein Gesicht war durch eine schreckliche Brandverletzung verunstaltet, ein breiter Streifen zerstörter, lederner Haut lief von einem Ohr zum anderen, von der Nase gab es nur noch die beiden Löcher und die Augenlider waren krustige, verstümmelte Reste von Hautlappen. Es wurde gesagt, er schliefe mit einem schwarzen Tuch über dem Kopf.

*

»Die Römer sind nun wirklich kein gutes Beispiel!«, sagte der lange Adriaan tadelnd.

Sein vorwurfsvoller Ton trieb dem jungen Kirchspielpfarrer ein listiges Lächeln auf die Lippen. »Und warum, etwa?«

Angriffslustig beugte sich der Lange vor. »Sie brachten

uns eine Sprache, die wir nicht brauchten, und eine Kultur, die wir nicht wollten. Und eine Sicht auf die Dinge des Lebens, die in Verderbtheit und Laster endete. Niemals hat sich unser Volk mehr von Tugend und Sittlichkeit entfernt als zu dieser Zeit!«

»Wen meinst du mit *unser Volk?*«, wollte William wissen.

»Die Germanen! Ihre Stämme!«

»Und die anderen?«

»Sind mir gleich.«

»Wie unchristlich«, lachte der Mönch und griff nach dem Käse.

In der Kirche war es angenehm, obwohl der Herbst mit schroffer Kälte bereits eingesetzt hatte. Die Ziegel hielten noch immer sommerliche Wärme fest. Es kam nicht oft vor, dass sie hier aßen, aber heute war es wieder so weit. Der Dominikaner mit dem Gesicht eines Kindes hatte eingeladen und es störte niemand, dass die Speisen von Wiska zubereitet waren. Sie hatten zwei Kirchenbänke neben den Altar gestellt und einen flachen Tisch dazwischen geschoben.

William lehnte sich zurück, seine Augenbrauen amüsiert in die Stirn gezogen. »Aha. Also gut. Römische Kultur. Brauchen wir nicht, sagst du. Und was ist mit römischem Staatswesen? Mit Wissenschaft und Kunst?«

»Brauchen wir nicht«, sagte der Lange.

»Obst. Und gewisse Feldfrüchte. Wasserleitungen!«, warf Wiska trocken ein.

»Brauchen wir nicht, Wiska. Wir sind tausend Jahre ohne römische Feigen ausgekommen. Und Wasser läuft bei uns durch Bäche und Flüsse, wir müssen es nicht einmauern. Hört, Freunde, das Erbe der römischen Herrschaft ist verunreinigt, vergiftet durch den Drang zur Macht um ihrer selbst willen. Durch die Willkür einer Gewalt, die sich auf Schwerter stützte. Wo ist da für uns der Segen?«

Der junge Pfarrer verschränkte die Hände hinter dem Kopf, in seinem Mundwinkel klebte ein Krümel Schafskäse. Seine Augen sprühten Funken. »Das ist alles ein bisschen einseitig. Wo du doch sonst so scharfsinnig bist! Aber gut. Grundsätzlich hast du recht, langer holländischer Adriaan. Deswegen haben wir sie auch nicht auf unsere Insel gelassen.«

»Habt ihr sie nicht gelassen, oder haben sie auf ihren Besitz verzichtet, da sie eurer Bier kannten?«, schaltete sich Enno ein und löste damit Gelächter aus, das ihre Diskussion vorerst beendete.

Sie hatten kontrovers, ja hitzig gestritten, und es drehte sich immer wieder um den gleichen Gegenstand. Den Konflikt zwischen Freiheit und Herrschaft. Den Streit darum, was wertvoller wäre: Schutz um den Preis der Knechtschaft oder ein selbstbestimmtes Leben in Unsicherheit. Sie hatten das Thema in die Luft geworfen, von gleißendem Licht bescheinen lassen und in allen Falten und Verästelungen ausgefächert, das Ergebnis blieb stets gleich. Gleich ernüchternd, gleich deprimierend. Vor allem aber gleich endgültig.

Es gab ja keinen Zweifel daran, dass Freiheit in Fährnis Vorrang haben musste vor fremder Dominanz, die den Menschen die großen Sorgen des Lebens abnahm. Aber die Verhältnisse entwickelten sich anders. Erst gestern hatte es sich wieder gezeigt. Foko Omeken, der Wortführer der drei Abtrünnigen, hatte erneut eine Hinrichtung vollzogen. Er hatte drei Fremde aufgeknüpft, die ihm angeblich Pferde von der Koppel geholt hatten. Foko hatte sogar die Stirn gehabt, Enno tom Diek zu der Exekution einzuladen. Der junge Redjeve hatte nicht gewusst, was tun. Sollte er der Vollstreckung fernbleiben, um sein Missfallen zu zeigen, oder ihr durch Anwesenheit den Schein förmlicher Billigung geben? Das Erste bedeutete Verzicht auf Einfluss, das Zweite stellte seine Rechtsstellung als amtierender Richter in der Landgemeinde in Frage.

Es war ihm klar, dass Omeken die Gelegenheit für ein Präjudiz suchte. Die öffentliche Bestätigung für die Legalität seines Vorgehens durch Ennos Segen. Eine für jeden sichtbare, demonstrative Versöhnung der neuen Rechtsordnung mit der alten. Das konnte nicht sein. Der junge Mann entschied sich für einen dritten Weg. Mit William und dem Langen hatte er sich aufgemacht, aber sie kamen fast zu spät, die drei standen auf einer Bank und hatten die Stricke schon um den Hals, als sie in den Hof ritten. Foko Omeken hatte die Hand gehoben, um dem Nachrichter das Zeichen zur Vollstreckung zu geben, doch dann hatte er sich unterbrochen und zu ihnen hinübergeblickt, in den Augen eine Mischung aus Spannung und Triumph.

»Halt! Warten! Es kommen noch geschätzte Gäste!«, hatte er launig gerufen und die armen Kerle auf der Bank hatten panisch ihre Hälse gereckt. Es schien, als flackerte letzte, verzweifelte Hoffnung in ihnen auf.

Aber die Sache verlief anders, als sich Omeken gedacht hatte. Sie waren nicht abgestiegen, Enno hatte geschwiegen und der Lange hatte mit versteinertem Gesicht auf seinem riesigen Zossen gehockt, und dann hatte sich der junge Dominikaner gereckt, ein Pergament entrollt und mit heller, klarer Stimme gelesen.

»Aus der dritten der siebzehn Volksküren, die zurückgehen auf das uns Friesen von König Karl verliehene Privileg!«, hatte William trompetet, und aus den Augenwinkeln hatte Enno registriert, dass sich die Mundwinkel des Langen einkerbten, als der Mönch *uns Friesen* sagte. Es hatte sich kein Haar auf dem Platz gerührt, die Verurteilten glotzten, sie hatten nichts verstanden, Foko Omeken hatte gestanden wie festgefroren.

»Aus der dritten Volksküre!«, war William mit erhobener Stimme fortgefahren. »Kein Richter soll ein Urteil fällen, es sei denn, dass er dem Kaiser geschworen habe und vom Volk gewählt sei!«

»Ich bin gewählt!«, hatte Omeken geschrien.

»Aber nicht im Amt«, hatte der Mönch zurückgegeben. Er hatte ruhig gesprochen, doch seine Worte waren deutlich und scharf wie ein Schermesser gekommen. Dann hatte er erneut auf sein Pergament geblickt. »Aus der sechsten Küre des Hairlinger Landbriefs: Die Macht des Richteramtes verführt dazu, sich auf Dauer darin einzurichten. Damit wird die Freiheit der Friesen eingeschränkt auf eine Art, die erzwungener Knechtschaft gleichkommt. Deshalb soll der Umgang nicht unterbrochen werden. Jeder Richter, der nach Ablauf der Zeit von seinem Amt nicht lässt, wendet sich gegen friesisches Recht.«

Foko Omeken hatte nichts geantwortet, er hatte mit verschränkten Armen gestanden, die Stirn gesenkt, die Augen waren wie Dolche unter seinen buschigen Brauen gewesen.

Jetzt hatte Enno gesprochen. »Das hast du feierlich unterschrieben und gesiegelt. Wie alle anderen Hairlinger Richter. In der Kirche von Eesensem. Am Tage der Feier zur Geburt unseres Herrn Jesus Anno Domini eintausenddreihundertachtundvierzig«, hatte der junge Richter ruhig gesagt. Foko hatte noch immer geschwiegen, dann drei rasche Schritte zur Bank gemacht und wuchtig dagegen getreten. Die Männer hatten entsetzt aufgeschrien und die Bank war gekippt, einen Moment lang hatte es so ausgesehen, als neige sie sich zurück, dann war sie umgeschlagen und die Verurteilten hatten an ihren Stricken gestrampelt.

Sie hatten noch abends auf der Tenne gehockt, zu aufgewühlt für die Bettstatt, und Enno hatte ihnen die Dinge in schmerzhafter Klarheit auseinandergelegt.

»Es sind ja nicht nur die Rechtsbrüche, obwohl jeder für sich schon schlimm genugt ist!« Er hatte sie an den

Fingern abgezählt. »Zuerst der Krieg um die Burg von Hayo Aldersna in Noirden. Dann Edo Wiemken im Osten. Erblicher Richter! Denkt euch das nur! Hylmerisna im Westen. Brokmannia genügt ihm nicht mehr. Er hat seine Hände schon nach Auwreke ausgestreckt. Jetzt Allena mit der Tütelburg. Omeken mit seinen Leuten bei uns in Hairlingen!« Er hatte innegehalten und sie angestarrt. »Das Übelste ist, dass sie niemand bestraft. Niemand hat die Macht oder den Willen. Damit ist die alte Rechtsordnung tot, Freunde. Macht euch bereit für den Rest. Es geht auf die Spitze!«

»Du sprichst in Bildern, Schollenherr. Was ist das? Der Rest? Die Spitze?«, hatte der Mönch recht überflüssig nachgebohrt. Der Zorn und die Enttäuschung waren ihm anzumerken gewesen, er hatte sie einfach herauslassen müssen, ausspucken wie bittere Galle.

»Du weißt es, William. Erspare mir Erklärungen!«

»Und was tun wir?«, hatte der Lange mürrisch gefragt und Enno hatte ihn mit warmen Augen angesehen. Er hatte nicht vergessen, wie Adriaan den advocatus diaboli[305] gespielt hatte, damals, als sie mit den anderen Richtern zusammengehockt hatten.

»Wenn du eine Bewegung nicht aufhalten kannst, dann setze dich an ihre Spitze«, hatte der Lange in sarkastischem Scherz gesagt. Adriaans politische Lösung. Alle hatten dazu geschwiegen, einige mit nachdenklichem Blick, doch Enno hatte es nicht übel genommen, er hatte gewusst, wie es in dem Langen aussah.

»Wir? Ich mache weiter wie bisher. Das bin ich meinem Vater schuldig«, hatte der junge Richter gesagt, einfach,

305 Advocatus diaboli: Anwalt des Teufels. In der kath. Kirche ursprünglich derjenige, der die Gegenargumente einer Selig- oder Heiligsprechung sammeln und vortragen musste. Durch Papst Johannes Paul II. im Jahre 1983 umbenannt in promotor justitiae, Förderer der Gerechtigkeit. Gegenspieler des advocatus diaboli/promotors justitiae ist der advocatus dei, der Anwalt Gottes.

ohne Pathos, und die anderen beiden, Adriaan und William, hatten dazu genickt.

»Wir in Hairlingen. Solange die anderen uns lassen«, hatte der Kirchspielpfarrer noch nachgeschoben, doch niemand hatte das kommentiert. Es war nichts mehr zu sagen gewesen. Bis auf dieses:

»Was weiß man eigentlich über den Großfürsten der Brokmannen? Ist er schon zum König von Italien gekrönt?«, hatte der Lange seiner Stinklaune noch Luft gemacht. Natürlich hatte sich Ocko Hylmerisnas Flucht nach Neapel wie ein Lauffeuer herumgesprochen. Es hielten sich hartnäckige Gerüchte, er sei dort dem engeren Kreis um die Königin zuzurechnen. Keno Hylmerisna selbst ließ keine Gelegenheit aus, die Rolle seines Sohnes auszuschmücken. Der Kirchenbann des Arnsbergers spielte keine Rolle mehr, zumal der alte Hylmerisna die Aufhebung des Bannes durch den Erzbischof von Monasterium durch ganz Ostfriesland posaunen ließ. Von den dafür gezahlten einhundert rheinischen Gulden war natürlich keine Rede.

»Vermutlich steht er kurz davor. Vielleicht wird er sogar Statthalter des Heiligen Vaters in Rom«, hatte sich William ätzend angeschlossen.

»Er wird gewiss bald zurückkommen und es uns erzählen. Jetzt, wo ihn sein Diözesanherr exkulpiert hat, besteht ja eigentlich kein Grund mehr für längere Abwesenheit«, hatte Enno trocken angefügt.

Dazu hatte der Lange bedächtig genickt. »Er wird nicht kommen, bevor er seine Ziele erreicht hat. Aber er wird kommen!«

Dann hatten sich die Augen der beiden anderen auf Enno gerichtet. Niemand sprach es aus, aber jeder wusste es: Da waren noch Rechnungen offen. Nämlich drei. Der Frevel des Brokmannen gegenüber Wiska am Upstallesbame Anno fünfundvierzig, die Morde von Ochterszem

Anno siebenundvierzig und ihr Gefecht an der Schlachte im Herbst Anno fünfzig.

Was das Kreuzen der Klingen betraf, so war für Enno der Fall erledigt. Sie hatten sich gemessen, Mann gegen Mann, in einem Kampf, dessen Anlass beseitigt war. Gottfried von Arnsberg saß auf dem Thron des Erzbischofs von Brema. Was er daraus machte, war schließlich seine Sache. Die Ehrverletzung gegenüber seiner Frau und die Toten von Ochterszem waren dagegen noch nicht aus der Welt. Dafür würde der Hairlinger noch Rechenschaft fordern. Eines Tages.

»Ja. Er wird kommen«, hatte der junge Schollenherr mit leichter Stimme gesagt, ganz so, als spräche er über den nächsten Winter.

Und jetzt saßen sie hier und philosophierten über die Römer. Und lachten. Enno selbst hatte den Grund geliefert. Er lachte mit. Aber in seinem Herzen war schwarze Nacht.

*

Fünfter Akt *(Lysis)*

Der Rausch der Macht

Januar 1378 bis August 1395

Für den Rechtstreuen die Liebe Gottes, für den Frevler das Schwert.

3. Küre des Hairlinger Landbriefs

1.

Engerhoffe/Utengherbur/Buta Ee; Brokmannia,
drei Tage vor dem Fest der Bekehrung des hl. Paulus
Anno Domini 1378 (Freitag, 22.Januar)

»Ihr seid spät!«, sagte Ocko, aber der Mann antwortete nicht und der Brokmanne hatte plötzlich ein misstrauisches Glitzern in den Augen. »Wo ist Dirik?«

Der Fremde macht eine vage Handbewegung. »Was von ihm noch übrig ist, hängt an der Stadtmauer von Hamborch und füttert die Krähen. Auch die Reste von Jannes und dem Braunen. Sieht nicht gut aus und riecht noch viel übler.« Auf seinen Lippen kräuselte sich ein spöttisches Grinsen. Ocko starrte ihn an. Der Waffenmeister hinter ihm verzog keine Miene. Sein Deutsch war noch schlecht, er verstand mehr, als er sprechen konnte, aber er war ein zuverlässiger Leibwächter und das war dem Brokmannen wichtig.

»Ich erinnere mich an dich. Ich vergesse kein Gesicht. Du bist Ludeke, richtig?«

Der Fremde senkte bestätigend den Kopf. »Die anderen haben mich zum neuen Hetmann[306] gewählt«, erklärte er, und das Schicksal von Dirik und seinen beiden Gefolgsleuten war bedeutungsloser als ein fallender Regentropfen. Es wurde kein weiteres Wort darüber gesprochen.

»Gut, Ludeke. Du kennst die Regeln. Es bleibt alles so wie bisher.«

Der Fremde schob sich einen Schritt heran. Er war kräftiger als Dirik gewesen war, gedrungener, und sein Blick hatte etwas Verschlagenes. Dass er auch gewalttätiger war, hatte sich beim Anlegen gezeigt. Die Gewässer vor

306 Alter nordischer Begriff für Anführer, Hauptmann.

Marienhove waren noch seicht, die Flutkatastrophe von Anno dreiundsiebzig[307] hatte zwar viel Land weggerissen, aber eine Fahrrinne war noch nicht ausgespült und es gab eine Fülle von gefährlichen Untiefen. Ihr Zweimaster hatte mehrfach festgesessen und war nur durch mühsames Schlepprudern wieder frei gekommen. Ludeke war alles nicht schnell genug gegangen, er hatte geflucht und die Leute mit Fußtritten und Schlägen angetrieben. Er hatte geprügelt, wo Dirik geführt und angepackt hätte. Seine Fäuste waren härter und sie flogen schneller, als die von Dirik es getan hatten.

»Das Handgeld wäre noch zu bereden. Es war ein schlechtes Jahr. Deswegen mussten wir auch länger draußen bleiben. Wir hatten Verluste, nicht nur in Hamborch«, sagte er und der Brokmanne hob so ruckartig die Hand, dass der Waffenmeister hinter ihm die Arme löste und nach unten fallen ließ.

»Deine Geschäfte sind nicht meine. Nicht die auf See und nicht die in Hamborch. Hier spielst du nach meinen Regeln. Du wirst keine besseren finden. Akzeptiere oder verzichte. Ich zahle gut und du weißt es. Keine Veränderungen!«, erwiderte Ocko schroff.

Ludeke blieb unbeeindruckt. Er wollte sich schon abwenden, aber dann blieb er stehen. »Wer ist der hinter dir?«, fragte er.

»Er heißt Guy und deckt meinen Rücken. Mehr geht dich nichts an«, sagte der Brokmanne. Doch er überlegte es sich wohl anders, denn sein massiger Körper beugte sich vor. »Guy ist Normanne. Hast du je mit ihnen zu tun gehabt? Ich meine, im Streit?«

Der Fremde maß den Normannen mit kalten Augen. Der Waffenmeister stand und rührte sich nicht. Er gab mit keiner Miene zu erkennen, dass er dem Gespräch folgte. Sein Gesicht war maskenhaft starr.

307 Dionysiusflut, die Marienhafe und Norden zu Hafenorten machte.

»Nein.«

»So rede von Glück. Und geh ihm aus dem Weg.«

Ludeke verneigte sich mit spöttischem Lächeln. »Sei mir gegrüßt, Rückendecker«, sagte er und verließ polternd die Tenne.

Nach dem Tod seines Vaters vor zwei Jahren hatte der Brokmanne gründlich aufgeräumt. Hatte die Fremden zurück an den Hof geholt und Probleme beseitigt, mit denen Keno nur unzureichend fertig geworden war.

Zum Beispiel die Folgen der Pest. Gewiss, Keno hatte es verstanden, den Grundbesitz der Hylmerisna zu vergrößern, die Familie hatte mehr Land als jemals zuvor, wenn auch Wüstungen darunter waren, verwaiste Höfe, zu deren Bewirtschaftung einfach die Leute fehlten. Damit verband sich auch der Nachteil des schnellen Erwerbs verödeter Schollen: Die Knechte wurden sich plötzlich bewusst, dass sie wertvoll waren. Dass ihre durch die Seuche dramatisch verringerte Zahl jeden einzelnen zu einem begehrten Arbeiter machten. Und plötzlich verlangten die Kerle Geld. Es reichte nicht mehr, dass sie das Brot ihres Herrn aßen, unter seinem Dach schliefen, seinen Schutz genossen. Nein, dieses Gesindel wollte Silber für das, was es seit Jahrhunderten nach Gottes Willen für Nahrung und Obdach getan hatte.

Keno hatte die Konsequenz gefehlt, mit dieser Lage umfassend fertig zu werden. Sein Sohn hatte damit kurzen Prozess gemacht. Er hatte seine Leute gezwungen, zu den alten Bedingungen einen Treueeid zu leisten und bestraften jeden, der dagegen verstieß. Und zwar drakonisch. Nicht nur in Brokmannia, sondern auch in Auwreke. Es floss Blut. Die Fremden leisteten ihm dabei wertvolle Dienste. Natürlich gab es Einzelfälle, in denen sich Handlanger ohne Familie aus dem Staub machten, aber der überwiegende Teil blieb bei der Stange. Er musste es, um seine Frauen und Kinder zu schützen, denen er die Entbehrungen von Flucht und Verfolgung ersparen wollte. Denn der Brokmanne ließ jeden jagen, der ihm von der Scholle ging.

Aber es gab auch deswegen keine Wahl, weil es die umliegenden Herren mit ihrem Gesinde genauso hielten. Das Verfahren hatte sich durchgesetzt. Wer gefasst wurde, hing am Strang oder verlor den Kopf. Andere Leibstrafen waren nicht sinnvoll, denn ein wunder Knecht konnte nicht arbeiten wie ein gesunder. Es war eine absurde Tatsache, dass man dem Mann mit dem Tod drohen musste, um ihn leistungsfähig auf dem Hofe zu halten. Man musste die Entschlossenheit glaubwürdig machen, das Leben eines Knechtes notfalls auszulöschen, um ihn bei voller Schaffenskraft an die herrschaftliche Scholle zu binden. Dies setzte jedoch die Bereitschaft voraus, die angedrohte Sanktion auch durchzuführen.

Der Brokmanne brachte den notwendigen Willen auf. Er hatte es schon zweimal bewiesen. Dabei hatte sogar einer seiner Günstlinge seinen Kopf in das Stroh gespuckt, ein Kerl, der ihm schon mehrfach den Boten gemacht hatte bei Geschäften, die nicht an die große Glocke gehängt werden mussten. Aber Ocko wusste, abschrecken konnte er nur mit Konsequenz, und so machte er keine Ausnahme.

Er hatte auch seinen Namen geändert, nannte sich nun Ocko tom Brook und war unbestrittener Capitanus in Brokmannia und Auwreke. Er war Gerichtsherr in Uthum und Visquerd. Seine Heirat mit der Jungfrau Folckeldis im letzten Jahr hatte wenig mit Liebe zu tun, denn die Braut war unansehnlich und zänkisch. Aber sie brachte Ländereien aus den Kirchspielen Straicholt und Hynt in die Ehe, und deswegen war diese Verbindung dynastisch richtig. Er war seinem Vater dankbar, dass er sie eingefädelt hatte. Seinen Spaß würde sich der Brokmanne eben anderswo holen, daran war gewiss kein Mangel. Er hatte sich in Italien schadlos gehalten und er würde es hier tun, in Ostfriesland, wo er ein Herr war, so war es und so fühlte er sich; als ein künftiger Herrscher.

Zum Habitus eines angehenden Fürsten gehörte für Ocko auch sein Leibwächter, Guy, der Normanne. Er wusste wohl, derlei war unter den großbäuerlichen Patriarchen Ostfrieslands nicht üblich, aber gerade von jenen wollte er sich unterscheiden. Und so schmückte er sich mit diesem Exoten, der in Ostfriesland auffiel wie ein Pfau in einer Schar von Graugänsen, ergötzte sich an dessen für jedermann sichtbaren arroganten Stoizismus, der sich dem Brokmannen gegenüber seltsam stimmig mit nahezu hündischer Ergebenheit paarte. Ocko genoss die Art, in der Guy seinen Herrn im Auge behielt, seine Wünsche und Befehle oft zu ahnen schien und erfüllte, bevor sie ausgesprochen waren. Und wenn der Normanne eigene Auffassungen hatte, dann brachte er sie auf geschmeidige Weise zum Ausdruck, die keinen Zweifel daran ließ, wer oben und wer unten war. Ocko liebte diese Form stolzer Unterwerfung, er wollte sie nicht erklären können, ihre Gründe waren ihm gleichgültig.

Guy trug sein weißblondes Haar auf normannische Art, im Nacken bis zum Scheitel ausrasiert. Der Waffenmeister der Königin von Neapel war bei Hofe in Ungnade gefallen, ganz zu Unrecht, wie der Brokmanne fand. Es hatte böse Gerüchte gegeben, der Normanne stünde in Verbindung mit Leuten, die Johannas neuen Ehemann Jacob von Mallorca in dessen Drang zur Macht unterstützten. Die Königin war jedoch nicht bereit, ihrem Gatten mehr Befugnisse einzuräumen als seinem verstorbenen Vorgänger, und verfolgte über ihren Kanzler jeden mit Zorn, der zumindest in ihren Augen anderen Sinnes war.

Der Sachverhalt wurde nie aufgeklärt, aber die Königin wollte Guy in seiner Position nicht mehr haben. Der Kanzler hatte den Normannen zu sich gerufen und ihm eröffnet, er könne bleiben. Aber nicht mehr als Waffenmeister, sondern als Knecht der Palastwache. Das hatte der Normanne glatt abgelehnt und nach kurzem Zögern eingewilligt, als ihm der Friese vorschlug, ihn in seine Heimat zu begleiten.

Sein Knecht Jan dagegen war in Italien geblieben. Der Trottel war so dumm gewesen, sich im Stall von einem kranken Hund des Grafen von Aversa beißen zu lassen. Sein Bein war schnell angeschwollen wie eine Wurst. Er hatte vor Schmerzen geschrien, aber es war ihm nicht zu helfen gewesen, der Heiler des Gesindemeisters, ein Pfuscher aus Sizilien, hatte sich keinen Rat gewusst. Der Hund war wenig später unter schweren Krämpfen und mit schaumigem Maul eingegangen, und Jan, der sein Leben zwei Tage danach aushauchte, hatte im Todeskampf fast so ausgesehen wie der Hund.

Ocko stand auf und winkte seinem Leibwächter, der ihm sofort folgte. Vor der Tenne trat ihnen Folckeldis entgegen, sie hatte das Haupthaus verlassen und kam herüber. Folckeldis trug Widzelt auf dem Arm, Ocko tom Brooks Sohn, der nicht ihrer war.

»Sorge, dass Ludeke und seine Leute ihr Mahl bekommen. Und lass frisches Stroh für sie aufschütten«, befahl der Brokmanne knurrend.

»Es ist schon alles gerichtet«, gab die Frau barsch zurück und dann streckte sie dem Brokmannen den Knaben entgegen. »Wann zeugst du mit *mir* einen Sohn? Oder willst du etwa diesem Bankert dein Erbe überlassen?«

Ocko hasste es, wenn Folckeldis ihm in Gegenwart der Leute Vorhaltungen machte. Ja, zum Teufel, er war schwach geworden, damals, auf dem Erntefest im benachbarten Kirchspiel. Er hatte Wein getrunken, nicht wenig, und diese junge Schankmagd, eine dralle Blonde mit hochgestecktem Zopf, hatte ihm schöne Augen gemacht. Sie hatte genau gewusst, was sie tat, und ihr weißer, überraschend schlanker Hals hatte ihn schier verrückt gemacht. Und dann hatte er dem Vögelchen hinter der Scheune die Federn gezupft. Konnte er ahnen, was daraus würde? Immerhin hatte er seine Vaterschaft anerkannt und verfügt, dass der Knabe auf seinem Hof aufwachsen und erzogen würde.

»Sei geduldig, Weib! Habe ich nicht schon oft bei dir gelegen? Und werde ich es nicht weiter? Ist es meine Schuld, dass du noch nicht gesegnet bist? Mir scheint, die anderen Frauen in Ostfriesland sind fruchtbarer als du«, fauchte Ocko mit verhaltener Stimme. Der Normanne lauschte dem Disput mit ausdruckslosem Gesicht, doch seine Mundwinkel vertieften sich.

»Und was Widzelt angeht: Er ist mein Sohn! Du ziehst ihn auf, wie ich dir befohlen habe!«

»Du hast einen Bastard gezeugt, Ocko tom Brook! Einen Bastard!«, keifte Folckeldis, aber der Schollenherr winkte ab.

»Lass nach, Frau! Er ist mein Erbe und gut. Wer weiß denn, wann du mir einen Sohn gebärst? *Ob* du mir einen gebärst? Wenn der Fall eintritt, dann reden wir weiter. Und nun aus dem Weg! Du hältst mich von meinen Geschäften fern.«

Folckeldis raunzte wie ein gereizter Bär und wandte sich ab, so brüsk, dass Widzelts Kopf zur Seite schlug.

Sie hatte sich ihre Ehe mit diesem Mann anders vorgestellt. Ocko war ein Patriarch, ein Tyrann, der auf seinem Anwesen jede andere Form von Autorität im Keim erstickte. Auch die der Schollenherrin, die kaum mehr zu entscheiden hatte als die simpelsten Dinge der Hofhaltung. Es war gerade so, dass ihr Ocko nicht in den täglichen Küchenzettel hineinredete. Hinzu kamen zwei noch immer unverheiratete, eifersüchtige Schwestern und die alte Mutter Theda Hylmerisna, die noch immer nicht begriffen hatte, dass nun sie, Folckeldis, die Herrin in Engerhoffe war.

Auch Uffo Remetsna, der Handmann des verstorbenen Schollenherrn, dessen begrenzten Fähigkeiten die junge Frau schnell erkannt hatte, war noch immer in seinem Amt. Nach Kenos Tod schien es so, als lebe er förmlich auf. Ocko tom Brook ignorierte seinen Onkel weitgehend, er ließ ihn machen und wenn es ihm gefiel, dann hob er seine Maßnahmen mit kalten Befehlen auf, aber Uffo war da, spreizte sich wie ein Pfau und versuchte, sich zu behaupten. In diesem schwierigen Umfeld musste Folckeldis ihren Platz finden. Ihrer Natur gemäß tat sie dies nicht eben mit Geschick, sondern eher aufbrausend und sie ging keinem Streit aus dem Wege.

Die Atmosphäre in Engerhoffe war entsprechend. Sie hatte mit der Vertrautheit nichts mehr gemein, die Menschen durch ihre gemeinsame Arbeit verbindet. Stattdessen glich sie immer mehr der intriganten Stimmung eines Fürstenhofs, an dem jeder ohne Rücksicht seine Interessen verfolgt. Folckeldis verlor viele dieser kleinen, oft verdeckten Gefechte, sie vermisste die Unterstützung ihres Gatten, aber sie wusste, die Wende, ihre Zeit, würde kommen.

Der Brokmanne warf seiner Frau einen letzten, grimmigen Blick zu, dann stiefelte er los, der Leibwächter hintendrein. Hinter dem Abortschuppen tauchte Bruder Hayungus auf, die Kutte noch gerafft und mit mürrischem Gesicht.

»Was soll's, Bruder Hayungus?«, fragte Ocko, noch immer streitlustig. »Seid Ihr mit Eurer Notdurft nicht zufrieden?«

»Irgendeine Sau hat den Balken beschissen und nicht sauber gemacht. Der Herr strafe ihn mit Dünnpfiff und zu kurzen Armen, sich den Arsch zu wischen!«, gab der Mönch grantelnd zurück und Ocko entfuhr ein hartes Lachen.

Der Zisterzienser ließ seine Kutte fallen und eilte mit finsterem Gesicht zum Wasserfass neben der Tenne. Dass Hayungus auf dem Hof lebte, war ein Zugeständnis des Brokmannen an seine betagte Mutter. Theda verfügte über eigene Einkünfte aus dem Vermögen ihrer Familie, sie hatte dem Kloster Ihlo daraus eine Schenkung gemacht und als Gegenleistung hatte Eghardus ihr den Mönch geschickt. Der alte Abt sah nun aus wie der leibhaftige Sensenmann, aber er war zäh und wusste, was er wollte. Hayungus scharwenzelte um die Alte herum, betete regelmäßig mit ihr und wurde ansonsten nicht müde zu behaupten, er bereite sie auf das Paradies vor.

Auf dem Hof sorgte er für zusätzlichen Unfrieden, denn er war das genaue Gegenteil eines warmherzigen Seelsorgers. Er drohte den Knechten und Mägden ständig mit göttlichen Strafen und dem Jüngsten Gericht, sah in jedem gewöhnlichen Vorfall ein Anzeichen der nahen Apokalypse. Erst gestern hatte er einen Stallknecht so hart angefahren, dass dem Mann das Blut aus dem Gesicht wich. Der Knecht hatte ein Pferd beschlagen und in der Stallgasse hatte der Mönch nichts zu suchen, und trotzdem war er aufgetaucht, hatte mit flatternder Kutte das Pferd umkurvt und war von einem Tritt des erschreckten Gauls nur knapp verfehlt worden. Natürlich gab er dem Knecht die Schuld.

»Hüte dich, Kerl. Der Tag ist nah! Armageddon! Der Ort der letzten Schlacht! Und dann wirst du brennen!«, hatte er den Knecht angeschrien und der arme Mann erbleichte bis ans Haar. So war Hayungus und die Leute gingen ihm so gut sie konnten aus dem Weg.

Der Brokmanne sah ihn trotzdem nicht ungern auf dem Anwesen. Denn erstens bändigte er seine frömmelnde Mutter. Aber noch wichtiger war der zweite Grund. Der Mönch war das Sinnbild der vollzogenen Aussöhnung des Brokmannen mit der Kirche. O, die Dinge standen nicht schlecht, was sein Verhältnis zum Klerus betraf. Sie standen sogar sehr gut! Mit dem Plenarablass Papst Gregrors XI. Anno einundsiebzig für seinen Vater Keno hatte alles seinen Anfang genommen. Wie ein göttlicher Erleuchtungsstrahl, eine Berührung durch den Finger des Herrn, hatte es damals den Alten getroffen. Der päpstliche Gnadenbrief für einen Mann, dessen Sohn unter Bann stand! Ein donnernder Schneesturm im Hochsommer hätte nicht mehr Aufsehen erregen können. Ganz Ostfriesland stand Kopf! Und Keno Hylmerisna wurde auf seine alten Tage noch einmal jung.

Leider war ihm die Genugtuung nicht mehr vergönnt gewesen, den Ablass aus der Hand des Arnsbergers zu erhalten, denn Erzbischof von Brema war nun Albert II., Herzog von Braunschweig und Lüneburg. Gottfried von Arnsberg hatte sich, unterstützt durch seinen Bruder Albert und die Grafen von Hoya, Anno achtundfünfzig, ein letztes Mal mit Moritz von Aldenborch, seinem Koadjutor, geschlagen. Es war ihm gelungen, den Aldenborcher aus der Stadt zu drängen und für eine kurze Zeit unbestrittener Kirchenfürst zu Brema zu sein. Aber Gottfried war alt und müde, der Streit hatte ihn zu viel Kraft gekostet, und schon ein Jahr später bat er den Papst um Dispens von seinem Amt.

Der Braunschweiger folgte ihm nach und damit waren auch die Verhältnisse zum Grafen von Aldenborch geklärt. Moritz hatte ja wenig Neigung erkennen lassen, sich in der causa des Banns bei Gottfried für ihn einzusetzen. Eine Audienz seines Vaters war zwar in Aussicht gestellt worden, hatte aber niemals stattgefunden. Das Thema war jetzt erledigt. Der Brokmanne brauchte den Grafen nicht mehr.

Heute wäre Moritz als Verbündeter übrigens eher schädlich gewesen als hilfreich. Er selbst, Ocko tom Brook, befand sich auch ohne den Aldenborcher auf Augenhöhe mit der Kirche. Davon zeugte der Tragaltar, den ihm Papst Gregor mit seinem Gnadenbrief im letzten Jahr bewilligt hatte, der nun im Haupthaus stand und an dem Bruder Hayungus so fleißig mit seiner Mutter betete. Es war für Ocko und Folckeldis ein feierlicher Moment gewesen, als der Erzbischof von Brema in Vertretung seines Amtbruders von Monasterium die Urkunde[308] überreicht hatte. Und Albert von Braunschweig war ein vornehmer Mann, er bewegte sich gemessen und formvollendet.

»Der furzt noch nicht einmal, wenn er allein ist«, hatte Bruder Hayungus über den Erzbischof gesagt. Auch der Plenarablass bedachte den Brokmannen und seine Frau, er machte die Sache rund und war jeden Gulden wert gewesen, den der Brokmanne dafür locker gemacht hatte.

Wie auch immer, es konnten die Dinge besser nicht stehen, und sein neuer Diözesanherr, Johann II. Potho von Pothenstein, Erzbischof zu Monasterium, war fern. Ludwig der Hesse war Anno siebenundfünfzig unter ungeklärten Umständen gestorben. Es hielten sich hartnäckige Gerüchte, er sei einem Attentat zum Opfer gefallen, hochrangige Gläubiger, sogar Leute aus der Kirche, hätten einen Assassinen [309]geschickt, um den Kirchenfürsten für seine Abneigung gegen Rückzahlungen zu bestrafen. Ocko tom Brook hatte diese Nachricht ohne Bedauern gehört. Sollte er verrotten! Verfaulen! Sollte er zu Scheiße werden!

Der neue Mann war ein farbloser, blutleerer Kleriker, dem Weltlichen offenbar völlig abgewandt. Er schien sich auch nicht sonderlich für Ostfriesland zu interessieren, kaum, dass er mit Abt Eghardus von Ihlo in Kontakt

---

308 Die Urkunde trägt das Datum vom 5. Juni 1377. Darin erteilt Gregor einen Plenarablass und bewilligt zugleich einen Tragaltar. Letztere wurden von reisenden Mönchen benutzt, dienten aber auch als Hausaltäre.

309 Meuchelmörder. Ursprünglich mohammedanische Sekte, die Anschläge auf die Kreuzfahrer verübte.

stand. Jedenfalls, von dem Bann gegen Ocko war nicht mehr die Spur einer Rede. Kein Wort war noch davon. Er war mit der Kirche im Reinen.

Ob die Kirche mit sich selbst im Reinen war, stand dagegen auf einem ganz anderen Blatt. Immerhin war der Papst wieder in Rom, wo er hingehörte, Gregor hatte seinen Sitz Anno sechsundsiebzig zurück in den Lateran verlegt und damit das Exil von Avignon beendet. Ob nur vorerst oder auf Dauer, würde sich zeigen. Der König der Franzosen war dem Vernehmen nach darüber sehr ungehalten, und unter dem fränkischen Klerus schwelte der Zorn. Gut möglich, dass hier ein neuer Konflikt sehr bald offen ausbrach.

Ockos Sorge war das nicht. Der Brokmanne machte einen Schwenk und marschierte auf das Tor zu. Zu beiden Seiten des Torhauses gab es nun kleine Vorwerke aus Stein. Von dort konnte man das Tor sichern, wenn dies notwendig war. Die Palisaden seines Vaters ließ er nach und nach ersetzen, zunächst nur durch einen kniehohen Mauerring auf den Wällen, der später wachsen sollte. Jetzt, im Winter, ruhte die Arbeit, aber die Wachen standen auf ihrem Posten, wie es Ocko tom Brook befohlen hatte.

»Viel guck, wenich schlaf!«, sagte der Normanne mit gekräuselten Lippen und Ocko nickte.

»Sieh zu, dass sie die Augen offen halten. Um diese Jahreszeit haben die Bauern viel Muße. Und es treibt sich allerlei Gesindel herum«, sagte der Brokmanne scharf, und der andere gab ein zustimmendes Grunzen zur Antwort.

Ocko war froh, diesen Guy mitgebracht zu haben. Er hatte ihm nicht nur ein gutes Auskommen versprochen, sondern auch eine blonde Friesin und einen Hof. Später. Bis dahin leistete ihm der ehemalige Waffenmeister wertvolle Dienste. Nicht nur als Leibwächter und Führer der Wachmannschaft von Engerhoffe. Er konnte ihn auch für die kommenden Gefechte gut gebrauchen, denn Kriege würde es geben, da war der Brokmanne ganz sicher. Nicht mit Enno tom Diek. Der Hairlinger war ein Verlierer, die Zeit war über ihn hinweg gegangen, mit seinen Träumereien von der Freiheit der Friesen spielte er keine Rolle mehr. Im Gegenteil. Er stand in der Gefahr, seine eigene zu verlieren, selbst zum Gefolgsmann zu werden, und damit geschah ihm nur recht. Er hätte es anders haben, hätte von der Macht in Ostfriesland seinen Teil haben können, es war ihm angeboten worden, immer wieder, aber dieser blasierte Moralist, der, wie schon sein Vater, die Ethik wie eine Monstranz vor sich hertrug, hatte alles ausgeschlagen und jetzt verdiente er das Schicksal, das auf ihn wartete.

Zudem schien es, als stecke tom Diek in Geldnöten. Seine Geschäfte hatten unter der Pest gelitten, Enno brauchte offenbar fremdes Silber, um sich über Wasser zu halten. Es ging ihm wohl wie so vielen, denen die Folgen der Seuche ernsthaft zusetzten. Da war doch eher die Frage, wie man seine Schwäche ausnutzen, aus ihr für das eigene Wachsen Honig saugen konnte. Der Brokmanne hatte seinen Handmann beauftragt, hierzu nach Wegen zu suchen und Uffo hatte sich mit Feuereifer auf diese Sache gestürzt. Aber sonst? Ja, es gab noch offene Rechnungen, mindestens eine, doch das wog leicht in seinen Augen. Nein, der Hairlinger machte ihm keine Sorgen.

Da gab es andere. Gefährliche Hunde. Edo Wiemken, der gewählte Capitanus im Osten, gehörte nicht dazu. Vielleicht *noch* nicht. Jedenfalls; von ihm konnte man lernen. Er hatte die Landgemeinden Astringe, Rustringe und Wangia unter seine Kontrolle gebracht. Gewiss, man musste ihn im Blick behalten, aber er schien sich im Umfeld der Jade behaupten zu wollen, und das war für Ocko nicht bedrohlich.

Vor diesem Kerl hatte der Brokmanne Respekt! Wiemken war bereit, neue Wege zu gehen, Tabus zu brechen. Das hatte sich Anno neunundfünfzig gezeigt, als Edo die Kirche von Cleverns[310] im Handstreich genommen hatte. Als Schutzherr, wohlverstanden! Es imponierte Ocko, mit welcher Bedenkenlosigkeit der Rustringer von dem Steinhaus Besitz ergriff, weil er für sich und seine Pläne ein festes, widerstandsfähiges Nest brauchte. Der Pfarrer durfte bleiben, ja, aber nur als Geduldeter. Er las die Messe, während Edos Waffenknechte auf den Bänken lagen und schnarchten.

Doch Edo Wiemken war noch weiter gegangen und hatte an der Heerstraße [311]nach Brema die Befestigung Vredeborch[312] ausgebaut. Diese Burg bestand zwar vorläufig aus Erdwällen und Palisaden, die ein paar Hütten schützten, aber der Rustringer hatte einen Wachtrupp hineingelegt, den er regelmäßig austauschte. Zusätzlich ließ er das Umland bestreifen. Auf diese Weise war er in seinem Kernland vor Überraschungen sicher.

Ocko tom Brooks Lippen umspielte ein grimmiges Lächeln. Dieser Edo Wiemken und er waren aus dem gleichen Holz. Holz, aus dem man Herren schnitt. Gut möglich, dass man sich eines Tages genau deshalb mit dem Rustringer in die Haare geriet, aber dieser Tag war noch fern.

Der Brokmanne wandte sich vom Torhaus ab und folgte der Wallmauer nach Süden. Er hörte Guy hinter sich herstapfen. Der Normanne hatte eine charakteristische Art zu gehen, er zog den rechten Stiefel nach wie alle Fechter, die im Zweikampf daran gewöhnt waren, das

---

310 Stadtteil von Jever, Friesland.

311 Ursprünglich Handelsweg von Bremen nach Friesland. Von den Grafen von Oldenburg auch als Anmarschweg genutzt, um in Ostfriesland Zinszahlungen einzutreiben.

312 Friedeburg im Kreis Wittmund.

Gewicht des Körpers über dieses Bein abzustützen. Sie passierten eine Stelle, an der einige Knechte den Erdwall ausbesserten. Der Normanne blieb stehen und sah den Leuten scharf auf die Finger. Nicht lange, und er riss einem der Knechte den Spaten aus der Hand.

»Dumme Kopf! Guck wie rischtisch!«, sagte er knarrend. Mit ausgreifenden Bewegungen füllte er den Spaten, warf die Erde auf den Wall und stampfte sie mit dem Stiefeln fest. »Gut versteh?«, fragte er scharf und der Knecht beeilte sich, zu nicken.

Wohlgefällig hatte tom Brook die Szene betrachtet. Es gefiel ihm, dass sein Waffenmeister und Leibwächter auch etwas von Festungsbau verstand. Diese Kenntnisse würden noch nützlich sein. Denn auch der Brokmanne plante den Bau einer Burg. Eine, die ihm ganz allein gehörte. Entweder hier oder in Auwreke. Er würde sie brauchen. Die Feinde, mit denen er es jetzt zu tun hatte, waren von anderer Art als ein tom Diek. Er hatte sie getroffen, damals, Anno sechsundsiebzig, als er einen Anteil der Beningaburg[313] erwarb.

Ocko knirschte noch heute vor Wut mit den Zähnen, wenn er an diese Geschichte dachte. Es war ja doch so gewesen, dass der alte Hero Attena mal wieder den Hals nicht voll bekam und sich bei dem Bau überhob. Und also Geld brauchte, fremdes Geld, denn sein eigenes war verbraucht und Attena zog übers Land und suchte Leute, die ihm Silber vorstrecken konnten. Er fragte jeden, den er fragen konnte und so hatte er auch den Brokmannen gefragt. Sein Vater, schon fast auf dem Sterbelager, hatte ihn in seinem üblichen Zaudern vor dem Handel gewarnt, aber Ocko hatte zugegriffen und dem Dornumer ein schönes Stück Geld gegeben. Als Gegenleistung sollte er einen Anteil aus dem Ertrag der Burg und ihrer Äcker erhalten. Es war alles in Ordnung gewesen.

313 Wasserburg in Dornum.

Und dann war der Tag gekommen, als das Pergament unterzeichnet und gesiegelt werden sollte, und das war der Tag, an dem er seine Feinde traf. Als er die halbfertige Burg verließ, warteten sie draußen auf ihn, Luiward Abdena aus Eemten[314], aber vor allem diesen Dreckskerl Folkmar Allena, der sich als Capitanus von Asterhusum brüstete und der das Maul am vollsten nahm, obwohl ihn der Casus nichts anging. Sie hatten beide auf ihren Pferden gesessen, nicht in Eisen, aber bewaffnet, und ihre Knechte standen einige Längen abseits auf dem Vorplatz.

Der Brokmanne war nur von seinem Leibwächter eskortiert. Guy war erst wenige Monde im Land, der Sprache nicht mächtig, aber der Normanne hatte die feindselige Stimmung gespürt, förmlich aufgesogen. Er verstand nichts, doch seine Muskeln waren hart und bereit zur Arbeit, auch wenn der Schwertarm locker auf dem Oberschenkel lag.

Es war Folkmar Allena gewesen, der das große Wort geführt hatte. »Auwreke hast du dir schon unter den Nagel gerissen, Hylmerisna! Glaube nicht daran, dass du hier oben bei uns gleich verfahren kannst!«

Der Brokmanne war kalt geblieben bis ans Herz. Dass ihn der andere mit seinem alten Namen ansprach, ignorierte er. Allena war nichts weiter als ein brutaler Bauer. »Was heißt hier oben bei uns? Wenn ich nicht fehlgehe, Allena, dann hast du dein Loch doch in Asterhusum, oder nicht?«, hatte Ocko gelassen geantwortet. »Und anders als du pflege ich Burgen nicht zu stehlen. Ich kaufe sie«, fügte er noch an und wollte sich dann an den Eemter wenden, doch Allena unterbrach ihn rüde.

»Ich habe die Tütelburg von Raubgesindel gesäubert! Von Dreckschweinen, die die Gegend unsicher gemacht haben!«

»Ja. Und dann hast du dich dort eingerichtet und einen Trupp Waffenknechte hineingelegt. Jetzt sind es deine

314 Emden

Leute, die die Gegend unsicher machen!«, hatte Ocko tom Brook ruhig zurückgegeben, und der Asterhusumer hatte die Hand auf den Schwertgriff gelegt. Das war der Moment gewesen, in dem der Normanne sich im Sattel aufgerichtet und dann in einer einzigen fließenden Bewegung seine Klinge gezogen hatte, so schnell, dass es keiner auch nur im Ansatz hatte sehen können. Selbst die Knechte des Asterhusumers waren wie starr in ihren Sätteln hocken geblieben. Allena war blass geworden vor Wut, sein Pferd war erschreckt einen Schritt zurück gewichen und Ocko hatte beruhigend die Hand gehoben.

»Lass gut sein, Guy!«

»Das zahle ich dir heim, Hylmerisna! Dein Knecht bedroht mich nicht ungestraft mit seiner Klinge, hier in Ostfriesland! Das zahle ich dir heim, das wisse!«, hatte Allena hervorgestoßen, das Gesicht immer noch weiß vor Zorn. Der Brokmanne hatte ihn angesehen wie ein Bauer eine Brachfliege[315] im Roggen.

Es war ja klar, ihre Herrschaftsbereiche berührten sich. Nicht zuletzt durch seine Heirat mit Folckeldis. Hynt lag in unmittelbarer Nachbarschaft zu den Schollen, auf die der Asterhusumer die Hand gelegt hatte. Und nun hatte er sich noch die Tütelburg einverleibt, saß dort dem tom Brook im Nacken wie die Laus im Pelz eines wunden Bären. Es gab nur zwei Wege; entweder sie verständigten sich, oder sie kämpften. Weder der Brokmanne noch Allena waren Männer des Ausgleichs. Also würde es Krieg geben. Die Frage war nur, wann und wie.

Der Eemter hatte bis dahin ruhig auf seinem Pferd gesessen, und nun sprach er den Brokmannen an: »Ich höre, Ocko, du siegelst mit rotem Wachs und trägst den Adler unter drei Kronen als Wappentier.« Hatte sich dann zur Seite gebeugt und einen scheelen Blick auf die silbernen Sporen an Ockos Stiefeln geworfen. Der Brokmanne

315 Getreideschädling

trug sie, wann immer er seinen Hof verließ, und Bruder Hayungus segnete sie jeden Sonntag auf dem Tragaltar in Engerhoffe.

»Die Königin von Neapel hat mich mit dem Schwert gegürtet«, hatte der Brokmanne stolz geantwortet, und dem Asterhusumer war ein verächtlicher Grunzer entfahren.

»Das macht dich noch nicht zu einem Besseren als wir. Und hier ist nicht Italien. Was glaubst du eigentlich, wer du bist? Sieh zu, dass du dich nicht überhebst«, hatte Liuward Abdena giftig erwidert, doch Ocko war nicht darauf eingegangen.

»Wenn dir meine Teilhabe an Heros Burg so sauer ist, warum hast du ihm dann kein Silber gegeben?«

Der Eemter hatte einen Blick auf den halbfertigen Bau geworfen. »Ich sehe dich ungern, hier oben. Bleibe in deinem Land, und von mir aus in Auwreke, aber rück mir hier nicht auf den Pelz. Es könnte sonst für uns beide zu warm werden!« Dann hatte er sich im Sattel geschnäuzt, und unter dem kalten Blick des Brokmannen den Rotz am Hals seines Gauls abgestreift. »Das Silber für Hero? Es wäre verschossen gewesen. Jeder weiß, dass Attena nicht mit Geld umgehen kann. Auch du wirst von deiner Einlage keinen Gewinn haben!«, hatte er höhnisch geschlossen und dann sein Pferd gewendet.

So war das gewesen und Ocko tom Brook knirschte so laut mit den Zähnen, dass ihm der Normanne einen überraschten Blick zuwarf. Sie hatten die nördliche Wallmauer erreicht und strebten jetzt dem Anbau zu, in dem Ludeke und seine Leute hausten. Es war gut, dass die Fremden nun endlich angekommen waren. Ocko tom Brook spielte mit dem Gedanken, die winterliche Episode ihrer Anwesenheit zu beenden. Jetzt, wo nach der großen Flut Marienhove am Wasser lag, kam es für ihn darauf an, die Fremden öfter und länger an seinen Hof zu binden. Man musste nur noch für einen Ankerplatz sorgen und die Untiefen beseitigen.

Dann könnte man Ludeke zu jeder Zeit von See holen und einsetzen. Dieser Machtfaktor in seiner Hand wog schwer. Ocko war entschlossen, ihn auch zu nutzen.

Mit polternden Schritten stiefelte er auf den Holzboden vor dem Eingang. Die Fremden waren noch dabei, ihre Strohsäcke aufzuschütten. Auf dem Tisch standen die Reste des Mahls, das Folckeldis den Männern hatte auftragen lassen. Ludeke hob den Kopf, als der Schollenherr mit seinem Leibwächter die Hütte betrat.

»Richtet euch nicht zu lange ein, Ludeke. Es gibt Arbeit«, sagte Ocko tom Brook mit knarzender Stimme.

*

»Urteile niemals nach dem äußeren Schein. Tust du es dennoch, so gehst du fehl!«, bemerkte William mahnend. »Es ist wie bei einer ersten Begegnung. Du siehst den Menschen in allen seinen Einzelheiten vor dir. Aber du kennst ihn trotzdem nicht.«

Enno besah sich den Freund mit warmen Augen, auf seinen Lippen stand ein nachsichtiges Lächeln. Selbst an dem Kirchspielpfarrer waren die Jahre nicht spurlos vorüber gegangen. Der Haarkranz seiner Tonsur wich hinter die Schläfen zurück und den Kopf musste er sich nur noch selten schaben. Aber er hatte noch immer den schlanken Körper eines Kindes und wenn er lachte, dann war er eins.

»Aber Gaufridus Fabri ist ein ehrenwerter Mann. Und ein Handelsherr von gutem Ruf«, gab Enno zurück und der Lange hob den Kopf.

»Er ist ein Bremaer Domherr der anderen Partei, hast du es schon vergessen? Und hat sich damals mit den Empörern gegen Gottfried von Arnsberg erhoben. Er ist nicht besser als das übrige Gesocks, die Schweine um Meynert van Varle und die ganze Aldenborcher Blase«, sagte Adriaan scharf.

»Das ist lange her«, warf der Schollenherr ein.

»Das ist kein Agument«, konterte der lange Holländer. Auch ihn drückte die Last seiner Jahre. Seine Gestalt war nicht mehr ganz so straff, seine Hüften voller als früher, aber das Feuer in seinen Augen brannte noch. Er wies auf den Mönch, der ihn ebenfalls liebevoll betrachtete. »Die Zeit nimmt dem Menschen das Haar, wie bei unserem Freund hier, und sie fügt seinem Leib Verwüstungen zu, aber sie ändert sein Wesen nicht. So ist es, siehst du wohl, auch bei Gaufridus Fabri. Warum musst du dir ausgerechnet ihn zum Schuldherrn nehmen?«

»Es gibt keinen anderen«, erklärte Enno tom Diek und verschwieg, dass diese Abhängigkeit zu Fabri schon länger bestand. In den fünfziger und sechziger Jahren hatte es eine Reihe von Missernten gegeben, schlechte Fruchtstände und wenig Erträge. Die Pferdezucht seines Vaters hatte nicht den gewünschten Erfolg gebracht. Die Ostfriesen wollten keine Araber oder veredelte Kreuzungen, sondern Pferde mit breiter Brust, die gefällte Bäume und schwere Wagen ziehen konnten. Der Falbe Asil, der Zuchthengst, den sie damals auf dem Markt von Wenegher bei dem maurischen Händler gekauft hatten, war längst den Weg alles Irdischen gegangen. Seine Nachkommen standen auf der Koppel, zu zartgliedrig für die Arbeit und zu teuer, um sie nur fressen zu lassen. Kaum, dass ein reicher Bauer aus dem Umland gekommen wäre, um ein Tier für den Sonntagsritt zur Kirche zu kaufen.

Diese Sache hatte die tom Dieks eine Menge Silber gekostet, aber die heutige Lage hatte andere Ursachen. Ihr Kern steckte im Rückgang der Flächenerträge seit vielen Jahren. Ausfälle durch schlechtes Wetter hatte es immer gegeben, sie konnten im Folgejahr oder danach durch Zuwächse ausgeglichen werden. Das Dilemma, in dem der Hairlinger steckte, hatte mit seinen Leuten zu tun. Die Pest hatte zu stark unter ihnen gewütet, ganze Sippen ausgelöscht und Arbeitskraft vernichtet. Der Hairlinger hatte einfach nicht genug Hände, um auf seinen Äckern und Weiden Gewinn zu erzielen. Hinzu kam, dass immer mehr seiner Knechte zu anderen Herren in Hairlingen wechselten, die mehr Geld zahlen konnten als Enno hatte. Nicht wenige gingen auch in die Städte, wie etwa nach Brema, da die Zünfte plötzlich ihre strengen Regeln lockerten und Neuzugänge suchten, um ihre personellen Verluste auszugleichen. Und in der Stadt verdiente man nicht nur mehr Geld, man konnte dort auch bequemer leben als auf dem Land.

Anders als der Brokmanne hielt Enno tom Diek niemanden mit Gewalt oder holte ihn zurück, um ihn zu bestrafen, und so schrumpfte sein Gesinde weiter. Gegenwärtig zählte es auf allen Höfen nicht mehr als zwölf Familien mit insgesamt kaum fünfzig vollwertigen Knechten und Mägden. Die Folge war, dass der Hairlinger immer tiefer in die Kreide geriet, und zwar in die Kreide von Gaufridus Fabri. Denn Fabri lieh ihm schon seit langem das Geld, das Enno zum Ausgleich seiner Verluste brauchte.

Und nun, im Januar des Jahres eintausenddreihundertachtundsiebzig war es so weit: das Frühjahr rückte heran und Enno tom Diek hatte nicht genügend Silber zur Ergänzung der Aussaat. Das hatte er seinen Freunden mitgeteilt.

»Was ist, wenn du Flächen brachliegen lässt? Dann können sich die Äcker erholen«, fragte der Mönch, aber der Schollenherr schüttelte den Kopf.

»Das geht nicht, William. Ich brauche jede Krume. Ich muss Erträge machen, um Schulden zu bezahlen. Es liegt ja ohnehin schon ein Drittel der Fläche unbewirtschaftet.«[316]

»Dann verpachte!«

---

316 Das Prinzip der Dreifelderwirtschaft: Der Boden wurde in drei sogenannte Schläge eingeteilt. Ein Schlag trug im ersten Jahr Wintergetreide, im zweiten Sommerkorn und im dritten lag er brach oder wurde als Viehweide genutzt, um ihn so zu regenerieren.

Der Schollenherr breitete die Arme aus. »An wen? Es gibt ohnehin zu viel Land und zu wenig Leute, es zu bearbeiten.«

Niemand wagte den Vorschlag, Land zu verkaufen, denn der Hairlinger fühlte sich vor seinen toten Eltern verpflichtet, diesen Schritt niemals zu gehen. Zu viele Generationen der tom Diek vor ihm hatten diesen Besitz mit Blut und Schweiß zusammengetragen. Er brachte es nicht über sein Herz, derjenige zu sein, der nun damit begann, ihn wieder zu verlieren. Auch um Wiska und seiner Söhne willen, deren zweiter, Ayderd Adriaan, vor ihnen auf dem Tennenboden hockte. Der Knabe war nun zehn Jahre alt und William und der Lange wetteiferten darin, dem Zweitgeborenen Lesen und Schreiben beizubringen.

»Du musst also wieder Geld von Gaufridus leihen?«

Enno nickte mit düsterer Stirn.

»Wieviel ist es diesmal?«, wollte der Lange wissen.

Ennos Augen waren dunkel vor Scham. »Einhundert Mark Bremisches Silber.«

»Und wenn schon!«, sagte der Mönch leichthin, aber der Schollenherr schüttelte den Kopf. Auch sein Haar war nicht mehr blond. Es zeigten sich die ersten Silberfäden.

»Diesmal ist es anders, William. Fabri verlangt Sicherheiten.«

»Ach! Und welche? Welche kannst du ihm geben?«

Enno seufzte schwer und wischte er sich über die Augen. Er suchte den langen Holländer, ertrank in seinem Blick und wusste, dass Adriaan längst verstanden hatte. »Nur Land. Nur Land, William. Ich habe ihm die Höfe in Eesensem und Ochterszem als Pfand angeboten.« Er starrte den Langen an, ließ ihn nicht los, ganz so, als sähe er ihn zum ersten Mal. »Er hat sie genommen.«

Der Mönch fuhr auf, reckte sich und legte die Ellebogen auf den Tisch. »Gut. Aber das gilt doch nur, wenn deine Ernte schlecht ist, oder irre ich?«

»Du irrst nicht, William«, sagte Enno.

Der Lange scharrte mit den Füßen und räusperte sich, er brauchte drei Anläufe, um seine Stimme klar zu bekommen. »Damit wir uns richtig verstehen: Wenn die Ernte schlecht ist, dann sind die Höfe weg. So ist es doch?« Adriaan wartete, aber es sagte keiner mehr etwas, auch Enno nicht, und dann nickte der Lange bitter. »Es sind *deine* Äcker. Es sind *deine* Weiden. Es ist *deine* Scholle, Herr«, sagte er förmlich.

In diesem Moment kam der kleine Ayderd Adriaan auf die Füße. Er hielt ein Pergament in den Händen und sah strahlend zu seinem Vater auf. »Aus dem Hairlinger Landbrief des Magnus tom Diek!«, trompetete er fröhlich. Und las langsam, kindlich unsicher, aber doch deutlich und klar:

»Nun, da man den Friesen die Bänder vom Hals gelöst hat und sie aus freier Wahl des rechtmäßigen Königs edle Heergenossen sind, soll niemand mehr, was immer er auch sei, die Hälse der Friesen fesseln. Und täte er es doch, so schlage ihm Gott der Herr das Seil aus der Hand!«

Dann hob er stolz den Kopf, seine Augen leuchteten. »So steht es geschrieben im Gesetz meines Großvaters, Magnus tom Diek. Was ist, Vater, warum weinst du?«

*

Kleines Zwischenspiel (*Rückschau*)

Ostfriesland, im Frühjahr Anno Domini 1361

Die Gruningenner kamen mit einer Abordnung von vierzehn Reitern. Sie hatten lange über diese Zahl gestritten, dabei ging es auch um Geld, denn kleine Länder wie Oldehove[317] wollten sich vertreten lassen, lehnten aber eine genaue Aufteilung der Kosten mit Hinweis auf die Finanzkraft von großen Landgemeinden wie den Westergo ab.

In den Verhandlungen, die man als zäh bezeichnen konnte, äußerten viele Bedenken über eine willkürliche Festlegung der Kopfzahl und wiesen darauf hin, dass Stärken wie sieben oder dreizehn auf jeden Fall vermieden werden müssten, denn sie brächten Unglück, zumindest wären sie nicht geeignet, das Anliegen des Unternehmens zu fördern. Die Diskussionen zogen sich hin, man traf sich und ging im Streit wieder auseinander, und das war der Grund, warum der Reitertrupp der Westfriesen erst Anno einundsechzig ostwärt der Ems auftauchte.

Nicht die Zahl, sondern die Zusammensetzung der Delegation war für die Ostfriesen wie ein Paukenschlag in tiefer Nacht.

Es fehlten viele Richter, die Anno fünfundvierzig beim Thing am Upstallesbame noch anwesend gewesen waren. Es fehlten die Oostergoer, die sich damals bereit gezeigt hatten, für den Umgang, sogar für seine Kodifizierung in den Küren, zu kämpfen. Auch Willem Zeerijp fehlte, Enno tom Dieks Schwager, Wiskas Bruder, und das war für den Hairlinger eine Enttäuschung, ja, aber überrascht war er nicht.

317 Westfriesische Landgemeinde an der Lauwers.

Der Trupp setzte über die Ems und teilte sich dann nach einem Schlüssel auf, der vorher festgelegt worden war. Die Kuriere machten abhängig von ihren Zielorten ganz unterschiedliche Erfahrungen. Keno Hylmerisna ließ sie gar nicht erst auf seinen Hof, ließ sie vielmehr noch in den Sätteln sitzend abweisen, es gab nicht einmal einen Trunk oder eine Stärkung, der Brokmanne drohte sogar Gewalt an, wenn sie nicht unverzüglich abzögen. Er erzählte es später seinem Sohn, Ocko tom Brook wusste nichts davon, er war zu der Zeit noch in Neapel gewesen. Keno lag schon auf dem Sterbebett, das Ende war abzusehen und er war voller Bitterkeit, denn er schied nicht etwa leichten Herzens aus dem Leben. Zu viele Sünden, zu viele offene Fragen, zu viele Sorgen und zu viele Dinge, die er lieber selbst noch geregelt hätte, bevor er sie in andere Hände legte. Aber diese Sache, dieser letzte Angriff auf seinen Lebensplan, war schief gelaufen, und hier erfüllte Keno Hylmerisna eine Genugtuung, die ihn mit vielen anderen Widrigkeiten versöhnte.

»Stehen da vor dem Tor und wollen zu einem Thing einladen!«, sagte der Alte krächzend, das Sprechen fiel ihm schwer, er hatte Schwellungen im Hals und Entzündungen im Mund, wo wundes, eitriges Zahnfleisch die wenigen schwärzlichen Zahnstummel kaum noch halten konnte.

»Zum Thing? Nach Grunningenn oder nach Auwreke?«

»Das ist doch ohne Belang, Sohn«, nuschelte Keno in mühsam gebändigtem Zorn. Ächzend richtete er sich auf, ergriff mit zittriger Hand den Becher und trank in winzigen Schlucken von dem Mohnsaft, den ihm ein fahrender Händler als Schmerzmittel verkauft hatte. Ockos helfend ausgestreckte Hände schlug er mit einer herrischen Geste zur Seite, so viel Leben war noch in ihm. »Viel wichtiger war doch der Casus, um den es gehen sollte, und den der Anführer, dieser Kerl aus Appingadamme, mir zugerufen hat: Wiederbelebung des jährlichen Thing als Treffen aller frei gewählten Richter der sieben Seelande. Ich habe ihm in Jauche geschwenkte Pfeile angeboten, wenn er nicht augenblicklich verschwindet.«

Ockos Mundwinkel kerbten sich ein, aber hinter seiner Stirn arbeitete es. »Und die anderen? Hatten mehr Erfolg?«

Der Alte grunzte verächtlich, seine Arme fuhren unruhig über die Felldecke. Die Schlafkammer war abgedunkelt und durch ein schwelendes Torffeuer völlig überheizt. Ein waberndes Miasma von Fäulnis und Verwesung drückte auf die Brust, die Bettstatt verströmte einen üblen Geruch, der Alte stank, als läge er in seinen Ausscheidungen und seine Hände waren verkrümmt wie Vogelkrallen. »Der Hairlinger wird ihnen Kränze geflochten haben, so viel ist klar. Es gibt ihn und ein paar Träumer, die keine Rolle spielen. Die Zeit der Richter ist vorbei, Sohn!«

Ocko starrte ihn an, es war das letzte längere Gespräch, das sie führten, bis Keno wenige Tage vor seinem Tod nicht mehr reden konnte, und an seinen aufbrechenden Eitergeschwüren erstickte, krepierte wie ein Hund.

In Hairlingen erregten die Kuriere ebenfalls Aufsehen und einen kurzen Augenblick lang flammte in Enno tom Diek Hoffnung auf. Aber es war nur ein flackerndes Strohfeuer, das bald wieder in sich zusammenfiel. Wiska freute sich über die Ankunft von Landsleuten aus dem Oldambt, doch die Abwesenheit ihre Bruders stürzte sie in tiefe Scham. Es war ein Augustinermönch aus dem Kloster Appingadamme in der Gruppe, Bruder Albertinus, der wenig Erfreuliches über den Herrn von Wijtwerd zu berichten wusste. Und man merkte ihm an, dass er behutsam sprach, um Wiska zu schonen.

»Willem Zeerijp hat den Weg seines Vaters schon lange verlassen. Er ist einer der großen Herren im Oldambt, einer der drei. Der Umgang dort ist seit Jahren am Ende«, sagte der Mönch mit niedergeschlagenem Blick, weil er

Wiskas Augen nicht ertrug. Schnell wurde klar, für wen die Kuriere sprachen. Es waren, wie in Hairlingen, die Reste derer, die an der Rechtsordnung ihrer Väter festhalten wollten. Aus Unbehagen über das Neue, aus Stolz oder gekränkter Eitelkeit, genährt durch den eigenen Machtverlust, die wenigsten im klaren Bewusstsein einer dunklen Zukunft.

»Wie stellt ihr euch das vor?«, fragte Enno den Augustiner und während er zuhörte, verdüsterte sich seine Miene. Es war ein letzter, verzweifelter Versuch, die Aufstellung einiger Aufrechter zu einem Gefecht, das bereits vor langer Zeit verloren worden war.

»Nicht anders als bis Anno fünfundvierzig geübt«, sagte der Mönch. »Jährliche Zusammenkunft der Richter, im Wechsel zwischen Gruningenn und Auwreke, zum Gerichtstag der Seelande und zur Pflege der Küren.«

»Auwreke schlagt euch aus dem Kopf«, gab der Lange knurrend von sich. »Glaubt doch nicht, dass der Brokmanne in seinem Dunstkreis einen Gerichtstag zulässt, den er selbst aus tiefstem Herzen ablehnt!«

»Dann eben nicht Auwreke. Sondern ein anderer Ort. Eesensem etwa«, erwiderte der Mönch störrisch und Bruder William sah ihn mit freundlichen Augen an.

»Also gut. Eesensem. Und dann? Verstehst du, Bruder, es ändert sich ja nichts. Was hilft es, wenn ein paar Gleichgesinnte wo immer zusammenkommen? Sie bleiben eine Minderheit.«

»Auch die Hefe ist eine Minderheit im Teig, und doch treibt sie ihn zu einem großen Brotlaib«, sagte der Augustiner schwungvoll, es klang so, als müsste er sich selbst überzeugen.

Der Schollenherr hatte bisher geschwiegen, aber nun hob er die Hand. »In der Tat, auch ich sehe den Nutzen nicht. Außer vielleicht den, dass wir uns für unsere Gegner erkennbar um das Erbe unserer Väter bemühen. Es wird das Ende der Richter nicht aufhalten«, sagte er nüchtern, und dann wandte er sich an Bruder Albertinus. »Um in Eurem Bild zu bleiben; Ja, die Hefe treibt den Teig. Aber das Brot gerät nur, wenn Hefe und Teig sich vereinen. *Diesen* Teig treibt keine Hefe mehr. Wölfe haben ihn gefressen. Schon vor langer Zeit.«

Jeder auf der Tenne wusste, dass Enno recht hatte, auch der Augustiner wusste es, denn er senkte den Kopf und schwieg.

Es gab keinen Thing, kein Treffen der frei gewählten Richter mehr in den sieben Seelanden. Nur zu bereitwillig zogen viele Redjeven daraus den Schluss, das Amt selbst stehe damit in Frage. Nicht wenige waren insgeheim froh darüber, dass ihnen andere diese Last von den Schultern nahmen. Das Leben war hart, die Folgen der Pest drückten und es bedurfte der ganzen Kraft eines Mannes, mit seinem Gesinde der Scholle einen auskömmlichen Ertrag abzutrotzen.

Die wenigen Richter, die den Umgang noch pflegten, waren auf ihre Höfe und Anwesen beschränkt. Sie sprachen Recht, verurteilten und straften wie ehedem, aber sie taten es nur auf eigener Scholle oder auf der eines Gleichgesinnten, der nicht im Amt war. Sie unterschieden sich damit im Ritual nicht von denen, die der alten Rechtsordnung anmaßend den Rücken gekehrt hatten, und die sie als ewig Gestrige belächelten, als Narren, die sich dem Geist der Zeit entgegenstellten. Aber es mehrten sich düstere Anzeichen. Lange würden die neuen Herren nicht mehr lächeln, sondern bald Unterwerfung fordern.

Das zeigte die fast obszöne, herausfordernde Brutalität, mit der die Hylmerisna, aber auch die Allena und die Wiemken ihre Gerichtsherrlichkeit auslebten. Es zeigte sich auch in Vorfällen, Störungen ordentlicher Gerichtsverhandlungen durch gekauften Pöbel. Dieses Gesindel mischte sich unter das Volk, beleidigte Richter, verunsicherte Verurteilte und hetzte die Bauern auf. Man schrie: »Falscher Casus!« und »Hier urteilt ein Ahnungsloser!« und in Hairlingen wurde einem zum Tode durch den Strang verurteilten Mörder zugerufen: »Mein Herr, der Richter von Brokmannia, hätte dich gewiss anders behandelt!«

Die Zeit der Redjeven war vorbei, und als dann Anno zweiundsechzig, am Tage Marcelli Pontificis[318], das Meer sich empörte, viel Land wegriss und Hunderten den Tod brachte[319], da flüsterten die Leute, dies sei eine Strafe Gottes für die Auflehnung gegen seine Ordnung. Andere sagten, der Fluch des Kaisers Karl treffe die Friesen, denn er habe sie befreit und wollte nicht, dass man sie nun wieder bände.

*

318 16. Januar: Gedenktag des Papstes Marcellus I. der von 307-309 n.Ch. im Amt war.

319 Marcellusflut: Die »Große Manntränke«.

Man band sie ganz fest mit einem starken Seile. Dann führte (man) sie mit Gewalt dahin.

Hunsingoer Recht, 7. Absatz[320]

2.

Auwrekerlant,
am Tag nach dem Fest des hl. Benedik Anno Domini 1380
(Donnerstag, 22. März; Gründonnerstag)

Der Trupp umstellte den Wald und bereitete sich darauf vor, ihn zu durchkämmen. Sie hatten den Kerl in einem Weiler südlich Wyszede aufgespürt und vor sich hergetrieben, auf Auwreke zu, und dann war der Flüchtling in diesem Gehölz untergetaucht.

Am Ende der Nacht, noch vor Beginn der Dämmerung, war plötzlich ein Schwarm Krähen aus den Bäumen aufgestiegen und nach Norden abgestrichen, der Knecht musste ihn aufgescheucht haben. Er war dort, steckte irgendwo im Gesträuch, der Brokmanne war überzeugt davon. Es war noch vor Sonnenaufgang, im Osten zeigte sich ein schmaler Lichtstreifen am Himmel, der aber nur langsam wuchs. Guy hatte vorgeschlagen, bis zum Tagesanbruch zu warten, aber Ocko tom Brook war zu ungeduldig.

»Und was ist, wenn er sich nach Auwreke durchschlägt? Und dann verschwindet? Nein, wir greifen ihn uns jetzt. Ich will ihn haben!«

»Der Mann sehr müde. Wir gesehen. Nicht mehr lauf viel«, hatte der Normanne zu bedenken gegeben. Er war

320 Dieser Teil beschreibt den Krieg gegen die Sachsen.

der Einzige, der es wagen durfte, einem tom Brook zu widersprechen, aber Ocko hatte nichts davon hören wollen. Er fühlte sich persönlich beleidigt durch diese Flucht, es drängte ihn nach Rache, nach Kühlung für seine Wut. Er wollte dem Kerl in die Augen sehen, wenn er ihn bestrafte. Das Seil für seinen Hals hatte Ocko in der Satteltasche, einen passenden Baum würde man schon finden.

Aus dem Dorf kam jetzt wütendes, anhaltendes Hundegebell und der Brokmanne knurrte zornig. »Seht zu, dass euch das Schwein nicht entkommt!«

Ocko tom Brook ließ absitzen und die Pferde am Zügel führen, um ihre Kette breiter und zugleich dichter zu machen. Sie rückten in einer sichelartig gebogenen Linie nach Norden vor, Ludeke mit seinen Leuten auf der rechten Seite, Guy mit dem Wachtrupp auf der linken. Entweder sie fassten den Mann noch im Wald oder auf seiner Rückseite. Das Gelände dort wurde von einem Tief abgeschlossen. Es führte viel Wasser, noch von der Schneeschmelze, und seine Ufer waren morastig und schwer begehbar. Er würde nur sehr langsam vorankommen, gegen die Pferde waren seine Aussichten gleich Null. Das Gehölz verschluckte die Männer, sie tasteten sich durch die Dämmerung vor, während im Osten die Nachtwolken zurückwichen und das Licht zunahm.

»Achtet auf die Bäume!«, befahl der Brookmanne, und seine Leute warfen immer wieder einen prüfenden Blick nach oben, aber die Kronen hatten noch kein Laub und ein Versteck im Geäst war so gut wie ausgeschlossen. Ihre Unruhe stieg, als vor ihnen das Ende des Holzes in Sicht kam und der Flüchtige verschwunden blieb. Und dann war plötzlich Bewegung hinter den Bäumen, sie sahen Reiter jenseits des Waldes, drei, vier, dann zehn, schließlich mehr als zwei Dutzend. Der Brokmanne ging in die Steigbügel, gab seinem Tier die Sporen und schoss nach vorn, die anderen folgten, und sie preschten die letzten

Schritte durch brechendes Astwerk auf die sumpfige Böschung vor dem Tief.

Und dann sahen sie Folkmar Allena, den Asterhusumer, inmitten einer Bedeckung von fast dreißig Mann, alle mit Langklingen, aber nur Allena trug einen mit Silber gefassten Brustharnisch. Sie sahen jetzt, dass die ganze Mannschaft festlich gekleidet war, ganz so, als käme sie von einer Kirchweih oder einer Hochzeit, und dann sahen sie auch den Flüchtling. Der Mann stand zwischen den Pferden, er war völlig verdreckt, der ganze Körper schlotterte vor Kälte, vor Erschöpfung und vor Angst. Er hielt seine Mütze in den Händen, sie flatterte wie wild, es sah aus, als wollte er sie zu Boden werfen und sie ginge ihm nicht von der Hand.

Allena saß auf seinem Pferd wie ein Kaiser beim Sonntagsausritt, er rührte sich nicht und es kam von niemandem ein Grußwort.

»Stiehlst du jetzt auch schon Knechte? Burgen reichen dir wohl nicht?«, sagte der Brokmanne ätzend, aber der andere gab keine Antwort. Ocko tom Brook hob den Arm und zeigte auf den Flüchtling. »Dieser Mann gehört mir. Er war Brotesser auf meinem Auwreker Hof. Er ist geflohen.«

Allena bewegte sich leicht im Sattel, es schien, als wollte er zum Furzen den Hintern heben. »Wo ist das Zeugnis für diesen Satz?«, fragte der Asterhusumer spröde.

»Mein Wort genügt!«

»Mir nicht!«

Der Brokmanne schluckte den Hieb ohne Wimpernzucken. Er blieb äußerlich gelassen, aber hinter seiner Stirn arbeitete es. Die Lage war klar. Allena suchte den Waffengang, und er würde ihn auch bekommen. Aber nicht jetzt, nicht hier, und nicht wegen eines Knechts. Zudem waren die Asterhusumer zu stark, es kamen gut zwei auf einen der ihren.

»So behalte ihn in deinem Gesinde. Er passt zu dir.«

»Ah! So, wie er angeblich zu dir und deinem Gesinde gepasst hat?«

Der Brokmanne fühlte fast schmerzhaft das Blut in seinen Schwertarm strömen, er hörte, wie der Normanne hinter ihm ein dumpfes Grollen absonderte, aber Ocko tom Brook zeigte sich der Situation gewachsen. »Es wäre gewiss ungebührlich, dich zu fragen, was du hier tust? Mit zwei Dutzend deiner Knechte. Und dann noch so festlich gewandet«, fragte er betont höflich und der andere nickte ebenso spöttisch.

»Gewiss wäre es das. Aber du fragst ja nicht. Oder sind wir dir etwa Wegezoll schuldig, da wir durch deinen Hinterhof reiten?«

Er ließ die Frage in der Luft hängen, hob sogar den Kopf, um nach ihr zu schauen und einige seiner Männer lachten. Jeder wusste, es ging bei diesem Wortgefecht letztlich nur noch darum, dem Gegner nichts nachzugeben. Und am Ende, wenn das Blut bis zur Weißglut gereizt war, vielleicht doch noch blankzuziehen und blindlings um sich zu schlagen.

»Mir scheint, ihr habt euch verirrt. Wenn man in Weiberröcken umherzieht, sollte man immer in Sichtweite seines Misthaufens bleiben«, gab Ocko trocken zurück.

Das war eine grobe Beleidigung und jetzt lachten die Brokmannen, aber Folkmar Allena blieb kalt bis ans Herz.

»Wie soll aus dir ein großer Mann werden, Hylmerisna, wenn dir die einfachsten Dinge eines noblen Lebens nicht zugänglich sind?«, fragte der Asterhusumer in gespielter Resignation, nahm mit gezierten Bewegungen seine Pelzkappe vom Kopf und fuhr sich über die Stirn. »Denn siehst du, wir kommen aus Papenborch, wo wir auf Einladung seiner Eminenz, des Erzbischofs von Monasterium, weilten. Er hat den ersten Flügel seiner Burg geweiht, die er dort baut. Es wundert mich, dass du fehltest. Warst du nicht willkommen?«

Ocko fühlte, wie ihm jetzt das Blut in den Kopf stieg. Nicht nur, dass ihn der Asterhusumer mit dem alten Namen reizte, auch der Fall selbst rührte einen kaum verflogenen Zorn in ihm auf. Dieser Sack, Potho von Pothenstein, der sich als Johann II. auf den Stuhl des Fürstbischofs gesetzt hatte, war doch nicht der blutleere Kleriker, als der er zu Anfang gegolten hatte. Im Gegenteil. Es zwitscherte seltsame Kunde über ihn durch die Diözese. Er hatte schlechte Angewohnheiten, neigte zu Wutausbrüchen, schlug dann seine Diener und entlohnte seinen Leibarzt nur, solange er völlig gesund war. Wurde Johann krank, ließ er den Medicus sofort auf halbe Verpflegung setzten und zahlte ihm bis zu seiner vollständigen Gesundung kein Silber, nicht einen Pfennig. Es gingen sogar Gerüchte, der Arzt, ein Maure aus Spanien, der angeblich in Bagdad und Cordoba studiert hatte, habe zu fliehen versucht, und Johann habe ihn von seinen Knechten fangen lassen und eigenhändig so heftig verprügelt, dass der Mann selbst ärztlicher Hilfe bedurfte.

So einer war Johann II., und jetzt baute er sogar eine Feste in Papenborch. Gewiss nicht, um das Lob des Herrn dort zu singen. Man musste den Kerl im Auge behalten. Und nein, Ocko hatte keine Ladung erhalten. Das wurmte ihn von allem am meisten. Anscheinend hatte Ludwig der Hesse doch etwas hinterlassen, das Johann sperrig im Schlund steckte.

»Das Pergament liegt in Engerhoffe auf dem Abtritt. Meine Knechte wischen sich damit den Arsch«, beschied Ocko grob, und Allena verneigte sich lächelnd. Er wähnte sich am Ziel, der Brokmanne war dabei, seine Fassung zu verlieren.

»Oh, seine Eminenz wird begierig sein, davon zu hören!«

»Ist mir gleichviel. Mir scheint, du brauchst ihn als Protektor, da du seinen Speichel leckst. Da suche ich mir andere Herren aus, das glaube!«, schnaubte Ocko und wendete sein Pferd. Die anderen folgten ihm augenblicklich. Im Abreiten drehte sich der Brokmanne noch einmal um. Jetzt brach der Zorn ungehemmt aus ihm heraus. »Und sieh zu, dass du dich hier mit deinem Gesocks nicht herumtreibst!«, schrie er mit rotem Kopf. »Auwreke ist *mein* Misthaufen! *Ich* bin hier der Hahn. Einen zweiten dulde ich nicht!« Gab seinem Gaul die Sporen und donnerte in vollem Galopp durch das Gehölz, über Wurzeln und vorbei an peitschenden Ästen auf die andere Seite, so wild, dass ihm seine Leute kaum folgen konnten.

In dieser Stimmung war er noch, als sie den Bauplatz seiner Burg in Auwreke erreichten. Es war nun heller Tag, sie hatten seit Stunden weder gegessen noch getrunken und jeder dachte, man werde jetzt zunächst eine Schenke aufsuchen, aber Ocko tom Brook galoppierte mitten hinein in den Weiler und parierte sein Pferd erst durch, als es vor dem Wallgraben stand. Mürrisch betrachtete er den Erdaushub, stieg dann ab und kletterte mit plumpen Beinen auf den Wall. Hinter dem Aushub wurde die Erde verdichtet, an einigen Stellen waren die Grundmauern schon eingelassen, aber es ging dem Brokmannen zu langsam voran. Der Winter hatte ihn aufgehalten, es fehlte an bezahlbaren Handwerkern, Bauholz und Steine waren im Preis rasant gestiegen. Er hatte geschäftliche Kontakte nach Brema geknüpft, Kontakte, die dort Silber banden, das hier knapp wurde. Aber dieses Dilemma war jetzt unvermeidlich. Er brauchte beides, das Geld in Brema und die Burg in Auwreke, und er war froh, dass sein Vater nicht mehr lebte. Keno hätte seine Pläne niemals gutgeheißen, sie wären ihm gewiss zu gefährlich, zu ehrgeizig erschienen.

Ocko wusste es besser. Jawohl, es gab Engpässe. Ja, er war klamm, so klamm, wie Ludwig der Hesse immer gewesen war, sagte er sich mit grimmigem Lächeln, doch hier lag der Fall anders. Er, Ocko, brauchte kein Silber für Weiber und Völlerei. Für die Lüste des Tages oder der Nacht. Seine Einlagen sollten später Früchte tragen, übers Jahr oder in zwei oder drei. Aber dann würden sie reif sein, voll und schwer wie nach einem warmen Sommerregen.

Der Brokmanne stolzierte über den Wall und winkte Tidard Tidesna heran. Der Mann war zu Lebzeiten seines Vaters Richter in Auwreke gewesen, nun war er ein Gefolgsmann wie jeder andere, ein Knecht, der ihm hier den Bau eines festen Hauses betreute. Sonst nichts. Ocko hielt ihn in dem Glauben, er könne später einmal dort als sein Burgvogt hausen, aber dafür war Tidard viel zu alt. Und zu weich.

Tidard Tidesna riss sich schon von weitem die Mütze aus den Haaren und näherte sich in gebückter Haltung. »Es geht voran, Herr. Die Ecksteine werden heute noch gesetzt. Das Wetter ist günstig!«

Der Brokmanne nickte gnädig, er gab Tidard nicht die Hand. »Sieh zu! Ich will zum Pfingstfest den Grund segnen lassen. Und dann geht es in die Höhe«, gab er kalt zurück und Tidesna nickte eifrig.

»So soll es sein, Capitanus. Wir werden bald mehr Steine brauchen«, sagte er beflissen.

»Sorge du für deinen Teil. Die Steine überlass mir!« Ocko tom Brook ging die Richtschnüre ab und winkte dem anderen, ihm zu folgen. An den Schittpunkten blieb er stehen und prüfte Winkel und Fluchten. Die Ausrichtungen waren präzise gemessen. Es hatte sich gelohnt, den Baumeister aus Brema mit dem Entwurf der Burg zu betrauen, Gaufridus Fabri hatte ihn empfohlen, ein Mann, mit dem er auch künftig Geschäfte zu machen gedachte. Der Baumeister war nicht vor Ort, die Grundsteinlegung beaufsichtigte sein Vormann.

Stolz ließ der Brokmanne seinen Blick über den Platz

wandern. Zwanzig auf zwanzig Schritte Bremaer Maß, so sollte der Grundriss sein. Und dann zehn Klafter[321] in die Höhe und einen starken Turm. Fest genug, sich darin vor seinen Feinden zu verkriechen oder Gesindel wie den Allena in ihm verrotten zu lassen.

*

Als sie über die Schlachte ritten, stürmten Erinnerungen auf Enno ein. Er sah sich wieder in dem Heerhaufen des Grafen Albert von Arnsberg, damals, im späten Herbst Anno fünfzig, als sie dem Usurpator Moritz das Gefecht geliefert hatten. Er sah wieder den dichten Nebel vor der Schlacht, hatte den Langen mit seiner kalten Grobklotzigkeit wieder vor Augen und die Fleischsuppe des Fouriers in der Nase, die der Arnsberger noch kurz vor dem Angriff austeilen ließ.

Er musterte die Brücke, deren Holzstützen inzwischen durch Steinsäulen ersetzt waren, und ärgerte sich noch immer über den Akziseknecht[322], der ihnen für die Querung drei Pfennige abgenommen hatte, einen halben für jeden Mann und auch für jedes Pferd.

»Einen halben Pfennig Silber? Für jeden? Ich will die Brücke nicht kaufen, Mann!«, hatte Enno geraunzt und im gleichen Augenblick gedacht, er rede schon so wie der Lange.

»Und für jedes Pferd! Es ist zugleich die Akzise für die Stadt. Ihr müsst nicht zahlen. Aber dann bleibt Ihr draußen!«, hatte der Knecht ungerührt geantwortet. Er war bewaffnet und in Eisen gewesen und zwei andere Posten, die abseits gestanden hatte, waren misstrauisch näher getreten.

»Lass gut sein, Vater!«, hatte sein Ältester, Magnus Ayderd, trocken gesagt, er hatte viel von Magnus tom Diek,

321 Längenmaß: Spannweite der Arme.

322 Akzise: Steuer, Zoll

die gleiche Ruhe, die gleiche Abgeklärtheit. Aber er war noch immer ledig, und das machte Enno große Sorgen.

Das Brückentor war offen, er dachte wieder an die Nacht, in der sie so überraschend in die Stadt gekommen waren. Den Tumult der wilden Stecherei der Stadtleute ausgenutzt hatten, durch diesen schrecklichen Hagel aus Pfeilen und Armbrustbolzen, gleichwohl nur wenige Männer verloren hatten und durch die engen Gassen bis zur Domburg gedonnert waren, sie im Streich genommen hatten.

Es war ein Glanzstück des Arnsbergers gewesen, eine Bravourleistung, so unerwartet wie ein Donnerschlag in der Christmette. Damals war er nicht viel älter gewesen als sein jüngster Sohn Ayderd Adriaan, der vor ihm ritt, aber nun fühlte Enno tom Diek die Last seiner Jahre.

Jawohl, Anno fünfzig war es gefährlich gewesen, die Stadt Brema zu betreten, zumindest auf die Art, in der sie es getan hatten, aber heute war der Casus nicht viel angenehmer. Es galt nicht, eine Burg zu erobern, sondern die Zukunft des Besitzes der tom Diek zu sichern. Sie ritten an Sankt Martini vorbei. Der Turm der Kirche war eingerüstet, der Turmkragen wurde mit einem neuen Steinring verstärkt, sein Dach mit frisch gebrannten Schindeln gedeckt. Zimmerleute sägten Balken und Steinmetze glätteten Granitblöcke, dazwischen wieselten Lehrjungen, rührten Mörtel oder trugen Werkzeuge auf das Gerüst.

Weiter hinten öffnete sich die Gasse und sie tauchten ein in das quirlige Leben einer Großstadt mit mehr als fünfzehntausend Seelen. Sie hielten sich nach Norden, in Richtung auf den Domplatz. Vom Markt her nahm das Gedränge zu, der Lärm schwoll an und es roch nach Hering, Stockfisch, Tran und Tierhäuten. Die drei Reiter schlängelten sich durch das Gewirr von Garküchen, Marktständen, Schankbuden und Bettlern. Nahe der erzbischöflichen Residenz umtanzte eine Horde Gassenjungen johlend eine fette Dirne mit feuerrotem Haar. Die Frau trat und schlug um sich, traf aber niemanden, und dann tauchte ein vierschrötiger Kerl mit einem Ochsenziemer auf und jagte die Meute davon.

Der junge Ayderd Adriaan hatte den Vorfall mit gleichgültigen Blicken verfolgt. Er war nicht zum ersten Mal in der Stadt, kannte ihre Verlockungen und Abgründe, und als sie bei der Domschenke haltmachten, da trank er sein Dünnbier mit der Gelassenheit eines Grundherrn. Sie saßen nicht ab, ließen sich das Bier auf den Pferden reichen und aßen die mit scharf gewürztem Fleisch belegte Brotscheibe in den Sätteln.

Enno zahlte mehr, als er musste, beugte sich vor und suchte die Augen des Schankwirts. »Der Handelsherr Gaufridus Fabri ist doch zu Hause?«

Der Wirt wischte sich über sein zerfranstes Fischmaul und zeigte eine Reihe brauner Zahnstummel. Sein Blick hing noch immer auf der Geldkatze, die der Hairlinger am Gürtel trug. »Gewiss doch. Hinter der Residenz in der Sankt-Ansgari-Gasse. Ihr könnt nicht fehlen!«

Enno nickte und warf ihm noch ein Stück kleines Geld zu. Er kannte den Weg, aber er hatte gefürchtet, seinen Gläubiger nicht anzutreffen. Fabri reiste viel, er unterhielt Beteiligungen an Kontoren, nicht nur in Hamborch und in den Westlanden, und verdiente sein Geld mit Getreide, Holz, Steinen, die er aus eigenen Bergen brach, und Salz. Sein Salz holte er nicht aus verbranntem Torf, sondern aus Salinen im Fränkischen, er ließ es mit Schiffen nach Brema bringen, es war das beste Salz weit und breit. Und das teuerste. Angeblich hatte Gaufridus italische Vorfahren, aber das interessierte niemanden, denn Fabri war einer der reichsten Männer der Stadt, man flüsterte, er sei der reichste. Er verlieh Geld, kaufte sich bei großen Bauern ein, die Land erwerben wollten und finanzierte einen wesentlichen Teil der Geschäfte in der Stadt selbst. Viele waren bei ihm verschuldet, sogar der Erzbischof Albert II., der doch Herzog von Braunschweig und Lüneburg war, und auch der Hairlinger.

Das Haus des Handelsherrn war ganz aus Bruchsteinen gebaut, es waren keine Feldsteine vermauert, auch nicht im Fundamentsockel, wie es üblich war. Ein Knecht nahm ihnen die Pferde ab, ein zweiter führte sie in die Halle. Es roch nach edlen Hölzern und Gewürzen, an den Wänden brannten Kerzen vor polierten Metallspiegeln. Das Rätselhafteste aber war ein Brunnen, mitten in der Halle, eine Granitsäule, aus der Wasser in einen polierten Beckenstein lief. Sie standen noch ehrfürchtig staunend davor, als der Hausherr erschien. Er trug einen seidenen Mantel mit Kapuze, die Ärmel waren mit rotem Samt ausgeschlagen.

»Das ist ein erster Versuch«, sagte er lächelnd. »Das Wasser holen wir über ein Schöpfrad aus der Schlachte. Später einmal will ich auf diese Weise viele Häuser in Brema mit Wasser versorgen, das nicht steht, sondern fließt. Also immer frisch ist. Die Pläne gibt es schon seit langem. Nun rechnen die Kaufleute!«

Er selber rechnete gewiss auch, denn es lag auf der Hand, dass er als Kaufmann aus diesem Unternehmen Nutzen ziehen würde, aber davon sprach Fabri nicht.

»Wie bringt Ihr das Wasser vom Fluss ins Haus?«, fragte Magnus Ayderd fasziniert, er konnte seine Augen nicht von dem Schauspiel lassen.

»Oh, über ein System von Röhren und Kanälen. Die Römer kannten derlei schon«, sagte der Handelsherr freundlich, und lud mit einer Bewegung zum Sitzen ein. Er war galant im Auftritt und vermittelte seinen Besuchern das Gefühl, willkommen zu sein. Fabri hatte einen dunklen Teint, sein Gesicht war rund und weich, aber seine Augen waren kalt, fast leblos, es waren die Augen eines Falken. Dazu passten auch seine harten, knotigen

Hände, Hände die nichts mehr losließen, was sie einmal in den Griff genommen hatten.

Fabri setze sich nicht, er blieb vielmehr neben einem Tisch stehen, auf dem ein dicker Foliant lag. Entweder wusste er, was kam, oder für ihn war jedes Gespräch auch Geschäft, es war nicht zu sagen. »Was führt Euch zu mir?«

Enno tom Diek dachte über die vergangenen Monde nach. Es war nicht so gekommen wie erhofft. Ja, es war schlimmer gekommen als befürchtet! Das Wetter war schlecht gewesen, zu nass, zu kalt in den entscheidenden Phasen der Vegetation, und dann war noch dieser Pilzbefall bei der Gerste gekommen. Er hatte alles versucht, hatte mit dem Gesinde Tag und Nacht geschuftet, und als klar war, dass die Erträge hinter den Erwartungen blieben, hatte er nach anderen Wegen gesucht. Hatte Pferde verkaufen wollen, aber die Bauern brauchten keine. Hatte dann Wolle und Tuche angeboten, kleinere Mengen, denn viel hatte er nicht, aber die Leute versorgten sich selbst damit. Hatte in seiner Verzweiflung schließlich Holz geschlagen und feilgeboten, aber es wurde nicht gebaut.

Dann hatte Wiska gesagt, sie wolle sich von ihren geliebten Büchern trennen, doch das verbot Enno so nachdrücklich, dass sie nie wieder davon sprachen. Man mochte es drehen und wenden, wie man wollte: Der Ertrag, den die tom Diek in diesem Jahr von ihrem Grund und Boden erlösten, reichte nicht zur Deckung ihrer laufenden Zinspflicht. Es war nicht genug, um die jährliche Ablöse an den Bremaer zu leisten. Der Hairlinger berichtete schnörkellos, ohne Sentiment, nüchtern wie ein Kaufmann.

Gaufridus Fabri hatte inzwischen den Folianten aufgeschlagen und blätterte darin. Er lächelte, aber seine Augen blieben die eines Raubvogels, der ein Beutetier entdeckt. »Wieviel fehlt denn?«

»Etwa fünfzig Mark Bremisches Silber«, sagte der Hairlinger spröde.

Fabri nickt, schrieb in das Buch, rechnete und murmelte Zahlen. Dann richtete er sich auf. »Ergo seid Ihr mit eintausenddreihundert Mark Silber im obligo«, stellte der Handelsherr nüchtern fest. »Aber das muss Euch nicht sorgen. Ihr habt Eure Scholle als Sicherheit.«

»Ihr meint, *Ihr* habt meine Scholle als Sicherheit!«, gab Enno tom Diek trocken zurück.

Fabri schloss den Folianten und setzte sich in einem Armstuhl. Er griff nach einer Wasserkaraffe und schenkte sich ein, die Hairlinger saßen noch immer ohne Trunk. Doch dann tauchte ein Diener auf und brachte drei Becher dünnes Bier. Gaufridus Fabri wartete, bis der Lakai sich zurückgezogen hatte.

»Ich muss wohl etwas klarstellen«, sagte er dann mit jäher Schärfe. »Nicht ich bin zu Euch gekommen, sondern Ihr zu mir. Ihr seid es, der sein Ziel verfehlt, nicht ich. Und Ihr habt Schulden bei mir, nicht ich bei Euch.«

Der Hairlinger schwieg, er schämte sich vor seinen Söhnen, aber er wollte sie dabeihaben, sie sollten wissen, wie es stand. Und es für sich behalten. Vor allem der Mutter gegenüber. Wiska kränkelte seit einiger Zeit, sie hatte genug Sorgen mit sich selbst.

Fabri fixierte Enno wie der Bauer die Maus im Getreidespeicher. »Versteht mich recht, ich will Euch helfen!« Er hob den Becher an die Lippen, hielt inne, trank nicht. »Was könntet Ihr sonst noch versilbern?« Wie in einer plötzlichen Eingebung beugte er sich vor. »Eure Gerichtsherrschaft in Hairlingen! Ich verstehe zwar nichts davon, aber man hört dies und das. Gewiss gibt es Herren, denen sie etwas wert wäre?«

Enno starrte ihn an. Lange. Irgendwo ganz hinten im Gehirn stand plötzlich ein Warnsignal, das er nicht deuten konnte. Dann schüttelte er den Kopf. Sicher gäbe es *gewisse* Herren, denen die Gerichtsbarkeit in Hairlingen eine Menge Silber wert wäre. Aber die stand nicht zur

Disposition. Jedenfalls nicht *so*. Lieber ginge er in Lumpen und würde einfacher Knecht.

»Nein!«, sagte Enno tom Diek. »Ich bin ein gewählter Richter in Hairlingen, wisst Ihr? Derlei ist keine Ware, die man verkauft.«

Der andere hob die Schultern. »Nun, es war ein Gedanke, mehr nicht«, bemerkte Gaufridus Fabri leichthin, er hielt dem Blick des Hairlingers stand, sah ruhig in die fragenden Augen, die ihn musterten, als suchten sie nach einer schrecklichen Wahrheit.

Sie gingen schließlich auseinander, nachdem sie eine weitere Schuldaufnahme in Höhe der Deckungslücke vereinbart hatten. Und Enno wusste: Wenn kein Wunder geschähe, wenn nicht bald reiche Ernten eingefahren würden, dann gehörte sein Land, seine Höfe und alles was er besaß, dem Bremaer. Dann wäre er Knecht auf einstmals eigener Scholle. Wenn man ihn ließe.

*

Bruder William sagte oft, als sein Haar grau zu werden begann, habe er sich entschlossen, es abzustoßen. Der Lange pflegte dann auf die Tonsur des Pfarrers zu zeigen und süffisant zu bemerken, so ganz gelinge das ja wohl nicht.

Auch an Adriaan zehrten die Jahre. Er litt unter seinen gichtigen Knochen, die seinen Rücken krümmten, aber er war noch immer in der Lage, die Scholle von Ochterszem unter den Pflug zu nehmen, seinen riesigen Gaul zu bändigen, zur Not durch eine Maulschelle, und sein Schwert zu führen. Und er konnte sich noch aufregen, in Wut geraten und mit brennenden Augen fluchen wie ein Fuhrknecht. Ja, das Feuer war noch in ihm, er spürte seine Hitze noch, es wärmte ihn und verdrängte seine Schmerzen.

So auch jetzt, auf seiner Tenne in Ochterszem, er hatte sich in Rage geredet und William ließ ihn in Ruhe lamentieren. Der Mönch war zu einem Plausch herübergekommen, er ritt inzwischen einen Enkel von Asil, dem Araberhengst, Enno hatte ihn endlich dazu überredet, als das letzte Maultier des Pfarrers eingegangen war. Das Pferd war eine Stute, der Mönch rief sie Annika, und der Lange bezeichnete sie spöttisch als Edelmähre. William kam in letzter Zeit regelmäßig auf den Hof, sie redeten, aßen, tranken dunkles Bier, das der Holländer aus Brema kommen ließ, und der Mönch blieb bis zum Frühstück.

»Das sind Lumpenhunde und Galgenstricke«, sagte Adriaan mit tiefem Groll. »Allena, Abdena und auch Wiemken sind nicht besser als der Brokmanne!« Er nahm einen erheblichen Schluck aus seinem Becher und wischte sich den Schaum von den Lippen. »Und dann erst Hylmerisna selbst. Jeder, der in seine Nähe kommt, ist ihm verdächtig. Kann geschärftes Eisen in der Hand haben, um ihn abzustechen. Bei dem, was Ocko auf dem Kerbholz hat, würde ich den Rest meines Lebens mit einem offenen Auge schlafen …«

»So? Und wohin würdest du damit sehen?«, fragte der Mönch lächelnd.

»Ich scherze nicht, William! Höre, diese Leute werden nicht in ihren Betten sterben. Nicht umsonst hat sich Ocko aus Neapel einen Leibwächter mitgebracht. Diesen Normannen, Guy, der seinen Rücken deckt. Aber auch der kann ihn nicht vor der Klinge schützen, die ihn das Leben kosten wird.«

Der Mönch angelte nach einer Lauchstange und schob sie zwischen die Zähne. Auf seiner Kutte sammelten sich Brotkrumen, Flecke von Bratensaft und kleinere Fleischbrocken. Er aß in letzter Zeit sehr unordentlich. »Ich sollte es, aber in diesem Fall würde ich es kaum bedauern, der Herr verzeihe mir. Auch wenn der Papst erst kürzlich die Christenheit erneut zu Gewaltverzicht aufgerufen hat.«

»Welchen Papst meinst du? Wir haben zwei«, fragte

Adriaan grinsend. Das Thema gefiel ihm, man konnte sich beim Bier vorzüglich daran reiben.

Doch William winkte ab. »Wir haben *einen*. Der andere ist offensichtlich ein Usurpator, ihn stützen die Schwertklingen des Königs von Frankreich. Einmal mehr ist es so!« Er seufzte. »Das ist besonders schmerzlich, nachdem wir alle gedacht hatten, dieses dunkle Kapitel der Kirche sei endgültig geschlossen.«

»Nur einen Papst? Nun, ganz so einfach scheint mir der Casus nicht«, stichelte der Lange. Er gab sich locker, die Gelage mit dem Mönch, zu denen er gelegentlich auch seinen Handmann Ellard Wiersen und dessen Söhne lud, machten ihn wieder jung und unbeschwert. Adriaan war an einem Punkt, der zur Rückschau auf das eigene Leben einlud, dazu, das Erreichte zu betrachten und zu wägen.

Er konnte zufrieden sein. Sein Hof gedieh, er erntete Erträge, die sich sehen lassen konnten und die Zeiten, in denen er auf die Hilfe der Eesenser angewiesen war, um über den Winter zu kommen, waren längst vorbei. Die Pest hatte ihn verschont, Ellard und seine Söhne gingen kräftig zur Hand, sie hatten Stallungen und Scheunen errichtet und die Flächen waren allgemein in einem guten Zustand. Hinge da nicht das Menetekel des Verlustes alles dessen wie das Schwert des Damokles über ihnen, es wäre wie ehedem, zu Lebzeiten des alten Schollenherrn. Denn natürlich konnte Adriaan van der Kerckhove, Pachtbauer in Ochterszem, mit seinem kleinen Anwesen den befürchteten Niedergang des Besitzes der tom Diek nicht aufhalten. Aber daran dachte der Lange jetzt nicht. Er fläzte sich, ebenso wie der Mönch, in seinen Armstuhl und genoß das Leben. Und das Gespräch.

»Immerhin hat es bei diesem Konklave ja Unregelmäßigkeiten gegeben. Hat nicht Gassenpöbel, Bettler und Huren die Kardinäle bedrängt, einen Italier zum Papst zu wählen? Wie es dann auch geschehen ist? Und wie konnten diese Leute in den Lateran eindringen? Ist nicht die Wahl selbst durch diese Ereinisse fragwürdig?«

Schon lange hatte William abwehrend die Hände gehoben. »Mann, Langer! Du und deine Fragen! Siehst du denn nicht, dass alles fingiert war? Es ist ja richtig, die Fraktion der Franzosen hatte sich ein anderes Ergebnis gewünscht. Auch ausgerechnet. Da liegt doch die Wurzel allen Übels!« Der Mönch fuhr sich über den Mund und dann, unter den spöttischen Blicken des Holländers, über seinen kahlen Schädel. Er ließ sich nicht beeindrucken, sondern betrachtete angelegentlich seine Fingernägel. »Es ist ja doch kein Zufall, dass von den einundzwanzig Kardinälen, die Gregor XI. während seines Pontifikates ernannt hat, allein fünfzehn Franzosen sind. Was glaubst du wohl, langer holländischer Adriaan, warum er das gemacht hat, wie?«

Der Mönch sprach weiter, als rede er zu seiner Hand. »Der Pöbel war natürlich gekauft. Von den Franzosen. Und dieser unsägliche Vorfall der willkommene *casus belli*, die Wahl hinterher anzufechten!«

»Was hast du als Britannier denn gegen einen französischen Papst?«, stocherte der Lange weiter. »Der spricht sein Latein ebenso elegant wie ein Römer.«

Gegen einen französischen Papst habe er nichts, gab der Mönch zurück, wohl aber habe er etwas dagegen, dass die Franzosen den Stuhl des Pontifex unter sich auskungelten. »Du hast ja recht, es war nicht in Ordnung, dass diese Plebejer das Konklave bedrängten. Dem Vernehmen nach haben sie ja sogar die Wahl von Bartolomeo Pignano[323] explizit gefordert.«

Aber die Waffenknechte hätten sehr schnell wieder für Ruhe gesorgt, und danach sei die Wahl ohne jede Störung von außen abgelaufen.

323 Wurde schließlich als Urban VI. gewählt.

»Es gab also keinen Grund, Urban als Pontifex abzulehnen!«

»Sogar italische Kardinäle haben das getan«, gab Adriaan zu bedenken.

Der Mönch sah den anderen nachsichtig an. Auf seinen Lippen lag ein freundliches Lächeln. Es war das Lächeln eines Baumeisters, der seinem Lehrling beim ersten Glätten von Steinen zusieht. »Höre, mein langer Freund: weißt du denn auch, welche Kardinäle das waren? Und weißt du auch, welche Posten sie heute in Avignon bekleiden? Einer, mein Guter, ist der Präfekt der Inquisition. *Dort*. Die anderen gehören natürlich alle zur Kurie. *Dort*. Das war von langer Hand vorbereitet. Ebenso wie die Wahl des Grafen von Genf zum Gegenpapst[324] und die Rückkehr an den Hof von Avignon.«

»Unter die Fuchtel des Königs der Franzosen!«

»Viel übler ist das Schisma. Die Spaltung der Kirche!«, sagte der Mönch bekümmert. »Es wäre der Christenheit zuträglicher, wir hätten *nur* einen Papst in Avignon, als einen dort *und* einen weiteren in Rom.« Er richtete sich auf und ließ seinen Blick über Fleischplatte und Gemüseschüsseln wandern. Mit Bedacht wählte er ein Stück saftigen Braten.

»Nimm uns. Ostfriesland!«, fuhr William kauend fort. »Wie soll die Kirche ihren Schafen so Halt geben? Vergiss die Fürstbischöfe, sieh dir die Äbte an. Eghardus von Ihlo, ein brennendes Gerippe. Sein Feuer lebt nur noch, um seine Augen zu beleuchten. Nikolaus von Marienthal tut, was er schon immer getan hat: Er gießt Glocken. Und Abt Hilderaad von Marienkamp, du meine Güte! Ich habe ihn neulich gesehen. Sein Fleisch hängt so von den Knochen, als sei es zu müde, sich daran festzuhalten. Der Mann ist ein Wrack. Er kann keine Seele mehr stützen.«

---

324 Robert Graf von Genf wurde als Clemens VII. Gegenpapst mit Sitz in Avignon.

»Und damit sind wir wieder bei den Hylmerisna, den Abdena und den Allena, vermute ich«, sagte der Lange trocken, und der Mönch breitete die Arme aus.

»Wer soll sie noch aufhalten? Mit der Autorität welches Papstes soll die Kirche sprechen?«

»Ich bezweifle, dass die Kirche je die Absicht hatte, diese Leute aufzuhalten«, sagte Adriaan angriffslustig.

»Das füllt ein ganz anderes Pergament. Aber jetzt geht es überhaupt nicht mehr, verstehst du?«

Der lange Holländer griff sich ihre Becher und stapfte zum Fass hinüber, um sie erneut zu füllen. Es war ein kleines Gemäß von einem Eimer Bier, er hatte immer zwei davon im Keller unter der Tenne liegen, sie hielten nicht lange bei ihm. Als er zurückkam, lag ein kaltes Lächeln auf seinen Lippen.

»Verstehe mich nicht falsch, William, aber ich sehe niemanden in der Kirche, den das wirklich schmerzt. Zumindest nicht im höheren Klerus«, fügte er eilig hinzu, da der Mönch die Stirn runzelte. »Vielleicht passt das alles in einen großen Plan, den wir nicht kennen. Die Bischöfe und ja, auch der Papst, haben doch Nutzen von weltlichen Fürsten. Denn um die Christenheit zu beherrschen, genügt es, die Fürsten zu beherrschen!«

Er hielt inne und sah auf den Priester herab. In seinen Augen funkelte es. Es war, als sei ihm plötzlich eine Erleuchtung gekommen. »Überlege doch: Auf diese Weise schlägt die Kirche zwei Fliegen mit einer Hand. Indem sie zulässt, dass die Noblen sich Untertanen schaffen, bindet sie deren Häuser enger an sich.«

William war jetzt zornig, er riss dem Langen so heftig den Humpen aus der Hand, dass sich Bier über seine Kutte ergoss. »Hirngespinste!«, knurrte er. »Phantasmagorien eines Laien! Das klingt ja ganz so, als dienten diese Untertanen der Kirche als Köder für die Fürsten. Absurd. Und widerwärtig! Für einen Priester gleich gar!«

»Es mag sein, dass der Seelsorger eines Kirchspiels derlei anders beurteilt als ein Fürstbischof. Aber eins ist doch klar, William: Der Wurm muss dem Fisch schmecken, nicht dem Angler«, widersprach der Lange ernst.

Der Mönch starrte schweigend in seinen Becher. Er dachte lange nach, bevor er sprach. »Das Volk der Wurm? Die Fürsten der Fisch? Der Klerus der Angler? So etwa?«

Jetzt war es Adriaan, der zu zweifeln schien. Oder beschwichtigen wollte. Jedenfalls wedelte er mit den Händen, als schöbe er Rauchwolken zur Seite. »Ja. So etwa! Aber die Sache hinkt trotzdem. Noch reden wir nicht von Fürsten, sondern von Kerlen, die genügend brutal, genügend reich und genügend schlecht sind, das alles auszuleben. Davon reden wir. Und wir reden von Bauern!«

»Noch! Wir reden *noch* von Bauern. Aber sie, oder die ihnen folgen, *werden* Fürsten sein. Und dann gnade uns Gott«, sagte der Mönch mit Grabesstimme, um listig anzufügen: »Aber wir beide, du und ich, ein alter Schollenbrecher und ein trunkener Mönch, wir werden heute nichts mehr wenden. Ergo bibamus[325]!«

Er leerte seinen Becher, soff ihn in einem Zug hinunter, stieß ihn dem Langen vor die Brust und raunzte: »Nachgeschenkt! Aber rasch!«, streckte die Beine aus und langte nach einer Brotscheibe, auf die man ein halbes Pferd hätte legen können. Adriaan begnügte sich mit einem daumenstarken Bratenstück.

»Es gibt auch Sorgen, Freund, die uns noch näher sind als als das. Uns mehr drücken als die Freiheit der Friesen«, sagte William undeutlich und der lange Holländer nickte. Er wusste, wovon der Mönch sprach. Auch in diesem Jahr schien die Ernte hinter den Erwartungen bleiben. Es war noch zu früh für ein endgültiges Urteil, aber nach der Aussaat war es lange zu kalt und zu nass

325 lat. Also lasset uns trinken!

gewesen. Um Pfingsten hatte zudem ein verheerender Hagelschlag die besten Flächen um Eesensem arg gerupft, und in der Gerste steckte der Pilz. Schon wieder! Anno achtzig würde sich die Schuldenlast des Hairlingers kaum verringern.

*

Es war noch eine lange Nacht geworden, sie hatten ihre Bettstatt nur von Ferne gesehen, die schweren Augen Williams und der steife Rücken des Holländers waren mehr dem fehlenden Schlaf geschuldet als den zwei Eimern Bier. Über Gott und die Welt hatten sie geredet, auch gestritten, sich aneinander gerieben, mit zornroten Köpfen Argumente gewechselt wie Schwertstreiche, aber immer wieder zueinander gefunden.

Einmal, als der Lange den Mönch über Religion belehren wollte, hatte ihn William angefahren: »Was erzählst du mir da? Du? Ein entflohener Novize einem gefinkelten Ordensbruder? Ein sündhafter Laie einem tugendhaften Kuttenträger? Einem wie mir, der durch den Eisenregen von Blackfriars gegangen ist?« Er hatte die Sache zum Ärger des Langen genüsslich in die Länge gezogen, wie ein Huhn, das ein Korn von allen Seiten betrachtet, bevor es sich entschließt, danach zu picken. »Das ist, um mit einem Wort aus meiner Heimat zu sprechen, *to teach ones grandmother to suck eggs*!«[326]

»Aus dir spricht die Arroganz dessen, der sich im Besitz aller Wahrheiten glaubt. Und was deine Tugendhaftigkeit betrifft: Die ist allerdings sprichwörtlich. Sie wird nur noch durch deinen Durst übertroffen«, hatte Adriaan spöttisch herausgezahlt. »Und was heißt denn: gefinkelt?«

Sie hatten weiter diskutiert, disputiert, gestritten, und sich lachend in den Armen gelegen bei der Erinnerung an

326 To teach ones grandmother to suck eggs: Jemanden belehren oder Rat erteilen, der weit mehr Erfahrung hat als der Ratgeber selbst.

einen Knecht, einer von denen, die Wiska jeden Wunsch von den Augen ablasen. »Weißt du noch? Frerich, damals ...?«

Der Knecht hatte in seinem Übereifer alles falsch gemacht und damit eine Kette von verrückten Ereignissen ausgelöst. Wiska hatte für ihren Garten eine Rankstange gesucht, und der Kerl war hinter den Pferdestall gelaufen und hatte eine aus dem Stapel dort gezogen, es war der Stamm einer jungen Birke gewesen, frisch geschält und für den Verbau im Stall vorgesehen, war dann im Sturmschritt herangeeilt, ohne die Stange auszubalancieren und das Unheil hatte seinen Lauf genommen.

Auf Höhe der Tenne war die Last plötzlich ausgeschwenkt und hatte um ein Haar den Schollenherrn von den Füßen geholt. Enno hatte eben noch wegtauchen können, aber das Umschlagen der angelehnten Leiter war nicht mehr zu verhindern gewesen. Der Mann auf der Leiter stürzte in das Schöpffass neben der Tenne, das Wasser schoss in einer Fontäne nach oben, bevor das Holz barst und die Bretter durch die Gegend flogen.

Der Knecht, jetzt völlig verdattert, konnte die weitere Drehung der Stange nicht stoppen, er drehte sich mit seiner Last und hochrotem Kopf im Kreis, alles schrie auf ihn ein, aber es dauerte eine ganze Weile, bis er begriff, dass er sie fallen lassen musste, um ihrer endlich Herr zu werden. Als er die Stange dann zu Boden warf, traf er mit dem hinteren Ende einen Holzkorb, schleuderte ihn in die Luft und sorgte dafür, dass alles rannte und flüchtete, um sich vor den herabregnenden Scheiten in Sicherheit zu bringen.

Die Geschichte war dem Langen wieder in den Kopf gekommen, er hatte sie prustend vor Lachen erzählt, der Mönch war eingefallen und sie hatten sich in einen regelrechten Lachrausch gesteigert, jeder wusste der Episode noch einen Spritzer Komik hinzuzufügen, sie auszuspinnen, und sie hatten sich aneinander festgehalten und gelacht, bis ihnen die Tränen gekommen waren.

Diese Leichtigkeit war jetzt verflogen, sie hatte angstvoller Beklemmung Platz gemacht. Da war dieser Stallknecht aus Eesensem gewesen, er war noch in der Dunkelheit aufgetaucht, schweißnass und mit ausgerittenem Pferd, und hatte ihnen noch auf der Tenne diese beiden Nachrichten zugerufen, die sie nicht in ihre Köpfe brachten, die ihren Puls beschleunigten und die ihnen nun Flügel verliehen. »Die Herrin liegt auf den Tod!«, und »Der Brokmanne hat einen Boten geschickt. Er kommt nach Eesensem!«

Sie waren ohne Frühstück aufgebrochen, der Lange steif wie ein Brett und der Mönch mit verquollenen Augen. Den Stallknecht hatten sie mitgenommen, aber er hatte ihnen nicht lange folgen können, kaum William auf seiner edlen Stute, noch weniger dem Langen, der seinen Riesengaul mit heiserem Geschrei angetrieben hatte.

Also donnerten sie durch den noch grauen Morgen, und William ging ein Wort des Propheten Joel[327] nicht aus dem Kopf: *Wie das Morgenrot, wie Helden stürmten sie dahin, die Erde zitterte vor ihnen, und der Herr ließ vor seinem Heer seine Stimme dröhnen.*

Der Mönch dachte diese Worte immer wieder, sie sollten ihm Zuversicht geben, aber sie gaben ihm keine Zuversicht. Ja, Wiska kränkelte, schon eine ganze Weile, aber auf den Tod lag sie bis gestern noch nicht. Und was, zum Teufel, hatte Ocko Hylmersina in Eesensem verloren? Er versuchte, dem Langen zu folgen, es gelang ihm kaum und oft genug sah er weit entfernt nur dessen knochigen Hintern über dem riesigen Hintern seines Gauls.

In Eesensem stand das Hoftor offen und niemand bewachte die Pforte, wie es seit der Pestzeit angeordnet war, und das war ein übles Zeichen. Vor dem Haus der

327 Joel: Einer der zwölf kleinen aus den »Hinteren« Propheten.

tom Diek standen drei fremde Pferde, zwei davon mit teuren Sätteln und Zaumzeug, ein Knecht tränkte sie und hatte ihnen Heu geschüttet. Etwas abseits graste ein Maultier mit einer einfachen Satteldecke auf dem Rücken. Es war nicht üblich, Gäste im Haupthaus zu bewirten, dafür war die Tenne vorbehalten, aber der Platz vor der Tenne war leer.

Und dann, als sie anlangten und von den Pferden sprangen, sah William den Langen erstarren. Der Holländer stand wir festgefroren, die Hand auf seinem Schwertgriff, und jetzt sah auch der Mönch den Mann. Er war mittelgroß und muskulös, zugleich aber schlank, fast grazil, man sah ihm an, dass er sich schnell und mit großer Kraft bewegen konnte. Sein Haar war strohblond und im Nacken bis zum Hinterkopf geschoren, er trug ein Langschwert und einen Dolch mit einer spitzen, bösartigen Klinge. Das musste der Normanne sein, Ocko Hylmerisnas Leibwächter. Der Fremde neigte stumm den Kopf und erwiderte Adriaans Blick mit kalten, ausdruckslosen Augen.

In der Diele kam ihnen eine Magd entgegen, feuchte Tücher in den Händen, schniefend und mit verheultem Gesicht. Die Herrin sei in der Schlafkammer, die Söhne wären jetzt bei ihr, der Schollenherr erwarte sie am Rauchfang. In der Esse brannte trotz der Wärme ein Holzfeuer, sie sahen den Kessel mit Wasser dampfen und wussten, es war für Wiska. Die Fremden standen mit dem Rücken zu ihnen, einer trug eine Kutte, aber sie sahen Enno tom Diek, er lehnte an der Esse, bleich wie der Tod, ein Pergament in der zitternden Hand.

»Was liegt an, Schollenherr?«, fragte der Lange mit knarzender Stimme, und dann wandten die Fremden sich um. Der Brokmanne war erlesen gekleidet, er trug ein Wams und Hosen aus leichter friesischer Wolle, an seinen Stiefeln glänzten silberne Sporen. Enno tom Diek stellte Ockos Begleiter mit fester Stimme vor. Der eine war Gaufridus Fabri, Handelsherr zu Brema, der andere Bruder Hayundus, Zisterzienser aus dem Kloster Ihlo und Hauskaplan des Brokmannen in Engerhoffe. Fabri verneigte sich steif, der Mönch in unterwürfiger Demut, doch der Brokmanne stand wie ein Eiszapfen und Adriaan sah keinen Grund für Höflichkeit. Die Verneigungen ließ er unbeantwortet.

»Was liegt an, Schollenherr?«

»Schollenherr?« Die Stimme des Brokmannen troff vor Sarkasmus. »Dein Knecht wird sich an eine andere Anrede gewöhnen müssen, Todie. Wie wäre es mit Handmann?« Dann sprach er den langen Holländer direkt an. »Wenn Gott und Ocko tom Brook ihm wohlgesonnen sind, darf er vielleicht Pachtbauer bleiben!«

»Was weißt *du* von Gott?«, fragte William lauter als nötig und der Lange machte mit geballten Fäusten zwei rasche Schritte auf den Brokmannen zu, aber Enno brachte ihn zur Besinnung.

»Adriaan! Lass gut sein!« Er winkte mit dem Pergament. »Kommt her, ihr beiden, und lest!« sagte er freundlich, es klang, als wollte er sie zu einem Sonntagsausritt einladen, doch dann sahen sie seine Augen. Es waren leere, erloschene Augen, stumpf wie eine alte Schweinsblase im Fensterrahmen, die Augen einer Leiche. Etwas musste ihn völlig unerwartet getroffen haben, mit der Wucht einer Axt aus tiefster Dunkelheit.

Sie nahmen das Pergament aus der nun steten Hand und lasen und dann wussten sie, was ihren Herrn so maßlos erschütterte: Gaufridus Fabri, der Handelsherr aus Brema, hatte alle Schulden des Hairlingers an Ocko Hylmerisna abgetreten. Alle. Bis auf die letzte Mark Silber. Nur zögernd begannen sie zu erfassen, was das bedeutete, aber niemand begriff zu diesem Zeitpunkt die letzte Konsequenz.

»Nun gut! Und jetzt will er Geld sehen?« Der lange

Holländer brachte es fertig, seine ganze Geringschätzung in diesen einen Satz zu legen.

Ocko Hylmerisna tat so, als habe Enno die Frage gestellt, er wandte sich direkt an ihn und fiel plötzlich in höfisches Idiom: »So weit sind wir noch nicht. Mir liegt zunächst daran, dass Ihr Folgendes versteht: Ich bin jetzt Euer Gläubiger. Ich. Nicht mehr der Handelsherr Gaufridus Fabri. Und Ihr, Ihr seid nun mein Schuldner, nicht mehr der seine.«

Er fuhr sich mit der Zunge über die Lippen und sah sich um, aber weder wurden Stühle herbeigeschafft noch erschien eine Magd, um aufzuwarten, und der Brokmanne hatte mit einem Mal einen verächtlichen Zug um den Mund.

»Begreift auch dies: Zwischen Gaufridus und mir gibt es einen wichtigen Unterschied. Er ist, unter anderem, auch Lombardus[328]. Ich nicht. Am Ende des Jahres erwartet also von mir kein weiteres Geld. Vielmehr erwarte ich von Euch die Einlösung Eurer Schuld. Ob in Silber oder durch Abtretung von Schollen ist mir gleichviel.«

Es herrschte Stille im Rauchfang, ganz so, als wollte der Brokmanne seine Worte wirken lassen, doch dann wandte er sich an den Kaufherrn und holte zum letzten Schlag aus. »Wie hoch ist die Schuld jetzt?«

Gaufridus Fabri zupfte einen eleganten Abakus aus seiner Gürteltasche. Er warf einen kurzen Blick auf die Rechensteine, verzichtete dann jedoch darauf, sie zu schieben. Er hatte seine Zahlen im Kopf. »Es sind eintausenddreihundertfünfzig Mark Bremisches Silber. Dazu kommen drei Teile von Hundert Zins. Macht zum Jahresende eintausendreihundertneunzig und eine halbe Mark.«

»Die Bibel verbietet Zinsen unter Christenmenschen!«, bellte William in hilflosem Zorn, aber Fabri blieb kalt wie ein Karpfen in der Winterstarre.

328 Westfriesische Landgemeinde an der Lauwers.

»Dieser Zins ist mit dem verstorbenen Schollenherrn beurkundet vereinbart. Zudem ist der Casus auch unter Klerikern umstritten. Wie Ihr wohl wisst. Das Zinsverbot bezieht sich auf Solidarkredite für in Not geratene Landsleute. Davon kann hier keine Rede sein.« Er schob den Abakus wieder in seine Tasche und fuhr dann nüchtern fort: »Zum übrigen gibt es weitergehende Ausnahmen vom Zinsverbot. Sie sind eindeutig.«

»Und welche macht Ihr hier geltend?«, schnappte der Lange.

Gaufridus Fabri sah ihn ruhig an. Es war klar, dies hier war seine Domäne. Er fühlte sich himmelhoch überlegen und er war es auch. »Lucrum cessans[329]! Indem ich Eurem Herrn Geld gebe, entgeht mir die Möglichkeit, selbst damit zu wirtschaften«, gab der Handelsherr ungerührt zurück, und der Brokmanne lächelte dazu, es war das Lächeln eines Würfelspielers, der weiß, wie die Steine fallen werden.

»Klingt nach einer wohlfeilen Begründung. Und so schön vielseitig!«, zahlte der Lange bissig heraus und wollte schon nachsetzen, aber da hob Enno tom Diek die Hand.

»Es ist, wie es ist. Wir ändern nichts, auch nicht durch Streitgespräche. Ich akzeptiere Euch als meinen Schuldherrn, Ocko tom Brook.« Er warf einen Blick auf das Pergament und sah dann dem Brokmannen gerade in die Augen. »Verzeiht, aber ich muss mich jetzt um meine Frau kümmern, sie ist sehr krank.«

Ocko senkte bedauernd die Stirn. »Ich hörte, sie sei nicht wohlauf und wünsche baldige Genesung«, sagte er glatt.

Der Zisterzienser, der bis dahin geschwiegen hatte, murmelte »Amen«, und bekreuzigte sich. Fabri schloss sich an.

»Selbstverständlich müsst Ihr Eure Pflicht tun, ich wäre

329 Ruhender Vorteil/aussetzender Gewinn..

der Letzte, Euch davon abzuhalten«, fuhr Ocko eilfertig fort. Er trat einen Schritt näher und senkte die Stimme, als habe er etwas Vertrauliches mitzuteilen. »Erlaubt mir jedoch, Euch noch Folgendes zu sagen: Wir haben auf dem Ritt Eure Felder gesehen. Die Gerste steht schlecht. Emmer und übrige Saat sind in der Entwicklung zurück. Ihr werdet in diesem Jahr auf Eurer Scholle keinen Gewinn erwirtschaften.«

»Das steht dahin. Man verlässt die Kirche erst, wenn die Messe gesungen ist«, sagte Enno tom Diek. Es sollte hart klingen, aber es klang resigniert, fast gleichgültig, fast so, als hätte der Schollenherr den Kampf schon aufgegeben.

Der Brokmanne hob die Hand und streckte sie aus, als wollte er sie dem anderen auf die Schulter legen. Doch dann besann er sich. Als er sprach, war seine Stimme unvermittelt scharf. »Euer Problem ist, dass ihr Hairlinger nicht erkennt, wer es gut mit euch meint! So war es schon immer, auch mit Eurem Vater. Hört, es gibt am Jahresende nur scheinbar zwei Möglichkeiten: entweder Ihr zahlt Eure Schuld, oder Ihr gebt Eure Anwesen auf.« Er wandte sich zu dem Langen um und ergänzte barsch: »Auch das in Ochterszem!«

»Was heißt scheinbar?« William kam zum Kern der Sache, doch der Brokmanne tat, als stünde die Frage nicht im Raum.

»Es gibt immer Mittel und Wege zwischen den Extremen«, fuhr er in belehrendem Ton fort. »Niemals ist ein Casus nur weiß oder schwarz, nur nass oder trocken, nur lebendig oder tot. Man muss bereit sein, die Dinge zwischen den Grenzen zu sehen.«

»Was soll das Geseich?«, grollte der Lange rüde und Enno tom Diek machte einen Schritt zur Tür, und dann sprach der Brokmanne den entscheidenden Satz.

»Es kann alles so bleiben, wie es ist!«

Der Schollenherr fuhr herum. Plötzlich funkelten seine

Augen. Es war wohl doch noch Leben in ihm. »Um welchen Preis?«

»Um den der Unterwerfung. Ich werde Euer Lehnsherr!«

»Niemals!«

»Dann verliert Ihr alles!«, sagte Ocko tom Brook, aber da war Enno schon draußen.

*

Ohne Gruß verließen Bruder William und der lange Holländer die Tenne und folgten Enno in die Schlafkammer. Wiska wandt sich in Qualen, ihr Leib war unnatürlich angeschwollen, sie hatte seit zwei Tagen keine Nahrung mehr zu sich genommen. Die beiden Söhne standen an ihrer Bettstatt, der kleine Ayderd Adriaan verheult und rotnäsig, der älteste, Magnus Ayderd, düster und mit knetenden Händen.

Eine Magd hatte der Herrin die schweißnasse Stirn getupft, der Krug mit kühlem Wasser aus dem Brunnen war seit dem Morgen unberührt. Wiska hatte ohne Hilfe nicht mehr trinken können und wenn sie, wie jetzt, den Kopf in Schmerzkrämpfen warf, konnte sie auch nicht gelabt werden. Erschüttert sahen sie Enno auf den Knien, eine Hand der Kranken haltend, und nichts rührte sie mehr an als dieses Bild von hilfloser Zuwendung. Es war der Lange, der die beiden Söhne mit nach draußen nahm, ein Blick des Schollenherrn hatte Adriaan gereicht zu verstehen, dass Enno nun mit seiner Frau allein sein wollte. Nur William behielt er dort; dem Pfarrer seine Tränen zu verbergen, erschien ihm unnütz und sinnlos.

In der folgenden Nacht verschlechterte sich Wiskas Zustand weiter. Die kurzen Momente klaren Bewusstseins waren überschattet von Seelenqualen und körperlichem Schmerz. Nur einmal noch schien es, als sei sie wunderbar von allen Lasten befreit. Ihr Blick war plötzlich klar, anders als die tränenverschleierten Augen des Mönchs, der vor ihr auf dem Boden kauerte, untröstlich in seinem Jammer. Jetzt gab sie ihm Kraft, sie, die doch selbst schwach war bis auf den Tod.

»Du musst stark sein, William. Stark für die anderen!«, flüsterte Wiska, und dann weinten sie zusammen. Später kehrte dann Wiskas Angst zurück, und die Qual und die Bitterkeit über das nahe Ende ihres so jungen Lebens. Dann gab es ein wildes Wechselspiel aus Verzweiflung und Ruhe, aus Zuspruch und Resignation, in dem Wiska und William eins wurden, miteinander verschmolzen in beständigem Wandel von Zuversicht und Hoffnungslosigkeit.

»Vielleicht ist der Ort, an den du jetzt gehst, besser als der, den du zurücklässt«, sagte der Mönch einmal mit feuchten Augen, aber Wiska schüttelte in sanftem Tadel den Kopf.

»William, du sagst ›vielleicht‹, und das klingt nach Zweifel. Dabei bist du doch ein Priester und sollst mich auf das Paradies vorbereiten. Du musst mich nicht trösten, ich weiß, dass mich Schönes erwartet«, sagte sie fast fröhlich, und da ließ der Mönch seinen Tränen freien Lauf. Er hielt ihre Hände bis zum Schluss und erst dann, im fahlen Grau dieses schrecklichen Morgens, erinnerte sich William des Bündels Elend, das da seit vielen Stunden gekrümmt auf dem Dielenboden lag. Er berührte Enno an der Schulter, ganz sanft, als fürchte er, ihn zu verletzen, und sah dann in seine erloschenen Augen. Enno tom Diek verließ die Kammer mit schweren Schritten und sprach danach zwei Tage kein Wort, er war nicht mehr derselbe, er war ein anderer Mensch.

*

Er gebot es ihnen damals (...) dass jeder Friese, der stark und reich wäre, einen Schlag auf seinen weißen Hals empfangen sollte, danach dürfte er Ritter bleiben.

Hunsingoer Recht, 26. Magnusküre

3.

Auwreke, Burg der tom Brook,
den 3. Sonntag nach Epiphanias, Anno Domini 1381
(Sonntag, 20. Januar)

Enno tom Diek hatte das Runenholz lange nicht getragen, aber jetzt steckte es in seinem Gürtel. Er hielt es fest umklammert, es schien ihm wie ein Kleinod aus einer längst vergangenen Zeit, das Symbol eines Erbes, das er für immer verloren glaubte.

Der Gedanke daran sollte ihn eigentlich mit tiefer Scham erfüllen, aber er tat es nicht. Scham bedeutet Auflehnung, Bündelung aller Kräfte zu ihrer Tilgung, doch Enno tom Diek fühlte sich müde, leer und ausgebrannt. Er wollte diesen Kampf nicht mehr annehmen. Seit Wiskas Tod war etwas in ihm zerbrochen, das er vordem für das Kostbarste in seinem Leben gehalten hatte. Enno glaubte nun, die Selbstachtung sei von allen Tugenden die unwichtigste. Eine eitle Spiegelung persönlicher Hoffart. Mit Wiskas Ende war auch der Stolz des Enno tom Diek gestorben. Es ging nur noch darum, für seine beiden Söhne den Schaden zu begrenzen. Sorge zu tragen, dass sie ihr restliches Leben in vertrauter Umgebung fristen konnten, vielleicht mit der Aussicht, die Dinge eines ferneren Tages doch noch zum Besseren zu wenden.

Dazu bedurfte es dieses letzten Aktes, der nun vor

ihm lag. Es war alles besprochen und gerichtet. In zähen Verhandlungen, auf die sich der Brokmanne eingelassen hatte, war um Details gefeilscht und gestritten worden, bis man sich endlich einig geworden war. Aber als Enno das finstere Gesicht des Langen sah, wusste er, dass irgendetwas nicht stimmte. Adriaan stand mit brennenden Augen neben dem Vorhang am Eingang des Prunksaals und kochte vor Wut. Der ganze Casus ging ihm derart gegen den Strich, dass er seit Tagen kaum ansprechbar war. Die Forderung des Brokmannen, die Zeremonie in seiner halbfertigen Burganlage in Auwreke abzuhalten, hatte das Maß vollgemacht.

»Was glaubt dieser vollgefressene Hund, wer er ist? Der Graf von Friesland?«

»Er ist mein Schuldherr«, hatte Enno einfach entgegnet, aber da hatte ihn der lange Holländer fest angesehen.

»Glaubst du, Schollenherr, ich stünde von diesen Dingen ab? Da solltest du mich besser kennen! Er ist auch *mein* Schuldherr!«

»Ich weiß, du meinst es gut. Aber wie soll er dein Schuldherr sein, da du mein Pachtbauer warst? Und nenne mich nicht Schollenherr. Das ist vorbei«, hatte Enno nüchtern geantwortet und der Lange hatte ein Gesicht gemacht wie nach einem Essigtrunk.

Jetzt stand er neben dem Eingang zum Saal, dem noch die Tür fehlte, die Hand umspannte den Schwertknauf so fest, dass die Köchel weiß hervortragen. »Der Hund *sitzt*! Auf einem Stuhl, der aussieht wie ein Thron!«

Enno blieb wie angewurzelt stehen und starrte Adriaan ungläubig an. »*Sitzt*?!«

Der Lange nickte finster. »Sitzt auf seinem fetten Arsch, der Hund!«, wiederholte er, spuckte den »fetten Arsch« und den »Hund« aus wie ein Stück zähes Fleisch, auf dem man viel zu lange vergeblich gekaut hatte.

Ennos Kinn wurde kantig. Es war klar, der Brokmanne

hatte von Anfang an den brennenden Wunsch verspürt, aus dem nüchternen Vorgang der Pachtvergabe ein feudales Zeremoniell zu machen. Er wollte eine Demonstration, eine öffentliche Darstellung seiner Würde als neuer Besitzer von Eesensem und Ochterszem. Dabei wollte er nicht nur die Genugtuung ausleben, endlich auch in Hairlingen Fuß gefasst zu haben. Er wollte den Friesen zeigen, wie ein tom Brook derlei handhabte. Wie ein Herr. Ein Lehnsherr. Es genügte ihm nicht, dem tom Diek in förmlichem Rahmen einen Pachtvertrag unter die Nase zu halten. Ocko wollte einen Lehnseid. Er wollte den Handgang[330]!

»Er hält sich tatsächlich für einen Adelsherrn. Der Kerl ist völlig verrückt«, hatte der Lange gebellt, als die Absichten des Brokmannen deutlich geworden waren.

Es war schließlich Bruder William gewesen, der durch kluges Beobachten der Verhandlungen noch etwas anderes verstanden hatte. Nämlich dass Ocko die tom Diek um jeden Preis auf ihrer früheren Scholle halten wollte. Seine Drohungen, sie davonzujagen oder ihnen einen Fremden als Bauer vor die Nase zu setzen, waren leeres Gerede. Er brauchte für alle Welt sichtbar Enno in Eesensem als seinen Vasall, wenn nicht so, dann eben als abhängigen Pächter. Nicht irgendwen! Sondern den Hairlinger selbst.

Als Enno dies endlich auch begriff, hatte er gegenüber dem Brokmannen jede besondere Förmlichkeit bei der Pachtübertragung barsch abgelehnt. Es war einer der selten gewordenen Momente gewesen, in denen sich bei dem Hairlinger Reste von Zorn geregt hatten, sie befeuerten seinen brüchigen Willen zur Auflehnung, wohl nicht zuletzt genährt durch Selbstmitleid. Jedenfalls hatte er sogar das höfische Idiom abgelegt, dessen er sich sonst bediente, um seine Distanz zu dem Brokmannen zu zeigen.

330 Zeremonie im Lehnswesen, bei der der Lehnsnehmer (Vasall) dem Lehnsherrn knieend die Hände reicht, die dieser dann mit seinen umschließt. Dazu wird von beiden der Treueeid gesprochen.

»Ich werde nicht vor dir knien. Und ich werde meine Hände nicht in deine legen. Wir schließen einen Pachtvertrag, sonst nichts«, hatte Enno gefaucht.

Denn es war alles so gekommen wie befürchtet. Der Ertrag hatte nicht ausgereicht, Ockos Zinsforderungen zu bedienen. Der Brokmanne hatte darauf seine Ansprüche in voller Schuldhöhe geltend gemacht. Als Pachtbauer in Eesensem bleiben zu dürfen, war unter den Umständen für den Hairlinger das Beste, worauf er hoffen durfte. Aber Schmerz und Scham hatten ihn überwältigt und mit geballten Fäusten hatte er sich aufgerichtet. Und Ocko hatte gelächelt wie einer, der sich seiner Sache sicher ist. Der noch einen Pfeil im Köcher hat, von dem der andere nichts ahnt. Ganz so, als wollte er sagen: Zappele nur, mein Freund, ich kriege dich doch!

Es wurde schließlich vereinbart, dass beide bei dem Zeremoniell stehen sollten, und jetzt saß der Brokmanne auf einem Thron. Enno tom Diek zog seinen Wollmantel enger um die Schultern. Es war ein kalter Tag. Von See her blies ein scharfer Wind durch den Bau, er zog durch offene Fensterlöcher und griff unter das zur Hälfte gedeckte Dach. Er nickte dem Langen zu, gab sich einen Ruck und betrat den Prunksaal.

Es stimmte. Ocko tom Brok saß auf einem Podest in einem reichverzierten Lehnstuhl. Dick und bräsig, mit einem roten, pelzbesetzten Mantel bekleidet, starrte er ihm entgegen. Zu seiner Linken Folckeldis, seine Frau. Sie hielt ihren nun zweijährigen Sohn Keno auf dem Schoß, ihr erstes Kind mit dem Brokmannen. Keno war mit einem winzigen Zierschwert gegürtet, wohl als Zeichen seiner ritterliche Zukunft. Hinter Ocko stand Guy, der Normanne, ruhig, die Arme verschränkt, daneben der Bankert, Widzelt, mit offensichtlichem Widerwillen einen kleinen Dreschstock als Symbol bäuerlicher Macht in den Händen. Ein Läufer aus gebleichtem Stroh führte auf den Lehnstuhl zu, gesäumt von Ockos Schwestern und Angehörigen der Sippe, die den Hairlinger kühl und abweisend musterten. Im Hintergrund des Saales, dort, wo das Dach noch offen war, waren einige der Fremden versammelt, sämtlich bewaffnet und mit eisernen Jacken.

Als Enno den Läufer betrat, begann irgendwo, von dumpfen Trommelschlägen begleitet, eine Leier zu jammern. Mit festem Schritt näherte er sich seinem künftigen Pachtherren, hinter sich hörte er die Tritte des langen Adriaan, der neben dem Läufer auf dem Steinboden lief. Er würde *nicht knien*! Es sah in Folckeldis' dünkelhaften Blick, sah die abschätzig verzogenen Mundwinkel und sah das hoffärtige, blasierte Gehabe, mit dem sich Ocko nun zurechtsetzte und er wusste, er würde nicht knien. Keinesfalls.

Drei Schritte vor Ocko blieb er stehen und die Musik verstummte schlagartig. Der Brokmanne hielt die zusammengerollte Pachturkunde in den Händen und musterte ihn aus halbgeschlossenen Augen. Sein Handmann stand abseits hinter einem Tisch, Schreibrohr und Tinte zur Besiegelung der Urkunde waren vorbereitet. Im Saal war es jetzt totenstill. Enno tom Diek stand hochaufgerichtet mit vorgestrecktem Kinn und wartete schweigend. Er dachte nicht daran, unter diesen Umständen irgendeinen Anfang zu machen. Einen Augenblick lang erwog er sogar, auf dem Absatz umzukehren und die Sache einfach platzen zu lassen.

In Folckeldis' Gesicht stand offene Abneigung. Mit unglaublicher Arroganz wandte sie ihre Fischaugen ab und drehte den Oberkörper ihrem Gatten zu. In der Sippe erhob sich Gemurmel, Füße scharrten und Widzelt pendelte mit dem Dreschflegel. Es dauerte lange, sehr lange, bis Ocko tom Brok sich erhob. Ächzend und stöhnend kam der Brokmanne auf die Füße, steifbeinig verließ er das Podest, die Hand mit der Urkunde stieß herrisch zur Seite und der Handmann eilte hinzu, um sie in Empfang zu nehmen. Bis dahin hatte niemand auch nur ein Wort gesprochen. Dann kam er heran, umarmte Enno tom Diek und drückte dem völlig Verdutzten den Bruderkuss auf die Lippen.

»Seid willkommen! Verzeiht meine Steifheit, sie rührt von einer alten Wunde am Oberschenkel!«, sagte Ocko in überraschender Selbstironie, aber er lächelte nicht.

Der Hairlinger roch den schlechten Atem des anderen und widerstand dem Drang, sich über den Mund zu wischen. »Ich danke Euch.« Er ignorierte den Hinweis auf die Wunde, vermied die Anrede »Herr« und senkte seinen Kopf lediglich in einer winzigen Bewegung. Als er dann einen Blick auf den Handmann warf, um zu sehen, ob es nun an die Siegelung der Urkunde gehe, ergriff der Brokmanne plötzlich Ennos Hände und umschloss sie. Und noch bevor der Hairlinger reagieren konnte, sprach Ocko tom Brook den Treueeid.

»Ich verspreche dir als dein Herr Schutz und Schirm, und nehme hiermit dein Versprechen auf Rat und Hilfe mit Gottes Gnade entgegen«, sagte der Brokmanne mit klarer Stimme.

Es war eine unglaubliche List, ein flagranter Verstoß gegen jede Verabredung, denn weder hatte der Hairlinger sich hierzu schriftlich erklärt, noch hatte er außer seinem Dank für das Willkommen auch nur ein Wort gesprochen. Ocko tom Brook hatte wenigstens der Form nach den Eindruck erweckt, als bestehe zwischen ihm und dem Hairlinger ein Lehnsverhältnis. Enno war wie vor den Kopf geschlagen, er fühlte Ockos Hände wie Eisenklammern und hörte hinter sich den Langen scharf einatmen.

Dann setzte lauter Beifall ein. Auch der Applaus war genau gesteuert, er sollte dem Hairlinger die Möglichkeit einer direkten Erwiderung nehmen. Eine Sackpfeife begann zu jaulen und die Trommeln rührten sich und der Brokmanne fiel ächzend auf seinen Stuhl, während Enno noch immer stand wie vom Donner gerührt. Das war der Augenblick, als der Lange mit dem Fuß aufstampfte, so heftig, dass mit einem Schlag jedes Geräusch im Saal erstarb, und Enno wie aus einem Traum erwachte.

»Damit wir uns recht verstehen: Ich unterschreibe einen Pachtvertrag! Einen Pachtvertrag, keine Lehnsurkunde!«

Der Brokmanne lächelte säuerlich, so wie einer, der es besser weiß. »Auch ein Pachtverhältnis ist auf gegenseitige Treue angelegt, wer wollte das leugnen. Ihr könnt ebenso wenig leugnen, dass ich Euer Herr bin. Ihr müsst mir Hand- und Spanndienste leisten. So ist es beurkundet!«

»Nur, wenn ich Euch die Pacht schuldig bleibe«, versetzte der Hairlinger kalt, »und lediglich in Höhe der Ausfälle. Auch das ist beurkundet!«

Der Brokmanne hatte es plötzlich eilig, die Sache hinter sich zu bringen. Es schien so, als habe er Sorge, zu viel Nüchternheit könnte ihr schaden. Er ließ Enno tom Diek den Vortritt bei der Unterfertigung und setzte abschließend sein Siegel auf das Pergament, den Adler unter drei Kronen. Er hatte sich in Brema eine Petschaft[331] und einen Ring mit dem Siegel fertigen lassen.

Das folgende Fest war üblich, der Hairlinger hatte es selbst als Pachtherr ausgerichtet und sein Vater hatte es oft getan, zuletzt bei dem Langen in Ochterszem, er musste es über sich ergehen lassen, aber nur, solange es der Brauch erzwang.

Ocko tom Brok ließ auffahren. Sie aßen in Fett geschmorten Kapaun, dazu Gerstenbrot unter wilden Zwiebeln, Morcheln und Steinpilzen. Es gab auch gedünsteten Fisch auf Lauchgemüse, einen Schlachtochsen ließ der Brokmanne über offenem Feuer rösten. Musikanten und Gaukler vertrieben den Gästen die Zeit. Adriaan

331 Siegelstift

überschlug grob, die Feier müsste mehr kosten, als sie Ocko im Jahr pachtpflichtig waren, nämlich fünfunddreißig Mark Bremisches Silber.

Die Sonne sank schon, als Pachtherr und Pächter sich nochmals trafen. Sie waren sich bis dahin aus dem Weg gegangen, Enno legte keinen Wert auf ein Gespräch und der Brokmanne spürte das. Sie redeten am halbfertigen Torhaus, der Lange war schon bei den Pferden und Ocko tom Brook stapfte auf steifen Beinen heran, er hatte bemerkt, dass der Hairlinger gehen wollte.

»Du warst ungebührlich. Dein Knecht auch«, brummte der Brokmanne. Er schien nicht mehr ganz nüchtern zu sein, aber seine kleinen, tückischen Augen waren klar und stechend.

Enno dachte nicht daran, jetzt klein beizugeben. »Dein Sitzen war eine Provokation. Und was dachtest du dir mit dem Treueeid? Der Vorgang war anders verabredet«, entgegnete er fest. »Und ich habe gesagt, ich werde nicht knien!«

Ocko starrte ihn an, sein Blick war kalt und abschätzig. »Ich bin Euer Pachtherr«, sagte er formell.

»Ja, aber ich bin nicht Euer Knecht«, antwortete Enno, ebenso in Hofsprache wechselnd. »Ich schulde Euch Pacht, und, soweit ich hier fehle, Hand- und Spanndienste, sonst nichts!«

Ocko nickte langsam, dann schob er sein Kinn nach vorn. »Außer der Ehrerbietung!«

»Die ich ebenfalls für mich in Anspruch nehme. Ihr seid nicht besser als ich, und ich bin nicht schlechter als Ihr!«

Der Brokmanne schüttelte er in scheinbarem Bedauern den Kopf. »Dein Land hast du verloren. Das wird dich schmerzen. Auch deine Ahnen, die ihren Nachlass doch voller Vertrauen in deine Hände legten.«

»Schone mich mit diesem verlogenen Gaukelspiel!«, gab Enno scharf zurück und wollte sich abwenden, aber da packte ihn der andere hart am Arm. Er schob sein Kinn so nahe heran, dass dem Hairlinger ein Dunst von Lauch, Zwiebeln und Bier entgegenschlug.

»Du kannst es wiederhaben. Nicht mehr zu deinen Lebzeiten. Aber für deine Söhne!«, stieß Ocko heiser hervor.

Der Hairlinger erstarrte. Er wusste plötzlich, dass der Brokmanne seinen letzten Pfeil von der Sehne gelassen hatte. Enno wandte den Blick zum Himmel. Seine Augen kamen zurück, sahen auf die Hand, die ihn am Ärmel hielt, dann auf den Brokmannen. »Treibe keine üblen Scherze mit mir, Ocko!«

»Ich scherze nicht. Nicht mit derlei!«

»Dann nenne deinen Preis.«

Der Brokmanne ließ den Ärmel los und fuhr sich über den Mund. Es war, als wollte er einen schlechten Geschmack von den Lippen wischen. »Du leistest mir Heerfolge. Du und dein Knecht, dieser unsägliche Holländer.«

Enno tom Diek legte den Kopf in den Nacken, aber das Lachen erstarb in seiner Kehle. Er trat auf den Brokmannen zu, so unvermittelt und heftig, dass dieser einen Schritt zurückwich. »Deine Hybris widert mich an, weißt du? Du bist kein Adelsherr, also kannst du keine Heerfolge erwarten. Ich bin nicht dein Vasall, also muss ich keine leisten!«

»Wer spricht von müssen? Du fragst nach dem Preis für dein Land. Das ist er!«, erwiderte Ocko mit kalter Arroganz. Er nestelte an der Spange seines Mantels. Aus dem Prunksaal kam entferntes Sackpfeifenspiel, in das sich Lachen mischte. »Mit meinen Feinden ist kein Auskommen. Die Dinge in Ostfriesland liegen so, dass ich mich werde schlagen müssen«, fuhr der Brokmanne grimmig fort. Dann richtete er sich auf und streckte das Kinn vor. »Ich werde diesen Kampf gewinnen. Und jeder, der auf meiner Seite steht, steht gut!«

»Hic Rhodos! Hic salta[332]!«, brummte Enno und schob sich den Kragen hoch, denn die Kälte hatte zugenommen. »Du redest von mächtigen Leuten, Luiward Abdena und Folkmar Allena. Folkmar Allena hat Verbindungen nach Westen, aus denen er Honig zieht. Zudem hat er den Rustringer im Rücken, Edo Wiemken. Das ist etwas anderes als eine Prügelei auf einer Kirchweih!«

Ocko machte eine wegwerfende Bewegung mit der Hand. Es war, als wollte er einen Wurm von den Fingern schütteln. »Unbesorgt! Du vergisst, dass Luiward und Folkmar auch miteinander wetteifern. Bei Licht besehen gönnt einer dem anderen den Pelz auf der Schulter nicht. Sie sind nicht so einig, wie es scheint.«

»Sie sind einig in ihrer Gegnerschaft zu dir. Das kann genügen«, gab Enno kühl zu bedenken, und dann, da der andere schwieg, bedachte er den Casus. Es war klar, wenn er für den Brokmannen kämpfte, war er tatsächlich sein Vasall. Dann hatte Ocko in dem perfiden Spiel schließlich doch noch die Rolle eines Lehnsherrn gewonnen. In diesem Augenblick loderte der Hass so stark in ihm auf, dass er auf die Zähne biss. Er musste dieses Opfer für seine Söhne bringen. Aber damit war der Fall nicht zu Ende.

»Deine Feinde gehen mich nichts an. Du willst, dass ich mich für dich schlage?«

Ocko nickte. »Deine Haut und deinen Schwertarm für das Land deiner Söhne!«

»Das ist dein Preis?«

»Das ist mein Preis. Lehnst du ab, bleiben deine Abkömmlinge Knechte. Meine Knechte, oder die meiner Söhne.«

Erneut legte Enno tom Diek den Kopf in den Nacken. Er dachte an seine tote Frau, seine Eltern und an das

332 Hier ist Rhodos! Hier tanze! Zitat aus einer Fabel des Griechen Äsop. Entgegnung an einen Aufschneider, der sich mit künftigen Leistungen brüstet.

in vielen Generationen mit Blut und Schweiß eroberte, nun aber verlorene Land und an seinen vergangenen Stolz. Ganz hinten in seinem Hirn formte sich das Wort *Ochterszem* und der Hairlinger dachte auch an die drei Toten, deren schreckliches Ende noch immer ungesühnt war. Er warf einen Blick auf den Langen, der im Dämmerlicht bei den Pferden stand. Dann schien es, als hätte er einen Entschluss gefasst. »Nur ich. Meine Söhne bleiben draußen«, sagte er kalt.

»Deine Söhne bleiben draußen!«

»Und sie bekommen alles Land zurück?«

»Nach deinem Tod!«

»Ohne Rücksicht auf die Umstände meines Todes. Das ist *meine* Forderung!«

»Gewährt!« Der Brokmanne streckte die Hand aus und der Hairlinger griff danach.

»Für den Holländer kann ich nicht sprechen. Was mich betrifft, so setze ein Pergament auf. Mach es rasch, bevor ich mich besinne!« Dann wandte er sich ab.

»Was willst du übrigens mit Adriaan? Der ist alt«, sagte er im Weggehen über die Schulter, aber da war der Brokmanne schon in seiner Burg verschwunden.

*

»Ich grüße dich, Rückendecker«, äußerte Ludeke mit spöttischem Lächeln, aber der normannische Leibwächter blieb finster und gab keine Antwort. Ocko tom Brook schrieb an einem Pergament, er hob den Kopf und legte die Feder aus der Hand.

»Es ist nicht die Zeit für Scherze. Komm her!«, sagte er platt.

Auch der Brokmanne schien in einer Stinklaune zu sein. Er hatte Anlass. Zumindest musste er sich Sorgen machen. Denn seine Feinde rührten sich. Der Bau seiner Burg in Auwreke ging nicht voran wie gewünscht. Aber nicht etwa wegen des Wetters oder anderer unabwendbarer Einflüsse, sondern weil Holz und Steine den Bauplatz nicht erreichten. Das Gelände um den Platz herum war abgegrast, es gab dort kaum noch Baumaterial, und die Auwreker wehrten sich zunehmend gegen die Ausbeutung ihrer Wälder und Flurstücke. Sie sahen nicht ein, dass ihre Stämme und Steine für diesen Zweck verbaut werden sollten und sie sagten das dem Brokmannen mit einer ärgerlichen, für ihn neuen Offenheit.

Gewiss, Ocko kaufte Steine in Brema, schwere Kiesel aus der Weser und ließ sich rheinischen Bruchgranit liefern, aber alles das kostete ihn viel Zeit und einen Haufen Silber. Er musste diese Lieferungen aus Brokmannia ergänzen. Und hier lag die Wurzel seiner Wut. Was der Brokmanne aus seiner Landgemeinde heranschaffen ließ, ging immer öfter in Hinterhalten verloren. Wachmannschaften, auch Leute von Ludekes Truppe, wurden im günstigen Fall verjagt, oft übel zugerichtet, und seit Maria Lichtmess[333] war der dritte Erschlagene zu beklagen, ein Fuhrknecht, der sich zu heftig gewehrt hatte. Sie fanden ihn mit gespaltenem Schädel in einem Waldstück bei Feterbueren, die Karren samt Zugtieren blieben verschwunden, ihre Spuren verliefen sich zwischen den Bäumen. Es gab Stellen mit den Abdrücken vieler Hufe und fremder Wagenräder, wahrscheinlich wurde auf kleinere Fahrzeuge umgeladen, um die Beute rascher zu entfernen, aber sonst blieb nichts zurück, kein Stück Holz, kein Stein, kein Fetzen Stoff.

Die Aussagen der Wachmannschaften waren widersprüchlich, kaum zu gebrauchen, doch anscheinend gingen die Überfälle in völliger Stille und großer Brutalität vonstatten. Kräftige vermummte Kerle trieben die Truppe mit Schwerthieben auseinander, bemächtigten sich der Ladung und verschwanden ebenso schnell, wie sie aufgetaucht

333 2. Februar, im Jahr 1381 ein Samstag.

waren. Natürlich hatte Ocko Gegenmaßnahmen ergriffen. Er hatte die Bedeckungen verstärkt und Nachforschungen angestellt, vor allem nach Beweisen für die Verstrickung seiner Feinde in die Überfälle gesucht. Aber die Zahl seiner Leute war begrenzt und Schuldhinweise hatten sich nicht gefunden. Seine Gegner hüteten sich, selbst in Erscheinung zu treten. Luiward Abdena saß in Eemten und rührte sich nicht, und Folkmar Allena hatte angeblich seine Feste in Suderhusen seit Monden nicht verlassen. Seine anderen vier Drecklöcher, in denen er vordem gehaust hatte, waren nur durch kleinere Mannschaften besetzt.

Irgendwann hatte der Brokmanne sich aufgemacht, mit Guy an seiner Seite und Ludeke und seinen Leuten, und war das Anwesen von Folkmar Allena in Asterhusum abgeritten, auch das Gelände um die Tütelburg, danach hatte er dem Steinhaus von Luiward Abdena in Eemten einen Besuch abgestattet. Überall war ihm offener Hass entgegengeschlagen. Man hatte ihn nicht nahe genug herangelassen, um nach Steinen und Stämmen zu forschen, er hätte den Zugang mit blankem Eisen erzwingen müssen, aber so weit war der Casus noch nicht gereift.

Sogar Beleidigungen hatte Ocko einstecken müssen. Der Asterhusumer hatte sich auf die Wehrmauer der Tütelburg gestellt und von oben heruntergepisst, gerufen, er mache das immer so, wenn er Dinge sehe, von denen ihm übel werde. Seine Waffenknechte standen feixend hinter ihm, die Bolzen auf den gespannten Armbrüsten.

»Ich denke, du bist ein so feiner Mann«, hatte der Brokmanne mit roten Hals nach oben gebrüllt, aber der andere hatte nur gelacht.

»Ich richte mich nach meiner Umgebung«, hatte er zurückgeröhrt und mit seinem Strahl die Mauer abgestrichen. »Frage das Gesocks, das dich umgibt, wo deine Stämme sind, Hylmerisna. Und suche die Steine in seinen Taschen«, hatte Allena höhnisch geschrien, und sie hatten mürrisch und schweigend ihre Pferde gewendet, es war nichts zu machen gewesen.

Für Ocko stand indessen fest, dass Allena und Abdena hinter den Raubzügen steckten und jetzt, mit dem dritten Toten, war das Maß voll. Dabei ging es dem Brokmannen nicht um den erschlagenen Fuhrknecht. Ein Brotesser von einem seiner Höfe war leichter ersetzbar, wog ihm weit weniger als das verlorene Gut. Es war auch nicht wegen der Stämme und Steine, die seine Feinde ihm wegnahmen, um damit womöglich ihre eigenen Festen zu stärken.

Sondern es ging um die so ausgedrückte offene Bedrohung seiner eigenen, von ihm gedachten und verfolgten Zukunft. Denn es blieb ja nicht bei Baumaterial. Es hatte drei Vorfälle gegeben, die dem tom Brook die Augen geöffnet hatten. Die ihm klarmachten, dass ein Waffengang, den er gerne noch geschoben hätte, nicht mehr lange zu schieben war. Die anderen schufen Fakten. Sie kreisten ihn ein, brachten sich und ihre Spielsteine in Stellung.

Das erste Ereignis lag schon länger zurück. Die Einkünfte aus Ockos Anteilen an der Beningaburg waren beständig zurückgegangen, es sah lange so aus, als werde sich das Silber nicht rechnen, das der Brokmanne in den Bau gesteckt hatte. Zuerst hatte er seinen Handmann geschickt, dann hatte er selbst Hero Attena zur Rede gestellt. Der alte Fuchs hatte ihm erklärt, er führe die Anteile ab, zu denen er sich verpflichtet habe, aber die Erträge seien schlecht, auch die Qualität lasse nach und seine Früchte erzielten auf den Märkten nicht die gewünschten Preise. Als ihn der Brokmanne dann unter Druck setzte, rückte Attena endlich damit heraus, dass es noch andere Gründe gab.

»Ich habe seit Jahren mehr Schädlinge in meinem Roggen als alle meine Nachbarn. Mit der Spelzgerste und dem Dinkel ist es ähnlich«, hatte Attena gemurmelt und dann hinzugefügt: »Es kommt immer wieder vor, dass abseits liegende Flächen verwüstet werden. Zertrampelt, es müssen Pferde sein, ihre Reiter lesen die Äpfel zwar auf, aber nicht ganz vollständig, wir haben schon welche gefunden.«

Der zweite Fall betraf das Kirchenspiel Hynt, er hatte nichts Geheimnisvolles und hier trat der Konflikt mit Folkmar Allena offen zu Tage. Durch seine Heirat mit Folckeldis hatte Ocko tom Brook Rechte in Hynt, er gewann Einfluss in einem Raum, den der Asterhusumer als seinen Misthaufen betrachtete, auf dem es nur einen Hahn geben konnte: nämlich ihn selbst. Sie gerieten immer wieder aneinander, meist verdeckt, im Verborgenen, wenn jeder gegen den anderen wühlte und ihm zum eigenen Vorteil zu schaden versuchte.

Hierzu bot sich vielfach Gelegenheit, etwa bei der Nutzung der Allmende[334], oder der Eichelmast in den Hudewäldern. Bei diesem Kleinkrieg kämpften die Knechte für ihre Herren, die sich im Hintergrund hielten und aus der Deckung ihre Fäden zogen. Sie überließen ihren Brotessern und Handlangern den Streit um die besten Plätze für die Rinder oder die fettesten Eicheln für die Schweinemast.

Aber allen war klar, hinter jeder Rauferei, hinter jedem gezogenen Messer und hinter jedem ausgeschlagenen Zahn standen die tom Brook und die Allena; sie wussten, was geschah, sie billigten und förderten es. Flagrante Feindschaft wurde sichtbar, wenn sich die beiden Platzhirsche begegneten, wie bei der Weihung des neuen Altars der Kirche von Edelsum[335]. Sie hatten, ihren Rängen entsprechend, nebeneinander in der Kirchenbank gesessen, starr wie Eiszapfen, dem Pfarrer bei seiner langatmigen Predigt zugehört und mit kalten Augen nach vorne gesehen, auf den Altar und auf das Deckengemälde in der

334 Durch die Dorfgemeinschaft gleichberechtigt genutzte Flur- oder Waldstücke.

335 Eilsum, Kreis Norden.

Apsis darüber. Beim Verlassen des Gotteshauses war der Platz an der Türe plötzlich eng geworden und sie hatten sich angerempelt, weil keiner dem anderen den Vortritt lassen wollte. Und dann, im Verlaufe des anschließenden Festes, hatten sie sich unvermittelt gegenübergestanden, mit vorgestrecktem Kinn und geschlossenen Fäusten.

»Ich leide dich hier nicht, Hylmerisna! Steh ab von Hynt oder es fließt Blut, des sei gewiss!«, hatte der Asterhusumer hinter den Zähnen hervorgeholt und Ocko hatte mit gleicher Münze herausgezahlt.

»Nun denn. Es wird Blut fließen. Und zwar deins!«

Es hatte nicht viel gefehlt und sie hätten dort schon aufeinander eingeschlagen.

Das dritte Zeichen kam aus dem Osten, und das war es, was den Brokmannen bewog, jetzt rasch zu handeln. Edo Wiemken baute nördlich von Straicholt eine Feldbefestigung, ähnlich der in Fredeborch, und es hieß, er werde eine Wachmannschaft hineinlegen. Zwanzig Waffenknechte, beritten und geführt von einem Hauptmann. Der Brokmanne war dort gewesen, hatte sich den Bau angesehen und es stimmte, die Wälle nach Westen, in Richtung auf Auwreke zu, waren besonders stark. Es gab keine offene Verbindung zwischen Edo und seinen, Ockos, Feinden, aber diese Feste war ein Warnzeichen, das er nicht übersehen durfte.

Uffo Remetsna, der alte Handmann der Hylmerisna, beugte sich mit gekrümmtem Rücken über ein Journal, fuhr mit gichtigen Fingern die Einträge ab und murmelte halblaut Zahlen. Er schloss den Folianten und kam mit schlurfenden Schritten herüber.

»Seit Anno achtundsiebzig lassen die Erträge von Dorneme[336] nach. Die Burg ist zwar fertig, aber Hero Attena macht Verluste. In diesem Jahr hat nur noch sechs von zehn Teilen geliefert. Roggen und Dinkel vier Wispel weniger als vordem, die Felle gingen fünf Fuder zurück, und

336 Dornum

der Honig um drei Kannen«, nörgelte Uffo vorwurfsvoll.

Ungeduldig winkte der Brokmanne ab. »Ja, ja! Die Beningaburg macht mir weniger Sorgen.«

»Du bist auf solche Einkünfte mehr angewiesen als früher«, widersprach der Handmann mit ernster Stimme, »weil du deine eigene Landwirtschaft verringert hast, und dein Silber jetzt in den Handel steckst, in Geschäfte mit Kaufherren, wie es dein Vater nie getan hätte.«

»Ich brauche deine Belehrungen nicht, Oheim«, sagte der Brokmanne scharf. »Mein Vater ist tot, ich bin jetzt der Herr und die Zeiten ändern sich.«

Er wandte sich an Ludeke und den Normannen. In seinen Augen loderte ein wildes Feuer von Wut, Hass und Mordlust. »Ich will nicht mehr warten. Sobald das Wetter besser ist, schlagen wir zu. Was kannst du bringen, Ludeke?«

Der Fremde setzte sich zurecht. Er warf einen Blick auf den Normannen, dann auf seine Hände, bevor seine Augen sich in Ockos versenkten. »Ich bringe meine eigenen Leute, das sind jetzt noch einunddreißig«, sagte er flach und zog dabei kaltblütig den Mann ab, der beim letzten Überfall auf den Bautransport so verstümmelt worden war, dass er kein Schwert mehr führen konnte. »Zum Übrigen kann ich Knechte von Seebrüdern bringen, die sich in Küstennähe aufhalten. Es sind Männer dabei, die im langen Krieg der Franken gegen England[337] gefochten haben.«

»Wie viel?«

»Noch einmal etwa dreißig.«

»Beritten?«

Der Fremde dachte nach, dann schüttelte er den Kopf. »Nicht alle. Aber doch zur Hälfte!« Er hob die Stirn und warf dem Leibwächter einen kalten Blick zu. »Ich würde sie auch als Fußkämpfer nicht unterschätzen. Diese Männer werden mit jedem fertig. Mit jedem!«

337 Gemeint ist der hundertjährige Krieg von 1337 bis 1453.

Der Normanne sonderte ein verächtliches Grunzen ab, aber Ocko nickte zufrieden. Ludeke hob die Hand. »Was bringt es uns?«, fragte er.

Der Brokmanne lehnte sich zurück, er stülpte die Lippen so weit vor, dass die Nasenspitze im Schnauzbart verschwand. Dann lächelte er, aber seine Eiseskälte überstrahlte alles. »Es erhält euch meine Gunst. Und euer Obdach.«

Und als der Fremde den Kopf schüttelte, fügte Ocko tom Brook knurrend hinzu: »Fünf Teile der Beute!«

»Zehn! Und was nicht beweglich ist, in Silber«, forderte Ludeke.

Der Blick des Brokmannen wurde drohend. »Sieh zu, dass du dich nicht überhebst. Überziehe nicht, Ludeke, ich rate dir wohl!«

»Wir stellen, so sieht es bisher aus, fast zwei von drei Teilen deines Heeres, Capitanus. Und ich weiß, was wir wert sind«, gab Ludeke ohne besondere Betonung zurück. Dann beugte er sich vor. »Im Kampf machen wir Beute. Vom Gegner. Wir behalten alles, was wir finden. Das ist unsere Art!«

Ocko nickte. Dann schoss seine Faust nach vorne und packte den Fremden hart an der Brust. »*Danach*! Danach, Ludeke! Während des Gefechts werden meine Befehle ausgeführt. Wer dabei fehlt, der spürt meine Klinge. Hast du verstanden?«

Ludeke starrte ihn reglos an, er antwortete nicht. Der Handmann hatte inzwischen gerechnet.

»Macht summa summarum neunundachtzig Kämpfer«, sagte Uffo Remetsna.

»Es sind einundneunzig! Du vergisst den Hairlinger und sein holländisches Großmaul«, verbesserte Ocko in einem Ton, als spräche er über die nächste Mahlzeit, aber in seinen Augen funkelte es.

»Einunneunzich. Is nich ssuviel«, sagte der Normanne

nüchtern, doch Ocko tom Brook legte ihm die Hand auf den Arm.

»Unbesorgt, Guy. Den Rest hole ich mir in Auwreke.«

»Was ist mit Brokmannia? Wieviele Männer stellt deine Landgemeinde, Capitanus?«, fragte Ludeke und Ocko warf seinem Handmann einen schnellen Blick zu.

»Meine Bauern sollen arbeiten. Sie taugen nicht zum Krieg«, gab er knurrend zurück, und Ludeke sah ihn unverwandt an. Er hatte schon lange den Verdacht, dass der Brokmanne seine Landgemeinde schonte. Vielleicht aus guten Gründen. Wahrscheinlich wollte er seine Rolle als schützender Landesrichter nicht beschädigen. Konnte auch sein, die Erträge im Land gingen so zurück, wie sein Handmann es angedeutet hatte, und der Brokmanne wollte keine weiteren Verluste. Ludeke nickte langsam und dachte sich seinen Teil. Wenn Ocko das Blut seiner Bauern nicht geben wollte, dann musste eben Silber fließen.

*

»Zwanzig Mann!«, sagte Tidard Tidesna. »Wir stecken mitten in den Vorbereitungen zur Feldarbeit. Viele Männer sind auch im Holz.«

Der Brokmanne saß in einem Lehnstuhl, zwischen seinen Augen stand eine steile Falte. Das Dach der Halle war inzwischen gedeckt, aber durch die Fensterlöcher pfiff noch immer ein kalter, spätwinterlicher Wind. Erst gestern war erneut ein Transport mit Baustoffen angegriffen worden, die Attacke konnte diesmal zurückgeschlagen werden, aber ein Teil der Ladung war verloren, darunter auch mehrere Fensterrahmen.

Der Brokmanne zog ein Pergament aus dem Mantel und hielt es in die Höhe. »Hier steht, Auwreke stellt fünfzig Berittene und einhundertzehn Lanzenträger zu Fuß!«

»Wenn die Arbeiten in Wald und Flur kein Hindernis sind!«

»Ihr seid mir zur Heerfolge verpflichtet. So ist es beurkundet«, fauchte Ocko.

»Unter den genannten Voraussetzungen. Und nur, wenn Auwreke bedroht ist. Auch das ist beurkundet!«

»*Ich* bin bedroht. Also ist auch Auwreke bedroht!«, schrie der Brokmanne aus vollem Hals, aber Tidesna blieb ruhig. Er wusste inzwischen, dass ihn der Brokmanne nicht als Burgvogt in Auwreke einsetzen würde. Ocko tom Brook würde selbst auf der Burg hausen. Er brauchte keinen Vogt. Schon überhaupt keinen vom Holz eines Tidard Tidesna. Es war so klar wie nur irgendetwas, die Vögel pfiffen es von den Bäumen, aber es hatte lange gedauert, bis Tidard Tidesna das begriffen hatte.

Doch dann ermannte er sich. Er war kein Richter mehr in Auwreke und der Brokmanne war nun sein Herr, aber er war deshalb kein Leibeigener oder abhängiger Brotesser. Und er sprach für die Bauern der Landgemeinde. Den Vertrag hatte er damals maßgeblich mit ausgehandelt, er kannte jedes Wort darin. »Ob diese Gleichsetzung stimmt, steht dahin, Capitanus. Zwanzig Mann, bis wir die Scholle unter den Pflug nehmen!«, sagte er störrisch.

»Ein Jahr Vogtrechte auf meiner Burg für jedes Dutzend, dass du mehr bringst«, log der Brokmanne mit glatter Stirn, aber der andere schüttelte den Kopf. Er glaubte kein Wort.

»Es werden nicht mehr als zwanzig.«

»Zu Pferd!«, forderte Ocko schnell und richtete sich in seinem Lehnstuhl auf. »Und stellt den Tross. Drei Fuhrwerke mit Gerste, Wasser und Fleisch.«

Tidesna dachte nach, seine Augen wanderten blicklos über die nackten Wände, strichen über das Bodenpflaster, kamen zurück. »Wie stark ist dein Heer, Capitanus?«

»Fast zweihundert Mann«, log Ocko erneut, und Tidard nickte.

»Ich hörte von der Hälfte, aber sei's drum, es wird viel

geredet; wir stellen dir zwei Wagen mit Verpflegung für hundert Mann und drei Tage.«

»Noch einen für die Pferde!«, beharrte der Brokmanne und der Auwreker nickte noch einmal.

»Aber mit altem Heu aus dem vorletzten Jahr. Frisches fehlt uns selbst, der Winter hat sich gezogen.«

Ocko tom Brook schwieg lange mit gesenktem Kopf, während Tidesna wartete, und dann entließ er ihn mit einer kurzen, kalten Handbewegung. »Es ist gut. Entferne dich«, sagte er, und der alte Mann ging auf müden Beinen hinaus, aber sein Rücken war gerade.

Der Brokmanne saß und brütete noch lange, es war still um ihn und schließlich dunkelte es. Irgendwann stand er auf und stapfte mit schweren Schritten durch den leeren Prunksaal. Es wurde Zeit für verschiedene Dinge. Zunächst musste er dieses Gesindel beseitigen. Waren die Allena und Abdena erst ausgelöscht, dann würde auch der Bau seiner Burg bald beendet sein. Dann würde er dem Normannen die versprochene Friesin zur Frau geben und das Anwesen in Engerhoffe, er hatte es sich verdient.

Und dann würde es Zeit, nach Auwreke zu kommen. Um zu bleiben und in der verstockten Landgemeinde endlich für Ordnung zu sorgen. Tidesna hatte Glück, dass er, Ocko, sich in dieser Lage einen Streit mit den Auwrekern nicht leisten konnte. Vielleicht wusste der das ja sogar, spekulierte damit, nutzte es aus. Nicht mehr lange. Die Zeiten würden sich ändern. Ocko trat vor das inzwischen fertiggestellte Torhaus, wo der Normanne mit den Pferden wartete.

*

Wenn jemand mit den Zähnen oder mit einem Messer oder mit scharfer Waffe kämpft, so soll er dies doppelt büßen!

Aus dem 18. Landrecht

4.

Loppersem,
am Tage nach Annuncio Mariae Anno Domini 1381
(Dienstag, 26. März)

Der Pfeil hatte den Brokmannen am Oberschenkel getroffen, recht genau dort, wo die Narbe von Ennos Schwertwunde saß, und das war vielleicht der Grund, warum Ocko so heftig daran gezerrt hatte, schweigend und ohne einen Laut. Es war ein verirrter Pfeil gewesen, kaum gezielt auf die Entfernung, in der sich die beiden Heere gegenüberstanden, und er war nicht tief eingedrungen, gerade so weit, dass er zwischen den Eisenstücken der Hose stecken geblieben war. Aber der Brokmanne war empfindsam an dieser Stelle, fast schien es so, als betrachte er hier eine Blessur als direkten Angriff auf seine Ehre.

Der Lange hatte mit eisigen Augen zugesehen. Adriaan hatte sich gründlich verändert. Der Holländer war, wie sein ehemaliger Schollenherr, mürrisch und schweigsam geworden. Er redete nur das Nötigste, und wenn er sprach, dann war seine Stimme oft schroff und kalt. So wie bei dem Disput mit Enno, als der ihm die Sache mit der Heerfolge berichtete.

»Du hattest kein Recht, für mich zu sprechen«, hatte der Lange grollend bemerkt.

»Ich *habe* nicht für dich gesprochen. Sondern nur für mich. Du bist ein freier Mann. Tu, was dir beliebt.«

»Du glaubst also, ich lasse dich im Stich?«, hatte sich da der lange Holländer empört, aber Enno hatte müde den Kopf geschüttelt.

»Glaube? Habe ich mir abgewöhnt. Das ist etwas für heile Seelen«, hatte er in einem Ton gesagt, den Gleichgültigkeit bedeckte wie der Morgentau einen Grashalm auf einer Herbstweide. Da war der Lange vollends aus der Haut gefahren und dazwischen hatte William gesessen, die Augen voller Tränen.

Jedenfalls, Adriaan war aus eigenem Entschluss hier, er stand in keinem Pergament und war niemandem verpflichtet. Er hatte das dem Brokmannen schon in Engerhoffe mit Genuss vor die Füße geworfen, es ausgespuckt wie ein Stück faulen Fisch. »Damit das klar ist: Ich kämpfe nicht für Euch. Ich bin nur die Bedeckung für meinen Schollenherrn! Für meinen *Schollenherrn* Enno tom Diek!«, hatte er betont, als der Brokmanne spöttisch den Mund geöffnet hatte. »Und ich renne jedem mein Eisen in den Bauch, der ihm zu nahe kommt, verstanden? Jedem!«

Ocko tom Brook hatte ihn schweigend gemustert, in einer Mischung aus Ärger und Belustigung, und der Normanne hatte ihn abschätzend angesehen, so wie man einen künftigen Gegner taxiert. Der Hairlinger hatte zu allem geschwiegen, aber in seinen Augen hatte plötzlich eine Wärme gestanden, und wohl auch etwas Feuchte. Auf der Tenne, vor ihrem Aufbruch, hatte Enno den Langen noch einmal ins Gebet genommen. Ihm ein letztes Mal auszureden versucht, sich an diesem Unternehmen zu beteiligen.

»Es ist ein Feldzug, Adriaan. Da geht es an das Fell. Es wird Blessuren geben. Auch Tote. Mir wäre lieber, du bliebest auf meinem Hof und kümmertest dich um die Jungen.«

Der Lange hatte ihn fest angesehen, und dann zu einer wahren Philippika angesetzt. »Ad primum: Es ist nicht mehr *dein* Hof. Du hast ihn aufgegeben, erinnerst du dich? Zum zweiten: Ich stehe in Schuld. Nicht so sehr in deiner, sondern in der deines Vaters und des Hauses tom Diek ganz allgemein. Wann, wenn nicht jetzt, ist die Zeit, zu tilgen? Von mir aus nenne es Zahltag. Und zum letzten: Deine Söhne brauchen im Gegensatz zu dir keine Aufpasser. Magnus Ayderd ist ein erwachsener Mann, Ayderd Adriaan auf dem Wege dazu.«

»Bedenke, dass du letztlich für den Brokmannen kämpfst«, hatte Enno in einem finalen Versuch eingewendet.

»Hier gehst du gründlich fehl«, hatte der Lange scharf erwidert. »Ich achte darauf, dass deine Haut ohne Löcher bleibt. Sonst nichts!«

Und dann, im Hinausgehen hatte er noch über die Schulter geworfen: »Was Hylmerisna betrifft: Den steche ich ab wie ein Schwein. Irgendwann im Getümmel. Bei der ersten Gelegenheit.«

Enno tom Diek war klar gewesen, dass er während des Feldzuges ein Auge auf den Langen halten musste, aber er war froh, dass Adriaan jetzt bei ihm war. Das Fähnlein aus Auwreke war schon in Engerhoffe gewesen, als sie dort eintrafen, zwanzig Männer auf schwerfälligen Pferden. Gewiss keine Truppe, mit der man einen scharfen Angriff reiten konnte, und in den Augen des Normannen hatte offene Verachtung gestanden. Es hatte sofort einen Eklat gegeben, denn die drei Trosswagen der Auwreker wurden nicht von eigenen Pferden gezogen, sondern sie hingen an den Tieren von drei Reitern des Fähnleins. Der Brokmanne hatte in einem Wutanfall den Fähnleinführer angebrüllt, aber der Mann hatte in aller Ruhe die Schultern gehoben.

»Pferde für den Tross waren nicht vereinbart.«

Es war Ocko nichts übrig geblieben, als eigene Pferde für die drei Wagen zu stellen. Er hatte es in Rage getan, die

Befehle mit scharfer Stimme gegeben und seine Knechte selbst mit Schlägen und Fußtritten angetrieben.

Die beiden Hairlinger hatten sich abseits gehalten, mit niemandem gesprochen, auch mit den Auwrekern nicht. Kalten Blickes hatte der Lange die Fremden gemustert, Ludeke und seine Leute, knapp drei Dutzend harte Kerle auf guten Pferden und vorzüglich bewaffnet. Sie würden mit denen, die noch zu ihnen stießen, die Kerntruppe des Heeres bilden, einen schlagkräftigen Verband, mit dem man auf der anderen Seite rechnen musste.

Als sie aufgebrochen waren, hatten die Fremden einen festen Kordon um den Brokmannen gebildet und auch Guy, der Leibwächter, war Ocko nicht von der Seite gewichen. Die Spannung war gestiegen, als sie sich der Küste bei Marienhove genähert hatten, und als sie eingetroffen waren, hatten sich die Fremden schon ausgeschifft. Sie hatten mit Waffen und Pferden an Land gestanden, etwas abseits ein Haufen Gerät und Ausrüstung. Ein Teil davon war mit einem großen Öltuch abgedeckt gewesen.

Ludeke hatte den Anführer geholt und ihn vor den Brokmannen geführt. »Das ist Michel«, hatte er gesagt, und der andere hatte sich knapp verneigt. Der Brokmanne hatte ihn mit Handschlag begrüßt.

Michel war ein vierschrötiger Bursche mit kurzem Hals auf muskulösen Schultern. Seine mächtigen Arme waren bis zu den Ellen tätowiert. Auch seine Jochbeine zierten rätselhafte Zeichen. Als er gesprochen hatte, war seine Stimme überraschend hell gewesen, aber sie trug weit und hatte einen metallischen Klang. »Ich grüße dich, Capitanus!«

Ocko hatte den Normannen vorgestellt, die beiden Männer hatten sich stumm gemustert, erkannten und akzeptierten sich als gleichwertig.

»Was bringst du mir, Michel?«

Der Fremde hatte sich geräuspert. Er hatte eine furchterregende Doppelaxt im Gürtel getragen. Es musste eine ungeheure Kraft kosten, sie im Kampf zu führen. »Einunddreißig Mann zu Pferd«, hatte der Mann trocken gesagt und Ludeke hatte sich aufgerichtet. »Dazu eine Brikole[338] von meinem Schiff.« Er hatte auf die Stelle mit den angehäuften Geräten gewiesen.

Sie waren hinüber gegangen, der Anführer hatte die Plane zur Seite gezogen und eine zerlegte Wurfmaschine gezeigt. Sie hatte aus einer Vielzahl von Balken, Tauen, Rollen und Keilzapfen bestanden. Die Wiege hatte auf vier hölzernen Rädern gelegen.

»Der Katapultbogen ist aus Eisen, er macht unsere Brikole eigentlich zu einer Flachschleuder«, war der Fremde fortgefahren. Er hatte einen Blick auf Ludeke geworfen, der hinzugetreten war. »An Bord können wir das Geschütz auf beiden Seiten einsetzen. Wir verankern es mit schweren Belegnägeln[339].« Plötzlich hatte ein Lächeln auf seinem harten Gesicht gestanden. »Es hat uns schon gute Dienste getan, nicht wahr, Ludeke? Haben damit schon so manchen Pfeffersack[340] vom Schanzkleid[341] gefegt!«

Ludeke hatte vielsagend gegrinst, der Normanne hatte ein anerkennendes Grunzen von sich gegeben, seine Augen waren hierhin und dorthin gehuscht und Ocko tom Brook hatte zu dämmern begonnen, dass er mit dieser Waffe einen enormen taktischen Vorteil hatte. Noch besser war, dass der Feind nichts davon wusste.

»Was verschießt du damit?«, hatte er mit einer Stimme gefragt, die geklungen hatte wie eine rostige Türangel.

»Bruchsteine, vor allem aber Eisenhack. Schmiedereste. Wir bekommen es von den Hufbeschlägern. Aus der Gegend oder von anderswo«, hatte der Freibeuter spröde

338 Wurfmaschine

339 Großkalibrige Zapfen aus Holz oder Eisen zur Befestigung von Tauwerk auf Schiffen.

340 Schimpfwort für Kaufleute.

341 Deckwehr: Schutzwand eines Schiffes.

erklärt und Ludeke hatte ein heiseres Lachen ausgestoßen. Jeder hatte gewusst, was Michel mit *bekommen* meinte. Nicht etwa, dass sie die Schmiede für das Eisen bezahlten. Sondern sie nahmen es sich, wenn es sein musste, mit Gewalt.

»Wieviel davon hast du bei dir?«, hatte Ocko mit glitzernden Augen gefragt. Der Anführer hatte lässig seine mächtigen Schultern gehoben. Er schien sich seiner Sache sehr sicher zu sein.

»Drei Fässer von jeder Sorte, Eisen und Steine. Es wird reichen, um deine Bauern das Laufen zu lehren.«

Das hatte geringschätzig geklungen. Michel hatte nicht zwischen den Seiten unterschieden, für ihn waren sie alle Bauern, hüben wie drüben, und der Brokmanne hatte sich darüber geärgert, man hatte es ihm angesehen, aber er hatte nichts dazu gesagt.

»Ist gut, Michel!«, hatte er geknurrt, und dann noch einen Satz hinzugefügt, so scharf, dass die anderen die Köpfe gehoben hatten: »*Ich* entscheide, wie wir es einsetzen, verstanden?«

Er hatte nicht auf Antwort gewartet, sondern sich brüsk abgewandt und war zu seinem Pferd gestapft, der Normanne hinterher.

Ocko hatte noch am gleichen Abend Heerschau gehalten und seine Köpfe gezählt, sie waren nun ihrer fünfundneunzig, der Brokmanne hatte doch noch ein paar Bauernsöhne aus seinen Höfen gekratzt. Seine Feinde würden wohl etwa das Doppelte an Bewaffneten aufbringen, aber er hatte die Freibeuter, Männer, die kaum etwas anderes taten als kämpfen, Berufskrieger, und alle seine Leute waren beritten. Ocko tom Brook war so zuversichtlich gewesen, dass er zwei Fässer Bier anschlagen ließ.

Am nächsten Morgen waren sie losgeritten, in einer stolzen Kavalkade, aber so gemächlich, dass die Trosswagen ohne Mühe folgen konnten. Wieder hatte das

Spitzelsystem des Brokmannen begonnen, sich auszuzahlen. Seine Befürchtung, Folkmar Allena könnte einen Angriff gegen seine, Ockos, Burg in Auwreke wagen, hatte sich als unbegründet erwiesen. Der Asterhusumer hatte sich in der Tütelburg verschanzt und sammelte dort seine Truppe. Also hatte der Brokmanne hatte sich Zeit gelassen auf seinem Weg nach Süden, er war mit seinem Heer gezogen wie eine Festgesellschaft in die Kaiserpfalz.

Dann war die Nachricht gekommen, der Asterhusumer habe die Tütelburg verlassen, sich mit dem Eemter Luiward Abdena vereinigt und bei Loppersem Stellung bezogen. Der Feind lagere auf freiem Feld und zähle mehr als zweihundert Mann. In diesem Moment sah es so aus, als habe der Brokmanne schon verloren. Der Gegner war mehr als doppelt so stark und hatte den Vorteil der Wahl des Schlachtfeldes bereits genutzt. Doch Ocko tom Brook schien von alledem völlig unbeeindruckt. Wer erwartet hatte, der Brokmanne werde jetzt seine Truppe antreiben und seinen Marsch beschleunigen, um wenigstens noch günstige Positionen zur Schlachtaufstellung zu sichern, der sah sich getäuscht. Das Heer zog unverändert mit dem Tross, sein Anführer war locker und aufgeräumt, als ginge es auf eine Bauernhochzeit. Er rief seinen Leuten grobe Scherzworte zu und lachte selbst am lautesten, sogar mit den Hairlingern machte er seine Witze.

Guy, der Normanne, und die beiden Freibeuter Ludeke und Michel schienen ebenfalls nicht zur Eile zu raten. Eine Karawane, die wegen großer Hitze nur langsam durch die Wüste zieht, hätte nicht beschaulicher wirken können als dieser Zug.

Am Abend des zweiten Marschtages lagerten sie in Nähe des kleinen Weilers Bedekerspell[342] am Ufer des großen Sees. Die Kochfeuer brannten schon, als der Führer des Auwreker Fähnleins den Brokmannen ansprach:

342 Bedekaspel, Kreis Aurich.

»Glaubt Ihr nicht, Capitanus, dass wir uns ein wenig sputen sollten? Folkmar und Luiward sind doch schon in Loppersem. Sie werden sich längst den Rahm von der Milch geschöpft haben!«

Ocko schien belustigt. »Den Rahm von der Milch? Was meinst du damit?«

Der Mann stellte sich zurecht. Er war unruhig, das sah man. »Ich meine, sie haben ihren Platz gewählt. Zu ihrem Nutzen. Und das Schlachtfeld studiert.«

Der Brokmanne räkelte sich auf seiner Satteldecke. Er langte nach seinem Becher und nahm einen tiefen Zug Bier. Dann bediente er sich ausführlich an der Fleischplatte. »Du willst es hinter dich bringen. Ich verstehe das«, sagte er kauend und spie ein Stück Sehne aus. »Sorge dich nicht, es wird nicht mehr lange dauern.«

Dann richtete er sich auf. Seine Stimme blieb gelassen, aber plötzlich waren seine Augen hart und kalt. »Doch du gehst fehl über den Nutzen!« Ocko wies auf den Normannen und die beiden Fremden. »Ich habe mit meinen Hauptleuten gesprochen. Wir sind einer Meinung. Unsere Feinde sind schon da. Sie haben sich die besten Stellen ausgesucht. Aber, verstehst du, den Zeitpunkt der Schlacht bestimme ich. Ich! Wir lassen sie jetzt noch ein wenig schmoren. Das wird nicht zu ihrer Ruhe beitragen. Und wenn sie schließlich ungeduldig werden, vielleicht auch knapp mit ihrer Verpflegung, dann kommen wir und sorgen für Kurzweil.«

Er lachte trocken, aber es klang freudlos. Und dann, als der andere sich schon abwenden wollte, schob der Brokmanne noch nach: »Das Schlachtfeld kenne ich auch. Sei gewiss, dass ich dort ein günstiges Fleckchen für uns finden werde!« Er sagte es mit der ihm eigenen Wurstigkeit, ganz so, als käme es nur *darauf* an, als entschiede genau *das* die Schlacht, und als hätte nur der Gegner Probleme mit Nachschub und Kampfmoral zu lösen.

Am nächsten Morgen trafen drei Aufklärer ein, der Brokmanne musste sie noch in der Nacht losgeschickt haben. Und wieder hatte Ocko Glück, denn die Männer brachten gute Nachrichten. Er holte seine Hauptleute zusammen und ließ die Aufklärer ihre Beobachtungen noch einmal vortragen.

Der Führer der Aufklärer sah nach oben, als suche er etwas. Dann begann er, zum Himmel zu sprechen. »Sie stehen am Nordrand des Feldes, im Rücken durch den Wald gedeckt. Nach Süden zu hängt das Gelände. Sie haben sich zum Angriff aufgestellt. Ich meine, zur Probe. Wir konnten alles ganz genau sehen. Die Reiterei mit dem Asterhusumer in der Mitte. Folkmar hat ziemlich geschrien und einmal seinen Feldhauptmann geschlagen. Scheint ziemlich aufgeregt zu sein. Der Eemter steht rechts. Gemischt mit Fußvolk und ein paar Pferden, er selbst beritten. Links ist nur Volk zu Fuß.«

»Irgendetwas Besonderes? Schweres Gerät? Wurfmaschinen?«, fragte Ludeke scharf.

Der Führer ließ seinen Kopf nach unten fallen. Dann schüttelte er ihn. »Nichts davon gesehen.«

Der Normanne war noch nicht zufrieden. »Wie viele Soldat? Is richtich, ssweiundert?«

Der Aufklärer nickte. »Kommt hin. Davon gut die Hälfte zu Pferd. Auf den Kopf genau konnten wir natürlich nicht zählen«, sagte er nüchtern.

Der Brokmanne entließ ihn mit einer harten Geste. »Gute Arbeit, Jan. Jetzt lasst euch zu essen geben. Dann haut euch hin. Wir haben Zeit.«

Der Aufklärer verschwand und Ocko hockte sich mit seinen Hauptleuten zusammen. Der Brokmanne hörte sich die Vorschläge seiner Männer an, und der Schlachtplan stand nach kurzer Diskussion. Ocko tom Brook fasste ihn zusammen.

»Das Geschütz in die Mitte. Damit reißen wir den

Asterhusumern ihre fetten Ärsche auf. Ich stimme Guy zu: Die Auwreker Reiterei ist nichts wert. Wir lassen sie absitzen und halten sie in Reserve hinter der Brikole. Sie kann beim Nachladen helfen. Unsere Reiterei auf den Flanken. Wir lassen sie etwas zurückhängen. Wenn die Mitte herausgeschossen ist, schließen unsere Flügel auf und umfassen den Rest. Und dann machen wir sie fertig!«

»Wenn sie stehen wie berichtet, müssen wir bergauf angreifen«, gab Ludeke zu bedenken.

»Wer sagt, dass *wir* angreifen müssen?«, fragte der Brokmanne zurück. »Wir können warten, bis sie es tun, im Gefühl ihrer Überlegenheit. Das Gelände hängt, aber nicht wesentlich. Und dann: Der Boden ist trocken wie ein Nonnenfürzchen. Ein kurz vorgetragener Angriff bergan, sollten wir dazu gezwungen sein, ist nun wahrlich kein Problem!«

Ludeke nickte. Dann hatte er noch einen Vorschlag. »Es wäre gut, wenn wir die Brikole so aufstellten, dass die anderen sie nicht gleich sehen.« Er sah Michel an, der langsam den Kopf hob. »Wie wäre Folgendes: Wir machen sie schussfertig und stellen die Auwreker Reiterei davor, gegen die beiden Flügel so weit zurückgezogen, dass sie zur Seite ausweichen kann. Wenn der Gegner angreift, räumen die Auwreker auf Michels Zeichen das Feld, damit die Brikole schießen kann. Danach können die Auwreker so eingesetzt werden, wie der Capitanus es beschrieben hat.«

Der Brokmanne starrte den Freibeuter lange an. Es schien, als sehe er ihn zum ersten Mal. Schließlich räusperte er sich. »Klingt nach einem guten Vorschlag! Michel?«

Der Angesprochene nickte. »Lässt sich machen.«

»Dann ist es so beschlossen«, sagte Ocko mit Nachdruck.

Der Normanne hob die Hand. »Was machss du mit die Airlinger?«

»Sie bleiben in meiner Nähe. Ich werde ein Augen auf sie haben, und du solltest das auch!«

*

Der Brokmanne hatte den Pfeil endlich freibekommen, hatte mit den Widerhaken sogar ein Stück Eisen aus seiner Hose gerissen, und dann das Geschoss hochgehalten und geschrien: »Seht her, Freunde! Das ist alles, was sie können: Löcher in unsere Hosen schießen!«, und es mit einer Gebärde von Ekel und Wut von sich geworfen.

Es war noch früh am Morgen. Sie waren die Nacht über geritten und hatte sich gleich nach ihrem Eintreffen zur Schlacht aufgestellt. Ludeke hatte Einwände dagegen, und er äußerte sie deutlich. »Die drüben haben geschlafen. Und zum Morgen gegessen. Wir weder das eine noch das andere!«

Doch der Brokmanne wollte nichts davon hören. »Wie stellst du dir das vor?«, fauchte er unwirsch. »Glaubst du, die lassen uns in Ruhe ratzen?«

»Vielleicht war es ungeschickt, über Nacht zu marschieren«, nörgelte Ludeke übellaunig und Ocko griff nach seinem Schwert, aber dann besann er sich.

»Höre, Ludeke: Der Zweite auf dem Schlachtfeld steht immer vor der Wahl ›Angriff oder Ruhe‹. Darin steckt auch ein Vorteil, weil der Gegner nicht weiß, was man tut. Übrigens bleibt uns nichts als die Aufstellung, denn wie sollen wir sonst die Brikole montieren, ohne dass die anderen es sehen?«

Da Ludeke missmutig schwieg, schob der Brokmanne noch nach: »Eine ruhige Nacht haben die nicht gehabt, denn sie wussten nicht, wann wir kommen, und mussten sich bereithalten. Frühstücken könnt ihr im Sattel.«

Die beiden Hairlinger besahen sich die Sache in aller

Ruhe. Viel miteinander gesprochen hatten sie nicht, aber sie standen Pferd an Pferd und spähten hinüber.

Die Gegner hatten sich aufgestellt, wie es die Aufklärer gemeldet hatten. Sie mussten schon eine ganze Weile stehen, denn als der Brokmanne mit seinem Heer eintraf, war die Truppe aus Asterhusum und Eemten kampfbereit. Aber statt nun über den aufmarschierenden Feind herzufallen und in einer einzigen Attacke die Sache zu entscheiden, sah sie zu, wie der Brokmanne sein Heer ordnete. Das war ihr erster Fehler, und zweifellos ihr schwerster.

»Sie müssen sich sehr sicher fühlen«, hatte Enno gesagt, aber der Lange hatte nur geknurrt, es hatte geklungen wie das Räuspern eines gereizten Löwen. Dann war irgendwann der Pfeil geflogen und hatte Ocko am Oberschenkel getroffen. Jetzt tat sich wenig. Das Katapultgeschütz stand hinter der Auwreker Reiterei, die gesamte Formation so zurückgezogen, dass die Truppe zur Seite ausweichen konnte, um das Schussfeld freizugeben.

Der Führer des Auwreker Fähnleins hatte seine Rolle ohne Murren akzeptiert, er schien damit nicht unglücklich zu sein. Ockos Bemerkung, die Pferde seien zu langsam und nicht kampftauglich, hatte er mit einem Schulterzucken beantwortet. »Wir haben keine anderen. Denn wir sind Bauern und keine Krieger!«

In der Truppe des Brokmannen langte man in die Satteltaschen und schob einen Kanten Brot oder ein Stück kalten Braten zwischen die Zähne. Dazwischen machte Ocko tom Brook abfällige Bemerkungen über den Gegner, er sprach so, dass ihn möglichst viele seiner Leute hören konnten. Einmal streckte er die Nase in die Luft und schrie: »Riecht ihr das, Männer? Schnuppert doch! Scheißgeruch! Sie haben die Hosen jetzt schon voll!« und brüllendes Gelächter antwortete ihm, sein eigenes war am lautesten. Einmal hetzte drüben ein Meldereiter die Front entlang, und der Brokmanne rief spöttisch: »Seht, sie greifen an, aber nur einer, und in die falsche Richtung!«

»Vielleicht muss er nur seine Beinlinge wechseln«, gab Ludeke zu bedenken, und Ocko wieherte wie ein trunkenes Pferd.

Es ging schon gegen Mittag, als bei den Eemtern ein Feldzeichen gehoben wurde und die beiden Flügel des Heeres einschwenkten. Bei den Brokmannen wurde es still, angestrengt starrten alle nach drüben. Dann blies irgendwo ein Horn und die Bewegungen auf der anderen Seite erstarben, die Flanken standen jetzt vorgerückt, aber es rührte sich nichts mehr. Und schließlich, nach einer ganzen Weile, lösten sich zwei Reiter aus der feindlichen Front und trabten aufeinander zu, beide gut gerüstet und mit blitzenden Helmen, es waren Folkmar Allena und Luiward Abdena, man konnte sie gut erkennen.

»Nun beraten sie, was es zum Vespermahl gibt«, lästerte Ocko tom Brook, aber niemand lachte. Die Spannung war jetzt auch bei den Brokmannen deutlich spürbar. Der Lange tastete nervös nach seinem Schwertgriff, sein Blick war starr und konzentriert. Folkmar und der Eemter trafen sich in der Mitte, standen eine Weile zusammen und man sah, wie sie miteinander sprachen.

Schließlich wendete der Asterhusumer sein Pferd und trabte auf die Brokmannen zu. Er verhielt auf halbem Weg und richtete sich im Sattel auf. Dann hörte man ihn rufen: »Warum das Blut vieler vergießen, wenn ein Gottesurteil reicht, den Casus zu entscheiden? Ich, Folkmar Allena, Capitanus in Asterhusum und Hynt, fordere Ocko Hylmerisna zum Zweikampf. Möge der Bessere siegen. Ich bin bereit, ein Pergament zu unterzeichnen, das die anschließende Machtverteilung regelt!«

Bei den Brokmannen herrschte tiefes Schweigen und viele Augen wandten sich auf Ocko, aber der saß schwer und mürrisch im Sattel und rührte sich nicht.

Der Asterhusumer gab seinem Pferd die Sporen und trieb es zwei weitere Schritte nach vorne. Und wartete. Und als nichts kam, fuhr er fort: »Es ist gottgefällig, den Casus so zu enden. Es ist gottlos, das Leben seiner Knechte in den Dienst der eigenen Gelüste zu stellen!«

Sie hörten ihn rufen und sahen den Brokmannen an. Sein Hals war jetzt angeschwollen wie eine Schweinsblase und der Kopf blutrot. »Es ist eine List. Er weiß, dass wir siegen werden«, stieß er Brokmanne zwischen den Zähnen hervor.

Da stellte sich Allena in die Steigbügel. Seine Stimme gellte wie eine Fanfare. »Eine Antwort habe ich wohl verdient, Hylmersina. Wenn du dich weigerst, zeihe ich dich der Feigheit!«

Das war der Moment, in dem der Brokmanne die Beherrschung verlor. Er galoppierte an, preschte vor und brachte sein Pferd in einer Wolke von Dreck und Steinen zum Stehen. »Was redest du von Gottgefälligkeit, du Drecksack? Du raubst Burgen! Du stiehlst mein Holz und meine Steine, und du erschlägst meine Brotesser!« Auch er stand jetzt in den Steigbügeln und schrie so laut, dass sein Brauner zu tänzeln begann. »Schone mich mit dem verlogenen Gesäusel über das Wohl deiner Knechte! Ich werde dir zeigen, wer feige ist! Du wirst mein Eisen spüren, des sei gewiss!«

Allena kam trotzig näher, sie sahen ihn ausspucken und die beiden Reiter waren jetzt nur noch einige Pferdelängen auseinander, als bei den Brokmannen der Leibwächter losritt. Guy hielt im scharfen Trab auf seinen Herrn zu. Er schlug einen kleinen Bogen, um den Asterhusumer im Auge zu behalten, die Hand am Schwertgriff, als das Unglaubliche geschah.

Folkmar Allena stutzte, schien einen kurzen Moment unschlüssig, dann sahen sie ihn sein Pferd wenden und den Brokmannen, als hätte er nur auf dieses Signal gewartet, mit einem Mal seine Klinge ziehen und in blinder Wut losdonnern, hinter dem fliehenden Asterhusumer her und Guy blieb nichts anderes, als den beiden zu folgen.

Es herrschte Totenstille auf dem Platz, sie hörten nur das Trommeln der Hufe, und dann brach der Tumult los. Es war klar, Ocko stieß mit seinem Ritt den gesamten Schlachtplan seines Heeres über den Haufen. Ludeke warf einen kurzen Blick auf Michel, zog blank und trieb seine Truppe mit einem Schrei nach vorne, seinem Feldherrn nach, er konnte nichts anderes tun. Michel brauchte nur wenige Wortfetzen, um den Auwrekern bei Todesandrohung zu befehlen, das Geschütz zu sichern, dann hetzte auch er schreiend auf den Feind, seine Leute im geschlossenen Pulk dichtauf. Der Lange brüllte Enno an, hinter ihm zu bleiben, aber der Hairlinger antwortete nicht und galoppierte an, ohne sein Eisen zu ziehen, es sah aus, als suche er den Tod. Adriaan hetzte ihm fluchend, schreiend und betend nach, holte ihn ein und setzte sich vor ihn.

»Zieh blank! Zieh blank! Zieh dein Eisen, verdammt!«, schrie er gellend aber Enno tat nichts als galoppieren, während der Lange gleichzeitig schrie und weinte und fluchte. Und weit hinten, auf dem Stellplatz des brokmanischen Heeres, stand die gespannte Brikole, bewacht von den Auwrekern, schussbereit aber nutzlos, das Herzstück des Schlachtplans, unbedeutend wie ein Stein in einer Ackerfurche.

Bei den Asterhusumern herrschte noch immer Schreckstarre, dann sah man Unruhe wie ein Zittern durch die Reihen laufen. Sie sahen ihren Feldherrn auf sich zufliegen, verfolgt von seinen Feinden, aber er war nicht da, um sie zu führen. Auch der Eemter schien zu zögern und wusste wohl nicht recht, was tun. Es dauerte lange, bis sich Luiward Abdena endlich entschloss, den Angriffsbefehl zu geben.

Zu lange. Da war das brokmannische Heer schon in voller Fahrt. Es traf mit seiner gesamten Wucht auf den Feind. Der Asterhusumer war längst verschwunden, die Front seiner anrückenden Reihen hatte ihn in einer Wand von Staub und Erdbrocken verschluckt, ebenso Ocko und seinen Rückendecker. Enno tom Diek hatte endlich sein Schwert gezogen, aber noch kein Gefecht gehabt. Der Lange schoss um ihn herum, seine Klinge war schon blutig. Sein Hirn hatte zu arbeiten aufgehört, er versank in einem Nebel, einem rauschhaften Zustand von unbändiger Wut und irrsinniger Sorge um den Freund, und schlug wie ein Wahnsinniger um sich, wütete mit seinem Eisen gegen jeden, der sich dem Hairlinger auch nur näherte. Einmal erwischte er einen Brokmannen, der zu nah vorbeiritt, der Lange sprengte auf ihn zu, drängte ihn mit seinem riesigen Zossen zur Seite und trennte ihm mit einem einzigen Hieb den Waffenarm von der Schulter. Der Knecht heulte auf, glotzte auf seinen Armstumpf und im nächsten Augenblick verschwand er im Getümmel.

So ging es fort, Adriaan verlor jedes Zeitgefühl und am Ende der Schlacht hatte Enno nicht einen Feindkontakt gehabt. Er hatte sich hierhin und dorthin gewendet, aber keinen Zweikampf bestritten, er kam aus der Sache heraus ohne ein gekrümmtes Haar, er war inmitten des Sturms, des Gewühls von Leibern, Schreien, Brüllen, Blut und Verderben geritten, in fast schwereloser Stille, und unversehrt geblieben wie ein Kind in der Wiege.

Der rechte Flügel der Eemter hatte nun eingeschwenkt, sie sahen Luiward Abdena in einem Pulk von Fußvolk herankommen, die Münder in stummem Geschrei aufgerissen, und plötzlich waberte ein Miasma von Angstschweiß und Fäkalgestank über dem Platz.

Die Eemter griffen halbherzig an, sie trafen auf Ludeke und seine Leute, und der Verband wurde in einer einzigen Attacke auseinandergerissen wie ein alter Strohsack. Abdena selbst verschwand in einem Gewirr aus umherfliegenden Körpern und Ausrüstungsteilen, tauchte wieder auf, seine Knechte wollten ihn decken und konnten es nicht. Sie sahen den Eemter im Sattel wanken, sahen, dass sein Pferd verwundet war, das Brustfell hing ihm wie eine blutige Schürze über die Vorderbeine herab. Dann ging der Gaul durch, trug Luiward Abdena vom Schlachtfeld und sein Fußvolk stob in kopfloser Flucht davon.

Der lange Holländer köpfte einen Mann, der seine Knebellanze auf Enno werfen wollte, und auf der rechten Flanke der Brokmannen wirbelte Michel mit seiner Truppe, fetzte die Asterhusumer auseinander, prügelte sie vor sich her, bis ihnen nichts mehr blieb als der rettende Wald. Nur langsam legte sich das Getümmel und ließ das Geschrei nach, und dann tauchte endlich der Brokmanne auf, Ocko tom Brook, verdreckt und blutig, das rottriefende Schwert steckte im Gürtel neben der leeren Scheide. Er ritt frei, die Zügel lagen über dem Hals des Pferdes, in seinen Händen hielt er einen verbeulten Helm und das Feldzeichen des Asterhusumers. An der Stange hing eine Fuchsdecke mit Kopf und Schweif, verziert mit Wollfäden und Binsenhalmen. Über Ockos Stirn mäanderte ein blutiger Streifen, er sah aus wie ein Ritualzeichen aus uralter Zeit. In seinem Rücken erschien der Normanne, er blutete am Arm, aber die Wunde schien harmlos.

Ocko ritt unter seine Leute, die ihn mit Jubel empfingen. Er hielt die Stange mit dem Fuchsfell hoch. »Seht her! Das ist das Feldzeichen des Asterhusumers. Ich werde es zu Hause in meinen Saustall hängen!«, grölte er, und johlender Beifall antwortete ihm.

Dann reckte Ocko den Helm in die Höhe. »Seht her! Das ist die Kopfwehr des Folkmar Allena. Ihr seht, ich habe sie jetzt. Sie sitzt nicht mehr dort, wo sie einst war!«

Er schwenkte den Helm und ritt einen Kreis, damit ihn jeder sehen konnte. »Die Römer pflegten nach einer gewonnenen Schlacht ein *tropaeum* [343]zu setzen. Aber wir sind keine Römer, sondern Friesen, wie machen das anders. Kommt mit!«

Er trabte in die Mitte des Schlachtfeldes, ziemlich genau zu der Stelle, an der er den Disput mit Folkmar Allena hatte. Dort wendete er sein Pferd. »Das ist der Platz, an dem der Asterhusumer Fersengeld gegeben hat, Männer! An dem er uns seinen stinkenden Hintern zugewendet hat!« rief er launig und ringsum brandete Gelächter auf. »Wir haben keine Zeit für Baumsäulen und das geborstene Eisen unserer Feinde nehmen wir mit. Wir schmelzen es ein, vielleicht machen wir es zu Jauchekellen«, ergänzte er und wartete, bis sich der Beifall gelegt hatte. Dann richtete er sich im Sattel auf.

»Und nun zum Casus. Auch ich will ein *tropaeum* für unseren Sieg setzen. Männer, ihr habt es verdient!«, schrie er aus vollem Hals, warf den Helm zu Boden und stieg auf den Rücken seines Pferdes. Breitete die Arme aus, um seine Balance zu finden, nestelte an seinem Hosenlatz und Enno warf dem Langen einen schnellen Blick zu. Diese Szene kam ihnen bekannt vor. Und unter dem Johlen seiner Truppe schlug der Brokmanne im hohen Bogen sein Wasser ab, mitten hinein in den Helm des Asterhusumers.

*

Im Hochgefühl ihres Sieges ließ der Brokmanne noch auf dem Schlachtfeld ein Fass Bier anschlagen, er ging selbst durch die Reihe der Hauptleute und brachte jedem persönlich seinen Trunk. Auch Enno und der Lange be-

343 Siegeszeichen. Geht zurück auf das griechische Wort trópaion, das so viel wie umwenden bedeutet. Es war gewöhnlich ein Pfahl oder Baumstumpf, behängt mit den Waffen des geschlagenen Feindes und markierte die Stelle auf dem Schlachtfeld, an der sich der Gegner zur Flucht wendete. Das Wort »Trophäe« ist davon abgeleitet.

kamen ihren Becher. Enno nahm ihn blicklos und ohne Dank, Adriaan mit einem knappen Nicken und in dem offensichtlichen Glauben, ihn mehr als redlich verdient zu haben.

Derweil waren die Fremden auf dem Platz und fledderten die Leichen der Gefallenen, aber sie kamen enttäuscht zurück; bei den Bauernburschen und Waffenknechten der Eemter und Asterhusumer war nur wenig zu holen gewesen. Und dann, nur zögernd und ganz allmählich, tasteten sich Teile des geschlagenen Heeres aus dem schützenden Wald heraus und lasen ihre Toten und Verwundeten auf. Der Feldhauptmann war dabei, Folkmar Allena und der Eemter blieben verschwunden. Die Brokmannen ließen sie gewähren. Sie selbst hatten einige Verwundete, darunter zwei mit schweren Blessuren und einen Toten, der an einem verlorenen Arm verblutet war. Ocko ließ den Toten bergen, die Blessierten luden die Auwreker auf einen Trosswagen. Dann rief der Brokmanne seine Hauptleute zusammen.

»Ich habe ihn nicht erwischt«, sagte er und jeder wusste, er meinte den Asterhusumer. »Er ist davon wie ein Hase. Nur einmal kam ich in seine Nähe und habe ihm die Kopfwehr von den Haaren gefegt. Er ist mit seiner Kerntruppe nach der Tütelburg hin, hab's so gesehen!« Er warf einen scharfen Blick auf Guy, der nickte.

»Luiward ist mit seinem Gaul davon. Ging ihm durch. War an der Brust blessiert. Allena selbst blieb wohl unversehrt«, sagte Michel knapp.

»Mit diesen beiden ist noch zu rechnen«, schloss Ocko. »Ich glaube auch, dass ihnen große Teile ihre Heeres geblieben sind. Haben wir einen Überblick über feindliche Tote?«

Ludeke hob die Schultern. »Zwei bis drei Dutzend. Ebenso viel Verwundete.«

Der Brokmanne nickte, dann sah er Michel an. »Beute?«

»Nichts Nennenswertes«, gab der Freibeuter zurück.

»Ein paar Habseligkeiten, kleines Geld. Was Bauern so bei sich tragen.«

Die Augen des Brokmannen wurden zu Dolchen. »Du wirst schon noch auf deine Rechnung kommen. Unbesorgt. Hört her!« Er ließ die Männer näher rücken und sah in die Runde. »Ihr bekommt das Brucheisen. Ich lasse es sammeln!«, und als Michel den Mund öffnete, hob Ocko tom Brook die Hand. »Das ist nicht alles. Der Eemter leckt sich hinter seinen Steinen die Wunden, Folkmar ist auf der Tütelburg. Sie werden sich so schnell nicht wieder vereinigen können. Wir haben also freie Hand und greifen uns seine Festen. Alle. Die in Loppersem, in Suderhusum, in Canninghusen und in Cirquerum. Was wir dort finden, gehört euch!«

Ludeke schüttelte den Kopf. »Zehn Teile der Beute waren vereinbart, was unbeweglich ist, in Silber«, stellte er mit kalter Stimme fest.

»Vereinbart? Du hast sie gefordert!«

»Richtig, Capitanus. Und du hast nicht widersprochen!«

Sie starrten sich an mit scharfen, eisigen Blicken und dann lenkte der Brokmanne ein. »Wir rechnen die zehn Teile gegen die Funde auf den Festen«, schlug er vor, wartete, sah die beiden Freibeuter einen zweifelnden Blick wechseln, dann nicken und hob noch einmal seine Hand. »Ausgenommen Gut, das bereits mein Eigentum ist«, ergänzte er schnell und die anderen zuckten ihre Achseln.

»Ihr seid also einverstanden«, schloss Ocko rasch und wendete sich ab. »Zerlegt die Brikole, wir brechen sofort auf.«

Auf dem Weg nach Süden fragte Ocko, wie sich der Hairlinger geschlagen habe, und Ludeke berichtete. Der Brokmanne beugte sich ungläubig vor. »Kein Gefecht?«

»Nicht eins!«, bestätigte Ludeke.

Und Michel ergänzte: »Verstehe recht: Er ist dem Kampf nicht etwa ausgewichen. Er hatte sein Eisen gezogen und war schlagfertig. Er hatte nur keinen Feindkontakt. Dafür aber sein holländischer Knecht umso mehr. Der war überall, hat ihn eingehüllt wie eine Gischtwolke und jeden seine Klinge kosten lassen, der sich auch nur in die Nähe wagte. Rikus hat so seinen Arm verloren.«

Abrupt stoppte der Brokmanne sein Pferd, seine Augen verengten sich. »Rikus? Unser Toter?« Ocko tom Brook riss sein Pferd herum und tastete nach seiner Klinge, aber Michel griff ihm hart in die Zügel.

»Dafür kannst du ihm keine Kerbe machen, Capitanus! Das sind die Fährnisse der Schlacht. Und Rikus war ungeschickt im direkten Anritt. Wenn alle deine Knechte so fechten würden wie der Holländer, brauchtest du uns nicht!«

Der Brokmanne warf einen eisigen Blick auf die Faust, dann auf den Mann und Michel ließ die Zügel los. Ocko fuhr herum, seine Stimme war kalt und hart. »Halte den Mann im Auge, Guy! Er wird uns noch Schwierigkeiten machen, das fühle ich. Wenn er es zu toll treibt, erledige ihn«, fauchte er und der Normanne nickte gleichgültig.

Sie erreichten die Feste Loppersem noch am frühen Nachmittag und fanden sie leer. Sie rissen die Palisadenwände ein und zerstörten die Wälle und Hütten, so gut sie konnten. Dann zogen sie weiter nach Suderhusum. Der Asterhusumer hatte hier bereits eine Mauer stehen, sie grenzte die Wallanlage nach Süden ein und war von der Tütelburg aus gut zu sehen. Es begann schon zu dämmern, als sie eintrafen. Sie rissen die Pfähle aus den Wällen und Ocko ließ damit ein großes Feuer machen.

»Unsere Freunde auf der Tütelburg sollen doch ihre Kurzweil haben!«, sagte er höhnisch.

Und dann, im Schein des riesigen Feuers, ließ der Brokmanne mit der Brikole die Mauer beschießen, immer wieder, die ganze Nacht, bis sie schließlich einstürzte. Sie soffen Bier und grölten und sahen die Köpfe der Asterhusumer wie schwarze Beulen auf der Burgmauer. Aber die Freibeuter waren schlechter Dinge, denn sie hatten bisher noch nichts von Wert gefunden, und der Brokmanne sah sein Silber schwinden. Als sie sich morgens gegen Cirquerum wandten, glich Suderhusum einem rauchenden Trümmerfeld.

In Cirquerum fand sich tatsächlich ein kleines Fähnlein als Besatzung, sieben Waffenknechte, die sie ohne Mühe vertrieben, aber es gab ihnen die Hoffnung auf etwas Wertvolles in der Feste und sie begannen in wütendem Eifer zu suchen.

Der Brokmanne hatte schon seit dem Morgen eine Stinklaune, er fuhr die Auwreker an, weil sie sich absetzen wollten. »Ihr bleibt gefälligst, bis der Feldzug zu Ende ist!«

Der Fähnleinführer hob die Schultern. »Die Schlacht ist vorüber, Capitanus. Und Ihr habt sie gewonnen.«

»Der *Feldzug*!«, schrie Ocko. »Der Feldzug ist noch nicht vorüber! Und nun sucht. SUCHT!« Wütend starrte er auf die beiden Hairlinger, die sich auf ihre Pferdedecken gelegt hatten und schweigend von ihren Vorräten aßen, wie sie es auch in Loppersem und in Suderhusum getan hatten. Schon in Loppersem hatte er Enno tom Diek deswegen angefaucht, aber auf Granit gebissen.

»Ich leiste dir Heerfolge. Dazu gehört nicht, sich am Gut eines geschlagenen Feindes zu vergreifen«, hatte der Hairlinger träge geantwortet.

»Dann befiehl deinem Knecht!«

»Er ist nicht mein Knecht. Und er steht nicht auf deinem Pergament«, hatte Enno entgegnet und der unsägliche Holländer hatte sich tatsächlich auf seiner Pferdedecke zur Seite gedreht und mit starrem Gesicht einen donnernden Furz abgelassen, ganz so, als läge er in Ochterszem auf der Tenne. Es war einfach widerlich gewesen.

Sie fanden auch in Cirquerum nichts und als sie nach Canninghusum aufbrachen, war die Stimmung des Brokmannen auf dem Nullpunkt. Bei Michel und Ludeke dagegen stieg sie, wenn auch nur zaghaft, denn Silber war ihnen lieber als irgendwelches Gelump, für das sie keine Verwendung hatten.

Aber wie sollten die vier Festen gegen Geld gewogen werden? Ihnen war klar, es würde harte Verhandlungen geben. Der erste Rausch des Sieges war verflogen, sein Nutzen ungewiss und der Brokmanne war ein kalter Rechner. Er würde versuchen, seinen Schaden möglichst klein zu halten. Anderseits konnte er es sich nicht leisten, seine Verbündeten zu verdrießen. Er würde sie noch brauchen. In dieser Lage machten sie sich über die Feste her, die nicht mehr war als eine Wallanlage mit Palisaden, dazwischen fanden sich erste Mauerreihen. Die glatten Steine und sorgfältig geschälten Stämme kamen Ocko bekannt vor, er war bald überzeugt, dass der Asterhusumer hier die Ladungen verbaute, die er ihm zuvor in diesen verdammten Raubzügen weggenommen hatte. Er befahl den Auwrekern, die restliche Trossladung auszuteilen, wählte die besten Steine und Stämme aus, ließ sie auf die Karren wuchten und durch das Fähnlein nach Auwreke schaffen.

»Ladet ab und kommt zurück. Ich will jeden Stein und jedes Stück Holz auf meinem Bauplatz sehen«, befahl er drohend. Sie rissen die Hütten mit einer Wut auseinander, die an Raserei grenzte. Der Brokmanne stachelte seine Leute an. »Zwei Teile Geld für jeden, der Silber findet!«

Ein kleiner, windschiefer Schuppen barg Schanzgerät und allerlei Werkzeug, das Ocko bergen ließ. Im hinteren Teil der Burg entdeckten sie einen verdächtigen Erdhügel und trugen ihn ab. Darunter fand sich ein weiterer Vorrat an Stämmen und Steinen, notdürftig mit Stroh und grobem Sackleinen abgedeckt. Irgendwann zog einer der Knechte einen Lederbeutel aus dem Boden, der einen kleinen Münzvorrat fremden Geldes aus minderwertigem Metall enthielt. Der Brokmanne beäugte ihn mit mürrischem Gesicht. Er mochte aus einem Raubzug in fernen Ländern stammen, oder ein Kreuzfahrer hatte ihn einst als Palästina mit nach Friesland gebracht, niemand wusste es zu sagen.

Der Beutel blieb ihr wertvollster Fund. Unter den scheelen Blicken seiner Hauptleute steckte ihn Ocko in seine Bluse. Auch der Knecht wagte nichts zu sagen. Sie schlugen alles kurz und klein; was brannte, warfen sie auf einen großen Haufen und zündeten es an. Nach einer missmutig und schweigsam verbrachten Nacht im Schein dieses Feuers machten sie sich auf den Heimweg.

*

Abt Eghardus von Ihlo saß da wie ein Toter. Zumindest doch wie jemand, der in tiefsten Schlaf gefallen war. Er schien nicht zu atmen, hielt die Augen fest geschlossen und in dem knochigen, vergreisten Gesicht rührte sich kein Muskel. Trotz des warmen Wetters brannte ein Torffeuer in der Abtklause und verbreitete eine breidicke, stickige Luft. Es roch nicht gut, ja, es stank, und der Brokmanne fühlte sich immer unwohler.

»Der angebotene Schutz für Euer Kloster ist ein natürliches Ergebnis der neuen Verhältnisse, Vater. Ich biete ihn zudem aus Überzeugung an. Und aus Pflichtgefühl«, sagte Ocko mit betont ruhiger Stimme.

Er vermied bewusst das Wort »Machtverhältnisse«. Zwar traf es den Casus genau, aber er hielt es in diesem Gespräch für unpassend. Ihm schienen Begriffe wie Verantwortung und Pflicht geeigneter, die Gunst des Prälaten zu gewinnen und dazu war er entschlossen. Trotz seines aufbrausenden Charakters und der Neigung, bei Wutausbrüchen seinen Gefühlen nachzugeben, besaß der Brokmanne die Fähigkeit, in langfristig angelegten Entwürfen zu denken.

Nach der gewonnenen Schlacht von Loppersem schien es ihm an der Zeit, seine Stellung in Ostfriesland durch weitere Verbündete zu festigen. Dabei dachte er großzügig; er hatte seine Fühler in Richtung des Grafen von Holland ausgestreckt, zu Albrecht, der auch Herzog der Baiern war. Aber er dachte zugleich und vor vor allem an die Kirche. Früher, noch zu Lebzeiten seines Vaters, hatte er sie als Gegner gesehen, als Widerpart im Kampf um Macht und Einfluss. Das galt auch unverändert, soweit es die Rolle der Fürstbischöfe betraf. Sein Versuch, im Streit der Eminenzen mitzuwirken, sich anzubieten, vielleicht sogar unentbehrlich zu machen, um so an die Fleischtöpfe zu gelangen, war gescheitert. Er hatte sich auf die falsche Seite geschlagen.

Heute gab es keine politische Verbindung mehr an den Hof des Kirchenfürsten zu Brema. Erzbischof Albert II., zugleich Herzog von Braunschweig-Lüneburg, war allenfalls ein Konkurrent, jemand, den man im Auge behalten und dem man notfalls auf die Finger schlagen musste, sollte er seine Hand nach Westen ausstrecken.

Aber hier, in Ostfriesland, das hatte er gelernt, lagen die Dinge anders. Das Landvolk hing an den Rockschößen der Pfaffen. Man konnte es kaum ohne sie gewinnen. Schon gar nicht gegen sie. Und Ocko tom Brook stützte sich bisher zu sehr auf die Klingen von Fremden, von Menschen mit zweifelhaftem Ruf. Er wollte sich davon lösen, wollte getragen werden von der Zuneigung seiner Landsleute, und nicht durch die brutale Kraft von Berufskriegern. Aber der Brokmanne war ehrlich zu sich selbst. Es war kein Sentiment, das ihn trieb, sondern nüchternes, ja zynisches Kalkül. Die Fremden, ein Ludeke und ein Michel, waren gut, um seine gefährlichsten Feinde auszuschalten. Eine Dynastie, die solide im Volk verankert war, ließ sich mit solchen Verbündeten nicht errichten.

Er musste auch den Makel dessen loswerden, der einen

Rebellen gegen die Kirche unterstützt hatte. Er musste sich mit dem Klerus aussöhnen. Was war hierzu besser als die Rolle des Schutzherrn für das Kloster in Auwreke, seiner Landgemeinde? Wie konnte er überzeugender wirken als durch demonstratives, symbolträchtiges Einvernehmen mit Abt Eghardus, dem Zisterzienserprior von Ihlo, *der* moralischen Instanz in Ostfriesland? Er war entschlossen, diesen Schritt zu tun, in einer großen Geste, vor den Augen der Welt.

»Ich meine einen Schutz auf Dauer. Verhältnisse, die Euren Mönchen Raum und Zeit geben, den Pflichten Eures Ordens nach Gebet und Arbeit nachzukommen«, sagte der Brokmanne behutsam.

Eghardus schwieg und rührte sich nicht. Und dann, als Ocko wirklich dachte, der Abt sei eingeschlafen, sagte der Prior mit knarzender Stimme: »Du bist schuldig geworden!«

»Ich habe das Recht zur Verteidigung wahrgenommen«, sagte der Brokmanne schnell. »Gegen Männer, die mich bestohlen und sogar meine Knechte erschlagen haben!«

Der Abt hob die Augenlieder als wären sie schwer wie Blei. »Und hast dabei getötet. Oder töten lassen.«

Ocko sah ihn fest an. Er hasste diesen Asketen, der seine Reinheit wie eine Monstranz vor sich hertrug, diesen fleischgewordenen Vorwurf an die sündhafte Menschheit, aus vollem Herzen, aber er war fest entschlossen, diesem Gefühl nicht nachzugeben. »Ich kann noch ertragen, wenn man mich beraubt. Aber was soll ich tun, Vater, wenn man meine Brotesser tötet? Christenmenschen? Friesen, die getauft sind?«

»Du willst mich belehren, aber das steht dir nicht zu. Der Apostel Matthäus sagt: Widersteht nicht dem Bösen, sondern jedem, der dich auf die rechte Wange schlägt, dem halte auch die linke hin«, versetzte der Abt mit scharfer Stimme.

Ocko spürte, dass ihm das Gespräch zu entgleiten drohte, es lief nicht in die gewünschte Richtung. Er kämpfte seinen aufsteigenden Zorn nieder, aber konnte sich nicht beherrschen, spitz zu erwidern: »In der Bibel sagt Jesus: Ich bin nicht gekommen, Frieden zu bringen, sondern das Schwert.«

Eghardus schloss seine Augen erneut und schwieg so lange, dass der Brokmanne das Ende ihrer Begegnung schon gekommen glaubte. Dann sagte der Abt müde: »Du weißt, wie das gemeint ist: Jesus spricht vom Zwist zwischen Vater und Sohn, Mann und Frau, Schwester und Bruder, der nötig ist, damit man sich Ihm umso leichter zuwende.« Und plötzlich war da ein Ton resignativer Hoffnungslosigkeit, von verzweifelter Trauer, von Ohnmacht der Kreatur vor den unerbittlichen Wahrheiten des menschlichen Lebens, der den Brokmannen anrührte und besänftige, ihn zur Ruhe kommen ließ und ihn daran erinnerte, weshalb er gekommen war.

»Ich glaube zutiefst an ein Ethos, Vater, in dem auch christliche Werte wurzeln. Ein Ethos, das mit dem Segen des Herrn zulässt, nicht für sich selbst, aber für seinen wehrlosen Nächsten das Schwert zu führen«, sagte Ocko tom Brook versöhnlich und ließ dabei unerwähnt, dass er sich in Loppersem zum eigenen Nutzen geschlagen hatte. »Denn seht Ihr, das muss auch so sein. Wie soll ich sonst Euer Kloster wirksam schützen?«

Der Abt beugte sich vor, ohne seine Augen zu öffnen. »Ich sehe nicht mehr so gut, Ocko tom Brook. Ich höre auch nicht mehr wie früher. Eigentlich höre ich mehr mit dem Herzen als mit den Ohren«, flüsterte Eghardus fast heiter. »Das ist nicht von Übel. Zum Gegenteil. Es setzt mich in den Stand, eine gute Lüge von einer plumpen Wahrheit zu unterscheiden.«

Der Brokmanne lehnte sich zurück, sein Gesicht verschloss sich. »Ich höre, Vater.«

»Viele Menschen haben Angst vor der Wahrheit. Es ist oft so, dass sie schmerzt wie ein glühendes Eisen, mit dem man eine Wunde ausbrennt, damit sie rein wird. Aber das Ergebnis ist die Gesundung der Seele, anders als bei der süßen Lüge, die zwar gut schmeckt, aber Fäulnis und Verderben nach sich zieht«, sagte Eghardus mit feinem Lächeln.

»Ich höre die Botschaft, aber was wollt Ihr mir sagen?«

Der Abt hob die Lider. Er sah den Brokmannen abschätzig an, wie ein Vater einen Sohn, dem er nichts mehr beibringen kann. »Was kostet mich dein Schutz?«

»Euer Wohlwollen und Eure Gebete.«

»Und du denkst natürlich an eine öffentliche Proklamation.«

Der Prälat fragte nicht, er stellte fest und Ocko tom Brook musste unwillkürlich lächeln. Dass Eghardus nicht dumm war, wusste er. Aber diesen Hintersinn, dieses Gefühl für Symbolik, hatte er ihm nicht zugetraut. Er begriff nicht, dass ihn der Prälat längst durchschaut hatte. Zeigen wollte, dass ihm der Zusammenhang zwischen Mühe und Nutzen durchaus bewusst war. Der Abt hatte verstanden, dass der Brokmanne für seine Reputation in Ostfriesland eine Zeremonie brauchte, in der er sich als Protektor präsentieren konnte.

»Ja, Vater. Ich möchte mich in einem Gottesdienst förmlich erklären«, nickte Ocko tom Brook mit glatter Stirn. »Das ist nötig, um den Casus zu verbreiten. Vor allem zur Abschreckung!« fügte er eilfertig hinzu.

Der Abt ging nicht darauf ein. »Pfingsten!«, sagte er knapp, es klang wie ein Befehl.

*

Alle Friesen dürfen ihre Blutschuld durch Geld und Gut sühnen. Sie sind befreit von Stock und Staupe, von Schere und Zuchtrute und anderen Leibstrafen.

Karlsprivileg, nach der 16. Volksküre

5.

Eesensem, Hairlingerlant,
den Tag vor Pfingsten Anno Domini 1381
(Samstag, 1. Juni)

»Diesen Mummenschanz hättest du uns wenigstens ersparen können«, brummte der Lange und Enno lächelte ihn nachsichtig an. Seit der Schlacht von Loppersem war ihr Verhältnis fast wieder wie früher, nicht ganz so entspannt wie einst, aber doch wärmer, offener. Sie gingen mit behutsamer Rücksicht aufeinander zu, schonten sich in Verhalten und in der Diktion. Es gab die scharfen, kalten Wortwechsel nicht mehr, die sie ohne Rücksicht auf Verletzungen geführt hatten.

»Er hat es verlangt und es steht so im Pergament. Ich muss einmal im Mond auf Verlangen bei ihm erscheinen. Ort, Tag und Anlass legt er fest«, sagte Enno milde und griff nach seinem Umhang aus leichter Wolle. »Du musst ja nicht mit. Es steht dir frei, zu bleiben.«

»Davon rate ich ab, Enno«, widersprach William mit süffisantem Grinsen. Er tat so, als wäre Adriaan nicht im Raum. »Weißt du, ich beobachte bei unserem langen holländischen Freund seit einiger Zeit eine bedauerliche Verrohung der Umgangsformen, ja, der Sitte überhaupt. Neulich auf der Tenne hat er gefurzt, dass das Feuer ausgegangen ist. Obwohl Mägde anwesend waren! Nimm ihn unbedingt mit. Er braucht wieder einmal eine Umgebung, die ihn zu edlerem Verhalten zwingt.«

Der Lange starrte ihn mit grimmigen Augen an, aber um seine Mundwinkel zuckte es. »Hach!«, sagte er dann und wandte sich an Enno. »Ist dir das bei unserem jungen Seelenpfleger nicht auch aufgefallen? Dieser ständig wachsende, bestürzende Mangel an Urteilskraft? Er hält die Gegenwart des Brokmannen für geeignet, höfische Sitten zu festigen. Es wird Zeit, dass wir ihm den Steiß lüften! Er muss weg, hinaus in die Welt, damit er wieder lernt, was sie im Inneren zusammenhält.«

Enno tom Diek lächelte und hob die Schultern.

»Danke!«, sagte William freundlich.

Der Lange stutzte. »Danke wofür?«

»Für den jungen Seelenpfleger!« Der Mönch hing weit zurückgelehnt mit dem Rücken fast auf dem Tisch, grinste breit und sagte jetzt keinen Ton mehr.

Auch der Lange gürtete sich und langte nach seiner Klinge, dann ging er zur Tür. Auf halbem Weg wandte er sich um. »Was ist nun, du Hund Gottes? Kommst du mit oder nicht?«, fragte er spöttisch und der Dominikaner fuhr in die Höhe. Mahnend hob er den Zeigefinger.

»Zum Merken: Unser Name geht zurück auf den heiligen Dominikus, nicht auf dein albernes lateinisches Wortspiel. Mich wundert, dass ich dir als gelerntem Klosterflüchtling derlei sagen muss«, schimpfte er. »Übrigens wäre es fahrlässig, euch beiden alleine reisen zu lassen«, schob er noch nach, und von draußen hörte man den Langen dreckig lachen.

In gelöster Stimmung ritten sie los, alberten und scherzten und alles war fast wie früher. Doch je näher sie an Auwreke rückten, desto stiller wurde es zwischen ihnen. Sie trafen am Abend ein und wegen des warmen Wetters entschieden sie sich, im Freien zu übernachten. Sie breiteten ihre Pferdedecken hinter der Kirchmauer von Sankt Lamberti aus, der Pfarrer selbst brachte ihnen Wasser und der lange Holländer erstand ein Stück kalten Braten in der nahen Schenke. Sie saßen bei einem schweigsamen Nachtmahl, als sich einige ehemalige Richter der Landgemeinde zu ihnen gesellten. Tidard Tidesna war unter ihnen, und auch Siart Atten, der alte Feind des Brokmannen und amtierender Richter damals, als Keno Hylmerisna dem Gerichtstag in Auwreke beigewohnt hatte, der so schrecklich aus dem Ruder gelaufen war. Sie alle waren inzwischen alte Männer mit tränenden Augen, krummen Rücken und roten Nasen, aber der Lange nahm ihnen noch immer übel, dass sie die Hylmerisna so leicht, zu leicht, wie er fand, ins Land gelassen hatten.

Und nun waren die Verhältnisse unumkehrbar. Denn der Brokmanne hatte inzwischen Fakten geschaffen. Er hatte unter dubiosen, ja verwirrenden Umständen seine Besitzungen dem Herzog von Baiern als Lehen angetragen, sie danach von Herzog Albrecht wieder zum Lehen genommen und hatte damit diesen Fürsten, der zugleich Graf von Holland war, als Protektor im Rücken. Es war eine Sensation gewesen, ein Akt, der die Ostfriesen getroffen hatte, als wäre der Himmel auf sie gestürzt. Nie, niemals zuvor hatte es ein Friese gewagt, einen fremden Herrscher aus freien Stücken und auf diese Weise ins Land zu holen.

»Na, ihr Helden? Gewiss seid ihr schon aufgeregt und voller Freude, eurem Fürsten aufzuwarten«, ätzte der Lange mit kalter Stimme.

»Lass gut sein, Adriaan«, wies ihn Enno sanft zurecht. Die Auwreker warfen dem langen Holländer vorwurfsvolle Blicke zu.

»Ocko ist nicht unser Fürst«, weinerte Tidard Tidesna nuschelnd, er hatte Speichelfäden zwischen den Lippen, seine Zahnreihen hatte sich erheblich gelichtet.

»*Noch* nicht«, konnte sich Adriaan nicht verkneifen zu antworten, recht eigentlich eher auszuspucken, und Enno schüttelte resigniert den Kopf.

Der Mönch lehnte sich mit verschränkten Armen zurück, ihm schien das Gespräch zu gefallen. »Aber er ist euer Richter, euer Patronatsherr, er führt euer Heeresaufgebot. Er spricht Recht, redet bei der Besetzung von Pfarrstellen mit und führt euch in den Krieg. Oder doch zumindest Teile von euch, eure wehrfähigen Männer. Das ist viel für einen Mann, der es richtig findet, vor jungen, versprochenen Frauen die Schamkapsel zu lüften«, sagte er scharf und der Hairlinger warf ihm aus verhangenen Augen einen warnenden Blick zu, den der Mönch sofort verstand. William wurde rot und biss sich auf die Lippen. Immerhin waren auch Enno und der Lange mit Ocko in den Krieg gezogen. Er schämte sich zudem wegen der Sache mit der Schamkapsel, vielleicht war es Enno nicht recht, dass er davon sprach.

Adriaan schien das nicht wahrzunehmen. Anerkennend nickte er dem Dominikaner zu. »Sieh an; vox populi vox Dei[344], so war es doch? Man könnte diese Reihe übrigens fortsetzen. Zum Beispiel mit dem Wort Ochterszem.«

Danach war Ruhe, die Auwreker drucksten herum und sahen sich an, schließlich sagte Tidard Tidesna: »Damit haben wir nichts zu schaffen!«

»*Ihr* nicht!«, gab der Lange harsch zurück, und dann fügte er an: »Ihr habt den Brokmannen, weil ihr nicht die Kraft hattet, euch gegen ihn zu behaupten. Oder, wenn es denn nötig war, den Umgang zu enden, einen aus euren eigenen Reihen auf den Schild zu heben!«

»Und ihr? Habt ihr ihn nicht auch?«, giftete Siart Atten heftig zurück, und der Holländer richtete sich auf und öffnete den Mund zu einer heftigen Erwiderung.

»Es ist genug, Adriaan!«, sagte Enno da, er sagte es leise,

344 lat: Volkes Stimme – Gottes Stimme.

aber mit solchem Nachdruck, dass der lange Holländer den Kopf senkte und schwieg.

Sie beendeten ihr Mahl und schlugen sich in die Decken. Am nächsten Morgen tauchten die Auwreker wieder auf und schlossen sich ihnen auf dem Ritt nach Süden an. Es wurde wenig gesprochen, aber sie erfuhren so einiges. Ocko tat viel, um sich die Leute in der Landgemeinde gewogen zu machen. Die Schlacht von Loppersem hatte wohl zeigen sollen, wie wehrhaft der Richter war, sie hatte seinen Ruf als Schutzherr gefestigt, doch der Brokmanne ließ es nicht dabei bewenden. Er verteilte Spaten mit eisengefasstem Blatt, gab Saatgut an Bauern mit schlechten Ernten und unterstützte bei der Beschaffung von Eggen und Räderpflügen.

»Wie kann er das? Er muss bei Gaufridus Fabri erheblich in der Kreide stehen«, sagte William gehässig, aber Tidard Tidesna hob die Schultern.

»Wer weiß? Er tut es halt und den Leuten gefällt's«, sagte er, doch der Lange schüttelte den Kopf.

»Das ist sein Credo: Eine Hand hält das Brot, die andere führt die Peitsche. Ihr wisst nichts von Affo Tilen!«

Dann berichtet er. Affo Tilen war ein Pachtbauer der Beningaburg, an der Ocko Hylmerisna Anteile hielt. Er war wohl ein ziemlicher Bruder Leichtfuß, der es auch mit der Bestellung seiner Felder nicht so ganz genau nahm. Jedenfalls schien Hero Attena, der Burgherr, schon immer seine Schwierigkeiten mit dem Mann gehabt zu haben, hatte wohl auch hingenommen, dass Affo bei Ernteausfällen seine Zinsleistungen an die Burg kürzte. Das änderte sich schlagartig, als ein solcher Fall wieder eintrat. Der Brokmanne schickte einen Trupp seiner Fremden auf den Hof, ließ Affo brutal festnehmen und sperrte ihn zwei Tage und eine Nacht ohne Verpflegung in einen Stall in Engerhoffe. Dann jagte er ihn unter wüsten Drohungen davon.

»Warum hat er ihn wieder freigelassen?«, wollte Siart Atten wissen.

»Warum hat er ihn eingesperrt? Das scheinbar Planlose folgt doch einem klaren Ziel. Ocko will Angst und Schrecken verbreiten. Und was ist dazu besser geeignet als blutige Willkür?«, gab der Lange trocken zurück.

»Eben! Der Brokmanne tut nichts ohne Plan. Das gilt auch für Spaten, Eggen und Pflüge«, ergänzte William. Enno sagte nichts zu alledem, und den Rest des Rittes verlief in tiefstem Schweigen. Schon bei der Annäherung an das Ihloer Gehölz sahen sie, dass der Eingang zum Kloster mit bunten Bändern geschmückt war. Später stellte sich heraus, dass Ocko tom Brook auch dafür in seine Schatulle gegriffen hatte. Der Pfingstgottesdienst in der Klosterkirche von Ihlo war für die zehnte Stunde angesetzt. Abt Eghardus nahm Rücksicht auf die Bauern. Sie sollten am Sonntag nicht auf ihre Felder, zumal nicht an einem hohen kirchlichen Feiertag, aber er wusste, dass sie es taten, ja mussten, denn es war Heuernte und das Wetter zwang zu raschem Handeln.

Sie stiegen vor der Kirche ab und setzten sich in die Bänke, die für die Abordnung aus Engerhoffe vorgesehen waren. Der Brokmanne war noch nicht da, als die Mönche plötzlich ein Tedeum anstimmten. Dann öffnete sich eine Seitentür und der Abt betrat die Kirche, Ocko stapfte mit rotem Gesicht hinterdrein. Die beiden mussten wohl in der Klause des Priors gewartet haben, die einen direkten Zugang zur Abteikirche hatte. Der Brokmanne musterte sein Gefolge kurz und mit kalten Augen, besonders die Auwreker, über die Hairlinger ging sein Blick gleichgültig hinweg. Er trug einen leichten Wollmantel mit weißen Aufschlägen, dazu kniehohe Stiefel und seine Sporen. Seine Stirn zierte ein dünner silberner Reif. Während des Gottesdienstes saß er reglos wie ein hölzerner Klotz, wie unbeteiligt, sah nicht nach rechts oder links, es schien, als langweile er sich zu Tode.

Abt Eghardus zelebrierte die Messe selbst, er machte lange Pausen und sein Gesang war dünn und brüchig. Aber dann, bei der Predigt, zeigte er, dass doch noch Feuer in ihm war. Plötzlich war seine Stimme fest, er konnte sogar donnern und seine Empörung über die Sünden der Welt schien ihm neue Kraft zu geben. Es war der Zorn eines Menschen, der aus seiner asketischen Bescheidung den Anspruch ableitet, fehlerlos zu sein.

Er hielt diese Katharsis aus sich selbst wie ein Banner, nicht nur, um es zu zeigen, sondern auch, um damit zu schlagen und Bruder William wandte, angewidert von so viel Hoffart, den Blick zu Boden. Der Prior predigte über die Tugenden als Kinder der Werte und beklagte deren zunehmenden Verfall. In der Folge sei auch christlicher Lebenswandel in Gefahr, da hierfür die Leitlinie fehle.

»Die Tugenden unserer Mutter Kirche, Glaube, Hoffnung und Liebe, geben den ungeweihten Menschen unserer Tage wenig Halt. Aber einen säkularen Ersatz gibt es nicht«, sagte Eghardus mit hartem Vorwurf. »Die Fürsten dieser Zeit sollten helfen, führen, doch sie tun es nicht!«, rief er anklagend. »Sie tun es nicht, weil sie es nicht können. Weil sie selbst zutiefst fehlerhaft sind!«

An dieser Stelle wackelte der Brokmanne mit den Schultern und zog den Kopf ein Stück ein, es sah so aus, als wollte er einem Schlag ausweichen.

»Wir machen uns nicht mehr klar, wofür wir stehen. Welche Werte und Tugenden uns wichtig sind. Welche Konsequenzen es daraus für unser Leben abzuleiten gilt. Und was wir zu tun bereit sind, diesen Überzeugungen Geltung und Schutz zu verschaffen«, fuhr der Abt mit bitterer Stimme fort. Er erging sich noch lange in einer Litanei nicht enden wollender Anklagen und Vorwürfe, die seine Zuhörer erschreckte, schließlich abstumpfte und dazu brachte, sich anderen Dingen zu widmen. Ocko tom Brook schien in Starre zu verfallen, der

Lange musterte die Decke der Kirche, William zählte die Fliesen.

Endlich kam der Moment, an dem der Brokmanne seinen Auftritt hatte. Erst später sickerte durch, dass er gefordert hatte, von der Kanzel sprechen zu dürfen, aber Eghardus hatte dies schroff zurückgewiesen. »Die Kanzel ist nur für Priester!«

Ocko tom Brook stand neben dem Altartisch, er schien nervös und sprach einige wenige, eher unbeholfene Sätze. Dann legte er seinen Schutzbrief auf den Altar. Er kniete vor dem Altar, als der Prior zuerst ihn segnete, dann den Schutzbrief, und auch dieser Phase war heftiger Disput vorausgegangen, da der Brokmanne nicht knien wollte. »Du wirst knien, sonst segne ich dich nicht, sondern nur dein Pergament!«

Nach dem Gottesdienst stand der Abt mit seinem Protektor vor der Kirche und William blieb bei den beiden stehen, er konnte nicht vorbeigehen, obwohl ihn der Lange an der Kutte zog. Auch der Hairlinger verhielt seinen Schritt.

»Ich wünsche deiner Abtei den Schutz des Herrn, Vater, denn weltlicher Schirm ist eitel, wenn Gott dazu seinen Segen verweigert«, sagte William mit klarer Stimme, und das Gesicht des Brokmannen gefror zu einer Maske. Der Abt dankte mit einem Kopfnicken und jeder dachte, damit sei die Angelegenheit erledigt, aber William dachte das nicht.

»Früher einmal, zur Pestzeit, waren es die Hairlinger, Vater, die deine Klause schützten, erinnerst du dich?«, fuhr William freundlich fort, und Eghardus versteifte sich.

»Damals war der Schutz wirksam, und er war tugendhaft, denn sein Erbringer, Magnus tom Diek, war tugendhaft, auf eine Weise, deren Fehlen du eben in deiner Predigt beklagtest. Hoffen wir, dass es sich in Hinkunft ebenso verhält«, sagte William fröhlich.

Der Abt öffnete und schloss in einem fort seinem Mund, Ocko schien jetzt vor Wut zu dampfen. William verneigte und bekreuzigte sich und der Prior schlug widerwillig den Segen über ihn. Dann entfernten sie sich.

»Glaube nicht, dass du mir damit geholfen hast, William«, sagte Enno, als sie bei den Pferden standen.

Der Mönch hob lächelnd die Schultern. »Verzeih mir, Enno, und auch der Herr möge mir verzeihen, aber es musste heraus, denn sonst wäre ich erstickt.«

»Lebend bist du mir lieber«, sagte der Lange mit breitem Grinsen und schlug dem Dominikaner klatschend auf die Schultern. »Saubere Arbeit, Mönch!«

*

Kleines Zwischenspiel (*Rückschau*)

In den Haghe / des Greven hagen[345]*,*
eine Woche vor dem Fest der Auferstehung des Herrn
Anno Domini 1381
(Sonntag, 7. April)

Die Frau hieß Tomma und sie war genau die stramme Ostfriesin, die sich der Normanne gewünscht hatte. Sie war blond, nicht eben klein und hatte blaue Augen. Sie stammte aus der Krommhorne[346], der Brokmanne hatte sie in einer Vorstadtschenke von Aldenborch aufgelesen.

Sie war keine Jungfrau mehr, dafür hatte Ocko vor Jahren selbst gesorgt, aber das schien Guy nicht zu stören, ebenso wenig wie Tommas Herkunft. Er war fasziniert von der Sinnlichkeit, die sie ausstrahlte wie die Sonne ihre Hitze im Juli, den Bögen ihrer Augenbrauen und ihrer heiseren, kehligen Stimme. Ocko hatte sich an sie erinnert, war nach Aldenborch geritten und hatte Tomma nach Engerhoffe geholt. Die Hochzeit war auf der Tenne gefeiert worden. Unter den scheelen Blick von Folckeldis hatte Bruder Hayungus die beiden getraut, einer Trauung auf der Burg in Auwreke hatte sich Ockos Gattin mit Erfolg widersetzt. Es war nicht allzu schwer gewesen, auch der Brokmanne hatte eine Heirat dort kaum für angemessen gehalten.

Er hatte Guy ein Gebäude auf dem Hof in Engerhoffe zugewiesen, es war das größte neben dem Herrenhaus, dazu einen Knecht und eine Magd zur ständigen Verfügung, der Normanne hatte es sich verdient. Bei der Schlacht von Loppersem hatte er ihm den Rücken freigehalten, war bei der Verfolgung des Asterhusumers

345 Den Haag

346 Krummhörn

nicht von seiner Seite gewichen, hatte einmal sogar einen Schwerthieb mit dem ungedeckten Arm abgewehrt. Gottlob war der Schlag unsauber geführt worden, mit der flachen Klinge, und die Eisenjacke des Normannen hatte die Wunde in Grenzen gehalten.

Guy hatte schließlich das Feldzeichen des Asterhusumers aufgelesen und den Helm, den ihm der Brokmanne von den Haaren gefegt hatte. Er hatte beides seinem Herrn noch auf dem Schlachtfeld überreicht, mit einer seltsamen, feierlichen Geste, als förmliches Zeichen des Sieges über Folkmar Allena, und auch das war etwas, das ihm der Brokmanne nicht vergessen würde. Der Rückendecker war ein wichtiger Mann für Ocko tom Brook, es würde nur noch Wochen dauern, bis Ocko ihm nach seiner eigenen Übersiedelung nach Auwreke das Anwesen in Engerhoffe ganz überließe. Er würde daraus einen Festakt machen, in aller Förmlichkeit, wie es sich gehörte, wenn ein Grundherr einem Vasallen Lehnsbesitz übertrug. Er würde ihn dann auch in friesische Wolle hüllen, denn das venezianische Tuch, das jetzt Guys Schultern bedeckte, war etwas abgetragen.

Und trotzdem stach der Normanne aus der Schar des Gefolges hervor, er war eine exotische Erscheinung, mit der sich Ocko gerne schmückte.

Der Hairlinger war ohne seine Söhne angereist, er hatte den Wunsch des Brokmannen glatt abgelehnt, aus den bekannten Gründen. »Meine Söhne bleiben unbehelligt, so ist es beurkundet!«

»Ich will sie nicht behelligen. Sie sollen an einer Zeremonie teilnehmen, die ihren Horizont erweitert. Auch im Hinblick auf ihre Zukunft als Schollenherren in Eesensem und Ocherszem. Und dann: Man sieht einem leibhaftigen Herzog nicht jeden Tag über die Schulter!«, hatte Ocko gelockt.

»Ich kann nicht erkennen, was ihnen daran frommt.

Ziere dich, mit wem du willst. Mit mir, wie das Pergament verlangt, ist mir gleichviel, aber nicht mit meinen Söhnen.« Der Hairlinger war hart geblieben. Und jetzt stand er im Gefolge, hinter ihm der Sauhund von Holländer, und man sah beiden an, dass sie das Ende der Prozedur herbeisehnten, denn auf ihren Gesichtern mischten sich Überdruss und Ablehnung.

Der Brokmanne hatte auch Wert auf die Anwesenheit der alten Richter gelegt, aus Auwreke und aus seiner eigenen Landgemeinde, soweit sie noch lebten, letztere nur, weil ihm sein Handmann dazu geraten hatte. »Ich will diese Leute nicht sehen. Sie fühlen sich dadurch nur geschmeichelt. Am Ende fordern sie irgendwelche Privilegien, die ihnen nicht zustehen«, hatte Ocko gesagt, aber Uffo Remetsna hatte widersprochen.

»Du musst zweierlei begreifen: Diese Männer haben noch Einfluss. Wenn du auf sie zugehst, hältst du sie so bei der Stange. Ja, sie fühlen sich geschmeichelt, aber du vermittelst ihnen auch ein Sippenbewusstsein, das dich am Ende stützt. Und schließlich, unterschätze nicht den Eindruck der Zeremonie. Du wirst in ihren Augen wachsen. Auch das stützt dich!«

Ganz gegen seine sonstige Gewohnheit war der Brokmanne diesem Rat gefolgt. Er traute Uffo keine weitreichenden Fähigkeiten zu, vor allem nicht im politischen Urteil, und das hatte sich wieder einmal gezeigt, als der Lehnsantrag an den Grafen von Holland in Engerhoffe diskutiert worden war. Der Handmann hatte die Reichweite dieser Entscheidung, ihre Bedeutung für Gegenwart und Zukunft, überhaupt nicht begriffen.

»Du willst diesem Mann deine Ländereien übertragen, um sie anschließend von ihm zu Lehen zu nehmen? Um ihren Besitz auf Dauer zu sichern? Was für ein seltsamer Gedanke! Das ist doch so, als würdest du dein Haus verbrennen, um es vor Dieben zu schützen!«

»Ich werde es so einzurichten wissen, dass nichts meinen wohlverstandenen Interessen zuwiderläuft, des sei gewiss, Oheim. Der Graf von Holland hat ostwärts der Ems keinerlei Macht. Wie soll er mir streitig machen, was ich schon immer besessen habe?«

»Wozu brauchst du ihn dann? Bedenke, er ist Herzog von Baiern und hat mächtige Freunde. Was macht dich so sicher, dass er dir wiedergibt, was du ihm zuvor überträgst? Vergiss eins nicht: Fürsten sind Blutsauger. Sie lassen ihre Hand nicht von Besitz, ebenso wenig wie ein Hund einen Fleischvorrat anlegt.«

»Mächtige Freunde? Du weißt nicht, wovon du sprichst«, hatte Ocko gebellt. »Ist dir nicht klar, dass jeder Fürst vor allem mächtige *Feinde* hat?«

Der Brokmanne war zornig geworden, sehr zornig, wegen der Blutsauger und auch wegen des Unverstandes, der sich da äußerte. Vielleicht auch, weil der Oheim, vielleicht ohne es zu beabsichtigen, den Geburtsfehler seines Plans berührt hatte: Ocko hatte einen Lehnsherrn im Rücken, von dem er nicht wusste, was er ihm im Notfall nutzte. *Ob* er ihm nutzte! Er ließ gleichwohl nicht von einem Unternehmen, das ihn vor allem wegen seiner Nähe zum Hochadel reizte. Es erhöhte ihn, darin hatte Uffo ja recht, es setzte ihn für alle Welt sichtbar und nicht nur in Ostfriesland von anderen ab, und das war Ocko tom Brook wichtig.

Was er von dem Baiern hatte, war zweifelhaft, das war ihm auch klar. Aber er, Ocko tom Brook, war nach der Zeremonie Gefolgsmann des Herzogs Albrecht! Dergleichen hätte sein Vater nicht zu träumen gewagt. Diese Verbindung trug seinen Namen in die Fürstenhäuser. Auch in die Pergamente der Geschichte. Und wer wusste denn, ob ihm daraus im Falle der Not nicht doch Nutzen erwuchs? Macht in irgendeiner Weise? Und Beistand in Form von Schwertern?

Albrecht der Baier schien ähnliche Gedanken zu hegen, auch für ihn steckte wohl Nutzen in der Sache, jedenfalls ließ er über seinen Majordomus[347] sehr rasch mitteilen, er sei bereit, zu den Bedingungen des Brokmannen als dessen Lehnsherr zu fungieren. Der Herzog und Graf von Holland sah offenbar eine günstige Gelegenheit, jenseits der Ems Fuß zu fassen. Und wenn auch zunächst nur symbolisch, auf dem Pergament. Der Casus war in zwei Wochen eingefädelt, und die Verbindungen des Gaufridus Fabri hatten sich auch hier als überaus nützlich erwiesen. Ocko vermutete, dass der Herzog bei dem Bremaer Handelsherrn in der Kreide stand, aber Fabri schwieg darüber und Ocko war es gleichgültig. Was gingen ihn Albrechts Schulden an? Er schmückte sich mit dessen Namen, nicht mit seinem Schatz.

Ocko tom Brook war sehr zufrieden. Er warf aus den Augenwinkeln einen kurzen Blick auf seine Frau Folckeldis, die mit den beiden Söhnen links von ihm saß, Keno auf dem Schoß und Widzelt auf einem Hocker zu ihren Füßen. Folckeldis hatte ihren unförmigen Leib in hellblau gebleichte Wolle gezwängt und schwitzte. Er sah Tomma, die blonde Friesin, neben seinem Leibwächter stehen, ihre üppige Figur bildete einen wärmenden Gegensatz zum drahtigen, asketischen Körper der Normannen. Sie sah aus wie eine saftige Rahmflocke auf einer Scheibe Brot, die zu lange in der Sonne gelegen hat, und er spürte, wie seine Lenden sich regten.

Tomma war ein Fall, den man sich merken musste, er hatte sie schon gekostet und jetzt, wo sie Guys Frau war, hielt er sie keineswegs für unerreichbar. Er sah wieder hinüber und ertrank in der Bläue dieser Augen, die ihn aus der grauen, tristen Masse von Bauerngelump, von grauen, verbiesterten Hairlinger Versagern und von grauen, lächerlichen, eigentlich nur geduldeten Auwre-

347 Hausmeier, Verwalter

kern anstrahlten wie Veilchen in der Mittagssonne. So ließ sich die Wartezeit trefflich überbrücken, obgleich Ocko deren Länge allmählich zu ärgern begann. Offensichtlich lag dem Baiern daran zu verdeutlichen, dass es zwischen einem Emporkömmling, einem angehenden friesischen Bauernführer, und einem Vertreter des Hochadels noch immer einen Unterschied gab, auch wenn man sich hier zum gegenseitigen Frommen zusammentat.

Ocko spürte Folckeldis' prüfenden Blick, er löste seine Augen von Tomma und ließ sie durch den Rittersaal wandern.

Die Residenz des Grafen von Holland hatte ihn enttäuscht, er hatte an Befestigung mehr erwartet als kaum armierte Wälle und seichte Gräben. Auch die Stadt selbst, die dem Vernehmen nach noch immer auf die Bestätigung ihrer Rechte wartete, ließ viel zu wünschen übrig. Doch dieser Rittersaal entschädigte dafür, er war ein würdiger Rahmen und Ocko hatte sich gleich nach dem Betreten vorgenommen, seinen großen Saal in Auwreke ähnlich reich auszustatten. Später. Er warf einen kalten Blick auf die Musikanten, und als hätten sie auf dieses Signal gewartet, begannen Leier und Flöte zu spielen. Der Harfenist setzte ein und unterlegte die Melodie der anderen Instrumente mit sanften Girlanden, steigerte sich, übernahm die Führung und ließ sich seinerseits von Flöte und Leier mit zartem Geflecht umschmeicheln.

Am Ende rührten sich nur wenige Hände zu zaghaftem Beifall, dann öffnete sich die große, doppelflügelige Tür und der Majordomus trat ein, gefolgt von Herzog Albrecht I., dem zwei Knaben in königsblauem Gewand die Schleppe trugen. Wilhelm, der Sohn des Herzogs, ein arroganter, fünfundzwanzigjähriger Schnösel mit weit auseinanderstehenden Augen, hielt das Prunkschwert seines Vaters. Man erhob sich, soweit man saß, und wartete, bis Albrecht seinen Platz eingenommen hatte. Er tat es tapsig, umständlich und ohne Geschmeidigkeit, er bewegte sich wie ein Bauer, dazu passten auch seine großen Hände und das grobschlächtige Gesicht. Ocko war dem Herzog schon zuvor begegnet und dachte sofort wieder verächtlich an hochadelige Inzucht. An einen sabbernden Trottel, der ohne seinen Majordomus verloren war.

Er sollte sich gründlich irren. Albrecht saß und ließ seine Titel vorlesen. Der Majordomus leierte in einer gestelzten Hofsprache, und verlor sich in Ausschmückungen und Arabesken. Albrecht war Herzog von Baiern und Regent von Holland, Seeland, Hennegau und Friesland. Seine Herzogswürde hatte er Anno 1353 erlangt, Graf von Holland war er Anno 1358 geworden, durch die Geisteskrankheit seines Bruders Wilhem, der sein Amt nicht mehr wahrnehmen konnte. Albrecht hielt sich in Baiern oder in den Haghe auf, abhängig davon, wo seine jeweilige Anwesenheit am ehesten erforderlich erschien, gegenwärtig fesselten ihn die Verhältnisse an seine holländische Grafschaft. Er kämpfte noch immer darum, sie vollständig zu beherrschen, aber er war diesem Ziel ferner denn je. Gewiss, der Graf hatte Unterstützer, Leute, die Vorteile von ihm hatten, aber er hatte auch mächtige Feinde[348].

In dieser Lage konnte es nicht schaden, Verbündete ostwärts der Ems zu haben, einen wie den Brokmannen, der bereits bewiesen hatte, dass er auch bereit war, das Schwert zu ziehen. So gesehen war der Antrag des tom Brook ein Glücksfall, die Lehnsübertragung zwar nur ein formaler Akt, aber die Sache insgesamt auch in ihrer Symbolik nicht unbedeutsam. Albrecht, der Graf von Holland, schob sein Vasallenreich nach Osten vor. Er wollte und er konnte diesen Anspruch nicht mit Militärmacht

348 Zu Albrechts Unterstützern gehörte die Häuptlingsgruppe der »Vetkoper«, seine Gegner waren die »Schieringer«, zu denen Folkmar Allena vielleicht Verbindungen unterhielt, möglicherweise auch in militärischer Hinsicht.

unterlegen, er brauchte in der Grafschaft jeden Mann und jede Klinge, um seine Feinde in Schach zu halten. Aber er war doch bereit, seinen Konflikten einen möglichen weiteren hinzuzufügen, und Ocko fragte sich, wie ein Mann diese Last tragen konnte; das Stammland fern, jeden Tag im Kampf um den Besitz, vielleicht um das Leben, und dann sah er in Albrechts Augen und wusste es. Hinter dem verhangenen Blick stand eiseskalte, brutale Härte.

Der Majordomus kam mit seinem Sermon zu Ende. Dann drehte er den Kopf auf die niedrige Betbank, die vor Albrecht stand und warf dem Brokmannen einen auffordernden Blick zu. Ocko erhob sich, trat vor und kniete, und der Herzog kam ächzend auf die Füße. Albrecht nahm Ockos gefaltete Hände in seine Bauernschaufeln, sie waren rau und schwielig, Ocko schnüffelte nach dem Geruch von Lauch und Schweiß, aber zu seiner Überraschung stieg ihm der Duft frischer Minze in die Nase. Der Brokmanne schloss die Augen und sprach seine Formel. Er trug Albrecht Brokmannia und Auwreke zum Lehen an, dazu die Burgen von Loppersem, Suderhusum, Canninghusen und von Cirquerum, die er doch zuvor zerstört hatte. Besitz in Uldersum[349] und Noirden fügte er an.

Als Ocko geendet hatte, hob der Lange den Kopf und stieß Enno in die Seite. Der Hairlinger warf ihm einen Blick zu und nickte. Der Brokmanne hielt wesentliche Teile seines Eigentums zurück, er übertrug dem Baiern nicht alles: Seine durch Heirat erworbenen Besitzungen in Hynt nannte er nicht, und auch nicht den Anteil an der Beningaburg. Von seinen Rechten und Einkünften als Gerichtsherr von Visquerd und Uthum war ebenfalls nicht die Rede. Der Graf von Holland zuckte mit keiner Wimper. In seiner tiefen, volltönenden Stimme wiederholte er langsam und bedächtig die übertragenen Besitztümer und nahm sie formell als Lehnsgüter an. In einem Einschub

349 Oldersum, Kreis Leer

betonte er, dass Ocko tom Brook kraft Erbe durch den Vater und durch eigenen Erwerb rechtmäßiger Herr der genannten Güter gewesen sei und es auch bleibe. Dann übertrug er sie dem Brokmannen als Lehen.

»Ich gebe dir diese Güter zu getreulichen Händen, und ermahne dich, sie zu schützen und zu mehren, zum Wohle der Christenmenschen, die von ihnen abhängen, und zum Lobe des Herrn. Sei eingedenk, dass du wirst Rechenschaft ablegen müssen über alles, was du tugendlich getan oder sündhaft unterlassen hast, Haus und Scholle gedeihlich zu fördern. Vergiss aber dabei auch die Armen nicht!«

Der Herzog von Baiern sprach mit weichem, melodischem Akzent, der nicht zu seinem Äußeren passen wollte. Danach gelobten sich beide ihre Treue und siegelten das Gelöbnis mit dem Bruderkuss.

Als sie die Urkunden unterzeichneten und siegelten, begannen die Musikanten erneut zu spielen. Sie spielten auch beim anschließenden Festbankett, aber sie musizierten gedämpft in einer Ecke des Saals, und so wurde jeder der Anwesenden Zeuge des Eklats, der sich ereignete. Der Brokmanne stellte seinem Lehnsherrn sein Gefolge vor, und Albrecht sprach freundlich ein paar Worte mit jedem, mit dem Normannen scherzte er sogar in Guys Mutterzunge. Als der Hairlinger vor ihnen stand, beugte sich Ocko hinunter, flüsterte dem Baiern einen kurzen Satz ins Ohr und auf Albrechts Züge fiel ein Schatten.

»Du bist also ein Freund der Freiheit und teilst die Menschen nach deiner Hoffart. Davor solltest du dich hüten«, sagte der Baier mit einer Stimme, die plötzlich nicht mehr melodisch war.

Der Hairlinger stand wie ein Baum und rührte sich nicht. Er sah keine Frage und folglich auch keinen Anlass zu antworten.

»Glaube nicht, dass Freiheit das Ziel alles menschlichen Strebens sein muss. Da gibt es Wichtigeres«, fuhr Albrecht knurrend fort. Dann beugte er sich vor. »Es ist wie bei einem Kleinod, das auf den ersten Blick ohne Makel erscheint. Erst bei näherem Hinsehen erschließen sich seine Kratzer und Schrammen.«

»Fehlerhafte Freiheit ist mehr wert als keine, Herr«, sagte Enno bedachtsam, er fühlte den Langen an seinem Umhang zupfen, aber er fuhr fort: »So wie Selbstbestimmung auch in Not schwerer wiegt als Sklaverei im Überfluss. Besser ein kleiner Herr als ein großer Knecht!«

Danach herrschte mit einem Schlag tiefe Stille, nur die Musik spielte, bis der Herzog mit dem Schwertarm durch die Luft fuhr, als führe er eine Klinge, und der Majordomus den Musikanten herrisch abwinkte. »Du sprichst also auch von der Freiheit, keinen Lehnsherrn über sich zu haben, jene Freiheit, die Ocko tom Brook nach deiner Meinung nun verloren hat?«, fragte Albrecht kalt und der Brokmanne hinter ihm erstarrte. In seinem Gesicht arbeitete es.

»Freiheit hat viele Formen, Herr«, sagte Enno vorsichtig.

»Wäre es möglich«, fiel ihm Albrecht ins Wort, »dass der Schutz eines Grundherrn auch Freiheit bedeutet? Die Freiheit etwa, mit einem starken Herrn im Rücken vor Bedrohung durch Nachbarn sicher zu sein?«

Der lange Holländer in seinem Rücken murmelte etwas und Enno sah den Kopf des Brokmannen herumfahren. Ocko tom Brook starrte Adriaan wütend an.

»Das ist der goldene Käfig, der den Sperling vor dem Falken schützt«, erwiderte der Hairlinger trocken und der Herzog von Baiern runzelte die Stirn. In seinem Blick war nun offene Drohung, ja Feindschaft.

Er wandte den Kopf und musterte den Brokmannen, als wollte er ihm einen Vorwurf machen. Was mutest du mir da zu? Was für eine Art Knecht ist denn das?, konnte dieser Blick heißen. Dann kamen seine Augen zurück. Sie waren trüb, wie verschleiert, aber seine Stimme klang wie mehrfach geläutertes Eisen. »Du glaubst, die Freiheit ist von Gott. Ich sage, man muss sie sich verdienen. Und hast du sie nicht verloren, durch deine eigene Unfähigkeit?«

Darauf blieb der Hairlinger lange stumm und es sah so aus, als wollte er nicht antworten, aber dann sagte Enno tom Diek: »Es ist wahr, ich habe meine Scholle verloren. An Euren Vasallen. Die Gründe sind zum übrigen vielfältig, sie haben auch damit zu tun, dass die tom Diek versucht haben, in schwerer Zeit anständig zu bleiben. Im Gegensatz zu anderen!«

Der Saal lag noch immer wie in Schreckstarre, auf Ocko tom Brooks Zügen standen offener Hass und abgrundtiefe Verachtung. Er sah Enno als einen, der sich um Kopf und Kragen redet, einen Mann, dessen Selbstvernichtung man mit lüsterner Genugtuung zusieht. Albrecht saß wie unbeteiligt, aber er schien auf etwas zu warten.

Der Lange räusperte sich, als wollte er sagen, jetzt komm, es ist genug, doch Enno tom Diek hatte begriffen, dass sich hier die Gelegenheit bot, seinen Namen von jeglichem Makel zu reinigen. »Das macht mich aber keineswegs zu einem Knecht der Hylmerisna«, fuhr er mit fester Stimme fort. »Denn Freiheit bindet sich nicht nur an Besitz.«

Der Herzog regte sich. Sein Interesse schien geweckt. »Ich verstehe. Du meinst die Freiheit des Geistes. Die Gedankenfreiheit. Aber das ist doch die Freiheit des Knechtes, der seinem Herrn die Hand leckt, um ihn abends auf der Bettstatt unter dem Strohsack zu verfluchen!«

Enno schüttelte so heftig den Kopf, als wollte er sich Wasser aus den Ohren schütteln. »So nicht. Ich arbeite auf fremder Scholle, aber ich heiße das Gute gut und das Schlechte schlecht. Auch dem gegenüber, der sich mein Herr nennt.«

Ocko stieß ein verächtliches Grunzen aus. Der Herzog sah Enno unter hängenden Lidern an. Seine Augen waren stumpf und ausdruckslos. »Woher nimmst du deinen unbändigen Stolz, Enno tom Diek? Sage mir, was ist es, das dich so stolz macht?«

Auf Ennos Zügen stand jetzt ein leichtes Lächeln. Er wollte nicht unhöflich sein, aber er sah auch keinen Anlass zu Unterwürfigkeit. »Der Stolz ist die Krone der Freiheit, Herr«, sagte er ohne besondere Betonung.

Der Graf von Holland setzte sich zurecht. In seinen Fischaugen hatte es kurz aufgeblitzt. Ocko tom Brok schnaufte, sein Hals leuchtete in der Farbe blühenden Mohns. Der Hairlinger verneigte sich knapp und wollte zurücktreten, aber der Herzog hob die Hand.

»Du entfernst dich, wenn ich dich entlasse!«, sagte er mit plötzlicher Schärfe und Enno blieb stehen. Ihm war klar, der Herzog wollte das Gespräch zu seinen Bedingungen beenden, das letzte, wohlgesetzte Argument sollte aus seinem Mund kommen. Als Albrecht den Hairlinger ansah, waren seine Augen gleichgültig und die Pupillen von einem schmutzigen Grau. »Du nährst also deinen Stolz durch Freiheit, wie du sie fühlst, ist es so?«

Enno senkte den Kopf. Da schoss der Herzog nach vorn und sein Zeigefinger stach wie ein Dolch auf des Hairlingers Brust.

»Du bist ein Träumer!«, fauchte er. »Nimm endlich den Kopf aus den Wolken, ich rate dir gut! Und füge dich, auch zum Frommen deiner Söhne! Sie sollen doch wieder Herren werden, die Scholle ihrer Ahnen wieder besitzen!«

Gib acht, Herzog, dachte der Hairlinger, das ist die Stelle, an der ich verwundbar bin. Dafür lebe ich, das ist das Einzige, was meinem Dasein noch einen Sinn gibt. Dachte dann, recht eigentlich gilt das Gegenteil, mein Leben muss ja enden, damit meine Söhne wieder Herren eigenen Bodens werden können, so steht es im Pergament.

Er hörte den Langen hinter sich ein trockenes Husten absondern, es klang wie das Krächzen eines kranken Hundes, und Enno warf dem Brokmannen einen schnellen

Blick zu. Anscheinend hatten Lehnsherr und Vasall doch ein längeres Gespräch geführt, auch über die Verhältnisse in den ostfriesischen Landgemeinden. Er sah, wie Ocko sein Gesicht zu einem zynischen Grinsen verzog, und in diesem Augenblick griff eine eiskalte Faust nach seinem Magen, packte und umklammerte ihn und drückte ihn schmerzhaft gegen den Herzbeutel.

»So ist es beurkundet!«, sagte Enno heiser, und dann beugte sich der Brokmanne zu seinem Lehnsherrn hinunter und flüsterte ihm ein paar Worte ins Ohr. Albrecht von Baiern hörte reglos zu, seine Miene blieb starr, doch in seinen Augen stand plötzlich ein Ausdruck träger Verachtung. Er hatte den Blick eines Fürsten, der seinen geringsten Untertanen betrachtet wie ein Bauer einen Schädling, bevor er ihn zertritt.

»So ist es beurkundet!«, wiederholte Enno fest, doch Albrecht schwieg und entließ ihn mit einer gleichgültigen Handbewegung. Ocko tom Brook stand wie eine Salzsäule, glotzte irgendwo hin, arrogant und träge, sah durch den Hairlinger hindurch, als wäre er ein einzelnes Korn in einer Staubwolke. Ocko war nun auf den Höhepunkt seiner Macht, er hatte sich nach oben gekämpft. Im Bewusstsein des Triumphes hatte er keinen Gedanken für das Wechselspiel von Aufstieg und Fall, von Sieg und Niederlage, von Erhöhung und Vernichtung. Er fühlte sich als Fürst. Als jemand, der nur Menschen seines Standes zur Treue verpflichtet war. Der keine Rücksicht zu nehmen hatte auf Bauern oder anderes Gesindel, niederes, abhängiges Volk, das gefälligst zu dienen hatte und mit dem man nur sprach, um Befehle zu erteilen.

Und so wirkte er, verhielt er sich jetzt. Stand und glotzte, übersah den Hairlinger und strahlte eine Kälte aus, die ihn wie eine Frostglocke umgab.

In diesem Augenblick wusste Enno, dass der Brokmanne nicht gewillt war, seinen Teil des Vertrages einzuhalten.

Und ihm wurde plötzlich klar, dass er schon vor langer Zeit einen Entschluss gefasst hatte, ohne sich dessen bewusst gewesen zu sein: den Brokmannen zu töten. Er sah jetzt diesen Weg in völliger Klarheit vor sich. Die Schuld bei Ocko abtragen. Seinen Söhnen diese Last von den Schultern nehmen. Den Vertrag mit dem Brokmannen bei Eghardus von Ihlo hinterlegen, damit der Abt oder sein Nachfolger für dessen Erfüllung sorgte. Und dann den Hylmerisna bei günstiger Gelegenheit sein Schwert kosten lassen. Am Ende standen sein eigener Tod und die Rückgabe der Scholle an die Söhne. So war der Weg, so war er gut.

*

»Alles ist möglich. Und das Gegenteil von allem!«, sagte Luiward Abdena mürrisch und wischte sich über die Stirn. Das Eemter Delft war mit Schiffen und Kähnen gut gefüllt. Erst gestern war ein Segler aus Zeeland[350] zurückgekehrt, er hatte Ware des Eemters bis nach Antwerpen getragen, der Schiffsführer hatte alles losgeschlagen und reichlich Silber mitgebracht. Abdena konnte zufrieden sein, doch als gewiefter Kaufmann hütete er sich, das offen zu zeigen.

»Ich höre die Worte, aber ihr Sinn bleibt mir dunkel. Du meinst, wir können ihn schlagen, und er uns? Zum übrigen: Seine Trübsal zu pflegen ist wohlfeil, wenn man nichts verloren hat«, gab Folkmar Allena, der Asterhusumer, bissig zurück. »Man kann sich so schön in Wehmut verlieren, in eine Art morbides, ja moribundes Selbstmitleid!«

Der Eemter lehnte sich zurück, seine Stirn war umwölkt. Er warf einen zornigen Blick auf die Butzenscheiben seines Kontors, so, als sei er von dort ungebührlich angesprochen worden. »Bleib mir vom Leib mit deiner

350 Seeland: Niederländische Provinz

Klosterbildung. Und sei nicht undankbar. Schließlich habe ich in Loppersem nicht etwa Maiglöckchen gezählt!«

»Ja, aber Bäume ausgerissen hast du auch nicht«, versetzte der Asterhusumer scharf.

Luiward legte den Kopf in den Nacken. Er studierte die Holzdecke, schien sich im Muster der Maserung zu verlieren. Es war eine sehr schöne Decke aus Wurzelholz, sie hatte ihn eine Stange Geld gekostet.

»Sagt einer, der vom Schlachtfeld geflohen ist!«, warf der Eemter seiner Holzdecke vor, dann senkte er den Kopf. »Aber der Reihe nach: Warum musstest du so großspurig vor die Linie reiten? Ich habe dich davor gewarnt. Dann hast du Fersengeld gegeben. Und ich, nun höre genau hin; ich habe mit meinem rechten Flügel einen Gegenstoß geführt! Mit ein paar Berittenen und wenigen Leuten Fußvolk!«

Der Asterhusumer verharrte in bitterem Schweigen. Warum nur, warum hatte er nicht das Herz gehabt, sein Eisen zu ziehen, seinen Gaul zu wenden und gegen den Hylmerisna zu reiten? Warum war er davongestürzt in kopfloser Flucht, unfähig, sich mannhaft zu stellen? Immer wieder hatte er behauptet, es sei das Pferd gewesen, es sei ihm durchgegangen und er habe es nicht anhalten können, aber in seinem Inneren wusste er es besser. Die Panik hatte ihn gepackt, das blanke Entsetzen. Nicht wegen des Brokmannen, sondern aus Furcht vor dem Leibwächter, der da in scharfem Bogen angeritten kam, auf ihn zuhielt, die Hand an der Klinge. Es war dieses Bild, dieser Anblick von offenem, brutalem Vernichtungswillen, der ihm eisigen Schreck in die Knochen getrieben hatte, eine Furcht, die ihn fortriss in einer Frostwelle hündischer Todesangst, sich sogar noch steigerte, als er die beiden Verfolger in seinem Rücken spürte.

»Ich habe für meine Fehler bezahlt!«, sagte er schließlich tonlos. »Der Einfall, den Brokmannen zu reizen und von seiner Truppe wegzulocken, war so schlecht nicht. Er war nur miserabel umgesetzt, weil unser Feldhauptmann ihn nicht ausnutzen konnte.«

»Er war nicht verabredet. Man ändert einen Schlachtplan nicht, wenn die Klingen schon gezogen sind! Du hast es versaut und nun trage die Folgen«, widersprach Luiward Abdena mit Nachdruck und der Asterhusumer starrte ihn wütend an.

»Ja, ja! Die Verluste auf dem Feld von Loppersem. Nicht zu reden von den vier Burgen!«

Darauf schwieg der Eemter eine ganze Weile.

Allenas Burgen waren ohne jeden Zweifel nichts weiter gewesen als befestigte Erdlöcher, und was er bei dem Gefecht verloren hatte, an Waffen, Gerät und Tross, lohnte die Rede nicht. Gewiss, die Toten schmerzten, aber, das wusste Luiward, darauf kam es dem Asterhusumer nicht an. Ihn drückte einzig und allein die für jedermann in Ostfriesland sichtbare Schmach der Niederlage gegen den Hylmerisna. Einen an Truppenzahl klar schwächeren Gegner. Wie ein Lauffeuer war die Nachricht durch die Landgemeinden gerast, man erzählte sich auch Wunderdinge über den Ablauf des Gefechts. Das Volk in seiner Einfalt wusste von schier Unglaublichem zu berichten, und bei jeder Wiederholung wuchsen Glanz und Schrecken des Ereignisses in gleicher Weise.

Todesmutig, ganz allein, nur durch seinen Leibwächter gedeckt, habe Ocko tom Brook das Heer seiner Feinde in die Flucht geschlagen, zuvor habe es über dem Kopf des Brokmannen hell geleuchtet, und dann habe man Gottes Stimme donnern gehört, wohl aus Zorn über die unritterliche Übermacht auf der Seites des Asterhusumers. Das Gerede tat weh, auch wenn es von dummen Bauernlümmeln kam, aber noch mehr quälte Folkmar die Beschädigung seines Rufs als erfolgreicher Heerführer, den er sich über viele Jahre erworben hatte, nicht zuletzt durch den geglückten Handstreich bei der Eroberung der Tütelburg. Früher, wenn er die Schenke betreten hatte, waren die Kerle ehrfürchtig zurückgewichen. Heute wurde hinter seinem Rücken getuschelt. Er war nun der Besiegte, der Stigmatisierte, einer, der das Schlachtfeld im gestreckten Galopp geräumt hatte. Das konnte, das durfte keinen Bestand haben.

»Es ist zu nichts nutze, Verlorenem nachzuweinen. Man holt es sich wieder! Und aus Niederlagen lernt man«, hörte Folkmar Allena den Eemter sagen, und das brachte ihn in die Gegenwart zurück.

»Du hast recht. Kein Nachtrauern! Ist wie Sehnsucht nach versäumtem Trunk. Zierrat an der Nachtmütze. Braucht kein Mensch. Besser diesem Drecksack die Scheiße aus dem Gedärm prügeln, so bald als möglich.«

Luiward Abdena rümpfte die Nase. Er mochte Folkmars Redeweise nicht, dieses häufige Hin und Her zwischen der Diktion eines Klosterbruders und der Fäkalsprache eines Eemter Gassenbengels. Ihn störten auch das oft Großsprecherische im Hochgefühl und die Larmoyanz in harten Zeiten. Folkmar Allenas große Schwäche war seine Unbeständigkeit.

»Er hat nun den Baiern im Rücken«, warnte Luiward, aber der Asterhusumer schüttelte den Kopf.

»Unbesorgt! Mag er mit rotem Wachs siegeln, ein Wappen und seine Sporen tragen. Mag er glauben, der Sack, er sei etwas Besseres als wir. Der Graf von Holland ist ihm keine Hilfe. Fast möchte man sagen, zum Gegenteil! Albrecht hat selbst welche nötig. Ich hörte von Unruhen in seinem Stammland. Seine Bauern wehren sich wohl gegen den Zehnten. Die Schwerter, auf die Albrecht sich in Holland stützt, reichen kaum, um seinen fetten Arsch zu decken.«

»Ein Sonntagsritt wird's trotzdem nicht. Ist auch so schon genug, was der Brokmanne aufzubieten hat«, wandte der Eemter ein. »Müssen uns wohl reichlich strecken und brauchen einen guten Plan, wenn wir beim nächsten Gang bestehen wollen. Einen Plan, der auch eingehalten wird!«, schob er noch nach.

»Ja, ja!«, sagte der Asterhusumer mürrisch.

»Kannst du einen Trupp von deinen Schieringern ...?«

»Es sind nicht *meine* Schieringer!«, unterbrach ihn Folkmar Allena hitzig, dann beugte er sich vor. »Vergiß die Holländer. Die Vetkoper rühren sich, gerade jetzt, sie haben erst zwei Tage vor Georgi drei Schieringer in einen Hinterhalt gelockt und erschlagen. Die Schieringer brauchen jede Klinge, um gegenzuhalten. So, wie es jetzt aussieht, ist alles in der Waage. Nimm einen Teil weg, und die andere Schale wird sich senken. Nein!« Er sackte in seinen Stuhl zurück und fuhr sich über den Mund, es war, als wollte er einen üblen Geschmack loswerden. Vom Delft her erklang das Rühren einer Trommel, dann schlug eine Schiffsglocke.

Der Eemter sah Folkmar Allena erwartungsvoll an, aber in seinen Augen stand auch Unbehagen. Er hatte mit den Eingebungen des Asterhusumers nicht die besten Erfahrungen gemacht. »Wir haben Zeit. Aber zu lange warten sollten wir auch nicht, denn der Brokmanne wird jeden Mond nutzen, seine Macht zu festigen. Sobald wir bereit sind, müssen wir die Entscheidung suchen.«

»Wir müssen den Kerl loswerden«, stimmte Folkmar Allena zu.

»Dreißig Schieringer, beritten, für einen Feldzug!«, beharrte Luiward Abdena, doch der andere schüttelte den Kopf.

»Flausen! Du hörst doch, wir werden sie nicht haben.« Er setzte sich zurecht. »Nein! Ich habe einen besseren Plan. Aber er wird uns beide eine Menge Silber kosten.«

*

Kirchenfrieden und Hausfrieden, Gerichtsfrieden und Heerfrieden, Pflugfrieden und Deichfrieden stehen auf acht Volksmark. Und wenn jemand einem anderen diesen Frieden bricht, soll er ihm kraft des Gebotes des Königs mit Buße und Zuschlagsbuße bessern.

Aus der 12. Volksküre

6.

Eesensem, Hairlingerlant,
den Tag nach Fronleichnam, Anno Domini 1385
(Freitag, 2. Juni)

»Der Dinkel ist das beste Getreide, und er ist warm und fett und kräftig, und er ist milder als andere Getreidearten, und er bereitet dem, der ihn isst, rechtes Fleisch und rechtes Blut, und er macht frohen Sinn und Freude im Gemüt des Menschen«, zitierte der Lange mit einer Stimme, als hätte er selbst soeben diese Erkenntnis gewonnen, doch der Kirchspielpfarrer fing ihn kalt ab.

»Sagt Hildegard von Bingen!«

»Sagt Hildegard von Bingen.«

»Eine Benediktineräbtissin!«

»Ja doch! Eine Benediktineräbtissin. Heiliggesprochen Anno zwölfhundertdreiunddreißig. Von Papst Gregor IX. Ihren Festtag begehen wir vier Tage vor Matthäi[351].«

»Ich sehe, du weißt, wovon du sprichst«, sagte der Mönch spöttisch.

»Ich kenne mich aus«, konterte der Lange trocken.

»Es reicht, Freunde«, sagte Enno, der bis dahin schwei-

351 17. September

gend zugehört hatte, und die beiden anderen grinsten sich an.

Die Stimmung war gut bei den Hairlingern, sie war so gut wie schon lange nicht mehr, und das hatte seinen Grund. Das vierte Jahr in Folge gediehen die Felder prächtig, machte Enno mit seiner Scholle Gewinn, floss das Silber. Enno zahlte nicht nur seine Pacht, er trug auch seine Schulden ab. Stück für Stück. Mark für Mark. Der Brokmanne registrierte es mit einer Mischung aus Spott und Verdruss, es behagte ihm nicht, dass der tom Diek nun plötzlich Erfolg hatte. Geld verdiente. Er hatte sogar in bescheidenem Maße Handelsbeteiligungen an Kontoren in Noirden und sogar in Hamborch erworben und verkaufte seit einiger Zeit wieder Pferde. Hochbeinige Braune, zartgliedrig und doch robust, vielseitig einsetzbar, die Leute waren verrückt danach, vor allem Handelsherren in Brema.

Adriaan hatte in Ochterszem die kleineren Flächen, weniger fetten Boden, aber auch er zog Gewinn aus seinen Äckern. Er war auf seine alten Tage noch einmal jung geworden, schuftete für drei, es schien, als wollte er den Himmel erstürmen, die ganze Welt einreißen.

»Es wird ein gutes Jahr, Freunde, wenn uns der Frost verschont, der Himmel uns gnädig ist, Adriaan gut arbeitet und William fleißig betet«, sagte Enno tom Diek fast fröhlich und der Lange bedachte ihn mit einem schrägen Blick.

»Irgendwas fehlt mir. Mir ist so, als hättest du etwas vergessen«, grummelte er, und Enno sah ihn aus warmen Augen an.

Sie hatten noch einmal einen scharfen Disput gehabt, damals, nach der Schlacht von Loppersem, als der Lange ihn wegen seines, Ennos Verhaltens, harsch angegangen war. »Was war mit dir?«, hatte der Holländer gefragt. »Welche Laus hatte dich gebissen, einfach loszudonnern, ohne Klinge? Es sah ganz so aus, als suchtest du den Tod!«

»Es ist nicht dein Geschäft!«, hatte Enno kalt geantwortet, und in das Gesicht des Holländers gesehen und ihm war klar gewoden, dass hinter dem rauen Ton nichts stand als Zuneigung und Sorge. Er hatte dann dem Langen über die Abmachung mit dem Brokmannen berichtet, ihm erzählt, dass die Söhne wieder Herren würden. Nach seinem Tod. Adriaan hatte ihn angestarrt wie ein königlicher Jagdaufseher einen ertappten Wilddieb.

»Und das hast du auf Pergament?«, hatte er scharf gefragt, und als der Hairlinger genickt hatte, noch nachgeschoben: »Erwarte nicht, dass ich dich bei diesem Plan unterstütze. Ich könnte deinen Söhnen danach nicht mehr in die Augen sehen.«

»Ich erwarte es nicht. Ich erwarte aber auch nicht, dass du mich wie eine Furie umkreist und Leuten den Kopf von den Schultern holst.«

»Dann zieh dein Eisen. Zum Übrigen ist das nicht *dein* Geschäft«, hatte der Lange geantwortet und dabei hatten sie es belassen.

Und nun sah Enno den Freund lächelnd an. »Du hast recht, ich habe etwas vergessen; nämlich mich. Ich muss nur noch dafür sorgen, dass ihr beides in Ruhe könnt. Du arbeiten und William beten. Richtig?«

Der Lange nickte eifrig, sogar mehrmals. »Ja, ja! Gewiss doch. Das meinte ich«, sagte er, und William tippte sich grinsend an die Stirn.

»Zurück zur rauen Wirklichkeit, Freunde«, mahnte Enno und beugte sich über einen dicken Folianten. Sie verglichen die Einnahmen mit Pachtzahlungen und der Restschuld und stellten fest, dass sie auf gutem Weg waren. Von den eintausenddreihundertneun und einer halben Mark Silber war fast ein Drittel abgetragen. Enno hob den Kopf. »Noch neunhundertzweiundfünfzig Mark Silber! Wenn wir so weitermachen, sind wir in zehn Jahren schuldfrei.«

»Zehn Jahre!« Der Lange runzelte die Stirn. »Wir haben

die Scholle, wir haben die Kraft, noch sage ich, wir haben zwei junge Männer, um deren Zukunft es geht, und wir haben es eilig. Wir müssen es früher schaffen!« Er sagte nicht, in zehn Jahren lebt von uns keiner mehr, aber jeder wusste, was er meinte.

»Gute Rede, aber was tun? Die Nacht zum Tag machen? Uns den Schlaf abgewöhnen? Edles Silber anbauen? Oder kann hier jemand Gold scheißen?«, versetzte der Mönch zweifelnd und Enno nickte.

»Er hat recht, Adriaan. Wir können nicht mehr als arbeiten!«

Der Lange blieb stur. Es schlug wieder durch, was William den grobbehauenen, holländischen Balkenschädel nannte. »Es kommt nicht nur auf die Menge der Arbeit an, sondern auch auf ihre Natur. Ein Bauer schuftet vom ersten Hahnenschrei bis zum Sonnenuntergang und hat gerade, was seine Leute zum Leben brauchen. Ein Handelsherr siegelt ein Pergament und zehn Mark Silber gehören ihm!«

»Hach! Schönes Beispiel!« William heuchelte Begeisterung. »Und was sollen wir nun deiner Meinung nach tun? Pergamente siegeln? Silber anbauen? Gold scheißen?«

»Das Richtige!«

»Aha! Schön! Und was ist das Richtige?«, fragte der Mönch spitz.

Adriaan lehnte sich zurück. Er verschränkte seine Arme vor der Brust. Sie waren immer noch ansehnlich, auch wenn ihre Behaarung längst silbrig glänzte. »Ich trage das schon eine Weile mit mir herum.« Er warf Enno einen schnellen Blick zu, so, als wollte er Abbitte tun für das, was nun kam. »Es ist ja klar zu sehen, dass wir so nicht weiterkommen.« Adriaan rutschte auf seinem knochigen Hintern hin und her, er schien sich unwohl zu fühlen. »Ich habe folgende Vorschläge: ad eins; wir tilgen die Schuld langsamer, halten Silber zurück. Mit diesem

Geld werben wir Gesinde an. Diese Leute roden unsere Huden. Dadurch gewinnen wir Fläche für den Ackerbau. Wir steigern die Erträge und damit unseren Gewinn. Das Holz verkaufen wir.«

Die beiden Freunde hörten zu; Enno höflich, aber nicht sehr interessiert, der Mönch zunächst misstrauisch, dann mit wachsender Faszination.

»Ad zwei; wir bauen mehr Roggen, Gerste und Weizen an, dieses Getreide bringt höheren Ertrag auf den Märkten. Den Anbau von Dinkel kürzen wir, Hildegard wird's uns verzeihen.«

Der Mönch glotzte mit offenem Maul, Enno nickte langsam, als Adriaan sich direkt an ihn wandte.

»Ad drei; du verlegst dich ganz auf die Pferdezucht, den Acker überlass mir, deinen Söhnen und dem Gesinde. Und dann Freunde, kommt das Wichtigste!« Der Lange beugte sich vor. »Ad vier; wir müssen bessere Handelsherren werden!«

Erschreckt rappelte William sich hoch, dem Hairlinger rutschten die Augenbrauen in die Stirn. »Heißt?«

Adriaan verzog den Mund zu einem Grinsen, aber es war ein kaltes Grinsen, eines, das die Augen nicht erreichte. »Keine Almosen mehr. Keine Nachlässe, keine Zahlungsaufschübe, keine Freundschaftsdienste. Hartes Geschäft. Wir machen es so, wie es der Brokmanne macht. Oder Gaufridus Fabri. Wenigstens für eine Weile.«

»Ich habe immer gefürchtet, dass in dir ein rechter Sauhund steckt; jetzt weiß ich es«, sagte der Mönch mit Grabesstimme, und dann wandte er sich an Enno. »Wenn es dem Herrn gefällt, dann wird er uns strafen, aber die Vorschläge sind gut. Sie verdienen eine Probe aufs Exempel.«

Der Hairlinger stand auf und ging hinüber zum Wasserfass. Er griff sich die Schöpfkelle und tauchte sie in den Bottich. Trank, kam zurück, hockte sich hin. »Alles wohl und gut, Adriaan, aber dein schöner Plan hat ein Loch. Ein dickes Loch. Ein entscheidendes Loch!«

»Ich höre«, sagte der Lange flach.

Enno lehnte sich gegen den Tisch, fuhr die Ellbogen aus, wie der Mönch es immer tat, um sich darauf abzustützen. Auf seinen Lippen stand sogar ein kleines Lächeln. »Wir können nicht selbst entscheiden. Wir müssen den Brokmannen fragen. Was machst du, wenn er nein sagt, was machst du dann, langer holländischer Adriaan?«

William begann zu glucksen, gluckste immer stärker, bis er schließlich in schallendes Gelächter ausbrach, und am Ende nur noch japsen konnte. »Einfach schön, diesen fetten Menschen als ein *dickes Loch* zu bezeichnen«, keuchte er und der Lange grinste dreckig. Man sah, was er dachte.

»Er wird ja sagen. Er wird ja sagen, weil es ihm letztlich auch nützt. Oder gleichgültig ist!«

Sie ritten am nächsten Tag nach Auwreke, der Brokmanne war auf seiner Burg, aber er ließ sie nicht zu sich vor. Der alte Uffo Remetsna, sein Handmann, empfing sie in einer kleinen Vorkammer des Gesindetraktes. Er saß gebeugt, seine Nase lief und die Augen waren rot verquollen. Uffo ließ ihnen freie Hand, weil er begriff, dass die Anwesen in Eesensem und Ochterszem an Wert gewannen. Außerdem reizte ihn die Gelegenheit, eine Entscheidung zu treffen, die Veränderung nach sich zog. Die Bitte des Hairlingers abzulehnen und alles beim alten zu lassen schmeckte auch nicht übel, doch sie zu genehmigen, mit allen Konsequenzen, darin steckte ein Gefühl von Macht, dem Uffo nicht widerstehen konnte. In diesem Augenblick war er wieder der souveräne Verwalter, der er vor langer Zeit einmal gewesen war, bevor ihm sein Schwager Keno Hylmerisna die Flügel gestutzt hatte.

»Ich stimme zu«, sagte er, und in seiner Stimme war ein wollüstiges Zittern. »Allerdings erwarte ich Bericht über den Fortgang. Auch deshalb, um dir die Genehmigung wieder zu entziehen, wenn dies tunlich erscheint.«

In den folgenden Monden setzten sie die Vorschläge des Langen in Maßnahmen um, schufen Grundlagen und tüftelten an Plänen. Sie rodeten Wälder, wechselten die Feldfrüchte, und Enno stürzte sich auf die Pferdezucht. Es herrschte allenthalben Aufbruchstimmung, William redet den Langen nur noch mit »Handelsherr« an, der Holländer nannte den Mönch »Eure Eminenz«, und es wurde fast wieder so viel gelacht wie ehedem.

Im ersten Jahr machten die tom Diek runde einhundertfünfzig Mark Silber Gewinn, im zweiten sogar fast zweihundert. Als am wirksamsten erwiesen sich die Flächenrodung und die Umstellung der Feldfrucht, aber auch die Pferdezucht war nach Ennos Meinung überaus einträglich. Es schmerzte ihn, dass sein Vater diese Zeichen von Hoffnung nicht miterleben konnte, doch zugleich tröstete ihn die Gewissheit, dass er auf dem besten Wege war, Magnus' Träume zu erfüllen.

Dass der Landbrief des Magnus tom Diek in Hairlingen immer noch galt, war gleichfalls ein Trost, wiewohl der Verlust des Richteramtes für die Familie schmerzen musste. Die Redjeven der Landgemeinde hatten es Enno erneut angetragen, aber er hatte abgelehnt. Nun, da er nicht mehr Schollenherr war, durfte er auch nicht mehr Richter sein, es wäre nicht recht gewesen, die Tradition derart zu verletzten. Es war übrigens nur eine Frage der Zeit, bis der Umgang insgesamt stürbe, auch in Hairlingen, da gab er sich keinen Illusionen hin.

*

»Wenn du diesen Weg weitergehst, ist dir der Tod gewiss!«, sagte Uffo Remetsna mit zitternder Stimme, aber der Brokmanne machte eine Bewegung, als wollte er eine Mücke verscheuchen.

»Der Tod ist immer gewiss, Oheim. Ich wüsste niemand, der ihm auf Dauer widerstanden hätte!«

»Ich rede nicht vom Tod im Bett, sondern von dem auf dem Schlachtfeld. Ist schon ein Wunder, dass du dieses Mal ungeschoren bliebst. Glaube nicht, es ginge immer so«, beharrte der alte Handmann, und Ocko tom Brook brachte es fertig, seinem Onkel tröstend den Arm über die Schulter zu legen.

»Gemach! Man muss sich gelegentlich schlagen, wenn man wachsen will. Ich werde es so einzurichten wissen, dass es für mich stets zu einem guten Ende kommt. Und die nächste Schlacht wartet nicht vor der Tennentür.«

»Ja, aber sie wird kommen, denn du hast deine Feinde nicht vernichtet. Es gibt sie noch. Und sie werden sich wieder stellen.«

Da war es mit der Geduld des Brokmannen schon wieder vorbei, der Arm fiel von der Schulter, und der Handmann stand Augenblicke später allein in der Kammer. Der Burgherr stapfte mit schweren Schritten hinaus.

Ocko tom Brook fühlte sich sicher hinter seinen Mauern, wenn auch das Torhaus noch immer unfertig und die Wälle noch nicht überall geschlossen waren. Sein Rückendecker, der Normanne Guy, lebte nun mit seiner Frau Tomma und Gesinde in Engerhoffe. Er hatte sogar schon einen Sohn gezeugt, und er kam nach Auwreke, wenn der Brokmanne ihn brauchte. Ocko hatte ihm in einer feierlichen Zeremonie den Hof übertragen, einen teuren Mantel aus friesischer Wolle über die Schultern gelegt und Bruder Hayundus hatte das Paar sogar gesegnet. Musikanten hatten gespielt und ein Festmahl hatte es gegeben. Ocko hatte sich die Sache nicht wenig Silber kosten lassen, wie es sich für einen Lehnsherrn gehörte, und alle waren glücklich gewesen, nur seine alte Mutter nicht. Sie war unfähig gewesen, den Vorgang zu begreifen, hielt ihren alten Besitz für verloren, an einen Fremden,

den sie ohnehin nicht mochte. Sie wollte um keinen Preis nach Auwreke und starb wenig später an der galligen Trauer, die ihr Herz und ihren Geist vergiftet hatte. Seitdem war Bruder Hayundus auch auf der Burg, denn Guy litt ihn nicht auf dem Hof.

»Will ihm nisch. Macht die Leut verrück!«, hatte der Normanne geknurrt.

Michel mit seinen Leuten war bald nach der Schlacht abgezogen. Sie hatten noch ein paar Tage ihren Sieg gefeiert, um Anteile gefeilscht, und dann war genügend Silber geflossen, um die Fremden zufriedenzustellen. Auch Ludeke. Michel hatte am nächsten Morgen seine Truppe zusammengeholt, und mit ihrer Brikole, die während der Schlacht nicht einen Schuss abgefeuert hatte, waren die Freibeuter aufgebrochen. Kaum über die Maßen erfreut, denn das Gezerre um Geld und Beute hatte die Stimmung doch eingetrübt, und Michel hatte nur wortlos gelächelt, als ihn der Brokmanne aufgefordert hatte, bei Gelegenheit wieder zur Verfügung zu stehen.

»Ich möchte deine Schleuder einmal im Gefecht erleben«, hatte Ocko aufgesetzt fröhlich gesagt.

Michel hatte geschwiegen, und Ludeke hatte von hinten gemurmelt: »Jeder Schuss kostet. Blut den, der ihn nimmt und das Silber dessen, der ihn abgibt«, und Ocko tom Brook war wütend herumgefahren.

»Ja, ja!«, hatte der Brokmanne ärgerlich gesagt, »da werden wir uns schon einig!«, aber Michel war aufgesessen, hatte geschnalzt und seinen Gaul in Bewegung gesetzt und war grusslos davongeritten.

Und seither nicht wieder aufgetaucht. Vier Jahre nicht! Auch Ludeke sah der Brokmanne nicht oft. Immerhin war es gelungen, den Freibeuter dauerhaft an Brokmannia zu binden, denn Ludeke hauste mit seinen Männern in den eroberten Burgen. Sie hatten die Wälle hergerichtet, die Hütten wieder aufgebaut, sogar befestigt, und Ocko erlaubte ihnen zur Selbstversorgung Ackerbau und die Jagd auf Niederwild. Mit dieser Truppe hatte sich der Brokmanne einen Machtfaktor geschaffen, der die Verhältnisse in Ostfriesland deutlich zu seinen Gunsten veränderte.

Gewiss, es gab da diesen Rustringer, Edo Wiemken, der zu beachten war. Edo war skrupellos genug, seine Ziele mit brutaler Gewalt durchzusetzen. Schon Anno neunundfünfzig hatte er mit der Eroberung der Festungskirche Cleverns und dem Bau der Vredeborch gezeigt, dass er einen unbeugsamen Machtwillen besass. Aber Edo trachtete weiter danach, sein Stammland zu befestigen. Anno dreiundachtzig hatte er begonnen, auf neu eingedeichtem Land an der Jade eine weitere Burg[352] zu errichten. Und heute, zwei Jahre später, führte er als Verbündeter der Bremaer Krieg gegen seinen eigenen Schwager, Hayo Husseken, der sich selbst als Capitanus von Eesenshamma [353]bezeichnete.

Dieser Krieg war blutig und schmutzig, er wurde mit großer Härte geführt und seine Greuel ließen sogar hartgesottene Knochen aufhorchen. Es wurden Leute in Häusern eingeschlossen und bei lebendigem Leibe verbrannt, Feinde, derer man habhaft wurde, hatten entsetzliche Leibstrafen zu erdulden, und seit einiger Zeit hielt sich hartnäckig das Gerücht, der Rustringer hätte seinen Schwager gefangen, in der neuen Edenburg festgesetzt und lasse ihn dort auf das Schwerste foltern, um ihn zur Auflösung seines Heeres zu zwingen. Der Brokmanne wusste nicht genau, was sich im Osten tat, aber dieser Wiemken nötigte ihm Respekt ab. Er würde ihn im Auge behalten müssen, gut möglich, dass es nötig wurde, sich gegen ihn zu stellen. Später. Zunächst musste es darum gehen, hier, im Westen, Ordnung zu schaffen.

Einstweilen hielten seine Feinde noch Ruhe. Seit der

352 Gemeint ist die Edenburg oder Sibetsburg.

353 Esenshamm, heute Stadtteil von Nordenhamm an der Unterweser.

Schlacht von Loppersem waren nun vier Jahre vergangen, und seither schien auf der Seite seiner Gegner noch immer alles in Schreckstarre zu verharren. Der Eemter, Luiward Abdena, sass in seiner Landgemeinde und machte Geschäfte. Wie man hörte gute, *sehr* gute Geschäfte. Zum einen Teil war diese Kunde vorteilhaft, denn wer handelt, viel und gut handelt, der ist in seinem Tagwerk gefangen und hat keine Zeit für Ränke. Zum anderen Teil war die Kunde schlecht, denn so einer hatte auch Geld. Geld für den Krieg. Für Männer, Waffen und Verpflegung. Vielleicht auch, um Truppen von außen anzuwerben, keine Bauernkrieger in Wolle und mit groben Hauern am Gürtel, sondern kriegserprobte Soldaten in Eisenjacken. Und weil der Eemter gute Geschäfte machte, sorgte sich Ocko tom Brook, und sah mit Unbehagen vor allem nach Holland, auf die Schieringer, denn von dort wähnte er die größte Gefahr.

Der andere, Folkmar Allena, machte noch nicht einmal Geschäfte! Er hockte in der Tütelburg hinter dicken Mauern und lebte. Kaum, dass er die Festung verließ. Die Wachmannschaft, Leute in seiner engsten Umgebung, sorgte für ihn. Wenn er sich im Land bewegte, dann unter schärfster Bedeckung und nur im näheren Kreis um die Burg, nie weiter als bis Hynt oder Asterhusum, um dort seine Verwalter aufzusuchen. Er ließ sich in aller Hast die Folianten zeigen, gab kurze Anweisungen, nahm einen Imbiss. Er machte keine längeren Inspektionen seiner Besitzungen und übernachtete nicht, sondern sah zu, dass er abends wieder hinter den Steinen der Tütelburg saß.

Folkmar mied bei seinen ausfallartigen Ritten die Gegend um die Burg von Suderhusum. Er wusste, dass dort eine Besatzung des Brokmannen saß, und ahnte, dass diese Burschen nicht nur den Auftrag hatten, ihn bei Gelegenheit von der Straße zu pflücken, sondern sich ein Fest daraus machen würden, genau das zu tun. Natürlich wurmte ihn der Verlust seiner Wehrbauten, und selbstverständlich quälte ihn der Drang, sie sich zurückzuholen. Oft, so oft träumte er davon, in einem Handstreich, bei Nacht und Nebel, über die Feste Suderhusum herzufallen, den Pöbel dort hinauszufegen, in Ostfriesland ein neues Brandzeichen seiner Feldherrenkunst zu setzen, die Scharte von Loppersem endlich auszuwetzen. Er berauschte sich an diesem Gedanken, aber er setzte ihn nicht in die Tat. Weil er es nicht konnte. *Noch* nicht. Es fehlte an Männern und an Mitteln.

Vieles davon wusste der Brokmanne, denn sein Nachrichtensystem funktionierte. Was er nicht wusste, ahnte er oder reimte es sich zusammen. Aber auch er, Ocko tom Brook, Capitanus in Brokmannia und Auwreke, Gerichtsherr in Visquerd und Uthum, Eigner ansehnlichen Besitzes in Hynt und Dorneme, war gegenwärtig nicht in der Lage, den letzten, entscheidenden Schlag zu führen. Auch er konnte nicht jedes Jahr ins Feld ziehen, auch er brauchte Zeit, neue Kraft zu schöpfen. Aber er war sich nicht klar darüber, und das peinigte ihn, ob diese Zeit für ihn oder gegen ihn arbeitete.

In dieser Lage stürzte sich Ocko auf die Festigung seiner Positionen. Er baute seine Handelskontakte aus, sogar bis nach Neapel, steckte gewonnenes Geld in lukrative Geschäfte und trug Teile seiner Schuld bei Gaufridus Fabri ab. In seinen Landgemeinden war er nun sparsamer mit Zuwendungen an die Bauern, großzügig zu sein hielt er nicht mehr für nötig, die Bauern hatten ihm auch ohne verschenkte Spaten und Zuschüsse für Pflüge zu folgen.

Im Spätsommer Anno fünfundachtzig wurde die Burg von Auwreke endlich fertiggestellt, der Brokmanne gab ein Fest im großen Saal, zu dem sogar Abt Eghardus erschien. Der Prior von Ihlo saß auf einem Lehnstuhl, der von zwei überflüssig kräftigen Mönchen getragen wurde, er konnte inzwischen nicht mehr wiegen als ein gut gemästeter

Kapaun. Eghardus' Gesicht und Glieder erinnerten an rissige, ausgedörrte Erde und uraltes, vermodertes Astwerk, in seinen Augen schien das Feuer zu brennen, dessen Flammen ihn von innen verzehrten. Er ließ sich von den Trägern in einer Ecke absetzen und winkte Ocko heran. Der Brokmanne war erschrocken über die Hinfälligkeit des Abtes, der immerhin seine Brüder von Marienthal und Marienkamp, Nikolaus und Hilderaad, längst überlebt hatte, aber die Stimme des Zisterzienserpriors klang dumpf und drohend wie Donnergrollen. Auch die Art, wie er die Träger wegscheuchte, ließ nichts Gutes ahnen.

»Ich bin nicht gekommen, um deinen Wein zu kosten. Wie du dir denken kannst.«

Ocko senkte die Stirn. Mit dem Abt über Wein zu reden, hielt er für überflüssig. »Aber gewiss doch, um mir deinen Segen zu bringen. Bist du zufrieden, Vater, mit dem Schutz für dein Kloster?«

»Dein Haus segne ich. Und du tust, wozu du dich verpflichtet hast. Das kann man erwarten!«, sagte Eghardus abweisend, und musterte die Brokmannen mit einem Blick aus brennendem Eis. »Das ist es auch, was mich herführt.« Der Abt zog ein Pergament aus der Kutte, das dem Brokmannen bekannt vorkam. Er hob es in die Höhe wie ein Schwert vor dem Schlag. »Das ist der Vertrag, den du mit dem Hairlinger gemacht hast. Auch hier erwarte ich, dass du ihn einhältst!«

Der Brokmanne wich einen Schritt zurück. Auf seinen Zügen stand Ärger und Unglauben. »Wie kommt das Pergament in deine Hände, Vater?«

»Er hat es mir gegeben. Und das Kloster gebeten, für seine Erfüllung zu sorgen.«

»Für seine Erfüllung?«

»Für die Rückgabe der Scholle an seine Söhne. Nach Ennos Tod!«, sagte Eghardus mit einer Stimme, die an fernes Donnergrollen erinnerte.

Ocko fühlte das Herz hart gegen die Rippen schlagen. Was hier ablief, war für ihn eine Unverschämtheit, ein klarer Affront. Er musste sich beherrschen, den Abt nicht anzuschreien. »Ich bin der Schutzherr deines Klosters. Deine Mönche, ja, du selbst und die Wirtschaft deiner Abtei werden bedeckt durch die Schärfe meiner Klingen und den Wert meines Silbers. Wirfst du mir vor, nicht vertragstreu zu sein?«

»Nicht ich. Der Hairlinger tut es. Oder sagen wir, er hat gewisse Befürchtungen, und er will sichergehen«, gab Eghardus ungerührt zurück.

»Wie kommt es nur, dass sich alle Welt um meine Pflichterfüllung sorgt? Was ist mit den Pflichten, die tom Diek mir gegenüber zu erfüllen hat?«, fragte Ocko in anklagendem Ton.

»Es sollte mich wundern, ließe er es daran fehlen«, erwiderte der Abt kalt. »Wo doch, wirst du Mittel und Wege finden, die Welt, von der du sprichst, darüber in Kenntnis zu setzen. Das Geläut der Lateranbasilika in Rom dürfte kaum lauter sein.«

Eghardus ließ sich kurz danach von seinen Mönchen forttragen, aber der Tag des Brokmannen, seine Feier zur Fertigstellung der Auwreker Burg, war ihm verdorben. Schon an diesem Morgen, als ihm sein alter Handmann, Uffo Remetsna, die neuen Zahlen über die laufenden Geschäfte vorgelegt hatte. Enno tom Diek tilgte seine Schuld immer schneller. Es blieben noch sechshunderachtunddreißig Mark Silber, er zahlte seine Pacht pünktlich und hatte noch keinen Tag Hand- oder Spanndienste leisten müssen.

»Er verdient gutes Geld mit seiner neuen Feldwirtschaft«, nuschelte der Handmann, er hatte fast keine Zähne mehr. »Auch die Pferdezucht scheint viel abzuwerfen. Er verkauft bis nach Brema und Hamborch.«

»Du bist weit über deine Befugnisse gegangen, als du ihm die neue Wirtschaft erlaubtest. Immerhin ist es meine

Scholle, über die du verfügtest, als wäre sie deine!«, grollte Ocko tom Brook mit hochrotem Kopf.

»Was ficht es dich an? Du hast dein Silber früher zurück. Und wenn der Hairlinger weiter so verdient, kannst du ihm die Scholle für mehr als früher zurückgeben. Für *viel* mehr. Denn was willst du in Hairlingen?«

»Alter Narr! Was verstehst du schon davon?«, schrie der Brokmanne aus vollem Hals und scheuchte den Alten hinaus, schlug und trat sogar nach ihm wie ein Hofmeister, der den Stallburschen im gräflichen Schlafzimmer erwischt. Dann blieb er schweratmend und mit stechender Brust sitzen. Mochte der Hairlinger seine Schulden abtragen, wie er wollte. Mochte er Pferde verkaufen und Silber anhäufen. Mochte er vielleicht sogar ein reicher Mann werden. Nie, niemals zu seinen, Ockos, Lebzeiten, würde der Hairlinger wieder Herr seiner Scholle werden. Auch seine Söhne nicht. Wenn die Frage anstand, der Zeitpunkt kam, würde er, Ocko tom Brook, längst unangreifbar sein. Wer fragte denn nach der Erfüllung von Pergamenten? Sabbernde Greise und Versager! Was ging ihn das an?

*

Michels Segler war vor der Küste von Marienhove aufgetaucht, er hatte sich aber nicht genähert, denn die Gewässer waren unverändert seicht und eine Fahrrinne gab es noch immer nicht. Ludeke staunte deshalb nicht schlecht, als der Kumpan eines Tages in Canninghusum auftauchte. Er selbst hielt sich vorrübergehend dort auf, sein eigenes Lager war die Burg in Cirquerum, aber der Brokmanne hatte ihn beauftragt, die anderen Festen regelmäßig zu inspizieren. Michel hatte zwei seiner Leute bei sich. Er ritt einen eleganten Braunen, Sattel und Zaumzeug sah man an, dass sie sündhaft teuer gewesen sein mussten.

»Woher hast du diesen edlen Klepper?«, fragte Ludeke mit schrägem Grinsen.

»Stammt aus dem Besitz eines Hamborcher Kaufmanns. Johann Stroten, glaube ich«, sagte Michel. »War so, wie er da steht, an Bord eines Schiffes, dass wir nördlich von Spikeroge[354] aufgebracht haben. Gab auch sonst noch allerlei auf dem Kahn. War ein gutes Geschäft.«

Ludeke fragte nicht nach dem Schiff und seiner Besatzung, es war in diesem Gewerbe nicht üblich. Die Mannschaft warf man über Bord oder brachte sie um, wenn man das Schiff haben wollte, man ließ sie am Leben, wenn man nur an der Fracht interessiert war. So wurde es gemacht und so hatte er selbst, Ludeke, es immer wieder getan.

Er führte Michel durch die Burg und ärgerte sich über dessen geringschätzigen Blicke. Michel war enttäuscht und er sagte es deutlich. »Ist ja noch immer das gleiche Dreckloch wie Anno einundachtzig!« Scheel beäugte er die Holzhütten und deren Ausstattung. Grob behauenes Mobiliar und einfache Schlafpritschen. Auf die vier Wachttürme warf er einen gleichgültigen Blick. »Ich habe damals schon gedacht, der Brokmanne hat keinen Plan. Warum haben wir in den Festen alles kurz und kleingeschlagen, wenn er sie anschließend bemannt?«

»Es werden Steine kommen. Und Stämme, Kästen, Truhen und Betten. Wenn die anderen endgültig besiegt sind. Er hat es versprochen«, sagte Ludeke mürrisch und Michel schwieg, aber sein Gesicht zeigte deutlich, was er dachte.

Dann sagte er mit säuerlichem Grinsen: »Und? Bist du hier der Vogt?«

»Noch nicht. Aber er hat es in Aussicht gestellt«, antwortete Ludeke trotzig.

»So! In Aussicht gestellt hat er es«, sagte Michel gedehnt. Der restliche Rundgang vollzog sich schweigend,

354 Spiekeroog

sie stiefelten einfach die Wälle entlang und sprachen nicht miteinander. Abends brieten sie einen fetten Masthahn über offenem Feuer, Michel hatte einen kalten Blick auf die Ställe geworfen, in denen die Männer das Kleinvieh hielten.

»Wir versorgen uns selbst. Demnächst werden wir auch Schweine ziehen«, hatte Ludeke nicht ohne Stolz erklärt, aber Michel hatte dazu kein Wort gesagt.

Die beiden Anführer saßen ein Stück abseits. Michel ließ seinen Blick über die Männer wandern, über die Wälle, über die Hütten. »Was hält dich hier? Du bist weder Bauer noch Handwerker.«

Ludeke kaute an einem Flügelstück und spie einen Knochensplitter aus. Aus seinen Mundwinkeln lief das Fett in den Bart. »Ich habe die Vorzüge eines geregelten Lebens«, sagte er ruhig. »Eines Lebens mit einem Dach über dem Kopf, warmen Mahlzeiten und Schlaf unter trockenem Stroh.«

»Ein Leben in zugigen Drecklöchern, mit Bretterbuden, Kapaunen und sogar Schweinen«, versetzte Michel spöttisch, aber der andere gab keine Antwort. Einer der Männer kam und füllte ihre Becher, und Michel wartete, bis der Mann gegangen war.

»Ich habe ein neues Schiff«, sagte er schließlich. »Ehemaliger Kauffahrer, nicht schlecht armiert. Für die Brikole haben wir neben dem Bugspriet ein feines Vorwerk gebaut. Würde dir gefallen.« Er sah lächelnd zu Ludeke hinüber, aber der kaute an seinem Fleisch und starrte ins Feuer, ganz so, als hätte er nichts gehört.

Michel seufzte und lehnte sich zurück. Im Plauderton berichtete er über die Unternehmungen der letzten Jahre. Es war das alte Spiel von Jägern und Gejagten auf dem Meer, Rollen, die sich nicht immer eindeutig verteilten, die auch wechseln konnten. Die zur See Handel treibenden Kaufmannschaften reagierten auf die Bedrohung, sie organisierten sich, bewaffneten ihre Schiffe, vermieden Einzelfahrten wo immer möglich, blieben so gut es ging dicht unter Land. Aber mit steigender Prosperität der Handelshäuser wuchs auch die Anziehungskraft der Beute, mehrte sich der Wert der Ladungen, konnte man mit einem Fischzug deutlich höhere Prise machen als je zuvor. Doch auch das Risiko stieg. Reiche Städte gingen dazu über, ihre Schiffe mit Seesoldaten zu sichern, harten Knochen, die sich und das ihnen anvertraute Gut teuer verkauften. Oft zu teuer.

»Da muss man vorsichtig sein«, sagte Michel. »Wenn du den Falschen angreifst, wirst du unversehens selbst zum Fang. Und entern kannst du diese Kähne überhaupt nicht.«

In dieser Lage musste man seine Ziele sorgfältig auswählen, berichtete Michel, aber es gebe noch genügend Pfeffersäcke auf See, sparsame Handelsherren, die ihre Schiffe nicht besonders schützten und kostbare Ladung nicht aufteilten. »Diese fetten Kühe zu melken, macht immer noch Spaß, das kannst du mir glauben. Und es lohnt sich.«

Da hob Ludeke den Kopf. »Warum bist du gekommen? Um mir dieses Leben anzupreisen? Was ist mit denen, die ersaufen? Auf See erfrieren? Denen, die gefangen werden, die man vierteilt, rädert und deren Köpfe man an den Stadttoren auf Schnüre zieht?«

»Das gehört zum Gewerbe!«

Ludeke schüttelte den Kopf. »Für mich nicht mehr.« Er stand auf und trat ins Dunkle, um sein Wasser abzuschlagen. Kam zurück, umrundete das Feuer und ließ seinen Blick prüfend über die Wälle gleiten. Auf den Wachtürmen sah man die Silhouetten der Posten gegen den Nachthimmel. Im hinteren Teil der Wallanlage brannten die Feuer der Mannschaft. Michels Leute mussten irgendwo zwischen den Männern hocken.

»Du gehörst auf's Wasser, Ludeke. Auf Schiffsplanken.

An die Fleischtöpfe der Pfeffersäcke. Es ist nicht dein Geschäft, Pferdebohnen und Dinkel zu ziehen. Was willst du hinter einem Pflug?«

Ludeke angelte sich ein Hühnerbein von der Holzplatte. Er hielt es in der Hand, drehte es und betrachtete es von allen Seiten. Es sah aus, als suche er nach einer faulen Stelle. »Du irrst dich, Michel. Ich gehe nicht hinter einem Pflug, und dass wir hier für unsere Mägen sorgen, macht uns noch nicht zu Bauern. Und was den Brokmannen betrifft, auch hier gehst du fehl.« Ludeke biss in das Fleisch und riss ein großes Stück von den Knochen. Er musste lange ziehen, denn das Huhn war alt und seine Zähne nicht mehr die besten. Kaute deshalb auch nicht lange, sondern schlang das Stück bald hinunter.

Michel wartete, aber der andere tat, als sei alles gesagt. Es dauerte eine ganze Weile, bis Ludeke den Kopf hob. »Im Herbst beginnen wir mit dem Bau eines großen Hauses in allen vier Burgen. Die Stämme sind schon geschlagen. Später werden daraus Steinbauten. Die Wälle werden mit neuen Palisaden bewehrt. Das machen wir in einem Zug mit den Holzhäusern. Die Wälle werden zu Mauern, ich weiß, ich erlebe es noch!« Ludeke besah sich das abgenagte Hühnerbein und warf den Knochen ins Feuer. »Ocko tom Brook wird seinen Weg machen. Er hat den Herzog von Baiern als Lehnsherrn, das heißt für mich, er ist auf dem Weg nach oben. Zu gräflicher Herrlichkeit. Wer ihn jetzt begleitet, den nimmt er mit. Der wird auch wachsen. Darauf setze ich.«

»Wer denkt so? Du oder deine Männer«, fragte Michel scharf.

»Alle denken so. Du kannst jeden fragen«, gab Ludeke ruhig zurück.

»Was macht dich so sicher, dass Ocko dich an seinem Aufstieg teilhaben lässt? Hast du vergessen, wie wir um das Silber kämpfen mussten, damals, nach Loppersem?«

Ludeke schüttelte den Kopf. »Ich habe es nicht vergessen, aber das wird sich nicht wiederholen. Er hatte Schulden und war klamm. Wenn er mit den anderen fertig ist, wird er im Geld schwimmen.«

Darauf sagte Michel nichts, aber die Zweifel standen deutlich in seinem Gesicht. Die Nacht wurde kühl und sie redeten nicht mehr viel. Sehr bald rollten sie sich in ihre Decken. Ludeke lag noch eine ganze Weile wach, er nahm sich vor, den anderen am Morgen auf seine Seite zu ziehen. Ihm ein Leben an Land in gediegener Sicherheit schmackhaft zu machen. Und ihn zu überzeugen, dass der Weg dahin als Gefolgsmann eines Ocko tom Brook mit Aussicht auf Erfolg gegangen werden könnte.

»Denke daran: Der Brokmanne möchte deine Schleuder einmal im Gefecht erleben!«, wollte er ihm auch noch sagen. Das alles wollte Ludeke am nächsten Tag tun, aber es war zu spät. Als sie aufwachten, war Michel mit seinen Leuten schon fort. Sie waren noch bei Dunkelheit aufgebrochen. Die Wachposten berichteten, man habe es durchaus eilig gehabt.

*

»Er will die ganze Koppel«, sagte der Lange mit schrägem Grinsen, und Enno hob ungläubig den Kopf. Ihn schwindelte.

»Die ganze Koppel? Und was zahlt er?«

»Was du gefordert hast. Zehn Mark Silber für das Pferd.« Adriaan sprach jetzt sehr betont und sah den Hairlinger starr an.

Die Märkte in Ostfriesland waren weitgehend gesättigt, es ließen sich dort Pferde ihrer Güte nicht mehr gut losschlagen, auch in Brema und Hamborch nicht. Das war der Grund, warum sie weiter nach Süden zogen, über Wenegher im Reyderlant hinaus, bis hinunter nach Monasterium.

Enno warf dem Handelsherrn einen neugierigen Blick

zu. Der Mann trug eine rote Schaube mit kostbarem Pelzkragen, dazu weiche, hochschaftige Stiefel und er sprach ein geschliffenes, elegantes Latein. *Nur* Latein. Deshalb hatte der Lange sehr schnell die Verhandlung übernommen, als Enno im Gewirr brillanter Formulierungen, raschzüngig genannter Zahlen, marktüblicher Preise und Abschläge den Faden verloren hatte. Der Fremde war Priester, vielleicht sogar Prälat, so glaubte Adriaan. Für den langen Holländer stand fest, er kaufte für Heidenreich Wolf von Lüdinghausen, der als Heinrich I. und Nachfolger von Potho von Pothenstein Anno zweiundachtzig Erzbischof von Monasterium geworden war. Potho hatte es nach Schwerin gezogen. Er hatte sich in Monasterium nie recht wohl gefühlt, verstand die Sprache der Einheimischen nicht und hatte auch als Kirchenfürst keine gute Rolle gespielt.

Es sprach für ihn, dass er sich seiner Schwächen bewusst war, und seinen Domprobst Heidenreich, der ihn schließlich auch im Amt beerbte, früh mit der Führung der Geschäfte seiner Diözese beauftragte. Und Heinrich zog nach seiner Investitur sofort die Zügel an und führte ein hartes Regiment. Er disziplinierte den aufmüpfigen Stiftsadel, missachtete dessen Privilegien und war rigoros im Streichen von Pfründen und Geld, Einkünfte, die seine Vorgänger noch zugestanden hatten.

Heinrich unterhielt Soldaten, er kungelte in Bündnissen mit den Erzbischöfen von Osenbrugge und Cöln, und wenn er Pferde kaufen wollte, so fand der Lange, dann sollte er gefälligst dafür bezahlen. Als nach langer Rede und Gegenrede endlich die Sprache auf Geld gekommen war, hatte Adriaan den Preis für das Tier deshalb eigenmächtig von sieben auf zehn Mark Silber hinaufgesetzt. Das hatte Enno noch mitgekriegt, hatte schon eingreifen wollen, dann mit klopfendem Herzen abgewartet. Der Handelsherr hatte mit keiner Wimper gezuckt, im Gegenteil, er hatte noch einmal die Pferde betastet, gelobt und den Preis akzeptiert. Als er bei Enno einschlug, spürte der Hairlinger Hände, die trocken waren, warm und weich, Hände eines Mannes, der in seinem Leben noch keinen Pflug geführt, noch keinen Hammer gehalten hatte. Und trotzdem ging von ihnen eine Festigkeit aus, eine Härte, die nicht mehr losließ, was sie einmal umschlossen hatte. Es waren Hände, die Geld halten und mehren konnten.

Dann sagte der Fremde, er nannte sich Antonius, etwas in rasendem Latein und auf das Gesicht des Langen fiel ein Schatten.

»Er hat die Summe nicht bei sich. Wir sollen die Pferde zu Sankt Lamberti bringen. Am Prinzipalmarkt!«

»Wundert mich nicht. Wer trägt schon einhundertsiebzig Mark Silber in der Geldkatze spazieren?«, sagte Enno trocken, aber da war der Fremde schon in der Menge verschwunden. Sie banden die Pferde enger zusammen, nahmen die Leitstute nach vorn und führten die Koppel auf den Turm von Sankt Lamberti zu. Links davon standen die Doppeltürme des Doms Sankt Paul, an dessen Seitenschiffen noch immer gebaut wurde. Der Lange hatte plötzlich ein ungutes Gefühl, aber das erwies sich als unbegründet. Vor Lamberti erwartete sie ein Mönch, der sie zum Dom führte.

»Wo ist das Geld?«, fragte ihn der Lange grob.

»Geduld. Du wirst es bekommen«, gab der Mönch ebenso grob zurück und fasste den Langen an der Jacke. »An deiner Sprache höre ich, dass du Friese bist. Also wisse: Du hast mit Antonius Gayetan gehandelt, der Archediakon des Fürstbischofs für Friesland.«

»Und was sollte dann der Mummenschanz?«, fragte Adriaan scharf, doch der Mönch gab keine Antwort.

Der Prinzipalmarkt war gesteckt voll mit Buden, Garküchen, Bauern und Stadtvolk und sie mussten sich durch die Lücken schieben. Enno hatte Sorge, die Pferde könnten in dem Gedränge unruhig werden oder Schäden an den Ständen anrichten, aber es ging alles gut. Sie querten den Prinzipalmarkt ohne Zwischenfälle, schlugen sich in eine Seitengasse und näherten sich dem Dom von der Rückseite. Ihr Begleiter griff sich den Holzklöppel an der Wand und donnerte damit gegen ein Tor, das sich unverzüglich öffnete. Der Bruder Cellerar war schon da, auf einem Tisch hatte er siebzehn Geldstapel mit je zehn Münzen aufgebaut. Enno wollte schon zugreifen, aber Adriaan hielt ihn zurück. Unter den scheelen Blicken des Cellerars nahm der Lange eine Münze von jedem Stapel und biss kräftig darauf.

»Höre, Freund, du bist hier nicht auf einem Bauernmarkt«, sagte der Mönch eisig.

»Auch Mönche können auf Gussfälscher hereinfallen«, gab sich der Lange ungerührt.

Es war alles in Ordnung, sie nahmen ihr Geld und trollten sich. In einem Gesträuch hinter dem Dom teilten sie die Summe in gleiche Mengen und packten sie in vorbereitete Lederschläuche, die sie am Körper trugen. Jetzt kam es darauf an, das Silber heil nach Hairlingen zu bringen, durch die Stadt, vorbei an Gegenden, die nicht geheuer waren, über die Ems und abseits von Landstrichen, die man wegen Überfällen und Straßenräubereien besser mied. Schließlich hatten sie die Landgemeinde Auwreke zu passieren, inzwischen ein Kernland des Brokmannen, von dem bekannt war, dass er immer Geld brauchte und von dem man fürchten musste, dass er bei günstiger Gelegenheit zugreifen würde. Nicht selbst natürlich, sondern durch Galgenstricke, die für ihn die Dreckarbeit machten.

Es war ihnen nur zu bewusst, dass jetzt der bei weitem gefährlichste Teil ihrer Reise begann und der Lange sagte es offen. »Bin froh, wenn wir mit den verdammten Schläuchen zu Hause sind!«

Enno sah ihn aus ernsten Augen an. Einhundertsiebzig Mark Silber war tatsächlich ein schwindelerregender

Betrag. Mit einer solchen Menge Geld reiste ein Handelsherr gewöhnlich nur unter scharfer Bedeckung. Vielleicht war es ein Fehler gewesen, aus Kostengründen auf eine Wachmannschaft zu verzichten, vielleicht war es auch ein Fehler gewesen, eine solche Koppel auf einmal loszuschlagen. Andererseits war der Weg zu weit, es lohnte nicht, ihn nur mit einer Handvoll Pferden zu machen.

»Wenn wir dieses Geld nach Hause bringen, dann sind wir schuldenfrei«, sagte Enno mit heiserer Stimme.

»Ich weiß, Mann, ich weiß. Das ist es ja«, versetzte der Lange mürrisch.

Die Freude über den geglückten Handel mischte sich mit der Sorge über die Gefahren des Heimwegs. Jetzt nur kein unnötiges Risiko, nur nicht auffallen.

»Ich traue auch den Brüdern nicht«, sagte Adriaan grollend und Enno begriff, er meinte die Mönche, die ja als Einzige wussten, welchen Schatz sie bei sich trugen. »Und wer weiß denn, ob Ocko nicht doch noch an Wollfäden zieht, die bis nach Monasterium reichen?«

Sie verließen das Gesträuch und hockten sich in eine Schenke am Prinzipalmarkt, um die Lage zu beraten und spielten die Möglichkeiten durch.

Sie konnten eine Weile in Monasterium bleiben oder sich zunächst weiter nach Süden wenden, bis sich ihre Spur verlor. Aber sie kamen bald überein, dass es besser war, sich so schnell wie möglich nach Eesensem durchzuschlagen. Der Wirt brachte ihr Essen, scharf gewürztes Fleisch, Brot und Lauch, dazu dunkles Bier, und Enno bezahlte mit kleiner Münze aus seiner Geldkatze. Nach dem Mahl brachen sie auf.

Sie passierten die innere Befestigungsmauer mit ihrem Wassergraben und verließen die Stadt durch den äußeren Erdwall. Von der Aa[355] schlug ihnen aus den Wasser-

355 Fluss in/durch Münster. Wurde im MA genutzt, um die Wassergräben an der Stadtmauer zu füllen.

bären [356]ein übler Gestank entgegen. Sie hörten hinter den Balken ein fettes Gurgeln, anscheinend lief aus dem Fluss Wasser in die Gräben nach. Vor dem äußeren Wall drängte sich allerlei Handelsvolk, ein Fuhrwerk stand fast quer, der Bauer stritt sich mit dem Posten lauthals über die Höhe der Akzise. Sie schlugen die Handelsstraße nach Osenbrugge ein, der sie weiter nach Norden folgen wollten.

Es war klar, sie mussten die Hauptwege gehen, möglichst in Gesellschaft. Die ersten Meilen schwammen sie im allgemeinen Strom der Reisenden nach Norden mit, der sich aber bald verlor. Am Abend dieses Tages stießen sie auf ein Feldlager von Kaufleuten. Sie sahen das Feuer schon von weitem, aber den Posten nicht. Er stand gut gedeckt unter dem Blattwerk einer Baumkrone, mit ausgezogenem Bogen und einem Pfeil auf der Sehne, dessen Kaliber wohl ausgereicht hätte, einen leichten Eisenharnisch zu durchschlagen.

Der Posten rief den Langen an. »Wenn du weiterreitest, blase ich dir die Zwiebel von den Schultern!«

Sie zügelten die Pferde und warteten, und dann tauchten zwei Leute aus dem Gesträuch, beide mit gespannten Armbrüsten. Sie wurden beäugt und von allen Seiten umkreist. Dabei achteten die Männer sorgfältig darauf, sich nicht gegenseitig ins Schussfeld zu laufen. »Ihr seid allein?«

»Wir sind allein«, sagte Enno und fühlte das Herz in seiner Brust. »Kaufleute auf dem Weg nach Friesland«, schob er noch nach und er hörte den Mann knurren. Es war das alte Problem. Man suchte Bedeckung durch Mitreisende, aber man wusste nie, in welche Gesellschaft man geriet. Begleiter konnten Schutz bedeuten, aber auch Gefahr.

»Folgen!«, sagte der Bewaffnete knapp, ging voran und der zweite lief hinter ihnen her, beide noch immer den

356 Kleine Stauwerke, die den Wasserstand im Stadtgraben regulierten.

Bolzen auf der Armbrust. Sie wurden in das Gesträuch geführt, in Richtung auf das Feuer zu, und bald stieg ihnen ein seltsam strenger Geruch in die Nase. Das Gehölz öffnete sich und sie sahen eine Gruppe von Männern um einen brennenden Holzhaufen liegen. Etwas abseits standen gegen zwanzig Packpferde und sogar ein kleiner Karren, und von dort her kam der Geruch. Der Anführer nannte sich Salomon, mehr sagte er nicht von sich, und lud sie ein, ihre Decken ans Feuer zu legen.

»Womit handelt Ihr?«, fragte Enno und der andere streckte den Arm aus, wies nach irgendwo in die Dunkelheit.

»Mit Häuten. Wir bringen Leder nach Hamborch«, sagte Salomon und sie wussten, woher der Geruch kam. Salomon schien ihre Gedanken zu lesen.

»Der Scheißgestank kommt vom Gerben. Hat auch sein Gutes. Verscheucht die Fliegen«, sagte er, und seine Männer lachten. Dann fragte er seinerseits und Enno sagte, sie handelten mit Pferden und wusste im nächsten Augenblick, dass er einen fatalen Fehler gemacht hatte. Pferde hatten sie nicht bei sich und so war jedem klar, dass ihre Geschäfte bereits getätigt waren. Und sie also Geld im Gepäck haben mussten. Aber Salomon fragte nicht weiter und akzeptierte ohne Wimpernzucken, dass sich die Hairlinger an der Nachtwache beteiligen wollten. Er verstand, dass sie sich sicherer fühlten, wenn einer von beiden nicht schlief. Sie reisten gemeinsam noch einen Tag, doch danach mussten sie sich trennen, denn Salomon und seine Leute hielten nach Nordosten zu.

»Wir wollen die alte Salzstraße von Minden nach Lüneborch nehmen. Wird uns mindestens zwei Reisetage sparen«, sagte der Handelsherr. Enno war enttäuscht.

»Über Osenbrugge und Brema ist es sicherer!«

»Wir müssen niemanden fürchten«, versetzte Salomon kurz, und er hatte recht, seine Bedeckung war stark genug, jedem Raubgesindel zu trotzen. »Bleibt auf dem Handelsweg und sucht gute Begleitung, dann wird Eure Reise glücklich enden. Gesundheit, Wohlfahrt, Sicherheit und Ruhe. Schalom!«

Mit Bedauern sahen die Hairlinger dem Zug des Handelsherrn nach, bis er hinter der nächsten Biegung verschwand.

»War schön, so ganz ohne Fliegen«, sagte der Lange mit schiefem Lächeln.

Bis Osenbrugge blieben sie allein. Als sie anlangten, waren die Stadttore schon geschlossen. Die Vorstadt wollten sie meiden, hier trieb sich nach aller Erfahrung das meiste Gesindel herum. Sie schlugen deshalb an der Hase[357] ihr Lager auf, und der Lange übernahm die erste Wache, denn sie mussten nun wieder selbst für ihre Sicherheit sorgen. Der Fluss deckte ihren Rücken, sie verzichteten auf ein Feuer und in dieser Nacht blieben sie unbehelligt. Der Duft frisch gebratener Fische weckte Adriaan am nächsten Morgen, und nach einem kräftigen Frühstück berieten sie über ihr weiteres Vorgehen. Es war zweifellos ein Umweg, über Brema zu reiten. Der direkte Weg nach Norden, der sie in Richtung auf Aldenborch zu führen würde, entfernte sie aber von der Handelsroute.

»Wie willst du reisen: schnell oder sicher?«, fragte der Lange gemütlich, es schien so, als gelte es zu entscheiden, ob man vor dem Aufbruch noch ein Bad in der Hase nehmen wollte. Er wusste, Enno drängte es nach Hause. Der Hairlinger war unruhig, auch wegen seiner Söhne.

»Ich weiß, der kurze Weg ist gefährlicher. Andererseits vergrößert aber auch jeder Tag mehr auf der Straße die Gefahr!«

»Es ist dein Silber!«, sagte Adriaan und in diesem Augenblick dachten wohl beide an die Warnung des jüdischen Handelsherrn Salomon.

357 Fluss bei Osnabrück.

Enno entschied sich für den direkten Weg und war auch dagegen, in die Stadt zu reiten, um Vorräte zu kaufen oder nach Begleitern zu suchen. Der Lange billigte die Entscheidung. Sie hatten es am Abend gehört, über Osenbrugge lag ein Geräuschteppich wie eine Dunstglocke, murmelte und rumorte bis hinein in die dunkelsten Nachtstunden, es waren wohl viele Menschen in der Stadt. Dann war plötzlich vom Piesberg her heller Feuerschein zu sehen gewesen, und Geschrei war aufgelodert wie eine Stichflamme aus einer Esse. Das alles war nicht geeignet, Vertrauen zu schaffen. Der Lange schlug vor, dass im Wechsel einer als Vorhut reiten und der zweite das gesamte Silber am Körper tragen sollte, und Enno stimmte zu. Sie kamen auch überein, im Falle eines Hinterhalts nicht zueinander aufzuschließen, bevor der Nachfolger mit dem Silber sicher sein konnte, dass sie gemeinsam den Angriff abwehren konnten. Im Zweifel sollte der Nachfolger zurückbleiben und versuchen, mit dem Geld nach Hairlingen zu kommen. Dann brachen sie auf.

Sie hielten sich so gut es ging in offenem Gelände, querten Flüsse und umgingen Erhebungen ohne Zwischenfall und kamen gut voran. Sie schafften es in drei Tagen bis in die Sümpfe südlich von Aldenborch, hielten sich ostwärts und trafen auf die Hunte. Dort wurde das Gelände unwegsam. Die Flussauen waren bewachsen und morastig. Sie mussten sich zwischen Moor und Hunte nach Norden durchschlagen. Zudem wurde es schwierig, den Blickkontakt zu halten. Es gab immer wieder längere Phasen, in denen die beiden Reiter sich nicht sehen konnten. So war die Situation, als Enno auf den Fremden traf. Der Kerl sprang plötzlich auf den Weg, eine klobige Armbrust im Anschlag.

Er war gedrungen und muskulös, aber seine Stimme war kaum mehr als ein heiseres Krächzen. »Runter vom Gaul! Klinge weg! Jacke aus! Hose aus!«, schrie er und fuchtelte mit seiner Waffe. Der Bolzen auf der Armbrust war fast daumendick, die Sehne schien aus mehrfach geflochtenen Tierdärmen zu bestehen.

Enno widerstand der Versuchung, nach hinten zu blicken. Er wusste nicht, ob der Lange in Sichtweite war. Seine Augen suchten das umliegende Gesträuch ab, aber der Fremde schien allein zu sein.

»Ganz ruhig, Junge«, sagte Enno. »Ich habe nichts bei mir, was dich interessieren könnte.«

»Maul halten!«, bellte der andere, »und runter vom Gaul, sonst blase ich dir das Eisen zwischen die Augen!«

Enno überlegte fieberhaft. Der Kerl griff an, ohne zu wissen, ob er es mit einem oder mehreren Gegnern zu tun hatte. So wie die Dinge lagen, war er verzweifelt, und Verzweifelte sind gefährlich. Er rutschte von seinem Pferd und breitete die Arme aus.

»Los, los, weg vom Gaul. Und die Klinge weg. Und dann Kittel und Beinlinge runter!«, raunzte der Mann. Er trug eine verschlissene Eisenjacke, darunter ein grobes Wams und abgewetzte Stiefel. Im Gürtel steckte eine Art Saufeder, eine einfach geschmiedete, böse funkelnde Klinge.

Und dann sah Enno, dass dem Mann an der linken Hand der Zeigefinger fehlte. Der Stumpf war sauber vernäht und verheilt und Enno wusste, der Kerl hatte den Finger nicht bei einem Unfall oder im Kampf verloren, sondern bei einer Amputation durch den Nachrichter. Der Bursche war ein Strauchdieb, ein Straßenräuber übelster Sorte. Wenn er nicht auf einem seiner Raubzüge den Tod fände, würde er früher oder später seinen Hals auf den Dingstapel legen. Enno stand ruhig. Er wusste nicht, wo der Lange steckte, ob er überhaupt noch hinter ihm war oder sich längst, wie sie es vereinbart hatten, seitwärts in die Büsche geschlagen hatte, um allein zu entkommen. Immerhin hatte Adriaan das ganze Geld und der Hairlinger war jetzt erleichtert darüber, dass sie es genau so eingerichtet hatten. Die kleine Münze in seiner Geldkatze war zu verschmerzen. Er musste nun sehen, dass er mit heiler Haut aus der Sache herauskam.

»Ich habe nichts bei mir, was dich interessieren könnte«, wiederholte er und der Fremde näherte sich mit kleinen Schritten, die Armbrust im Anschlag.

»Halt's Maul! Los, los, weg vom Pferd! Klinge weg! Und dann die Geldkatze her!«

Enno löste sein Schwert vom Gürtel und warf die Geldkatze ins Gras.

»Zur Seite. Kittel und Hose aus!«

Der Fremde tastete sich heran, umkreiste ihn vorsichtig, er war misstrauisch wie eine alte Krähe. Enno öffnete gemächlich die Verschnürung seiner Kittelbluse, und während er den Kerl im Auge behielt, rasten seine Gedanken. Von dem Langen keine Spur. Der Fremde offenbar allein, also nur er und ich. Er rechnete nicht damit, dass ihm der Bursche irgendetwas ließ. Schon gar nicht das Pferd. Vielleicht nicht einmal das Leben. Ich muss an ihn ran, dachte er, in seine Nähe, so nah, dass er die Armbrust nicht einsetzen kann.

Aber der andere hielt Abstand, achtete sorgfältig darauf, dass Enno in seinem Schussfeld blieb, schlug sogar nach dem Pferd, um es zur Seite zu treiben. Er hatte ihn einmal umrundet, als Enno die Kittelbluse auf den Boden warf und plötzlich im Rücken des Fremden etwas schwirrte und silbern blitzte, so wirbelnd schnell, dass der Hairlinger nichts begriff. Und dann wuchs dem Kerl eine blutige Klinge aus der Brust und der Lange brach durch das Unterholz wie ein Stier.

Der Fremde war schon tot, noch bevor er den Boden berührte. Es überschlug sich alles wie rasend, der tote Kerl, das Schwert des Langen im Leib, Adriaan musste es geschleudert haben wie einen Dolch, dann der Lange selbst, wortkarg und mit sicheren Bewegungen, als hätte er noch nie in seinem Leben etwas anderes getan als Wegelagerer zu schlachten. Enno war noch immer zu schockiert, um Erleichterung zu verspüren. Sie redeten kaum, zogen den Toten ins Gesträuch, warfen die Armbrust hinterher und sahen zu, dass sie fortkamen. Drei Tage später waren sie in Eesensem. Mit nassen Augen nahm Enno seine Söhne in die Arme.

Sein Ältester, Magnus Ayderd, überraschte den Hairlinger mit einer guten Nachricht. »Der ganze Roggen ist verkauft, Vater!«

»Der Roggen? Der ist doch noch auf dem Halm!«

»Gleichwohl ist er verkauft, Vater. Und für einen guten Preis!«

Enno schluckte trocken. »Wieviel?«, fragte er flach.

»Für siebzig Mark Silber. An ein Kontor in Brema«, sagte der junge Mann lächelnd.

*

Wenn man am hellichten Tag und bei scheinender Sonne zwei Heerfahnen aufsteckt und zwei Heerhaufen miteinander zusammenstoßen lässt, (...) so soll, was man da im Kampfe einander an Verletzungen und tödlichen Wunden zufügt, für unleugbar gehalten werden.

Erste der fünf Ausnahmen von der 17. Küre

7.

Auwreke,
am Tage nach dem Fest des heiligen Martinus,
Anno Domini 1389 (Freitag, 12. November)

Ocko tom Brook schäumte vor Wut. Mit blutunterlaufenen Augen starrte er auf die Brikole. Im Gegensatz zu seiner Taktik bei der Schlacht von Loppersem stand die gespannte Schleuder nicht gedeckt hinter einer Truppenreihe, sondern offen und frech in der Mitte des feindlichen Heeres.

»Dieses Schwein! Dieser ruchlose Verräter!«, knirschte der Brokmanne.

»Ich habe geraten, in der Burg zu bleiben«, sagte da Ludeke in seinem Rücken, und der Brokmanne fuhr herum.

»Schone mich mit diesem Gesumse! Dein Freund Michel hat uns verkauft! An den Asterhusumer!«

»Er ist nicht mein Freund. Und er war dir nicht zur Treue verpflichtet«, sagte Ludeke ruhig.

Auch er war bitter enttäuscht. Zugleich war ihm bewusst, nach welchen Regeln das Spiel lief und auch der Brokmanne hätte das wissen sollen. Michel war kein Vasall. Er kämpfte dort, wo das meiste Silber auf ihn wartete. Aber Ludeke hütete sich, den Brokmannen weiter zu reizen. Schließlich war er von ihm und seinem Wohlwollen abhängig. Die Burg in Canninghusum war noch immer nicht befestigt, gerade, dass ein kniehoher Mauersockel über die Wälle lief, von Steinhäusern ganz zu schweigen. Ludeke hatte das Gefühl, der Brokmanne halte ihn hin, ganz so wie einen Ochsen vor dem Pflug, dem man ein Grasbüschel vor das Maul bindet, damit er schneller zieht.

»Zum übrigen kennt Michel nur eine Treue, die zum Geld«, sagte er lahm.

Ocko funkelte ihn zornig an. »Ist mir gleichviel. Und was Michel betrifft: Den nehme ich mir persönlich vor«, fauchte er und Ludeke senkte den Kopf.

Viel Vergnügen dabei, dachte er, aber er sagte nichts.

Er hatte etwas Derartiges geahnt, damals, als Michel bei ihm in der Burg Canninghusum gewesen war. Die Signale waren unübersehbar gewesen, die abfälligen Bemerkungen über die Planlosigkeit des tom Brook und die ätzende Kritik an dem Kampf nach der Schlacht, dem Streit um das Silber.

Danach war Michel für drei Jahre verschwunden geblieben, man hörte von ihm, gelegentlich, er hatte Erfolge auf See und machte den Pfeffersäcken die Hölle heiß. Aber in Ostfriesland tauchte er nicht mehr auf, er ließ sich nicht blicken, auch nicht bei dem Brokmannen, der doch für den letzten Kampf fest mit ihm gerechnet hatte. Und jetzt stand er drüben, bei den Feinden, mit seinen Leuten und mit der Brikole. Es war ein schlechter Anfang. Denn diese Entwicklung verschob das Kräfteverhältnis deutlich zu Gunsten Folkmar Allenas, des Asterhusumers, und seiner Verbündeten.

Aber am bittersten war die Art, in der sie zustande gekommen war. Bis zuletzt, ja recht eigentlich bis vor wenigen Tagen hatte der Brokmanne auf Michel gehofft, hatte Boten geschickt, sogar einen Knorr, um den Freibeuter zu locken, aber es war alles vergebens gewesen. Und dann, als man sich schon damit abgefunden hatte, ohne ihn zu kämpfen, war dieser Schock gekommen, wie ein unerwarteter Hieb aus dunkler Nacht, ein eiskalter Hagelsturm im Hochsommer.

»Es war richtig, sich diesen Schweinen in offener Feldschlacht zu stellen. Es war in Loppersem richtig und es ist es hier. Ich lasse mich von solchen Halunken nicht belagern. Nicht in meiner eigenen Burg!«, hörten sie den Brokmannen fluchen, aber niemand gab eine Antwort. Alle hatten ihm abgeraten, die Burg zu verlassen, als der Asterhusumer gestern bei Morgengrauen mit seiner Truppe angerückt war. Sogar Guy, der Normanne, hatte vorgeschlagen, zunächst die weitere Entwicklung abzuwarten. Ocko tom Brook hatte nichts davon hören wollen, hatte sich auf nichts eingelassen. Ja, er wollte sogar aus der Burg stürmen, den verhassten Feind sofort angreifen, noch bevor er sich aufgestellt hatte, doch da hatte ihm sein gesamter Stab widersprochen.

»Die Zeit arbeitet für uns«, hatte Guy gesagt, der inzwischen ein fehlerfreies Deutsch sprach, wenn auch mit Akzent. »Wir liegen hinter Mauern und können in Ruhe schlafen. Die anderen sind ungeschützt und müssen immer damit rechnen, dass wir einen Ausfall machen.«

»Wir müssen auch die restlichen Truppen heranholen, Vater«, hatte Widzelt hinzugefügt, und das hatte schließlich den Ausschlag gegeben.

Der Brokmanne wusste natürlich von dem Angriffsplan, sein Nachrichtensystem hatte auch hier funktioniert. Dass es dennoch seine Lücken hatte, war ihm auf erschütternde Weise deutlich geworden, als er die Brikole gesehen hatte. Und dann war die Verstärkung aus Brokmannia und Auwreke eingetroffen und Ocko tom Brook war sofort ausgerückt. Nur seine beiden Söhne, Keno und Widzelt, waren noch in der Burg, der erste, weil er noch ein Kind war, der andere, Widzelt, weil Ocko ihn nicht in Gefahr bringen wollte. Und als Schutz für dessen ungeliebte Stiefmutter, Folckeldis, die Widzelt unverändert mit Abneigung und Misstrauen begegnete.

Für sie war der inzwischen Herangewachsene ein Usurpator, ein Parasit und Schmarotzer, einer, der die berechtigten Erbansprüche ihres leiblichen Sohnes Keno in Frage stellte. Von dieser Klinge versprach sie sich keine Bedeckung, im Gegenteil. Sie war verbittert darüber, dass ihr Gatte eine Gefahr nicht sehen wollte. Nämlich die, dass Widzelt in einem günstigen Augenblick allen möglichen Fragen der Erbfolge im Hause tom Brook mit einem Schwertstreich aus der Welt schaffen könnte. Und er würde genau das tun, Folckeldis glaubte daran. Also schloss sie sich mit Keno in ihrer Kemenate ein, davor lag das ehemalige Kontor ihres verstorbenen Großonkels Uffo Remetsna, das ebenfalls verschlossen und mit einer schweren Truhe verbarrikadiert war. Folckeldis selbst wog nun so viel wie ein kräftiger Mann, sie sah auch so aus und konnte mit einem Langeisen zuschlagen, und dazu war sie fest entschlossen.

Für alles das hatte Ocko tom Brook jetzt keine Gedanken. Er starrte hinüber auf die andere Seite. Der Asterhusumer hielt den linken Flügel, sein neues Feldzeichen über den Köpfen seiner Truppe leuchtete frech in der kalten Morgensonne. Mit verächtlichem Blick streifte der Brokmanne die verzierte Fuchsdecke, deren Wollfäden und Binsen im Wind zappelten wie Feldblumengirlanden auf einer Kirchweih.

»Sieh dir die stinkende Fuchshaut an, Guy. Sie gehört dir!«, sagte Ocko in galligem Scherz, doch der Normanne sonderte nur ein kurzes Grunzen ab.

Auf der rechten Seite stand der Eemter mit seinem Fußvolk, es schien, als hätte er heute mehr Bauern um sich geschart als in Loppersem. Auch waren sie wohl besser bewaffnet, man sah viele Klingen und Eisenjacken herüberfunkeln. Und dann in der Mitte dieser Sauhund, Michel, mit seiner Brikole. Seine Truppe schien geschmolzen zu sein, oder er hatte einen Teil noch auf See, denn der Brokmanne zählte nicht mehr als gut zwei Dutzend Männer. Allerdings alle vorzüglich beritten, und die Güte ihrer Waffen hatte Ocko nur noch allzu gut in Erinnerung.

»Was kann die Schleuder in einem Schuss bewegen?«, fragte er über die Schulter.

»Vielleicht fünfzehn Pfund«, gab Ludeke nach einer Weile zurück. Dann fügte er hinzu: »Meine Zahlen sind alt. Ich traue Michel zu, dass die Brikole inzwischen mehr verschießen kann, vielleicht um einen Stein[358] pro Schuss. Aber ich würde nicht nur auf die Schleuder achten. Ihre Klingen sind mindestens ebenso gefährlich.«

»Wenn wir es richtig machen, dann hat die Brikole ohnehin nur einen Wurf. Und um Michels Leute kümmerst du dich!«, sagte der Brokmanne kalt. Er hatte diesen Entschluss schnell gefasst, und der Gedanke gefiel ihm; mochten sich die Fremden auf dem Schlachtfeld gegenseitig binden, vielleicht auch einander über die Klinge springen lassen. Es erschien ihm nur vernünftig. Zum übrigen kühlte es seinen Zorn über Michels Verrat, an dem er Ludeke einen Gutteil der Schuld zuschob.

»Er selbst gehört mir. Ich stutze ihm die Flügel, und dann werfe ich ihn Guy zum Fraß vor«, schloss Ocko großspurig, doch es antwortete ihm tiefes Schweigen. Ocko wandte sich um. »Was ist los, Freunde? Seid fröhlich! Lange Jahre hat dieses Gesocks den Schwanz eingezogen. Wir haben jetzt die Gelegenheit, es uns endlich vom Hals zu schaffen!«

Seine aufgesetzte Leutseligkeit erreichte niemanden.

---

358 Gewichtsmass im MA zwischen Zentner und Pfund mit unterschiedlicher Normierung. Ein Zentner hatte etwa 5 Steine, ein Stein entsprach etwa 22 Pfund.

Auch deshalb, weil seine Augen ihre eisige Kälte nicht verloren.

Es war ja richtig, acht Jahre waren seit Loppersem ins Land gegangen. In dieser Zeit hatten beide Seiten Kräfte gesammelt, taktische Vorteile gesucht, ihre jeweilige Macht gefestigt, so gut es eben ging. Man hatte sich gegenseitig nach Möglichkeit geschadet, im Handel und im Leumund. Gewiss, es hatte immer wieder Scharmützel gegeben, Raufereien zwischen Gefolgsleuten, auch mit blanker Klinge, und Prügeleien unter abhängigen Bauern. Aber sonst war man sich aus dem Weg gegangen, den offenen Krieg hatte man gemieden, wohl wissend, dass er unausweichlich kommen würde.

Und jetzt war er da. Nicht so, wie es sich der Brokmanne gewünscht hatte, aber das Warten hatte ein Ende. Ocko warf einen frostigen Blick auf den Hairlinger. Enno tom Diek stand nicht mehr im obligo. Er hatte seine Schuld abgetragen, und nicht nur das, er war inzwischen ein wohlhabender Mann, man sah es an seiner Ausrüstung. Viel Eisen, eine neue Kopfwehr und ein besseres Schwert. Es schien, als achte Enno nun etwas mehr auf seine Haut. Nützt ihm nichts, dachte der Brokmanne mit grimmiger Genugtuung. Er ist nur Pachtbauer, immer noch, weil ich die Anwesen in Eesensem und Ochterszem nicht verkaufen werde, und er ist zur Heerfolge verpflichtet. So ist es beurkundet. Ja, er zahlt die Pacht jetzt aus der Geldkatze, und er muss mir deshalb keine Hand- und Spanndienste leisten. Ist mir gleichviel. Aber er ist hier und trägt sein Fell zum Markt. Für mich! Und das ist wichtig.

»Wo ist dein Knecht? Der lange Holländer?«

»Er ist nicht mein Knecht. Und er steht auf keinem Pergament«, antwortete Enno spröde, und dann, nach einer Pause, die so schien, als ringe er mit sich, noch etwas zu sagen oder zu schweigen, fügte er trocken hinzu: »Sieh dich um, Ocko. Diesmal geht es dir an den Kragen!«

»Bleibt abzuwarten«, gab der Brokmanne scharf zurück. »Zum übrigen, da du davon sprichst: Wer fehlt, sein Pflicht zu tun, etwa durch Sonntagsritte über das Schlachtfeld, der spürt mein Eisen. Oder das des Normannen.«

»Bist du dir jetzt schon der Treue deines Heeres nicht sicher?«, fragte Enno mit gleichmütiger Stimme, aber der Brokmanne schwieg und funkelte ihn böse an. Ludeke und der Normanne hatten den Disput kalten Auges verfolgt. Die Stimmung war nicht gut auf dieser Seite des Gefechtsfeldes, und das nicht nur, weil der Gegner offenbar die Trümpfe hielt.

*

»Wir werden es mit Ludeke und seinen Leuten zu tun haben«, sagte Michel nüchtern, ganz so, als spräche er über die Wetteraussichten des kommenden Tages. »Und sie werden versuchen, die Brikole zu nehmen.«

Der Asterhusumer wischte sich über die Stirn. Sein Topfhelm hing ihm fast im Nacken. »Im direkten Angriff?«

Michel schüttelte den Kopf. »Nicht im direkten Angriff, so viel Silber gibt es in ganz Ostfriesland nicht. Und nicht vor dem ersten Schuss«, sagte er, es klang geringschätzig und das Gesicht des Eemters verzog sich unwillig. Sein Kinn verhärtete sich, man sah ihm an, was ihn das Schweigen an Willenskraft kostete.

Aber dann brach es aus ihm heraus. »Sollte er nicht versuchen, die Schleuder eben *vor* dem ersten Schuss zu nehmen? Ehe sein Fell Löcher hat?«

Michels Blick ging stur geradeaus, er mochte Luiward Abdena nicht, der Eemter hatte sich in den Verhandlungen auf ärgerliche Weise unbeweglich gezeigt. Er wollte ihn mit seinem Segler auch nicht in den Hafen lassen, man musste sich in aller Heimlichkeit treffen, irgendwo an der westfriesischen Küste, der Eemter wollte nicht mit ihm gesehen werden. Dabei war klar gewesen, dass man ihn und seine Brikole in diesem Gefecht unbedingt haben wollte, brauchte wie ein Stück Brot. Und dann trotzdem das Geschacher ums Geld. In diesem Punkt waren die Ostfriesen wohl alle gleich, der Eemter verhielt sich nicht anders als weiland der Brokmanne. Wollten Fürsten sein und feilschten wie die Krämer. Abdena glich einem Ertrinkenden, der das zugeworfene Seil erst ergreift, nachdem er einen guten Preis für seine Rettung ausgehandelt hat.

»Den ersten Schuss muss er nehmen, davor schützt ihn niemand«, knurrte Michel.

»Also versucht er es danach«, hakte Folkmar Allena nach.

Der Freibeuter schneuzte sich aus dem Sattel, sein Gaul tänzelte unruhig. »Ja. Wenn er den ersten Schuss überlebt. Das wird für ihn schwierig, denn wir werden einen Fächer schießen. Den kennt Ludeke noch nicht.« Auf Michels hartem Gesicht stand plötzlich ein dünnes Lächeln. »Dann wird es darauf ankommen, wie schnell wir wieder laden können. Viel Zeit ist nicht, denn wir müssen noch ein Stück näher heran.«

»Wir wollen hoffen, dass das viele Silber, das du uns kostest, nicht an nur einen einzigen Schuss mit deiner Schleuder vergeudet ist«, warf Luiward Abdena kalt ein.

Der Freibeuter maß den Eemter mit einem Blick, den ein Dombaumeister einem Steineträger zuwirft. »Vielleicht reicht ein Schuss. Und dann kommen noch unsere Klingen!«

»Klingen haben die anderen auch. Und zwar einige mehr als ihr.«

Michel setzte sich auf seinem Pferd zurecht, es dauerte eine Weile, bis er eine bequeme Position gefunden hatte. »Ludeke und seine Truppe waren fast zehn Jahre nicht mehr auf See. Sie züchten Hühner und graben nach Gemüse. Das hat sie träge und weich gemacht. Wir werden leicht mit ihnen fertig.« Und dann, nach einer Weile, als die Friesen schon dachten, das Thema sei erledigt, richtete sich Michel in seinem Sattel auf. »Ludeke und seine Leute überlasst mir. Kümmert ihr euch um die Brokmannen und die anderen. Seht zu, dass ihr ihnen die Federn zupft, dann gibt es über den Ausgang dieses Waffengangs keinen Zweifel.«

»Keine Sorge. Wir werden ihnen die Bärte schon zausen«, sagte Folkmar Allena trotzig. Vieles erschien ihm ungereimt, er konnte sich nicht vorstellen, dass die Truppe des Brokmannen ungedeckt auf die schussbereite Schleuder zurennen würde, aber das war Michels Problem. Mochte er zusehen, wie er es löste.

Und als hätte der Freibeuter seine Gedanken erraten, knurrte Michel nach einem kurzen Räuspern: »Er wird natürlich alles daran setzen, zur Seite auszuweichen. Oder seine Truppe so auseinanderzuziehen, dass sie ein möglichst kleines Ziel bietet. Deswegen schießen wir ja auch den Fächer.«

Sie waren übereingekommen, keinen Oberkommandierenden zu benennen, obwohl Michel seine Dienste angeboten hatte. Luiward schien dieser Gedanke verlockend, weil er bequem war, aber ihn erschreckte das geforderte Silber und Folkmar dachte nicht daran, sich von einem Fremden befehligen zu lassen. Also würden sie in getrennten Verbänden kämpfen, jeder ausgerichtet auf sein taktisches Ziel.

Der Asterhusumer kniff die Augen zusammen und starrte feindwärts. Der Gegner stand mit dem Rücken zur Burg, seine Flügel schienen nach außen hin dünn und ausgefranst wie die Fäden eines verschlissenen Tuches. Er sah den Brokmannen mit seinem Stab in der Mitte, Ludekes Truppe im geschlossenen Pulk zu beiden Seiten daneben. Was dann kam, war nicht über die Maßen beeindruckend. Das Aufgebot der Auwreker auf dem rechten Flügel schien aus gut dreißig Reitern zu bestehen, Bauern auf dicken Pferden, die wohl einen Pflug ziehen, aber kaum einen wuchtigen Angriff laufen konnten. Die Brokmannen standen links und waren schon eher zu beachten. Ocko musste seine Landgemeinde mit harten Zähnen ausgekämmt haben. Etwa fünfzig Berittene und ebenso viele Fußkämpfer bildeten einen Block, aus dem die Klingen wie bösartige Stacheln blitzten.

»Giganten[359] sehen anders aus«, sagte Folkmar spröde.

Der Eemter schüttelte den Kopf. »Unterschätzt mir die Bauernkrieger des Brokmannen nicht! Ich habe Nachrichten. Sie sind erbost, weil Ocko sie schon wieder gezupft hat. Sie werden ihr Fell teuer verkaufen, des seid gewiss«, sagte Luiward Abdena mit bitterer Stimme, es klang wie ein Vorwurf, so, als bereute er ihr Vorhaben schon. Michel spie vom Rücken seines Pferdes auf den Boden. Er sagte nichts, doch man sah, was er dachte.

»Wir sind gut die Hälfte mehr«, versetzte Folkmar Allena, und die Antwort des Eemters kam sofort, scharf und giftig.

»Das waren wir in Loppersem auch. Aber es hat uns nichts genützt!«

»Weil ich gegen euch stand«, bemerkte Michel. Er sagte es nüchtern, ohne zu lächeln, wie ein Handelsherr, der den Preis seiner Ware nennt. Sah lange auf seine Schleuder, dann auf den Himmel. Von See her schob eine scharfe Brise immer häufiger dicke Wolken vor die Sonne, das Licht nahm stetig ab, nicht mehr lange, und es würde für eine Schlacht zu dunkel sein. »Ich weise jetzt meine Leute ein. Wir sollten uns bald auf einen Plan einigen. Wenn wir heute noch fechten wollen, müssen wir uns eilen!«

*

359 Riesengeschlecht aus der griechischen Mythologie. Danach kamen die Giganten bereits als Krieger in voller Rüstung zur Welt, um die olympischen Götter zu entmachten.

»Angriff, sobald sie die Brikole vorschieben!«, knurrte Ocko tom Brook und warf Ludeke einen scharfen Blick zu. Der Freibeuter tat so, als hätte er nichts gehört. Seine Augen waren starr auf den Gegner gerichtet.

»Warten wir ab, ob sie es tun, denn dazu kann sie niemand zwingen. Und vielleicht haben sie den Plan, da, wo sie jetzt stehen, auf unseren Angriff zu warten«, antwortete er nach einer Weile, schob eine Hand in die Hose und kratzte sich ausgiebig am Gemächt. »Zum Übrigen ändert das nichts. Es ist ein Leichtes, die Schleuder abzusetzen und zu schießen. Dauert vielleicht vier Atemzüge.«

»Kann das Geschütz gespannt bewegt werden?«, fragte der Normanne.

Ludeke nickte. »Gespannt und geladen. Sie müssen nur darauf achten, dass ihnen die Steine und das Eisen nicht aus dem Korb rutschen.«

Ludeke hatte recht und alle wussten es. Die Brikole auf der anderen Seite war ein ernstes Problem. Sie wurde gedreht und von zwei Pferden gezogen, aber es war für eine geübte Bedienung nicht schwierig, das Geschütz wiederum in Feindrichtung zu wenden und abzufeuern. Die Zugpferde konnten dabei angeschirrt bleiben, sie mussten es sogar, um einen raschen Stellungswechsel zu ermöglichen, auch um zu verhindern, dass die Schleuder in die Hände des Feindes geriet. Damit war klar, dass sie mindestens einen Schuss zu überstehen hatten. Es kam nur darauf an, seine Wirkung möglichst klein zu halten.

»Wir teilen uns und und fächern aus«, sagte Ludeke mit Zuversicht in der Stimme. »Wir nehmen sie in die Zange und lassen den Schuss durch die Mitte. Vielleicht erwischt es den einen oder anderen wegen der Streuung, aber wenn wir im toten Raum sind, haben wir sie. Dann schneiden wir ihnen die Haare und die Brikole gehört uns.«

»Guter Vorschlag«, sagte der Brokmanne mit glitzernden Augen. »Sieh zu! Soll dein Schade nicht sein.«

Ocko sah die Schleuder im Geiste schon auf den Zinnen seiner Burg montiert, als eine furchtbare Waffe, die jede Eroberung unmöglich machte. Er gab seinem Pferd die Sporen und ritt die Linie entlang, der Normanne hinter ihm wie ein Schatten. Ocko rief seinen Leuten aus der Landgemeinde ein paar aufmunternde Worte zu, bei den Auwrekern blieb er stumm und kalt, gerade eben, dass er dem Führer des Aufgebots ein knappes Nicken gönnte.

»Sie werden für dich kämpfen, Capitanus. So gut sie können. Das solltest du wertschätzen. Es ist nicht ihre Schuld, dass sie weniger sind, als du gefordert hast«, raunte ihm Guy von hinten zu, und der Brokmanne nickte und verhielt sein Pferd. Als er sprach, kam seine Stimme so laut und hart, dass sein gesamtes Heer sie hören konnte.

»Fünfzig Berittene und hundertzehn Lanzenträger zu Fuß. Das ist das Aufgebot, dass Auwreke meinem Vater zur Heerfolge beurkundet hat«, schrie Ocko, und die Auwreker zogen ihre Köpfe ein, denn dieser Beginn verhieß nichts Gutes. Dann vertieften sich die Mundwinkel des Brokmannen ein wenig, es sah fast so aus wie ein kleines Lächeln. »Ihr seid nur fünfunddreißig. Dafür mache ich euch keine Kerbe. Ihr könnt nicht kämpfen wie hundertsechzig Männer, aber ich weiß, ihr werdet es versuchen. Seid dafür schon jetzt bedankt!«

Der Nomanne hinter ihm stieß ein zustimmendes Grunzen aus. Ocko wendete sein Pferd, ritt dann aber einen Vollkreis und kam noch einmal zurück. »Ich werde eure Taten zu loben wissen. In Brokmannia, in Auwreke und darüber hinaus. Und denkt daran: Euer Stolz ist mein Stolz!«

Enno tom Diek stand in der Nähe, er traute seinen Ohren nicht. Natürlich glaubte er Ocko keine Silbe, wusste, jedes Wort war blanke Berechnung, aber er bewunderte das Geschick, mit dem der Brokmanne seine Unehrlichkeit für seine Zwecke einsetzte. Bei den Auwrekern reckten sich Hälse und Schultern wurden gerade. Sie wussten nicht, was sie von der Sache halten sollten, doch die Ansprache des Brokmannen hatte Eindruck gemacht.

Auch bei Enno hielt der Heerführer an, auch hier spach er so laut, dass jeder ihn hören konnte. »Ich weiß, du bist nicht aus Lust am Streit hier, Todie. Gleichwohl erwarte ich, dass du deine verbriefte Pflicht tust. Damit deine Söhne sich deiner nicht schämen müssen!« Er nahm seinen Helm ab und fuhr mit einem Wolltuch über das Schweißleder. Wischte sich dann mit dem Tuch über die Stirn und stülpte sich seine Kopfwehr über die Haare. »Du bist heute ohne deinen Holländer. Das bedauere ich. Bleib in meiner Nähe. Guy wird dich im Auge behalten!«, schloss er und ließ offen, ob er dem Hairlinger damit drohte oder Schutz anbot.

Enno sah ihn wortlos an, und wenn der Brokmanne auf ein Zeichen gewartet haben sollte, auf eine Geste der Zustimmung oder gar der Verbundenheit unter Waffenbrüdern, so erkannte er seinen Irrtum bald und wandte sich ab. Inzwischen hatte sich die Wolkendecke geschlossen, die Dämmerung schritt voran und von Sankt Lamberti wehte dünnes Vespergeläute herüber.

*

»Für heute ist's getan. Die Füchse schlafen schon«, stellte Michel fest und wies mit ausgestrecktem Arm auf die andere Seite. Bei den Brokmannen leuchteten die ersten Kochfeuer, und im Vorfeld sah man eine dünne Postenkette, die Ocko tom Brook gegen den Feind vorgeschoben hatte. Er wollte sich wohl vor Überraschungen schützen.

Im eigenen Heer, bei den Asterhusumern und den Eemtern, stand noch alles in Bereitschaft, nur die Brikole war entspannt, das Sehnenbündel, das den Eisenbogen zog, hing locker über die Deichsel. Sie hatten darüber diskutiert, ob der Brokmanne angreifen würde, aber jetzt waren sie überzeugt, er werde es nicht. Zumindest heute nicht mehr.

Das Verhältnis Michels zu dem Eemter hatte sich nicht gebessert, im Gegenteil, sie waren sich noch einmal heftig in die Haare geraten. Es war um die Frage gegangen, wer die Schlacht eröffnen sollte, und Michel hatte von einem Angriff abgeraten. »Er hat die Burg im Rücken. Wir können nicht sicher sein, ob Ocko dort noch Reserven hält, von denen wir nichts wissen. Besser, wir erwarten ihn auf offenem Feld.«

»Reserven? Was für Reserven? Er hat seine Bauern und das Raubgesindel. Sonst nichts. Wir sind ihm über, das sieht doch ein Blinder. Also bringen wir es hinter uns. Will hoffen, dass wir zum Christfest wieder zu Hause sind«, hatte der Eemter gegiftet und Michel hatte mit glitzernden Augen geschwiegen, wegen Liuward Abdenas Ton und wegen des Raubgesindels.

Auch ärgerte ihn der für einen Kaufherrn wahrlich sonderbare Bruch im Logos. Hatte der Eemter nicht erst kürzlich vor den Waffenknechten des Brokmannen gewarnt, die man nicht unterschätzen dürfte? Und nun waren sie Bauern unter Raubgesindel? Es war eine Last, mit solchen Leuten in den Krieg zu ziehen, einzig durch die ansehnliche Bezahlung gerechtfertigt.

Folkmar Allena hatte sich auf die Seite des Freibeuters geschlagen. »Michel hat recht. Du kennst Ocko nicht«, knurrte er. »Ihm ist alles zuzutrauen, auch eine Truppe hinter den Mauern, die uns ungünstig von der Seite fasst.«

Der Streit war dann weitergegangen, denn Luiward Abdena hatte gefordert, die Schleuder im Schutze der Dunkelheit nach vorne zu verlegen, weit genug, um den Gegner schon am frühen Morgen mit einem Schuss zu wecken. Der Freibeuter hatte ihn angesehen wie ein Erzbischof einen verstockten Heiden.

»Nur die Brikole? Wozu soll das gut sein? Außerdem

zu gefährlich. Wenn wir die Brikole vorziehen, müssen wir sie bewachen. Wenn wir mit dem ganzen Heer aufrücken, gewinnen wir ebenfalls nichts, denn wir verlassen hier unser Lager und können doch bei Dunkelheit nichts ausrichten. Und einen Schuss auf ruhende Truppe, Leute, die unter ihren Decken liegen, ist so sinnlos wie ein Ave Maria in der Hölle. Er würde über sie hinwegfegen und höchstens gegen die Burg klatschen.«

Dann hatte Michel in seinen Weinbecher geblickt, den er sich unter den kalten Blicken seiner Verbündeten bereits genehmigt hatte, er trank ihn vom eigenen Fass, unverdünnt, ohne Wasser. Hatte den Kopf gehoben und Luiward Abdena fixiert auf eine Art, die dem Eemter sichtlich Unbehagen bereitete. »Für solche Spielchen stehe ich nicht zur Verfügung! Ich rate, wir machen es wie der Brokmanne. Stellen Alarmposten ins Vorfeld und warten den Morgen ab.«

Folkmar hatte zustimmend genickt, und der Abdena war schweigend aufgestanden, auf sein Pferd gestiegen und zu seiner Truppe geritten. Jetzt brannten auch auf ihrer Seite die Feuer und nach dem Verspermahl gingen die drei ihre Postenkette ab. Sie bestand aus Abordnungen aller Kontingente, Fußvolk aus Eemten und Asterhusum, nur Michels Leute hatten ihre Pferde bei sich. Sie sollten im Falle eines Angriffs einen Alarmreiter losschicken, um die Truppe im Lager zu warnen. Gegen Norden zu verschluckte die Dunkelheit nahezu alles, Posten waren nicht zu erkennen und die Burgmauer kaum mehr als ein schwarzer Schatten in der Finsternis. Der Mond musste fast voll sein, aber was nützte das unter einer dichten Wolkendecke? Bei den Brokmannen unterhielt man nicht mehr als vier Brennstellen, in ihrem Licht sah man nur wenig Bewegung und das machte Michel unruhig.

»Haltet die Augen offen. Und die Ohren!«, mahnte er seine Leute, aber der Postenführer hob die Schultern.

»Unbesorgt. Wir haben weiter vorne Stolperschnüre gespannt. Keine Maus kommt hier ungehört durch.«

Michel nickte beifällig, aber seine Sorgen waren wohl begründet. Es war klar, der Brokmanne würde die Nacht zur Aufklärung nutzen, und sie selbst würden es nicht anders machen. Vor allem musste ein Anschlag auf die Schleuder verhindert werden. Ein Schaden an der Bogensehne, für die sie keine Reserve hatten, denn die zweite war auf dem Schiff, wäre eine Katastrophe. Ludeke kannte sich aus, der wusste, wie man das Geschütz unbrauchbar machte. Michel würde in dieser Nacht bei der Brikole liegen und ruhen, an Schlaf wagte er nicht zu denken.

Die beiden Ostfriesen waren ihm zu leichtfertig. Kaufleute und Bauernkrieger, die gelegentlich mit dem Eisen in der Faust rauften und sich deshalb für Kämpfer hielten. Trotz der zahlenmäßigen Unterlegenheit sah er durchaus Vorteile auf der Seite ihrer Feinde. Ocko konnte einen Großteil seines Heeres hinter die Burgmauern ziehen und dort in Ruhe die Nacht verbringen. Sie dagegen mussten zwangsläufig wachen und auf der Hut sein. Wer wusste denn, ob der Brokmanne nicht einen Ausfall machte, irgendwann um die Zeit der Hundswache, wo die Augen klein werden, um mit einem Schlag die Entscheidung zu suchen? Oder zumindest Unruhe in die Reihe seiner Gegner zu tragen? Er selbst, Michel, würde einen solchen Plan ernsthaft in Erwägung ziehen.

Er wusste auch, was Ocko tom Brook vielleicht davon abhielt, es war diese seltsame Befangenheit vor einem Gefecht, ein Gefühl, das auch Michel sehr wohl kannte; die Scheu vor dem ersten Schlag. Wer war schon so kalt, so eisig bis ans Herz, dass er zuschlug, ohne vorher sein Gemüt in Wallung zu bringen. Die Sarazenen vielleicht, sie hatten es in Spanien getan. Aber selbst die Zweikämpfer der maurischen Könige mussten sich vor dem ersten

Streich aufplustern, in Rage reden, den Gegner beleidigen, um ihren rasenden Puls in Körperkraft umzusetzen und zu warten, so lange, bis alles Blut im Schwertarm war. Und so verhielt es sich auch mit dem Brokmannen, dachte Michel. Auch er brauchte einen Anlass, einen Zündfunken, der seinen Zorn und seinen Hass aufbrechen ließ, zum Platzen brachte wie die Sonnenhitze einen Pferdeapfel. Die Nacht würde ereignislos verlaufen, so glaubte er. Er sollte sich bitter irren.

*

Sie waren nicht mehr als sechs, alle zu Pferd, und die Hufe ihrer Tiere hatten sie mit Lumpen umwickelt. Einer der Bauernreiter aus Auwreke war ihr Pfadfinder, als Führer hatte Ludeke seinen besten Vormann bestimmt, er hörte auf den Namen Sixtus Störtebeke und war ein vierschrötiger Bursche, der nicht lange redete, bevor er zuschlug. Auch die anderen waren aus der Truppe des Freibeuters.

Jeder der Männer trug einen Bogen, Sixtus sogar einen maurischen Krummbogen aus Horn und Knochen, der Teufel mochte wissen, woher er ihn hatte. Alle fünf waren Meister mit dieser Waffe, es war keiner dabei, der nicht fähig gewesen wäre, im vollen Galopp einen Hasen zu erlegen. Sixtus selbst war unter denkbar ungünstigen Verhältnissen ein Glanzstück gelungen: Er hatte bei schwerer See im Verlaufe eines Angriffs auf einen Handelssegler den Steuermann mit einem einzigen Pfeil vom Ruder geschossen. Danach war es gelungen, das Schiff zu entern. Damals hatte ihn Ludeke zum Vormann gemacht. Sixtus war genau der Richtige, das Unternehmen zu führen, obwohl Ludeke es zunächst selbst machen wollte, aber das hatte der Brokmanne glatt abgelehnt.

»Kommt nicht in Frage. Ich brauche dich hier!«

Damit war klar, dass Ocko die vollständige Rückkehr der Aufklärer nicht für gesichert hielt. Er wollte auch nichts von einer stärkeren Truppe hören, wie Ludeke vorgeschlagen hatte, nämlich nicht weniger als zehn Mann. Eine größere Gruppe könnte im Notfall mehr ausrichten, so hatte der Freibeuter argumentiert, aber der Brokmanne war auch hier hart geblieben.

»Nein! Fünf können wir verschmerzen. Zehn nicht!«

Es war bezeichnend, dass Ocko den Auwreker nicht einmal erwähnte, für ihn schienen nur die Fremden zu zählen.

Die Männer schlugen einen weiten Bogen nach Osten, weg vom Vorfeld, um in den Rücken des kleinen Waldes zu kommen, vor dem das feindliche Heer lagerte. Der Weg war lang und beschwerlich, und das war der Grund für ihren frühen Aufbruch gewesen, schon zur Dämmerung, noch bevor die ersten Kochfeuer brannten. Sie hatten sich hinter der Burg davongemacht, waren in eine Geländefalte abgetaucht und hatten den Weiler Auwreke nördlich umrundet. Sixtus rechnete durchaus damit, auf einen feindlichen Aufklärungstrupp zu stoßen, deshalb bewegten sie sich vorsichtig. Der Auwreker kannte sich aus, er hatte ihnen eingeschärft, leise zu sein, denn die Bauern ließen auch hier nachts ihre Hunde auf den Höfen frei laufen. Und plötzlich einsetzendes Gebell oder rennende Knechte, die ein fremder Reitertrupp nächtens vom Abtritt aufgescheucht hatte, war das Letzte, was sie jetzt gebrauchen konnten.

Zu allem Überfluss war am Abend Wind aufgekommen, er hatte die Wolkendecke aufgerissen und der Mond warf ein silbriges Licht auf die Felder. Die Helligkeit zeigte ihnen den Weg, aber sie entzog ihnen auch die Deckung gegen allzu neugierige Augen. Sie hielten sich in Senken und ritten unter Bäumen, so gut es ging, der Auwreker führte sie sicher, und am Ende eines Hohlweges stießen sie ohne weiteren Zwischenfall auf das Wäldchen.

Sixtus holte den Pfadfinder zurück und ging nun selber nach vorn, er wollte nichts dem Zufall überlassen. Er ließ absitzen und führte die Truppe behutsam an einen Kamm. Dort legten sie sich auf die Lauer und beobachteten den Waldrand sehr genau. Es regte sich nichts zwischen den Bäumen, und bald war Sixtus überzeugt, dass es an dieser Stelle keinen Posten gäbe. Er wunderte sich nicht darüber, dazu war keine Zeit, aber er hielt den Feind für sehr leichtsinnig. Seine Befehle kamen kurz und klar. Der Auwreker blieb bei den Pferden zurück, für ihren Auftrag brauchten sie den Mann nicht und im Wald waren sie zu Fuß schneller. Sixtus warf noch einen prüfenden Blick auf den Mondstand, dann hob er den Arm und seine Männer versickerten im Unterholz.

*

Erschreckt fuhr Michel hoch, er musste doch eingenickt sein, aber er wusste nicht, was ihn geweckt hatte. Um ihn war alles ruhig. Er stand auf und überzeugte sich davon, dass die Besatzung am Katapult die Augen offen hatte. Er sah die Männer in der Dunkelheit um das Geschütz verstreut liegen wie Rinder auf einer Sommerweide, und als er hinzutrat, bewegte sich jeder, aber wachten sie auch?

»Haltet mir die Augen offen, Leute. Haltet sie offen. Die Feinde tun es gewiss«, knurrte er mahnend und ging von einem zum anderen.

»Alles ruhig«, sagte der Truppführer und wies nach Norden, auf das Heer des Brokmannen zu. »Bei denen auch.«

Michel machte seine Augen scharf und spähte hinüber. Die vier Feuer brannten noch, aber dazwischen schien jede Bewegung erstorben zu sein. Das Vorfeld lag in tiefem Dunkel, das Mondlicht reichte nicht, es auszuleuchten. Irgendwo dort mussten ihre Posten sein. Und die der Brokmannen.

»Ihr seid es, die das Geschütz einsetzen. Also achtet mir auf eure Schleuder, sonst habt ihr morgen nichts zum Spielen«, befahl er mit scherzhafter Strenge und die Männer lachten. Er warf einen Blick auf die linke Seite, wo die Eemter und die Asterhusumer lagen, sah den Allena und den Abdena mit ihren roten Mänteln im Schein der Flammen und stiefelte los. Folkmar sah ihn kommen und stand auf, aber der Eemter blieb dickfellig hocken. Beide hielten Becher in den Händen, aus denen erhitzter Wein dampfte.

»Habe soeben die Vorposten kontrolliert. Keine Meldungen!«, sagte der Asterhusumer knapp und reichte dem anderen einen Becher.

Michel nickte dankbar und hockte sich ans Feuer. »Irgendetwas von unseren Spähern?«

Folkmar schüttelte den Kopf. »Noch zu früh. Sie können erst gegen Morgendämmerung zurück sein.«

Von See her blies eine scharfe Brise, es war empfindlich kalt geworden. Der heiße Wein legte sich auf den Atem, aber er tat wohl. Ihr Plan stand. Sie wollten am Morgen angreifen, beim ersten Licht, die Männer sollten vorher essen. Sie würden die Brikole auf Schussweite vorziehen, in aller Ruhe, ihren Schuss setzen und dann der Sache ihren Lauf lassen. So war es vereinbart und so würden sie es machen. Zum Teufel mit allen taktischen Spielchen. Sie mussten nur ihre Stärken einsetzen, dann konnten sie nicht verlieren.

Es drängte Michel, mit dem Eemter ins Reine zu kommen, er wollte etwas Versöhnliches sagen, aber es kam ihm nichts Brauchbares in den Sinn und Luiward blieb kalt und abweisend. Folkmar Allena bemühte sich, die mürrische Einsilbigkeit des Eemters mit munteren Sätzen wettzumachen, doch nach einer Weile erstarb ihr Gespräch und Michel erhob sich.

»Seht zu, Freunde, dass ihr noch etwas ruht. Mache ich auch. Werde mir vorher aber meine Posten noch mal ansehen!«

Er stiefelte los, nach Norden zu, ins Vorfeld. Er traf

seine Männer dort, wo sie sein sollten, alle waren wach, sie lagen unter ihren Decken bäuchlings auf den Pferden, um sich warm zu halten. Michel blieb eine Weile und redete, versprach den Posten heißen Wein und baldige Ablösung. Immer wieder lauschten sie nach drüben, doch auf der anderen Seite blieb alles ruhig und auch an den Feuerstellen rührte sich nichts, kaum dass man gelegentlich jemanden sah, der nachlegte, es schien alles von einer fast unwirklichen Friedlichkeit.

Und dann, ganz plötzlich, wie aus heiterem Himmel, flog den Michel eine innere Unruhe an, er hatte mit einem Mal ein ungutes Gefühl, er wusste nicht warum. Es schien ihm, als greife eine eiskalte Faust nach seinem Magen, etwas Drohendes war in der Luft und legte sich wie eine unerträgliche Last auf seine Schultern. Michel spürte eine fast körperliche Gefahr, so, als habe ein Todfeind in der Dunkelheit seinen Blick auf ihn gerichtet.

Er sprang auf und forderte ein Pferd, zerrte den nächsten Posten von seinem Gaul, es ging ihm alles nicht schnell genug, schwang sich auf den Rücken, als der Zosse schon lief, und preschte im fliegenden Galopp zurück ins Lager, auf die Brikole zu. Er sah die Männer um das Geschütz liegen, wie er sie verlassen hatte, alles schien in Ordnung zu sein, aber er kam zu spät. Die ganze Besatzung war tot, jeder hatte einen Pfeil in Hals oder Brust, die Schüsse waren mit einer beängstigenden Präzision angesetzt.

*

»Er hat zugeschlagen«, sagte der Brokmanne und spähte mit brennenden Augen nach Süden. Ludeke stieß ein Grunzen aus, es sollte zufrieden klingen, war aber eher der Zornlaut eines Ebers.

Auf der anderen Seite war die Hölle los. In wenigen Augenblicken loderten Alarmfeuer, Männer schrien und rannten mit Fackeln umher, Pferde wurden zusammengetrieben, das ganze Heer schien in Bewegung zu sein.

»Jetzt wollen wir nur noch hoffen, dass Sixtus mit seinen Leuten heil herauskommt«, knurrte Ludeke grimmig und warf einen Blick nach Osten, wo sich der Himmel gräulich säumte.

»Er weiß, dass wir ihn brauchen«, sagte Ocko tom Brook knapp.

Kein Lob, kein Wort der Anerkennung kam ihm über die Lippen, und Ludekes Kinn verhärtete sich. Sie hatten den Plan noch vor dem Abend gefasst, die Brikole hatte dem Brokmannen keine Ruhe gelassen, und dann war es Guy, der Normanne, gewesen, der mit diesem Vorschlag gekommen war. »Wenn wir die Schleuder nicht ausschalten können, was ist mit den Männern, die sie schießen?«

Ruckartig hatte Ocko den Kopf gehoben, er hatte plötzlich etwas Lauerndes, wie ein Wolf vor dem Angriff. Ludeke hatte den Normannen unverwandt angestarrt, dann hatten sie ihn langsam nicken gesehen. In seinem Hirn hatte sich ein grober Plan geformt. »Es gibt eine erste Bedienung. Das sind die Leute, die am besten mit der Brikole umgehen können.«

Der Normanne hatte auch genickt, aber das Glitzern in seinen Augen war mit einem Schlag erloschen. »Wie soll man die herausfinden? In einem solchen Heer?«, hatte er zweifelnd gefragt, doch Ludeke hatte die Hand gehoben.

»Mal langsam! Lass mich nachdenken!« Er war aufgestanden und ein paar Schritte hinübergegangen, auf die Pferdekoppel zu. Hatte unter den ungeduldigen Blicken des Brokmannen sein Wasser abgeschlagen, war zurückgekommen. »Ich bin mir nicht sicher, aber mein Gefühl sagt mir, dass Michel die Brikole von den besten Leuten bewachen lässt. Schaltet die aus, die an der Schleuder liegen, und ihr habt die erste Bedienung.«

»Es reicht, wenn sie kampfunfähig sind«, hatte der

Brokmanne kalt versetzt, und sich dann an Ludeke gewendet. »Das ändert nichts an deinem Auftrag. Sieh zu, dass der Katapult nach dem ersten Schuss ausgeschaltet wird. Dein Glück, wenn der nicht so genau gesetzt ist!«

Aus dem Vorfeld hetzte jetzt ein Läufer heran, einer der Posten, der Bewegungen auf der anderen Seite meldete, aber der Brokmanne machte sich keine Sorgen. Im Gegenteil. Unruhe beim Feind, Verwirrung, vielleicht sogar Angst, das waren gute Nachrichten.

Der Erfolg von Sixtus freute ihn, auch wenn er es nicht zeigte. Und er ermutigte. Immerhin war es gelungen, dem Gegner früh einen Schlag zu versetzen. Der Vorfall zeigte, dass der Asterhusumer und seine Kumpane stümperhaft leichtsinnig waren, und das ließ für die Schlacht hoffen. Er wurde unterschätzt, ein Vorteil, der ihn auch ärgerte. Da war die Sorglosigkeit, das eigene Heer nicht durch Posten abzusichern. Wie sonst hätte Sixtus sein Unternehmen mit Erfolg durchführen können?

Auch die plumpe Bauernart, mit der dieser feindliche Spähtrupp vorgegangen war. Von Westen hatte er sich genähert, aus Richtung Feterbueren, so ungeschickt, dass seine Posten ihn schon von weitem gehört hatten. Und dann hatten sie die Burschen weggepflückt, aufgelesen wie Pferdeäpfel aus einer Stallgasse. Auf ihre Rückkehr konnte der Asterhusumer lange warten. Noch immer sahen sie drüben Männer durch die Nacht rennen, Rufe und Befehle wehten gedämpft wie durch Nebel zu ihnen herüber, irgendwo blies ein Horn und der Brokmanne lächelte grimmig. Es würde eine wenig geruhsame restliche Nacht werden auf der anderen Seite, sie hatten einen Schreck zu überwinden und neue Pläne zu machen. Ocko tom Brook war sicher, dass sich die Lage zu seinen Gunsten verändert hatte.

Er ging durch die Reihen seiner Leute, blieb immer wieder stehen und wies großspurig nach Süden. »Seht sie euch an, Männer. Eure Gegner. Wir haben ihnen einen kleinen Besuch abgestattet, der ihnen nicht gefallen hat. Jetzt sind sie erschreckt und aufgeregt. Wie die geköpften Hühner laufen sie durcheinander. Dabei ist das nur ein kleiner Vorgeschmack auf das, was sie morgen erwartet!«

Er sah Enno tom Diek bei den Auwrekern liegen und stiefelte hinüber. Die Auwreker brannten ein eigenes Kochfeuer, über dem Fischreste und Bier warmgehalten wurden.

»Ich gehe mit meinem Stab zur Nacht in die Burg. Du kommst mit!«, befahl er knapp, aber der Hairlinger blieb ruhig unter seiner Pferdedecke liegen.

»Ich bin hier gut aufgehoben«, sagte Enno ruhig. »Ich kämpfe für dich. Morgen. Aber es ist nicht verbrieft, dass ich mit dir unter eine Decke krieche.«

Es war totenstill, und dann tröpfelte von irgendwoher aus dem Dunkel ein leises Kichern an Ockos Ohr. Doch der Brokmanne beherrschte sich, er schluckte seinen Zorn hinunter wie einen kühlen Trunk, zu seinem Erstaunen ging es ganz leicht. »Ach, Todie! Noch ist es so, dass ich mir aussuche, mit wem ich unter eine Decke kriechen würde. Du gehörst nicht dazu!«, versetze Ocko launig und jetzt hörte er deutliches Lachen. Er gab Ludeke letzte Anweisungen und zog sich dann mit Guy und ein paar Männern in die Burg zurück. Der Schlacht sah er mit viel Zuversicht entgegen.

*

Nach dem Signal hielt sich Enno tom Diek nah an dem Brokmannen, er tat es aus Instinkt, ohne einen Plan, und dann sah er das ganze Drama.

Ludeke starb als einer der Ersten. Er führte den Angriff, wie sie es besprochen hatten, zunächst von der Spitze, dann teilte sich die Truppe und Ludeke hielt mit seinem Flügel in einer flachen Kurve auf die Brikole zu. Das war der Moment, in dem das Katapult schoss, Bogen und Sehne entspannten sich mit einem furchterregenden Geräusch, es klang wie das Fauchen eines riesigen Raubtieres. Ludeke wurde von einem Stück Hackeisen getroffen, nur wenig größer als ein Gänseei, aber seine Wucht reichte aus, den Kopf bis zum Unterkiefer wegzureißen. Er war schon tot, als er noch zu Pferd saß, die gezogene Langklinge fest in der geschlossenen Faust.

Aber es war ein Zufallstreffer, denn die Schleuder war schlecht ausgerichtet, oder der Korb hing nicht genau an der Sehne, jedenfalls streute sie nach rechts und fegte dort einen Großteil der Angreifer aus den Sätteln. Es war dieses Chaos, dieser grandiose Fehlschlag des Angriffs auf die Brikole, der die Vorwärtsbewegung der Brokmannen zum Stocken brachte. Enno sah die Mannschaft das Geschütz laden, sah Michel mit seinen Männern heranfliegen, er sah Ocko tom Brooks weit aufgerissenen, wutverzerrten Mund, ohne den Brokmannen zu hören, sah den Asterhusumer und den Eemter mit ihren Truppen aufrücken und er glaubte, die Schlacht sei verloren.

Ocko brüllte mit gezogener Klinge, er zeigte hierhin und dorthin und mühte sich, die Reste seines Heeres zu ordnen, aber die Auwreker kamen nicht in Schwung und die Brokmannen versuchten jetzt, die Lücke zu schließen, die Michels Leute mit ihrem Schuss gerissen hatten. Die ganze Front der brokmannischen Truppe stand schief, die Reiter aus Auwreke hingen zurück, während die aus Brokmannia nach vorne drängten und Guy, der Normanne, mit Schreien und Schwerthieben Männer zusammentrieb und versuchte, einen Deckungsring für seinen Heerführer zu organisieren.

Enno behielt den Katapult im Auge. Es war klar, sollte das Geschütz einen zweiten Schuss setzen können, dann war nicht nur diese Schlacht zu Ende, sondern das brokmannische Heer in seiner Substanz gefährdet. Enno sah den Brokmannen wild mit seinem Eisen fuchteln, hörte ihn röhren und auf die Schleuder zeigen, also war sich Ocko der Gefahr bewusst.

Enno wandte sich um. Die Auwreker näherten sich in schwerfälligem Galopp. Diese Truppe war ohne rechte Führung, der Vormann war ein Bauernsohn aus Wyszede, sein Vater war der größte Schollenherr dort, aber der Sohn hatte kaum im Gefecht eine Klinge gezogen. Er war der Jüngste, nicht der Hoferbe, den der Alte nicht in Gefahr bringen wollte. Die Gefährten des Jungen waren kaum reifer, sie alle waren Nachgeborene, die für ihre Väter und Brüder zu kämpfen hatten.

Der Hairlinger hielt nach rechts, auf die Auwreker zu, er dachte nicht daran, sich für einen Ocko tom Brook auszuzeichnen, aber diese kaum erwachsenen Kerle taten ihm leid. Er winkte mit der Klinge, und sah den jungen Vormann sein Pferd auf ihn zurichten, als von der anderen Seite plötzlich Gebrüll aufbrandete. Er fuhr herum und sah die Brokmannen an der Brikole, es war ihnen tatsächlich gelungen, sich zur Schleuder vorzukämpfen und die schon gespannte Sehne zu zerhauen. Enno sah noch, wie das zurückschlagende Sehnenbündel einen der Männer am Kopf erwischte, er hörte Ocko tom Brook im Triumph aufheulen, dann schloss sich der Deckungsring wieder, und um die Brikole wogte ein blutiges Getümmel.

»Hierher!«, brüllte der Hairlinger und die Auwreker Truppe umringte ihn. Der Vormann hatte Tränen in den Augen. »Haltet euch an mich. Wir bleiben zusammen. Nicht für Ocko. Jeder für seine Haut!«, schrie Enno und sah die jungen Burschen zaghaft nicken. Es waren kräftige Kerle darunter, aber sie hatten begriffen, dass hier Blut floss, dass es um das Leben ging, und das setzte ihnen mächtig zu.

»Wir nehmen die Eemter an. Die haben genauso viel Angst wie wir. Wir fechten nicht. Wir reiten sie einfach über den Haufen!«, schrie Enno noch, und dann kam erneut

Geschrei von der Brikole her und sie sahen, wie sich das Gewirr um die Schleuder plötzlich beruhigte, es war, als wären mit einem Schlag alle wie erstarrt. Dann sahen sie einen einzelnen Mann rennen, weg von dem Geschütz, mit blutigem Kopf, der in stummer Verzweiflung versuchte, die eigenen Linien zu erreichen, es musste der Brokmanne sein, den die zurückschlagende Sehne getroffen hatte.

Und dann sahen sie den Verfolger, zu Pferd und mit gezogener Klinge und heiseren Schreien hinter dem Mann herhetzen, er stand in den Steigbügeln, das Schwert schon erhoben, fertig zum tödlichen Schlag. Es war Michel. Der Freibeuter schien außer sich, wie im Blutrausch, sah wohl nichts mehr als diesen fliehenden Mann und wollte ihn haben, koste es, was es wolle. In diesem Augenblick lief ein Zittern durch die brokmannische Front, Ocko spürte es, er fühlte das Wanken und schrie: »Steht! Steht!«, aber es war zu spät. Die Reihen drängten zurück, dann rannte plötzlich das Fußvolk. Enno sah, wie Michel den Flüchtenden erreichte, ihn niederstreckte mit einem einzigen Hieb, hörte das heranrückende Heer der Feinde brüllen und jubeln wie von Sinnen, sah dann wie Guy, der Normanne, auf seinen Herrn einschrie, an seiner Eisenjacke zerrte, sah ihn sogar in das Zaumzeug des Pferdes greifen und daran reißen, sah den Brokmannen in blinder Wut nach Guy schlagen, und dann gab es kein Halten mehr.

Alles wandte sich zu kopfloser Flucht, nach Norden, auf die Burg zu, auch Enno und die Auwreker. Der Brokmanne wurde einfach mitgerissen, er konnte diesem Strom nicht widerstehen, sie sahen, dass Guy das Pferd seines Herrn noch immer am Zaumzeug gepackt hielt, er schien es hinter sich herzuziehen. Und während sie nach Norden galoppierten wie von Teufeln gejagt, sah Enno die Auwreker nach links streben, auf die rettende Senke zu, und er sah, wie die Reste der Brokmannen von den nachrückenden Freibeutern verschluckt wurden.

Der Hairlinger zögerte nur kurz, dann folgte er seinem Heerführer. Er würde sich nicht in die Büsche schlagen, er hatte einen Entschluss gefasst, es gab noch etwas zu tun. Ocko tom Brook schien begriffen zu haben, dass es jetzt ums Äußerste ging, um das eigene Fell, er trieb sein Pferd mit vollem Sporeneinsatz. Das Tor war offen, man hatte auf den Zinnen die Katastrophe wohl kommen gesehen, und sie donnerten zu viert durch die Torgasse, Ocko, Guy, der Normanne, ein brokmannischer Waffenknecht, und als letzter Enno tom Diek, der Hairlinger.

*

Sie hockten im südlichen Eckturm und hörten die Brikole wummern. Es hatte eine Weile gedauert, die Ersatzsehne herbeizuschaffen, aber nun war sie da und nach der ergebnislosen Verhandlung zwischen Ocko und Folkmar Allena, die eigentlich nichts anderes war als ein Schreidialog, angefüllt mit Beleidigungen und Vorwürfen von beiden Seiten, hatte der Asterhusumer mit der Beschießung gegonnen.

»Vielleicht solltest du noch einmal mit ihm reden, Capitanus«, sagte Guy behutsam, aber der Brokmanne machte eine abfällige Handbewegung.

»Lass sie schießen mit ihrem Ziegendreck, von mir aus bis zum Jüngsten Tag. Davon fallen meine Mauern nicht«, quetschte er höhnisch aus dem Mundwinkel hervor, seine rechte Gesichtshälfte war völlig verschwollen, wie nach einem heftigen Fausthieb, der Himmel mochte wissen woher.

»Es geht nicht um den Ziegendreck. Sie belagern deine Burg, Capitanus. Irgendwann müssen wir hier heraus«, gab der Normanne gleichmütig zurück, ganz so, als rede er vom nächsten Kirchgang.

Es war der dritte Tag nach der Schlacht, deren Ausgang den Brokmannen noch immer erschütterte. Man konnte es sehen, er hatte eine Stinkwut, es schmerzte ihn über die Maßen, gegen diesen Feind verloren zu haben. Ocko tom Brook warf mit üblen Beschimpfungen um sich, er giftete über alles und alle, nur den Normannen schonte er.

»Warum haben wir nicht besser angegriffen? Wir hatten das längere Ende des Stocks doch schon in der Hand. Und dann Ludeke, dieser Stümper!« Kein Wort des Bedauerns kam ihm über die Lippen, der schreckliche Tod dieses Gefolgsmannes spielte keine Rolle. »Meine Brokmannen waren brav, zumindest die Reiter, aber die Auwreker eine Enttäuschung! Das wird Folgen haben. Ich leide nicht, wenn man mich so im Stich lässt!«, wütete er, und das Schweigen der anderen schien ihn in seinen Tiraden noch zu beflügeln. »Wir haben nicht standgehalten! Sind gelaufen wie die Hasen!«, schrie der Brokmanne, man konnte ihn wegen seiner Schwellung kaum verstehen.

Die Gefährten blieben still, ließen ihn toben, bis der Hairlinger kühl sagte: »Das Standhalten ist die vornehmste Seite der Tapferkeit. Es erzwingt ein stärkeres Herz als der Angriff und nährt sich von der Gewissheit, tugendhaft zu handeln. Vielleicht hat das deinem Unternehmen gefehlt?«

»Was redest du?«, blaffte Ocko ihn an. »Schließlich bist du auch hier, hinter meinen Wänden, oder nicht?«

»Ja, ich bin hier, und nicht in den Büschen. Zum Übrigen war es nicht meine Schlacht, sondern deine. Und es gibt noch Arbeit für mich!«, versetzte Enno tom Diek in kaltem Ton, seine Stimme war plötzlich von einer derartigen Schärfe, dass der Normanne den Kopf hob und ihn eindringlich musterte.

Ocko ging darüber hinweg. Er haderte mit sich, seinem Schicksal und seiner Umgebung. Den brokmannischen Waffenknecht hatte er schon zu Beginn hinausgescheucht, vor die Tür, als Wachposten. Auch bei den Verhandlungen mit dem Asterhusumer hatte er völlig die Nerven verloren. Folkmar hatte mit seinem Gaul vor dem Tor gestanden, der Eemter neben ihm und auch Michel, der Freibeuter. Widzelt tom Brook hatte es gemeldet, doch erst nach langer Zeit und vielen Worten seines Rückendeckers war der Brokmanne auf die Mauer gestiegen.

»Ich rede nicht mit Geschmeiß, aber heute bin ich leicht im Gemüt. Was willst du?«, hatte Ocko nach unten gefaucht, und schallendes Gelächter hatte ihm geantwortet.

»Was ist mit deinem Gesicht, Hylmerisna? Hat dir dein Weib die Zähne gerichtet?«, hatte der Allena zurückgelärmt, und gleich danach einen überraschend versöhnlichen Ton angeschlagen. »Du hast in Loppersem gesiegt, wir hier. Steht also pari. Aber jetzt, siehst du, liegen die Dinge so, dass ich das Heft in der Hand habe, und du die Klinge.«

Der Brokmanne hatte mit der Zunge lange in seinem Rachen gewühlt, sich dann über die Brüstung gebeugt und alles, was er gesammelt hatte, nach unten gespuckt. »Du bist schon tot, Allena, du weißt es nur noch nicht. Das nächste Mal ziehe ich dir das Fell über deine langen Ohren!«

Der Asterhusumer hatte milde gelächelt, und Ocko in dürren Worten die Lage auseinandergelegt, in der er steckte. »Ich weiß, du hast einen Brunnen, aber nur von Wasser kann man nicht leben. Und du bist allein. Deine Bauern sind abgezogen, deine restlichen Seekrieger sind zu Michel hier übergelaufen, und er hat sie genommen, ich hätte das auch!«

Dann hatte Michel den Arm gehoben und nach oben gerufen: »Warte nicht auf Sixtus. Den fressen die Raben. Der Rest seiner Truppe gehört jetzt zu mir!«

»Gesindel und Gesocks steckt gern unter der gleichen stinkenden Decke«, hatte Ocko von oben gewütet, aber der Asterhusumer war nicht darauf eingegangen.

»Meine vier Burgen habe ich mir schon zurückgeholt. Ich ziehe ab, wenn du ein Pergament unterschreibst, in dem du auf alle Besitzungen außerhalb deiner Landgemeinden verzichtest. Auf alle. Auch auf Dornum und Hynt. Außerdem schwörst du deinen Eroberungsplänen ab. Weigerst du dich, verlierst du alles. Denn dann kommst du nicht lebend davon.«

Der Brokmanne hatte so geschrien, dass sich seine Stimme fast überschlug. »Ich habe den Herzog von Baiern im Rücken. Er wird reiten. Bald. Und dann gnade dir Gott!«

Folkmar Allena hatte sich im Sattel umgedreht, nach allen Seiten, sogar spöttisch die Augen beschattet, obwohl der Tag trübe gewesen war. »Ja, wo ist er, der gute Albrecht? Verbirgt er sich, oder werden mir die Augen schwach?« Hatte sich dann aufgerichtet, war plötzlich kalt und hart, und jeder Hohn war von ihm abgefallen. »Uns geht es gut. Wir halten uns an deine Bauern. Werden ihnen die Sauen und die Hühner aus den Ställen holen, und das Bier aus den Fässern, bis du dich besinnst. Wir halten das länger aus als du!«

Das war der Punkt gewesen, an dem sich sogar der Eemter zu Wort gemeldet hatte. Luiward Abdena hatte sich in die Steigbügeln gestellt und den Kopf in den Nacken gelegt. »Wir haben mehr Zeit als du, aber überschätze unsere Geduld nicht. Sie hat Grenzen. Wenn sie zu Ende ist, kommen wir dich holen.«

Dann hatten die drei ihre Pferde gewendet, die Brikole wurde vor die Burg gezogen, und die Beschießung hatte eingesetzt. Die Würfe waren nicht gezielt, sie streuten gegen das längst abgestützte Tor und die Frontmauer und zerrten mehr an den Nerven als an den Steinen.

»Beschissen. Es ist beschissen!« quetschte Ocko aus dem Mundwinkel hervor und der Normanne hob bedauernd die Schultern. Sie waren noch vier erwachsene Männer, wenn man Widzelt einrechnete. Der Bankert hatte mit seinem Stiefbruder im Torhaus Posten bezogen, sie sollten den Beschuss im Auge behalten und Schäden melden. Es gab noch einen alten Knecht und drei Mägde in der Burg, sie hielten sich neben der Kemenate zur Verfügung der Herrin. Von Folckeldis war nichts zu sehen. Sie hatte sich lange geweigert, ihren Sohn Keno aus ihrer Obhut zu entlassen, und erst nachgegeben, als der Brokmanne seinem eigenen Eheweib mit blanker Klinge gedroht hatte.

»Er ist noch ein Kind. Und dein Erbe!«, hatte Folckeldis gewütet.

»Erbe ist Widzelt auch. Und Keno wächst heran. In solchen Zeiten muss jeder seinen Mann stehen. Selbst ein Weib!«, hatte Ocko herausgezahlt und ihr dann geraten, sich zu bewaffnen. »Wenn sie kommen, brauche ich jede Klinge.«

»Wenn sie kommen, sorge dich nicht. Ich werde mein Fell zu schützen wissen. Sieh zu, dass deines ohne Löcher bleibt«, hatte Folckeldis zurückgefaucht, war dann verschwunden und auch nicht wieder aufgetaucht.

Bald war klar geworden, dass die Vorräte knapp werden würden. Nicht im Traum hatte der Brokmanne an einen Belagerungsfall gedacht und dafür vorgesorgt, und das rächte sich jetzt. Mit einem scheelen Blick auf den Hairlinger hatte Ocko von unnützen Essern gemurmelt und darauf hingewiesen, dass auch Pferdefleisch zum Verzehr geeignet sei.

»Ich ernähre mich noch immer aus meiner Satteltasche. Mein Pferd rührt niemand an. Und nenne mich keinen unnützen Esser, Ocko. Mein Eisen wird noch Dienste leisten«, hatte Enno kalt zurückgegeben und erneut einen nachdenklichen Blick des Normannen aufgefangen, aber es scherte ihn nicht. Er sah seinen Weg vor sich, klar wie im Lichte der Mittagssonne, es musste getan werden, jetzt und hier, und seit er sich dessen bewusst war, erfüllte ihn tiefer innerer Friede. Er lag auf seiner Pferdedecke und fühlte sich wohl. Seine heitere Gelassenheit wurmte den Brokmannen mächtig, und das genoss Enno. Die Zeit ist da, dachte er, jetzt werden Schulden beglichen, es gilt nur noch, auf den richtigen Augenblick zu warten.

»Diese Schweine. Wo bleiben sie?«, knirschte Ocko und fuhr sich über das feiste Gesicht. Es war kalt in der Burg, zur Nacht hatte es den ersten Frost gegeben, aber die Feinde gaben nicht auf. Die Brikole wummerte ihre Bruchsteine gegen die Mauern, dahinter loderten hell die Kochfeuer des Belagerungsheeres, der Asterhusumer und seine Kumpane holten sich alles, was sie brauchten, von den umliegenden Höfen, sogar das Brennholz. Sie machten sich einen bekömmlichen Spaß daraus, die Landgemeinde ihres Feindes zu plündern.

»Wo bleiben die Schweine?«, wiederholte der Brokmanne in dumpfer Anklage, doch Guy, der Rückendecker, schüttelte den Kopf.

»Erwarte nicht, dass sie kommen, Capitanus, denn sie haben niemanden, der sie führt.«

»Wenigstens Nachricht will ich haben!«, schrie Ocko zornig. »Wenigstens das. Was ist mit Hiske? Wo bleibt er?«

Sie hatten den brokmannischen Waffenknecht vor zwei Tagen losgeschickt. Er hatte den Auftrag, sich nach Hause durchzuschlagen, Männer zusammenzutrommeln, dann anzurücken, um den Asterhusumer zu vertreiben. Es war kaum mehr als eine vage Hoffnung, das dünne Flämmchen eines letzten Auswegs, in seiner Verzweiflung griff Ocko tom Brook nach jedem Strohhalm. Er verfluchte die Treulosigkeit der Auwreker, die doch wussten, wie es stand, und die sich nicht aus ihren Hütten und Tennen bewegten, um ihren Capitanus zu entsetzen.

»Vielleicht hast du sie nicht gut genug behandelt«, bemerkte Enno süffisant von seiner Decke her. »Zum Übrigen werden sie glauben, ihre Pflicht schon getan zu haben.«

Hasserfüllt starrte der Brokmanne ihn an. »Das beschränkte Denken eines Bauern. Aus dir wird nie ein großer Mann, tom Diek! Trotzdem merke dir: Der Knecht hat zu dienen, wann immer sein Herr ihn braucht. Du selbst zeigst es, denn du bist hier.«

»Aus mir wird kein großer Mann mehr, das ist wahr und ich habe es begriffen«, antwortete Enno gelassen, fast fröhlich, »aber du bist am Ende, Hylmerisna, und siehst es nicht.«

»Was tust du dann noch hier?«, schrie Ocko aus vollem Hals, doch Enno blieb ruhig.

»Meine Pflicht!«

Am Nachmittag hörte plötzlich das Wummern auf, Ocko wurde auf die Mauer gerufen und befahl seinem Rückendecker, ihm zu folgen. Ein eiskalter Regenguss empfing sie, und der Brokmanne dachte mit grimmiger Genugtuung an die Leute da draußen, die nichts hatten als ihre gewachsten Decken, aber die Freude blieb ihm bald im Halse stecken, als er den Asterhusumer sah. Folkmar Allena saß lässig auf seinem Braunen, er hielt einen Strick in der Hand, und am anderen Ende stand Hiske, der brokmannische Waffenknecht. Der Strick lag um seinen Hals, die Hände waren auf dem Rücken gebunden.

»Das ist Hiske. Du kennst ihn. Er hat Nachricht für dich, wird's dir selber sagen«, rief der Asterhusumer in hartem Ton und zerrte an dem Seil. Hiske stolperte nach vorn.

»Ich war da, Capitanus. Die Landgemeinde hat über dreißig Tote, es herrscht viel Trauer. Sie kommen trotzdem, aber nur, wenn du sie führst«, rief er mit dünner Stimme. Hiske hatte eine Wunde an der Stirn, aus der dünne Blutbahnen liefen, es sah aus, als säße eine Spinne auf seinem Kopf.

»Ich führe sie, wenn sie hier sind«, raunzte der Brokmanne, doch Hiske hob die Schultern.

»Nein Herr! Sie wollen, dass du sie schon auf dem Marsch führst.«

Ocko starrte ihn wortlos an, Guy und seine Söhne hinter ihm, Keno entfuhr ein schmatzendes Geräusch, es klang wie ein Schluchzen. Dann wandte der Brokmanne sich ab, er fragte nicht, was mit dem Knecht nun geschähe, es war ihm wohl auch gleichgültig. Stiefelte hinunter in den Eckturm, wo Enno gemütlich auf seiner Decke lag.

»Schlechte Botschaften?«, erkundigte sich der Hairlinger mit gleichmütigem Lächeln. Ocko fixierte ihn aus roten Augen. Er wusste, er hatte verloren, und in diesem Augenblick brachen Hass und Vernichtungswillen ungehemmt aus ihm heraus.

»Hüte dich! Bis jetzt bist du mein Knecht! Ein wohlhabender Versager!«, schrie er und griff nach seinem Schwert, zog es gar ein Stück aus der Scheide. Der Normanne sprach beruhigend auf ihn ein.

»Kaltes Blut, Capitanus. Wir sind nicht am Ende. Du hast immer noch die Möglichkeit, Folkmars Pergament zu unterschreiben«, sagte Guy, aber das war in diesem Augenblick nicht, was der Brokmanne hören wollte.

»Schone mich mit dem Geseich. Und schaffe zu essen!«, fauchte er den Leibwächter an und Guy, weiß bis ans Haar und mit Augen wie Dolche, verließ unwillig das Turmzimmer.

In diesem Moment erhob sich Enno von seiner Decke. Der Zeitpunkt war gekommen. Das war der Augenblick, auf den er gewartet hatte. »Wir sind unter uns, Hylmerisna. Ganz allein. Es hört keiner zu. Nun sage mir, steckst du hinter den Morden von Ochterszem?«

Der Brokmanne lachte höhnisch. Seine rechte Gesichtshälfte blieb dabei maskenhaft steif, er kam Enno vor wie Luzifer selbst. »Dein Vorvater war ein Homophiler, wusstest du das nicht, Todie? Das wollten wir beweisen. Vergiss die drei Toten. Sie waren nicht mehr als ein Unfall.«

Enno fühlte sein Herz vor Empörung zittern, es kostete ihn seine ganze Kraft, ruhig zu bleiben und nicht blindlings loszuschlagen. »Hattest du keine Hemmungen, unschuldige Menschen zu ermorden und sogar Priester für deine Machenschaften zu missbrauchen?«, fragte er dumpf.

Der Brokmanne machte eine wegwerfende Handbewegung. Das Thema schien ihn zu langweilen. »Du hörst doch, es war nicht vorgesehen, die drei über die Klinge springen zu lassen. Die Truppe hat's versaut, was will man da machen? Und Ludgerus, du meine Güte! Er hat seine gerechte Strafe bekommen, oder nicht?«

»Und was ist mit dir? Was ist mit deiner Strafe?«, schrie Enno, dem jetzt doch die Galle überlief, und das gefiel dem anderen.

»Ach, Todie! Du begreifst es noch immer nicht. Strafe ist etwas für Knechte!« Der Brokmanne lehnte sich gemütlich an eine Kleidertruhe, ruckelte sich zurecht und musterte Enno mit zusammengekniffenen Augen, die plötzlich etwas Satanisches hatten. »Es gibt zum Übrigen ein Thema, das dir mehr gefallen dürfte. Wiska, damals, beim Thing am Upstallesbame!«

Enno hörte das Blut in den Ohren rauschen, unten auf der Treppe klopften Schritte und er wusste, der Normanne kam zurück. »Was ist mit Wiska? Was ist mit ihr?«, flüsterte er heiser und spürte, die Schmerzen kehrten wieder, dieses scharfe Reißen im Herzen, das er immer noch fühlte, wenn er an seine verstorbene Frau dachte.

Der Brokmanne lachte ein fettes, obszönes Lachen. »Da muss man nicht flüstern, Todie. Ich sehe keinen Grund dafür. Ich habe ihr damals nicht nur mein Gemächt gezeigt. Ich habe sie auch genommen. Und glaube mir, sie hat es genossen. Hat mir doch den ganzen Tag schöne Augen gemacht, das liebe Kind …« Er hielt den Blick gesenkt, sprach wie zu sich selbst, sah nicht, dass Enno seine Langklinge zog, und so starb er mit dieser Lüge auf den Lippen.

Der erste Hieb war für Wiska. Er öffnete dem Brokmannen den Brustkorb, aus dem die Luft mit einem kurzen Fauchen entwich, es klang wie bei einem aufgeschnittenen Blasebalg. Der zweite war für die Ermordeten von Ochterszem. Er holte Ocko tom Brook den Kopf von den Schultern. Enno sah den Torso in die Knie brechen, nach vorne kippen und aufschlagen wie ein Sack Korn auf einem Tennenboden. Dann sah der Hairlinger das Schwert des Normannen heranfliegen. Es glänzte silbern wie Engelsschwingen, schoss auf ihn zu und war doch leicht, seltsam schwerelos, schien zu schweben. Enno tom Diek stand ruhig und erwartete das Schwert. Er verspürte keine Furcht. Nicht einen Hauch davon.

*

Epilog

Eesensem, Hairlingerlant
am Tage des Festes Assumptio Mariae Anno Domini 1395
(Sonntag, 15. August)

Sie waren so eindeutig die Söhne ihrer Väter, dass der Lange ungläubig mit den Augen blinzelte. Widzelt tom Brook war schwerfällig und feist, wie es sein Vater gewesen war. Der Bankert hatte sich gegen seine Stiefmutter durchgesetzt und nach dem Tode von Ocko die Führung der Familie übernommen.

Es war in Ostfriesland kein Geheimnis, dass Widzelt über die nötige Brutalität verfügte. Er war mit den Fäusten flinker als mit der Zunge, und man erzählte sich, er habe Folckeldis mit blankem Eisen gezwungen, ein Pergament zu unterschreiben. Das Papier war nötig, denn Ocko hatte seine Erbfolge nicht so eindeutig geregelt, wie er es immer dargestellt hatte. Widzelt nutzte die Unklarheit rücksichtslos zu seinen Gunsten, mit Schläue und mit Drohungen, und verfolgte seine Zwecke auf eine Weise, die seinen Vater mit Stolz erfüllt hätte.

Hartnäckig hielten sich auch böse Gerüchte über den Tod des Rückendeckers, Guys, des Normannen. Nach der Schlacht Anno neunundachtzig und der anschließenden Belagerung der Auwreker Burg hatte schließlich Folckeldis dem Asterhusumer das Burgtor geöffnet, sie wollte Frieden und Ruhe für ihren Sohn, und dann hatten sie die drei Leichen im Turmzimmer gefunden. Ocko mit offener Brust und ohne Kopf, der Hairlinger mit gespaltener Stirn und Guy mit einer tiefen Rückenwunde, die von einer Saufeder stammen musste, oder doch von einer ähnlichen Klinge. Niemand außer Widzelt wäre in der

Lage gewesen, eine Klinge mit solcher Wucht zu führen, außer vielleicht Folckeldis selbst.

Aber jeder wusste, dass der Bankert den Normannen nicht mochte, er hatte mit Misstrauen beobachtet, wie sein Vater Guy protegierte und die Übereignung des Anwesens in Engerhoffe an den Rückendecker hatte viel Unruhe in die Familie getragen. Guy war Widzelt zu mächtig geworden, so redeten die Leute. Er hatte das stärkste Motiv und die Gelegenheit war zu günstig, sie ungenutzt verstreichen zu lassen. Und trotzdem blieb die Sache folgenlos. Denn schließlich ging es um den Tod eines Fremden, eines Mannes mit blutigen Händen und dubioser Herkunft, und damit hielt sich niemand lange auf.

Magnus Ayderd tom Diek trug das Runenholz seines Vaters im Gürtel. Es hatte wegen der Wärme auf einen Umhang verzichtet, seinen schlanken Körper zierte ein einfaches Gewand aus friesischer Wolle, aber der Stoff war fein, edel gewebt, man sah, dass er teuer gewesen war. Und obwohl er an Jahren älter zählte als der Brokmanne, wirkte er deutlich jünger. Das lag an seiner glatten Haut, dem Blondhaar und den blauen Augen, er glich überhaupt in vielem seiner Mutter Wiska und Adriaan fühlte, wie ihm die Kehle eng wurde.

Er warf einen Blick auf den Mönch. William saß dick und friedlich in seinem Lehnstuhl und strahlte, als sei er soeben zum Erzbischof von Brema ernannt worden und dem Langen trat Wärme in die Augen. An Bruder William sah er sein eigenes Alter. Der Mönch war inzwischen völlig kahl, er hatte einen ziemlichen Bauch und in seinem Mund lichteten sich rapide die Zahnreihen. Aber er war noch immer frisch im Kopf, klar und hell, und er konnte sich über Ungerechtigkeit und Dummheit noch immer aufregen wie ein Novize, dem das Nachtmahl streitig gemacht wird.

Erst gestern hatte er vor der Tenne einen der jungen Knechte frontal angenommen. Der Mann hatte seinen Bruder verloren, der im Reyderlant gelebt hatte und bei einem Raub ums Leben gekommen war. Sein Leumund war nicht gut und man erzählte sich schlimme Dinge über ihn. Trotzdem war der Hinterbliebene traurig und war von Bruder William getröstet worden. Aber dann hatte er den Fehler begangen, über die Sterblichkeit selbst zu lamentieren, und da war der Mönch aus der Haut gefahren.

»Was redest du, Tor? Auf der Sterblichkeit des Menschen fußt das Prinzip der Welt. Die Idee des göttlichen Schöpfungsplans. Das Lebensziel eines Christenmenschen ist schließlich der Einzug in das Paradies!«

»Aber der Eingang ins himmlische Reich ist doch nicht gewiss?«

Jetzt war William fuchsteufelswild geworden. »Wenn man ein gottgefälliges Leben führt, schon. Das möchtest du wohl, dass Schlote wie du die Erde bevölkern bis ans Ende ihrer Tage. Sich dabei einen Dreck um ihr Seelenheil scheren. Und dann sofort in den Genuss himmlischer Freuden kommen. Hüte dich, Kerl! So entgehst du der Hölle nicht. Das Fegefeuer ist noch zu schade für dich und deinesgleichen. Und jetzt aus meinen Augen!«

Der Knecht war vor Schreck todesbleich geworden, hatte eine Entschuldigung gestammelt und dann mit langen Schritten das Weite gesucht. Der Lange hatte amüsiert zugehört, die Argumentation des Kirchspielpfarrers etwas wirr gefunden, aber sich über das Feuer gefreut, das William noch in sich hatte.

»War es nötig, den armen Kerl so zu erschrecken?«, hatte er genüsslich gefragt, es gefiel ihm noch immer, sich an dem Dominikaner zu reiben.

»Klar, dass du dich meldest. Aber denke daran: Die quakenden Frösche locken den Storch«, hatte der Mönch zurückgegiftet, noch immer in Rage und da hatte der

Lange hell aufgelacht und vor Freude gestrahlt wie eine polierte Silberplatte im Kerzenschein.

Mit tiefer Zuneigung betrachtete Adriaan den Kirchspielpfarrer. Nach dem Tod Ennos waren sie beide es gewesen, der Mönch und der Holländer, die den tom Diek Halt gegeben hatten. Die nicht zuließen, dass der Schmerz die Pflicht erstickte. Die dafür sorgten, dass das Leben weiterging, dass man Felder bestellte, Pferde züchtete und verkaufte, und auch das übrige Tagwerk nicht vernachlässigt wurde.

Der Erstgeborene, Magnus Ayderd, hatte sich recht schnell gefangen, auch hierin war er ein echter tom Diek. Er begriff, wo jetzt seine Verantwortung lag und stürzte sich kopfüber in seine Arbeit. Das Anwesen blühte, sein Vermögen wuchs und er zahlte seine Pacht mit einer Leichtigkeit, die ihm fast peinlich war. Von Anno einundneunzig bis dreiundneunzig verkaufte Magnus Ayderd mehr Güter als Enno in der Dekade davor. Ja, den Grundstock für ihre Wohlhabenheit hatte noch der Vater gelegt, aber die Söhne gingen zielstrebig auf diesem Weg voran.

Das nötige Glück in Geschäften kam dazu. Sie hatten ihre Verbindungen nach Hamborch vertieft, zu wichtigen Contors wie dem von Johann Stroten, das inzwischen von dessen Nachfolger geführt wurde. Über diese Kontakte stieg der Warenverkehr mit den Nordländern sprunghaft an. Die tom Diek hielten Anteile an Schiffen und Handelshäusern und einmal war es gelungen, bei einem Geschäft auf Gotland Gewinn von mehr als zweihundert Mark Silber zu machen. Innerhalb weniger Jahre wurden die Hairlinger zu reichen Männern, die allerdings den Gang der öffentlichen Dinge in ihrer Landgemeinde nicht mehr beeinflussten.

Sie waren vermögend, erfolgreiche Handelsherren, aber gleichwohl immer noch nur Pächter auf ihren Schollen, denn das Vermächtnis des Hairlingers Enno tom Diek hatte sich nicht erfüllt. Es fügte sich nämlich, dass auch der Abt von Ihlo starb, und zwar just in derselben Nacht, als der Hairlinger und der Brokmanne ihr Ende fanden, unter Umständen, die nicht aufzuklären waren. Und dann, in schicklicher Zeit nach den Grablegungen hier und dort, als die Söhne des Hairlingers das Pergament präsentierten, mit dem nach des Vaters Tod die Rückgabe ihres elterlichen Besitzes vollzogen werden sollte, da war ihnen kein Erfolg beschieden.

Widzelt tom Brook fiel aus allen Wolken des ostfriesischen Himmels. Das Pergament kannte er nicht, hegte gar Zweifel an seiner Authentizität, er selbst besitze jedenfalls kein Gegenstück, und er denke deshalb nicht daran, auch nur einen Fuß guten Bodens von seinen Ländern abzugeben. Der Nachfolger des Abtes von Ihlo, ein zitternder Greis biblischen Alters, hatte weder die Kraft zur Intervention noch sah er ihren Anlass. Gaufridus Fabri, der Bremaer Kaufherr, erklärte schließlich knapp, der Casus wäre nicht mehr sein Geschäft und er hüte sich vor einer Stellungnahme, sintemalen er sämtliche Ansprüche an Ocko tom Brokmannia abgetreten habe.

Keine Macht der Welt hätte es gewollt oder vermocht, den Brüdern auf diesem Wege zu ihrem Recht zu verhelfen. Sie beließen es dabei und hielten sich von allem fern, das außerhalb ihres Tagwerkes lag. Auch von richterlicher Gewalt. Wohl gab es noch Redjeven in Hairlingen, Teile, die den Umgang wie ehedem pflegten, aber die tom Diek hatten kein Amt, es wurde ihnen nicht angetragen und sie strebten nicht danach.

Und dann, im Spätherbst Anno dreiundneunzig, war plötzlich jener Widzelt tom Brook in Eesensem aufgetaucht. Und hatte Gaufridus Fabri bei sich, den Bremaer Handelsherrn und Geldverleiher. Widzelt zog dieses Pergament aus seinem Wollmantel, nun hatte er eins, und bot den Söhnen den Rückkauf ihrer Höfe in Eesensem und

Ochterszem an. Seine Forderung belief sich auf die ungeheure Summe von zweitausend Mark Bremisches Silber.

Der Bremaer stand gebeugt, aber mit wachen Augen daneben, jedem war klar, er interessierte sich nicht eigentlich für das Geschäft, sondern wohl vor allem für das Silber, mit dem die Familie des Brokmannen bei ihm in der Kreide stand. Gaufridus war ein alter Mann geworden, seine Hände waren krallenhaft dürr und mit dicken Adern durchzogen, aber sein Geist war immer noch scharf, und sein Blick war noch immer der eines Vogels im Anflug auf seine Beute. Er musste dem Brokmannen den Rat gegeben haben, sich an die tom Diek zu wenden, Gaufridus Fabri wusste wohl, wo etwas zu holen war.

Aber Magnus Ayderd war vorsichtig geblieben. »Es gab schon einmal einen Vertrag. Den zwischen unseren Vätern. Ihr habt ihn in den Wind geschlagen. Was soll mich glauben machen, dass ausgerechnet dieser nun gelten soll?«, hatte er gefragt und es fertiggebracht, ohne jeden Vorwurf in der Stimme zu sprechen.

Der Brokmanne hatte sich versteift und das Kinn an den feisten Hals gezogen. »Zu diesem Casus ist alles gesagt. Ich bin seiner überdrüssig, das wisset!«, hatte Widzelt gefaucht, doch der Hairlinger hatte seine kühle Beherrschung nicht verloren. »Zweitausend Mark Bremisches Silber sind zudem eine Menge Geld. Mein Vater hat die Höfe um eine Schuld von gut zwölfhundert verloren!«

»Dafür seid Ihr selbst Ursache, da der Wert der Anwesen nicht zuletzt durch Eure Arbeit gestiegen ist«, hatte der Bremaer Kaufherr mit kalten Lächeln versichert, und Widzelt war plump dazwischengefahren. Wenn er in Zorn geriet, schwand ihm alles Höfische wie Morgentau in der Augustsonne. Auch darin war er ein echter Hylmerisna.

»Du kannst es auch lassen. Ich habe Leute, die nicht zögern würden!«, hatte er grob gesagt und jeder hatte gewusst, das war gelogen.

»Dann geh zu denen«, hatte Magnus Ayderd auf der Zunge gelegen, aber in seinem Inneren war schon dieses warme Gefühl gewesen, dieser Glückshauch, der sein Herz ergriff, fest und doch behutsam, und wie auf Schwingen in paradiesische Höhen trug. Er hatte sich beherrschen müssen, dass ihm nicht die Tränen in die Augen stiegen. Hatte eingeschlagen und das Geschäft war gemacht, und heute waren die tom Diek wieder Herren auf ihrer Scholle, Magnus Ayderd in Eesensem und Ayderd Adriaan in Ochterszem. Der Junge hatte zugunsten des Langen verzichten wollen, aber der Holländer hatte abgewinkt.

»Ich bin alt. Es ist dein Land, du gehörst dorthin!«

Am Nachmittag waren sie dann zu den Gräbern hinausgegangen, der Lange und der Mönch waren ein paar Schritte zurückgeblieben und hatten gerührt zugesehen, wie die Söhne Hand in Hand vor dem Grabhügel gestanden hatten, und sie hatten gehört, was der Älteste mit brechender Stimme gesprochen hatte.

»Es ist getan, Vater. Es ist getan!«

Und heute, an diesem Sonntag im August Anno fünfundneunzig, war der Brokmanne schon wieder aufgetaucht. Diesmal nicht mit Gaufridus Fabri, der um den letzten Christtag herum seine scharfen Vogelaugen für immer geschlossen hatte, sondern mit fünf Männern, kräftigen Kerlen. Drei von ihnen warteten draußen am Torhaus, die zwei, die er bei sich hatte, stellte er als Klaus Störtebek und Michel Gödecke vor.

Widzelt tom Brook hatte einen kalten Blick durch die Tenne streichen lassen, über die steinernen Wände und den gefliesten Fußboden, es war auf dem gesamten Anwesen nichts mehr so wie vordem. Magnus Ayderd hatte die Zeit und sein Silber genutzt. Der jüngere Bruder war von Ochterszem herübergekommen wie jeden Sonntag, um das Familienmahl einzunehmen. William und der Lange gehörten selbstverständlich dazu, der Mönch als Pfarrer des Kirchspiels und Freund der tom Diek, und Adriaan, weil er auf dem Hof lebte, er war für Ennos Söhne wie ein Vater geworden.

Der Hairlinger wusste, was sich geziemte, er lud den Brokmannen zu Tisch, die beiden Fremden lehnten steif ab, blieben an der Tür stehen, während Magnus Ayderds hochschwangere Frau für Widzelt einen Teller auftragen ließ. Sie hieß Tomma wie die Witwe des Normannen, die Widzelt tom Brook zu seiner Magd und zu seiner Metze gemacht hatte. Diese Tomma aber war die Tochter eines Großbauern aus Reckenstede[360], sie hatte den Hairlinger am Christtag Anno dreiundneunzig geheiratet, war dunkel im Haar und ihre Haut hatte die Farbe goldenen Weizens.

Mit kühlen Blicken verfolgte der Brokmanne die Handreichungen der Magd. Frostig und abweisend streiften seine Augen die Frau des Hairlingers, den Mönch und den langen Holländer.

Es war klar, er wollte mit Magnus Ayderd allein sprechen, aber der dachte nicht daran, dem anderen entgegenzukommen. Er ließ ihn bei der Suppe in Ruhe essen, dann fragte er: »Was führt Euch zu mir?«

Widzelt legte behutsam den Hornlöffel zur Seite, wie jemand, der eine schlafende Giftnatter ins Gras setzt. »Euer Vater und meiner waren Feinde. Aus den verschiedensten Gründen. Das muss nicht so bleiben. Söhne können lernen«, begann er vorsichtig.

Magnus Ayderd lehnte sich zurück, seine Hände hatten das Schneideeisen schon gefasst, und auch dieses noch seltene Gerät, eine Gabel mit zwei Zinken, Zeichen eines wohlhabenden Hauses. Sein Blick wanderte langsam über die Fleischplatte, ganz so als koste es Mühe, das saftigste Stück zu finden. »Unsere Väter waren Feinde aus einem einzigen Grund. Eurer wollte Herrschaft durch Macht

360 Roggenstede, Kreis Wittmund.

und meiner Freiheit. Beide Positionen lassen sich nicht gütlich einen. Sie sind sich zu fremd. Zu entfernt. So wie Feuer und Wasser, Tag und Nacht.«

»Oder wie Gut und Böse?«, fragte der Brokmanne lauernd.

Magnus blieb ruhig. Er hatte sich für eine Scheibe entschieden und spießte sie mit der Gabel auf. »Gutes und Böses gibt es auf allen Seiten. Man kann in schlechter Absicht nützen und auch in edelster fehlen.«

Und als der Brokmanne verdrießlich schwieg, setzte sich William gemütlich zurecht. Den warnenden Blick des Schollenherrn lächelte er einfach weg, er versickerte in seinen Mundwinkeln. »Die Unterschiede sind oft sehr fein, es bedarf schier philosophischer Gaben, sie zu sehen«, plauderte der Mönch lebhaft. »Nehmt die Tugend der Standhaftigkeit und die Untugend der Verstocktheit. Standhaft ist der Märtyrer, der selbst unter Qualen zu seinem Glauben steht. Und verstockt ist der Häretiker, der auch im Angesicht des Scheiterhaufens nicht von seinem Irrglauben lassen will. Beide sind sich dem Wesen nach sehr ähnlich, sie nähren sich aus der gleichen Quelle. Nur der Blick auf das Ziel scheidet sie voneinander.«

Der Brokmanne schob die Suppenschale von sich und schielte nach der Fleischplatte. Er tat so, als hätte er den Mönch nicht gehört. »Ihr sagt, Tag und Nacht seien einander fern. Doch ist es nicht so, dass sie sich ständig berühren, an jedem Abend und an jedem Morgen?«

»Da ist keine Berührung, nur der letzte Blick des Sterbenden auf den, der geboren wird. Der nutzlose Versuch, das Geheimnis des anderen zu ergründen, um daraus eigene Lebenskraft zu ziehen«, versetzte der Lange in einem Ton, als wollte er sagen, derlei weiß doch nun wirklich jedes Kind, und der Brokmanne hatte plötzlich das Gefühl, man treibe Schabernack mit ihm.

Der Schollenherr hatte das gleiche Gefühl und wollte

keinen Eklat. Widzelt tom Brook saß nun stockgerade, seine Augen hatten sich zu Schlitzen verengt und die beiden Fremden verließen geräuschvoll die Tenne.

»Was führt Euch zu mir?«, fragte der Hairlinger noch einmal und Widzelt langte ohne hinzusehen nach einer Fleischscheibe, fasste mit den Fingern zu, schob sie sich in den Mund.

»Die Überzeugung, dass Herrschaft durch Macht nichts Schlechtes sein muss. Die Frage ist doch, wie man sie verwendet!«

»Kommt mir bekannt vor«, sagte der Lange trocken und William nickte ebenfalls.

»Hab ich auch schon gehört«, bemerkte der Mönch und Magnus Ayderd hob die Hand.

»Wartet, Freunde!« Er war jetzt wie sein Großvater, souverän und beherrscht, ein wirklicher Schollenherr. »Ich weiß, was Ihr mir sagen wollt. Wir können das abkürzen. Schon unsere Vorväter haben über diese Fragen diskutiert und keine Einigung erzielt. Die Haltung der Familie tom Diek hat sich nicht geändert. Wir glauben nicht an die Bändigung der Macht durch Nächstenliebe und lehnen Herrschaft ab, die sich so begründet.«

Das Gesicht des Brokmannen verschloss sich zu einer steinernen Maske, aber William stieß einen wohligen Seufzer aus und der lange Holländer strahlte.

»Das ist aber noch nicht alles«, fuhr der Hairlinger fort und in seiner Stimme klang plötzlich ein scharfer Ton. »Ich weiß, Ihr sucht Verbündete. Gegen den Rustringer. Edo Wiemken. Wenn Eure Sippe je die Möglichkeit hatte, die tom Diek enger an sich zu binden, dann Anno einundachtzig, als mein Vater unverschuldet in Not geriet. Aber Ihr habt es für richtig gehalten, ihn zu demütigen, zu erniedrigen, zum abhängigen Pachtbauern zu machen und sogar zur Heerfolge zu zwingen. Niemals mehr, hört Ihr, nie wieder wird ein tom Diek für Euch zum Eisen greifen.«

Danach war es totenstill auf der Tenne, Widzelt tom Brook war rot angelaufen, sein feister Hals quoll hervor und in diesem Augenblick glaubte man, seinen Vater Ocko zu sehen. Der Brokmanne keuchte und schluckte, dann brach es aus ihm heraus: »Euer Vater hat sich durch schlechte Wirtschaft selbst in diese Lage gebracht. Was hätten wir denn tun sollen? Ihm die Scholle schenken?«

»Es war nicht nötig, seine Schuld bei Gaufridus abzulösen. Wir hätten mit Fabri als Gläubiger weitermachen können, bis wir erholt waren«, versetzte der junge Ayderd Adriaan kalt und Widzelt fuhr herum und starrte ihn aus blutunterlaufenen Augen an. Die steife, nüchterne Atmosphäre eines höflichen Gastmahls war längst zerbrochen und auch Tomma tom Diek hatte die Tenne schon vor geraumer Zeit verlassen.

Mit einem Mal stand wieder diese Frage im Raum, lastete auf ihnen wie eine Karrenladung nasses Holz. Gewiss, die Toten waren begraben, die Tränen getrocknet, aber es gab noch Wunden, die schwärten. Wie war Enno tom Diek ums Leben gekommen, und wie sein damaliger Pachtherr, der Brokmanne? Hatten sie sich ihre tödlichen Wunden gegenseitig beigebracht, im ehrlichen Zweikampf, oder waren sie meuchlings erschlagen worden, von Guy, dem Rückendecker? Und wer hatte diesen auf dem Gewissen?

Der Einzige, der Licht in dieses Dunkel bringen konnte, war Widzelt tom Brook, der Bankert, der die Leichen im Turmzimmer gefunden hatte. Natürlich gab es diesen ungeheuren Verdacht gegen ihn, denn immerhin hatte der Normanne eine tiefe Wunde zwischen den Schulterblättern und wer hätte ihm die wohl schlagen sollen? Jemand musste ihn von hinten erwischt haben, in einem günstigen Augenblick, zu einem Zeitpunkt, da der Rückendecker abgelenkt war. Der Hairlinger fiel aus, niemals hätte Guy ihm den Rücken zugewendet, und warum sollte Ocko seinen Leibwächter töten? Aber Widzelt schwieg eisern, die drei waren tot und damit fertig.

»Ihr werdet Euch noch wundern, wenn Euch der Rustringer auf den Pelz rückt. Ihm gehört schon der halbe Osten. Er belagert Kirchen wie die von Sevenwerde[361], zerstört Burgen wie die von Glare[362] und Connhusum[363], richtet Gefangene hin, die sich bereits ergeben haben, so wie Hilmet Tannen. Er steht nah vor Eurer Tennentür, und wird auch Euch unter seine Fuchtel nehmen, wenn Ihr niemanden im Rücken habt!«

»Was soll uns daran mehr schrecken als die Ereignisse nach Loppersem? Oder die Umtriebe Eurer Mutter, die ihre Hände nach Nessum[364] und Dorneme ausstreckt? Oder die Tatsache, dass Ihr Euch für Eure Ziele mit Folkmar Allena gemein macht, dem Mann, der doch der Todfeind Eures Vaters war?«, fragte Magnus Ayderd trocken.

Vor der Tür hörte man Schritte, dann kam Tomma herein und ließ von zwei Mägden die Nachspeise servieren. Es gab mit Honig gesüßte Apfelgrütze, dazu schaumig geschlagene Milch und Bier. Der Schollenherr hielt seine Frau zurück und nötigte sie, ihren Platz wieder einzunehmen. Widzelt tom Brook warf Tomma einen kühlen Blick, zu aber er hütete sich, etwas zu sagen. Als die Mägde gegangen waren, richtete der Brokmanne sich auf.

»Ich bin Folkmar Allena verpflichtet!«, knurrte er widerwillig. »Er hat meinen Vater im ehrlichen Kampf besiegt, aber seinen Sieg nicht ausgenutzt. Er hat unsere Burg nicht genommen und auch unsere Länder nicht angetastet. Und trotzdem ist mein Bündnis mit ihm nichts weiter als reine Vernunft. Es bietet mir einen Schutz, der auch Euch zugute käme.«

---

361 Sengwarden, Kreis Friesland

362 Glarum, wie 1.

363 Connhausen; wie 1.

364 Nesse bei Norden

»Ich brauche diesen Schutz nicht, denn anders als Ihr streite ich nicht um Macht. Und was den Asterhusumer betrifft: Euer Vater hat dazu noch anders gedacht.«

Widzelt tom Brook griff nach dem Löffel im Milchschaum. Er schlürfte ihn aus seinem Napf und brachte es fertig, anerkennend zu nicken. »Die Zeiten ändern sich. Zum Übrigen lag ich in dieser Frage mit Ocko immer verquer. Ich hätte zu Folkmar stets einen Ausgleich gesucht, und nicht den Streit. Wie ich schon sagte: Söhne müssen die Fehler ihrer Väter nicht wiederholen.«

Magnus Ayderd tom Diek legte seiner Frau liebevoll den Arm über die Schultern. Seine Hand ruhte sanft auf Tommas geschwollenen Leib. Seine warmen Augen wanderten langsam durch die Runde, über den Mönch, den langen Holländer und blieben schließlich beim Bruder hängen. »Ich, wir alle hier, haben keinen Grund, die Dinge anders zu sehen als mein Vater Enno. Oder sein Vater Magnus tom Diek. Wir wollen ein anderes Ostfriesland als Ihr, eines ohne Bauernfürsten, vor denen man das Knie beugen muss. An Eurem Kampf haben wir deshalb keinen Anteil.«

Der Brokmanne schrie derart unvermittelt, dass Tomma erschrocken zusammenfuhr. »Dann habt Ihr jetzt schon verloren. Das Friesland Eurer Träume wird es nicht geben. Es ist tot. Tot!« Er stand so heftig auf, dass der Stuhl hinter ihm zu Boden krachte. Widzelt stützte sich mit den Fäusten auf der Tafel ab, sein rotes Gesicht stieß nach vorn wie der Schnabel eines Habichts. »Die Frage ist nur noch, auf welcher Seite man steht; derer die herrschen oder jener, die zu gehorchen haben. Wählt!«

Erneut zeigte Magnus Ayderd, aus welchem Holz er war. Er blieb ruhig sitzen, ließ seine Hände, wo sie waren und seine Stimme war kühl und beherrscht. »Erinnert Euch, wo Ihr seid. Nicht in Eurer Burg. Zum Übrigen habe ich Euch weiter nichts zu sagen.«

Widzelt glotzte, dann wandte er sich an Tomma und senkte die Stirn. »Verzeiht«, murmelte er, hob den Stuhl auf, nahm unter den eisigen Blicken des Langen wieder Platz und griff nach seinem Napf.

Adriaan legte die Arme auf den Tisch, sie waren trotz seines Alters immer noch sehr kräftig. »Ich erinnere mich an eine Geschichte, die sich vor langer Zeit in Brema zugetragen haben soll«, sagte der Holländer langsam. »Es war auf einem Markt in der Vorstadt. Ein Mann ging durch die Menge, es war ein Fremder. Er trug einen hellen Mantel, fast weiß.«

Adriaan lehnte sich zurück und senkte die Lider. Seine Stimme kam wie aus weiter Ferne. Der Fremde, sagte er, hatte die Kapuze über den Kopf gezogen, und der Mantel war lang, man sah seine Füße nicht und auch nicht sein Gesicht, eigentlich war nur der Mantel zu sehen. Und irgendwie fühlten sich die Leute von ihm angezogen, sie traten näher, vertrauensvoll und doch ehrfürchtig, und jeder versuchte, den Mantel zu berühren. Dann lief mit einem Mal ein Name durch das Volk, ein Begriff wurde gesprochen, zuerst flüsternd, danach immer lauter, und schließlich hörte man es allenthalben auf dem Platz.

»Freiheit. Die Freiheit. Das ist die Freiheit!«, riefen die Leute. Das holte andere auf den Plan, sagte der Lange, finstere Männer in dunklen Gewändern, die plötzlich herandrängten und einen Ring um den weißen Mantel schlossen, so eng, dass er sich schließlich seinen Weg mit den Armen bahnen musste, und ganz unvermittelt war da eine Atmosphäre von Feindseligkeit und Bedrohung. Plötzlich griff von irgendwoher eine Faust nach dem Fremden im weißen Mantel und der fuhr herum und schlug danach, aber er konnte sie nicht abschütteln, und spätestens jetzt wusste jeder, dass sich hier etwas Ungeheuerliches anbahnte. Und dann, sagte der Lange, stürzte der Mob hinzu und packte den Mantel und riss an ihm, und der Mantel zerfiel zu Staub, darunter war nichts. Nur Leere.

Der Brokmanne starrte Adriaan aus kalten Augen an, in seinem Blick standen Widerwillen und tiefste Verachtung. »Was soll das? Was soll das Geseich? Dergleichen kannst du deinen Knechten erzählen!«

Der lange Holländer hatte seine Lider noch immer gesenkt. Seine Stimme aber war jetzt tief und fest. »Daraus kann man lernen, Widzelt tom Brook.«

»Was?«

»Zweierlei: Erstens, die Freiheit lebt von Vorausetzungen, die sie selbst nicht schaffen kann. Deshalb braucht sie starke Arme. Arme, die sie schützen, nicht töten.«

»Aha! Und zweitens?«

»Wenn die Freiheit vergeht, bleibt nichts zurück. Keine Freude, kein Lebensglück, keine Erfüllung. Nur das Gefühl von Schmerz und Verlust.«

»Das ist doch Geschwätz. Jedenfalls für Leute wie mich. Und was soll uns dein Geschwafel heute lehren?«

Der Lange öffnete die Augen. Sie schienen von innen zu leuchten, so, als wären sie auf etwas sehr Schönes gerichtet. »Nicht heute. Ich sehe weiter. In eine Zeit, die keine Unfreiheit mehr kennt. In der die Leute das Joch der Fremdbestimmung abwerfen wie einen alten Kittel. In der sich der Stolz des Menschen darauf gründet, sein Geschick in die eigenen Hände zu nehmen. In der Fürsten und andere Mächtige zum Teufel gejagt werden.«

Die anderen sahen den Langen unverwandt an, Tomma mit Tränen.

»Die Zeit mag fern sein. Vielleicht sehr fern. Aber sie kommt!«, schloss Adriaan van der Kerckhove in ruhiger Gewissheit. Er lächelte.

»Amen!« sagte da der Mönch in die Stille hinein.

Der Brokmanne saß wie ausgestopft, seine Blicke schossen ziellos umher. Dann stand er auf und stapfte wortlos hinaus. Sie sahen ihn erst Anno neunundneunzig wieder, bei seiner Grablegung. Widzelt tom Brook hatte den Kopf verbunden, sein Kinn wurde durch einen Leinenstreifen gehalten. Sie erkannten ihn kaum, seine unbedeckte Haut war schrecklich verbrannt.

*

Nachwort des Verfassers

Wer nichts weiß, muss alles glauben, hört man oft. Was nun die ostfriesische Geschichte betrifft, so können wir uns heute auf eine Reihe gesicherter Fakten abstützen.

Die Friesen haben ihre äußere Freiheit über Jahrhunderte tapfer verteidigt. Viele große Herren, Könige und Grafen, die den offenen Zugriff auf das Land wagten, haben sich blutige Nasen geholt, und Kirchenfürsten, die eher verdeckt nach der Macht drängten, sind gleichfalls ohne Erfolg geblieben. Es ist dieses Zusammenstehen gegen fremde Herrschaft, das die Friesen stark macht, so stark, dass sich sogar Papst Hadrian IV. (1154-1159) zu der Bemerkung veranlasst sieht, die militärische Kraft des Reiches[365], repräsentiert durch Heinrich den Löwen in seiner Eigenschaft als Herzog von Sachsen und Bayern, sei nicht fähig, das »rohe Volk der Friesen, ein Stamm ohne politische Erfahrung und Weisheit«, zu besiegen.

Die oft desaströs scheiternden Versuche, Friesland zu unterwerfen, ziehen sich wie eine Blutspur durch die Geschichte. Der Sachsenherzog Bernhard II. (der »Bilunger«) ist nicht der Erste, der einen unternimmt, aber bei ihm wollen wir anfangen. Er reitet im Jahr 1058 nach Ostfriesland, begleitet durch Erzbischof Adalbert von Bremen. Bernhard hält Grafenrechte in Östringen und will dort Zinszahlungen eintreiben, die ihm offenbar grundsätzlich, also dem Papier nach, zustehen. Der Erzbischof hat wohl eine Vermittlerrolle gespielt. Die Östringer erklären sich

365 Gemeint ist das sogenannte »heilige römische Reich deutscher Nation«, der im 9. und 10. Jahrhundert aus dem ostfränkischen Reich hervorgegangene Herrschaftsbereich des abendländischen Kaisers.

zunächst bereit, die Schuld »abzustottern«, aber Bernhard bleibt stur und fordert die Summe auf einen Schlag; das war ein schwerer Fehler. Die Östringer, jetzt in heller Wut, greifen zum Schwert, die Invasoren werden erschlagen oder vertrieben, ihre Lager werden geplündert.

Nicht besser ergeht es Graf Konrad von Werl und seinem Sohn im Jahr 1092. Sie wollen herrschaftliche Ansprüche gegen die »Morsaten« durchsetzen. Die dortigen Bauern nutzen ihre Vorteile im unwegsamen Moorgelände und schlagen das Heer. Konrad und sein Sohn gehören zu den Toten. Westlich der Lauwers gibt es ähnliche Vorfälle, etwa die Vertreibung und Ermordung von Heinrich von Northeim im Jahr 1101 oder die Verweigerung der Zahlung von Steuern an König Heinrich IV.

Aber die Wehrhaftigkeit der Friesen wird auch an einem anderen Beispiel deutlich. Mitte des 12. Jahrhunderts, wahrscheinlich 1148, tötet, offenbar während der Feierlichkeiten eines Begräbnisses und vermutlich durchaus ohne Absicht, ein junger Wangerländer einen ebenfalls jungen Östringer. Beide waren wohl aus sogenanntem guten Haus, also »edle Jünglinge«. Nun haben die Ostfriesen bereits zu dieser Zeit (!) im Rahmen einer kodifizierten Rechtsordnung in deutscher Sprache (!) die Leibstrafe für Totschlag abgeschafft. Die Tat wird, wenn man es hat, mit Geld gesühnt. Die Sippe des Opfers schickt daher eine offenbar ansehnliche Abordnung (zur Einschüchterung?) nach Wangerland, um das für einen solchen Fall festgelegte Wergeld einzufordern. Aber die Wangerländer sperren sich; sie erschlagen mehrere Gesandte und jagen den Rest ohne Kleider davon. Nun ruft die Östringer Sippe ihre Landgemeinde zur Fehdehilfe auf, die Wangerländer tun gleiches. Bald werden von beiden Seiten Verbündete in fremden Landgemeinden gesucht und gefunden. So entwickelt sich aus dem Konflikt zwischen zwei Sippen ein flächendeckender Bürgerkrieg, der dreißig Jahre dauert und 1178 mit der Zahlung von Bußgeldern (die Rede ist von 3000 Mark in Silber) endet. In dieser Zeit ist Ostfriesland im Aufruhr, besonders Östringen scheint geschwächt. Das lockt zunächst die Grafen von Oldenburg an, die eine günstige Gelegenheit sehen, vermeintliche Rechte in der Landgemeinde durchzusetzen. Sie ziehen 1153 mit einem großen Heer dorthin, werden aber schwer geschlagen. Und auch Heinrich dem Löwen widerfährt Übles; er marschiert 1156 gegen die Östringer und scheitert so kläglich, dass sich sogar der Papst über ihn lustig macht.

So haben sich die Friesen über lange Zeit gegen fremde Ansprüche behauptet. Bei all diesen Bemühungen haben sie jedoch übersehen, dass ihnen Gefahr von innen droht. Es sind schließlich die eigenen Leute, die ihnen die Freiheit nehmen. Zwar haben sie eine in ihrer Sprache verfasste Rechtsordnung (für die damalige Zeit ein Novum auf deutschem Boden!), die in Küren und Landrechten das Zusammenleben der Menschen auf recht hohem Niveau regelt. Sie haben durch den regelmäßigen Wechsel des Richteramtes, den »Umgang«, auch eine Form von Machtkontrolle. Fachleute sprechen heute von dem System der Redjevendemokratie.

Das Amt des gewählten Richters (Redjeven), der zugleich Führer des Heeresaufgebots seiner Landgemeinde und nicht selten auch Patronatsherr ist, machen zwar die reichen Familien, in der Regel große Bauern, unter sich aus, doch immerhin finden sich so Strukturen von Zügelung, die der Willkür und dem Missbrauch Grenzen setzen. Das geht so lange gut, bis ab etwa Mitte des 14. Jahrhunderts der Umgang in Frage gestellt wird. Immer öfter vollzieht sich der Amtswechsel nur mit Schwierigkeiten, Richter sperren sich gegen die Abgabe der

Macht, schließlich häufen sich Weigerungsfälle, die auch mit Gewalt, nicht selten durch bezahlte Waffenknechte, durchgesetzt werden. Am Ende dieses Prozesses ist das Amt des gewählten Richters abgeschafft. An seine Stelle tritt der Gerichtsherr kraft eigenen Machtanspruchs und übrig bleibt, wer genügend Brutalität besitzt, in Verfolgung seiner Ziele auch Blut zu vergießen. Es kann nicht verwundern, dass sich die »Durchsetzer« sehr bald gegeneinander wenden, um ihre Herrschaftsbereiche zu erweitern.

Die Familie Hylmerisna, später tom Brook, spielt bei diesen Ereignissen eine ganz wesentliche Rolle. Obwohl Keno Hylmerisna die Gundlagen schafft, ist es sein Sohn Ocko tom Brook, der sich durch klares dynastisches Denken und zielstrebiges Handeln aus der Masse heraushebt. Seine Landübertragung an Herzog Albrecht von Bayern im Jahr 1381 und die gleichzeitige Rücknahme als Lehen waren damals eine Sensation.

Am Beispiel der Familie tom Brook lassen sich die Vorgänge jener Zeit sehr gut spiegeln. Es zeigt exemplarisch, wie eine aufstrebende, reiche Großbauernfamilie zur Macht drängt. Dass sie dabei auch spätestens ab 1396 mit Freibeutern kooperiert hat, ist historisch belegt. Die Möglichkeit einer früheren Zusammenarbeit erscheint nicht abwegig und ist deshalb Teil der vorliegenden Schilderungen.

Dieser Roman endet im Jahr 1395. In der folgenden Zeit verdichten sich die Machtstrukturen in Ostfriesland zunehmend. Die Vitalienbrüder Klaus Störtebeker und Gödeke Michel treten auf den Plan und finden in Widzelt tom Brook einen Verbündeten, der ihnen ab 1396 sogar Marienhafe als Stützpunkt zur Verfügung stellt. Zusätzlich dürfen die Seeräuber die Marienhafer

Kirche als Unterkunft nutzen. Widzelt tom Brook festigt seine Macht, auch durch die Koalition mit Folkmar Allena, den Feind seines Vaters. Im Jahre 1398 nehmen beide den Herzog Albrecht von Bayern und Grafen von Holland zum Lehnsherrn nach dem Vorbild des Ocko tom Brook. Zählbare Vorteile aber haben sie, wie jener, nicht davon.

Anno 1399 gerät Widzelt tom Brook in Konflikt mit dem Häuptling von Leer, Focko Ukena, der zugleich Schutzherr des Klosters Thedinga (bei Leer) ist, das er auch befestigt hat. Widzelt erobert das Kloster und legt es in Schutt und Asche. Danach wendet er sich nach Detern (bei Leer) und bemächtigt sich der dortigen Kirche. Bald wird er durch Truppen der Bischöfe von Bremen, Münster und Minden belagert. Die Kirchenfürsten scheuen sich nicht, Widzelt und seine Leute mit Feuer und Schwert aus dem Gotteshaus herauszutreiben, im anschließenden Gefecht findet er den Tod.

Aber auch seine Stiefmutter Folckeldis weiß ihre Macht zu gebrauchen. Anno 1397 erobert sie in blutigem Kampf die Weiler Nesse und Dornum und lässt die dortigen Herren enthaupten. In allem, was sie tut, strebt sie danach, für ihren leiblichen Sohn Keno tom Brook den Weg zu bereiten. Dies gelingt ihr umfassend. Keno II. tom Brook stirbt, für seine Sippe untypisch, im Jahre 1417 in seinem Bett.

Die Familie tom Diek ist fiktiv. Sie verkörpert den Widerstand des Volkes gegen die beschriebenen Machtansprüche, den es ohne weiteres gegeben haben dürfte. Er wird jedoch gegen Ende des 14. Jahrhunderts die Ausweglosigkeit seines Kampfes eingesehen haben. Nehmen wir hin, dass es, wie zu allen Zeiten, auch damals Menschen gab, die sich aus verschiedensten Gründen von der »Politik« abwandten und versuchten, in einer Nische privaten Glücks ihre Lebenserfüllung zu finden.

Die vorliegende Arbeit ist ein Roman und keine geschichtliche Abhandlung. Sie erhebt nicht den Anspruch auf wissenschaftliche Vollständigkeit. Fachleute werden gar hier oder dort Textteile finden, die ihren strengen Maßstäben nicht genügen. Ein solches Ziel war auch nicht angestrebt. Vielmehr war die Absicht, dem Publikum diese Phase der friesischen Geschichte in belletristischer Form vorzutragen. Dazu wurde ein historischer Rahmen gewählt, in dem sich nachgewiesene Abläufe und Protagonisten mit fiktiven Ereignissen und Figuren mischen. Wahr sind die Fakten, die zur Umwälzung der Verhältnisse in Ostfriesland wesentlich beigetragen haben. Es steht fest, dass der Machtdrang von Großbauern zum Häuptlingswesen und schließlich zum Grafentum führte. Ebenso plausibel ist, dass diese Veränderungen im Volk nicht ohne die Entwicklung von Gegenkräften geblieben sind.

Die Bemühung um kulturelle und regionale Authentizität entspringt dem Wunsch, dem Publikum diese Epoche in ihren sozialen und räumlichen Bezügen möglichst plastisch vor Augen zu führen. Dies hat unter anderem die Verwendung alter Namen und Ortsbegriffe zur Folge. Allerdings wurden auch Glättungen vorgenommen, wie etwa die Nutzung des Wortes »Schollenherr« für einen Bauern mit Grundbesitz, anstelle des in der Wissenschaft üblichen (unhandlichen!) Begriffs »Eigenerbe«.

Bei der Lektüre des Romans mag der Eindruck entstehen, der Verfasser stünde dem Klerus besonders kritisch gegenüber. Das ist nicht so. Allerdings hat die Kirche jener Zeit durchaus in Kategorien auch säkular unterlegter Machtansprüche gedacht und gehandelt. Ihre Oberen verstanden sich vielfach als Fürsten, die sich in der Wahnehmung ihrer Interessen und bei der Sicherung und Vermehrung von Einfluss nicht von den weltlichen unterschieden haben.

Kirchen und Klöster waren im Mittelalter keineswegs so respektiert wie heute. Wir wissen, dass sie im Gegenteil oft als militärische Stützpunkte oder Rückzugsorte missbraucht worden sind. Daher suchten sie Schutz bei mächtigen Familien, die über die Mittel verfügten, für diesen Schutz zu sorgen. Es waren eben jene Sippen, die dynastische Ziele verfolgten. Die daraus erwachsende Abhängigkeit wird die Kirche daran gehindert haben, dem Machtstreben solcher Familien ernsthaft entgegen zu treten. Vielleicht sah man auch die Notwendigkeit nicht. Zumindest erscheint es als gesichert, dass die Kirche in Ostfriesland keinen Beitrag zur Verhinderung des Häuptlingswesens geleistet hat. Vielmehr ist anzunehmen, dass ihr eine solche Entwicklung strukturell durchaus willkommen war. Das galt es zu zeigen.

Dank

Ich danke meiner Frau Therese für die Geduld und die Gründlichkeit, mit der sie meinen Text schon während der Arbeit auf Plausibilität und inhaltliche Stimmigkeit geprüft hat. Ohne ihre Unterstützung bei der Quellenforschung und die Gelassenheit, mit der sie meine zeitweilige Verirrung in die ostfriesische Halbinsel des 14. Jahrhunderts ertragen hat, wäre dieses Buch nicht geschrieben worden.

Ich danke meiner Verlegerin, Heike Gerdes, für die frische Unbekümmertheit, mit der sie sich für die Veröffentlichung meines Buches entschieden hat. Diese innerhalb weniger Tage getroffene Entscheidung hätte das Herz eines jeden Schreiberlings beispielhaft angerührt.

Schließlich danke ich meiner Lektorin Maeve Carels. Bei ihr habe ich nicht nur neue Erkenntnisse über Käte Hamburgers »episches Präteritum« gewonnen. Sondern unter ihrer umsichtigen Führung, behutsam und dennoch mit fester Hand zur Wirkung gebracht, ist »Friesische Freiheit« zu dem geworden, was dem Publikum heute vorliegt.

Lothar Englert
Aurich im Sommer 2010

Lothar Englert

1948 in Brühl geboren, ist Oberstleutnant a. D. der Bundesluftwaffe. Er ist verheiratet, hat zwei Töchter und lebt in Aurich. Bisher veröffentlichte er den Satireband *Achten Sie auf Kokoschinski,* den Roman *Menschenskind, Mann!* und den Erzählband ... *doch Agamemnon schwieg!*
Im Herbst 2012 erschien sein zweiter historischer Roman *Die holländische Brille* im Leda-Verlag.

Rezensionen zu Friesische Freiheit:

Carsten Jähner: »Eindrucksvoller Roman über das friesische Mittelalter.«

Gerd Constapel: »Für uns Ostfriesen ist dieser Roman ein Glücksfall. Er zeigt uns auf anregende und spannende Weise einen dramatischen Ausschnitt aus unserer sehr eigentümlichen und einzigartigen Geschichte des Mittelalters.«

Heinz J. Berghoff: »Ein großer Wurf.«

Werner Janssen: »So macht Geschichte Spaß.«

Gerhard Schäfer: »... monumentaler und einzigartiger historischer Roman. (...) mit besonderem Nachdruck zu empfehlen und steht denen bekannter und berühmter Autoren wie Frank Schätzing oder Ken Follett in keiner Weise nach.«